CE QUE LA PRESSE EN DIT :

« Quel élan et quel punch !
(...) sa plume est une véritable baguette
magique. »

REINE BUD-PRINTEMS, **FIGARO MAGAZINE**

« Beauchemin nous fait penser à un
Dostoïevski populaire moderne qui ferait des
coups. Celui-ci est un gros coup réussi. »

YVES SALGUES, **FIGARO MADAME**

« Juliette Pomerleau. Ah ! quelle femme ! Ce
n'est pas difficile, on en est dingue. »

PIERRETTE ROSSET, **ELLE**

« *Juliette Pomerleau* est (...) une merveilleuse
machine romanesque à la gloire
de la langue française. »

PAUL CORENTIN, **TÉLÉRAMA**

« Un beau livre. »

BENOIT CHARPENTIER, **FIGARO**

« Yves Beauchemin (...) est émule de Balzac,
et sa Juliette une digne représentante de la
"comédie humaine" nord-américaine. »

FULVIO CACCIA, **LE MONDE DIPLOMATIQUE**

Juliette Pomerleau

Du même auteur

L'Enfirouapé, Montréal, Éditions La Presse, 1974.

Le Matou, roman, Montréal, Éditions Québec/Amérique, 1981.

Cybèle, Montréal, Éditions Art Global, 1982 (tirage limité).

« Sueurs », dans **Fuite et poursuite**, en collaboration, nouvelle, Montréal, Éditions Quinze, 1982.

Du sommet d'un arbre, récits, Montréal, Éditions Québec/Amérique, 1986.

L'Avenir du français au Québec, en collaboration, Montréal, Éditions Québec/Amérique, 1987.

Premier amour, en collaboration, nouvelle, Montréal, Éditions Stanké, 1988.

Juliette Pomerleau, roman, Montréal, Éditions Québec/Amérique, 1989.

Finalement!... les enfants, en collaboration avec Andrée Ruffo, Montréal, Éditions Art Global, 1991.

Une histoire à faire japper, roman, Boucherville, Éditions Québec/Amérique Jeunesse, collection Bilbo n° 35, 1991.

Antoine et Alfred, roman, Boucherville, Éditions Québec/Amérique Jeunesse, collection Bilbo n° 40, 1992.

Juliette Pomerleau

Yves Beauchemin

ÉDITIONS QUÉBEC/AMÉRIQUE

425, RUE SAINT-JEAN-BAPTISTE, MONTRÉAL (QUÉBEC) H2Y 2Z7 (514) 393-1450

Données de catalogage avant publication (Canada)

Beauchemin, Yves, 1941 –
Juliette Pomerleau
(Collection QA ; 7)
    ISBN 2-89037-736-9

    I. Titre.

PS8553.E172J84 1994   C843'.54   C94-940748-8
PS9553.E172J84 1994
PQ3919.2.B42J84 1994

*Les Éditions Québec/Amérique bénéficient du programme de
subvention globale du Conseil des Arts du Canada.*

Dépôt légal : 2e trimestre 1994
Bibliothèque nationale du Québec
Bibliothèque nationale du Canada

Édition revue et corrigée

Montage : Julie Dubuc

À mes fils Alexis et Renaud

J'aimerais remercier tous ceux qui m'ont aidé de leurs conseils et de leur support dans la rédaction de ce roman et en particulier ma femme, Viviane, de même que Diane Martin, Liliane Michaud, Phyllis Préfontaine et Jean Dorion.

Elle était énorme, mais avait l'esprit fin ; elle adorait les clémentines, l'opéra russe, Buster Keaton et, en général, tout ce qui lui permettait d'oublier son infirmité.

Blaise Cendrars, *Lettres à moi-même*

La compassion est la loi fondamentale et peut-être l'unique loi de l'existence de tout le genre humain.

Dostoïevski, *L'Idiot*

— On y va? fit une voix légèrement oppressée.

Dans le silence de la nuit tiédissante, le piano se mit à jouer doucement. Les notes s'égrenaient avec une solennité un peu mélancolique, s'échappant par la fenêtre grande ouverte. La petite cour obscure et déserte aux pavés encore tout chauds se remplit d'une atmosphère grave et recueillie. Soudain, des lentes vagues de la musique qui se succédaient paisiblement et allaient mourir aux abords de la rue, surgit comme un message énigmatique. Quelque chose d'important allait se produire. C'est alors que le violon se joignit au piano :

La douceur de son chant était si poignante que Juliette Pomerleau ouvrit les yeux, souleva sa tête moite de l'oreiller et regarda dehors. À travers le feuillage des framboisiers, on apercevait, au-dessus de la cour minuscule que formait le U de l'édifice, une fenêtre illuminée au premier étage où se découpaient deux silhouettes presque immobiles ; l'une était assise et légèrement courbée, l'autre, debout, tenait un violon. «Monsieur Martinek vient de terminer sa sonate», pensa-t-elle.

Se tournant péniblement sur le dos, elle poussa un soupir et se mit à écouter, ravie.

Dans la chambre voisine, Denis venait de se réveiller à son tour. Assis dans son lit, il écoutait lui aussi la musique, remué par une étrange émotion qui lui serrait la gorge.

Juliette Pomerleau se souleva sur les coudes et le sommier poussa un petit jappement ridicule.

— C'est vraiment très beau, se dit-elle à voix basse, un peu essoufflée. C'est une des plus belles choses que j'ai entendues de lui jusqu'ici.

La musique s'arrêta. Un murmure de voix parvint de la fenêtre du premier étage, puis un rire de femme fusa.

— Non, à partir du début plutôt, ordonna Martinek.

Le piano reprit son introduction, puis le violon se joignit à lui et de nouveau ceux qui entendirent cette musique – un passant venait de s'arrêter sur le trottoir et tendait l'oreille, le souffle suspendu – eurent l'impression que leurs tracas, leurs projets, les maisons qui se dressaient autour d'eux et la ville tout entière n'étaient plus que choses négligeables face à la beauté déchirante de cette musique qui montait dans la nuit.

Denis se recoucha, serra contre lui l'orignal en peluche à culotte rouge qui partageait ses nuits depuis des années et continua d'écouter, l'œil dilaté, balançant doucement les pieds.

Dans l'air immobile et pesant, les feuilles et les brins d'herbe de la cour semblaient figés et celle-ci en paraissait curieusement agrandie. Denis fronça tout à coup les sourcils : sa grand-tante avait marmonné quelque chose dans la chambre voisine et le charme avait failli être brisé.

— Quelle chaleur, murmura Juliette Pomerleau en passant sa main potelée sur son front couvert de sueurs. Je ne fermerai plus l'œil de la nuit... Pourvu qu'ils jouent encore un peu...

Un petit claquement mouillé se fit alors entendre sur le rebord de la fenêtre, suivi d'un autre, puis d'un autre encore. Le buisson de framboisiers se mit à frémir doucement et les feuilles jetèrent des lueurs jaunes et vertes.

— La pluie. Enfin, la pluie, soupira Juliette.

Elle n'avait pas terminé sa phrase qu'un déluge s'abattait sur Longueuil. Denis sauta en bas de son lit et s'approcha de la fenêtre ; la rumeur immense de l'averse enterrait presque la musique. Il regarda les framboisiers tout luisants d'eau, puis la fenêtre illuminée du premier étage dont le rectangle jaunâtre était un peu terni par les raies de la pluie, et se sentit soudain extraordinairement triste et heureux.

De l'autre côté du mur de parpaings qui séparait l'appartement de Juliette de celui de sa sœur Elvina, cette dernière, assise devant son téléviseur, un casque d'écoute sur la tête, ignorait l'orage. Tout à coup, elle aperçut une petite flaque d'eau sur le rebord de sa fenêtre. La flaque s'apprêtait à couler le long du mur sur le papier peint. Elle arracha son casque, bondit sur ses pieds et ouvrit les volets avec fracas. Denis darda un regard courroucé à travers le mur, puis se pencha un peu par la fenêtre dans l'espoir d'extirper quelques notes du tapage qui régnait dehors. Ses orteils bougeaient lentement sur le plancher tiède. La pluie augmenta alors, noyant totalement la musique ; l'obscurité prit une teinte grisâtre et inquiétante et le buisson de framboisiers, ployant sous l'averse, disparut dans la tourmente.

▲

La masse de nuages qui venait de crever avec tant de violence s'étendait sur une cinquantaine de kilomètres carrés. À son extrémité est, près de Saint-Hyacinthe, un camion-remorque fonçait sur l'autoroute numéro 20, chargé de quincaillerie. Il pénétra dans l'orage comme une balle de fusil dans un banc de sable. Le camionneur, surpris, actionna aussitôt les essuie-glace et ralentit son allure. L'aiguille du compteur tomba à quatre-vingts, puis à soixante, puis enfin à quarante. Penché au-dessus de son volant, l'œil écarquillé, l'homme ne voyait pas à vingt mètres. Les essuie-glace s'agitaient désespérément, mais ne parvenaient pas à déchirer la couche d'eau ruisselante. Simoneau lâcha un juron, actionna de nouveau les freins et immobilisa son véhicule sur l'accotement.

— Chienne de pluie ! je vais encore rater mon film, lança-t-il. T'aurais pas pu tomber ailleurs, toi ? Y a des gens qui seraient prêts à donner la lune pour que t'arroses un peu leur poussière. Va les trouver !

Il allongea les jambes et prêta l'oreille au crépitement furieux sur la tôle de la cabine. Puis, glissant la main droite dans la poche de sa chemise, il sortit un paquet de cigarettes. Il tira deux ou trois bouffées, toussa, ouvrit la radio, mais la referma aussitôt, car il n'en sortait que des grésillements. La pluie parut diminuer. Il jeta un coup d'œil à sa montre : « Onze heures et quart... Avec un peu de chance, j'aurai peut-être le temps... »

Il démarra, jeta un long regard dans le rétroviseur latéral, puis relâcha la pédale d'embrayage. Le camion s'ébranla en diagonale le long de la route et Simoneau vit aussitôt qu'il était trop tard.

Le choc fut si violent que sa nuque alla frapper un des montants de l'armature du dossier. Pendant quelques secondes, il demeura immobile, la tête vidée, contemplant l'obscurité d'un œil hagard. Le moteur ronronnait paisiblement, comme si de rien n'était, mais la cabine avait pris une forte inclinaison vers la gauche et, sous l'impact, la portière s'était ouverte. Il déboucla sa ceinture de sécurité et se laissa glisser dehors. La pluie lui fouetta le visage et cela lui fit du bien. Ce ne fut qu'à ce moment qu'il se rendit compte avec netteté de la situation. Le camion-remorque qui venait d'emboutir le flanc droit de sa remorque et un coin de la cabine s'était arrêté à une trentaine de mètres devant lui sur l'accotement.

Roger Simoneau fixa pendant quelques secondes la lueur rouge des feux de position, entourée d'un halo sinistre, puis il se mit à claquer des dents, tandis qu'une violente envie d'uriner le saisissait. Debout devant son camion, les jambes écartées, ses vêtements plaqués sur la peau, il ouvrit sa braguette d'une main tremblante, la tête tournée vers le véhicule qui l'avait frappé et dont il n'avait encore vu personne sortir. La pluie ne le rafraîchissait plus maintenant, mais le glaçait et sapait ses forces. Soudain une ombre apparut au milieu de la route et se dirigea vers lui.

— Es-tu blessé? fit un homme grisonnant et trapu, sans paraître remarquer son occupation.

— Non. Toi?

— Ça a donné un christ de coup! poursuivit l'autre comme s'il ne l'avait pas entendu. J'ai une aile en compote et mon pare-chocs est à moitié arraché. Y a pour au moins mille piastres de dommages. Viens voir.

Ils se rendirent au camion et contemplèrent la tôle froissée et déchirée. Simoneau avait décidé de limiter ses commentaires au minimum, car sa gorge et ses mâchoires tremblaient trop.

— Le motel *Beau Repos* est à un kilomètre par là-bas, reprit l'autre en indiquant la direction d'où ils venaient. Je vais aller téléphoner. J'ai bien le goût d'y passer la nuit. Après un choc de même, je me sens pas d'équerre pour conduire en plein orage. Tu devrais faire comme moi.

Ils rebroussèrent chemin et vinrent examiner la remorque de Simoneau. L'avant avait été enfoncé sur une largeur d'environ un mètre et le réservoir, éventré, achevait de se vider.

— Un peu plus, fit le quinquagénaire, et je t'écrabouillais comme une coquerelle, et moi avec.

Chaque fois qu'il ouvrait la bouche, Simoneau avait l'impression qu'elle se remplissait de pluie et les paroles de son compagnon lui parvenaient dans un chuintement mouillé qui les rendait à peine audibles.

— On présentait un maudit bon film au canal 10 ce soir, dit-il tout à coup, sans trop savoir pourquoi.

L'autre se mit à rire :

— Eh bien, tu pourras le voir tout à l'heure au *Beau Repos*. On va allumer nos clignotants et sacrer le camp d'ici avant d'attraper notre coup de mort : encore cinq minutes de pluie comme ça et les os vont me fondre !

Simoneau se tourna vers la cabine de son camion et un frisson d'horreur le traversa; il se vit le corps à demi broyé, plié d'une façon grotesque dans un amas de tôle tordue, en train de pisser le sang de partout. Il sauta sur le marchepied, ouvrit la portière, actionna les feux d'urgence, puis alla rejoindre son compagnon qui s'éloignait déjà à grandes enjambées.

L'orage avait repris toute sa violence. Simoneau sentait son paquet de cigarettes se ramollir doucement contre sa poitrine. Il glissa la main dans sa poche et le jeta dans le fossé.

Une auto les dépassa lentement. Un gros visage d'homme aux yeux écarquillés les regarda une seconde, mais le véhicule n'arrêta pas. Quelques minutes passèrent. Son compagnon commençait à traîner de la patte et soupirait de temps à autre. Ils s'engagèrent dans une courbe et soudain, la lueur verte et rouge des néons du *Beau Repos* apparut au loin. Roger Simoneau la contemplait dans une sorte d'hébétude émerveillée. De toute sa vie, il n'avait rien vu de si féerique. Son envie de voir *Les Rescapés de la Sierra* s'était envolée; il n'aspirait plus qu'à prendre un bon gros gin chaud, affalé dans un fauteuil du bar, en contemplant par la fenêtre la lueur des néons.

Son compagnon se tourna vers lui avec un sourire douloureux :

— J'ai hâte d'arriver en christ. Mon arthrite vient de se réveiller... Je vais te l'assommer au cognac, la chienne, elle saura même pas ce qui lui est arrivé !

Simoneau le regarda; l'affaissement de ses traits le frappa.

Ils entrèrent dans le bar désert. La fraîcheur crue du système de climatisation glaça leurs vêtements. Une blonde grassouillette que la jeunesse abandonnait se tenait accoudée derrière le comptoir, les deux mains sous le menton, la tête levée vers un téléviseur suspendu dans un coin près du plafond.

Ils s'avancèrent et, curieusement, se raclèrent la gorge en même temps. Elle se tourna vers eux et, de saisissement, porta la main à son cou.

— On vient d'avoir un accident, expliqua Simoneau en s'efforçant d'affermir sa voix frêle et tremblante. Un gros gin chaud et un cognac double, vite !

Tandis qu'ils enfilaient leur consommation, elle appela la police. Une heure plus tard, deux policiers pénétraient dans le bar. Ils ressortirent presque aussitôt pour se rendre sur les lieux de l'accident, accompagnés des camionneurs, revinrent pour rédiger leur rapport, fumèrent une cigarette en échangeant des plaisanteries avec la barmaid, puis s'en allèrent.

La pluie avait un peu diminué. Le compagnon de Simoneau avala un troisième cognac, laissa échapper un rot, puis, se levant :

— Eh bien, bonsoir, la compagnie, moi, je vais me coucher. Il faut que je sois au garage à six heures demain matin.

— La réception est au bout à gauche, fit la barmaid et elle reporta aussitôt son regard sur le téléviseur où un des rescapés de la Sierra était plongé dans une discussion des plus animées avec une jeune Mexicaine au sujet d'un coup de poignard donné par inadvertance à un conducteur de diligence affligé d'un goitre.

Deux minutes plus tard, Simoneau se levait à son tour.

— Vous donnez un bon tour de clef à gauche, lui dit l'employé de la réception, la serrure est un peu capricieuse.

Aussitôt glissé sous les draps, le camionneur comprit qu'il ne dormirait pas. En pénétrant dans sa chambre, il avait d'abord été accueilli par des bruits d'éructation et de crachements. Son compagnon, installé dans la chambre voisine, semblait avoir des ennuis avec monsieur Courvoisier. Cela avait duré dix bonnes minutes. Puis il y avait eu une longue série de soupirs, le bruissement de la douche, des martèlements de pieds nus sur le plancher, qui résonnait comme un tambour, et enfin, de longues minutes de marmonnements où revenait l'expression « chienne de jambe ».

L'orage cessa à une heure dix. Malgré les deux couvertures de laine qu'il était allé chercher dans la commode, Simoneau grelottait toujours. L'image de son corps sanglant déchiré par la tôle ne le quittait pas.

Vers deux heures trente, il se leva, s'habilla et se dirigea vers le bar, qu'il trouva fermé. Alors il sortit dans la cour et prit la route en direction de son camion. Ses vêtements à demi séchés lui collaient encore un peu à la peau. Il gardait les yeux rivés au sol afin d'éviter les flaques d'eau et s'efforçait de penser à sa journée du lendemain pour chasser de son esprit une vague appréhension, car l'endroit, à cette heure, faisait un peu sinistre. Un vent humide et tiède essayait péniblement de libérer le ciel de la masse de nuages lourds et tourmentés qui continuait de l'encombrer. La lueur des feux d'urgence apparut de chaque côté de la route, entourée d'une vapeur rougeâtre.

— On dirait les portes de l'enfer, murmura-t-il avec un sourire crispé.

Il accéléra le pas, repris par ses frissons et ses claquements de dents, sauta sur le marchepied de son camion, ouvrit la portière, se glissa sur le siège et tendit la main vers la boîte à gants. Il en sortit un petit flacon de rhum, le mit dans la poche de sa veste de toile et reprit le chemin du motel.

Une demi-heure plus tard, il eut le plaisir de constater, affalé dans un fauteuil près de son lit, que ses mollets commençaient à se détendre et que les muscles de son dos tressaillaient de moins en moins. Il vida le flacon en deux gorgées, le laissa tomber sur le tapis, pencha la tête en avant et s'endormit.

Il se réveilla presque aussitôt, tout en sueur. Pendant un instant, il essaya de se rappeler le rêve qu'il venait de faire, mais les vapeurs de l'alcool l'empêchaient de ramasser ses esprits. Il se dirigea en titubant vers la fenêtre, écarta violemment les rideaux, puis consulta sa montre; il était quatre heures du matin. Pivotant lourdement sur lui-même, il se rendit à la salle de bains prendre un verre d'eau, car sa langue lui donnait l'impression de vouloir faire corps avec son palais.

Et cela se produisit de nouveau, au moment où il déposait son verre vide sur le lavabo. Depuis quelques mois, cela lui venait presque chaque fois qu'il prenait un coup. Comme une huile nauséabonde, le cafard s'infiltrait peu à peu sous sa peau, diluant ses tripes, liquéfiant ses muscles et le plongeant dans un état proche du désespoir. Il retourna au fauteuil, s'y laissa choir, bras et jambes écartés, et fixa le tapis d'un air stupide. Sa vie lui apparut de nouveau comme une longue traînée d'ordures qui puait l'ennui.

— Rien! rien! j'ai rien fait de bon en trente-huit ans. Juste écœuré tout le monde! songea-t-il en s'efforçant de pleurer.

Mais il n'y parvenait même pas. C'était un cafard insoulageable, une rage de dents sans médicaments ni dentiste, un mal de ventre comme s'il venait d'avaler une bûche.

— Quinze ans de camionnage... vendu la maison de mes parents pour deux pets... en train de perdre tous mes cheveux... une trâlée de blondes que j'ai aimées juste pour leur cul et qui m'auraient toutes vendu pour deux piastres... rien devant moi, rien derrière... on m'a fait cent mille saloperies et j'ai répliqué par des pires... Pauvre minable, tu vaux même pas tes vieux souliers... et puis, plus une christ de goutte de rhum et le bar est fermé, hostie !

Il se tournait dans son fauteuil, assailli par sa vie devenue comme une boule d'épines tournoyante qui s'amusait à lui arracher des morceaux de peau. Le fait même d'avoir respiré, dormi et mangé pendant toutes ces années lui paraissait ignoble et abject. Il contemplait ses cuisses et ses jambes avec une sorte d'horreur. Une voix pressante lui souffla qu'il devait se racheter. Immédiatement. Cette sensation d'être un déchet vivant suffoqué par sa propre puanteur ne pouvait durer une seconde de plus.

— Adèle... il faut que je rejoigne Adèle, murmura-t-il en se levant avec effort.

Voilà des mois que son image venait le tourmenter dès qu'il se mettait à boire. Il prit le téléphone, s'adressa aux renseignements et demanda le numéro d'une certaine Adèle Joannette – il ignorait son adresse – domiciliée sans doute à Montréal ou dans les environs ; c'était la jolie fille un peu cinglée qu'il avait laissé tomber dix ans plus tôt en apprenant qu'elle était enceinte. Parmi ses fautes innombrables, c'était celle qu'il sentait le besoin de réparer en premier.

— Eh bien, je pense qu'on a fait le tour, monsieur, fit la préposée au bout de quelques minutes. Vous avez une Adèle et huit A. Joannette. Bonne nuit.

Il contempla le combiné comme si la préposée venait de s'y engouffrer et soupira. Sa faute envers son ancienne maîtresse lui causait un tourment intolérable. Il se mit à composer les numéros obtenus. Mais après une quatrième bordée d'injures, il s'arrêta, perplexe. Ses efforts pour rétablir la justice et l'amour ne faisaient qu'attiser la haine. Et puis l'ébriété n'avait pas totalement neutralisé son penchant à la parcimonie et les frais d'interurbains, malgré le tarif de nuit, commençaient à peser sur son esprit :

— Mais oui ! mais oui ! j'aurais dû y penser, tabarouette... Sa tante ! sa tante pourra me dire où elle se trouve, la petite démone !

Bohuslav Martinek et Rachel reprirent plusieurs fois un passage difficile dans le dernier mouvement, où le tempo passait de *largo* à *vivace*, puis ils allèrent se coucher dans un état de profonde euphorie, à peine conscients du violent orage qui venait de s'arrêter.

Quand Juliette Pomerleau vit s'obscurcir la fenêtre du premier étage, elle poussa un grand soupir, se retourna lentement sur le côté gauche et essaya de trouver le sommeil. Ses oignons élançaient cruellement, comme c'était le cas chaque fois que le temps était humide. Et les transports dans lesquels l'avait plongée la musique de son locataire se combinaient à la douleur de ses pieds pour maintenir son esprit dans un état de surexcitation de plus en plus pénible. Elle repassa dans sa tête une discussion qu'elle avait eue la veille avec son patron au sujet d'une prétendue erreur dans le bilan hebdomadaire de la compagnie. Finalement, monsieur De Carufel, quinquagénaire jovial et sans façon, mais quelque peu Jos Connaissant, avait reçu en plein visage la preuve accablante qu'il était dans les patates. Puis, les souliers de Denis remplacèrent dans l'esprit de Juliette la déconfiture du pédégé de *Virilex* ; les deux paires que possédait son petit-neveu touchaient à la fin de leur carrière et, la veille, en se rendant au travail, elle avait aperçu dans une vitrine l'annonce d'une vente de fins de série qui semblait prometteuse. C'est en essayant de faire surgir dans sa mémoire la façade et le nom du magasin qu'elle ferma peu à peu les yeux et s'endormit.

La sonnerie du téléphone réveilla Denis en sursaut. Il sauta de son lit et se précipita vers la cuisine. Un homme bredouillait au bout du fil.

— Quoi ? fit l'enfant. Je ne comprends pas.

— Attends, j'arrive, lança Juliette Pomerleau dressée dans son lit.

Le sommier poussa de nouveau son jappement ridicule; une masse blanchâtre en émergea et s'avança bientôt en se dandinant dans le corridor.

— Donne, fit-elle en enlevant prestement le combiné des mains de Denis. Allô! qui parle? Roger qui? Je vous entends mal... Simoneau. Ah bon! Non, je ne me rappelle pas vous avoir jamais rencontré, monsieur Simoneau. Savez-vous quelle heure il est? Quatre heures et demie du matin! Oui, je dormais, figurez-vous... Ça m'arrive assez souvent la nuit. Auriez-vous un peu bu, par hasard? Vous essayez de rejoindre ma nièce Adèle Joannette? Attendez, je crois vous replacer, là... Vous êtes déjà venu chez moi avec elle il y a très longtemps, durant l'été 76 ou 77, quelque part par là... Quoi? Je vous entends mal, vous ne parlez pas très clairement... Eh bien, non, figurez-vous qu'il y a une mèche que je n'ai pas vu ma nièce... Depuis... depuis 77, en fait... Pardon? Non, je n'ai pas la moindre idée où elle niche. Écoutez, mon cher monsieur, ne trouvez-vous pas que le moment est mal choisi pour faire des enquêtes? Je dois me lever à sept heures, moi, et j'ai une dure journée qui m'attend... C'est ça, allez vous coucher vous aussi, ça va vous faire du bien... Espèce d'ivrogne, marmonna-t-elle en raccrochant, le cerveau lui flotte dans la bière.

Elle se tourna vers l'enfant resté près d'elle et, lui caressant les cheveux:

— Va te coucher, bobichon... C'était juste un pauvre type qui a pris un coup de trop.

Denis s'éloigna sans un mot, tandis que sa tante retournait lentement à sa chambre en grommelant. Sa conversation avec le camionneur éméché l'avait mise en nage.

— Adèle Joannette, murmura-t-elle en levant pesamment ses jambes pour s'allonger dans son lit. Je me demande bien ce qu'elle est devenue, celle-là...

▲

— J'aurais dû serrer ma bicyclette dans la remise hier soir, se dit Denis le lendemain matin, attablé devant sa tante pour le déjeuner. Je suis sûr qu'elle l'a aperçue dans la cour tout à l'heure. Elle va me chicaner.

L'obèse avait à peine ouvert la bouche depuis son lever. Le teint cendreux, l'air abattu, elle étendait mélancoliquement sur sa rôtie le quart de cuiller à café de beurre que son régime lui permettait pour la journée et jeta un regard haineux sur la demi-pomme et la tasse de café noir posées devant son assiette qui, avec cette ignoble tranche de pain sans sel, constitueraient sa seule nourriture jusqu'au dîner.

Elle leva les yeux sur l'enfant qui saupoudrait ses céréales de cassonade, et son regard s'adoucit :

— As-tu entendu Rachel et Bohu la nuit passée en train de faire de la musique ?

Elle n'a pas vu la bicyclette, se dit l'enfant, soulagé.

— Oui, ma tante. Je les ai écoutés jusqu'à la fin, fit-il avec fierté. C'était très beau.

— Très beau ? J'en avais presque les larmes aux yeux. C'était bien la fameuse sonate à laquelle il travaille depuis deux semaines ?

Denis porta une cuillerée à sa bouche et hocha la tête :

— Il l'a donnée en cadeau à Rachel hier, pendant ma leçon de piano, pour fêter leur quatrième anniversaire de rencontre.

— Ah bon. Il faut que je leur demande de me rejouer ça.

— Ma tante ?

Juliette, qui mâchait un morceau de pomme, lui fit signe de poursuivre d'un petit mouvement de menton.

— Est-ce qu'ils vont se marier, un jour, Rachel et Bohu ?

— Ah ça, je n'en sais rien, cher. Pose-leur la question. Allons, il faut que je parte. Essaye d'être gentil avec ta tante, veux-tu ? Je sais qu'elle n'a pas toujours le caractère facile, mais dans la vie, mon garçon, il faut s'habituer à prendre les gens comme ils sont. Ça risque d'être ainsi jusqu'au Jugement dernier.

Elle s'arc-bouta des deux mains sur la table, fit quelques pas dans la pièce et saisit son sac à main sur une chaise :

— Si tu t'ennuies trop chez Elvina, monte voir Bohu. Tu lui diras combien j'ai aimé sa musique la nuit passée.

Elle se dirigea vers la sortie, suivie de son petit-neveu, et secoua d'un mouvement rapide de la main droite ses cheveux blond miel frisés par une permanente, qui arrondissaient encore davantage sa figure lourdement empâtée.

— Une autre journée tropicale, soupira-t-elle en se penchant pour embrasser Denis, qui fila aussitôt dans la cuisine terminer son déjeuner. À ce soir, bobichon ! N'oublie pas d'apporter le pâté chinois chez ta tante vers onze heures.

En posant la main sur le bouton de la porte, elle se tourna machinalement vers une photo encadrée fixée au mur au-dessus d'un petit guéridon. On y apercevait un groupe d'adultes debout au grand soleil dans une posture un peu guindée au milieu d'une pelouse torréfiée. La coupe des vêtements et des coiffures situait la scène quelque part dans les années 60. À leurs pieds, deux adolescentes étaient assises sur le gazon, les jambes relevées, les mains jointes devant les genoux. Le regard de madame Pomerleau s'arrêta sur une des jeunes filles. Potelée, les traits agréables, les cheveux ramenés en queue de cheval, elle portait une blouse à col ouvert, une jupe de tweed, des flâneurs de daim et des bas de coton blanc à mi-mollet; elle riait à pleines dents, comme habitée par une jeunesse inépuisable.

— Je me demande bien où elle a fiché le camp, murmura Juliette Pomerleau en ouvrant la porte.

Et elle sortit dans le hall.

Denis achevait son bol de céréales lorsqu'il entendit démarrer bruyamment l'auto. Un léger crissement de pneus s'éleva dans la rue, puis le bruit du moteur décrut rapidement. Du bout de sa cuiller, il alla cueillir un flocon de *Spécial K* amolli par le lait, le porta à sa bouche et sourit. Il taquinait souvent sa tante en lui disant qu'elle conduisait comme un coureur automobile. Mais en fait, il admirait au plus haut point son habileté que Bohuslav Martinek et Clément Fisette avaient un jour déclarée incomparable, et d'autant plus qu'il s'agissait d'une femme de 57 ans.

Il se leva, rinça son bol dans l'évier, tourna un peu dans la pièce en bâillant, rempli d'une langueur délicieuse à la pensée des deux longs mois de vacances qu'il entamait ce matin-là et qui lui paraissaient infinis. Que ferait-il de son avant-midi? À cette heure, Yoyo dormait sûrement et Vinh devait aller chez le dentiste. Lire? Il venait de terminer son roman, et *Les Malheurs de Sophie* qu'il avait emprunté à la bibliothèque lui semblait tout à fait gnangnan. Il sortit à son tour dans le hall et frappa trois coups discrets à la porte d'en face.

Le rez-de-chaussée comptait deux appartements, occupés, l'un par Juliette Pomerleau et son petit-neveu, l'autre par sa sœur Elvina, célibataire et commis des douanes à la retraite. Le premier étage était habité par le dentiste Adrien Ménard, un original aux façons compassées, mais d'une courtoisie exquise, qui en avait loué les deux appartements. Au deuxième et dernier étage, logeaient, côté sud, le compositeur Bohuslav Martinek et, côté nord, un photographe nommé Clément Fisette. C'était le locataire le plus récent. Malgré ses sourires narquois et son allure vaguement cauteleuse, il s'était rapidement lié d'amitié avec tout le monde.

L'édifice appartenait depuis longtemps à Juliette Pomerleau, comptable, obèse et veuve d'un certain Rosaire Chaput, homme d'affaires. Quelques années auparavant, elle avait décidé de reprendre son nom de fille, n'ayant sans doute pas tellement envie de perpétuer la mémoire de son défunt mari.

La porte s'ouvrit et Elvina Pomerleau apparut, portant un tablier et des gants de caoutchouc :

— Ah, c'est toi. Entre.

Elle referma précautionneusement la porte, enfila sans mot dire le corridor, puis le salon, et retourna dans la cuisine. Une forte odeur de décapant flottait dans l'air, malgré les fenêtres ouvertes.

Denis s'avança jusque dans l'embrasure et la regarda un instant ; elle était assise devant une vieille table de chevet vert olive, l'air sévère et appliqué, en train de badigeonner une porte avec un pinceau.

Un long bâillement se fit entendre sous la table, un pan de la nappe se souleva et la tête d'un braque imposant apparut. L'animal s'avança vers Denis pour quêter une caresse.

— Couche, Noirette, ordonna Elvina d'une voix tranchante. Elle m'a renversé un pot de décapant sur le plancher hier. Heureusement que ça n'a pas traversé les journaux. Mais j'en ai eu mal à la tête toute l'après-midi.

La peinture du meuble se mit à se rider et à boursoufler, puis de petites crevasses apparurent. Elvina saisit alors un grattoir et commença à travailler à coups rapides, les lèvres serrées, le regard fixe.

L'enfant alla s'asseoir dans le salon, se mit à feuilleter un journal d'un air ennuyé, se leva, puis après avoir observé un moment sa tante silencieuse et absorbée, quitta l'appartement sur la pointe des pieds.

— Denis ? entendit-il au fond de la cuisine en mettant le pied dans le hall.

Il referma doucement la porte, grimpa l'escalier quatre à quatre, puis, parvenu au premier étage, se glissa dans un coin d'ombre. La porte d'Elvina Pomerleau s'ouvrit. Quelques secondes passèrent. Puis il y eut un léger claquement et les pas de sa tante s'éloignèrent. Une deuxième porte s'ouvrit alors, mais juste en face de lui cette fois. Un petit homme propret au teint rose vif et à la chevelure de neige apparut, vêtu d'un élégant complet gris perle.

— Ah! bonjour, jeune homme. Je vois que vous venez de prendre encore une fois la poudre d'escampette. Est-ce que par hasard cette chère Elvina...

L'enfant rougit, mit un doigt sur ses lèvres et gagna rapidement l'escalier qui menait au deuxième. Le dentiste secoua l'index d'un air faussement menaçant et descendit l'escalier, visiblement enchanté de la petite malice que Denis venait de faire à sa tante.

Arrivé au deuxième, l'enfant, indécis, contempla alternativement la porte de Martinek et celle de Fisette, qui se faisaient face. Un bruit d'eau et de brassement de vaisselle lui apprit que le compositeur était debout. Mais une voix de femme, claire et joyeuse, s'éleva soudain. Mademoiselle Rachel avait encore passé la nuit chez son ami. Denis, que la beauté de la violoniste plongeait immanquablement dans un obscur malaise, tourna les talons et alla frapper à la porte du photographe. N'obtenant pas de réponse, il tourna le bouton et entra. L'appartement, tout ensoleillé, était modeste, mais propre et fraîchement peinturé de blanc. De la cuisine parvenaient les glouglous d'un percolateur.

— Clément?

— Je suis dans la chambre noire, répondit une voix étouffée. Va m'attendre dans la cuisine. Il y a du jus d'orange dans le frigidaire.

La pièce était meublée d'une table à cartes, de deux chaises pliantes, d'un poêle, d'une poubelle jaune pâle et d'un minuscule frigidaire coincé entre le comptoir et les armoires qui le surplombaient. Denis se versa du jus d'orange, puis, agenouillé sur une chaise, les coudes posés sur la table, ouvrit *Le Journal de Montréal* et chercha la section des mots croisés. Un crayon était placé en permanence dans un verre pour l'accomplissement de ce rite quotidien. Le percolateur cessa tout à coup ses éructations.

— Clément, lança l'enfant, ton café est prêt.

— J'arrive, j'arrive, répondit la voix.

Denis prit une gorgée de jus d'orange, fronça les sourcils et s'attaqua aux mots croisés.

Un pas sautillant s'avança dans le corridor et Clément Fisette apparut, grand, mince, châtain, les cheveux plats et très fournis séparés par une raie presque au milieu du crâne, l'œil globuleux, le regard malicieux et un peu fuyant, le nez en trompette avec des narines trop grandes, les lèvres minces et longues, légèrement dissymétriques. Quelque chose d'à la fois fourbe et enfantin émanait de sa personne. Il tenait à la main une liasse d'épreuves photographiques.

— Regarde-moi ça, fit-il en s'approchant. J'en suis vraiment fier.

Il disposa les photos sur la table. Denis les examina en silence. Elles représentaient toutes la même scène, prise manifestement au téléobjectif. Seule la position des personnages variait un peu. On voyait Elvina Pomerleau en robe de chambre, le visage convulsé de colère, un journal roulé dans la main, battant sa chienne accroupie à ses pieds. Une des photos laissait voir sur le plancher une petite flaque scintillante, qui pouvait être de l'urine. La série se terminait sur un gros plan du visage courroucé de la vieille fille, qui ne manquait pas d'une certaine grandeur.

L'enfant leva la tête vers le photographe :

— Faudra pas montrer ces photos à ma tante Juliette.

— Oh ! ne crains rien, gloussa l'autre, je suis bien trop cachottier pour ça. En fait, je prépare une exposition posthume.

On frappa à la porte.

— C'est moi, fit Elvina Pomerleau. Je veux parler à Denis. Je sais qu'il est chez vous.

— Entrez, répondit Clément Fisette en rassemblant prestement les photos.

Et, tout souriant, il s'assit dessus.

À une mauvaise nuit avait succédé une mauvaise journée. Malgré toutes ses bonnes résolutions, Juliette Pomerleau s'était de nouveau querellée avec Ronald Rouleau, l'aide-comptable que monsieur De Carufel lui avait adjoint deux mois auparavant. Ronald semblait constitué d'un alliage particulièrement coriace de culot et d'incompétence; sa principale qualité, selon Juliette, était un vague lien de parenté avec le patron; il avait confondu deux séries de factures et les avait diligemment mêlées en une seule liasse, dont les données avaient été avalées par l'ordinateur, ce qui avait causé un embrouillamini de fin du monde. Juliette avait perdu deux heures à remettre les choses en ordre et avait laissé entendre à son adjoint qu'il serait beaucoup plus utile à la compagnie en allant faire de la planche à voile en Australie. Ronald avait répondu à l'obèse qu'il n'avait fait que suivre ses instructions, que ses méthodes comptables étaient dépassées et qu'une femme de son âge, avec des problèmes de santé aussi *gros*, devrait songer à exercer un métier moins fatigant.

Agnès avait dû venir les apaiser; cela lui avait pris dix bonnes minutes. Puis, le sourire triomphant, elle était vitement retournée à son bureau afin d'inscrire dans un calepin cette nouvelle bonne action (Agnès ne faisait que de bonnes actions, c'en était presque une infirmité, disait Juliette).

Vers la fin de l'avant-midi, monsieur De Carufel s'était amené pour lui parler encore une fois d'un grandiose et vague projet de restructuration de sa compagnie (monsieur De Carufel dirigeait la compagnie *Virilex,* spécialisée dans la fabrication de sous-vêtements masculins); depuis six mois, il en avait élaboré au moins dix versions, toutes remarquables par leur imprécision. Madame Pomerleau, qui détenait le privilège unique de les connaître toutes (elle était la confidente attitrée du patron), émit prudemment, à la demande expresse de ce dernier, quelques petites réserves, qu'il balaya de son geste habituel de la main droite. Et l'heure du dîner arriva.

Juliette Pomerleau sortit en soupirant de son sac à main une pomme, six raisins verts et un petit contenant de fromage cottage et commença son repas solitaire. La semaine d'avant, trois secrétaires, qui adoraient sa compagnie, l'avaient entraînée au *Piémontais* (son restaurant favori) où on lui avait servi une superbe lasagne (son mets favori). C'est après avoir ingéré toutes ces calories traîtresses qui ne faisaient qu'alourdir sa taille et empâter son menton qu'elle avait décidé de se remettre au régime encore une fois.

— Quelle vie, soupira-t-elle. Crever de faim ou gonfler, voilà mon destin.

L'appel nocturne de Roger Simoneau se remit à la hanter, comme il l'avait fait une partie de la nuit. Et soudain, le souvenir de sa dernière rencontre avec Adèle lui revint à l'esprit avec une netteté saisissante.

C'était en 1976 – il y avait douze ans – lors de la vente aux enchères qui avait suivi la mort de Joséphine Deslauriers, sa tante, son amie, sa véritable mère. La vente se tenait au 2302 du boulevard Dorchester Ouest – maintenant René-Lévesque – dans la magnifique maison que Joséphine avait habitée si longtemps avec son frère Honoré. Cherchant à lutter contre la peine qui l'accablait, ce dernier avait décidé de disperser aux quatre vents tout ce qui lui rappelait le souvenir de sa sœur. La vaisselle de porcelaine et d'argent, les livres anciens, le magnifique mobilier (certaines pièces avaient appartenu à Louis-Joseph Papineau, le chef du Soulèvement de 1837), les innombrables bibelots et presque tous ses effets personnels étaient tombés entre les mains de cinquante-six acheteurs avides et pressés. Juliette, horrifiée par ce sacrilège, mais taisant sa désapprobation par égard pour son oncle, s'était amenée pour sauver quelques pièces du naufrage. En pénétrant dans le grand salon, elle était arrivée face à face avec sa nièce (qu'elle n'avait pas vue depuis six mois), accompagnée du jeune et prospère épicier Bourdage, son amant de l'époque. Ils s'étaient dit quelques mots rapides, puis Juliette s'était hâtée vers la chambre à coucher de sa tante pour tenter d'attraper le mobilier. Adèle, qui avait alors vingt ans, et que Joséphine avait souvent aidée (elle aidait tout le monde), se promenait toute pensive dans la maison qu'on était en train de vider; elle avait obligé Bourdage à remplir sa fourgonnette de meubles, de livres, de vieux tableaux et d'un peu tout ce qui lui tombait sous la main. Juliette était bientôt revenue dans le salon; le mobilier venait de lui filer entre les pattes. Elle n'avait pu sauver qu'une photographie encadrée de sa tante et une glace biseautée. Elle jetait de temps à autre un coup d'œil furtif et attristé sur sa nièce en discussion avec l'épicier, qui commençait à trouver la note lourde.

— Pourvu qu'elle n'aille pas bazarder tout ça un beau jour chez un antiquaire, marmonna-t-elle.

C'était chose bien connue que les amants d'Adèle constituaient une denrée des plus périssables; la cadence à laquelle ils se succédaient semblait d'ailleurs avoir tendance à augmenter depuis quelque temps. Soudain, Adèle était venue la trouver devant la cheminée de marbre blanc orné d'un mascaron, terreur nocturne de tous les enfants qui avaient vécu dans la maison (Juliette, enfant, avait eu sa part de frissons) et lui avait pris les mains en retenant ses larmes :

— Ah! ma tante, qu'est-ce que nous allons faire sans elle? Jamais personne ne pourra la remplacer.

La comptable, qui avait toujours estimé que sa nièce avait une boîte de tôle en guise de cœur, eut peine à cacher son étonnement. Elles avaient causé quelques instants à voix basse dans le va-et-vient des acheteurs et des curieux, puis Bourdage s'était approché, maussade, tenant dans ses bras une petite pendule de bronze que sa maîtresse l'avait supplié d'acheter, et avait annoncé qu'il s'en allait, car il ne lui restait plus un sou. Après avoir longuement enlacé sa tante, Adèle était partie. Et Juliette ne l'avait plus jamais revue.

Elle avala un dernier quartier de pomme à contrecœur. Les remords lui tiraillaient l'estomac. Douze ans de négligence! Voilà la façon dont elle s'était acquittée de la promesse faite à Joséphine, deux jours avant sa mort, de veiller sur la jeune écervelée que la malheureuse avait recueillie chez elle huit mois plus tôt et qui fuguait sans cesse. Oh! il y avait bien eu deux ou trois petites tentatives de recherche en 1979, l'année où elle avait dû recueillir Denis chez elle, puis une autre en 1982, mais rien de vraiment sérieux. Quelle égoïste indifférence! Oui, bien sûr, depuis neuf ans, c'est tout de même elle et personne d'autre qui s'était chargée d'élever l'enfant, et à ses propres frais encore, mais où se trouve le mérite quand on se fait forcer la main?

Elle ouvrit son contenant de fromage cottage, en avala une cuillerée en grimaçant, puis se mit à feuilleter l'annuaire téléphonique. Dix minutes plus tard, elle le refermait avec une moue découragée. Les pages se rabattirent avec un bruit de gifle. L'épicerie Bourdage n'existait plus et elle avait oublié depuis longtemps le prénom de son propriétaire. Alors, reprenant l'annuaire, elle plongea courageusement dans les trois colonnes de Bourdage, appelant chacun pour s'enquérir s'il avait déjà possédé une épicerie ou connaissait un Bourdage qui en avait possédé une; vingt minutes plus tard, elle raccrocha, dépitée.

C'est à ce moment que Ronald entra dans le bureau, le menton en l'air, les oreilles toutes rouges, et lui annonça qu'il venait de demander un changement d'affectation, car l'atmosphère irrespirable dans laquelle on le forçait à travailler l'empêchait de donner sa vraie mesure.

— Ah oui? Et sur quelle planète se trouve-t-elle, l'atmosphère qui te convient, mon cher? Je suis prête à te noliser une fusée.

Une nouvelle engueulade commença. Agnès, plus angélique que jamais, s'amena pour l'accomplissement d'une autre bonne action (elle devait posséder chez elle des monticules de calepins, tous remplis de ses gestes charitables), mais, à son grand désappointement, la querelle s'apaisa très vite et elle dut quitter la pièce. Juliette se remit au travail. Il consistait, cette fois-ci comme tant d'autres, à vérifier celui de son assistant et, au besoin, à le corriger. Ce dernier, affalé sur une chaise, l'air désinvolte, étouffant des bâillements, examinait un registre posé sur ses genoux relevés, lorgnant toutes les trente secondes à travers la cloison vitrée les secrétaires qui travaillaient dans le bureau contigu (monsieur se croyait irrésistible et arrivait, de temps à autre, à faire partager son opinion à une jeune fille).

Au bout d'un moment, Juliette releva la tête, appuya son menton dans ses mains et dut se rendre à l'évidence : elle plierait encore une fois sous le joug de la migraine. Sur dix engueulades avec Ronald, deux se terminaient par une migraine, longue ou brève, et il semblait impossible de modifier cette proportion. Elle passa le reste de l'après-midi dans un état semi-somnambulique, sous les regards amusés du jeune homme, enchanté de voir souffrir sa patronne sans avoir même à plisser une paupière.

À quatre heures trente, elle posa les deux mains sur son bureau et annonça :

— Je m'en vais.

— Salut, montagne, répondit l'autre intérieurement, et il se mit aussitôt à chercher un prétexte pour téléphoner à la petite Josette, absorbée cinq mètres plus loin dans la dactylographie d'un rapport.

▲

Elvina entendit la *Subaru* de sa sœur freiner devant la maison ; elle s'approcha de la fenêtre et regarda Juliette s'extirper du véhicule :

— Oh ! oh ! murmura-t-elle, mauvaise mine... Mais je ne peux pas attendre.

La porte d'entrée grinça. Elvina ouvrit prestement la sienne et s'avança :

— Écoute, Juliette, il faut absolument que je te parle de Denis qui vient encore une fois de...

— Après le souper, veux-tu ? La tête va m'exploser.

Et elle disparut dans son appartement. Sa sœur resta immobile un moment, les lèvres pincées. Soudain, se tournant vers la chienne :

— Mais veux-tu bien rentrer, toi, espèce, cria-t-elle en levant un bras menaçant au-dessus de l'animal, planté sur le seuil, le nez craintivement avancé dans le hall.

— Enfin, soupira Juliette en s'écrasant dans un fauteuil, je croyais que je n'arriverais jamais...

Elle inclina la tête vers l'arrière et ferma les yeux. Dans la salle à manger, on entendait Denis faire ses exercices au piano. Il s'arrêta, apparut dans l'embrasure et observa sa tante qui dormait la bouche entrouverte, le teint blafard, respirant par saccades.

— Encore ? fit l'enfant. C'est la deuxième fois cette semaine.

Il se rendit à la cuisine, remplit la bouilloire électrique, puis alla chercher une bouillotte à la salle de bains.

— Apporte-moi les aspirines, veux-tu ? demanda Juliette d'une voix mourante.

— Va te coucher, ma tante, je vais m'occuper du souper, fit Denis en arrivant avec la bouillotte, les aspirines et un petit verre de lait.

Juliette essaya de sourire :

— C'est gentil. Tu n'auras qu'à réchauffer le bœuf aux carottes, mon amour. Je ne mangerai pas.

À sept heures, il vint la trouver dans sa chambre :

— Je m'en vais pour ma leçon chez Bohu, annonça-t-il à voix basse.

Elle souleva à demi les paupières :

— N'oublie pas de prendre l'argent sur la desserte, marmonna-t-elle. Je lui dois un mois.

Elle s'assoupit de nouveau, mais ouvrit les yeux presque aussitôt, les referma, puis les rouvrit et constata, chose extraordinaire, que sa migraine venait de la quitter.

— Mon Dieu, m'auriez-vous fait une petite gâterie ? murmura-t-elle en s'assoyant précautionneusement dans le lit.

Son regard se promena lentement dans la chambre, s'arrêtant sur la coiffeuse, les deux commodes à tiroirs ventrus, la photo de tante Joséphine qui souriait d'un air amusé et confus, comme pour se faire pardonner l'énorme encadrement de chêne ouvragé qui l'entourait. L'ondulation subtile et nauséeuse qui semblait avoir saisi toutes choses depuis quelques heures avait disparu. Disparu aussi le lutin sadique qui s'était assis à califourchon sur ses épaules, armé d'un ciseau à froid pour creuser un sillon de la base de son crâne jusqu'à l'œil gauche.

Elle se rendit au frigidaire, se remplit un verre de jus d'orange, puis arrangea sa coiffure devant un miroir.

— Il faut que je retrouve Adèle, décida-t-elle soudain.

Elle prit son sac à main et sortit. Un rideau de mousseline bougea légèrement à la fenêtre du salon d'Elvina.

— N'a pas le temps de me parler, mais trouve bien le temps d'aller se barauder en ville, maugréa la vieille fille en se grattant rageusement le sourcil droit, qu'elle avait tout gris, épais et broussailleux, entouré d'une zone de rougeur qui lui donnait un air farouche.

L'ancienne demeure de Joséphine Deslauriers était une superbe maison de brique à deux étages construite en 1887 par Télesphore Latourelle au coin du boulevard René-Lévesque et de la rue Lambert-Closse. Les corniches, les cordons d'étage, l'arc des fenêtres, leur appui et leur pied-droit étaient de granit ouvragé, les angles extérieurs de l'édifice soulignés par un bossage vermiculé. L'entrée principale, surmontée d'un arc plein cintre orné en son milieu d'une tête de lion, était flanquée de colonnes de grès rose, encastrées dans la façade et du plus bel effet. La maison comptait vingt-deux pièces, celles du dernier étage mansardées, mais spacieuses et bien éclairées. Le terrain, autrefois immense, avait été morcelé peu à peu à partir des années 30 et se réduisait désormais à une minuscule cour arrière asphaltée où finissait de crouler une remise, et à un petit jardin en façade ombragé par deux peupliers assez mal en point. Les maisons voisines qui subsistaient – car on démolissait beaucoup dans le secteur – avaient encore belle allure, malgré leur délabrement, mais la demeure de Joséphine Deslauriers les surpassait toutes. Depuis un an, un terrain vague couvert de briques fracassées bordait son côté gauche.

Debout devant son auto, Juliette Pomerleau contemplait avec mélancolie les splendeurs fanées des lieux qui avaient abrité son enfance et sa jeunesse. Devant la destruction qui faisait rage partout, elle avait le sentiment étrange et douloureux que les années heureuses qu'elle avait passées auprès de sa tante collectionneuse de porcelaine et de son bizarre d'oncle entomologiste étaient elles-mêmes menacées et qu'on s'apprêtait à lui arracher une partie de sa vie.

— Mon Dieu... voilà des années que je n'étais pas venue ici... J'avais peur et je comprends pourquoi... L'épicerie Bourdage se trouvait sur Atwater, tout près d'ici, se dit-elle après avoir contemplé un moment la masse imposante de l'Hôpital de

Montréal pour enfants, qui dressait sa laideur de l'autre côté du boulevard.

Elle avança sur le trottoir en se dandinant lourdement, tourna le coin et descendit l'avenue Atwater vers le fleuve. La chaleur avait un peu diminué depuis la veille, mais au bout d'une dizaine de mètres, elle fut toute en sueur; l'eau de Cologne dont elle s'aspergeait chaque matin les aisselles et les cuisses se mit à émettre des vapeurs piquantes qui l'étourdirent un peu. Elle poussa une exclamation déçue : l'épicerie Bourdage avait été démolie elle aussi, remplacée par un poste d'essence qui avait dévoré trois autres maisons. Elle rebroussa chemin, agitant sa main devant son visage pour tenter de dissiper les vapeurs.

De l'autre côté de la rue, un homme en gilet de coton s'était arrêté sur le trottoir avec cet air à la fois intimidé et impudent qu'elle avait vu tant de fois chez les amateurs de curiosités humaines. Elle s'approcha de son auto, ouvrit la portière puis, se ravisant, tourna lentement sur elle-même, poussa une barrière rongée par la rouille et s'engagea dans l'allée qui menait à l'ancienne demeure de la tante Joséphine. En gravissant les trois marches de pierre du perron, elle aperçut, vissé à la porte, un petit rectangle de plastique noir où se lisait, gravé en lettres blanches :

L'OASIS
chambres au mois et à la semaine

Elle sonna, attendit un moment, sonna de nouveau, puis tourna le bouton de la porte et entra. Le vestibule aux sombres boiseries de chêne n'avait pas trop souffert et elle reconnut avec attendrissement le papier peint à motif de fougère, déchiré maintenant à plusieurs endroits, que sa tante avait posé elle-même quelques semaines avant sa mort. Un des battants de la porte vitrée qui donnait sur le vaste hall était entrouvert. On entendait des voix au premier étage, mêlées à la musique d'une radio. Les vapeurs d'eau de Cologne commençaient à devenir vraiment incommodantes. La vitre d'un des battants, autrefois biseautée et ornée en son centre d'une tête d'ange couronnée de lierre, avait été brisée et remplacée par une vitre ordinaire. Elle s'avança dans le hall sombre, attristé par un papier peint brunâtre boursouflé ici et là, et fixa le plancher déverni, couvert d'éraflures, mais encore ferme et silencieux sous les pas.

— Il y a quelqu'un ? demanda-t-elle, un peu intimidée.

— J'arrive, fit une voix de femme avec un accent étranger.

Une porte s'ouvrit au fond, près de l'escalier en courbe, et une petite femme boulotte, un tablier serré à la taille, les cheveux poivre et sel coupés en balai, s'avança d'un pas traînant. À la vue de Juliette, elle s'arrêta une seconde, étonnée, puis, reprenant vitement contenance :

— Oui, madame. Que puis-je faire pour vous ?

— Une Belge, pensa Juliette. Je désirerais parler au propriétaire, dit-elle.

— Pour vous servir, madame.

— Je passais devant votre maison, par hasard, continua l'autre en se troublant un peu, et je me suis demandé tout à coup... Vous savez, j'ai déjà habité ici il y a plusieurs années...

— Ah bon, fit l'autre avec une indifférence polie.

— Oui, j'ai vécu ici toute ma jeunesse. La maison appartenait à une de mes tantes, Joséphine Deslauriers.

— Nous ne l'avons malheureusement pas connue, répondit son interlocutrice en réprimant un début d'impatience.

— Eh bien, voilà : je ne suis pas venue ici pour vous ennuyer avec mes souvenirs, mais plutôt pour obtenir un petit renseignement. Je suis présentement à la recherche de... enfin, pour couper court, j'aimerais savoir si vous avez déjà connu un épicier du nom de Bourdage, qui tenait commerce il y a quelques années sur l'avenue Atwater. Il doit être au début de la quarantaine maintenant.

Le visage de la femme s'éclaircit et, d'une voix presque chaleureuse :

— Félicien Bourdage ? Bien sûr que nous l'avons connu. Mais il est décédé, le pauvre. Il est décédé il y a deux ans. D'un cancer de l'estomac. Il a bien souffert, allez. Ce qu'il a pu lutter contre la mort ! Elle a quand même fini par l'avoir. C'est dommage. Nous l'aimions bien.

Elle recula d'un pas :

— Est-ce qu'il y a autre chose ? reprit-elle de son petit ton impersonnel.

— Non, c'est tout... je regrette que...

— Oui, c'est une histoire bien malheureuse. Au revoir, madame.

— Eh bien ! ma première piste mène au cimetière, bougonna Juliette en descendant les marches du perron. Beau début !

Elle se glissa dans son auto, abaissa le volant et démarra.

— Ma foi, murmura la femme au tablier en laissant retomber un coin de rideau, de toute ma vie, je ne crois pas avoir jamais vu quelqu'un d'aussi corpulent... Ce qu'elle doit souffrir, la pauvre...

Elle se retourna vers son mari. Assis à table en camisole, son chapeau derrière la tête, la ceinture détachée et ses souliers jetés sous une chaise, il alignait des colonnes de chiffres dans un cahier.

— Vraiment, dit-elle, j'avais l'impression de parler à une montagne. À une véritable montagne !

▲

En pénétrant chez elle, Juliette eut la surprise d'entendre jouer du piano dans la salle à manger.

— Qu'est-ce qu'il fait ici ? se demanda-t-elle en consultant sa montre. Sa leçon n'est pourtant pas terminée.

Elle pénétra dans la pièce.

— Ah ! bonjour, madame Pomerleau, fit Bohuslav Martinek en venant à sa rencontre. Vous me pardonnerez, j'espère, mon intrusion dans votre appartement. C'est Denis qui m'a supplié de lui donner sa leçon ici pour ne pas déranger Rachel, qui est en train de me transcrire une partition.

Denis avait cessé de jouer ; tourné sur son banc, il les écoutait.

— Allons, faites comme chez vous, monsieur Martinek, répondit Juliette en souriant. Quelle chaleur ! Les oiseaux vont cuire dans le ciel !

Elle s'appuya contre un mur, sortit un mouchoir de son sac à main et s'épongea le visage :

— Voulez-vous un verre de limonade ?

— Je vous remercie, madame, fit-il en retournant près de l'enfant. Je viens d'en prendre un chez moi.

Bohuslav Martinek était un homme assez grand, un peu bedonnant, parvenu au milieu de la cinquantaine, avec des cheveux encore très noirs et fournis mais repoussés au milieu du crâne par une calvitie qui avançait en ligne droite. Son front lisse et bombé, un long nez aquilin et de grands yeux myopes donnaient à son visage une allure à la fois hiératique et naïve qui surprenait au premier abord d'une façon presque désagréable. Mais on était tout de suite conquis par sa bonhomie. Il parlait posément, d'une voix un peu étouffée, le sourire aux lèvres, en fixant ses interlocuteurs d'un regard à la fois timide et perçant, comme s'il était mû par une curiosité incontrôlable. C'était un homme paisible, travailleur infatigable sous des airs indolents, assez négligé de sa personne, avec un intérêt plutôt limité pour les réalités quotidiennes et qui menait une vie des plus frugales, tirant ses principaux revenus de leçons de piano et de commandes occasionnelles d'arrangements musicaux. À part la musique, son amie Rachel – qu'il avait rencontrée à Chicoutimi quatre ans plus tôt – et un étroit cercle d'amis, tout l'indifférait, si on ne tenait compte d'une étrange passion pour les fusils à eau, qu'il collectionnait avec frénésie.

Denis s'était remis à son exercice de Cramer. De temps à autre, Martinek, debout derrière lui, donnait une indication, faisait reprendre un passage ou manifestait son contentement par un «Bien bien bien» chantonné d'une voix fluette. Puis, il alla s'asseoir près de l'obèse qui écoutait l'enfant, accoudée à la table, son mouchoir chiffonné dans le creux de la main.

— Il faudrait faire accorder votre piano, madame Pomerleau, conseilla-t-il à voix basse. Ce n'est pas bon pour son oreille, qu'il a fort juste.

— Il n'est plus accordable, mon vieux piano. Les chevilles lâchent l'une après l'autre.

— Ce serait dommage de la lui gâcher. Il a fait beaucoup de progrès ces derniers temps, mais Rachel continue de l'intimider. Ce qui explique notre présence chez vous aujourd'hui. Voulez-vous mon avis ? ajouta-t-il avec un sourire malicieux et attendri. Je crois qu'il en est amoureux. Et je le comprends ! *Fa* dièse, *fa* dièse, mon ami ! lança-t-il en se levant prestement. Il n'y a aucun *sol* là-dedans. Allons, reprends-moi ce passage...

Juliette se rendit à sa chambre à coucher, enfila sa robe de nuit et s'étendit sur le lit afin de réfléchir à l'aise aux moyens de retracer Adèle Joannette, sa folle et aventureuse nièce qui aimait tellement courir la galipote. Le piano cessa tout à coup, une porte se referma et on entendit des pas dans l'escalier du hall : Martinek remontait à son appartement. Denis apparut dans la porte de la chambre :

— Comme elle a l'air fatigué, pensa-t-il après avoir contemplé sa tante qui dormait.

Il sortit de la maison, arpenta le trottoir un moment d'un air désœuvré, puis se planta sous un lampadaire qui venait de s'allumer et s'amusa à faire des ombres avec ses mains. Une voix familière cria son nom au coin de la rue. Il tourna la tête et reconnut la silhouette de Jean Paquin, surnommé Yoyo, son

meilleur ami, qui descendait de l'auto paternelle, tout frais
arrivé de chez son grand-père.

— Hé! le cave! viens ici, cria Denis d'une voix frémissante
de joie.

Et il se mit à galoper sur le trottoir en agitant les bras.

▲

La jeune fille était assise toute droite sur sa chaise, les
jambes croisées, les coudes écartés et suspendus en l'air; elle
trouvait sa posture suprêmement ridicule, mais une étrange
paralysie l'empêchait de bouger. «Ma tante, dit-elle calmement, vous devriez venir me secouer un peu. Qu'est-ce que
vont dire mes amies?»

C'est à ce moment que Joséphine se pencha au-dessus de la
cuisinière à gaz pour prendre la théière de tôle émaillée. Une
mèche de sa longue chevelure châtaine toucha la couronne de
flammes bleues du brûleur à gaz et sa tête se transforma aussitôt
en torche. Elle tourna un instant sur elle-même au milieu de la
cuisine en poussant des cris perçants, ses mains crispées
essayant frénétiquement d'étouffer les flammes, puis partit en
courant dans la pièce (qui était devenue immense), buta contre
une table et tomba par terre. La jeune fille essayait désespérément de quitter sa posture ridicule mais n'y arrivait pas. Le
feu s'attaquait maintenant aux vêtements. Sa tante se roulait en
hurlant sur le plancher; ses talons frappaient le linoléum avec
un bruit sourd, effrayant. La couronne de flammes bleues
continuait d'ondoyer avec un doux sifflement, que la jeune
fille percevait distinctement malgré les cris de la malheureuse.

Soudain, une sorte de grondement sourd emplit la cage de
l'escalier qui menait au premier, comme si quelqu'un venait
d'y déclencher une avalanche. Honoré apparut dans la porte,
les yeux agrandis d'horreur, et cria: «Qu'est-ce qui se passe?»,
puis ajouta, inexplicablement: «Et qu'est-ce qui ne se passe
pas?», tandis que le feu continuait son affreux ravage. Il tira
sur la nappe (toute la vaisselle s'écrasa sur le plancher), courut
la tremper dans l'évier et réussit à étouffer les flammes. La
mort dans l'âme, la jeune fille s'était accroupie pour ramasser
les tessons de porcelaine, maudissant la pulsion irrésistible qui
l'empêchait de se porter là où elle aurait dû. Une odeur atroce
emplissait la pièce. Le visage contre le sol, Joséphine gémissait
d'une voix grave, profonde et continue, comme si elle était en
train d'accoucher. Honoré se leva, l'œil égaré, et hurla:

« Sauvage ! » à l'intention de sa nièce, puis courut au buffet et en revint avec une grosse pile de draps blancs qu'il jeta pêle-mêle sur sa sœur. « Pour guérir ! hurla-t-il d'une voix assourdissante. Joséphine, lève-toi ! »

La femme se leva lentement et tourna vers la jeune fille son visage difforme et souriant. Puis tendant vers elle un bras rougeâtre et gonflé, d'où pendaient des lambeaux de tissus carbonisés : « Viens me conduire à l'hôpital », ordonna-t-elle avec un calme suprême.

La jeune fille se pencha au-dessus du lit, pleurant à chaudes larmes : « Vous voyez, ma tante, disait-elle à la mourante, je ne suis plus ridicule, à présent : je pleure, parce que je sais que c'est le moment de pleurer. »

L'autre gardait le silence. Une grande pièce de gaze montée sur des cerceaux de bois l'enveloppait complètement et empêchait de voir distinctement ses traits. Soudain, une main écarta la toile et la jeune fille se retrouva dans les bras de sa tante, la couvrant de baisers passionnés. Au bout d'un moment, celle-ci la repoussa doucement, afin de lui faire admirer son visage qui venait de retrouver toute sa beauté, puis avec ce sourire gracieux et bon auquel personne n'avait jamais pu résister : « Promets-moi, mon ange, de t'occuper d'Adèle, dit-elle d'une voix suave. De la *pauvre* Adèle... »

Et elle se remit à pousser ces gémissements insupportables qui pénétraient l'oreille comme une fine et longue aiguille.

▲

Juliette ouvrit les yeux et se retrouva à demi assise dans son lit, haletante, draps et couvertures rejetés à ses pieds. Elle porta la main à sa tête ; ses cheveux étaient trempés de sueur ; sa robe de nuit collait à sa peau.

— Mon Dieu, qu'est-ce qui m'arrive ? murmura-t-elle, terrifiée, en posant les pieds sur le tapis.

Son regard tomba sur le cadran lumineux du réveille-matin posé sur la table de chevet. Il indiquait une heure vingt-deux. Ce message précis et objectif la calma un peu. Son cauchemar commença à se dissiper. D'une main tremblante, elle se mit à tâtonner sur la table de chevet, trouva le commutateur de la lampe et une douce lumière rose se répandit dans la chambre.

— Qu'est-ce qui m'arrive ? murmura-t-elle de nouveau en se passant la main sur la nuque. Je vais aller prendre un verre d'eau... Quel cauchemar abominable ! Ah ! j'ai cru mourir.

Elle pénétra dans la cuisine, fit de la lumière et son cœur se remit à battre à toute allure à la vue des brûleurs de la cuisinière à gaz, celle-là même qui, dans son rêve, venait de transformer Joséphine en torche.

— Allons, se morigéna-t-elle à voix basse, mets un peu d'ordre dans tes idées, ma fille. Joséphine est morte en juillet 1976. Je venais d'avoir 45 ans. Elle en avait 66. Et je ne demeurais plus là depuis belle lurette.

Elle ouvrit le frigidaire, saisit un pichet de limonade, attrapa un verre sur le comptoir et alla s'asseoir à la table. La limonade tomba dans son estomac comme une pelletée de neige et ses frissons devinrent des tremblements.

— Quand Joséphine a eu son accident le 6 juillet 1976, je me trouvais en vacances à Mont-Laurier avec Gilberte... et Adèle, que ma tante avait prise chez elle au début de l'hiver, le jour de ses dix-neuf ans. Honoré a bien essayé de lui porter secours, mais c'est leur pensionnaire, le vieux monsieur Pratley, qui a réussi à éteindre les flammes et s'est occupé de la faire transporter à l'hôpital. Honoré m'a téléphoné vers la fin de l'après-midi, mais il pleurait tellement que je n'arrivais pas à le comprendre et monsieur Pratley a pris l'appareil pour me dire de descendre au plus vite, car les médecins ne donnaient pas deux jours à vivre à Joséphine. Je l'ai vue le soir même, puis le lendemain avant-midi.

Une grimace douloureuse tordit ses traits :

— Et c'est alors qu'elle a trouvé la force de me parler d'Adèle, qui l'inquiétait beaucoup depuis quelque temps, pour me demander de veiller sur elle après sa mort.

Une sorte de sanglot monta dans sa gorge :

— Je me suis mise à lui faire des promesses comme une cheminée fait de la fumée, mais trois semaines après l'enterrement, comme une grosse sans-cœur, je laissais la belle Adèle partir à Mont-Laurier avec son vieux mécanicien, sans même lever le petit doigt pour la retenir; je m'imaginais qu'en lui envoyant par-ci par-là une petite lettre avec un peu d'argent et beaucoup de morale, j'aidais Joséphine à dormir en paix. Ah ! je mériterais que le diable vienne me tirer toutes les tripes du corps.

Elle se mordilla les jointures, le regard dans le vague, puis se dressa lentement, saisie par une résolution subite.

— Où est-ce qu'il m'a dit qu'il avait fait son accident, l'animal ? marmonna-t-elle en se dirigeant vers le téléphone. Saint-

Hyacinthe... c'est ça, il me téléphonait d'un motel à Saint-Hyacinthe. Avec un peu de chance, je finirai bien par le retracer. Il faut que je le rencontre, ce Roger Simoneau, et qu'il me déballe tout ce qu'il sait sur Adèle. Sait-on jamais? Ça pourra peut-être m'aider à la retrouver.

Et, la voix fébrile, elle demanda au service des renseignements le nom et le numéro de téléphone de tous les motels de Saint-Hyacinthe.

Le préposé de nuit au motel *Beau Repos* ronflait sur un canapé derrière le comptoir, une couverture de laine sur les jambes. C'était un petit vieillard sec et nerveux, un peu chagrin, qui continuait de travailler par nécessité, malgré une santé en ruine et une envie profonde de passer le reste de sa vie à jouer aux cartes près d'un poêle chauffé à blanc. La sonnerie du téléphone le fit bondir comme si on venait de lui verser un filet d'eau bouillante sur la nuque.

— Vous dites? Monsieur Roger Simoneau? Hier soir? Mais qui êtes-vous, madame? Ah bon... c'est urgent... Un instant, grogna-t-il d'une voix encore tout ensommeillée.

Il enfila ses pantoufles :

— N'aurait pas pu téléphoner le jour, comme tout le monde, la vache...

Penché sur le comptoir, il feuilletait le registre avec une vigueur qui en tirait des craquements inquiétants.

— Oui, madame, j'ai une inscription ici au nom de Roger Simoneau, mais il n'a pas indiqué d'adresse, seulement le nom d'une compagnie, je crois... Heu... quelque chose comme *Bilotin Transport*... ou plutôt *Blondin*, je crois... Non, la ville n'est pas indiquée... Écoutez, madame, si vous voulez en savoir plus long, téléphonez à la patronne demain matin, moi, je vous ai dit tout ce que je savais. Bonne nuit.

Il raccrocha, s'assit sur le canapé et resta immobile un moment, les mains sur les genoux, contemplant d'un air abattu ses pantoufles de tapisserie aux pointes élimées, cadeau de sa femme, décédée douze ans plus tôt.

Juliette feuilletait maintenant l'annuaire téléphonique à la recherche de la compagnie *Blondin Transport*. Mais aucune compagnie de ce nom n'y figurait.

— Il a peut-être mal lu, soupira-t-elle, ou l'autre a peut-être griffonné n'importe quoi.

Elle composa de nouveau le numéro des renseignements, puis raccrocha au bout d'un moment, dépitée.

Debout près de son lit, Denis l'observait par la porte entrouverte de sa chambre. Il s'avança sans bruit dans la cuisine :

— Qu'est-ce qui se passe, ma tante ? demanda-t-il timidement.

— Mon Dieu ! que tu m'as fait peur, toi ! fit l'autre en se retournant d'un coup.

Elle sourit :

— Il ne se passe rien, bobichon, tout va très bien. Mais j'ai fait un cauchemar tout à l'heure et je n'arrive plus à me rendormir. Alors j'en ai profité pour faire quelques appels.

— En pleine nuit ? s'étonna l'enfant.

— Hé ! pourquoi pas ? Le service de renseignements fonctionne vingt-quatre heures par jour, non ? répliqua-t-elle avec une pointe d'humeur. Allons, va te coucher, mon chou, je te suis dans deux minutes.

— Qu'est-ce qu'elle peut bien lui vouloir, à ce monsieur Simoneau ? se demanda Denis en remontant la couverture à son menton.

La lumière de la cuisine faisait une tache brillante sur la porte et le reflet se transforma en tête de chevalier. Il se mit à la détailler avec plaisir, puis s'endormit tout doucement.

Le lendemain avant-midi, 22 juin, Juliette fit plusieurs tentatives pour retrouver la compagnie de camionnage qui employait Simoneau, mais sans succès. Dans l'après-midi, sa migraine reprit de plus belle.

— Allons, qu'est-ce qui se passe? grommela-t-elle. Je n'ai pas dit deux mots de toute la journée au grand nigaud. Est-ce que sa présence deviendrait toxique?

Pendant la pause-café, elle se souvint que Simoneau, lors d'une de ses rares visites avec Adèle, lui avait mentionné qu'un de ses frères avait un atelier de carrosserie à Montréal. Elle se remit à fouiller dans l'annuaire téléphonique, mais ne trouva rien.

Ce soir-là, en arrivant à la maison, elle servit une omelette au jambon à son petit-neveu et alla se coucher sans souper. Sa dernière bouchée avalée, Denis s'approcha du lit :

— Est-ce que tu veux que je remplisse ta bouillotte, ma tante?

— Ça serait gentil, bobichon. Je l'aurais bien fait moi-même, mais j'avais l'impression que le plafond me tombait sur la tête à chaque respiration.

Denis fit chauffer l'eau, porta la bouillotte à sa tante, puis sortit jouer dehors en se disant que même la migraine avait ses bons côtés, car il trouvait que depuis deux jours le visage de sa tante s'était aminci. Yoyo l'attendait sur le trottoir dans la magnifique boîte à savon vert et jaune que son père lui avait construite en s'inspirant de la *Ferrari* de Gilles Villeneuve.

À cause de sa physionomie très particulière, Yoyo ne passait jamais inaperçu. On aurait dit qu'il se retenait continuellement pour ne pas rire; mais ses yeux, très grands, très bleus, avaient une expression éplorée qui contredisait en permanence celle de sa bouche. Cela lui faisait un visage étrange, que certains trouvaient attachant, d'autres laid. Pour Juliette, c'était tout l'un ou tout l'autre, selon son humeur. Denis, qui connaissait Yoyo depuis longtemps et savait ce qu'il valait, ne s'intéressait pas à ce genre de questions. Il fit part à son ami de ses observations sur sa tante.

— Peut-être que si elle prenait des remèdes pendant un mois ou deux pour avoir mal à la tête, suggéra ce dernier, elle pourrait perdre trente ou quarante kilos. Après ça, personne ne rirait plus jamais d'elle dans la rue, même pas Bob Langevin.

▲

— Ma foi, madame Pomerleau, est-ce que je me trompe ? On dirait que vous maigrissez, remarqua monsieur De Carufel en passant près de son bureau le lendemain matin.

Elle leva vers lui un visage pâle et un peu affaissé, aux pommettes rougies depuis quelque temps par de petites varicosités :

— Eh oui, je viens de me remettre au régime, figurez-vous. Chaque fois, je trouve ça un peu plus dur. Mais cette fois-ci, c'est pire que tout : j'ai l'impression de mourir.

— Lâche pas, ma grosse, tu es sur la bonne voie, pensa Ronald Rouleau en levant le nez au-dessus de sa calculatrice.

Monsieur De Carufel éclata de son rire incroyablement grave, qui rappelait vaguement le grognement d'un hippopotame :

— Mourir ? Pas de faim, tout de même ? Avec les réserves que vous avez, ça prendrait bien cent ans. Excusez-moi. Je ne sais pas vivre.

Juliette secoua la tête :

— Riez si ça vous amuse. Mais ce matin j'ai failli ne pas venir. Je suis rongée de fatigue et mon système est sens dessus dessous. Jusqu'ici, quand je suivais un régime, je devais me battre contre la faim même dans mon sommeil. Mais depuis deux jours, la nourriture ne me franchit plus le gosier. J'ai mal au cœur à voir une tranche de pain. Je vis de bouillon de légumes, je me couche à l'heure des poules et, pour compléter le bouquet, mes jambes se sont mises à grossir, comme si c'était encore possible.

L'hilarité de monsieur De Carufel était tombée.

— Vous devriez aller voir un médecin, fit-il en reniflant (signe chez lui d'inquiétude), et il s'éloigna lentement, les deux pouces enfoncés derrière la ceinture, songeant avec tristesse que sa comptable commençait à se faire vieille et qu'il faudrait un jour la remplacer.

Virilex fermait le lendemain, fête de la Saint-Jean-Baptiste, qui tombait cette année-là un vendredi. Juliette put donc se reposer durant trois jours. Mais le lundi suivant, elle téléphona au bureau pour annoncer qu'elle devait garder le lit.

Vers midi, Denis arriva d'une promenade en vélo à la Base de plein air en compagnie de Yoyo, avec l'intention de l'inviter à dîner. Il entra dans la chambre de sa tante, l'observa un moment, puis sortit en flèche et courut chez Elvina.

Cinq minutes plus tard, celle-ci avait pris en main l'appartement.

— Si c'est Dieu possible! grommela-t-elle en apportant un bol de bouillon à sa sœur, assise dans son lit. Se faire crever de faim comme ça! Accepte-toi donc comme tu es, ma pauvre. Tu ne seras jamais ballerine, aussi bien te faire à l'idée. Tiens, regarde-toi le visage, fit-elle en braquant un miroir devant son nez. On dirait un ballon dégonflé. À force de te maltraiter le corps ainsi, tu vas te ramasser au cimetière.

— Sottises, répondit faiblement Juliette. Voilà cinq ans que mon médecin me conseille de perdre du poids.

— Pfft! ton médecin, tu sais ce que j'en pense, répliqua l'autre en haussant les épaules avec mépris.

Le lendemain, à son réveil, Juliette se sentit un peu mieux et décida d'aller travailler. Vers dix heures trente, l'estomac soulevé par la nausée, elle était en train de dicter une lettre à sa secrétaire Agnès lorsque le téléphone sonna.

— Madame Pomerleau, s'il vous plaît, fit une voix compassée. Bonjour, madame. Je suis votre locataire du premier, Adrien Ménard. Vous allez bien? Désolé de vous déranger dans vos occupations, mais j'y suis obligé, madame, par un cas de force majeure. Je crois qu'un bris de tuyau s'est produit, hélas, chez mon voisin d'au-dessus, monsieur Fisette, et la moitié du plafond de ma salle à manger vient de s'effondrer... Oui... un dégât épouvantable, et qui s'étend... Oui, oui, bien sûr... je vais immédiatement chez votre sœur... elle sait où se trouve le robinet d'arrêt général? Non? Alors, je l'aiderai, madame, c'est la moindre des choses.

Le dentiste Ménard raccrocha, contempla avec découragement ses souliers maculés de plâtre mouillé, déplaça deux autres caisses pour les soustraire à la douche blanchâtre qui tombait d'entre les lattes du plafond et descendit vitement chez Elvina Pomerleau.

Juliette arriva sur les lieux en même temps que le plombier, appelé par sa sœur. Après quelques minutes de recherche, le dentiste Ménard avait réussi à fermer le robinet, puis avait filé vers son bureau de la rue Cherrier à Montréal où son assistante, presque en larmes, tentait de calmer une demi-douzaine de patients. Juliette gravit pas à pas l'escalier qui menait au premier, pénétra dans l'appartement du dentiste (que les locataires, par plaisanterie, avaient surnommé « l'entrepôt ») et poussa un cri de désespoir en pénétrant dans la salle à manger. On aurait cru qu'une équipe de pompiers venait d'y faire un exercice de simulation d'incendie. La plus grande partie du plafond était réduite à son squelette de lattes. Afin de contenir ce déluge, le dentiste avait roulé un tapis devant les deux portes de la pièce, mais un léger bruit de ruissellement indiquait que la nappe d'eau, profonde de cinq centimètres, avait trouvé une autre issue.

— J'ai un aspirateur dans ma fourgonnette, fit le plombier avec un air de commisération qui semblait davantage inspiré par la rotondité de sa cliente que par les dégâts qu'elle venait de subir.

Et il descendit l'escalier quatre à quatre.

Juliette s'avança jusqu'au milieu de la pièce et s'accroupit péniblement pour ramasser un morceau de rosette de plâtre tombé du plafond. Elle se relevait lorsque sa bouche se remplit tout à coup d'un liquide âcre et salé.

— Qu'est-ce qui vous arrive, madame? s'exclama le plombier en la voyant sortir de la pièce, un mouchoir ensanglanté contre la bouche.

Elle lui jeta un regard affolé, trouva la force de se rendre jusqu'à une chaise près de l'entrée, s'affala dessus et ferma les yeux. Une sorte de vapeur chaude l'enveloppa. Les bruits s'estompèrent peu à peu, mais elle ne perdait pas conscience. Elle entendit des pas précipités dans l'escalier, qui montaient, montaient interminablement, puis la voix aiguë de sa sœur éclata, hystérique :

— Bon Dieu de ma vie! je te l'avais bien dit que ça t'arriverait un jour!

— Qu'est-ce qui m'arrive? se demanda-t-elle intérieurement. Elle ne le sait pas plus que moi. Quelle sotte!

Et elle essaya de sourire. Mais les forces lui manquaient. Un peu de temps s'écoula. Le silence se fit. Son hémorragie avait cessé. Elle se concentrait sur ce fait réconfortant, happée à tous moments par des accès de sommeil, puis une sensation de froid lui fit ouvrir les yeux.

— C'est moi, ma tante, fit Denis avec un sourire misérable en pressant sur son front une débarbouillette d'eau glacée qui lui dégoulinait dans le visage.

Elle sourit, lui serra longuement la main, puis bascula dans le noir.

Le docteur Bellerose se tenait assis devant le lit, les coudes relevés, les mains posées à plat sur les cuisses, ses gros yeux bienveillants fixés sur la malade, attendant qu'elle finisse de se réveiller.

— Eh bien! s'exclama-t-il joyeusement lorsqu'elle tourna enfin la tête vers lui, vous nous avez fait toute une peur, vous, là!

Elle le fixa un instant, puis son regard se posa sur le sac de soluté jaunâtre suspendu à une tige à trépied au-dessus de sa tête, suivit le tube transparent qui dispensait le liquide et s'arrêta sur l'aiguille enfoncée dans son avant-bras et maintenue par un diachylon. Elle fronça les sourcils et répondit :

— Ne me parlez pas comme à une mourante.

Le visage du docteur rosit légèrement et la blancheur de sa grosse moustache en brosse sembla augmenter :

— Eh bien, votre réponse, madame, prouve que vous n'en êtes pas une! Vous semblez même avoir le moral solide! Bonne chose, ça. Vous allez en avoir besoin.

Juliette le regardait d'un œil froid, presque méchant.

— Qu'est-ce que j'ai? dit-elle enfin.

Le docteur hésita une seconde, mais le regard de sa patiente lui enleva toute velléité de mensonge :

— Ma chère madame, vous n'allez pas très bien. Vous venez de faire une hémorragie œsophagienne. Oh, toute petite... On l'a très vite contrôlée, sans avoir été obligé de prendre les grands moyens. Permettez?

Il se leva, souleva les couvertures, rabattit la jaquette de la malade et se mit à lui percuter le ventre. Puis au bout d'un moment :

— Il y a longtemps que vous faites de l'embonpoint comme ça?

— Depuis l'âge de 23 ans.

— Avez-vous remarqué si vos jambes s'étaient mises à enfler dernièrement?

— Oui, depuis quelques jours.

— Et ces petites veines éclatées sur vos bras et votre abdomen, c'est apparu quand ?

Juliette souleva son bras, l'examina, puis :

— Je ne les avais pas remarquées. Dites-moi ce que j'ai.

Le docteur Bellerose eut un haussement d'épaules et se rassit, perplexe. Mais curieusement, cette perplexité n'atténuait aucunement son expression joyeuse, qui semblait faire partie de son visage :

— Hé... c'est que ce n'est pas aussi facile à diagnostiquer qu'on pense... Nous avons bien notre petite idée, mais...

— « Nous » ? se dit Juliette. Ils sont plusieurs à s'occuper de moi. Mon état est donc grave.

— ... il faudra procéder à des examens, ma chère madame, à beaucoup d'examens. Vous n'êtes pas sans savoir, bien sûr, que les personnes comme vous qui souffrent d'un embonpoint aussi... important... se magagnent la machine, comme on dit. Pour elles, chaque année qui passe en vaut deux. Buvez-vous ? demanda-t-il avec un grand sourire, comme s'il s'agissait d'une chose extraordinairement plaisante.

Elle réussit à se soulever sur les coudes et, l'œil méchant :

— Est-ce que j'ai l'air d'une ivrognesse ?

— Couchez-vous, couchez-vous, ma bonne dame. Ne faites pas d'efforts inutiles. Ça ne vaut rien pour vous.

Elle se laissa retomber sur l'oreiller et ses yeux s'emplirent de larmes.

— Allons, déballez votre marchandise, murmura-t-elle d'une voix tremblante. Je suis assez vieille pour avoir le droit de savoir ce qui m'arrive, sueur de coq !

— Sueur de quoi ? Drôle de juron. Jamais entendu encore. Allons, madame Pomerleau, reprit-il d'une voix peinée en se frottant nerveusement les genoux, comment voulez-vous que je pose un diagnostic valable avant d'avoir obtenu les informations suffisantes ? Vous voulez me faire dire n'importe quoi ? Ce n'est pas sérieux.

— Vous avez dit tout à l'heure que vous aviez votre petite idée.

— Je l'ai, bien sûr. Quand je me suis permis de vous demander tout à l'heure si vous buviez...

— Je ne bois pas, coupa-t-elle sèchement. J'ai cinquante-sept ans et je suis une femme honorable.

— Eh bien, tant mieux ! Vous m'en voyez ravi. Mais n'importe. Si je vous ai posé cette question... un peu délicate, c'est que vous présentez les symptômes d'une personne souffrant d'une affection du foie. C'est souvent le cas des alcooliques, comme vous le savez. Mais pas exclusivement, bien sûr.

— Il y a cinq ans, j'ai fait une hépatite, fit Juliette d'une voix égale.

— Ah bon. Une hépatite infectieuse?

— Oui. Et depuis, j'ai toujours eu le foie fragile.

— Tiens, tiens, tiens, s'exclama intérieurement le docteur. Hépatite latente active. Très intéressant.

Il s'avança un peu sur sa chaise:

— Est-ce que vous avez été bien malade?

— Malade comme un chien. Durant trois mois. Ah! ce qu'on m'en a fait manger, de la confiture! Le cœur me lève maintenant à la seule vue d'un pot. Docteur, fit-elle d'un ton suppliant, qu'est-ce qui vous fait dire que mon hépatite a récidivé?

— Oh, différents petits signes... l'enflure de vos jambes... le blanc de vos yeux qui est un peu citron... et puis cette petite hémorragie que nous venons d'arrêter en criant lapin... sans compter que je crois avoir détecté chez vous un peu de rétention de liquide... ce qu'on appelle de l'ascite dans notre jargon... Trouvez-vous que votre ventre a un peu enflé, ces derniers temps?

— Oui, un peu. C'est sa façon de me récompenser pour mes régimes amaigrissants, répondit-elle avec un sourire navré.

Pendant une seconde, l'expression du médecin rappela celle d'un amateur de mots croisés qui vient de faire une trouvaille:

— Vous avez perdu beaucoup de poids, dernièrement?

— Je ne fais que ça depuis deux semaines. Mais je ne m'en sens pas mieux pour autant, hélas.

Le docteur se leva, tapota gentiment le bras de sa patiente:

— Allez, reposez-vous... essayez de vous détendre... on s'occupe de votre foie... et de tout le reste! Dans dix jours, vous serez une femme toute neuve qui enverra promener les docteurs avec leurs questions désobligeantes.

— Vraiment, se dit Juliette en voyant s'éloigner le colosse souriant, je n'aime pas du tout ses façons: il me parle comme si j'étais sur le point de déménager six pieds sous terre.

Juliette Pomerleau passa trente-deux jours à l'hôpital où elle connut toutes les délices de l'inquisition médicale: analyses de sang et d'urine, radiographies, cartographies hépatiques, spléno-portographies, biopsies, repas barytés, laparoscopies et le reste. Tous les examens convergeaient vers le même diagnostic implacable : loin de se résorber, l'hépatite infectieuse dont elle avait souffert cinq ans plus tôt avait dégénéré au contraire en une cirrhose insidieuse qui avait accompli un tel travail de destruction que ses chances de survie s'avéraient presque nulles. On lui fit des ponctions et on décida de la soumettre à un traitement aux corticoïdes. Mais son état d'affaiblissement extrême persistait. Elle demanda à retourner chez elle, «afin, dit-elle avec un sourire cynique et désabusé, de pouvoir crever en bonne compagnie ».

Le docteur Bellerose, après s'être assuré que sa patiente bénéficierait de soins à domicile appropriés, lui donna son congé.

— Dommage, confia-t-il à un interne, c'était une bonne nature. Elle ne connaîtra pas une fin facile.

▲

Malgré l'insistance d'Elvina, Juliette refusa l'ambulance et revint chez elle dans sa *Subaru*, conduite pour l'occasion par Clément Fisette. Joseph Plourde, son voisin retraité qui habitait un petit cottage de brique dont le jardin jouxtait celui d'Elvina, se préparait à peinturer son perron au terme d'une discussion de trois jours avec sa femme sur le choix de la couleur, qui les avait conduits aux frontières de l'apoplexie ; pinceau en main, il fixait avec une haine concentrée la chaudière de peinture gris souris qu'on lui avait imposée lorsque, levant la tête, il aperçut Juliette qui sortait péniblement de son auto, soutenue par Elvina et Clément Fisette. Une violente inspiration d'air lui asséca la bouche instantanément et son pinceau tomba sur le trottoir avec un petit claquement. Sa conseillère en placements, la confidente avisée de ses chicanes conjugales, autrefois si énergique et pétulante qu'on l'aurait crue indestructible comme une montagne, était devenue en quelques semaines cette vieille femme au corps dévasté, aux chairs pendantes, au dos voûté, souriant avec peine et promenant sur les choses un regard mou et comme fondu. Il la fixait, les larmes aux yeux, tandis qu'elle contemplait la boîte à logements si terne et si banale qu'elle s'était achetée en 1956 à la mort de son mari et que seul un jardin ombragé d'érables sauvait de la laideur totale. C'était là que, un mois plus tôt, elle régnait en maternelle impératrice sur ses locataires, réglant leurs petits problèmes, prêtant marteaux et tournevis, servant le café et les biscuits à tous moments de la journée, bougonnant pour la forme quand on lui demandait une réparation mais ravie, au fond, de se sentir indispensable.

Joseph Plourde s'avança vers l'auto, essayant de cacher son désarroi :

— Eh bien, dites donc ! de la grande visite ! Bienvenue chez vous, madame Pomerleau. Attendez, je vais vous ouvrir la porte.

— Comment se porte votre femme ? fit Juliette avec un sourire malicieux.

Une forte envie saisit Joseph Plourde de résumer brièvement à l'intention de sa voisine les discussions survenues entre lui et son épouse dans les trente-deux derniers jours, mais un signe d'Elvina attira son attention sur le tremblement qui s'était emparé des jambes de la malade :

— Pas si mal, mais pas si bien, répondit-il précipitamment et, l'œil picoté d'émotion, il courut ouvrir la porte.

Rachel et Denis s'avançaient à la rencontre de Juliette.

— Tiens, fit cette dernière en souriant à l'enfant, tu as mis ton beau pantalon de gabardine pour me recevoir ?

— C'est une idée de Rachel, répondit Denis, atterré par l'aspect de sa tante, et il se mit à fixer le sol.

— Tu ne m'embrasses pas ?

Il se haussa sur la pointe des pieds, posa un baiser rapide sur sa joue, puis s'effaça devant elle, mais Juliette demeurait immobile, contemplant les alentours d'un air pensif.

— Nous sommes contents que vous soyez de retour, fit Rachel en l'embrassant à son tour.

Elvina empoigna sa sœur :

— Allons, entre, tu ne tiens plus sur tes jambes.

— Nous avons une belle surprise pour toi, reprit Denis, jouant l'entrain.

Il ouvrit toute grande la porte de l'appartement :

— C'est une idée de Rachel, dit-il fièrement.

— Vous êtes fous, murmura Juliette, les larmes aux yeux en apercevant les gerbes de fleurs dans le salon.

— J'espère que l'odeur ne te fatiguera pas trop, fit Elvina d'une voix quelque peu aigre.

— Et pourquoi me fatiguerait-elle ? rétorqua Juliette avec un haussement d'épaules.

— Vieille vache, pensa Rachel en fixant la célibataire droit dans les yeux.

— Je veux m'asseoir quelques minutes au salon, décida Juliette en tournant la tête vers Clément Fisette. Ah ! qu'ils embaument, ces freesias, fit-elle en se laissant glisser dans un des fauteuils éléphantesques et plutôt hideux qui meublaient la pièce. Ça me repose des senteurs d'éther et d'alcool.

— C'est Rachel qui est allée les acheter tout à l'heure chez *Smith,* annonça Denis en posant un regard admiratif sur la jeune violoniste debout devant la fenêtre, en train de corriger la disposition d'une gerbe dans un vase.

— Et comme Bohu n'avait pas la tête à sortir, poursuivit cette dernière, Clément s'est offert à m'accompagner.

— C'est-à-dire qu'elle m'a tiré du lit comme avec un câble d'acier, ricana le photographe.

Le silence se fit soudain dans le salon. Affalé sur le canapé, Fisette fixait Rachel avec un petit sourire, détaillant avec plaisir son corps vif et menu, auquel des épaules un peu larges donnaient un caractère de force qui se mariait d'une façon piquante avec la joliesse de sa personne. Elle l'avait toujours un peu intimidé.

Malgré sa beauté, Rachel n'avait aucune propension à la coquetterie. C'était une femme énergique et travaillante, un peu sèche, dévorée par l'ambition, ancienne élève du Conservatoire de Chicoutimi. Il n'était pas sûr qu'une des causes de sa liaison avec Martinek et de l'intérêt actif qu'elle manifestait pour ses œuvres n'ait pas été le désir de se faire une place dans le monde musical montréalais, puis ailleurs. Elle le suppliait depuis un an de lui composer un concerto pour violon. Deux semaines plus tôt, elle avait décidé de fonder un quatuor à cordes avec des amis. Quand Charles Dutoit avait lancé son enregistrement de la *Fantastique,* elle l'avait abordé pendant une séance de signatures chez le disquaire *Archambault* avec l'espoir vague et un peu futile de favoriser son engagement dans l'orchestre; ils avaient échangé d'aimables banalités pendant quelques minutes mais leur entretien n'avait pas eu de suite. Elle vivait de bourses et de leçons, travaillait son violon six heures par jour, le plus souvent à son appartement de Côte-des-Neiges (elle ne demeurait chez Martinek que par intermittence), prenait des leçons d'Eleonora Turovsky au Conservatoire et préparait une audition pour une place de violoniste dans l'Orchestre symphonique de Montréal, impatiente de quitter la vie d'étudiante un peu laborieuse qu'elle menait depuis quatre ans.

Juliette allongea lentement les jambes, étouffa un soupir et promena son regard dans la pièce avec un sourire douloureux.

— L'infirmière du CLSC devrait arriver d'une minute à l'autre pour installer ton soluté, fit Elvina en posant sur sa sœur un regard de pesante sollicitude. Tu devrais aller t'étendre.

Celle-ci redressa brusquement le menton :

— Laisse-moi le temps de souffler, grogna-t-elle.

Quelqu'un frappa à la porte. Fisette alla ouvrir :

— Ah, c'est toi, Bohu. Elle vient tout juste d'arriver.

Bohuslav Martinek s'avança, dégingandé, légèrement voûté, un début de bedon comprimé par une ceinture craquelée, et tendit à sa propriétaire un paquet orné d'un ruban rose :

— Oh ! ce n'est rien, un minuscule petit cadeau pour fêter votre retour.

Juliette le regarda un instant, les traits comme figés, puis, avalant sa salive :

— Vous êtes tellement gentils avec moi, vous tous, fit-elle d'une voix rauque. Allons, voilà que je pleure encore. Cette maudite maladie m'a transformée en aqueduc !

Rachel s'avança vers elle et, la prenant par les épaules :

— Nous allons nous en occuper, de votre maladie, annonça-t-elle avec une fermeté souriante. N'est-ce pas, Bohu ?

— Oui. Et par pur égoïsme, d'ailleurs, ajouta-t-il en riant, car nous avons tous besoin de vous ici, figurez-vous.

Assise un peu à l'écart près d'un guéridon sur lequel trônait un gros vase bleu rempli d'œillets et de marguerites qui répandait son efflorescence presque dans son visage, Elvina, la tête penchée de côté, fixait la violoniste d'un air pincé :

— Occupe-toi donc plutôt de faire le ménage un peu plus souvent chez ton grand dadais de musicien, lança-t-elle intérieurement, au lieu de venir nous étourdir avec tes fleurs.

— Comme c'est joli, s'écria Juliette en retirant l'emballage.

Elle tenait dans ses mains une petite gravure encadrée d'une simple baguette noire et l'examinait au bout de ses bras tendus en tâchant de cacher sa perplexité.

— J'ai pensé que vous l'aimeriez, fit Martinek d'un air transporté. Voyez-vous, j'ai grandi avec ce *Portrait de jeune homme* de Rembrandt ; c'était la seule œuvre d'art que mes parents possédaient. Il m'a toujours émerveillé par sa beauté, sa vie si intense, si émouvante. Ce jeune homme est devenu pour moi comme un ami, une sorte de confident.

Juliette lui tendit la main, qu'il serra gauchement. Denis, rencogné dans le canapé, gardait l'œil fixé sur sa tante. Soudain, il eut l'impression que le visage de la malade se creusait, que ses lèvres s'amincissaient. Allait-elle s'évanouir ? Juliette inclina légèrement la tête et, d'une voix presque inaudible :

— Je... suis un peu fatiguée... Vous allez m'excuser...

On frappa de nouveau à la porte.

— L'infirmière ! s'écria Elvina en se levant.

Rachel bondit sur ses pieds et alla ouvrir :

— Ah ! monsieur Ménard, bonjour ! Entrez donc.

— Vous êtes sûre que je ne dérange pas ? s'enquit le dentiste de sa voix soyeuse et mesurée où chaque mot donnait l'impression d'être un objet fragile et précieux qu'un simple haussement de ton aurait fait voler en miettes.

— Mais non, entrez.

— Je peux revenir plus tard, insista l'autre.

— Entrez, entrez, on vous attend, on se meurt de vous voir, répondit Rachel en riant.

— De toute façon, je ne faisais que passer, fit-il en essuyant longuement ses pieds sur le paillasson. J'ai toujours dit que l'élément premier d'une bonne convalescence, c'est le repos, un repos absolu. J'étais venu vous porter une petite chose, annonça-t-il à Juliette en pénétrant dans le salon, afin de fêter votre retour parmi nous.

Elvina se pencha à l'oreille de sa sœur :

— Tu tombes en morceaux, ma pauvre. Viens te coucher, je t'en supplie.

— Ne craignez rien, mademoiselle Elvina, reprit le dentiste, je m'en vais sur-le-champ. Tenez, fit-il en déposant sur les genoux de Juliette une boîte enveloppée de papier rose. Vous regarderez cela plus tard, une fois bien reposée. Ce n'est qu'une petite chose de rien du tout, mais je crois qu'elle pourra vous être utile.

Il fit un léger salut de la tête à la compagnie :

— Allez, à bientôt. Soignez-la bien.

La porte se referma doucement derrière lui.

Martinek et Elvina aidèrent Juliette à se lever.

— Des fleurs dans ma chambre... et jusque dans la salle de bains ! fit Juliette en s'avançant dans le corridor, soutenue par sa sœur. T'es folle, Rachel !

— Allons, ne fais pas cette tête-là, disait la violoniste à Denis, toujours rencogné dans le canapé.

Elle se pencha sur l'enfant et lui caressa les cheveux. Il leva vers elle un regard lugubre :

— Elle va mourir, hein ?

Rachel fronça les sourcils et posa un doigt sur ses lèvres :

— Tut tut tut. Nous allons tout faire pour qu'elle vive. Et elle vivra. Tiens, va donc lui porter ses cadeaux, petit ange aux ailes noires.

Malgré le soutien de ses amis et le zèle d'Elvina – grognonne mais surprenante de dévouement –, malgré les visites presque quotidiennes du docteur Bellerose, qui l'avait prise en amitié et avait décidé de la soumettre à un coûteux traitement à l'albumine humaine, Juliette Pomerleau comprit un soir qu'elle allait bientôt mourir.

Il suffisait d'avoir des yeux pour le constater. Après un court répit, son ventre et ses jambes s'étaient remis à grossir; des saignements de nez étaient apparus, laissant craindre une autre de ces terribles hémorragies œsophagiennes. Son dégoût de la nourriture était tel qu'il lui fallait des heures pour avaler une demi-pomme cuite.

Depuis quelques jours, elle avait parfois de courtes absences qui lui causaient des trous de mémoire humiliants. Elle réclamait son châle alors qu'on venait de lui en recouvrir les épaules, oubliait le nom des gens, le moment de la journée, ou alors, se réveillant en sursaut, promenait un regard hébété dans sa chambre et demandait avec effroi où elle se trouvait. Deux semaines après son retour à la maison, le docteur Bellerose, tout en lançant des plaisanteries de commis voyageur, l'avait soumise à un test de réflexes qui l'avait laissé songeur – et elle n'avait pas été sans remarquer son malaise. Aussitôt après son départ, elle demanda à Denis de lui apporter un dictionnaire médical, l'ouvrit à l'article *cirrhose* et médita une bonne demi-heure devant le paragraphe consacré au coma hépatique.

Le 17 août au soir, Adrien Ménard, après s'être assuré qu'elle était en état de le recevoir, pénétra dans sa chambre et, après les préambules d'usage, lui demanda si le purificateur d'air à filtre de charbon activé qu'il lui avait donné en cadeau contribuait, ne fût-ce qu'un peu, à soulager ses malaises. Elle se trouvait dans un de ses bons moments et se mit à badiner avec lui, prenant un malin plaisir – la question plongeait toujours le dentiste dans le plus grand embarras – à lui demander ce que diable il pouvait bien faire avec toutes ces masses de caisses qu'il apportait chez lui depuis des années à pleine camionnette pour les retransporter quelque temps plus tard Dieu sait où, faisant jaser interminablement le voisinage, sans que personne ait jamais réussi à trouver la clef de l'énigme.

— De grâce, madame Pomerleau, je vous le répète encore une fois, il faut éviter de me questionner là-dessus, fit le dentiste en s'agitant sur sa chaise. Je vous le demande au nom de notre amitié et aussi de...

Il chercha dans sa tête la phrase polie qui lui permettrait de prendre congé. Juliette s'arc-bouta sur les talons et les coudes afin de remonter sa tête sur l'oreiller, mais n'y parvenant pas :

— Aidez-moi un peu, voulez-vous ? Voilà, merci, je respire mieux...

— Je vois que vous commencez à vous fatiguer. Il vaut sans doute mieux que...

— Tut tut. Vous ne partirez pas aussi facilement que ça, mystérieux dentiste, répondit Juliette gaiement. Saviez-vous que dans le voisinage on vous surnomme justement le *mystérieux dentiste*?

— Je l'ignorais.

— Eh oui. Comment un homme aussi original et cachottier que vous aurait-il pu éviter un surnom pareil, dites-moi ? Évidemment, on aurait pu également vous surnommer le *nippophile*, mais personne ne comprendrait ce mot et votre passion pour le Japon est beaucoup moins spectaculaire que celle que vous avez pour le transport des marchandises en camionnette. Rappelez-moi... Combien de temps avez-vous vécu à Nagasaki ?

— Six ans, madame. J'ai quitté le Japon en 1977, à la mort de ma femme.

— C'est vrai, vous aviez épousé une Japonaise... Je l'oublie toujours... À vrai dire, sans vouloir vous offenser, j'ai de la misère à vous imaginer en ménage... Est-ce que je vous ai offensé ?

Le dentiste eut un sourire résigné :

— Du tout, madame.

— Et comment se sent-on à pratiquer l'art dentaire au Japon ?

— Très bien, madame. Les Japonais adorent les Occidentaux.

— Malgré les fameuses... radiations ?

— Malgré elles, madame.

— Dieu que c'est difficile de vous faire causer! On a l'impression de vous tirer les tripes du ventre. Vous portez bien votre surnom.

Elle eut un clignement d'œil :

— Aussi, je ne vous laisserai pas partir sans que vous me fassiez une promesse...

Les traits d'Adrien Ménard se raidirent légèrement :

— Laquelle? demanda-t-il avec une trace d'appréhensîon dans la voix.

— Elle sera facile à remplir, croyez-moi... Approchez-vous un peu. Je veux... je veux savoir avant de mourir – mais n'attendez pas que j'aie complètement perdu la carte, tout de même – je veux savoir à la fin des fins... ce que vous fricotez depuis quatre ans avec votre camionnette et vos montagnes de caisses. En échange, je vous promets d'emporter votre secret avec moi dans l'autre monde. Considérez cela comme un caprice d'agonisante, quoi.

Le dentiste se releva, l'air grave :

— Cela vous ferait plaisir?

— Cela me comblerait. Voyez-vous, je ne suis pas tout à fait sûre de pouvoir satisfaire ma curiosité là où je m'en vais.

— Dans ce cas, je vous le promets, fit le dentiste en souriant. Mais je ne m'engage pas à grand-chose : vous allez guérir.

— Croyez-vous? Dans une semaine, mon cher, vous risquez de me trouver les pattes raides et les mâchoires serrées. Je baisse de plus en plus. Ce soir, vous me voyez dans un de mes bons moments. Mais demain matin, vous me trouverez peut-être avec un regard de bûche, incapable de me rappeler votre nom. Que voulez-vous? Je suis en train de mourir, mon cher. C'est très incommodant, mais je n'y peux rien. Non non non, taisez-vous, je connais tous vos mensonges. Je les ai déjà servis moi-même à d'autres. Laissez-moi au moins le plaisir, sueur de coq, de parler de ma mort comme je l'entends. C'est à peu près tout ce qui me reste. Non seulement ça me soulage, mais ça rapièce un peu ma fierté. Bon. Je vous ai fait assez souffrir, vous pouvez vous en aller. Minute, se ravisa-t-elle aussitôt, saisie par une inspiration subite.

— Oui, madame? fit le dentiste, incapable de cacher la tristesse qui venait de s'abattre sur lui.

— Dites... à ma sœur de venir me trouver, demanda Juliette d'une voix soudain affaiblie. J'ai à lui parler.

Le dentiste transmit le message à Elvina, puis monta lentement à son appartement :

— J'espérais que ce purificateur d'air l'aiderait un peu... Mais tout n'est pas qu'une question d'air, bien sûr... Ce docteur suisse était un peu toqué.

— Tu voulais me voir? dit Elvina en apparaissant dans l'embrasure, les mains enfarinées.

— Oui. Va te laver les mains et apporte-moi une plume et du papier. Je veux faire mon testament. Eh bien, vieille bête, qu'est-ce qui te prend? Cesse de mouiller ton tablier, tu sais bien que je ne suis pas éternelle. Il faut en profiter, ma pauvre : il y a longtemps que je ne me suis pas sentie aussi bien. Je veux expédier cette affaire avant de me mettre à radoter pour de bon.

Elvina retourna à la cuisine, s'épongea longuement les yeux et revint avec une liasse de feuilles et deux stylos.

— Tu veux m'apporter mon plateau de lit? Voilà, merci. Mon griffonnage fait, je dormirai mieux. Mais cesse de renifler, voyons. On finit tous un jour par accrocher ses patins. Qu'est-ce que ça donne de pleurnicher?

Elle écrivit une quinzaine de minutes, relut le texte et tendit les feuilles à sa sœur, qui attendait, silencieuse, la fixant avec une mine atterrée.

— Va me relire ça tranquillement dans la cuisine, murmura-t-elle en se laissant retomber sur ses oreillers, exténuée. On s'en reparlera demain, puis on fera venir le notaire. À présent, il faut que je dorme.

▲

Juliette Pomerleau partageait ses biens entre son neveu Denis et sa sœur Elvina, qui devenait tutrice de l'enfant. Mais pour avoir droit à son héritage, la vieille fille devait s'occuper de celui-ci jusqu'à sa majorité. Un montant annuel assez important avait été prévu pour assurer l'instruction de Denis jusqu'à l'âge de vingt-cinq ans, si tel était son désir. Dans le cas où il déciderait d'arrêter ses études plus tôt, l'argent inutilisé devrait échoir à un organisme de bienfaisance. Juliette Pomerleau laissait derrière elle une fortune d'environ 700 000 $, constituée à moitié de placements et d'obligations. S'y ajoutaient la maison de rapport de Longueuil, évaluée à 350 000 $, plus 20 000 $ de liquidités. Une partie de ces biens lui venait de son mari, promoteur immobilier d'une rare voracité, décédé en 1956; au cours des ans, elle avait fait fructifier cet avoir avec une remarquable habileté.

Dans les jours qui suivirent, l'état de la malade recommença à se dégrader. La cachexie s'annonçait ; les moments de semi-conscience devenaient de plus en plus fréquents et prolongés, ses nuits n'étaient plus que de longues périodes de torpeur morbide traversées de cauchemars qui lui faisaient pousser des cris à tous moments et la mettaient en nage. On dut engager une deuxième infirmière pour assurer des soins constants, car Elvina n'y suffisait plus. Le médecin lui annonça que la fin approchait ; il s'agissait d'une question de semaines. On s'attendait à une mort brusque, causée par une hémorragie du système digestif, car des saignements de nez et de bouche provoqués par l'hypertension portale étaient réapparus depuis quelques jours, malgré tous les soins prodigués. Réfugiée dans la cuisine, loin des oreilles de sa sœur, Elvina passait de longs moments à se moucher dans son tablier, au grand étonnement de Denis et des amis de Juliette qui n'avaient jamais cru que des entrailles aussi sèches pussent cacher une telle fontaine. L'amour qu'elle portait à sa sœur semblait grandir avec la maladie de celle-ci.

Cela ne l'avait pas empêchée d'informer tout le monde – et d'abord Denis – des prérogatives que lui accordait le testament. Elle songeait déjà furtivement à certaines rénovations pour l'immeuble : changement de la tuyauterie et du fenêtrage, subdivision de l'appartement de sa sœur en deux logements plus petits, mais d'un bien meilleur rapport, etc. Quelques jours auparavant, elle avait demandé à Denis de venir habiter chez elle, afin d'assurer la plus grande paix possible à la malade.

Clément Fisette, qui la détestait (en fait, elle n'était guère aimée de quiconque), se mit à songer sérieusement à déménager. Il en parla un soir à Rachel, afin qu'elle convainque le musicien de faire de même.

— Garde tes projets pour toi, sans cœur, s'écria la violoniste, indignée. Je n'aime pas qu'on la pousse dans sa tombe pendant qu'elle respire encore.

Dans les premiers jours de septembre, Juliette Pomerleau connut ce que le docteur Bellerose appela son mieux d'avant la fin. Un samedi vers deux heures, après avoir déjeuné avec un appétit surprenant, elle était assise dans un fauteuil au pied de son lit, un livre posé à l'envers sur les genoux, l'esprit emporté dans une vague songerie, attendant qu'on vienne l'aider à se recoucher. De temps à autre, une branche de framboisier agitée par le vent venait frotter doucement contre la vitre et il lui semblait que c'était son jardin, où elle n'avait pas mis les pieds depuis si longtemps, qui lui envoyait un salut amical et plein d'espoir. Dans l'obscurité impénétrable de ses viscères, parcourus de secousses rythmiques, de mouvements capricieux et glougloutants, engagés dans une multitude d'échanges infimes et fondamentaux ; dans ce magma vivant accroché à son squelette, elle sentait avec une acuité effrayante la fabrication minute après minute de son destin. Une partie invisible se jouait dans sa propre chair – elle était d'une certaine façon cette partie elle-même, consciente de son propre déroulement, mais incapable de l'orienter, semblable à une sorte de météore doué de conscience, projeté dans l'espace à une vitesse vertigineuse, impuissant à modifier sa trajectoire et pénétré d'horreur à l'idée de la collision finale qui l'émietterait à tout jamais.

Elle soupira, remit le livre à l'endroit sur ses genoux et reprit sa lecture. Il s'agissait d'une monographie somptueusement illustrée sur l'histoire de la *Rolls-Royce*; Denis, connaissant sa passion pour les automobiles, la lui avait remise la veille. Garde Doyon, son infirmière, prenait un café à la cuisine et Juliette l'entendait chuchoter avec Elvina.

Un léger grattement se fit entendre à la porte.

— Entrez, fit-elle. Ah, c'est vous, Clément ? Vous ne travaillez pas cette après-midi ?

Le photographe mit un doigt sur ses lèvres, referma la porte et s'avança vers le fauteuil d'un pas rapide et silencieux, avec un sourire énigmatique. Il se pencha à son oreille :

— Chut... il faut absolument que votre sœur ignore que je suis ici. J'ai quelque chose à vous montrer, fit-il en plongeant sa longue main osseuse dans une enveloppe de papier brun.

Puis, se ravisant tout à coup, l'œil anxieux :

— Comment allez-vous, aujourd'hui ?

— Oh, vous savez, fit-elle avec un geste désabusé. Mais disons que cette après-midi, c'est plutôt passable. Que voulez-vous me montrer ?

— J'ai beaucoup hésité à venir vous trouver, car ce que vous allez apprendre ne vous fera pas de bien. Mais je me suis dit finalement, ajouta-t-il avec une sorte d'exaltation joyeuse, que c'était injuste de continuer à vous le cacher.

— Allons, allons ! Cessez de tourner autour du pot et montrez-moi ce qu'il y a dans cette enveloppe.

Clément Fisette eut un petit ricanement et sortit une liasse de photos de 30 sur 20 centimètres :

— Depuis quelque temps, je m'amuse à espionner votre sœur. Est-ce que cela vous fâche ?

Il avait un sourire étrange, où on aurait dit que la fourberie, dans un élan d'amitié, acceptait de s'affirmer ouvertement. Juliette saisit les photos et se mit à les examiner les unes après les autres avec des gestes de plus en plus fébriles :

— Mon Dieu ! gémit-elle d'une voix brisée, il ne manquait plus que ça !

Cinq photos étaient datées du 25 juillet 1988, quatre du 12 août et les trois dernières de la veille, le 2 septembre. Chacune d'elles montrait Elvina et son neveu Denis, que Fisette avait pris sur le vif dans la cuisine – visible de son appartement – et dans le salon, qui avait vue sur le jardin (ces dernières témoignaient d'une adresse et d'une audace extraordinaires). Dans chacune, Elvina présentait un visage crispé de colère, et Denis pleurait à chaudes larmes ou faisait la lippe. Trois d'entre elles montraient Elvina, la main levée, prenant son élan pour donner une taloche et sur deux autres elle secouait l'enfant par les épaules à lui faire tomber tous les cheveux de la tête.

— Vous savez, il y a beaucoup de travail derrière tout ça, confia le photographe, et une énorme quantité de rejets.

Il observait Juliette Pomerleau avec une expression où la pitié de voir souffrir une vieille femme acculée à la mort se mêlait à la fierté d'avoir réussi un extraordinaire coup de filet visuel.

— Pourquoi ne m'en a-t-il jamais parlé ? répétait tout bas Juliette, les yeux pleins de larmes, la tête penchée en avant. Ah ! mon Dieu ! qu'est-ce que je vais faire ? Qu'est-ce que je vais faire ? Je ne suis même plus capable de marcher en ligne droite et...

On entendit un raclement de chaises dans la cuisine. Fisette saisit les photos, les glissa dans l'enveloppe, fit un petit salut de la main et disparut. Un moment plus tard, la grosse tête blonde de garde Doyon apparut dans l'embrasure avec ses joues couperosées et son regard éteint (il ne fallait pas s'y fier, car malgré son air absent, garde Doyon détectait une variation de pouls à dix mètres et devinait les caprices les plus fantasques de ses malades avec une sûreté ahurissante).

— Vous devez commencer à être tannée de votre fauteuil, hein ? fit-elle de sa petite voix flûtée. Je vais vous aider à monter dans votre lit.

Son gros corps de phoque terminé par de disgracieux souliers blancs s'avança dans la chambre et elle saisit Juliette sous les épaules pour l'aider à se lever. Celle-ci laissa tomber sa tête sur l'oreiller, attendit que son étourdissement s'atténue, puis, d'une voix un peu haletante :

— Seriez-vous assez bonne d'aller demander à Denis de venir me trouver ?

— Tout de suite, madame. Vous voulez lui parler... dans le particulier ?

Juliette fit signe que oui.

— Qu'est-ce que je vais faire avec ce pauvre enfant ? soupira-t-elle après le départ de la garde. Maudite Elvina ! elle n'a jamais eu bon cœur, celle-là... À cinq ans, elle volait mes jouets et s'amusait à me pincer les doigts dans les portes... Mais de là à être une batteuse d'enfants ! Non ! jamais ! je n'accepte pas ! Il ne restera pas trente secondes de plus chez elle, il n'y restera pas !

Elle posa une main tremblante sur son front en sueur :

— Ah ! quelle pitié d'arriver dans la vie sans père ni mère...

Garde Doyon réapparut dans l'embrasure :

— Il jouait dans le jardin près de la maison. Je lui ai demandé de venir dans un petit quart d'heure, le temps que je vous refasse une toilette. Il n'y a rien qui vous tracasse, j'espère ? fit-elle d'un air soigneusement inexpressif en promenant une débarbouillette mouillée d'eau froide sur le visage de la malade.

Juliette ne répondit rien.

— Bon, fit garde Doyon après avoir recoiffé sa patiente et l'avoir assise dans son lit, la tête et le dos calés par des oreillers, je vais aller faire reposer mes vieilles jambes dans le salon. Ne reste pas trop longtemps avec ta tante, ordonna-t-elle tout bas à Denis en le croisant dans le corridor, elle ne va pas très bien.

L'enfant serra les lèvres, ses mains devinrent toutes moites et la greffe de rosier qu'il s'occupait à faire sur un plant de lilas recula à une vitesse foudroyante dans les profondeurs de son esprit. Il poussa doucement la porte, s'avança dans la chambre et, d'une voix mal assurée :

— Tu voulais me voir, ma tante ? Elle n'a pas l'air si mal, pensa-t-il aussitôt, et il sentit un peu de soulagement.

— Oui, je voulais te voir, répondit Juliette en tournant la tête vers lui. Assieds-toi.

Elle garda silence un moment, puis :

— Qu'est-ce que tu faisais ?

— Je suis avec Vinh et Yoyo ; on est en train d'installer un rosier dans le gros lilas au fond de la cour.

— Je ne comprends pas.

— C'est facile à comprendre. Je suis en train de faire une greffe. Je veux des roses-lilas. Penses-tu que ça peut marcher, ma tante ?

— Pourquoi pas ? fit l'autre en s'efforçant de sourire. C'est une très bonne idée, ça... Où l'as-tu prise ?

— Dans ma tête, répondit Denis avec fierté. Ma tante, reprit-il aussitôt, sais-tu où je pourrais me trouver une paire de gants très épais ? J'ai beau faire attention, je me pique beaucoup les doigts.

— Dans la cave, près de la chaudière électrique, sur la deuxième tablette du bas. Le printemps dernier, quand j'ai voulu décaper le vaisselier, je me suis acheté une paire de gros gants de caoutchouc jaunes. Mais n'oublie pas de les remettre à leur place quand tu auras fini.

Elle le regarda en souriant :

— Dis-moi, bobichon, comment te trouves-tu chez Elvina ?

— Bien, fit-il et il se mit aussitôt à fixer ses pouces couverts de petites meurtrissures.

— Tu ne regrettes pas trop de ne plus rester ici ?

— Un peu, ma tante, mais j'aime autant revenir quand tu auras pris du mieux.

— Et si je n'en prenais pas ?

L'enfant tenta sans succès de réprimer une grimace angoissée, continua de contempler ses pouces, puis, relevant le regard :

— Mais tu vas guérir, ma tante, dit-il avec un sourire courageux. Pourquoi me parles-tu comme ça ?

Juliette soupira :

— Mon pauvre lapin, je suis comme un vieux bateau qui coule de toutes parts. On a beau m'enfoncer des chevilles partout dans la carcasse et me goudronner à tour de bras, je continue d'enfoncer. Il va falloir que tu t'habitues à l'idée que je peux mourir bientôt.

Denis la regardait avec un visage inexpressif. Seul son pied droit, appuyé sur un des barreaux de la chaise et tordu vers l'intérieur, permettait de deviner la tension qui l'habitait. Juliette le fixa un instant d'un air apitoyé, puis, très doucement :

— Je viens d'apprendre que ma sœur te bat. Pourquoi ne m'en as-tu jamais parlé ?

Il cligna précipitamment des yeux, éberlué :

— Qui t'a dit ça ?

— Laisse, ça me regarde. Pourquoi ne m'en as-tu jamais parlé, bobichon ? reprit-elle en fronçant les sourcils dans un vain effort pour paraître sévère.

— Parce que ce n'est pas vrai, lança l'enfant, et il fondit en larmes.

Juliette mit un doigt sur ses lèvres et, d'un geste impératif, lui fit signe d'approcher :

— Chut ! il ne faut pas qu'elle t'entende, souffla-t-elle en lui passant le bras autour des épaules. Mets ton visage dans l'oreiller. Allons, allons, fit-elle, alarmée devant les sanglots de l'enfant, tu ne m'aides pas du tout, là, tu ne m'aides absolument pas. Veux-tu revenir tout à l'heure ?

Il fit signe que non, renifla fortement deux ou trois fois, puis releva la tête, les traits bouffis, le teint écarlate, mais un peu rasséréné.

Juliette l'embrassa sur la joue, puis chuchota d'une voix fébrile et saccadée :

— Écoute, il nous reste à peine quelques minutes avant qu'elle ne vienne dans la chambre ou qu'elle n'envoie l'infirmière. Il faut que tu me dises absolument toute la vérité, parce que j'aurai à prendre des décisions capitales à ton sujet et je n'ai pas cinq ans pour le faire.

L'enfant hésita une seconde, puis brusquement, avec un calme étonnant, il se mit à raconter ses deux semaines avec Elvina. Malgré tous les ménagements qu'il employait, Juliette devina sans peine la vie d'enfer que menait son petit-neveu. Elvina Pomerleau n'exerçait pas de sévices graves contre lui, mais dans le but de le « redresser » et de le « reprendre en main » afin de réparer les erreurs « de sa sœur beaucoup trop molle », elle pratiquait à son égard un régime de harcèlement à peu près continuel : durant la semaine, il lui était défendu de voir ses amis plus d'une heure par jour (en fin de semaine, trois) ; le reste du temps, elle le confinait dans la cour ou à la maison ; la quantité de petites corvées qui s'abattaient sur lui ne cessait d'augmenter ; une semaine après son arrivée, des « devoirs supplémentaires » avaient fait leur apparition pour le « désignorantiser » ; l'heure du coucher avait été ramenée de neuf heures à huit heures trente, « car il était en période de croissance » ; les sucreries et friandises avaient été presque totalement bannies (elle-même en consommait sans se priver quand elle se croyait à l'abri des regards, mais « sa vie était faite »). Clément Fisette avait dû faire preuve d'une patience et d'une haine extraordinaires pour prendre ses instantanés, car Elvina Pomerleau utilisait rarement les gifles et bourrades pour se faire obéir, se contentant plutôt de soumettre l'enfant au grognement continuel de ses remontrances, nées le plus souvent des choses les plus futiles. C'était comme si, voyant que Denis ne l'avait jamais aimée, le dépit l'avait poussée à occuper par la crainte la place qu'elle ne pouvait occuper dans son cœur par l'affection, comme ces enfants cruels qui, incapables d'obtenir les faveurs d'un chat, vengent leur amour blessé en lui tranchant la queue avec un couteau à pain.

Pendant ce temps, garde Doyon, affalée sur le canapé devant le téléviseur, avait allongé ses grosses jambes engourdies, que la circulation dédaignait de plus en plus, et contemplait avec un petit sourire douloureux l'ayatollah Khomeiny en train de clamer en sourdine (depuis la maladie de sa sœur, Elvina faisait régner dans l'appartement un silence de trappe) son intention de doter l'Iran d'armes atomiques pour contrer le *Grand Satan américain*, ouvrant et refermant sa grande bouche sévère devant un hérissement de micros qui prenait aux yeux de la quinquagénaire une apparence vaguement maléfique. La tête d'Elvina apparut dans l'embrasure :

— Elle dort?

— Non, répondit la garde en ramenant précipitamment ses jambes, elle jase avec Denis.

Une secousse traversa le corps de la vieille fille :

— Je vous avais pourtant bien dit, siffla-t-elle, que je ne voulais pas le voir seul avec elle dans sa chambre. Il la fatigue sans bon sens.

Et elle se précipita dans le corridor. Garde Doyon poussa un soupir navré :

— Allons, la voilà en train de chialer encore une fois... La fatiguer! il ne fait pas plus de bruit qu'une plume de moineau.

Elle se leva et la suivit. Elvina, la main sur le bouton de la porte, se retourna brusquement vers elle :

— Restez au salon, je vous prie. Je vous appellerai quand j'aurai besoin de vous.

Elle poussa la porte. Dans la chambre silencieuse, Denis, encore tout rouge, feuilletait le livre de sa tante, assis dans le fauteuil, tandis que cette dernière semblait dormir, couchée sur le côté.

Elvina ne fut pas dupe une seconde de cette mise en scène. Mais la colère lui fit commettre un faux pas.

— Qu'est-ce que je t'avais dit, toi? martela-t-elle sourdement en se dirigeant vers l'enfant. Va-t'en dans ta chambre. J'irai te rejoindre.

Juliette ouvrit brusquement les yeux :

— Et moi, fit-elle d'une voix forte (Denis frémit avec délices en reconnaissant la voix «des beaux jours»), je veux qu'il reste ici, parce que j'ai à vous parler à tous les deux.

Elvina s'immobilisa au milieu de la chambre, promenant son regard de Juliette à Denis, essayant de deviner ce qui s'était passé.

— Que me veux-tu? demanda-t-elle enfin d'une voix neutre.

— Ce que je te veux? J'aimerais savoir quel plaisir tu trouves à maltraiter ce pauvre enfant.

— Je m'en doutais bien, ricana-t-elle en dardant sur celui-ci un regard meurtrier. Tu es allé pleurnicher dans les bras de ta tante malade, alors que tu sais fort bien qu'elle n'est pas en état de juger si...

— Tais-toi. Tu dis des sottises. Malade ou en santé, je sais fort bien ce que tu vaux. Je le sais depuis que je suis petite fille. Il m'a tout raconté. En fait, tu as raison. Il fallait que je sois bien malade pour te le confier. Mon pauvre cerveau devait être plein de bile. J'avais oublié combien tu pouvais être méchante. Tais-toi, je te dis. Heureusement, je m'aperçois de mon erreur à temps. Je te retire tous les droits que tu avais sur cet enfant. Et je veux voir mon notaire tout de suite !

— Tu délires, siffla Elvina en essayant de masquer son effroi. Je n'ai rien à me reprocher. Au contraire ! Je me tue à aider ce petit ingrat. Mais il me rejette, voilà ! Et pire que ça : il prend plaisir à me calomnier !

Juliette fit signe à son neveu de quitter la pièce :

— Mais ne t'éloigne pas trop, je veux te revoir tout à l'heure.

Livide, les yeux baissés, Denis passa devant Elvina et referma la porte derrière lui. Juliette attendit que ses pas s'éteignent au bout du corridor, puis :

— Ce n'est pas lui qui a vendu la mèche, ma chère, reprit-elle durement. Au contraire, j'ai dû le forcer à parler.

— Ah bon. Qui donc, alors? reprit l'autre, sarcastique.

Juliette hésita un moment.

— Clément Fisette.

Elvina resta d'abord impassible. Mais les efforts qu'elle déployait pour retenir la grimace de haine que faisait naître ce nom abhorré se montrèrent bientôt impuissants.

— Si c'est sur lui que tu te reposes pour te faire une opinion de moi, ricana-t-elle, je ferais mieux de quitter la maison tout de suite. Jamais personne ne m'a détestée comme lui.

— Il m'a montré des photos, répondit doucement Juliette.

— Des photos? Quelles photos?

— Est-ce que par hasard vous auriez besoin de moi? demanda timidement garde Doyon derrière la porte (l'expression de Denis, qui venait de traverser précipitamment le salon, l'avait alarmée au plus haut point).

Elvina se tourna brusquement vers la porte, voulut parler, mais se ravisa.

— Non, garde, tout va bien, je vous remercie, répondit Juliette. Je vous appellerai tantôt.

— Quelles photos? reprit sourdement Elvina au bout d'un moment.

— Des photos de toi, ma chère, en train de talocher Denis à lui faire sortir le sang par les oreilles. Il y en a douze. Et elles sont datées.

— Pauvre folle! Des photos, ça se truque.

— Et les aveux d'un enfant aussi?

Elvina serra les lèvres, puis alla s'asseoir dans le fauteuil et, l'air absent, se mit à frapper de la pointe du pied sur le plancher avec un sourire étrange.

— Chère petite sœur, reprit Juliette, tu mens avec une ténacité admirable... c'est une qualité que je ne te connaissais pas...

Sa tête retomba sur l'oreiller. Un étourdissement venait de la saisir; elle en avait le souffle coupé. Elvina la regardait avec une expression indéfinissable.

— Ne te fais pas d'illusions, haleta Juliette au bout d'un moment, je vais vivre assez longtemps pour réparer ma bévue... Je te le répète: je te... démets comme tutrice... Et je refais mon testament... cette après-midi...

Le silence régna dans la chambre un moment. La vieille fille regardait toujours devant elle, un petit sourire aux lèvres:

— Pour cela, il faut une plume et du papier, murmura-t-elle enfin.

Juliette l'observa un instant; une expression horrifiée apparut soudain sur son visage.

— Je me plaindrai à garde Doyon! articula-t-elle avec difficulté.

— Pour cela, il faut une garde.

— Je me plaindrai à mes amis!

— Pour cela, il faut les voir.

— J'enverrai Denis les chercher! Je leur téléphonerai!

Elvina souriait à sa sœur en frappant de la pointe du pied sur le plancher.

— Je raconterai tout à mon médecin! cria Juliette, à bout de forces.

Elle ferma les yeux un moment, les mains crispées sur ses draps. Des tressaillements parcouraient son visage.

— Tu es folle, balbutia-t-elle enfin, tu es devenue complètement folle... Penses-tu vraiment pouvoir transformer ma chambre en cachot?

Elvina se dressa tout à coup. L'audace du stratagème qu'elle était en train de monter l'enthousiasmait et l'effrayait à la fois. Le visage écarlate, l'œil fiévreux, elle se pencha au-dessus de sa sœur :

— À partir d'aujourd'hui, c'est *moi* qui vais te soigner... *moi seule*... Il ne sera pas dit que je vais être déshéritée pour avoir donné trois ou quatre taloches à un petit morveux. Je vais dormir dans ta chambre. Je vais m'occuper de toi jour et nuit... de mon mieux... et jusqu'à la fin.

— Monstre... tu viens de perdre la tête. Prends garde à toi... Tu vas te retrouver en prison... ou à l'asile...

Elvina, tremblante mais animée par une résolution farouche, grimaça un sourire :

— Ne te fais pas de soucis pour moi : j'ai l'habitude de me débrouiller toute seule.

Elle pivota sur elle-même, quitta la pièce et ferma la porte à clef. Juliette essaya de se lever, mais en vain; ses forces l'abandonnaient; son étourdissement tournait au vertige.

— C'est l'énervement, balbutia-t-elle en retombant sur le matelas. Garde Doyon va sûrement... revenir... Je lui raconterai tout... exactement tout... Et ça sera fini... grâce à Dieu.

Malgré son bourdonnement d'oreilles, elle entendait un vague murmure dans le salon.

— Qu'est-ce que vous me dites? s'exclama tout à coup garde Doyon.

L'expression «soins inadéquats» revint deux ou trois fois dans la bouche d'Elvina. Le son confus de sa voix pressée, haletante, était coupé à tous moments par les exclamations incrédules de l'infirmière.

— Venez dans la cuisine, ordonna Elvina.

Le silence se fit. Juliette s'était mise à pleurer. Au bout de plusieurs minutes, elle entendit le pas de sa sœur dans le corridor. La porte s'ouvrit. Elvina traversa la chambre sans lui jeter un regard, saisit le sac à main de l'infirmière et un exemplaire de *Tropiques sensuels* de Peggy Dwindle et ressortit en prenant soin de verrouiller de nouveau la porte. Après plusieurs essais, Juliette réussit à se hisser à mi-corps le long de la tête du lit, juste à temps pour apercevoir par la fenêtre le visage hagard de son infirmière, qui s'éloignait à pas pressés sur le trottoir, de l'autre côté de la haie.

Elvina, les lèvres palpitantes, marmonnant des mots sans suite, faisait les cent pas dans le salon, terrifiée par son audace mais incapable de résister à la pulsion sauvage qui s'était emparée d'elle. Puis, faisant le tour des pièces, elle chercha Denis. Elle sortit dans le jardin, l'appela plusieurs fois, contourna la maison, pénétra dans l'édifice par le hall d'entrée et voulut monter chez Martinek. À la troisième marche, ses jambes fléchirent. Elle redescendit lentement l'escalier, appuyée à la rampe, et se retira chez elle.

— C'est trop injuste, à la fin, bredouilla-t-elle en se laissant tomber sur une chaise. Se faire déposséder pour... une dizaine de gifles... Comme si les autres enfants... Allons, calme-toi, pour l'amour, le cœur va te sortir par la bouche...

Elle ferma les yeux et prit une inspiration si profonde que son sternum émit un petit craquement.

— Il est peut-être ici, pensa-t-elle tout à coup. Denis ! lança-t-elle d'une voix éteinte.

Un claquement de griffes sur le plancher lui répondit et sa chienne surgit de la cuisine et vint glisser sa tête entre ses genoux. Elle posa la main dessus, mais ne trouva pas la force de lui faire une caresse. Le visage exsangue de sa sœur en train de sangloter entortillée dans ses couvertures lui broyait les entrailles. Soudain, elle repoussa la chienne, se donna une retentissante claque sur la cuisse, bondit sur ses pieds et se rendit à la salle de bains. Elle fit sauter le bouchon d'un tube de Valium et avala deux comprimés avec un grand verre d'eau froide. Mais le médicament n'avait pas encore atteint son estomac qu'elle avait retrouvé son calme et sa présence d'esprit.

— Occupons-nous maintenant du petit-neveu, dit-elle à voix haute.

Et pendant que Denis, marchant dans la rue aux côtés de Clément Fisette qui allait faire des courses en ville, lui racontait d'une voix frémissante la scène dont il avait été témoin, Elvina Pomerleau, penchée au-dessus de la table de la salle à manger, feuilletait le bottin à la recherche d'un pensionnat, de préférence éloigné de Montréal. Au même moment, quelques mètres plus loin, Martinek et Rachel descendaient l'escalier, main dans la main, s'enveloppant des regards alanguis qui suivent habituellement les ébats amoureux particulièrement réussis.

— Si on arrêtait dire bonjour à madame Pomerleau ? proposa Rachel en mettant le pied dans le hall.

Martinek eut un sourire bon enfant :

— Pourquoi pas (dans l'état où il se trouvait, il serait allé dire bonjour à un boa constricteur) ?

Rachel frappa, attendit un moment, puis frappa de nouveau. À son troisième essai, elle se tourna vers Martinek, l'air inquiet :

— J'espère que... On nous aurait avertis, hein, Bohu, si on avait dû la transporter d'urgence à l'hôpital ?

— Oui, sûrement, répondit l'autre, soudain nerveux.

Il se rendit à la porte d'Elvina et frappa.

— Non, non, ne vous inquiétez pas, répondit celle-ci en avançant la tête dans l'entrebâillement, ma sœur va bien ; elle est en train de dormir. Je retourne chez elle dans la minute.

— La garde n'est pas là ? s'étonna Rachel.

— Je viens de la congédier. La fameuse garde ne gardait personne.

— Que me dites-vous là ? Juliette l'adorait !

— Ah oui ? fit l'autre en plissant les lèvres. Eh bien, elle ne l'adore plus. Bonne journée.

Elle inclina la tête et ferma la porte.

Denis venait de terminer son récit, un peu honteux de s'être tant épanché. Clément Fisette lui sourit, puis, passant lentement sa main sur son visage :

— Hum... J'aurais préféré que la vieille fille n'entende pas parler de mes photos. Elle va me faire la vie dure. Et puis, ça devient beaucoup plus délicat de compléter ma collection. Quant à toi, il faut absolument que tu retournes vivre chez madame Pomerleau en attendant qu'elle te trouve un autre tuteur.

Les yeux de l'enfant s'emplirent de larmes :

— Je n'en veux pas. Je veux ma tante.

— Mon pauvre vieux, que veux-tu qu'on y fasse ? soupira le photographe en levant les mains avec un air d'impuissance.

— Alors, ce sera toi, décida gravement Denis.

Fisette sourit :

— Désolé. Je t'aime bien, mais je n'ai pas une âme de tuteur. Tu devrais pourtant mieux me connaître. Je suis un drôle de pistolet, tu sais.

— Moi aussi, quand je serai grand, je veux être un drôle de pistolet.

Fisette s'esclaffa et, lui ébouriffant les cheveux :

— Petit flatteur, va! Allons, sacre-moi ton camp et va vite retrouver ta tante avant que la vieille Draculatte te saute à la gorge. Mais promets-moi une chose.

— Quoi?

— De me tenir au courant de tout. Je comprends que tu aies voulu ménager ta tante malade. Mais j'ai les nerfs solides, moi. Et puis, je suis curieux! Elle n'arrêtera pas ses vacheries, la vieille. Je veux tout savoir!

▲

— Enfin, te voilà, fit Elvina en voyant apparaître son petit-neveu dans la cuisine de Juliette. Je te cherchais partout. Où étais-tu passé? Chez ton espion, je suppose? Viens avec moi, j'ai à te parler.

L'enfant obéit, une subtile expression de défi aux lèvres. Ils passèrent à son appartement. Elle l'amena au salon et lui fit signe de s'asseoir.

— Puisque tu détestes tant vivre chez moi, je vais te faire un grand plaisir. Je viens de t'inscrire au pensionnat Saint-Jean-Baptiste à Philipsburg dans les Cantons de l'Est. Tu pars demain matin. J'irai te reconduire à la station de métro Longueuil, d'où tu prendras l'autobus. Quelqu'un du collège va t'attendre là-bas.

— Je ne veux pas y aller, répondit l'enfant à voix basse. Je veux rester chez ma tante.

— Il n'en est pas question. Elle est beaucoup trop malade pour supporter ta présence. Moi-même, j'y arrive à peine. Je ne veux plus que tu la revoies, m'entends-tu? Elle peut mourir d'un jour à l'autre.

— Je ne veux pas aller à ton maudit collège de cul! hurla soudain Denis en bondissant sur ses pieds.

Et il courut se réfugier dans sa chambre. Elvina Pomerleau le suivit, mais se buta à une porte fermée.

— Sors de là. Je t'emmène avec moi. Je veux t'avoir à l'œil. Et je te conseille de ne pas me tomber sur les nerfs, ajouta-t-elle en voyant apparaître l'enfant qui faisait des efforts inouïs pour retenir ses larmes.

Ils quittèrent l'appartement et pénétrèrent de nouveau dans celui de Juliette.

— Va dans le salon, lui ordonna la vieille fille à voix basse, je te rejoins dans cinq minutes. Pas de bruit, tu m'entends ? Et surtout qu'il ne te prenne pas l'idée de te sauver, je mets la police après toi.

Elle se dirigea vers la chambre de sa sœur.

Après avoir pleuré un long moment, puis s'être épuisée en vains efforts pour se lever et se rendre jusqu'au téléphone, Juliette avait sombré dans une demi-torpeur où son chagrin s'était fondu en une confuse rêverie aux frontières de l'hallucination. Lorsqu'elle entrouvrait les yeux, sa chambre lui apparaissait comme une sorte de réduit étouffant et grisâtre qui semblait rapetisser de minute en minute. Le papier peint à motif de corbeilles de roses qui recouvrait les murs, sans vraiment changer d'apparence, avait pris une allure étrange et menaçante ; l'espace d'une seconde, les corbeilles lui faisaient penser tout à coup à des gueules armées de dents aux formes bizarres et cruelles ; un léger frémissement semblait alors les saisir, comme si elles étaient sur le point de quitter le mur pour se jeter sur elle et la mordre, et l'idée de ces morsures s'alliait peu à peu dans son esprit à une sensation de lourdeur incommensurablement profonde qui venait de se réveiller encore une fois dans son côté droit, où commençaient à fourmiller des milliers de petits élancements qui se promenaient en zigzag dans ses entrailles, pris graduellement d'une sorte d'enthousiasme féroce et désordonné qu'il faudrait bientôt mater avec des calmants. Juliette se débattait parmi ces sensations confuses et angoissantes, essayant de repousser l'ombre qui gagnait son esprit, mais sentant venir le moment où les corbeilles, les gueules dévorantes, sa chambre, le réduit grisâtre et les élancements formeraient un tout que la médecine n'arriverait plus à dissoudre afin de faire entrer un peu de calme et de clarté dans sa tête, et qu'un jour, demain peut-être, cet épouvantable amalgame l'entraînerait à tout jamais dans le noir.

Elle entrouvrit encore une fois les yeux et aperçut au-dessus d'elle, baignant dans une brume légère, le visage de sa sœur qui l'observait gravement.

— Tu es là ? murmura faiblement Juliette.

— Oui, c'est moi. As-tu besoin de quelque chose ?

— Je veux voir Denis.

Elvina se redressa, allongea le bras vers la table de nuit et lui présenta une capsule :

— C'est l'heure de ton médicament.

Elle souleva sa tête, lui fit boire une gorgée d'eau, puis :

— Je l'envoie pensionnaire à Philipsburg, ajouta-t-elle douce-ment. Pourquoi me fais-tu ces yeux-là ? Je n'ai pas le choix, ma pauvre fille : tu ne veux plus que je m'en occupe et toi-même tu es trop malade pour le faire. Plus tard, si tu prends du mieux, il pourra peut-être revenir.

Juliette la fixa un instant. Elle semblait faire d'énormes efforts pour rassembler ses idées.

— Où est garde Doyon ? demanda-t-elle enfin d'une voix rauque.

Le dos tourné, Elvina lissait le couvre-pied :

— Oh, je l'ai renvoyée, répondit-elle négligemment. C'était une paresseuse, toujours affalée dans le salon. Et puis, elle te coûtait une fortune ! J'ai téléphoné tout à l'heure à la clinique de santé communautaire et j'ai demandé qu'on nous envoie une infirmière le matin pour ta toilette et tes injections.

Juliette tourna la tête vers le mur. Sa sœur resta debout à ses côtés pendant un moment. Un imperceptible frémissement s'était emparé de ses mains. Elle s'approcha de la grosse commode de chêne à tiroirs ventrus qui se dressait près de la fenêtre et dont le dessus était encombré de livres, de flacons et d'objets de toutes sortes, et se mit à faire du rangement. Un tube de médicaments tomba sur le plancher et répandit son contenu jusque sous le lit. Elle s'accroupit et ramassa les comprimés. Juliette s'était retournée vers elle et la fixait. Son visage jaunâtre aux traits affaissés était l'expression même du désespoir :

— Tu es aussi méchante que papa... Jamais je n'aurais cru... Tu as pourtant souffert autant que moi... Si c'est mon argent que tu veux, prends-le, je te le donne... mais laisse-moi finir mes jours au milieu des miens...

Elvina s'était relevée et lui tournait le dos, poursuivant son rangement :

— C'est toi qui m'y as forcée, chère... J'agis par précaution... Tu as beau me faire de belles promesses... personne n'est à l'abri de tes fameux coups de tête.

Juliette se tordait les mains, haletante :

— Mais puisque je te jure de ne pas t'enlever un sou si...

— Est-ce que je demeure la tutrice de Denis ?

— Non, non, pas ça, fit l'autre en fermant les yeux, épuisée. Il sera trop malheureux chez toi... Va-t'en, laisse-moi dormir... Je te verrai tout à l'heure.

Elvina la contempla un instant, les bras ballants, se mordillant les lèvres. Juliette semblait avoir oublié sa présence et respirait pesamment. Elle ouvrit soudain les yeux, croisa son regard et une expression d'effroi crispa ses traits :

— Tu veux... me tuer... je le sais, maintenant...

— Folle, rétorqua l'autre en haussant les épaules, elle est devenue complètement folle... Et ça veut s'amuser à refaire des testaments !

Elle se dirigea vers la porte. À quelques pas du seuil, son talon s'abattit sur un comprimé oublié sur le tapis et en fit une petite tache blanche.

Le lendemain, Denis se laissait conduire à la station d'autobus avec une docilité qui intrigua fort Elvina et la poussa à téléphoner le soir même au directeur du collège pour qu'on exerce une surveillance étroite sur l'enfant afin de prévenir une fugue.

La hantise d'être assassinée par sa sœur s'était emparée de Juliette. Elle ne dormait presque plus, essayant de trouver une façon de sortir de l'impasse où elle se trouvait, mais son esprit butait contre des obstacles infranchissables et tous les arguments qu'elle alignait pour tenter de se rassurer n'avaient aucun effet sur sa peur.

Deux jours passèrent. Craignant l'empoisonnement, elle se mit à refuser la nourriture et les médicaments qu'Elvina lui présentait. Celle-ci dut avaler devant elle deux ou trois cuillerées de bouillon à même le bol qu'elle lui avait apporté avant que Juliette accepte d'y toucher. Vers le milieu de l'après-midi, une jeune infirmière du CLSC se présenta dans la chambre pour l'injection quotidienne; elle avait des cheveux très noirs, coupés en frange, un joli visage eurasien et des yeux bons et pétillants, mais Elvina l'avait si bien embobinée que sa sœur, pendant le peu de temps que dura la visite, ne réussit pas à briser le mur de commisération souriante qui les séparait.

La journée se déroula sans incidents. Un peu après souper, Martinek, à qui Clément Fisette avait raconté l'histoire des photos, se présenta à l'appartement d'Elvina, surpris du retard de Denis pour sa leçon de piano.

— Il ne demeure plus ici, répondit sèchement la vieille fille. Je l'ai mis au pensionnat. Ma sœur me tient occupée jour et nuit. Je n'en pouvais plus.

Le visage du musicien se figea :

— Dans un pensionnat? À quel endroit?

Elle eut une petite grimace.

— À Philipsburg, répondit-elle enfin de mauvaise grâce. Je m'excuse de ne pas vous avoir averti. J'ai oublié.

Martinek restait immobile, les bras ballants, dans un état d'ébahissement qui lui donnait l'air d'un poisson.

Elle voulut refermer sa porte.

— Et madame Pomerleau ? fit-il en se ressaisissant. Est-ce que son état s'est aggravé ?

L'autre hocha tristement la tête :

— Elle ne peut plus recevoir personne.

— C'est à ce point ? murmura-t-il, navré.

— Puisque je vous le dis.

— Mon Dieu, soupira le musicien, je ne pensais pas que... ça viendrait aussi vite.

Ses bons yeux naïfs, dont l'éclat semblait toujours un peu terni par une sorte de rêverie, changèrent soudain d'expression et il se mit à fixer Elvina avec une insistance qui la troubla :

— Vous êtes sûre qu'une visite – oh ! très courte, extrêmement courte, bien sûr – ne la réconforterait pas un peu ?

— Elle n'en est plus à pouvoir être réconfortée, mon pauvre monsieur.

Et la vieille fille fit un pas en arrière pour signifier que l'entretien était terminé.

Deux minutes plus tard, Rachel sonnait à la porte.

— Non, répondit Elvina avec fermeté, elle a demandé qu'on la laisse reposer. Les visites l'épuisent, maintenant. Dans quelques jours peut-être.

Rachel remonta lentement l'escalier et pénétra chez le musicien :

— Denis parti, l'infirmière congédiée, les visites suspendues, il se passe des choses étranges. Il faut y voir.

Martinek, tout abattu, était assis sur un vieux canapé rouge vin à demi défoncé, que le dentiste Ménard avait comparé plaisamment un jour à un débris de l'empire austro-hongrois. Il fixait sans le voir un monticule de partitions manuscrites jetées pêle-mêle sur un piano à queue *Baldwin* qui occupait le centre de la pièce. Clément Fisette, assis sur un tabouret, le dos appuyé au clavier, mâchouillait un cure-dents, une tasse de café à la main.

L'appartement se composait d'un grand salon-studio, d'une chambre à coucher, d'une petite cuisine et d'une sorte de réduit qui servait de débarras, où Martinek avait rangé sa collection de pistolets à eau. Commencée trois ans plus tôt sous l'effet d'une étrange lubie, cette collection alimentait parfois des discussions orageuses entre lui et Rachel, qui rageait de le voir gaspiller ainsi une partie appréciable de ses maigres ressources.

— C'est ma façon à moi de protester contre la course aux armements, répondait invariablement le compositeur avec un grand sourire. En fait, j'ouvre la voie aux vraies armes de l'avenir.

Rachel se laissa tomber sur une chaise devant une bibliothèque de bois brut qui se dressait face à l'entrée :

— Je n'en reviens pas, lança-t-elle. C'est comme si elle était morte.

— Je l'ai pourtant trouvée bien vivante il y a trois jours, dit Fisette après avoir expulsé de sa bouche un morceau de cure-dents.

Martinek poussa un soupir accablé :

— Ça ne veut rien dire, voyons... Depuis des semaines, c'est la montagne russe : un jour elle rit, l'autre jour elle râle... Et le moment approche, ajouta-t-il en laissant retomber ses mains sur ses cuisses, où elle ne fera plus ni l'un ni l'autre...

— Ce que je trouve curieux, moi, reprit Fisette après avoir projeté un morceau de cure-dents sur le tapis, c'est le départ subit de notre cher Denis pour le pensionnat – le jour même où je montre à sa tante des photos où il est en train de se faire talocher par la vieille. Et c'est le même jour, notez-le bien, qu'elle congédie l'infirmière, et dès le lendemain on se fait notifier que la plus petite visite risque de causer un enterrement. Cela fait bien des choses en bien peu de temps ! Mon opinion, c'est que, pour des raisons inconnues, cette délicieuse Elvina a décidé de jouer avec sa sœur une partie où elle ne veut pas de témoins. Qu'en pensez-vous ?

— Lorsque je vivais à Paris durant la guerre, fit Martinek, sans paraître avoir entendu les paroles de son compagnon, j'avais un voisin de chambre – Pierre-Bertrand Ziorine – qui souffrait de tuberculose depuis... je ne sais combien d'années. Eh bien, un après-midi, en revenant d'un café où on avait causé durant des heures avec deux filles absolument splendides – elles étaient poinçonneuses dans le métro, je crois, et nous avaient invités à venir les voir le lendemain à leur logis – il s'est senti brusquement très fatigué et s'est couché. Durant la nuit, il s'est mis à cracher le sang. Au petit matin, il a fallu le mener en taxi à l'hôpital, car il suffoquait. Et à midi, il expirait. Voilà. Quand la mort décide de venir nous visiter, elle ne marche pas, elle vole.

— Allons, Bohu, coupa Rachel, impatiente, cesse de nous enterrer sous tes couronnes funéraires, ça ne nous avance pas d'un pouce. Je suis du même avis que Clément : Elvina fricote quelque chose. Et la seule façon de savoir quoi, c'est d'approcher Juliette. Mais comment?

Clément Fisette coula son regard sur les jambes menues et bien galbées de Rachel que sa jupe légèrement relevée permettait de suivre jusqu'à l'épanouissement de la cuisse :

— Je m'en charge, fit-il doucement.

Il prit une dernière gorgée de café, salua ses amis, sortit et alla au bout du corridor jeter un coup d'œil par la fenêtre :

— Je vais laisser le ciel noircir un peu, décida-t-il en se caressant le bout du nez.

Il descendit au rez-de-chaussée, quitta l'immeuble et s'éloigna tranquillement sur la rue Saint-Alexandre en direction du fleuve. Un vieil épagneul marron au corps tout épaissi prenait l'air, assis sur le trottoir; l'animal crut le reconnaître et se mit à battre de la queue. Fisette fit quelques pas encore et le chien, s'apercevant de sa méprise, grogna sourdement, puis, faisant demi-tour, se réfugia sur un perron, d'où il poussa un jappement lamentable.

La lumière perdait peu à peu de son éclat. De temps à autre, des cris d'enfants transperçaient l'air, venus de tous côtés, mais la rue était presque déserte. Devant un vieux cottage de brique surmonté d'une fastueuse corniche à motifs de guirlande et de couronne de laurier, un homme à demi chauve, armé d'un maillet de bois, enfonçait dans le gazon un petit panneau fixé sur un pieu; chaque fois qu'il abaissait son instrument, un sifflement partait de sa gorge, comme s'il avait été un automate actionné à l'air comprimé. Fisette s'éloigna sans lui jeter un regard, retenant son sourire; l'homme s'arrêta et se mit à le fixer, hors d'haleine, les deux mains posées sur le manche de son maillet; de petits gargouillements compliquaient maintenant sa respiration rauque et sifflante.

Parvenu à la rue Saint-Charles, le photographe s'arrêta. On était mardi et la plupart des magasins étaient fermés. Il hésita un moment, puis traversa la rue et se rendit à la *Charcuterie du Vieux Longueuil*, encore ouverte à cette heure. Le propriétaire avait emménagé une sorte de petit café à l'intérieur, près de l'entrée.

L'endroit était désert. Il s'attabla, s'empara d'un journal qui traînait et attendit qu'on vienne le servir. Un jeune homme en

tablier, aux longs cheveux roux qui encadraient un visage tout
rose à l'expression naïve et appliquée, s'approcha sans bruit :

— Café au lait ?

Le photographe releva la tête :

— Avec beaucoup de cannelle.

Il se replongea dans son journal, mais, interrompant de
nouveau sa lecture :

— Dis donc...

L'autre fit demi-tour et s'arrêta.

— ... vous n'avez jamais eu de nouvelles de Marie, hein ?

Le jeune homme eut un léger haussement d'épaules :

— Toujours sur la Côte-Nord, paraît-il.

Et il retourna derrière le comptoir. Fisette reprit sa lecture et
se mit à contempler une photographie du président Reagan,
debout devant un buisson de micros, l'index tendu, la bouche
étirée dans une grimace farouche. Une vignette expliquait son
accès de mauvaise humeur :

> *Dans son allocution d'hier soir à la Chambre de commerce d'Atlanta, le*
> *président Reagan a déclaré que l'U.R.S.S. ne ferait pas chanter les États-Unis*
> *par la menace de ses champignons atomiques. « Nous aussi, nous cultivons les*
> *champignons », a déclaré le chef de la Maison-Blanche qui a ajouté aussitôt,*
> *pour atténuer ses propos : « Mais, bien sûr, ce sont les comestibles qui nous*
> *intéressent avant tout. »*

Fisette soupira et porta la main à sa bouche pour tenter
d'imiter discrètement la grimace du président, mais il s'arrêta
aussitôt devant l'expression étonnée du serveur. Il tourna la
page, aperçut une photographie du politicien Jean Chrétien
vociférant dans une posture qui rappelait étonnamment celle de
Ronald Reagan, comme si la photographie du président s'était
imprimée en partie sur la page suivante. Dégoûté, il referma le
journal.

— Je viens de me rappeler tout à coup, annonça le garçon.
Josette disait hier que Marie est probablement retournée chez
ses parents à Maniwaki.

Il déposa un verre brûlant rempli de café mousseux autour
duquel on avait noué un napperon de papier. Fisette sourit :

— Ses parents sont morts il y a au moins dix ans.

— Alors je me trompe de Marie. Excusez-moi.

Le calme qui régnait à la charcuterie lui permettait de sentir
dans toute sa subtile et douce cruauté la fringale sexuelle que
les cuisses de Rachel déclenchaient immanquablement chez lui

quand il les fixait trop longtemps. Il soupira de nouveau, prit une gorgée de café et se revit à l'appartement de Marie, rue Lemoyne, couché tout nu avec elle sur le tapis du salon en train de lui mordiller les cuisses, tandis qu'au-dessus de leurs têtes une perruche dans sa cage s'étourdissait de roucoulements impudiques. C'en fut trop. Il consulta sa montre, prit deux ou trois gorgées, laissa une poignée de menue monnaie sur la table et sortit. Le moment était venu de faire sa petite promenade au jardin.

Il contempla avec satisfaction le ciel assombri que les lampadaires essayaient en vain d'éclaircir et revint rapidement chez lui. En traversant la rue Guillaume, il aperçut un petit Asiatique qui s'en venait, tête basse, un sac de polythène au bout du bras.

— Tiens, salut, Vinh. T'as appris la grande nouvelle ?

— Oui, monsieur Fisette. C'est sa tante qui vient de me l'apprendre.

L'enfant s'arrêta et posa sur lui un regard affligé. Il était petit et gracile avec un visage joufflu, des yeux noirs très vifs et un air d'extrême gravité.

— Est-ce qu'il est parti pour tout le temps, monsieur Fisette ?

— Ah ça, je n'en sais rien, mon vieux. En fait, je ne sais rien du tout. Qu'est-ce qu'elle t'a dit, Elvina ?

— Que madame Pomerleau allait mourir et qu'elle ne pouvait pas le garder. Alors elle m'a appelé pour que je vienne chercher les livres que je lui avais prêtés la semaine dernière.

— Quelle histoire, soupira Clément. Allez, salut, mon vieux.

— Bonsoir.

Il fit quelques pas.

— Monsieur Fisette ?

— Oui, Vinh ?

— Il n'y a vraiment rien à faire pour madame Pomerleau ?

Le photographe leva les mains en signe d'impuissance.

— C'est de valeur, dit l'enfant. C'était une femme vraiment super sympathique.

Et il s'éloigna.

Clément poussa une petite barrière à droite de l'entrée principale, mais au lieu d'entrer, il s'avança sur la pelouse en contournant la maison et pénétra silencieusement dans la petite cour formée par le U de l'immeuble. Neuf fenêtres y prenaient jour (trois par étage), sans compter les portes arrière des six appartements qui s'ouvraient sur des balcons et des galeries reliées par un escalier.

Fisette observa que la plupart des fenêtres étaient obscures ; celles d'Elvina avaient leurs volets fermés, comme presque toujours. S'approchant d'un prunier que les soins maternels de Juliette n'avaient jamais réussi à tirer de sa stérilité, il s'assit sur une chaise de jardin. L'obscurité s'épaississait de plus en plus. Il se trouvait juste vis-à-vis de la fenêtre de la chambre de Juliette. Malgré la chaleur, on avait abaissé le store de toile bleue et le châssis à guillotine, ne laissant subsister qu'une fente de cinq ou six centimètres. Il attendit que la noirceur tombe tout à fait, jeta un long regard aux alentours, puis se leva et, faisant mine de chercher quelque chose dans le gazon, s'approcha peu à peu de la fenêtre de la malade. Soudain une lumière s'alluma au balcon du deuxième, inondant une partie de la cour, puis un long grincement se fit entendre et Martinek apparut dehors, les mains derrière le dos. Fisette fit quelques pas et toussa discrètement, un doigt sur les lèvres. Le musicien pencha la tête, ouvrit la bouche, puis recula. Fisette lui fit signe d'éteindre et de ficher le camp.

— Pourvu qu'il n'ait pas attiré l'attention de la vieille... ou qu'elle ne se trouve pas dans la chambre de Juliette, se dit le photographe, mécontent, tandis que Martinek s'éclipsait.

Il revint sur ses pas, s'accroupit sous la fenêtre, attendit un peu, puis se releva doucement. Aucun bruit ne parvenait de la chambre. Rachel écarta un rideau au deuxième :

— Il est fou, murmura-t-elle, angoissée.

Fisette venait de glisser son regard dans la fente. Une lampe-potiche posée sur une commode éclairait faiblement la pièce. Le lit de Juliette se trouvait presque sous son nez. La malade bougea en soupirant. Près de la commode, au fond de la pièce, il voyait Elvina de profil, assise dans un fauteuil, en train de lire *Le Courrier du Sud*. Quelques instants passèrent. Soudain, Elvina ferma son journal, le déposa sur un guéridon (ce meuble était nouveau), puis se leva et disparut. Elle revint bientôt avec un bol fumant. Se penchant au-dessus de sa sœur :

— Prends au moins un peu de bouillon, supplia-t-elle.

Juliette poussa un gémissement et se recroquevilla sur elle-même.

— Folle, murmura l'autre avec humeur.

Et elle alla se rasseoir. La malade posa sur elle un long regard angoissé, puis sombra dans un profond sommeil. En se plaçant à l'extrémité gauche de la fenêtre, Clément Fisette réussit à apercevoir dans la pénombre son visage amaigri, aux traits comme broyés, où le globe des yeux avait pris une ampleur sinistre ; on aurait dit deux petits ballons cireux qui n'attendaient plus que le moment propice pour s'envoler, laissant l'arcade sourcilière béante. Puis, après avoir fixé haineusement Elvina, qui s'était assoupie à son tour, la tête penchée en avant, les deux mains sur les genoux, il s'éloigna en rasant le mur. Son pied se posa par mégarde sur un gobelet de plastique dont Denis s'était servi pour sa greffe de rosier et un craquement retentit. Elvina sursauta. Heureusement, la chaude moiteur de la chambre l'avait tellement amollie qu'elle hésita quelques secondes avant de se lever pour jeter un coup d'œil à la fenêtre, laissant à Fisette le temps de s'enfuir.

Le craquement fut également perçu par Juliette dans son sommeil et il eut sur le cours de cette histoire des conséquences extraordinaires. Il évoqua dans son cerveau fiévreux et tourmenté, irrigué depuis des semaines par un sang impur alourdi de médicaments, les crépitements d'une chevelure attaquée par les flammes et l'accident de sa tante Joséphine réapparut dans son esprit avec une acuité terrifiante. Juliette se retrouva à genoux au milieu de la cuisine devant sa tante qui se débattait en hurlant. Les mains jointes, elle implorait Dieu à haute voix pour qu'il sauve la malheureuse, mais les hurlements de cette dernière, que les flammes dévoraient maintenant de toutes parts, couvraient ses paroles. Elle se leva enfin pour lui porter secours, mais ses mains s'étaient comme soudées l'une à l'autre et refusaient de bouger. Devant le grotesque horrible de la situation, elle se mit à verser des torrents de larmes, qui disparaissaient mystérieusement dans le plancher, tandis que Joséphine, à demi écroulée, hurlait :

— Sur moi ! Je t'en supplie ! Pleure sur moi, Juliette ! Tes larmes me sauveront !

Elle se retrouva tout à coup à l'hôpital Notre-Dame près du lit de la mourante. On venait d'enlever les cerceaux de bois et la gaze qui enveloppaient son corps et elle gisait nue sur un grand drap de velours noir dont les plis retombaient sur le plancher. Son visage et tout son corps, extraordinairement beaux et radieux, diffusaient une douce lueur rosée, à l'exception du bras droit, enflé, rougeâtre et suintant, dont la peau tombait en loques. Les yeux grands ouverts, Joséphine lui parlait doucement, le regard perdu dans un lointain mystérieux qui la remplissait d'extase. Juliette l'écoutait avec attention, mais ne parvenait pas à saisir le sens de ses paroles. Soudain, elle tourna la tête et aperçut un petit vieillard tout chenu assis devant un harmonium. L'homme lui sourit avec bienveillance :

— Cela s'imposait ! lança-t-il, et il se mit à jouer *Gens du pays* sur un tempo si lent qu'on avait l'impression d'une marche funèbre.

Elle se retourna vers sa tante, car la présence de l'homme l'agaçait au plus haut point. Joséphine avait dressé son bras en loques d'une façon théâtrale, imitant le geste un peu préten-tieux du Christ jeune homme enseignant aux sages du Temple, tel que le représentait une gravure de son *Histoire sainte* à la petite école.

— N'oublie pas, ma très chère Juliette, lança-t-elle de sa voix ample et mélodieuse, que la seule façon de te faire pardonner ta *funeste* paralysie est de me ramener ma petite Adèle.

— La voici, ma tante, répondit Juliette en se penchant vers elle, un poupon dans les bras, remplie d'une joie intense, presque insupportable, *la voici pour la vie*.

Et les deux femmes, le poupon pressé entre elles, s'embras-sèrent en pleurant au son douceâtre de l'harmonium.

Juliette ouvrit les yeux. Elvina, affaissée sur elle-même, ronflait. L'esprit de la malade avait acquis tout à coup une limpidité extraordinaire. Elle regarda sa sœur un moment avec une sorte de compassion méprisante, puis l'image de Denis en larmes se faisant secouer comme un prunier lui donna un coup à l'estomac. Elle se tourna vers la photographie de Joséphine qui la regardait avec un sourire amusé dans son cadre de chêne ouvragé :

— Je te promets, murmura-t-elle, qu'avant de mourir je vais retrouver la mère de cet enfant.

Et, pénétrée d'une calme assurance, elle s'endormit paisi-blement.

▲

Le lendemain, malgré tous ses efforts, la vieille fille ne parvint pas à la convaincre de manger ni de prendre aucun médicament :

— Tête de pioche ! tu te détruis toi-même ! glapit-elle.

Une joie sauvage et pleine d'angoisse, qu'elle n'arrivait pas à contenir, se déployait en Elvina devant l'obstination de sa sœur, qui était en train de faire elle-même ce qu'elle n'aurait sans doute pas eu le courage d'accomplir.

— Je ne veux plus être servie que par mes amis, déclara
Juliette calmement. Tant qu'ils ne seront pas tous ici dans ma
chambre, et mon petit-neveu avec eux, je me ferme le gosier.

Vers la fin de l'avant-midi, la jeune infirmière venue pour
son injection parvint à lui faire boire un demi-verre d'eau,
mais rien d'autre. Juliette voyait avec une tranquille satisfaction la nervosité croissante de sa sœur, de plus en plus rongée
par les remords mais toujours aussi obstinée. Dans un geste un
peu puéril, elle avait vidé la chambre de toutes plumes, crayons
et feuilles de papier, craignant que l'arrivée inopinée d'un des
locataires ou la complicité soudaine d'une infirmière ne permette
à sa sœur de rédiger ce nouveau testament qui saccagerait tous
ses projets.

— J'ai faim, dit Juliette vers quatre heures. Je veux du melon.

Elvina la regarda, étonnée :

— Je n'en ai pas, répondit-elle enfin. Mais, par contre, j'ai
des fraises. Elles sont magnifiques.

— Je veux du melon. Très mûr. Fondant. Ce sera mon dernier
melon.

L'autre se tenait debout près du lit, un peu désemparée.

— Dommage que Denis ne soit pas là, reprit Juliette d'une
voix acide. Tu aurais pu l'envoyer à l'épicerie

Un moment passa.

— Je vais y aller, décida enfin Elvina.

— Je te défends d'aller chez le dépanneur, m'entends-tu ?
Ses fruits sont infects. Je veux un excellent melon, très mûr.
Très mûr, tu m'entends ? Il faut aller chez *Vanasse & Fortin*.

— Bon, puisque tu y tiens tant...

La porte de la chambre se referma. Puis Juliette entendit le
claquement assourdi de la porte d'entrée.

— Eh bien, ma fille, c'est le moment de montrer ce que tu
vaux, s'encouragea-t-elle.

Elle bougea les jambes sous les couvertures afin d'évaluer
encore une fois ses forces. À plusieurs reprises au cours de la
journée, profitant des absences d'Elvina, elle s'était appliquée
à mouvoir ses membres pendant une minute ou deux, constatant
avec un étonnement joyeux que la privation de nourriture, loin
de l'affaiblir, l'avait comme allégée, diminuant cet engourdisse-
ment profond qui lui donnait l'impression de fondre peu à peu
dans le néant. S'appuyant sur les coudes, les traits tirés par
l'effort et l'appréhension, elle réussit à redresser le torse à
demi, puis glissa l'une après l'autre ses jambes hors de la

couverture et se retrouva assise au bord du lit, les talons appuyés au plancher. L'étourdissement si redouté ne s'était pas encore produit. Elle adressa un sourire à Joséphine :

— Merci, murmura-t-elle, haletante. Tu es toujours aussi serviable.

Le téléphone le plus près se trouvait dans la salle à manger. Elle avait environ dix minutes pour s'y rendre et demander de l'aide. Mais il fallait d'abord vérifier si elle pouvait tenir debout. Elle se glissa de côté vers le chevet du lit, le saisit à deux mains et, grimaçant sous l'effort, se redressa lentement. Son corps ruisselait de sueurs.

— Je ne m'y rendrai jamais, soupira-t-elle.

Fermant les yeux, elle appuya la tête contre le mur. Ses jambes tenaient bon. Alors, saisie d'une idée subite, elle se retourna, évalua la distance entre la commode et son lit et, prenant une grande inspiration, fit cinq ou six enjambées et alla buter contre le meuble. Le papier peint de la chambre commençait à prendre une apparence moelleuse et un peu floue, signe qu'un étourdissement se préparait.

— Allons, vite ! se dit-elle, les narines pincées, les lèvres agitées par un spasme.

Elle ouvrit le tiroir supérieur de la commode, se mit à fouiller fébrilement parmi des piles de serviettes et de mouchoirs et sentit enfin au bout de ses doigts une petite boîte oblongue. Elle la saisit, referma le tiroir et se laissa tomber dans un fauteuil. Allongeant les jambes, elle respira à fond plusieurs fois, la tête rejetée en arrière. Quand elle ouvrit de nouveau les yeux, le papier peint avait repris son aspect normal. Elle se releva lentement, glissa la boîte dans la poche de sa robe de nuit et se rendit d'un pas vacillant jusqu'à la porte de sa chambre.

— Qu'il est long, qu'il est long, soupira-t-elle en contemplant avec appréhension le corridor où la moquette rouge vin lui donna tout à coup l'impression d'être au fond d'un abîme.

Il lui fallut presque cinq minutes pour le franchir, les mains appuyées au mur, bousculant une profusion de photographies et de reproductions encadrées dont quelques-unes tombèrent avec un bruit mat. Il ne lui restait plus que quelques minutes maintenant pour traverser le salon en diagonale, pénétrer dans la salle à manger, puis s'approcher de la desserte sur laquelle était posé le téléphone. Elle fit quelques pas dans le salon, mais dut s'asseoir sur un bras du canapé pour reprendre haleine. La pièce s'emplissait d'un fin brouillard, mais sa pensée restait

claire et précise et sa volonté, farouchement tendue vers le
téléphone.

Elvina pouvait maintenant arriver d'une minute à l'autre.

— Racaille, murmura Juliette, tu ne m'auras pas...

Sa langue épaisse et sèche semblait avoir enflé, l'empêchant
de déglutir. Elle attendit que le brouillard s'amincisse un peu,
puis, se dressant d'un coup de reins :

— Allons, il le faut... Ma tante, c'est le temps ou jamais de
m'aider.

Elle traversa le salon en titubant, franchit le seuil de la salle
à manger, puis les genoux lui manquèrent et elle alla s'écraser,
pliée en deux, contre la table.

Elle haletait à présent, les entrailles secouées par une horrible
nausée. En entendant le cliquetis d'une clef dans la serrure de
la porte d'entrée, elle comprit qu'elle n'avait plus le temps
d'atteindre le téléphone. Alors, dans un effort désespéré, elle
se releva, tourna le coin de la table en s'aidant des mains, tira
une chaise et s'y laissa choir, le visage livide, essayant de
retenir les sifflements de sa respiration.

Les pas de sa sœur se dirigèrent vers la cuisine, puis elle
entendit un froissement de papier, le glissement d'un tiroir, des
tintements d'ustensiles. Les deux pièces communiquant, il
aurait suffi à Elvina d'allonger le cou pour apercevoir la malade.

— Donnez-moi encore une petite minute, ma tante, que je
me remette un peu, implora Juliette mentalement.

La lame d'un couteau heurta le fond d'une assiette, puis les
pas quittèrent la cuisine pour s'éloigner dans le corridor qui
menait à sa chambre. Juliette essaya d'atteindre le téléphone,
mais ses jambes refusaient de lui obéir. D'une main tremblante,
elle sortit la petite boîte bleue de la poche de sa robe de nuit,
souleva le couvercle et vérifia que le revolver était bien
chargé. Une exclamation furieuse retentit au fond de l'appartement, suivie d'un bruit de course.

— Juliette ! Qu'est-ce qui s'est passé ? lança Elvina, affolée.
Où es-tu ?

Elle fit irruption dans la salle à manger, son chapeau cloche
de travers, une mèche sur le front, l'œil exorbité :

— Es-tu devenue folle ? Qu'est-ce que tu fais ici ?

Les deux sœurs s'observèrent un moment sans parler.

— Je suis venue téléphoner à mes amis, répondit Juliette
d'une voix éteinte mais pleine d'assurance.

Elvina poussa un gloussement sardonique et s'approcha.

— Mais comme tu ne m'en as pas laissé le temps, poursuivit Juliette en pointant vers elle son minuscule revolver, c'est toi qui vas les appeler à ma place.

L'autre s'immobilisa, la fixa une seconde avec un drôle de regard, puis se remit en mouvement.

— Je te conseille de faire exactement ce que je te dis. Sinon je tire. Je n'ai plus rien à perdre. Mon lit est déjà une prison.

Un léger déclic se fit entendre. Elvina s'arrêta de nouveau. Elle venait de prendre conscience de la situation. Ses lèvres s'amincirent de rage.

— Tire si tu veux, espèce de vieille folle. Jamais je ne téléphonerai.

— Tu parles ainsi parce que tu penses que je n'aurai pas le cœur de le faire. Détrompe-toi. Je suis tout à fait décidée. Tu ne me laisses d'ailleurs pas le choix. Approche-toi de la desserte et téléphone chez Bohu. Son numéro se trouve dans le petit carnet rouge près de la potiche. Et s'il n'est pas chez lui, tu appelleras Clément Fisette au *Studio Allaire*.

Elvina ne bougeait pas, le menton relevé avec défi, la bouche tordue par une grimace où la haine et la peur se mêlaient.

— Je t'en prie, murmura la malade d'une voix presque suppliante, fais ce que je te dis.

— Très bien. Puisque tu m'y forces. Mais, prends ma parole, tu me le paieras.

Elle s'approcha de la desserte, saisit le carnet et se mit à le feuilleter. Mais pivotant soudain sur elle-même, elle s'élança vers sa sœur, les bras levés.

— Elvina ! hurla celle-ci.

Personne n'entendit sa voix, car un bruit assourdissant venait de la couvrir. Le rebord gauche du chapeau de la vieille fille s'échiffa tout à coup et un petit trou sombre apparut dans le mur près du plafond.

Elvina s'était arrêtée, abasourdie, fixant Juliette d'un œil égaré. Ses lèvres exsangues palpitèrent un instant, puis elle éclata en sanglots et se précipita hors de la pièce, accrochant au passage le dossier d'une chaise avec son manteau. La chaise bascula et heurta violemment le plancher. La vieille fille crut entendre un second coup de feu. Une porte claqua contre un mur et sa voix hystérique s'éleva dans le hall :

— Au secours ! elle est folle ! elle veut me tuer !

Trente secondes plus tard, Martinek se trouvait auprès de Juliette, défaillante, toujours assise sur sa chaise, la main posée sur le revolver. Elle lui tint pendant quelques instants un discours décousu, puis, renversant la tête en arrière, la bouche béante, elle se mit à faire des yeux de poisson. Le musicien se précipita vers le hall pour chercher du secours, mais ni Fisette ni le dentiste ne se trouvaient chez eux. Il redescendit alors l'escalier quatre à quatre, quitta l'immeuble et revint bientôt avec Joseph Plourde qui pénétra dans la salle à manger, pinceau à la main, pour s'écrier :

— Broche à poule ! elle vient de trépasser !

Ils transportèrent Juliette dans sa chambre et la déposèrent sur son lit.

— Je pense qu'elle est morte, murmura le retraité, livide, en reculant de quelques pas. Je vais aller téléphoner à la police.

— De l'eau, fit tout à coup Juliette en clignant des yeux.

De violents frissons la secouèrent. Après s'être un peu reposée, elle réussit à raconter les derniers événements, tandis que Joseph Plourde appelait le médecin.

– Je vous en supplie, Bohu, il faut absolument que vous passiez la nuit dans ma chambre, cette nuit et toutes les autres, car elle veut ma mort, je vous le dis, elle travaille froidement à me faire crever.

Des sanglots l'empêchèrent de continuer

— Allons, allons, madame Pomerleau, balbutia le musicien, calmez-vous un peu, je vais rester avec vous. Vous ne serez plus jamais seule, je vous le promets. Calmez-vous, de grâce, vous m'effrayez ! Que va dire le médecin s'il vous trouve dans cet état ?

Le docteur Bellerose arriva deux heures plus tard. Il n'était pas dans ses meilleures dispositions. Bohuslav Martinek lui expliqua tant bien que mal que la décision de ne plus recourir à ses soins ne venait pas de Juliette, mais de sa sœur. Le docteur fit une injection de Valium à sa patiente, car elle était extrêmement agitée et semblait par moments au bord du délire, puis s'en alla. Elvina l'attendait dans le hall, écarlate, suante, bafouillante, la chevelure défaite, et voulut l'arrêter.

— Écoutez, ma bonne dame, coupa rudement le médecin, allez donc voir un avocat pour vos chicanes de famille. Moi, ce n'est pas mon rayon.

Et il sortit.

Dix minutes plus tard, une auto-patrouille s'arrêtait devant l'immeuble et deux policiers se présentaient chez Elvina. Elle les retint presque une demi-heure à bégayer un récit embrouillé, talochant à tous moments sa chienne pressée contre ses jambes et qui semblait fascinée par les souliers des deux hommes. Ils allèrent ensuite chez la comptable. Ce fut Martinek qui les reçut.

— Oui, oui, c'est bien ici. Vous auriez dû venir un peu plus tôt. Veuillez me suivre, s'il vous plaît.

Les deux gaillards aux joues charnues plissèrent le front, intrigués, puis s'avancèrent dans l'appartement en secouant leurs longues jambes comme sous l'effet d'un trop-plein d'énergie, jetant de tous côtés des regards d'évaluateur. Le musicien ouvrit doucement la porte de la chambre :

— Elle vient tout juste de s'endormir, souffla-t-il.

Ils contemplèrent un instant cette masse informe de draps et de couvertures d'où montait une respiration bruyante et inégale et qui laissait voir des coins de chair flasque et terreuse, une mèche de cheveux gris toute luisante de sueur, des ongles bleuâtres. Leur air goguenard fit place à une expression grave et entendue.

— Soyez gentils, messieurs, et revenez la voir demain. Le médecin vient tout juste de lui faire une injection, elle n'est pas en état de vous répondre. Je puis vous assurer qu'il s'agit d'un accident, poursuivit Martinek en les reconduisant au vestibule. Pensez-vous qu'une femme dans un pareil état s'amuserait à tirer du pistolet ? Il faut avoir l'âme comme l'intérieur d'une cheminée pour inventer de telles histoires.

Ils partirent sans se faire prier. Quelques minutes plus tard, Rachel et Clément Fisette, arrivés en toute hâte de leur travail et à qui Martinek avait transmis le peu d'informations que Juliette avait pu lui donner, allèrent trouver Elvina. Ils réussirent tellement à l'effrayer qu'elle promit de retirer sa plainte. Ce qu'elle se garda bien de faire, tout bien réfléchi. Mais l'incohérence accrue de son récit à la seconde visite des policiers le lendemain finit par lui enlever toute crédibilité et l'affaire n'eut jamais de suites.

Rachel, Martinek et Fisette se relayèrent auprès de la comptable toute la nuit, qui fut mauvaise. Au petit matin, rassemblant ses forces, elle les appela et leur raconta la machination d'Elvina.

— Sacrée fille, murmura Fisette. Je l'étranglerais avec un lacet en sifflant une petite chanson.

Et il bougeait ses longs doigts avec un sourire inquiétant.

— Laissez au bon Dieu le soin de s'en occuper, répondit Juliette. Il y a des choses plus importantes à régler. Je n'aurai pas l'âme tranquille tant que mon testament ne sera pas refait.

Je t'en supplie, Rachel, ma chérie, et vous, mon très cher Bohu, faites-moi le plus grand plaisir de toute ma vie et acceptez de devenir les tuteurs de mon pauvre Denis. L'idée de le laisser à ma sœur une journée de plus me remplit le cœur d'aiguilles.

Rachel hésita, puis consulta du regard le musicien qui lui fit un grand signe de tête, les yeux pleins d'eau.

— J'ai deux anges devant moi, murmura Juliette, transportée de joie, je me sens comme si j'étais au ciel.

— Et moi, pensa Fisette, je suis l'ange cornu, c'est ça?

— Maintenant, poursuivit la malade, reprise tout à coup par son agitation, occupons-nous de ce testament, pendant que j'ai encore les idées claires. Appelez-moi le notaire. Vous serez mes témoins.

À deux heures de l'après-midi, tout était réglé. Elvina était déshéritée en faveur des nouveaux tuteurs, à qui incombaient les mêmes obligations envers l'enfant.

Le dentiste Ménard, venu aux nouvelles, attendait au salon. Martinek alla le chercher.

— Comment allez-vous, ma chère madame? fit-il d'une voix onctueuse en pénétrant dans la chambre.

Juliette tourna vers lui un visage épuisé mais rayonnant :

— Pas trop mal, dans les circonstances, murmura-t-elle avec peine. Mes affaires se règlent. Je pourrai bientôt prendre congé, l'âme en paix.

Rachel détourna brusquement la tête, tandis que Martinek et Fisette trouvaient un intérêt soudain dans l'observation d'une fente du plancher.

La malade fit signe au photographe de se pencher :

— Clément, mon cher, prenez les clefs de ma *Subaru* dans mon sac à main sur la chaise, là, près du radiateur, et allez me chercher mon petit Denis à Philipsburg. Je veux souper avec lui.

— Aïe! pensa Fisette, qu'est-ce que le patron va dire? Je ne peux tout de même pas lui refuser ça, elle en est à l'étape des dernières volontés. Bah! je travaillerai ce soir à temps simple.

Il prit le sac à main, s'empara des clefs et, se tournant vers Juliette :

— C'est comme s'il était déjà ici, madame. À tout à l'heure.

— Je vous quitte à mon tour, fit le dentiste. Je ne voudrais pas vous fatiguer.

Juliette l'arrêta d'un geste :

— Vous n'oubliez pas votre promesse, hein? fit-elle avec un sourire étrange et douloureux.

Il fronça les sourcils :

— Laquelle ?

— Ne faites pas l'amnésique. Au point où j'en suis, votre secret ne risque pas de se répandre bien loin.

— Mais nous n'en sommes pas encore là, madame Pomerleau, s'écria l'autre avec un accent de chagrin si profond que Martinek et Rachel le fixèrent, étonnés. Vous avez encore de nombreuses années devant vous, j'en suis persuadé. Mais il faut lutter, madame, lutter ! C'est la Vie qui doit l'emporter ! Sans la Vie, à quoi ressemblerait notre pauvre planète, dites-moi ? À une grosse boule insignifiante, voilà tout. Je vous défends, fit-il en agitant l'index, de me placer avant quinze ans dans l'obligation de vous confier mon secret.

Il s'arrêta soudain, eut un sourire confus, serra la main de Juliette et partit en oubliant son chapeau.

— Qu'est-ce que c'est que cette histoire ? demanda Rachel en fronçant les sourcils.

La comptable, de plus en plus épuisée, voulut leur raconter le marché conclu entre elle et le dentiste, mais les forces lui manquèrent.

— Plus tard, murmura-t-elle dans un souffle, et elle ferma les yeux.

À six heures et quart, elle soupa avec Denis de trois cuillerées de yogourt aux framboises. Dès son arrivée, l'enfant était allé se jeter dans ses bras et la malade avait demandé qu'on les laisse seuls un moment.

— À peine trois mots de tout le trajet, racontait Fisette à ses amis dans le salon. Et pourtant, d'habitude avec moi, il n'a pas la langue dans sa poche...

Un quart d'heure plus tard, l'enfant se promenait dans le jardin en sifflotant, comme si de rien n'était. Il alla examiner sa greffe de rosier, sembla satisfait du déroulement de son expérience. Puis il téléphona à Vinh et à Yoyo pour leur annoncer son retour. Ces derniers, retenus à la maison par leurs travaux scolaires, le bombardèrent de questions. Mais Denis se montra fort discret sur les derniers événements, se contentant de répondre qu'il s'agissait «d'une farce plate» de sa tante Elvina.

Au début de la soirée, Rachel réussit à convaincre garde Doyon, suprêmement ulcérée par son renvoi, de reprendre son poste auprès de Juliette. Quelques heures plus tard, la quinquagénaire était de retour avec son regard faussement éteint, ses romans *Harlequin*, ses aiguilles à tricoter et son thermos de café sucré au sirop de maïs.

— Allez, mon bon monsieur, vous pouvez retourner à vos affaires, je reprends le gouvernail, dit-elle à Martinek, installé dans un fauteuil près du lit de la malade.

Il se leva aussitôt, cachant avec peine son soulagement, jeta un dernier coup d'œil sur Juliette endormie et quitta la pièce à pas pressés; il devait terminer pour le lendemain un arrangement orchestral destiné au spectacle que Ginette Reno préparait pour sa rentrée d'automne. Avec un peu de chance, il pourrait terminer l'affaire en quelques heures et se remettre à l'*adagio* de son quatuor à cordes, qu'il avait dû laisser en plan deux jours plus tôt.

En mettant le pied dans le hall, il aperçut un amoncellement hétéroclite devant la porte d'Elvina. C'était les effets de Denis. La vieille fille s'était claquemurée chez elle depuis la veille, tous volets fermés, au grand déplaisir de Fisette qui aurait bien aimé coucher sur la pellicule son visage décomposé.

Elle resta invisible durant cinq jours, silencieuse et folle de rage, glissant d'une pièce à l'autre en se tordant les mains, et on aurait pu croire qu'elle s'était enfuie en Australie ou que la haine lui avait fait éclater le cerveau si de temps à autre un jappement douloureux n'avait indiqué aux occupants de l'immeuble que c'était sur Noirette, à grands coups de journaux roulés, qu'elle tentait d'assouvir sa vengeance.

Deux jours plus tard, le docteur Bellerose recommanda à Rachel de se tenir prête à toute éventualité. Sous l'effet de l'ascite, l'abdomen de la patiente s'était remis à grossir et de petits saignements de nez venaient de réapparaître. Juliette risquait à tous moments d'être emportée brutalement par une hémorragie de l'appareil digestif ou de sombrer dans un coma irréversible.

L'effort surhumain qu'elle venait de fournir dans sa bataille contre Elvina semblait avoir épuisé ses dernières réserves de vitalité.

— Ma volonté continue de vouloir, confia-t-elle un soir à Martinek, mais ma carcasse ne l'écoute plus.

Elle passa les jours suivants dans un état de profonde apathie. Désobéissant au médecin, qui ne permettait plus que dix minutes de visite par jour, Denis venait dans sa chambre à tous moments pour l'observer; la plupart du temps, elle ne s'apercevait pas de sa présence.

La promesse qu'elle avait faite à Joséphine la torturait.

— Me présenter devant ma tante sans avoir retrouvé Adèle? Il y a de quoi gâcher mon éternité.

Un soir où l'espèce de torpeur huileuse qui dissolvait de plus en plus sa conscience s'était brusquement estompée, elle fit appeler Rachel, Martinek et Fisette.

— Je veux vous demander un grand service, dit-elle. Ce sera sans doute le dernier. Je m'adresse surtout à vous, Clément, car tout le monde connaît votre habileté. Mais si, pour une raison ou pour une autre, vous ne pouviez m'aider, c'est à vous deux, fit-elle en se tournant vers Rachel et Martinek, en tant que tuteurs de Denis, que reviendrait le soin d'engager quelqu'un de qualifié.

— Engager qui? se demanda Fisette. Elle déparle, ma foi.

Rachel se pencha au-dessus d'elle:

— Que voulez-vous dire, madame Pomerleau? Je ne saisis pas.

— Remontez-moi dans mon lit, voulez-vous? fit-elle d'une voix crispée. Je vais avoir besoin de tout mon souffle.

Elle attendit quelques instants, les yeux fermés, que sa douleur s'apaise un peu. Fisette l'observait, l'œil légèrement plissé :

— Quel sens du théâtre, pensa-t-il. Elle va faire une belle mort.

— Il s'agit d'un engagement que j'ai pris il y a très longtemps, reprit Juliette, envers une femme dont je vous ai parlé souvent et que j'ai beaucoup aimée : ma tante Joséphine Deslauriers, qui est morte en avril 1976 à l'hôpital Notre-Dame, brûlée au troisième degré. Quand ma mère était tombée malade en 1938, elle nous avait recueillies chez elle, ma sœur et moi, et nous avait élevées comme ses propres filles... C'était un être admirable... je n'en ai jamais connu de meilleur... Vers la fin de sa vie, elle s'était prise d'affection – ou plutôt de pitié, soupira-t-elle – pour une de ses petites-nièces...

— Adèle Joannette, la mère de Denis, compléta Rachel. Je sais, vous m'avez déjà raconté tout ça.

Le photographe regarda Martinek avec une moue ambiguë. Juliette fit signe au musicien de lui verser de l'eau, puis, après avoir bu une gorgée :

— C'est une pauvre fille, qui faisait déjà la vie à l'âge de quinze ans, et que je n'ai pas revue depuis 1976. Denis ne l'a jamais connue, évidemment.

Elle grimaça et prit une profonde inspiration.

— Vous devriez ménager vos forces et aller au fait, fit doucement Rachel. Jusqu'ici, je n'ai appris rien de neuf.

Juliette la regarda durement :

— Ah bon. Je voulais m'assurer que vous connaissiez l'histoire dans ses moindres détails. Je ne serai pas toujours là pour compléter.

— Ma foi, ricana intérieurement Fisette, les adieux funèbres, c'est devenu sa spécialité !

Les bras ballants, la tête inclinée, Martinek la regardait d'un air si misérable et si fourbu qu'on aurait dit qu'il était sur le point de s'effondrer.

— Le 6 juillet 1976, quelques heures avant sa mort, ma tante Joséphine, que la conduite d'Adèle inquiétait beaucoup... m'a fait venir à l'hôpital... – ceci, je ne l'ai jamais dit à personne – et m'a demandé de m'occuper d'elle... et d'essayer... si possible... de lui faire entrer un peu de jugement dans la caboche. Je le lui ai promis... et c'est ce qui me cause tant de remords aujourd'hui.

Elle ferma les yeux un moment et porta la main à sa bouche.

— Nous allons vous laisser reposer, décida Rachel, et revenir un peu plus tard.

Elle secoua vivement la tête et leur fit signe de rester :

— Nous ne nous entendions pas très bien, Adèle et moi... Elle vivait chez ma tante... avait déjà fait des fugues... Je l'ai prise chez moi... Elle avait dix-huit ou dix-neuf ans... Et puis, au bout de quelques semaines... elle a disparu dans la brume avec un mécanicien de cinquante ans... et je n'ai pas fait grand-chose pour la retracer... J'avais commencé une petite enquête... quelques jours avant de tomber malade, mais voilà, je n'irai sans doute pas plus loin...

— Sans doute pas plus loin, répéta mentalement Martinek, comme malgré lui, en imitant l'intonation de la malade. *Sol, sol, ré* dièse, *fa, mi, sol.*

Et malgré son accablement, il se répéta le bout de phrase à trois ou quatre reprises, afin de bien le mémoriser, avec son *ré* dièse en double croche et son *mi* en noire pointée.

— Est-ce que vous accepteriez de prendre ma relève, Clément ? demanda Juliette, qui se fatiguait à vue d'œil. Il faut que Denis connaisse sa mère un jour. Qui sait ? Elle a peut-être changé. Je vous dédommagerai pour vos... efforts...

— Avec plaisir, madame, répondit Fisette qui, pour la première fois, sembla ému. Vous me donnerez tous les détails... Mais vous me demandez cela inutilement, crut-il bon d'ajouter : je suis sûr que c'est vous qui finirez par la retrouver.

Elle eut un petit mouvement de la main pour montrer qu'elle n'était pas dupe de ses encouragements :

— Merci, fit-elle avec un faible sourire. Je savais que je pouvais... Je vous donnerai demain... le peu de renseignements que j'ai pu glaner.

Elle ferma les yeux une seconde fois, les rouvrit, puis, s'adressant à Martinek et à Rachel :

— Vous deux, à présent... Plusieurs choses... Je vous ai nommés tuteurs de Denis... Mais il faudra consulter un avocat... Avant que vous puissiez l'être légalement, il faudra sans doute destituer... Adèle de ses droits... Mais voir auparavant... après qu'on l'aura trouvée... si elle pourrait s'occuper de son garçon... C'est très compliqué, soupira-t-elle.

— Mais non, au contraire, répondit Rachel, c'est très clair.

— Ne vous inquiétez pas, ajouta Martinek d'une voix étranglée. Nous nous occuperons de tout.

— Autre chose, enfin... Je veux ajouter... une clause... dans mon testament... de l'argent en fidéicommis pour Adèle... si elle le mérite... Ce sera à vous de... Mes idées s'embrouillent. Bonne nuit... Demain matin, nous continuerons... C'est gentil d'être venus... J'ai de bons amis, murmura-t-elle lorsqu'elle fut de nouveau seule avec garde Doyon, cela m'aide à supporter bien des choses...

Et elle s'enfonça dans une lourde torpeur.

Fisette, Rachel et Martinek remontèrent chez eux en silence. Denis avait refusé de les suivre pour demeurer auprès de sa tante. La cage de l'escalier donnait à leurs pas une résonance un peu lugubre. La pénombre et une odeur de poussière et de renfermé – l'inaction de Juliette commençait à paraître à mille petits signes dans l'édifice – créaient chez eux une sensation d'étouffement.

— Allons, ne pleure pas comme ça, fit Martinek en serrant Rachel contre lui. Elle ne serait pas contente de toi.

Et au même moment, le thème que Juliette, sans le savoir, lui avait inspiré éclata dans sa tête avec une ampleur si magnifique et si désolée qu'une envie soudaine de se retrouver au piano devant du papier réglé s'empara de lui et le fit trébucher dans l'escalier, sous l'œil étonné de ses compagnons.

▲

Au milieu de la nuit, Juliette fut brusquement prise de vomissements bilieux mêlés de sang; l'accès, extrêmement violent, dura par intermittence jusqu'au petit matin et la laissa dans un état semi-comateux qui annonçait une fin imminente.

Elle semblait beaucoup souffrir. Le docteur Bellerose, appelé d'urgence, lui fit une injection de Démerol. Elle ouvrit les yeux.

— Comme c'est long, murmura-t-elle en levant vers le médecin un regard noyé de fatigue.

Et le sommeil l'emporta aussitôt.

▲

Elle flotte dans un tunnel de ouate, faiblement illuminé. Le tunnel ne semble pas avoir de fin. Ou peut-être n'a-t-elle pas la force de l'imaginer. Elle avance lentement, interminablement. Une douleur sourde, affaiblie, d'une affreuse douceur, l'atteint de temps à autre au côté droit. Elle flotte, immatérielle, mais une immense sécheresse dans tout son corps lui rappelle constamment qu'elle est bien de ce monde. La monotonie de ce voyage interminable tue son attention. Une vague sensation d'étouffement affleure parfois à sa conscience, mais elle n'a pas la force de s'y arrêter. Elle n'a plus la force de vivre. Elle a abandonné cette vie trop lourde il y a quelques jours déjà. Elle se laisse aller à ce doux sommeil monotone qui l'entraîne vers un inconnu impénétrable. Et qu'elle souhaite ainsi. Au-dessus d'elle, de temps à autre, résonne une voix, un murmure étouffé. On prononce parfois son nom. Une main touche sa peau, mais ce n'est plus sa peau. C'est une peau irréelle, dont elle prend conscience avec un étonnement mêlé d'indifférence. Elle sent parfois ses lèvres bouger. Les mots affleurent à son esprit et s'évaporent aussitôt.

▲

Au milieu de l'après-midi, elle émergea tout à coup de sa torpeur.

— Je viens de faire un rêve étrange, murmura-t-elle à garde Doyon. Je sais maintenant que je serai morte demain.

— Allons, allons, vous vous abîmez le moral avec toutes ces folies! Regardez plutôt par la fenêtre, fit la garde avec un entrain de commande, ce beau ciel bleu sans nuages qui a brillé toute la journée... Est-ce que ça ne donne pas envie de devenir un petit oiseau?

— Un petit oiseau? répéta Juliette en fronçant les sourcils.

Elle contempla les grosses jambes et le derrière plantureux de son infirmière, marmonna quelque chose pour elle-même, puis :

— Faites-moi venir tout de suite Clément Fisette, ordonna-t-elle d'un ton sans réplique.

Garde Doyon téléphona au *Studio Allaire* et vingt minutes plus tard, le photographe apparaissait dans la chambre. Ils causèrent seul à seul une dizaine de minutes. Fisette, ravi, prenait des notes dans un petit calepin noir posé sur ses gros genoux osseux. Puis Juliette fit revenir son notaire pour faire ajouter dans son testament les dernières dispositions dont elle avait discuté la veille avec ses amis.

— Tout sera exécuté selon les règles de l'art, madame, assura maître Gauthier en faisant voltiger sa main droite comme un prestidigitateur. Vous serez absolument enchantée.

Sous le regard stoïque de Juliette, il allait et venait dans la chambre, tout en sourires, secouant ses boucles blondes, se dépensant en mots d'esprit, frivole et insouciant comme un fils de famille pris de champagne sur un navire de plaisance, tandis que garde Doyon, penchée sur son tricot, manifestait son agacement par de furieux mouvements d'aiguilles.

— Je viendrai vous porter votre parchemin en début de soirée pour la signature. Mais promettez-moi de ne pas prendre la poudre d'escampette en mon absence, hein ? Je veux une main bien vivante et bien souple. Pour nous autres, pauvres notaires, la calligraphie est à peu près la seule consolation qui nous reste ici bas !

— Ah ! une minute de plus, éclata garde Doyon quand il fut parti, et je lui faisais avaler ses petits souliers vernis. Et dire que vous confiez vos dernières volontés à cette cervelle de crème fouettée.

Et elle se remit à son tricot avec une énergie farouche.

— Tout à l'heure dans mon rêve, j'ai entendu de la musique, fit Juliette comme si la visite du notaire venait de s'évaporer brusquement de son esprit.

— Une musique reposante, j'espère ? Vous avez tellement besoin de calme.

— La musique qu'il faut entendre avant de mourir. Et c'est monsieur Martinek qui l'a composée un soir du mois de juin.

Garde Doyon leva la tête et fronça les sourcils devant des paroles aussi étranges.

— Mon petit bobichon, fit Juliette en tournant la tête vers Denis qui venait d'entrer et s'était assis près d'elle, la fixant d'un regard intense, va vite demander à monsieur Martinek de venir me trouver. Je veux me faire un dernier plaisir. Approchez-vous, Bohu, dit-elle en entendant les pas du musicien qui arrivait, suivi de l'enfant. Mon Dieu, que vous êtes rouge... On dirait que quelqu'un vous a jeté de l'eau bouillante en plein visage...

— C'est que je travaille à un quatuor, madame, et que les choses vont très bien.

— Eh bien, tant mieux, je suis contente pour vous. Ce sera une autre belle chose à écouter. Vous rappelez-vous cette musique pour violon et piano que vous aviez jouée une nuit au début de l'été, juste avant un gros orage ?

Martinek sourit :

— C'était ma troisième sonate, madame.

— Eh bien, je ne vous l'ai jamais dit, mais cette nuit-là, en l'entendant, je me suis sentie si heureuse – si heureuse et si triste, mais de cette tristesse, vous savez, qui soulage le cœur, qui... réconcilie avec la vie, qui... que... enfin, je ne sais trop quoi vous dire... Les Douze Apôtres ont dû se sentir un peu comme moi quand le Saint-Esprit est descendu sur eux sous forme de langues de feu... Pourquoi souriez-vous ? Vous croyez peut-être que je déparle ?

— Du tout, madame Pomerleau, répondit le musicien, ému. Je souris... de plaisir. On ne me dit pas ce genre de choses très souvent.

— On devrait.

Elle fit une pause. Garde Doyon s'approcha du lit :

— Pas de conférence, hein ? ça vous met à bout, fit-elle en épongeant le front de la malade avec un mouchoir (Martinek remarqua une tache de sang grosse comme le pouce sur un des coins).

— Eh bien, figurez-vous, reprit la comptable au bout d'un moment, que cette musique m'est revenue en tête tout à l'heure pendant que je dormais.

Elle le regarda fixement :

— Je voudrais l'entendre encore une fois avant de mourir, jouée par vous et par Rachel, devant moi.

Pendant quelques secondes, Bohuslav Martinek fut incapable de parler. Puis, d'une voix curieusement gutturale, luttant contre les larmes, les muscles du visage et de la gorge tendus à se rompre :

— Avec plaisir, madame Pomerleau. Quand... vous voudrez.

— On pourrait me transporter ce soir dans le salon... Qu'est-ce qui ne va pas ? Il y a un problème ?

— C'est que je viens de penser tout à coup... Votre piano... j'ai remarqué l'autre fois en donnant ma leçon... Avez-vous eu le temps de le faire accorder ?

— Non, j'ai oublié. J'aurais dû, n'est-ce pas ?

— C'est qu'il joue faux, madame, répondit le musicien avec un sourire embarrassé.

Juliette le regarda en silence, puis :

— Ce ne serait pas trop compliqué, dites, de faire descendre le vôtre chez moi ? supplia-t-elle doucement.

— Euh... non, absolument pas... Il suffit de trouver trois ou quatre bons hommes...

Denis sauta en bas de sa chaise, tout excité :

— Monsieur Prévost et son garçon! Ils sont très forts! L'autre jour, je les ai vus bouger une pierre grosse comme le fauteuil!

— Oh! mais, j'allais oublier, fit Martinek en portant la main à sa joue. Il y a un petit problème... Rachel a organisé une répétition ce soir avec trois autres musiciens. Figurez-vous qu'elle vient de fonder un quatuor à cordes. C'est leur première rencontre. Ils ont eu beaucoup de mal à trouver une date qui convienne à tout le monde... Mais n'importe, je vais arranger cela, décida-t-il brusquement. Il y aura concert ce soir chez vous, madame! Vous ne pouvez savoir combien cela me fait plaisir.

Vingt minutes plus tard, monsieur Marcel Prévost et son fils Marcel, tous deux concierges-plombiers-mécaniciens-terrassiers-menuisiers-peintres-électriciens à temps partiel ou à temps plein, assistés d'un cousin de deux mètres dix arrivé de Terre-bonne pour faire démonter la transmission de sa *Chevrolet*, soulevaient le piano avec trois grimaces d'effort synchronisées et commençaient une longue descente émaillée de plaisanteries cochonnes. Rejointe chez madame Turovsky où elle prenait sa leçon de violon, Rachel avait décidé sur-le-champ d'annuler la répétition du quatuor, qui fut reportée à la semaine suivante. Elvina entrebâilla doucement sa porte, alertée par les rires, halètements, ordres et contrordres qui emplissaient la cage de l'escalier. Noirette glissa le museau dans l'entrebâillement, mais, en se refermant d'un coup, la porte lui pinça le bout du nez et le hurlement qui en résulta faillit transformer la descente du piano en déboulade.

Il était cinq heures trente et l'instrument venait d'entrer verticalement dans l'étroit corridor qui menait au salon de Juliette, lorsque le dentiste Ménard apparut dans le vestibule, tenant dans ses bras une grosse boîte de carton ficelée dont le poids le faisait avancer comme une Chinoise à petits pieds.

Martinek, radieux, s'avança vers lui :

— Bonjour, docteur, je suis content de vous voir. Vous êtes invité ce soir à un concert intime chez madame Pomerleau.

— Un concert intime? Ah bon, fit le dentiste en déposant précautionneusement sa boîte par terre.

— Madame Pomerleau désire entendre quelques-unes de mes compositions. Ce sera le premier concert tout Martinek en terre d'Amérique.

Le dentiste tendit la main au musicien :

— Je me ferai le plus grand plaisir d'y assister. C'est à quelle heure?

— Sept heures tapant, fit Rachel en apparaissant dans l'embrasure.

Elle s'avança et, baissant la voix :

— Elle est déjà très fatiguée. Il ne faudrait pas que ça tourne en catastrophe.

— Gare à l'épistaxis, qui pourrait être massive.

La violoniste fronça les sourcils :

— Épistaxis ? Qu'est-ce que c'est que ça ?

— Saignement de nez, si vous voulez.

Il se pencha, reprit sa boîte :

— Eh bien, à ce soir. Je vous promets d'être ponctuel.

Martinek et Rachel se rendirent au salon où les trois hommes étaient occupés à revisser les pattes du piano.

— Où voulez-vous qu'on le mette ? demanda Marcel Prévost père.

— Devant la fenêtre, au fond de la pièce, indiqua Rachel.

Martinek saisit le tabouret et se plaça devant le clavier :

— Voyons s'il a bien supporté le voyage...

Il exécuta une série de gammes chromatiques, puis attaqua un morceau brillant et emporté, plein d'accents dramatiques.

— Tiens, ta *Fantaisie sur des thèmes slovaques*, fit Rachel. On retourne à ses œuvres de jeunesse ?

Dans sa chambre, Juliette ouvrit les yeux et sourit à garde Doyon. Les trois hommes s'étaient tus et contemplaient le musicien, leurs visages encore brillants de sueurs. Marcel Prévost fils retira lentement de sa bouche la cigarette qu'il allait allumer et fit deux pas vers Martinek, comme sidéré. Prévost père se pencha à l'oreille du cousin de Terrebonne et, montrant son fils du menton :

— Y'allait pas encore à la petite école que la belle musique lui faisait cet effet-là. Quand il en entend jouer, le plancher pourrait lui partir de sous les pieds, je pense qu'il s'en apercevrait pas. C'est pour dire, hein ? Et moi qui a de la misère à faire la différence entre un violon et un sifflet de locomotive...

— Il joue bien en tabarnouche, se disait le jeune Prévost. J'ai jamais rien vu de pareil.

Rachel posa la main en souriant sur l'épaule de Martinek :

— Dis donc, Bohu, tu la connais par cœur ?

— Je l'aime bien, cette fantaisie. Elle me rappelle mes premiers mois à Paris, rue de l'Université. Eh ! Denis ! lança-t-il en s'arrêtant tout à coup.

On entendit des pas en provenance de la chambre de Juliette et l'enfant apparut au bout du corridor :

— Bohu, ma tante voudrait dormir un peu pour être en forme ce soir, dit-il d'une voix sourde.

La tristesse de son regard saisit tous les assistants. Martinek lui fit signe d'approcher :

— Qu'est-ce que tu dirais de jouer ce soir la petite étude pour les arpèges que je t'ai composée le mois dernier ? Ça ferait tellement plaisir à ta tante !

— J'essaierai, dit l'enfant.

— Eh bien, nous autres, on va faire un boutte, annonça Prévost père. J'ai une transmission à remonter avant huit heures, moi.

Garde Doyon apparut dans l'embrasure et se dirigea vers lui :

— Voilà pour vous trois, de la part de madame Pomerleau.

— Mais c'est beaucoup trop ! protesta l'homme, ravi.

— Beaucoup beaucoup trop, reprirent ses compagnons en essayant de ne pas fixer les billets.

Après quelques politesses, ils sortirent. Le jeune Prévost marchait sur le trottoir, les mains dans les poches, de plus en plus distancé par les deux autres qui se retournaient vers lui en riant.

— En tout cas, il joue maudidement bien, conclut-il à voix haute.

Et il se mit à siffler le thème de la fantaisie.

▲

Le dentiste Ménard se brossa longuement les dents, alla à la cuisine se verser un verre d'eau minérale (il se faisait une règle d'en boire au moins quatorze par jour), enfila son veston, vérifia le nœud de sa cravate, puis s'arrêta, pensif, devant l'agrandissement d'une photo prise à Nagasaki le 10 août 1945 au lendemain du bombardement. Dans un éparpillement de débris lunaire se dressait un pan de mur calciné, percé de fenêtres béantes. Sur l'appui de l'une d'elles, au-dessus d'un entrelacement de ferraille tordue, une petite bouteille brillait au soleil, à demi fondue.

Il soupira et sortit de chez lui.

— Si elle n'était pas si malade, murmura-t-il en descendant l'escalier, je lui demanderais de faire poser des plaques de caoutchouc sur ces marches. Cela éviterait des chutes.

Parvenu dans le hall, il épousseta quelques pellicules sur son épaule gauche, s'avança devant la porte de Juliette, vérifia son nœud de cravate une seconde fois, puis frappa trois petits coups. Denis vint lui ouvrir :

— On vient de la faire asseoir au salon, annonça-t-il gravement.

Juliette, calée par des coussins, ses jambes énormes allongées sur un pouf, accueillit le dentiste avec un sourire courageux et lui fit signe de venir s'asseoir près d'elle :

— Ils sont gentils, n'est-ce pas ? Tout ce branle-bas pour moi.

Ménard s'inclina et lui serra la main.

— Je dirais même qu'ils ont un cœur d'or, renchérit-il en prenant place.

Et il jeta un coup d'œil à la dérobée sur le visage livide et altéré de la malade, où se multipliaient depuis quelque temps de minuscules étoiles rougeâtres, causées par des éclatements de capillaires.

Assise sur le canapé, un tricot à la main et faisant danser ses aiguilles à petits coups saccadés, garde Doyon décrivait à Clément Fisette son profond amour pour la musique et, particulièrement, pour la java. Rachel, en robe de lainage vert pâle, les cheveux relevés derrière la tête par un ruban vert qui découvrait sa longue et noble nuque, accordait discrètement son violon, tandis que Martinek, installé au clavier, le dos arrondi, tournait fébrilement les feuilles d'une partition.

— C'est ennuyeux, il me manque la page 14, soupira-t-il. Comment diable allons-nous jouer ce morceau ?

Denis se leva, alla ramasser une feuille sous le piano, la remit au musicien et, sévère et tendu, revint s'asseoir à sa place. Fisette coula un regard vers Juliette :

— Ma foi, c'en est presque indécent, marmonna-t-il. On dirait qu'elle assiste à ses propres funérailles...

Ce fut un concert mémorable, et pour bien des raisons.

Martinek joua d'abord avec Rachel ses *Quatre scènes de cirque* (*La levée de la tente, Le bouffon dans sa loge, L'éléphant malade, Le singe et l'acrobate*). Il s'agissait d'une œuvre de jeunesse, brillante et colorée, pleine de trouvailles cocasses, que le musicien et son amie exécutèrent sans trop de fausses notes et qui mit tout le monde en train. Une impatience fébrile s'empara des auditeurs, comme si un événement important, mais imprévisible, était sur le point de se dérouler sous leurs yeux.

Rachel déposa son violon sur un guéridon et alla s'asseoir près de Martinek afin de tourner les pages.

— J'ai l'honneur, madame Pomerleau, annonça le compositeur d'une voix nasillarde et haut perchée qui fit naître des sourires, d'essayer de jouer devant vous une petite fantaisie pour piano intitulée *Le train de nuit*, pièce à peu près inexécutable

mais que j'aime beaucoup, composée pour mon ami le drama-
turge Georges Neveux en guise de cadeau d'adieu trois jours
avant mon départ de la France, le 7 octobre 1970.

Il fronça les sourcils à plusieurs reprises, changea de position
deux ou trois fois sur son tabouret, plia et déplia les doigts,
frotta longuement ses mains l'une contre l'autre et se lança
enfin dans l'exécution du morceau.

Au moment où ses doigts entraient en contact avec le clavier,
le dentiste Ménard aperçut par la fenêtre à demi ouverte la tête
de Marcel Prévost fils au-dessus de la clôture, en train d'examiner les piquets avec une attention tellement concentrée que sa
vie semblait dépendre de leur sort. Le dentiste voulut faire signe
à Juliette. Elle ne voyait déjà plus personne. Le torse légèrement
rejeté en arrière, les mains posées sur son ventre gonflé d'une
façon grotesque par l'ascite, elle écoutait Martinek, un imperceptible sourire aux lèvres, subjuguée par la musique et
inconsciente des grimaces et des petits grognements que chaque
fausse note tirait du musicien, qui peinait au-dessus du clavier
en se maudissant de ne pas avoir joué la pièce depuis trois
semaines. Et pourtant, *Le train de nuit*, malgré son exécution un
peu laborieuse, faisait une impression profonde, non seulement
sur Juliette mais sur tous les auditeurs. Garde Doyon avait même
cessé de tricoter et fixait le piano, la tête légèrement penchée de
côté, comme un chien qui entend un bruit bizarre. C'était une
pièce plutôt sombre, bâtie sur un long thème polytonal et
emportée dans un mouvement irrésistible, sans cesse changeant,
avec des arrêts soudains où, après un moment d'hésitation, la
musique semblait s'élever tout à coup dans une lumière
cristalline à des hauteurs vertigineuses, donnant à l'auditeur
l'impression de voir le spectacle poignant de la vie humaine.

Rachel tourna la dernière page et Martinek immobilisa peu à
peu son train quelque part dans la nuit, une nuit presque opaque,
traversée d'un point de lumière unique, faible et tremblotant,
dont on se demandait si l'étoile qui l'avait produit était encore
vivante.

— Et voilà, fit-il en se tournant vers l'auditoire. Excusez les
fausses notes.

Le silence régna un instant dans la pièce.

— Merveilleux, murmura le dentiste, qui se mit à applaudir,
suivi peu à peu de ses compagnons.

Debout derrière la clôture et apparemment insoucieux qu'on
l'aperçoive ou pas, Prévost fils fixait la fenêtre d'un air absent.

Martinek se leva avec un sourire enfantin et, les mains le long du corps, l'œil à demi fermé, salua à deux ou trois reprises, prenant plaisir à se laisser emporter par l'illusion qu'il se trouvait dans une salle de concert devant des milliers d'inconnus devenus ses admirateurs.

— Ça vous a plu ? demanda-t-il à Juliette.

Elle hocha vivement la tête.

— Eh bien, maintenant, c'est à ton tour, Denis.

L'enfant se leva, tout rouge, jeta un regard à sa tante, qui lui fit un geste d'encouragement, et alla s'asseoir au piano, où Rachel venait d'installer la partition :

— *Étude numéro deux pour les arpèges*, annonça-t-elle joyeusement, composée tout exprès pour monsieur Denis Joannette.

— Et que je vais jouer pour ma tante, compléta l'enfant avec un sourire timide.

— Je vis le plus beau moment de ma vie, murmura Juliette, les traits relâchés, le regard vague et un peu perdu, comme si elle avait été sous l'effet d'un puissant médicament.

L'étude, assez courte et d'un caractère vif et enjoué, égaya les esprits, que l'œuvre précédente avait quelque peu assombris. On applaudit vivement le jeune pianiste, qui retourna à sa place le regard vissé au plancher. Juliette fit alors signe à Martinek de s'approcher :

— Est-ce que vous allez jouer *ma musique de nuit* ? lui souffla-t-elle à l'oreille.

— Oui, oui, nous ne l'avons pas oubliée. Nous la gardons pour la fin. En fait, nous avons l'intention de jouer toute la sonate, qui est en trois mouvements... à moins que vous ne vous sentiez trop fatiguée ?

— Non, non... je n'en aurai jamais assez ! Je vous assure, Bohu, ajouta-t-elle en le fixant avec des yeux brillants de larmes, vous ne pouvez savoir... je me sens si reposée, ce soir... pour la première fois depuis des semaines et des semaines... Je ne sais ce qui se passe... Allez, ne vous gênez pas, jouez toute la musique que vous pourrez...

Martinek prit sa main flasque et décharnée et la baisa, au grand plaisir des assistants, puis retourna au piano et donna le *la* à Rachel, qui avait repris son violon. Soudain, levant la tête, il aperçut par la fenêtre Prévost fils en train de se gratter le bout du nez et lui fit un signe amical. L'autre, confus, détourna aussitôt le regard et s'éloigna.

— Mais non, restez, restez! s'écria-t-il en se levant de son siège, enchanté par la vue de cet auditeur imprévu qui transformait à ses yeux ce concert intime en un événement public.

— Qu'est-ce qui se passe? demandèrent à l'unisson les trois femmes.

Adrien Ménard eut un sourire débonnaire :

— La culture étend ses bienfaits jusque dans la classe laborieuse. Notre jeune déménageur de piano a pris goût à l'instrument...

— Je ne sais comment vous faites pour vous exprimer avec autant d'élégance, remarqua Fisette en plissant narquoisement les yeux.

Le dentiste lui jeta un regard surpris, mais ne répondit rien.

— Allons-y, Bohu, souffla Rachel au musicien en lui montrant Juliette, elle se fatigue à vue d'œil.

— Mesdames et messieurs, lança Martinek d'une voix vibrante et sonore qui lui était inhabituelle, je dédie la sonate pour violon et piano que nous nous apprêtons à jouer à madame Juliette Pomerleau, ma propriétaire et mon amie, à qui je souhaite une longue, très longue vie!

Il s'installa au clavier, échangea un long regard avec Rachel, qui se tenait debout près du piano, son violon glissé entre l'épaule et le menton, l'archet suspendu, et se lança avec impétuosité dans l'introduction du premier mouvement. Quelques minutes plus tard, garde Doyon, qui commençait à trouver que le concert, tout élevé et instructif qu'il fût, prenait une ampleur légèrement soporifique, comme certaines grand-messes, tourna son regard vers Juliette :

— Miséricorde! s'écria-t-elle intérieurement, est-ce qu'elle serait en train de filer doucement vers le bon Dieu?

La tête rejetée en arrière, la bouche légèrement entrouverte, le regard éperdu, sa patiente semblait en effet sur le point d'échapper aux conditions de la vie terrestre. La garde toucha Fisette du coude; il se tourna vers elle, puis regarda à son tour Juliette :

— C'est l'extase, se dit-il avec un haussement d'épaules. Moi, je préfère l'autre.

Et il se remit à reluquer Rachel à quelques pieds devant lui. Les deux jambes écartées, cambrant et ployant sa taille souple, la tête penchée au-dessus de son violon, les mâchoires serrées, elle semblait dans un autre monde et son imperceptible sourire exprimait le plaisir étrange et indicible d'être à la fois l'instrument et la source de cette musique ardente et passionnée.

Martinek, dont la partie était difficile et très élaborée, se tirait mieux d'affaire que dans les deux premières pièces, arrivant sans trop de peine à se maintenir au niveau de l'intensité expressive de sa compagne. Il avait particulièrement soigné la fin du mouvement, qui se terminait par une série ascendante d'arpèges et d'accords *staccato* d'un effet flamboyant. les applaudissements éclatèrent.

— Bravo! cria le dentiste Ménard, pris d'un enthousiasme croissant et qui en oubliait de rajuster son nœud de cravate.

Le deuxième mouvement, marqué *adagio*, commençait avec des montées de gammes sages et lentes et se déroulait dans une atmosphère de simplicité sereine qui fit surgir dans l'esprit de Juliette des impressions d'enfance, indéfinissables et poignantes, oubliées depuis longtemps. Une ambiance de calme et de douceur s'établit peu à peu dans le salon, rendant encore plus ardue la lutte de garde Doyon contre le sommeil. Le dentiste Ménard perdit un peu de son air studieux et engoncé, allongea lentement les jambes et, sans qu'il s'en aperçoive, sa respiration se libéra. Avec le troisième, ce mouvement était le favori de Denis. Il aurait passé des heures à regarder Rachel en train de le jouer, car alors, son visage ferme et vif, où se lisait une volonté ambitieuse et têtue sans cesse en action, s'imprégnait d'une douceur qui jetait l'enfant dans un trouble enivrant. Il arracha son regard de la violoniste et le porta sur sa tante. Seule une mince raie brillante qui traversait ses yeux presque fermés empêchait de croire qu'elle dormait. Il contempla son corps ravagé et déformé par la maladie et dut serrer les dents pour contenir ses larmes. Juliette ouvrit tout à coup les yeux et lui adressa un sourire.

— Mon Dieu, se dit-elle au bout d'un moment, qu'il est facile au fond de mourir.

Vint enfin le dernier mouvement, qui lui avait fait une telle impression lors de cette nuit d'orage du mois de juin où un camionneur chaudasse était entré en collision avec son passé. C'était le plus beau mouvement de la sonate. Il la terminait comme une flèche termine une cathédrale. Le piano débutait seul par de lentes coulées de notes qui se mêlaient les unes aux autres, créant un étrange et doux envoûtement. Alors le violon se mit à jouer, faisant entendre une supplication si douce et si émouvante que chacun comprit qu'on parlait de lui-même, de ses plus profonds secrets et de la vanité sublime et courageuse de lutter contre le néant.

— Au diable les convenances, se dit Juliette, et elle cessa de retenir ses larmes.

D'autres yeux se mouillèrent et tous regardaient avec un étonnement respectueux cet homme d'apparence si effacée, qui exerçait sur eux une emprise aussi profonde. Mais le morceau changea bientôt de caractère. Comme si elle était devenue incapable de se maintenir plus longtemps à la hauteur qu'elle venait d'atteindre, la mélodie se fragmenta tout à coup, devint méconnaissable et le violon, appuyé par les déchaînements du piano, se lança dans une danse saccadée, qui prit une allure de plus en plus frénétique et joyeuse pour s'achever triomphalement aux accords en majeur du piano, comme si la vie venait de gagner sur tous les fronts à la fois.

Martinek se leva, le front brillant de sueur, prit la main de la violoniste et l'éleva au-dessus de sa tête en s'inclinant d'une façon un peu théâtrale. Les applaudissements crépitaient dans le salon. Juliette Pomerleau faisait de son mieux pour s'y joindre, mais il était visible que ses forces l'abandonnaient. Tout le monde avait la vague conscience qu'un événement capital venait de se produire. Martinek et Rachel vinrent embrasser la malade.

— Allons, pourquoi pleurez-vous comme ça? lui reprocha affectueusement Rachel.

— Comme c'était beau, murmura-t-elle. Comme vous avez su trouver... ce qu'il fallait dire... Ah! Monsieur Martinek, je ne crains pas de l'affirmer... vous êtes un génie!

— Oh la la! s'esclaffa-t-il, rouge de plaisir, vous voulez m'assommer à coups d'encensoir, à présent?

Garde Doyon entoura les épaules de sa patiente:

— Il faut vous reposer un peu, maintenant. Vous avez eu assez de belles émotions pour aujourd'hui.

Les joues mouillées de larmes, Juliette dodelinait de la tête en souriant. On la transporta dans son lit où elle s'endormit aussitôt.

Quelqu'un frappa à la porte. Denis alla ouvrir, puis recula, saisi.

— La police? murmura Fisette en s'approchant. Oui, monsieur, qu'est-ce que je peux faire pour vous?

— Bonsoir, messieurs dames. Je m'excuse de vous déranger, fit un jeune policier en frottant nerveusement du pouce un bouton de sa veste, mais les locataires se plaignent que vous faites trop de bruit.

— Les locataires sont tous ici, sauf un – ou plutôt une – et je ne vous la souhaite pas.

Le policier sourit et frotta son bouton avec une vigueur accrue.

— Nous avons organisé un petit concert, reprit Fisette, pour une de nos amies qui est mourante.

— Ah bon, fit l'autre, et il devint franchement confus.

Tournant la tête, il jeta un coup d'œil dans le hall, puis s'avança et referma la porte derrière lui :

— C'est qu'il est onze heures vingt... Essayez de jouer un peu moins fort, voulez-vous ?

Il contempla un instant le groupe qui s'était rassemblé devant lui et parut tout à coup fort malheureux de se trouver là.

Pour la première fois depuis longtemps, Juliette dormit sa nuit d'une traite et d'un sommeil si entier et si profond que garde Doyon, qui couchait maintenant dans une chambre attenante à celle de Denis afin de pouvoir répondre aux appels de la malade, se leva à trois ou quatre reprises pour l'observer et faillit croire une fois qu'elle venait de trépasser. Juliette se réveilla le lendemain vers dix heures et déclara aussitôt que la lourdeur insupportable qui l'accablait au côté droit avait considérablement diminué :

— C'est à cause de la musique de monsieur Martinek, j'en suis certaine. Cet homme, ma chère, fait des prodiges !

Garde Doyon lui répondit par un sourire compatissant et entreprit de faire sa toilette. Mais l'entrain de la malade se maintint tout au long de l'avant-midi et ne fut pas sans l'étonner un peu. Au début de l'après-midi, cependant, les choses commencèrent à se gâter. Les étourdissements recommencèrent, elle eut un petit saignement de nez, mais sa lourdeur au côté droit s'était presque entièrement dissipée. Elle dormit une demi-heure, puis demanda un grand verre de jus d'orange, qu'elle but en trois gorgées, et son estomac regimba à peine.

Vers quatre heures, Martinek se présenta à l'appartement avec les Prévost père et fils qu'il avait fait demander pour remonter son piano.

— Vous aimez la musique, vous, avait-il dit au jeune homme. Venez faire un tour chez moi, nous en faisons presque tous les soirs. Vous serez mon public.

Ce dernier avait rougi jusqu'à l'intérieur des narines en bafouillant un vague remerciement.

— Comment va-t-elle ? demanda tout bas le compositeur à la garde, venue leur ouvrir.

Elle eut une moue perplexe :

— Je ne sais pas trop comment dire... Elle *pense* qu'elle va mieux (c'est déjà ça de gagné, n'est-ce pas?) et, ma foi, je ne suis pas loin de la croire. La nuit passée, elle a dormi comme une marmotte et l'avant-midi n'a pas été mauvaise non plus. Mais depuis une heure, ajouta-t-elle en écartant les doigts et en faisant pivoter sa main de côté, on est dans le couci-couça...

Elle se pencha à l'oreille du musicien :

— Imaginez-vous donc qu'elle prétend, pauvre elle, que *c'est votre musique* qui lui a fait du bien! Je la laisse parler, évidemment... J'ai bien l'impression qu'elle va vous en redemander...

— Vers la fin, ils sont tous comme ça, lança Prévost père. Ils se raccrochent à n'importe quoi. Ma mère, elle, c'était les infusions d'herbe à dindes. Ça ne l'a pas empêchée de monter au ciel.

— Est-ce que je peux la voir un instant? demanda Martinek.

— Deux minutes, pas plus.

Il se tourna vers les deux hommes :

— Pouvez-vous m'attendre un petit moment au salon?

— Tout le temps que vous voudrez, monsieur Martinek, répondit Prévost père, que les soixante dollars de la veille avaient mis dans les dispositions les plus aimables.

— Je viens d'apprendre de bonnes nouvelles à votre sujet? fit le musicien en pénétrant dans la chambre.

La malade posa sur lui un regard un peu voilé.

— Je suis contente de vous voir, Bohu, murmura-t-elle d'une voix rauque. Je voulais justement vous parler.

— Le concert d'hier soir ne vous a pas trop fatiguée, j'espère?

— Approchez-vous... J'ai dormi ma meilleure nuit depuis trois mois... Et l'avant-midi n'était pas piquée des vers non plus... Mais les forces m'ont lâchée après le dîner. C'est malheureux... J'aurais voulu vous montrer tout le bien que votre musique m'a fait. Approchez-vous un peu plus.

Elle lui prit la main :

— J'ai une autre faveur à vous demander, reprit-elle, embarrassée.

Elle ferma tout à coup les yeux et sa respiration s'accéléra.

— Voulez-vous que je revienne? demanda doucement Martinek.

— Non, non, répondit-elle en lui jetant un regard effrayé. Je vous ai, je vous tiens...

Puis, d'un air suppliant :

— Faites-moi encore de la musique, Bohu... Faites-m'en ce soir, je vous en prie.

— C'est que... c'est que j'ai besoin de mon piano pour travailler, voyez-vous...

— Mais je vous en achèterai, un piano, si c'est tout ce qui vous empêche. Est-ce que c'est la seule raison ? Garde Doyon, lança-t-elle d'une voix impérieuse qui étonna son compagnon, apportez-moi mon chéquier.

— Il n'en est pas question ! protesta Martinek en retirant sa main. Vous aurez tous les concerts que vous voulez. Je ne veux pas entendre parler de...

— Monsieur Martinek, fit la garde en entrant, je crois que je vais être obligée de vous demander de partir... Hé bien ! s'écria-t-elle en regardant sa patiente, voyez-moi dans quel état elle vient de se mettre ! Vous allez me faire le plaisir de vous reposer une petite heure ou deux, sinon je ne serai pas très contente !

— Tirez le store, si vous voulez que je dorme, grommela Juliette dans un souffle, et allez prendre un peu l'air. Je vous trouve le teint affreux.

Un second concert eut lieu ce soir-là et il fut suivi de plusieurs autres. Le 1er octobre, des livreurs du magasin de musique *Archambault* frappèrent une après-midi à la porte de Martinek et lui demandèrent à quel endroit il désirait qu'on installe son nouveau *Bösendorfer*.

La commisération un peu ironique avec laquelle garde Doyon avait accueilli les affirmations de sa patiente sur le bien immense que lui procurait la musique de Martinek fit place à des doutes, puis à de l'étonnement. Au bout de quelques jours, personne ne pouvait plus nier que l'état de la malade s'améliorait lentement ou, du moins, que la dégradation de ses forces s'était arrêtée. Elle dormait toutes ses nuits, avait retrouvé un peu d'appétit et les symptômes du mal qui la rongeait s'estompaient.

— Absurde ! déclara le docteur Bellerose en haussant les épaules. Des histoires de ma grand-mère ! De la musique thérapeutique ! Thérapeutique comme des infusions de bardeaux de cèdre pour le cancer d'estomac ! Mais ne la contredisez pas, tout de même. Laissez-la croire à ses sornettes... Qu'elle profite de ses beaux jours, ce sont les derniers : dans deux semaines, tout sera fini.

Il ordonna néanmoins de diminuer la médication, mais refusa tout net qu'elle quitte son lit, sauf, bien sûr, pour ses fameux concerts.

La semaine qui suivit fut marquée par un événement inattendu et désagréable. Au début d'une avant-midi, Elvina se présenta à l'appartement de sa sœur, écarlate, les cheveux ébouriffés et le visage rempli d'une haine si féroce qu'on aurait cru voir des pinces de homard s'agiter en claquant tout autour d'elle.

— Pousse-toi, je viens chercher mes choses, cracha-t-elle à Denis venu lui ouvrir.

Et bousculant son petit-neveu, elle se dirigea vers le salon. On entendit un remue-ménage de bibelots, la chute d'un objet métallique sur le plancher, des brassements de tiroirs, puis elle reparut devant l'enfant abasourdi avec un petit guéridon dans ses bras :

— C'était à ma mère. Je l'avais prêté. Je le reprends. Et ce n'est pas tout.

Elle alla déposer le guéridon dans le hall.

Denis s'élança vers la chambre de Juliette. Mais garde Doyon accourait et faillit buter contre la vieille fille qui se dirigeait vers la sortie, emportant cette fois une théière en argent et trois gros albums :

— Qu'est-ce qui se passe, madame ? Êtes-vous en train de vider la maison ?

— Je reprends mes cadeaux, siffla Elvina. Qu'elle reprenne les siens, si elle le veut. À partir d'aujourd'hui, les ponts sont coupés.

Juliette la fit demander à sa chambre ; elle refusa d'y aller et se mit à fouiner dans la maison, fourrageant dans les armoires, déplaçant les meubles, remuant les rayons de livres, une longue liste à la main, qu'elle consultait et cochait de temps à autre.

— Qu'elle prenne ce qu'elle voudra, je m'en fiche, soupira la comptable en réponse à garde Doyon, qui voulait appeler la police.

Elvina fit la navette pendant une bonne demi-heure entre son appartement et celui de sa sœur, emportant, parmi divers effets : un grille-pain automatique qu'elle avait offert à Juliette deux ans plus tôt en cadeau de Noël, de l'argenterie de famille, un kilo de raisins secs, huit centres de dentelle crochetés par la grand-mère Pomerleau, deux chandeliers de cristal, une douillette à tissu fleuri, trois livres de recettes, une cocotte-minute, deux couteaux à découper, plusieurs serviettes de lin et, finalement, une photo encadrée à laquelle la comptable tenait beaucoup, car c'était la seule photo qu'elle possédait de ses parents jeunes. Puis, se plantant devant garde Doyon :

— Je me réserve le droit de revenir n'importe quand pour reprendre un objet que j'aurais oublié, lança-t-elle dans un nuage de postillons, et elle claqua la porte.

Deux jours plus tard, le docteur Bellerose se plaignit à sa patiente de l'avalanche d'appels téléphoniques dont l'accablait Elvina, qui s'était mis en tête de faire casser le testament de sa sœur pour cause d'irresponsabilité :

— Essayez de la calmer, bon sang, ou alors envoyez-lui une mise en demeure, elle me fait perdre un temps fou. C'en est rendu que ma secrétaire a peur de répondre au téléphone. C'est une vraie taupe, cette femme : elle a même réussi à dénicher mon numéro à la campagne et avant-hier, elle me rejoignait chez le dentiste !

Elvina, seule avec sa chienne et ses vieux meubles, n'arrivait plus à contenir les masses de fureur qui s'agitaient en elle et l'étouffaient, semant le feu dans son estomac et remplissant sa tête d'un bourdonnement qui l'empêchait de suivre ses émissions de télévision et la tenait éveillée des nuits entières. Elle avait donc décidé de reprendre le sentier de la guerre jusqu'à la victoire finale.

Sa haine lui faisait faire des trouvailles. Elle s'aperçut un jour qu'on permettait maintenant à sa sœur de passer une partie de l'après-midi au salon, assise dans un fauteuil roulant tourné vers une fenêtre qui donnait sur le jardin. Un rituel s'établit donc. Dès que Juliette prenait place dans son fauteuil, Elvina apparaissait dans le jardin, allant et venant devant la fenêtre, tout habillée de noir et un missel à la main, comme si elle revenait d'un enterrement.

Sa cruauté trouva des raffinememts plus sinistres encore. Un matin, à son réveil, Juliette trouva, appuyé sur le rebord extérieur de sa fenêtre, un grand faire-part bordé de noir où son visage apparaissait en fondu. Puis le téléphone se mit à sonner à toutes les heures du jour et de la nuit. Denis ou garde Doyon décrochait : on entendait des râlements au bout du fil. Le stratagème changea. À la suite d'annonces placées dans les journaux, des gens se mirent à téléphoner ou à sonner à la porte par douzaines pour vérifier si la maison était bien en vente pour 30 000 $ ou s'informer de la date du règlement de la succession.

Rachel fulminait.

— Qu'il faut être malheureux pour arriver à tant de méchanceté, soupirait la comptable.

— Laissez-moi m'occuper d'elle un peu, demanda Fisette. J'ai pensé à quelques petits trucs pour lui changer les idées.

Juliette refusa :

— Vous ne la connaissez pas... Ce serait comme taquiner un lion. Laissez-la en paix. Il faut attendre qu'elle se calme d'elle-même ; il n'y a rien d'autre à faire, mon pauvre ami.

▲

Les *concerts du salon* (comme les appelait Denis) s'interrompirent soudain à la mi-octobre.

— Je viens de recevoir une commande urgente pour le Grand Gala de Télémétropole, expliqua Martinek à la comptable qui terminait son souper. Oh ! je n'en ai que pour quelques jours, se hâta-t-il d'ajouter en voyant sa mine.

— Quel Grand Gala ?

— Oh, le Grand Gala, le Grand Gala de la chanson, quoi, fit-il, évasif, et il détourna le regard.

— Mais vous suspendez ma médication, mon ami... Oui ! oui ! je suis absolument certaine que c'est *votre musique* qui me fait du bien ! Je le *sais* parce que je le *sens* ! Est-ce que Rachel ne pourrait pas venir le soir avec son violon me jouer des choses une petite demi-heure ?

Martinek se troubla davantage :

— C'est que, malheureusement, Rachel aussi se trouve très occupée : son quatuor à cordes va répéter trois soirs par semaine, elle vient de prendre deux nouveaux élèves... Et puis, je n'ai aucune œuvre pour violon seul...

Il la quitta presque aussitôt, car elle lui faisait peine à voir. Juliette demeura songeuse toute la soirée. À huit heures, après avoir terminé ses devoirs, Denis vint lui faire la lecture.

— Ma tante, tu ne m'écoutes même pas, protesta-t-il au bout d'un moment.

— C'est vrai, mon lapin, excuse-moi... Je n'ai la tête à rien en ce moment. Va, je vais dormir un peu... Tu viendras m'embrasser avant de te coucher.

Quelques minutes après le départ de l'enfant, une pensée horrible lui traversa l'esprit :

— Mon Dieu... pourvu qu'*elle* ne les ait pas montés contre moi... Ce serait le restant des écus...

Elle essaya de se rassurer, mais l'angoisse la grugeait. Vers dix heures, n'en pouvant plus, elle fit venir Fisette et lui exprima ses craintes. Le photographe se mit à rire :

— Allons! Qu'est-ce que vous allez chercher là? Elle est bien trop niaiseuse pour réussir une chose pareille!

Mais il détournait le regard lui aussi avec un sourire énigmatique et ne semblait pas désireux de prolonger l'entretien.

Elle dormit mal cette nuit-là, mangea à peine le lendemain et dormit encore plus mal la nuit suivante.

— Mais puisque je vous dis que vous vous rongez les sangs pour rien, ne cessait de lui répéter garde Doyon.

— Vous savez donc des choses? Alors, dites-les-moi, sueur de coq!

— Je ne sais rien, je ne sais rien, répondait la garde en arpentant la chambre. Tout ce que je sais, c'est que vous êtes en train de vous rendre malade comme jamais avec vos histoires à faire remonter la pluie au ciel.

Vers la fin de l'après-midi, garde Doyon la quitta un moment, laissant sa porte entrebâillée; la comptable entendit alors quelqu'un pénétrer dans l'appartement et pendant le bref instant où la porte d'entrée fut ouverte, une curieuse agitation mêlée de chuchotements lui parvint du hall, puis la voix de l'infirmière se détacha tout à coup:

— Demain soir? Mais vous rendez-vous compte? Je ne sais vraiment plus quoi lui dire, moi!

Une tristesse lugubre envahit la malade.

— Ça y est, murmura-t-elle, j'en suis sûre à présent... *elle* m'a eue. Tout le monde m'abandonne... Eh bien, je fais comme eux...

Elle ferma les yeux, se pelotonna dans ses couvertures et on ne réussit pas à lui tirer deux mots du reste de la journée.

Le lendemain matin, à son réveil, elle aperçut les têtes de Martinek et de Rachel au-dessus de son lit:

— Je voulais attendre jusqu'à la dernière minute, fit le compositeur, mais je n'y tiens plus...

— Nous vous avons préparé une petite surprise pour ce soir, coupa Rachel. Il faut sourire maintenant, et chasser vos idées noires.

— Une surprise? balbutia Juliette.

Elle les regardait, interloquée, l'esprit encore tout barbouillé de sommeil.

— Est-ce que vous nous permettez d'amener un ami?

— Un ami?

Elle eut l'impression soudaine qu'une lumière éblouissante emplissait la chambre et envahissait le jardin, dont elle apercevait un coin par la fenêtre, puis la lumière se répandit en elle, balayant son angoisse:

— Amenez un éléphant, si ça vous tente, mais vous ne sortirez pas d'ici avant de m'avoir tout raconté.

▲

Ce soir-là, le mardi 18 octobre 1988, Bohuslav Martinek s'avança au milieu du salon devant Juliette Pomerleau entourée de ses amis et, d'une voix enjouée qui cachait mal son émotion, annonça qu'il avait terminé deux jours auparavant un trio pour piano, violon et clarinette auquel il travaillait sans relâche depuis une semaine. Il avait composé cette œuvre à l'intention expresse de Juliette, qui, sans le savoir, lui avait fourni un jour le thème principal du premier mouvement «par l'inflexion émouvante qu'elle avait donnée à un groupe de mots et qu'il n'avait fait que transcrire musicalement».

La comptable, émue et flattée au plus haut point, l'écoutait en souriant dans son fauteuil, un verre d'eau à la main (elle buvait sans arrêt depuis le début de la journée), avec Fisette et garde Doyon à sa droite, le dentiste Ménard et Prévost fils (qu'on avait dû amener presque de force) à sa gauche et Denis à ses pieds, le dos appuyé à ses genoux.

— Il s'agit, poursuivit le compositeur, d'une petite chose en trois mouvements, que j'ai intitulée *Le retour à la vie,* pour fêter votre convalescence, madame, et pour rendre un modeste hommage au grand Hector Berlioz, qui a donné un titre semblable à une de ses œuvres – je veux parler de sa symphonie *Lélio*, que...

— Concert ou conférence? lança Fisette sous le regard offensé de garde Doyon.

— Et c'est grâce à mon amie Rachel et au clarinettiste Théodore Boissonneault, cousin du restaurateur bien connu à Montréal, poursuivit Martinek, imperturbable, en se tournant vers un homme frisé à grosses lunettes rondes qui souriait timidement, sa clarinette à la main, que je peux vous offrir cette petite œuvre que j'ai eu tant de plaisir...

— Musique! musique! coupa Fisette. Je me meurs!

— Quel mal élevé! s'exclama intérieurement garde Doyon en serrant fortement ses aiguilles à tricoter. Ma chatte pourrait lui donner des leçons de bienséance.

La «petite» œuvre en question durait 53 minutes et 16 secondes et fit une profonde impression sur les auditeurs (y compris la bonne garde). À la fin du premier mouvement,

marqué *adagio*, Juliette Pomerleau s'étant mise, comme elle le
décrivit plus tard, dans un «état incroyable», alla se jeter dans
les bras de Martinek en pleurant, ce qui commotionna tellement
Théodore Boissonneault qu'il saupoudra les deux derniers
mouvements *(Scherzo* et *Allegro con fuoco)* d'une bonne
douzaine de couacs retentissants.

Comme à son habitude, Juliette fit servir un goûter après le
concert et, pour la première fois, se permit de grignoter une
biscotte. Faisant signe à Martinek de s'approcher :

— Il faut m'enregistrer ce trio sur cassette, Bohuslav, pour
que je puisse l'écouter à mon goût.

Martinek sourit et, s'adressant au clarinettiste :

— Tout dépend de mon ami Théodore. J'ai l'impression
qu'il n'apprécie pas tellement les séances d'enregistrement.

Le musicien s'avança, tenant avec précaution un sablé au
beurre entre le pouce et l'index :

— Pour vous, madame, j'essaierai de dompter mes nerfs.

Ses yeux baignaient dans une étrange ivresse :

— Il est tellement beau, ce trio, et, en particulier, le premier
mouvement. Toum, toum, toum, la la ri tetoum... Vous savez,
personne ne le dit à haute voix, mais c'est un grand privilège
que de vivre dans l'entourage de Bohu. Je n'arrête pas de le lui
répéter, mais il n'a pas l'air de me prendre au sérieux : c'est un
très grand compositeur. L'histoire confirmera ce que je viens
de dire. À mon avis, il a presque la taille de Schubert... et je sais
ce dont je parle.

Il croqua dans son sablé et alla regarder Denis qui pianotait.

Martinek se pencha à l'oreille de Juliette :

— Il est un peu bizarre, mais c'est un bon cœur... et un
excellent instrumentiste ! Ce soir, on ne l'a pas vu dans toute sa
forme. Vous l'avez un peu perturbé, ajouta-t-il en riant. Savez-
vous qu'il a consacré sa vie à Schubert ?

— Ah bon.

— Il n'a jamais accepté que Schubert soit mort à trente et un
ans. Pour lui, c'est un scandale insupportable. Alors, il a décidé
de continuer son œuvre !

— Je ne comprends pas.

— Il a décidé d'écrire les œuvres que Schubert n'avait pas
eu le temps d'écrire... après avoir pris soin de s'imprégner
fortement de son style – ou plutôt de son âme, comme il dit.

— Vous êtes en train de me dire, mon cher, qu'il est un peu
fou.

— Est-ce qu'il l'est vraiment? Je ne saurais dire. Il s'est identifié à Schubert, mais en gardant conscience, bien sûr, que le compositeur et lui sont deux personnes différentes. Disons, si vous voulez, qu'il s'est mis entièrement à son service... dans la mesure du possible. Mais nous reparlerons de cela plus tard, fit-il en voyant que le musicien les regardait.

— Comment gagne-t-il sa vie, ce pauvre homme? insista Juliette.

— Il enseigne la clarinette au Conservatoire. C'est un excellent professeur, vous savez.

Jamais Juliette ne s'était sentie aussi bien. Assis au piano, Denis, radieux, ne cessait de lui adresser des sourires. Il fallut que Rachel se fâche pour empêcher la malade d'aller rincer des tasses à la cuisine. Mais elle tint absolument à reconduire les visiteurs à la porte. Saisissant Martinek par les épaules, elle l'embrassa fougueusement :

— Promettez-moi de me faire souvent de la musique. Ma vie dépend de vous.

— Ah! tiens! Et comment ça? riait le compositeur, rouge de contentement.

Denis se trouvait à leur côté devant la porte grande ouverte. Il vit soudain celle d'en face s'entrebâiller imperceptiblement et un verre de lunettes lancer une brève lueur. Un frisson le saisit.

— Ma tante, chuchota-t-il en tirant Juliette par la manche, viens te coucher. Il est tard.

Une après-midi de la fin d'octobre, vers quatre heures, Juliette était assise dans sa chambre face à la fenêtre et regardait le jardin s'assombrir peu à peu, lorsqu'une grande paix se fit en elle. Elle se mit à observer ses deux mains ouvertes, essayant de comprendre ce qui se passait, tourna la tête de tous côtés, puis se leva et se mit à faire les cent pas dans la chambre en pleurant. Elle venait de prendre conscience de sa guérison.

Le docteur Bellerose qui, depuis une semaine, la visitait deux fois par jour, n'en croyait pas ses yeux. Sa joie de voir une patiente qu'il avait prise en amitié échapper inexplicablement à la mort était un peu ternie par l'agacement et la perplexité : son verdict, et celui de toute la médecine officielle, avait été renversé, broyé et réduit en bouillie pour les chats par... mille fois rien du tout, c'est-à-dire une misérable série de concerts dont il n'avait rien à foutre et qui projetait sur toute cette histoire – et sur lui-même – une aura de ridicule. Aussi, à chacune de ses visites le voyait-on un peu plus bougon, si bien qu'un jour où il s'était montré particulièrement bourru, Juliette, dardant sur lui un petit regard acide :

— Dites donc, docteur, si je faisais une bonne rechute avec crachements de sang et coma terminal, est-ce que ça ne vous allégerait pas un peu l'esprit ?

À partir de ce moment, il fit un peu plus attention à ses manières, puis, changeant radicalement d'attitude, il décida un beau jour de rédiger sur cette guérison miraculeuse sa première communication scientifique, un rêve que sa vie de praticien surchargé de travail l'avait toujours empêché de réaliser. Pour dissiper ses derniers doutes, il voulut donc soumettre sa patiente à une batterie d'examens et réussit à la convaincre de se faire hospitaliser. Le 7 novembre, elle entrait à l'hôpital Maisonneuve où elle demeura quatre jours.

À part un état de faiblesse générale, dû à la maladie et à un alitement prolongé, les examens ne purent rien déceler. Son foie avait repris sa forme et son volume normal et métabolisait avec allégresse comme auparavant. Les analyses sanguines et les biopsies ne révélèrent aucune présence virale. Les saignements et les angiomes stellaires avaient disparu, de même que l'ascite, l'enflure des jambes et les absences.

— Est-ce que vous mettez de l'huile de saint Joseph dans votre jus d'orange, le matin ? lui demanda un médecin en riant.

— Mon cher monsieur, répondit sèchement Juliette, je me fiche de ces folies-là comme un poisson d'une paire de béquilles. C'est la musique de mon ami monsieur Martinek qui m'a guérie... et peut-être aussi les prières de ma tante Joséphine.

— Que voulez-vous que je lui réponde ? lança le docteur Bellerose quelques heures plus tard à une équipe de spécialistes réunis pour étudier ce cas étrange. Avouons-le : dans cette histoire, notre belle médecine se fait faire la barbe comme jamais.

— Vous rappelez-vous, fit un petit homme nerveux perdu dans sa chienne blanche, un certain docteur Tomatis qui traitait des enfants autistiques avec du Mozart, et non sans succès, paraît-il ?

Un murmure de désapprobation s'éleva. Le docteur Bellerose leva les bras en l'air avec une expression impuissante et résignée.

On fêta le retour de Juliette par un concert que Martinek avait préparé avec un soin particulier. La séance eut lieu dans son studio, car il voulait faire entendre à Juliette le *Bösendorfer* dont elle lui avait fait cadeau. Rachel y donna d'abord une partita pour violon seul de Bach, qu'elle venait de présenter en audition devant un jury de sélection pour l'Orchestre symphonique de Montréal. Puis Martinek joua une transcription pour piano de la *Septième Symphonie* de Prokofiev, qu'il avait dénichée bien des années auparavant chez un marchand de musique à Paris. La soirée se termina par l'exécution d'une de ses œuvres ; il s'agissait d'un quintette à l'instrumentation inusitée, écrit pour piano, clavecin, clarinette, flûte et violon. Théodore Boissonneault avait recruté pour l'occasion deux de ses confrères du Conservatoire ; les musiciens se tirèrent assez bien des difficultés de la partition, qui était joyeuse, pleine de fraîcheur et d'idées neuves et produisit un grand effet.

Juliette réservait une petite surprise au musicien : huit magnifiques fusils à eau – dont une réplique fort réussie d'un pistolet *Luger Parabellum C 96* – que Denis et Clément Fisette avaient réussi à dénicher en faisant le circuit des magasins de jouets.

— Rien n'aurait pu me faire davantage plaisir, s'exclama Martinek, radieux, en examinant le *Luger*.

— Même pas un autographe de Berlioz, ricana Rachel, sarcastique.

Comme la soirée était particulièrement douce pour la saison, on descendit au jardin. Juliette, au bras de Denis, y fit sa première promenade depuis le début de sa maladie, tandis que Fisette, à quelques pas derrière eux, essayait de déceler un frémissement dans les rideaux d'Elvina.

— Je suis une femme neuve, s'exclama Juliette. Même la migraine m'a laissée. Je n'ai pas eu de crises depuis deux mois.

— C'est Bohu qui t'a guérie, fit Denis en saisissant la main du compositeur.

— Ou plutôt mon départ de chez *Virilex*, pensa l'obèse. Cet affreux Ronald me sciait le crâne. Si jamais je le revois, il faut que je trouve un prétexte pour le gifler.

Deux jours plus tard, Juliette préparait elle-même le souper, qu'elle prit en tête à tête avec Denis. Au bout d'une semaine, elle pouvait vaquer à de petits travaux.

— Allez, ouste, je ne veux pas vous revoir avant trois mois, lui déclara une après-midi le docteur Bellerose dans son bureau. Vous êtes mieux portante que moi ! Mais n'oubliez pas, se corrigea-t-il aussitôt en pointant son index sur elle, que vous êtes à la merci d'une récidive *n'importe quand*. Ménagez-vous, considérez-vous en sursis et faites-moi part du moindre symptôme.

Il conserva longtemps l'habitude de prendre une fois ou deux par mois des nouvelles de sa patiente et ne trouva jamais le temps, hélas, d'écrire sa fameuse communication.

— Eh bien, maintenant que je suis guérie, je n'ai plus une minute à perdre, se dit la comptable à son réveil, le matin du 22 novembre. Vite, que je retrouve cette écervelée d'Adèle. Ma tante doit s'impatienter au ciel.

Elle se rendit chez *Virilex* rencontrer son patron, monsieur De Carufel, qui s'exclama devant sa bonne mine et voulut la reprendre sur-le-champ. Après une âpre et longue discussion, Juliette réussit à lui extirper la faveur de deux mois de congé sans solde, avec possibilité de prolongation, à la condition de faire gratuitement pour la compagnie une vérification comptable mensuelle.

Chapitre

12

À la grande satisfaction de Rachel, que l'insouciance de Martinek pour sa propre carrière avait toujours désolée, Juliette s'occupa d'abord de convaincre ce dernier d'enregistrer sur cassettes une demi-douzaine de ses œuvres, de façon à toujours avoir sa musique à portée de la main.

— Ce seront mes nitros, lui dit-elle gravement. Si mon foie me rejoue des tours, je pourrai riposter.

— Et moi, se dit Rachel en souriant, je m'en servirai pour faire connaître malgré lui ce grand dadais, qui passe sa vie dans l'ombre comme un hibou dans un grenier.

En effet, pour Bohuslav Martinek, la carrière musicale se résumait à peu près au plaisir de composer. Trente ans plus tôt, durant son séjour à Paris, il avait bien fait quelques timides tentatives pour se faire connaître – et deux ou trois concerts de musique de chambre donnés par des amateurs à l'époque avaient connu un succès d'estime tout à fait prometteur. Hélas, son insouciance incurable – née peut-être de sa conviction intime de manquer de talent ou d'un obscur sentiment d'indignité devant le succès – avait repris bien vite le dessus et il avait continué à se prélasser dans l'anonymat comme dans un fauteuil. L'apogée de sa notoriété avait été atteint à Paris le 6 mai 1962 lorsque le critique Harry Halbreich, que des amis du musicien avaient convaincu d'assister à un petit concert à la salle Pleyel, lui avait consacré un article bienveillant dans *Le Monde*.

Du reste, l'intérêt que lui inspiraient généralement ses œuvres dépassait rarement le temps de leur composition. Aussitôt terminées, elles étaient mises de côté, puis oubliées et parfois même perdues, sans qu'il en fasse grand cas, d'ailleurs. Durant sa vie errante à travers l'Europe et l'Amérique (il avait quitté la Tchécoslovaquie au début de la vingtaine, s'était établi en France, puis en Suisse et enfin en Italie, pour émigrer ensuite aux États-Unis en 1972, où il avait vécu dans une demi-douzaine de petites villes de la Nouvelle-Angleterre, avant de s'établir au Québec en 1974), il avait perdu deux ou trois valises bourrées de partitions manuscrites, acceptant ce désastre avec une sérénité désarmante.

— C'est une bonne chose pour moi de perdre de la musique de temps à autre, plaisantait-il, cela me force à en composer de la meilleure.

Ses draperies de Berlioz et sa collection de pistolets à eau lui tenaient bien plus à cœur.

En 1963, lors d'un encan à Paris, il avait acheté pour une bouchée de pain de poussiéreuses draperies de velours bleu nuit toutes chiffonnées dans un sac de toile ; elles se révélèrent quelques jours plus tard comme ayant appartenu à nul autre que le compositeur Hector Berlioz, qui en avait orné son dernier domicile parisien de la rue de Calais. Encore tout bouleversé par sa trouvaille (il était grand admirateur de Berlioz et lecteur assidu de son fameux *Traité d'instrumentation et d'orchestration*), il refusa avec indignation la somme rondelette qu'un collectionneur lui offrait (Dieu sait pourtant s'il avait besoin d'argent !), ajoutant qu'il préférerait mendier pieds nus dans la neige plutôt que de s'en départir. Il prenait le plus grand soin de sa précieuse relique et on devait considérer comme un privilège de pouvoir la contempler une minute ou deux.

L'accès à sa collection de pistolets à eau était plus facile. Denis bénéficiait même de la faveur insigne de pouvoir en emprunter un de temps à autre. Il avait une préférence pour un pistolet alimenté par un réservoir sous pression de deux litres qui s'accrochait à la ceinture et permettait d'atteindre une cible à vingt mètres. Martinek ne manquait jamais une occasion d'enrichir sa collection et faisait régulièrement des tournées chez les marchands de jouets pour se procurer les derniers modèles.

Depuis que Rachel vivait plus ou moins avec lui, les partitions avaient cessé de traîner dans les endroits les plus invraisemblables. Elle s'était mise à les retranscrire patiemment, lui laissant l'original et emportant la copie à son appartement de Côte-des-Neiges, où elles étaient soigneusement rangées et classées.

— Comme c'est bizarre, disait parfois Martinek en la taquinant, qu'une si jolie femme ait des manies de sœur économe.

L'enregistrement des cassettes (il y en eut d'abord six) se fit chez le compositeur vers la fin de novembre. Sur les conseils de Fisette, Juliette retint les services d'un preneur de son que le photographe connaissait vaguement et qui était considéré comme l'un des meilleurs à Montréal. C'était un petit homme frisant la trentaine du nom de Parfait Michaud, l'air ascétique, la peau blême, méticuleux jusqu'à la manie, un verre d'eau constamment à la main, qui officiait au-dessus de sa *Nagra* avec des airs d'archevêque et ficha le trac à Martinek pendant toute une avant-midi. Il obligea les musiciens à faire des tests de son pendant deux heures et fit tellement promener le piano en tous sens dans le studio qu'une petite fissure apparut dans la rosette de plâtre du salon d'en dessous. La musique de Martinek l'enthousiasma. À la fin de la journée, il offrit de transférer gratuitement sur cassettes les enregistrements.

— Vous verrez, vous ne serez pas déçus, promit-il en dressant un doigt qui, pendant quelques secondes, sembla l'axe même autour duquel tournait la terre.

Pendant ce temps, Juliette Pomerleau ne perdait pas son temps à rêvasser et avait recommencé ses recherches.

Il s'agissait d'abord de retrouver Roger Simoneau, le camionneur qui l'avait réveillée lors de cette inoubliable nuit de juin, la tirant du même coup de son indifférence pour Adèle. À Rachel, qui lui faisait part de ses doutes sur l'utilité d'aller interroger un homme apparemment plus ignorant qu'elle sur le sort de la jeune femme, Juliette répondit qu'il fallait bien commencer quelque part et que, de toute façon, elle ne possédait pas d'autres pistes pour l'instant.

— Et puis – sait-on jamais ? – si ce monsieur prend la peine de s'asseoir un petit quart d'heure et de fouiller un peu dans ses tiroirs à souvenirs, il me fournira peut-être un indice, un détail, un bout de renseignement qui lui avaient échappé et qui me mettront sur la bonne voie ? Allons, souhaitez-moi bonne chance et que saint Jude me vienne en aide.

Elle se rendit à la salle à manger, décrocha le récepteur et se mit à faire le tour de tous les Roger Simoneau de la région de Montréal, puis de Québec et enfin, ne trouvant toujours pas son homme, de tout le pays.

— Ah ! bonne sainte Anne, soupirait Juliette, ne me faites pas courir aux confins de l'univers…

Après trois heures en position assise, ses fesses fondues par la maladie lui élançaient jusqu'aux genoux. Elle se tortillait sur sa chaise, toute en sueur, le récepteur contre l'oreille, le crayon à la main, griffonnant des numéros en faisant des grimaces.

Entre deux séances d'enregistrement, Rachel venait prendre la
relève quelques moments pour qu'elle puisse se dégourdir.
Mais le véritable Roger Simoneau ne se montrait toujours pas.

— J'y pense, fit soudain la violoniste. Votre bonhomme fait
sûrement partie d'un syndicat de camionneurs. Pourquoi ne
vous adressez-vous pas aux... comment les appelle-t-on? les
Teamsters? Ils ont sûrement des listes de membres informa-
tisées. En trente secondes, vous saurez peut-être où il niche,
votre gros bras.

— Ma fille, c'est le bon sens qui parle par ta bouche.

L'instant d'après, elle téléphonait au Conseil conjoint des
teamsters. Quand la réceptionniste apprit qu'elle ne se rappelait
de Roger Simoneau que son nom et le fait qu'il avait de grosses
lèvres, elle faillit s'esclaffer, mais lui fournit quand même
gentiment les numéros de téléphone de trois ou quatre sections
syndicales dont il aurait pu faire partie. Mais cela ne lui fut
d'aucun secours.

— Alors, il ne reste plus qu'à passer les compagnies de
transport les unes après les autres, décida Juliette avec
résignation.

Elle prit l'annuaire des pages jaunes et se remit au téléphone.
Son premier appel s'adressa à la compagnie *Transport Éclair* et
fut reçu par le répartiteur Marcel Boisjoli qui, en deux jours,
avait quitté sa femme 3 fois (la dernière, pour de bon), bu
57 cafés et 28 cognacs, fait 14 avances à 4 secrétaires (toutes
rejetées) et se trouvait dans un état de fébrilité caféino-éthylique
ne lui laissant plus qu'un contrôle limité sur ses paroles:

— Roger Simoneau? répondit-il. Vous cherchez un Roger
Simoneau? Eh bien! mes félicitations, madame! Il sera sûrement
content de voir qu'on s'intéresse à lui, parce qu'en général,
comme vous le savez, les gens se crissent de tout le monde.
Malheureusement, ma pauvre madame, il ne travaille pas ici.
Jamais vu. *Scuuuzez*-moi, madame! Je vois que vous avez
passé l'âge des amusettes. De toute façon, le seul Roger Simoneau
que je connais porte le nom de Beaudry, et c'est une vieille
fille. C'est ça, salut, vadrouille de mon cœur.

Juliette reçut un accueil plus correct dans la quarantaine
d'appels qui suivit, mais, à la fin de la journée, Roger Simoneau
continuait de figurer parmi les hommes les plus inconnus de la
terre. Le lendemain matin, 29 novembre, elle se rendit à la
bibliothèque municipale consulter les annuaires commerciaux
des principales villes du Québec et revint quelques heures plus

tard avec une liasse de photocopies d'une épaisseur décourageante. Martinek, debout devant sa fenêtre, la regarda s'avancer à pas lents vers la maison, la tête baissée, l'air fourbu :

— Si la cirrhose l'a ratée, fit-il avec une grimace, sa nièce, elle, ne la manquera pas.

Le lendemain, vers quinze heures, elle parlait enfin à Roger Simoneau, qui travaillait à Sherbrooke pour la compagnie *Transport Inter-Cités Inc*. Le camionneur se montra fort étonné quand Juliette se nomma et ne cacha pas son scepticisme devant l'objet de son appel, mais il finit par accepter de la rencontrer le lendemain midi.

— Mon premier succès, murmura l'obèse en raccrochant, et elle alla se préparer un énorme parfait au chocolat, sa première folie en six mois.

Elle s'affairait au souper lorsqu'on frappa à la porte.

— Est-ce que vous me feriez le plaisir de venir prendre le café chez moi ce soir à huit heures ? lui demanda Martinek, radieux, exténué, les tempes ébouriffées, exhalant une pénétrante odeur de transpiration.

— Bien sûr. Et l'enregistrement, ça va ?

Martinek eut un sourire mystérieux :

— À ce soir donc, se contenta-t-il de répondre, et il s'éloigna.

— Qu'est-ce qu'ils me préparent ? se demanda Juliette. C'est que je n'ai pas grand cœur à m'amuser, moi. Cette fameuse Adèle ne me sort plus de la tête.

En retournant à la cuisine, elle aperçut Denis qui entrait par la porte arrière, son sac d'écolier au dos :

— Tiens, déjà arrivé, toi ?

— Le cours de gymnastique a été annulé.

— Mon Dieu qu'il a l'air triste, pensa-t-elle. Et moi qui le regarde à peine depuis deux jours ! As-tu faim, bobichon ? fit-elle en lui caressant la nuque (il pencha la tête, ferma les yeux). J'ai du beau raisin vert pour toi... sans pépins.

— Non merci.

— Qu'est-ce qui se passe, mon garçon ? Tu as l'air tout déconfit. Est-ce qu'on vient de t'abonner à la malchance ?

Il ne répondit pas, enleva son sac, alla le porter dans sa chambre, puis revint à la cuisine et se remplit un verre de lait. Il l'avala en quatre goulées, les yeux fermés, avec ce bruit guttural et sourd du nageur en train de boire la grande tasse qui faisait immanquablement sourire sa tante, puis, posant le verre sur le comptoir, il planta son regard dans celui de Juliette :

— Qu'est-ce que tu lui veux, ma tante, à ce monsieur Simoneau?

Sa question fut le sujet d'un long aparté entre Rachel et Juliette ce soir-là pendant la petite fête organisée par Martinek. Devait-on, oui ou non, mettre l'enfant au courant des recherches qu'elle venait d'entreprendre pour retrouver sa mère? Jusqu'ici, Juliette avait caché à son petit-neveu les circonstances réelles qui avaient entouré son arrivée chez elle à l'âge d'un an, se réservant de lui apprendre la vérité plus tard. Pour l'instant, la version officielle disait que ses parents étaient morts dans un accident d'automobile à Mascouche peu de temps après sa naissance et l'enfant n'avait jamais posé beaucoup de questions.

— Mais comment voulez-vous que vos appels ne finissent pas par l'intriguer? lui dit Rachel. Ce n'est pas de la graine de citrouille qu'il a dans la tête, cet enfant, à ce que je sache.

Juliette soupira:

— Et dire que je suis en train de courir après quelqu'un qui va sans doute me rendre la vie impossible... Ah! je ne me fais pas d'illusions, tu sais... Si elle avait changé, cette fameuse Adèle, on l'aurait vue réapparaître tôt ou tard, non? Elle aurait cherché à le revoir, son garçon... ou au moins à prendre de ses nouvelles. Au lieu de cela? Dix ans de silence et pas la plus petite aide financière, comme si c'était moi qui l'avais mis au monde. Mais une promesse est une promesse, ajouta-t-elle en dressant un menton martial, et je m'y tiendrai! Il ne sera pas dit que ma tante Joséphine m'engueulera au ciel, oh non!

Assis au fond de la pièce sur le vieux canapé, Denis lui jetait de temps à autre des regards intrigués tout en mordillant une barquette aux framboises.

— À quoi penses-tu, mon garçon? lui demanda le dentiste Ménard en s'approchant, un verre de rosé à la main.

L'enfant retint une grimace contrariée:

— Oh, à rien... J'étais dans la lune...

Le dentiste trempa les lèvres dans son verre, prit une minuscule gorgée (il se méfiait du vin, à cause des additifs chimiques), puis:

— Et qu'est-ce que tu y vois, dans cette lune? fit-il en lui tapotant la tête, avec la certitude d'avoir fait une plaisanterie remarquable.

Denis haussa les épaules, glissa le restant de la barquette dans sa bouche et se pencha pour attraper un moka. Juliette lui fit signe d'approcher:

— Cesse de t'empiffrer, je t'en prie, tu vas exploser. J'ai des choses à te dire ce soir, quand nous serons seuls, ajouta-t-elle soudain à voix basse.

Il sourit :

— Je sais.

Fisette se leva du piano, où il venait d'essayer pour la vingt-septième fois de jouer le début de *Rhapsody in Blue* et fut brusquement enveloppé de sourires reconnaissants. Se tournant alors vers Martinek, debout derrière lui, qui le conseillait avec une patience inépuisable :

— Dis donc, est-ce qu'il ne serait pas temps de lui donner son cadeau? Il est presque dix heures et elle commence à se fatiguer, notre chère Juliette.

Martinek prit un air faussement solennel et, se tournant vers ses compagnons :

— Mesdames et messieurs, je vous demanderais vos oreilles une toute petite minute.

Le dentiste (qui s'ennuyait un peu) consulta discrètement sa montre et ne put réprimer un sourire de satisfaction en voyant que la soirée touchait à sa fin.

Martinek s'avança, tenant une petite boîte enveloppée de papier brun :

— Voici, ma chère Juliette – vous permettez que je vous appelle par votre prénom, n'est-ce pas? – le produit de notre travail depuis quatre jours. Tout n'est pas parfait, loin de là, mais disons que notre preneur de son a réussi à extirper presque toutes les fausses notes, ce qui est une sorte d'exploit. Il y a six cassettes... Vous trouverez là-dedans ce que j'ai fait de mieux en musique de chambre depuis cinq ans... Excusez la présentation, il ne me restait plus d'emballage à cadeaux...

— Mon Dieu, mon Dieu, six cassettes, bredouilla Juliette, écarlate, en soulevant les rabats de la boîte. Mais c'est énorme... Comment avez-vous eu le temps d'enregistrer tout ça?

Les commissures de ses lèvres tremblotaient, signe que les larmes n'étaient pas loin.

— Ce n'est pas tout, ce n'est pas tout, lança joyeusement Rachel.

Elle s'avança à son tour, une boîte enrubannée à la main. Fisette, mine de rien, fit un petit pas de côté à son passage, de façon qu'elle lui frôle la hanche. (La veille, il avait rencontré dans un bar une ancienne religieuse, maintenant divorcée, qui avait accepté ses caresses les plus osées mais lui avait refusé son lit. Il vibrait depuis comme une harpe éolienne.)

— Mon Dieu! qu'est-ce que vous m'avez préparé là? fit Juliette, de plus en plus émue.

Elle déchira fébrilement l'emballage, puis s'arrêta, suffoquée :

— Un... baladeur !

— Et pas n'importe lequel ! lança Martinek. Un *Walkman* professionnel avec système *Dolby C*, madame ! La *Rolls-Royce* du portatif !

— Que j'ai dû marchander férocement sur la rue Mont-Royal, ajouta Fisette.

— Allez, allez... soulevez le couvercle, fit Rachel.

Juliette, les yeux embués, s'exécuta :

— Mon Dieu, murmura-t-elle en apercevant l'appareil, c'est insensé... vous avez dû payer une fortune !

Fisette plongea la main dans la boîte et déposa le baladeur sur la table.

— Vous êtes fous, vous êtes fous, balbutia l'obèse, écarlate. Qui a payé ça ?

— Nous nous sommes cotisés, répondit le dentiste en lui tapotant l'épaule. Même Denis a payé sa part. En fait, il ne nous coûte à chacun que le prix d'un mauvais appareil. C'est notre nombre qui a bonifié le cadeau, voilà tout.

Elle s'assit sur le canapé et se mit à pleurer. Tout le monde gardait un silence gêné.

— Que je suis chanceuse d'avoir de si bons amis ! s'écria-t-elle avec un transport qui les fit rire.

Se levant soudain, elle les embrassa fougueusement les uns après les autres.

— Nous voulions fêter votre guérison, expliqua Rachel en souriant. Alors quoi de plus naturel que de vous fournir une petite trousse de secours en cas de rechute ?

— Vous pourrez vous en servir partout, vous savez, ajouta Fisette en s'avançant avec l'appareil. Il fonctionne à piles et sur le courant alternatif.

Elle s'approcha de Martinek et lui saisit les mains :

— Promettez-moi, Bohu, et vous tous aussi, mes amis, ajouta-t-elle sur un ton quelque peu théâtral, de toujours vivre auprès de moi... ou, du moins, de ne pas trop vous éloigner !

Le dentiste se troubla, fut sur le point de dire quelque chose, mais se contenta de lui adresser un sourire contraint.

Une demi-heure plus tard, Juliette, de plus en plus fatiguée, exprima le désir de se retirer.

— Je crois que je vais vous imiter, fit Clément Fisette. J'ai une journée tuante demain. Le bureau de direction d'*Alliance Quebec* vient se faire photographier au studio à neuf heures ; ils veulent que je les montre assis devant un drapeau fleurdelisé parmi des gerbes de lys blancs et en train de manger de la tourtière... tout en ayant l'air naturel ! Vous voyez ça ? Un travail de débardeur ! J'en ai pour cinq heures au moins... avec de la chance.

— Et moi, continua le dentiste, j'ai rendez-vous à huit heures avec six molaires cariées.

Martinek questionna Rachel du regard, mais elle fit signe que non et s'approcha de la patère pour prendre son manteau.

— Quelle belle fête ! s'exclama Juliette pour la troisième fois en descendant l'escalier, une main accrochée à la rampe, l'autre appuyée sur l'épaule de son petit-neveu. Je suis crevée de bonheur !

— Je sais de quoi vous parliez tout à l'heure, toi et Rachel, lui dit Denis à brûle-pourpoint quand ils furent devant leur appartement.

Juliette le regarda, saisie :

— Mon père n'est pas mort et tu veux le retrouver... Mais moi, je n'ai pas envie de le voir, ajouta-t-il calmement, sur un ton sans réplique.

▲

L'après-midi touchait à sa fin. Avec l'obscurité grandissante, la neige s'était mise à tomber mollement et la lumière semblait venir maintenant du sol, qui blanchissait peu à peu. Denis était revenu de l'école depuis une demi-heure et s'était enfermé dans sa chambre sans dire un mot. Vinh l'avait appelé de chez Yoyo pour l'inviter à venir jouer une partie de *Sombre Château* sur le nouvel ordinateur de son ami, mais il avait refusé en disant «qu'il n'avait pas la tête à ça» et qu'il préférait faire ses devoirs avant le souper. Juliette tourna dans la cuisine pendant quelques minutes, puis s'assit pesamment sur une chaise, plongée dans la perplexité. Ses jambes élançaient. Depuis quelques jours, elle remarquait avec tristesse que sa santé nouvellement retrouvée ramenait avec elle l'embonpoint, comme si l'une était indissociablement liée à l'autre.

Elle avait passé une partie de la nuit à chercher un moyen de colmater la brèche par où s'infiltrait la vérité dans l'esprit de son petit-neveu. Elle secoua la tête, se massa la nuque en grimaçant, puis l'appela. L'enfant apparut, un crayon à la main, le visage fermé.

— Viens t'asseoir, bobichon. J'ai à te parler.

Elle lui tapota la main, sourit, puis, comme il arrive souvent dans la vie, fit exactement le contraire de ce qu'elle avait décidé quelques moments plus tôt :

— Mon beau lapin, pour te dire la franche vérité, ce n'est pas ton père que je cherche : je ne le connais pas. C'est ta mère.

Denis la fixait, imperturbable.

— Eh oui, continua-t-elle en poussant un soupir, j'aurais voulu te réserver la vérité pour plus tard. Mais je vois bien que c'est impossible.

L'enfant ne bronchait toujours pas. Elle continua :

— Je t'ai toujours dit que tes parents étaient morts dans un accident d'automobile. Eh bien, ce n'est pas vrai. Si je te racontais ce petit mensonge, c'était pour ta tranquillité. En fait, je n'ai pas la moindre idée de ce qu'ils sont devenus. Je ne connais pas ton père et je n'ai pas eu de nouvelles de ta mère depuis neuf ans. Mais elle doit bien vivre encore, je suppose. Si j'ai décidé de la retrouver, c'est que mon hépatite m'a fait réfléchir, vois-tu, et que je veux absolument savoir si ta mère pourrait s'occuper de toi, advenant ma mort. Le monsieur Simoneau que j'ai retracé était un de ses amis, le dernier que j'ai connu, et je m'en vais le rencontrer demain dans l'espoir qu'il me mette sur une piste.

— Comment elle s'appelle, ma mère ? demanda l'enfant à voix basse.

— Comme je te l'ai toujours dit : Adèle Joannette. Et comme je te l'ai toujours dit également, elle est ma nièce et tu es mon petit-neveu...

Soudain, ses yeux s'emplirent de larmes :

— ... mais tu es bien plus que mon petit-neveu, ajouta-t-elle aussitôt en tendant la main. Tu es le petit garçon que... tu es *mon* petit garçon.

Elle posa la main sur son genou en souriant, mais il ne réagit pas.

— Pourquoi elle m'a abandonné ? fit-il, toujours à voix basse.

Juliette le regarda, regrettant de s'être engagée dans une pareille histoire.

— Parce qu'elle avait trop de problèmes, répondit-elle enfin. Des problèmes énormes. Je t'en parlerai plus tard. Ce n'est pas par manque d'amour pour toi, ajouta-t-elle précipitamment. En veux-tu la preuve? Je vais te lire la lettre qu'elle m'a écrite le jour où j'ai dû te recueillir chez moi. Tu veux?

Il fit signe que oui. Elle se leva, passa dans sa chambre à coucher et revint avec une boîte à chaussures pleine de paperasses qu'elle déposa sur la table.

— Tu sais, dit-elle en se rassoyant, ta mère n'a jamais eu de chance dans la vie. Ses parents – et cette fois-ci, je te dis la vérité – sont morts quand elle était bébé et c'est un peu tout un chacun dans la famille qui l'a élevée. C'était une femme malheureuse, que j'aurais voulu aider, mais je n'ai pas pu grand-chose pour elle... faute peut-être d'avoir vraiment essayé...

Sa main se glissa au fond de la boîte et s'empara d'une enveloppe où se lisait, écrit au crayon en grandes lettres fines et tremblées : *Pour ma tante*. Juliette retira la lettre et voulut la déplier, mais bondissant de sa chaise, l'enfant la lui arracha et se retira dans un coin pour la lire. Elle l'observa, abasourdie. Puis son regard s'abaissa vers la table où gisait l'enveloppe. Une tache rose dans le coin droit supérieur lui rappela tout à coup que ce vendredi 6 avril 1979, elle se trouvait dans cette même cuisine en train de préparer des tartes aux framboises lorsque le téléphone sonna et qu'une voix de femme craintive et un peu enrouée se fit entendre au bout du fil :

— Ma tante? C'est Adèle. Comment allez-vous?

— Adèle? Sueur de coq! D'où sors-tu, toi? Voilà plus d'un an que je n'ai pas eu de tes nouvelles!

Il y eut un silence, puis la voix reprit, de plus en plus hésitante :

— J'ai... voyagé... travaillé... ici et là...

— Où es-tu?

— À Montréal. Je demeure à Montréal depuis le début de décembre.

— Et tu n'as jamais pensé à venir me voir, peut-être?

Il y eut un nouveau silence, suivi d'un toussotement, puis la voix murmura avec une intonation sourde et torturée qui frappa Juliette :

— Ma tante, j'ai un gros problème... J'aimerais vous rencontrer.

— Eh bien, viens dîner à la maison, je suis toute seule. Elvina est à l'hôpital... Elle vient de se faire opérer pour des oignons.

— Ma tante, est-ce que vous ne pourriez pas plutôt venir me voir, vous ? supplia la voix. Je vous expliquerai pourquoi.

— Comme tu veux. Ça m'est égal. Où demeures-tu ?

— Au 1759, rue Sainte-Catherine Est... juste au-dessus d'une boutique de naturiste.

Elles se donnèrent rendez-vous à deux heures. Juliette se remit au travail, mais son esprit vagabondait. Elle gâcha de la pâte, dut en préparer d'autre, et faillit brûler ses tartes. Son estomac vide commençait à renâcler. Elle se versa un grand verre de lait écrémé, y mélangea une enveloppe de poudre alimentaire hypocalorique et le contempla avec un air de résignation dégoûtée. Elle n'en avait pas bu deux gorgées que le téléphone sonnait de nouveau. Cette fois, c'était un homme. La voix était grave, rocailleuse, saccadée, plutôt déplaisante.

— Excusez-moi de vous déranger, fit-il. Je suis un ami de votre nièce. Elle aimerait savoir s'il ne serait pas possible de remettre le rendez-vous à sept heures, même adresse.

— Oui, bien sûr, répondit la comptable.

Il raccrocha, sans un mot de remerciement. Juliette se sentit tout à coup incapable de rester une minute de plus dans la maison et décida d'aller faire des emplettes à Montréal, puis de visiter sa sœur à l'hôpital Saint-Luc en fin d'après-midi. Elle vida son verre en grimaçant, enfila son manteau, s'installa péniblement dans sa *Volvo* flambant neuve, qu'elle faisait nettoyer et astiquer chaque samedi par un gamin malgré les railleries de sa sœur, scandalisée de ce gaspillage. Elle prit la rue Saint-Alexandre en direction de Saint-Laurent et roula vers le pont Jacques-Cartier, qu'elle enfila allègrement. Ce pont aux courbes redoutables était un des rares piments qui restait dans sa vie de veuve, comptable et obèse, affligée d'une sœur irascible et capricieuse avec qui elle partageait son appartement.

Quelques minutes plus tard, elle entrait au rez-de-chaussée du magasin *Dupuis & Frères*. Après avoir arpenté lentement les allées en jetant des regards méditatifs sur les étalages de cosmétiques et de lingerie féminine, elle eut soudain mal aux jambes et décida d'aller prendre un bouillon de poulet à la cafétéria du sous-sol. Puis l'idée lui vint qu'une paire de pantoufles ferait sans doute plaisir à Elvina, qui en aurait besoin durant sa convalescence.

— Tu les as prises trop grandes, remarqua celle-ci d'une voix acide lorsqu'elle lui présenta son cadeau.

Elle ronchonna quelque temps encore, se plaignant de sa garde et de la nourriture de l'hôpital, puis soudain, Dieu sait pourquoi, son humeur changea : elle complimenta Juliette sur sa robe, s'informa de sa nouvelle auto et prêta une oreille complaisante aux ragots de bureau que se mit à lui débiter sa sœur, qui travaillait déjà à l'époque chez *Virilex*. La comptable, ravie, se laissait aller de plus en plus. Mais une vague appréhension lui conseillait de ne pas souffler mot de l'appel de sa nièce.

À quatre heures trente, elle se pencha au-dessus du lit et posa un baiser sur la joue de sa sœur.

— Tu sens un peu la sueur, remarqua celle-ci avec une légère grimace. Pourquoi n'utilises-tu pas un désodorisant ?

— C'est ce que je fais depuis vingt ans, répondit l'autre sèchement. Que veux-tu ? Il va bien falloir t'habituer. Tu ne vis pas avec un oiseau-mouche. Les grosses personnes sont portées à suer, on n'y peut rien. J'essaye de maigrir, mais tu me manges des pâtisseries sous le nez du matin au soir.

— Des pâtisseries que tu prépares toi-même.

— Parce que tu me casses les oreilles chaque fois qu'on en manque. Allons, ça suffit. On est en train de se chicaner encore une fois comme des petites filles. À demain. J'aurai peut-être perdu une livre d'ici là et je puerai un peu moins.

Elle quitta la chambre.

— Qu'est-ce que je pourrais bien faire d'ici sept heures ? soupira-t-elle en se dirigeant vers l'ascenseur. Je suis à deux pas de mon rendez-vous et je n'ai pas du tout envie de retourner à la maison.

Elle se retrouva rue Saint-Denis. Les magasins allaient fermer. Elle s'arrêta sur le trottoir, indécise, et déboutonna son col. La température, très douce pour la saison, avait transformé son manteau en fournaise.

— Manger ? fit-elle en consultant sa montre. Il est un peu tôt. Je vais avoir faim à huit heures.

Elle aperçut tout à coup, presque au coin de la rue Sainte-Catherine, la boutique d'un vendeur de revues et journaux :

— Tiens... si j'allais tuer un peu le temps là-bas ?

— Voulez-vous un tabouret, madame ? lui offrit obligeamment un commis après l'avoir vue se dandiner un quart d'heure sur ses grosses jambes devant un étalage de revues consacrées aux automobiles, dont elle venait de choisir trois numéros.

Elle lui adressa un sourire crispé :

— Je vous remercie, je m'en vais. Combien vous dois-je ?

▲

Elle rassembla minutieusement du bout de sa fourchette les restes d'une salade de poulet, les porta à sa bouche, but à petites gorgées sa tasse de café noir et s'aperçut qu'il approchait sept heures :

— Mon Dieu... et mon auto qui est au diable vert...

Un quart d'heure plus tard, elle arrivait en vue du 1759, Sainte-Catherine Est, et il lui fallut trois bonnes minutes pour trouver un stationnement. Elle s'avança à grandes enjambées sur le trottoir, tout essoufflée, sous le regard amusé de deux adolescents à casquettes de cuir, adossés contre une vitrine embuée, qui se redressèrent d'un bond et se mirent à imiter son dandinement avec des gloussements et des éclats de rire. Le froid avait repris avec la nuit tombante et la sloche grisâtre qui recouvrait les trottoirs dans un grand étalement graisseux commençait à épaissir.

— Voilà, j'y suis, fit-elle, hors d'haleine.

Elle jeta un regard distrait sur la boutique du naturiste, encore ouverte. Une porte vitrée, recouverte d'une peinture grise écaillée, bâillait légèrement à gauche de la vitrine. Elle la poussa et jeta un regard découragé sur l'escalier crasseux qui grimpait d'une seule volée jusqu'au premier étage. Elle posa le pouce sur un misérable bouton de sonnette maintenu tant bien que mal par des morceaux de sparadrap et deux clous recourbés, attendit un moment, pressa de nouveau et, comme personne n'apparaissait, décida de monter. Elle n'avait pas gravi trois marches que les pleurs d'un enfant lui parvinrent. Arrivée en haut, elle constata que l'enfant ne pleurait pas, mais hurlait à pleins poumons. Ses sourcils se froncèrent :

— Allons, qu'est-ce qui se passe ?

Elle frappa trois coups, puis attendit de nouveau. À en juger par l'acuité stridente de la voix, il s'agissait d'un tout jeune enfant, presque d'un bébé.

— Elle ne m'entend pas avec tous ces cris, pensa Juliette.

Elle donna trois ou quatre grands coups contre la porte qui s'ouvrit toute seule.

— Adèle ? fit l'obèse en s'avançant, surprise et un peu effrayée.

La pièce, vivement illuminée, était vide. C'est-à-dire qu'on l'avait vidée de tout ce qu'elle contenait, à part deux ou trois journaux traînant sur le plancher et un store poussiéreux tiré devant la fenêtre qui donnait sur la rue Sainte-Catherine. Les cris de l'enfant devenaient insupportables.

— Adèle, où es-tu ? cria Juliette.

Elle pénétra dans la cuisine, fit de la lumière. L'endroit ne contenait plus qu'une vieille chaise de bois peinte en rose, sur laquelle on avait posé un litre de lait entamé.

Un sombre pressentiment se formait en elle. Traversant la cuisine, puis une autre pièce également vide, elle entra dans une chambre à coucher. Là aussi le plafonnier brillait et le store était tiré. Il n'y avait pour tout meuble qu'une chaise berçante, un lit-cage et une table à langer. Deux grosses boîtes de carton avaient été déposées au milieu de la place. Elles contenaient des vêtements d'enfant. Juliette se pencha au-dessus du lit, puis recula, désemparée. Écarlate, les yeux contractés, les poings serrés, le bébé hurlait à se faire sortir les entrailles du ventre, sa couche à demi défaite, un biberon vide à ses pieds, dans une pénétrante odeur d'urine amplifiée par la chaleur d'une plinthe électrique réglée au maximum.

Elle promena un regard éperdu autour d'elle :

— Mon Dieu, qu'est-ce qui se passe ?

Ses yeux s'arrêtèrent sur la table à langer où reposait une enveloppe. Elle s'avança et la prit. *Pour ma tante*, avait-on écrit dessus.

Affolée par les hurlements du bébé, Juliette la déchira et apprit dans quel chaos sa nièce était tombée.

6 avril 1979

Ma tante,

Je sais que vous aller me juger très sévèrement. Je sais que j'agis très mal et que je mérite les plus grand blames. Vous êtes la seule personne qui pouvez m'aidez, voilà pourquoi je me suis adressé à vous. L'enfant que vous avez devant vous, c'est le mien. Il est né à Chicoutimi le 8 mai de l'an passé ; c'est un garçon, il s'appelle Denis et je l'ai fait baptisé dans la paroisse de la Cathédrale. Je ne suis pas sûre qui est son père (oui, je sais bien ce que vous êtes en train de penser de moi, mais je n'y peux rien). De toutes façons, avec les hommes que j'ai connu, il est mieux sans père.

J'ai essayée jusqu'ici de m'en occuper de mon mieux, mais là, je n'en ai plus la force. Avant de devenir une mauvaise mère, je préfère le confier à quelqu'un d'autre. J'espère que se sera vous qui en prendrer soin (car je connais votre bon cœur depuis longtemp), sinon, je vous demanderais de surveiller la personne qui en aura soin.

Je vous laisse deux boites qui contiennent tout son linge. Dans la boite la plus grosse (dans un petit gilet de laine bleu), vous trouverez 205 $ c'est tout l'argent que je possède actuellement. Je vous en enverrai d'autre ausitôt que possible. N'essayez pas de me rejoindre, vous ne pourrez pas. De toute façon, ma décision est prise, je ne reviendrai pas là-dessus, on ne peut pas refaire sa vie, pas moi, en tout cas.

Je sais, vous devez vous dire, elle aurait bien pu venir me le remettre elle-même dans mes bras, la sans cœur. Mais justement, je sais que vous ne me croirer pas, mais j'ai du cœur, trop de cœur. J'avais trop honte de vous voir, ce qui fait que j'ai mieux aimé vous parlé par lettre. Et je me suis dit que c'était mieux aussi que de laisser mon enfant à la police. Pardonnez-moi. Faite que mon enfant soit heureux, moi, je n'y arrivais pas.

Pardonnez moi encore une fois

Adèle

Du coup, Juliette avait retrouvé son sang-froid. Elle prit l'enfant dans ses bras :

— Bon, ça va, pauvre 'tit mousse, cesse de pleurer, je m'occupe de toi.

Elle l'emmaillota dans une couverture, l'amena chez elle et se mit à l'élever comme le sien.

Ses premiers jours avec le petit Denis lui laissèrent un souvenir inoubliable d'insomnies, de désarroi et de fouillis, tout cela comme enveloppé dans l'extase de l'amour maternel. Les deux tartes aux framboises qu'elle avait préparées dans l'avant-midi de cette fameuse journée séchèrent sur le comptoir et la pitoyable lettre d'Adèle tomba par mégarde sur l'une d'elles et se tacha.

Le lendemain, à son retour de l'hôpital, Elvina refusa net de cohabiter avec l'enfant (elle n'osait pas utiliser le mot « bâtard » devant sa sœur, mais ne cessait de le répéter à part soi) et s'enferma dans sa chambre, où elle décida de prendre tous ses repas. Lasse de cette chicane, Juliette lui offrit l'appartement contigu au sien, à un loyer fort avantageux, en lui faisant jurer le secret sur les circonstances de l'adoption de son petit-neveu. Deux mois plus tard, Elvina convainquit sa sœur de lui vendre l'appartement, invoquant le besoin « de se sentir chez elle ».

▲

Denis replia la lettre. Il avait un peu pâli et fixait Juliette d'un air anxieux, les joues imperceptiblement creusées, les ailes du nez pincées, la mâchoire inférieure devenue soudain un peu proéminente; son visage tendu avait comme vieilli et Juliette s'étonna de le trouver subitement aussi laid.

— Maintenant, ma tante, dit-il, raconte-moi tout.

Ils se couchèrent à une heure du matin.

— Quelle folie de se fatiguer à ce point quand on est à peine rétabli, soupira l'obèse en se glissant dans son lit. Je ne pourrai pas mettre un pied devant l'autre demain.

Elle ferma les yeux, mais ses paupières s'ouvraient d'elles-mêmes. Des tressaillements traversaient ses cuisses et son bas-ventre. Trois fois, Denis l'avait interrogée sur l'identité de cet homme à la grosse voix rocailleuse qui lui avait téléphoné pour différer le rendez-vous.

— Si je le savais, je saurais sans doute le reste, se disait Juliette en replaçant son oreiller pour la dixième fois.

Son regard s'arrêta sur la table de chevet où son *Walkman* garni d'une cassette reposait à côté du réveille-matin. Elle sourit à la petite boîte noire, pleine d'une force calme et bienfaisante qui lui permettrait peut-être de retrouver sa nièce et de faire une belle fin. Soudain, elle dressa l'oreille. Il lui semblait entendre le gémissement d'un sommier. Quelques instants passèrent. Le bruit se répétait, irrégulièrement. Malgré sa fatigue, elle glissa les jambes hors du lit :

— Il n'arrive pas à dormir lui non plus, le pauvre.

Elle s'avança dans le corridor en s'appuyant au mur, car un début d'étourdissement avait commencé à faire tournoyer la pénombre, et s'arrêta à quelques pieds de la chambre de son petit-neveu. Il s'agitait dans son lit en soupirant. Elle crut même l'entendre renifler.

— Ma tante? fit-il tout à coup en s'assoyant.

Elle apparut dans la porte :

— Veux-tu venir te coucher avec moi, bobichon?

Il se leva sans un mot, la suivit jusqu'à son lit et se pelotonna contre elle, frissonnant. Dix minutes plus tard, il dormait. Alors, très doucement, afin de ne pas le réveiller, elle glissa le casque d'écoute sur sa tête et actionna le baladeur. Quand l'appareil s'arrêta, elle dormait à son tour.

À huit heures moins le quart le lendemain matin, de légers coups frappés à la porte la réveillèrent. Elle se dressa dans son lit, rattrapa son *Walkman* de justesse et, se glissant hors des couvertures, enfila sa robe de chambre. Denis dormait encore profondément.

— Minute, j'arrive, lança-t-elle d'une voix enrouée.

Elle consulta sa montre, poussa une exclamation et ouvrit la porte. Le dentiste Ménard recula d'un pas à la vue de l'immense marque rouge que lui avait laissée sur une joue le casque de son baladeur.

— Vous... vous êtes fait mal? bafouilla-t-il en tendant l'index.

Elle porta la main à son visage :

— Moi? Non. Pourquoi? Ah bon, je comprends, ajouta-t-elle en riant. Ce sont les effets de la musique de monsieur Martinek. Voulez-vous entrer?

— Une toute petite minute, pas plus, fit-il en la suivant. Je vois que je vous ai tirée du lit. J'en suis désolé.

— Mais non, mais non, répondit-elle en le faisant passer au salon. Heureusement que vous avez frappé! Nous allions passer tout droit, Denis et moi, et il serait arrivé en retard à l'école. Si vous voulez m'attendre une seconde, je vais le réveiller. Assoyez-vous, je vous prie.

— Vous venez de sauver mon avant-midi, reprit-elle en revenant, j'ai justement un petit voyage à faire. Mais assoyez-vous, voyons, s'écria-t-elle en le voyant debout au milieu de la pièce, un peu ébahi par l'ampleur de sa robe de chambre à motifs d'orchidées orange, qui rappelait vaguement une tente.

Le dentiste prit place sur le bord d'un fauteuil, attendit qu'elle fût assise à son tour, puis, mettant les mains sur les genoux, il avança le torse :

— Je... je suis venu vous annoncer que... que je dois m'absenter pour quelque temps...

— Ah bon. Vous prenez des vacances ?

Il détourna le regard :

— Pas tout à fait. Il faut que j'aille régler des... affaires personnelles, si l'on veut. Je suis venu vous payer mon loyer à l'avance.

Visiblement mal à l'aise, il glissa la main dans la poche de son veston et en sortit une petite liasse de chèques.

— Mais il y en a pour six mois ! Où diable allez-vous donc ? Évangéliser les indigènes de la Nouvelle-Zélande ?

Les lèvres du dentiste s'amincirent en un sourire contraint :

— Je ne peux rien vous dire pour l'instant, se contenta-t-il de répondre sur un ton mystérieux. Disons que c'est... pour sauvegarder l'avenir, si l'on veut.

Il se leva.

— Est-ce que je peux vous demander d'exercer une surveillance discrète sur mon appartement ?

— Mais bien sûr, avec plaisir. Allons, marmonna-t-elle en tournant la tête vers sa chambre, qu'est-ce qu'il fabrique, lui ? Denis ! tu t'habilles ?

— Je ne trouve pas de chemise, répondit une voix ensommeillée.

Le dentiste se dirigea vers la sortie.

— Tut tut tut, fit-elle en lui mettant la main sur l'épaule.

Il se retourna, intimidé. Elle lui souriait malicieusement :

— Vous n'oubliez pas votre promesse, hein ?

— Ma... promesse ?

— Oui, oui, vous m'avez bien compris. Mon petit doigt me dit qu'il y a un rapport entre votre absence et tout ce va-et-vient de boîtes et de caisses qui vous occupe depuis des années... Je ne dis pas ça pour me plaindre, ajouta-t-elle précipitamment : vous êtes mon locataire le plus tranquille et je tiens à vous comme un ministre à son portefeuille.

— De... quelle promesse parlez-vous ? demanda le dentiste, de plus en plus mal à l'aise.

— Regardez-moi ce petit cachottier comme il a la mémoire fragile ! Enfin, te voilà habillé, toi, fit-elle en se tournant vers l'enfant. Viens saluer monsieur Ménard : il nous quitte pour six mois.

Denis s'approcha en retenant un bâillement, lui tendit la main, puis s'éclipsa.

— Ah oui ! je vois ce dont vous parlez, reprit le dentiste dont le visage s'éclaircit tout à coup. Vous vous référez à un

engagement que j'ai pris devant vous durant votre maladie...
Eh bien, rassurez-vous, j'y serai fidèle. Mais grâce à votre
courage et à la musique de monsieur Martinek, je ne serai sans
doute tenu de le respecter que dans de nombreuses années...
sans compter que je pourrais mourir avant vous !

— On verra bien, on verra bien, répondit Juliette en le
reconduisant à la porte.

Elle pénétra dans la cuisine :

— Allons, mon beau lapin, tu as cinq minutes pour prendre
une bouchée, ramasser tes livres et filer à l'école.

Denis, debout devant le comptoir, attendait que le grille-pain
éjecte sa rôtie ; il la regarda droit dans les yeux :

— Je ne veux pas aller à l'école, dit-il à voix basse. Je veux
aller avec toi à Sherbrooke.

À son air, elle comprit aussitôt que sa résolution était iné-
branlable.

— Qui t'a dit que j'allais à Sherbrooke ? bredouilla-t-elle,
mécontente.

Il piqua sa rôtie avec la pointe d'un couteau pour la retirer
du grille-pain :

— Je le sais.

— Mais ça ne te donnera absolument rien, mon pauvre enfant.
Puisque je te répète que ce monsieur Simoneau n'est pas ton
père, mais un ancien ami de ta mère qui va peut-être – je dis
bien *peut-être* – m'aider à le retracer. Tu devrais aller à l'école,
cher, plutôt que de perdre ta journée avec moi. J'ai averti Bohu
que tu irais dîner chez lui.

— Je vais dîner avec toi.

— Comme tu veux, comme tu veux, soupira Juliette. Mais
tu t'arrangeras tout seul pour rattraper ton retard en classe,
hein ?

Il haussa les épaules :

— Bah, t'en fais pas... Tu es gentille, ma tante, ajouta-t-il
avec un grand sourire et Juliette sentit toute son irritation se
dissiper.

À sa grande surprise, elle n'éprouvait aucune fatigue de son
coucher tardif et dressa le couvert en jetant des regards affectueux à son baladeur, qu'elle avait posé sur une chaise près de
son sac à main. Vingt minutes plus tard, ils étaient prêts à partir.
Elle verrouillait sa porte lorsque Martinek apparut dans
l'escalier :

— Ah! madame Pomerleau, je suis content de vous attraper.
J'avais justement à vous parler. Je... j'ai aperçu l'autre jour
deux ou trois vieux matelas roulés dans le fond de la cave et je
me demandais...

— Oui, vous me rappelez qu'il faudrait les transporter au
bord de la rue ce soir, les éboueurs passent demain.

— C'est que j'en aurais besoin, poursuivit le musicien en
rougissant. Avec votre permission, j'aimerais pouvoir les
accrocher – oh! seulement une semaine ou deux – devant les
fenêtres de mon studio pour l'insonoriser un peu, car j'ai un
important travail à effectuer, voyez-vous, et cela m'aiderait à
me concentrer.

Juliette se mit à rire :

— Faites tout ce que vous voulez, mon cher, vous savez
bien que je ne peux rien vous refuser. Et puis, souhaitez-moi
bonne chance : je m'en vais à Sherbrooke ce matin pour mon
enquête. Ah oui, j'oubliais : Denis m'accompagne. Ne l'attendez
pas pour dîner.

— J'entreprends ma quatrième symphonie, fit Martinek, qui
ne semblait pas l'avoir entendue. Ma quatrième. Merci mille
fois. Vous êtes bien bonne.

— S'il suffit pour être bonne de donner de vieux matelas, on
va bientôt me canoniser, mon cher.

— Merci encore une fois ! lança le musicien en descendant
au sous-sol.

— Une symphonie, se disait Juliette en s'installant au volant
de sa *Subaru*. S'il a pu me guérir avec de la musique de
chambre, une symphonie me fera bien vivre cent ans !

Vers dix heures trente, l'auto, qui filait sur l'autoroute 10,
approchait de Granby. Après avoir posé quelques questions,
Denis s'était endormi, la tête penchée de côté. Le soleil qui
l'inondait n'arrivait pas à tirer de secrets de ce visage abandonné mais impénétrable. Juliette lui jetait de temps à autre un
coup d'œil, puis ramenait son regard distrait sur la route et sur
les champs qui s'étendaient de chaque côté à perte de vue,
soulevés par de légers vallonnements. Lorsqu'elle arriva en
vue des hauteurs boisées du mont Orford, un étourdissement la
saisit et elle dut s'arrêter sur l'accotement. Elle ferma les yeux
et renversa la tête :

— Allons, vieille folle, tu n'es pas en train de l'escalader, tu
passes devant. Remets de l'ordre dans ta tête.

— Qu'est-ce que tu as, ma tante ? demanda Denis en se
réveillant.

— Ce n'est rien, répondit-elle, les yeux toujours fermés. Un petit malaise. Mon imagination fait la folle.

Il baissa les glaces, actionna le climatiseur et, à genoux près d'elle sur la banquette, se mit à l'observer, tout inquiet. Elle entrouvrit les yeux :

— Allons, ne t'en fais pas, c'est presque passé, vieux lapin.

— Tu vois bien qu'il fallait que je vienne avec toi : tu n'es pas encore assez guérie pour voyager toute seule.

Elle lui serra la main.

— Tu sais, ma tante, ajouta-t-il au bout d'un moment d'une voix curieusement voilée, ce n'est vraiment pas si important que ça que tu retrouves ma mère ; je ne m'en suis jamais ennuyé. Pourquoi on ne retournerait pas à la maison, hein ? Si tu fais très attention à ta santé, je suis sûr que je vais pouvoir vivre jusqu'à ce que je n'aie plus besoin de toi.

Une demi-heure plus tard, ils arrivaient à Sherbrooke. La compagnie *Transport Inter-Cités* se trouvait rue Chauveau. Roger Simoneau avait longuement décrit à Juliette le chemin à suivre à partir de la 112, mais elle n'arrivait pas à déchiffrer ses propres griffonnages et s'arrêta à un poste d'essence pour des renseignements. Un quinquagénaire au pantalon souillé d'huile s'avança vers elle, ses grosses bottines à demi délacées :

— Vous tournez à droite à la prochaine rue, fit-il en posant un regard insistant sur sa poitrine qui recommençait à prendre son ancienne ampleur, puis ensuite à gauche, et vous y êtes, madame.

Et il regarda l'auto s'éloigner en se frottant machinalement la cuisse.

— Voilà, ma tante, *Inter-Cités* ! s'écria Denis en pointant le doigt vers une enseigne de plastique montée sur des poteaux d'acier devant une clôture métallique.

L'auto pénétra dans un immense stationnement recouvert d'asphalte, bordé de garages et de remises, au fond duquel s'alignaient des rangées de remorques. Un petit bâtiment de brique se dressait au milieu de la place derrière deux pompes à essence. À gauche, cent mètres plus loin, une porte coulissante largement ouverte laissait voir un groupe d'hommes en train de casser la croûte, assis sur des bancs grossiers, tandis qu'une chaufferette à air pulsé vibrait au-dessus de leurs têtes. Un camion-remorque ronronnait près d'eux, laissant échapper des nuages de fumée bleutée. Juliette s'arrêta devant le bâtiment. Par une porte entrouverte, elle vit un coin de bureau enterré sous la paperasse. Elle sortit péniblement de l'auto et gravit les trois marches de béton qui menaient au bureau. Un éclat de rire jaillit du groupe d'hommes, suivi de chuchotements.

— Roger Simoneau? fit un grand adolescent maigrichon en levant le nez de son photoroman.

Il considéra Juliette avec un étonnement naïf :

— Je pense qu'il vient de partir. Informez-vous auprès des hommes, là-bas.

Et il tendit la main vers une fenêtre incroyablement picotée de chiures de mouches, par laquelle on apercevait le groupe.

— Ouais, murmura-t-il en regardant l'obèse descendre le perron, je crois qu'elle bat le père Plourde, celle-là. Elle doit en manger en tabaslac, des pâtisseries!

Et, avec une moue inquiète, il porta la main à sa taille pour tâter un commencement de bourrelet.

Juliette, qui ne se sentait pas le courage de s'avancer toute seule sur la place déserte jusqu'aux hommes, remonta dans son auto et démarra. Denis pencha vers elle un visage plein d'appréhension :

— Il n'est pas là?

— Il faut que j'aille m'informer auprès de ces farceurs, répondit-elle d'une voix résignée tandis que l'auto s'ébranlait doucement.

— Roger Simoneau? fit un jeune rouquin crépu aux dents étincelantes.

Un sourire cruel lui fendit le visage :

— Roger! De la visite pour toi!

Ses compagnons, silencieux, détaillaient froidement Juliette ou fixaient le sol avec une moue gouailleuse. Un homme costaud et plutôt élancé surgit de la pénombre du garage, le cheveu rare, l'air ensommeillé.

— Venez, on va aller là-bas, dit-il sans la saluer, comme s'ils s'étaient vus la veille.

Et il désigna un amoncellement de pneus à l'autre bout du terrain.

— Tu serais mieux dans le garage, Roger, lança une voix aigre et moqueuse, vous seriez plus à l'aise...

De gros rires s'élevèrent de nouveau. Sans se retourner, Simoneau secoua le bras avec impatience et traversa la cour à grandes enjambées, suivi de l'auto. Juliette donna soudain un coup de volant, pressa l'accélérateur et alla attendre son compagnon près des pneus.

— Elle a hâte! elle a hâte! cria la voix.

— Ça rebondit mieux sur des pneus! ajouta quelqu'un.

— Ta gueule, Steve, lança une basse.

— Je lui trouve le visage un peu fourbe, se dit Juliette en regardant Simoneau approcher.

Elle se tourna vers son neveu :

— Reste dans l'auto, veux-tu? Le monsieur et moi, on a des choses très sérieuses à se dire, et tu le gênerais peut-être. Sois sans crainte, ajouta-t-elle aussitôt en ouvrant la portière, je te raconterai tout. Tiens, pourquoi n'écoutes-tu pas la radio? Ça te distrairait.

Elle tourna le bouton et s'en alla.

La voix de Mikhaïl Gorbatchev se fit entendre, couverte presque aussitôt par celle, subtilement blasée, d'un interprète :

— ... *et nous nous engageons à rétablir totalement la liberté d'expression, dans le cadre de la légalité socialiste prolétarienne.*

Simoneau et Juliette longèrent l'amoncellement sans dire un mot et s'arrêtèrent à une dizaine de mètres de l'auto. Un éclat de rire général s'éleva du groupe d'hommes au loin.

— Bonjour, fit l'obèse en tendant la main à son compagnon, je suis Juliette Pomerleau.

— Je savais, répondit l'homme, mal à l'aise.

Il promenait son regard ici et là, essayant de ne pas l'arrêter sur le corps difforme de son interlocutrice.

— J'espère que je ne vous dérange pas trop? reprit celle-ci.

Il fit signe que non et, dressant la pointe du pied, se mit à frapper machinalement du talon sur l'asphalte.

— Je suis venue avec mon petit-neveu, crut bon d'ajouter Juliette au bout d'un moment. Il voulait absolument m'accompagner.

L'homme eut un léger sursaut, tourna la tête vers l'auto et une expression angoissée passa fugitivement sur son visage.

— Oui, continua Juliette, c'est son garçon. Il s'appelle Denis. Elle ne l'a pas vu depuis neuf ans. Je suis devenue sa mère, en quelque sorte.

— Et pourquoi vous êtes venue me voir? demanda l'autre, méfiant.

— Parce que je la cherche. Comme vous.

— Je la cherche plus, répondit précipitamment Simoneau. L'autre nuit, j'étais un peu soûl. Je savais plus trop ce que je disais. Je m'en excuse.

— Ah... vous avez tout de même bien fait de me téléphoner. J'avais besoin qu'on me secoue un peu. Il y a longtemps que j'aurais dû m'occuper d'elle.

— Mais pourquoi venir me voir? répéta le camionneur. J'en sais pas plus long que vous. Sinon, j'aurais pas pris la peine de vous appeler.

Juliette hocha la tête avec un sourire pensif et fit un vague geste de la main:

— Je sors d'une grave maladie, monsieur Simoneau, et je me fais vieille. Alors j'ai décidé de prendre tous les moyens possibles et impossibles pour rejoindre ma nièce afin qu'on parle ensemble de l'avenir de ce petit garçon-là.

— Et en quoi ça me regarde? rétorqua l'autre sur la défensive. Je vous le répète: j'ai pas vu Adèle depuis onze ans et quand je l'ai quittée, elle était pas plus enceinte que vous et moi, si c'est ce que vous voulez savoir. Autrement, j'en aurais entendu parler, je vous en passe un papier. Quant au reste, c'est tout de même pas de ma faute si elle menait une vie de bâton de chaise. Elle était assez grande pour savoir comment se conduire.

— Mais qui vous accuse, mon bon monsieur? Je ne suis pas venue ici vous enquiquiner, mais pour avoir... je ne sais pas, moi... des détails, un indice... le nom de quelqu'un qui me mettrait sur une piste... N'importe quoi, je vous dis, un petit fait, une anecdote, une confidence qui vous auraient échappé jusqu'ici et vous reviendraient tout à coup à l'esprit... Souvent, on pense mieux à deux... Quant au père, ce cher homme, je ne le connais pas et je m'en balance, car Adèle ne le connaît sans doute pas plus que moi.

Simoneau releva brusquement la tête:

— Elle vous a dit ça?

— Elle ne m'a rien dit, cher monsieur. Quand j'ai recueilli l'enfant, elle était déjà loin. C'est une histoire compliquée. Je ne voudrais pas vous faire perdre votre temps. Encore une fois, je vous le répète: je suis venue tout simplement vous demander si par hasard vous ne vous rappelleriez pas le nom d'un de ses amis, d'un employeur, une adresse, n'importe quoi qui m'aiderait à la retracer.

Le camionneur parut se détendre; un début de sourire affleura à ses lèvres et il s'avança d'un pas.

— C'est loin, tout ça, soupira-t-il, et j'ai jamais eu bonne mémoire.

Le camion-remorque qui ronronnait au bout du terrain poussa un rugissement et s'ébranla vers la sortie. Simoneau le regarda partir, puis, ramenant son regard sur la comptable :

— J'ai bien peur, ma pauvre madame, que vous soyez venue me voir pour rien.

Juliette sourit :

— Je sais, je sais, je m'attendais à cette réponse, mais faites-moi plaisir, monsieur Simoneau, et essayez de fouiller un peu dans vos souvenirs, je vous en prie. Vous êtes peut-être ma seule chance de la retrouver. Est-ce que... étiez-vous en bons termes quand vous vous êtes quittés?

Le camionneur réfléchit un moment :

— Avec Adèle, madame, on pouvait jamais savoir dans quels termes on était vraiment... Je... en tout cas, y a pas eu de chicane, si c'est ce que vous voulez savoir. Adèle se chicanait jamais avec personne. C'était pas son genre.

— Où étiez-vous au moment de votre rupture?

— À Montréal. C'était en 1977, fin juillet ou début août. J'étais en chômage depuis un bout de temps. On vivait en appartement rue Beaubien, près de Papineau. À l'époque, elle travaillait comme serveuse dans je sais plus quel restaurant, rue Saint-Hubert. Adèle a toujours été très portée sur la dépense, comme vous savez. Elle s'est tannée, je suppose, de me faire vivre. Et moi, de toute façon, je commençais à me tanner d'être à ses crochets. Alors un soir, on s'est un peu engueulés, mais pas vraiment beaucoup, et on a décidé, comme ça, de prendre chacun notre bord, voilà tout.

— Et c'est vous qui avez quitté l'appartement?

— Non, c'est elle.

— Où est-elle allée habiter?

Simoneau haussa les épaules :

— Quelque part sur Côte-des-Neiges, je pense... ou dans Notre-Dame-de-Grâce. Vous m'en posez, des questions! Ça fait une mèche, tout ça, madame!

Il jeta un coup d'œil à sa montre, puis se mit à fixer l'auto de Juliette où Denis les observait. L'enfant se rejeta aussitôt au fond de la banquette. Il ne restait plus que deux hommes sur le tas de madriers, occupés à se lisser les cheveux avec un peigne. Un tracteur fila dans la cour en grondant et alla se placer devant une remorque. Il fut aussitôt suivi d'un autre.

— Et elle vous a quitté pour aller vivre... toute seule? demanda doucement Juliette.

Pendant une seconde, Simoneau parut embarrassé. Il regarda le sol et sembla hésiter.

— Excusez-moi si j'ai l'air de fouiner dans votre vie, reprit Juliette, mais il faut tout de même que je reparte avec quelque chose.

— J'ai connu Adèle pendant quatre ans, répondit Simoneau d'une voix curieusement atone. On a cassé, on a repris, on a cassé encore... et je ne suis pas sûr de l'avoir jamais eue à moi tout seul.

Il eut un curieux sourire :

— Elle aimait tellement ça, s'envoyer en l'air... Il faut dire que je l'accotais pas mal là-dedans... En d'autres mots, madame, ajouta-t-il avec une petite grimace, c'était pas dans ses habitudes de fréquenter un seul homme à la fois. Je peux pas dire que ça me faisait plaisir, mais je m'en accommodais, voyez-vous... et j'en tirais parfois profit de mon côté, si on peut parler de profit. Hé oui, que voulez-vous ? c'était pas le grand amour, pas de son côté, en tout cas... On était un petit couple à la mode qui jeunessait pas mal fort.

Il la regardait d'un œil goguenard, mais son visage demeurait triste. Juliette posa la main sur son bras et sa voix prit un accent d'imploration caressante :

— Monsieur Simoneau, vous rappelez-vous le nom de *l'autre homme* qui est devenu... l'ami d'Adèle après que vous vous êtes quittés ? Essayez de trouver... s'il vous plaît...

Le camionneur se mit à rire :

— Crime, vous m'en demandez pas mal, madame. C'était... c'était un gars assez vieux, aux alentours de la cinquantaine, quoi... Si ma mémoire est bonne, il était représentant pour la compagnie *Electrolux* – les aspirateurs, vous savez – et il prenait un coup pas mal fort. Je m'en souviens parce qu'on avait fait sa connaissance un soir, Adèle et moi, dans une brasserie. Il s'appelait, il s'appelait... quelque chose comme Alexandre, je pense... Alexandre qui ? Le diable le sait... Voyez-vous, madame, on est en train de parler de choses qui remontent à onze ans. Les mouches ont eu le temps de faire bien du chemin. Vous allez m'excuser, fit-il en remontant brusquement sa ceinture, mais j'ai un chargement de vaisselle à prendre à Joliette et je suis déjà un peu en retard. Je pense vous avoir vraiment dit tout ce que je savais.

Il s'éloigna, puis, revenant sur ses pas :

— Si jamais vous la retrouvez, dites-lui bonjour de ma part.
C'était une bonne fille, dans le fond. Je n'en garde pas un
mauvais souvenir, loin de là...

Il glissa la main dans la poche de sa chemise de gros coton
et en retira un rouleau de *Life Savers*:

— Tenez, donnez ça au petit gars. S'il est comme sa mère, il
doit aimer les bonbons...

Il inclina légèrement la tête et s'éloigna à pas pressés.

— Me voilà revenue avec un fameux butin, grommelait
intérieurement Juliette en filant sur l'autoroute. Un prénom et
une marque d'aspirateur! C'est comme partir à la pêche avec
un rouleau à pâte... Avant que je mette la main sur ce fameux
Alexandre Je-ne-sais-pas-qui, on aura le temps de m'enterrer
trois fois!

Denis suçotait ses pastilles trouées en fixant le ciel par le
pare-brise:

— Est-ce qu'il t'a dit où se trouvait ma mère, le monsieur?
demanda-t-il tout à coup.

— Eh non, mon pauvre lapin. Il n'en a pas la moindre idée.

— Veux-tu que je te dise quelque chose, ma tante?

Elle le regarda du coin de l'œil.

— Je suis sûr que c'est *lui*, mon père.

— Ah bon! Et qu'est-ce qui te fait croire une pareille chose?

Il se pencha vers elle avec un air de joyeuse bravade:

— Voyons, me prends-tu pour un cave? Il ne m'aurait pas
donné de bonbons s'il n'avait pas été mon père...

Elle haussa les épaules avec humeur:

— J'ai donné des bonbons à bien des enfants, moi, dans ma
vie – y compris à un certain monsieur Denis – et pourtant je
n'ai jamais été mère. Au lieu de perdre ton temps à rêver à
toutes sortes de sottises, dit-elle sèchement, tu devrais essayer
de dormir pour rattraper un peu de sommeil. Je ne t'ai jamais
vu les yeux aussi cernés, mon garçon; tu me fais penser à un
raton laveur.

Denis l'observait, étonné. Il n'avait pas l'habitude de se faire
gronder ainsi. Un moment passa.

— De toute façon, bougonna-t-il, je suis sûr que même si tu
sais des tas de choses sur mes parents, tu ne me diras rien,
parce que tu m'as toujours pris pour un bébé.

— Cuisse de puce, pensa Juliette, jamais je n'aurais dû le
mêler à cette histoire; il va devenir complètement impossible!

Elle lui jeta de nouveau un regard en coin; il avait l'air si misérable que des flots de compassion balayèrent sa mauvaise humeur.

— Allons, allons, bobichon, fit-elle en lui tapotant la cuisse, si je ne t'ai rien dit, c'est que je ne sais rien... ou presque. Tout ce que monsieur Simoneau a pu m'apprendre, c'est que ta mère a connu il y a onze ans un vendeur d'aspirateur qui s'appelait Alexandre. Il n'a même pas pu se rappeler son nom de famille! Et voilà! Tu en sais autant que moi... Satisfait?

Denis poussa un grognement, ferma les yeux et feignit de dormir. Une sourde angoisse le gagnait. Il se mit à penser à Noël qui approchait et refit encore une fois dans sa tête la liste de cadeaux qu'il voulait soumettre à sa tante. Mais à tous moments, le visage énergique et vaguement inquiet du camionneur venait s'interposer dans sa rêverie et sa main se serrait sur le rouleau de pastilles comme si ce geste avait eu la propriété de dissiper son désarroi.

Ils arrivèrent à Longueuil vers le milieu de l'après-midi. Denis voulut rendre visite à Martinek, mais celui-ci donnait une leçon de piano. Juliette, fatiguée, décida de faire une sieste. Elle sortit un plat du frigidaire et, le montrant à son petit-neveu :

— À cinq heures, si je ne suis pas levée, tu mettras la lasagne au four, veux-tu? À 175 °C, pas plus. Et n'oublie pas de téléphoner à Yoyo pour tes devoirs et tes leçons.

Il lui jeta un regard offensé :

— Je n'oublie jamais ce genre de choses, tu le sais bien.

Trois heures plus tard, elle se réveillait en sursaut dans la pénombre de sa chambre.

— Que se passe-t-il? se demanda-t-elle en reniflant.

Elle se roula de côté sur le lit, posa les pieds à terre et, frissonnante, se hâta vers la cuisine. Par le hublot du four, elle aperçut la lasagne qui commençait doucement à carboniser. Elle éteignit et faillit se brûler la main en sortant le plat. De la cour lui parvenait la voix animée de Denis.

— On l'a échappé belle, mon garçon, annonça-t-elle en ouvrant la porte arrière.

Rachel et Denis se retournèrent.

— Deux minutes de plus et notre souper brûlait. Je l'ai sauvé par le bout des oreilles.

— Comment va l'enquête? demanda Rachel.

— Il ne t'a rien raconté?

— Pas un mot. Discret comme un banquier suisse.

Juliette apprit à la violoniste les résultats décevants de sa rencontre avec Simoneau.

— Il ne vous a peut-être pas tout dit. Il a peut-être des choses à se reprocher. Pourquoi n'engageriez-vous pas un détective ? proposa-t-elle, mi-sérieuse mi-taquine.

— J'y ai pensé. Mais ces gens-là ne travaillent pas pour des prunes, ma fille.

— Informez-vous quand même. On peut marchander, sait-on jamais ? Vous sortez à peine de maladie. À votre place, je me ménagerais. Est-ce que vous avez vu Bohu ce matin ? demanda-t-elle tout à coup tandis que Juliette hochait la tête d'un air sceptique.

— Oui, juste au moment de partir.

— Comment l'avez-vous trouvé ?

— Ma foi, comme d'habitude. Il avait l'air... très enthousiaste. Il m'a demandé si je pouvais lui prêter trois ou quatre vieux matelas qui traînaient dans la cave et dont il faut que je me débarrasse. C'était pour l'aider à écrire une symphonie, à ce qu'il m'a dit. Je n'ai pas très bien compris.

— Ah ! ces fameux matelas ! Marcel Prévost – vous savez, le concierge d'à côté – a dû s'échiner pendant près de deux heures avant d'arriver à les fixer aux fenêtres. Il m'inquiète depuis une semaine, reprit Rachel à voix basse. Jamais je ne l'ai vu dans un état si... exalté. Ça frôle l'anormal, je vous assure.

Elle regarda Denis d'une certaine façon et ce dernier sentit qu'une promenade à l'autre bout du jardin serait une preuve exquise de délicatesse. Il alla jeter un coup d'œil au vieux lilas, puis, changeant d'idée, fit le tour de la maison, entra par la porte principale et monta chez le musicien.

— Il ne vit plus que de sandwichs et de café, poursuivait Rachel. Il ne se lave plus. Il se lève cinquante fois par nuit pour noter des bouts de mélodies, des idées d'instrumentation. Il parle tout seul et fait des colères pour un crayon égaré, un coup de klaxon, une porte qui claque, et je ne peux pas lui dire trois mots par jour.

— Les transes de la vie d'artiste, la taquina Juliette. Prends des notes, ma fille, ses biographes vont te bénir.

— Ah ! j'ai hâte qu'il la finisse, sa fameuse symphonie ! s'emporta la violoniste, toute rouge. Avant-hier matin, il s'est levé en me disant qu'à cinquante-huit ans, il devait donner sa vraie mesure et laisser son nom à de grandes œuvres. Grandes œuvres, grandes œuvres... Il les compose malgré lui depuis trente ans pour les oublier une demi-heure après. Je me plaignais de son insouciance, mais je commence à la regretter. Depuis une semaine, il s'est lancé dans une sorte d'entreprise... mystique! Ces matelas accrochés aux fenêtres, ce silence continuel qu'il faut observer : on se croirait dans les catacombes, c'est affreux. Quand je me fâche, savez-vous ce qu'il répond? Qu'il travaille pour la paix! Parfois je me demande si toutes ces années de privation qu'il a endurées à Paris – et ici également au début – ne lui ont pas dérangé le cerveau et si avec le temps... Quand je pense à ce pauvre Théodore Boissonneault qui se prend quasiment pour Schubert...

Elle s'arrêta, au bord des larmes. Juliette lui tapota le bras :

— Allons, allons, je crois plutôt que c'est ma longue maladie qui t'a mis les nerfs en charpie et que tu te fais des peurs inutilement. Bien sûr, c'est un original et il ne le deviendra pas moins en vieillissant, mais pour se ficher de tout comme il le fait et traverser la vie en sifflotant, il faut être bâti solide, ma fille.

Et pendant qu'elle tentait de la rassurer, Bohuslav Martinek, dans un état d'euphorie qui lui donnait une expression presque niaise, quittait son piano pour aller répondre à la porte où Denis venait de frapper trois coups timides :

— Ah tiens! salut! Tu tombes à pic. Cinq minutes plus tôt, je n'aurais pu te répondre. Je viens tout juste de terminer l'*adagio* de ma quatrième symphonie, que je vais peut-être intituler *Symphonie de la Paix*. Entre, entre, je vais t'en jouer un bout au piano. Tu verras, c'est pas mal. Oui, reprit-il en voyant l'expression ébahie de l'enfant qui venait de pénétrer à sa suite dans le studio, ça fait un peu bizarre, ces matelas, mais il fallait absolument que je me coupe des bruits de la ville pour travailler, car mon *adagio*, vois-tu, se passe en quelque sorte à la campagne – je m'exprime mal, je sais, mais les mots me manquent. Il décrit, si tu veux, les moments de bonheur – je dirais presque d'extase – d'un homme seul à la campagne, et pour l'écrire, j'ai besoin d'*entendre* cette campagne, d'entendre sa douce respiration dans ma tête. Rachel a dû vous dire que j'étais devenu complètement dingo, mais qu'elle aille au diable, jamais je ne me suis autant *possédé*.

Il s'assit au piano, farfouilla dans des feuilles de papier réglé surchargées de notes et de ratures, en choisit trois, qu'il mit côte à côte sur le pupitre, et joua une vingtaine de mesures. Denis, debout près de lui, les mains derrière le dos, très

impressionné, l'écouta avec la plus grande attention et deux ou
trois fois une expression de plaisir apparut dans son visage.

— Pas mal, hein? fit Martinek en pivotant sur son tabouret,
l'œil rempli d'une joie anxieuse, son nez long et un peu massif
parcouru de froncements. Je t'en jouerais davantage, mais le
reste est dans un tel fouillis, ça risque d'être laborieux. Demain,
ce sera beaucoup mieux. J'aurai tout mis au propre, fait quelques
petits changements et je pourrai m'attaquer à l'orchestration. Je
l'ai toute dans la tête. Ça va aller très vite. Cet *adagio* –
comme tout le reste – ne raconte pas d'histoire, bien sûr, mais
en l'écrivant, je voyais un homme à la campagne, un homme à
peu près de mon âge seul dans un chalet. Il se lève un bon
matin, c'est l'été, tout est calme, le soleil vient à peine de se
montrer, l'air est encore humide et chargé des odeurs de la nuit.
Cet homme, vois-tu, a connu de grandes épreuves autrefois – des
bouleversements, des luttes terribles, la guerre, peut-être – et
maintenant, à l'approche de la vieillesse, il aime une femme et
le bonheur lui sort par tous les pores de la peau. Ce matin-là il
est seul, et content de l'être. Cette femme doit le rejoindre
bientôt. Il se prépare un café, va le boire au jardin et songe à
elle en attendant son arrivée.

— Est-ce qu'elle est plus jeune que lui? demanda Denis.

Martinek sourit:

— Je ne sais pas. Sans doute. Pourquoi pas? Il boit son café
au jardin en se rappelant le début de leurs amours, en pensant à
toute sa vie, et il attend calmement qu'elle arrive. Et voilà,
c'est tout. Ma musique essaye de décrire ces choses très
simples, mais *de l'intérieur*, vois-tu. Je dois t'avouer que j'en
suis très fier. L'aimes-tu?

Denis hocha affirmativement la tête. Le musicien lui donna
une petite claque sur l'épaule:

— Eh bien, tant mieux! Si le cœur vous en dit, je pourrais
vous en jouer une transcription pour piano à Noël. Ce serait
mon cadeau, en quelque sorte. Maintenant, mon vieux, je te
mets à la porte, car j'ai des idées qui me trottent dans la tête
depuis tout à l'heure pour la fin du quatrième mouvement.

En descendant l'escalier, l'enfant croisa Rachel, qui le
questionna du regard.

— Ce sera très beau, répondit-il avec enthousiasme. Et il
n'est pas fou du tout.

Ses joues devinrent brûlantes et il dévala les marches au
galop.

— D'où viens-tu, toi? demanda Juliette en le voyant apparaître dans la cuisine. Le souper est presque froid.

— De chez Bohu.

— Et alors?

— Il n'est pas fou. Il est juste un peu trop heureux. Il est en train de composer une très belle symphonie. Je viens d'en entendre un bout au piano.

— Pauvre homme, soupira Juliette. Dieu sait quand il pourra l'entendre pour de vrai... Ce n'est pas la fanfare des pompiers qui va la lui jouer...

— Voyons, ma tante, tu sais bien qu'un jour Bohu va être connu dans tout le monde entier, et pas seulement à Longueuil, répondit l'enfant sur un ton de condescendance presque méprisante.

Elle sursauta, se mit à le fixer et songea avec un peu d'inquiétude que son caractère s'affirmait de plus en plus et qu'il ne resterait peut-être pas le petit garçon facile qu'elle avait toujours connu.

Cette pensée l'attrista et sa fatigue reparut, lourde, oppressante. Elle chipotait, écoutant d'une oreille distraite son petit-neveu qui, dans un accès de loquacité rarissime, lui racontait par le menu une bataille époustouflante qui avait éclaté la veille à l'école entre les jumeaux Limoges et les deux frères Laplante. Le couvert enlevé, elle aida Denis à repasser ses leçons, puis retourna se coucher et s'endormit aussitôt.

Quelque temps plus tard, elle ouvrait brusquement les yeux; des bruits sourds et métalliques – comme des coups frappés sur un tuyau – couraient dans les murs, en provenance, semblait-il, de la cave. Elle appela Denis. Il apparut dans l'embrasure :

— C'est un plombier chez ma tante Elvina. Il est arrivé après souper avec une grosse brassée de tuyaux.

— Qu'est-ce qu'elle peut bien fricoter? murmura Juliette.

Denis haussa les épaules et s'éloigna; elle entendit la porte de sa chambre se refermer. Le vacarme continuait de se répandre dans l'immeuble. Elle soupira, songeant à sa sœur, à toute cette vie gâchée de célibataire commis des douanes à la retraite qui avait toujours eu son métier en horreur et finissait de se racornir dans la solitude et la vieillesse, envahie par une malice aveugle et stupide.

— Et moi? est-ce que ma vie vaut tellement mieux? Qu'est-ce que je laisserai derrière moi au moment de mourir? Monsieur Martinek va laisser une œuvre, lui. Longtemps après sa mort, j'en suis sûre, des gens seront heureux parce qu'il aura vécu et travaillé. Et mon œuvre à moi, ce sera quoi? D'avoir balancé des comptes pendant quarante ans? D'avoir élevé pour mon plaisir égoïste un petit garçon abandonné par une malheureuse, sans prendre la peine de lui préparer un avenir? Mon œuvre, se dit-elle tout à coup en serrant les poings, ce sera de retrouver la mère de ce pauvre enfant... et de la sauver! rien de moins! Oui, mon Dieu, si vous laissiez Joséphine me donner un coup de main comme elle savait si bien le faire, sans trop vous occuper de nos histoires, je referais une mère toute neuve à cet enfant, la mère qu'il aurait toujours dû avoir. Mais il me faut quelques années de santé pour cela – et pas trop d'embêtements, vous comprenez?

Le lendemain, elle se réveilla d'excellente humeur et – crut-elle – tout à fait remise de son abattement de la veille. Mais vers dix heures, après avoir fait quelques courses et rangé la chambre de son petit-neveu, elle eut un moment de défaillance et dut se recoucher; sa santé restait fragile, prête à craquer comme une feuille de mica. Elle se souvint alors du conseil que lui avait donné Rachel de ménager ses forces en faisant appel à un détective pour retrouver sa nièce, quitte à effectuer elle-même des recherches de son côté, selon ses capacités.

— Chacun son métier, après tout. J'aurai beau me démener, il n'y a rien comme une poule pour pondre des œufs et un pompier pour éteindre un feu, pensa-t-elle en fouillant dans les pages jaunes. On va sans doute mettre trois jours là où j'aurais mis trois ans.

Et, malgré qu'on fût samedi, elle s'installa au téléphone.

— Vous recherchez une personne disparue? fit Peter Jeunot de l'*Agence Peter Jeunot Inc.* C'est notre spécialité, madame. S'agit-il d'un homme ou d'une femme? Une femme? Parfait! Nous nous spécialisons particulièrement dans les *femmes* disparues... Quand désirez-vous nous rencontrer?

— Aujourd'hui même, si c'est possible.

— Hum... aujourd'hui samedi... j'ai une journée assez chargée... Enfin, prenez une chance et passez à nos bureaux vers onze heures, quoi.

— Je ne veux pas *prendre de chance*, répliqua Juliette, je veux vous rencontrer. Je suis une personne malade et je n'aime pas me déplacer inutilement.

— Je serai à votre disposition alors, clarifia laconiquement Peter Jeunot.

Juliette raccrocha, puis, consultant sa montre :

— Mais j'ai tout juste le temps de me rendre, fit-elle, étonnée. Autrement dit, il me reçoit tout de suite. Qu'est-ce que c'est que cette fameuse «journée chargée»?

En sortant de la maison, elle vit la fourgonnette d'un entrepreneur de construction stationnée juste devant chez elle. Des sacs de ciment étaient empilés sur le trottoir près de la haie. Elle tendit le cou et aperçut deux ouvriers qui longeaient la maison, transportant des feuilles de contreplaqué.

— Qu'est-ce qu'elle peut bien se faire construire? Une chambre forte? Un abri antiatomique? Hum... il y a des choses qui me pendent au bout du nez, soupira-t-elle en démarrant.

L'*Agence Peter Jeunot Inc.* occupait deux petites pièces dans un immeuble de brique à deux étages situé au coin des rues Saint-Hubert et Jean-Talon et construit au début des années 50 avec le souci méticuleux d'éviter toute référence à un style quelconque, de sorte qu'on aurait pu tourner l'édifice sur n'importe laquelle de ses faces ou même le mettre à l'envers sans créer de différences notables (sauf pour ses occupants, bien sûr). Juliette poussa la porte vitrée qui donnait accès à un petit vestibule défraîchi jonché de vieilles circulaires où agonisait une fougère en pot, consulta le tableau indicateur, puis fixa d'un air peu réjoui les deux longues volées de marches de *terrazzo* qui menaient au deuxième étage, où l'attendait Peter Jeunot derrière son bureau.

— Allons, fit le détective avec un sourire aimable, venez reprendre haleine sur cette chaise; je viens d'ouvrir la fenêtre, vous aurez tout l'air qu'il vous faut. Et ne vous pressez pas de me parler : de toute façon, j'ai des dossiers à consulter.

Il tourna une feuille, puis sourit de nouveau et se caressa le ventre :

— Après tout, entre obèses, il faut bien se montrer compréhensifs, hein?

Juliette, écarlate, ne put répondre que par un vague signe de tête. Elle observait le détective qui, penché de côté, s'était mis à fourrager bruyamment dans un tiroir, jetant à tous moments sur le plancher des feuilles de papier froissées. Il était large d'épaules et grassouillet, vêtu d'un habit de flanelle brune d'un aspect vaguement militaire. Sa chevelure noire et luxuriante, plantée jusqu'au milieu du front, ses sourcils extraordinairement touffus et une énorme moustache en brosse donnaient l'impression que sa tête avait une fonction essentiellement pilaire. De la bouche, toute petite, on ne voyait que la lèvre inférieure, luisante de salive et un peu pendante. Il avait des yeux gris et sans expression, qui virevoltaient derrière de grosses lunettes à monture d'écaille brun foncé d'un effet quelque peu funéraire. Sa peau terne et un peu flasque accusait la quarantaine bien engagée.

— Et alors? ça va mieux? demanda-t-il tout à coup en relevant la tête.

Sa bouche s'ouvrit dans un sourire qui en accentua la petitesse ridicule.

— Oui, oui, répondit Juliette, encore haletante. Je m'excuse... Vous ne pouvez savoir comme... je souhaiterais...

Il leva les mains dans un geste magnanime.

— Je suis venue vous voir, enchaîna Juliette, pour ma nièce disparue. Disparue depuis... neuf ans. J'avais commencé moi-même des recherches, mais à cause de ma mauvaise santé, je...

— Madame, coupa Jeunot d'un ton solennel, à partir de cette minute, considérez votre nièce comme retrouvée. Vous pourriez presque lui parler.

Et, comme pour appuyer ses dires, le tiroir d'un classeur au fond de la pièce s'ouvrit avec fracas et une potiche posée sur le meuble tomba et vola en miettes. Jeunot se leva avec un soupir, referma le tiroir et revint à son bureau :

— Ma bonne madame, vous allez me raconter tout ce que vous savez, reprit-il en détachant les syllabes, mais alors là, *tout*! Car n'oubliez pas une chose : la moindre omission de votre part va se transformer pour vous en facture : ce que je n'ai pas, il faut que je le trouve et pendant que je le cherche, le client paye. Alors, allez-y, et surtout, n'ayez honte de rien.

Juliette se lança dans son récit tandis qu'il prenait des notes, les sourcils froncés, comme si tout ce qu'il entendait était extrêmement désagréable. Quand elle eut fini, il la fixa, le regard sévère :

— Vous n'omettez rien, madame?

— Non... je ne crois pas... à moins d'un oubli, bien sûr...

— Les oublis, les oublis, murmura-t-il comme pour lui-même, voilà ce qui rend le métier si difficile.

— Enfin, s'il me vient autre chose, je vous le dirai, ajouta Juliette, agacée.

Il lui adressa un sourire pacificateur :

— Là-dessus, madame, j'ai *entièrement* confiance en vous.

Il se leva, contourna son bureau et arpenta la pièce à pas pesants, les mains dans les poches (Juliette remarqua que leurs coutures menaçaient de craquer), la mine soucieuse, la lèvre inférieure remontée dans la moustache, la peau du menton tendue, faisant ressortir une multitude de petits amas graisseux. Manifestement, il jouait un numéro rodé depuis longtemps.

— Vous savez, madame, commença-t-il enfin, lorsqu'il s'agit de recherches policières, dix ans, c'est plus long que le siècle de Louis XIV... ou de Louis XIII, si vous préférez. Elle a pu en faire, du chemin, votre Adèle, depuis tout ce temps... peut-être même du chemin *vertical,* ajouta-t-il d'une voix lugubre en pointant l'index vers le plafond.

— Écoutez, répliqua Juliette, de plus en plus impatiente, à vous entendre tout à l'heure, c'était comme si elle vivait à l'étage au-dessus. Et maintenant, elle serait au ciel. Je ne comprends plus rien. Est-ce que l'affaire vous intéresse ou pas ?

Il pivota sur ses talons et plongea son regard dans ses yeux :

— Extrêmement, madame. Il y a tout le côté *humain,* voyez-vous. Ce pauvre enfant... et vous-même... et toutes ces circonstances... québécoises, si je peux dire... Voilà une histoire exceptionnelle... *pitoyable,* même... Je n'ai pas honte du mot... Mais voilà, c'est un cas difficile, je ne vous le cache pas : il y aura probablement beaucoup de frais.

— Combien ?

— Procédons par ordre. D'abord l'entrevue pour l'ouverture du dossier – cette entrevue-ci – coûte cent dollars. À cela s'ajoutent notre tarif horaire, qui est de vingt dollars, plus, bien sûr, tous les frais occasionnés par l'enquête : déplacements, repas, hébergement, appels téléphoniques, etc. Mais nous sommes toujours *très* raisonnables (Juliette se demanda à qui d'autre qu'à lui-même pouvait s'appliquer ce «nous», l'agence paraissant une bien petite affaire). Par exemple, lorsque je suis en mission, par égard pour nos clients, je me fais toujours un point d'honneur de fréquenter des hôtels et des restaurants *extrêmement* modestes, voyez-vous, de façon que mes désagréments se traduisent pour eux en économies. Et le reste à l'avenant. Vous me comprenez ?

— Je vous comprends, dit Juliette, un tantinet acide.

— Donc, impossible pour nous de vous donner la moindre idée du coût de l'enquête. C'est un de ces cas, hélas, où les dépenses obéissent aux caprices du Destin, comme disait

Chesterton (un écrivain). Mais nous avons appris à maintenir ces caprices *dans les limites du raisonnable*. Nous vous demandons, cependant, un dépôt de mille dollars, comptant ou en chèque certifié. Si les frais de l'enquête s'avèrent inférieurs à cette somme, nous vous rembourserons, bien sûr, la différence.

Juliette réfléchissait, indécise.

— Je puis vous assurer, reprit-il d'une voix pressante, que nous déploierons des efforts *inouïs* pour retrouver rapidement votre nièce et, de cette façon, nous pourrons restreindre les dépenses au niveau *le plus minimum*. En nous basant sur les renseignements que vous m'avez fournis, nous avons bon espoir de retrouver votre nièce... dans deux ou trois jours, disons.

Juliette gardait le silence.

— Nous avons connu d'*énormes* succès dans le passé, ajouta-t-il avec une trace de supplication dans la voix. Vous avez sûrement entendu parler de l'affaire Chrétien, non ? Vous savez, ces trois tableaux de Marc-Aurèle Fortin qu'on a retrouvés sur un matelas pneumatique dans une conduite d'égout sous la rue Saint-Paul ? Grâce à qui ? Grâce à nous ! Et qui donc est parvenu à saisir par l'extrême bout du veston ce fin finaud de Jean-Charles Chrétien à Plattsburg ? C'est encore nous. Et puis il y a aussi...

— Bon, ça va, lancez-vous, décida Juliette sans conviction. Mais je ne vous avance que cinq cents dollars pour commencer et je vous préviens : si l'enquête se met à tourner en rond, je vous coupe les vivres. C'est à prendre ou à laisser.

— Hum... cinq cents... Quelle parcimonie ! Enfin c'est vous la patronne, reconnut le détective en écartant les jambes et ramenant les mains derrière le dos dans une sorte de garde-à-vous.

Après lui avoir donné quelques photos de sa nièce parmi les plus récentes qu'elle possédait, Juliette se rendit à une caisse populaire, remit l'argent à Peter Jeunot, puis retourna chez elle, vaguement mécontente. Le lendemain, Jeunot lui téléphona à trois ou quatre reprises pour d'infimes détails, se présenta le surlendemain pour une photo de Denis et un supplément d'avance de trois cents dollars, puis ne donna plus signe de vie.

Une semaine passa.

Pendant ce temps, les travaux se poursuivaient à l'appartement d'Elvina ; ils semblaient imposants. Mais une palissade en feuilles de contreplaqué empêchait qu'on s'en fasse une idée exacte. Fisette croyait qu'elle était en train de construire un escalier pour accéder directement à la cave, au lieu d'utiliser l'entrée commune située au rez-de-chaussée.

— Ma foi, soupirait Juliette, je crois qu'elle a des fissures dans la casserole, la pauvre.

Un matin, deux ouvriers installèrent un convoyeur par un des soupiraux du sous-sol et, après une séance de marteau-piqueur qui plongea la pauvre Noirette dans un état de confusion mentale extraordinaire, ils retirèrent une grande quantité de pierres et de béton, qu'une pelleteuse déversa ensuite dans un camion. Deux jours plus tard, un autre camion apporta des pièces de coffrage et divers outils.

— Ah! mais je viens de comprendre, ricana Fisette. Elle veut nous jouer le coup du blocus continental et posséder sa propre petite cave à elle toute seule. Comme c'est brillant!

Juliette observait par la fenêtre le va-et-vient des ouvriers :

— Dieu, qu'elle a l'esprit tordu... Si elle continue sur cette pente, on va la retrouver en camisole de force, ma foi.

Fisette lui toucha l'épaule :

— Elle n'a peut-être pas le droit de faire ces changements. Que dit votre contrat de vente ?

— Oh, je ne sais plus trop... Mais, croyez-moi, je n'irai certainement pas lui intenter un procès pour conserver le privilège de me promener sous ses pieds.

Le jeudi suivant, soit douze jours après sa rencontre avec le détective, elle téléphona à plusieurs reprises à l'*Agence Peter Jeunot*, mais personne ne répondit. Le lendemain, n'ayant toujours pas de nouvelles, elle décida de se remettre elle-même à l'enquête :

— S'il est en train de passer mes économies à se rôtir la bedaine au bord de la mer, le bout des doigts va lui pincer, à ce farceur... En attendant, je vais essayer de mettre la main sur ce fameux Alexandre qui vendait des aspirateurs *Electrolux*.

Elle téléphona à la compagnie et demanda à parler au directeur du personnel. On la mit en attente. Ses aisselles se transformèrent en deux petits marécages.

— Qu'est-ce que je pourrais bien lui raconter ? La vérité, peut-être. C'est ce qui a le plus de chance de le toucher.

— J'écoute, fit une voix de femme un peu sèche au bout du fil.

Tortillant le cordon du téléphone, Juliette s'expliqua du mieux qu'elle put. Il y eut un moment de silence, puis la directrice, d'un ton amusé :

— Si je vous ai bien comprise, vous nous demandez de consulter tous les dossiers de nos représentants qui portent le prénom d'Alexandre et qui ont travaillé pour nous ces onze dernières années ?

— Oui, c'est bien ça, en quelque sorte.

La femme eut un petit rire.

— Je croyais, se risqua Juliette, qu'avec l'informatique...

— Voyez-vous, madame, nos programmes n'ont pas été conçus pour nous permettre de classer nos employés par leurs prénoms... Ça ne nous serait tout simplement d'aucune utilité.

— Mais je suis prête à payer ce qu'il faut pour...

— Il y a un autre problème. Vous me dites que ce représentant travaillait chez nous en 1977. Eh bien, s'il nous a quittés depuis plus de cinq ans, je n'ai plus son dossier, voilà tout.

— Vous... vous n'avez pas d'archives ?

— Nous avons quelque chose qui ressemble à ça, mais la classification en est très rudimentaire. Retrouver votre monsieur nous prendrait un temps énorme.

— Mais si je me rendais chez vous faire moi-même les recherches ? Je vous en supplie, madame... C'est pour moi d'une suprême importance, car...

— Écoutez, rappelez-moi vers la fin de la journée. Je verrai ce que je peux faire. Mais j'aime autant vous prévenir : ne vous attendez pas à grand-chose.

À quatre heures, après avoir passé l'après-midi à bâiller devant la télévision, sortant de temps à autre dans le jardin pour voir les travaux qui se poursuivaient chez sa sœur, où on venait de couler du béton à l'aide d'un énorme camion-pompe, elle rappela la directrice du personnel.

— Bonjour, madame. J'attendais justement votre appel. Eh bien, vous êtes chanceuse. Une de nos secrétaires – elle travaille pour nous depuis une quinzaine d'années – a réussi à se souvenir de trois représentants au prénom d'Alexandre ; deux d'entre eux nous ont quittés, mais le troisième travaille chez nous depuis 1955. Je lui ai demandé de vous appeler, mais en ajoutant que j'ignorais pourquoi vous le cherchiez. N'allez pas me trahir... Comme il s'agit d'un prénom assez peu courant, il y a de bonnes chances qu'il s'agisse de votre homme... Ce n'est rien, je vous en prie. Rappelez-moi, au besoin... Et bonne chance dans vos recherches.

Vers sept heures, le téléphone sonnait :

— Madame Pomerleau, s'il vous plaît, fit une grosse voix gutturale, pleine de bonhomie et de cordialité commerciale. Alexandre Portelance à l'appareil. Madame Corigliano, de la compagnie *Electrolux*, m'a dit que vous désiriez me parler. Qu'est-ce que je peux faire pour vous, madame ?

— Ah ! bonjour, monsieur, bredouilla Juliette, écarlate et toute en sueur. Je vous remercie de vous être donné la peine de... (Surtout, ne fais pas fuir le gibier, tête de linotte.) C'est que, voyez-vous, il m'est... un peu difficile de vous expliquer au téléphone ce qui m'amène à vous... c'est une question... personnelle, si je puis dire...

— Est-ce que nous nous sommes déjà rencontrés, madame ? demanda le vendeur en se renversant sur son *lazy boy*, pieds nus, un *Télé-Hebdo* ouvert sur les genoux.

— Non, je ne pense pas... Mais, croyez-moi, jamais je ne me serais permis de vous déranger pour une futilité.

— Je n'en doute pas, je n'en doute pas, fit-il d'une voix joyeuse et avenante. Vous désirez peut-être une démonstration d'appareil ?

— Non. Mais, en fait, peut-être que oui, se reprit-elle aussitôt. À bien y penser, ça serait peut-être l'occasion en même temps de... mon aspirateur fonctionne mal depuis un mois et...

— Où demeurez-vous, madame ?

— À Longueuil, rue Saint-Alexandre, répondit-elle en bafouillant légèrement, comme si elle s'était agi d'une faute.

— Hum... ce n'est pas à la porte : j'habite Laval-des-Rapides.

— Mais je peux me rendre chez vous, proposa aussitôt Juliette.

— Ouais, ouais, marmonna-t-il, songeur, en frottant doucement ses pieds l'un contre l'autre.

Il hésita un moment, puis :

— Est-ce que je peux vous demander, ma chère madame, si votre appel est en rapport avec un aspirateur qu'un certain Gérard Chapdelaine vous aurait vendu ?

— Non, monsieur, absolument pas.

— Bon bon bon, fit-il avec soulagement et de plus en plus réjoui de voir que sa soirée, qui s'annonçait morne et vide, allait se garnir d'un petit imprévu qui le mettrait en contact avec une femme d'un certain âge à la voix chaude et agréable (il était veuf, sa femme étant morte trois ans plus tôt dans l'effondrement d'un balcon). Écoutez, ma bonne madame, je suis peut-être naïf comme un baril d'huîtres, mais ça me fait plaisir

d'aller vous rencontrer, même si je n'ai pas la moindre idée de
ce que nous allons nous dire.

— Je vous remercie infiniment, monsieur.

Il consulta sa montre :

— Il est sept heures dix... Le temps de me changer... Je pense
pouvoir être chez vous vers huit heures quinze.

— Écoutez, monsieur, j'ai une proposition à vous faire :
pourquoi ne ferions-nous pas chacun la moitié du chemin ? Je
me sens un peu mal à l'aise de vous obliger à parcourir...

— Pas bête, ça. Je connais justement un petit coin tranquille,
rue Jean-Talon : le *Café Flora*. Y êtes-vous déjà allée ?

— Non, mais j'y serai à l'heure qui vous conviendra.

Ils s'y donnèrent rendez-vous à huit heures. Juliette raccrocha,
s'épongea le front, fit quelques pas hésitants dans la salle à
manger. Denis venait de partir au dépanneur *Françoise* avec
Yoyo. Un besoin irrépressible la saisit de raconter sa conversation à quelqu'un. Elle sortit dans le hall, gravit l'escalier et alla
frapper à la porte de Martinek, puis à celle de Fisette ; personne
ne répondit. Elle redescendit lentement chez elle et, arrivée
devant son appartement, s'arrêta un moment, songeuse, puis,
se retournant vers la porte de sa sœur :

— Quelle histoire, se dit-elle. Dieu sait comment cela va
finir... Il faudra bien que j'aille lui parler un jour.

Elle entra chez elle, alla s'asseoir au salon, mais se releva
aussitôt : elle étouffait, il lui fallait le grand air. Elle sortit dans
le jardin et, après avoir fait les cent pas devant le bosquet de
vieux lilas au fond de la cour, tourna le coin de la maison.

À cinq mètres devant elle, sa sœur se promenait le long de la
haie, le dos tourné, avec sa chienne en laisse. Absorbée dans
l'observation des ornières que les camions avaient creusées
dans le gazon, elle ne l'entendit pas approcher.

— Elvina, appela timidement Juliette.

La vieille fille se retourna brusquement ; son expression
soucieuse et concentrée se changea en une grimace tellement
haineuse que Juliette se figea. Faisant volte-face, l'autre
s'éloigna à grandes enjambées, tirant sauvagement sa chienne
derrière elle ; la bête sautillait de côté en gémissant, les yeux
fixés sur Juliette comme pour l'implorer.

L'obèse se promena encore quelques minutes, marmonnant
et soupirant. Puis, elle monta dans son auto.

Le *Café Flora* occupait une grande salle rectangulaire, haute
de plafond et peinte en beige, d'un aspect assez commun ; son

propriétaire, monsieur Carlo Bergonzi, époux d'une ravissante et fébrile Milanaise qui lui avait donné trois garçons et fourni son prénom à la raison sociale de l'établissement, venait de faire recouvrir le plancher d'une moquette brun foncé, fort coûteuse; le vendeur avait assuré que, malgré l'affluence des clients, la moquette serait encore à l'état neuf lorsque les enfants Bergonzi seraient en âge de se marier. C'est de la plus ou moins grande véracité de cette affirmation que discutaient Portelance et l'Italien lorsque Juliette poussa la porte du café. Portelance s'arrêta net de parler, estomaqué par les proportions de la comptable, tandis que le cafetier allait rejoindre sa femme derrière la machine à *expresso*.

— Madame Pomerleau? fit-il en s'avançant avec le grand sourire cordial que ses trente-trois années de vente avaient rendu automatique. Si vous voulez, on va aller s'asseoir au fond, c'est plus tranquille, dit-il à voix basse en prenant, Dieu sait pourquoi, un air malicieux.

Juliette, toute rougissante sous les regards faussement imperturbables des clients, le suivit aussi vite qu'elle le pouvait, tandis qu'il s'avançait parmi les tables, repoussant de temps à autre une chaise pour lui faciliter le passage.

Il la fit asseoir, puis s'installa en face d'elle:

— Aimez-vous le vrai bon café fort, madame? demanda le quinquagénaire.

— Oui, à l'occasion.

Il leva le bras:

— Carlo! deux cappuccinos!

Se penchant vers elle:

— Je suis un vieux client. Le midi en semaine, on se tape ici des petits plats... mioum! pour la moitié de rien du tout. Et puis, quant à la propreté... la place est plus nette que la baignoire de la reine d'Angleterre. Flora est la plus grande frotteuse de Montréal. Elle abuse même un peu de l'eau de Javel, ajouta-t-il sur un ton confidentiel.

Juliette, intimidée, hochait la tête en souriant, tandis que la machine crachait son café.

— Et alors? fit Portelance après que le patron, flegmatique et impeccable, eut déposé devant eux les tasses de café débordantes d'une mousse onctueuse saupoudrée de chocolat. J'ai bien hâte de savoir ce qui vous amène! Depuis votre appel, j'ai le dedans de la tête qui brasse comme une machine à laver.

Juliette cilla des yeux et, craintivement:

— Il faut d'abord me promettre, monsieur, de ne pas vous fâcher.

Alexandre Portelance se mit à rire :

— Me fâcher, moi ? Je payerais cher l'homme qui pourrait me montrer comment faire une vraie bonne colère (il mentait). J'ai toujours souffert d'un surplus de bonne humeur, comme qui dirait. Dans mon métier, c'est parfois bien utile, vous savez, de montrer un peu les dents. Mais quand je le fais, les gens se mettent à rire. J'ai perdu bien de l'argent à cause de ça : les clients véreux ne me craignent pas. Je me console en pensant aux autres. Allons, déboutonnez-vous. Je suis tellement curieux de ce que vous allez me dire que je suis prêt à entendre n'importe quoi.

— Je suis à la recherche d'une de mes nièces, commença Juliette avec une petite moue douloureuse.

Elle raconta son histoire posément, du début à la fin, sous le regard attentif puis étonné du représentant, qui l'écoutait avec un petit air sucré et semblait prendre de plus en plus d'agrément à la rencontre. Arrivé à l'épisode où un certain Alexandre était entré dans la vie de sa nièce, Juliette s'arrêta, rougit violemment, croisa et décroisa les mains, puis :

— À présent, monsieur Portelance, je tiens à vous dire avant de poursuivre... que je ne suis pas venue chercher querelle à personne... Malgré mon âge, je suis une femme, vous savez, aux idées très larges... Je veux dire... l'honnêteté avant tout, bien sûr, mais je me fiche pas mal de la façon dont mon voisin mène sa vie, pourvu qu'il ne me dérange pas... Jamais je ne me permettrais de juger, par exemple, un homme qui...

— Êtes-vous en train de me dire, coupa le vendeur en souriant, que vous ne m'allongeriez pas une claque en plein visage si je vous avouais que j'ai déjà obtenu les faveurs de votre nièce sans prendre la peine de passer avec elle devant le curé ?

— Exactement, répondit Juliette, la gorge sèche, maîtrisant avec peine le tremblement de ses mains. De toute façon, telle que je l'ai connue, on n'était pas obligé de lui tordre le bras longtemps pour... Tout ce qui m'intéresse, c'est de la retrouver, comprenez-vous ? Je me fiche du reste... Est-ce que vous la connaissez ? Pouvez-vous me dire où elle se trouve ?

Portelance prit une gorgée de café, déposa doucement la tasse dans la soucoupe, puis :

— Jamais entendu son nom. Quel âge avait-elle en 1977 ?

— Vingt et un ans.

— Avec ce que vous m'en avez dit, je n'oserais pas jurer que je n'aurais pas succombé à une petite tentation si elle m'avait fait de l'œil, mais je n'ai jamais vu l'ombre du bout de l'oreille de son chien, je vous le jure. Mais dites donc, ça me revient tout d'un coup, lança-t-il avec un sursaut : j'en ai connu un, Alexandre, qui travaillait pour *Electrolux* à l'époque, Alexandre Lemay... ou plutôt Lemire... quoique à bien y penser... c'était un bonhomme bien trop pépère et constipé, à mon avis, pour avoir une histoire de femme (excusez l'expression). D'ailleurs, ça fait une mèche qu'il ne travaille plus pour la compagnie. Il a dû nous quitter il y a dix ou douze ans...

Juliette se pencha vers lui, les mains crispées sur le rebord de la table :

— Sauriez-vous me dire où je peux le trouver?

— Hum... je crois qu'il est déménagé à Valleyfield, sans en être tout à fait sûr... Ce n'était pas un gars très agréable. Ni un très bon vendeur non plus. Voilà pourquoi il n'a pas duré longtemps chez nous... Mais adressez-vous au service du personnel, madame. Après tout, c'est grâce à eux que vous m'avez pêché. Elle a vraiment un beau visage, se dit-il. Ça fait presque oublier sa corpulence.

Juliette secoua la tête :

— Après cinq ans, le service transfère aux archives les dossiers des anciens employés. Et on m'en refuse l'accès.

Alexandre Portelance avança délicatement les lèvres, prit une minuscule gorgée de café, puis, avec un sourire enjoué :

— J'ai un peu de temps libre demain. J'essaierai d'aller y jeter un coup d'œil. Je connais très bien madame Sabourin, l'archiviste.

— Si vous me rendiez ce service, monsieur, répondit Juliette d'une voix fervente, je ne sais ce que je ferais pour vous.

Une plaisanterie osée traversa l'esprit du vendeur; il la garda prudemment derrière ses lèvres, se contentant d'esquisser un sourire :

— Mais attention... je ne vous promets rien! Leurs archives, c'est quatre ou cinq rangées de boîtes de carton empilées jusqu'au plafond et remplies à la vrouche que vrouche! On peut passer des semaines à fouiller là-dedans.

— Je comprends, monsieur, acquiesça humblement Juliette.

Ils se mirent à causer de choses et d'autres. Portelance, de plus en plus sensible aux charmes abondants de sa compagne, la fit parler d'elle-même et réussit à conserver un visage parfaitement flegmatique lorsqu'il apprit qu'elle était veuve depuis de nombreuses années et vivait avec son petit-neveu. Il hasarda alors un ou deux compliments sur sa bonne mine, mais sentant aussitôt que sa galanterie risquait d'être mal reçue, il battit prudemment en retraite et se replia sur les aspirateurs, sujet qui lui permettait de faire admirer dans tout son éclat sa virtuosité verbale.

— Neuf heures et demie! s'exclama soudain Juliette. Mon Dieu, excusez-moi, monsieur Portelance, mais il faut que je rentre tout de suite à la maison pour aller coucher mon petit Denis... il doit s'inquiéter de mon absence!

Le représentant se leva et, malgré les protestations de sa compagne, paya l'addition, puis la reconduisit jusqu'à l'auto. Au moment de la quitter, il fut à deux doigts de l'inviter à venir goûter un de ces beaux jours aux petits plats succulents de Flora, mais jugea préférable au dernier instant de s'abstenir. L'obèse lui tendit la main :

— Merci pour tout. Vous avez été si aimable...

— J'espère pouvoir l'être encore, fit le vendeur en riant. Je vous donne des nouvelles très bientôt. Ah! mais j'oubliais! et cet aspirateur? Vous désirez toujours le changer?

— Euh... oui, bien sûr, répondit Juliette en rougissant. Je vous ferai signe.

— Ne vous pressez pas, madame. La compagnie *Electrolux* n'est pas à la veille de fermer ses portes. Eh bien, voilà, annonça-t-il le lendemain matin au bout du fil, j'ai réussi à mettre la patte sur votre gibier!

Juliette, qui sirotait son café en robe de chambre dans la cuisine, leva les yeux vers l'horloge murale au-dessus du frigidaire; elle marquait dix heures moins quart :

— Monsieur Portelance, s'exclama-t-elle sur un ton de reproche, vous vous êtes rendu au bureau exprès pour moi. Vous allez me faire mourir de gêne!

— Ne mourez pas, ne mourez pas! Ça serait en pure perte. Je devais rencontrer le directeur des ventes de bonne heure ce matin et comme il était en retard, j'ai eu tout le temps de faire mes petites recherches, qui m'ont pris à peine un quart d'heure, je vous le jure : j'ai trouvé notre bonhomme dans la deuxième boîte sur une pile de dossiers.

En fait, il était arrivé au bureau presque à l'aube, sans rendez-vous avec quiconque, avait eu un mal de chien à convaincre le gardien de lui ouvrir, puis avait passé deux heures à manipuler des boîtes, suant et pestant dans la poussière.

— Avez-vous un crayon et du papier ? Bon. Alors, voilà. En 1977, votre Alexandre Lemire demeurait au 712, rue Bernard, à Outremont ; son nom figure toujours dans le bottin.

Il lui donna le numéro de téléphone et lui souhaita bonne chance :

— Si jamais je puis vous être encore utile, madame, n'hésitez pas à m'appeler...

Sur ce, il hésita lui-même une seconde, puis :

— J'ai... beaucoup apprécié en quelque sorte notre petite jasette d'hier. Ce n'est pas tous les jours que... Enfin, en d'autres mots, si on peut dire, je vous trouve bien sympathique, vous savez.

— Moi de même, monsieur, répondit Juliette, soudain froide et guindée, et je vous remercie encore mille fois. Hum ! fit-elle en raccrochant, ébahie et quelque peu effrayée, est-ce que ce bon monsieur serait en train de me faire la cour ?

Soulevant les bras, elle pencha la tête et contempla son corps difforme avec un sourire qui l'aurait ulcérée s'il était né sur d'autres lèvres, puis, haussant les épaules, elle composa le numéro que venait de lui fournir si galamment le vendeur. Ce fut une voix de femme qui répondit.

— Est-ce que je pourrais parler à monsieur Alexandre Lemire ? demanda doucement Juliette, tandis que ses avant-bras jambonesques se couvraient de chair de poule.

Quelques secondes passèrent, puis :

— Monsieur Lemire est décédé, répondit la femme d'une petite voix placide et raisonnable.

— Décédé ? fit Juliette, atterrée.

— Qui parle, s'il vous plaît ?

— Je... mon nom est Juliette Pomerleau, madame... Voilà, c'est que... je téléphonais pour... il s'agit d'une affaire qui concernait monsieur Lemire, voyez-vous, et j'aurais voulu...

— Je suis madame Lemire, répondit l'autre avec la patience impersonnelle d'une préposée aux renseignements.

— Ah bon... eh bien, voilà... pour tout dire, je suis à la recherche depuis quelque temps... Est-ce que votre mari est décédé il y a longtemps, madame ?

— Il y a trois ans.

— Mon Dieu, comme c'est malheureux... je suis désolée... (Qu'est-ce que je pourrais bien lui dire ? se demanda-t-elle avec désespoir. Je ne vais tout de même pas lui raconter...) J'espère, madame, que je ne prends pas trop de votre temps ?

— Je vous écoute.

— Eh bien, voilà... J'essaye d'entrer en contact avec une personne que votre mari a peut-être connue autrefois lorsqu'il travaillait pour la compagnie *Electrolux*...

— Qui vous a donné le nom de mon mari, madame ?

— Un de ses confrères de travail, monsieur Alexandre Portelance.

Le silence se fit de nouveau au bout du fil :

— Ce nom ne me dit rien, reprit la femme. Continuez, je vous écoute.

— Eh bien, cette personne que votre mari aurait possiblement connue vers 1977... En fait, il s'agit d'une de mes nièces, voyez-vous... Mais je m'aperçois que je vous dérange sans doute inutilement, puisque la...

— Comment s'appelle votre nièce ? coupa la femme.

Le ton incisif de sa voix acheva de décontenancer Juliette, qui resta bouche bée.

— Adèle Joannette, répondit-elle enfin à voix basse, comme sur un ton d'aveu.

Le silence se fit encore une fois et s'allongea, s'allongea, comme un élastique sur le point d'éclater.

— Allô ? fit la comptable, dont le corps était devenu une masse humide. Êtes-vous encore là, madame ?

— Et que lui voulez-vous, à cette Adèle Joannette ? demanda la voix avec un léger frémissement.

Juliette sentit qu'elle venait de toucher une corde sensible et que sa réponse serait décisive. Devait-elle se présenter comme une amie d'Adèle ou laisser entendre au contraire que leurs relations laissaient à désirer ? Elle croisa l'index et le majeur, prit une courte inspiration et opta pour une solution mitoyenne :

— Nous avons des comptes à régler ensemble. Elle me doit de l'argent.

— Eh bien, moi aussi, madame, figurez-vous que j'ai des comptes à régler avec elle. Mais je n'aime pas parler de ces choses au téléphone.

La voix s'était brusquement relâchée, comme si une énorme tension venait de se dissiper.

— Moi non plus, répondit Juliette, joyeuse et soulagée. Est-ce que je peux vous rencontrer ? Je pourrais me présenter chez vous dans une vingtaine de minutes, si vous voulez.

— J'allais faire des courses. Mais je suis libre après dîner.

— À une heure alors ? proposa Juliette.

— Je vous attends.

Et elle raccrocha. L'envie la prit d'esquisser un pas de danse, mais elle se contenta, plus réaliste, de balancer les bras en chantonnant, puis alla se verser un grand verre d'eau glacée, car les parois de sa gorge voulaient s'agglutiner. Elle revint ensuite au téléphone, composa le numéro de l'*Agence Peter Jeunot* et laissa sonner une dizaine de coups :

— Si dans trois jours je n'ai pas de ses nouvelles, grommela-t-elle en raccrochant avec fracas, je lui envoie une lettre recommandée pour lui dire de tout arrêter et de me rembourser.

Quelqu'un frappa à la porte.

— Entrez ! Mon Dieu, comme tu es belle ! s'exclama Juliette en apercevant Rachel. Où as-tu trouvé cette robe blanche ?

La violoniste se jeta dans ses bras :

— Madame Pomerleau, je suis presque sûre d'être acceptée à l'Orchestre symphonique ! Le responsable du comité de sélection vient de me téléphoner ; je dois me présenter aux bureaux de l'O.S.M. à deux heures. Il n'a rien voulu ajouter, mais il ne faisait que rire à mes questions et m'a quittée en me disant : « Bonne chance... si ça peut vous être encore utile. » Il fallait absolument que j'en parle à quelqu'un.

Juliette lui saisit les mains, tout émue :

— Comme je suis contente... Tu es une petite bonne femme tellement courageuse et pleine de talent que ça ne pouvait manquer d'arriver. Est-ce que Bohu le sait ?

— Pas encore. Il est parti de bonne heure ce matin pour une promenade sur l'île Sainte-Hélène. J'ai envie d'aller le rejoindre. Oh ! madame Pomerleau, s'écria-t-elle en se blottissant de nouveau contre elle, est-ce que je rêve ? Faire de la musique avec Charles Dutoit dans un des meilleurs orchestres d'Amérique ?

— Eh bien, moi aussi, j'ai une bonne nouvelle à t'apprendre, annonça Juliette en lui caressant les cheveux.

Rachel eut un léger sursaut et se dégagea.

— Je pense être sur une piste. Je dois rencontrer tout à l'heure une certaine dame Lemire qui semble savoir des choses sur Adèle. Elle n'a pas l'air de l'aimer ! Ma chère nièce a dû couchailler avec son feu mari vers la fin des années 70. Il y a des épouses qui n'aiment pas ça. Elle doit avoir le goût de lui faire avaler des chandelles allumées.

— Soyez féroce contre Adèle, inventez n'importe quoi, et vous verrez, elle va s'essorer le cœur devant vous.

Madame Lemire habitait une charmante et vieille conciergerie construite au début des années 20; la façade de brique
rouge vin rehaussée d'ornements de grès sculpté amenait à
l'esprit des scènes de leçons de piano, de broderie et de parlotte
au coin du feu dans l'arôme délicat du *Earl Grey*. En arrivant
au troisième étage, Juliette fut intriguée par la vue de deux
énormes fauteuils victoriens recouverts de velours grenat et
placés dans le corridor de chaque côté de la porte de l'appartement numéro 33, où demeurait justement la veuve.

— Elle doit se préparer à déménager, se dit Juliette en
sonnant.

Un glissement de pas rapides se fit entendre, suivi d'un
cliquetis de chaîne et la porte s'ouvrit.

— Madame Pomerleau? fit une petite femme maigre en
écarquillant des yeux de myope. Entrez, entrez. J'espère que
vous n'attendiez pas depuis trop longtemps, je passais
l'aspirateur dans ma chambre à coucher.

Elle la fit pénétrer dans un grand salon à demi vide, ne
possédant plus comme meuble qu'un canapé du même style
que les fauteuils du corridor, une lampe sur pied et une table à
café posée sur un petit tapis à motif qui représentait un berger
et une bergère gambadant au clair de lune dans une prairie.
L'endroit où se trouvaient les deux fauteuils se devinait à de
légères éraflures sur le plancher verni.

— Assoyez-vous, je vous en prie, l'invita madame Lemire
en lui désignant le canapé, je reviens à l'instant.

Juliette la vit bientôt réapparaître avec une chaise pliante
qu'elle ouvrit en face du canapé. De plus en plus intriguée et
mal à l'aise, Juliette sourit, se cala dans les coussins, et comme
son hôtesse, assise en face d'elle, continuait de l'observer en
silence, les mains sur les genoux, avec une mine rêveuse et
affligée, elle crut bon de remarquer :

— Vous habitez un bel immeuble. Demeurez-vous ici
depuis longtemps?

— Trente et un ans.

— C'est tranquille. Le quartier est très joli. J'ai toujours
rêvé d'habiter Outremont.

Madame Lemire se contenta de soupirer, sans rien répondre.

— Ma foi, on dirait qu'elle est un peu dérangée, se dit Juliette.
Et qu'est-ce que c'est que cette idée de vider son salon dans le
corridor? Est-ce que vous êtes de Montréal? reprit-elle.

— Je suis née à Valleyfield, répondit la femme comme si la chose avait été un désastre.

— Et vous habitez Outremont depuis longtemps ?

— Trente et un ans.

Juliette eut un sourire aimable :

— Eh bien, il n'y a pas à dire : vous êtes une personne stable.

— Et ainsi, fit tout à coup madame Lemire avec un accent de rage contenue, vous êtes la tante de cette Adèle Joannette ?

— Hé oui, madame, et je m'en passerais bien.

La veuve se pencha en avant, le regard intense et brûlant :

— Qu'est-ce qu'elle vous a fait, à vous ? souffla-t-elle d'une voix saccadée.

La comptable leva le regard au plafond pour se donner le temps de fabriquer une réponse :

— Ah mon Dieu, par où commencer ? D'abord j'ai dû la prendre chez moi pendant quelques années, car elle était orpheline, figurez-vous. Quel caractère, madame ! Ce n'est pas bien de parler contre son prochain, et encore moins contre ses proches, mais la langue me sécherait dans la bouche si je vous disais que j'ai connu là les plus belles années de ma vie ! Et ensuite, après son départ de chez moi, quels tracas ! La moindre rencontre tournait en chicane. J'avais beau mettre vingt paires de gants blancs, je finissais toujours par ulcérer mademoiselle. Et il ne fallait pas cesser de lui rendre service ! Que cela fasse mon affaire ou pas !

Juliette s'éclaircit la gorge, puis, d'une voix très posée :

— Ce qui m'amène chez vous, chère madame, est une question très terre à terre. Au cours des années, je lui ai prêté, par petits et gros morceaux, une somme d'argent assez rondelette. Elle a toujours négligé de me rembourser. Mais aujour...

— Il y a longtemps que vous l'avez vue ? coupa la femme.

— Une éternité : depuis le 15 mars 1977, pour être exacte.

L'autre marmonna quelques mots, puis continua de fixer Juliette, attendant qu'elle poursuive.

— Mais aujourd'hui, reprit celle-ci, j'ai besoin de cet argent. Ma santé s'en va et je ne sais combien de temps je pourrai continuer de travailler. Alors, je me suis mise à sa recherche pour que nous réglions nos comptes, voilà tout. (Ce n'est pas assez, se dit l'obèse.) Et s'il le faut, ajouta-t-elle en élevant la voix, je demanderai l'aide de la justice, hé oui !

— Voilà ! voilà ! s'écria madame Lemire avec un enthousiasme haineux, cette fille a besoin d'un châtiment ! d'un châtiment !

Les deux femmes se regardèrent en silence.

— Alors vous aussi, fit Juliette d'un air compatissant, vous avez eu des problèmes avec elle?

La veuve se cambra sur sa chaise, redressa le menton et, l'œil à demi fermé:

— Madame... pour tout vous dire... votre nièce... m'a enlevé mon mari... et ensuite, pour combler la mesure... elle me l'a tué.

— Tué!

— J'en ai la preuve, affirma l'autre d'une petite voix éteinte et saccadée. J'en ai la preuve ici même chez moi.

Un air de dignité funèbre se répandit sur son visage:

— Madame, pendant trente ans, j'ai eu un bon mari, qui m'a donné quatre enfants et tout l'argent nécessaire pour les élever convenablement. Pendant trente ans, jamais de chicane, mais de l'amour, de l'attention, de la délicatesse, oui... Et un beau jour... quelque part au mois de juillet 1977, il a rencontré cette petite garce – excusez le mot, madame, mais réellement, je n'en trouve pas d'autre – et alors, tout a été fini, comprenez-vous? Tout. Le 5 août au matin, après avoir fait ses valises en cachette durant la nuit, il a quitté la maison en catimini et j'ai été sans nouvelles de lui pendant trois mois. Pendant *trois mois*, m'entendez-vous? Oh, j'avais bien fini par apprendre qu'il travaillait toujours chez *Electrolux* et logeait quelque part à Montréal. Mais de lui, pas un mot... J'avais beau téléphoner et téléphoner, laisser des messages au bureau, supplier les secrétaires, jamais il ne m'a rappelée... Et puis, le 12 novembre au soir, la police m'a annoncé qu'on venait de le trouver inconscient dans une chambre de motel à Terrebonne et qu'il était en route pour l'hôpital Sacré-Cœur. Mon frère Charles m'a conduite auprès de lui. Il se trouvait au service des soins intensifs et n'avait toujours pas repris connaissance. Un médecin est venu me trouver. Mon mari venait de faire une thrombose cérébrale et on ne pensait pas qu'il en réchapperait... Mais il en a réchappé, ajouta-t-elle avec une grimace amère. Un mois plus tard, on me l'a ramené à la maison, un petit vieux tout sec qui tenait à peine sur ses jambes et ne se rendait au bout de ses journées qu'à coups de pilules. J'en ai eu soin jour et nuit durant huit ans, madame, jusqu'à ce qu'on le mette en terre... J'y ai laissé le sommeil et la santé, et c'est à mon tour aujourd'hui de gober des pilules... Et tout ça, siffla-t-elle, à cause d'une femme de rien du tout qui l'a enjôlé pour son argent, l'a endetté de 12 000 $ en trois mois, lui a ruiné la santé par la débauche et, quand il s'est écrasé à ses pieds dans le motel, s'est sauvée comme une voleuse...

Elle se tapota fébrilement les yeux du bout des doigts, balançant la jambe gauche à coups saccadés. Juliette la regardait, la gorge serrée, dans une grande bouffée de chaleur :

— Voulez-vous... que je revienne une autre fois ? demanda-t-elle enfin.

— Non, non, restez. Tant qu'à m'être mise dans le sujet, aussi bien aller jusqu'au bout.

Elle se leva :

— Je vais préparer du thé, fit-elle avec un air de profonde résolution. Vous en prendrez bien une tasse ?

— Si ce n'est que pour moi, ne vous donnez pas cette peine, je vous en prie.

— Ça va me faire du bien, murmura-t-elle comme pour elle-même en quittant la pièce d'un pas hésitant.

Juliette contempla avec mécontentement ses aisselles marquées par une grande tache de sueur et se mit à examiner le salon, puis la salle à manger attenante où se dressait une table de noyer monumentale dont les pattes massives, terminées en serres d'aigle crispées sur une boule de marbre, semblaient remplies d'une énergie maléfique. Un rectangle jaunâtre sur le mur du fond indiquait l'emplacement d'un tableau. Elle entendit un cliquetis de vaisselle et d'ustensiles, et madame Lemire apparut avec un plateau. Juliette tendit la main en souriant :

— Je vous assure... ce n'était pas nécessaire...

— Pas de sucre ni de lait ? Voyez-vous, poursuivit la femme en se rasseyant, votre visite m'a un peu secouée, car j'ai appris il y a à peine deux mois le nom de cette femme qui a stupidement gâché mes vieux jours.

Le visage de Juliette se remplit d'étonnement :

— Votre mari ne vous a jamais...

— Non, madame. Jamais il n'a fait une allusion grosse comme ça à ces mois de débauche que le bon Dieu lui a fait si chèrement payer, et la seule fois où je me suis risquée à le questionner, il s'est mis dans un tel état que j'ai eu peur qu'il fasse une autre attaque... Vous avez remarqué les deux fauteuils près de ma porte dans le corridor ?

Juliette fit un léger signe de tête.

— Eh bien, c'est là que j'ai pris tous mes renseignements.

— Ah bon.

Madame Lemire eut un petit sourire acide :

— C'était la cachette de mon mari. C'est là qu'il dissimulait ses souvenirs d'amour. Au mois de mars dernier, j'étais à quatre pattes dans le salon en train de chercher une bobine de fil lorsque j'ai remarqué que le dessous d'un des fauteuils était décousu et pochait d'une curieuse façon. Alors j'ai glissé ma main dans la fente et j'en ai sorti ceci, fit-elle en se levant.

Elle quitta la pièce et revint avec deux boîtes de carton :

— Il y en avait une dans chaque fauteuil. Tenez, passons à la salle à manger. Nous y serons plus à l'aise pour examiner mes trésors.

Juliette dut s'y prendre à trois fois avant de pouvoir se lever, puis déploya des prodiges d'adresse pour se glisser entre la table et la chaise qu'on lui avait désignée et que la proximité d'un mur empêchait de reculer suffisamment.

— Voilà, fit madame Lemire, solennelle et sarcastique, en soulevant le couvercle d'une ancienne boîte de chocolats *Moir's* remplie à craquer de photos, de lettres et de divers papiers. Amusez-vous. Vous allez voir comme c'est édifiant.

Juliette avança une main fébrile, saisit une photo et ne put retenir un grognement désapprobateur; Adèle, à demi nue, les seins à découvert, souriait d'un air hébété, allongée sur un lit. À sa droite, on avait déposé sur une table de chevet une bouteille de rhum *Saint James,* des verres et un récipient de plastique contenant des glaçons. L'envers portait une inscription au stylo-bille : *« Ma petite Adèle, Miami, 8 septembre 1977 ».* La boîte contenait plusieurs douzaines de photos du même genre, la plupart banales et insipides, mais certaines fort osées, l'une d'elles montrant sa nièce hilare, manifestement ivre, étendue toute nue sur un lit dans une pose particulièrement provocante.

Juliette s'arrêta sur une photo d'Adèle assise dans un canapé près d'un quinquagénaire à demi chauve, l'air un peu bonasse, qu'elle tenait enlacé par le cou.

— Mon mari, se contenta de dire madame Lemire sur un ton pincé. Vous êtes surprise que je n'aie pas jeté toutes ces cochonneries au feu, hein? Ce n'est pas que je prenne beaucoup de plaisir à les garder, mais le jour où j'attraperai cette petite... garce (elle mordait dans le mot avec un plaisir évident), elles me seront peut-être utiles.

— Est-ce que vous avez commencé des recherches?

— Non, répondit-elle tout uniment, sans paraître se rendre compte de son inconséquence.

Une liasse d'enveloppes se trouvait au fond de la boîte, toutes adressées à Mlle Adèle Joannette, 1215, rue Wolfe, Montréal, la plupart provenant de la Commission d'assurance-chômage. Le cachet postal indiquait l'année 1977.

La deuxième boîte, plus petite, contenait d'autres enveloppes, un agenda de l'année 1977 dans lequel on avait inscrit de courtes notes, un bâton de rouge à lèvres, un lambeau de coton marqué d'une grande tache jaunâtre et un slip rose tout froissé. Manifestement, Alexandre Lemire avait eu des tendances fétichistes. Juliette se mit à feuilleter l'agenda.

— C'est l'écriture de mon mari. Il aimait noter les adresses de motels, de restaurants, de bars et d'hôtels où votre nièce l'amenait gaspiller son argent.

Juliette avait peine à cacher sa déception :

— Vous n'avez rien de plus... récent ? se risqua-t-elle à demander.

Madame Lemire secoua la tête :

— Mon mari ne l'a jamais revue après sa maladie. Ce n'est pas qu'il s'était mis à la vertu, ajouta-t-elle en ricanant. Mais le vice était devenu au-dessus de ses forces.

Elle remit leur contenu dans les boîtes :

— Malgré tout, il avait encore la force de se traîner à quatre pattes dans le salon pour s'aménager des cachettes.. Je peux vous assurer qu'elle ne lui est jamais sortie de la tête, celle-là. Quant à moi, je n'étais plus bonne qu'à passer la vadrouille, faire la vaisselle, changer son lit et voir à ce qu'il prenne ses remèdes... Tenez, emportez tout, décida-t-elle soudain, cela pourra peut-être vous servir...

Elle sourit tristement à Juliette étonnée :

— Dans le fond, je sais bien que je me raconte des histoires : jamais je ne lui verrai le bout du nez, à cette femme. Oh, j'avais bien pensé un temps à mettre quelqu'un sur sa piste, mais, pour être franche avec vous, je n'ai plus assez de nerfs pour ce genre de choses... Je dors à peine deux ou trois heures par nuit, j'ai des maux de tête épouvantables, mon estomac est détraqué... Je préfère oublier... Quand bien même je la ferais mettre en prison pour refus d'assistance, ça ne ressuscitera pas mon mari, hein ? La simple vue de ces deux fauteuils me donnait des palpitations. Alors, la semaine passée, j'ai demandé au concierge de les transporter dans le corridor. Mon gendre doit m'en débarrasser en fin de semaine.

— J'espère que vos problèmes de santé vont se régler, madame, compatit Juliette en faisant glisser les boîtes vers elle. Vous devriez voyager, vous inscrire dans un club, je ne sais pas... Il faut vous changer les idées, sinon cette histoire va vous empoisonner jusqu'à la fin de vos jours...

Elle voulut se lever, mais resta coincée.

— Poussez un peu sur la table, suggéra aimablement madame Lemire, ma femme de ménage a dû la déplacer la semaine dernière.

Juliette s'arc-bouta sur les fesses et la pointe des pieds, déplaça le meuble d'un centimètre ou deux et réussit à se dégager :

— Merci mille fois. Vos renseignements me seront sûrement utiles. Est-ce que vous désirez que je vous tienne au courant de mes recherches ?

Madame Lemire hésita, puis, agitant mollement la main devant elle, comme pour chasser une mouche :

— Non, je ne veux plus entendre parler de rien. Je vais suivre vos conseils et m'occuper de mes filles et de mes petits-enfants, c'est tout.

Elle se leva à son tour et la reconduisit à la porte :

— Si ma santé se rétablit un peu, j'irai peut-être en Floride dans quelques semaines avec une amie. Bonne chance, dit-elle en lui tendant une main osseuse et parcheminée. Vous n'avez pas besoin de fauteuils, par hasard ?

Juliette secoua la tête.

— Soignez-vous bien, fit l'obèse en s'éloignant. Tout ça est bien joli et croustillant, grommela-t-elle en déposant les deux boîtes sur la banquette de l'auto, mais je ne suis pas plus avancée. Enfin... sait-on jamais ? j'examinerai ça plus à fond tout à l'heure.

Elle venait à peine de stationner devant chez elle que Denis surgissait de l'allée en courant :

— Il y a un monsieur Jeunot qui vient de téléphoner, lança-t-il, tout excité. Il demande que tu le rappelles au plus vite, c'est très important.

— Eh bien, l'animal ! il était temps qu'il montre le bout du nez, répondit-elle en se hâtant vers la maison.

Elle saisit le combiné :

— Où vous cachiez-vous ? s'exclama-t-elle. Voilà deux semaines que j'attends de vos nouvelles.

— Ma chère madame, vous m'aviez demandé de chercher une personne disparue. Il fallait bien que je disparaisse à mon tour si je voulais mettre la main dessus, non? Comment descendre au fond de la mer sans quitter le bateau?

— Alors, l'avez-vous trouvée enfin? demanda Juliette d'une voix tremblante.

Debout en face d'elle, Denis la dévorait des yeux. Le détective eut un petit rire satisfait:

— Bien sûr que je l'ai trouvée. Douteriez-vous de moi, par hasard?

— Je vous avoue que je commençais. Où est-elle? Vite, dites-moi où elle est!

— J'allais justement vous proposer de venir la rencontrer avec moi cette après-midi.

— Elle se trouve donc à Montréal?

Denis se planta devant Juliette, les bras croisés:

— Je veux que tu m'emmènes, ma tante.

— Un instant, monsieur Jeunot, coupa Juliette.

Elle posa la paume sur le récepteur:

— Il n'en est pas question. Je vais d'abord la rencontrer seule. Elle n'a peut-être pas envie de te voir tout de suite, tu sais. Et alors, vous disiez? poursuivit-elle en reprenant le combiné.

— J'allais dire, ma chère madame, qu'effectivement elle se trouve à Montréal. Mais Montréal, c'est une grande ville! Il y en a, des portes, des murs et des fenêtres, sans compter les puits de lumière! J'ai eu pas mal de misère à la dénicher! Mais voilà, c'est fait. Passez donc à mon bureau vers cinq heures. De là nous irons chez elle.

— Dites-lui... ou plutôt non, ne lui dites rien.

— Vous avez raison. Ce sera encore plus émouvant.

Elle raccrocha et vit son neveu qui s'apprêtait à soulever le couvercle d'une des boîtes de madame Lemire.

— S'il vous plaît, monsieur l'indiscret, lança-t-elle en se précipitant. Ce sont des affaires *personnelles*.

Elle s'en empara, se rendit à sa chambre et les cacha au fond de la garde-robe.

À cinq heures moins dix, Juliette stationnait devant l'*Agence Peter Jeunot*. Se tournant vers Denis assis près d'elle, le regard braqué droit devant lui, les mâchoires serrées, l'air maussade:

— Ma foi, dit-elle, je dois retomber en enfance... Je n'arrive toujours pas à comprendre pourquoi je t'emmène, tête dure. Tu me jures de ne pas sortir de l'auto avant que je te fasse signe, hein?

— Ça fait dix fois que je te le jure, répliqua l'enfant, excédé.

— Attends-moi ici, j'en ai pour trois secondes, fit-elle en ouvrant la portière.

Elle s'éloigna pesamment sur le trottoir :

— Pourvu que tout se passe bien, se dit-elle, soucieuse.

Un adolescent habillé de cuir noir déboucha au coin de la rue, tenant à la main un énorme transistor, et s'arrêta net en la voyant, puis, avec un perfide sourire, mit le volume au maximum quand elle passa près de lui.

— Comment va-t-elle ? demanda Juliette, hors d'haleine, en entrant dans le bureau du détective.

Jeunot s'avança, sourire aux lèvres, et lui serra la main :

— Mais bien, très bien. Un peu pâle, si vous voulez, mais solide comme le pont d'Avignon. Enfin, ce qui en reste. C'est encore une *très* belle femme. Allons la voir.

Il allait sortir; elle lui saisit le bras :

— Mon neveu est avec moi. Il m'a fait une scène pour que je l'emmène. Pensez-vous que j'aurais dû le laisser à la maison ?

Peter Jeunot la prit par les épaules et la secoua gentiment :

— Ma bonne madame Pomerleau, écoutez-moi : elle *meurt d'envie* de le voir, cet enfant. Ce sera un des plus beaux jours de votre vie – et de la sienne !

— Alors, pourquoi n'est-elle jamais venue chez moi en dix ans ? Je n'ai jamais changé d'adresse.

— Mystères de l'âme humaine, dit sentencieusement le détective en penchant la tête de côté, l'œil à ras de sourcil.

Ils descendirent l'escalier. Jeunot voulut lui prendre le bras, mais elle se dégagea brusquement et continua sa descente seule, accrochée d'une main à la rampe.

— Ah bon ! s'écria le détective en apercevant Denis adossé contre la voiture. Le voilà, le petit chanceux qui est à la veille de revoir sa maman ! Comment vas-tu, mon garçon ?

— Bien, répondit l'enfant à voix basse.

— Est-ce que je peux me permettre de suggérer que nous prenions votre auto ? fit Jeunot qui semblait rempli d'une bonne humeur à toute épreuve. J'ai dû mener la mienne au garage ce matin.

Ils prirent place dans la *Subaru*.

— L'adresse ? fit Juliette en démarrant.

— Rue Marmette. Prenez le boulevard Saint-Joseph vers l'ouest.

Tandis que l'auto s'ébranlait, il examina le tableau de bord, puis les banquettes, et se mit à gigoter sur son siège, tournant la tête en tous sens :

— Vraiment! un véritable petit bijou motorisé, madame. Il y a longtemps que vous l'avez?

— Deux ans, répondit Juliette, traversée de frissons et de bouffées de chaleur. Comment l'avez-vous trouvée?

— Je... votre nièce? Oh! c'est une longue histoire. Vous lirez tout ça dans mon rapport.

Recroquevillé sur le siège arrière, Denis semblait rêver. Juliette l'entendait gratter sans relâche la moquette de l'auto avec son talon. Cinq ou six minutes s'écoulèrent. L'auto venait de quitter la rue Saint-Denis pour enfiler le boulevard Saint-Joseph.

— Allez jusqu'à la rue Coloniale, fit Jeunot, et tournez ensuite à gauche. Marmette est parallèle au boulevard Saint-Joseph, la première rue au nord.

C'était en fait une ruelle minuscule, d'aspect plutôt misérable, coincée entre des entrepôts et des manufactures, qui allait de la rue de l'Hôtel-de-Ville à la rue Saint-Dominique et ne comptait qu'un seul bâtiment à trois logis, situé à quelques mètres de la rue Coloniale en face d'une grande cour d'école déserte.

Juliette éteignit le moteur et se mit à examiner l'édifice de brique à un étage, un peu miteux avec ses fenêtres à demi pourries et son perron en ruine bordé par un treillis brisé le long duquel gisaient, flétris par le froid, des touffes de bardane et quelques œillets parmi la mauvaise herbe. L'ensemble avait quelque chose de doucement pathétique, comme une sorte de souvenir à demi effacé de la campagne avant l'impitoyable envahissement de la ville avec sa turbulence et ses misères.

— Elle demeure au 79, annonça Jeunot. Depuis deux ans. J'en ai la preuve.

Juliette se tourna vers son petit-neveu:

— Je verrouille les portières de l'auto; je te défends d'ouvrir à d'autre qu'à moi. Je ne pense pas que ce soit très long.

— Oui, ma tante.

— Allons-y, fit-elle en allongeant une jambe au-dessus du trottoir.

Peter Jeunot sortit vitement de l'auto, fit le tour du véhicule et alla lui tendre la main. On aurait dit qu'il se retenait pour ne pas sautiller de joie. Juliette posa sur lui un regard anxieux:

— Vous êtes sûr qu'elle nous attend?

— Elle nous attend.

L'obèse fit un signe de la main à son petit-neveu pelotonné sur la banquette. Il lui répondit par un sourire si pâle et si misérable que les larmes lui montèrent aux yeux.

— Ah! sainte pitié! soupira-t-elle en traversant la rue aux côtés du détective, je me demande des fois où le bon Dieu a la tête...

Peter Jeunot fit un petit entrechat et passa devant elle dans l'escalier. Il se rendit à la troisième porte, posa solennellement l'index sur la sonnette et sourit à Juliette qui finissait de gravir les marches.

— Attendez-moi un peu, ronchonna-t-elle, je ne suis pas un papillon.

Elle s'avança en soufflant et alla se placer derrière le détective. Une boîte aux lettres oblongue avait été fixée près de la porte et on avait collé dessus un morceau de sparadrap, maintenant grisâtre et tout échiffé, sur lequel se lisait, écrit au stylo-bille :

A. *Joannette*

La porte s'ouvrit et une jeune femme au teint jaunâtre, aux yeux immenses et brillants, la tête enveloppée d'un turban bleu pâle, apparut dans l'embrasure. Juliette béa d'étonnement et recula d'un pas.

— Entrez, fit l'inconnue.

Elle s'éloigna dans un petit corridor tapissé d'un papier bleu foncé à motif de fleurs blanches, décollé à plusieurs endroits, et disparut par une porte à droite.

Juliette et Peter Jeunot pénétrèrent à sa suite dans une sorte de salon-bibliothèque où régnait un grand désordre. Elle était déjà assise dans un fauteuil au fond de la pièce et leur fit signe de prendre place à sa gauche sur un futon informe orné d'une grande tache de jus de raisin et au-dessus duquel s'ouvrait une fenêtre masquée par des rideaux à ramages. Juliette et le détective s'assirent tandis que leur hôtesse s'allumait nonchalamment une cigarette. Une table à café occupait le milieu de la pièce. Trois livres s'y trouvaient, parmi une demi-douzaine de cendriers pleins de mégots : *Les Fiancés*, de Manzoni, *La Fiancée de Messine*, de Schiller, et *Fiançailles tragiques*, de Madeleine Girouard.

— Comment allez-vous? demanda la jeune femme en s'adressant à Juliette.

— Très bien, merci. Où est Adèle?

— C'est moi.

Et elle ajouta :

— Je suis Adèle Joannette.

Quelques instants passèrent. Juliette se tourna vers le détective :

— Je crois qu'il y a erreur, monsieur. Il ne s'agit pas de ma nièce.

— Ah bon, fit Jeunot, étonné. Comme c'est curieux ! En tout cas, madame ici présente reconnaît bien être la mère de votre petit-neveu Denis.

— Mais je vous avais donné des photos ! Il suffit d'avoir des yeux pour voir que ce n'est pas la même personne !

— On change en dix ans, répondit calmement le détective. Et puis, il y a une ressemblance.

— Allons donc !

La jeune femme poussa une longue bouffée, se pencha en avant, les coudes appuyés sur les genoux, le regard fixé sur Juliette, et ses yeux s'agrandirent et brillèrent encore plus :

— Mon nom est Adèle Joannette et j'ai un fils de dix ans qui s'appelle Denis, né le 8 mai 1978, dont j'ai dû me séparer lorsqu'il avait un an.

— Mais où donc m'avez-vous amenée, monsieur Jeunot ? éclata la comptable. Je vous répète que cette femme n'est pas ma nièce. Je ne la connais pas. Elle n'est pas la mère de mon petit-neveu et nous perdons notre temps ici. Bonjour !

— Minute, minute, lança Adèle Joannette en se levant. J'ai quelque chose à vous montrer.

Elle disparut derrière une tenture. Juliette fixait le détective, l'œil furibond ; elle ressemblait à un buffle prêt à charger ; il posa un doigt sur ses lèvres tandis que sa main gauche s'agitait doucement dans un geste pacificateur.

— Ces deux fous sont de connivence, se dit-elle.

Une pensée horrible lui traversa l'esprit. Elle se retourna sur le futon, bousculant un peu son compagnon, écarta les rideaux et aperçut avec soulagement Denis qui l'attendait sagement dans l'auto. Son regard tomba sur l'appui de la fenêtre : trois mouches mortes y avaient été déposées symétriquement, formant un triangle.

— Voilà, fit Adèle Joannette en écartant la tenture, j'ai quelque chose ici qui va sans doute vous intéresser.

Et elle tendit à Juliette une photo en couleurs. On y voyait en pied un enfant et une jeune femme vêtus de maillots de bain, debout sur une plage et souriant. La femme était manifestement l'interlocutrice de Juliette ; quant à l'enfant, qui devait avoir sept ou huit ans, c'était Denis ou son sosie.

— Insensé, murmura Juliette, sans pouvoir cacher son trouble.

— Et que dites-vous de ceci? poursuivit Adèle Joannette en sortant de son corsage une autre photo, plus petite.

Elle représentait Denis – ou sa copie – en plan rapproché; il devait avoir six ou sept ans et portait un gilet de coton rayé rouge et blanc que Juliette reconnut aussitôt: c'était un cadeau d'anniversaire d'Elvina. La photo lui était inconnue.

Juliette dévisagea la fausse Adèle:

— Je ne sais pas ce que vous manigancez, siffla-t-elle d'une voix coupante, mais vous allez me trouver sur votre chemin si jamais vous tentez quelque chose contre cet enfant.

Puis, s'adressant à Jeunot:

— Quant à vous, vous avez des comptes à me rendre. Je ne vous ai pas donné du bon argent pour m'amener perdre mon temps chez une détraquée.

Elle se leva avec beaucoup de difficultés et enfila le corridor, suivie du détective qui poussait des exclamations confuses en agitant les bras, tandis que la femme au turban, adossée au chambranle, les observait calmement.

En les voyant apparaître sur le perron, Denis sortit de l'auto et s'avança vers eux.

— On s'en va, mon pauvre enfant, ta mère n'est pas ici, s'écria l'obèse en descendant l'escalier qui poussait des gémissements inquiétants.

— De grâce, je vous en prie, réfléchissez avant qu'il ne soit trop tard, l'exhortait le détective d'une voix fervente, presque joyeuse. Je n'ai pas eu le temps de placer deux mots!

Juliette mit le pied sur le trottoir et, levant la tête:

— Eh bien, placez-les tout de suite, vos mots, espèce d'incapable, que je voie jusqu'où peut aller votre bêtise. Mais n'essayez surtout pas de noyer le poisson: je veux mon argent, *tout* mon argent, et je l'aurai jusqu'au dernier sou!

Puis, les bras croisés, elle s'appuya contre une aile de l'auto, qui s'inclina brusquement de côté, et attendit les explications de Jeunot. Loin de le décontenancer, la colère de sa cliente semblait avoir fait naître en lui une allégresse fiévreuse:

— Ma chère, ma bonne madame Pomerleau, commença-t-il, m'avez-vous demandé de retrouver votre nièce ou la mère de Denis?

Juliette eut un sourire méprisant:

— Les deux, mon pauvre monsieur, les deux, parce qu'il s'agit – figurez-vous donc – de la même personne.

— En êtes-vous réellement sûre?

— Oui ! mais je suis encore bien plus sûre d'une autre chose : c'est que vous vous êtes acoquiné avec cette cinglée. Et vous êtes encore bien plus cinglé qu'elle si vous pensez m'arracher mon argent grâce à deux ou trois photos truquées.

Le détective se mit à rire et caressa même les cheveux de Denis qui observait la scène, ébahi :

— Madame, madame, vous nagez dans la colère en faisant des vagues grosses comme des montagnes, mais en vingt-cinq ans de métier, j'en ai vu d'autres ! Et je vous dirais même que votre réaction me réconforte. Oui ! Figurez-vous que vous n'êtes pas le premier client qui, après m'avoir demandé de faire enquête, n'est pas satisfait des résultats. Mais je ne peux apporter que le fruit de mes découvertes et je découvre habituellement la vérité ! Vous vouliez rencontrer la mère de votre petit-neveu ? C'est fait, sauf qu'il ne s'agit plus de votre petit-neveu, mais cela ne me regarde pas. Cela regarde Adèle Joannette I et II... et vous-même ! C'est à vous, en effet, de voir si vous allez vous plaire ensemble, pas à moi, n'est-ce pas ?

Juliette le saisit par les épaules et se mit à le secouer :

— Mon argent, m'entendez-vous ? Je veux mon argent ! Comment peut-on penser un instant que cette pauvre folle est sa mère ! Monte, ordonna-t-elle à Denis en ouvrant la portière.

Elle le suivit, mit le moteur en marche, puis, baissant la glace :

— Quant à vous, espèce d'imbécile, vous avez jusqu'à demain midi pour me remettre mes huit cents dollars, sinon je porte plainte.

— Oh ho ! voilà ce que j'appelle avoir du tempérament ! s'extasia Jeunot. Écoutez, puisque vous semblez si insatisfaite de mon travail, je vous propose de le poursuivre jusqu'à ce que...

— Mon cher monsieur Jeunot, avec le talent que vous possédez, je n'aurais pas assez d'argent pour vous faire trouver une baignoire dans une salle de bains. Mes huit cents dollars demain midi ou c'est l'avocat !

Et elle s'éloigna en faisant crisser les pneus.

Tandis qu'elle tournait le coin, les rideaux d'une des fenêtres du 79, rue Marmette ondulèrent doucement.

— Je te le répète : ce n'était pas ta mère, déclara-t-elle à Denis qui la pressait de questions. Cette espèce de fou a déniché une femme aussi timbrée que lui, qui porte le même nom que ta mère et qui prétend – Dieu sait pourquoi – que tu es son fils. Tout ça n'est que poussières et crottes de chat ! Et ils se sont même arrangés pour falsifier des photos ! Ah ! quelle histoire ! Et tout ce temps perdu !

Denis lui saisit le bras :

— Ma tante, fit-il, angoissé, peut-être qu'ils ont... tué ma mère et qu'ils lui ont pris ses photos ?

— Ah non ! ne commence pas à faire du tapis volant, toi aussi ! Comment veux-tu que ta mère possède une photo de toi à l'âge de sept ou huit ans ? Elle ne t'a pas vu depuis que tu étais bébé. Ce n'est pas moi qui lui en ai donné, tout de même ! D'ailleurs, je n'avais jamais vu ces photos.

Son humeur, déjà sombre, devint franchement exécrable à son arrivée à l'appartement. Elle aperçut un billet fixé à sa porte. «Urgent. Montez me voir tout de suite», avait écrit Rachel.

Elle sortit son trousseau de clefs, entra et poussa une exclamation de désespoir : une immense flaque d'eau s'allongeait dans le corridor jusque dans la salle à manger et le salon. Denis s'arrêta sur le seuil, sidéré, tandis qu'elle s'avançait dans un clapotement sinistre pour aller inspecter la cuisine et la salle de bains : l'évier, le lavabo et la cuvette des toilettes avaient débordé tous ensemble, déversant une eau trouble légèrement savonneuse qui gagnait peu à peu l'appartement, menaçant sa chambre et celle de Denis, seules intactes.

— Ah ! enfin, c'est vous ! s'écria Rachel en ouvrant la porte. Je viens d'appeler un plombier. Il devrait arriver d'une minute à l'autre.

— Mais qu'est-ce qui se passe ? s'écria Juliette, atterrée. Les égouts sont bloqués ?

— C'est ce que je pense, répondit Martinek en apparaissant derrière la violoniste, tout agité. Mais il n'y a que chez vous – et possiblement chez votre sœur – que l'inondation s'est produite. C'est sans doute l'eau de mon bain qui se retrouve dans votre appartement. Comme si le collecteur principal était bouché.

Une fillette d'une douzaine d'années, le visage emmitouflé dans un long foulard jaune, apparut près de lui, un cartable à la main, se faufila entre Juliette et Rachel et descendit l'escalier.

— Bonsoir, Lucie, lança le musicien. À la semaine prochaine.

Elle lui fit un léger signe de tête.

— Je m'en suis aperçue par hasard, poursuivit Rachel. Vers trois heures, en allant frapper à votre porte pour emprunter un timbre, j'ai entendu des bruits étranges. Alors j'ai pris la clef que vous nous aviez prêtée, j'ai ouvert et...

Juliette pâlit, s'adossa au mur :

— Mon Dieu... je suis sûre que c'est Elvina qui...

Rachel la prit par le bras :

— Allons, venez vous asseoir... Nous allons nous occuper de tout. Les dégâts sont sans doute moins pires qu'ils ne paraissent. Bohu, qu'est-ce que tu attends ? Va lui chercher un verre d'eau.

— Ça va, ça va, fit Juliette après avoir pris une gorgée, assez d'eau comme ça, j'en ai jusque dans mes souliers...

Elle s'essuya les lèvres :

— Quelle journée... Tout va de travers. Est-ce qu'il s'en vient, ce plombier ?

Elle n'avait pas achevé sa phrase que la sonnette retentissait. Martinek sortit au pas de course et dévala l'escalier, suivi de Denis.

— J'y vais, décida Juliette en se levant.

— Laissez-moi prendre votre bras, fit Rachel dans l'escalier, je n'aime pas du tout votre mine. Vous auriez dû rester chez nous. Que voulez-vous faire en bas ?

Juliette s'arrêta brusquement et, le visage crispé de colère :

— Ma fille... il s'agit de *ma* maison. Et jusqu'à nouvel ordre, c'est *moi* qui la mène.

Une grande flaque d'eau s'allongeait dans le hall devant sa porte entrouverte, d'où parvenaient des bruits de voix. Rachel montra la porte close d'Elvina :

— Je suis de votre avis. Le coup vient de là. Ça doit ricaner là-dedans.

Juliette haussa les épaules et pénétra dans l'appartement. Debout dans la salle de bains, le plombier contemplait alternativement le bain, la cuvette et le lavabo, tandis que, derrière lui, son apprenti s'amusait à faire de petites vagues avec la pointe de son pied. Soudain, le jeune homme aperçut Juliette. Un wow ! retentissant faillit jaillir de sa bouche. Il reporta précipitamment son regard vers le bain. Le plombier se retourna à son tour et fit un bref salut de la tête à la comptable (c'était une vieille cliente) :

— Eh bien, madame, c'est pas votre journée. Le collecteur d'égout principal doit être bloqué. Toutes les eaux d'au-dessus refoulent chez vous. Il ne faut plus ouvrir un robinet. J'ai pas vu ça depuis quinze ans. L'entrée de la cave se trouve dans le hall, je pense ? Va me chercher mon coffre dans le camion, ordonna-t-il à l'apprenti.

Rachel apparut tout à coup nu-pieds dans l'embrasure ; il sourit, son regard mollit, devint presque sirupeux :

— Bonjour, mademoiselle, fit-il d'un ton curieusement douceâtre et affecté.

Puis, s'adressant à Juliette :

— Vous n'auriez pas par hasard un de ces aspirateurs qui sucent l'eau, vous savez ? Il faut assécher au plus vite vos beaux planchers de bois franc. Sinon, j'ai bien peur, ils vont virer en montagnes russes.

— Je m'en occupe, fit la violoniste qui s'éloigna en toute hâte dans un grand éclaboussement.

— Quant à vous, ordonna Juliette, saisissant Martinek et Denis par le bras, commencez tout de suite à éponger l'eau en attendant qu'elle revienne. Il y a des vadrouilles et des chaudières dans le placard de la cuisine. Et maintenant, allons à la cave, poursuivit-elle d'une voix martiale en voyant apparaître l'apprenti.

Elle refusa la main que le plombier lui tendait et descendit l'escalier.

— Quand est-ce que vous avez fait construire ça ? demanda le plombier à la vue des deux murs de béton qu'Elvina venait de faire couler, isolant toute une section de la cave.

— Ce n'est pas moi, c'est ma sœur. Les travaux viennent de se terminer.

— Pourquoi l'avez-vous laissée faire ?

— Je n'y pouvais rien : elle est propriétaire.

L'apprenti, tenant son coffre à deux mains, descendait l'escalier en ahanant. Le plombier s'approcha d'un gros tuyau de fonte qui traversait le plafond et s'enfonçait dans le plancher de béton, tâta de sa grosse main le regard de nettoyage qui formait une saillie sur la colonne à quelques centimètres du sol et tendit sa main ouverte :

— Ma clef, ordonna-t-il au jeune homme.

Après quelques minutes de violents efforts, il parvint à dévisser le bouchon, introduisit un furet de dégorgement dans l'ouverture et actionna la manivelle. Il s'arrêta presque aussitôt, surpris.

— Ça bloque à deux mètres, dit-il à la comptable.

Il actionna de nouveau la manivelle, fouilla quelque temps avec son appareil dans l'ouverture :

— Rien à faire. C'est dur comme du béton. Votre tuyau, voyez-vous, part d'ici et court sous terre. Ils ont dû briser une section en construisant leur mur. C'est pas qu'une petite affaire...

Il contemplait le mur en tiraillant sa moustache, perplexe :

— Il faut que j'aille de l'autre côté, moi. Tous les tuyaux se rejoignent là-bas. Elle aurait dû prévoir une porte.

— C'est pas très brillant, laissa échapper l'apprenti avec un air de profond mépris.

— Pour aller de l'autre côté, il faut passer par son appartement, je suppose ?

— Eh oui, fit Juliette.

— Une histoire de chicane, ça ?

— *Sa* chicane, pas la mienne.

Le plombier et son apprenti échangèrent un regard qui montrait avec éloquence le caractère unique de l'expérience qu'ils étaient en train de vivre.

L'obèse recula tout à coup : des gouttes d'eau tombaient sur son épaule. Au-dessus de leurs têtes, des taches sombres s'élargissaient lentement. Tout autour, on entendait un bruit de ruissellement lugubre qui se mêlait aux glissements des vadrouilles dans le corridor et la salle de bains. Un aspirateur se mit à mugir.

— Allons chez ma sœur, décida Juliette. J'espère qu'elle va nous ouvrir...

Et, l'air farouche, elle saisit la rampe de l'escalier tandis que l'apprenti, sous l'œil amusé de son patron, secouait sa main pour exprimer la vastitude de son ébahissement devant les proportions de la comptable.

Une fois parvenue dans le hall, elle s'accorda un court répit pour reprendre haleine, puis frappa à la porte de sa sœur.

— Elvina, ouvre-moi, fit-elle au bout d'un moment. Elvina, reprit-elle d'une voix plus forte, je t'en prie : ouvre-moi !

Un silence de fond d'océan régnait de l'autre côté. Tout le monde contemplait la scène, silencieux. Alors, elle assena trois coups, qui furent une rude épreuve pour la porte et une bonne partie du mur. Quelques secondes passèrent. On entendit soudain un cliquetis de chaîne et un mince entrebâillement se fit, laissant voir un bout de joue flétrie et un petit œil brun pétillant de malveillance derrière ses lunettes.

— Elvina, annonça Juliette d'une voix tremblante, mon appartement est inondé. Le bain, la toilette, l'évier et le lavabo, tout a débordé. Est-ce qu'il est arrivé quelque chose au collecteur d'égout ?

— Je l'ai fait bloquer, répondit calmement celle-ci.

Et, devant l'expression ahurie de sa sœur, elle ajouta :

— Je suis dans mon droit. L'appartement m'appartient et tout ce qui est en dessous avec. Ton tuyau passait sur mon terrain. Je pouvais le faire bloquer, je l'ai fait. Si tu ne me crois pas, relis ton contrat.

Juliette s'appuya d'une main au mur, essaya d'avaler sa salive, mais n'y parvint pas.

— Elvina, murmura-t-elle enfin dans un filet de voix rauque, est-ce que tu as perdu la tête ? Te rends-tu compte que l'édifice tout entier est privé d'égout ?

— Relis ton contrat. Si tu n'es pas contente, va en justice. Je n'ai rien à craindre.

— Mais ça ne tient pas debout ! s'écria l'obèse, désespérée. Qu'allons-nous faire ? Mon appartement est devenu une piscine !

— Ce n'est pas mon problème. Fais-toi installer un nouveau collecteur.

Et elle claqua la porte. Juliette, Rachel, Martinek, Denis, le plombier et son apprenti se regardèrent en silence.

— Eh ben, tabarnac ! s'écria le jeune homme, à la fois ravi et sidéré, ça, c'est à faire péter un mort !

— Va chercher le coffre dans la cave, mon blond, ordonna le plombier, on s'en va.

Puis, enveloppant Juliette d'un regard compatissant :

— Ma pauvre madame, c'est pas moi qui peux débloquer votre tuyau, mais un homme de loi. Et comme je vois l'affaire, vous êtes pas au bout de vos peines. En tout cas, si j'étais vous, j'y penserais à deux fois avant de me lancer dans un procès. Votre collecteur risque de vous coûter plus cher que si vous le faisiez faire en or.

Il la salua de la main et s'éloigna avec son apprenti qui secouait la tête d'un air incrédule. C'est à ce moment qu'arriva Yoyo, la tête enfouie dans une tuque vert blanc rouge au pompon gros comme une pomme et tenant deux sacs de crous-tilles à saveur de vinaigre. Il entra dans le hall, regarda le plancher, puis Juliette :

— Qu'est-ce qui se passe ? Y a un tuyau de pété ?

Denis s'avança :

— Je pourrai pas jouer avec toi, Yoyo, dit-il à voix basse. Il faut que j'aide ma tante.

On termina l'assèchement des planchers, on suspendit les tapis sur des cordes à linge et on ouvrit toutes les fenêtres afin de permettre à l'humidité de se dissiper. Puis un conseil de guerre se tint chez Martinek, auquel se joignit Clément Fisette en arrivant de son travail. Sur la recommandation de ce dernier, Juliette téléphona à maître Jules Pimparé, que Fisette connaissait vaguement pour avoir fait chez lui des séances de photo quelques mois auparavant.

Le soir même, elle se rendait à son bureau, chemin de Chambly, avec son contrat de vente à la main. Maître Pimparé était un homme dans la trentaine, mince, nerveux, peu loquace et un peu sec, mais bûcheur, méticuleux et l'esprit vif. Après avoir laissé Juliette exposer brièvement son problème, il prit le contrat et le lut à voix basse en s'aidant d'une règle qu'il faisait glisser de ligne en ligne.

— Pourquoi votre notaire n'a-t-il pas inscrit une servitude d'écoulement des eaux de passage pour votre collecteur d'égout principal ?

Juliette haussa les épaules :

— Je ne sais pas.

Maître Pimparé fit rapidement tourner la règle entre ses doigts :

— Il aurait fallu. En lui vendant l'appartement et la partie de terrain située dessous, vous vous trouviez à faire passer votre collecteur sur sa propriété.

Juliette posa les mains sur le bureau :

— Êtes-vous en train de me dire qu'elle avait le droit d'agir comme elle l'a fait ?

— Je ne veux pas dire exactement cela, répondit l'avocat d'un air patient et appliqué, mais je constate qu'il y a une lacune dans votre contrat et que votre sœur en a profité pour vous ennuyer. Il m'apparaît évident qu'elle agit d'une façon délibérément gratuite et malicieuse à votre égard – et cela ne jouerait pas en sa faveur devant un juge – mais il est également vrai que le terrain lui appartient et que vous en utilisez une partie sans sa permission.

— Mais le collecteur passe dans ce coin de la cave depuis la construction de la maison ! s'exclama Juliette, indignée.

Maître Pimparé eut un léger soupir :

— Malheureusement pour vous, ma chère madame, le code civil, en matière de servitudes, est d'une clarté aveuglante.

Il saisit un gros livre posé à sa droite, le feuilleta quelques instants, puis :

— «Article 549, lut-il. Nulle servitude ne peut s'établir sans titre ; la possession, même immémoriale, ne suffit pas à cet effet. »

Il releva la tête et l'observa de son œil fatigué et un peu triste.

— Mais je ne comprends pas! éclata soudain Juliette. C'est de l'agression pure et simple! Elle empêche six personnes d'ouvrir un robinet ou de tirer la chasse d'eau et vous dites qu'elle en a le droit?

— Je ne dis pas qu'elle en a moralement le *droit*, mais l'imprécision contenue dans votre contrat lui en donne la *possibilité*, voilà tout. Devant un juge, nous pourrions prouver sa mauvaise foi et sa malice, utiliser l'argument de l'abus de voisinage, par exemple; nous pourrions même nous appuyer sur la garantie contre l'éviction, mais tout cela n'est pas aussi clair qu'un coup de poignard dans la cuisse, voilà ce que j'essaye de vous faire comprendre.

— Qu'est-ce que cette garantie contre l'éviction?

Maître Pimparé ferma les yeux, se massa les paupières un moment, puis:

— Lorsqu'une entente intervient entre deux parties, lors d'un contrat de vente, par exemple, la loi suppose que chacun des contractants est de bonne foi et doit laisser à l'autre tous les droits nécessaires pour l'utilisation du bien dont traite le contrat. Je ne peux pas vous vendre un litre de peinture et vous interdire en même temps de peinturer.

— Mais alors, voilà! Nous avons ce qu'il nous faut! En bloquant le collecteur qui passe sur son bout de terrain, elle m'empêche d'utiliser une partie de ma maison! Invoquez la garantie contre l'éviction!

— Mais pour cela, fit l'avocat avec un sourire condescendant, il faut un procès. Est-ce que vous êtes prête, madame, à patienter cinq ou six ans avant de passer en cour supérieure, avec toutes les dépenses en honoraires et frais de justice qu'un procès implique?

— Combien cela me coûterait-il?

— Sept ou huit mille dollars, au bas mot.

Juliette se mit à réfléchir; l'avocat frappait machinalement avec le bout de la règle sur le contrat, observant sa cliente dont le visage s'affaissait peu à peu.

— Non, bien sûr, reprit-elle au bout d'un moment, impossible d'attendre... il faut que ça se règle tout de suite. Quelle histoire de fou...

Elle leva la tête:

— Mais on ne peut pas obtenir une injonction?

— On peut. Cela coûte environ 1 500 $. Vous pourriez passer en cour dans une dizaine de jours. Mais, si je me fie à vos propos, votre sœur m'apparaît comme une personne particulièrement vindicative. Elle risque de répliquer par une injonction interlocutoire et nous ne serons guère plus avancés. D'autant plus qu'injonction ou pas, l'affaire doit se terminer par un procès et l'issue d'un procès, madame, il n'y a que le juge qui la connaît, et encore! On perd de bonnes causes, on en gagne de mauvaises. Dans ce domaine, c'est souvent comme à la pêche : les beaux hameçons n'attrapent pas toujours les gros poissons. À votre place, je ne me lancerais pas dans une affaire aussi hasardeuse pour un bout de tuyau et j'essayerais plutôt de trouver un arrangement.

— Impossible! Elle a investi une petite fortune dans cette folie de cave séparée! Jamais elle ne voudra lâcher prise. Je sais ce qu'elle cherche, moi : que je retombe malade et que je meure. C'est la seule chose qui la rendrait heureuse.

— Remarquez que je peux toujours lui envoyer une mise en demeure. Ça ne coûte pas cher et ça fait souvent bouger.

— Bouger? Ma sœur, c'est un pilier de béton, monsieur. Ne gaspillez pas votre papier.

— Alors faites-vous installer un autre collecteur et intentez à votre sœur une poursuite en dommages et intérêts. Vous avez un délai de deux ans pour le faire. Je pourrais l'aviser de cela par lettre. Pour l'instant, je ne vois pas d'autres solutions.

Le visage de Juliette s'éclaircit :

— Voilà une bonne idée. Écrivez-lui. Ça ne fera pas de tort et ça pourrait même faire du bien, sait-on jamais? Telle que je me connais, je ne lui intenterai sans doute jamais de poursuite, mais le peu de temps qu'elle craindra que je le fasse sera autant de gagné. J'aurais le goût, cependant, mon cher monsieur, reprit-elle soudain, de poursuivre quelqu'un d'autre, et jusqu'en enfer, s'il le fallait!

Et elle lui raconta sa mésaventure avec le détective Jeunot.

— Décidément, fit l'avocat avec une moue ironique, vous ne collectionnez pas les aubaines par les temps qui courent, vous.

— Je vous demande d'envoyer une mise en demeure à ce farceur. Je veux mon argent!

Il prit un bloc-notes et un crayon, posa quelques questions, puis, se levant :

— Les deux lettres partiront demain. Avec votre détective, j'ai bon espoir que l'affaire se règle assez vite. Ces agences-là fonctionnent en zone grise et elles ont horreur des recours en justice.

Elle lui serra la main et quitta le bureau, toute ragaillardie.

— J'appelle un entrepreneur demain matin, décida-t-elle en prenant place dans son auto.

Une inspiration subite la saisit :

— Et dès que mon nouveau collecteur est installé, je vends la maison et je fiche le camp ! Finie, la chicane !

Mais à la pensée que son départ la priverait de la compagnie de ses amis, une roche lui tomba sur le cœur et elle fondit en larmes :

— Ah méchante, méchante que tu es. Me gâcher ce qui me reste de vie pour une misérable question d'argent. Maman avait bien raison de dire que tu avais un cœur de tôle.

▲

Le lundi 19 décembre, elle se présentait en début de matinée au service des zonages et permis, rue d'Auvergne, pour obtenir l'autorisation de faire installer un nouveau collecteur. On la renvoya chez elle chercher son certificat de localisation.

— Nous nous chargeons des travaux d'excavation jusqu'à votre ligne de terrain, lui expliqua le fonctionnaire. Cela va vous coûter environ 2 000 $. Pour le reste, vous vous arrangez avec l'entrepreneur et votre plombier. Nous confions ce genre de travaux en sous-traitance à la *Compagnie C. E. Bédard.*

Vers midi, Juliette téléphona à Bohuslav Martinek pour lui annoncer que l'installation du nouveau collecteur se ferait le lendemain.

— Ah bon. Bravo ! Je vais pouvoir enfin prendre une douche. Mais je n'aime pas beaucoup votre voix, madame Pomerleau. Vous me paraissez terriblement fatiguée. Vous avez besoin d'un peu de musique, je crois. Où êtes-vous ?

— Chez moi.

— M'accorderiez-vous dix minutes ? Oui ? J'arrive tout de suite. Je vais vous jouer la version pour piano du *scherzo* de ma nouvelle symphonie, dit-il en pénétrant chez elle, une partition à la main. Vous verrez, ce n'est pas si mal.

Il prit place devant le clavier :

— À propos, Rachel n'a pas cru le moment propice hier pour vous l'annoncer, mais elle a été engagée par l'Orchestre symphonique de Montréal. Allons, qu'est-ce qui se passe ?

Vous n'allez pas vous mettre à pleurer, tout de même ? Vous ne voulez plus que des mauvaises nouvelles, à présent ?

— Non, non, sûrement pas, répondit Juliette en riant à travers ses larmes. Si vous saviez... je suis tellement contente... c'est justement ce que j'avais besoin d'entendre. Ça réconforte tellement de voir les choses s'arranger pour quelqu'un, de temps à autre.

Rachel signait son contrat le jour même et participait à sa première répétition dès le lendemain. Elle avait passé une nuit blanche et accablait le pauvre Martinek de questions sur le métier de musicien d'orchestre, car ce dernier, dans sa jeunesse, avait été altiste pendant quelques années à l'Orchestre philharmonique tchèque.

Juliette écouta le *scherzo* – écourté de quelques notes, enrichi de plusieurs fausses – assise sur le canapé, le dos calé par des coussins. Au début, elle n'entendit que bruits confus et grands éclats creux qui ne semblaient mener à rien.

— Mon Dieu, se demanda-t-elle avec angoisse, où est-ce qu'il s'en va comme ça ? On dirait une avalanche d'assiettes à tartes.

Puis les contours de la musique se dessinèrent graduellement, des liens se créèrent entre les parties, les dissonances se laissèrent pénétrer, puis goûter ; un timide sourire d'aise apparut sur ses lèvres et elle se détendit un peu.

Martinek se tourna vers elle :

— Et alors ? comment trouvez-vous ?

— Merveilleux, fit-elle en essayant d'y mettre de la conviction.

— Non, non. Prometteur, tout au plus... je le vois bien à votre air. Il y a beaucoup de retouches à faire... et le trio me laisse un peu sur mon appétit. Et puis, disons-le, il est presque impossible de rendre justice à cette musique avec seulement deux mains et un piano.

Il se pencha en avant, les coudes sur les genoux, de plus en plus inquiet :

— Vous n'aimez pas tellement, hein ?

— Mon cher Bohu, je vous en prie, ne vous fiez surtout pas à mes impressions. Comment voulez-vous qu'une grosse bête comme moi puisse juger un génie comme vous ?

— Madame Pomerleau, deux choses : d'abord, vous n'êtes pas une grosse bête, mais une femme sensible et chaleureuse que j'admire beaucoup ; deuxièmement, je déteste ce mot de *génie*. Il me met l'estomac à l'envers. C'est un mot tout à fait vide, un mot d'agent de publicité ou de marchand de partitions.

Il n'y a que deux choses qui comptent : la musique... et les oreilles de ceux qui l'écoutent. Tout le reste n'est bon que pour les manuels – qu'il faut lire le moins souvent possible, décréta-t-il en agitant doctoralement l'index.

Juliette lui saisit la main :

— Vous avez fini votre sermon ? Je vous invite au *Bistroquet à Maxime*. Et pour vous remettre l'estomac sur le piton, je vous promets de ne parler que de vos défauts. Nous pourrons causer tranquillement comme deux petits vieux, Denis dîne à l'école aujourd'hui.

Au moment du café, Juliette lui raconta son étrange conversation avec dame veuve Lemire. Martinek, fort intrigué, demanda à voir les deux boîtes de carton. Ils retournèrent chez elle. La comptable se rendit à sa chambre, retira les photos où l'honneur de la famille avait été le plus compromis, puis apporta les boîtes dans la salle à manger. Elle allait se rasseoir lorsque le téléphone sonna.

— Madame Pomerleau ? fit une grosse voix gutturale, pleine de bonhomie. Alexandre Portelance. Vous me replacez ? Le représentant d'*Electrolux*... Comment allez-vous, madame ?

— Très bien, merci. Et vous-même ? fit Juliette sur un ton quelque peu circonspect.

— Bien, très bien, merci.

Il semblait haleter légèrement. Juliette l'entendit prendre une courte inspiration, puis :

— Je ne vous dérange pas au moins ?

— Heu... non... pas vraiment, bafouilla-t-elle, gagnée par le malaise qui semblait affecter son interlocuteur. C'est-à-dire que...

Elle se retourna vers Martinek absorbé dans la contemplation d'une photo :

— C'est-à-dire que j'ai présentement de la visite, mais si...

— Voulez-vous que je vous rappelle plus tard ? Écoutez, je voulais tout simplement prendre de vos nouvelles. Est-ce que vous avez réussi à rejoindre votre Alexandre Lemire ?

Juliette, qui, sans trop savoir pourquoi, avait rougi et tortillait fiévreusement de l'index le cordon du combiné, lui résuma en quelques mots sa rencontre avec madame Lemire, jetant des regards pleins de détresse au compositeur, qui feuilletait maintenant l'agenda. Après s'être abondamment désolé de la mort de son ex-collègue, qui lui fermait la seule piste qu'elle eût trouvée jusqu'ici, le vendeur reprit un peu d'assurance et passa à des sujets tellement anodins qu'il devint manifeste qu'il était en train de se fabriquer une transition. Soudain, il se racla bruyamment la gorge, souffla fortement par les narines, puis :

— Écoutez, madame, je me demandais tout à l'heure... c'est-à-dire que j'avais pensé... Est-ce que... est-ce que vous avez déjà vu le film *Autant en emporte le vent*?

Il se produisit alors chez Juliette un bouleversement de viscères qui lui donna l'impression que son cœur venait de doubler de volume et que ses poumons remontaient doucement vers la gorge :

— Non, répondit-elle d'une voix éteinte.

— Ah bon. Eh bien, c'est un très beau film, vous savez. Il y a même des gens qui disent que c'est le plus beau film au monde. Je l'ai vu deux fois, quant à moi, mais ça fait très longtemps. Il passe cette semaine au *Ouimetoscope*, vous savez, le cinéma de répertoire. Je... je voulais vous inviter à venir le voir ce soir... ou demain, si vous voulez. Vous n'avez pas le temps? Des problèmes d'égout? C'est pas drôle, ça... Remarquez qu'il reprend l'affiche dimanche... Et si je vous rappelais samedi? Je peux? fit-il avec un accent de jubilation touchante. Ça ne vous ennuie pas, vous en êtes sûre? Bon. Parfait. À samedi.

Juliette raccrocha, défaillante, tandis qu'à Montréal, rue Saint-Zotique, Alexandre Portelance, l'œil un peu égaré, sortait d'une cabine téléphonique et passait près de terrasser un vétéran de la Deuxième Guerre mondiale. Il ramassa le chapeau du vieillard, qui avait roulé dans la rue, lui présenta des excuses-fleuves et l'amena finalement prendre un café au restaurant.

Martinek déposa l'agenda et, l'œil malicieux :

— Vous avez des amoureux, maintenant? Non, non, non, ne vous en défendez pas, s'écria-t-il en riant devant les protestations de son amie. Rachel et moi, nous avons toujours pensé qu'une femme aussi bonne et aussi saine que vous ne pouvait passer le reste de sa vie comme une colombe en cage.

— Belle colombe que je fais! rétorqua Juliette en levant ses avant-bras massifs. Une colombe-hydravion, quoi! Allons, cessez de vous moquer de moi, monsieur Martinek, et retournez à votre musique. Il faut que je vous quitte, j'ai une course à faire. N'oubliez pas de dire à Rachel de venir me voir après le souper pour me raconter sa journée.

Elle montra les boîtes :

— Avez-vous trouvé un filon?

— Il y en a un, j'en suis sûr, mais je ne le trouverai pas. Clément pourrait, lui. Il a la tête qu'il faut pour ce genre d'affaires. Montrez-les-lui.

Elle reconduisit le musicien à la porte, puis retourna s'asseoir à la salle à manger et se mit à feuilleter l'agenda. Ici et là, le vendeur avait inscrit une adresse, suivie d'un numéro de téléphone, sans doute ceux d'un client. Parfois, il s'agissait du nom d'un restaurant ou d'un bar. À la date du 6 septembre, Lemire avait écrit : «Départ pr Miami 10 h 15 vol 355». Le 22, on lisait : «Passer chez *Birks* avant 4 h. Chercher Adèle 8 h chez Paula». À partir du mois de novembre, les pages étaient vierges. Juliette la feuilleta encore une minute, bâilla, puis, le déposant sur la table, enfila son manteau et quitta l'appartement.

Rachel et Clément Fisette vinrent frapper à sa porte au milieu de la soirée. Le photographe s'était fait raconter par Martinek l'aventure loufoque de Juliette avec le détective Jeunot, puis sa visite chez madame Lemire. Frémissant de curiosité, il venait grappiller d'autres détails, une mèche sur le front, avec ce sourire à la fois enfantin et un peu inquiétant qui avait tant frappé Juliette lorsqu'elle l'avait rencontré pour la première fois. Il écouta d'abord avec intérêt le récit que fit Rachel de sa première journée à l'orchestre et profita de l'occasion pour l'embrasser sur les joues (le deuxième baiser tomba sur un coin de sa bouche), puis se fit longuement raconter par Juliette ses démêlés avec Jeunot.

— Et de quoi a-t-elle l'air, cette fausse Adèle?

— D'une détraquée, mon cher. Plutôt petite et mince, les cheveux poivre et sel sous un turban graisseux, avec l'air de se ficher que je sois devant elle ou en Amérique du Sud. Mais, de temps à autre, elle nous lançait à travers une bouffée de cigarette un de ces regards pointus et un peu égarés qui me faisait courir des frissons sur tout le corps et me donnait envie de l'écraser avec le talon comme une araignée.

Fisette sourit et s'empara de l'agenda de monsieur Lemire sur la table :

— Elle va venir vous ennuyer. Soyez sur vos gardes.

— À votre place, conseilla Rachel, j'avertirais la police.

Fisette haussa les épaules :

— La police ne fera rien. Tant qu'on ne vous attaquera pas à coups de couteau, ils ne bougeront pas. J'aimerais bien, moi, m'occuper de ce genre de personnes.

— Je vous la laisse, je vous la donne, s'écria Juliette. J'en ai déjà plein les bras avec ma nièce, ma sœur et mon collecteur d'égout.

— Quant à la *vraie* Adèle, reprit Fisette, Bohu m'a dit tout à l'heure que vous n'aviez pas encore réussi à trouver grand-chose ?

— Eh non, soupira Juliette, et elle reprit encore une fois le récit de sa rencontre avec veuve Lemire, puis lui montra le contenu des deux boîtes de chocolat.

— Est-ce que vous me les prêteriez une heure ou deux ? J'aimerais examiner tout ça tranquillement chez moi.

— Vous me remettez *tout*, absolument *tout*, hein ? fit Juliette en pointant vers lui un index menaçant. Je connais votre goût pour les curiosités.

— Que je sois transformé en tuyau d'égout, madame, si je garde une tête d'épingle.

À neuf heures, Juliette alla border Denis et passa un long moment à tenter de le tranquilliser, car l'histoire de la jeune femme de la rue Marmette avec ses photos truquées l'avait fort impressionné.

— Et si elle avait tellement changé, ma mère, que tu ne pouvais plus la reconnaître ?

— Impossible, monsieur le grand douteur. Ta mère, je l'ai tricotée. Je la reconnaîtrais sous dix épaisseurs de toile en pleine nuit. Allons, bobichon, essaye d'oublier toutes ces folies et pense à Noël qui approche. J'ai déjà choisi tes cadeaux, tu sais.

— J'espère qu'il va y avoir le livre sur le naufrage du *Titanic*… et la base spatiale de la *Galaxie 14*.

— Ah ça, fit Juliette en riant, ne compte pas sur moi pour te le dire. Secret d'État !

Elle l'embrassa, se dirigea vers la porte et ferma la commutateur.

— Ma tante ?

— Oui, bobichon ?

— Sais-tu le plus beau cadeau de Noël que tu pourrais me faire ?

Elle hésita une seconde.

— Qu'est-ce que c'est ? demanda-t-elle avec une légère appréhension.

— Ce serait d'arrêter de chercher ma mère. Tu ne peux pas savoir comme ça m'énerve.

— Folle que tu es de l'avoir entraîné dans une pareille histoire, pensa-t-elle en s'éloignant.

À onze heures et quart, après s'être préparé un grand verre de lait glacé au sirop d'ananas, elle prit son baladeur, écouta les *Sylphides* de Chopin, puis décida de se coucher. Denis tournait encore dans son lit en soupirant. Et Fisette n'avait toujours pas rapporté les boîtes.

Elle ramenait les couvertures à son menton lorsqu'on frappa à la porte. Denis s'élança de son lit et alla ouvrir.

— Qui est-ce ? demanda Juliette dans le corridor.

— Clément, ma tante. Il veut te parler. Il dit que c'est important.

— Dis-lui de venir, fit-elle en enfilant sa robe de chambre, et cours tout de suite te recoucher, mon lapin. Il est tard sans bon sens et tu as de l'école demain.

Fisette apparut dans l'embrasure avec les deux boîtes, le visage tellement radieux qu'il en avait l'air rajeuni :

— Ma très chère madame, je pense avoir découvert une piste !

La comptable mit un doigt sur ses lèvres et lui fit signe de fermer la porte.

— Vous ne pouvez pas savoir, dit-elle à voix basse, combien je regrette d'avoir mêlé cet enfant à une histoire pareille. Il va en devenir fou, ma parole.

Elle lui désigna un fauteuil :

— De quoi s'agit-il ?

Fisette s'empara de l'agenda :

— J'espère ne pas me tromper. Sinon, jamais vous ne me pardonnerez d'avoir violé l'intimité de votre chambre à coucher, ajouta-t-il avec un petit ricanement.

Il s'assit, allongea les jambes, posa l'agenda sur ses cuisses :

— Essayez de vous rappeler... Quand est-ce que notre vieux commis-courailleur a fait sa fameuse attaque dans le motel ?

— Hum... il a quitté sa femme quelque part au début du mois d'août 1977 et son escapade a duré trois mois.

— Cela nous mène début novembre. Et ensuite ? Il a passé un bon bout de temps à l'hôpital, n'est-ce pas ?

— Un mois, je crois.

— Donc en décembre, il se trouvait en convalescence à la maison ?

— Il n'en est plus jamais ressorti, mon cher.

— Sa femme devait donc se taper toutes les courses, continua Fisette avec une exaltation grandissante, et il était peut-être suffisamment rétabli pour qu'elle le laisse seul une heure ou deux. Donc il avait tout le temps voulu pour effectuer ses petites recherches.

Assise sur le bord de son lit, Juliette tiraillait le cordon de sa robe de chambre :

— Quelles recherches ?

— Oh ! ce n'est qu'une hypothèse ! Mais si ce monsieur Lemire était, comme vous me l'affirmez, si amouraché de votre nièce, il se peut fort bien qu'il ait eu envie de lui parler coûte que coûte. Je vous dis ça parce qu'à la date du 28 décembre – elle travaillait comme serveuse, n'est-ce pas ?

— C'était un de ses trente-six métiers.

Il feuilleta fébrilement l'agenda :

— ... eh bien, à la date du 28 décembre, je trouve une curieuse inscription.

Il tendit le carnet à Juliette. On pouvait y lire, griffonné d'une écriture tremblante :

Le Sainte-Rose 756-4484
Le Luxor 758-2281
Le Miss Joliette 756-1137
La Rose des Bois 745-9909

— J'ai vérifié : les quatre restaurants se trouvent à Joliette. Pourquoi un homme si malade, condamné à garder la maison, se passionnerait-il tout à coup pour les restaurants de Joliette ? Parce qu'il veut absolument rejoindre sa maîtresse adorée ! Je suppose qu'au moment de leur dernière rencontre il était vaguement au courant de ses projets d'aller travailler là-bas. Alors, dès que ses forces sont un peu revenues, il s'est mis à faire comme nous faisons : à la chercher.

— Avez-vous... avez-vous téléphoné ?

Fisette eut une moue condescendante :

— Non, ça ne vaut rien. D'abord, telle que vous me décrivez votre nièce, elle a dû quitter la place depuis longtemps. Et puis les gens ont horreur des enquêtes téléphoniques. Ce qu'il faut faire, c'est se rendre sur les lieux, repérer un bon informateur et, mine de rien, lui tirer doucement les vers du nez.

— Je vais aller à Joliette demain, décida Juliette, galvanisée. Voulez-vous m'accompagner ?

— Difficile... j'ai du travail par-dessus la tête. Mais nous pouvons fabriquer tout de suite une bonne petite histoire pour justifier vos démarches.

Le lendemain vingt décembre, à sept heures dix, un énorme rugissement s'éleva en face de la conciergerie de Juliette Pomerleau et l'excavatrice prit une première bouchée de rue en faisant légèrement frémir les édifices d'alentour. Quelques instants plus tard, trois voisins en robe de chambre apparaissaient simultanément sur leur galerie et jetaient sur l'engin un regard dénué de bienveillance. Denis sauta en bas de son lit et se précipita à la fenêtre du salon.

— Ma tante! on va pouvoir prendre notre bain ce soir, lança-t-il à Juliette qui s'avançait à petits pas dans la pièce, le visage dévasté de fatigue.

— Je l'espère bien, murmura-t-elle d'une voix rauque.

L'enfant regarda quelques instants l'excavatrice qui laissait tomber d'épaisses galettes d'asphalte dans un camion-benne, puis leva la tête :

— Qu'est-ce qu'il est venu te dire, Clément, hier soir?

Juliette évita son regard :

— Il pensait avoir découvert une autre façon de retrouver ta mère, mais je ne suis pas sûre que ça va marcher.

Elle resta un moment devant la fenêtre, poussant des bâillements immenses qui lui amenaient les larmes aux yeux; l'excavatrice s'attaquait maintenant à une terre brune et onctueuse qu'elle déposait sur le trottoir; la terre lui rappelait du gâteau à la mélasse et cette association déclencha un petit gargouillement dans son estomac. Elle décida de faire une entorse à son régime et de préparer des crêpes pour le déjeuner.

— Mais ils vont me le tuer! s'écria-t-elle tout à coup.

— Tuer qui? demanda Denis.

— Notre peuplier! répondit-elle en s'éloignant à grands pas vers sa chambre.

On entendit des claquements de tiroirs.

— Leur tranchée passe à trois pieds de l'arbre. Si je ne les fais pas obliquer, ils vont lui manger la moitié des racines.

Elle retraversa le salon, vêtue d'une robe vieux rose qui lui donnait vaguement l'air d'une bavaroise aux fraises, enfila son manteau et sortit. Le contremaître essayait de la rassurer à l'aide d'exemples pris dans sa longue et honorable carrière lorsque Denis apparut sur le perron :

— Ma tante, c'est tante Elvina qui veut te parler.

— Ah! quel début de journée, bougonna Juliette en retournant à la maison. Est-ce que le ciel va me tomber sur la tête ?

Sa sœur l'attendait dans le hall, campée devant sa porte, les lunettes sur le bout du nez, le menton dressé comme un éperon de galère :

— Je veux simplement t'avertir, fit-elle en détachant les syllabes, que je te tiendrai responsable de tous dégâts, fissures, salissage, affaiblissements de la structure, que tes travaux causeront à ma propriété.

— C'est ça... on s'en reparlera devant la Cour suprême.

Et elle lui tourna le dos.

Aussitôt après le départ de son petit-neveu pour l'école, Juliette téléphona au compositeur pour lui demander de jeter un coup d'œil de temps à autre sur les travaux. Puis elle se maquilla soigneusement, monta dans son auto et prit l'autoroute 40 en direction de Joliette. Le ciel, gris et frileux, semblait s'alourdir d'instant en instant. Des gouttes clairsemées s'écrasèrent contre le pare-brise. Elle alluma la chaufferette et ouvrit la radio pour tenter d'éloigner le cafard qu'elle sentait rôder autour d'elle. La voix chaude et précise de Raymond Charette, pleine d'une sensibilité contenue qui rivait aussitôt l'attention, donnait des détails biographiques sur Carl Philipp Emanuel Bach. Puis des accords d'orchestre éclatèrent sèchement et la musique nerveuse et imprévisible du maître de Hambourg, travaillée par une mélancolie anxieuse, se combina dans l'esprit de Juliette avec ces nuages maussades qui menaçaient de crever; une profonde tristesse s'empara d'elle.

Elle revit soudain sa dernière rencontre avec Adèle, lors de la vente aux enchères qui avait suivi la mort de Joséphine. Elles étaient sorties ensemble de la belle maison du boulevard Dorchester sous un ciel et par un temps exactement semblables, tandis que Félicien Bourdage embarquait dans la camionnette les dernières acquisitions de sa jeune maîtresse. Adèle l'avait embrassée sur les deux joues, puis, la fixant avec un air de gravité inhabituel :

— Souhaitons-nous bonne chance, ma tante, la vie n'est pas toujours facile.

Juliette l'avait alors invitée à venir souper chez elle avec son ami la semaine suivante ; Adèle avait accepté avec empressement, mais s'était décommandée à la dernière minute en promettant de rappeler sans faute le lendemain pour qu'elles s'entendent sur une autre date ; mais Juliette ne l'avait jamais revue.

Il était presque dix heures trente lorsqu'elle passa devant la gare désaffectée du *Canadian Pacific Railways,* puis franchit le pont Chevalier au-dessus de la rivière L'Assomption. Elle n'avait pas mis les pieds dans la ville depuis une éternité. Jusqu'à l'âge de seize ans, elle y venait régulièrement avec sa tante Joséphine, dont la meilleure amie enseignait le piano, rue de Lanaudière.

— Mon Dieu, qu'est-ce qu'ils ont fait à la ville ? murmura-t-elle, stupéfaite. La petite rue du Canal a perdu ses maisons ?

Elle emprunta le boulevard Corbeil et arriva au coin de Saint-Charles-Borromée et Notre-Dame ; elle jetait des regards atterrés sur les ouvertures béantes laissées ici et là par les édifices démolis. Elle prit la rue Notre-Dame, passa devant le restaurant *Sainte-Rose* et, ne trouvant pas de stationnement, continua jusqu'à la place Bourget et s'arrêta devant un feu rouge. La place avait bien changé elle aussi ; on avait rasé les deux beaux édifices de brique qui se faisaient face au centre, et plusieurs autres sur le pourtour. Ceux qui subsistaient étaient pour la plupart méconnaissables, recouverts d'aluminium ou de stuc, comme si leurs propriétaires, honteux de leur âge, avaient voulu le cacher aux passants.

Des coups de klaxons rageurs éclatèrent soudain derrière elle.

— Hey ! la grosse ! lança une voix d'homme ivre, es-tu en train d'accoucher dans ton char ?

Juliette pressa l'accélérateur, faillit emboutir l'aile d'une camionnette qui venait de déboucher à sa droite et exécuta un demi-tour spectaculaire avec dérapage et crissement de pneus qui l'amena malgré elle devant un espace de stationnement libre, tandis que la voix s'étranglait de rire quelque part à sa gauche.

— Espèce de voyou, grommela-t-elle en éteignant le moteur.

Elle sortit un mouchoir de son sac à main, s'épongea le front, vérifia dans le rétroviseur si son maquillage avait tenu le coup, puis repassa dans sa tête la petite histoire qu'elle devait raconter. Et si par hasard sa nièce travaillait encore à un de ces restaurants ? Comment l'aborderait-elle ?

— Allons, ma vieille, se dit-elle avec un haussement d'épaules, tu te racontes des peurs... Adèle travailler dix ans de suite à la même place! Les arbres se seraient mis à pousser la tête en bas!

Elle sortit de l'auto et un grand frisson la traversa. Son regard s'arrêta sur la facade de granit de la *Banque Royale*, un des rares édifices épargnés, et elle se souvint tout à coup d'un après-midi torride de juillet où sa tante Joséphine, étourdie de chaleur et de soleil, s'était adossée contre un mur de l'édifice et l'avait envoyée – Juliette venait d'avoir dix ans – chercher un verre d'eau froide à une des roulottes à patates frites qui se dressaient à l'époque au milieu de la place. Puis, une fois remise et craignant que le soleil n'indispose sa nièce également, elle l'avait amenée au *Woolworth,* qui se dressait toujours de biais à droite, pour lui acheter un immense chapeau de paille à ruban bleu que Juliette avait conservé durant des années.

Elle revint sur la rue Notre-Dame et se dirigea d'un pas résolu vers le restaurant *Sainte-Rose.*

— Il portait un autre nom, à l'époque, je crois... Quelque chose comme *Mocambo* ou *Monaco,* je ne sais plus... C'est là que j'ai mangé mon premier *club sandwich.*

Une dame mûre aux cheveux blonds, l'air expérimenté, se tenait derrière la caisse, un combiné entre l'oreille et l'épaule. Juliette attendit qu'elle ait terminé, sous le regard hypnotisé de deux petits garçons assis sur une banquette avec leur mère devant un parfait au chocolat; la bouche ouverte, ils la détaillaient avec un étonnement naïf.

— J'habite aux États-Unis, fit Juliette quand la caissière eut raccroché, et je suis en visite chez des parents au Lac-des-Français. On m'a dit qu'une de mes nièces a déjà travaillé ici et que...

— Son nom? coupa la femme.

— Adèle Joannette.

La caissière ferma l'œil à demi, comme pour évaluer le nombre de spaghettis et de tartes aux pommes qui avaient été nécessaires pour constituer une pareille montagne de graisse.

— Connais pas. Il y a longtemps qu'elle a travaillé ici?

— Oh oui. Environ une dizaine d'années.

La caissière tourna la tête:

— Réal, cria-t-elle d'un ton légèrement impatient, Adèle Joannette, ça te dit quelque chose? Elle aurait travaillé ici il y a dix ans.

— Connais pas d'Adèle Joannette, répondit une voix d'homme embarrassée (on aurait dit qu'il était en train de se brosser les dents).

La femme regarda Juliette avec l'air de dire :

— Satisfaite ? Est-ce que je peux me remettre à mon travail, à présent ?

— Pourquoi elle est si grosse, maman ? entendit l'obèse en poussant la porte vitrée.

Elle fit quelques pas sur le trottoir, ouvrit un calepin :

— *Le Luxor*, maintenant, 75, Place Bourget. C'est à deux pas.

Elle se dirigea lentement vers l'extrémité nord de la place, où se dressait le vieux palais de justice de l'autre côté de la rue Saint-Louis. *Le Luxor* se trouvait à sa gauche, presque au coin de Saint-Viateur. C'était un bâtiment d'un étage, au rez-de-chaussée percé d'immenses vitrines. De fausses persiennes d'aluminium peintes en vert essayaient tant bien que mal de donner un air campagnard à la façade de pierres artificielles où s'accrochait une grande enseigne au néon.

Elle arrivait en face du restaurant lorsqu'un homme vêtu d'un complet marron en sortit. Il leva le regard vers elle et s'arrêta pile devant la porte. Ses bras se tendirent et il s'avança comme pour l'étreindre, puis, s'apercevant de son erreur, s'éloigna à grands pas en marmonnant des excuses.

— Qu'est-ce que j'ai fait à cette ville ? grommela Juliette en pénétrant dans le restaurant. Il ne m'arrive que des choses désagréables, ma foi.

L'intérieur du restaurant était lambrissé de boiseries sombres ; un sapin artificiel scintillait près d'une cheminée ; des guirlandes argentées suspendues en festons couraient tout autour de la salle ; des tables circulaires se découpaient sur une moquette bleue dans l'éclairage rosâtre dispensé par de gros coquillages illuminés de l'intérieur et fixés aux murs. Une jeune femme à col de dentelle, les cheveux nattés en chignon à l'ancienne mode, vérifiait une addition, appuyée au comptoir. Elle releva la tête :

— On ne sert pas de repas avant midi moins quart, madame, fit-elle avec un sourire aimable.

— Je... je ne viens pas manger, répondit Juliette, à demi suffoquée. (Ouf ! pendant une seconde, j'ai cru qu'il s'agissait d'Adèle !)

Elle s'approcha et débita son histoire de vieille tante franco-américaine en tournée familiale au Québec.

Une serveuse apparut au fond de la salle et se mit à disposer sur les tables des serviettes pliées en cône. Elle se tourna vers la comptable :

— Adèle Joannette ? fit-elle d'une voix rauque et masculine de fumeuse. Ça me dit quelque chose. Elle ne travaille sûrement plus ici depuis longtemps. Le patron pourrait peut-être vous renseigner. Il est parti faire une course à la pharmacie, mais je l'attends dans la minute. Voulez-vous vous asseoir ?

Juliette prit place à une table.

— Prendriez-vous quelque chose en attendant ? demanda doucement la jeune femme au comptoir, qui avait repris son addition.

— Un martini rouge avec beaucoup, beaucoup de glaçons, répondit Juliette en déboutonnant son manteau.

Une troisième serveuse apparut par la porte de la cuisine, portant un plateau chargé de verres. En apercevant l'obèse, elle s'immobilisa une seconde, puis se dirigea vers le bar en chantonnant. Les mains posées sur la table, Juliette examinait les lieux. À mesure que l'œil s'habituait à la pénombre, la salle prenait des dimensions de plus en plus imposantes. On pouvait y recevoir une centaine de clients. La jeune femme à l'addition s'approcha sans bruit et déposa un plateau sur la table :

— Voilà. Je vous ai apporté aussi un verre d'eau glacée, fit-elle avec un air de connivence affectueuse qui troubla Juliette.

— Est-ce que par hasard elle me connaîtrait ? pensa-t-elle en la regardant s'éloigner.

Elle prit une lampée de martini, toussa, s'essuya la bouche. La présence invisible de sa nièce qu'elle sentait flotter dans la salle pénétrait son corps de frémissements qui lui faisaient serrer les dents et glisser les mâchoires l'une contre l'autre.

La porte s'ouvrit, livrant passage à un homme d'une cinquantaine d'années en complet abricot. Juliette fut frappée par sa somptueuse chevelure blanche plaquée sur les tempes et ramenée en arrière.

— Monsieur Roberge, annonça la serveuse derrière le bar, il y a une dame ici qui voudrait vous parler.

L'obèse le regarda s'approcher et tout de suite il lui déplut.

— Qu'est-ce que je peux faire pour vous, madame ? demanda-t-il.

Il tira une chaise et s'assit, en maître des lieux qui n'a pas besoin d'invitation, et posa sur elle un regard cavalier, soupesant mentalement cette énorme masse de chair ; les mâchoires de Juliette se contractèrent un peu plus.

— J'essaye de retracer quelqu'un que vous avez peut-être connu, commença-t-elle en s'efforçant de sourire. Je demeure aux États-Unis depuis plusieurs années et je suis en visite de famille dans la région. Comme je ne viens pas souvent au Québec et que...

— Fleurette, lança-t-il en l'interrompant, apporte-moi donc un *Bloody Caesar*, veux-tu? Alors, vous disiez? fit-il avec un sourire condescendant.

Son teint rose vif de viveur, son visage bellâtre et vulgaire de sultan sur le retour inspiraient un profond dégoût à Juliette.

— Comme je ne viens pas souvent au Québec, reprit-elle stoïquement, je voudrais en profiter pour rencontrer le plus de parents possibles. On m'a dit qu'une de mes nièces aurait travaillé pour vous.

— Comment s'appelle-t-elle?

— Adèle Joannette, monsieur.

En entendant ce nom, il réprima un sourire et jeta un bref regard à la serveuse aux serviettes qui s'était arrêtée pour suivre la conversation. Elle reprit aussitôt son travail.

— Bien sûr que je la connais, Adèle. C'était une bonne fille, ajouta-t-il en fermant l'œil à demi, d'un air subtilement équivoque. Mais il y a une mèche que j'ai perdu sa trace! Elle a travaillé ici une dizaine de mois en... attendez que je me souvienne... en 77... fin 77 et début 78, je crois...

Il agita doucement le bâtonnet dans son verre, prit une gorgée, puis:

— Un peu cachottière, cependant, la 'tite fille. Quand j'ai appris qu'elle était en famille, j'ai failli la mettre à la porte: j'ai besoin d'un personnel stable, moi, voyez-vous. Trop de roulement, c'est mauvais pour le service, la réputation du commerce finit par en souffrir. Mais on s'est expliqués, Adèle et moi, et tout s'est très bien arrangé. Très très bien. Quand elle a commencé à faire un peu trop de bedaine, je n'ai même pas été obligé de la renvoyer, on s'est quittés bons amis. Elle est retournée à Montréal, je crois. Ça, c'était en 1978. Depuis...

Il leva les mains en signe d'ignorance.

— Ainsi donc, reprit la comptable, déçue, vous n'avez pas la moindre idée où...

— Pas la moindre, répondit-il en se levant.

Un couple venait de pénétrer dans le restaurant, puis trois autres personnes le suivirent.

— Vous allez m'excuser, ma chère madame: l'heure du dîner approche et...

Il s'arrêta.

— Mais attendez donc une minute, s'exclama-t-il joyeusement, saisi par une pensée subite. J'ai peut-être quelque chose pour vous. Gisèle, ordonna-t-il en passant devant le bar, va donc aider Fleurette à finir de monter les tables.

Il se dirigea vers le fond du restaurant et disparut par une porte capitonnée. Au bout d'un moment, il revint, un sac de papier à la main.

— J'ai retrouvé ça chez moi la semaine passée en faisant du ménage, fit-il avec un sourire quelque peu insolent. Si jamais vous la revoyez, remettez-le-lui donc de ma part.

Il lui tendit le sac :

— Elle l'avait oublié chez moi en partant. Je ne garde jamais les cadeaux que je fais à mes blondes. J'ai toujours été comme ça. C'est une question de principe, voyez-vous.

Juliette sortit sur le trottoir, franchit un coin de rue et jeta un coup d'œil dans le sac. Il contenait un jupon de soie beige à dentelle orné de broderies de couleurs.

— Quel mufle ! murmura-t-elle avec dégoût. Il aurait mérité une paire de gifles. Je lui souhaite la queue molle, et au plus vite !

Elle retourna à son auto et quitta la ville.

▲

Il était près de deux heures lorsqu'elle déboucha sur la rue Saint-Alexandre. L'excavatrice remblayait une partie de la tranchée creusée le matin, tandis qu'au fond de celle-ci, une dizaine de mètres plus loin, le plombier et son apprenti essayaient de glisser une section de tuyau d'égout sous la semelle des fondations. Elle mit pied à terre et sa jambe engourdie fléchit tout à coup, l'obligeant à s'agripper à la portière, qui heurta durement l'asphalte. Le contremaître s'avança vers elle, réjoui :

— Bonjour, madame. Dans deux heures, tout est fini. Il ne reste plus qu'à faire le raccordement.

Elle lui murmura un vague remerciement et se dirigea vers l'immeuble, la tête basse, son sac de papier à la main, sous le regard attentif du contremaître, curieux de savoir quelle distance une aussi grosse personne pouvait franchir sans s'arrêter pour reprendre souffle.

Elle entra dans son appartement, jeta le sac sur le canapé et passa dans la cuisine.

— Sueur de coq, lança-t-elle à voix haute en se laissant choir sur une chaise, je tourne en rond comme une vache au bout d'une corde !

Le cafard la pénétrait peu à peu, tandis que l'excavatrice rugissait en faisant tinter la vaisselle dans les armoires, comme si un combat de dinosaures se déroulait devant sa maison. Elle entendit le plombier et son apprenti traverser le hall en riant et dégringoler pesamment l'escalier de la cave. Un éclair lui traversa l'esprit. Elle se redressa et assena un grand coup de poing sur la table :

— Je vends cette maudite cabane et j'achète la maison de Joséphine, lança-t-elle d'une voix étranglée de colère. Il ne sera pas dit que cette salope d'Elvina m'aura trituré le système nerveux jusqu'à mon dernier souffle ! J'achète la maison et j'emmène tout mon monde dedans ! Ils peuvent *tous* loger dedans. S'ils m'aiment un peu, ils me suivront. Tu t'en viens avec moi, ordonna-t-elle à Denis qui venait d'ouvrir la porte, son sac d'écolier au dos. On s'en va à Montréal. Je regrette, Vinh, ajouta-t-elle en voyant apparaître l'ami de son petit-neveu dans l'embrasure, il faut que nous partions tout de suite, Denis et moi ; tu reviendras une autre fois.

Les deux enfants la regardaient, étonnés.

— Qu'est-ce qu'il y a, ma tante ? demanda Denis, timidement.

— Rien, rien. Il faut que ça bouge, répondit-elle en enfilant le corridor.

— Est-ce qu'on ne pourrait pas aller chez Bohu, ma tante, pendant que tu es partie ? Vinh voulait voir sa collection de fusils à eau.

— Bohu travaille, cher. Vous allez le déranger. Allons, viens-t'en.

— Bon, bien... salut, Vinh, fit Denis à voix basse en se tournant vers son ami, un peu dépité. Je sais pas ce qui lui a pris. Je t'appellerai ce soir.

Le Vietnamien lui fit un clin d'œil et partit en courant.

Juliette sortait de l'immeuble lorsque, pivotant lourdement sur elle-même, elle retraversa le hall :

— Allons d'abord voir le plombier, grommela-t-elle, au cas où il serait en train de cochonner son travail.

Denis, de plus en plus étonné, la regarda descendre l'escalier de la cave, puis, fouillant dans son sac, croqua dans une pomme. Elle remonta au bout de quelques minutes, un peu rassérénée, reprit son souffle et fit signe à l'enfant d'approcher :

— Allons, c'est fini, dit-elle en le serrant dans ses bras. Tu sais bien que je n'arrive pas à me fâcher longtemps.

— Tu étais fâchée contre qui?

— Contre moi-même, je pense. Je n'arrive pas à retrouver ta mère. J'avance comme une fourmi dans une flaque de miel.

Il posa sur elle un regard incisif:

— Où es-tu allée aujourd'hui?

— Moi? Euh... à Joliette, figure-toi donc. Ta mère a déjà travaillé dans un restaurant là-bas il y a très longtemps, mais je n'en sais pas plus. Ferme ton robinet, idiote, se dit-elle en voyant son petit-neveu changer de visage, tu vas finir par le détraquer complètement.

Elle le prit par la main:

— Allons, fit-elle avec un entrain forcé, viens aider ta grosse vieille tante à se choisir une maison.

Il se libéra d'un mouvement sec:

— Une maison? Tu veux déménager?

— Oui. J'ai besoin de changer d'air. J'en ai jusque-là des chicanes.

— Tu ne veux plus jamais revoir ma tante Elvina?

— C'est le plus grand plaisir que je pourrais lui faire, je crois.

Ils sortirent et furent aussitôt enveloppés de tapage. Le contremaître salua Juliette de la main et lui montra la tranchée presque comblée. Puis il frappa ses pieds l'un contre l'autre pour les réchauffer. Denis prit place dans l'auto, boucla sa ceinture et, l'air soupçonneux:

— Où est-ce que tu veux déménager?

— À Montréal peut-être, répondit Juliette en démarrant. Si j'arrive à mettre la main sur la maison que j'ai en tête. Mais, chanceuse comme je suis depuis quelque temps, je suppose que ça ne marchera pas. C'est la maison de ma tante Joséphine, sur le boulevard René-Lévesque, reprit-elle au bout d'un moment. C'est là que j'ai grandi. Pourquoi prends-tu cet air? Tu ne veux pas quitter Longueuil, mon pauvre lapin?

— Non, je veux pas, répondit Denis avec humeur. Je vais perdre tous mes amis. Tu n'y as pas pensé?

Juliette lui caressa un genou (il retira aussitôt sa jambe) et, d'une voix câline:

— Tu t'en feras d'autres, bobichon. Un garçon gentil comme toi ne restera pas trois jours sans ami. Et puis, de toute façon, ajouta-t-elle avec une moue désabusée, on est sans doute en train de parler dans le vide. Qu'est-ce qui me dit que le propriétaire va vouloir me la vendre, sa maison ? C'est une idée qui m'est passée par la tête. On va peut-être tout simplement me rire au nez, et l'histoire va s'arrêter là.

L'auto venait d'enfiler le pont Jacques-Cartier. Denis, silencieux, fixait le parapet par la glace de la portière. Il imagina que l'immense structure d'acier s'élançait d'un bond dans le ciel, comme le voilier de Peter Pan. Il était seul sur le pont, filant au-dessus des nuages sous un ciel criblé de tant d'étoiles qu'une douce pénombre dorée emplissait l'espace, jaunissant le vert-de-gris des poutres. Il déambulait au milieu du tablier, enveloppé d'une brise tiède que l'altitude où il se trouvait et la vitesse du pont-voilier rendaient inexplicable. Soudain, une femme apparut très loin devant lui près du parapet. Elle s'avança en agitant la main. Ce n'était pas sa tante. Sa tante était restée à Montréal dans sa fameuse maison et il se fichait bien de ce qui lui arrivait. C'était une femme jeune et mince, habillée d'une longue robe bleue doucement phosphorescente. Elle continuait de s'approcher, agitant toujours la main. Il se dirigea vers elle, accélérant le pas, puis, n'y tenant plus, se mit à courir. Une dizaine de mètres à peine les séparaient maintenant, mais, chose curieuse, il avait beau écarquiller les yeux, le visage de la femme demeurait flou et comme absent.

— Allons, fit Juliette en lui tapotant le genou, ne fais pas cette tête-là. Si jamais j'achète cette maison, je m'arrangerai pour convaincre Rachel, Bohu, Clément et même monsieur Ménard de venir habiter avec nous, je te le promets ; c'est une maison immense : on pourrait y loger à huit ou dix, je te jure... et puis je te conduirais à Longueuil aussi souvent que tu le voudrais, pour que tu voies tes amis.

Denis haussa les épaules avec une moue incrédule et ne répondit rien.

Il était près de quatre heures lorsque l'auto déboucha sur le boulevard René-Lévesque et fila vers l'ouest. L'heure de pointe commençait. Le boulevard se remplissait d'une masse compacte d'automobiles et de camions qui coulait lentement sous le ciel gris et lourd. À partir de la rue Crescent, le foisonnement de gratte-ciel qui avait défiguré le boulevard, en faisant un immense canyon balayé par le vent et le monoxyde de carbone, se mit à diminuer un peu et on vit apparaître d'anciennes demeures en pierre extraordinairement délabrées, pour la plupart abandonnées, qui attendaient tristement leur mort. Mais quelques rues plus loin, le passé essayait timidement de résister à la destruction. Des hommes d'affaires au nez fin, pressentant la mode nouvelle, avaient acheté à bon compte d'immenses maisons de notables construites au siècle dernier et les avaient transformées en copropriétés, souvent avec goût. Ou alors, de simples particuliers étaient tombés amoureux d'un de ces vestiges du Montréal d'antan et s'étaient lancés dans l'interminable aventure de leur restauration. On avait commencé à remplacer les arbres morts ou ceux qu'avait éliminés l'élargissement du boulevard au début des années 50. Mais des douzaines de constructions hideuses et des terrains vagues parsemés de débris à demi cachés par la neige témoignaient qu'à bien des endroits les secours étaient arrivés trop tard.

La demeure de Joséphine Deslauriers se dressait dans ce quartier plus ou moins en sursis, au coin de la rue Lambert-Closse. L'auto s'arrêta devant.

— Voilà, mon garçon, fit Juliette en montrant l'imposante maison de brique rehaussée d'ornements de granit, c'est ici que j'ai grandi.

Denis contempla l'édifice :

— Mais c'est un château, murmura-t-il, extasié. Tu étais riche, ma tante !

Juliette éclata de rire et s'extirpa lentement de l'auto :

— Pas moi, mais ma tante, qui avait de l'argent de famille. Quoique à la fin, plus tellement, à vrai dire. Son bon cœur lui vidait les poches !

Ils s'avancèrent sur le trottoir. Denis, un peu intimidé par l'aspect de l'édifice, prit la main de sa tante.

Celle-ci montra le minuscule parterre, couvert d'une neige durcie et grisâtre où palpitaient des débris de papier :

— Je me rappelle le temps – oh ! je devais avoir huit ou neuf ans – où il y avait un grand jardin devant la maison et deux rangées de frênes, ici, de chaque côté de l'allée (le terrain à l'époque était beaucoup plus profond). Mon oncle avait fait installer une balancelle là-bas sous les arbres.

Ils gravirent le perron de pierre. On avait fixé au milieu de la porte une couronne de branches de sapin. Le petit rectangle de plastique noir fixé dans la brique à droite de l'entrée et où se lisait :

L'Oasis
chambres au mois et à la semaine

avait subi une cruelle épreuve. Quelqu'un, à l'aide d'un instrument pointu, avait essayé de rendre l'inscription illisible, mais, n'y réussissant pas, avait tenté de l'arracher; les vis avaient tenu bon, mais le plastique s'était brisé à deux endroits.

Juliette actionna la sonnette, puis, se penchant vers son petit-neveu :

— Tu pourrais avoir une chambre trois fois grande comme la tienne, et avec un foyer en plus !

Il leva de grands yeux vers elle, esquissa un sourire, mais ne répondit rien. La porte s'ouvrit et un petit vieillard en chemise de coton, avec une barbe d'une semaine, avança la tête et, dans un filet de voix éraillée :

— Si c'est pour une chambre, tout est plein, madame. Y aura rien de libre avant la fin du mois.

— Je ne viens pas pour cela, monsieur, répondit gentiment Juliette. Est-ce que le propriétaire est ici ?

— Monsieur Vlaminck est à son travail, mais sa dame est ici.

Il s'effaça devant eux :

— Moi, je suis seulement chambreur icitte, expliqua-t-il modestement.

Juliette et Denis franchirent le vestibule et pénétrèrent dans un hall rempli de pénombre, au fond duquel s'élevait majestueusement un escalier de chêne. À leur droite, un amoncellement de vieux journaux et de dépliants publicitaires s'étalait sur une console couverte d'éraflures.

— Madame Vlaminck, cria le chambreur en faisant des couacs qui firent sourire Denis, il y a quelqu'un icitte pour vous.

— J'arrive, répondit une voix.

Le vieillard les salua, se rendit au fond du hall et monta l'escalier. Un moment passa, puis des pas traînants se firent entendre et la petite femme boulotte aux cheveux en balai que Juliette avait rencontrée lors de sa première visite apparut, tenant un journal. Juliette s'avança et, de sa voix la plus aimable :

— Bonjour, madame. J'espère que je ne vous dérange pas trop. Vous me reconnaissez, peut-être ?

— Bien sûr. Vous étiez venue me voir au sujet de l'épicier Bourdage. Que puis-je faire pour vous, à présent ? demanda-t-elle avec un léger soupir.

Juliette rougit légèrement :

— Eh bien, depuis ma dernière visite, je... il m'est venu une idée. Est-ce que je vous avais dit que j'ai déjà habité cette maison ?

L'autre haussa imperceptiblement les épaules et continua de l'examiner d'un œil étonné et soupçonneux. Puis elle abaissa son regard sur Denis, à demi caché derrière sa tante.

— C'est mon petit-neveu, expliqua précipitamment l'obèse. Il vit avec moi. Je... est-ce que je pourrais m'asseoir un moment, madame? Les jambes m'élancent terriblement et...

— Pourrais-je savoir ce qui vous amène, madame? coupa l'autre avec une trace d'aigreur dans la voix.

— Eh bien, voilà. Je me suis demandé si...

Elle leva la tête et aperçut, au milieu de l'escalier, le chambreur en train d'épier leur conversation. Il disparut aussitôt. Ramenant son regard sur la femme :

— Il s'agit d'une affaire personnelle, madame, souffla-t-elle avec un regard suppliant.

— Suivez-moi, je vous prie, fit l'autre en s'éloignant.

— Pauvre plancher, pensa rapidement Juliette en regardant à ses pieds.

Ils pénétrèrent dans une pièce ornée de boiseries jusqu'à mi-mur et qui prenait jour à l'ouest par une grande fenêtre donnant sur un terrain vague. C'était l'ancienne salle à manger, mais rapetissée de moitié par une cloison percée d'une porte par où l'on apercevait deux gros calorifères de fonte inclinés contre un mur et une vieille commode chargée d'une pile de draps et de couvertures. Les murs de la pièce où ils se trouvaient étaient tapissés d'un papier peint recouvert d'une peinture jaunâtre et décollé à plusieurs endroits. Mais les boiseries montraient encore leur vernis d'origine. Une magnifique cheminée de marbre blanc se dressait devant eux, mais on l'avait condamnée. L'endroit, plutôt encombré, servait maintenant de salon, de bureau et de salle à manger pour les pensionnaires; le couple Vlaminck, par désir d'intimité, prenait ses repas à la cuisine. La femme désigna aux visiteurs un canapé poussiéreux où s'alignaient quelques lampes-potiches et prit place dans un fauteuil à bascule devant un bureau chargé de paperasses.

Juliette s'assit, et son regard tomba sur une plinthe au vernis craquelé, visible derrière une chaise à sa droite. La pièce de chêne, moulurée à l'ancienne, montrait un jeu de veinures étonnant, qui partait de deux nœuds lisses et foncés, situés à une vingtaine de centimètres l'un de l'autre. Les nœuds et les veinures formaient le dessin de deux oiseaux fantastiques, l'un en train de prendre son envol, l'autre essayant de le suivre en courant. Ces oiseaux lui rappelèrent son arrivée chez sa tante Joséphine à l'âge de sept ans pour un séjour de deux semaines, qui avait duré quinze ans. C'était en mars 1938. La neige fondait dans les rues et le vent était si doux que ses mains brûlaient dans ses mitaines. Son père s'était esclaffé devant la fascination que la plinthe exerçait sur elle. Puis il avait donné à Joséphine de longues instructions au sujet de sa fille et avait quitté la pièce. Quand elle l'avait revu, bien des années plus tard, c'était un vieil homme bizarre, un peu diminué.

Combien de fois, enfant, elle s'était assise devant les deux oiseaux pour s'envoler avec eux vers l'Alaska, l'Égypte ou l'Australie, où son père construisait des routes !

— Et alors, qu'est-ce que je peux faire pour vous ? redemanda madame Vlaminck.

Juliette s'éclaircit la gorge, arrangea les plis de sa robe en essayant de la ramener le plus bas possible, puis :

— Vous allez peut-être me trouver étrange, chère madame, mais – comment pourrais-je vous dire ? – il m'est venu tout à l'heure une idée que je voudrais...

— Écoutez, coupa l'autre en posant les mains sur ses cuisses, les coudes levés, je ne voudrais pas vous bousculer, mais j'ai une matinée particulièrement chargée. Si c'est pour me questionner encore sur ce monsieur Bourdage, je vous dirai tout de suite que...

— Je veux acheter votre maison, annonça Juliette un peu sèchement.

— Pardon ?

— Je suis venue vous proposer d'acheter votre maison... si votre prix est raisonnable, bien sûr. Je suis en mesure de vous offrir de bonnes conditions.

Madame Vlaminck la regardait, stupéfaite. Elle semblait soudain toute petite, perdue dans sa robe de coton fripée à rayures rouges.

— Comme je vous le disais, j'ai habité cette maison durant ma jeunesse et je l'aime beaucoup, continua la comptable sur le même ton impératif. Je veux y finir mes jours. Jamais je n'aurais dû la quitter.

— Combien... combien êtes-vous disposée à nous offrir ?

— Faites-moi un prix. Nous discuterons.

— Évidemment, vous n'êtes pas sans savoir, madame, fit l'autre en reprenant peu à peu son aplomb, que cette maison constitue notre gagne-pain. Mon mari est fonctionnaire municipal, mais une partie très importante de nos revenus provient de la location de nos chambres. Je doute fort qu'il accepte de se départir d'un immeuble aussi lucratif, voyez-vous... Et, dans ce genre d'affaires, c'est lui qui prend les décisions.

— Comme elle parle bien, pensa Denis en appuyant sa tête au dossier poussiéreux. J'aimerais parler comme ça.

— En tout cas, cela ne coûte pas cher de lui en glisser un mot, répondit Juliette, agacée, en actionnant les muscles de ses joues de façon à faire apparaître un sourire.

— Je le ferai. Il vous téléphonera. Mais, comme je vous disais...

Et elle lui exprima d'une façon encore plus entortillée et fleurie ses doutes grandissants sur la possibilité d'une transaction. Denis examinait une figure de lutin, sculptée au-dessus du foyer, qui grimaçait avec une méchanceté incroyable. Il finit pas détourner le regard.

— Vous me donnez vos coordonnées ? fit madame Vlaminck en pivotant sur son fauteuil pour saisir un crayon et un cahier tout écorné qui traînaient sur le bureau.

Juliette les lui donna, puis, se levant avec effort, pointa l'index vers la cloison qui divisait la pièce en deux :

— C'est vous qui avez construit ce mur ?

— Oui, nous avons dû... il nous fallait une lingerie. Dommage, n'est-ce pas ? C'était une belle pièce. Elle me rappelait un peu la salle à manger de ma grand-mère à Liège. Enfin, que voulez-vous ? autres temps, autres mœurs, n'est-ce pas ? ajouta-t-elle avec un fin sourire.

— Elle ne veut pas nous vendre sa maison ? demanda Denis quand ils furent de nouveau sur le trottoir.

— Je ne pense pas que ça lui tente beaucoup, en effet.

Elle fit quelques pas, la mine renfrognée :

— Tout ce que je touche tombe en poussière. Il y a de quoi donner le goût de passer le reste de sa vie dans sa chambre, les stores tirés.

Elle ouvrit la portière de l'auto et resta immobile, comme désemparée. Denis s'approcha d'elle et lui toucha la main :

— Ma tante... qu'est-ce que tu dirais d'aller manger une bonne lasagne ?

— Excellente idée ! s'écria-t-elle.

Consultant sa montre :

— Cinq heures ? Parfait. *Le Piémontais* sera tranquille. Ce ne sera pas un mal. J'ai besoin de retrouver un peu mes esprits.

Ils se rendirent au restaurant de la rue De Bullion et Denis dévora sa lasagne avec un plaisir accentué par la satisfaction d'avoir aidé à consoler sa tante, comme par celle – non moins grande – de constater que le projet de déménagement allait sans doute avorter. Juliette, qui avait décidé ce soir-là, par vengeance contre le mauvais sort, de poignarder son régime, vida presque toute une bouteille de *Valpolicella*, mais ne toucha guère à son assiette. Le patron, inquiet, s'amena à la table.

— Non, non, le rassura-t-elle, tout est parfait. C'est moi qui ne suis pas à la hauteur. Il y a des journées comme ça où on devrait se cacher dans un placard.

Monsieur Pompeo insista quand même pour changer son plat et lui apporta à la place un filet de sole aux câpres, plus facile à digérer, le choix idéal, en fait, pour une personne un peu lasse et taquinée par les soucis, comme il semblait qu'elle le fût ce soir-là. Tant de gentillesse diminua un peu son cafard. Elle se força à manger, commanda un moka praliné et un cappuccino, permit deux desserts à son petit-neveu et termina le repas par un *Grand Marnier* que le patron versa lui-même d'un coude remarquablement léger.

Il était sept heures trente lorsqu'ils parurent de nouveau dans la rue. Un froid sec et intense les pénétra durement. Ils avancèrent à grands pas vers le boulevard René-Lévesque. Le trottoir résonnait sous leurs talons comme si la terre ratatinée par le gel avait laissé un vide sous le béton.

— Qu'est-ce que c'est que ça ? fit Juliette en s'arrêtant.

Elle voulut se pencher et vacilla légèrement. Denis se précipita à ses pieds, saisit un cône de papier ciré dont on avait broché l'ouverture et le lui tendit. Elle l'ouvrit :

— Des roses ! Des roses magnifiques et encore toutes fraîches ! Tombées du ciel, ma parole ! Vite ! à l'auto avant que le froid ne les flétrisse, lança-t-elle en repartant.

Mais elle s'arrêta aussitôt et, levant les fleurs en l'air dans un geste pompeux :

— Ça, bobichon, c'est la Chance qui a décidé de me sourire. Elle se tient encore loin, mais en attendant qu'elle approche, il ne faut pas que je cesse de me débattre.

— Je ne l'aime pas quand elle boit trop de vin, pensa Denis.

Il se remit à marcher derrière elle ; il avait beau scruter les roses, il n'y voyait pas plus de signes de chance que sur la façade de l'édifice d'en face.

— Mon beau lapin, annonça Juliette en pénétrant dans le terrain de stationnement, nous allons faire une petite incursion.

— Où ça ?

— À l'appartement où je t'ai recueilli il y a neuf ans.

Il s'arrêta, saisi :

— Qu'est-ce que tu veux aller faire là-bas ?

— Je ne sais pas. La vie est tellement bizarre, je pourrais

tout aussi bien y trouver un bon vieux monsieur qui reçoit des lettres de ta mère tous les deux jours.

— Je ne veux plus qu'elle boive de vin, se dit l'enfant, renfrogné, en prenant place dans l'auto.

Ils filèrent sur le boulevard René-Lévesque, tournèrent à gauche dans la rue Sanguinet, qu'ils suivirent jusqu'à Sainte-Catherine, puis se mirent à rouler vers l'est.

— Tu n'as pas l'air de bonne humeur, fit remarquer Juliette à son petit-neveu.

— Je suis tanné de chercher ma mère.

Puis il ajouta :

— Et j'aime pas ça quand tu bois trop de vin, ma tante.

Elle éclata de rire :

— Oh la la ! mon petit Denis devient de plus en plus sévère ! Je ne pourrai bientôt plus sortir en ville toute seule après sept heures !

Il haussa les épaules et observa la rue. La nuit était tombée tout à fait, camouflant charitablement les blessures des vieux édifices délabrés qui s'élevaient de chaque côté de la rue Sainte-Catherine, auxquels les lueurs bigarrées des néons venaient de donner une jeunesse factice. Des îlots d'animation se voyaient de loin en loin devant certains bars et restaurants, mais autrement, les trottoirs étaient presque déserts; les rares piétons marchaient à pas pressés, comme recroquevillés sur eux-mêmes, et Denis acquit instantanément la certitude qu'ils étaient tous des malfaiteurs ou, en tout cas, sur le point de le devenir. Ils traversèrent la rue Papineau. L'ancien cinéma *Champlain* apparut à leur gauche, transformé depuis peu en église par la communauté *Vie et Réveil*, dont le nom s'étalait majestueusement sur une enseigne lumineuse.

— Voilà, nous sommes arrivés, murmura Juliette en arrêtant l'auto devant un édifice de brique vétuste, à la façade sillonnée de lézardes en angles droits, et dont le rez-de-chaussée était occupé par une petite boutique, encore ouverte à cette heure. Une enseigne de bois à fond blanc et bordure noire, visiblement toute neuve, s'allongeait au-dessus de la vitrine. De grandes lettres rouges annonçaient :

VARIÉTÉS MARCO
bière froide, cidre et vin
produits naturels
ouvert 6 h a.m. à minuit

Juliette sortit de l'auto et s'arrêta devant une porte vitrée, contiguë à celle de la boutique, et qui portait le numéro 1759. On distinguait vaguement un escalier à travers un petit rideau poussiéreux. Denis, de plus en plus maussade, vint rejoindre sa tante et jeta des coups d'œil à gauche et à droite.

— Allons-y, soupira la comptable, qui venait de perdre tout enthousiasme. Après tout, qu'est-ce que je risque?

Elle voulut sonner, mais le bouton de sonnette avait disparu, laissant voir deux bouts de fil tordus et desséchés. Elle poussa la porte, qui s'ouvrit toute grande avec un long grincement. Elle regarda l'enfant:

— Viens-tu?

Il fit signe que non.

— Allons, viens-t'en, lui ordonna-t-elle. Je ne peux pas te laisser seul dans la rue à cette heure.

Il s'approcha, de mauvaise grâce.

— Monte, fit-elle.

Il franchit la porte, gravit deux ou trois marches, puis s'arrêta, la tête basse.

— Denis, je t'en prie! Tu vas me mettre à bout!

Il reprit sa montée et elle lui emboîta le pas. Les marches se mirent à miauler et à craquer comme sous le coup d'une douleur insupportable et l'escalier tout entier trembla comme s'il allait se disloquer. Elle s'arrêta, intimidée. Une porte s'ouvrit au palier du premier étage et un gros homme en camisole, les pieds dans d'énormes pantoufles de fourrure synthétique vert lime apparut, à demi éclairé par la lumière qui s'échappait de l'embrasure.

— Que c'est qu'y a? Que c'est qui se passe? demanda-t-il en fixant les visiteurs d'un œil hagard. On dirait que la maison va tomber, bout de bonyeux!

L'enfant recula d'une marche et faillit trébucher.

— Excusez-moi, monsieur, c'est de ma faute, répondit Juliette avec un sourire confus. J'espère que je ne vous dérange pas trop... J'étais venue pour un petit renseignement.

L'homme la dévisageait. Dans la pénombre, il semblait tout juste s'être rendu compte des proportions monumentales de la visiteuse.

— Que c'est que tu veux? lui demanda-t-il avec une grossièreté ahurie.

— Pardon?

— J'ai dit: que c'est que tu veux? Dépêche-toi, la première période vient de commencer.

Juliette eut besoin de quelques secondes pour saisir l'allusion au match de hockey, puis, posant sa main sur l'épaule de Denis, elle lui fit redescendre les deux marches qui les séparaient :

— Je... est-ce que je peux vous demander... est-ce que vous demeurez ici depuis longtemps, monsieur ? Je vous pose la question parce qu'une de mes nièces a déjà habité votre logement il y a quelques années et que...

Il continuait de la fixer, la moitié gauche de son visage baignant dans la pénombre, l'autre vivement éclairée par la lumière provenant de la porte et qui détaillait sans complaisance la peau flasque, l'oreille épaisse et rougie d'où s'échappait une touffe de poils et la barbe grisâtre en mal d'un rasoir depuis quelques jours. Son œil droit se plissa et sa joue s'étira vers le haut.

— C'est-y de tes affaires ? fit-il sourdement.

Puis, se ravisant :

— Comment qu'a s'appelle, ta nièce ?

— Adèle Joannette, répondit Juliette en prenant Denis par la main. Viens-t'en, lui souffla-t-elle, et elle se mit à redescendre.

— La connais pas. Hey dis donc ! cria-t-il à tue-tête. Tu devrais maigrir un peu, grosse torche. Ça ménagerait les escaliers !

Et il claqua la porte. Juliette sortit dans la rue, tenant toujours Denis par la main, et se dirigea vers l'auto.

— Ma tante, murmura l'enfant, regarde, sur le trottoir.

Elle se tourna dans la direction que lui indiquait son petit-neveu. Un oiseau noir à gros bec orange se tenait dans l'ombre d'une encoignure. Il reprit sa marche en boitillant, scrutant le sol, apparemment à la recherche de nourriture.

— Il... il lui manque un pied, ma tante !

Juliette s'approcha et se mit à l'observer. Il venait de s'arrêter et se tenait debout sur sa seule patte, placide et résigné, son moignon levé, le contact avec le sol devant lui être douloureux. Juliette, apitoyée, joignit les mains :

— Mais... c'est un merle, je crois, ou quelque chose du genre... Pauvre lui... il ne traversera jamais l'hiver, arrangé comme ça.

— Je veux lui donner à manger, ma tante. Il doit mourir de faim.

Juliette jeta un regard aux alentours. Tous les magasins étaient fermés.

— Viens, fit-elle en se dirigeant vers les *Variétés Marco*, on pourra peut-être trouver quelque chose ici.

Elle ouvrit la porte et une bouffée de chaleur chargée d'une odeur de chocolat et de papier journal les enveloppa. On entendait à la radio Nathalie Simard chanter *Mon beau sapin*.

Comme chez la plupart des dépanneurs, le magasin était exigu et rempli de marchandises à l'extrême limite de ses capacités. Les murs étaient tapissés jusqu'au plafond de tablettes qui offraient un résumé de la production manufacturière occidentale, taïwanaise et japonaise, et le comptoir principal, où trônait la caisse enregistreuse, était tellement chargé de boîtes de bonbons, de pacotille, de présentoirs à magazines et à cigarettes qu'on ne pouvait y poser un coude. Derrière se tenait un petit homme propret en chemise bleu pâle et veste de flanelle brune, la chevelure blanche, fine et soyeuse, très clairsemée sur le haut du crâne. Il les salua avec un signe de tête bienveillant, alla fouiller sur une tablette et déposa devant Juliette un sac de grains de maïs. Denis s'en empara et sortit aussitôt. Elle allait le suivre lorsque son regard tomba sur un étalage de magazines. Un exemplaire de *Plaisir et santé* montrait en couverture une ravissante jeune femme en bikini debout sur une plage étincelante. À la hauteur de ses mollets s'étalait en lettres rouges :

L'OBÉSITÉ VAINCUE PAR LES ALGUES

Juliette feuilleta l'exemplaire avec une moue désabusée, le déposa, le reprit, consulta la table des matières, lut quelques lignes, puis le déposa de nouveau.

— Madame ? fit doucement le boutiquier.

— Je m'excuse, répondit précipitamment Juliette en rougissant. Ce n'est pas gentil de feuilleter ainsi les revues sans les acheter.

L'homme eut un sourire plein d'une mansuétude un peu désabusée :

— Oh, il ne s'agissait pas de ça, Je me demandais simplement si c'était vous qui étiez montée tout à l'heure à l'appartement au-dessus.

— Oui, fit-elle. Et le moins qu'on puisse dire, c'est que je n'ai pas été reçue par un monsieur très aimable.

— Vous le connaissez ?

— Du tout. Je venais pour un renseignement.

— Ah bon.

Il aperçut un débris de papier près de la caisse, le jeta dans une poubelle sous le comptoir, puis :

— C'est qu'il faut s'en méfier. C'est un homme parfois très violent. Il est en chômage depuis six mois et ça ne lui va pas. Est-ce que vous avez obtenu votre renseignement, au moins ?

— Oui et non, répondit-elle. (Les murs de cette bâtisse sont comme de la pelure d'oignon. Il a dû entendre toute ma conversation avec ce gros bœuf.)

Puis, saisissant de nouveau la revue :

— Tenez, je vous l'achète, décida-t-elle en s'approchant du comptoir.

— Ne vous sentez pas obligée, répondit l'autre aimablement.

Elle paya, se dirigea vers la sortie, puis s'arrêta tout à coup :

— Dites donc... Il y a longtemps que vous tenez boutique ici ?

— Quinze ans, madame.

— Dans ce cas, vous avez peut-être connu ma nièce, qui demeurait au-dessus en 1979 à la place de ce... monsieur ?

— Comment s'appelait-elle ?

— Adèle Joannette.

— Madame Joannette ? La jolie dame avec un bébé qui est partie si vite un beau matin d'avril, sans dire bonjour à personne ? Bien sûr, je me souviens parfaitement d'elle. C'était la beauté du quartier, madame. Elle descendait parfois me jaser le soir, quand il n'y avait pas de clients. C'était une femme gentille et pleine de vie, qui aimait les belles choses. J'ai même gardé son enfant ici un soir.

— Eh bien, il est en train de nourrir un oiseau, son enfant, répondit Juliette en tendant la main vers la vitrine où l'on apercevait la tête de Denis, accroupi sur le trottoir.

— Pas vrai ! Incroyable.

Et il prononça les phrases que l'on utilise dans ces occasions pour exprimer son étonnement devant la fugacité du temps.

— Comment va sa mère ? J'avais bien du plaisir à l'époque à lui faire la conversation.

Juliette revint sur ses pas et, posant les deux mains sur la caisse enregistreuse :

— Je la cherche, répondit-elle à voix basse. Je la cherche partout.

Son cœur se mit à battre tellement fort qu'elle dut se taire. Un vague pressentiment lui disait qu'un événement capital allait se produire. Le commerçant la regardait en dodelinant de la tête, les lèvres plissées avec un air de compassion polie. Juliette tendit de nouveau la main vers la vitrine :

— Je l'élève depuis qu'il est tout petit, ajouta-t-elle, légèrement haletante. S'il rencontrait sa mère, le pauvre, il serait incapable de la reconnaître.

L'homme hochait la tête de plus en plus, claquant sa langue contre son palais pour montrer toute la tristesse que lui inspirait la situation, tandis que ses yeux scrutaient le visage de Juliette.

— Pauvre femme, soupira-t-il enfin. J'ai cru la reconnaître une fois devant le magasin il y a deux ans.

— Il y a deux ans?

— Oui, elle était là, debout, juste vis-à-vis de la vitrine, la tête levée, en train de regarder quelque chose, je ne sais trop quoi. J'étais occupé à servir un client. Quand je suis sorti pour lui parler, elle avait disparu.

— Mon Dieu, fit l'obèse en s'appuyant sur le comptoir, vous êtes la première personne à m'en donner des nouvelles un peu fraîches. Êtes-vous bien sûr qu'il s'agissait d'elle?

— Oui, je pense bien.

Il hésita un instant, puis :

— Vous savez, ce que vous me dites sur elle ne me surprend pas tellement. J'ai toujours pensé qu'elle était... mal mariée, si je peux me permettre cette remarque.

— Je serais bien surprise qu'elle l'ait seulement été. Vous connaissiez l'homme... avec qui elle vivait?

— Un peu, oui... Il était pas mal plus âgé qu'elle. Ce n'était pas une personne très aimable. Du moins c'est ce qu'on disait dans le voisinage. Mais vous connaissez les gens... Il suffit de froncer les sourcils une ou deux fois par semaine, et on passe pour un monstre.

— Comment s'appelait-il? demanda Juliette avidement.

— Oh la la... je ne m'en souviens plus... Il ne venait pas souvent ici, vous savez. C'était un homme plutôt distant, qui ne fréquentait personne. De temps à autre, il entrait acheter un pain, payait et s'en allait, sans dire un mot.

— Ah bon.

Elle tripota nerveusement un porte-clefs tombé d'un présentoir, puis :

— De quoi avait-il l'air?

— Plutôt grand et costaud, l'air autoritaire, avec une grosse moustache noire. On l'aurait cru toujours accablé de soucis. Il tenait une librairie, je crois.

— Et vous ne vous rappelez pas son nom? insista Juliette.

— Attendez un instant, ma femme le sait peut-être.

Il se tourna vers une porte masquée par une tenture :

— Charlotte, il y a une personne ici qui cherche à rejoindre Adèle Joannette, tu sais, la dame qui demeurait à l'appartement de Jean-Pierre Trudeau il y a une dizaine d'années. Te rappellerais-tu le nom du monsieur qui demeurait avec elle ?

Une petite femme boulotte, très maquillée, la mine joviale, écarta la tenture et s'approcha du comptoir. Juliette tendit la main et se présenta.

— Ah bon, fit l'autre d'un air pénétré, vous êtes sa tante, ah bon...

La comptable posa de nouveau sa question.

— J'ai oublié son nom, répondit-elle. Vous savez, on est porté à se souvenir surtout de nos bons clients. Lui ne venait jamais.

— Allons, allons, protesta son mari, il venait parfois acheter un pain.

— Si peu souvent... Et c'était peut-être mieux ainsi.

À la radio, une voix d'homme onctueuse lisait un bulletin de nouvelles :

— ... *généralement bien informées ont déclaré aujourd'hui que l'Union soviétique a procédé hier à un nouvel essai nucléaire en Sibérie près de...*

La femme eut une grimace et ferma l'appareil :

— Je me rappellerai toujours... Un soir, vers neuf heures – c'était un peu avant Noël – mon mari était en train de fixer des tablettes à un mur ; il entre en coup de vent et se plante au milieu de la place. « Bonsoir, monsieur », que je lui dis. Il ne me regarde même pas et s'approche d'Antoine : « Votre bruit me dérange. Je suis en train de faire un travail très important. J'apprécierais que vous remettiez votre installation à plus tard », et il s'en va, comme ça, sans ajouter un mot, le cou raide et le nez en l'air. Neuf heures, m'entendez-vous ? On n'était pas en pleine nuit ! La loi, après tout, permet de faire du bruit jusqu'à onze heures...

— Il avait quand même de belles manières, ajouta le boutiquier pour atténuer l'effet des paroles de sa femme. On voyait que c'était un homme instruit.

— Dans le quartier, poursuivit l'autre, les enfants l'avaient surnommé *Pain de son* : il portait toujours le même complet de tweed brun foncé, hiver comme été. Mais j'y pense tout à coup... mon ancienne femme de ménage se rappellerait sûrement son nom. Elle travaillait parfois chez lui. Mais voilà : elle a déménagé à Chicoutimi il y a deux ans et s'est remariée, et je ne me souviens plus du nom de famille de son nouveau mari.

— Vous n'avez pas son numéro de téléphone ?

— Pour le trouver, il faudrait que je trouve d'abord le nom de son mari, expliqua la femme. Rappelez-moi demain en début d'après-midi. Elle m'a envoyé une carte de Noël l'an dernier. Je vais essayer de mettre la main dessus.

Juliette sortit du magasin dans un grand état d'agitation, exhalant des bouffées de sueur acide à chaque mouvement. Elle aperçut Denis à vingt pas près d'une marche, toujours accroupi devant l'oiseau. La panse gonflée, l'animal contemplait d'un œil indifférent le petit monticule de grains de maïs que l'enfant avait disposé devant lui et, gagné par le sommeil, il commençait à songer à un coin de corniche pour y dormir un coup.

— Qu'est-ce que tu penses qu'il va lui arriver, ma tante ? demanda Denis en prenant place dans l'auto. On dit que les oiseaux blessés se font attaquer par les autres oiseaux et qu'ils finissent par se faire tuer. Est-ce que c'est vrai ? Est-ce que c'est vrai, ma tante ? Ma tante, m'écoutes-tu ?

— Hein ? Quoi ? Oui, bien sûr, bien sûr, je t'écoute... Je n'en sais trop rien, mon pauvre enfant. Si les oiseaux sont comme les humains, je plains ton merle.

— Je veux le sauver, se dit Denis.

Il serra les poings :

— Je *vais* le sauver.

En arrivant à la maison, ils aperçurent l'énorme cicatrice brunâtre laissée par l'excavatrice. Elle partait du milieu de la rue, passait sous le trottoir et allait buter contre les fondations après avoir dévasté la pelouse. Ils se rendirent aussitôt à la cave pour inspecter les travaux de raccordement. Clément Fisette s'y trouvait déjà, en train de palper les conduits de plastique noir pour y détecter une fuite. Il leur annonça que le plombier était parti vers six heures et que le travail semblait avoir été accompli selon les règles de l'art.

— Eh bien, je m'en vais prendre un bain, annonça Juliette, qui se tenait un peu à l'écart de crainte d'indisposer le photographe par le petit nuage acide qui l'entourait.

En ouvrant la porte, elle aperçut à ses pieds une lettre arrivée par messager. Elle voulut se pencher pour la prendre et faillit perdre l'équilibre. Alors, elle se rendit au salon, revint avec un tabouret, s'assit dessus et s'empara de l'enveloppe.

Chère madame,

Suite à la mise en demeure que vous avez cruellement cru bon de nous faire parvenir malgré nos bons et loyaux services, nous avons l'honneur de vous faire remarquer que vous trouverez ci-inclus un chèque au montant de deux cent quarante-deux dollars et quatre-vingt-huit sous, représentant le reliquat du dépôt de huit cents dollars que vous nous aviez confié pour des recherches concernant une certaine Adèle Joannette.

*Malgré que nous ayons bel et bien découvert ladite personne (sauf déposition prouvant le contraire faite par-devant les autorités de la Section des Personnes Disparues en vertu de l'article 12587 du Code civil, alinéa d, 3e partie et sequitur judiciumque nil abstentia, etc.) et afin de prouver au su et vu de la totalité que l'*Agence d'investigation Peter Jeunot Inc. *fait partie du* nec plus ultra *des agences de ce genre à travers le monde, nous avons pris la décision de faire à nos propres et entiers frais les recherches nécessaires pour détecter une seconde Adèle Joannette, vous permettant ainsi d'entrer en contact avec deux personnes de ce genre pour le prix d'une seule.*

Espérant le tout à votre entière satisfaction, nous demeurons à votre service,

Peter Jeunot
détective, membre fondateur de la B.I.P.I.R.O.T.O.

— Que le nez lui crochisse et que les oreilles lui pourrissent, fit-elle en laissant tomber le chèque dans son sac à main. Mon bain, à présent.

En se glissant dans l'eau chaude, elle se demanda avec désespoir où elle trouverait la force d'attendre jusqu'au lendemain après-midi les renseignements sur sa nièce.

Pendant ce temps, Clément Fisette remontait vitement chez lui avec Denis sur les talons. Il s'arrêta soudain au milieu de l'escalier :

— Écoute, gagnons du temps : pendant que j'attrape une boîte de carton, va avertir madame Pomerleau que je t'emmène avec moi à Montréal, puis attends-moi dans le vestibule.

— Ma tante, cria Denis en ouvrant la porte, Clément et moi, on s'en va chercher l'oiseau !

— Pauvre toi, lança Juliette dans un grand brassement d'eau, il aura eu le temps de s'envoler mille fois ! Enfin... ne reviens pas trop tard : tu as de l'école demain.

— Fais attention, Clément, murmura Denis, un peu effrayé, en se cramponnant à la poignée de la portière tandis que la *Pinto*, lancée sur le pont Jacques-Cartier, enfilait la redoutable courbe *Familex*. Il y a eu un gros accident ici hier soir.

— Un oiseau unipédiste : quel sujet extraordinaire ! pensait Fisette sans écouter l'enfant. Je vais utiliser ma nouvelle pellicule *Fujicolor MX-227*.

En posant le pied sur le trottoir en face du 1759, Sainte-Catherine Est, Denis poussa une exclamation de dépit : l'oiseau avait disparu, abandonnant ses grains de maïs qu'on apercevait près d'une marche, éparpillés sans doute par le pied d'un passant. Ils arpentèrent le trottoir, fouillant des yeux chaque recoin, puis, parvenus à la rue Cartier, tournèrent à droite en direction du fleuve. Fisette s'avança dans un terrain de stationnement.

— Le voilà ! s'exclama Denis en pointant le doigt vers une touffe de graquias séchée qui sortait d'une crevasse au pied d'un soupirail.

— Mais c'est un merle des Indes ! s'écria Fisette. Il vaut une petite fortune !

L'oiseau, gavé de maïs, éprouvait de telles lourdeurs digestives que la vue du tas de grains avait fini par l'écœurer, lui faisant presque oublier la douleur lancinante de son moignon. Il avait senti le besoin de se retirer un moment à l'écart pour digérer en paix avant de s'envoler vers sa corniche. L'apparition de Denis diminua un peu la crainte que lui inspirait l'étranger qui l'accompagnait. Ce sentiment de plaisir et la difficulté qu'il avait à se déplacer à cause de son estomac trop plein et de sa patte amputée firent qu'il hésita quelques secondes à s'enfuir. Un bruit sourd l'enveloppa brusquement et il se retrouva dans une noirceur opaque. Ses ailes frappèrent désespérément contre une surface rigide qui amplifiait le bruit des battements et augmentait sa terreur.

— Va me chercher le morceau de contreplaqué dans le coffre de l'auto, ordonna Fisette.

Le photographe glissa délicatement le morceau sous la boîte tandis que l'oiseau s'agitait de plus belle, puis la remit à l'endroit, l'ouverture soigneusement bouchée, et se dirigea vers l'auto :

— Ne t'inquiète pas, mon vieux : dans une heure, ton merle se rendra compte que nous sommes ses plus grands amis.

Denis sautillait de joie :

— Qu'est-ce qu'on fait, maintenant ?

— Il va d'abord passer la nuit chez moi. Quand il sera un peu calmé, j'essayerai de le soigner. Et, s'il se montre gentil garçon, je commencerai mes séances de photo.

L'enfant ouvrit des yeux étonnés :

— Tu veux le photographier ?

— Eh oui ! Ce n'est pas tous les jours qu'on tombe sur un merle des Indes à un pied.

— Ma foi, se dit Denis en s'installant sur le siège arrière près de la boîte, ma tante a raison : il n'y a que la photographie qui l'intéresse dans la vie. C'est peut-être pour ça qu'il ne vient presque jamais de filles à son appartement. Bohu est différent, lui.

— Et alors ? fit Juliette en ouvrant à son petit-neveu, drapée dans un monumental kimono rouge feu. L'avez-vous attrapé ?

L'enfant hocha la tête avec un sourire victorieux :

— Il dort chez Clément, en haut du vaisselier. C'est un merle des Indes. Un très bon merle. Il s'est même perché sur mon pouce pendant une minute, et avec une seule patte !

— Eh bien, tant mieux. Il a eu beaucoup de chance de te rencontrer. Je suis sûre que Clément va s'en occuper comme de son propre fils. Et maintenant, vite ! Ton bain, puis au lit ! Imagine-toi donc, mon cher, qu'il est presque dix heures !

Elle retourna dans sa chambre et se coucha. Le bruissement de l'eau dans la salle de bains parvenait faiblement à ses oreilles. Elle prit plaisir à imaginer le moment où, la bonde levée, le bain se viderait de son eau savonneuse, qui filerait dans les tuyaux jusqu'à la nouvelle section de plastique installée en diagonale sous le plancher de la cave, pour arriver, toute refroidie, jusqu'à l'égout collecteur qui l'amènerait à l'usine d'épuration d'où elle irait se perdre dans le fleuve. Elvina, qui avait sûrement entendu fonctionner les robinets au cours de la soirée, devait rager d'avoir englouti tant d'argent pour une vengeance si courte. Mais peut-être en ourdissait-elle déjà une autre ?

— Sûrement, se répondit Juliette à voix haute. Voilà pourquoi il faut absolument que nous partions d'ici. Et ce monsieur Vlaminck qui n'appelle pas... Ce n'est pas bon signe...

Elle se rendit compte alors que l'eau du bain coulait toujours et consulta le cadran lumineux de son réveille-matin. Il était dix heures vingt.

— Pourvu qu'il ne se soit pas endormi, le petit sacripant, fit-elle en jetant les jambes hors du lit.

Elle s'élança de sa chambre pieds nus et enfila le corridor :

— Denis ! qu'est-ce que tu fais ? Denis, répéta-t-elle d'une voix éteinte.

Elle poussa la porte de la salle de bains. L'enfant se retourna, plongeant vivement les mains dans l'eau pour cacher son sexe.

— Allons, dépêche-toi, je t'en prie, ordonna Juliette en retenant un sourire. Tu ne m'entendais pas ? Il est tard sans bon sens. Tu vas ronfler en classe demain... Il devient de plus en plus pudique, se dit-elle en refermant la porte, ou alors...

Elle alla se recoucher et essaya de dormir, mais s'aperçut au bout d'un moment qu'elle attendait que la baignoire se vide. La bonde fut enfin levée. Mais les éructations que laissa échapper la baignoire en perdant ses derniers litres d'eau durent réveiller d'obscures appréhensions au fond d'elle-même, car elle fronça les sourcils et son humeur vira au noir. La semaine écoulée lui apparut comme remplie d'une agitation stérile et insensée ; elle avait l'impression qu'au lieu de le contourner, elle s'était stupidement jetée dans un immense marécage où s'épuisaient en pure perte ses forces encore fragiles.

— Pauvre plorine ! Tu te brûles la carcasse à courir après une écervelée qui va se remettre à te compliquer la vie dès qu'elle apparaîtra, comme elle l'a toujours fait. Et le but de tout ça ? Lui confier un enfant sensible et délicat qu'elle va bardasser à gauche et à droite comme s'il était en fonte. À moins qu'elle ne nous envoie tous les deux au diable, ce qui serait sans doute la meilleure chose. Et puis, comme si ce n'était pas assez, tu veux maintenant acheter une vieille maison pleine d'infirmités et amener tous tes locataires dedans pour jouer à la reine au milieu de sa cour ! Dire qu'il n'y a pas si longtemps, tu avais de la misère à t'envoyer un peu d'air au fond des poumons ! As-tu oublié que c'est un miracle si tu vois la couleur du jour ? Cesse donc de t'enfler la falle et marche selon tes moyens, cuisse de puce ! Achète-toi donc une bonne petite maison neuve pas trop loin du Vieux Longueuil et que le diable emporte Adèle, ses couettes et ses jupons !

Un calme souverain descendit en elle après cette virile admonestation. Elle ferma les yeux et se laissa couler doucement dans le sommeil, toute fière d'être enfin revenue sur la voie du bon sens.

▲

Le lendemain, vers onze heures, ses bonnes résolutions volaient en éclats. Elle se disposait à monter chez Clément Fisette qui, en l'absence de Martinek et de Rachel, lui avait demandé d'aller jeter un coup d'œil à son merle des Indes, lorsque le téléphone sonna.

— Est-ce que j'ai bien l'honneur de parler à madame Juliette Pomerleau ? fit une voix chantante au bout du fil.

— Oui, c'est moi.

— Marcel Vlaminck à l'appareil. Mon épouse m'a appris que vous étiez venue chez nous hier dans l'intention éventuelle de faire une offre d'achat pour notre... *petit manoir.*

— Si on veut, oui. Ce n'est qu'un vague projet, bien sûr. Tout... dépend des conditions.

— Ma femme m'a également dit, continua Marcel Vlaminck, que vous lui sembliez une personne sérieuse et réfléchie et que vous aviez déjà habité notre *manoir* durant votre jeunesse.

— C'est exact. La maison appartenait à une de mes tantes.

— Eh bien, votre projet – si nous pouvions en arriver à une entente – s'harmoniserait assez bien avec un des miens, car je songe à *vendre*, figurez-vous (le mot semblait s'être transformé en pierre et lui être tombé au fond de la gorge), mais pas à n'importe quelles conditions, bien sûr. J'ai dépensé des quantités d'énergie et d'argent *énormes* pour ce *manoir*, qui constitue pour nous une source de revenus importante, et mon cœur y est très attaché, voyez-vous... peut-être même plus que le vôtre. Cela est difficile à mesurer.

— Oui, bien sûr. Combien voulez-vous le vendre ?

— Eh la la ! vous n'y allez pas par quatre chemins ! Il faudrait que j'y pense un peu, tout de même. Vous connaissez aussi bien que moi la valeur architecturale et *historique* de ce *manoir*.

Juliette éloigna un peu le combiné de son oreille, car celle-ci était devenue toute moite et engourdie.

— Et puis, il faudrait également que je sache si j'ai envie de vous le vendre à *vous*! poursuivit-il avec un accent de bonne humeur qui émoussait un peu les aspérités de sa remarque. Comment décider d'une chose aussi complexe au cours d'une simple conversation téléphonique ?

— Quand puis-je vous rencontrer, monsieur ? demanda calmement Juliette.

— Malheureusement, je n'ai pas mon agenda devant moi. Je le consulte et je vous rappelle vers la fin de l'avant-midi. Ça vous va ? Mes salutations, madame.

— Hum, se dit Juliette en raccrochant, je pense, ma vieille, que tu es mieux d'oublier ton *manoir* tout de suite. Il ne veut pas vendre, ou il cherche à faire un coup d'argent.

Elle montait chez Fisette lorsque le téléphone sonna de nouveau. Retrouvant une prestesse qu'elle croyait perdue à tout jamais, elle parvint à mettre la main sur le combiné à la troisième sonnerie. C'était madame Longpré, la boutiquière des *Variétés Marco* qui, après de longues recherches, venait de retrouver la carte de Noël de son ancienne femme de ménage sous une pile de serviettes de bain.

— Dieu sait qui l'avait fourrée là... Je l'ai découverte quasiment par hasard. Si les enfants de ma sœur n'avaient pas mis mon armoire à linge sens dessus dessous la semaine dernière, je serais encore en train de la chercher.

La femme de ménage en question, qui, lors de son remariage, avait changé son nom de Métivier pour celui de Lachapelle, demeurait au 1235 de la rue Murdoch, à Chicoutimi. Trois minutes plus tard, Juliette lui parlait.

— Le nom du monsieur qui demeurait au-dessus des *Variétés Marco* ? fit-elle d'une voix gutturale et caverneuse, comme si elle parlait du fond d'un puits. Je ne suis pas près de l'oublier ! Il ne m'a jamais payé mon dernier mois, le cochon. Qu'est-ce que vous lui voulez ?

— Rien de particulier. Je suis à la recherche d'une de mes nièces et je viens d'apprendre qu'il a déjà vécu avec elle.

— Parlez-vous de madame Joannette ?

— Oui.

— Mais je l'ai très bien connue ! Mon Dieu qu'elle avait l'air malheureuse avec lui, la pauvre ! Elle était gentille, elle, au moins. Elle me faisait la conversation, s'informait de mes enfants, m'offrait du café... mais lui !

— Quel est son nom ? demanda Juliette d'une voix pressante.

— Fernand Livernoche. Quand il parlait, c'était pour bougonner. Et quand il ne bougonnait pas, c'est qu'il m'espionnait. Et suce-la-cenne ! Il comptait les secondes, madame. Si je partais à cinq heures moins dix plutôt qu'à cinq heures, vous pouvez être sûre que ça paraissait sur ma paye. Les pantalons toujours fripés, les souliers jamais cirés, les mains couvertes de marques de stylo, il n'avait pas grand air, je vous prie de me croire. Mais, par contre, il fallait que son appartement soit prêt à recevoir le pape. Il me demande un beau jour de laver le plancher de son corridor. La veille, je m'étais donné un tour de reins, le médecin m'avait mis aux *292*, mais je ne dis pas un mot et je le lave (de toute façon, avec lui, on n'avait pas le choix !). Eh bien, savez-vous ce qu'il a fait quand le plancher a été séché ? Pendant que je nettoyais sa salle de bains, il a enlevé ses souliers, enfilé des chaussettes blanches et il s'est amusé à patiner dans le corridor pendant dix minutes. Ensuite, il est venu me mettre sous le nez le dessous des chaussettes, qui était un peu gris. Je ne sais pas ce qui m'a retenue de lui envoyer une claque en pleine face.

D'autres anecdotes suivirent. Juliette s'exclamait, compatissait, s'indignait de son mieux, avide de connaître les moindres détails de la vie et du caractère de ce Fernand Livernoche qui la conduirait peut-être jusqu'à sa nièce.

— Quel était son métier, à ce monsieur ?

— Vendeur de livres d'occasion, madame. Il tenait une petite librairie sur la rue Ontario, près d'Amherst. J'y suis allée une fois. Bonne sainte Anne ! quelle cabane ! Il devait y avoir plus de souris que de livres !

— Et vous n'avez pas idée où il se trouve présentement ?

— Pas la moindre. Un bon jour – c'était en 1978, au mois de novembre... ou plutôt en 79, je pense – il a déménagé à la sauvette en emportant avec lui trois mois de loyer... et ma paye pour quatre journées de ménage – et je ne lui ai jamais revu le bout du nez. Si vous le retrouvez, faites-moi donc signe. J'aimerais lui rappeler mon nom.

— Et ma nièce, vous n'en avez plus jamais entendu parler non plus ?

— Eh non ! Je pense souvent à elle, vous savez, et à son bébé, qui doit être un grand garçon maintenant. J'allais le garder parfois l'après-midi. Elle donnait un coup de main de temps à autre à la librairie ou alors, elle sortait pour se changer les idées. À vivre avec ce gros sans-cœur, elle devait en avoir besoin !

La bonne dame s'apprêtait à continuer sur sa lancée lorsqu'elle se souvint tout à coup qu'il s'agissait d'un interurbain :

— Mon Dieu ! mais je suis en train de vous mettre dans la rue avec ma grand-langue. Excusez-moi, madame. Je vous laisse. Bonne chance ! Et quand vous reverrez votre nièce, n'oubliez pas de lui dire que sa bonne Gilberte pense toujours à elle.

Juliette, songeuse, tapota de ses doigts boudinés le guéridon où reposait l'appareil, puis s'empara du bottin de Montréal et se mit à le feuilleter, affalée dans un fauteuil. Aucun Fernand ou F. Livernoche n'y apparaissait. Elle regarda au mot «librairie» sans plus de succès.

— Seigneur! le merle! s'écria-t-elle soudain.

Elle gravit de nouveau l'escalier. Des palpitations l'obligèrent à s'arrêter un moment au premier étage, puis un peu plus longuement au second.

— Quarante-deux marches pour aller voir... si un merle à une patte se porte bien, marmonna-t-elle d'une voix sifflante.

Fouillant dans la poche de son tablier, elle saisit une clef et ouvrit la porte. L'oiseau, perché sur le dossier d'un canapé, frémit légèrement à son apparition, mais ne quitta pas sa place. Il la fixait en roulant des yeux un peu effarés et les griffes de sa patte s'enfonçaient spasmodiquement dans le tissu.

— C'est vrai qu'il est magnifique, fit Juliette en s'épongeant le visage.

Elle s'assit dans un fauteuil en face du merle :

— Qui a été assez méchant pour te mutiler ainsi, mon pauvre? Dieu que j'ai chaud!

L'oiseau l'observa un moment, puis se dirigea en clopinant au bout du canapé et poursuivit son examen. Un léger malaise se répandit en Juliette. Le regard du merle semblait avoir perdu son inexpressivité un peu stupide et s'être chargé d'une tristesse profonde, si pleine de doux reproches qu'on aurait dit qu'il allait se mettre à parler. Le salon ensoleillé en parut lugubre. Elle se leva et se dirigea vers la porte :

— Allons, puisque tu sembles aller bien, je te laisse à tes réflexions et je retourne à mes affaires.

Elle redescendit à son appartement, s'installa au téléphone et prit d'assaut le service de renseignements, fouillant les quatre coins du Québec à la recherche d'une librairie Livernoche. Une heure plus tard, elle avait acquis la certitude d'être sur une fausse piste. Elle eut faim et alla se préparer une omelette aux champignons.

Dans la cour, des moineaux se disputaient une croûte de pain gelée. Quelques jours auparavant, le peu de neige tombé avait fondu, puis le temps s'était de nouveau refroidi. On n'annonçait aucune précipitation.

— Noël dans quatre jours, et je n'ai pas un seul cadeau d'acheté, pensa la comptable avec un serrement de gorge. Il faut que je trouve le temps d'aller en ville. Ah! ces magasins remplis d'excités qui se marchent sur les pieds. Je vais demander à Bohu d'aller me choisir un sapin.

Le regard du merle des Indes, la description hostile que l'ancienne femme de ménage avait faite de Fernand Livernoche et le mystère impénétrable qui entourait sa nièce se combinèrent peu à peu dans sa tête en une sorte de vapeur sombre qui la plongea dans l'angoisse. Elle repoussa son assiette à demi pleine et, posant les mains sur les hanches, soupira :

— Bon Dieu! qu'est-ce que je vais faire? Je me sens comme une mouche dans un pot de colle!

Le téléphone sonna.

— Comment va mon merle? demanda Fisette d'un ton faussement détaché.

— Mieux que moi, répondit Juliette. Je ne sais plus où j'en suis. Je viens d'apprendre le nom de l'homme avec qui vivait ma nièce en 1979, quand elle m'a laissé Denis. Mais impossible de le retracer. Voilà une heure que je suis au téléphone. J'en ai l'oreille en compote.

— Comment s'appelle-t-il?

— Fernand Livernoche. Une sorte de libraire. C'est sans doute lui, reprit-elle, saisie par une idée subite, qui m'a appelée ce fameux 6 avril pour m'annoncer qu'Adèle avait un empêchement et ne pourrait me rencontrer qu'en début de soirée. Évidemment, c'était pour lui donner le temps de filer, en me laissant Denis sur les bras. C'est peut-être lui, d'ailleurs, qui l'a forcée d'abandonner l'enfant, sait-on jamais? Je cours peut-être après un malfaiteur, une crapule, un assassin!

— C'est peut-être aussi le fils naturel de Hitler, répondit Fisette, pince-sans-rire. Il s'est monté une armée secrète. Il va s'emparer du Québec, puis attaquer les États-Unis. Dans trois jours, nous serons en pleine guerre nucléaire.

Il s'esclaffa, puis :

— Alors, vous êtes allée voir mon merle? Il n'a pas trop crotté mon appartement, au moins?

— Je n'ai pas vu de crottes et je l'ai trouvé très calme. Il est beaucoup plus sérieux que vous.

— Pourquoi n'allez-vous pas à la bibliothèque de Montréal? poursuivit l'autre sans relever la remarque. On y trouve tous les annuaires téléphoniques du Québec. Vous pourriez y faire une provision de Fernand Livernoche et fouiller dedans pour dénicher le bon.

— Enfin, une parole sensée. J'y vais tout de suite.

— Pas si vite ! J'avais autre chose à vous demander.

Quelques secondes passèrent.

— Eh bien ! Qu'attendez-vous ?

— Je... Est-ce que vous auriez le temps, fit-il, presque honteux, d'aller faire un autre petit tour à mon appartement vers le milieu de l'après-midi ? Je tiens beaucoup à cet oiseau. J'ai en tête une série de photos extraordinaires.

— J'essaierai. Mais je ne peux être partout à la fois, quand même. Sueur de coq, murmura-t-elle en raccrochant, si je ne le connaissais pas si bien, il me ferait presque peur. Ce qu'il peut être bizarre, parfois... On dirait qu'il va l'épouser, son merle !

Vers une heure trente, Juliette pénétrait dans la bibliothèque municipale et commençait ses recherches. Deux heures plus tard, sa provision de Livernoche était faite. C'était plutôt maigre : deux Fernand et quatre F. Livernoche. Elle retourna chez elle en vitesse et recommença ses appels. Le Fernand Livernoche de Mont-Laurier avait soixante-douze ans et venait de vendre son épicerie à son fils Hector; au cours de l'entretien téléphonique, il exprima plusieurs fois avec véhémence sa haine viscérale pour les vendeurs de livres (et en particulier pour les vendeurs d'encyclopédies), malgré les assurances répétées de Juliette qu'elle ne vendait rien du tout, mais cherchait plutôt un libraire qui était son homonyme. Le deuxième Fernand ne répondait pas. Des quatre F., il ressortit que l'un se prénommait Fabien, l'autre, François, et le troisième, Fortunat, qu'aucun d'eux ne semblait avoir touché à un livre depuis des lustres et ne connaissait Fernand Livernoche, libraire. Quant au dernier, lui non plus ne répondait pas.

Denis arriva de l'école sur ces entrefaites et Juliette soupçonna aussitôt à son air qu'il venait de se passer quelque chose de grave.

— Non ! j'ai rien ! répondit l'enfant, irrité. Laisse-moi tranquille.

Elle le regardait, bouche bée, toutes ses appréhensions confirmées. L'enfant lui tourna le dos et se retira dans sa chambre. Elle resta debout au milieu de la pièce, désemparée, puis retourna au téléphone et composa une seconde fois le numéro du Fernand Livernoche de Valleyfield. Il venait tout juste d'arriver dans son minuscule deux-pièces en sous-sol, dont les fenêtres donnaient sur la bruyante rue Dufferin, et s'apprêtait à jeter dans une poêle quatre bouts de saucisses et quelques

tranches de pommes de terre bouillies, qui devaient constituer
son repas solitaire. C'était un célibataire de cinquante-deux ans,
concierge dans une école. D'une petite voix timide et terne, que
les coups de klaxons couvraient à tous moments, il répondit à
Juliette qu'elle se trompait de personne ; il avait bien connu
autrefois un certain Livernoche – son prénom lui échappait – qui
vendait des encyclopédies dans la région de Nicolet, mais il en
avait perdu toute trace depuis longtemps.

— Un autre cul-de-sac, soupira la comptable en quittant la
salle à manger.

Elle se dirigea vers la chambre de son petit-neveu qu'elle
trouva sur son lit en train de lire un *Astérix*. Il feignit d'ignorer
sa présence, mais rougit légèrement et son visage se crispa.
Elle lui demanda de nouveau ce qui n'allait pas. La seconde
d'après, il fondait en larmes et se vidait le cœur.

C'est ainsi que Juliette apprit que depuis deux jours, à son
retour de l'école, il se faisait suivre par une jeune femme
jusqu'à la maison. Cette après-midi, elle l'avait abordé pour lui
annoncer qu'il était son fils et lui demander ce qu'il souhaitait
comme cadeau de Noël.

Juliette le regardait, atterrée.

— Est-ce que c'est vrai que je suis son fils ? demanda l'enfant
d'une voix tremblante.

— Décris-la-moi. Il s'agit de la fausse Adèle, bien sûr, se dit-
elle quand Denis eut terminé. Ce maudit détective m'a jeté une
folle dans les jambes, comme si je n'étais pas déjà assez
empêtrée. Écoute-moi, fit-elle en le prenant par les épaules.
Cette femme n'est *pas* ta mère. C'est une malade qui *se croit*
ta mère. C'est la femme chez qui nous sommes allés l'autre
jour avec ce niaiseux de détective qui ne fait pas la différence
entre une locomotive et un piano. Je vais tout de suite dénon-
cer cette folle à la police et, s'il le faut, je me rendrai chez elle
lui mettre les points sur les i. Mais en attendant, je ne veux pas
que tu t'éloignes seul de la maison, m'entends-tu ? À partir de
demain, j'irai moi-même te conduire et te chercher à l'école
jusqu'à ce qu'on arrête cette malade. Qui sait ? Elle est peut-
être dangereuse.

Une heure plus tard, deux policiers se présentaient chez elle
pour enregistrer sa plainte. Il fut convenu que dans les jours
suivants Denis serait soumis à une surveillance policière durant
son parcours entre l'école et la maison et que les abords de
celle-ci seraient également surveillés.

— N'allez pas chez cette femme, recommandèrent les policiers à Juliette. On va s'en occuper nous-mêmes. Vous pourriez frapper un nœud. Les têtes fêlées, c'est rempli de toutes sortes d'idées.

— Et toi, mon beau merle, est-ce que tu as besoin de ta mère pour être heureux ? chuchotait Denis qui, aussitôt après avoir raconté l'incident, était monté en courant à l'appartement de Fisette.

L'oiseau boitilla jusqu'au milieu de la cuisine, puis, quittant le plancher dans un battement d'ailes saccadé, atterrit sur la table juste devant l'enfant. Son regard imperturbable fixé sur Denis, il avança le bec à quelques centimètres de son nez et demeura immobile. Cela constitua pour le garçon une réponse très claire, qu'il reçut avec émotion.

Des coups résonnèrent soudain à la porte et la voix de Martinek s'éleva :

— Allons, jeune homme, je t'ai entendu passer tout à l'heure. Ouvre-nous pour nous montrer la merveille du siècle.

— Quel magnifique oiseau, murmura Rachel tandis que le merle, tout effaré, allait se poser sur le frigidaire.

Elle grimpa sur une chaise pour mieux l'examiner et, dans le mouvement qu'elle fit, une odeur troublante et capiteuse s'échappa de sa jupe et enveloppa l'enfant, toujours assis.

— Quel plumage magnifique, reprit la violoniste, extasiée. Mais il lui faut une prothèse, à ce pauvre animal. Est-ce que Clément y a pensé ?

— Eh bien! mon dernier Fernand Livernoche vient de voler en éclats, annonça tristement Juliette en déposant au milieu de la table un plat de brioches à la cannelle.

Vers six heures, elle avait invité Martinek, Rachel et Fisette à prendre le dessert afin de faire le bilan de la situation.

— Il est mort avant-hier à l'hôpital universitaire de Sherbrooke à l'âge de 96 ans. Ce n'était pas notre homme, je pense.

Clément Fisette s'amusa un instant à tenir en équilibre une pacane sur la pointe de son couteau.

— Fin des Fernand, conclut-il avec un sourire moqueur. Avez-vous pensé à contacter l'Assoc...

— L'Association des libraires du Québec? Vous m'auriez pris pour une cruche si je ne l'avais pas fait, hein? Eh bien, oui, je leur ai téléphoné tout à l'heure, mais les bureaux venaient de fermer. Je les rappelle demain matin.

— S'il est encore libraire et s'il est membre de l'Association, il va tomber dans votre assiette comme un gros poisson tout cuit et il ne nous restera plus qu'à le déguster.

Martinek fit alors une timide plaisanterie sur l'intérêt que sa propriétaire semblait manifester depuis quelque temps pour les hommes, puis Rachel enchaîna par des questions malicieuses sur Alexandre Portelance.

— Je vous trouve bien chanceux d'avoir le cœur à rire, mes enfants. Cela prouve que vous êtes heureux. Quant à moi, pour l'instant, je collectionne les tuiles et les cheveux blancs.

Elle leur fit part de l'incident de la fausse Adèle et des mesures que la police avait cru bon de prendre pour protéger l'enfant.

Rachel se rembrunit:

— Oh oh! je n'aime pas ça du tout...

Fisette se leva brusquement:

— Venez avec moi, madame Pomerleau. Nous allons rendre une petite visite à cette charmante personne.

— Il n'en est pas question. On me l'a défendu.

— Personne ne me l'a défendu à moi, répondit le photographe en souriant. Je meurs d'envie d'avoir une conversation avec cette... mère chronique.

On eut beau le supplier, Fisette persista dans sa résolution. La curiosité et le goût de jouer un mauvais tour l'obnubilaient. De guerre lasse, l'obèse se décida à l'accompagner pour l'avoir à l'œil. Pointant vers lui un doigt menaçant :

— Vous êtes averti : une seule petite bêtise et je vous jette à la porte, monsieur l'amateur de farces plates.

— La Régie me protège, ricana Fisette, et surtout votre bon cœur.

Il s'avança et lui ouvrit la porte :

— Cela dit, je vous promets obéissance et docilité jusqu'à mon refroidissement final. Et même, je me propose comme chauffeur.

— Ce n'est pas de refus, je suis crevée. Clément, fit Juliette lorsque l'auto déboucha sur le boulevard Saint-Joseph, si jamais il y avait le moindre indice que la police se trouve sur les lieux ou dans les alentours, on file tout droit, hein ?

— On file tout droit.

— Voilà, nous sommes presque arrivés. Vous tournez à gauche dans Coloniale. La ruelle Marmette se trouve à votre droite. Je ne vois personne, constata Juliette après avoir longuement examiné les lieux. Stationnez-vous plus bas, le long de cette cour d'école.

— Tout ce que vous voudrez, répondit le photographe avec un sourire moqueur.

Ils sortirent de l'auto et remontèrent lentement la pente de la rue Coloniale.

— Finalement, mon cher, fit Juliette, vous avez peut-être eu une bonne idée de m'amener ici. Cela va me faire le plus grand bien de secouer un peu les poux à cette détraquée. Voilà un mois que je m'use les nerfs en pure perte. J'ai besoin d'une bonne engueulade.

Les touffes de bardane devant le perron, toutes brunies par le gel, avaient l'air plus misérables que jamais. Fisette contempla l'édifice. Les fenêtres des trois logis étaient obscures.

— C'est au 79, souffla la comptable. Allez donc voir si elle s'y trouve, cela me sauvera des marches.

Fisette lui fit un clin d'œil et traversa la rue. Sa démarche avait subtilement changé. Il avançait d'un pas souple et glissant, les épaules arrondies; une intense excitation lui faisait tourner la tête par petits mouvements saccadés comme ceux d'un oiseau.

— Il va faire une gaffe, se dit Juliette, qui partit aussitôt derrière lui.

Il grimpa le perron en deux sauts, se rendit au 79, appuya son nez contre la vitre, puis souleva le couvercle de la boîte aux lettres. Elle était pleine à craquer.

— Mais que faites-vous là? Laissez ça! s'écria Juliette en arrivant près de lui.

Le photographe examina rapidement le courrier, le remit dans la boîte et, appuyant l'index sur le bouton de la sonnette :

— Il y a une lettre qui porte le cachet postal du 18 décembre. Je doute qu'elle demeure encore ici. D'après moi, elle a senti la soupe chaude et filé chez tante Sauvette.

Trois fois ils entendirent la sonnette résonner faiblement. Après une dernière tentative :

— Eh oui, fit-il, maussade, notre *mater dolorosa* est allée cacher sa peine ailleurs.

Il se rendit au bout du perron, enjamba la balustrade et, s'accrochant d'une main à la boîte aux lettres, se pencha en avant pour jeter un coup d'œil par la fenêtre, malgré les protestations scandalisées de sa compagne.

— Les meubles y sont encore, il faudra revenir, dit-il en sautant du perron dans une touffe de bardane séchée; de petites boules épineuses s'accrochèrent au bas de son pantalon.

— Dès qu'elle croira l'orage passé, ajouta-t-il, nous allons revoir son grand nez, j'en suis sûr.

— Qu'est-ce qui nous pend au-dessus de la tête? soupira l'obèse en se rassoyant dans l'auto.

Fisette lui adressa un étrange sourire :

— Nous avons raté une belle scène. Mais ce n'est que partie remise.

Ils roulaient sur le boulevard Saint-Joseph.

— Ça vous dérangerait si je vous laissais au métro? Comme je suis en ville, j'en profiterais pour aller faire ma vérification comptable mensuelle chez *Virilex*.

Le photographe pénétra dans la station Laurier, songeur. Où cette satanée fausse Adèle avait-elle bien pu se nicher? Peut-être à Longueuil, afin de se rapprocher de son enfant chéri? Il brûlait de la confondre par ses questions subtiles, puis de la voir monter dans un panier à salade.

En arrivant chez lui, pour se consoler de sa déception, il s'amusa à confectionner une patte à son merle des Indes avec du papier mâché et de la colle époxy.

À neuf heures pile le lendemain matin, Juliette téléphonait à l'Association des libraires du Québec et apprenait qu'un Fernand Livernoche faisait commerce de livres au 83 de la rue Saint-Antoine à Trois-Rivières, sous l'enseigne de *La Bonne Affaire – livres neufs et usagés*.

— Surtout, n'allez pas téléphoner, lui enjoignit Fisette qu'elle avait rejoint à son travail. Écoutez, fit-il après quelques secondes de réflexion, je vais essayer d'obtenir congé pour vous accompagner là-bas. Elle commence à m'intéresser, votre nièce.

— Ah! vous êtes gentil, répondit Juliette soulagée. Je n'osais vous le demander. Pour ne rien vous cacher, je suais comme un glaçon au soleil à l'idée d'y aller toute seule... Mais j'allais oublier : il faut d'abord que je trouve quelqu'un pour s'occuper de Denis à son retour de l'école. Il n'est pas question de le laisser seul à l'appartement après ce qui s'est passé hier. Je vous rappelle dans deux minutes.

Elle téléphona à Bohuslav Martinek et lui demanda s'il pouvait accueillir l'enfant vers quatre heures et le faire souper.

— Bien sûr. J'en profiterai pour lui donner sa leçon de piano.

Juliette le remercia, rappela Fisette, puis griffonna un mot à l'intention de son petit-neveu et alla le fixer sur la porte d'entrée, tandis que le photographe quittait le *Studio Allaire*, sa trousse d'appareils photographiques accrochée à l'épaule.

▲

En homme délicat, Bohuslav Martinek avait déployé les plus grands efforts pour cacher à Juliette qu'elle venait de le tirer du lit. Il avait travaillé jusqu'à deux heures du matin pour terminer l'orchestration de sa nouvelle symphonie, puis, les jambes flageolantes, la tête lourde et remplie de pensées confuses, il s'était dirigé vers sa chambre à coucher où Rachel dormait depuis longtemps. Mais le café dont il avait abusé pendant son travail lui réservait un mauvais tour. Il s'endormit en posant la tête sur l'oreiller et se retrouva aussitôt dans une pièce richement meublée qui prenait son jour d'une baie vitrée ayant vue sur un grandiose paysage des Alpes. Debout devant lui, Richard Strauss – dont il n'avait jamais trop aimé la musique – lui donnait une leçon d'orchestration. C'était un monsieur grassouillet, dans la cinquantaine avancée, l'air prospère et bon vivant, la mine avantageuse, vêtu d'un pantalon de toile blanche et d'une chemise de soie bleu pâle largement échancrée. L'un des boutons de la chemise s'était défait et Martinek apercevait un bout de la bedaine de monsieur Strauss, recouverte d'une toison blanche dont la vue lui déplaisait souverainement. Il souhaitait passionnément s'en aller, car les propos du compositeur allemand l'ennuyaient à mourir, mais, pour une raison mystérieuse, il ne le pouvait pas. Monsieur Strauss s'alluma un cigare et la pièce se remplit soudain d'une fumée âcre et opaque ; le massif des Alpes disparut, et monsieur Strauss aussi.

— Elle est pas mal, votre symphonie, poursuivait néanmoins le compositeur, mais l'orchestration est à refaire complètement. Vous allez la reprendre tout de suite en vous inspirant de mon poème symphonique *Ein Heldenleben*. Sinon, lança-t-il, jetez tout à la poubelle et fichez-moi la paix !

Une main perça le nuage de fumée, tenant la partition du poème :

— Voilà, mon ami. Lisez-moi ça. Et n'oubliez pas, hurla Strauss : les trombones toujours en double, et n'ayez pas peur des trompettes !

Martinek, toussant de plus en plus, se retrouva debout devant un secrétaire et se mit à réorchestrer sa symphonie à une vitesse effarante, jetant l'œil à tous moments sur la partition de son professeur. Le résultat de son travail l'horripilait. Soudain, il se mit à pleurer à chaudes larmes, rejeta ses couvertures et s'assit sur le bord de son lit dans la lumière du petit matin. Rachel, soulevée sur un coude, le regardait, effrayée :

— Qu'est-ce que tu as, Bohu ?

Il posa sur elle un œil égaré :

— J'ai fait un rêve affreux. Richard Strauss m'obligeait à reprendre ma symphonie. Ah... j'en suis encore tout oppressé...

Il se recoucha, tourna un peu dans son lit, puis s'endormit. À neuf heures, l'appel téléphonique de Juliette le réveilla pour de bon, le privant des trois heures de sommeil dont il aurait eu besoin pour abattre sans peine sa journée de travail. Il revint dans sa chambre et s'habilla. Rachel était partie à huit heures pour sa leçon de violon chez madame Turovsky; malgré la satisfaction qu'on lui témoignait à l'orchestre, elle voulait continuer à se perfectionner.

— Les répétitions, les concerts, les leçons de madame Turovsky et ces trois élèves qu'elle s'obstine à garder, tout cela est trop, pensa Martinek en boutonnant sa chemise (le tissu froid et soyeux lui fit serrer les dents). Elle va finir par s'épuiser et son jeu, au lieu de s'améliorer, va se gâcher. Ambitieuse, va, lança-t-il en se dirigeant vers la cuisine.

Il aperçut la cafetière de porcelaine blanche sur la table et lui jeta un regard venimeux. Pourtant, deux minutes plus tard, il mettait en marche le moulin à café et remplissait la bouilloire. Pendant que l'eau chauffait, il jeta un coup d'œil à la fenêtre. La rue Saint-Alexandre baignait dans une lumière dure et un peu sèche, donnant aux arbres et aux maisons une apparence d'inaltérabilité réconfortante. Même les feuilles jaunâtres et flétries qui jonchaient le sol, au lieu de faire naître des idées de mort et de décomposition, avaient l'air tout simplement d'un somptueux tapis qu'on pourrait admirer indéfiniment, année après année.

Martinek voyait tout cela, mais il avait en même temps l'impression qu'une pellicule transparente le coupait insidieusement de la réalité, l'empêchant de la saisir avec son acuité habituelle.

— Ma mauvaise nuit, soupira-t-il. Aussi bien me résigner : je ne ferai rien de bon aujourd'hui.

Quelqu'un frappa à la porte.

— Écoute, Bohu, fit Clément, l'air agité, j'ai un petit service à te demander. Je pars à l'instant pour Trois-Rivières avec madame Pomerleau. Je pense que nous sommes enfin tombés sur une bonne piste. Dans une heure ou deux, nous pourrons peut-être voir ce fameux Fernand Livernoche, et même la nièce, figure-toi donc. Je ne sais pas quand nous reviendrons. Peux-tu aller jeter un coup d'œil de temps à autre sur mon merle? Ce matin, je lui ai posé sa nouvelle patte. Ça l'a secoué, le pauvre. Je ne voudrais pas qu'il l'arrache. Un peu de compagnie lui changerait peut-être les idées.

— Eh bien, apporte-le-moi ici.

— Non, non, pas tout de suite. Je veux d'abord qu'il se remette.

— Clément, est-ce que vous venez? lança Juliette, impatiente, au pied de l'escalier.

— Tiens, voici la clef. Salut. Je te donne des nouvelles ce soir, ajouta le photographe en dégringolant les marches.

Martinek revint à la cuisine. La bouilloire, prise d'une rage folle, poussait des jets de vapeur qui s'arrondissaient sous la hotte de la cuisinière. Il la soupesa, la remplit de nouveau, se planta devant la fenêtre et croqua dans une pomme. La *Subaru* de Juliette tourna le coin et disparut. Quelques instants plus tard, la bouilloire se remettait à ronronner. Il rinça la cafetière, déposa la mouture dans le filtre, versa l'eau bouillante, puis, tandis que le café coulait, se dirigea à pas traînants vers son piano. La partition de sa symphonie, dont un grand cerne de café maculait la première page, reposait sur une table près de lui dans un fouillis de feuilles, de livres et de crayons. Il posa la main droite sur le clavier, plaqua quelques accords en grimaçant, puis décida d'aller chercher son courrier.

— Dire qu'à Paris je pouvais veiller jusqu'aux petites heures du matin et me taper ensuite toute une journée de travail en sifflant. Je vieillis, soupira-t-il en descendant l'escalier.

Parvenu au premier étage, il entendit claquer la porte du vestibule et, sans savoir pourquoi, accéléra le pas. En arrivant dans le hall, il aperçut à travers les portes vitrées une jeune femme en manteau gris qui s'éloignait rapidement dans l'allée. Elle se retourna, le fixa une seconde, puis disparut. Martinek s'était arrêté, perplexe. Puis il pénétra dans le vestibule et prit son courrier; une enveloppe ornée du logo de *Specta-Musique*, la compagnie qui lui avait commandé le mois précédent les arrangements pour le récital de Ginette Reno, lui tira un sourire, car elle contenait vraisemblablement un cachet. Il revint dans le hall et son regard tomba sur un petit colis déposé devant la porte de Juliette Pomerleau. Le musicien s'approcha et lut :

À Monsieur Denis Joannette.
Pour Être Remis En Main Propre.

Il soupesa le colis, qui était léger, puis le secoua légèrement sans obtenir le moindre indice sur son contenu. Il le replaça devant la porte et remonta chez lui.

— Je devrais peut-être l'ouvrir, se dit-il tout à coup en s'arrêtant au milieu de l'escalier. C'est cette femme qui est venue le porter. Ce doit être la fausse Adèle.

Mais la crainte de paraître indiscret le retint et il poursuivit sa montée. En arrivant chez lui, il se versa une tasse de café, revint s'asseoir au piano et, l'esprit embrumé par la fatigue, le visage engourdi, les membres sans force et comme remplis d'un vague chatouillement, il se demanda avec désespoir ce qu'il ferait de sa journée. La tête ballante, il se mit à rêvasser devant le clavier et soudain, sans crier gare, un cafard sombre et gluant s'abattit sur lui comme une avalanche de boue. La lumière dure et sèche qui baignait la ville se répandit dans sa tête et il se vit soudain tel qu'il était, obscur musicien de cinquante-huit ans condamné à finir sa vie besogneuse en pays étranger, composant en pure perte depuis des lustres, admiré par une poignée de gens sans influence, son œuvre aussi sûrement promise à l'oubli qu'une bille jetée dans l'Atlantique. Il se mit à craindre que le plaisir de composer – sa principale raison de vivre – ne l'abandonne tout à coup, le laissant dans un vide intolérable. Il se leva et se mit à faire les cent pas dans le studio, s'arrêtant de temps à autre pour prendre une gorgée de café. Puis, se plantant devant la petite table de merisier vernie, il saisit sa partition, l'ouvrit au hasard, mais la referma aussitôt, dans l'appréhension de tomber sur un passage qui le décevrait et augmenterait son accablement.

— Écoute, mon cher Bohuslav, dit-il à voix haute, tu es devenu complètement dingue. Ce qu'il te faut, c'est une bonne promenade pour t'oxygéner le sang et détruire les toxines. Par le ciel, il faut éviter que Rachel te voie dans un pareil état, cela va gâcher son concert de demain.

Laissant là son café, il enfila ses bottes et son manteau, quitta l'immeuble et s'éloigna sur la rue Guillaume en direction du chemin de Chambly, les mains dans les poches, s'arrachant des rognures d'ongles avec le pouce.

— Un petit tour dans le Vieux Longueuil, se dit-il, suivi d'une bonne sieste, et ton destin va changer de couleur, tu verras. Et ensuite : en avant la musique !

Mais ses paroles sonnaient creux et ne mordaient pas du tout sur son abattement, qui augmentait. Au coin de Saint-Laurent, il aperçut des ouvriers de l'autre côté de la rue en train d'installer un panneau devant l'ancien collège de Longueuil, transformé depuis peu en centre administratif par la commission scolaire.

Des buées de vapeur montaient toutes droites au-dessus de leurs têtes et s'évanouissaient aussitôt.

— Ah oui... le fameux musée, murmura-t-il.

Et, cherchant un dérivatif à son humeur morose, il traversa la rue et se mit à les observer. Deux d'entre eux enlevaient les formes d'une base de béton, tandis que deux autres, armés de clefs anglaises, fixaient le panneau sur ses montants d'aluminium anodisé. Il lut :

**MUSÉE MARIE-VICTORIN
OUVERT AU PUBLIC
LES MERCREDI, SAMEDI ET DIMANCHE
DE 10 H À 17 H**

Après s'être un peu fait tirer l'oreille, la commission scolaire avait finalement accepté d'ouvrir un petit musée en l'honneur de l'illustre botaniste dans les appartements qu'il avait occupés au collège jusqu'à sa mort en 1944.

— En voilà un, au moins, se dit Martinek, qui aura laissé des traces, une œuvre utile... tandis que moi...

**ICI VÉCUT DE 1974 À 1997
LE COMPOSITEUR BOHUSLAV MARTINEK
AUTEUR DE NOMBREUSES ŒUVRES
INSIGNIFIANTES
TOUTES JETÉES À LA POUBELLE**

Il se mit à rire tout bas. Un ouvrier leva la tête et lui jeta un regard intrigué. Tournant le dos, Martinek retraversa la rue pour se diriger vers l'ouest, bifurqua sur Saint-Jacques, puis enfila la rue Jodoin et s'avança dans le dédale de petites rues qui s'étendait à l'arrière de l'hôtel de ville. Au coin des rues Longueuil et Saint-Sylvestre, il aperçut un vieil homme tout décati, vêtu d'un gros parka, assis sur sa galerie, un chien policier debout près de lui. Le chien avait posé son museau sur la cuisse de son maître et se laissait caresser, les yeux à demi fermés de plaisir. À l'approche du musicien, le vieil homme tourna la tête. Leurs regards se rencontrèrent et se détournèrent aussitôt, gênés par la tristesse que chacun lisait chez l'autre. Martinek accéléra sa marche. Le vieillard le regarda aller un moment, puis entra chez lui. Il se fit couler un verre d'eau et le but à petites gorgées en se massant l'estomac, son regard soucieux posé sur un calendrier.

Martinek marcha pendant une bonne heure, pratiquant avec énergie l'autosuggestion pour tenter de se remonter le moral. Il se rendit au *Coffre à jouets,* rue Saint-Jean, afin de voir si le magasin n'avait pas reçu de nouveaux modèles de fusils à eau, mais n'en trouva pas.

— Si j'allais au *Tambourin*?

Il avait fait quelques trouvailles depuis un an à la boutique de la Place Longueuil.

— Nous attendons un arrivage de Hong Kong dans deux semaines, lui répondit la vendeuse avec un curieux sourire. Peut-être y en aura-t-il?

Revenant par la rue Saint-Charles, pleine de bruit et d'animation et qui, depuis quelques années, faisait de vaillants efforts pour retrouver un peu de son ancienne beauté, il s'arrêta à la tabagie pour acheter un journal et remonta la rue Saint-Jacques en direction de chez lui. Une torpeur bienfaisante commençait à diluer sa tristesse. En s'approchant de la rue Saint-Laurent, il vit sur le trottoir, devant un cottage de brique victorien à galerie blanche, deux enfants armés de bâtons qui s'étaient arrêtés et l'observaient gravement. Il leur sourit, caressa les cheveux du plus jeune, qui devait avoir sept ou huit ans, et poursuivit son chemin.

— Hey, Alex, on dirait un espion, tu trouves pas? chuchota le cadet en se tournant vers son frère.

— Tais-toi donc, grosse tête de lard! répondit l'autre en le menaçant de son bâton.

Martinek se mit à rire et leur jeta un coup d'œil à la dérobée tandis qu'ils commençaient à se chamailler. Puis l'inquiétude le saisit:

— J'ai donc si mauvaise mine?

Il se regarda les mains, les trouva jaunâtres et décida de s'acheter deux bouteilles d'eau minérale et de les boire sur-le-champ, «pour se nettoyer le système». En pénétrant dans le hall, il s'arrêta devant le mystérieux colis qui attendait toujours sur le seuil, puis sursauta:

— Le merle! je l'avais oublié, celui-là... Où est-il passé? se demanda-t-il, tout essoufflé, après avoir parcouru lentement les quatre pièces de l'appartement de Fisette.

Il aperçut soudain l'oiseau dans le salon, réfugié au fond d'une petite armoire sur pattes contenant des alcools. Il s'accroupit devant le meuble:

— Alors, monsieur le merle des Indes, tu médites sur les malheurs de la vie?

L'oiseau frémit légèrement et voulut reculer, mais sa queue buta contre une bouteille. Martinek le regarda en silence, évitant de bouger, puis commença à lui parler doucement, de tout et de rien. Le merle, un peu rassuré, le fixait de son regard énigmatique et lointain. Soudain, saisi par un profond apitoiement sur lui-même, l'œil humide et la voix tremblante, conscient de son ridicule mais s'en fichant éperdument, le musicien lui raconta sa vie, livrant des confidences qu'il aurait eu de la difficulté à faire même à sa maîtresse. Mais une crampe dans les mollets eut bientôt raison de son accès de sentimentalité. Il se redressa avec une grimace et, dans le mouvement qu'il fit, son bras se tendit vers l'oiseau. D'un bond, ce dernier alla se percher sur son index.

— Eh bien! s'écria Martinek, ravi, tu commences à prendre goût à ma compagnie? Voilà qui me fait plaisir!

Cramponné de sa patte gauche au doigt du musicien, le merle s'aidait tant bien que mal de sa prothèse pour demeurer en équilibre. Puis, trouvant sans doute sa position trop précaire, il alla se percher sur l'épaule du musicien, où l'appui était plus solide. Martinek marcha lentement jusqu'à son appartement et pénétra dans son studio. Il s'assit au piano, l'oiseau toujours perché sur lui, fouilla dans des cahiers de musique et se mit à jouer un impromptu de Schubert.

— Pour le cafard, murmura-t-il en souriant, Mozart ou Schubert, c'est presque infaillible.

Il joua l'impromptu trois ou quatre fois. Le merle, appuyé contre son cou, ne bougeait pas. Martinek changea de cahier. Un geste un peu brusque qu'il fit alors effaroucha son compagnon, qui alla se poser sur la table.

— Toutes mes excuses, très cher ami. Et maintenant, si on se faisait un peu de Mozart?

Et il attaqua l'*andante cantabile* de la dixième sonate:

— Tu siffles, maintenant? Merveilleux! Toi aussi, tu aimes Mozart, hein? C'est que tu es sensible et raffiné, ça se devine tout de suite. Je recommence?

Et il reprit le mouvement, essayant d'y mettre toute son âme. Deux heures plus tard, Rachel le trouvait au piano, le merle des Indes installé sur la partition de sa symphonie. En l'apercevant, ce dernier battit des ailes, mais resta à son poste. La violoniste eut un sourire étonné:

— Qu'est-ce qui se passe? Tu donnes des concerts aux oiseaux, maintenant?

Martinek s'arrêta :

— Ma chère, c'est un auditeur de choix. Avec un appétit de musique sans fond et une sensibilité d'une finesse... À lui seul, il vaut une salle pleine. Je me suis enfin trouvé un auditoire digne de moi.

Elle s'approcha et lui prit le visage entre les mains :

— Je n'aime pas ce genre de blagues. Tu as l'air fatigué. Ça ne va pas ?

Le merle, immobile, les observait.

— Bah ! ce n'est rien. J'ai pris trop de café la nuit passée, ça m'a gâché le sommeil, c'est tout.

Rachel le regarda, puis enleva son manteau tout en examinant le merle :

— Tiens ! je n'avais pas remarqué. Clément lui a posé une patte ?

L'oiseau prit soudain son envol et alla se réfugier sous le piano.

— Oui, ce matin, fit Martinek en faisant courir ses doigts sur le clavier.

Il s'arrêta et se mit à fixer le vide en se mordillant l'intérieur de la joue.

— Bohuslav, qu'est-ce qui ne va pas ? reprit la violoniste en se penchant vers lui, appuyée sur le piano.

— Je te répète que je vais très bien, ma chère. Je suis enchanté de m'être trouvé un auditeur aussi attentif et raffiné. Comment a été ta leçon ? demanda-t-il en détournant les yeux.

— Je l'ai fait annuler. J'avais des choses à régler ce matin.

— Ah bon. Et quoi donc ?

— Je me suis rendue à la Faculté de musique louer la salle Claude-Champagne pour le vendredi soir 17 mars. On va y donner un concert. Un concert tout Martinek.

Le musicien, immobile, la regardait, stupéfait.

— Qu'est-ce que tu viens de dire ? souffla-t-il au bout d'un moment.

Elle se pencha, le prit par le cou et se mit à l'embrasser.

— Voilà si longtemps qu'on aurait dû le faire, Bohu. Maintenant que j'ai un emploi stable et bien payé, ce serait stupide d'attendre un jour de plus. J'ai donc décidé ce matin de mettre mon projet de quatuor à cordes sur la glace et d'organiser ce concert.

— Mais Rachel, fit le musicien d'une voix toute changée, sans répondre à ses caresses, te rends-tu compte ? Ça va coûter une petite fortune et Dieu sait si...

Elle se releva :

— Ce n'est pas si cher que tu crois. Et puis il faudra bien un jour que les gens finissent par l'entendre, ta musique, bon sang ! Je commence à être un peu tannée de ces concerts intimes, et toi aussi, d'ailleurs ! Tu n'es tout de même pas pour faire dans le confidentiel jusqu'à la fin de tes jours, non ? Tu n'es plus un jeune homme, Bohu. À cinquante-huit ans, c'est la place publique qu'il te faut, et ça presse ! La célébrité posthume, c'est bien beau, mais ça ne donne pas beaucoup de plaisir... Le jour où les gens pourront entendre tes œuvres, l'affaire sera dans le sac, tu verras. Oui ! oui ! Au lieu de te contenter d'enthousiasmer dix personnes dans un salon, tu en soulèveras mille, puis dix mille et on commencera enfin à se rendre compte que...

— Rachel, interrompit Martinek avec un sourire ému et un peu désabusé, je t'aime beaucoup, tu le sais, et cela me touche au plus haut point que tu aies pensé à organiser ce concert. Mais combien va coûter la salle ? Et les musiciens ? Tu connais les tarifs de la Guilde. Je ne sais quel programme tu as en tête, mais peu importe ce qu'on jouerait, il faudrait plusieurs répétitions et...

— Tu as peur, hein ? rétorqua la violoniste en rougissant de colère. Voilà ce qui m'a toujours déçue chez toi. Voilà pourquoi tu végètes depuis trente ans.

— Il ne s'agit pas de peur, Rachel, mais plutôt de toi et aussi... Écoute, le succès ne vient pas comme cela, seulement qu'à... Rachel, même si j'étais un grand musicien et que...

— Mais tu en es un, tête de linotte, éclata la jeune femme en assenant un coup de poing sur le piano (le merle des Indes ferma les yeux et s'aplatit contre le plancher), sauf que monsieur a décidé de passer sa vie la tête dans un sac de jute à siffler des airs seulement pour lui-même. Il est temps de passer à autre chose, mon vieux, il est plus que temps, crois-moi. En trente ans, tu n'as pas entendu une seule mesure de tes compositions pour orchestre. C'est insensé. Un jour cela finira par te paralyser. Tu es aussi important que Prokofiev, que Bartok, que Roussel – oui, je te dis, et dans le fond, tu le sais toi aussi –, sauf que lorsque tu te présentes chez le dépanneur pour tes journaux, on te regarde comme une sorte d'assisté social gentil mais un peu timbré. Qui se rappelle ton concert de 1962 à la salle Pleyel ? Qui a lu ici l'article de Harry Halbreich dans *Le Monde* ? C'est le seul critique important qui se soit réellement intéressé à ta carrière... et ça remonte à loin ! Je suis sûre qu'il te croit mort depuis longtemps. Et cette symphonie que tu viens d'achever, qui t'a fait tant suer et rendu si insupportable, est-ce que tu la destines elle aussi à la garde-robe, comme tout le reste? Je veux l'entendre un jour, moi, car je pense le voir joliment mérité, et tu dois l'entendre *toi aussi,* mon cher, avant de devenir un vieux grincheux et de nous empoisonner la vie avec ta carrière ratée!

Martinek éclata de rire:

— Impossible de monter ma quatrième symphonie pour le 17 mars, allons! Tu as bu ou quoi? Elle est orchestrée pour quatre-vingt-sept instruments! Les répétitions coûteraient...

— Qui parle de symphonie? Je pensais, moi, à ta sérénade pour douze instruments, par exemple. Et aussi au petit concerto de chambre pour violon, octuor à vents et timbales.

— Et piano, compléta Martinek.

— ... que tu m'as écrit il y a trois ans et qui dort toujours dans un tiroir... Et au trio pour piano, violon et clarinette que tu viens de composer pour madame...

— Le trio *Juliette*? coupa l'autre en souriant.

— C'est une œuvre irrésistible, Bohu! Le deuxième mouvement, ah! sainte mère! il faut avoir du plâtre plein les oreilles pour ne pas frémir! Et je te passe un papier que je vais faire l'impossible pour que Charles Dutoit assiste au concert, m'entends-tu? C'est fondamental. Je n'en ai pas choisi la date au hasard. Dans la semaine du 17 mars, il se trouve à Montréal. Hier, durant une pause, j'ai réussi à l'avoir à moi toute seule et j'en ai profité pour lui parler de toi. Il ne m'a pas écoutée avec toute l'attention que je souhaitais, mais il m'a écoutée tout de même et j'ai offert de lui apporter une ou deux cassettes.

— Qu'est-ce qu'il a répondu? fit Martinek, anxieux.

— Oh! que cela lui ferait bien plaisir, mais qu'il manquait terriblement de temps et que je ne devais pas m'attendre à des commentaires immédiats... Tu sais comment ils sont, ces gens...

Elle posa la main sur son bras:

— Mais ne te décourage pas, cher: j'ai presque sa bonne oreille. Et dans un mois, je l'aurai tout à fait. Ou alors je ne suis pas la fille de mon père. Il a commencé à me remarquer, tu sais, et il va me remarquer encore davantage. Le bruit court que Bernard Stamitz va retourner en France à la fin de son contrat. Je me suis donné deux ans pour le remplacer comme premier violon, et je le ferai!

— Oui, oui, je sais, plaisanta l'autre, premier violon à

Montréal, puis à Vienne et, plus tard, chef de la Philharmonique de Berlin à la place de Karajan.

— Ne te moque pas de moi, lambin. C'est toi qui me forces
à être ambitieuse pour deux, monsieur-le-compositeur-pour-la-
postérité.

— Je ne m'en plains pas, remarqua Martinek en souriant.

— Mais je ne t'ai pas tout dit. Je suis devenue pas mal copine
avec Jules Henripin, le percussionniste. C'est un des musiciens
qui exerce le plus d'influence sur Dutoit. Or, je lui avais prêté
trois de nos cassettes la semaine passée. Il m'est arrivé ce
matin tout emballé par ta musique, oui ! surtout par le trio
Juliette. Il voudrait te rencontrer, connaître tes projets, etc.
N'est-ce pas extraordinaire ? Je m'arrangerai pour qu'il parle
de toi à notre bien-aimé Charles. Comme tu vois, je n'ai pas
attaqué l'arbre d'un seul côté...

— Et qu'est-ce que tu me suggères d'autre pour ce fameux
concert ? lui demanda-t-il tendrement.

— Ta vieille sonate pour piano *1945*, que tu aimes tant. Il
faut quelque chose pour te mettre en évidence.

— Voyons, je ne suis plus assez entraîné pour jouer le finale
comme il faut.

— Eh bien, tu t'entraîneras, voilà tout. Le concert n'a pas lieu
dans quinze minutes. D'abord le trio, puis la sonate. Entracte. La
sérénade. Et on termine avec le concerto de chambre. Ça va
péter le feu, prends ma parole ! Quant aux musiciens, j'ai déjà
commencé à les recruter. Pour le trio, la clarinette est trouvée :
on n'a qu'à demander à Théodore Boissonneault.

— Jamais il n'acceptera de se donner en concert !

— J'en fais mon affaire. Restent la sérénade et le concerto.
Commençons par le concerto. Je fais la partie soliste, tu seras
au piano (nous pouvons fort bien nous passer de chef). Pour la
timbales, c'est réglé : Henripin accepte de s'en charger. Donc,
il ne reste plus qu'à compléter l'octuor à vents. Notre bon ami
Théodore jouera encore une fois la partie de clarinette. Madame
Turovsky – soit dit en passant, elle admire beaucoup ton
concerto – a téléphoné hier après-midi à une de ses amies
flûtiste, Maryse Millet, excellente, paraît-il, et qui va sans
doute se joindre à nous. Il ne me reste plus qu'à trouver une
autre flûte, un basson, un saxophone alto, un saxophone ténor,
un cor et un piccolo. J'attends une réponse ce soir du ténor et
du basson. Comme tous joueront bénévolement, j'espère que
nous n'aurons pas de problème avec la Guilde.

— Tu crois vraiment que tout ce beau monde va accepter de travailler pour des prunes? fit Martinek, incrédule.

— Et pourquoi pas? Je n'ai pas gardé tes cassettes dans le fond de mon sac à main, cher dindon. Et j'ai fait circuler aussi quelques-unes de tes partitions. On est très impressionné, tu sais. Oh! bien sûr, il y en aura toujours qui ne pourront apprécier ton œuvre avant que dix ou vingt mille personnes ne l'aient fait avant eux, mais, pour la plupart, ta musique s'impose toute seule. On admire la qualité mélodique, le métier, les trouvailles d'instrumentation et ce ton que tu possèdes, si particulier. Sans compter que je ne dois pas être un imprésario trop antipathique. Est-ce que tu me trouves vraiment très antipathique? susurra-t-elle en se pressant contre lui.

Il lui sourit, se mit à l'embrasser, souleva sa jupe et glissa doucement la main dans sa culotte.

— Oui, oui, continue, soupira-t-elle. J'ai envie de faire l'amour depuis ce matin.

Le merle des Indes sortit bientôt de sous le piano en prenant soin de se tenir à bonne distance de ces deux masses roses qui s'agitaient sur le plancher avec des bruits étouffés. Il leur jeta quelques coups d'œil durant sa promenade à travers la pièce, mais, à vrai dire, ses regards étaient plutôt attirés par sa nouvelle patte de papier mâché, qui ne cessait de l'étonner.

Après avoir fait l'amour, Rachel décida de prendre son bain et entraîna Martinek avec elle. Elle lui savonna longuement le dos et les épaules tandis qu'il sifflotait des variations sur *Hey Jude*, un air qu'il avait toujours aimé, puis il la savonna à son tour.

— Ça commence à faire longtemps qu'on se connaît, hein, Bohu? fit-elle soudain d'une voix alanguie. Regarde, nos débarbouillettes sont devenues toutes minces...

Juliette et Clément atteignirent Trois-Rivières un peu avant midi. Les champs jaunis, couverts de taches de neige clairsemée, laissèrent place peu à peu à de grands bâtiments carrés à toitures plates surgis du sol ici et là parmi des embranchements de chemins de fer, créant une atmosphère froide et désolée. La banlieue commença presque aussitôt et ils se retrouvèrent quelques minutes plus tard dans la vieille ville, roulant sur le boulevard des Forges qui allait buter contre les installations portuaires.

Juliette arrêta l'auto devant une construction en rez-de-chaussée, toute en longueur, surmontée en son milieu d'un pignon noir et dont la façade de pierre artificielle, percée d'une rangée de vitrines, s'élevait en retrait de la rue au fond d'un petit terrain de stationnement asphalté. C'était sans doute un ancien poste d'essence transformé en restaurant-terminus. Clément descendit de l'auto et alla s'informer où se trouvait la rue Saint-Antoine. Juliette sortit à son tour du véhicule pour se dégourdir les jambes et, perplexe, se mit à contempler un grand édifice de brique à deux étages qui se dressait de l'autre côté de la rue près d'un stationnement. Dans la partie centrale de la corniche, le propriétaire avait, selon la mode de l'époque, fait marteler son nom dans la tôle :

1909 ARTHUR BRUNELLE 1909

Mais la façade du rez-de-chaussée, avec ses revêtements d'aluminium et de fibre de verre ondulés, ses plaques de simili-marbre et ses bouches de climatiseurs fixées au-dessus des portes, témoignait d'un vif désir de ne pas se laisser distancer par le temps. Au-dessus de l'entrée de droite, on avait installé un petit auvent plat sur lequel s'alignaient de grosses lettres en relief à l'intérieur desquelles courait un néon rouge :

CLUB SAINT-PAUL

Une pancarte d'aggloméré, clouée juste dessous, précisait, en caractères rouges sur fond blanc :

DANSEUSES NUES

— C'est tout près d'ici, annonça Fisette en sortant du terminus. Il faut revenir sur nos pas jusqu'à la rue Notre-Dame, tourner à gauche, puis à gauche encore.

— Mon cher, j'ai des chaleurs. Si je m'écoutais, je retournerais tout de suite à Longueuil.

— Allons, allons, madame Pomerleau, il faut considérer ce petit voyage comme une excursion de plaisir. Si c'est un pauvre type, il va tout nous raconter en se retenant de pisser dans ses culottes. Et si c'est une crapule – comme je le prévois – il va se mettre à mentir à pleins pistons et nous jurer la main sur la Bible qu'il ne connaît pas plus votre nièce que la fille de Christophe Colomb, ou alors que leur dernier rendez-vous remonte à l'Expo 67. Nous ferons semblant de le croire, et voilà tout. Alors, détendez-vous, soufflez un peu. Du reste, si vous le préférez, j'irai seul.

— Pas question, fit-elle en démarrant. J'ai l'habitude de faire face à la musique. Et puis, je sais mieux que vous les questions à poser.

Ils se retrouvèrent dans une petite rue paisible qui butait contre une voie ferrée derrière l'édifice du Conseil des ports nationaux. On voyait le fleuve luire faiblement à l'extrémité d'un étroit passage. Le 83, Saint-Antoine se trouvait dans un édifice assez banal en briques rugueuses brun foncé. Le rez-de-chaussée était percé d'une vitrine à demi aveuglée par une affiche de carton qui annonçait :

À L'ÉLÉGANTE
VÊTEMENTS POUR DAMES
ouverture le 15 janvier

Juliette poussa une exclamation furieuse :

— Ah non ! ne me dites pas qu'il vient de déménager ! Mais c'est le diable qui me court après avec sa fourche, sueur de coq !

Clément Fisette sortit de l'auto et s'approcha de la vitrine :

— Il y a quelqu'un dans le local en train de peinturer. Il pourra peut-être nous renseigner.

— Attendez-moi, j'arrive, fit Juliette en s'extirpant du véhicule.

Un grand homme maigre en salopette vint leur ouvrir, le pinceau à la main.

— Oui ? demanda-t-il avec froideur en les vrillant de ses yeux au blanc jaunâtre.

Fisette eut un sourire un peu servile :

— Excusez-nous de vous déranger, monsieur. Il y avait bien une librairie dans ce local, auparavant ?

— Oui.

— Est-ce que vous savez où elle est déménagée ?

— Est-ce que je dois le savoir ? répliqua l'autre avec une moue insolente.

— Heu... non, bien sûr... C'est que nous essayons de retrouver le propriétaire, voyez-vous, et que...

— Le propriétaire de quoi ? reprit l'autre en élevant un peu la voix. De la librairie ? De l'édifice ?

Juliette, debout près du photographe, fixait la main droite de l'homme, qui tenait le pinceau. La phalangette de son index était rouge et gonflée, le bas de l'ongle bordé par une demi-lune de pus, comme si le trop-plein de sa méchanceté cherchait un exutoire.

— De... la librairie, bien sûr, bafouilla Fisette. Nous cherchons...

— Nous cherchons un nommé Livernoche, coupa Juliette. Vous le connaissez ou vous ne le connaissez pas ?

— Connais pas, répondit l'homme.

Il ferma la porte et retourna à sa peinture.

— Qu'est-ce qui lui prend, à celui-là ? marmonna Juliette en s'éloignant sur le trottoir. C'est comme si on voulait lui scier une jambe. J'ai aperçu une pâtisserie à deux pas d'ici. Si on y allait ? Ils sont peut-être de meilleure humeur.

Une vendeuse leur apprit d'une voix toute menue que *La Bonne Affaire* avait fermé ses portes deux mois plus tôt; elle ignorait si la librairie avait rouvert ailleurs. Fisette l'écoutait en souriant, le bras allongé sur le comptoir comme s'il allait la toucher.

— Monsieur Livernoche demeurait à deux pas d'ici, rue Saint-Georges, ajouta-t-elle en se grattant le cou d'un geste nerveux. On pourrait peut-être vous renseigner là-bas : c'est la deuxième maison du coin, à l'ouest de Notre-Dame, du côté

gauche. Le rez-de-chaussée est occupé par un réparateur de
télévisions, monsieur Dubé. C'est d'ailleurs lui le propriétaire.

— Si je comprends bien, remarqua Juliette avec son sourire
le plus engageant, monsieur Livernoche était un de vos
habitués ?

— En quelque sorte, répondit la vendeuse, et elle détourna
les yeux.

Son regard s'arrêta sur le visage de Fisette, qui la fixait d'un
air timide et cauteleux, et elle détourna les yeux de nouveau.

— C'était... un bon client ? poursuivit Juliette.

— On ne fait pas de différence entre nos clients, madame,
répondit-elle avec un sourire circonspect.

— Hum... je ne donnerais pas cher de sa réputation, à ce
Livernoche, grommela l'obèse en traversant la rue. J'ai bien
hâte de voir l'accueil qu'on va nous réserver là-bas.

Son appréhension s'avéra fondée.

L'immeuble qu'avait habité – qu'habitait peut-être encore ?
– Fernand Livernoche était une vieille construction à deux
étages, d'aspect assez commun, avec un toit plat sans corniche.
Au deuxième, la façade s'ouvrait en son milieu sur une espèce
de terrasse couverte, d'assez bonne dimension. Un grand
panneau de tôle, où la peinture, pâlie par le soleil, commençait
à s'écailler, annonçait au rez-de-chaussée :

DUBÉ TV
Réparations électroniques
tv phono radio

Une affichette, fixée au mur près du panneau, indiquait un
appartement à louer.

— À la grâce de Dieu, soupira Juliette en gravissant les
deux marches de béton qui donnaient accès à l'entrée.

Fisette secoua son index en souriant :

— Madame Pomerleau... vous oubliez encore une fois de vous
amuser...

Elle poussa la porte, pénétra dans la boutique et s'approcha
du comptoir. La pièce était minuscule, abondamment éclairée
par deux vitrines. Le plancher de bois franc, déverni depuis des
lustres, avait pris un aspect grisâtre. Des tablettes de métal,
chargées d'appareils électroniques, couvraient les deux autres
murs. Un Père Noël de carton, riant aux éclats, offrait aux
visiteurs une télévision allumée. Il n'y avait personne. Fisette

toussa avec énergie. Un petit homme vif et nerveux, à cheveux gris, frôlant la soixantaine, apparut au fond :

— Oui, madame ? Oui, monsieur ? ajouta-t-il en apercevant Fisette derrière l'obèse. Qu'est-ce que je peux faire pour vous ?

Juliette regarda le photographe, qui s'avança :

— Nous... vous connaissez monsieur Fernand Livernoche, je pense ?

Le petit homme les regarda en silence quelques secondes.

— Ah bon, c'est vous, murmura-t-il enfin avec un sourire féroce.

— Moi ? répondit Fisette, étonné.

— Tut tut tut tut. Ne me prenez pas pour un idiot. Je vous attendais depuis longtemps. Et je vous attendais *très* calmement. Car j'ai la loi de mon côté. Je marche sur du solide, moi. Sacrez-moi le camp d'ici, hurla-t-il tout à coup, vous êtes sur *mon* plancher !

Il contourna le comptoir et s'approcha d'eux à grandes enjambées :

— Qu'il me paye et il les aura, ses affaires ! Pas avant !

— Mais je ne comprends pas, monsieur, s'exclama Juliette, affolée, pendant que le photographe battait prudemment en retraite. Nous ne venons pas de la part de monsieur Livernoche : *nous le cherchons !* Et on nous a dit que vous sauriez peut-être où il se trouve.

Le vieillard s'arrêta brusquement et l'examina avec une profonde méfiance :

— Qu'est-ce que c'est que ça, maintenant ? grommela-t-il.

— Je n'ai jamais vu monsieur Livernoche de ma vie, affirma Juliette avec force. Je vous répète que je le cherche. Et on m'a dit qu'il avait été votre locataire.

— Pour mon plus grand malheur. Heureusement, c'est fini. Dieu soit béni. Dieu soit loué.

— Pardonnez notre indiscrétion, enchaîna Fisette d'une voix suave en s'avançant d'un pas, mais peut-on savoir ce qui ne va pas entre vous et monsieur Livernoche ?

Le petit homme promena son regard de l'un à l'autre pendant un moment, puis, d'une voix où perçait encore de l'incrédulité :

— Vous me jurez que vous ne venez pas de sa part ?

— Comment voulez-vous que je vienne de sa part quand je ne l'ai jamais vu ? rétorqua Juliette.

— Mais vous lui avez déjà parlé! riposta le vieillard avec un accent de triomphe.

— On ne connaît pas le son de sa voix, assura Fisette. Et je vous avoue que les commentaires des gens à son sujet ne nous donnent pas tellement envie de le connaître!

L'homme sembla se rasséréner un peu. Il repassa derrière le comptoir, sortit un mouchoir de sa poche, s'essuya le visage:

— Bon. Que lui voulez-vous, à ce gros sac de crottes?

— Ça serait un peu long à vous expliquer en détail, répondit Juliette en donnant un petit coup de coude à son compagnon. Disons que j'ai des comptes à régler avec lui et...

— Vous aussi? s'écria l'autre. Alors, je crois, madame, que nous allons nous entendre. J'ai eu le malheur, figurez-vous, d'avoir le concubin Livernoche et la concubine Dallaire...

— Dallaire? s'étonna intérieurement Juliette.

— ... pendant un an et huit mois comme locataires dans cet édifice où nous nous trouvons ici même – et ç'a été la plus mauvaise période de ma vie, je vous prie de me croire. Vous me demandez où ils ont foutu le camp? Je n'en ai pas la moindre idée, madame, et je le regrette en sac-à-papier, car ils méritent toute une correction, surtout lui! Figurez-vous que le 24 juin dernier, pendant le congé de la Saint-Jean-Baptiste, ils ont essayé de partir à la sauvette durant la nuit en cassant leur bail et sans payer pour les dommages causés à mon appartement le mois d'avant. Mais madame Tardif, ma voisine, s'est doutée de quelque chose et a réussi à me joindre à mon chalet du Lac-aux-Peupliers. J'ai sauté dans mon auto et je suis arrivé assez vite pour les surprendre en train de charger un camion avec leurs cossins. Alors, j'ai fait venir la police, tonna-t-il joyeusement en se tournant vers Juliette, que son embonpoint semblait doter à ses yeux d'une importance particulière, et le concubin Livernoche a dû me verser sur-le-champ les trois mois de loyer qu'il me devait, plus trois autres mois en dédommagement du bris de son bail, et j'ai même pu saisir une partie de ses affaires, car il me doit 217,50 $ pour un dégât d'eau qu'il m'avait causé l'hiver dernier en laissant déborder sa baignoire. Ha! il était en beau maudit, je vous assure! Voilà ce qui arrive aux finfins qui essayent de me jouer dans les cheveux! La semaine dernière, il m'a téléphoné pour réclamer ses biens en prétendant qu'il ne me devait pas un sou, car le dégât d'eau, d'après monsieur, aurait été causé par une fuite et l'entretien de la plomberie ne relevait pas de lui. Je l'ai envoyé se faire cuire un œuf d'autruche. Ma maison est parfaitement tenue ; mes tuyaux ne coulent pas ; s'ils avaient coulé, ils couleraient encore et on le verrait. Vous pouvez aller inspecter le plafond du premier si ça vous chante : il est sec comme le fond de l'enfer. Alors, monsieur le concubin a menacé de m'envoyer quelqu'un qui saurait me faire plier. J'ai cru que c'était vous. Prendriez-vous un café ? leur demanda-t-il avec une amabilité soudaine. J'allais m'en faire un.

Juliette allait refuser poliment, mais Fisette intervint :

— Avec plaisir, répondit-il. Si ça ne vous dérange pas.

— Je reviens tout de suite, dit l'autre en quittant la pièce.

Appuyés au comptoir, ils échangèrent un long regard et le photographe, d'un geste, fit signe à sa compagne de lui laisser l'initiative des opérations. Dubé réapparut presque aussitôt, une tasse fumante dans chaque main :

— Voilà. Je reviens avec la crème et le sucre. Et alors, reprit-il après avoir noyé son café de crème, vous avez des problèmes, vous aussi, avec mes deux moineaux ?

— Avec monsieur Livernoche, rectifia Fisette. Nous n'avons jamais entendu parler de mademoiselle... Dallaire ?

— Josette Dallaire. Oh ! si je n'avais eu qu'elle comme locataire, je ne me serais pas trop plaint. C'était une femme tranquille – un peu hypocrite sur les bords, peut-être – mais un ange en pantoufles de soie comparée à l'autre. D'ailleurs, c'est lui qui pensait à sa place. Elle n'ouvrait pas une porte sans lui en parler. Il lui aurait fait manger le tapis seulement qu'à lever le petit doigt.

— Laide ou jolie ? demanda négligemment Fisette.

— Oh, c'était une belle femme. Plutôt petite, les cheveux bruns, de grands yeux, habillée comme une carte de mode...

— Ça lui ressemble, se dit Juliette.

— ... mais pas très gaie, par exemple. Je peux compter sur les doigts de la main les fois où je l'ai vue rire. Il faut reconnaître que vivre avec un pareil épais, ça doit porter à serrer les dents.

— Est-ce qu'elle travaillait à la librairie ?

— Jamais. Je l'ai toujours vue à la maison. Elle ne faisait même pas les commissions ! L'été, on la voyait à longueur de journée sur la galerie à se griller au soleil ou à fumer en lisant des histoires d'amour.

Il s'interrompit, plissa le nez et sa lèvre supérieure laissa voir un peu d'incisives :

— Mais pourquoi me posez-vous toutes ces questions ? demanda-t-il, méfiant. C'est à elle ou à lui que vous en voulez ?

— Aux deux, en fait, répondit l'obèse. Il y a quatre ans, ils ont emprunté une grosse somme à un de mes amis qui vient de tomber gravement malade. Comme il ne pourra sans doute plus travailler, il lui faut absolument son argent. J'ai pensé l'aider en me mettant à leurs trousses, voilà.

— Eh bien, je vous souhaite bonne chance, lança Dubé.

Fisette prit une gorgée de café, simula un bâillement, puis :

— Et leurs affaires, elles se trouvent toujours dans l'appartement ?

— Vous pensez bien que non. L'appartement est à louer. J'ai fourré tout ça dans la cave.

— Est-ce qu'on peut aller y jeter un coup d'œil ?

La tasse qu'Amédée Dubé tenait à la main s'immobilisa à deux centimètres de ses lèvres et il posa de nouveau sur Fisette un long regard méfiant.

— Oh, je vous demande ça à tout hasard, expliqua le photographe. Plutôt par curiosité qu'autre chose. Sait-on jamais ? on pourrait peut-être découvrir un indice qui nous permettrait de retracer nos gens.

— Nous tenons vraiment à les retrouver, ajouta Juliette en glissant un billet de cinquante dollars sur le comptoir. Georges-Henri se fait vraiment beaucoup de soucis pour son argent.

Amédée Dubé repoussa le billet :

— Suivez-moi. Si je peux vous aider à donner une leçon à ce gros baveux, je serai amplement récompensé.

Ils passèrent derrière le comptoir et s'avancèrent dans un corridor sombre et extrêmement étroit, puis tournèrent un coin. Amédée Dubé ouvrit une porte basse couverte – Dieu sait pourquoi – de petites étoiles en papier doré, puis, s'adressant à Juliette :

— Doucement avec l'escalier, madame. Son beau temps est passé.

Une petite ampoule jaunâtre s'alluma au-dessus de sa tête et il s'enfonça dans la pénombre.

— Seigneur ! s'exclama intérieurement la comptable en posant le pied dans la cave. C'est le vaisselier de Joséphine !

Amédée Dubé tendit le bras :

— Voici leurs affaires : deux boîtes de vêtements, une chaufferette électrique, trois chaises, une télévision et un vieux vaisselier.

Fisette s'avança d'un pas rapide et souple, sa tête frôlant les solives poussiéreuses et noircies; il s'accroupit devant une boîte de carton et fouilla dedans, tandis que Juliette, essayant de cacher son émotion, ouvrait les tiroirs du vaisselier.

— Je sais maintenant qui est Josette Dallaire, se dit-elle. Mais pourquoi a-t-elle changé de nom? Cette histoire commence à puer...

Le petit vieillard les observa un instant, puis se mit tout à coup à éternuer :

— Écoutez, prenez tout le temps qu'il vous faut, moi, je vais remonter. Je suis allergique à la poussière comme c'est pas possible et j'ai une réparation à terminer avant trois heures.

Juliette attendit que la porte se referme, puis :

— Clément, murmura-t-elle, ce vaisselier appartenait à ma tante Joséphine. Je serrais mes cahiers de classe dans ce tiroir quand j'étais petite fille.

Fisette releva la tête, un pantalon de tweed brun à la main :

— Donc, je ne me trompais pas en pensant que Josette Dallaire...

Juliette fit un signe de tête affirmatif et posa un doigt sur ses lèvres.

— Cette histoire me plaît de plus en plus, chuchota le photographe, ravi.

— Eh bien, moi, elle commence à me faire peur.

Une impulsion la saisit. S'accroupissant péniblement devant le meuble, elle glissa la main dessous. Ses doigts tâtaient le bois rugueux, explorant les fentes. Fisette replaça les vêtements dans la boîte de carton :

— Rien dans celle-ci. Voyons l'autre.

Juliette poussa une exclamation étouffée et retira précipitamment un morceau de papier jauni. Elle le déplia et Fisette, abasourdi, vit ses yeux se remplir de larmes.

— Qu'est-ce qui se passe, madame Pomerleau? Est-ce que vous avez trouvé...

— Oh, rien qui vous intéresse, bafouilla-t-elle en s'épongeant les joues avec la manche de son manteau. Vous... vous allez rire de moi. Je préfère ne rien dire.

Le photographe s'approcha, lui mit la main sur l'épaule et, d'un ton affectueux que Juliette ne lui avait jamais entendu :

— Allons, je n'ai pas du tout envie de rire. Dites-moi ce qui est écrit sur ce bout de papier.

Pour toute réponse, elle lui tendit la feuille, puis, se relevant, alla s'asseoir sur une chaise et s'essuya les yeux avec un mouchoir :

— Excusez-moi... Je suis une vieille fleur bleue. Un petit rien, et je pleure comme une fontaine.

Fisette parcourut la feuille et se tourna vers sa compagne :

— Je ne comprends pas...

Il relut à voix haute :

— «Réflexions personnelles : L'Homme que j'aimerai devra transformer ma vie en ciel et je serai prête pour lui à risquer l'enfer.» Qu'est-ce que ça veut dire ? Je m'excuse, madame Pomerleau, mais je ne saisis pas tout à fait...

Juliette sourit, se racla la gorge et, d'une voix rauque :

— Je vous l'avais bien dit, monsieur le fouineux, que cela ne présentait pour vous aucun intérêt. Figurez-vous que lorsque j'ai pondu cette pensée ridicule, je devais avoir quatorze ou quinze ans. Je demeurais chez ma tante, boulevard Dorchester. J'avais une cousine, Victoire, ma meilleure amie. Elle s'est noyée il y a longtemps, la pauvre, au Sault-au-Récollet. À l'époque, elle venait passer tous les samedis chez nous ; et parfois, toute la fin de semaine Nous nous aimions beaucoup et ma tante prenait plaisir à nous voir ensemble. Nous avions inventé un jeu, qui a duré deux ou trois ans. Nous avions décidé de publier ensemble un recueil de maximes et de réflexions, convaincues de devenir célèbres en vingt-quatre heures. Nous écrivions nos trouvailles sur des petits bouts de papier que nous cachions dans une fente, sous ce vaisselier. Notre jeu comportait deux règles : il fallait glisser nos papiers sous le meuble à l'insu de l'autre et...

Elle s'arrêta, envahie de nouveau par l'émotion, et avala sa salive, l'œil un peu hagard.

— Et la deuxième règle ? demanda Fisette, vivement intéressé.

— La deuxième règle voulait que ce jeu demeure secret. Si quelqu'un le découvrait, tout était fini... Mais personne ne s'est jamais aperçu de rien.

— Et vous venez de trouver un mot que vous aviez...

Juliette hocha la tête :

— Pendant une seconde, je me suis retrouvée à quinze ans, avec ma fraîcheur et tous mes rêves... Vous savez, j'étais à peine grassette à l'époque et les garçons tournaient pas mal autour de moi... Allons, fit-elle en se levant, laissons là ces folies. Monsieur Dubé va penser qu'on est en train de tramer des complots dans sa cave. Et puis, je commence à avoir faim. Il faudrait penser à dîner.

Fisette lui tendit la feuille, qu'elle replia soigneusement et glissa dans sa poche, puis il ouvrit le second carton. Au bout d'un moment, il se releva, prit la chaufferette, l'examina rapidement et la déposa sur le sol :

— Vous avez bien fouillé le vaisselier?

— Il est vide, à part les deux tiroirs à chaque bout, qui ne contiennent que des rebuts.

Une porte s'ouvrit et on entendit la voix d'Amédée Dubé :

— Et alors? Avez-vous fait des découvertes?

— Pas encore, répondit la comptable.

— Je vous demanderais de tout laisser en place, hein? Si jamais il venait à me payer et qu'il reprenait ses choses, je ne voudrais pas qu'il puisse me reprocher de lui avoir enlevé même un cure-dents.

Il commença à descendre l'escalier. Fisette ouvrit prestement le tiroir de gauche, qui contenait une enveloppe, des timbres oblitérés, un bout de ficelle, des reçus de taxi et une coupure de journal pliée en quatre, et glissa le tout dans sa poche, sous le regard étonné de sa compagne.

— Comme ça, rien d'intéressant, hein? fit le vieillard en s'avançant. Ça ne me surprend pas, remarquez. Que pensiez-vous trouver?

Le photographe, toujours devant le vaisselier, ouvrit le tiroir de droite. Il contenait de la menue monnaie et deux chéquiers. Juliette s'en empara :

— Caisse populaire des Vieilles Forges. Ils sont vierges. Je ne pense pas qu'ils nous apprennent grand-chose.

— Fourrez-moi tout ça dans vos poches, chuchota Dubé en jetant des regards de tous côtés, comme si la cave était sur le point d'être envahie par les forces de l'ordre. On ne sait jamais, ça pourra peut-être vous servir...

Ils remontèrent. Juliette et Clément remercièrent leur hôte.

— De rien, de rien. Tout ce qui peut nuire à ce gros sac de crottes me fait du bien, croyez-moi. Vous allez me laisser votre numéro de téléphone, madame. Si jamais il montre sa face, je promets de vous téléphoner dans la seconde qui suit.

— Eh bien, soupira Juliette quand ils furent dans la rue, beaucoup de foin mais pas d'aiguille...

Le photographe lui tapota l'épaule :

— Au contraire, au contraire. Nous ne cessons pas d'apprendre des choses intéressantes sur votre nièce.

Ils arrivèrent à l'auto.

— Voulez-vous que je conduise? offrit-il à sa compagne après l'avoir observée un instant, la tête penchée au-dessus de son sac à main, cherchant ses clefs.

Elle lui tendit le trousseau :

— Bonne idée. Je me sens fourbue tout à coup. Comme si je venais de galoper après quelqu'un dans un escalier.

— Les escaliers finissent toujours quelque part, fit-il en démarrant.

Ils se mirent à circuler dans les rues bondées par l'affluence du midi, à la recherche d'un restaurant. Juliette s'étonnait de voir apparaître si fréquemment les années 1908 et 1909 sur la corniche des édifices.

— Oh, c'est à cause du fameux cyclone de 1907, répondit gravement le photographe. La région a été rasée. On a retrouvé des débris à des distances incroyables, paraît-il. Des gens disent que l'évêché de Nicolet a été construit avec les pierres d'un hôtel de Trois-Rivières où travaillaient des filles qui ne communiaient pas chaque matin. Mais tout a été béni, bien entendu.

— Ah bon.

Elle sourit, promenant son regard dans la rue, puis :

— C'est votre nouveau dentifrice qui vous a rendu la langue si fourchue?

Il éclata de rire et posa la main sur son genou; elle retira la jambe, surprise et presque offusquée.

— Chère madame Pomerleau, j'adore votre compagnie.

— Tenez, beau tombeur, revenez donc dans la rue Royale. Je viens d'apercevoir un restaurant qui pourrait faire notre bonheur.

Quelques minutes plus tard, ils entraient au *Bolvert*, un établissement dans le style des restaurants à la mode qu'on retrouve à Montréal, rue Saint-Denis ou Prince-Arthur, avec ses lambris d'appui et son comptoir en pin verni, sa profusion de plantes vertes, sa machine à espresso et ses affiches de cinéma encadrées. Le personnel et la clientèle sortaient à peine de l'adolescence.

Fisette aperçut au fond de la salle deux jeunes femmes en jeans, particulièrement attirantes. Les haut-parleurs diffusaient discrètement une chanson de Claude Dubois. On avait suspendu un petit fleurdelisé au-dessus du comptoir. Une grande fille blonde, d'allure vive et dégagée, vint prendre leur commande tout en suivant avec de fugitifs sourires une discussion animée entre deux clients; quelques instants plus tard, elle déposait sur leur table deux omelettes aux champignons garnies de luzerne germée et de tranches de carottes crues.

— Quelque chose à boire ? fit-elle d'une voix chaude et bien articulée en se tournant vers le photographe.

— Merci, tout à l'heure peut-être, répondit ce dernier, le regard dansant, irrésistiblement attiré par l'échancrure du décolleté où la peau fine et mate, d'un beige onctueux, laissait deviner le triomphe secret, quelques centimètres plus bas, d'une poitrine ferme et gracieuse.

Il se pencha vitement au-dessus de son omelette, car ses joues devenaient brûlantes. Son repas expédié, il entreprit d'examiner son butin. Après avoir retourné en tous sens une enveloppe adressée à Fernand Livernoche et qui ne révéla rien d'intéressant, il se mit à scruter les reçus de taxi. Il y en avait quatorze, tous de l'année en cours. Dans la plupart des cas, le chauffeur avait négligé d'indiquer les points de départ et d'arrivée. Sur l'un deux, on avait griffonné «de Niverville», puis « St-Georges ». Sur deux autres, on s'était contenté d'indiquer le point d'arrivée : «Hôp. St-Joseph». Juliette nettoya soigneusement le fond de son assiette avec un morceau de pain qu'elle mâcha lentement afin de se donner l'illusion d'allonger son repas, puis s'empara de la coupure de journal que Fisette n'avait pas encore regardée. Il s'agissait d'une demi-feuille format standard tirée de l'édition du mercredi 15 juin 1988 du *Courrier de Saint-Hyacinthe*; on l'avait manifestement conservée pour une annonce qui occupait les deux tiers de l'espace :

GRANDE VENTE D'ÉCOULEMENT
À LA LIBRAIRIE LE GRIMOIRE
superspéciaux à des prix incroyables !
35 % d'escompte sur tout notre stock !
cadeaux-surprises pour tout achat de 20 $ et plus !
PROFITEZ DE CETTE OCCASION INESPÉRÉE
DE FAIRE DES ÉCONOMIES !
LA VENTE SE TERMINE LE 30 JUIN !
Librairie LE GRIMOIRE
1146, rue des Cascades
Saint-Hyacinthe

Juliette tendit la coupure à son compagnon qui la parcourut rapidement et haussa les épaules. Pendant un moment, ils suivirent la conversation de deux jeunes gens assis à la table voisine qui discutaient de l'efficacité des massages au gant de crin pour stimuler la circulation d'une personne atteinte de diabète avancé, puis la comptable posa son regard sur Fisette :

— Aussi bien ne pas s'éterniser en ville. J'ai l'impression qu'on n'y apprendra pas grand-chose de plus. J'aimerais être de retour à Longueuil avant que Denis revienne de l'école.

Le photographe consulta sa montre :

— On a tout le temps.

Il fixa son assiette d'un air mécontent.

— Voyez-vous d'autres raisons de rester, Clément ? demanda Juliette d'une voix légèrement anxieuse.

— Hé non.

Il se pencha de côté et la vue de la serveuse qui circulait entre les tables d'un pas vif et agile, un plateau en équilibre au-dessus de la tête, illumina tout à coup son visage. Il la suivit du regard jusqu'au fond de la salle, cillant des yeux, un curieux sourire aux lèvres.

— Pardon ? fit Juliette. J'ai mal entendu.

— Euh... rien, je me parlais à moi-même.

— Ma foi, Clément, j'ai l'impression que cette fille est en train de vous faire sortir l'âme du corps. Voulez-vous rester à Trois-Rivières ? Je vous payerai votre billet d'autobus.

— Excusez-moi, répondit le photographe, perdu dans sa contemplation, je suis d'une impolitesse épouvantable.

Il ramena son regard sur Juliette :

— C'est que j'aime trop les femmes. Toutes les femmes. Celle-là est vraiment très jolie.

— Comment se fait-il alors que je le voie toujours seul ? pensa l'obèse.

Elle lui toucha le bout des doigts :

— Prenez-vous un café, don Juan ? Je ne vous cacherai pas que j'ai un peu hâte de me lever. Cette chaise est peut-être confortable pour une ballerine, mais certainement pas pour moi.

Fisette agita la main et réussit à attirer l'attention de la serveuse, qui se dirigea vers eux :

— Excusez-moi, je vous avais un peu oubliés, fit-elle avec ce sourire radieux et total qui semblait à la fois l'expression et la promesse d'un bonheur éblouissant. Un dessert ? À la table d'hôte, ce midi, nous avons un renversé aux pêches avec crème fouettée.

— Va pour le renversé, plus un café, répondit Fisette, le regard enivré.

— Café seulement, soupira Juliette.

Elle arracha délicatement la membrane de papier qui fermait le godet de crème posé dans la soucoupe, le vida dans sa tasse en le secouant pour lui faire rendre ses dernières gouttes, puis ferma l'œil à demi et prit deux gorgées. Sa main palpa machinalement la coupure de journal qui se trouvait près de la soucoupe. Soudain, elle eut un sursaut et déplia la coupure :

— Attendez-moi un instant, voulez-vous ?

Et elle se leva dans un grand tintement de vaisselle.

Les deux jeunes hommes de la table voisine interrompirent leur conversation (qui portait maintenant sur les effets bénéfiques du sel marin), se regardèrent une seconde et sourirent.

Juliette, tout excitée, se fit indiquer le téléphone, traversa la salle et disparut par une porte. Fisette, qui venait de deviner l'intuition de sa compagne, tambourinait sur la table avec le bout de sa cuillère. Elle réapparut bientôt, radieuse :

— C'est bien ce que je pensais, dit-elle en s'approchant, insouciante des regards narquois posés sur sa personne.

Elle se planta devant la table et, posant le poing dessus :

— Allons, finissez vite votre café, Clément, je vais demander l'addition. On s'en va à Saint-Hyacinthe. Il n'y a plus de service téléphonique pour le *Grimoire*. La librairie a dû fermer ses portes. Je veux y jeter un coup d'œil.

Fisette vida sa tasse et se leva, piteux :

— J'ai eu la même idée que vous, mais dix secondes trop tard. Ainsi, vous croyez vous aussi, reprit-il en s'efforçant d'adapter son pas à celui de l'obèse qui avançait en soufflant vers son auto, que le *Grimoire* a fait faillite et que Livernoche vient d'ouvrir une librairie dans le même local ?

— J'en ai la certitude, mon cher. Je le vois quasiment derrière son comptoir... et je tremble déjà à l'idée de lui parler.

Son entrain tombait à vue d'œil. Elle déverrouilla la portière de l'auto et leva la tête vers Fisette :

— Quelle idée de s'embarquer dans une histoire pareille à mon âge ! Je ne me sens plus bonne soudain qu'à tricoter des chaussettes dans ma chambre près d'une tasse de thé.

Le photographe s'esclaffa :

— C'est votre digestion qui vous fait parler ainsi. Nous avons mangé trop vite.

— Non, ce n'est pas ma digestion, c'est ma carcasse, répondit-elle après s'être installée au volant. Ma carcasse ne veut plus que tricoter des chaussettes, je n'y peux rien. Je suis arrivée à l'âge des chaussettes et des mitaines.

— Est-ce qu'elle me prépare une crise ? se demanda l'autre en lui tapotant l'épaule avec un sourire protecteur.

Elle tourna la clef d'allumage et l'auto s'ébranla vers la rue des Forges :

— Voulez-vous prendre la carte routière dans la boîte à gants ? Je ne connais pas trop le chemin pour Saint-Hyacinthe.

— Il faut traverser le pont Laviolette, annonça-t-il dans un grand froissement de papier, et suivre la route 55, qui devient ensuite la 161, puis prendre l'autoroute 20 un peu après Sainte-Eulalie. Dans une heure, nous serons au *Grimoire*.

— Vous parlerez à ma place. Je ne veux pas ouvrir la bouche. La trouille va me faire gaffer.

— Pfa ! vous ne pourrez pas vous retenir, ricana le photographe.

Elle haussa les épaules, puis ouvrit la radio. Ils se retrouvèrent au milieu de l'*andante* de la symphonie concertante pour violon et alto de Mozart, et le coin un peu terne et triste qu'ils traversaient s'embellit tout à coup d'une façon étrange et subtile. Clément Fisette voulut poser une question, mais l'expression recueillie de sa compagne le retint. Pour tuer le temps, il se mit à examiner la carte routière.

▲

En arrivant à Sainte-Eulalie vingt minutes plus tard, Juliette se tourna vers son compagnon et, d'une voix toute changée :

— Clément, je ne me sens vraiment pas très bien. Vous allez conduire à ma place. Mes... anciens malaises me reprennent, je crois. Je vais aller me reposer sur la banquette arrière.

Elle arrêta l'auto sur l'accotement, devant un lopin de terre en friche où s'allongeaient des traînées de neige, alla s'affaler sur la banquette, son sac à main sur le ventre, et ferma les yeux. Fisette démarra. De temps à autre, il jetait un coup d'œil inquiet dans le rétroviseur.

— Ça va mieux ? lui demanda-t-il au bout d'un moment.

— L'heure des médicaments, dit-elle, sans paraître avoir entendu.

Elle fouilla dans son sac à main et son compagnon ne put s'empêcher de sourire quand il la vit sortir son baladeur et glisser fébrilement le casque d'écoute sur sa tête. Elle ferma de nouveau les yeux. De temps à autre, sa bouche se crispait légèrement et elle se massait l'abdomen. Fisette s'engagea sur la voie d'accès à l'autoroute 20. Il attendit encore quelques minutes, puis :

— Est-ce que ça va mieux, maintenant? *Est-ce que ça va mieux, maintenant?* répéta-t-il à tue-tête, essayant de franchir le barrage de la musique de Martinek.

— Allons, un peu de patience, ce n'est pas magique, grommela-t-elle sans lever les paupières.

Au bout de quelques minutes, il la crut endormie : mais sa main s'anima tout à coup et alla pétrir son ventre.

— Je sais bien ce qui m'attend si elle retombe malade, se dit Fisette : elle va me demander de continuer les recherches à sa place. Mais il n'en est pas question. J'ai de plus en plus l'impression qu'il s'agit d'une sale histoire. Aller me promener à quatre pattes avec les rats dans les égouts sans savoir si j'en sortirai jamais? Très peu pour moi, merci !

Mais pendant qu'il se faisait ces réflexions, un obscur désir s'agitait en lui de voir au contraire sa compagne tomber gravement malade, le laissant seul pour explorer les égouts à son aise.

La *Subaru* filait sur l'autoroute avec un ronronnement moelleux et un peu soporifique qui semblait émaner de la vaste étendue grisâtre et monotone qu'ils traversaient. En dépassant la sortie 177 pour Drummondville, Fisette jeta de nouveau un coup d'œil dans le rétroviseur et aperçut la main droite de sa compagne qui pendait mollement au bord de la banquette. Son casque d'écoute s'était légèrement déplacé. La bouche entrouverte, elle semblait dormir paisiblement; son visage affaissé laissait voir avec une précision géographique les amoncellements de graisse du menton, de la gorge et des joues, qui se détachaient de l'ensemble comme si on les avait soulignés avec la fine pointe d'un crayon; cela lui faisait une sorte de masque pathétique et un peu sinistre. Fisette la contemplait, le cœur serré. L'auto glissa soudain sur l'accotement et se mit à déraper. Il donna un coup de volant et, après quelques secondes, réussit à la ramener sur la chaussée. Haletant, tout en sueur, il reprit peu à peu sa vitesse, puis risqua un rapide coup d'œil en arrière. Juliette dodelinait de la tête, la main ballante, la bouche légèrement entrouverte.

— Christ ! elle est morte, se dit-il soudain. Elle vient de mourir. Et je suis tout seul avec elle en pleine campagne !

Sa vue se ternit et le paysage sembla s'aplatir; il sentit des coups violents dans sa gorge, et une régurgitation âcre et acide lui envahit la bouche. Il déglutit et voulut appeler sa compagne, mais ne put émettre le moindre son. Alors il appliqua violemment les freins.

— Qu'est-ce qui se passe? s'écria Juliette, se réveillant en sursaut. Mais répondez-moi!

— Rien. J'ai... j'ai voulu éviter une mouffette.

— Dieu que vous m'avez fait peur! J'ai cru à un accident.

Il remit l'auto en marche et toussa pendant une bonne minute.

— Comment vous sentez-vous? demanda-t-il enfin d'une voix enrouée, méconnaissable.

— Mieux. Beaucoup mieux. Mais vous? On dirait que vous venez d'avaler un nid de guêpes!

Puis elle ajouta au bout d'un moment :

— Vous savez, Clément, lorsque je vous disais que la musique de Bohu n'était pas magique... eh bien, je crois que je me trompais.

Une demi-heure plus tard, ils filaient le long de la rivière Yamaska, où venaient s'arrêter les nouveaux quartiers de Saint-Hyacinthe, puis, franchissant le pont Bouchard, ils se retrouvaient au centre-ville sur la vieille rue des Cascades, toute pimpante avec sa chaussée et ses trottoirs fraîchement refaits, ses bancs et ses lampadaires neufs ornés de branches de sapin et de petites ampoules multicolores; un timide espoir de survie semblait flotter au-dessus des vieux édifices fatigués qu'on n'avait pas encore démolis. Fisette roulait doucement, jetant de rapides regards à gauche et à droite.

— Nous n'irons pas tout de suite au *Grimoire,* Clément, décida Juliette qui, depuis un moment, ne cessait de soupirer et de se tortiller sur son siège. Trouvez-nous un petit restaurant tranquille. Je veux me refaire un peu le cœur avant de rencontrer notre bonhomme.

Fisette lui adressa un sourire narquois :

— Vous êtes donc tout à fait sûre de le trouver?

— Tout à fait, mon cher. Voilà pourquoi j'ai besoin d'une bonne tasse de thé. Et puis, il faut s'entendre sur ce que nous allons lui dire.

— *Nous?* Vous avez décidé de lui parler, à présent? Décidément, ce sacré Bohu devrait présenter sa musique à l'Académie de médecine. En trois jours, il deviendrait aussi célèbre que Pasteur.

— Cessez de vous moquer. Cet homme m'a réellement sauvé la vie. Je vous souhaiterais quasiment d'attraper mon mal. Vous vous mettriez à sa musique comme moi, et vite!

Trois ou quatre cents mètres plus loin, la rue des Cascades prenait un air triste et misérable, assombrie qu'elle était par d'imposants bâtiments de brique qui dressaient leurs masses à gauche. Puis, un peu plus loin, s'ouvrait le trou béant laissé par la démolition de l'ancienne filature *Pennmans*. Juliette aperçut un restaurant à sa droite; dans la vitrine, un gros philodendron poussiéreux luttait courageusement contre l'anémie.

Fisette stationna l'auto devant l'établissement et ils entrèrent. Sur le mur du fond, tapissé d'un papier peint à motifs géométriques pourpres et dorés, une grosse horloge en bois portant l'écusson de la brasserie *O'Keefe* indiquait deux heures. L'endroit était désert. Une jeune serveuse assise au comptoir était occupée à remonter sa coiffure à l'aide d'épingles à cheveux. Juliette se commanda un thé, Fisette, une pointe de tarte au sucre et un café.

— Moi, je suis d'avis de lui parler franchement et sans détour, chuchota l'obèse quand la jeune femme se fut éloignée.

Le photographe, imperturbable, la regarda un moment, puis:

— Ma foi, avez-vous eu une révélation surnaturelle? Vous semblez aussi sûre de le trouver que d'avoir un nez au milieu du visage.

— Eh oui. C'est comme ça. Je sais qu'on l'a coincé.

— Supposons-le. Mais il a peut-être balancé votre nièce il y a longtemps. Cette Josette Dallaire...

— C'est elle. C'est ma nièce. Elle porte un faux nom.

Fisette eut une moue d'agacement:

— Eh bien, puisque tout est réglé, allons les voir tout de suite. Je prendrai des photos de vos retrouvailles, ce sera touchant.

— Ce ne sera pas touchant mais terrible. J'ai peur. Je n'ai jamais eu aussi peur de ma vie.

Elle lui prit la main:

— Vous ne pouvez savoir combien j'apprécie votre présence. Votre gentillesse. Je vous le répète: sans vous, jamais je n'oserais me risquer là-bas.

La serveuse s'approcha avec un plateau et déposa la théière, les tasses, la tarte au sucre et le café. En se redressant, elle fit un léger mouvement de tête et une de ses épingles à cheveux tomba en frôlant le café:

— Scusez-moi, monsieur, bredouilla-t-elle en la ramassant aussitôt. Est-ce que vous connaissez la librairie *Le Grimoire* ?

demanda Fisette avec un sourire protecteur tout en s'étonnant du nombre de pattes-d'oie dans un visage si jeune.

— La petite librairie près du restaurant *Milano* ? C'est fermé. Ils ont fait faillite, je crois. Mais je pense que quelqu'un vient de racheter le commerce.

Juliette posa sur son compagnon un regard triomphant.

— Vous ne connaîtriez pas le nouveau propriétaire, par hasard ? reprit le photographe.

— Oh, je pense que ce n'est pas encore ouvert, monsieur. Le mieux serait d'aller voir.

Elle s'éloigna.

Fisette porta un morceau de tarte à sa bouche et ses yeux se plissèrent de plaisir :

— Hmmm... Surprenant, une si bonne tarte au sucre dans un endroit pareil.

L'obèse la contemplait avec envie. Elle venait de croquer dans un biscuit sec, puis avait pris une gorgée de thé pour l'amollir et lui donner un peu de saveur, mais le mélange qui en avait résulté était si insipide qu'elle laissa le biscuit.

— Je commande un autre morceau, décida Fisette.

— Vous n'en ferez rien, répliqua-t-elle. Je n'ai pas le temps dans mes poches, moi.

Et, se dégageant de la banquette, elle fit signe à la serveuse d'apporter l'addition.

En arrivant dehors, il lui saisit la main :

— Aux retrouvailles, maintenant ! aux retrouvailles ! J'adore voir les gens pleurer de joie !

Ils remontèrent dans l'auto et prirent la rue des Cascades en sens inverse. L'intuition de Juliette se révéla juste. Au numéro 1146 – un édifice de deux étages plutôt étroit, à la façade de crépi blanc ornée d'auvents de toile jaunes – une enseigne toute neuve annonçait au rez-de-chaussée :

LA BONNE AFFAIRE
livres neufs et usagés

— Non, non, je vous en prie, ne ralentissez pas, lança la comptable. Stationnez-vous plus loin. Encore plus loin...

Fisette s'engagea à gauche dans la rue de la Concorde et s'arrêta au coin de Calixa-Lavallée :

— J'y vais seul d'abord, annonça-t-il. Venez me rejoindre dans une dizaine de minutes. Et, bien sûr, vous ne me connaissez pas.

Il ouvrit la portière, bloquant le chemin à une vieille dame en manteau de drap mauve tenant un sac à provisions. Elle inclina la tête avec un sourire aristocratique qui mit en mouvement un incroyable entrelacement de rides, contourna la portière et poursuivit son chemin en chantonnant.

Fisette sortit de l'auto, lança un clin d'œil à Juliette et s'éloigna les mains dans les poches, l'air désœuvré. La comptable, qui priait rarement, se mit à invoquer avec ferveur la bonne sainte Anne. C'était elle, selon sa tante Joséphine, qui l'avait sauvée d'une méningite fatale à l'âge de cinq ans. Puis elle jeta un coup d'œil à sa montre, s'épongea le visage et les mains avec un mouchoir et sortit de l'auto à son tour. Elle s'avança lentement jusqu'au coin de la rue des Cascades, puis dut s'arrêter :

— Ma foi, je n'y arriverai pas, murmura-t-elle d'une voix sifflante. Qu'est-ce qui se passe ? J'ai peine à mettre un pied devant l'autre. C'est comme si j'avais des jambes de béton... Ce n'est pas ton mal, vieille folle, c'est la peur. Allons, ressaisis-toi, sueur de coq !

Elle tourna le coin et se sentit mieux tout à coup. Longeant la vitrine du restaurant *Milano,* elle se trouva bientôt devant *La Bonne Affaire* et continua, regardant droit devant elle. Au bout d'une dizaine de mètres, elle s'arrêta. De l'autre côté de la rue se dressait le magasin de meubles *Kub* et, à côté, une sorte de casse-croûte qui portait le nom de *La Lichette.* La rénovation de la rue des Cascades s'était arrêtée à la rue Sainte-Marie, à quelques portes de *La Bonne Affaire*, qui donnait l'impression, avec les commerces avoisinants, d'avoir été laissée pour compte.

Elle examina la librairie. Le soleil frappait de biais la vitrine du très mobile sieur Livernoche et la rendait opaque, laissant voir tout un lacis de coups de torchon. L'anecdote des chaussons blancs que lui avait racontée l'ancienne femme de ménage du libraire lui revint à l'esprit et cette négligence l'étonna.

Elle fit demi-tour et entra dans la boutique, croisant Fisette qui en sortait.

— Le salaud, s'exclama-t-elle intérieurement, la tête haute, sans le regarder.

Au début, elle ne vit que des rayonnages de livres, une pièce rectangulaire d'assez bonnes dimensions, un linoléum en damier noir et blanc et, au milieu de la place, un présentoir à journaux flanqué à sa droite d'une étagère chargée d'articles de bureau et de fournitures scolaires. Un comptoir en lattes de bois vernies, avec sa caisse enregistreuse, s'allongeait à gauche près de la porte. Derrière le comptoir, le dos tourné, un homme de grande taille, plutôt corpulent, rangeait des livres sur une tablette. Il ne se retourna pas. Juliette se hâta vers le fond de la pièce et se mit à prendre et à replacer des livres au hasard, essayant de toutes ses forces de maîtriser sa peur.

— Est-ce que je peux vous aider, madame? demanda une voix grave et rocailleuse, qui s'efforçait d'être aimable.

Elle se tourna, presque défaillante, mais ne perçut qu'une image vague et sommaire : la tache brune du veston, le trait rouge de la cravate, une grosse moustache noire.

— Non merci, répondit-elle d'une voix étouffée, je... ne cherche rien en particulier.

Il poursuivit son rangement. Elle se trouvait dans la section des livres usagés, la plus importante de la librairie, semblait-il. Elle saisit un livre à couverture cartonnée recouverte de toile grise et décida d'en lire quelques pages, le temps de retrouver son sang-froid. Il s'agissait d'une thèse sur l'occlusion intestinale chez les coccinelles, écrite par un certain Paul Roubaix et parue chez Marton à Paris en 1937. Elle traversa patiemment l'introduction et s'attaqua au premier chapitre intitulé : «Méthodologie : le choix des approches et leurs différentes limites». Au bout de quelques pages, les battements de son cœur ralentirent et la rougeur brûlante de ses joues se dissipa. Elle replaça le livre, fit quelques pas et s'arrêta devant la section des romans. Son regard tomba sur un bouquin tout écorné à couverture brochée, presque en lambeaux. Elle le retira délicatement. L'illustration en deux couleurs, couverte de petites taches beiges, représentait deux hommes en train de se colleter devant une fenêtre. L'un deux, apparemment la victime, sur le point de basculer par en arrière dans le vide, s'agrippait désespérément de la main gauche au rebord de la fenêtre, le menton violemment repoussé vers le bas par la main de son assaillant, dans un angle qui aurait normalement causé la rupture d'une vertèbre cervicale; mais cela ne semblait pas s'être produit si on en jugeait par la position de sa main droite qui tenait un pistolet adroitement dirigé contre la tête de son adversaire à l'œil féroce. Au-dessus s'étalait en lettres bleues : *La Vengeance tragique*. Juliette souleva la couverture : le livre se vendait 50¢. Elle le posa à plat sur une tablette, puis risqua un rapide coup d'œil vers le libraire. Ce dernier, debout derrière la caisse, contemplait la rue d'un air morose et semblait avoir oublié sa présence.

La porte s'ouvrit et un vieux monsieur tout cassé apparut ; il avança d'un pas incertain dans la boutique, puis, s'arrêtant près du présentoir, tourna sur place, désemparé.

— Oui, monsieur ? fit le libraire en posant ses mains sur le comptoir.

— Avez-vous l'*Almanach Bigras* ? graillonna le vieillard.

— Vous voulez parler de l'*Almanach Beauchemin* ? répondit l'autre en élevant la voix du ton protecteur que l'on prend avec les personnes atteintes de surdité ou diminuées par l'âge.

— Non, non. L'*Almanach Bigras*. C'est pour la météo. Y a rien que là qu'on la donne comme il faut.

— Je possède les almanachs *Beauchemin*, *La Presse*, *Éclair*, mais pas d'*Almanach Bigras*.

— C'est un livre avec une couverture verte et une rangée d'étoiles jaunes sur les côtés. Je l'achète ici depuis des années.

Le libraire le regarda fixement une seconde, puis, se rendant au bout du comptoir, disparut par une porte et revint avec une caisse de livres qu'il se mit à disposer par piles sur une étagère. Le vieillard, croyant qu'on était sur le point de lui remettre son almanach, attendit une minute ou deux en se dandinant avec de petites grimaces. Puis après avoir toussoté à quelques reprises, il demanda timidement :

— Pensez-vous le trouver ?

— Je vous ai dit que je ne l'avais pas, répondit le libraire d'une voix coupante.

Et il se remit au travail. L'homme, décontenancé, grommela quelques mots inintelligibles et sortit.

Tout en suivant la scène, Juliette avait choisi quelques livres, se basant davantage sur les prix que sur les titres. Le libraire vida sa caisse, puis s'approcha et, d'une voix obséquieuse :

— Je vois que vous aimez les romans, madame. J'ai de très bons titres là-bas sur cette petite table, tout nouvellement arrivés.

Il se tenait devant elle, la tête légèrement inclinée, grand, bien en chair, les épaules carrées, les joues replètes et un peu affaissées accusant la cinquantaine, la bouche largement fendue et souriante, mais le regard froid. Il y avait dans son aspect quelque chose d'énigmatique et de repoussant, qui lui rappela tout à coup un homard.

— Merci, balbutia-t-elle. J'irai y jeter un coup d'œil tout à l'heure. Jamais je n'arriverai à le questionner, pensa-t-elle après qu'il se fut éloigné.

Au bout d'un moment, elle se rendit à la table, examina les titres, puis, levant le regard, rencontra celui de Livernoche posé sur elle.

— À douze dollars quatre-vingt-quinze, le dernier Yourcenar est une véritable aubaine, commenta-t-il aimablement.

— Je... oui... Je crois que je vais l'acheter, merci.

Prenant le livre, elle alla le déposer sur la tablette avec ses autres acquisitions, puis s'approcha d'une petite section consacrée à la poésie. Ses doigts se promenèrent machinalement sur les couvertures, puis s'arrêtèrent sur l'une d'elles, qui se détachait des autres. Il s'agissait d'un livre oblong, habillé d'une reliure pleine en maroquin bleu, d'un assez beau travail et en fort bon état.

— *L'Éventail et la Rose,* de Sully Prudhomme, lut-elle sur le dos à nerfs où s'alignaient les fins caractères dorés qui avaient conservé tout leur éclat.

Une émotion confuse s'éveilla en elle, venue de très loin. Elle souleva la couverture et aperçut, estampé en relief dans le coin supérieur droit :

Ex-libris Joséphine Deslauriers

et, plus bas, tracé au crayon d'une grosse écriture maladroite et appuyée :

rare
16,50 \$

Elle contempla l'inscription, la pensée comme suspendue, puis un mouvement de colère s'empara d'elle tout à coup. Elle eut envie de se précipiter sur le grand homme massif qui la surveillait discrètement du fond de sa boutique et de lui marteler le visage à coups de poing. Mais la peur reprit vite le dessus. Elle tournait et retournait le livre entre ses mains, le visage écarlate. La mesquinerie et la grossièreté de l'homme lui inspiraient une répulsion insupportable que venait d'accentuer sa découverte.

— Qu'est-ce que vous avez en main? demanda le libraire. Ah! le Sully Prudhomme. C'est une belle pièce. Très rare. Comme vous m'avez déjà acheté quelques livres, je pourrais vous la faire à 15,50 \$, disons.

Juliette émit un vague grognement, puis se tourna de nouveau vers les rayonnages, perplexe. Soudain, elle saisit les livres qu'elle avait mis à part, y joignit le Sully Prudhomme et, l'air résolu, s'avança vers la caisse où l'attendait le libraire, tout souriant.

— Hmm... un choix intéressant, remarqua-t-il doucereusement.

La caisse fit entendre une série de grincements, puis tinta :

— Trente-deux dollars et quatre-vingt-quinze, s'il vous plaît.

Elle ouvrit son portefeuille d'une main tremblante et lui tendit deux billets de vingt dollars :

— Vous êtes bien monsieur Livernoche, n'est-ce pas ? demanda-t-elle d'une voix éteinte.

Il leva la tête :

— Oui. Vous me connaissez ?

— C'est-à-dire que... on m'a parlé de vous.

— En bien, j'espère ? fit-il avec un rire affecté.

Elle eut soudain l'impression que le plancher s'ouvrait à ses pieds et qu'un immense tourbillon de flammes l'enveloppait, mais, curieusement, son angoisse disparut pour faire place à une sorte d'euphorie stoïque. Elle sourit, posa une main sur le comptoir :

— Comment va Adèle, monsieur ?

Il la fixa quelques secondes, imperturbable :

— Vous vous trompez, madame. Je ne connais pas d'Adèle.

Et il se pencha au-dessus du tiroir-caisse pour lui rendre sa monnaie.

— Vous n'avez pas vécu avec ma nièce Adèle Joannette ? reprit-elle d'une voix tout à la fois timide et narquoise.

— Trente-huit, trente-neuf, quarante dollars. Merci, madame. Non, madame, je n'ai vécu avec aucune Adèle Joannette. Je n'ai jamais eu cet honneur. Vous faites erreur sur la personne, comme on dit. Est-ce que je peux me permettre de vous demander qui vous a raconté cette histoire ?

Il la regardait, calme et sûr de lui, un sourire désinvolte aux lèvres, mais quelque chose de trouble vacillait au fond de son regard.

Juliette s'empara de *L'Éventail et la Rose* et l'ouvrit à la page de garde :

— Comme vous pouvez le voir, ce livre a déjà appartenu à une de mes tantes, Joséphine Deslauriers, chez qui ma nièce Adèle a vécu il y a plusieurs années. Et c'est elle qui a acheté ce livre après la mort de ma tante, quand on a mis ses biens aux enchères.

— Ah bon, fit-il, moqueur. C'est là l'indice qui vous a permis de déduire que je connaissais votre nièce ?

Elle voulut parler du vaisselier découvert à Trois-Rivières, puis se ravisa.

— Écoutez, ma bonne dame, poursuivit Livernoche avec un sourire condescendant, il faudrait tout de même que vous preniez conscience que... Un instant, je vous prie.

Il s'accroupit devant une tablette et revint avec un gros livre à couverture de toile pourpre, que l'usure avait rosie aux angles.

— Voyez-vous, madame, le livre, dans notre civilisation, est un objet d'une mobilité infinie. Voici une partition de l'*Otello* de Verdi éditée en 1896 chez Ricordi à Milan. Tenez, lisez avec moi sur la page de garde : *À monsieur Bonifacio Torreo, en souvenir des années fructueuses que nous.... bla bla bla... Buenos Aires, le 8 avril 1900.*

Il la fixa de nouveau avec le même sourire désinvolte :

— Savez-vous où je l'ai dénichée ? Dans le coffre à outils d'un plombier à Val-d'Or en Abitibi, où j'étais allé passer des vacances il y a deux ans. Lui-même l'avait reçue d'une danseuse *topless* chez qui il avait installé un bain à remous. Du moins, c'est ce qu'il m'a dit, ricana le libraire. Alors, n'est-ce pas, que vous trouviez chez moi un livre – ou même plusieurs – qui aurait appartenu à une de vos très chères tantes, cela ne m'impressionne vraiment pas beaucoup. J'assiste à ce genre de découvertes au moins une fois par mois.

— Ne me prenez pas pour une cruche, rétorqua Juliette en serrant fortement le bord du comptoir pour cacher le tremblement de ses mains. Vous avez vécu au moins un an avec ma nièce en 1979, au 1759 de la rue Sainte-Catherine Est. Des gens se souviennent de vous dans le coin. Et il n'y a pas si longtemps, vous teniez un commerce à Trois-Rivières. J'ai même rencontré votre ancien propriétaire, monsieur Dubé, qui conserve chez lui certains de vos effets. Et, tout à fait par hasard, parmi ces effets se trouve un vaisselier qui a déjà appartenu lui aussi à ma tante Jo...

— Mais c'est de l'espionnage ! éclata le libraire, le visage tordu de colère. Que me voulez-vous à la fin, madame ?

— À vous, rien. Mais je veux parler à ma nièce, que je n'ai pas vue depuis dix ans.

Il se pencha au-dessus du comptoir :

— Mais puisque je vous dis, martela-t-il, excédé, que je ne la connais pas, votre Adèle... Joannisse !

— Joannette. Je connais un boutiquier à Montréal qui serait prêt à confirmer que...

— Madame, fit-il en se redressant, son calme tout à coup revenu, si vous ne cessez pas de me harceler, je vais être obligé de m'adresser à la police. Vous savez comme moi que la loi interdit de fouiner dans la vie privée des gens. J'ai eu le plaisir de vous servir, j'espère que vous êtes satisfaite de vos achats et je vous souhaite une excellente journée. Au revoir.

Il se dirigea vers le fond de la pièce et disparut. Juliette demeura perplexe quelques instants, puis, s'emparant des livres, quitta les lieux.

Clément Fisette l'attendait dans l'auto, les genoux appuyés sur la boîte à gants, occupé à vider un sac d'arachides. Elle ouvrit brusquement la portière :

— Alors, vous, on peut dire que vous êtes fiable, vraiment ! Je vous emmène pour éviter de me trouver seule avec ce monstre et vous me filez sous le nez dès que je mets le pied dans la place.

— Montez, montez, qu'on parte au plus vite, la pressa Fisette sans paraître ému le moins du monde par sa colère. Il pourrait sortir et nous voir ensemble !

Furieuse, elle mit le moteur en marche et l'auto s'ébranla vers la rue Calixa-Lavallée.

— C'est que je me méfiais un peu de votre émotivité, expliqua le photographe avec un sourire narquois. Je voulais éviter à tout prix que vous lui fassiez une scène en ma présence. J'ai trouvé le bonhomme tout à fait passionnant, voyez-vous, et je tiens à conserver ma... virginité à ses yeux. Tournez à droite, voulez-vous ? La rue a l'air de se terminer en cul-de-sac. On y sera plus tranquilles pour jaser.

— Virginité, virginité, bougonna Juliette en obéissant, qu'est-ce que la virginité vient faire là-dedans ? Vous avez eu le coup de foudre pour lui ou quoi ?

— Une sorte de coup de foudre, oui. Vous savez, lança-t-il gaiement, jamais je n'ai vu quelqu'un mériter à ce point un châtiment.

Juliette stationna la *Subaru* presque au bout du cul-de-sac devant une petite maison à pignons recouverte de déclin d'aluminium, puis, se tournant vers son compagnon :

— Cuisse de puce ! perdez-vous la tête, Clément ? Qui parle de châtiment ? Je veux voir ma nièce, c'est tout. Je me fiche bien du reste. Qu'est-ce qu'il vous a fait, pour l'amour du saint ciel ?

Malgré le temps frisquet, un homme en paletot venait de sortir de la maison et fumait un cigare sur la galerie en se balançant dans une berceuse, l'air désœuvré.

— Il ne m'a rien fait, répondit Fisette en souriant. Au contraire, il s'est montré plutôt aimable avec moi et m'a laissé fouiller dans son espèce d'arrière-boutique où il pensait que j'aurais des chances de trouver une *Histoire du Québec* publiée chez *Boréal Express*.

Elle eut une moue étonnée.

— En fait, je cherchais surtout un prétexte pour fouiner chez lui. Je n'ai pas trouvé le livre. Mais cinq minutes plus tard, j'ai vu notre homme offrir cinq dollars pour un *Robert 2* flambant neuf à une jeune femme qui avait l'air de filer un mauvais coton. Et puis, tout de suite après, il y a eu l'appel téléphonique.

— Quel appel?

— Quelqu'un, une femme sûrement – peut-être votre nièce? – lui a téléphoné pour savoir ce qu'il aimerait manger au souper. J'étais seul au fond de la librairie, assez loin du comptoir. Au ton qu'a pris sa voix, j'ai tout de suite plongé le nez dans l'*Histoire des moyens de transport de la ville de Montréal* en tournant ma bonne oreille dans sa direction et je ne suis pas près d'oublier ce que j'ai entendu!

— Mon Dieu, qu'avez-vous bien pu entendre?

— Oh, si je vous répétais mot à mot ses paroles, vous ne trouveriez pas de quoi énerver une mouche. Mais c'est le ton. La voix. Repoussants. On aurait dit qu'il parlait... à une esclave. Tiens! c'est ça: à une esclave. Calmement. Presque affectueusement. Vous auriez frissonné.

— Mais qu'est-ce qu'il disait, cuisse de puce!

— Oh, des banalités. Qu'il voulait du boudin et de la saucisse, avec une purée de pommes de terre relevée d'un tout petit peu de muscade et, comme dessert, peut-être un morceau du gâteau à la mélasse qu'elle avait fait la veille. Mais il hésitait pour le dessert. Il y penserait au cours de l'après-midi et la rappellerait. Et puis il y avait la nappe.

— La nappe?

— Oui. Ce matin, au déjeuner, il avait remarqué une tache de confitures aux bleuets sur la nappe. Il n'avait pas eu le temps de lui en parler sur le coup, car il craignait d'arriver en retard à la librairie, mais il attirait son attention sur ce détail. Prendre un repas sur une nappe tachée lui apparaissait tout à fait impensable. Je vous le dis: un être immonde.

— Il ne m'a pas fait particulièrement bonne impression à moi non plus, tout à l'heure.

— Ah non? Racontez-moi ça. Allez, allez!

Il se trémoussait sur son siège, se frottait les mains.

— Je lui ai d'abord acheté quelques livres, dont deux plutôt dispendieux. Ah! il aime l'argent, ce cher homme. Si vous l'aviez vu! C'était des sourires au sirop, une voix de velours et tout et tout. Il s'épuisait en politesses. Mais quand je lui ai demandé comment se portait ma nièce, ses yeux sont devenus comme deux petites boules de glace. Il a d'abord nié la connaître. Mais figurez-vous, mon cher, poursuivit Juliette en plongeant la main dans le sac qui contenait ses achats pour lui tendre le Sully Prudhomme, figurez-vous que, tout à fait par hasard, je venais de tomber sur un livre de ma tante Joséphine – voyez son *ex-libris* – qu'Adèle avait sûrement acheté à la vente aux enchères. Je le lui ai montré. Il a ri de moi. Alors je lui ai parlé de notre visite chez monsieur Dubé, du vaisselier de ma tante et de ma conversation avec le boutiquier de la rue Sainte-Catherine. Je n'aurais peut-être pas dû. Un peu plus et il me jetait à la porte!

Fisette resta songeur un instant:

— Ouais..., il aurait sans doute fallu y aller plus doucement. Mais c'est une stratégie qui en vaut une autre. Sa force, c'est l'effet-surprise. Est-ce qu'il ne s'est pas un peu démonté tout de même, le salaud?

— Oh la la! décidément, vous ne l'aimez pas, vous! Démonté? Pas du tout. Il a joué l'indignation. Je tourmentais un honnête citoyen. Et si je n'arrêtais pas, la police s'en mêlerait.

Fisette porta l'index à son menton et se mit à gratter nerveusement un bouton sous sa lèvre inférieure. Une petite meurtrissure rougeâtre apparut.

— Évidemment, vous l'avez mis sur le qui-vive. C'est l'inconvénient de la méthode. Comprenez-vous, maintenant, chère madame, pourquoi il était si important que je conserve ma virginité à ses yeux? D'ailleurs, ajouta-t-il en jetant un regard dans la rue, je n'aime pas trop qu'on nous voie ensemble. Saint-Hyacinthe est une bien petite ville. Regardez, par exemple, ce berceur à bedon sur sa galerie, là-bas. Il se rend peut-être trois fois par semaine à *La Bonne Affaire* pour acheter des romans *Harlequin* et...

Juliette eut un sourire sarcastique:

— Et comme les gros remarquent les gros...

— Allons, allons, vous voilà devenue susceptible, à présent?

— Je plaisantais, fit Juliette avec un rire forcé.

— Écoutez, reprit le photographe, de plus en plus nerveux, il faut absolument que j'aille espionner notre dictateur.

— Il y a une sorte de casse-croûte juste en face.

— *La Lichette*? Fermée pour la saison. Je vais essayer de trouver autre chose.

— N'oubliez pas que je dois absolument être à Longueuil en début de soirée. Depuis que cette folle tourne autour de Denis, je n'aime pas le laisser seul.

— N'avez-vous pas demandé à Bohu de le garder?

— Oui, mais je le connais, le petit vlimeux : une fois son souper avalé et sa leçon de piano reçue, il va redescendre chez nous, par crainte de déranger. Et puis, monsieur Martinek ne tient pas une garderie!

— Mais la police surveille, non?

Juliette souffla de l'air par le nez avec un sourire sceptique :

— La police... s'il fallait compter sur elle...

— C'est que ça m'embête un peu de partir, murmura Fisette, ennuyé. Maintenant que vous l'avez mis en alerte, il faut absolument le tenir à l'œil. Au moment où on se parle, il se prépare peut-être à quitter sa librairie – si ce n'est déjà fait – pour aller cacher votre nièce au fond des bois.

Elle finit par accepter à contrecœur de demander au musicien qu'il garde l'enfant quelques heures de plus.

— S'il le faut, dit-elle à Fisette, je vous laisserai de l'argent et mon auto, et je retournerai à Longueuil en autobus. Qu'en dites-vous?

— Hum... bonne idée... Mais assez parlé, fit-il en ouvrant la portière. Je vais aller jeter un coup d'œil sur mon dictateur.

Ils se donnèrent rendez-vous une demi-heure plus tard au même endroit. Les mains dans les poches et ayant toutes les peines du monde à cacher sa nervosité, Fisette se dirigea à grandes enjambées vers la rue des Cascades. Juliette tapotait le tableau de bord, vaguement mécontente. L'homme au cigare continuait de se bercer doucement sur la galerie et la comptable eut l'impression qu'il la fixait avec un étrange sourire. Elle mit le moteur en marche, fit demi-tour et se mit à la recherche d'un téléphone public.

▲

Après le départ de Juliette, Fernand Livernoche revint dans la boutique et, l'air sombre, se promena de long en large, les mains derrière le dos, agitant nerveusement les doigts. Puis, il s'approcha des rayons, retira chacun des livres de feue Joséphine Deslauriers (il y en avait une quinzaine), alla les mettre sous clef dans une armoire de son arrière-boutique et retourna derrière le comptoir. Son humeur s'assombrissait de minute en minute et cela l'inquiétait. Pourtant, la situation semblait loin d'être critique. Ces coups de noir, trop fréquents à son goût, lui rendaient alors presque insupportables les rapports avec ses clients, pleins de questions idiotes, toujours les mêmes.

En se penchant pour ramasser un crayon, il sentit une douleur – familière et haïssable – se réveiller tout à coup dans la raie des fesses; une sensation de brûlure et de prurit, modérée mais incroyablement profonde, grimpa jusqu'à sa nuque.

— Il ne manquait plus que ça, grommela-t-il, les dents serrées.

Il promena un regard furieux sur le comptoir, aperçut un vieux missel près d'un cendrier, le saisit et le fit voler en pièces contre la porte de l'arrière-boutique. Puis, regrettant aussitôt son geste, il alla ramasser les débris et les jeta à la poubelle.

— Et dire que je n'ai pas apporté de suppositoires, murmura-t-il, abattu.

Une jeune femme entra avec son petit garçon; il les endura pendant dix minutes à se quereller sur le choix d'une bande dessinée, la mère, pacifiste, essayant de prémunir son fils contre l'influence pernicieuse de *Goldorak*, l'enfant, hystérique, hurlant son mépris pour *Tintin*, *Astérix* et *Mafalda*. Quand ils furent enfin partis, n'y tenant plus, il accrocha un carton dans la porte et se rendit aussi vite que sa douleur le lui permettait à la pharmacie *Jean Coutu*. De retour à la librairie, il allait se retirer aux toilettes lorsque la mère réapparut avec son fils en larmes; le regard suppliant, elle lui demanda s'il était possible d'échanger le *Tintin* qu'elle venait d'acheter contre un *Goldorak*.

— Allez, allez, prenez ce que vous voulez, bougonna-t-il, excédé.

Quelques minutes après leur départ définitif, le médicament commença à faire sentir son action bienfaisante. Alors, comme il le faisait toujours en pareil cas, il décida d'aller se sucrer le bec pour tenter de noyer dans les plaisirs de la bouche l'espèce de rage désespérée qui s'emparait de lui à chacun de ces accès. Il accrocha de nouveau le carton dans la porte et se rendit au restaurant *Milano*, situé dans l'édifice contigu. En entrant, il jeta un regard distrait sur l'homme au visage chafouin et au curieux nez en trompette qui lui avait acheté un peu plus tôt une *Histoire des transports de la ville de Montréal* dont il n'aurait jamais cru pouvoir se débarrasser. Absorbé dans la lecture du *Courrier de Saint-Hyacinthe,* l'inconnu venait sans doute d'arriver, car on ne l'avait pas encore servi. Livernoche commanda un parfait au caramel, puis, dans un accès de faiblesse, un gâteau Forêt-Noire. Ce fut une erreur. Le deuxième dessert faillit annuler l'effet du médicament, car la serveuse, seule et débordée, mit plus de sept minutes à le lui apporter, et cela plongea le libraire dans un état d'agacement qui réveilla son prurit. Il lança à la jeune fille une remarque sarcastique sur sa lenteur, qui la fit rougir jusqu'aux oreilles, tandis que, penchée devant lui, elle griffonnait à toute vitesse son addition sur le coin de la table.

Il retourna à la librairie, sans remarquer l'admirable éclaircie qui s'était soudain produite dans le ciel et venait de dévorer la grisaille de la journée. Accoudé au comptoir, il attendit près d'une demi-heure l'arrivée d'un client, essayant d'oublier son mal dans la lecture de l'*Athalie* de Racine. Son suppositoire ne faisait plus qu'adoucir les aspérités de la douleur qui continuait de le tarauder sournoisement, diffusant des frétillements cruels jusqu'aux extrémités de son arbre nerveux.

Il aperçut tout à coup de l'autre côté de la rue le nez en trompette qui s'avançait d'un pas tranquille sur le trottoir, les mains dans les poches, et fronça les sourcils. Quelques minutes plus tard, il le vit revenir, tenant un sac de papier au sigle de *Kub*, les marchands de meubles établis un peu plus haut. Dix minutes passèrent. La clochette installée au-dessus de la porte d'entrée demeurait muette. Il jeta un coup d'œil sur sa montre : elle marquait trois heures et quart. Ses pensées tournaient de plus en plus autour d'un petit pot d'onguent brun pâle posé sur la deuxième tablette de la pharmacie à la maison, et d'une efficacité autrement supérieure à celle de ces suppositoires. Il décida alors de fermer boutique et de rentrer chez lui.

▲

Les bras appuyés sur le volant, Juliette fixait en bâillant la galerie maintenant déserte où se berçait une demi-heure plus tôt le gros homme au paletot ; pour tuer le temps, elle s'amusait à dresser dans sa tête le menu de la fin de semaine, lorsque des pas précipités résonnèrent derrière elle. Avant qu'elle ait pu se retourner, le photographe faisait irruption dans l'auto, hors d'haleine :

— Vite ! sur des Cascades ! Il vient de partir dans une vieille *Maverick* vers l'ouest.

Juliette tourna la clef d'allumage et donna un coup d'accélérateur qui faillit crever les tympans d'un vieil ecclésiastique passant tout près, informé des bruits de ce monde par un appareil auditif de qualité douteuse.

— Race de vipères, grommela-t-il, le poing tendu vers la *Subaru* qui venait de disparaître. Que la colère du Tout-Puissant te précipite dans la géhenne !

Puis il reprit sa marche, l'esprit de nouveau occupé par la plinthe chauffante qu'il venait de faire installer dans sa chambre pour aider ses vieilles jambes rhumatisantes à traverser l'hiver.

— Allons, s'écria Juliette en se tournant vers son compagnon, restez en place, bon sang ! et bouclez votre ceinture de sécurité, voulez-vous ? Mais dites-moi, reprit-elle au bout d'un instant, quelle heure est-il, au juste ?

— Trois heures et vingt.

— Et il a déjà fermé sa librairie ?

— Eh oui.

Fisette tira la courroie sur sa poitrine et on entendit un déclic :

— Il craint sûrement quelque chose... Tenez, le voilà ! Voyez-vous la *Maverick* blanche là-bas, juste après la fourgonnette ? C'est lui ! Il s'engage sur un pont.

Juliette accéléra légèrement.

— J'espère que cette poursuite ne nous mènera pas trop tard. J'ai parlé à Bohu tout à l'heure. Figurez-vous que notre timbrée est venue ce matin laisser un colis à ma porte pour Denis. Son cadeau de Noël, sans doute. Ça m'inquiète. Je veux être à Longueuil le plus tôt possible.

Elle se faufila habilement entre un autobus scolaire et une *Toyota* jaune citron et accéléra encore un peu. Ils roulaient le long de la Yamaska dans la rue Saint-Pierre, bordée de vieilles maisons cossues. Le photographe lui prit le bras :

— N'approchez pas trop. Il pourrait nous remarquer.

— Mais fichez-moi la paix, paquet de nerfs, rétorqua joyeusement l'obèse, qu'une sorte d'enthousiasme fébrile gagnait peu à peu. Je n'ai de leçons de conduite à recevoir de personne ! Je ne bouge peut-être pas très vite mes grosses pattes sur un

trottoir, mais une fois dans mon auto, ne me suit pas qui veut!
Vous n'apprendrez pas à une mouche à voler.

Quelques minutes passèrent. Ils avaient quitté la ville,
longeant toujours la rivière.

— Tiens, il vient de prendre un chemin de traverse, fit-elle.
Pourvu que ça ne vire pas en gravier : je viens de faire repeindre
la voiture.

Elle dépassa prestement la *Toyota,* puis une grosse *Buick*
bleue, dont le conducteur barbu, affublé d'un horrible veston
vert-de-gris, lui lança un regard torve, et s'engagea sur le
chemin de traverse à la suite de Livernoche; elle n'en était
plus séparée maintenant que par une camionnette qui roulait à
une centaine de mètres.

— Ralentissez, ralentissez, murmura le photographe en
essuyant ses mains moites sur son pantalon. Laissez-le gagner
du terrain.

— Ah! taisez-vous à la fin, ou je vous fais coucher dans le
coffre à bagages!

Elle fila une quinzaine de minutes. La route était sèche, sans
la moindre trace de neige, mais se tortillait de plus en plus. La
camionnette franchit un ponceau dans un grand brassement
d'objets métalliques, clignota vers la gauche et disparut dans
une entrée de cour. Juliette laissa Livernoche prendre un peu
d'avance. Mais elle dut bientôt accélérer, car les courbes et les
vallonnements de la route, traversée à tous moments par des
chemins de rang, lui cachaient presque sans arrêt la vieille
Ford blanche. Une expression de jubilation illuminait son
visage tandis que de petits lambeaux de peau sèche tombaient
sur le pantalon de Fisette qui se mordillait les lèvres, le regard
fixe, la tête agitée de saccades.

La *Subaru* s'engagea avec un léger dérapage dans une
courbe interminable qui descendait en spirale, puis franchit
deux côtes abruptes et déboucha enfin sur une grande section
rectiligne. L'auto avait disparu.

— L'animal, murmura Juliette en freinant. Il a dû prendre le
chemin de rang qu'on vient de laisser à notre gauche.

Elle fit demi-tour dans un hurlement de pneus, massacrant
un buisson de framboisiers qui débordait sur l'accotement, et
remonta la côte en rugissant pour s'élancer de nouveau dans la
courbe.

— Attention! s'écria Fisette, s'arc-boutant des deux mains
au tableau de bord, nous allons prendre le champ!

La comptable, toute rouge, éclata de rire :

— Pissou, va ! Un peu de vitesse fouette le sang, c'est très tonique !

— Et dire que deux heures plus tôt, elle était sur le point de rendre l'âme, se dit le photographe, éberlué, le cuir chevelu en sueur et plein de picotements.

Le ciel, libéré de tous ses nuages, commençait à foncer. La petite *Toyota* jaune citron qu'ils avaient dépassée tout à l'heure surgit devant eux et frôla le flanc de la *Subaru* dans un sifflement qui glaça Fisette. Deux ou trois cents mètres plus loin, ils aperçurent à leur droite un chemin de gravier qui s'enfonçait dans un bois. Juliette l'enfila dans un crépitement de cailloux assourdissant et dévala une courte pente, soulevant derrière elle des tourbillons de poussière.

— Comment se fait-il qu'on ne l'ait pas vu tourner ? grommela-t-elle. Pourvu que je ne me sois pas trompée... Mais ce n'est plus un chemin, ça, s'écria-t-elle au bout d'un moment, c'est une couleuvre prise de coliques !

La route grimpait, descendait, virevoltait à tous moments, imprévisible et malicieuse – cahots, ventres de bœuf, gros cailloux protubérants, courbes en L, en S, en W – tous surgis comme du chapeau d'un prestidigitateur sadique qui semblait s'être fixé pour but de causer une collision frontale.

— Ralentissez, madame Pomerleau, murmura Fisette d'une voix mourante. L'air devient gris devant nous. Il ne doit pas être loin.

Il avait parlé trop tard. Le nuage de poussière s'épaissit brusquement et, en arrivant au sommet d'une côte, ils eurent la vieille *Maverick* devant eux, à demi cachée par un tourbillon qui s'enflait jusqu'à la cime des arbres.

Livernoche les aperçut dans son rétroviseur et tressaillit, sans trop savoir pourquoi. Il ne voyait presque jamais personne sur ce chemin mal entretenu qui desservait autrefois une demi-douzaine de fermiers, dont la plupart avaient vendu leur terre. Il donna un léger coup d'accélérateur et perdit l'auto de vue. Quelques minutes passèrent. Il n'était plus qu'à deux ou trois kilomètres de chez lui. Un vague pressentiment l'oppressait. Il réduisit un peu l'allure, levant le regard de temps à autre vers son rétroviseur. La *Subaru* surgit de nouveau, freina brusquement et disparut dans un tournant.

— Calvaire d'hostie ! hurla-t-il à pleins poumons en éclaboussant le pare-brise de postillons, ils me suivent ! J'en suis sûr !

Il ralentit de nouveau, écarquillant en vain les yeux pour tenter de distinguer les occupants du véhicule qui venait de réapparaître, à demi noyé dans un nuage blanchâtre, puis décida d'en avoir le cœur net. Une grande maison cubique, flanquée d'une véranda à demi effondrée, apparut à sa droite. Il la dépassa et, donnant un brusque coup de volant, enfila un petit chemin raboteux – presque un sentier – qui s'offrait à sa droite et l'éloignait de chez lui.

La forêt, qui avait commencé peu à peu à s'ouvrir sur des éclaircies puis sur des champs, reprenait ici toute sa densité. Au risque de briser ses amortisseurs, il roulait à pleine vitesse, le cœur serré au bruit du frottement des branches contre son auto. Ce chemin conduisait à un autre, plus large, qui le ramena bientôt à la route où il avait laissé Juliette, mais à un kilomètre au-delà de la maison grise. Il n'y avait plus personne derrière lui. Pendant une minute ou deux, il pensa avoir pris pour des poursuivants quelque touriste égaré dans la campagne, mais la *Subaru* apparut une troisième fois, lui arrachant un cri de rage qui se répercuta cruellement dans ses fondements.

— Regardez-le qui repart! s'écria Fisette en crispant ses doigts sur le tableau de bord. Maintenant, il *sait*! Il ne faudra plus le lâcher d'une semelle.

Et pour la première fois de sa vie, il regretta de ne pas avoir d'arme à feu. La poursuite reprit de plus belle, mais cette fois-ci d'une façon ouverte et frénétique. Une poussière fine et sèche, de plus en plus étouffante, envahissait l'intérieur de l'auto. La tête légèrement rejetée en arrière dans une expression béate, manipulant le volant et le levier de vitesse avec une sûreté nonchalante, Juliette ne semblait pas se rendre compte du danger qu'elle courait, tandis que son compagnon, le dos rigide, l'œil à demi fermé, les jambes raides comme des bâtons, luttait de toutes ses forces pour refouler la panique qui montait en lui. L'auto cahotait dans un tintamarre ahurissant de grincements, de vibrations et de cognements qui semblaient annoncer sa dislocation finale; elle faisait parfois des embardées étourdissantes pour éviter une roche ou une branche en surplomb, et, après avoir filé un moment dans un tourbillon poussiéreux, elle se lançait dans une courbe, dérapait sur un lit de cailloux, puis, se redressant, accélérait de nouveau, le moteur miaulant comme un sac de chats trempés dans l'eau bouillante.

Courbé sur son volant, le visage dégoulinant de sueur, terrifié par les manœuvres qu'on le forçait à faire et dont il n'avait nullement l'habitude, craignant à chaque courbe la collision brutale qui, après quelques secondes de fracas monstrueuse-ment concentré, le projetterait dans la noirceur et le silence éternels, Livernoche avait l'impression de dégringoler un escalier aux marches couvertes de beurre et il en avait même oublié le brasier que la transpiration et les mouvements brusques avaient allumé dans son arrière-train. Son cerveau bourdonnant s'était mis à produire des pensées parallèles. Tout en s'efforçant d'éviter les obstacles menaçants qui appa-raissaient devant lui à une vitesse affolante, il cherchait désespérément à trouver le chemin le plus court qui le ramène-rait à l'asphalte et le libérerait de cette traînée de poussière maudite qui trahissait partout son passage; et il se disait en même temps que plus cette chasse durait, plus elle le com-promettait, car elle faisait de lui un coupable essayant de fuir son châtiment. Et, sur toutes ces pensées, se greffait en contrepoint une sorte de réflexion sautillante sur Juliette Pomerleau (car il était sûr maintenant que c'était elle sa poursuivante). Depuis quand était-elle à sa recherche? Est-ce que d'autres personnes l'avaient aidée? Et pourquoi cet intérêt subit pour une nièce qu'elle n'avait pas vue depuis dix ans?

Soudain, la solution pour sortir de ce guêpier surgit dans son esprit, bête à force d'être simple. Il attendit que se présente une section de route suffisamment longue et droite, obliqua vers l'accotement et freina. Puis, dans les secondes qui lui restaient avant l'apparition grondante de la *Subaru*, il se planta debout au milieu de la route, les bras croisés, les lèvres serrées, cherchant de toutes ses forces à s'extirper de sa position de coupable pour entrer dans celle d'accusateur.

— Eh bien! je ne m'étais pas trompé! rugit-il en voyant Juliette sortir de l'auto. Et, en plus, vous aviez amené votre espion!

Il s'avança, écarlate et frémissant, tandis que Fisette contournait la *Subaru* pour venir se placer près de sa compagne:

— Qu'est-ce qui se passe? hurla-t-il. Avez-vous perdu la tête? Je vous avais pris pour des malfaiteurs, moi! Réalisez-vous que j'aurais pu me tuer cent fois? Je pourrais vous faire arrêter sur-le-champ pour une affaire pareille! C'est du *harcèlement*! Je ne le tolérerai plus, m'entendez-vous?

Il s'arrêta soudain, à court de mots. Pendant un moment, ils se regardèrent tous les trois, tandis que le silence de la campagne envahissait leurs oreilles encore bourdonnantes avec la force d'une détonation.

Fisette poussa un ricanement:

— Qui dit qu'on vous court après ? Les routes appartiennent à tout le monde.

Juliette lui fit signe de se taire et s'approcha de Livernoche :

— Je veux voir ma nièce, dit-elle calmement.

Les mâchoires du libraire se contractèrent et ses yeux saillirent :

— Madame, écoutez-moi bien, martela-t-il. Vous êtes une folle. Comprenez-vous ? Une folle encombrante qui me casse les pieds depuis le début de l'après-midi. Vous allez maintenant me ficher la paix. Tout de suite et pour toujours. Dieu sait pourquoi, vous avez décidé dans votre caboche que je connaissais une de vos nièces... Et moi, je vous répète que je ne la connais pas et que si c'était le cas, je la fuirais comme la peste pour être sûr de ne jamais avoir affaire à vous, car je n'ai jamais pu supporter les détraquées de votre espèce. Et maintenant, je ne vous parlerai plus, je ne vous regarderai plus, je ne vous verrai plus. Si vous cherchez une seule autre fois à m'importuner, le bout des doigts va vous pincer joliment, prenez ma parole !

Pivotant sur ses talons, il se dirigea vers son auto.

— Vous connaissez fort bien ma nièce, répondit Juliette, imperturbable. Vous la connaissez depuis longtemps. Je vous ai expliqué tout à l'heure pourquoi j'en étais sûre. Et ce ne sont pas vos insultes qui vont me convaincre du contraire ; elles me convainquent plutôt que vous êtes un homme grossier, colérique – et menteur en plus. Et si vous persistez à refuser de me communiquer les renseignements que je vous demande poliment, nous verrons bien, mon cher monsieur, lequel de nous deux aura le plus mal au bout des doigts.

Après l'avoir fixée avec un sourire insolent, Livernoche lui fit un bras d'honneur, monta dans son auto et repartit. Il jeta un coup d'œil dans son rétroviseur ; ses deux poursuivants, debout devant la *Subaru,* discutaient avec animation. Une courbe les cacha bientôt à sa vue. Il se sentait comme un homme qui, tapant du pied dans un champ de foin sec pour étouffer un début d'incendie, voit tout à coup le feu grimper à son pantalon.

— Comment me dépêtrer de cette histoire ? se demanda-t-il avec une grimace. C'est qu'elle en sait beaucoup trop, la vache, beaucoup trop... Bon ! les revoilà.

Il leva les yeux en l'air :

— Trouve quelque chose, bon sang ! lança-t-il d'une voix larmoyante.

— Tiens, tiens, ricana Fisette, le voilà qui roule à vitesse normale, à présent. Il cherche à se refaire une dignité! Quel enfant d'école!

Juliette se tourna vers lui :

— Qu'est-ce qu'on fait?

— On le suit, bien sûr. Vous saurez au moins où il habite.

Ils roulèrent à bonne vitesse pendant deux ou trois kilomètres, puis la *Maverick,* prenant à gauche, s'engagea dans un chemin beaucoup plus large et passa devant une misérable baraque faite de feuilles de contreplaqué à demi dépeintes recouvertes partiellement de papier-brique. Au-dessus de l'entrée, un panneau de tôle éclairé par une ampoule électrique suspendue à un fil annonçait : *Bar Champlain.* Dans ce coin de campagne désert, la bicoque faisait un effet étrange et sinistre.

Ils changèrent encore une fois de route, repassèrent devant la maison grise et Livernoche accéléra.

— Tiens, il s'impatiente, s'amusa Fisette avec un sourire en coin qui accentua désagréablement la dissymétrie de sa bouche.

Ils roulaient maintenant à plus de 90 kilomètres à l'heure et le crépitement des cailloux avait recommencé.

— Tout à l'heure, Clément, une idée m'est passée par la tête. Je le regardais, cette espèce de gorille en sueur, et soudain je me suis demandé si...

Elle poussa un cri. Une masse noire venait de s'écraser avec un bruit sourd au milieu du pare-brise; elle glissa lentement sur le capot tandis que de minces filets de sang remontaient le long de la vitre pour aller se perdre sur le toit. La *Subaru* avait fait une embardée; elle se mit à zigzaguer sur l'accotement de sable mou, puis reprit la chaussée. La masse noire avait disparu.

— C'était une corneille, je pense, murmura Fisette, livide.

— Non mais, sueur de coq! éclata Juliette, tout va de travers, aujourd'hui! J'ai hâte de me coucher et de tourner la page!

La main tremblante, elle pressa un bouton et inonda le pare-brise d'eau savonneuse; les essuie-glace balayèrent la vitre à grands coups saccadés, mais des traces de sang persistaient.

— Attention! il prend à droite, lança le photographe.

La route, presque rectiligne, s'allongeait entre des champs de foin sec. Livernoche sifflotait le *Ô Canada,* sans un regard pour la *Subaru*; il était devenu l'image même de l'honnête citoyen retournant paisiblement chez lui après sa journée de travail. Une grande maison de bois peinte en bleu, à demi cachée par des érables, apparut au sommet d'une légère élévation, un peu en retrait de la route. La *Maverick* ralentit, puis s'engagea dans un chemin étroit et caillouteux qui montait vers la maison. Juliette arrêta son auto sur le bord de la route et consulta Fisette du regard, désemparée :

— Eh bien, qu'est-ce qu'on fait ?

— On attend, décida le photographe en souriant.

Elle éteignit le moteur et regarda aux alentours. L'endroit était plutôt joli. Des champs vallonnés s'étendaient de chaque côté de la route qui descendait doucement devant eux, toute en longues courbes nonchalantes, et se fondait peu à peu dans la vaste étendue de la campagne. À droite, au-delà de la maison, le sol continuait de s'élever pendant une dizaine de mètres pour buter contre un pan de forêt qui occupait le sommet aplati d'une colline. Le chemin qu'avait emprunté la *Maverick* obliquait vers la gauche presque à son début ; il était bordé de chaque côté par une haie de cèdres laissée à l'abandon et qui s'élevait maintenant à plus de deux mètres.

Juliette pivota lourdement vers Fisette :

— Et alors ? Quel est votre plan ? demanda-t-elle avec une pointe d'impatience.

Il n'eut pas le temps de répondre. Le grand corps massif du libraire venait d'apparaître dans le chemin. Les traits tirés, mais un petit sourire narquois aux lèvres, il leur fit signe de descendre. Fisette baissa la glace :

— Nous nous reposions un peu avant de repartir. C'est fatigant, ces poursuites, vous ne trouvez pas ?

— Allons, venez. J'ai à vous parler, répondit Livernoche d'une voix qui s'efforçait à la bonhomie.

— Il a repensé à son affaire, glissa le photographe à Juliette. Nous allons avoir des révélations ! Vraies ou fausses ? Voilà la question.

La comptable ouvrit la portière et posa un pied sur le sol, puis, avec un brusque élan qui fit osciller la *Subaru,* elle réussit à se mettre debout, mais faillit trébucher sur une roche. Une peur sourde lui contractait l'estomac.

— Alors, vous êtes contents ? railla Livernoche. Vous savez où je demeure, à présent. Vous aurez deux endroits où m'espionner. Suivez-moi.

Il se mit à grimper le chemin, la démarche lourde et comme boitillante.

— On dirait que ses souliers sont trop petits, pensa Fisette.

— Il y a longtemps que vous me pourchassez comme ça? demanda le libraire en se retournant vers Juliette.

— Je vous répète que ce n'est pas vous que je cherche mais ma nièce.

— Dans ce cas, je vais essayer de vous régaler, répondit l'autre avec un sourire ambigu.

La maison apparut devant eux avec ses murs bleu poudre en déclin de bois, son étage en pignon, sa large véranda. Mais plutôt que d'y porter ses pas, Livernoche se dirigea vers un hangar en planches brutes qui s'élevait au bout du terrain près d'une clôture de perches. Il était visible maintenant que la marche lui était douloureuse. Il ralentissait à tous moments et portait la main à la base de ses reins en poussant des soupirs. Il contourna le hangar, s'approcha d'un gros baril de métal à couvercle de bois, qui servait manifestement de poubelle, s'adossa au mur, puis dévisagea le photographe :

— Comment vous appelez-vous? fit-il d'un ton rogue.

— Fisette, monsieur, répondit l'autre, pince-sans-rire, avec une inclination de tête.

— Fisette? Et votre prénom?

— Clément. Pour vous servir, monsieur.

— Oui, oui, je vois. Vous me servez admirablement bien. Un de ces jours, je me mettrai à votre service à mon tour.

Son visage était traversé de petites grimaces :

— Eh bien, comme je vois que vous ne me ficherez pas la paix tant que je n'aurai pas déballé devant vous mes histoires les plus personnelles et les plus intimes, je vais donc vous parler de votre nièce, madame.

— Vous avouez donc la connaître, s'exclama Juliette, triomphante.

— Je l'ai connue, madame, et je l'ai aimée. Pendant des années, elle a fait mon bonheur... pour ensuite me pousser au bord du suicide. Vous vouliez tout savoir? Vous saurez tout, ajouta-t-il avec un sourire amer, tandis que ses interlocuteurs avaient peine à garder leur contenance.

Il fit une pause, porta encore une fois la main à ses reins, puis :

— Nous avons vécu ensemble durant huit ans et demi – en union libre, pour ne rien vous cacher – jusqu'à ce qu'elle me quitte il y a six mois pour un autre homme, sans avertissement, sans explication et sans jamais par la suite me donner la moindre nouvelle. Vous voulez en savoir plus? J'en suis tombé malade. Plus exactement, j'ai fait une grave dépression nerveuse, dont je me remets à peine, qui m'a retenu loin de mon travail pendant longtemps et m'oblige encore à recourir aux soins d'un médecin. Votre curiosité n'est pas encore satisfaite? Continuons, alors. Pour qu'on me fiche la paix, madame, je suis prêt à tout raconter, vraiment tout. La semaine dernière – mercredi dans la matinée, pour être exact – un client est venu à la librairie et m'a appris que votre nièce vit maintenant aux États-Unis avec son nouveau... compagnon – en Californie ou au Nouveau-Mexique, il ne se rappelait pas avec précision. Vous allez sans doute me demander, poursuivit-il d'une voix de plus en plus frémissante, le nom et l'adresse de ce client. Mais je ne les connais pas. Je ne les connais vraiment pas. J'ai vu cet homme trois fois seulement et, à part le fait qu'il demeure à Montréal, je ne peux rien vous dire de plus, même si j'y consacrais toutes mes forces, comprenez-vous?

— Allons, va-t-il faire une crise? se demanda Juliette, apeurée.

Le libraire la fixait avec une étrange exaltation:

— Quant aux effets personnels de votre nièce, madame – auxquels vous semblez attacher tellement d'importance – je vais malheureusement vous décevoir, car je m'en suis débarrassé. De tous. Je ne pouvais plus en supporter la vue, comprenez-vous? De tous, sauf de ceci, ajouta-t-il, que je vous demande d'emporter, en vous suppliant, s'il y a une parcelle de bonté dans votre cœur, de me laisser tranquille une fois pour toutes avec mes problèmes et mes souvenirs.

Il s'approcha de la poubelle, souleva le couvercle:

— Voilà une robe de chambre qui lui appartenait et qu'elle a sans doute oubliée chez moi. Ou peut-être l'a-t-elle laissée ici parce qu'elle la trouvait défraîchie? Comme moi, sans doute. Vous pourrez le lui demander, si jamais vous la voyez. Prenez-la, je vous en prie, fit-il en plongeant la main dans la poubelle pour en retirer un vêtement de ratine vert pâle, affligé d'une grande tache de graisse. Prenez-la, vous dis-je, hurla-t-il en jetant la robe de chambre aux pieds de Juliette qui recula, saisie d'effroi. Et maintenant, avez-vous d'autres questions?

Il les regardait tour à tour, livide, la lèvre tremblante:

— Profitez-en, mes amis! Car si jamais vous revenez, c'est à la police que vous parlerez, pas à moi!

Un tressaillement parcourut son corps, puis il s'éloigna à grandes enjambées vers la maison.

Pendant que le libraire s'emportait devant eux, Fisette avait discrètement fait quelques pas de côté de façon à jeter un coup d'œil sur la maison, dont le hangar lui bloquait la vue.

— Eh bien, je pense que nous n'avons plus rien à faire ici, soupira Juliette.

Elle se pencha avec effort, ramassa la robe de chambre, l'examina un instant d'un air dépité, puis, la roulant autour de son poignet, s'éloigna vers la route, suivie du photographe. Livernoche les observait derrière une fenêtre tout en se lissant les cheveux, qu'il avait noirs, fournis et ramenés en arrière, découvrant un front à la peau rude, parsemée de petites boursouflures et sillonnée de rides roses.

Juliette posa une main sur le volant et s'apprêtait à mettre le contact lorsque son bras retomba :

— Je suis vannée... Il m'a bouleversée, l'animal... Je ne m'y attendais pas.

Le photographe eut une moue méprisante :

— Pfft ! du mauvais théâtre. Je n'ai pas cru un seul mot de ce qu'il nous a débité. Dépêchez-vous de démarrer. Il doit être à une fenêtre en train de nous épier avec une longue-vue.

L'auto s'ébranla.

— Pendant qu'il nous faisait son numéro, reprit-il, j'ai pu regarder sa maison et je suis sûr d'avoir vu un rideau bouger dans la lucarne de gauche.

Juliette haussa les épaules :

— Et après ? Ne m'avez-vous pas raconté tout à l'heure qu'il avait téléphoné cette avant-midi à une femme qui semblait demeurer chez lui ? C'est sans doute elle qui nous observait. Voilà pourquoi il ne nous a pas reçus chez lui. Il n'avait pas intérêt à déballer l'histoire de ses anciennes amours sous son nez.

— Il n'y a pas d'autre femme. Il y a votre nièce et c'est tout. Et pour que nous en ayons le cœur net, vous allez me laisser ici. Oui, ici. Tout de suite !

— Que voulez-vous faire ? fit Juliette en freinant.

— Oh ! c'est tout simple : me poster près de la maison, attendre qu'elle se montre et, clic ! prendre un petit cliché. Vous saurez alors si c'est votre nièce ou pas qui dorlote notre gorille à dépressions.

— Mais comment allez-vous prendre vos photos ? Il fait presque nuit.

— Question enfantine : j'ai apporté des films ultrasensibles, voyons !

Il allongea le bras vers la banquette arrière, en ramena sa trousse de cuir noir, puis ouvrit la portière. Juliette lui saisit le bras :

— Mais pourquoi me fuirait-elle ainsi, Clément ? Je n'y comprends rien. Nous nous sommes parfois dit des gros mots, mais il n'y a jamais eu de chicane, je vous le jure !

Fisette mit pied à terre et se pencha vers elle, l'avant-bras appuyé sur le pavillon de l'auto, les yeux légèrement dilatés par l'effet de sa posture, les traits à demi dissous dans l'obscurité grandissante :

— Je n'y comprends rien moi non plus. Peut-être qu'elle a peur qu'on lui refile son garçon ?

— Mais elle n'a qu'à le dire ! éclata Juliette. Voilà justement pourquoi je veux la rencontrer. Nous nageons dans la soupe depuis dix ans. Je veux savoir à quoi m'en tenir à la fin des fins !

— Ça me semble pourtant clair, ricana le photographe. Elle aime sans doute son garçon à la folie, mais... en photo seulement... C'est ce qu'on appelle l'amour platonique, non ? Écoutez, fit-il avec un grand sourire. Vous allez retourner à Saint-Hyacinthe et me réserver une chambre au vieil hôtel que j'ai vu tout à l'heure derrière la place du marché. Si vous le pouvez, attendez-moi là-bas.

— Non, je ne pourrai pas. C'est au-dessus de mes forces... Il faut absolument que je sois à Longueuil ce soir. Juste à l'idée que Denis pourrait...

Fisette lui tendit la main :

— Alors, donnez-moi de l'argent, ma chère madame : s'il le faut, je suis prêt à passer la fin de semaine à Saint-Hyacinthe juste pour vous.

— Hein ? Que dites-vous là ? La fin de semaine de Noël ?

— Je déteste Noël. Si on pouvait me congeler le 23 décembre et me réveiller le 2 janvier, ça me mettrait de bonne humeur pour le reste de l'année... Et puis, il faut démêler cette histoire au plus vite. Elle m'agace.

Juliette se mit à fouiller fébrilement dans son sac à main :

— Et moi donc ! répondit-elle. Je suis en train d'en perdre la raison. Tout ce que je touche tombe en poussière et dès que je pense être arrivée au but, quelqu'un me pousse dans la fumée. C'est absurde.

Fisette saisit prestement les billets qu'elle lui tendait et, la fixant dans les yeux :

— Mais quand on y pense un peu, madame Pomerleau, *tout* est absurde, ne trouvez-vous pas ? Les gens se teignent les cheveux, font remplir leurs dents creuses, payent des leçons de piano à leurs enfants chéris et pourtant, dans deux semaines peut-être, la terre ne sera plus qu'une boule radioactive. Et même si cela n'arrivait que beaucoup plus tard, nous finirons tous un jour, vous, moi et les autres, par connaître notre petite fin du monde personnelle et tous nos projets, nos soucis, nos coups de foudre et nos petites colères tourneront en engrais de cimetière, non ? Tenez, connaissez-vous quelque chose de plus absurde qu'un homme en train de prendre sa douche dans un sous-marin en plongée ? Et pourtant, cela arrive tous les jours et personne n'en parle. Si vous vouliez être vraiment logique, il faudrait cesser tout de suite vos recherches, vous installer dans un bon fauteuil, croiser les jambes et rire du matin au soir. Mais qui a envie d'être logique ? À bientôt. N'oubliez pas de me réserver une chambre à l'hôtel.

— Attendez ! Comment allez-vous revenir à Saint-Hyacinthe ? s'écria Juliette, déconcertée.

Mais il s'était déjà enfoncé dans un massif d'aulnes et les craquements des branches avaient dû couvrir sa voix. Elle resta quelques instants à écouter le bruit de ses pas, puis remit l'auto en marche et s'éloigna.

— Qu'est-ce que c'est que cette histoire de piano, de douche et de sous-marin ? marmonna-t-elle. Ma foi ! je pense qu'il est en train tout doucement de virer fou, celui-là. Dieu sait ce qu'il s'en va fricoter là-bas. Où est-ce que je tourne, maintenant ? À gauche ou à droite ?

Le ciel, devenu bleu sombre, semblait répandre une poudre fine et translucide qui épaississait l'air et faussait la perspective. Juliette se perdit. Elle passa deux ou trois fois devant le *Bar Champlain,* dont la façade paraissait de plus en plus sinistre sous l'éclairage violent de l'ampoule électrique qui la ravageait comme un acide. Quelques automobiles étaient stationnées sur le petit terrain raboteux qui bordait l'établissement. Elle n'osa pas s'arrêter pour demander son chemin et n'arriva à Saint-Hyacinthe qu'une heure plus tard, les yeux brûlants de fatigue, affolée par l'aiguille de son indicateur de niveau d'essence qui s'était couchée vingt minutes plus tôt. Elle trouva sans peine l'*Hôtel Maskouta,* un grand édifice vieillot quelque peu enlaidi par un revêtement d'aluminium, et décida d'y rester pour attendre Clément Fisette.

— Je vais demander à Bohu qu'il fasse coucher Denis chez lui en attendant mon retour, décida-t-elle elle en pénétrant dans l'édifice.

Assise derrière un comptoir demi-lune, une jeune réceptionniste se faisait les ongles au son de la radio qui jouait un arrangement au carillon d'*Il est né, le Divin Enfant*. Le hall, petit et un peu défraîchi, donnait sur un grand escalier à rampe vernie dont le pilastre s'ornait d'un chérubin de bronze portant un flambeau électrique dépourvu d'ampoule. Juliette n'avait pas fait trois pas que la porte claquait derrière elle et que deux jeunes femmes en vestes et pantalons de cuir noir, chaussées de longues bottes noires et la taille serrée par une ceinture cloutée, passaient devant elle et se plantaient devant l'employée.

— Roger est-tu icitte ? demanda la plus grande, les mains sur les hanches.

— Je sais pas, répondit l'adolescente d'un air indifférent.

Les femmes toisèrent Juliette, puis gravirent l'escalier en faisant claquer leurs talons. Parvenues au palier, elles se retournèrent de nouveau vers l'obèse, échangèrent un regard, puis éclatèrent d'un rire strident. Juliette s'approcha de la réceptionniste :

— Je voudrais réserver une chambre, fit-elle timidement. Au nom de monsieur Clément Fisette. Et au premier étage, si possible, ajouta-t-elle, se rendant compte tout à coup que l'établissement ne possédait pas d'ascenseur.

— Le premier et le deuxième étage sont en rénovation, répondit la jeune fille en bâillant. Les seules chambres que je peux louer se trouvent au troisième.

— Bon, ça va, soupira Juliette. Pourriez-vous m'indiquer un téléphone ?

— Là-bas, fit l'autre en pointant une porte au-dessus de laquelle on pouvait lire en lettres d'or sur fond noir : *Bar-salon*. C'est quarante dollars par jour. Il faut quitter à onze heures.

Juliette paya, poussa la porte qu'on lui avait indiquée et se retrouva dans un vestibule aux murs de lattes vernies. Elle vit un téléphone public dans un coin près d'une fenêtre.

Ce fut Rachel qui répondit. Juliette lui raconta en trois mots les derniers événements, puis, tout embarrassée, lui annonça qu'elle devait prolonger de quelques heures son séjour à Saint-Hyacinthe.

— Ça vous ennuierait de garder Denis jusqu'à mon retour ?

— Mais non, voyons. Tout le temps que vous voudrez.

— Comment va-t-il ?

— Très bien. Il est au piano avec Bohu en train de s'amuser à faire chanter le merle. Ils lui ont trouvé un nom : Sifflet. Il siffle autant qu'une salière, mais enfin... Bohu m'a dit que, deux ou trois fois, l'oiseau avait chanté la note qu'il avait jouée au piano. Des idées de compositeur. L'oiseau, symbole vivant de la musique, et cætera, et cætera : un vieux cliché. Encore un peu et...

— Dis-moi : qu'y avait-il dans le colis de Denis ? coupa Juliette, anxieuse.

— Tiens, c'est vrai, j'allais oublier de vous en parler. C'est bien notre timbrée qui le lui a apporté. J'ai demandé à la police de venir le chercher ; je l'attends toujours. Figurez-vous qu'il contenait un exemplaire du *Sans famille* d'Hector Malot et un pyjama superbe, qui doit bien valoir cinquante dollars. Elle avait épinglé un mot dessus : « Pour la nuit où tu viendras rejoindre ta mère. Je t'aime. » Touchant, n'est-ce pas ? Elle commence à m'inquiéter, celle-là. J'espère que la police va se grouiller un peu.

— Seigneur, soupira Juliette. Comme si je n'avais pas assez de soucis... J'irai au poste demain. Comment a-t-il réagi, lui ?

— Oh, vous savez... je préfère vous en parler une autre fois. Tiens, il veut vous dire un mot. Bonsoir.

— Où es-tu, ma tante ? demanda l'enfant d'une voix sourde et frémissante qui lui alla droit au cœur.

— À Saint-Hyacinthe, bobichon. Je reviens tout à l'heure.

— Tu es allée chercher ma mère ?

— Euh... oui, si tu veux.

— Tu ne l'as pas encore trouvée ?

— Pas encore.

— Je suis tanné que tu cherches ma mère. Je suis tanné de penser à elle. Je me sentais mieux avant que tu la cherches.

— Moi aussi, bel enfant. Mais – que veux-tu ? – il faut ce qu'il faut. As-tu fait tes devoirs ?

— Rachel m'a aidé à les faire, répondit l'enfant, soudain joyeux. Ç'a même pas pris une heure. Tu as reçu deux appels.

— Chez Bohu ? s'étonna Juliette.

— Non, chez nous.

— Qu'est-ce que tu faisais là ? Je t'avais dit de rester chez Bohu jusqu'à mon retour. Je te défends d'y retourner, m'entends-tu ? On ne sait jamais quelle idée pourrait germer dans la tête de cette pauvre folle qui se prend pour ta mère.

— J'étais allé chercher mon cahier d'exercices de français. Et puis, je suis resté pour regarder une émission de télé.

— Tête dure! Il pourrait t'arriver malheur. Je ne blague pas, mon garçon. Vas-tu m'écouter?

— Oui, ma tante.

— Comment se fait-il que Rachel et Bohu t'aient laissé partir?

L'enfant eut une courte hésitation, puis:

— Ils prenaient leur douche.

— Leur douche, leur douche... Comme si... Qui m'a appelée?

— Attends une seconde, j'ai écrit leurs noms dans mon cahier.

Elle se mit à frotter nerveusement son pied contre le tapis élimé. À l'autre bout du fil, elle entendait quelqu'un répéter inlassablement une note au piano. Puis soudain, Martinek s'écria:

— Bravo!

Denis reprit le combiné:

— D'abord, un monsieur Portelance...

— Ah! celui-là, se dit Juliette, agacée, j'ai hâte qu'un aspirateur l'avale.

— ... et puis un monsieur... Vlaminck, articula-t-il avec application. Il voulait te voir dans la soirée.

— Ah oui? Est-ce qu'il t'a dit pourquoi?

— Non.

— Je l'appellerai demain. Allez, bonsoir, mon lapin. Ne te couche pas trop tard. Je vais aller te chercher vers minuit. Il s'est décidé à vendre la maison, jubila-t-elle en raccrochant. Et il veut faire vite. On lui a peut-être fait une offre? Je l'appelle tout de suite.

Personne ne répondait à *L'Oasis.*

— Pourvu que l'affaire ne soit pas déjà conclue, se dit-elle en grimpant l'escalier jusqu'à la chambre qu'elle avait réservée pour Clément Fisette.

Il s'agissait d'une petite pièce sommairement meublée, au tapis couvert de brûlures de cigarettes, peinte d'une couleur dont il était difficile de savoir si elle avait été autrefois beige, blanche ou jaune pâle. Un paquet de cigarettes vide traînait sur une table de nuit à dessus de formica imitation marbre. Une armoire à glace, sombre et massive, occupait le coin droit de la pièce près de la fenêtre. À gauche, une porte fermée par un verrou donnait accès à la chambre voisine. On entendait un couple en train d'y converser à voix basse. Juliette s'assit sur le lit et fixa d'un air désabusé le plafonnier dont la lumière crue semblait rapetisser la chambre et faisait ressortir toutes les misères des murs de plâtre. Elle bâilla, alla jeter un coup d'œil à la fenêtre, se rassit. Soudain, elle fouilla dans son sac à main, sortit un carnet, déchira une feuille et griffonna un mot à toute vitesse. Elle glissa la feuille dans une enveloppe fripée, inscrivit le nom du photographe et descendit à la réception. Dix minutes plus tard, après avoir essayé encore une fois de joindre Marcel Vlaminck, elle filait vers Longueuil.

— Enfin seul, murmura Fisette quand le ronflement de la *Subaru* s'éteignit. Elle m'encombrait un peu, la pauvre...

Son contentement fut de courte durée. Il venait à peine de terminer sa phrase que le bout de son pied droit pénétrait par mégarde dans la gueule d'une boîte de conserve fichée en diagonale dans le sol et il se retrouva couché à plat ventre dans un mélange de terre humide et de neige, la cheville en compote, tandis que sa trousse décrivait un arc de cercle qui l'amena sur une grosse pierre plate où elle émit un craquement de mauvais augure. Fisette se tordit de douleur pendant une bonne minute, puis, son souffle revenu, se lança dans une attaque fulgurante contre tous les objets de culte de la religion catholique et enfin, se relevant avec peine, il se rendit en clopinant jusqu'à la grosse pierre, où il réussit à s'asseoir. Après avoir massé sa cheville, il ouvrit sa trousse, le cœur battant, et se mit à tâter le contenu, écarquillant en vain les yeux dans l'obscurité pour tenter d'évaluer les dégâts. À part un posemètre éventré, ses appareils ne semblaient pas avoir subi de dommages apparents.

— Pourvu que mon *Minolta* ne soit pas cassé, grommela-t-il en promenant longuement ses doigts sur l'appareil.

Il l'appuya contre son oreille, le fit fonctionner deux ou trois fois, puis le glissa dans son étui, un peu rassuré.

— Allons, en route, fit-il à voix haute. Le temps passe. Je vais trouver une maison vide.

Il se remit debout, mais en posant le pied droit sur le sol, il ne put retenir un gémissement.

— Merde de merde de merde ! fulmina-t-il, le souffle coupé. Cette manie de prendre la forêt pour un dépotoir ! Cochons sales d'abrutis de trous de cul mal torchés ! Je vais en mettre plein leurs salons, moi, des boîtes de conserves !

S'accrochant de la main droite à un aulne qui ploya avec de petits craquements, il réussit à saisir une grosse branche morte

à demi recouverte de neige. Il la cassa en deux, en vérifia la solidité et, s'en servant tantôt comme canne, tantôt comme béquille,
il se mit en marche. Trente mètres plus loin, le bois faisait place
à un champ assez vaste, bordé à droite par un talus abrupt en
haut duquel s'élevait la maison de Livernoche, qu'on ne
pouvait apercevoir encore, car elle se trouvait à une centaine
de mètres, cachée par un rideau d'arbres et de broussailles.
Fisette suivit en boitillant le pied du talus qui le rendait invisible aux occupants de la maison. Le terrain se mit bientôt à
monter. Il abandonna sa béquille, poursuivit sa progression en
rampant et aperçut bientôt une vague lueur à travers les
branches d'un érable, puis un coin de mur entre deux troncs.
Les élancements de sa cheville avaient un peu diminué. Il
s'allongea sur le sol et tendit l'oreille. Un klaxon retentit au loin.
Des odeurs de foin pourri arrivaient à ses narines.

— J'espère qu'il ne s'est pas embusqué quelque part, se dit
le photographe avec un frisson en promenant lentement son
regard autour de lui.

Son visage et ses mains étaient redevenus moites, mais cette
fois-ci, la crainte avait pris la relève de la douleur. Il ouvrit
doucement la fermeture éclair de sa trousse, en sortit son
appareil-photo, puis, glissant la bandoulière autour de son cou,
le plaça sur son dos et se remit à ramper le long de la pente
vers la maison. Il arriva bientôt au sommet. Une difficulté
l'attendait. Le rideau d'arbres et de broussailles était si touffu
et le sol tellement jonché de branches et de feuilles sèches
qu'il ne pouvait s'y aventurer sans bruit. Malgré la noirceur,
Fisette distinguait assez bien maintenant la demeure du libraire,
qui se dressait à une dizaine de mètres devant lui. Le mur qui
lui faisait face était percé de trois fenêtres, toutes munies de
leur contrechâssis. L'une d'elles, vivement illuminée, donnait
sur la cuisine à l'arrière de la maison. Fisette apercevait un coin
d'armoire vernie et le flanc d'un frigidaire. Toujours aplati
contre le sol, il longea le sommet de la pente, cherchant une
brèche dans la végétation.

En arrivant vis-à-vis de la fenêtre, il aperçut au milieu de la
pièce et lui tournant le dos une femme en robe rose parlant
avec animation à un interlocuteur invisible. Puis Livernoche
apparut devant elle, mit la main sur son épaule et Fisette comprit
que la femme pleurait.

— Eh bien, puisque je les ai tous les deux sous les yeux,
allons-y, se dit-il en franchissant le rideau de broussailles dans

un bruit de branches rompues. Il rampa jusqu'à la base d'un gros érable, à trois ou quatre mètres de la maison. Les doigts tremblants, il régla son appareil et, malgré la douleur de sa cheville, réussit à se mettre debout, appuyé contre l'arbre. Ce fut ce moment précis que choisit la femme pour s'élancer hors de la pièce, suivie de Livernoche.

— Ciboire! lança intérieurement le photographe.

Il grelottait, son appareil à la main, en équilibre instable sur son pied gauche; sa cheville élançait de nouveau cruellement. De sa position, il apercevait une série de hautes armoires, un bout de comptoir, le dessus d'une cuisinière où reposait un percolateur et, au fond, une porte qui donnait sur une pièce obscure. Cinq minutes passèrent. Les rugosités de l'écorce pénétraient lentement son épaule tandis que son pied gauche, appuyé sur une racine qui affleurait, s'engourdissait peu à peu. Soudain, une porte s'ouvrit et la voix de Livernoche lança :

— Continue, je vais aller le chercher.

Des pas s'approchèrent. Fisette allongea les bras le long du corps et, oubliant subitement sa foulure, retrouva l'usage de son pied droit et se glissa doucement derrière l'érable pour échapper à la vue du libraire qui longeait la maison d'un pas inégal, soufflant avec bruit et marmonnant. Il s'éloigna au fond de la cour; Fisette n'osait tourner la tête, les épaules rentrées, les cuisses serrées, essayant de donner à son corps la minceur d'un arbrisseau; il entendit le grincement d'une porte, puis un bruit de remue-ménage. La porte grinça de nouveau et le libraire revint vers la maison, traînant un objet sur le sol et soufflant de plus en plus fort.

— Ouf! soupira-t-il en s'arrêtant juste à la hauteur du photographe.

Quelque chose de lourd et de vide heurta le sol; les bruits de respiration ralentirent peu à peu, puis semblèrent s'arrêter tout à fait. Fisette, rigide comme une barre, fixait une branche de framboisier devant lui et la branche s'entoura lentement d'un halo rosé, puis une bande vert pâle s'ajouta au halo et ses oreilles se remplirent d'un sifflement, comme si on avait placé contre elles un détecteur de fumée en marche.

— Il m'a vu, il s'approche, il va m'étrangler, pensa le photographe, défaillant.

— Ah! maudites hémorroïdes! lança tout à coup Livernoche d'une voix furieuse. Ça n'a plus de sens! Il faut que je me fasse opérer!

Il souleva le coffre, se remit à le traîner et disparut au coin de la maison.

Fisette sentit ses jambes mollir brusquement. Une toupie multicolore tournait devant lui. Il se laissa glisser le long du tronc et se retrouva assis par terre, les genoux relevés presque au menton. Ce fut la douleur de sa cheville qui le ramena à la réalité – et le sentiment atroce qu'il ratait peut-être une photo. Il prit de grandes respirations. Un coup de vent lui arriva au visage; il en avala tout ce qu'il put; sa tête redevint alors claire et nette. Il se redressa, le dos toujours appuyé à l'arbre, saisit son appareil et le braqua de nouveau vers la fenêtre de la cuisine. La pièce était toujours vide. Soudain, la fenêtre voisine s'illumina; une silhouette se dessina derrière des rideaux, puis disparut, et la jeune femme pénétra dans la cuisine, vêtue d'un manteau beige et l'air fort agité. Elle piétina sur place, comme indécise, et son visage resta immobile quelques secondes devant la fenêtre. Une mitraillade de déclics se mêla au souffle du vent dans les cimes dénudées. Puis Fisette, un bout de langue sorti entre les dents – signe chez lui d'intense plaisir – se laissa glisser de nouveau sur le sol et rampa à toute vitesse vers la lisière d'arbres et de broussailles où il fonça tête baissée, insouciant du danger et comme soûlé de fatigue. Il s'étendit de tout son long sur la pente et ferma les yeux, son appareil-photo posé sur l'estomac. Un peu de temps s'écoula – il n'aurait su dire combien – puis un claquement de porte le tira de sa torpeur. Livernoche et sa compagne quittaient la maison, plongés dans une vive discussion.

— Mais je ne sais pas, moi, lança le libraire, exaspéré. On fera ce qu'on pourra!

La jeune femme ajouta quelques mots inintelligibles, puis le silence se fit. Le ronflement d'une auto s'éleva tout à coup dans la nuit. Le moteur se mit à tousser, puis à faire des vocalises, poussé par des coups d'accélérateur impatients, et trouva enfin son régime normal. L'auto s'ébranla avec un roulement sourd. Fisette l'entendit s'éloigner, puis le souffle du vent envahit de nouveau l'espace, calme et vaste, plein d'une sérénité millénaire.

L'envie prit alors Fisette de profiter du départ de Livernoche et de sa compagne pour jeter un coup d'œil dans leur maison, mais cela ne dura qu'un instant; l'épuisement le gagnait, sa longue station debout semblait avoir empiré l'état de sa cheville, et, du reste, la réponse à ses questions sur la jeune femme se trouvait dans l'appareil-photo, si tout avait bien fonctionné. Il se laissa glisser en bas du talus, retrouva sa trousse de cuir et la branche qui lui avait servi de béquille et réalisa tout à coup qu'il se trouvait en pleine nuit dans un coin désert à plusieurs kilomètres de Saint-Hyacinthe et que l'état de son pied ne lui permettrait pas de marcher une demi-heure.

Le ciel s'était couvert de nuages bleuâtres et bouclés qui semblaient factices; leur minceur permettait à la lune de les traverser d'un halo doré qui allumait dans le champ comme une vague phosphorescence. Il atteignit la route sans trop de peine et avança en boitillant, prenant soin de se tenir près du fossé afin de s'y jeter si jamais la *Maverick* apparaissait. Un quart d'heure plus tard, il arrivait à la fourche où Juliette s'était arrêtée. Le froid raidissait tous ses muscles; son dos était comme un bouclier de glace.

— Gauche ou droite? se demanda-t-il à son tour, perplexe.

Il opta pour la gauche, mais dut s'arrêter au bout d'une centaine de mètres, car la douleur de sa cheville devenait intolérable. Il s'assit sur un monticule couvert de foin sec au bord de la route, étira les jambes, ferma les yeux et prit de profondes inspirations. Puis il marcha encore un peu, mais dut se rendre à l'évidence : il lui fallait absolument une béquille plus longue, car son pied refusait maintenant tout à fait de le porter.

C'est alors qu'il entendit au loin le grondement sourd et râpeux d'un moteur. Le bruit venait de sa gauche et augmentait rapidement. Il se réfugia derrière un buisson et surveilla le tournant de la route. Une lueur jaune balaya un pan de broussailles et une vieille fourgonnette apparut dans un vacarme de grincements et de chocs métalliques, privée d'un phare et souffrant sans doute de bien d'autres misères cachées par la nuit compatissante.

Fisette s'avança en clochant au milieu de la route et agita les bras. La fourgonnette filait droit sur lui.

— S'il vous plaît! s'il vous plaît! cria le photographe, mais il dut se jeter de côté pour éviter l'écrabouillement.

Un nuage de poussière l'enveloppa tandis qu'une volée de cailloux allait se perdre dans les buissons. Il invectivait le conducteur lorsque le véhicule freina brusquement, si brusquement qu'il dérapa et s'immobilisa de travers dans le chemin.

— Envoye! Amène-toé! cria une voix d'homme.

Et pendant que Fisette clopinait à toute vitesse vers la fourgonnette, celle-ci se rangeait bruyamment sur le côté de la route. Une grosse tête grisonnante et frisée se pencha par la portière entrouverte :

— Que c'est qui t'est arrivé, mon ami? Un accident?

L'homme le fixait avec un sourire gouailleur, les yeux brillants et troubles. Il avait le front large et bas, des pommettes aplaties, une grande bouche, un menton fuyant, la peau rugueuse et pleine de plis, d'un rouge vif et peu naturel, et l'air de pouvoir donner et encaisser une quantité presque illimitée de coups de poing et de coups de pied sans perdre son entrain.

— Je me suis foulé une cheville, expliqua timidement Fisette. Je me promenais dans le coin et mon pied a glissé sur un caillou.

— Où est ton char?

— Je n'en ai pas. Je me promenais à pied.

Le sourire de l'homme se figea un instant, puis :

— Et t'arrives d'où, comme ça?

— De... Saint-Hyacinthe, répondit l'autre, embarrassé.

Un formidable éclat de rire s'échappa de la fourgonnette. Pendant une seconde, Fisette eut l'impression de se trouver sur une scène, la victime pitoyable d'une farce loufoque avec volées de tartes à la crème, pantalons qui tombent sur les jambes et seaux d'eau dégringolant du haut des portes.

— L'as-tu entendu, Momone? fit l'homme avec des hoquets en se penchant vers la conductrice. Il arrive de Saint-Hyacinthe... de Saint-Hyacinthe... à pied!

— Écoute, Norbert, grogna sa compagne invisible, fais-le monter ou laisse-le dans le chemin, mais grouille-toi, bon sang! je meurs de faim!

— Allons, fit l'autre avec des frémissements de rire dans la voix, tire sur la porte coulissante et monte. On s'en va justement à Saint-Hyacinthe. T'es chanceux comme un chien qui rote, mon ami, ajouta-t-il après que Fisette se fut péniblement installé sur le plancher du véhicule derrière ses compagnons. À cette heure-ci, il passe plus de bêtes puantes que d'autos dans le coin. Tu t'entraînes pour un marathon, ou quoi? Avoir marché tout ça, j'aurais des entorses jusqu'au menton, moi.

— En fait, je me suis un peu perdu, répondit le photographe, décidé à jouer au niaiseux.

La femme lui avait à peine jeté un coup d'œil; elle actionna brusquement le bras de vitesse et donna un coup d'accélérateur qui faillit jeter Fisette à la renverse. Il posa un regard pensif sur l'aiguille du compteur qui ne cessait de grimper : elle se mit bientôt à osciller autour de 130 km. Une forte odeur de rhum emplissait la fourgonnette. L'homme se retourna vers le photographe et lui présenta un flacon :

— Goûte. Du *Bacardi Superior Carta Blanca*: une caresse pour le tuyau.

— Non merci, répondit poliment Fisette.

L'autre se mit à le fixer, les sourcils froncés :

— Que c'est que t'as dans ta trousse ?

Fisette hésita une seconde :

— Des appareils photographiques. Je suis photographe, ajouta-t-il d'un air simplet.

— Ah bon, s'esclaffa l'autre. Tu voulais-tu poser des papillons de nuit en maillot de bain ?

Il porta le goulot à ses lèvres, inclina la tête et prit deux lampées.

— Laisse-moi-z-en, Norbert, dit la femme d'une voix légèrement pâteuse.

L'œil toujours fixé sur la route, elle tendit le bras et saisit le flacon.

Fisette s'était un peu avancé et l'observait de côté, avec son abondante chevelure brune étalée sur les épaules, le profil ferme et décidé, l'œil superbe, rempli d'un éclat huileux, mais le menton un peu massif et la peau du même rouge vif que celle de son compagnon.

La conversation avait cessé; on n'entendait que le roulement des pneus sur le gravier, ponctué à tous moments par le choc retentissant d'un caillou contre la carrosserie. Malgré ses libations, la jeune femme conduisait avec une habileté remarquable et donnait l'impression de connaître la route comme le fond de sa poche. Le flacon allait de l'un à l'autre avec la régularité d'un métronome. Il fut bientôt vide. L'homme leva le bras et l'envoya danser au fond du véhicule.

— On arrive du *Bar Champlain,* reprit-il d'une voix épaisse et rauque en regardant Fisette avec insistance. Y es-tu déjà allé ?

— Non.

— Va jamais mettre les pieds dans ce trou-là, tonna l'autre avec une fureur soudaine. Y a plusse d'eau dans leurs bouteilles de fort que dans la rivière Yamaska. Faut commencer de bonne heure quand on veut se soûler chez le père Fauchecrotte !

— Fauchecrotte ? s'étonna Fisette.

— Oui, c'est le petit surnom d'amour qu'on lui a trouvé. En fait, il s'appelle Bob Brissette. Un chien sale. Des sourires à se fendre la face en deux, mais crosseur comme une armée de frères. Eh! christ! que je lui câlisserais donc un coup de poing sur son *pace maker*! lança-t-il en se retournant vers sa compagne.

— Crie pas si fort, tu me casses les oreilles.

— Tout à l'heure, fit Norbert en s'adressant à Fisette, Momone et moi, on se commande un café acadien pour finir la soirée en beauté : 5, 75 $ la tasse, bonhomme! C'est pas donné! Sais-tu ce qu'il avait mis dedans? Du *DreamWhip*, de la cannelle et du *Sanka*! Pas une maudite goutte de cognac! Je lui ai retourné les deux tasses. Il a jamais voulu nous rembourser. Je serais bien allé me rembourser moi-même à la caisse, mais y a un taupin de deux cent cinquante livres derrière le bar qui pourrait me faire avaler mes dents juste d'un coup de poing. «Ouais? que je me suis dit. Tu perds rien pour attendre, mon hostie de crapaud sale.» Je fais signe à Momone. On se lève et, en passant près du bar, je lui pique un flacon de rhum pendant qu'il avait le dos tourné et on sacre le camp. J'ai toujours eu l'habitude de me faire respecter, moi, mon ami, conclut-il avec un air de grande dignité.

Puis, se penchant vers la jeune femme :

— Y était bon, le rhum, hein, Momone? Y avait pas eu le temps de le baptiser.

Il se mit à l'embrasser fougueusement dans le cou. La jeune femme se laissait faire en souriant. Depuis quelques minutes, sa façon de conduire laissait voir des flottements inquiétants. Son compagnon lui glissa la main entre les cuisses. Fisette, embarrassé, fixa le plancher, puis redressa aussitôt la tête : la fourgonnette venait de faire une embardée.

— Arrête, Norbert, supplia Momone, haletante, tu vas me faire prendre le champ.

Elle le repoussa violemment. L'homme lança un clin d'œil à Fisette, la lèvre molle, le regard vacillant :

— Aimes-tu ça, les femmes? fit-il à voix basse.

— Euh... oui, bien sûr, répondit l'autre, embarrassé.

— Si tu connaissais celle-là, t'oublierais toutes les autres.

Il sembla réfléchir un moment, puis :

— Es-tu amateur de parties de fesses, des fois?

Un frétillement obscène dansait dans ses yeux. Fisette sourit d'un air un peu niais, détourna le regard, puis fit un petit signe de tête affirmatif.

— Moi, j'aime les femmes de toutes les manières, lui confia l'autre. Aimes-tu les femmes de toutes les manières, toi? demanda-t-il, pressant.

— Oui, oui, bien sûr, murmura le photographe du bout des lèvres, impatient de changer de sujet.

L'autre hochait la tête avec un sourire complice.

— On arrive à Saint-Hyacinthe, annonça la jeune femme d'une voix curieusement chevrotante. Oups! excusez-moi, fit-elle en donnant un coup de freins qui projeta Fisette contre le dossier de son siège tandis que Norbert heurtait le tableau de bord.

La fourgonnette se trouvait arrêtée au milieu d'un carrefour, bloquant deux voies.

— Ouvre tes yeux, Momone, grogna Norbert.

— Écoute, chose, si c'est toi qui avais pris le volant, y a longtemps qu'on serait en train de ramasser nos os en plein champ.

Le moteur avait calé. Elle démarra bruyamment, tourna à droite et accéléra. La route était maintenant asphaltée. Le vacarme qui avait régné jusque-là dans le véhicule fut remplacé par un roulement huilé qui, en comparaison, faisait l'effet du silence. Des maisons apparurent bientôt, puis un garage et, un peu plus loin, un grand terrain où s'alignaient des rangées de tracteurs orange.

La jeune femme posa sur Fisette un regard langoureux :

— Où est-ce que je vous laisse, monsieur?

Ses yeux, ombrés de mauve, aux cils alourdis de mascara, lui firent sauter le cœur.

— Il vient prendre un verre avec nous au *Motel Champfleury*, décida Norbert. Tu viens avec nous, hein?

— Je... je ne peux pas, répondit Fisette, tout démonté.

— Si tu es notre ami, tu viens prendre un verre à notre chambre au motel. Es-tu notre ami?

Fisette eut une grimace pitoyable :

— J'ai un rendez-vous, balbutia-t-il.

— Avec ta blonde? Elle peut attendre. Tu lui diras que tu t'es perdu dans la campagne. Il sera toujours temps d'être gentil avec elle demain.

— Je ne peux pas, répéta le photographe d'un air de supplicié.

L'autre se pencha vers sa compagne :

— Momone, l'entends-tu? Il veut pas être ton ami.

Ils échangèrent un bref regard et Momone se tourna vers le photographe :

— Venez donc prendre un verre avec nous, monsieur, minauda-t-elle en battant des cils. Je vous trouve joli garçon et je n'ai pas pu vous dire deux mots depuis que vous êtes monté avec nous. J'aimerais bien vous connaître un peu plus, vous savez.

Son compagnon donna un grand coup de poing sur le tableau de bord :

— C'est décidé : il vient avec nous, lança-t-il joyeusement. Tu vas voir, mon vieux, on va s'amuser !

Fisette eut beau protester, rien n'y fit. La fourgonnette changea encore une fois de chemin et se retrouva sur le rang Saint-François, puis, traversant la rivière Yamaska, tourna à gauche sur le boulevard Sir-Wilfrid-Laurier. Deux minutes plus tard, elle s'arrêtait devant le *Motel Champfleury*.

Fisette actionna la portière coulissante et mit pied à terre, bien décidé à s'éloigner au plus vite.

— Vous n'êtes pas gentil, monsieur, protesta Momone en sortant dehors.

Elle dut prendre appui à la fourgonnette pour retrouver son équilibre.

— Minute ! minute ! s'écria Norbert en s'élançant vers Fisette. On n'a pas fini de se parler !

Il prit le photographe par la taille (en fait, il s'appuyait plutôt sur lui) et l'amena vers son amie.

— Mais puisque je vous dis que je ne peux pas, balbutia Fisette qui chercha à se dégager. J'ai un rendez-vous à l'*Hôtel Maskouta*. On m'attend depuis deux heures.

La tête langoureusement rejetée en arrière, Momone le parcourait des pieds à la tête avec un sourire provocant. Elle était petite, mince et bien découpée, chaussée de longues bottes de cuir et serrée dans un jean qui mettait en valeur ses cuisses. Son compagnon, toujours agrippé au photographe, lui fit faire un brusque demi-tour et l'amena un peu à l'écart :

— Écoute, *chum*, on va se parler entre hommes. Tu la trouves pas belle, ma blonde ? Tu dois avoir un cul comme tout le monde, non ? T'aurais pas le goût d'une bonne petite partie de fesses à trois ? C'est une fourreuse fantastique, je t'assure : elle aime *toute,* elle fait *toute* ! L'âme va te sortir du corps ! Écoute, on va d'abord aller prendre un verre au bar – ça va te mettre d'équerre, tu vas voir – et puis on louera une chambre : c'est moi qui paye. Profites-en. J'ai vu tout de suite qu'elle te trouvait de son goût. Je te promets du rendement, bonhomme, le souffle va te manquer, tu vas en parler à tes arrière-petits-enfants.

Le faisant pivoter de nouveau, il le ramena vers sa compagne, qui s'avança vers eux d'un pas incertain :

— Et alors, vous venez prendre un verre, les hommes ? lança-t-elle gaiement.

Fisette ressentit comme un grand coup dans l'estomac. Une partie de débauche digne de ses fantasmes les plus débridés venait d'éclater dans sa tête, déployant sa splendeur sauvage. Il fixa la jeune femme. Elle lui paraissait extraordinairement désirable, mais en même temps que sa convoitise, une angoisse sourde et oppressante grandissait en lui, qu'il n'arrivait ni à comprendre ni à maîtriser. Une scène de film lui revint à l'esprit. Le héros devait s'élancer au-dessus d'une crevasse remplie de serpents pour atteindre un amoncellement de bijoux qui scintillaient de l'autre côté. Le vide à franchir, le grouillement des serpents et l'éclat des bijoux se mêlaient dans sa tête, créant une tension insupportable. Il sentit le besoin d'un répit.

— On m'attend à l'hôtel. C'est archi-important, bafouilla-t-il en se dégageant tout à coup.

Il venait d'apercevoir un taxi devant le motel. La femme eut un petit rire :

— Dommage. Tu sais pas ce que tu manques. Ça t'aurait fait du bien à la queue.

— Hey ! bonhomme ! beugla son compagnon. Viens icitte ! J'ai pas tout dit.

— Laisse, Norbert. C'est peut-être une tapette. Regarde comment il marche.

Et elle rit de nouveau. Fisette monta dans le taxi et, baissant la glace :

— Excusez-moi, je... Attendez-moi, lança-t-il soudain, je fais un saut et je reviens tout de suite !

Norbert, qui se dirigeait vers le restaurant à demi appuyé sur sa compagne, leva un bras en l'air et le laissa retomber en signe d'incrédulité. Fisette l'entendit crier quelque chose, mais le bruit du moteur couvrit sa voix.

Quelques instants plus tard, il arrivait à l'*Hôtel Maskouta* où la réceptionniste lui remettait le mot de Juliette : celle-ci lui annonçait son départ et lui donnait carte blanche pour la suite des opérations. Le visage écarlate, il s'élança dehors en boitillant sous le regard étonné de l'employée. Le taxi venait de partir. Il resta immobile sur le trottoir, fixant le vieux marché. Son vertige l'avait repris. Il se mit à frissonner, rentra dans le hall et, pour se donner du temps, demanda sa clef et monta à sa chambre. Assis sur le lit, il jonglait en se passant nerveusement la main dans le visage. Soudain, il bondit sur ses pieds :

— J'y vais, baptême !

Il dévala l'escalier en clopinant et demanda à la réceptionniste de lui appeler un taxi.

— Vous feriez mieux de vous rendre au coin de La Concorde et Calixa-Lavallée, il y a un poste là-bas, lui répondit en bâillant la jeune fille, que la fatigue de la journée amenait doucement à un état somnambulique.

— Merci, fit-il en sortant de l'hôtel.

Quelques minutes plus tard, il arrivait au poste, qu'il trouva désert.

— Merde de merde, grommela-t-il en s'adossant contre un poteau, défaillant de peur et de désir.

Au bout d'un moment, il allait quitter les lieux lorsqu'un taxi apparut. Il y monta et donna le nom du *Motel Champfleury*. Il avait peine à avaler sa salive et les battements de son cœur emballé lui tiraient une petite toux sèche qui lui faisait danser les épaules, mais une sombre détermination s'était emparée de lui. De temps à autre, une image lubrique traversait son esprit comme un éclair tandis qu'un fourmillement fiévreux gonflait doucement son sexe, étrangement douloureux.

En arrivant devant le motel, il aperçut la fourgonnette stationnée au milieu du terrain à demi vide. Il laissa au chauffeur un pourboire énorme, poussa la porte du restaurant, parcourut la salle du regard et ressortit.

— Ciboire. Sont déjà allés se coucher et je ne connais même pas leurs noms, murmura-t-il, désemparé.

Il resta un moment debout devant la porte vitrée, puis se retourna. La caissière l'observait, intriguée. Alors, poussant force soupirs, les traits crispés d'appréhension, il se dirigea lentement vers la réception, dont l'enseigne lumineuse brillait au bout d'une longue série de portes numérotées.

Penché au-dessus du comptoir, les lunettes sur le bout du nez et bougeant doucement les lèvres, un vieillard grassouillet était absorbé dans la lecture du *Courrier de Saint-Hyacinthe* et il était difficile de déterminer si son expression intense et appliquée venait de sa presbytie, du manque d'habitude qu'il avait de la lecture ou de l'intérêt que présentait l'article. Fisette se tenait devant lui, rigide, les bras le long du corps. L'homme leva enfin les yeux :

— Oui ?

— Je... je cherche à rejoindre des amis. Ils viennent de louer une chambre ici, mais j'ai oublié le numéro.

— Comment s'appellent-ils?

— Heu... il s'agit d'un couple... Ils viennent tout juste de louer... ils avaient un peu bu.

— Leurs noms? répéta l'homme, imperturbable.

— Heu... l'homme s'appelle Norbert. Norbert... tiens, c'est drôle, j'ai un blanc de mémoire.

— Oui, je vois, je vois, répondit l'autre, goguenard. Moi aussi j'oublie souvent le nom de mes amis. Parfois même, j'oublie celui de ma femme. Chambre numéro 16. Minute, pas si vite. Il faut d'abord que vous me payiez votre nuit. Oui, oui, votre nuit... c'est quarante-cinq dollars.

Il encaissa l'argent, puis :

— Dites-leur de ne pas faire trop de saloperies. La femme de ménage n'aime pas ça.

Les jambes flageolantes, Fisette sortit et longea une série de portes. La chambre 16 se trouvait presque au bout. Son cœur battait si fort qu'il n'aurait pu prononcer un mot, tandis que son gland poisseux et gorgé de sang se pressait douloureusement contre sa braguette. Il s'arrêta devant la porte, écouta quelques secondes. Aucun bruit ne se faisait entendre. Il allongea lentement le bras, hésita, puis frappa deux coups. Un choc sourd le fit sursauter, mais il parvenait de la chambre voisine.

— Trois! trois! pas quatre! lança la voix d'un homme en colère.

Il attendit encore un peu, puis frappa de nouveau, plus fort.

— C'est moi, réussit-il à articuler d'une voix tremblante.

La chambre demeurait silencieuse. Il frappa une troisième fois, appliqua son oreille contre la porte et entendit un faible ronflement. Il resta sur place un moment, appuyé de l'épaule contre l'embrasure, la jambe droite légèrement soulevée pour soulager sa cheville, puis s'éloigna lentement, les larmes aux yeux, maudissant sa poltronnerie.

Cinq minutes plus tard, il se retrouvait, rue des Cascades, assis sur un banc, les deux mains dans les poches, la mine déconfite et d'humeur à mordre un chien. La vitrine d'une beignerie brillait en face de lui, seul point d'animation dans la rue déserte. La faim le prit.

— Avec toutes ces niaiseries, j'ai oublié de souper, pensa-t-il tout à coup.

Il traversa la rue et entra dans l'établissement où flottait une odeur de cannelle et de café. Il soupa d'un potage aux légumes et de quelques beignes. De temps à autre, la serveuse, intriguée, le regardait à la dérobée, penché au-dessus de son assiette, les joues gonflées, le regard mauvais, frappant machinalement du talon contre le pied de son tabouret. Il paya et sortit.

— Tiens, s'étonna-t-il en s'éloignant sur le trottoir, ma cheville ne me fait presque plus mal. L'effet des beignes, sans doute.

Il frissonnait dans l'air piquant, l'estomac douloureusement distendu, sa colère tout à coup changée en abattement. Il s'arrêta sous un lampadaire :

— Dix heures moins quart, constata-t-il avec désespoir. Qu'est-ce que je vais faire du reste de la soirée ?

Il songea un instant à retourner au motel dans l'espoir d'y trouver ses compères réveillés, puis y renonça :

— Avec la quantité de rhum qu'ils se sont envoyée dans le système, on pourrait les traîner à plat ventre dans la rue sans qu'ils ouvrent un œil.

Il poursuivit sa flânerie sur des Cascades, jetant des regards distraits aux vieilles façades, perdu dans ses rêveries libidineuses et torturantes, dépassa le marché, qui avait encore fière allure malgré la fatigue des ans, et vit soudain devant lui l'enseigne de *La Bonne Affaire*. Une pensée lui traversa l'esprit et son cafard s'envola. Il revint un peu sur ses pas, remonta la rue Sainte-Marie, puis, tournant à droite, s'enfonça dans une étroite ruelle bordée à gauche par une vieille remise et une palissade à demi écroulée et, à droite, par deux garages qui appuyaient l'un sur l'autre leur incurable infirmité. La ruelle aboutissait dans une petite cour sans issue, où donnaient quatre ou cinq édifices, dont celui qui abritait *La Bonne Affaire*. Il était difficile d'imaginer un usage précis à cette cour vaguement rectangulaire, qui avait été grugée au fil des ans par la construction de différents appentis et annexes.

Le rez-de-chaussée qu'occupait Livernoche y avait accès par une petite porte bardée de fer, munie de deux verrous ; on distinguait à droite les traces d'une fenêtre, murée sans doute pour des raisons de sécurité. Fisette promena son regard autour de lui afin de s'assurer que personne ne l'observait, s'approcha de la porte et s'accroupit. Un sourire apparut sur ses lèvres. C'était le premier depuis des heures.

Debout devant la fenêtre du salon, Juliette regarda un moment Denis et son ami Yoyo creuser un trou dans la terre gelée pour y planter un pommier (ils tenaient absolument à creuser le trou immédiatement, même si on ne devait planter l'arbre qu'au printemps), puis elle se dirigea vers la salle à manger pour rappeler le propriétaire de *L'Oasis*. Mais le téléphone sonna avant qu'elle n'atteigne la pièce.

— C'est lui, j'en suis sûre, se dit-elle, le cœur battant. Qu'est-ce qu'il va bien m'annoncer ?

— Bonjour, chère madame, fit la voix joviale de Peter Jeunot au bout du fil. Ou plutôt : bon matin. Comment allez-vous ? Oui ? Formidable. Eh bien, chère madame, chose promise, chose faite ! Je m'étais engagé à vous trouver une seconde Adèle Joannette, puisque la première ne vous satisfaisait pas. Eh bien... je viens d'en trouver deux !

— Ah bon, remarqua froidement Juliette.

— Et, qui plus est, je vous les offre gratuitement ! Tel que promis ! Connaissez-vous un autre mot pour décrire mon geste que celui de *professionnalisme* ?

— Je n'ai pas tellement la tête à chercher des mots, monsieur Jeunot. Parlez-moi plutôt de vos découvertes.

— Oh ! j'ai bien l'impression que la première ne vous intéressera pas. Il s'agit d'une ancienne couturière qui vit à Terrebonne. Joannette est le nom de famille de son mari et elle est âgée de 78 ans, ce qui est un peu excessif dans les circonstances. Son nom de jeune fille est Tartelais.

— Vous avez tout à fait raison : elle ne m'intéresse pas.

— Je m'y attendais. Mais je vous avais promis de l'Adèle Joannette et je vous en donne. Pour la deuxième, c'est autre chose. Joannette est son véritable nom et elle a 32 ans.

Juliette tressaillit :

— C'est bien l'âge de ma nièce.

— Je me suis donné un mal de chien pour la retracer. Remarquez que je ne l'ai pas encore vue. Elle est missionnaire laïque au Honduras. J'ai deux pages pleines de renseignements à son sujet. Je vous lis l'essentiel. Elle est née à Bruxelles d'un père ingénieur qui est mort d'une complication de laryngite à 42 ans et d'une mère toujours vivante, actuellement dans un foyer de vieillards à Malines. En...

— Les parents de ma nièce sont morts tous les deux dans un accident d'automobile lorsqu'elle avait quatre ans, coupa Juliette d'une voix glaciale, et elle est née à Sorel. Vous aviez d'ailleurs noté tous ces renseignements lorsque j'étais allée vous voir à votre bureau. Monsieur Jeunot ?

— Oui, madame.

— Si jamais vous tombiez par hasard sur une autre Adèle Joannette, voudriez-vous me rendre un petit service ?

Le détective hésita une seconde, puis, d'un ton quelque peu méfiant :

— De quoi s'agit-il, madame ?

— Essayez de l'oublier. Et commencez tout d'abord par m'oublier moi-même. Vous ne pouvez savoir combien cela me ferait plaisir. Vous m'avez fait perdre de l'argent. Vous m'avez fait perdre du temps. Et, en ce moment, vous êtes en train de me faire perdre patience.

— Soyez sûre, madame, que je saurai me *confirmer* à vos désirs, répondit Jeunot avec un accent de dignité offensée.

Et il raccrocha.

Juliette poussa un soupir, consulta un calepin et composa le numéro de Marcel Vlaminck. Elle n'avait pas terminé qu'on frappait à la porte.

— Allons, grommela-t-elle en déposant le combiné, est-ce que je vais réussir à lui parler un jour, à celui-là ? Ah bon, c'est vous, Bohuslav ? Qu'est-ce qui vous amène ?

Le compositeur se troubla devant son expression ennuyée :

— Excusez-moi, je vois que je vous dérange. Je reviendrai tout à l'heure.

— Mais non, mais non. Restez. Je vous écoute.

— C'est que... voyez-vous, poursuivit l'autre, de plus en plus embarrassé, j'avais une question à vous poser, mais d'un ordre...

— Posez-la, mon cher, posez-la.

Il prit une inspiration, redressa les épaules et, la fixant droit dans les yeux :

— Eh bien, il s'agit... il s'agit de ce fameux merle des Indes. Avez-vous remarqué, madame, si Denis souffrait de... démangeaisons?

— Non, s'étonna-t-elle. Il m'en aurait sûrement parlé.

— C'est que ce pauvre oiseau – remarquez que je m'y attache de plus en plus : il m'a sifflé deux fois une tierce, ce matin – est infesté de poux. Et je crains que la vermine ne se soit répandue dans l'immeuble. Je le porte chez le vétérinaire ce matin. Mais je tenais à vous en avertir. Et à m'excuser, si...

— Allons, allons, gardez vos excuses! C'est Denis et Clément qui l'ont apporté ici. Ce sont eux les responsables. Votre appartement est infesté?

— Je crois que oui.

— Si c'est le cas, je ferai le nécessaire. Allez en paix. Vlaminck, maintenant, fit-elle après avoir refermé la porte.

Elle se remit à composer le numéro.

— Oh! mais c'est que vous venez tout juste de le rater, répondit sa femme d'une petite voix aigre et nerveuse qui s'efforçait d'être aimable. Puis-je savoir qui parle?

Juliette se nomma.

— Vous pourrez le joindre au bureau dans dix minutes, madame.

Elle lui donna le numéro et raccrocha. Juliette alla s'asseoir à la table de la salle à manger, où traînaient les deux tomes du *Sans famille* d'Hector Malot et le magnifique pyjama, et les fixa d'un air maussade. Elle prit un tome et l'ouvrit. Une petite feuille en tomba. «À mon cher Denis, lut-elle, que j'ai dû abandonner malgré moi, mais qui retrouvera sa mère, comme Rémi l'a fait».

— Et dire que la police surveille notre maison... Quelle farce! Cette détraquée à turban fait tout ce qu'elle veut. Tout! Elle pourrait s'amener avec un troupeau de phoques sans être dérangée, ma foi. Je vais aller leur dire un mot ou deux au poste, tout à l'heure.

Elle se leva :

— Pourvu que je puisse l'atteindre, cette fois-ci, soupira-t-elle en s'approchant du téléphone.

— Ah bon! madame Pomerleau! s'exclama joyeusement Marcel Vlaminck. Je suis content de vous parler. J'ai de bonnes nouvelles à vous apprendre. Est-ce que nous pourrions déjeuner ensemble, ce midi?

Juliette rougit de plaisir :

— Oui, bien sûr... je... Est-ce que je peux vous demander tout de suite si...

— Je déteste discuter affaires au téléphone, madame. J'ai l'impression de parler les yeux bandés. Tout se passe d'une façon tellement plus agréable devant une bonne bouteille de vin...

Ils se donnèrent rendez-vous au *Saint-Malo*, rue Saint-Denis. Juliette se disposait à partir pour le poste de police lorsqu'on frappa de nouveau à la porte. Alexandre Portelance, une mallette à la main, vêtu d'un beau complet gris acier, sa chevelure clairsemée soigneusement lissée, se tenait devant elle, la gorge serrée, en proie à une sensation de vertige comme si le paillasson qu'il avait sous les pieds venait de s'élever à mille mètres dans les airs.

— Ah! mon Dieu! je vous dérange! s'écria-t-il en faisant un petit pas en arrière, alarmé par l'expression ennuyée de la comptable. Oubliez-moi, je m'en vais, je m'en vais (il reculait lentement vers la sortie). J'avais pris une chance, c'est tout. Comme je viens de rencontrer une cliente à deux pas d'ici (ce mensonge lui fit détourner les yeux), j'ai pensé m'arrêter pour une jasette et vous demander si... Mais je vous téléphonerai, plutôt. Dites-moi seulement à quelle heure je...

Juliette lui sourit. Le désarroi du bonhomme avait dissipé un peu sa mauvaise humeur.

— De quoi vouliez-vous me parler? lui demanda-t-elle avec une candeur cruelle.

Il ouvrit la bouche et, pendant un instant, une mouche qui bourdonnait tout près eut la tentation d'y entrer.

— Je... mais... c'était pour savoir, articula-t-il enfin, si vous vouliez toujours m'accompagner au...

— Ah oui! au cinéma, le coupa-t-elle, prise de pitié devant sa détresse. Pour aller voir *Autant en emporte le vent,* c'est ça?

— C'est ça.

— Eh bien, voyez-vous, j'ai reçu tellement de tuiles sur la tête depuis un mois que je ne sais pas si j'en aurai le temps. Mais entrez donc une minute, monsieur. Je vous tiens debout devant ma porte : ce n'est pas très poli.

Il s'avança :

— C'est plutôt moi qui manque de politesse, madame, reprit-il, sa jovialité revenue. Arriver comme ça chez les gens de si bonne heure, sans prendre la peine de s'annoncer... Je mériterais une pichenotte dans l'œil.

Elle le fit passer au salon, lui indiqua un fauteuil et prit place sur le canapé. Il déposa avec précaution sa mallette par terre, porta son poing fermé à la bouche et toussota avec un air de profonde gravité.

— Vous semblez avoir un très bel appartement, remarqua-t-il avec componction.

— Je l'aime bien. Est-ce que je peux vous offrir un rafraîchissement?

— Non non non, ne vous dérangez pas. Je viens de déjeuner. J'ai pris un grand verre de jus d'orange. Je prends un verre de jus d'orange chaque matin. On dit que c'est bon pour la santé.

— Oui, paraît-il. Allons, animal, se dit-elle intérieurement, comment je vais faire pour me débarrasser de toi?

— Avez-vous réussi à retrouver votre nièce? demanda Portelance après une hésitation.

Le visage de Juliette se rembrunit:

— Non, monsieur. Et je me demande si je la trouverai jamais.

— Parfois, dans des cas comme le vôtre, soumit prudemment le représentant, les gens s'adressent à la section des personnes disparues... ou alors à une agence de détectives.

La comptable ne répondit rien.

— Eh bien, oui, figurez-vous donc, poursuivit le représentant qui sentit le besoin de changer de sujet, que je viens d'aller voir à deux pas d'ici une cliente qui avait des problèmes avec son balai mécanique. Alors, en sortant de chez elle, je me suis dit: «Il est presque dix heures. Tente ta chance, elle est peut-être à la maison.»

— Qui vous avait donné mon adresse?

Il se mit à rougir:

— Le bottin, c't'affaire. J'avais déjà votre numéro de téléphone et je savais que vous demeuriez à Longueuil.

— Ah bon. Je comprends.

Il sourit, changea la position de ses mains, puis:

— Alors, vous n'avez vraiment pas le temps de m'accompagner au cinéma ce soir... ou demain?

— Demain, c'est la veille de Noël, monsieur, fit doucement remarquer Juliette.

— Ouais, c'est vrai... Je n'avais pas pensé à ça. Hum... Le film quitte l'affiche demain soir, mais remarquez qu'il repasse le 27 ou le 28, quelque part par là.

La comptable se gratta l'épaule, puis un genou, et replaça un pli de sa robe, ne sachant trop quoi répondre. La candide bonhomie du représentant commençait à la toucher et même à lui plaire, tout en soulevant dans une lointaine partie d'elle-même, presque oubliée, un sentiment d'appréhension étrange et très particulier.

— Écoutez, dit-elle enfin, j'attends des nouvelles importantes aujourd'hui et je ne peux vraiment pas prévoir mon emploi du temps... Est-ce que je peux vous téléphoner ce soir?

Alexandre Portelance eut un sourire de reconnaissance (il s'attendait à un refus), prit sa mallette et se leva:

— Certainement, madame. Je serai chez moi à partir de cinq heures... Remarquez, ajouta-t-il en rougissant de nouveau, que... qu'il y a beaucoup d'autres bons films à Montréal... Si jamais vous ne pouviez pas vous libérer aujourd'hui ou demain, on n'aurait qu'à remettre ça... à la semaine prochaine, par exemple?

Elle le reconduisit à la porte et, avec un grand sourire:

— Je vous rappelle sans faute en fin de journée. Au revoir, monsieur.

— Imbécile, marmotta-t-il en s'éloignant sur le trottoir. Tu colles comme du mastic. Ce n'est pas la façon de gagner une femme. Elle ne te rappellera jamais.

De dépit, il se mit à balancer sa mallette au bout de son bras, lui fit faire un tour complet, mais en revenant à sa position initiale, celle-ci lui percuta le genou, l'obligeant à s'arrêter un moment pour reprendre haleine.

Juliette était retournée au salon, envahie par un bizarre mélange d'angoisse et de contentement. Le regard dans le vague, elle se voyait dans le hall du *Ouimetoscope,* bras dessus bras dessous avec le vendeur qui riait aux éclats et l'écrasait de compliments sur l'élégance de sa robe et la suavité de son eau de Cologne.

Elle se gratta machinalement une épaule, puis le ventre, puis l'épaule encore une fois.

— Miséricorde! s'écria-t-elle. Est-ce que la maison serait envahie de poux d'oiseau? Il ne manquerait plus que ça!

Son regard tomba sur le téléphone:

— Et ce damné Clément qui ne donne pas signe de vie... Chanceuse comme je suis, il est peut-être en train de prendre une bière avec Livernoche en se payant ma tête.

Elle consulta sa montre:

— Allons, j'ai tout juste le temps de me rendre au *Saint-Malo.* J'irai au poste de police cette après-midi.

▲

Comme Juliette Pomerleau et Marcel Vlaminck ne s'étaient jamais rencontrés, ce dernier lui avait donné une description brève (et plutôt avantageuse) de sa personne, ajoutant qu'il porterait un complet couleur tabac et une cravate de soie vert émeraude. C'est le vert de la cravate, d'une profondeur et d'une onctuosité incomparables, qu'elle aperçut tout d'abord à son arrivée, luisant doucement au-dessus de la nappe blanche.

En voyant l'obèse, et malgré la description qu'on lui avait faite de son ampleur rhinocérienne, Vlaminck resta interdit une seconde, puis, voulant dissimuler sa surprise, il se dressa comme si le fond de sa chaise était devenu de braises ardentes, passa derrière elle et l'aida à s'asseoir avec des airs de galanterie pompeux qui semblaient sortis tout droit de ces manuels de bienséance qu'on donnait autrefois aux jeunes gens pour guider leur entrée dans le monde.

C'était un homme de taille moyenne, assez svelte, le cheveu rare, dans la cinquantaine avancée, avec un front bombé et un visage rubicond à la peau lisse et comme sans âge. Il avait cette expression à la fois joviale, satisfaite et un peu pincée qu'on retrouve chez certains ministres et entrepreneurs florissants.

Après s'être conformés à l'usage selon lequel, lors d'un repas d'affaires, on ne doit aborder l'objet de la rencontre qu'une fois le plat principal avalé et l'état de la température et de la circulation minutieusement analysé, ils posèrent simultanément les paumes de leur main sur la nappe, toussotèrent l'un après l'autre et se regardèrent avec un sourire interrogateur. Ce fut Vlaminck qui entra dans le vif du sujet.

— Eh bien, on peut dire que vous avez de la veine, vous, lança-t-il avec un petit rire. Figurez-vous qu'il m'est arrivé cette semaine une de ces histoires qui changent le cours d'une vie. Conséquence ? Le splendide manoir que j'habite depuis douze ans et où j'avais projeté de finir mes jours, eh bien, je me vois forcé de m'en départir...

Et il se mit à lui raconter que son frère aîné – à la tête depuis longtemps de la savonnerie paternelle à Schaerbeek près de Bruxelles – venait de succomber à une hémorragie cérébrale ; Vlaminck devait retourner dans son pays natal assurer la relève, car le conseil de famille avait refusé de céder l'entreprise à des étrangers. Quelque chose dans sa prolixité et sa bonne humeur donnait vaguement l'impression à Juliette qu'il mentait, mais elle s'en fichait éperdument. Elle revoyait les pièces où s'était écoulée son enfance et attendait avec appréhension le prix qui surgirait au bout de cette histoire d'hémorragie et de savon. Tout en écoutant son interlocuteur, elle frottait discrètement l'une contre l'autre ses jambes que la démangeaison, après s'être assoupie un moment, venait d'attaquer avec une vigueur redoublée.

— Vous vous demandez sans doute, poursuivit Vlaminck, à quelles conditions, étant donné les circonstances, je me résignerais à laisser aller ce petit château...

— Le petit château, comme vous dites, a bien souffert depuis vingt ans, fit remarquer Juliette en se grattant le coude. Et puis, il a perdu son beau jardin à l'arrière...

— Cela s'est fait avant moi, précisa l'autre. C'est une histoire navrante, je vous l'accorde, mais avouez qu'elle a son bon côté : cela m'a permis d'acheter – et peut-être de vous vendre – une propriété qui, avec son terrain original et compte tenu de la spéculation dans le secteur, était tout à fait hors de la portée de ma bourse – et probablement de la vôtre.

— Oh! sûrement.

— Alors voilà. Il y a quelques jours, je vous avais parlé d'un prix de vente plutôt élevé – et d'ailleurs fort justifié. Mais aujourd'hui, je suis forcé de rabattre un peu, car on me pousse dans le dos et je dois être en Belgique au plus tard dans trois mois.

— Combien demandez-vous ?

Il piqua un morceau de tarte aux poires avec sa fourchette, le mâcha lentement, puis :

— Écoutez, si vous m'aviez posé la question en début de semaine, je vous aurais répondu que toute offre inférieure à trois cent cinquante mille dollars serait considérée comme une plaisanterie. Mais à midi, dans ce restaurant calme et agréable où l'on sert de l'excellente blanquette de veau et une tarte aux poires non moins succulente, je vous répondrais qu'une offre aux alentours de trois cent vingt mille dollars aurait ma bonne oreille.

— Trois cent vingt mille... c'est bien de l'argent pour une maison qui a tant besoin de réparations, remarqua Juliette tout en luttant contre une furieuse envie de se gratter les mollets et les cuisses.

— Quelles réparations, madame ? Ce manoir est quasiment indestructible, vous le savez autant que moi. Les fondations de pierre ont un mètre d'épaisseur et ne montrent pas une fissure, la brique est d'une qualité qu'on ne trouve plus depuis belle lurette, la couverture a été refaite à neuf l'été dernier, avec une garantie de dix ans, les planchers sont droits comme des allées de quilles et le fenêtrage, qui commençait à donner des signes de faiblesse à quelques endroits, a été restauré il y a trois ans par un excellent menuisier. Que reste-t-il? La tuyauterie? Mon prédécesseur l'a complètement renouvelée, et je me permets de vous faire remarquer qu'il s'agit de cuivre. Le câblage électrique? Je puis vous montrer l'attestation d'un électricien sur son parfait état. Bon, je vous accorde que l'ensemble est un peu défraîchi et aurait besoin, ici d'un coup de plumeau, là d'un coup de pinceau, et que si vous désirez remettre le manoir dans son état originel, il faudra démolir quelques cloisons, car nous avons été forcés, ma femme et moi, de modifier quelque peu la vocation de l'édifice. Mais il s'agit de travaux plutôt mineurs et pour en revenir à ces cloisons – presque absentes du rez-de-chaussée – je tiens à préciser qu'en les faisant construire, nous avons pris le plus grand soin de respecter les boiseries d'origine – sauf, peut-être, dans une ou deux chambres à l'arrière – dans le but, justement, de faciliter une remise en état éventuelle de ce manoir que nous aimons beaucoup et dont je n'envisage pas de me séparer sans beaucoup de chagrin, croyez-moi.

Après cette avalanche verbale, Juliette garda le silence quelques instants, tripotant un morceau de pain, le regard posé sur la nappe, puis :

— Avant de vous faire une offre, je voudrais, bien sûr, visiter la maison de fond en comble en compagnie d'un spécialiste.

— Mais je suis à votre entière disposition, madame, fit Vlaminck avec une bonne grâce un peu condescendante. Amenez tous les spécialistes que vous voudrez : j'aurai le plaisir de voir confirmées ma bonne foi et l'exactitude de mes propos.

Le repas se poursuivit; ils ménageaient maintenant leurs paroles, car la quantité de choses qu'ils avaient à se dire tirait à sa fin.

— Est-ce que votre frère était malade depuis longtemps? demanda Juliette en agitant doucement sa cuillère dans sa tasse, résistant à l'envie d'ajouter du sucre.

Vlaminck prit une dernière bouchée de tarte, l'étala avec la langue contre son palais, ferma à demi les yeux, puis, l'ayant avalée :

— Non, un mois à peine. Mais il y a longtemps que la cervelle aurait dû lui sauter, affirma-t-il avec un accent de tranquille férocité. C'était un homme sénile et tyrannique qui refusait tous les conseils et menait depuis quelque temps l'entreprise de mon père à la ruine. Il nous sera bien plus utile six pieds sous terre.

Et il eut un sourire bonhomme qui donna la chair de poule à Juliette.

— Alors, reprit-il, quand nous amenez-vous votre spécialiste ?

— J'aimerais d'abord, si vous le permettez, jeter un premier coup d'œil sur les lieux aujourd'hui même.

— Mais bien sûr ! Tout de suite, si vous le voulez. Je dois retourner au bureau, mais mon épouse est à la maison. Vous n'avez qu'à vous présenter. Ou alors, si vous préférez visiter le manoir en ma présence – je suis plus à même de répondre aux questions d'ordre technique que mon épouse – venez-y vers cinq heures. Nous prendrons un verre de porto.

— Entendu. Je viendrai à votre *manoir* à cinq heures tapant, fit Juliette avec un sourire subtilement narquois. Sueur de coq ! s'écria-t-elle intérieurement, je pense que Bohu ne se trompait pas. Les poux sont en train de me dévorer !

Marcel Vlaminck demanda l'addition, en précisant un peu lourdement qu'il y en avait deux. Ils prirent une dernière gorgée de café, sortirent et se quittèrent devant le restaurant. Enfin seule, Juliette se gratta férocement les reins. Elle allait monter dans son auto lorsqu'elle aperçut un téléphone public au coin des rues Saint-Denis et Émery. Bien qu'elle fût à dix minutes de chez elle, l'envie la prit de parler tout de suite à Martinek. Se glissant péniblement dans l'abri circulaire de plexiglass sous l'œil rieur d'un groupe d'étudiants attablés à la terrasse toute proche du *Faubourg Saint-Denis* devant un régiment de bouteilles de bière, elle composa le numéro du musicien et reçut une avalanche de nouvelles :

— Ah ! madame Pomerleau ! je suis content que vous m'appeliez. Hélas, je ne m'étais pas trompé ce matin. Je me gratte comme un damné : la maison est réellement infestée de poux !

— Je sais, je sais, répondit Juliette

— Vous êtes incommodée vous aussi ? Ah ! c'est la catastrophe ! Il faut tout de suite appeler un exterminateur. Et, pour comble de malheur, il y a cinq minutes, au moment où je traversais le hall pour remonter chez moi après être allé porter ce malheureux oiseau chez le vétérinaire, votre sœur m'interpelle devant sa porte et m'annonce qu'il y avait de la vermine partout chez elle depuis la veille, qu'elle en connaissait fort bien la cause et que l'affaire se trouvait depuis midi entre les mains de son avocat. Soit dit entre nous, je me demande qui a bien pu la mettre au courant.

— Allons, vous savez bien qu'elle entend tout. Elle s'use les oreilles à longueur d'année contre les murs et les portes à espionner nos conversations.

— Je suis désolé de vous causer tous ces ennuis, madame Pomerleau. Bien sûr, je prends tous les frais à ma charge.

— Ne dites pas de bêtises. Ce n'est pas vous qui avez ramassé ce sac à poux dans la rue, c'est Denis et notre cher Clément Fisette. À propos, est-ce qu'il a téléphoné, celui-là?

— Oui, il y a environ une heure. Pour me dire qu'il venait de vous envoyer une enveloppe par messager et que si vous n'étiez pas chez vous, il avait donné l'instruction qu'on vienne me la porter.

— Est-ce qu'il vous a dit ce qu'elle contenait?

— Non. Il avait l'air pressé. Il a tout simplement ajouté qu'il vous rappellerait en fin de journée.

— Bon. J'arrive tout de suite.

— Ce n'est pas tout.

— Quoi encore?

— Le dentiste Ménard est de retour. Il est venu frapper à ma porte tout à l'heure. Je ne sais pas ce qui lui est arrivé. Ses cheveux ont grisonné, on entend à peine sa voix: c'est presque un petit vieux. Il est venu se reposer quelques semaines.

— Se reposer de quoi?

— Ah ça... En tout cas, je doute qu'il se repose beaucoup aujourd'hui, avec tous ces poux... Il se grattait en me parlant. Je n'ai pas osé lui parler de notre problème. Il avait l'air trop crevé.

Juliette raccrocha.

— Allons, pensa-t-elle en se dirigeant vers son auto, je ne risque pas de mourir d'ennui de sitôt.

Dix minutes plus tard, elle arrivait à Longueuil et enfilait la rue Saint-Alexandre. La fourgonnette d'une messagerie était stationnée en face de chez elle.

— Attendez! cria-t-elle au messager qui grimpait chez Martinek. C'est pour moi.

L'employé redescendit en faisant claquer ses talons contre les marches et lui tendit une grande enveloppe jaune.

— Des photos ? se dit Juliette en la palpant.

Elle signait l'accusé de réception lorsque la porte d'Elvina s'ouvrit brusquement :

— Tu vas le payer cher, glapit la vieille fille, hors d'elle-même. Je sais que vous cherchez tous à me faire partir. Mais c'est *vous* qui partirez, je vous le jure !

— Allons, va te faire couler un bain d'eau tiède, répondit Juliette, la plume à la main, sans la regarder, et verses-y une bonne tasse de bicarbonate de soude, ça soulage les déman-geaisons. Je m'occupe du reste.

— Ha ! je m'en suis déjà occupée, du reste, figure-toi donc, siffla l'autre, écarlate.

Le messager, un jeune bellâtre à peau jaune et fine moustache, la fixait d'un œil étonné, les bras ballants. Juliette sourit :

— Alors tant mieux, je te remercie. J'ai bien d'autres chats à fouetter.

— Fouetter, fouetter, oui, c'est ça ! bégaya Elvina, la bouche tordue de colère, et elle claqua sa porte.

— Merci, monsieur, fit la comptable en tendant un pourboire au jeune homme, qui souriait, un peu ahuri.

Elle entra précipitamment chez elle, referma la porte d'un coup de fessier, déchira l'enveloppe et poussa un cri. Ses doigts ne l'avaient pas trompée. Il s'agissait bien de photos. Il y en avait une demi-douzaine. Le regard vissé sur la première, elle s'avança vers le salon, prit place sur le canapé et les passa en revue, la main tremblante, le visage livide. Soudain, elles glissèrent sur ses genoux puis le long de sa jambe et atterrirent sur le tapis dans un léger bruissement ; les mains crispées sur son visage, elle pleurait.

Malgré des conditions difficiles, Fisette s'était bien acquitté de sa tâche. L'obscurité, la distance, la vitre qui le séparait de son sujet et le faible éclairage de la pièce n'empêchaient pas de voir les traits d'Adèle Joannette avec une remarquable netteté. Des traits un peu flétris et empâtés, qui n'avaient conservé que bien peu de leur radieuse beauté d'autrefois. Et ce restant de beauté était amoindri par l'angoisse qui dilatait les yeux et tirait les commissures des lèvres vers le bas, donnant au visage une expression traquée, un peu stupide, devant laquelle on ne pouvait ressentir que de la pitié et une certaine répulsion.

À six heures dix, Clément Fisette fut réveillé par son voisin de chambre qui s'était mis, semblait-il, à expectorer ses poumons par petits morceaux. Après un long moment passé à courir après son souffle, ledit voisin sauta de son lit en faisant vibrer une partie de l'étage et se rendit à la salle de bains. Un robinet gémit et l'eau circula dans les tuyaux en poussant une plainte déchirante. Tout en continuant de tousser avec une grande énergie, le voisin se brossa les dents, cracha, se racla la gorge, déposa avec force son verre sur le lavabo, puis il voulut se gargariser, mais une quinte de toux particulièrement violente le surprit au moment où il s'envoyait au fond de la gorge un demi-verre de gargarisme, et Clément Fisette crut qu'il allait rendre l'âme. Au bout de quelques minutes cependant, les choses finirent par se tasser; le voisin retourna à son lit et alluma la radio en prenant soin de régler le volume très bas, geste louable en soi mais qui, dans les circonstances, avait perdu beaucoup de son utilité.

Appuyé au rebord de la fenêtre, le photographe contemplait depuis un moment le parcours capricieux d'une fissure dans le mur de plâtre en face de lui; la fissure lui rappelait étrangement la tête d'une orignale vue de profil. Il consulta sa montre et trouva que la quinte de toux de son voisin ne pouvait s'être produite à un meilleur moment. Grâce à elle, il aurait le temps de s'habiller tranquillement, de déjeuner en toute quiétude, puis d'aller faire un tour en ville pour repérer un photographe capable de développer son film durant l'avant-midi, et tout cela pendant que Livernoche et sa maîtresse, tournant et se retournant dans leur lit avec force soupirs, tenteraient sans doute d'allonger d'une heure ou deux leur mauvaise nuit – car il était sûr qu'elle avait été mauvaise.

Tandis que la radio de son voisin laissait filtrer des bribes d'une déclaration du président Reagan où ce dernier proclamait encore une fois la nécessité absolue de deux cents nouveaux missiles *Peacemaker* pour assurer la paix mondiale, il s'habilla, quitta l'hôtel et se rendit au restaurant où Juliette et lui-même avaient pris une bouchée la veille.

À huit heures, il avait avalé ses deux œufs, son bacon et ses rôties, parcouru le *Courrier de Saint-Hyacinthe,* repéré trois photographes et monté son plan d'attaque jusque dans les moindres détails.

— Je gagerais la moitié de mes dents que *La Bonne Affaire* n'ouvrira pas de l'avant-midi, et peut-être même de toute la journée. Il n'a sûrement pas eu le temps hier soir de trouver une autre cage pour sa poule.

Il quitta le restaurant, traversa la rue des Cascades et, nez au vent, se mit à parcourir l'entrecroisement de petites rues sur l'espèce de pointe formée par un coude de la rivière entre le pont Barsalou et le pont Bouchard, cherchant à tuer le temps jusqu'à l'ouverture des commerces. Un ciel gris chargé de nuages en déroute laissait tomber une lumière blafarde. Il arriva ainsi à une promenade qui longeait l'escarpement de la rivière. L'endroit était désert et parcouru par un vent humide et froid. Les narines de Fisette se dilatèrent et pendant une seconde son visage prit un air franchement porcin ; respirant avec volupté, il se mit à déambuler sur la promenade, l'œil tourné vers la rivière où des goélands méditaient sur de grosses roches plates au milieu de longues traînées verdâtres qui flottaient parmi des glaçons. Il arriva bientôt à une sorte de parapet de béton construit du côté opposé à la rivière. À l'aide d'un atomiseur à peinture, quelqu'un y avait étalé ses frustrations en grandes lettres jaunes :

PEUT-ON VIVRE HONNÊTEMENT EN 1988 ? NON. UNNE 2IEME POLOGNE BIENTO. À BAS LE MAIRE FRENETTE. NOUS LAVRONS NETOIRONS LES ÉCURIES DE LA MAFIA DE ST-HYACINTHE. BIENVENU FIDEL CASTRO, FLQ.

Par une bizarre association mentale, le mot «écurie» amena à sa pensée l'image du *Motel Champfleury.* Norbert et Momone s'y trouvaient peut-être encore. Pourquoi ne pas aller voir ? Il se dirigea aussitôt vers la rue des Cascades pour trouver un taxi.

À deux pas de *La Bonne Affaire,* il aperçut tout à coup Livernoche, en train de verrouiller la porte de sa librairie. Il se précipita dans une petite cour en retrait de la rue, à la grande surprise d'une jeune femme qui s'en venait derrière lui avec ses trois enfants.

— Pourquoi il se cache, le monsieur ? demanda le plus jeune. C'est-tu un bandit ?

— Tais-toi donc, nigaud. Allons, venez-vous-en, fit-elle en entraînant les enfants qui, la tête tournée, le fixaient avec des yeux remplis d'une crainte admirative.

Quand il se risqua enfin à jeter un coup d'œil dans la rue, Livernoche était parti. Un morceau de carton venait d'être fixé à la porte vitrée, mais d'où il se trouvait, Fisette ne parvenait pas à déchiffrer l'inscription et n'osait pas s'approcher.

— Allons, il va falloir que je cesse de me promener dans la ville comme si j'étais dans ma salle de bains, se dit-il en revenant sur ses pas. Il est sur le sentier de la guerre, le salaud. Neuf heures moins vingt... où est-ce que je pourrais bien me cacher jusqu'à neuf heures ?

La vue du libraire avait gelé ses pulsions libidineuses. Il quitta la rue de la Concorde, trop large et trop passante, enfila une rue transversale, tourna à gauche, puis à droite, cherchant à s'éloigner du cœur de la ville, et arriva devant un minuscule casse-croûte. À travers la vitrine légèrement embuée, on apercevait le patron en train d'essuyer des tasses derrière le comptoir. Il entra, prit place sur un tabouret et commanda un café.

— Connaîtriez-vous un photographe dans le coin ? demanda-t-il au bout d'un moment.

Il ne se sentait aucune envie de retourner au centre-ville, où se trouvaient les deux studios qu'il avait repérés dans le *Courrier*.

— Un photographe ? Eh bien oui, à deux maisons d'ici sur votre gauche, au *Bonheur en images*. Mais je ne suis pas sûr que vous allez le trouver là-bas ce matin : il devait se rendre à l'hospice pour une cliente.

Mais ce matin-là, Roger Lalonde, un grand jeune homme fébrile au visage plein de tics sous une immense boule de cheveux crépus, n'avait pas de photos à faire. Il semblait même plutôt inoccupé. Aussi, quand Fisette se présenta avec son rouleau de film en disant qu'il s'agissait d'une commande urgente et qu'il était prêt à payer un supplément pour avoir ses photos le matin même, l'autre lui répondit qu'il essaierait de trouver un trou dans son horaire et que ses films seraient sans doute prêts vers dix heures.

— Parfait, se dit Fisette. Cela me donne le temps de faire mes courses.

L'œil aux aguets, il remonta la rue Sainte-Marie vers des Cascades, puis, arrivé près de l'intersection, il jeta un coup d'œil prudent sur la librairie à travers la vitrine qui formait le coin. *La Bonne Affaire* était toujours fermée. L'affichette fixée dans la porte l'intriguait fort. N'y tenant plus, il traversa la rue, le regard en éventail, le cœur comme un ressort, une crampe aux fesses, s'attendant à voir surgir d'une seconde à l'autre le libraire massif et fulminant, puis se planta devant la boutique et lut : «De retour à 1 h», hâtivement écrit au crayon-feutre.

— Paniqué, hein, mon gros? murmura-t-il avec un sourire satisfait en s'éloignant d'un pas rapide. Tu en perds ta belle écriture...

Prenant un chemin détourné, il se rendit à un *Woolco* qu'il avait aperçu plus tôt durant sa promenade matinale et s'y acheta :

1 - un gros chandail rose malade (vendu en solde),

2 - une lampe de poche,

3 - un petit coussin,

4 - un exemplaire légèrement défraîchi de *La Fosse d'aisances*, roman de mœurs de Réjean Chrétien (en solde également),

5 - deux tablettes de chocolat suisse (dont il prit soin de défaire l'emballage),

6 - un berlingot de lait,

7 - une douzaine de piles électriques.

Puis il retourna au *Bonheur en images*.

— Détective? fit Lalonde en lui remettant une enveloppe d'un air entendu.

Fisette se mit à rire :

— Moi? Oh non! Photographe de plateau, tout simplement. Tu connais le réalisateur Zola Dekobra?

— Euh... oui, il me semble, répondit l'autre sans conviction.

— Tu as sûrement vu de ses films : *Zipaga, Le scorpion espion, Je m'en foutaise,* etc. Je fais partie de son équipe depuis un mois. Il tourne un policier à Montréal; on est en train de terminer une séquence de campagne près d'ici et j'avais oublié de faire développer un film.

Roger Lalonde vint le reconduire jusqu'à la porte et, pendant une semaine, chercha à savoir où pouvait bien tourner Zola Dekobra, allant jusqu'à téléphoner au poste de radio local et devenant quelque peu lassant pour ses amis et connaissances.

Fisette se rendit au coin de la rue, ouvrit l'enveloppe, examina les photos. Puis il reprit sa marche en sifflotant, tout fier de son exploit. Avisant une cabine téléphonique, il fit quelques appels et se rendit en taxi de l'autre côté de la rivière sur la rue Cayouette, où se trouvait une succursale des messageries *Vitex*.

— Oui, oui, je vous le promets, lui assura une jeune femme en agitant d'énormes pendants d'oreilles en forme de serpents tordus qui touchaient presque ses épaules. Votre enveloppe sera à Longueuil au plus tard à treize heures.

Le taxi le ramena au centre-ville rue Calixa-Lavallée.

— Bon, fit-il en marchant d'un pas hésitant, l'œil aux aguets, la minute M est arrivée. Laisse ton biberon, Petit Jésus, et surveille-moi du bout de ta lorgnette. Arrange-toi, je t'en prie, pour que ce gros tas de marde ne me tombe pas dessus au prochain coin de rue...

Une dame d'âge mûr passait près de lui, serrée dans un manteau rose qui essayait en vain de la ramener à ses vingt ans; elle lui jeta un regard réprobateur et ses pensées, concentrées jusque-là sur l'achat d'un saladier, prirent une teinte grise et morose; elle soupira à trois reprises, et laissa échapper des commentaires rigoristes sur les changements sociaux intervenus depuis les années 60.

Fisette était parvenu au coin de la rue Sainte-Marie. Il tenait à la main un sac de polythène contenant ses achats et avait enfilé son horrible chandail rose sous son coupe-vent. Il obliqua à gauche et se dirigea vers la librairie. Sa nervosité augmentait de seconde en seconde. Parvenu au coin de la rue des Cascades, il s'arrêta un instant, le cœur au bord de la gorge, puis, rassemblant tout son courage, s'avança à découvert sur le trottoir et jeta un coup d'œil sur la porte de la librairie. L'affichette s'y trouvait encore. Livernoche n'était donc pas de retour. Il revint sur ses pas et fila discrètement vers la cour intérieure qu'il avait explorée la nuit précédente.

Une idée bizarre avait germé dans son esprit. En examinant le soupirail qui s'ouvrait dans le soubassement de l'édifice où logeait *La Bonne Affaire*, il s'était aperçu que le morceau de contreplaqué à demi pourri qui l'obstruait s'enlevait facilement. Il avait passé la tête par l'ouverture et tâtonné dans l'obscurité pour découvrir qu'il se trouvait devant un vide sanitaire. L'endroit, humide et plein de relents de moisissures, semblait avoir un mètre de profondeur. Il se vit alors en train d'espionner Livernoche, étendu dans l'obscurité juste sous ses pieds. La bizarrerie de l'entreprise, les dangers qu'elle pouvait présenter et jusqu'à l'inconfort de l'endroit l'excitaient prodigieusement. Peut-être était-ce dû à son aventure manquée de la veille où sa couardise lui avait donné l'impression d'être une petite chose insignifiante arrivant tout juste à exister? Ce matin, il s'était réveillé avec le besoin irrésistible d'être un héros, même à rebours, comme le sont les membres de cette espèce grise et terreuse où l'on retrouve les espions, les faussaires, les tueurs à gages et les politiciens véreux. Son besoin de se dépasser était tel qu'il ne souffrait aucune attente. La femme qu'il avait photographiée la veille aurait pu ne pas être Adèle Joannette (mais il savait que c'était bien elle), cela ne comptait pas tellement. Le plaisir apeurant de nuire sournoisement à ce gros homme désagréable demeurait entier.

Il pénétra dans la cour sans issue et jeta un coup d'œil circulaire. Trois portes y donnaient et on pouvait avoir vue sur elle par une douzaine de fenêtres. Les trois portes étaient fermées. Il examina les fenêtres. Quatre d'entre elles luisaient vivement au soleil – qui venait de percer victorieusement les nuages – et il était impossible de voir si quelqu'un se trouvait derrière. Personne n'apparaissait aux autres.

Il prit une grande inspiration, marcha rapidement vers le soupirail, retira le morceau de contreplaqué, se glissa par l'ouverture et remit le morceau en place derrière lui. Pendant une minute, il se tint immobile dans l'obscurité, accroupi sur la terre froide, incapable de bouger. La ville semblait avoir reculé brusquement de plusieurs kilomètres. De temps à autre, le cri lointain d'un klaxon parvenait à ses oreilles, mais fondu et dilué dans le souffle de sa respiration et les bruits infimes qui l'entouraient. Il alluma sa lampe de poche et promena le faisceau lumineux autour de lui. L'endroit présentait l'aspect un peu sinistre de ceux où personne ne vient jamais. Des fondations de pierre, sans doute plus anciennes que l'édifice actuel, délimitaient un rectangle de dix mètres sur quinze dont la surface grisâtre et un peu raboteuse était parsemée de petites masses noires qui semblaient des crottes séchées. À gauche, dans un enfoncement de béton, se dressait une chaudière à mazout couverte de taches sombres, qui maintenait une certaine tiédeur dans les lieux. Il leva le regard : des poutres massives, des planches de bois grossier traversées ici et là de pointes de clous rouillés, des fils électriques dans leur gaine bleu marine légèrement craquelée, des tuyaux de fer peints en noir surmontés d'une épaisse couche de poussière donnaient à l'ensemble la vague apparence d'un cachot qui aurait commencé à se refermer lentement sur son prisonnier.

Il s'efforça de repérer mentalement la caisse et le comptoir au-dessus de sa tête et se mit à ramper, sa torche braquée sur le sol, évitant soigneusement les crottes de rats. Il s'arrêta, leva de nouveau les yeux, se déplaça d'un demi-mètre et commença à s'installer, fébrile, angoissé, mais extraordinairement satisfait. Il sortit du sac de polythène le coussin, le livre, les deux tablettes de chocolat et le berlingot de lait. Sa montre marquait midi vingt-cinq. Il s'étendit sur le flanc, le coussin sous le coude, et entama sa tablette de chocolat.

Quelques minutes passèrent. Un bruit très léger, à peine perceptible, attira son attention. Cela semblait provenir du côté de la chaudière. C'était comme si quelqu'un fouillait très doucement dans un tas de foin sec. Il pointa sa torche vers la chaudière, puis, se remettant à quatre pattes, avança de quelques mètres et fit le tour de l'appareil. Il n'y avait de foin nulle part. Le bruit avait cessé. L'odeur de l'huile, lourde et pénétrante, lui tira une grimace. Il revint à sa place et vérifia tout de suite si son chocolat était intact.

— J'espère que je ne serai pas obligé de faire le tête-à-tête avec un rat d'égout, se dit-il, écœuré. Celui d'en haut me suffit amplement.

Il n'avait pas fini sa phrase qu'un cliquetis de serrure se faisait entendre au rez-de-chaussée. Une porte s'ouvrit avec un tintement de sonnette, puis se referma bruyamment, et un pas pesant martela le plancher pour s'arrêter au-dessus de lui. Quelqu'un soupira à deux reprises, puis se moucha avec force. Fisette regarda sa montre : elle marquait une heure moins vingt.

— Déjà au poste ? s'étonna-t-il. Est-ce que sa caisse enregistreuse aurait un creux à l'estomac ?

Le cadran d'un téléphone ronronna. Fisette, ravi, constata que le moindre bruit lui parvenait avec une précision étonnante; il entendait même la respiration du libraire. Ses dents s'enfoncèrent dans le chocolat :

— Qu'on me laisse une heure ou deux et je pourrai même lire dans tes pensées, cher sac de crottes !

— Oui, c'est Livernoche, de *La Bonne Affaire,* au 1146 des Cascades, fit le libraire d'une voix maussade et impérieuse. Je voudrais une pizza moyenne, tomate, fromage, champignons et anchois. Sans pepperoni. Je dis bien : *sans* pepperoni. La dernière fois, j'ai dû la retourner. Quand pouvez-vous la livrer? Dans une demi-heure? C'est un peu long. Pas plus tard, hein? Merci. Ah! j'oubliais. Deux cafés. Crème et sucre. Bonjour.

— Il attend quelqu'un, se dit Fisette, et une légère bouffée de chaleur lui monta aux joues.

Livernoche arpentait sa librairie d'un pas rapide et saccadé, coupé d'arrêts subits.

— Deux cent quinze dollars, lança-t-il tout à coup, furieux. Deux cent quinze dollars! Je les étriperais! Et elle! Et elle qui recommence à me chanter sa chanson! Ah!

La sonnette de la porte retentit et un client s'avança :

— Bonjour, monsieur Livernoche, fit une timide voix de jeune homme. Avez-vous reçu le dernier McBain en Folio Carré noir, *Les cadavres conduisent trop vite?*

Et Fisette assista aux efforts mercantiles du libraire qui, n'ayant pas lesdits *Cadavres,* tentait de refiler au jeune homme le seul McBain qu'il possédait : l'édition originale d'un roman publié en 1968 et intitulé *Bloody Tulip*. Toussotant et visiblement mal à l'aise, le jeune homme répondit qu'il avait déjà lu ce policier en traduction et et l'avait trouvé plutôt ennuyeux.

— Ah bon, je vois que vous ne lisez pas l'anglais. Un peu? Eh bien, ce n'est pas moi qui vais vous apprendre, n'est-ce pas, que l'original est toujours supérieur à la traduction. En fait, ça ne se compare même pas. *Traduttore traditore*, n'est-ce pas? Prenez-le. Ce sera pour vous comme un nouveau livre – et infiniment meilleur que l'autre, je vous le garantis. Et puis, rassurez-vous : tous ces policiers sont écrits en *basic English*, c'est-à-dire dans une langue très simple, à la portée d'absolument tout le monde. Vous vous amuserez, je vous le promets, tout en améliorant votre bilinguisme.

Comme son client ne cessait de bafouiller que même le *basic English* était hors de sa portée, Livernoche lui mit de force le livre dans les mains en murmurant : «Je vous le fais à deux dollars. Profitez de ma bonne humeur», et l'amena devant la section des romans policiers d'occasion en lui assurant que chaque titre de sa sélection était un petit chef-d'œuvre – ou du moins une réussite exceptionnelle – que l'amateur le moindrement sérieux se devait absolument de posséder. Le jeune homme, qui sentait l'appel de plus en plus impérieux de la rue, réussit à s'en aller au bout de dix minutes, emportant

avec lui son *Bloody Tulip* et un exemplaire de *Police en jupons,*
du très célèbre Rémi Boyaux.

Quelques minutes plus tard, un livreur s'amenait avec la
pizza. Livernoche avait sans doute commandé les deux cafés
pour lui-même, car personne ne se présenta pour partager son
repas. L'après-midi s'écoula lentement. De longs intervalles de
silence s'étiraient entre chaque apparition de clients, interrompus par les ronflements intermittents de la chaudière. De temps
à autre, le photographe entendait un vague bredouillage, un
raclement de gorge, le glissement d'une boîte sur le plancher.
À quatre heures, il était venu huit personnes. Fisette grelottait,
les hanches et les coudes endoloris, le pantalon humide et
terreux, étouffant à grand-peine ses bâillements. Son roman
acheté en solde n'avait rien fait pour les réprimer. *La Fosse
d'aisances* exhalait un ennui si mortel que certains lecteurs
fragiles avaient dû tomber en état cataleptique au bout de
quelques pages. À plusieurs reprises, il avait cru voir deux petits
yeux brillants qui l'observaient dans l'ombre près de la chaudière.

Vers cinq heures, le libraire poussa un long soupir, fit sa
caisse et s'en alla. Le photographe attendit un peu, rampa
jusqu'au soupirail et déplaça doucement le morceau de contreplaqué. La cour était déserte ; on ne voyait personne aux fenêtres
d'en face.

— Une brosse, il m'aurait fallu une brosse, se dit-il en épous-
setant de son mieux ses vêtements. Prochain achat.

Il se glissa dehors, fila dans la ruelle, l'air innocent, termina
sa toilette un peu plus loin, puis, remontant la rue Sainte-Anne
vers le nord, s'arrêta dans un restaurant pour téléphoner à
Juliette Pomerleau.

Après une journée dans un sous-sol humide, il eut droit à
une séance de larmes.

— Oui, oui, c'est bien elle, fit Juliette avec des sanglots dans
la voix. C'est elle... et ce n'est plus elle ! Mon Dieu ! Clément,
qu'est-ce qui à bien pu lui arriver ?

— Vous la trouvez si changée ?

— Méconnaissable, méconnaissable ! Cet air de condamnée
à mort... ces yeux flétris, ce regard usé, vidé... C'est la drogue,
Clément, je suis sûre que c'est la drogue... ou plutôt, c'est cet
affreux libraire qui la vide de son sang, goutte à goutte.

— Vous n'en mettez pas un peu trop, non ? Je la trouve
encore très regardable, moi.

— Taisez-vous. Vous ne pouvez savoir. Si vous l'aviez vue il y a dix ans!

Elle se moucha avec énergie, se gratta une cuisse, puis:

— Je me revois avec elle une après-midi d'été de 1977 en train de magasiner sur la rue Sainte-Catherine... Elle faisait crochir tous les regards, ceux des femmes y compris...

— Hé... que voulez-vous? le temps passe, tout le monde vieillit... 1977, ce n'est pas avant-hier...

— Vous ne réalisez pas... C'était une femme superbe! une beauté exceptionnelle! Je n'arriverai jamais à vous faire voir... Même les photos... Clément, il faut avertir la police. Je suis sûre qu'il s'est passé des choses épouvantables.

— La police ira chez lui pour rien. Elle a quitté la maison la nuit dernière. Et ce n'est pas lui qu'elle fuit. C'est nous.

Il lui raconta sa soirée de la veille (en omettant, bien sûr, l'épisode de la fourgonnette) et la journée qui avait suivi.

— J'avais pensé qu'en me cachant dans le sous-sol de sa librairie, juste sous ses pieds, je pourrais surprendre ses paroles et découvrir ainsi... Mais je n'ai rien appris. Sauf qu'il déteste le pepperoni et qu'il est prêt à toutes les bassesses pour mettre la patte sur un deux dollars.

Juliette, qui s'était un peu calmée, garda le silence un moment. Fisette l'entendait renifler au bout du fil.

— Ça ne servirait à rien, évidemment, de le filer de nouveau, reprit-elle enfin. Il n'est pas assez fou pour aller la retrouver tout de suite à sa nouvelle cachette.

— C'est ce que je pense.

— Que comptez-vous faire, Clément?

Il eut un petit ricanement:

— Retourner à mon travail demain.

— Non, non, il ne faut pas! Vous touchez au but. Je suis sûre que demain, vous saurez tout.

— Ce que je risque de savoir, c'est le nom de mon remplaçant! Quand j'ai quitté le studio, jeudi, monsieur Allaire voulait me transformer en viande hachée.

— Je lui téléphonerai. Je lui dirai que vous êtes malade et que vous avez besoin de vacances. S'il demande un billet du médecin, j'en trouverai un.

— Allons donc! vous ne pourrez jamais...

— J'ajouterai que vous comprenez parfaitement tous les problèmes que votre absence lui cause et que vous offrez de payer le salaire d'un remplaçant pour tout le temps que...

— Ça ne tient pas debout. Ça ne se fait pas.

— Alors, j'irai moi-même chercher ma nièce toute seule, éclata Juliette. Je monte vous rejoindre ce soir.

Ce fut au tour de Fisette de garder le silence.

— Je ne veux pas vous voir ici, dit-il enfin. Sauf votre respect, vous ne feriez que me nuire. Je téléphonerai à monsieur Allaire demain. Mais je vous préviens : je tiens plus à mon emploi qu'à votre nièce. S'il me lance un ultimatum, je quitte Saint-Hyacinthe.

— Je suis sûre que vous saurez tout arranger, répondit Juliette, soulagée. D'autant plus, ajouta-t-elle avec une pointe de raillerie, que vous avez une raison supplémentaire de rester où vous êtes.

— Ah oui ?

— Je fais désinfecter l'immeuble, mon cher. De la cave au grenier. Figurez-vous, monsieur l'ornithologue, que nous sommes infestés de poux d'oiseau. Un cadeau de votre merle. Si je ne fais rien tout de suite, on n'aura bientôt plus de peau à se gratter. Personne n'y échappe. J'ai rencontré ma sœur tout à l'heure. Elle m'intente une poursuite.

— Des poux d'oiseau... Je suis désolé, s'excusa Fisette, piteux. Je ne savais pas qu'il existait des poux d'oiseau. Et ça se propage ?

— Comme un raz de marée. Je vous parle en me grattant. Et je me gratte partout.

— Je... je vous promets de convaincre mon patron demain matin. Et, bien sûr, je vous dédom...

— Vous le faites déjà, et bien au-delà. Merci du fond du cœur. Vous savez, Clément, malgré ces poux, je... je vous aime beaucoup.

— Oui, oui... l'amour des ordures, se dit le photographe en pensant à l'épisode de la fourgonnette. Comme c'est touchant.

Ils causèrent encore quelques minutes. Fisette lui fit part de son intention de retourner le lendemain soir – samedi – au domicile de Livernoche afin de vérifier si par hasard Adèle n'était pas revenue ; mais cela demandait une auto.

— Louez-en une. Je paye tout. Ça coûtera ce que ça coûtera, je m'en fiche. Je veux ma nièce, ici, devant moi, loin de cet homme horrible. Et le plus tôt sera le mieux. Bonne chance. Rappelez-moi dès qu'il y aura du nouveau, et à n'importe quelle heure. Allons, se dit-elle en raccrochant, tandis qu'il se démène là-bas, je vais pouvoir brasser d'autres chaudrons ici.

▲

Après avoir contemplé les photos de sa nièce et longuement pleuré, Juliette avait téléphoné à Marcel Vlaminck pour lui annoncer qu'un empêchement de dernière minute l'obligeait à reporter sa visite en début de soirée, si cela était possible.

— Mais bien sûr, répondit ce dernier d'un ton curieusement conciliant. Ou demain, si vous voulez. Ou après-demain.

— Non, non, non. Je serai chez vous ce soir à huit heures pile. Si nous devons conclure un marché, aussi bien le faire le plus tôt possible. Allons, ronchonna-t-elle en ouvrant le tiroir du vaisselier, serait-il en train de me préparer un coup fourré, celui-là ? On dirait quasiment qu'il ne veut plus me voir.

Elle s'empara des pages jaunes, s'assit à la grande table de noyer art nouveau, seul souvenir qu'elle possédait de ses parents, puis, reculant d'un coup de talon, se gratta le genou gauche, puis la cuisse, puis le mollet droit, et essaya sans succès d'atteindre son dos. La porte s'ouvrit silencieusement et Denis apparut, son sac d'écolier à la main.

— Finie l'école, je suis en vacances, annonça-t-il joyeusement.

Il la contempla quelques secondes :

— Qu'est-ce que tu as ?

— Reste dehors, mon pauvre enfant, tu vas être infesté toi aussi. Ou plutôt, viens me gratter le dos. Je n'en peux plus, je vais devenir folle.

L'enfant s'avança avec un sourire étonné :

— Infesté de quoi ?

— Des poux de ton satané merle ! L'édifice en est plein. Je cherche un exterminateur. C'est ça, plus fort, plus fort encore... Un peu plus bas... Sueur de coq, quelles délices ! Continue, pendant que je fouille dans le bottin.

— Et mon merle, où est-il ? demanda craintivement Denis.

— Oh ! lui, son problème est réglé... Allons, ne fais pas cet air-là et continue de me gratter. Monsieur Martinek est allé le porter chez un vétérinaire au début de l'après-midi. Tu peux arrêter, merci. Ah ! les mollets, maintenant ! Non, laisse-moi faire.

Ses ongles sillonnèrent sa jambe pendant une bonne minute, puis elle se leva et décrocha le téléphone. L'enfant la regardait, penaud. Il porta la main à sa joue droite et commença à se gratter lui aussi.

Quelqu'un frappa à la porte.

— Va ouvrir, veux-tu? ordonna Juliette en train de composer un numéro. Et puis ensuite, va jouer dehors en attendant qu'on débarrasse la maison de ces poux. Ou plutôt non, reste ici : avec cette folle qui rôde dans le quartier, on ne sait jamais. Ah! la la! quelle vie! Oui, *Extermination Michon*?

— Bonjour, mon ami, fit Martinek à Denis, qui fixait, étonné, son visage zébré d'égratignures. Est-ce que les poux se sont attaqués à toi aussi? Je vois, je vois.

Il se gratta férocement une épaule, puis soupira :

— Quelle histoire! C'est intenable. Je suis en train d'user mes ongles. Tout à l'heure, j'en ai vu sortir un entre deux notes de piano. Est-ce que ta tante a appelé un... comment appelles-tu?

— Un exterminateur, compléta Rachel en apparaissant derrière lui.

— Elle est en train de le faire, répondit Denis avec une moue piteuse.

— Pauvre femme, murmura Rachel en se dirigeant vers la salle à manger où Juliette venait de terminer son appel. Comme si elle avait besoin de se battre en plus contre les poux...

— C'est intenable, madame, répéta Martinek sur un ton dramatique qui fit sourire Denis.

La comptable haussa les épaules :

— Que voulez-vous? Il y a des gens au cœur si sensible qu'ils sont prêts à mettre le monde sens dessus dessous pour un merle à une patte. Demain, on va peut-être m'arriver avec un cheval aveugle ou une vache épileptique, sait-on jamais?

Elle tapota la tête de Denis, qui fondait de confusion, puis :

— Je viens d'appeler un exterminateur. Il m'a promis d'être ici dans vingt minutes.

Le téléphone sonna. Denis approcha le combiné de son oreille et s'immobilisa pendant qu'une voix suraiguë faisait crépiter l'écouteur. Un moment passa. Tous les regards s'étaient tournés vers lui. Il raccrocha sans avoir ouvert la bouche, puis, s'adressant à Juliette :

— C'est ma tante Elvina. Elle menace d'appeler la police si tu ne la débarrasses pas de ces poux dans dix minutes.

Des grattements d'ongles meublèrent le silence un peu lugubre qui suivit.

— Comme elle me déteste, murmura Juliette, pensive. Si le meurtre était légal, il y a longtemps que je pensionnerais au cimetière. Que diriez-vous d'un bon café? Ça nous remontera le moral.

— Je m'en occupe, offrit la violoniste.

Elle se dirigea vers la cuisine, puis, s'arrêtant tout à coup, se tourna vers Juliette :

— Nous venons de passer chez le dentiste. Il était couché. Dieu ! qu'il a changé !

— Méconnaissable, ajouta Martinek.

— Vieilli, en tout cas. On ne s'est dit que deux mots sur le pas de la porte. Il souffre de surmenage. Il y a de quoi : voilà plus de trois semaines qu'il travaillait seize heures par jour !

— Il travaillait à quoi ? demanda Denis.

Le téléphone sonna de nouveau. L'enfant regarda l'appareil, mais ne bougea pas.

— Allons, lève-toi, je t'en prie, grommela Juliette, penchée en avant, la main tendue, essayant péniblement de rejoindre son mollet.

— C'est encore ma tante Elvina, annonça-t-il.

Il tendit le combiné à Juliette. Celle-ci se dressa avec une prestesse étonnante et saisit l'appareil :

— Allons, calme-toi, veux-tu ? Je me gratte autant que toi... Un complot ? C'est ça, je complote contre toi. Je travaille pour le compte de l'Union soviétique qui a décidé de s'emparer de ton mobilier de salon... Tu délires, ma pauvre, tu dois voir des couleuvres sur les murs et des araignées dans ton café... Eh bien, envoie-moi ton avocat : ça me donnera peut-être l'occasion de parler à quelqu'un de sensé... Bonjour. Avez-vous compris ? poursuivit-elle en s'adressant à ses compagnons. Cuisse de puce ! elle a viré folle !

— Elle ne s'est jamais remise de sa défaite de l'été dernier, soupira Rachel. Depuis ce temps, on ne la voit plus. Elle ne sort de chez elle que pour faire ses courses et promener son chien à la sauvette, elle ne reçoit plus personne et passe la journée derrière ses volets à épier tout un chacun. À vivre encabanée comme ça avec ses rancunes, la tête va finir par lui sauter, ma foi. Je crains, ma pauvre madame Pomerleau, que vous ne soyez pas au bout de vos peines.

Juliette se leva en se grattant frénétiquement les fesses :

— Sueur de coq ! je vais mordre quelqu'un ! Rachel, je t'en prie, va faire le café. Et toi, Denis, gratte-moi les reins, veux-tu ? Oui, là, là, et un peu plus haut aussi, près de l'omoplate. Merci.

Puis, s'avançant vers Martinek :

— Avec un peu de chance, mon problème de cohabitation sera réglé ce soir.

Et elle lui raconta la conversation téléphonique qu'elle avait eue dans la matinée avec Vlaminck et le dîner en tête à tête qui avait suivi. Denis la fixait maintenant avec une sombre intensité en se grattant machinalement l'épaule.

— Eh bien, si vous partez, nous partons ! s'écria Martinek. Je suis compositeur, moi, pas éleveur de dragons.

Rachel apparut dans l'embrasure :

— Avez-vous eu des nouvelles de Clément ?

Juliette secoua la tête et lui fit un signe discret en montrant Denis du coin de l'œil. La conversation se poursuivit sur des riens, Rachel servit le café, puis demanda à l'enfant :

— Dis donc, bobichon, serais-tu assez gentil de monter chez moi chercher un pot de vaseline dans la pharmacie ? À force de me gratter, je me suis mis un genou à vif.

— Mais madame Pomerleau, fit Martinek, a sûrement de la...

La violoniste lui donna un coup de coude :

— Ces choses-là ne se prêtent pas, cher. C'est comme une brosse à dents. Où as-tu la tête, naïf ? s'esclaffa-t-elle quand ils entendirent les pas de Denis dans l'escalier. Ne comprenais-tu pas que j'essayais de l'éloigner ?

Juliette attendit encore un moment, puis, posant les mains à plat sur la table :

— Eh bien, mes amis : voilà dix minutes que je me meurs de vous l'annoncer... Nous l'avons enfin trouvée !

Et elle éclata en sanglots. Le temps que prit Denis pour sa commission lui suffit tout juste à sécher ses larmes, attraper son sac à main et leur montrer les photos prises par Fisette.

— Quand allons-nous la voir ? demanda Rachel.

— Dieu seul le sait : hier soir, elle est allée se cacher ailleurs, chuchota l'obèse en lorgnant la porte d'entrée. Elle me fuit. Pourquoi ? Je n'en sais rien. Clément va rester sur place encore deux ou trois jours pour tenter de la retrouver, mais ensuite... Chut ! le voilà.

Ils entendirent soudain des voix d'hommes dans le corridor. La porte s'ouvrit et Denis apparut dans la pièce, suivi d'Hector Michon et de son assistant qui trimbalait deux grosses bouteilles nickelées. L'aspect de ce dernier avait beaucoup frappé l'enfant. C'était un petit homme au corps en fuseau, avec un visage long, triste et osseux, la mâchoire inférieure étrangement déviée vers la gauche. Il déposa les bouteilles sur le plancher ; en s'entrechoquant, elles émirent une note grave et profonde, un peu lugubre (– *Si* bémol, se dit Martinek. Quelle belle sonorité !), et il sembla à Denis qu'il y avait un rapport mystérieux entre la vibration et la mâchoire déformée. Michon s'avança, costaud, souriant, personnification même de l'énergie bienfaisante dans sa grosse chemise à carreaux :

— Bonjour, mesdames, bonjour, messieurs. Problèmes de poux ? Terrible, ça. Vous savez que si un poux était gros comme un chat, il mangerait un bœuf en dedans d'une heure, les cornes avec ? Pas de blague, je l'ai lu dans un livre. Avez-vous une feuille de papier blanc ? Merci. Maintenant, voulez-vous éteindre les lumières une minute ? Merrrci.

Il posa la feuille sur le plancher et s'agenouilla devant; son assistant sortit une lampe de poche de son coupe-vent et braqua le faisceau lumineux sur le papier. Un silence religieux régnait dans la pièce.

— Misère à corde ! s'écria Michon, vous êtes envahis, c'est le cas de le dire ! Je viens d'en compter sept, ici, juste sur le coin de ma feuille ! Et je pense que vous avez raison : ça m'a l'air d'être des poux d'oiseaux, la pire vermine qui soit. Si vous les voyiez au microscope ! Sont bâtis comme des crocodiles ! Vous pouvez rallumer, merrrci. C'est vous, madame Pomerleau ?

— C'est moi, fit Juliette.

— Eh bien, ma chère madame, il va falloir que je jette tout le monde dehors pour la nuit – et peut-être même un peu plus longtemps. Mais je vous promets que vous fêterez Noël chez vous. Ce genre de vermine, ça se travaille au gaz – un gaz très toxique – et, après avoir gazé, il faut garder toutes les ouvertures fermées pendant six heures et ensuite aérer les pièces pendant au moins trois heures, sinon les poumons vont vous sécher comme de la vieille gazette, c'est moi qui vous le dis. Vous feriez mieux d'aller passer la nuit à l'hôtel ou chez des amis. Aussitôt rendus là-bas – écoutez-moi bien, c'est très important – il faut enlever tout votre linge – sous-vêtements y compris – et le traiter avec un vaporisateur que je vais vous fournir. Combien êtes-vous dans la bâtisse ?

— Sept.

— Lorenzo, va me chercher trois vaporisateurs dans le camion... Une fois le linge traité, vous le glissez dans un sac de polythène et vous le laissez là deux bonnes heures. Pendant ce temps, vous aurez pris une douche et vous vous serez lavé la tête avec un shampoing spécial que je vais vous fournir... Lorenzo, cria-t-il, apporte aussi deux bouteilles de T-27... Et n'ayez pas peur d'en mettre : ça sent un peu le caoutchouc brûlé, mais au bout d'une journée, l'odeur s'en va.

Rachel s'avança vers Juliette :

— Je connais un excellent petit hôtel à Montréal, rue Sherbrooke Ouest, le *Château Versailles*. Si vous voulez, je m'occupe des réservations.

— C'est gentil. J'ai justement rendez-vous dans le coin avec mon ami Vlaminck.

Elle se tourna vers son petit-neveu :

— Viens-tu avec moi... ou préfères-tu rester avec Rachel ?

— Avec Rachel, répondit Denis en rougissant légèrement.

Le téléphone sonna encore une fois. L'enfant saisit l'appareil :

— C'est pour toi, ma tante. Une madame.

— Dis-lui que je la... Allons, donne, se ravisa-t-elle.

— Madame Pomerleau ? fit une voix placide et raisonnable. Excusez-moi de vous déranger. Ici dame veuve Lemire, de la rue Bernard à Outremont. Vous êtes venue chez moi il y a quelque temps au sujet de votre...

— Oui, oui, je me rappelle fort bien, coupa Juliette. Comment allez-vous, madame ?

— Oh, assez bien, je vous remercie, répondit-elle d'un ton qui démentait ses paroles. En fait, à bien y repenser, je n'aurais peut-être pas dû vous téléphoner. Je... je me demandais si vous aviez eu des nouvelles de votre nièce...

Pendant une seconde, la comptable eut envie de lui raconter les derniers événements. Mais elle eut pitié de la vieille femme :

— Non, hélas. Et je dois même vous avouer que... j'ai décidé d'abandonner les recherches. Ça ne mènerait qu'à de la chicane.

— Ah bon. Vous avez sans doute bien fait. Vous avez sûrement bien fait, reprit-elle, sans conviction. Qu'est-ce que ça aurait donné ? De la chicane, c'est vrai. Il y en a déjà assez comme ça, mon Dieu. Bonjour, madame. Excusez-moi encore une fois.

— Est-ce que j'aurais dû ? se demanda Juliette en raccrochant sous l'œil intrigué de ses compagnons. Bah ! Pourquoi la tourmenter ?

Jetant un regard à la ronde :

— On y va ?

Elle remit un passe-partout à Hector Michon, chacun enfila son manteau et ils quittèrent l'appartement tandis que les deux hommes se lançaient dans l'ouvrage. Juliette fit quelques pas dans le hall, puis s'arrêta devant la porte de sa sœur, hésitante. Martinek lui mit la main sur l'épaule :

— Je m'occupe d'elle. Allez, bonne chance.

— Et moi, je vais aller avertir monsieur Ménard, lança Denis.

— Qu'est-ce que je ferais sans eux ? se dit Juliette en tournant la clef d'allumage.

Et ses yeux se remplirent de larmes.

Sa visite chez les époux Vlaminck dura moins longtemps que prévu. Elle parcourut rapidement le rez-de-chaussée, qui avait été peu modifié, mais s'arrêta longuement au milieu de la cuisine, fixant le plancher, la mine recueillie, le cœur battant.

— C'est ici même que ma tante Joséphine a brûlé vive, expliqua-t-elle enfin à ses hôtes qui l'observaient, étonnés. En enlevant le linoléum, on découvrirait sûrement des traces.

Et elle leur raconta brièvement l'histoire.

— Quel malheur, fit Marcel Vlaminck avec un soupir de commande.

Il échangea un regard avec sa femme qui, les mains derrière le dos, se tripotait nerveusement les doigts :

— Est-ce que vous êtes prête à visiter les autres étages ?

Juliette, luttant contre une envie féroce de se gratter les fesses, prit une longue inspiration, puis :

— Si vous n'y voyez pas d'inconvénients, je préférerais descendre d'abord à la cave. Un de mes oncles disait que lorsqu'une maison tombe malade, neuf fois sur dix le mal se trouve dans la tête ou les fondements. Remarquez que je ne connais pas grand-chose en construction. C'est mon architecte qui jugera.

Vlaminck eut un sourire narquois :

— J'espère que vous ne projetez pas une promenade sur le toit...

Sa femme lui lança un regard désapprobateur. Il ouvrit une porte donnant sur un escalier de bois brut qui s'enfonçait dans l'obscurité, avança la main, et une lueur pâlotte apparut en bas. Ils arrivaient dans la cave lorsque la sonnerie du téléphone se fit entendre au-dessus.

— J'y vais, s'offrit madame Vlaminck en faisant demi-tour. C'est pour toi, Marcel, lança-t-elle au bout d'un moment. C'est le monsieur de cette après-midi.

Vlaminck posa sa main sur le bras de Juliette :

— Je vous laisse fouiner à votre guise. Je n'en ai que pour une minute, ajouta-t-il en remontant à toute vitesse.

Il buta contre une marche, faillit piquer du nez, poussa un grognement et poursuivit sa montée.

Dix minutes plus tard, la comptable avait terminé son examen des lieux. La cave était poussiéreuse et encombrée à l'extrême, mais lui parut en bon état, les fondations, sans fissures apparentes, les poutres, sèches et saines et ce qu'elle pouvait voir de la tuyauterie et du câblage électrique, relativement neuf et convenablement installé. Mais après quatre-vingts hivers de dur travail, la chaudière à charbon convertie au mazout venait de flancher : les joints des sections de fonte laissaient maintenant filer de longues traînées de rouille, signe de incurable. Juliette la caressa, indifférente à la saleté :

— Pauvre vieille, l'heure de la ferraille est arrivée. Elle nous attend tous. Mais qu'est-ce qu'ils sont en train de mijoter, sueur de coq ! grommela-t-elle en levant la tête.

Traversant la cave, elle gravit l'escalier. Madame Vlaminck apparut dans l'embrasure :

— Chère madame, excusez-nous : mon mari est retenu au téléphone, mais en attendant qu'il se libère nous pourrions, si vous le voulez bien, commencer la visite des étages supérieurs.

— Allons-y, haleta Juliette. Mon Dieu, quel petit air sucré elle a, s'étonna-t-elle. Un peu plus et elle offrirait de me masser les pieds.

La porte de la pièce où se trouvait Vlaminck était fermée et ne laissait filtrer qu'un murmure étouffé. Sa femme s'occupa avec tact de replacer des bibelots sur une étagère pour laisser à Juliette le temps de reprendre haleine, puis, passant dans le hall, se dirigea vers un monumental escalier de chêne ouvragé.

— Comme vous êtes à même de le constater, remarqua-t-elle en s'effaçant devant Juliette, ce magnifique morceau d'ébénisterie est dans un état impeccable. Nous en avons toujours pris le plus grand soin. Deux fois par mois, je l'astique moi-même de haut en bas à l'huile de citron, sans omettre un centimètre carré ! Pourvu qu'elle ne me crève pas entre les mains, se dit-elle en grimpant pas à pas derrière sa compagne qui haletait de plus en plus. Mais qu'est-ce qu'elle a à se gratter comme une guenon ?

Ils arrivèrent enfin au palier, où l'obèse se reposa un instant.

— Qu'est-ce... que c'est ? demanda-t-elle en pointant le doigt vers une pile de valises et de boîtes de carton qui se dressait derrière la rampe du premier étage.

— Oh ça ? ce sont les effets de monsieur Robichaud.

Elle se pencha à l'oreille de Juliette :

— C'est notre plus ancien locataire. En apprenant la vente de la maison, il a décidé de partir.

Sa voix devint un souffle :

— C'est un caractère un peu spécial. Avec lui, il faut enfiler gants blancs sur gants blancs... Heureusement, il vient de sortir pour aller s'acheter une valise. Mademoiselle Pigeotte est également partie, et monsieur Turnovsky travaille toute la soirée.

Juliette reprit sa montée. Il lui restait douze marches ; elle les comptait tout bas.

Une télévision jouait faiblement dans une chambre du fond. Ailleurs, quelqu'un se gargarisait. L'escalier débouchait au milieu d'un passage rectangulaire, assez vaste, recouvert d'une moquette fleurie dans un état de décrépitude étonnant. Le plafond, haut de quatre mètres, était orné d'une magnifique corniche à motif de feuilles d'acanthe, brisée à quelques endroits par le passage de tuyaux. Des portes s'ouvraient sur trois côtés ; le quatrième, percé d'une grande fenêtre en ogive, donnait sur le boulevard René-Lévesque et assurait une lumière abondante. On avait subdivisé les pièces les plus vastes, portant leur nombre à dix.

— Que voulez-vous ? Il nous fallait rentabiliser la maison, expliqua la logeuse avec un soupir. Autrement, nous aurions été forcés de louer les chambres à des prix inabordables pour notre genre de clientèle.

Juliette tendit la main vers la fenêtre :

— Je revois encore ma tante, là-bas, assise devant son métier à broder. L'hiver, elle pouvait y passer des journées entières. « Il n'y a pas de plus belle lumière dans toute la maison », disait-elle souvent. Ma chambre de jeune fille se trouvait au fond, là-bas, et elle indiqua une porte à gauche.

Soudain, la porte s'entrebâilla et un bout de dialogue de *La petite maison dans la prairie* leur parvint :

— *Six heures déjà !* s'étonna une voix de jeune femme. *Je suis surprise que grand-père ne soit pas rentré.*

— *Peut-être s'est-il arrêté chez les MacPherson,* répondit un jeune homme d'une voix tellement inexpressive qu'on avait l'impression qu'il lui était égal que grand-père soit au fond d'un puits ou président des États-Unis.

Madame Vlaminck s'avança, tandis que la comptable en profitait pour se gratter discrètement une cuisse :

— Mademoiselle Lalancette, auriez-vous l'obligeance de nous laisser jeter un petit coup d'œil? Nous avons une dame ici qui a déjà habité la maison il y a très longtemps. Elle occupait précisément votre chambre.

La porte s'ouvrit lentement et une femme apparut, vêtue d'une robe de laine brun foncé, avec une longue chevelure noire qui lui tombait dans le dos et un visage défraîchi et rébarbatif. Elle recula et leur fit signe d'entrer. Juliette s'avança, un peu mal à l'aise, suivie de la propriétaire, et s'excusa.

— Y a pas de quoi, répondit l'autre d'une voix enrouée en la fixant, impassible.

— Comme vous pouvez le constater, fit remarquer la logeuse, nous avons dû diviser la chambre en deux, chose facile, car la plupart des pièces possèdent deux fenêtres.

— Vous avez fait installer un lavabo, fit Juliette machinalement, l'esprit ailleurs.

— Pour la commodité de nos locataires. Il n'y a qu'une salle de bains par étage.

La pièce, peinte d'un beige pisseux, mesurait cinq mètres sur six. Un petit lit s'allongeait au fond entre deux commodes; à droite, rangée contre le mur, se dressait une table qui supportait une télévision cernée par un régiment de flacons de remèdes; en face de l'appareil, un joli fauteuil vieux rose capitonné, recouvert de velours côtelé, jurait avec le reste. Debout toute droite dans sa robe mal coupée qui la vieillissait, mademoiselle Lalancette, les bras croisés, s'était tournée vers le petit écran et semblait avoir oublié la présence des visiteuses. Juliette jeta un bref coup d'œil par la fenêtre, puis s'approcha de la femme:

— Merci beaucoup, fit-elle en souriant. Excusez-moi encore une fois.

Elle quittait la pièce lorsque la locataire posa la main sur son bras:

— Est-ce que vous allez acheter la maison? demanda-t-elle avec effort de sa voix enrouée.

— Je... je ne sais pas encore... tout dépend.

— Quand faut-il que je parte?

— Je... voyez-vous... tout dépend si...

— Je travaille à trois rues d'ici. Les chambres sont rares dans le coin. Enfin, faites comme vous voulez, soupira-t-elle et, se laissant glisser dans son fauteuil, elle s'absorba de nouveau dans son émission.

Madame Vlaminck referma doucement la porte.

— Elle ne va pas très bien depuis quelque temps, confia-t-elle à voix basse en s'avançant dans le corridor. Son fiancé vient de la quitter... pour la cinquième fois ! Je vous fais voir les autres pièces ?

— Non, non. Pour ce soir, ce n'est pas nécessaire. Je voulais seulement me faire une idée de l'état des lieux. Nous pouvons monter au deuxième ?

— Bien sûr.

Juliette s'engagea de nouveau dans l'escalier ; mais cette fois-ci, elle s'arrêtait à toutes les deux marches.

— Il n'y a que trois chambres de louées en haut, annonça madame Vlaminck. Comme nous projetons de vendre, je ne cours plus après les locataires, vous comprenez. Et puis, pour être franche, je commence à trouver ces deux escaliers tuants.

Elles arrivaient au deuxième lorsqu'une porte s'ouvrit à leur droite. Un jeune homme se pencha, déposa sur le plancher un paquet de vieux journaux ficelés, puis, levant le tête, posa sur les deux femmes un regard perçant.

— Ça va, monsieur Thornhill ? s'enquit la logeuse avec une cordialité un peu forcée.

— Oui, répondit l'autre et il referma la porte.

Juliette reprit son souffle, s'épongea le front avec sa manche, puis :

— J'espère que votre mari n'est pas retenu par une affaire fâcheuse ?

— Non, pas du tout, répondit vivement la Belge en se troublant quelque peu. Il discute avec un ami. Comme vous pouvez le constater, nous n'avons fait que très peu de modifications à cet étage. Les chambres étant déjà assez petites, nous n'avons pas cru bon de les subdiviser. Le seul ajout de quelque importance est la toilette, ici, au fond, que nous avons installée – en rognant un peu sur la chambre voisine – dans un grand placard aux murs couverts de jolis dessins d'enfants (les vôtres, peut-être ?), que j'ai eu beaucoup de chagrin à faire disparaître.

— Trop gentille et jacasseuse, pensa l'obèse. Tu me caches quelque chose, ma belle. Et l'autre qui reste pendu au téléphone...

Le passage avait les mêmes dimensions qu'au premier, mais l'état des lieux frôlait le délabrement.

— Je vous montre quelques chambres ? proposa madame Vlaminck en se dirigeant vers le fond. Celle-ci est libre.

Elle fouilla dans sa poche, sortit un trousseau, déverrouilla une porte, alluma. Juliette la suivait, inquiète, l'esprit ailleurs, mais en entrant dans la pièce, elle ouvrit soudain la bouche et une flambée de napalm s'éleva en elle. La vue du lit de cuivre et des meubles de rotin rose venait de la ramener trente-cinq années en arrière.

C'était dans cette même chambre, pareillement meublée, qu'elle s'était réfugiée une après-midi, sur le conseil de sa tante Joséphine, pour échapper aux poursuites de son fiancé, avec qui elle venait de rompre pour la deuxième fois. Ils ne se fréquentaient que depuis un an et leurs relations n'étaient qu'une suite de querelles, nées la plupart du temps des motifs les plus saugrenus. Elle avait toujours rêvé d'un mari paisible et affectueux, qui lui donnerait beaucoup d'enfants, et se voyait condamnée à unir son destin à celui d'un homme inquiet et capricieux, rongé par un besoin maladif de se disputer avec tout le monde, comme pour affirmer sa force et son indépendance d'esprit.

— Ça suffit, Rosaire, lui avait-elle dit la veille, après une scène ridicule dans un *Woolworth* au sujet d'une paire de bas. On n'est pas faits pour vivre ensemble. Prends ton chemin, je prends le mien.

Elle était retournée en larmes chez sa tante (car, stupidement, elle aimait ce grand maigre irascible et malheureux, à la voix grave et voluptueuse); Joséphine l'avait confirmée dans le bien-fondé de sa décision. Le lendemain, cette dernière avait aperçu par la fenêtre l'ex-fiancé qui s'avançait dans l'allée, tout endimanché, confus, repentant, prêt à une vie nouvelle :

— Juliette ! le revoilà ! Va te cacher au deuxième, je m'en occupe.

Elle avait tenté de le convaincre d'aller faire le bonheur d'une autre fille plus stoïque et résistante, mais Rosaire Chaput, qui pouvait en s'échauffant atteindre à des sommets d'éloquence, avait fini par l'ébranler. La larme à l'œil, la poitrine pleine de soupirs, il s'était mis à chercher Juliette à travers toute la maison et l'avait retrouvée dans cette chambre. Il y resta deux heures, sans arrêter de parler.

— Je n'ai jamais vu personne avoir comme lui la parole en bouche, avait commenté plus tard Juliette. En deux heures – et Dieu sait pourtant si je le connaissais ! – il a réussi à me convaincre qu'il avait changé, car il venait de découvrir les causes de son mauvais caractère et s'occupait déjà à les détruire. Pendant trois mois, il a été adorable. J'ai fini par croire à un miracle. En avril, nous annoncions notre mariage, qui fut célébré en juillet 53. Six mois plus tard, je faisais une fausse couche. À partir de ce moment, je me suis mise à grossir, et cela ne s'est jamais arrêté. Naturellement, il était redevenu comme avant. Chaque jour amenait des engueulades. J'avais parfois envie de me jeter sous un tramway. Mais, à la longue, je me suis construit un système de défense : une vie presque entièrement autonome, le silence, un œil de lynx pour voir venir les sujets de dispute et leur faire prendre le dalot. J'avais des amies, je m'occupais de bonnes œuvres, je fréquentais Joséphine. À dix heures, mon ménage était fait, mes repas préparés et je quittais la maison pour ne revenir souvent que tard dans la soirée. On ne mangeait pas ensemble trois fois par semaine. Et quand la télévision est arrivée, notre isolement est devenu quasi parfait. C'est ainsi que, jour après jour, j'ai bêtement gâché quinze ans de ma vie, jusqu'à sa mort.

Elle contemplait, bouleversée, ces lieux où elle avait commis sa plus grande bévue. Mais soudain, un autre souvenir apparut et lui amena un sourire. C'était là également qu'à seize ans elle avait surpris sans le vouloir un de ses cousins, de deux ou trois ans son cadet, en train de se masturber à l'huile d'arachide, la bouteille déposée à ses pieds sur un vieux journal.

Madame Vlaminck, les mains jointes sur le ventre, l'observait, étonnée. Des pas se firent entendre dans l'escalier.

— Ah bon, vous êtes ici, fit son mari en entrant. Je vous cherchais partout. Je suis confus, madame, de vous avoir faussé compagnie si longtemps. Alors ? Satisfaite de l'état des lieux ? Bon ! Si nous retournions en bas, maintenant, proposa-t-il en jetant un regard oblique à sa femme.

Ils descendirent l'escalier en silence.

— Qu'est-ce qu'il peut bien mijoter ? se demandait Juliette, reprise par ses démangeaisons. Il ne veut plus vendre. C'est ça. Ou plutôt il veut vendre, *mais à un autre.*

Ils pénétrèrent dans l'ancienne salle à manger. Vlaminck se rendit vitement à un fauteuil, qu'il débarrassa d'un monceau de paperasses, et l'offrit à la visiteuse. Lui-même et sa femme s'approchèrent de la table, où traînaient les restes du souper, et s'assirent face à Juliette. Il lui sourit :

— Café ?

— Non merci.

Il lui sourit de nouveau, puis poussa un soupir et, l'œil baissé, se mit à gratter une petite tache sur la manche de son veston :

— Madame Pomerleau, fit-il d'une voix pleine de componction, je n'ai pas une très bonne nouvelle à vous annoncer. Je ne
vends plus.

— Allons, je n'en crois rien.

— Puisque je vous le dis.

— Combien vous offre-t-il?

— Qui?

— L'autre acheteur, c't'affaire! Allons! ne me prenez pas
pour une innocente. Juste à votre air, je vois bien qu'on vient
de vous faire une offre inespérée, et que vous ne savez plus
trop comment vous débarrasser de moi. Eh bien! je vous
préviens : ce ne sera pas facile. Je ne partirai pas d'ici avant de
savoir *combien* on vous offre et *qui* vous l'offre.

Un pli de contrariété divisa en deux le front bombé de
Marcel Vlaminck et son visage lisse et grassouillet, qui avait
conservé jusque-là une expression avenante et officielle, prit
un air buté :

— À ce que je sache, madame, je n'ai pas encore signé de
promesse de vente avec vous. Mes affaires me regardent et je
suis libre de vendre à qui je veux.

— L'entendez-vous! Mais c'est à faire sécher les oreilles!

Les mains de Juliette se crispaient aux bras du fauteuil et
son visage, qui virait à l'écarlate, commençait à intimider ses
interlocuteurs :

— Vous me tirez de chez moi, poursuivit-elle, où j'ai
cinquante problèmes à régler, et pendant que je m'arrache le
cœur dans vos escaliers, vous en profitez pour prendre des
arrangements dans mon dos avec un inconnu. À moins qu'il ne
s'agisse d'une petite ruse, ricana-t-elle, pour faire monter le
prix, et que l'inconnu n'existe que sur le bout de votre langue...

Il sourit et contempla de nouveau la petite tache qui déparait
la manche de son veston; il donnait l'impression de vouloir la
faire disparaître par le seul effet de son sourire, un sourire très
particulier, à la fois cruel, amusé et un peu honteux.

— C'est vrai, vous avez raison : je ne me suis pas comporté
correctement avec vous et je m'en excuse du fond du cœur.
Mais mettez-vous à ma place! dit-il en posant sur elle un regard
suppliant. Il serait trop long d'entrer dans les détails, mais
figurez-vous, madame, qu'on m'offre *trois cent quatre-vingt
mille dollars*! Payables immédiatement!

— Et qui vous les offre? Allons, ne faites pas tant de
manières, monsieur. Après le procédé que vous avez utilisé
avec moi, c'est la moindre des choses, il me semble, de...

— Eh bien, madame, il s'agit de quelqu'un dont vous avez sûrement entendu parler : il s'agit de... de monsieur Alphonse Pagé, président-directeur général de la fondation *Rebâtir Montréal*.

La comptable le fixa un instant, le souffle coupé, tandis que madame Vlaminck lançait à son mari un regard courroucé.

— Alphonse Pagé? répéta Juliette à voix basse.

— Nul autre que lui. Et, pour ne rien vous cacher, il semble tenir beaucoup à cette maison, beaucoup!

— Comment l'emporter contre un homme si riche? lança-t-elle avec désespoir. Je vous en supplie, fit-elle en se levant tout à coup dans un mouvement de chair qui sembla faire sur les deux Belges l'effet d'un raz de marée, vendez-moi votre maison! Je suis prête à vous offrir trois cent quatre-vingt mille dollars, moi aussi. Mais je ne peux pas aller plus haut... L'argent de mes vieux jours va tout y passer! Il me faut cette maison, monsieur Vlaminck! Les meilleures années de ma vie se trouvent ici. Chacune de ces pièces est pleine de souvenirs qui me font du bien. Je suis une vieille femme malade, monsieur. Il y a deux mois, les médecins me déclaraient perdue. De grâce, laissez-moi faire une bonne fin.

Vlaminck eut une moue embarrassée :

— C'est que j'ai donné ma parole, madame... De quoi aurais-je l'air si...

— Et de quoi avez-vous l'air maintenant, vous l'êtes-vous demandé? s'écria Juliette, furieuse.

Il pencha la tête, un peu penaud, et fixa le bout de ses souliers, marqué par un point d'usure grisâtre; il semblait regretter réellement la tournure des événements.

— Écoutez, dit-il en levant vers elle un regard torturé, non seulement j'ai engagé ma parole, mais... je viens de contresigner une offre d'achat qu'il m'a fait parvenir tout à l'heure par messager. En somme, je suis lié. Allez le trouver. Expliquez-lui vos motifs. C'est un monsieur très bien, vous savez. Je suis sûr qu'il comprendra. Tenez, offrez-lui de racheter son offre d'achat. Cela ne vous coûterait peut-être que deux ou trois mille dollars, sait-on jamais? Dans le fond, tout bien pesé, je ne demanderais pas mieux que de... J'ai agi d'une façon un peu étourdie, j'en conviens... Vous me voyez désolé.

Juliette le regarda un instant :

— Bon. Je vais penser à tout ça, répondit-elle d'un ton sec.

Elle s'avança et lui prit les mains :

— Mais il faut me promettre, monsieur, de ne rien faire sans m'avertir... pour que je puisse avoir une chance, moi aussi... Me le promettez-vous ? demanda-t-elle d'une voix tremblante. Vous ne pouvez savoir ce que représente pour moi cette...

Elle ne put achever.

— Allons, allons, fit l'autre, gagné lui aussi par l'émotion, je vous le promets... Promesse solennelle et officielle ! Vous pouvez dormir sur vos deux oreilles.

Madame Vlaminck quitta la pièce et revint avec le manteau de son hôte. Quand elle voulut l'aider à l'enfiler, celle-ci refusa et se dirigea rapidement vers la sortie.

— Mais enfin, pourquoi lui donner le nom de ton acheteur ? maugréa la patronne de *L'Oasis* après le départ de Juliette. La vente était presque conclue et voilà que tu risques de tout foutre en l'air en lui envoyant cette femme dans les pattes.

— Je ne risque rien du tout ! Ou plutôt je risque, folle comme elle est, qu'elle aille le trouver et qu'ils s'excitent l'un l'autre pour le plus grand bien de notre gousset.

Dix minutes plus tard, la comptable arrivait en vue du *Château Versailles*, rue Sherbrooke Ouest. L'établissement qui portait courageusement ce nom était constitué de deux anciennes maisons de notables construites à la fin du siècle et qu'un homme d'affaires avait transformées avec goût en un confortable petit hôtel dans le style de ceux qui abondent en Europe. Rachel y avait loué trois chambres, toutes au rez-de-chaussée. Ce fut elle qui ouvrit à Juliette :

— Et alors, quelles nouvelles ? Allez-vous acheter ?

Elle portait une robe de chambre de ratine blanche, de même que Martinek, enfoncé dans un fauteuil, un journal à la main, et Denis, étendu sur un lit devant la télévision.

— Je n'en sais trop rien, soupira l'autre. En fait, les choses vont plutôt mal. Le cochon m'a faussé parole : il s'est trouvé un autre acheteur, figure-toi, et sa maison renchérit. Apporte-moi un verre d'eau, veux-tu ? J'ai l'impression d'avoir du sable dans la gorge.

Rachel lui tendit un verre :

— Je viens de traiter nos vêtements dans la salle de bains avec le produit de votre exterminateur. L'hôtel nous a fourni des robes de chambre. À vous aussi, ajouta-t-elle avec un léger malaise, mais je crains qu'elle soit un peu petite.

Juliette alla s'asseoir près de Denis ; le lit se creusa si profondément que ce dernier glissa vers elle ; puis, d'une voix rongée par la fatigue, elle raconta sa visite aux époux Vlaminck.

— Trois cent quatre-vingt mille ! s'exclama Martinek. Avez-vous cet argent ?

— Comme ça, au bout de l'ongle ? Bien sûr que non, vous pensez bien. Il faudrait que j'emprunte. Et ce n'est que le début de la chanson. Personne n'en connaît la fin.

— Tu le vois bien qu'il faut rester à Longueuil, lança Denis en se redressant. Je suis sûr que ma tante Elvina va finir par se défâcher.

Rachel eut une moue sceptique. Elle avait vite compris qu'il ne servait à rien d'essayer de dissuader Juliette, que cela ne ferait que l'irriter et la fatiguer inutilement.

— Allons, fit-elle, je vois que les poux ne vous ont pas lâchée... Qu'est-ce que vous pourriez bien mettre pendant que je traite vos vêtements ?

— Un drap, suggéra Denis.

Juliette demanda à ses compagnons de la laisser seule quelques instants, se déshabilla et se glissa dans le lit.

— Vous pouvez entrer, fit-elle en tirant les couvertures à son menton.

Denis la contempla, déçu. Il s'attendait à voir sa tante drapée de blanc, debout au milieu de la pièce, majestueuse et souriante. La veille, son professeur avait parlé de ces statues colossales que les Romains et les Grecs érigeaient dans les temples et sur les places publiques pour honorer leurs dieux et leurs empereurs.

— Monsieur Ménard aimerait vous parler, annonça la violoniste en ramassant les vêtements. Il se trouve dans la chambre voisine. Je vous le répète : vous allez le trouver changé. Il a perdu près de dix kilos.

— Oh ! je crois bien que je suis couchée pour la nuit, ma fille. Mes jambes ne me soutiennent plus. Ça ira à demain.

Rachel s'enferma dans la salle de bains tandis que Martinek racontait à la comptable l'accueil furieux que lui avait réservé Elvina, qui l'avait envoyé au diable en lui disant qu'elle voyait à travers leurs manigances comme si c'était de l'eau claire et qu'elle n'allait sûrement pas quitter son appartement pour permettre à un de leurs complices d'y fouiner en son absence.

Juliette se retrouva bientôt seule dans la chambre avec Denis qui s'entêta à regarder son film jusqu'à ce que le sommeil l'emporte. Quand elle se fut bien assurée qu'il dormait à poings fermés, elle se leva doucement, drapée tant bien que mal dans une couverture qui n'arrivait pas à masquer certains parties grotesques de son anatomie, ferma la lumière, prit son bain et se recoucha, épuisée, fébrile et morose, passant et repassant dans son esprit sa discussion avec Vlaminck pour tenter d'établir une stratégie. Lorsqu'elle voulut dormir, il était trop tard : son cerveau s'était divisé en deux parties ; l'une aspirait au repos, l'autre, à l'action, les deux luttant à armes égales. Elle se mit à regarder à tous moments le cadran lumineux de sa montre-bracelet ; les aiguilles se déplaçaient avec une lenteur sadique. À onze heures moins vingt, on frappa à la porte.

— Qui est là ?

— C'est Adrien Ménard, madame. Je... je ne vous réveille pas, au moins ?

— Je suis au lit, monsieur Ménard, mais si vous voulez bien attendre que je...

— Oh ! non, non, non, bafouilla le dentiste. Excusez-moi. Bonne nuit, madame. À demain.

Et il s'éloigna.

Elle continua de ruminer quelques minutes, puis se leva :

— Aussi bien aller lui parler que d'écarquiller les yeux dans le noir comme une idiote. Il a peut-être besoin d'aide.

Elle pénétra dans la salle de bains, huma ses vêtements. L'insecticide n'exhalait plus qu'une faible odeur épicée, plutôt agréable. Elle s'habilla, jeta un coup d'œil à Denis, qui dormait toujours, puis quitta la chambre.

Le dentiste Ménard vint ouvrir ; il portait un complet noir et une chemise sport à motif de fougères qui lui donnait l'allure d'un clergyman en vacances sur une île exotique. Mais l'effet légèrement cocasse de sa tenue était annulé par sa maigreur étonnante. Les tendons décharnés qui s'étiraient sous son menton lui faisaient une gorge de vieillard.

— Cuisse de puce ! s'écria Juliette. Qu'est-ce qui vous arrive ? Sortez-vous de Sibérie ?

— Ah ! madame, je suis désolé, désolé de vous avoir réveillée. Je ne sais comment m'excuser.

— Allons, allons, ce n'est rien. De toute façon, je n'arrivais pas à dormir.

— Donnez-vous la peine d'entrer, je vous prie.

— Dieu ! qu'il fait chaud ici ! Est-ce qu'on ne pourrait pas ouvrir une fenêtre ? Non, non, prenez le fauteuil, je m'assoirai plutôt sur votre lit. Jamais je n'arriverais à m'extirper d'un engin pareil.

Elle repoussa de la main un exemplaire de *La Presse* où s'étalait en grosses lettres : «LA *PERESTROÏKA* EN DANGER, AFFIRME SAKHAROV».

— Je suis contente de vous revoir. Où diable étiez-vous allé ? Et que faisiez-vous ? Est-ce que vous avez vu un médecin ? Sauf votre respect, on dirait que vous avez pris un bain d'acide nitrique !

Le dentiste eut un sourire embarrassé et détourna le regard :

— C'est du surmenage, tout simplement. Je suis en train d'abattre une tâche *herculéenne*. (Juliette retint à grand-peine un sourire.) J'avais besoin d'un peu de repos, c'est tout. Mais je vous regarde, madame, et je vous trouve à vous, au contraire, une mine florissante. Vous êtes définitivement guérie !

— Oh ! je survis assez bien... Il faut croire que les soucis n'arrivent pas à m'entamer. Et puis, la musique de monsieur Martinek continue d'agir sur moi comme l'eau miraculeuse de Lourdes. C'est à n'y rien comprendre. Mon cas va sûrement aboutir un jour dans l'*Encyclopédie médicale* ! Mais la santé a ramené l'embonpoint, hélas : toute la graisse que j'avais perdue est revenue se glisser sous ma peau comme un fainéant sous une douillette. Parlons plutôt de vous, monsieur Ménard. Allez-vous bien finir un jour par me dire ce que vous êtes en train de fricoter, sueur de coq ? Vous aviez promis de me livrer votre secret sur mon lit de mort. Mais à vous voir la mine, mon cher, vous risquez d'occuper ce lit avant moi !

Le dentiste se rembrunit :

— Je ne suis pas encore prêt à parler. Un jour, quand tout sera fini, je vous montrerai... Cela vous semblera peut-être un peu fou, mais en fait, je travaille pour... *l'avenir de l'humanité*.

Juliette le fixa, étonnée :

— Eh bien... voilà une occupation... honorable, si je puis dire.

Curieusement, la présence de cet homme si triste et austère avait chassé toutes ses idées noires. Elle se mit à le taquiner doucement pour essayer d'en savoir plus long, mais rien n'y fit. Ménard avait voulu la rencontrer non pour se confier, mais pour lui demander si elle connaissait une voisine qui pourrait s'occuper de son appartement et préparer les repas pendant son repos forcé. La comptable lui promit de faire des recherches dès le lendemain et le quitta bientôt, car il défaillait de fatigue dans son fauteuil.

En réintégrant leurs appartements le lendemain, Juliette et ses amis constatèrent avec soulagement que les poux semblaient avoir été vaincus par l'offensive Michon, qui avait laissé dans chaque pièce, malgré les fenêtres ouvertes, une curieuse odeur de camphre et d'orange pourrie et une multitude de petites taches vertes sur les tapis, les rideaux et les fauteuils, que seul le temps réussit à faire disparaître. Aussitôt arrivée chez elle, la comptable essaya de joindre Alphonse Pagé à la fondation *Rebâtir Montréal,* mais comme on était samedi, veille de Noël, les bureaux, naturellement, étaient fermés.

— Pourvu qu'il ne soit pas parti en vacances jusqu'après le jour de l'An. Je rappellerai lundi matin. Il faut que je lui arrache cette maison à tout prix.

Puis elle téléphona à Marcel Prévost fils pour lui demander de venir battre les tapis ; ils semblaient imprégnés d'une poudre qui avait sur ses muqueuses l'effet combiné du poivre rouge, de la poussière et du vinaigre pharmaceutique.

— Tout de suite, madame Pomerleau, répondit-il.

Cinq minutes plus tard, il s'amenait et commençait son travail dans la cour. Un nuage grisâtre se mit à flotter au-dessus de la neige à demi fondue. Martinek apparut au coin de la maison, un tapis roulé sur l'épaule. Il s'arrêta et l'écouta un instant ;

— Mais tu siffles diablement bien, mon Marcel ! C'est *Une nuit sur le Mont Chauve,* ça ? As-tu fréquenté le conservatoire ? plaisanta-t-il.

— Bonjour, monsieur Martinek. Non, je siffle par oreille, comme tout le monde. Ça ne vous dérange pas, au moins ?

— Au contraire, au contraire, continue. C'est très joli.

▲

Juliette allait se faire couler un bain lorsque sa promesse à Ménard lui revint à l'esprit.

— La petite Beaudin accepterait peut-être, se dit-elle en retournant au téléphone.

Elle posa la main dessus. Il se mit à sonner.

— Madame Pomerleau ? demanda une voix timide. C'est votre pot de colle, Alexandre Portelance.

Le mollet tremblant et l'estomac plein de gargouillis, le persévérant spécialiste en aspirateurs lui rappela gentiment qu'il avait attendu son coup de fil toute la soirée de la veille :

— J'ai supposé que vous aviez eu un empêchement.

— Un empêchement ? Une cascade d'empêchements, mon cher monsieur ! Mais je suis impardonnable : j'aurais dû vous avertir. Excusez-moi. Je n'avais tout simplement plus ma tête.

Une bonde s'ouvrit en elle soudain et le vendeur eut droit au récit détaillé de tous ses déboires.

— Misère à poil ! s'exclamait-il de temps à autre, ravi par ce flot de confidences qui semblait augurer fort bien pour lui. Écoutez, fit-il lorsqu'elle eut terminé, ne pensez-vous pas que vous auriez besoin de vous changer un peu les idées ? Si vous marinez trop dans les soucis, ma chère madame, votre foie risque de bloquer encore, n'importe quel médecin vous le dira. Ou alors ça peut causer des éruptions sur tout le corps ou des coliques durant la nuit ou le mal de cœur juste à voir de la viande ou n'importe quoi, je ne sais pas trop... Vous avez sûrement entendu parler de ces fameuses maladies *psycho-automatiques* qui viennent des idées noires... Il n'y a pas de remèdes contre ça, sauf les distractions. C'est prouvé depuis longtemps.

Il aspira un peu d'air et, la gorge affreusement contractée :

— Je n'oserais pas mettre mon nez dans votre journée de Noël, mais pourquoi ne viendriez-vous pas souper avec moi dans un bon petit restaurant tranquille, lundi ou mardi, vers les cinq heures, cinq heures et demie ? On pourrait ensuite aller au *Ouimetoscope,* voir *Autant en emporte le vent,* ou alors *Les Bons Débarras,* que ma nièce – elle étudie à l'université – a beaucoup aimé l'année dernière. C'est exactement le type de films qu'il vous faut : c'est amusant, palpitant et, en même temps, ça élève les idées, comme qui dirait ; il y a une sorte de philosophie dans ces films-là, une manière de façon de voir les choses avec un autre angle, si on veut, enfin, ça fait du bien à tous les genres de personnalités, vous verrez.

Bien que son envie de passer la soirée avec un vendeur d'aspirateurs fût tout ce qu'il y avait de modéré, les efforts pathétiques d'Alexandre Portelance portèrent fruits et Juliette se laissa fléchir. Il fut convenu que le représentant viendrait la prendre chez elle le mardi 27 à quatre heures trente.

Quelques minutes plus tard, Juliette réussissait à dénicher une cuisinière-femme de ménage pour le dentiste Ménard qui, frissonnant dans son lit sous une épaisseur géologique de couvertures, se demandait avec angoisse si ce n'était pas maintenant au tour de son propre foie de faire la grève :

— Tout à l'heure, je demanderai à madame Pomerleau de m'apporter une de ses cassettes, se promit-il en claquant des dents.

Ce jour-là, Clément Fisette s'était levé vers sept heures, prêt à déplacer la Grande Muraille de Chine pour dénicher Adèle; il avait pris un solide déjeuner au *Géant Timothée,* à deux pas de *La Bonne Affaire* (une façon pour lui de narguer Livernoche et la malchance), puis s'était amené dans la petite cour intérieure de la rue Sainte-Marie... pour constater que des ouvriers procédaient à l'installation de fenêtres thermos à l'arrière d'un édifice.

— Journée foutue, soupira-t-il en tournant le dos.

Il alla se louer une *Aries K* jaune citrouille, roula un peu ici et là de par la ville, fit une promenade à pied le long de la rivière sur la Terrasse Louis-Côté et s'assit enfin sur la balustrade de pierre, en proie à un écœurement si profond qu'on aurait pu le dépouiller de son manteau et de ses bottes sans qu'il lève le petit doigt.

Il retourna à l'hôtel, s'amusa à déchirer en menus morceaux *La Fosse d'aisances* et jeta le roman à la toilette, passant près de causer une inondation. Puis il dormit. Au bout d'une heure, il se leva, se brossa les dents, alla dîner, puis retourna à l'hôtel.

— Dépêche-toi de te coucher, maudit soleil, que j'aille l'espionner, ce gros sacripant.

Il entrait dans sa chambre quand le téléphone sonna. C'était Juliette. Remplie de remords à l'idée de le voir passer Noël tout seul dans une ville étrangère, elle l'invitait à réveillonner avec Denis, Rachel et Bohu; le dentiste Ménard se joindrait peut-être à eux, s'il en trouvait la force.

— Je n'aurai pas grand-chose à vous offrir et la maison sent le diable, mais au moins nous serons ensemble. Rachel a fait du gâteau aux fruits et j'ai trois bouteilles de Saint-Émilion qui ne sont pas mauvaises du tout.

Il refusa.

— Je veux absolument vérifier si votre nièce est de retour chez son dictateur. Je serais bien surpris qu'ils passent Noël chacun dans leur coin.

— Et qu'est-ce que ça vous donnera ? C'est moi qui dois lui parler, pas vous !

— Quand je me fixe un but, il faut que je l'atteigne, se contenta-t-il de répondre.

Juliette essaya en vain de le faire changer d'idée. Il raccrocha et descendit au bar prendre une bière. À trois heures, il en avait pris six. Il remonta alors à sa chambre et s'endormit. À son réveil, le soleil s'était enfin couché. Il contempla un moment la fenêtre obscure, puis les fendillements du linoléum près de son lit, et décida soudain d'aller réveillonner chez la comptable. À huit heures, il arrivait à Longueuil et s'arrêtait prendre une bouchée au *Café Suprême*. Une fine neige s'était mise à tomber, mais le temps semblait s'adoucir.

— Eh bien ! j'ai finalement réussi à vous convaincre ! s'écria Juliette, ravie, en le voyant apparaître chez elle vers minuit. Allons, venez m'aider à éplucher les patates. Si vous travaillez bien, je vous servirai un verre de rhum.

Des fumets de tourtières à la sarriette et au clou de girofle parvenaient presque à neutraliser les émanations Michon. Denis se présenta, un tablier noué à la taille.

— Viens voir notre sapin, Clément. Bohu l'a acheté cette après-midi.

Ils se rendirent au salon contempler l'arbre un peu maigrichon, chargé de boules et d'ampoules multicolores.

L'enfant sourit à Fisette :

— J'ai un petit cadeau pour toi, tu sais.

— Moi, je n'ai rien pour personne, répondit le photographe, piteux.

▲

Le réveillon fut un peu morne. Tout le monde s'efforçait d'être joyeux, mais le cœur n'y était pas. Au moment de la remise des cadeaux, Denis ne put cacher sa déception devant l'absence de son livre sur le *Titanic*, que Juliette n'avait pas eu le temps d'acheter, mais la base spatiale *Galaxie 14* lui tira des exclamations de joie. Il présenta une boîte à Clément ; elle contenait une cravate à pois rouges. Son geste toucha le photographe, même si ce dernier n'avait pas porté de cravate depuis sa première communion. Juliette reçut une boîte de poudre de riz, Martinek, une cassette de sonates pour piano et violon de Beethoven et Rachel, une biographie de Jascha Heifetz, achetée d'occasion mais presque à l'état neuf.

Assis dans un coin, silencieux et songeur, Fisette semblait regretter d'avoir quitté Saint-Hyacinthe. Malgré toutes les questions qu'on lui posait, il se montrait fort peu loquace sur ses recherches, si bien que Rachel, agacée, lui demanda abruptement s'il se prenait parfois pour un membre du KGB ou de la Gestapo.

On se mit à table. L'obèse critiqua sa tourtière, qu'elle trouvait trop grasse. Ménard fit une brève apparition au moment du dessert, prit deux gorgées de sherry, se sentit mal et retourna se coucher. Après le repas, Martinek s'installa au piano et se mit à jouer des polkas, mais Denis lui fit observer que la musique risquait de déranger le dentiste et le musicien s'arrêta. Vers trois heures, il apparut clairement que Juliette tombait de fatigue et que Fisette avait trop bu. On se sépara.

Le photographe se réveilla le lendemain midi et téléphona à son amie Mariette, la vieillissante secrétaire de l'agence de voyages *Extraloisirs*, établie à deux portes du *Studio Allaire*, qu'il invitait au cinéma de temps à autre (cela se terminait parfois dans une chambre d'hôtel, mais jamais aussi souvent qu'il l'aurait voulu, l'appétit sexuel de Mariette frôlant l'anorexie). Il partit pour Montréal et ne revint qu'en fin de soirée, plutôt morose. En passant devant l'appartement de Juliette, il entendit de la musique et frappa à sa porte.

— Je pars pour Saint-Hyacinthe, annonça-t-il à la comptable.

— Hein ? Mais *La Bonne Affaire* sera sans doute fermée demain, mon pauvre ami. Vous allez encore perdre une journée.

— Peut-être pas. Je vous donnerai des nouvelles. Bonne nuit.

— Pas si vite. Attendez-moi une seconde.

Elle revint avec un sac :

— Tenez, emportez ça. Je vous ai mis du gâteau aux fruits, des mille-feuilles et les biscuits aux brisures de chocolat que vous aimez tant.

Il soupesa le sac :

— Hum... Merci. Mais je ne suis pas sûr de pouvoir me glisser par le soupirail si j'avale tout ça !

— Alors donnez-en une partie à notre libraire. Je ne vous chicanerai pas si vous y mettez un peu de cyanure.

Deux heures plus tard, il pénétrait dans sa chambre de l'*Hôtel Maskouta*. La somnolence qui l'avait engourdi tout au long de la route s'était brusquement évaporée à son arrivée à

Saint-Hyacinthe, comme dans le cas de ces jeunes recrues abruties par un voyage interminable qui, à l'approche du front, entendent tout à coup le bruit lointain des canons et se dévisagent en grimaçant, l'œil écarquillé. Il s'assit sur le lit, mangea un morceau de gâteau, puis descendit au bar et regarda un film policier jusqu'à deux heures du matin, prenant soin de limiter ses libations, car son foie commençait à maugréer.

Le lendemain, à huit heures, un écriteau lui apprenait que *La Bonne Affaire* était fermée.

Il passa une journée de ver de terre dans sa chambre à feuilleter de vieux numéros de *La Pure Vérité* trouvés dans un tiroir parmi une quantité phénoménale de capsules de bouteilles de bière.

À cinq heures, il enfila deux chandails, mit son manteau et glissa dans la poche intérieure un petit flacon de cognac qui l'aiderait à supporter le froid et le prémunirait – du moins l'espérait-il – contre un brusque affaissement de vaillance. Malgré les frissons qui le traversaient, il ne pouvait s'empêcher de sourire et de siffloter. Après un lundi aussi soporifique, une expédition risquée lui faisait l'effet d'un délassement.

À sa sortie de l'hôtel, une bruine glaciale tombait sur la ville, remplissant les rues d'une vapeur morose.

— Je vais aller me mettre quelque chose de chaud dans l'estomac. On dit que c'est bon pour le cran.

Après avoir avalé un bol de soupe et des craquelins dans un petit casse-croûte, il se dirigea vers l'extérieur de la ville. Des sonneries de cloches résonnèrent soudain tout autour de lui; l'air chargé d'humidité leur donnait un accent lugubre et oppressé. La pensée que c'était peut-être la dernière fois qu'il entendait des cloches et contemplait un paysage terrestre lui traversa l'esprit. Il pressa le bouton de la radio et tomba sur une conférence de presse du président Reagan. Ce dernier défendait avec fougue son projet d'augmenter le nombre des missiles *Peacemaker*. «Comment assurer la paix mondiale sans moyen pour la protéger? demandait le président. Est-ce qu'un gérant de banque peut se payer le luxe de congédier son agent de sécurité en se fiant aveuglément à l'honnêteté des gens?»

Il donna un nouveau coup de pouce et atterrit dans une chanson de Charlebois.

— Allons, grommela-t-il, je viens d'attraper encore une fois les bleus. Et pourquoi? Tout simplement parce que, depuis hier soir, je suis seul comme une girafe au pôle Sud.

Une heure plus tard, après s'être trompé de chemin deux ou trois fois, il arrivait aux abords de la maison de Fernand Livernoche. La nuit s'épaississait. Il stationna son auto dans un petit chemin abandonné à demi envahi par la forêt, puis, s'assoyant sur le capot, enfila une longue gorgée de cognac. La maison du libraire se trouvait à un kilomètre environ. Il revint sur la route et se mit à marcher, fouillant l'ombre de son œil écarquillé, figeant sur place au moindre bruit suspect. Soudain, une lueur apparut au sommet d'une côte. Il plongea dans un buisson et, insensible aux égratignures, alla se cacher derrière un arbre. Une auto blanche (ou bleu pâle?) passa lentement devant lui, les glaces à demi baissées, enveloppée dans le battement forcené d'une musique disco qui enterrait presque le ronflement du moteur, puis disparut. Il avait cru distinguer la fameuse *Maverick*.

— Pourvu qu'ils n'aient pas sacré le camp juste au moment où j'arrive, grommela-t-il en traversant le buisson. Quoique je l'imagine mal en amateur de disco...

Il parcourut encore une centaine de mètres, puis pénétra de nouveau dans la forêt. Au bout de quelques instants, le bas de son pantalon fut trempé. Le temps s'était passablement refroidi. Ses dents se mirent à claquer. Il s'arrêta, avala deux gorgées de cognac, gonfla ses poumons d'air, puis reprit sa marche et aperçut bientôt la grosse pierre plate sur laquelle avait atterri quatre jours plus tôt sa trousse de photographe. Il se rappela que le bois s'interrompait non loin pour faire place à un champ bordé par un talus en haut duquel s'élevait la maison du libraire. Il marcha encore un peu, puis s'arrêta à la lisière de la forêt et scruta la rangée d'érables à Giguère qui masquait la maison, essayant de distinguer une lueur. Un bruit sourd se fit entendre à sa gauche, suivi d'une sorte de frémissement. Puis le silence régna de nouveau. Il sentait dans l'air comme une odeur de guet-apens.

Entre la lisière du bois et la ligne d'arbres en haut du talus s'étendait une distance d'environ cent mètres. Pendant la traversée de cet espace découvert, il deviendrait aussi vulnérable qu'un lièvre au bout de la ligne de mire d'un chasseur. Il glissa la main dans sa poche, sortit le flacon de cognac et prit une autre gorgée, puis rampa à toute vitesse vers la maison. Malgré la peur qui lui remuait les entrailles, il ressentait une furieuse envie de rire à la pensée de l'aspect loufoque qu'il devait présenter, grand scout attardé s'amusant à un jeu solitaire et puéril.

Il atteignit la ligne d'érables sans encombre et aperçut la maison à travers le rideau de broussailles et de rejetons. Une fenêtre du rez-de-chaussée brillait à sa gauche. Il s'immobilisa, écouta un moment. Le faîte des arbres bougeait doucement au-dessus de lui. Très loin, un chien lâcha trois jappements brefs. Il se glissa parmi les branches, s'arrêtant à tout moment pour écouter. Ses claquements de dents avaient cessé. Une tiédeur bienfaisante amollissait son corps. Ce qui lui était apparu tout à l'heure comme une expédition risquée devenait un divertissement où allaient triompher sa débrouillardise et son imagination. Il avança un peu la tête et aperçut à sa droite l'auto de Livernoche stationnée sous un arbre.

— Bon. Il est chez lui. Ou dans les alentours ? À nous deux, mon gros...

Il quitta les broussailles, rampa vers l'arbre où il avait failli s'évanouir de peur deux jours plus tôt et se redressa lentement. Par la fenêtre, il aperçut le rectangle lumineux d'un téléviseur. Puis, quelques mètres plus loin, dans la pénombre de la pièce, un grand corps massif allongé dans un fauteuil, les jambes étendues en V, les bras croisés. La lueur de l'écran augmenta tout à coup et le visage de Livernoche apparut de trois quarts, morne, maussade, un peu affaissé. Le libraire porta la main à sa bouche, qui s'étira dans un grand bâillement. Fisette sourit :

— Tu t'ennuies, mon coco ? Mais ce qui m'intéresse est de savoir si tu t'ennuies seul ou avec quelqu'un.

Il se déplaça de côté de façon à pouvoir embrasser toute la pièce du regard. Mais, ce faisant, il se mettait dans le champ de vision du libraire.

Il semblait que ce dernier fût seul dans la pièce. Sa compagne pouvait évidemment se trouver ailleurs dans la maison. Comment vérifier ?

Fisette s'accroupit de nouveau par terre et, l'œil braqué sur la fenêtre, se dirigea vers le fond du terrain jusqu'à un gros baril de métal rouillé derrière lequel il se cacha. La maison lui apparut alors, avec ses quatre fenêtres, deux au rez-de-chaussée, deux à l'étage, toutes obscures. Entre celles du rez-de-chaussée s'ouvrait la porte de la cuisine, précédée d'une véranda qui faisait la moitié de la maison. Une des fenêtres de l'étage donnait sur le toit de cette véranda et le photographe remarqua qu'elle était entrouverte.

— Chambre à coucher, pensa-t-il. Aération pour la nuit...

L'impression d'être un détective de grand calibre grandissait peu à peu en lui, enivrante. Il promena lentement son regard dans la cour; la lune, voilée de vapeurs, l'éclairait d'une lumière diffuse et mouillée; une longue échelle de bois était appuyée contre la remise. Il la fixa un moment, toujours à croupetons derrière le baril, porta la main à la poche intérieure de son veston, sortit de nouveau le cognac et prit deux gorgées. Puis il se leva, marcha droit à l'échelle, la souleva, la transporta jusqu'à la véranda, l'appuya contre la corniche et grimpa sur le toit. Il rampa sans bruit vers la fenêtre, risqua un coup d'œil à l'intérieur et recula précipitamment. Une forme était étendue sur un lit.

— C'est elle, murmura-t-il tandis que son cœur se mettait à battre avec violence, donnant l'impression de doubler de volume et de pousser des ramifications dans sa gorge et jusque dans ses oreilles. Comment lui parler sans qu'elle se mette à crier ?

Il se pencha de nouveau... et constata que le lit était vide. Ce qu'il avait pris pour une forme humaine n'était qu'un amoncellement de couvertures. Il examina la chambre. Une commode à six tiroirs, un lit, un fauteuil, une coiffeuse, un tapis. Au fond, une porte ouverte donnant sur un escalier qui faisait un coude à mi-chemin. Une faible lueur en provenait. La fenêtre était à guillotine. Il appuya le bout des doigts contre le châssis de bois et le fit bouger facilement dans ses rainures. Glissant alors la paume des mains sous le châssis, il le souleva lentement, réussit à le coincer et passa la tête. En bas, Richard Garneau décrivait une partie de hockey d'une voix chaude et vibrante. Une odeur de graillon et de café flottait dans l'air. Il se courba, enjamba l'allège et demeura debout un moment au milieu de la pièce obscure, ébloui et terrifié par son audace.

La commode luisait faiblement avec ses tiroirs ventrus. Il eut comme l'impression qu'elle lui lançait des appels mystérieux. Il s'en approcha, posa la main sur la poignée d'un tiroir, puis, se ravisant, alla jeter un coup d'œil à la tête de l'escalier. Mal lui en prit! La pénombre l'empêcha d'apercevoir une assiette de cuivre ouvragé suspendue au mur à quelques centimètres de son épaule. Au bout d'un moment, il entendit Livernoche bâiller dans le salon. Rassuré, il tourna sur lui-même et heurta légèrement l'assiette. Le clou qui la soutenait tant bien que mal s'arracha et elle bondit de marche en marche dans un vacarme de fin du monde tandis que Livernoche se levait de son fauteuil comme si toutes les flammes de l'enfer rugissaient autour de lui.

Le lendemain, quand Juliette se leva, Denis avait dressé le couvert, préparé le café et il finissait d'avaler une rôtie.

— C'est gentil d'avoir fait le déjeuner, fit-elle en lui caressant les cheveux.

— Oh, c'est parce que ça me tentait, répondit l'enfant d'un air faussement détaché.

Il but un grand verre de lait au chocolat et jeta un rapide coup d'œil sur le journal :

NOUVEL ESSAI NUCLÉAIRE EN SIBÉRIE

titrait *Le Devoir* en première page. Puis il se dirigea vers la sortie :

— Le vétérinaire a téléphoné hier soir pour dire que le merle était prêt, lança-t-il, mine de rien.

— Ah bon, répondit Juliette, impassible. Où t'en vas-tu ?

— Rejoindre Vinh. Bohu va m'accompagner. Est-ce que je peux dîner chez lui, s'il m'invite ?

— Si sa mère est d'accord, moi, je veux bien.

Elle s'approcha pour l'embrasser, gratta une petite tache sur la manche de son coupe-vent.

Il mit la main sur le bouton de la porte et s'immobilisa, le dos tourné :

— Ma tante ?

Elle le regardait, l'œil ironique. Cette serviabilité si matinale faisait partie d'une stratégie.

— Ma tante, pour Sifflet, là, est-ce que...

— Je vais d'abord parler au vétérinaire, si tu permets.

Aussitôt qu'il fut parti, elle téléphona à Saint-Hyacinthe. Fisette avait quitté l'hôtel au petit matin sans laisser de message. Il était neuf heures et quart.

— Occupons-nous alors de Sa Grandeur Alphonse Pagé, décida-t-elle, farouche. Pourvu qu'il ne soit pas en train de se grilller la bedaine en Martinique !

À *Rebâtir Montréal,* on lui répondit que monsieur Pagé ne pouvait lui parler, car il était en réunion pour la journée.

— Mais il faut absolument que je le voie aujourd'hui même, insista Juliette. C'est très urgent.

Et elle tenta d'expliquer le motif de son appel.

— Je regrette, coupa la secrétaire, mais j'ai reçu l'ordre formel de ne pas le déranger.

— Demandez-lui au moins qu'il m'appelle, supplia la comptable.

— Très bien. Mais je ne peux vous promettre qu'il le fera.

Elle raccrocha, réfléchit un moment, puis se rendit à la penderie et enfila son manteau :

— Eh bien, s'il veut jouer à l'évêque, je vais faire le pape, moi. J'en ai assez de me faire piétiner le système nerveux par Joe, Baptiste et leurs cousins !

Elle sortit et se dirigea vers son auto d'un pas qui, malgré sa corpulence, était presque majestueux. En déverrouillant la portière, elle aperçut le dentiste Ménard, loin devant elle sur le trottoir, qui s'en allait, un peu voûté, la démarche incertaine.

— Qu'est-ce qui a bien pu le mettre dans un pareil état... Il devrait être au lit, le pauvre, au lieu de traîner sa misère aux quatre vents.

Vingt minutes plus tard, elle s'arrêtait, rue des Sœurs Grises, devant un grand édifice de pierre aux allures d'entrepôt, qu'on semblait tout juste avoir rénové. Entre-temps, quelques moments de réflexion lui avaient permis de réaliser que taper du pied dans le bureau d'Alphonse Pagé risquait de donner les mêmes résultats que de secouer un lion par la crinière. Ses prétentions sur la maison de sa tante avaient la solidité de la gélatine et le marché était sans doute déjà conclu entre Vlaminck et le président de *Rebâtir Montréal,* qui jouissait d'une écrasante supériorité financière. Alphonse Pagé n'avait qu'à lui donner une pichenotte et l'affaire était close. Il fallait tirer sur d'autres fils, exciter sa pitié, par exemple, et tout d'abord arriver jusqu'à lui.

Elle entra dans l'édifice et se retrouva dans un vaste hall aux murs de pierre nus, aux dalles de grès rose, dont le plafond, très élevé, était supporté par de grosses poutres grossièrement équarries. Une immense tapisserie de laine multicolore, à motifs abstraits, ornait le mur du fond où l'on apercevait un ascenseur et un tableau indicateur. Les bureaux de *Rebâtir Montréal* se trouvaient au quatrième étage. La réceptionniste, jeune fille naïve et pleine de bonne volonté, remarquable par sa mesure en toutes choses, eut toutes les peines du monde à cacher sa stupeur en voyant apparaître cette femme colossale au manteau vert pomme qui faisait penser à un morceau de prairie en mouvement.

— Pourriez-vous m'indiquer le bureau de votre patron? fit Juliette de sa voix la plus aimable en se plantant devant elle. Il m'a demandé de lui remettre un message en main propre.

— C'est la deuxième porte à gauche, répondit la jeune fille, de plus en plus ébahie, après un moment d'hésitation. Qui dois-je annoncer?

— Je m'annoncerai moi-même, merci.

Elle frappa un coup et pénétra dans le bureau.

Alphonse Pagé était assis dans un grand fauteuil de cuir noir, l'index posé sur un plan étalé devant lui, le combiné coincé entre l'oreille et l'épaule. La vue de l'obèse fit apparaître cinq plis sur son front, transformant en tierce deux petits grains de beauté situés au-dessus de son nez.

— Un instant, dit-il à son interlocuteur en déposant le combiné.

La réceptionniste, alarmée, venait d'apparaître derrière Juliette.

— Qu'est-ce qui se passe? fit-il en se levant.

Juliette s'avança:

— Je vous prie de m'excuser, monsieur, mais il faut absolument que je vous parle, et tout de suite.

— Qui est cette dame, mademoiselle Therrien?

— Mais je ne sais pas, moi, je ne sais pas du tout. Elle a passé devant moi comme un boulet de canon en me disant que vous l'attendiez.

— Je m'appelle Juliette Pomerleau, monsieur. Je suis comptable, honnête et lucide et je n'ai pas l'habitude de m'introduire chez les gens sans invitation. Si j'ai forcé votre porte, c'est que ça presse et je m'en excuse. J'ai habité plus de vingt ans dans une maison que vous êtes sur le point d'acheter – si ce n'est déjà fait – et je veux absolument vous...

Alphonse Pagé sourit, leva la main pour l'interrompre, puis, reprenant le combiné:

— Je vous rappelle, monsieur Vieira. Excusez-moi.

Il fit signe à la réceptionniste de se retirer.

— Assoyez-vous, madame Pomerleau. Mais je vous préviens: je n'ai pas beaucoup de temps à vous consacrer. Racontez-moi votre histoire, mais un peu plus calmement, je vous prie, que je m'y retrouve un peu.

Juliette, de plus en plus volubile et nullement calmée, exposa le motif de sa visite, puis, des larmes dans la voix, se mit à parler de sa tante Joséphine, de la profonde affection qu'elle lui avait toujours portée et qui s'était comme transférée sur sa maison, qu'elle voulait à tout prix, afin d'y finir ses jours entourée des siens.

Pagé l'écoutait, renversé dans son fauteuil à bascule, les mains croisées sur l'abdomen, l'œil narquois, vêtu d'un horrible complet vert olive qui lui donnait l'aspect d'un livreur de mazout. C'était un homme trapu, au début de la cinquantaine, les cheveux en brosse, le crâne à demi dégarni, avec quelque chose de paysan malgré son expression ouverte et pleine d'assurance. La vivacité de son regard, son élocution précise, rapide et hachée donnaient l'impression d'une énergie sans limites. Il était originaire du Lac Saint-Jean et s'était enrichi dans la fabrication de gants de caoutchouc (pour usage domestique, industriel et médical). Cinq ans plus tôt, la revue *Newsweek*, dans un article qui lui était consacré, l'avait surnommé *« l'homme aux dix milliards de doigts »*.

— Hum, se contenta-t-il d'émettre quand la comptable eut terminé.

Un moment passa.

— Votre tante avait une bien belle maison, ajouta-t-il en se tapotant les genoux, l'œil fixé sur Juliette, comme pour essayer de s'en faire une opinion.

Un peu mal à l'aise, elle tenta de changer de position dans son fauteuil, mais les appuie-bras la coinçaient.

— Oui, c'était une maison magnifique, dit-elle enfin. Un peu défraîchie aujourd'hui, mais heureusement, on ne l'a pas trop défigurée.

— Est-ce que vous savez qui je suis ? demanda-t-il tout de go.

Elle ne put s'empêcher de sourire :

— Bien sûr. Tout le monde vous connaît. Vous êtes Alphonse Pagé, président de *Rebâtir Montréal*.

— Êtes-vous au courant des buts de notre corporation ?

Elle hésita une seconde :

— Vous êtes dans l'immobilier ancien. J'ai lu des articles sur vous à quelques reprises... et je vous ai vu aussi deux ou trois fois à la télé. On dit que vous faites des affaires d'or... et que vous aimez les vieilles maisons. C'est d'ailleurs pourquoi je...

Il leva la main une seconde fois pour l'interrompre, appuya sur le bouton de l'interphone :

— Mademoiselle Therrien, voulez-vous dire à Gilles de m'attendre une quinzaine de minutes? Les buts que poursuit *Rebâtir Montréal* sont très particuliers, madame Pomerleau, reprit-il en posant les coudes sur son bureau. Le préfixe «re» est très important dans *Rebâtir Montréal*. Il indique que nous cherchons à réparer une partie des gaffes du maire Drapeau et de ses devanciers, et à sauver ce qui peut encore l'être – et qui le mérite, naturellement. Savez-vous que Montréal est la seule ville d'importance en Amérique du Nord à ne pas s'être dotée d'un plan d'urbanisme? Ç'aurait été mauvais pour les affaires, paraît-il... En fait, depuis les années 50, la planification urbaine se fait ici à coups d'incendies criminels et de décisions prises à l'extérieur.

— Ma foi, se dit Juliette, il est lancé pour la journée.

— Résultat: Montréal qui, jusqu'en 1930, figurait parmi les plus belles villes d'Amérique, est en passe de devenir une des plus laides. Improvisation, laideur et béton, telle est notre devise. Mais j'arrête ici mon petit sermon, qui risque de vous ennuyer. Je me propose, comme vous l'avez dit, d'acheter la maison du 2302, René-Lévesque pour la sauver et la mettre en valeur. Vous vous êtes sans doute aperçue qu'elle se trouve dans une zone de spéculation intense, où il est de plus en plus difficile de faire de vieux os. Évidemment, vous vous doutez bien que je ne suis pas le bon Samaritain de l'Évangile, mais un homme d'affaires qui cherche à réaliser des profits. J'ai fondé *Rebâtir Montréal* il y a trois ans. C'est une entreprise de rénovation et de construction immobilières, comme il y en a tant, mais qui obéit à une certaine vision, si vous me permettez l'expression.

— Qu'est-ce que c'est que toute cette salade? se demandait Juliette. Est-ce qu'il se prépare à me dire oui ou non?

— Pour l'instant, continua Pagé, nous en sommes à la phase du sauvetage des vieux édifices intéressants, que nous transformons en habitations ou en bureaux avec le plus grand souci de respecter leur architecture d'origine; mais j'ai fini par mettre la main il y a six mois sur une douzaine de stationnements dans le Vieux-Montréal. J'en tire pas mal d'argent, mais un de ces beaux matins, je me déciderai peut-être à remettre dessus les beaux édifices qui s'y trouvaient autrefois et qu'on a stupidement démolis.

— Et ma maison? demanda Juliette, qui regretta aussitôt son mouvement d'impatience.

L'homme d'affaires se mit à rire:

— Ah ça, il faudrait que j'y réfléchisse un peu, madame... Votre attachement à la maison de votre tante est bien sympathique, mais en même temps, vous me demandez de retirer de ma bouche un bonbon que je m'apprêtais à croquer... Nous nous trouvons, je ne vous le cache pas, devant une occasion superbe. J'ai visité les lieux vendredi dernier. Ils sont en excellent état, et ce bon monsieur Vlaminck, chose étrange, ne se doute absolument pas de leur valeur réelle. À l'époque, cette maison se dressait, comme vous le savez, dans un coin magnifique. Les Anglais appelaient l'endroit le *Golden Square Mile*. On le considérait comme un des plus beaux quartiers résidentiels de l'Empire britannique. Il n'en reste pas dix pour cent. La propriété qui vous intéresse constitue un de ces précieux vestiges. Il faut absolument stopper, voyez-vous, cette folie de spéculer n'importe comment avec l'espace urbain, sinon dans vingt ans, les touristes croiront que Montréal a été fondé en 1950 !

— Voilà plus de dix minutes qu'il me parle, se dit Juliette. Bon signe, ça.

Elle s'éclaircit la voix, tira à deux ou trois reprises sur le bord de sa robe, puis :

— Je... j'admire beaucoup votre travail, monsieur Pagé... Si tous les hommes d'affaires avaient votre... élévation d'esprit..., les villes seraient bien plus... enfin, disons, citadines, en quelque sorte. Eh bien, moi aussi, c'est justement pour préserver quelque chose de beau et d'ancien que je rêve d'acheter cette... Quel prix vous demande-t-il, monsieur ? fit-elle avec une intonation suppliante.

Alphonse Pagé se figea une seconde, puis pouffa de rire devant l'embarras de la comptable :

— Hum... voilà une question bien indiscrète, madame. Seul un bonasse y répondrait.

Il se renversa de nouveau dans son fauteuil :

— Trois cent soixante-dix mille dollars – ce qui est très raisonnable, soit dit entre nous. Alors, vous voudriez que je vous cède ma place ? Pour vos beaux yeux... ou ma belle jambe, peut-être ? Très bizarre, tout ça... Quelle est votre situation financière, madame Pomerleau ?

L'entretien se poursuivit quelques minutes, puis le téléphone sonna trois fois, coup sur coup. Quelques secondes plus tard, la porte s'entrebâilla et la tête d'un jeune homme à barbiche apparut :

— *Ils* nous attendent, monsieur Pagé.

— Bon, fit ce dernier en se levant, il faut se quitter.

Il tendit la main à Juliette :

— Je vais dormir sur votre problème et je vous rappelle demain. Laissez votre numéro de téléphone à ma secrétaire. Bonne journée, madame.

— Est-ce que je peux espérer...

Pour la première fois depuis le début de leur rencontre, une expression d'agacement traversa le visage de l'homme d'affaires. Il agita la main droite, comme pour chasser une mouche, et se dirigea rapidement vers la sortie. Juliette bafouilla une excuse et le suivit.

En arrivant à la maison, elle monta tout droit chez Martinek et lui raconta son entretien. Ce dernier venait de recevoir une commande urgente pour les arrangements musicaux du nouveau spectacle de Céline Dion. Cela l'obligeait d'abandonner ses travaux – ce qui le plongeait toujours dans un état de profond pessimisme. Il déclara d'un air pensif :

— Ma pauvre madame, à notre époque les sentiments triomphent rarement de l'argent. J'ai bien peur que votre maison ne vous file entre les doigts.

▲

Juliette passa l'après-midi à de menues occupations. Alexandre Portelance devait se présenter chez elle vers quatre heures trente. Elle prépara du sucre à la crème pour Denis, qui en réclamait depuis deux jours, mais se garda bien d'y goûter elle-même, reprise subitement par un profond désir de perdre du poids. Elle mit ensuite de l'ordre dans sa paperasse, prit longuement son bain et, devenue soudain coquette mais n'osant pas s'en avouer la cause, passa près d'une heure à se bichonner et à se choisir une robe. À quatre heures trente, ponctuel comme un train français, Alexandre Portelance appuyait son index moite sur la sonnette.

▲

Il ramena Juliette aux alentours de minuit. S'il ne s'était retenu, il aurait chanté à tue-tête *Feu, feu, joli feu* ou *Capri, c'est fini*, les deux seules chansons qu'il connaissait par cœur et qu'il ne chantait que dans les moments de grande euphorie, se contentant à l'ordinaire de fredonner de vagues mélodies d'une tonalité plutôt élastique.

Le souper à *L'Armoricain* avait été une sorte de petit chef-d'œuvre, auquel avait collaboré sans trop le savoir le personnel du restaurant. Malgré l'affluence, on avait réussi à leur dénicher un coin à l'écart ; le cuisinier – qui venait d'avoir une fille – s'était surpassé ; quelqu'un avait fait jouer trois fois de suite en sourdine les *Sylphides* de Chopin, musique qui avait la propriété de rendre Juliette comme une couventine à sa première amourette ; le *Suprême de poulet de grain aux truffes* et la *Surprise au pamplemousse rose* avaient amené sur ses lèvres les commentaires les plus élogieux et elle avait même fait demander le patron, monsieur Loiseleux, pour lui présenter ses compliments.

Dans les jours qui avaient précédé son invitation, Alexandre Portelance avait élaboré une stratégie de conversation qui donna les résultats les plus heureux. Celle-ci comportait trois points. Éviter les sujets sérieux en début de repas. Ils figent et font parfois flotter au-dessus de la nappe des nuages de malaise qu'il est ensuite très difficile de faire lever. S'en tenir à des choses impersonnelles, banales s'il le faut, et truffer le tout de badineries. Et puis, écouter, écouter, écouter. Un auditeur attentif augmente chez son interlocuteur l'estime de soi-même, et c'est là le plaisir le plus délicieux qu'on peut procurer à quelqu'un. Ne pas insister pour prendre du vin ; au cours des premières rencontres, cela effarouche parfois les femmes d'âge mûr. Mais si l'invitée accepte, y aller gaillardement, sans lésiner sur le prix.

Après des préliminaires prudents et quelque peu embarrassés et trois ou quatre questions innocemment insidieuses pour se faire une idée sur l'homme qui se trouvait en face d'elle, Juliette tomba peu à peu sous le charme de sa bonhomie souriante et goguenarde ; son deuxième verre de vin n'était pas encore vidé qu'elle s'était mise à lui raconter sa vie, flattée par son intérêt et ravie par la pertinence discrète de ses questions.

Il voulut commander une seconde demi-bouteille. Elle refusa. Ils se mirent d'accord sur un verre chacun. Et c'est tout étourdie par le vin, en proie à des bouffées de chaleur quelque peu incommodantes, mais remplie d'une allégresse qui ne l'avait pas soulevée depuis longtemps, qu'elle se fit raconter la vie simple et unie de son soupirant.

Il était né en 1932 de parents hôteliers à Saint-Georges-de-Beauce, y avait fait de brillantes études primaires, suivies d'un cours classique remarquablement moche au Séminaire de

Québec, où il avait laissé sa rhétorique en panne à l'âge de dix-sept ans; puis, après quelques années de joyeuse fainéantise et de pittoresques tribulations, il s'était enrôlé dans l'armée, malgré l'opposition de sa famille, pour se retrouver six mois plus tard en Allemagne, où le mal du pays lui avait fait perdre quinze kilos. Au bout de trois ans, il avait quitté l'uniforme et pris l'avion pour Montréal, qu'il avait toujours habitée par la suite. En trente-trois ans, il avait exercé deux métiers : celui de responsable de la sécurité aux magasins *Ogilvy* dans l'ouest de Montréal (poste qu'il avait dû abandonner presque aussitôt à la suite d'un vol à main armée qui l'avait surpris en pleine pause-café à l'extérieur des magasins); puis celui de représentant du célébrissime fabricant d'aspirateurs *Electrolux,* où il œuvrait depuis 1955. C'est là, disait-il, qu'il avait pris toute son envergure, battant des records de ventes deux ans sur trois, et son enthousiasme pour sa marchandise était aussi brûlant qu'au premier jour.

Vers sept heures, il avait délicatement fait remarquer à Juliette que la dernière représentation d'*Autant en emporte le vent* commençait bientôt et qu'ils avaient tout juste le temps de s'y rendre. Le film la charma. À part quelques minutes de torpeur au début de la deuxième partie (attribuable à un léger excès de vin), Juliette vibra constamment au destin tumultueux de Scarlett O'Hara et remercia vivement son compagnon à la fin de la séance pour la soirée agréable qu'elle venait de passer.

Vers minuit donc, au moment de le quitter, la comptable se sentit obligée, malgré sa fatigue, d'inviter le représentant à « venir prendre une tasse de café », mais ce dernier, voyant son œil battu et son visage un peu affaissé, eut la finesse de décliner, lui souhaita bonne nuit et s'en alla sans la moindre allusion à la possibilité d'un rendez-vous prochain.

— Un homme bien sympathique... et délicat en plus, pensa-t-elle en se dirigeant vers la maison, flapie, les jambes engourdies, la tête pleine encore d'un brassement de vaisselle.

Un rideau de mousseline bougea légèrement tandis qu'elle s'avançait dans l'allée.

— Vieille dévergondée, siffla Elvina, penchée à la fenêtre. Ce n'était pas assez de me tourmenter. Voilà maintenant que tu te mets à courir les hommes, grosse et laide comme tu es...

Elle croisa les bras et ses ongles sillonnèrent frénétiquement sa peau rougie, couverte ici et là de squames. Étaient-ce les poux du merle des Indes? Ou l'effet des gaz Michon? Depuis la veille, elle souffrait de furieuses démangeaisons aux coudes.

Tous les traitements du monde n'y feraient rien. Ses coudes la tourmenteraient jusqu'à son dernier souffle. Et sa haine contre sa sœur, les amis de sa sœur et l'humanité en général, malgré qu'elle ait atteint des sommets de férocité, ne cesserait, chose inouïe, d'aller en augmentant.

Livernoche essaya d'avaler sa salive par deux fois, mais sans succès. Au bout d'un moment, sa respiration reprit.

Il s'avança dans la pièce, livide, le corps glacé; son œil dilaté roulant de tous côtés semblait vouloir jaillir de son orbite. Après s'être arrêté sur le seuil, il se risqua dans le corridor, où donnait l'escalier, allumant l'un après l'autre les commutateurs sur son passage. L'assiette de cuivre gisait au milieu de la place. L'écran de télévision allumait sur elle des lueurs mouvantes qui semblaient la faire frémir.

Il se précipita dans le salon, éteignit l'appareil, écouta un long moment, puis revint dans le corridor et commença à gravir l'escalier.

— Imbécile, marmonna-t-il en s'arrêtant.

Il redescendit, entra précautionneusement dans la cuisine et revint avec un énorme couteau de boucherie dans sa main tremblante.

Après avoir visité la maison de fond en comble, jeté un coup d'œil à toutes les fenêtres (il lui sembla que celle de la chambre à coucher était plus entrouverte que d'habitude et qu'une étrange fraîcheur régnait dans la pièce), force lui fut de conclure que la cause de son effroi n'était qu'un clou mal enfoncé.

— Idiote! lança-t-il furieusement à l'intention d'Adèle. Trente-deux ans et ne pas savoir comment planter un clou dans un mur! Conne! Trois fois conne! D'ailleurs, il fallait mettre un crochet et non un clou!

Caché derrière le garage, Fisette ne se sentait guère mieux que le libraire. En sautant du toit de la galerie, il avait atterri sur les mains et ses poignets s'élançaient cruellement. Peut-être étaient-ils fracturés. Malgré la douleur et l'affolement, il avait eu la présence d'esprit de retirer l'échelle, mais il n'avait pas eu le temps de la replacer contre la remise, la laissant adossée à la véranda. Un examen le moindrement attentif des lieux attirerait l'attention du libraire sur ce détail. Il grelottait, couché à plat ventre sur la terre froide. La vue de cette échelle compromettante le navrait et le retenait sur les lieux.

Livernoche n'avait pas encore montré le bout de son nez dehors.

— Doit être en train de changer de pantalon, ricana le photographe. En tout cas, je sais maintenant que sa chère Adèle ne se trouve pas ici. Avec tout le vacarme que je viens de faire, elle aurait crié...

Un vrombissement s'éleva à droite de la maison. Fisette rampa dans l'ombre et arriva à temps pour apercevoir l'auto du libraire qui s'éloignait dans l'allée bordée de cèdres.

— Ah! la frousse l'a fait partir! se dit-il avec un sourire béat.

Et, sans plus attendre, il s'approcha de la maison, saisit l'échelle et, grimaçant de douleur, alla la déposer contre la remise.

— Il s'en va rejoindre sa blonde, fit-il en s'arrêtant au milieu de la cour. Torvisse! si je n'étais pas stationné si loin, j'aurais pu le filer!

Et, de dépit, il vida son flacon de cognac.

Pendant une seconde, il eut envie de profiter de l'absence du libraire pour fouiner dans la maison à la recherche d'un indice sur la cachette d'Adèle, mais l'incident de l'assiette de cuivre avait mis ses nerfs à rude épreuve et, après avoir erré un moment dans la cour, il franchit le rideau d'arbres et se dirigea vers son auto.

À vingt heures dix, hébété de fatigue et à demi soûl, il montait d'un pas incertain le grand escalier de chêne de l'*Hôtel Maskouta* sous l'œil narquois de la jeune réceptionniste; en vingt-quatre heures, elle en était à sa dix-neuvième hypothèse sur les raisons du séjour à Saint-Hyacinthe de ce grand type au sourire fadasse qui allait et venait sans dire un mot, tantôt sale, tantôt soigné, l'allure furtive et toujours pressé. Au début de la soirée, elle avait fait une visite discrète dans sa chambre, soulevant même les draps de son lit, sans trouver de réponses à ses questions.

Quelques instants plus tard, Fisette se glissait dans lesdits draps, l'aisselle odorante, le pied douteux, tous deux se livrant une âpre concurrence pour attirer l'attention de son nez, rempli des vapeurs du cognac. Malgré son épuisement, il n'arrivait pas à dormir, car ses poignets élançaient trop.

— Les chevilles, et maintenant les poignets, grommelait-il en se retournant dans son lit. Demain, ce sera quoi?

Il se leva plusieurs fois durant la nuit pour les passer tantôt à l'eau chaude, tantôt à l'eau froide, allumant la lumière pour observer l'enflure, jusqu'à ce qu'un vigoureux coup de poing dans le mur l'incite à souffrir plus discrètement. Il s'endormit vers quatre heures et se retrouva aussitôt devant monsieur Allaire, son patron, vêtu d'une robe de chambre mauve malgré qu'on fût au studio.

— Est-ce que... est-ce que je pourrais prendre congé jusqu'à jeudi, patron ? demanda Fisette en rougissant. Je... souffre de varicelle aux pommettes.

Monsieur Allaire eut un sourire ineffable :

— Mais bien sûr, bien sûr, mon cher Clément, répondit-il en se levant de son fauteuil avec une promptitude inouïe. Toute la semaine, si tu veux...

Et il se mit à le gifler à tour de bras, riant aux éclats :

— Ceci, c'est pour le fauteuil vert ! cela, pour le fauteuil blanc ! ceci, pour le fauteuil rouge ! cela...

— Quels fauteuils ? Mais quels fauteuils ? criait Fisette en essayant de parer les coups.

Il se réveilla à huit heures avec une boule d'acier qui lui tournait dans la tête mais les poignets raisonnablement souples. Sa première pensée fut d'appeler son patron pour lui annoncer la prolongation forcée de son absence. Une petite promenade autour de l'hôtel et trois cafés noirs firent diminuer un peu le volume de la boule et lui permirent d'amasser un peu de courage pour son appel.

Au moment précis où Juliette faisait irruption dans le bureau d'Alphonse Pagé, monsieur Robert Allaire, propriétaire et directeur des *Studios d'art Allaire* de la rue Mont-Royal, qui fournissait depuis 1954 à ses nombreux clients les photographies les plus susceptibles de les réconcilier avec le charme parfois limité de leur physionomie, s'emparait du combiné que venait de lui tendre une employée avec un «C'est Clément» sarcastique; avant même que le photographe puisse articuler une syllabe, son patron lui susurrait d'une voix suave :

— Alors quoi, mon Clément ? T'es-tu fait amputer un bras ? crever un œil ? enlever la moitié de l'estomac ? T'as attrapé le sida ? la grippe espagnole ? la maladie du légionnaire ? Raconte tout ça à ton vieux patron chéri qui depuis jeudi dernier se tape des journées de quinze heures, saute ses repas et marche à l'aspirine en espérant que son gentil Clément lui fasse la faveur un jour de venir travailler une petite demi-heure par-ci par-là, sans trop se fatiguer.

Un léger halètement se fit entendre à l'autre bout du fil, puis :

— Écoutez, monsieur Allaire... je ne pourrai pas venir travailler avant mercredi ou jeudi... je... je me suis foulé les poignets...

Une plaisanterie obscène traversa l'esprit de monsieur Allaire, mais il la garda derrière ses dents, un peu inhibé par la présence de sa jeune employée, mais surtout par la nouvelle image qu'il se faisait de lui-même depuis sa récente nomination comme vice-président de l'*Association des commerçants de la rue Mont-Royal*.

— Ça ne marche pas, Clément. Ça ne peut pas marcher. Je n'engage pas des employés pour travailler à leur place mais pour qu'ils travaillent à la mienne. Foulure pas foulure, il faut que tu sois ici demain matin à neuf heures pile, sinon...

— Je ne peux pas, monsieur Allaire, je ne peux vraiment pas, répondit Clément d'une voix désespérée. Au moment où je vous parle, j'ai de la misère à tenir le téléphone. Mes doigts ne veulent plus bouger ! Vous auriez beau m'enfermer toute la journée dans une chambre noire, je ne pourrais pas vous tirer une seule photo.

— Je suis sûr qu'il y a une histoire de femme derrière ça, déclara l'autre d'une voix déjà un peu moins ferme.

Fisette l'assura que, dans l'état où il était, on aurait plus de chances de trouver chez lui une escadrille d'hélicoptères qu'une femme, puis, jugeant que la meilleure façon de mentir était de s'appuyer sur la vérité, il raconta l'accident qui lui avait valu ces maudites foulures.

Cela donna un récit un peu confus mais assez convaincant où il était question d'un libraire peureux qui vivait seul à la campagne aux environs de Saint-Hyacinthe, d'une plaisanterie que Fisette et des amis avaient voulu lui jouer, d'une assiette de cuivre dévalant un escalier, puis d'une chute en bas d'un toit, le tout se terminant par une bonne brouille avec ledit libraire, suivie d'un séjour de quatre heures à l'urgence de l'hôpital Honoré-Mercier.

— Vraiment, mon cher Clément, s'écria monsieur Allaire, presque égayé, je ne te croyais pas aussi enfant. Tu aurais pu te casser le cou. Y as-tu pensé ?

Et, croyant agir par grandeur d'âme, alors qu'il obéissait plutôt aux lois du réalisme qui le poussaient à supporter l'absence d'un bon photographe mal payé plutôt que de se mettre à la recherche d'un remplaçant moins talentueux et plus cher, il fit subitement volte-face et enjoignit Fisette « de prendre tout le temps nécessaire pour se soigner, quitte à ne revenir que le lundi suivant ».

— Mais ensuite, ne rouspète pas si je te demande de travailler durant les fins de semaine, hein ?

Fisette le remercia avec effusion et raccrocha ; puis il regarda l'heure et fronça les sourcils : serait-il possible de s'introduire en plein milieu de l'avant-midi dans le sous-sol de la librairie sans attirer l'attention ?

La première chose à faire, bien sûr, était de vérifier si Livernoche se trouvait sur les lieux. Il consulta le bottin et téléphona.

— *La Bonne Affaire,* fit une voix bien connue.

— Passez-moi donc Jean-Paul, demanda Fisette en contrefaisant sa voix.

— Mauvais numéro, répondit le libraire d'un ton sec, et il lui ferma la ligne au nez.

— Eh bien, le tigre est dans sa tanière, se dit Fisette. Il ne reste plus qu'à se glisser sous sa moustache.

Mais auparavant, il sentit le besoin d'un autre café, car le cognac de la veille maintenait sa pensée dans un état plutôt vaporeux.

Il sortit de l'hôtel, longea le vieux marché et enfila la rue des Cascades en direction du petit restaurant où, quelques jours plus tôt, il avait mangé avec Juliette. Cela l'éloignait de *La Bonne Affaire* et d'une rencontre inopportune avec Livernoche. En arrivant au coin de la rue de l'Hôtel-Dieu, il aperçut la vitrine d'une minuscule papeterie-librairie et cela lui rappela que *La Fosse d'aisances* de Réjean Chrétien n'avait pas été un achat des plus heureux.

Il entra dans l'établissement et se dirigea vers le fond, où se dressaient des rayonnages à demi dégarnis. Des affichettes portant le mot SOLDE en grosses lettres rouges étaient fixées ici et là sur les murs, les tablettes, les comptoirs vitrés. On ne vendait que du livre d'occasion. Il tomba sur un exemplaire tout amoché d'*Une ténébreuse affaire* de Balzac, en vente pour deux fois rien, et trouva que le titre décrivait fort bien les circonstances où il se débattait. Au regard que posa sur lui le patron tandis qu'il se dirigeait vers la caisse, il comprit que l'apparition d'un client était devenue aussi rare qu'un tremblement de terre.

— Bonjour, fit-il en déposant le livre sur le comptoir. Le temps s'est réchauffé un peu... Personne ne va s'en plaindre, je pense... Les affaires vont bien ?

— Hm hm, marmonna l'autre, penché au-dessus de sa caisse.

Sa lassitude frappa Fisette. C'était un homme dans la soixantaine, au crâne luisant marqué de taches rouges, aux sourcils grisonnants et broussailleux, qui portait une chemise toute fripée dont la poche, gonflée d'un hérissement de stylos, commençait à se découdre.

— Vous avez un beau choix de livres, poursuivit aimablement Fisette. Ça fait longtemps que vous tenez librairie ?

— Trente-sept ans, répondit l'autre en glissant le roman dans un sac.

— On m'a dit qu'une nouvelle librairie s'était ouverte sur des Cascades près de la rue Sainte-Marie ?

— Oui, monsieur. Je ne vous conseille pas d'y aller.

— Ah non ? Pourquoi ?

— C'est un *sale*, monsieur. Un voleur de grands chemins.

— Ah bon.

— En fait, il y avait une autre librairie là-bas avant lui : *Le Grimoire*. Elle a fait faillite au milieu de l'été. Il l'a achetée pour la moitié d'un clin d'œil.

— Qui, «il» ?

— Un nommé Livernoche. Un gars de Trois-Rivières, paraît-il. Devrait y retourner.

— Si je comprends bien, vous auriez préféré que sa librairie n'ouvre pas.

— Du tout. C'est pas ce que j'ai voulu dire... J'aurais préféré qu'il se comporte avec moi en *monsieur*. Il s'est comporté en *sale*. Et je pèse mes mots. Du temps du *Grimoire,* tout allait bien. Monsieur Proulx et moi, on se partageait le marché. Il faisait dans le livre neuf, moi dans le livre d'occasion. Personne ne se nuisait. S'il a fait faillite, c'est à cause de problèmes personnels, monsieur, pas à cause de moi. Mais l'autre, en mettant le pied à Saint-Hyacinthe, il a décidé de me frapper en plein cœur pour prendre tout le marché. Le jour même de son arrivée, il s'amenait ici en se faisant passer pour un client. Il m'a acheté une dizaine de livres avec des sourires larges comme la rue et s'est mis à me faire parler sur la ville, ma clientèle, mes habitués, qui achetait quoi et pourquoi et à quel moment, mes relations avec le cégep, la bibliothèque municipale, la commission scolaire, les curés, les organisations paroissiales, la chambre de commerce, tout y a passé, et moi, grand niaiseux, je vidais mon sac sans voir son jeu. Et puis, une fois qu'il a su tout ce qu'il voulait savoir, il est allé ouvrir sa maudite librairie et s'est mis à vendre du livre d'occasion, du neuf et de la papeterie et à me tirer dans les jambes chaque fois qu'il le pouvait. Sa mère a dû se faire nettoyer le ventre à l'eau de Javel après l'avoir mis au monde, celui-là.

Fisette compatit à ses malheurs du mieux qu'il put, puis, mine de rien, lui demanda si son adversaire avait des employés. Ou peut-être était-il marié et sa femme travaillait-elle à la librairie ?

— On n'a jamais vu d'employés là-dedans, et avec le caractère qu'il a, je serais bien surpris qu'une femme ait jamais voulu de lui. Dites donc, s'interrompit-il tout à coup en dardant sur Fisette un regard méfiant, il vous intéresse donc, ce bonhomme...

Le photographe sourit, lança quelques blagues, puis acheta un calepin et une gomme à effacer, salua le libraire et s'en alla.

— Il cachait Adèle, il la cachait vraiment, murmura-t-il en pénétrant dans le restaurant, quelques portes plus loin. Ah! quelle histoire merveilleuse !

Il s'installa à une banquette :

— C'est comme si elle avait commis un crime... C'est ça ! elle a commis un crime... Mais lequel ?

Il commanda des rôties et un café et se mit à taper douce-ment du pied en se demandant où avait bien pu aller se nicher cette fameuse Adèle-au-crime. La serveuse déposa devant lui un napperon de papier orné d'un immense BIENVENUE WELCOME en caractères fleuris, puis revint avec le café et les rôties imbibées de beurre. Il voulut griffonner des notes sur le napperon, mais sa douleur au poignet l'arrêta. Adèle s'était probablement terrée quelque part en ville; Livernoche la ramènerait sans doute chez lui quelques jours plus tard, le temps de bien s'assurer que Juliette et son compagnon ne rôdaient plus à Saint-Hyacinthe. Ignorant les visites nocturnes de Fisette et croyant sans doute avoir lancé ses poursuivants sur une fausse piste, le libraire n'endurerait pas longtemps sa solitude forcée. S'il avait pu aller rejoindre sa maîtresse la veille – en admettant qu'il y fût allé – pour se retrouver ensuite à neuf heures derrière le comptoir de sa librairie, c'est qu'elle ne se cachait pas loin. Et sûrement dans une ville plutôt qu'un village, où il aurait été difficile de trouver un gîte à une heure tardive et, encore plus, de passer inaperçu. Adèle se trouvait donc à Saint-Hyacinthe, selon toute probabilité, ou peut-être à Montréal, Sorel, Drummondville... ou même Granby. Elle s'était sans doute retirée chez des amis (quoique, avec la vie claustrée qu'elle semblait mener depuis des années, il avait peine à lui en imaginer) mais, plus probablement, elle se terrait toute seule, avec sa trouille et son secret, sans doute à deux pas de lui, dans un de ces meublés qu'on peut louer au mois ou à la semaine, le visage tendu, tirant nerveusement des bouffées de cigarette devant la télévision et se faisant apporter ses provisions par des livreurs. Il se pouvait enfin, tant les gens sont bizarres et irrationnels, qu'elle fût en train de se promener toute tremblante sur la rue des Cascades, redoutant une rencontre fatale, mais incapable de rester enfermée trois jours de suite. Ou alors, en sortant du restaurant, il arriverait nez à nez avec elle et une courte explication s'ensuivrait; l'histoire policière qu'il était en train d'échafauder s'écroulerait avec fracas, le laissant déçu, englué encore une fois dans l'incurable insignifiance de la vie.

Un vague écœurement le remplit; il termina son café en deux gorgées, paya, sortit, s'éloigna dans la rue, puis s'arrêta, perplexe.

Il avait l'impression d'aller narguer le sort en s'introduisant une deuxième fois dans le sous-sol de la librairie. C'est par miracle qu'il avait pu se tirer sans encombre de sa mésaventure de la veille. Chaque homme avait son heure noire qui l'attendait. La sienne était peut-être sur le point de sonner.

Grelottant de peur, il se dirigea vers la rue Sainte-Marie en balançant le sac de polythène qui contenait sa torche électrique, ses livres et son coussin, et pénétra dans la cour. Après avoir jeté un long regard circulaire sur les édifices, il déplaça le morceau de contreplaqué et se glissa dans le vide sanitaire comme dans une tombe. Quelques minutes s'écoulèrent; son intrusion semblait avoir passé inaperçue; il put alors concentrer son attention sur ce qui se déroulait au-dessus de sa tête. *La Bonne Affaire* semblait connaître une avant-midi particulièrement achalandée; à entendre la voix doucereuse de Livernoche, ses plaisanteries éculées et ses lieux communs sur la température, personne n'aurait pu deviner qu'il avait sans doute connu, quelques heures auparavant, la plus grande peur de sa vie.

Vers dix heures trente, Fisette entendit une sorte de grattement près de la chaudière à mazout. Allumant sa torche, il inspecta le coin. Le grattement cessa. Au bout de quelques instants, comme le bruit n'avait pas recommencé et qu'au-dessus de sa tête la conversation du libraire avec un amateur de quilles avait atteint une insignifiance presque sublime, il se lança dans la lecture d'*Une ténébreuse affaire*. À la page 37, au moment où le régisseur Michu, posant sa large main sur la bouche de sa femme pour l'empêcher de crier, lui ordonne de se glisser par une brèche de la douve et d'aller avertir la jeune comtesse du danger qui la menace, Fisette cligna plusieurs fois des yeux, massa son coude engourdi et réalisa avec désespoir qu'il était en train de perdre son temps dans un trou poussiéreux, en l'auguste compagnie d'un rat que la lumière de la torche n'intimidait même plus et qui trottinait au fond de la cave, toujours invisible. Le photographe frissonna, puis consulta sa montre : elle marquait midi dix. Le silence s'établit bientôt dans la boutique. Fisette entendit le libraire aller et venir en chantonnant, puis il y eut un bruit de chasse d'eau et Livernoche, revenant derrière le comptoir, s'écria tout à coup :

— Ce remède bat tous les autres ! Je peux enfin penser à autre chose qu'à mon derrière, bon sang !

Il y eut un déclic, puis une sorte de bourdonnement, et la voix du libraire s'éleva de nouveau, pleine de cette fausse douceur typique des hommes dominateurs en mal d'amour :

— Comment ça va, mon minou ? Qu'est-ce que tu faisais ? Ah bon... tu as réussi à te trouver du fil noir... Je te sens toute triste, tit-minou... Je te jure que tu t'inquiètes beaucoup trop... Au moment où on se parle, ils doivent être occupés à patrouiller les rues de San Francisco... Si je te garde là, c'est juste au cas où, tu comprends ? Après tout, on ne sait jamais... Elle m'avait l'air bien obstinée, ta tante, et son grand blond filasse aussi, avec ses narines de cochon (Fisette grimaça) et ses longues mains molles... Je lui serrerais bien la gorge une minute ou deux, à ce fond de poubelle... Dans deux ou trois jours, j'irai te chercher... Ce n'est pas l'envie qui me manque, tu sais...

La conversation prit alors une tournure de plus en plus intime, et Fisette apprit qu'un certain déshabillé lilas excitait le libraire au plus haut point et qu'Adèle venait justement de le laver et se disposait à l'étendre sur une corde à linge. Livernoche, baissant soudain la voix, se mit à roucouler des propos lascifs, mais Fisette n'arriva pas à en attraper trois mots. Le tintement de la sonnette suivi d'un «Avez-vous *Cent façons de bâtir des clôtures* par un nommé Blanchette ?», lancé d'une voix à faire s'écrouler les rayonnages, écourtèrent brutalement les effusions de Livernoche.

— Il faut que je repère ce déshabillé, se dit le photographe, galvanisé, en rampant à toute vitesse vers le soupirail tandis que Livernoche essayait de masquer sa contrariété et proposait des manuels de bricolage à son tonitruant client.

Il jaillit du soupirail, au grand effroi d'un vieil emphysémateux à lunettes épaisses qui grillait une cigarette dans un coin d'ombre, loin des yeux de sa femme.

— Jamais je ne pourrai revenir ici, déplora Fisette en se glissant vitement hors de la cour après un petit signe de tête au fumeur qui le contemplait, hagard, la cigarette pendue au bord des lèvres.

Il s'élança dans la rue Sainte-Marie, tourna sur Calixa-Lavallée et se réfugia entre deux maisons pour épousseter ses vêtements.

— J'espère que ce vieux chnoque n'ira pas alerter toute la ville... Un déshabillé, ça sèche en combien de temps? Avec ce vent, une heure tout au plus. Est-ce que je devrais prendre mon auto? Hum... difficile de conduire, l'œil sur des cordes à linge. Mieux vaut un taxi. De toute façon, ce n'est pas moi qui paye.

Il revint dans la rue, aperçut un taxi et lui fit signe d'arrêter.

— Un autre de ces crottés à court de drogue, je suppose? pensa Victor Plamondon en freinant. Je me demande ce qui se passe depuis six mois: la ville en est pleine, tabarnouche.

Fisette monta à l'arrière et, se penchant vers le chauffeur qui gardait la tête droite, imperturbable et méprisant:

— Je... j'ai... j'ai perdu mon chien tout à l'heure, fit-il en essayant de prendre un ton dégagé. Un lévrier chinois brun pâle, très haut sur pattes... Je... je voudrais que vous parcouriez les rues de la ville à petite vitesse; il faut absolument que je le retrouve: il m'a coûté une fortune.

Le chauffeur se retourna vers lui avec un air de stupéfaction joyeuse:

— Moi, ça me fait rien, monsieur, mais ça risque de vous mettre le portefeuille à sec!

— Je vais perdre encore bien plus si je ne retrouve pas mon chien.

— On commence par quel coin? demanda l'autre en démarrant.

— Il s'est échappé près d'ici, sur de Vaudreuil.

L'auto se rendit au bout de la rue, tourna sur de Vaudreuil qu'elle suivit jusqu'à son extrémité sud, puis se mit à sillonner le quartier. Les deux hommes gardaient le silence. Fisette, penché en avant, virevoltait de la tête, scrutant les cordes à linge d'un œil vorace.

— Pas trop vite, monsieur, demanda-t-il au bout d'un moment. Je rate des bouts de rue.

De plus en plus intrigué, Victor Plamondon ralentit, puis, ajustant son rétroviseur, examina discrètement son client. De longues traînées grisâtres maculaient le haut de son pantalon fripé. Par son coupe-vent largement ouvert, dont le velours côtelé vert bouteille avait pris par endroits un aspect vaguement terreux, il apercevait un chandail rose gomme balloune si lamentablement avachi qu'on aurait dit que son propriétaire s'en servait pour dormir la tête en bas à la manière des chauves-souris.

— Doit passer les nuits en dessous des ponts à s'envoyer de la mescaline, se dit le chauffeur avec une grimace de mépris.

L'œil dilaté, l'individu n'arrêtait pas de se tortiller sur la banquette en se mordillant les lèvres ; sa nervosité allait croissant. Soudain, Plamondon eut un sourire étonné :

— Dis donc, chose, tu regardes donc haut pour ton chien ? Est-ce qu'il a l'habitude de se promener sur les toitures ou quoi ?

— Vous trouvez que je regarde en l'air ? C'est que je fais du strabisme, répondit le photographe avec un aplomb parfait.

L'homme eut un petit soupir, et le sentiment d'être dépassé par quelque chose de bizarre et d'incompréhensible l'écrasa ; il haussa les épaules et se mit à jeter de temps à autre un coup d'œil au compteur, qui affichait des données de plus en plus réjouissantes. Mais la peur de ne pas être payé l'assaillit tout à coup.

— Est-ce qu'on va rouler comme ça encore longtemps ?

— Continuez, continuez.

— Est-ce que t'es un peu argenté, au moins ? Ç'arrête pas de grimper là-dedans, et j'ai pas envie de me faire payer avec des soupirs d'anges, moi.

— Soyez tranquille, j'ai tout l'argent qu'il faut, monsieur, répondit le photographe, offensé.

— Il a peut-être filé de l'autre côté de la rivière, ton chien.

— Est-ce qu'on a terminé avec ce coin-ci ?

— S'il y a des maisons que t'as pas vues, c'est qu'on les a pas encore bâties.

— Alors, traversez la rivière.

— Par le pont Barsalou ?

— Par le pont que vous voudrez. Il y a un quartier résidentiel, de ce côté-là ?

— Oui, monsieur.

Il regarda de nouveau le compteur :

— 13,75 $... Je peux me faire facilement 60 $ si ce grand gnochon se décourage pas trop vite.

Le taxi fila sur le pont Barsalou, à l'aspect si maussade avec ses hauts parapets de béton massif, puis suivit la rue Bourdages, dépassa la maison mère des Sœurs de la Charité, et arriva devant la *Résidence des gens heureux*.

— On tourne ? demanda le chauffeur. Plus loin, c'est la campagne.

Il rebroussa chemin et se mit à parcourir les rues avoisinantes.

— As-tu objection si j'allume la radio ?

Le photographe, tous yeux dehors, ne répondit rien. Il ne semblait pas avoir entendu. Victor Plamondon eut une moue de dépit. Ses réflexions se portèrent sur la génération montante et prirent une couleur boueuse ; il voyait le genre humain arrivant au bout d'un tunnel, et le tunnel donnait sur le vide.

— Lilas ! s'écria tout à coup Fisette en abattant sa main sur l'épaule du chauffeur. Arrêtez ! Combien je vous dois ? Ou plutôt, attendez-moi, je reviens tout de suite.

Il bondit sur le trottoir et s'élança vers un gros duplex au coin de la rue. Plamondon qui, sous l'impact simultané du cri et de la claque, éprouvait certaines difficultés à expulser de sa trachée-artère un peu de salive qui venait d'y pénétrer malencontreusement, ne put retrouver la voix assez vite pour exiger de son client qu'il le paye illico. Toussant et sifflant, il s'élança du taxi à son tour à la poursuite du photographe, mais ce dernier arrivait déjà en haut de l'escalier qui donnait accès à l'appartement du premier. Il fit un petit signe apaisant au chauffeur, puis appuya son doigt sur la sonnette.

Plamondon, perplexe, se dandinait sur le trottoir en s'éclaircissant la voix ; puis il se déplaça de quelques mètres afin de surveiller l'arrière de l'édifice, d'où il craignait que son client prenne la sauvette.

— Où est-ce qu'il l'a vu, son maudit chien ? se demanda-t-il en promenant son regard dans la cour. Lilas ! ça prend un drogué pour donner un nom pareil à un animal.

Pendant ce temps, Fisette, tout frémissant, louchait discrètement vers une grande fenêtre rectangulaire, essayant de percer le tissu translucide des rideaux de nylon vert pâle. Soudain la porte s'ouvrit et une jeune femme apparut.

— Merde! ce n'est pas elle, grogna intérieurement le photographe.

La jeune femme, surprise, lui fixa les mains, regarda à ses pieds, puis, levant la tête, aperçut une fourgonnette stationnée en face :

— Vous n'avez rien apporté avec vous ? s'étonna-t-elle.

— Euh... non, bafouilla Fisette.

— Suivez-moi, fit-elle après une seconde d'hésitation. C'est au bout du corridor.

De plus en plus ébahi, Fisette referma la porte et lui emboîta le pas, cherchant à comprendre ce qui se passait. Ils traversèrent une cuisine. Assis au milieu du plancher, un bébé en salopette mauve suçait un petit camion de bois verni. Un filet de bave s'étirait du jouet jusqu'au plancher.

La femme poussa une porte, fit de la lumière et, s'approchant d'une baignoire sur pattes, pointa les robinets :

— C'est là. Il y a un tuyau qui coule.

Elle glissa la main entre le mur et le rebord émaillé :

— L'eau froide. Ça s'est mis à dégoutter cette nuit. Une grande flaque sur le plancher en me levant ce matin. J'ai mis un plat, mais il faut que je le vide à chaque demi-heure.

Fisette la regarda une seconde en clignotant des yeux d'un air stupide, puis s'avança d'un pas lourd et empêtré et glissa sa main contre le tuyau :

— Je reviens tout de suite, balbutia-t-il.

Il enfila le corridor, sortit et croisa dans l'escalier un gros homme à casquette grise portant un coffre à outils.

— Vite ! ordonna le photographe à Plamondon. Je me suis trompé. Ce n'est pas mon chien.

L'auto démarra. À deux heures moins dix, le compteur indiquait 68,50 $. Fisette y jetait des regards de plus en plus soucieux. Est-ce que ses efforts allaient s'avérer inutiles ?

Au même instant, trois rues plus loin, une femme apparut sur une galerie; jetant un regard effarouché aux alentours, elle se mit à dégarnir rapidement une corde à linge. Un déshabillé lilas ondulait au vent à quelques pieds de la rampe. Quand Fisette passa devant l'immeuble, le vêtement avait été jeté sur le dossier d'une chaise et la jeune femme, assise, une cigarette à la main, poussait des bouffées de fumée en le fixant d'un regard vide.

À deux heures, le photographe décida d'arrêter ses recherches et demanda au chauffeur de le conduire à l'*Hôtel Maskouta*. Il lui remit 70 $, n'ajouta pas un sou de pourboire, et monta à sa chambre, de fort mauvaise humeur. En entrant, il vit la fissure en forme de tête d'orignale qui ornait le mur de sa chambre. L'animal avait une expression si triste et si lamentable qu'il referma aussitôt la porte, incapable d'en supporter la vue, et demeura dans le corridor, les bras ballants, horrifié à l'idée de rester cinq minutes dans cette pièce qui suait tellement la misère de vivre qu'elle donnait envie de mettre le feu aux rideaux. Il fit quelques pas dans le corridor, les épaules affaissées, les jambes molles et s'appuya contre un extincteur accroché dans une encoignure et sur lequel une main vengeresse avait gravé un FUCK GISELE en lettres de cinq centimètres.

— Ouais... qu'est-ce que je vais faire du reste de ma journée? soupira-t-il, accablé.

Après sa rencontre avec le vieux fumeur, il n'avait guère envie de retourner au sous-sol de la librairie. D'ailleurs, il doutait de plus en plus que ce stratagème lui permette jamais de connaître la cachette d'Adèle Joannette. Il se dirigea vers l'escalier et descendit lentement les marches.

— Y a une femme qui a téléphoné pour vous tout à l'heure, annonça la jeune réceptionniste en levant la tête d'un magazine. Elle n'a pas voulu laisser son nom.

Fisette s'approcha du comptoir et se pencha vers l'adolescente. Une énorme chique de gomme à mâcher couleur lilas ornait le bout de son index gauche.

— Jeune ou vieille? demanda-t-il, frôlé par un étrange pressentiment.

La réceptionniste le regarda une seconde, tout en mastiquant avec énergie une deuxième chique qui lui parut tout aussi énorme que la première, et du même lilas.

— Oh, elle ne semblait pas bien vieille. Trente ou quarante ans, peut-être. Elle avait l'air pas mal énervée...

Le dos du photographe se couvrit de sueur et simultanément ses deux gros orteils se mirent à piquer :

— Est-ce qu'elle va rappeler? fit-il d'une voix légèrement haletante.

— Sais pas, répondit l'autre en se replongeant dans son magazine.

Et elle oublia totalement sa présence. Fisette poussa la porte du bar-salon, se retrouva dans une espèce de vestibule et aperçut un téléphone public. Il composa le numéro de Juliette, mais personne ne répondit. La sonnerie continuait à retentir au bout du fil et il demeurait là, planté devant l'appareil, le

combiné coincé entre l'oreille et l'épaule, ignorant la présence
d'un homme debout derrière lui et qui attendait.

— Je gagerais ma paye d'un an que c'était Adèle, se dit-il en
raccrochant.

Il se retourna et sursauta à la vue de l'homme.

— Excusez-moi, bafouilla-t-il en poussant la porte.

Il traversa le hall, sortit et marcha dans la rue.

— Mais comment pouvait-elle savoir que je loge ici? se
demanda-t-il subitement. Est-ce qu'on me surveillerait?

Il se retourna. L'inconnu du vestibule venait de sortir à son
tour et se dirigeait vers lui en le fixant. Parvenu presque à sa
hauteur, il grimaça d'une façon étrange, obliqua à droite et
s'éloigna vers la place du marché.

Fisette se mit à errer dans le centre-ville, prenant soin d'éviter
le voisinage de *La Bonne Affaire,* puis entra dans un petit
restaurant-dépanneur de la rue de la Concorde. Il s'installa au
comptoir, commanda des beignes et du café et parcourut *La
Presse.* L'envie de jeter bas les armes et de retourner à Longueuil
grandissait en lui, mollement combattue par le dépit de voir
avorter si vite sa carrière de détective amateur.

Au troisième beigne, la petite femme vive et surmenée qui le
servait lui fit remarquer en plaisantant qu'il était en train de
« casser son souper ».

— Quand je n'aurai que ça de cassé, murmura-t-il en haussant
les épaules.

Puis il se leva et se rendit à un téléphone public au fond de la
salle. Juliette ne répondait toujours pas.

La nuit tombait quand il sortit, laissant derrière lui le souvenir
ambigu d'un individu habillé comme la chienne à Jacques, mais
« distingué » et grand donneur de pourboires. Il se dirigea
vers l'hôtel, mais passa outre, ne se sentant toujours pas la
force de terminer la soirée avec une orignale si déprimante.
Puis, se ravisant, il rebroussa chemin.

— Elle vient tout juste de vous rappeler, monsieur, lui
annonça la réceptionniste avec un grand sourire. Mais elle n'a
toujours pas voulu laisser son nom.

— Merde, grommela-t-il, j'aurais dû rester à ma chambre.

Mais, contre toute logique, il sortit de nouveau, sous l'œil
moqueur et intrigué de la jeune fille, et se lança dans une
promenade sans but.

Vingt minutes plus tard, il franchissait le pont Barsalou et
pénétrait dans le quartier qu'il avait sillonné en taxi quelques

heures auparavant. Il erra ainsi un long moment, de plus en plus triste et maussade, puis entra chez un dépanneur et essaya encore une fois d'atteindre la comptable.

— Ah bon, c'est vous, Clément? Je suis contente que vous m'appeliez. Je vous ai téléphoné deux fois aujourd'hui.

— Ah bon, c'était vous, fit l'autre, déçu.

— Comment ça va? reprit Juliette d'une voix pleine de jubilation. Est-ce qu'il y a du neuf?

— Je tourne en rond. Hier soir, je suis allé encore une fois chez Livernoche et j'ai même réussi à y entrer pour vérifier si votre nièce n'était pas revenue. Mais cela a failli mal tourner.

Il lui raconta l'incident, puis ajouta :

— Je vous avoue que je suis un peu tanné de jouer au rat de cave. Ce matin, j'avais cru trouver une piste, mais ça n'a pas marché, et vous écopez d'une note de taxi de 70 $.

— Mais pourquoi un taxi? Vous n'avez pas loué d'auto?

— Eh oui. Mais il me fallait un taxi.

Il lui expliqua pourquoi et termina en disant :

— À présent, j'ai plutôt l'impression qu'elle est allée se cacher à Montréal... et j'ai quasiment envie de retourner chez moi.

— Je vous en prie, mon cher Clément, donnez-moi encore deux jours. Vous avez eu une idée de génie : c'est dans cette cave, j'en suis sûre, que vous allez apprendre où elle se trouve. Il finira par lâcher un indice, vous verrez bien! Je suis désolée de vous voir languir comme ça, mais le vent peut tourner, vous savez. C'est ce qui vient de m'arriver aujourd'hui.

Et elle lui raconta sa rencontre avec Alphonse Pagé. Celui-ci l'avait rappelée en début d'après-midi pour lui annoncer qu'il acceptait de renoncer à la maison en sa faveur. Mais il y mettait une condition : elle s'engagerait par une clause de droit de premier refus à lui revendre la maison advenant le cas où elle déciderait de s'en départir à son tour et ce, au prix d'achat initial, ajusté à l'inflation. Juliette trouvait cela tout à fait raisonnable. Pagé avait même pris la peine de téléphoner à Vlaminck pour lui expliquer la situation et, en véritable gentilhomme, avait refusé de spéculer comme intermédiaire.

En début d'après-midi, elle s'était rendue à *L'Oasis* avec Martinek et l'architecte Michael Fish, un ami de Longueuil qui avait accepté avec gentillesse d'interrompre ses vacances pour inspecter sa maison avant qu'elle présente une offre d'achat à Vlaminck. C'est alors que se produisit un incident qui aurait pu avoir de graves conséquences. Vers la fin de leur visite, elle descendait l'escalier du premier lorsqu'une des marches, sans doute affaiblie par l'usure, céda sous son poids et s'enfonça de quelques centimètres. Juliette perdit l'équilibre, voulut s'accrocher à la rampe, mais sa main glissa. Et n'eût été de Martinek, qui la précédait dans l'escalier et s'arc-bouta contre elle de toutes ses forces pour l'empêcher de dégringoler, elle aurait pu se blesser grièvement.

— Il faudra faire inspecter les escaliers dès demain, dit-elle d'une voix tremblante, tandis que Vlaminck lui présentait une chaise. Je n'oserai pas remettre les pieds ici tant que ça n'aura pas été fait. Sainte Éternité ! j'ai pensé que ma dernière heure était venue.

Le musicien avait été tellement séduit par la maison qu'il la supplia de le prendre comme locataire. Elle accepta, comme elle acceptait également de loger Fisette, s'il désirait s'éloigner de la venimeuse Elvina. Les dimensions des lieux lui permettaient, en effet, d'aménager des appartements fort spacieux aux premier et deuxième étages, le rez-de-chaussée leur suffisant à elle et à son petit-neveu.

Aussitôt revenue chez elle, Juliette était allée trouver le dentiste Ménard – qui prenait lentement du mieux – pour lui annoncer la mise en vente de sa conciergerie. Il lui avait demandé, lui aussi, de le prendre comme locataire, mais la chose n'était pas sûre, car l'espace risquait de manquer. En quittant le dentiste, elle avait aussitôt téléphoné à un agent immobilier ; il devait arriver d'une minute à l'autre. La vente de sa propriété de Longueuil ne serait pas chose facile, car la curieuse enclave que constituait l'appartement d'Elvina déplairait sans doute à beaucoup d'acheteurs éventuels, qui craindraient des tas de complications... qui auraient bien raison ! Mais comme l'édifice était en excellent état, d'un bon rapport et très bien situé, elle espérait pouvoir en obtenir 350 000 $.

— Je vous en supplie, Clément, tenez bon encore deux jours, le temps que je règle mes affaires, et je cours vous rejoindre à Saint-Hyacinthe. Je suis sûre que nous sommes sur le point de mettre la patte sur ma nièce. J'ai assez vécu, mon cher, pour être capable de sentir le moment où la chance arrête de nous bouder et se tourne vers nous avec un clin d'œil. Le malheur arrive en chapelet de saucisses, mais le bonheur aussi !

Il ne put s'empêcher de sourire en entendant sa voix joyeuse et vibrante d'enthousiasme, qui avait retrouvé son timbre de jeune fille. Son cafard fondit d'un coup et il lui promit de l'attendre jusqu'au vendredi, mais pas un jour de plus, sinon il risquait de se retrouver chômeur !

— Voulez-vous que je lui téléphone, à votre patron ? offrit Juliette dans un élan de gratitude. Je saurai trouver les mots pour...

— Non non non, je vous remercie, n'en faites rien. Je lui ai monté ce matin une histoire qui l'a calmé pour quelques jours.

Ils se quittèrent sur ces mots. Fisette sortit dans la rue. Elle était longue, vaste et déserte, bordée de grandes maisons carrées auxquelles la lumière chiche des lampadaires donnait un petit air souffreteux. Il eut tout à coup le sentiment d'avoir sous les yeux l'image même de sa vie de jeune vieux garçon solitaire, passant le plus clair de son temps à fixer pour la postérité des binettes dont elle n'avait nul besoin, à immortaliser des mariages dont une bonne part, au bout de quinze jours, avaient sombré dans l'insignifiance, encore chanceux, deux ans plus tard, s'ils n'avaient pas crevé dans la chicane.

Et le soir, faute de femmes, il passait des heures dans sa chambre noire à tripoter des négatifs pour tenter d'allonger sa liste de troisièmes prix et de mentions honorables qui ne lui procuraient qu'une gloire confidentielle.

Il déboucha dans la rue Fontaine. À sa gauche, au bout de la rue, *Les Loisirs de la Providence* occupaient un gros édifice carré construit sur le coin d'un parc d'où soufflait un vent glacial. Un frisson lui grimpa dans les jambes et alla s'épanouir dans son dos. Il ressentit une envie irrépressible de se retrouver dans un lit sous une masse de couvertures et de se laisser couler dans le sommeil. Pivotant sur ses talons, il se mit en marche vers l'hôtel.

En arrivant au coin de la rue Crevier, il aperçut soudain une *Maverick* blanche au flanc droit légèrement cabossé, qui ne pouvait être que celle de Livernoche. Il s'arrêta pile et promena son regard autour de lui avec la sensation désagréable d'être observé par quelqu'un d'invisible. Une auto déboucha dans la rue déserte et passa lentement près de lui; le conducteur, un petit homme ratatiné à cheveux blancs, comme écrasé sous son feutre, lui jeta un regard intrigué.

— Imbécile ! se lança intérieurement Fisette, ne reste pas planté là au milieu de la place comme un cactus, tu attires l'attention.

Il continua vers la *Maverick*, mais sa peur grandissante lui raidissait les jambes et ralentissait son pas. Il traversa la rue, jetant un regard en biais sur la conciergerie devant laquelle était stationnée l'auto, et se hâta vers l'édifice opposé. À son arrivée dans le vestibule, une douce tiédeur l'enveloppa; ses yeux s'humectèrent, les muscles de son visage se détendirent. Il se blottit dans un coin; un lierre en pot suspendu par trois chaînes dorées le cachait à demi. Par la porte vitrée, il apercevait la *Maverick* et une partie de la conciergerie. C'était un édifice imposant, à façade de pierres artificielles, qui portait le numéro civique 15 748. Une grande baie vitrée s'élevait au-dessus de l'entrée principale et permettait de voir les volées de l'escalier d'un étage à l'autre. Son cœur battait si fort qu'il toussa à quelques reprises:

— Allons, allons, qu'est-ce qui se passe? s'étonna-t-il. Je ne te reconnais plus. Hier, tu te faufilais dans sa maison pour l'espionner et maintenant, juste à voir son vieux bazou, tu pisses quasiment dans tes culottes? *Calma, calma...* À l'heure qu'il est, il doit être évaché devant la télévision, en train de ronfler en pieds de bas... Réfléchissons un peu... Tel que je le connais, il n'est sûrement pas allé stationner bêtement devant la cachette de son amie. Tout ce que je peux conclure, c'est qu'il se trouve quelque part dans le coin. Mais j'ai le sentiment qu'elle n'est pas loin... sauf que ça ne m'avance pas d'un pouce. Elle doit se claquemurer dans son appartement. Je ne vais quand même pas faire du porte à porte jusqu'au moment de tomber dessus.

Le souffle lui revenait peu à peu. Et tandis que, traversé de petits frissons, il envisageait de passer la nuit en faction pour surprendre le départ de Livernoche, son regard se posait de temps à autre sur une fenêtre du deuxième étage. En y jetant un coup d'œil, il aurait aperçu une chambre à coucher pleine de pénombre et, jeté sur le lit, le déshabillé lilas qu'il avait tant cherché. Une légère odeur de transpiration et d'humeurs intimes flottait dans la pièce. Le lit frémissait par à-coups de plus en plus rapides et des halètements exténués se mêlaient aux gémissements d'une femme.

— *Judicamus!* poussa soudain le libraire d'une voix agonisante, et il s'affaissa sur sa compagne, qui tourna la tête de côté. Elle prenait un étrange et honteux plaisir à se laisser écraser par son partenaire massif et haletant dont elle sentait, avec un curieux mélange de déception et de triomphe, la verge amollir peu à peu en elle.

Au bout d'un moment, Livernoche bredouilla quelques mots, se retira, roula sur le dos et poussa deux longs soupirs en écartant largement les jambes.

— Tu peux aller fumer une cigarette si ça te tente, minou, murmura-t-il, assoupi.

Elle lui fit une rapide caresse sur l'avant-bras, resta étendue un moment, puis saisit un papier-mouchoir sur la table de nuit et s'essuya doucement la vulve. Son compagnon se mit à ronfler. À chaque inspiration, sa lèvre supérieure se retroussait légèrement et une de ses dents luisait, l'espace d'une seconde. Adèle écoutait les ronflements, s'amusant à leur fixer des hauteurs sonores différentes de façon à reconstituer au ralenti l'air de *Hey Jude*, mais elle s'embrouilla bientôt dans la mélodie et se glissa avec précaution en dehors du lit. Les ronflements s'interrompirent un instant, puis reprirent de plus belle.

Elle attrapa son peignoir et se rendit au salon fermer la télé. Puis elle passa à la cuisine, s'empara d'un paquet de cigarettes et frotta une allumette (les rides de son front et la bouffissure de ses yeux surgirent de l'obscurité, amplifiées par la lumière tremblotante, puis disparurent). Elle prit une longue inspiration, toussa, puis s'assit, les jambes allongées, un coude appuyé sur la table, en se mordillant nerveusement les lèvres. Elle fuma coup sur coup trois cigarettes tout en sirotant un verre de bière tiède oublié sur la table, puis retourna dans la chambre à coucher. Le libraire ronflait toujours aussi énergiquement, couché sur le dos, le ventre affaissé, avec une curieuse expression de dignité préoccupée. Elle le contemplait, immobile, les bras pendants, d'un air qui l'aurait fait sursauter s'il avait ouvert les yeux.

Elle détourna brusquement le regard, revint au salon et se planta devant la fenêtre. Sous la lumière blafarde et jaunâtre des lampadaires, les rangées d'autos semblaient figées pour l'éternité et le tronc des arbres dépouillés avait pris une apparence de béton. Elle aperçut tout à coup dans le vestibule de l'édifice d'en face un homme immobile dans un coin, à demi caché par une plante suspendue, et qui semblait attendre. Intriguée, elle s'approcha de la vitre en écarquillant les yeux. L'individu sortit lentement une main de sa poche, la leva vers son visage et sembla consulter sa montre; mais la pénombre ne devait pas lui rendre la tâche facile. Soudain, il s'avança, ouvrit la porte et demeura un instant sur le seuil en se tripotant le nez, comme indécis. Il était blond, mince, plutôt grand. La distance ne permettait pas de distinguer ses traits avec précision, mais une violente crispation saisit tout à coup Adèle au ventre et elle recula précipitamment en portant les mains à sa bouche.

Ce mercredi 28 décembre, vers dix heures du matin, comme il avait passé une nuit pleine de cauchemars et que Juliette lui avait trouvé au déjeuner un petit air fiévreux et misérable, Denis avait dû avaler deux gélules de fortifiant et se trouvait dans son bain, de l'eau jusqu'au nombril, en train de lire un album d'*Astérix* qui n'arrivait pas à l'amuser. Refermant son livre, il le laissa tomber sur le plancher et se mit à contempler une craquelure en forme d'étoile dans l'émail de la baignoire, à quelques centimètres de son gros orteil droit ; il s'y était formé un peu de rouille. Il imagina que la baignoire était vide, qu'il avait pris la taille d'un microbe et venait de pénétrer dans la craquelure. Il avançait dans un immense canyon, au relief bouleversé, qui s'ouvrait sur une multitude de gorges étroites. Le ciel au-dessus de sa tête était d'un beau vert pomme, car c'était la couleur des murs et du plafond de la salle de bains. Il progressait avec peine, trébuchant à tout instant sur des pierres brunes et friables aux arêtes pointues. Accrochées ici et là à la paroi rocheuse, de curieuses plantes à feuilles vertes et mauves s'agitaient avec des sifflements menaçants. Il était chaussé de souliers d'alpiniste, mais ses semelles s'échiffaient de minute en minute et il se verrait bientôt forcé de marcher pieds nus dans cette matière brunâtre et un peu dégoûtante.

En contournant un gros rocher qui surplombait d'une façon inquiétante, il vit une vaste étendue de ces effroyables plantes. Elles fouettaient sauvagement l'air de leurs longues feuilles pointues, puis, s'immobilisant soudain par groupes compacts, elles vibraient quelques secondes, toutes droites, et repartaient de plus belle. Il s'était arrêté et les fixait avec des yeux apeurés. Soudain, un bras surgit au milieu de cette nappe de végétation hystérique, demeura tendu un instant, les doigts recroquevillés, puis retomba. Il savait que c'était le bras de sa mère.

Il secoua la tête, saisit un pain de savon et se frotta vigoureusement les épaules et la poitrine. Sa rêverie l'avait effrayé.
Il avait envie de quitter la pièce. La voix de Juliette s'éleva
alors dans le salon, quelque peu maussade :

— Denis, ton merle est arrivé. Bohu veut te voir.

Il sortit prestement du bain, enchanté de cette diversion, et
s'essuya à toute vitesse. Depuis quelque temps, la vie lui
paraissait chaque jour un peu plus triste et compliquée. Il
sentait que, depuis son voyage à Saint-Hyacinthe, sa tante lui
cachait des choses. L'absence de Clément Fisette l'intriguait
au plus haut point; il avait pris l'habitude de monter chez le
photographe après le souper pour bavarder et ses soirées lui
paraissaient maintenant un peu vides. Juliette lui avait expliqué
qu'il était en vacances dans un hôtel de Pointe-au-Pic, mais
son air contraint l'avait trahie.

Depuis qu'elle s'était mis en tête de retrouver Adèle, Juliette
était distraite, soucieuse et s'occupait moins de lui. Il avait
l'impression que la recherche de sa vraie mère était en train de
lui enlever la seule qu'il ait jamais eue. L'obstination de sa tante
l'agaçait et l'ennuyait mais, en même temps, elle avait éveillé sa
curiosité pour cette femme qui l'avait abandonné tout petit. Il
pensait souvent à elle depuis quelque temps, se demandant quel
motif l'avait poussée à un acte aussi étrange et cruel. Il avait
imaginé des tas de scénarios qui, tous, le jetaient dans une
profonde affliction : elle aurait voulu le garder, mais son mari
l'avait forcée à s'en départir; ou alors, prise dans des difficultés
inextricables, elle l'avait confié à sa tante avec l'intention de le
reprendre, mais une mort affreuse l'avait emportée. Et ainsi de
suite.

Cent fois il avait voulu questionner Juliette à son sujet, convaincu qu'elle ne lui avait pas tout dit, mais une honte inexplicable l'en empêchait, comme si c'était une mystérieuse tare en
lui-même qui avait forcé sa mère à agir comme elle l'avait fait.
Il se consolait en se disant que, de toute façon, sa tante lui
aurait répondu n'importe quoi.

Et puis, pour le troubler encore un peu plus, était apparue
cette bizarre Adèle Joannette II qui prétendait être sa mère et
allait même jusqu'à lui apporter des cadeaux. Malgré les
véhémentes dénégations de sa tante, il lui venait parfois à
l'esprit que cette femme était peut-être saine d'esprit (quoique
un peu étrange, bien sûr), qu'elle disait la vérité et que c'était à
la suite d'une ténébreuse chicane entre elle et Juliette qu'on

l'avait arraché à sa mère. D'ailleurs, cette grosse quinquagénaire qui l'avait recueilli chez elle et se disait sa tante l'était-elle vraiment ? Malgré tout son amour pour lui, n'était-elle pas au fond sa pire ennemie ?

Il vivait ainsi, tourmenté par une confusion d'idées accablantes. Juliette avait remarqué, sans prendre le temps de s'y arrêter, qu'il jouait de moins en moins dehors et ne fréquentait presque plus ses amis Yoyo et Vinh Nguyen, passant le plus clair de son temps libre devant la télévision ou sur son lit à lire des bandes dessinées ou des romans d'aventures ; il négligeait même son piano et tournait des heures chaque soir dans son lit avant de s'endormir, se rongeant les ongles et se tripotant les lèvres dans l'obscurité de sa chambre.

Mais le retour de Sifflet chassait comme d'un coup de vent les miasmes qui flottaient dans sa tête. Il avait hâte de voir si l'oiseau avait retenu ses leçons de musique.

— Ma tante, dis à Bohu que j'arrive tout de suite, fit-il en s'élançant vers sa chambre, les jambes dégoulinantes.

— Il est déjà monté chez lui, grommela Juliette et elle glissa une photo sous son tablier au passage de l'enfant.

Elle regardait les photos de sa nièce dix fois par jour, consternée à la vue de son visage vieilli et malheureux et se reprochant chaque fois avec un peu plus d'âpreté de laisser le photographe se débattre tout seul à Saint-Hyacinthe, tandis qu'elle s'occupait d'une vieille maison à Montréal.

Denis grimpa l'escalier quatre à quatre jusque chez Martinek, son gilet de coton collé au dos par une grande tache d'humidité, et frappa à la porte.

— Entre, lança une voix.

L'enfant pénétra dans le studio, jetant des regards de tous côtés :

— Comment va-t-il ?

Le compositeur, penché au-dessus d'une table, fouillait dans des partitions ; sans se retourner, il pointa du doigt la porte entrouverte d'un placard :

— Heu... pas si mal... Il a besoin d'un peu de calme... et peut-être aussi d'un peu de piano. Non, n'approche pas tout de suite. Il est allé se percher sur le tuyau de la penderie. Laisse-le se reprendre en main.

Denis s'avança quand même sur la pointe des pieds, tendit le cou et aperçut l'oiseau sur l'épaule d'un manteau, frémissant, effaré, le plumage ébouriffé et terni.

— Est-ce que sa patte lui fait mal ?

— Sa prothèse ? Je ne crois pas. Il faudra que je l'examine. Mais il vaut mieux le laisser tranquille une heure ou deux. De toute façon, je dois partir pour ma répétition.

Tout à l'oiseau, l'enfant ne l'écoutait pas.

— Mon pauvre petit Sifflet, murmurait-il, apitoyé, j'espère qu'ils ne t'ont pas fait trop souffrir à ton hôpital d'oiseaux... Tu as l'air si misérable...

Le merle le fixait. Denis eut l'impression qu'il essayait de retrouver dans sa tête de vieux souvenirs.

— Je voudrais tellement te caresser, ajouta-t-il en faisant un pas.

L'oiseau s'échappa du placard dans un battement d'ailes frénétique, alla se percher sur le haut d'une armoire, puis donna un grand coup de bec sur sa prothèse.

— Il ne me reconnaît plus, s'écria Denis, consterné.

— Allons, allons, monsieur l'ornithologue, vous vous faites de la bile pour rien. Tout va se replacer. Donne-lui un jour ou deux. Notre cher Sifflet est comme un ancien prisonnier qui réapprend à déambuler sur les trottoirs. Je voulais te le montrer pour que vous refassiez connaissance et puis te demander si tu ne pourrais pas venir lui jeter un coup d'œil de temps à autre durant la journée, car je vais m'absenter jusqu'à ce soir.

— Mais oui, je veux bien.

— Parfait. Maintenant, il faut que je te mette à la porte, mon vieux, sinon je vais être en retard à ma répétition et Rachel va gueuler.

Denis ouvrit les yeux :

— Quelle répétition ?

— On ne t'a pas parlé de ce concert qu'on donne au mois de mars à la salle Claude-Champagne ? fit le musicien d'un air faussement détaché.

— Tu donnes des concerts, maintenant ? Des concerts de ta musique ?

— Oh, de petites choses, pour s'amuser entre amis... un concerto de chambre pour violon, le trio que j'ai composé pour ta tante durant sa maladie... des pastilles de menthe, quoi...

— Tu ne composes pas des pastilles de menthe, Bohu, répondit gravement Denis.

Il jeta un dernier coup d'œil au merle, fit un salut de la main à Martinek et quitta l'appartement.

Quelques minutes plus tard, après avoir enfilé, sur l'ordre de sa tante, un gros tricot sous son parka – car la radio annonçait un froid intense – et lui avoir promis de ne pas s'agiter, Denis partait chez son ami Vinh, immobilisé pour quelques jours par une entorse qu'il s'était faite dans les douches du centre sportif; ce dernier lui avait téléphoné la veille que son grand frère Duk venait de lui donner son monumental ensemble de la *Guerre des étoiles,* jugé soudainement par lui comme «quétaine» et «niaiseux». Il descendit la rue Saint-Alexandre jusqu'à la rue Guillaume et acheta au *Dépanneur Françoise* une tablette de chocolat *Zéro* (sa marque préférée), qu'il partagerait avec son ami. Il sortit du magasin en chantonnant (le retour de Sifflet avait opéré des merveilles), glissa amoureusement la tablette dans sa poche, tourna le coin de la rue Saint-Jacques en direction nord et arriva face à face avec une jeune femme vêtue d'un manteau beige, debout au milieu du trottoir et qui semblait attendre quelqu'un.

— Bonjour, Denis, fit la femme avec un sourire. Je voulais justement te parler.

L'enfant s'arrêta, interdit.

— Tu ne me reconnais pas? poursuivit la femme d'un ton enjoué. Moi, je te reconnais, pourtant. Tu t'appelles Denis Joannette et moi...

Elle promena autour d'elle un regard circonspect. Il n'y avait d'autre passant qu'un vieux monsieur en train d'examiner l'enseigne d'un barbier sur la rue Guillaume à une trentaine de mètres à leur gauche.

— Et moi, reprit-elle tendrement, je suis ta mère...

Denis pâlit légèrement, recula d'un pas, puis, d'un air de bravade:

— Ma tante m'a dit que ce n'était pas vrai.

— Bien sûr qu'elle te l'a dit. Elle te le dira toujours. Mais si tu veux, nous pourrions parler tranquillement de tout ça en allant à la *Pâtisserie Rolland.* Tu connais la *Pâtisserie Rolland,* sur la rue Saint-Charles? Eh bien, j'avais justement envie d'aller t'acheter de ces petits gâteaux à glaçage vert, en forme de grenouille, tu sais...

— Je ne les aime pas beaucoup, répondit Denis.

Mais sa méfiance commençait déjà à sombrer dans les masses de pâtisseries colorées qui affluaient à son esprit.

— Ah bon, fit l'autre, déconcertée. C'est que j'avais *vraiment* envie de t'acheter ces petites grenouilles.

Et elle le fixa, silencieuse.

— J'aime mieux les éclairs au chocolat, confia l'enfant, qui se détendait peu à peu.

Perdue dans ses pensées, elle n'entendit pas sa remarque, puis lui demanda doucement :

— Est-ce que tu viens ?

— Ma tante va être fâchée, pensa Denis. Il faudrait avertir la police.

Mais il se mit à marcher docilement à ses côtés. Ils longèrent l'énorme cube de brique du relais téléphonique de *Bell Canada* qui écrasait tout le quartier de sa laideur, puis traversèrent la rue Saint-Laurent, bordée au nord par une belle rangée de maisons du début du siècle. La jeune femme pencha vers Denis son visage mince et jaunâtre, aux yeux immenses où tremblotait une lueur bizarre, et lui sourit :

— Je suis contente de pouvoir te parler, tu sais. Je rêve de te parler depuis des années.

— Alors pourquoi vous êtes pas venue me voir avant ?

— Je ne pouvais pas, je ne pouvais pas, répondit-elle d'un petit ton allègre et chantonnant, comme pour elle-même.

Son visage se rembrunit :

— D'ailleurs, ta tante n'aurait pas voulu. Et elle veut moins que jamais. Tu sais, Denis, il y a plusieurs années, elle s'est montrée très méchante avec moi. Mais je continue de l'aimer. Nous voici presque arrivés à la pâtisserie. Attends-moi devant la banque, veux-tu ?

Elle s'éloigna, puis, revenant sur ses pas :

— Tu ne veux vraiment pas de grenouilles ?

— Non merci.

Il se reprit aussitôt :

— Je... je peux en partager une avec vous, si vous voulez, offrit-il, conciliant.

Elle sourit de nouveau, lui caressa la joue :

— Merci... Tu étais gros comme trois puces et déjà je savais que tu serais un bon garçon... Tu vas me rendre heureuse, heureuse... Écoute, je vais t'acheter aussi des éclairs au chocolat, puisque tu les aimes tant. Je reviens dans une minute.

Denis attendit tranquillement, le dos appuyé au mur de la *Banque canadienne impériale de commerce*. Il observait la circulation sur la rue Saint-Charles, se disant qu'il ne pourrait pas causer très longtemps avec *cette femme* (une obscure envie le travaillait de l'appeler *sa mère*, mais il n'osait y succomber), car Vinh risquait de s'impatienter.

Elle revint bientôt, tenant une petite boîte de carton ficelée.

— Que dirais-tu si on allait manger nos pâtisseries dans un grand parc que j'ai vu là-bas, proposa-t-elle en pointant le doigt vers l'est.

— C'est que je n'ai pas beaucoup de temps, répondit Denis, embarrassé. J'ai rendez-vous avec un ami. Et puis, il fait très froid, vous ne trouvez pas?

Elle le fixa, étonnée :

— Tu permets que je te prenne la main? J'ai tellement hâte de te prendre la main. Enlève ta mitaine.

Denis hésita une seconde, puis s'exécuta.

— Ah! merci, s'écria-t-elle en l'entraînant. Comme elle est douce et chaude, ta petite main! Ta chaleur monte dans mon bras, c'est bon... Tu verras, tout va se passer très vite... Deux ou trois pâtisseries, et tu seras bientôt chez ton ami. Tout va tellement vite! On a à peine le temps d'ouvrir les yeux et c'est déjà fini...

Denis lui jeta un coup d'œil à la dérobée :

— Elle est vraiment beaucoup bizarre, se dit l'enfant. Pourquoi ma tante ne vous aime pas? lui demanda-t-il au bout d'un moment.

Elle marchait à grandes enjambées, un vague sourire aux lèvres, perdue dans ses pensées.

— Est-ce que tu voudrais me tutoyer, Denis, s'il te plaît? Chaque fois que tu me dis «vous», je sens quelque chose qui se serre dans ma tête et ça me fait mal.

— D'accord, fit l'autre, surpris.

— J'ai hâte de goûter à ces pâtisseries, murmura-t-elle en lui faisant un clin d'œil.

Elle lui serra fortement la main :

— À tout hasard, je t'ai acheté deux grenouilles.

— Merci, répondit poliment Denis.

— Tu me demandais pourquoi ta tante ne m'aimait pas et pourquoi tu vis avec elle plutôt qu'avec moi? Pour te répondre, il faudrait que je te montre des choses, que je n'ai pas avec moi. Des choses que je conserve depuis longtemps longtemps dans une petite valise.

— Ah bon.

Ils étaient parvenus au coin de la rue Grant. La cathédrale se dressait devant eux à leur droite, grise, énorme et un peu triste, malgré ses statues dorées et son clocher d'argent. Un taxi apparut sur le chemin de Chambly, venant du sud, tourna le coin et se dirigea lentement vers eux. Il était libre. Elle le fixa, esquissa un geste pour l'arrêter, mais se ravisa et regarda Denis qui marchait à ses côtés, pensif et un peu troublé.

— Allons, il faut se dépêcher, le temps file, lança-t-elle joyeusement. Est-ce qu'on t'aurait mis par hasard du sang de tortue dans les veines? le taquina-t-elle.

— Je marche aussi vite qu'elle, se dit l'enfant. Château! je pense qu'elle est vraiment un peu folle.

Ils passèrent devant la cathédrale et s'apprêtaient à traverser le chemin de Chambly pour se rendre au parc, lorsque le feu tourna au rouge. Une auto-patrouille s'arrêta à leur gauche le long du trottoir. Le conducteur, un grand jeune homme blond au visage anguleux qui semblait éprouver un plaisir indicible à tenir le volant, se tourna machinalement vers eux et son regard rencontra celui de la jeune femme, qui le fixait d'un air effrayé. Il sourit et se pencha vers son compagnon. Adèle Joannette entraîna vivement Denis; ils longèrent la cathédrale jusqu'à la rue Sainte-Élisabeth, puis elle s'arrêta et l'embrassa rapidement:

— Il faut que je parte tout de suite, mon chou, chuchota-t-elle en lui tendant la boîte de pâtisserie. Sois sage. On se reverra bientôt.

Et, s'éloignant à pas pressés, elle disparut au premier coin de rue. L'enfant, interdit, demeura immobile quelques instants au milieu du trottoir, puis, revenant sur ses pas, il se rendit jusqu'à la rue Grant, où demeurait Vinh.

En apprenant que son ami apportait des pâtisseries, ce dernier poussa un *Wahou!* retentissant, l'entraîna vivement dans sa chambre et referma la porte derrière eux, car l'heure du dîner approchait, les forçant à la plus grande discrétion. Une déception attendait Denis: la boîte ne contenait que des gâteaux-grenouilles.

À son retour chez lui pour le dîner, il ne souffla mot de son étrange rencontre à Juliette, qu'il trouva fort agitée. Et pour cause, car elle avait subi ce matin-là une avalanche de contrariétés.

Vers dix heures, après lui avoir fait visiter l'édifice, elle discutait avec Réal Roch, son agent immobilier, lorsque la porte d'Elvina s'ouvrit; la vieille fille apparut en robe de chambre, les lunettes de travers, l'œil exorbité, le sourire méchant:

— Je ne sais pas si monsieur est venu louer un appartement, fit-elle en s'adressant à sa sœur, mais il sera peut-être intéressé d'apprendre que l'édifice est infesté de vermine de la cave au grenier. Voilà deux fois que l'exterminateur vient nous empester, et les poux d'oiseau m'empêchent toujours de dormir.

Et sur ces mots elle disparut. Réal Roch adressa à Juliette un sourire légèrement ahuri.

— Allons chez moi, proposa-t-elle en le prenant par le bras.

Elle l'amena au salon, lui raconta la mésaventure du merle des Indes, l'assura que l'exterminateur n'était venu qu'une fois, que les poux avaient complètement disparu, et réussit tant bien que mal à le rassurer.

— Bon, bon. Si c'est comme ça, pourquoi s'en faire ? répétait ce dernier en tortillant nerveusement une mèche de cheveux qui s'avançait sur son crâne dégarni comme un bout de corde dans une assiette.

Mais en quittant sa cliente, il tint quand même à lui faire remarquer qu'elle était garante vis-à-vis de l'acheteur de la salubrité de l'édifice et qu'un problème de ce genre risquait de compromettre la vente.

— Hum... il ne tremble pas d'enthousiasme, c'est le moins qu'on puisse dire, grommela Juliette en refermant la porte.

Elle brandit son poing vers l'appartement d'Elvina :

— Salope ! Triple monstre ! Ah ! que j'ai hâte de mettre le fleuve entre nous deux !

Comme si cela ne suffisait pas, vers onze heures le facteur lui remettait une lettre recommandée ; un avocat mandaté par sa sœur lui annonçait qu'elle était tenue conjointement responsable avec les *Entreprises Michon* d'une longue série de dommages matériels, physiques et moraux subis par dame Elvina Pomerleau durant et après la fumigation de l'immeuble habité par cette dernière ; on lui réclamait un dédommagement de dix mille dollars, somme devant être versée dans un délai maximum de trente jours, sous peine de poursuites.

Et, pour couronner le tout, un inspecteur municipal du service d'hygiène sonnait à la porte quelques minutes plus tard et demandait à voir le merle des Indes. En l'absence de Martinek, parti pour sa répétition, Juliette dut se hisser jusqu'à l'appartement du musicien avec l'inspecteur, mécontent lui-même d'avoir à monter deux étages, car il souffrait d'une hernie.

Après avoir longuement observé l'oiseau qui, toujours perché sur son armoire, l'observait lui-même d'un œil pensif et mélancolique, Jules-Auguste Robineau croisa les bras devant Juliette et exigea qu'elle lui fournisse dans les quarante-huit heures une lettre du vétérinaire certifiant que le merle avait été *définitivement* débarrassé de ses poux.

— Comment voulez-vous qu'il garantisse une pareille chose ? répliqua Juliette. Il faudrait la signature des poux eux-mêmes !

Les sourcils de Jules-Auguste Robineau se soulevèrent, il plissa les lèvres et son sillon naso-labial, bordé de chaque côté d'une fine moustache blanche, se creusa et devint d'un joli rose vif :

— Ma chère madame, rétorqua-t-il, ce n'est pas mon problème. Si dans quarante-huit heures je n'ai pas cette lettre, vous, vous n'aurez plus de merle.

— Bon, bon, je verrai ce que je peux faire, grommela Juliette avec un haussement d'épaules.

Et, faisant gémir bruyamment les lames du parquet, elle sortit de la pièce d'un pas qu'elle aurait voulu martial, mais qui rappelait plutôt la démarche d'un éléphant pris de morosité.

Ils descendirent l'escalier en silence.

— Alors, nous nous sommes bien compris, n'est-ce pas ? insista Robineau en mettant le pied dans le hall.

Il la fixait avec l'expression sévère et affligée d'un mari demandant justice pour sa femme que des voyous auraient rouée de coups de bâtons. Un toussotement se fit entendre derrière la porte d'Elvina. L'inspecteur eut un petit salut sec et sortit.

— Seigneur ! s'exclama la comptable en pénétrant chez elle. Onze heures vingt, je n'ai rien de prêt pour dîner et monsieur Pagé m'attend à son bureau à une heure moins quart ! Eh bien ! nous mangerons des restants de réveillon.

— Ah bon ! s'écria cordialement Alphonse Pagé, vous avez amené votre petit-fils avec vous ?

— Il s'agit de mon petit-neveu, plutôt. Je vous présente Denis.

— Eh bien, mon cher Denis, fit le président de *Rebâtir Montréal* en lui serrant la main, je ne pense pas que les discussions de contrat intéressent même un grand garçon de ton âge. Que dirais-tu d'aller feuilleter des albums dans la bibliothèque à côté ? Je suis sûr que tu vas y trouver des choses intéressantes.

— Vraiment, pensa Denis en retenant un haussement d'épaules, il me parle comme si je faisais encore pipi dans mes culottes.

Ils sortirent du bureau et s'engagèrent dans un corridor.

— Voici mes archives iconographiques, dit Alphonse Pagé en ouvrant la porte d'une immense pièce encombrée de rayonnages et de classeurs, dont le centre était occupé par deux grandes tables et un lecteur de microfilms. Presque tout le Montréal d'avant 1930 s'y trouve, et beaucoup plus !

Une jeune fille en jean et blouse à manches bouffantes surgit entre deux classeurs. Alphonse Pagé sourit et se pencha vers Juliette :

— Mademoiselle Beaudry, ma conservatrice.

Il s'avança :

— Jacinthe, il y a ici un jeune homme très curieux qui aimerait consulter des albums. Vous avez une demi-heure pour en faire un savant.

Puis il pria Juliette de le suivre.

— Voici le texte d'une petite entente que je vous propose en toute amitié, fit-il après avoir pris place à son bureau.

Il lui tendit des feuilles :

— Si vous y consentez, je consentirai, en retour, à vous laisser acheter la maison qui vous tient tant à cœur. Sinon, bien sûr, je me prévaudrai de mes droits... et tout sera dit. Lisez-moi ça tranquillement pendant que je termine la lecture d'un rapport qui traîne sur mon bureau depuis deux jours. Non non, n'allez pas vous installer dans ce coin-là, vous allez vous arracher les yeux ; assoyez-vous plutôt ici en face de moi. Vous ne me dérangez absolument pas. Prenez tout votre temps et scrutez chaque mot : une fois signés, les contrats ont la vie dure !

Dix minutes plus tard, Juliette déposait les feuilles sur ses genoux :

— J'accepte vos conditions ; elles sont tout à fait raisonnables. Je vous remercie de me permettre d'acquérir cette maison. J'étais prête à payer quasiment n'importe quel prix, lança-t-elle, emportée par l'émotion.

— Tut tut tut... il ne faut jamais dire cela... C'est siffler la faillite. Alors, ça vous va ? Vous avez bien noté que mon notaire a spécifié « pour une somme *équivalente* à celle du prix d'achat initial » et non *égale*, car, avec l'inflation et la dévaluation du dollar, si vous étiez forcée dans dix ans de me revendre la maison au prix que vous l'avez payée, hum ! vous y perdriez des plumes, et peut-être même pas mal de peau. Ça m'est égal de laisser passer cette occasion, votre visage me plaît et je sens que nous aimons les mêmes choses. Et puis, j'ai une bonne année derrière moi et la prochaine s'annonce plutôt bien. Je sais, je sais, je suis bon garçon, continua-t-il en la faisant taire d'un geste, mais pas toujours, madame, pas toujours, je vous assure... On ne s'enrichit pas en s'usant les genoux sur les prie-

Dieu... Le vieil Alphonse a les doigts musclés et parfois, quand il serre, on crie *ayoye!*

— Je... je vous assure, bafouilla Juliette en se levant de son fauteuil, toute rouge, que vous pouvez compter sur mon entière loyauté. Je n'ai jamais eu aucun projet de spéculation. Il s'agit pour moi d'un souvenir de famille que je voulais...

— Oui, oui, je sais tout cela, autrement je ne vous aurais pas laissée acheter, vous pensez bien. Ce qui compte, après tout, c'est que Montréal retrouve un peu de son ancienne beauté, peu importe qui possède quoi, n'est-ce pas? Voilà pourquoi *Rebâtir Montréal* existe.

Il se gratta une joue, puis :

— Je ne peux vous obliger, évidemment, à remettre la maison dans son état initial, car cela irait contre votre droit de propriété, mais la clause 14, si vous l'avez bien lue, en vous obligeant au moment d'une revente éventuelle à remettre les lieux dans un état *raisonnablement semblable* à celui où vous les avez trouvés lors de l'achat, vous empêche de modifier l'intérieur du tout au tout. Nous nous entendons bien sur ce point, n'est-ce pas?

Juliette fit un grand signe de tête. Pagé fronça le nez, renifla bruyamment, puis :

— Voulez-vous consulter un avocat avant d'apposer votre griffe?

— Non, monsieur. Je me sens en confiance.

Il sourit, lui tendit une plume. Elle se pencha au-dessus du bureau et, l'œil humide, voulut signer. Mais deux fois la plume glissa dans sa main trop moite. Pagé signa à son tour, puis, relevant la tête :

— Eh bien, la coutume voudrait qu'on boive maintenant un petit verre de porto, mais malheureusement...

— Je vous ai déjà pris trop de temps, coupa Juliette en prenant la copie qu'il lui présentait et la glissant dans son sac à main. Merci beaucoup. Du fond du cœur, merci.

Elle lui tendit la main. Il se leva :

— J'ai quand même le temps de vous reconduire jusqu'à la bibliothèque et de dire bonjour à votre petit-neveu.

Ils quittèrent de nouveau le bureau.

— Et ainsi, vos affaires vont bien? demanda Juliette pour meubler la conversation.

— Oh! depuis deux ans, je n'ai pas à me plaindre, je n'ai pas à me plaindre du tout, répondit son compagnon avec une moue satisfaite. Connaissez-vous l'*Hôtel de France*, place Jacques-Cartier?

— Cette vieille maison de pierre devant l'hôtel de ville qu'on a reconstruite l'an dernier à la place de l'ancien stationnement municipal?

— Justement, celle-là.

Il s'arrêta dans le corridor, enchanté d'avoir sous la main une interlocutrice qui lui permettait de parler de son dada :

— Saviez-vous qu'il s'agit de l'ancienne maison Beaubien qui s'élevait sur le Champ-de-Mars et qu'on avait démolie en 1965? La ville avait conservé les pierres. Je les ai achetées; après dix-huit mois d'efforts, nous avons réussi à convaincre l'administration municipale d'éliminer son horrible stationnement – et j'y ai fait reconstruire le vieil *Hôtel de France*, autrefois la meilleure table de Montréal. Cela m'a coûté pas mal d'argent, mais j'ai pu bénéficier de certaines subventions et aujourd'hui, lança-t-il avec émotion, l'*Hôtel de France* a retrouvé ses bonnes fourchettes, la place Jacques-Cartier s'est embellie, et mon comptable, qui levait les bras en l'air il y a deux ans, me parle avec respect maintenant de mon restaurant.

Ils entrèrent dans la bibliothèque. Denis, absorbé dans sa lecture, ne les entendit pas venir. Alphonse Pagé sourit :

— Eh bien! il n'a pas l'air de s'embêter, celui-là.

L'enfant releva brusquement la tête, ferma le livre, repoussa sa chaise et vint trouver sa tante, qu'il prit par la main. Juliette, encore tout impressionnée par la signature de son contrat et l'histoire de l'*Hôtel de France,* se tourna vers l'homme d'affaires :

— Je comprends maintenant pourquoi vous vous êtes montré si généreux envers moi. Vous êtes un philanthrope! lança-t-elle avec un enthousiasme naïf.

— Un philanthrope qui n'oublie pas ses intérêts, ma chère madame. Tenez! je viens de m'associer avec l'architecte Phyllis Lambert dans un projet assez surprenant à la Pointe-à-Callières, rue de la Commune. Avec un peu de chance, nous prévoyons récupérer notre mise de fonds en deux ans. Je m'en vais justement sur le chantier. Venez-vous avec moi? Allons, je vous comprends, reprit-il avec un sourire malicieux devant l'hésitation de Juliette, vous avez hâte d'aller visiter votre maison. Nous nous reprendrons. Bonne chance. Et donnez-moi de vos nouvelles.

Il quitta la pièce d'un pas pressé. L'obèse fit un salut à mademoiselle Beaudry, qui avait suivi discrètement la conversation derrière son bureau, et se dirigea à son tour vers la sortie :

— Eh bien, mon bobichon, j'ai l'impression que ma tante Joséphine doit dire de bonnes choses à mon sujet au petit Jésus...

— Je m'en fiche, de ta Joséphine, répondit mentalement Denis en bougeant doucement les lèvres.

Le matin de cette même journée, après beaucoup d'hésitations, Clément Fisette se glissa en tremblant par le soupirail qui donnait sous *La Bonne Affaire* pour une ultime opération d'espionnage souterrain.

Il était sept heures trente. Au-dessus de sa tête, une horloge égrenait ses tic tac imperturbables ; de temps à autre une planche craquait ; on entendait un robinet gémir aux étages supérieurs. Un quart d'heure plus tard, malgré chandail et coupe-vent, toute l'humidité de la cave semblait s'être réfugiée dans ses os et il se mit à claquer des dents. Il déboucha un thermos de café qu'il venait d'acheter à la *Beignerie Dunkin* avec des pâtisseries, déposa un caillou terreux en guise de signet sur la page 78 d'*Une ténébreuse affaire* et commença à déjeuner.

À neuf heures cinq, la porte de la librairie s'ouvrit avec fracas et le pas lourd et martelé de Fernand Livernoche ébranla le plancher. Fisette y porta à peine attention, plongé qu'il était dans son roman.

À onze heures moins dix, alors qu'il arrivait au milieu de la page 125, Fernand Livernoche, sans tambour ni trompette, lui fournit involontairement l'adresse de sa chère Adèle. Profitant d'une pause entre deux clients, le libraire téléphona à sa maîtresse pour prendre de ses nouvelles et lui exprimer tout le plaisir qu'il avait eu à passer la nuit avec elle. Fisette ferma son livre à contrecœur et apprit presque aussitôt que le mets favori d'Adèle Joannette était la pizza (garnie d'olives noires et d'anchois avec double portion de mozzarella). Or elle éprouvait justement ce jour-là une fringale de pizza. Livernoche causa avec elle un quart d'heure, lui recommandant par trois fois de ne mettre le nez dehors sous aucun prétexte, puis raccrocha. Fisette l'entendit se promener en marmonnant, puis le cadran du téléphone ronronna de nouveau.

— Oui, ici Livernoche, de *La Bonne Affaire*, lança-t-il de sa voix bourrue. Oui, la librairie, évidemment. Dites-moi : je voudrais faire livrer une pizza rue Fontaine (— Rue Fontaine! s'exclama intérieurement Fisette) *au plus tard* dans une demi-heure. Est-ce que ça vous est possible? Oui? Vous êtes sûr? Ne me racontez pas d'histoires, hein? La commande n'est pas pour moi mais pour une amie et à *midi moins quart* cette personne aura dîné et votre pizza sera de trop. Bon, puisque vous le dites, je prends votre parole. Hein? médium, avec olives et anchois et double portion de fromage – je dis bien : *double portion de fromage*. L'adresse : 15 748, rue Fontaine, coin Crevier, appartement sept. (— Mais j'étais juste en face! s'étonna le photographe. Il avait stationné en face. Quel imbécile!) Dites au livreur de venir se faire payer à la librairie. N'oubliez pas. À la librairie. Vous me promettez la livraison pour onze heures trente au plus tard, hein? Merci.

Fisette rangea ses effets dans un sac et rampa vers le soupirail. Par prudence, il attendit l'arrivée d'un client pour déplacer le morceau de contreplaqué. Les choses faillirent alors se gâter. Il glissait la tête dehors lorsqu'un frémissement courut le long de sa jambe droite et qu'une douleur aiguë le saisit au mollet. Du coup, sa nuque alla heurter violemment le dormant du soupirail et il bondit dehors, le visage convulsé, replaça vitement le contreplaqué, puis s'enfuit de la cour en boitillant, terrifié à l'idée du tapage qu'il venait de faire. Il franchit deux coins de rue, se réfugia à l'arrière d'un entrepôt et souleva son pantalon : un filet de sang large comme le doigt lui partait d'une entaille à mi-jambe et allait se perdre dans son soulier, dont l'intérieur devenait de plus en plus poisseux.

— Ah! le salaud! rugit Fisette. Je vais l'écrabouiller à coups de brique!

Son compagnon à longue queue venait sans doute de réaliser qu'après lui avoir mangé au nez durant trois jours sans lui laisser une miette, le photographe le quittait pour de bon et que c'était le moment ou jamais de lui manifester son humeur.

Fisette se rendit aussitôt à la pharmacie *Jean Coutu*, rue des Cascades, pour acheter un flacon de désinfectant et des pansements. Le pharmacien, un grand homme chauve, l'œil clignotant et l'air malheureux comme s'il venait de casser une pièce de porcelaine, l'écouta patiemment raconter sa mésaventure – modifiée pour l'occasion.

— Vous devriez vous faire donner une injection antipesteuse, suggéra-t-il d'une voix étouffée, en lui tendant un flacon de chlorhexidine. On ne joue pas avec les bacilles de Yersin.

— Les bacilles de Yersin... qu'est-ce qu'il lui prend, à cet idiot ? marmonnait Fisette en se dirigeant vers son auto, stationnée près de l'hôtel. Il veut se rendre intéressant ou quoi ?

Il monta dans l'*Aries K* et s'occupa de sa blessure, qui ne paraissait pas très profonde. Aussitôt le pansement appliqué, la douleur se mit à décroître et l'image d'Adèle reprit toute la place dans son esprit.

— Rue Fontaine maintenant, fit-il en tournant la clef d'allumage.

Pendant une seconde, il eut envie d'abandonner l'affaire, de téléphoner à Juliette pour lui donner l'adresse d'Adèle et de les laisser se débattre toutes seules. Mais quelque chose s'agitait obscurément en lui, une sorte de curiosité malicieuse et cruelle, le désir de montrer à la fuyarde qu'au terme d'une chasse extravagante, il avait bel et bien réussi à l'attraper et qu'elle se trouvait maintenant à sa merci.

En arrivant rue Fontaine, il aperçut l'auto de la *Pizzeria Soleil* qui démarrait.

— Je vais l'attraper la bouche pleine, fit-il avec un petit sourire en se frottant le mollet.

Il pénétra dans le hall, puis s'arrêta au pied de l'escalier.

— Qu'est-ce que je vais lui dire ? se demanda-t-il en portant les mains à ses joues, soudain brûlantes.

Le plaisir d'avoir enfin mis la patte sur sa proie commençait à se désagréger sous l'effet du trac. Il gravit lentement l'escalier. Son mollet tirait et brûlait, mais la douleur restait supportable. Par contre, la moiteur visqueuse de la plante de son pied droit l'écœurait de plus en plus.

Parvenu au premier étage, il eut un sursaut et son visage s'éclaira :

— J'ai trouvé.

L'étage était divisé dans toute sa longueur par un corridor étroit et sombre qui s'allongeait parallèlement à la rue. Il fit quelques pas et un gros 7 de métal chromé surgit de la pénombre à sa droite, luisant sur une porte zébrée d'éraflures. Il s'approcha et frappa trois coups. Un moment passa.

— Qui est-ce ? demanda une voix de femme méfiante.

— C'est la *Pizzeria Soleil*, madame. Je m'excuse, il y a eu une erreur. Il faut que je reprenne votre pizza. J'espère que vous n'avez pas ouvert la boîte.

— Bien sûr que je l'ai ouverte. J'étais en train de dîner.

Le verrou cliqueta et il constata avec ravissement qu'elle commettait l'impardonnable erreur de ne pas poser la chaîne de sécurité. Avant même de voir sa figure, il se força un passage d'un coup d'épaule, puis, un doigt sur les lèvres, referma la porte derrière lui.

— Excusez-moi, souffla-t-il d'une voix tremblante, je ne vous veux pas de mal : seulement vous parler. Gardez votre calme et tout va bien aller.

Elle avait poussé un cri et se tenait devant lui, appuyée contre un mur, sidérée, défaillante, dans le fameux déshabillé lilas qu'il avait tant cherché sur les cordes à linge de Saint-Hyacinthe.

— Il ne faut pas avoir peur, ajouta-t-il doucement. Je suis détective (quelle caverie ! elle va se méfier encore plus). C'est votre tante qui m'envoie. J'ai des choses intéressantes à vous dire.

Se glissant contre le mur, elle recula de quelques pas, toujours silencieuse, et sa main droite se mit à trembler. Son effroi remplissait Fisette d'une joie sauvage, inconnue, pleine de délices troubles. Il se revit soudain dans la fourgonnette avec le couple de fêtards, la main agrippée au dossier de vinyle vert foncé, à quelques centimètres de la nuque lisse et rose de Momone ; elle se tourna vers lui en bougeant des lèvres lubriques, puis un tourbillon noirâtre emporta la vision.

— Est-ce qu'on peut s'asseoir un moment pour jaser ? demanda-t-il à voix basse.

Une expression de résignation accablée s'étendit sur le visage d'Adèle ; penchant un peu la tête, elle s'éloigna dans le corridor. Ils pénétrèrent dans une grande cuisine aux murs nus, éclairée par une fenêtre rectangulaire qui déversait une lumière grise et morose. La lueur fadasse d'un plafonnier ne faisait qu'accentuer la triste laideur de la pièce. Elle s'approcha d'une table où la pizza refroidissait dans son emballage à demi éventré, tira une chaise, s'affala dessus et le fixa d'un regard vide, sans même l'inviter à s'asseoir.

— Permettez ? fit l'autre en prenant place devant elle.

Elle lui répondit par un sourire tordu et arrangea les plis de son déshabillé, qui lui dénudait un peu trop les jambes :

— Eh bien, bravo, dit-elle à voix basse. Vous m'avez eue, enfin. Je vous reconnais. Vous étiez avec ma tante le jour où elle a relancé Fernand jusque chez lui.

Les mains sur les cuisses, Fisette la détaillait à petits coups d'œil furtifs. Son visage, un peu flétri et empâté, avait conservé des restes d'une beauté remarquable et racée, qui contrastait avec sa voix rauque et traînante, à l'accent un peu commun.

— Eh bien, je vous ai déjà vue moi aussi, figurez-vous. Et j'ai même eu la chance de pouvoir vous photographier il y a quatre ou cinq jours par la fenêtre de votre cuisine.

Elle sursauta.

— Oui, le soir où vous avez quitté la maison de monsieur Livernoche. J'ai cru bon d'envoyer les photos à madame Pomerleau.

Et, tout en lui parlant, il abaissait de temps à autre son regard sur ses pieds nus, aux ongles peints en mauve, glissés dans des sandales très ouvertes. Elle les avait petits, étroits, fort bien faits. On avait envie de les prendre dans ses mains et de les embrasser.

Elle l'observa un instant, immobile, le visage inexpressif, s'alluma une cigarette d'un geste mal assuré, prit une courte inspiration, puis l'écrasa brusquement dans un cendrier. En se cassant, le tube de papier émit un petit craquement.

— Qu'est-ce que vous me voulez, à la fin? Pourquoi ma tante me court-elle après comme ça? Je ne veux plus la voir. J'ai changé de vie. J'ai changé d'amis. Je n'ai plus rien à lui dire. Dites-lui de me laisser tranquille. Je ne fais de mal à personne. J'ai droit à ma vie. Je veux la paix. La paix.

Il sourit légèrement (son effroi lui faisait de plus en plus plaisir, comme s'il y voyait un bon présage ou la possibilité d'une sorte de revanche), se renversa un peu en arrière, puis :

— Vous savez, votre tante a été très malade il y a trois mois. Une hépatite virale. Elle a failli mourir. Ça va beaucoup mieux maintenant, mais ce n'est peut-être qu'une rémission. La mort l'obsède. Et elle se fait beaucoup de soucis pour l'avenir de votre petit garçon.

À ces mots, Adèle Joannette pâlit affreusement. Sa mâchoire inférieure sembla se décrocher. L'œil égaré, elle se leva en poussant un son inarticulé, pivota sur elle-même et marcha vers le fond de la cuisine d'un pas incertain, puis se planta devant l'évier :

— Quel garçon? Je n'ai pas de garçon, balbutia-t-elle. Je n'en ai jamais eu.

Elle se retourna brusquement :

— Combien voulez-vous? Je vous donnerai ce que vous voulez. Laissez-moi juste un peu de temps.

Il la regardait, ébahi, cherchant à comprendre ses paroles. Puis un sourire gouailleur étira lentement ses lèvres. La joie cruelle qui l'habitait depuis son irruption dans l'appartement ne cessait de grandir.

— Je ne veux rien, finit-il par répondre, l'œil à demi fermé, lançant chaque mot comme des petits cailloux dans un buisson où se cacherait un animal qu'on chercherait à faire lever. Enfin, tout ce que je veux, c'est... clarifier un peu la situation, voilà. Votre tante m'a payé pour cela. Mettez-vous à ma place. Je...

Il se tut. Les idées venaient de lui manquer. Il contemplait Adèle Joannette dans son déshabillé lilas, les jambes légèrement écartées, ses jolis pieds nus glissés dans des sandales découpées d'une façon délicieusement provocante; ses ongles d'orteils lançaient de douces lueurs mauves, et pendant ce temps des fragments de son aventure ratée avec Momone et Norbert se bousculaient de nouveau dans sa tête, mêlés à un sentiment d'humiliation insupportable.

Adèle Joannette leva la tête et vit son trouble. Elle revint à la table, saisit son paquet de cigarettes, l'ouvrit avec des doigts fébriles et frotta une allumette; la flamme orange s'allongea en tremblotant et, tandis que sa pointe s'enfonçait comme un dard dans le tabac noirci d'où s'élevait un mince filet de fumée bleue, elle observa de nouveau le photographe. Les sourcils froncés, elle tira deux ou trois bouffées, poussa un grand soupir et se rassit. Son affolement commença à lâcher prise.

— Ma tante gaspille son argent. Je n'ai rien à me reprocher, déclara-t-elle en le fixant, cherchant à deviner ses pensées.

Fisette se laissait examiner avec un sourire équivoque et quelque peu déplaisant.

— Alors dans ce cas, détendez-vous, ricana-t-il. Tout va bien.

Il croisa les jambes, frotta ses chevilles l'une contre l'autre, puis :

— Savez-vous que j'ai cherché ce déshabillé sur toutes les cordes à linge de la ville, hier?

Elle porta la cigarette à ses lèvres, pencha légèrement la tête en arrière et quelque chose de ferme et de subtilement méprisant dans le pli de ses lèvres indiqua qu'elle venait de prendre une décision :

— Écoutez, je veux qu'on me fiche la paix, comprenez-vous ? J'y tiens à mort. Je suis prête à vous donner ce que vous voulez, répéta-t-elle d'une voix adoucie, avec un léger clignement d'œil. Ce que vous voulez.

Une longue volute de fumée s'échappa de ses lèvres et elle sourit au photographe. Un délire de joie s'éleva en Fisette. Il comprit que le moment était venu, s'accroupit devant elle et, dans un geste à la fois touchant et ridicule, blottit sa tête contre son ventre et se mit à lui caresser les cuisses. Elle déposa sa cigarette dans le cendrier et, les traits encore tirés par l'angoisse, promena les doigts dans ses cheveux avec un sourire vaguement écœuré :

— Je te fais de l'effet, mon gros minou ? souffla-t-elle avec un petit rire.

Il leva un œil chaviré, puis glissa les mains entre les pans de son déshabillé et embrassa fougueusement son ventre et ses seins. Elle se releva lentement, l'attira vers elle ; il aplatit ses lèvres contre sa bouche, la respiration de plus en plus saccadée, et se mit à lui malaxer les fesses en pressant son ventre contre le sien. Sa frénésie ne cessait de grandir. Elle jugea qu'il fallait l'exciter davantage. Tirant prestement sur la fermeture éclair de sa braguette, elle extirpa du slip son sexe raidi et violacé où perlait une grosse goutte translucide et se mit à le masturber, répondant par des soupirs aux caresses agitées que son compagnon prodiguait maintenant à sa vulve.

— Non, non, pas tout de suite, lança-t-il d'une voix étouffée en se dégageant.

Elle sourit :

— Comme tu veux.

D'un geste vif, elle lui enleva son coupe-vent et déboutonna sa chemise. Il se laissait faire, ravi, intimidé, les bras ballants, fixant ses lèvres, puis dans un mouvement d'impatience, il arracha ses vêtements, retroussa le déshabillé de sa compagne et se pressa contre elle en ondulant des reins.

— Nous sommes un peu trop à la vue, tu ne trouves pas ? susurra-t-elle à son oreille en lui montrant la fenêtre sans rideau qui donnait, vingt mètres plus loin, sur une autre fenêtre, masquée par un store vénitien. Tiens ! qu'est-ce que tu t'es fait à la jambe ?

— Un petit accident. Rien de grave.

Elle le prit par la main et le conduisit à la chambre à coucher. En apercevant le lit où Livernoche avait dormi quelques heures plus tôt, Fisette plissa les yeux et sa joie s'enrichit du plaisir piquant de dindonner un ennemi. Il prit Adèle par les épaules, la tourna vers lui et, tandis que son vêtement glissait sur le plancher, il se mit à lui couvrir les épaules et les seins de baisers, la ployant peu à peu par en arrière, dans un effort exalté pour imiter les scènes érotiques qu'il avait vues tant de fois au cinéma.

— Ouille... tu me fais mal au dos, dit-elle en se dégageant doucement.

Elle rampa sur le lit, se coucha et lui fit signe de venir la rejoindre. Il promenait ses mains et ses lèvres partout sur son corps, extasié, frénétique, tandis que sa partenaire, un peu inquiète de tant d'agitation, simulait une passion modérée (c'était le mieux qu'elle pouvait faire). Elle s'avisa bientôt que, malgré toutes les caresses qu'on lui prodiguait, sa vulve demeurait sèche, porta la main à sa bouche puis à son sexe et l'enduisit discrètement de salive.

— Viens, viens tout de suite, murmura-t-elle, le regard savamment égaré.

Il la pénétra lentement et laborieusement, s'agita quelques instants sur elle en soufflant bruyamment par le nez (un objet caché sous le drap lui faisait un peu mal au genou gauche), puis éjacula en trois spasmes courts. Son plaisir atteint, il vit aussitôt l'étendue de sa bêtise. Un écœurement graisseux l'envahit, mais cela n'alla pas jusqu'au regret. Il resta en elle quelques moments, l'embrassant et la caressant avec une ardeur fléchissante. Ils gardaient le silence, n'ayant rien à se dire, impatients de se quitter. Il sentit que son poids l'incommodait, se retira et roula à ses côtés. Elle posa la main sur son ventre, lui fit deux ou trois caresses mécaniques, puis se mit à chantonner.

— *Love me tender* ? fit-il en tournant la tête.

Elle fit signe que oui et reprit ses caresses, jouant avec les poils de son pubis.

— Elvis, c'est mon homme, dit-elle au bout d'un moment. Je sais presque toutes ses chansons par cœur.

Et elle lui raconta la vie brillante et malheureuse du chanteur de Memphis, torturé par l'angoisse et la solitude et essayant de se tirer d'affaires à coups de calmants, de *Cadillac* roses et de parties de billard électrique. Deux ou trois fois, il essaya de parler de Juliette, mais elle se troublait et détournait aussitôt la conversation.

Il se redressa soudain sur un coude et la regarda droit dans les yeux :

— Ce n'est pas facile, tu sais, pour une femme de son âge, et malade en plus, d'élever un enfant de dix ans.

— Un enfant de dix ans ? balbutia-t-elle avec un étonnement rempli d'effroi. Quel enfant ?

Elle se leva, enfila son déshabillé, puis :

— Tu serais peut-être mieux de partir, fit-elle. À cette heure, *il* pourrait arriver n'importe quand. Je vais aller chercher ton linge.

Sa réaction médusait le photographe.

— Est-ce que la fausse Adèle serait la vraie ? se demanda-t-il en enfilant son pantalon. Je n'y comprends plus rien.

Il avait envie de la bombarder de questions jusqu'à ce que la vérité éclate, mais la répugnance de plus en plus profonde que lui inspirait sa propre conduite et surtout la menace de l'arrivée de Livernoche – bien qu'il fût conscient qu'il s'agissait sans doute d'une ruse pour le faire déguerpir – lui avaient enlevé le goût de s'attarder. Il la rejoignit à la cuisine.

Elle était assise, un verre à la main :

— Veux-tu partager ma bière ? C'est la dernière bouteille.

— Merci. Je vais filer.

Elle s'approcha de lui et l'enlaça :

— Je te trouve chouette, tu sais. Et pas méchant du tout comme amant, ajouta-t-elle avec un petit rire. Ça me repose de mon gros libraire qui me fait l'amour comme un bœuf.

Elle se mit à le bécoter :

— Veux-tu revenir ce soir ? Je dirai à Fernand que je me sens mal, que je n'ai pas le cœur à voir personne.

— Elle veut que je me ferme la gueule, se dit-il, le temps de faire ses valises et de sacrer le camp.

Il fit signe que oui et essaya de sourire, mais ses lèvres ne lui obéissaient pas. Adèle le regardait, se demandant s'il était assez naïf pour tomber dans son piège ou s'il jouait un jeu lui aussi.

Ils se dirigèrent vers la sortie

— Tu reviens ce soir ? Promis ? Sois tranquille, il ne se pointera pas, je m'en charge. Veux-tu venir souper ? Tu pourrais apporter de la bière, tiens.

Il allait ouvrir la porte lorsqu'elle se pencha à son oreille :

— Pas un mot à ma tante, hein ? souffla-t-elle d'une voix câline et suppliante. Ça me rendrait tellement malheureuse...

— Promis, fit-il en l'embrassant sur la joue.

Il n'était pas encore parvenu au rez-de-chaussée qu'Adèle téléphonait à Livernoche pour lui annoncer que l'ami de sa tante rôdait devant l'immeuble et qu'il n'était pas question d'y rester une heure de plus. Puis elle se précipita vers la chambre à coucher. Deux grosses valises s'entrechoquèrent sur le lit avec un bruit sourd.

— Je suis un écœurant... et un imbécile, se disait tristement Fisette en traînant les pieds sur le trottoir. Pauvre madame Pomerleau... elle n'est pas près de revoir sa nièce... ni moi non plus.

L'idée lui vint d'aller se tapir dans un coin pour assister à sa fuite. Il inspecta la rue du regard, puis, haussant les épaules avec un soupir de lassitude, poursuivit son chemin vers l'hôtel. C'est là qu'il déciderait s'il annoncerait ou non à Juliette qu'en retrouvant sa nièce, il l'avait sans doute perdue à tout jamais.

La vente de la maison du boulevard René-Lévesque devait se conclure à l'étude des notaires Fortin, Smith, Vanasse et Roberge au 1281, rue de la Montagne ; Juliette avait convenu avec Vlaminck – peu porté aux plaisirs du volant et n'ayant jamais possédé d'auto – de le prendre vers deux heures. Sa montre marquait deux heures dix ; il n'y avait pas de temps à perdre. Elle roulait sur Saint-Antoine, la lippe soucieuse. Un problème difficile lui faisait chauffer les méninges. Aussitôt le contrat signé, elle voulait filer à Saint-Hyacinthe voir ce qu'y fricotait Fisette, dont elle était sans nouvelle depuis deux jours. Mais qu'allait-elle faire de son petit-neveu ? Il était hors de question de le confier à Martinek et Rachel, qui préparaient fébrilement leur concert, non plus que de l'amener là-bas en risquant de l'exposer à des scènes pénibles et peut-être traumatisantes.

— Je meurs de soif, ma tante, soupira Denis et il appuya ses talons contre la boîte à gants.

— Tu boiras chez le notaire, mon pauvre agneau, je n'ai pas le temps de m'arrêter, nous sommes en retard de vingt minutes. Enlève tes pieds, bobichon. Tu vas tout crotter.

— C'est plate, aller chez le notaire, gémit l'autre en obéissant.

— Que veux-tu, mon pauvre, il faut que j'y aille, c'est important. Autant pour toi que pour moi. Ça te plairait beaucoup de continuer à vivre près de ta tante ?

— Je vais perdre tous mes amis, bougonna-t-il.

— Je t'ai juré, mon cher Denis – et je te le jure encore une fois – que tu pourras les voir chaque fin de semaine, si tu le désires. Je me charge de te voiturer. Et puis, de toute façon, tu vas continuer d'aller à l'école de Normandie jusqu'au mois de juin, non ?

Denis se tripotait le nez, la mine boudeuse. L'auto tourna sur René-Lévesque et se dirigea vers l'ouest. Ils arrivaient chez Vlaminck. La comptable l'aperçut en train d'arpenter le trottoir devant la maison. Il reconnut Juliette et agita la main. Soudain, le visage de l'enfant s'éclaircit :

— Tu sais, fit-il, une lueur cruelle dans l'œil, après s'être assuré que la présence du Belge empêcherait toute conversation sur le sujet, j'ai rencontré ce matin la femme qui se prend pour ma mère. Elle m'a acheté des pâtisseries.

Juliette braqua vers lui un de ces visages rubiconds aux joues gonflées que les Anciens dessinaient sur leurs cartes géographiques pour figurer la Tempête, mais ne put dire un mot : penché au-dessus de la glace d'une portière, Marcel Vlaminck lui souriait. Elle ordonna à Denis de prendre place sur la banquette arrière et le Belge, malgré ses protestations polies (« Mais non, mais non ! ne dérangez pas ce pauvre enfant, j'aurais pu très bien m'asseoir derrière vous ! Ces petites japonaises sont si confortables, etc. »), s'assit aux côtés de l'obèse.

— Et alors, c'est le grand jour ? lança-t-il, joyeux.

Mais le ton sonnait faux. Juliette l'observa à la dérobée, sourit, lui jeta un second regard et fit une légère grimace.

— Pour ne rien vous cacher, reprit-il au bout d'un moment, j'éprouve un grand chagrin à me départir de cette maison. Mon cœur va rester emprisonné entre ses murs.

— C'est bien dommage, répondit la comptable, de plus en plus sur ses gardes.

Vlaminck toussota, plia et déplia ses jambes, joignit les mains, les fit glisser vers ses genoux, jeta deux ou trois coups d'œil furtifs à sa compagne, toussota de nouveau.

— Qu'est-ce qu'il mijote, l'animal ? se demandait Juliette. Je sens venir quelque chose. Cuisse de puce ! que la vie est compliquée !

Elle tourna un coin de rue, évita de justesse un automobiliste qui venait de se ranger à droite sans avertir, et reprit de la vitesse.

— Madame Pomerleau, prononça Vlaminck d'une voix grave et solennelle.

Puis il s'arrêta.

— Oui, monsieur Vlaminck ? dit-elle enfin. Vous semblez soucieux.

— Madame Pomerleau... je vous rachète la maison. Je n'arrive pas à me décider à la vendre. Ma femme pleure sans arrêt depuis deux jours.

— Il n'en est pas question, monsieur. L'offre d'achat est signée. Vous devez respecter votre engagement.

— Mais je m'y conforme, madame. Voilà pourquoi je suis prêt à vous offrir en dédommagement trois mille dollars. Payables immédiatement.

Juliette secoua la tête, butée :

— Vous vendez. J'achète. On a assez niaisé.

Vlaminck se rencogna dans son siège avec un soupir et fixa le bout de ses doigts.

— Cinq mille, lança-t-il tout à coup.

Le menton appuyé au dossier de la banquette avant, Denis, frémissant d'espoir, suivait la conversation avec de grands yeux. Juliette se mit à rire :

— Cinq mille, dix mille ou vingt mille, offrez-moi jusqu'à votre chemise si le cœur vous en dit, vous perdez votre temps, mon cher monsieur. J'ai *besoin* de cette maison.

— Pensez-y, madame... Cinq mille dollars tombés tout chauds comme ça dans le creux de la main en échange d'un petit oui de rien du tout... On ne rencontre pas pareille aubaine à tous les coins de rue. Et puis, les belles maisons abondent dans cette ville... Je suis sûr qu'avec un peu de patience vous pourriez trouver mieux, et à moins cher...

La *Subaru* déboucha sur la rue de la Montagne.

— Vous ne retournez plus en Belgique ? demanda Juliette, railleuse. La savonnerie familiale vient de disparaître dans la broue ?

— Je... nous avons changé d'idée, mon épouse et moi.

— Dites plutôt que vous avez reçu une meilleure offre. À combien s'élève-t-elle ? À quatre cent mille ? À quatre cent vingt mille ? Trop tard. J'achète.

— Arrêtez-vous ici, fit-il avec une rage contenue. Nous sommes rendus.

— Est-ce que ça va être long, ma tante ? s'informa Denis d'un petit ton larmoyant et dépité.

Juliette lui planta son regard dans les yeux. Il ouvrit promptement la portière et la suivit.

Vers quatre heures, les formalités terminées, Vlaminck et son acheteuse se serraient poliment la main, le regard fuyant, puis l'ex-propriétaire partait en vitesse, après avoir sèchement décliné l'offre que lui faisait Juliette de le reconduire chez lui.

— Le firmament intérieur de ce monsieur semble obstrué par de gros nuages, remarqua flegmatiquement maître Fortin en tirant sur les pointes de sa moustache.

— Oui, monsieur. Mais quant à moi, la lumière me sort par les oreilles.

Elle le salua, triomphante, prit Denis par la main et quitta le bureau.

Une partie du rêve obsédant qui avait hanté sa longue maladie venait de se réaliser. La vieille maison de son enfance allait enfin retrouver un ange gardien. En la prenant sous sa gouverne, c'était un peu comme si elle volait au secours de sa tante elle-même, malade et abandonnée. Du coup, l'espèce de lourdeur qui accablait son esprit depuis tant de mois disparut presque, et elle eut l'impression que des flots d'énergie envahissaient son corps massif, assouplissant les articulations, affermissant les muscles, dissolvant les points de douleur. Un bien-être délicieux la remplit.

— Adèle maintenant, murmura-t-elle sourdement, sous le regard étonné de son petit-neveu. Il faut que je parle à cette fille d'ici deux jours.

Elle venait de faire un premier versement de vingt mille dollars. Vlaminck s'était engagé aux termes de l'offre d'achat à être créancier hypothécaire durant six mois pour le solde du prix de vente, afin de laisser à Juliette le temps de vendre sa propriété de Longueuil; mais, à la dernière minute, il avait voulu se désister et il avait fallu toute l'éloquence scandalisée de maître Fortin pour le ramener à la raison. Juliette, par crainte des tracas, décida de se départir au plus vite de sa conciergerie, quitte à rabattre une partie du prix.

— Ah! mais toi, tu es un drôle de petit écervelé! s'écria-t-elle tout à coup en saisissant Denis par le bras au moment où il s'apprêtait à monter dans la *Subaru*. C'est vrai que tu as rencontré cette folle? Et au lieu de m'avertir au plus vite pour que je la fasse arrêter, tu manges ses pâtisseries? Non mais, te rends-tu compte, mon pauvre enfant? C'est une tête que tu as sur les épaules ou une bulle de savon? Cette femme est dangereuse! Qu'est-ce que tu attends pour me croire? Qu'elle te coupe en morceaux dans le fond d'un garage? Tu ne trouves pas que j'ai assez de soucis comme ça? Tu veux que je retombe malade, ou que je devienne folle à mon tour, peut-être? Moi qui n'ai personne d'autre que toi sur la terre! Ah! chenapan! si je ne me retenais pas, je te chaufferais les fesses!

Denis pleurnicha un peu, lui raconta son aventure par le menu et promit de ne plus circuler seul dans la ville tant qu'on n'aurait pas mis le grappin sur sa timbrée de fausse mère.

— Tant pis, je l'emmène avec moi, décida la comptable en démarrant. De toute façon, est-ce que j'ai le choix? J'aime autant le voir perturbé que sur une table de morgue.

Elle se tourna vers lui :

— Je t'emmène à Saint-Hyacinthe, mon garçon. Après ce qui vient de se passer, je veux t'avoir à l'œil.

— Qu'est-ce que tu t'en vas faire là-bas? Chercher ma mère? Je le sais pourquoi tu la cherches : t'es tannée de moi. Tu veux seulement t'occuper de ta vieille maudite maison mal foutue que je déteste à mort.

— Oh la la! mais c'est la grande colère, s'écria-t-elle, touchée par le désarroi de l'enfant. Allons, où as-tu pêché ça? Tu le sais bien, monstre à mille pattes, que tu seras toujours mon petit bobichon d'amour et qu'il n'est pas question que tu vives ailleurs que chez moi. Mais il faut quand même que je la retrouve, ta mère. Écoute-moi bien. Le moment est venu que je te livre un secret.

Et elle lui parla de la promesse qu'elle avait faite à Joséphine mourante et de sa longue négligence à la respecter :

— Alors, j'ai décidé d'agir, même avec douze ans de retard. Je ne veux pas m'installer dans la maison de ma tante avant d'avoir retrouvé ta mère pour lui offrir mon aide – si elle en a besoin. Autrement, j'ai l'impression que je vais y étouffer. Et puis, il faut bien le répéter, mon pauvre enfant : je ne suis pas éternelle. Tout le monde s'en est bien rendu compte! Si jamais je venais à partir, il faudrait bien quelqu'un pour s'occuper de toi. Naturellement, ta mère aurait son mot à dire à ce sujet. Je ne sais pas si ça l'intéresse, mais je dois absolument la consulter.

— Bohu et Rachel pourraient me prendre avec eux, proposa l'enfant d'une voix hésitante.

— Oui... bien sûr... Mais je veux d'abord voir ta mère, reprit-elle d'un air buté en enfilant la première courbe du pont Jacques-Cartier. Parce que c'est *ta mère*, comprends-tu? Cela dit, j'espère pouvoir vivre jusqu'à cent ans, ajouta-t-elle en allongeant le bras pour lui tapoter le genou.

Une vieille Coccinelle jaune citron les dépassa lentement en lâchant des pétarades. Le conducteur aperçut Juliette et pouffa de rire.

— Moi, je préfère Bohu et Rachel, reprit l'enfant, boudeur, qui n'avait rien vu.

— Moi aussi, cher. Mais il faut d'abord que je voie Adèle. La loi m'y oblige... et aussi ma conscience, conclut-elle gravement.

La tête tournée, Denis regardait les poutres du pont qui défilaient à toute vitesse. L'auto passa bientôt sous un viaduc, puis emprunta la rue Saint-Laurent et se dirigea vers l'est. Les lèvres serrées, l'enfant promenait un œil éperdu sur cette ville qu'on s'apprêtait à lui arracher pour des raisons incompréhensibles.

En pénétrant dans le vestibule, Juliette prit son courrier et entra chez elle. Ses sourcils se froncèrent : l'une des enveloppes, chose rare, était adressée à Denis. Elle la lui tendit.

— Encore cette folle ? grommela-t-elle tandis que l'enfant, surpris, l'ouvrait prestement.

Deux rectangles de carton tombèrent sur le plancher. Il les ramassa :

— Wow ! des billets pour le match Canadiens-Nordiques au Forum.

Un bout de papier plié en quatre les accompagnait. Juliette le prit.

Cher Denis,
    On s'est jamais parlé, mais je t'ai aperçu avec ta tante quand elle est venue me rencontrer à Sherbrooke chez Transport Inter-Cités *au début du mois. J'espère que tu aimes le hockey. J'ai pensé que ça te ferait plaisir d'aller voir le match Canadiens-Nordiques avec un ami au Forum vendredi le 30. J'espère que ta tante voudra. Si tu peux pas, donne les billets à des amis, ça fait rien. Bon succès à l'école,*
    Un ami,

                             Roger Simoneau

— Eh ben ! qui lui a demandé de se montrer le nez, à celui-là ? se dit l'obèse. Cette histoire est en train de virer en soupe à la colle, ma foi. Tout le monde s'en mêle : d'abord une fausse mère, et puis maintenant un aspirant père ! On ne s'y retrouvera plus bientôt.

Denis s'empara de la lettre, puis, tout étonné, questionna sa tante sur Roger Simoneau, dont il se souvenait à peine. Elle lui répondit évasivement, se gardant bien de lui faire part des soupçons que lui inspirait cet intérêt soudain d'un camionneur pour un enfant qu'il n'avait pas vu dix minutes.

— Allons, ordonna-t-elle, va vite préparer tes bagages. Il faut partir, et auparavant aller au poste de police, mon cher, que tu leur racontes ta jasette de ce matin avec notre craquée.

Le téléphone sonna.

— Madame Pomerleau, s'il vous plaît, fit une voix grave et sonore, qui fit apparaître dans l'esprit de Juliette l'image d'une poutre d'acier. Réal Roch, de l'*Immobilière du Québec*. Vous allez bien ? Oui, je vais très bien moi-même, merci. Madame Pomerleau, j'ai un client ici devant moi qui serait intéressé à visiter votre immeuble de Longueuil. Quelqu'un de sérieux et de réfléchi. Serez-vous à la maison ce soir ?

Il s'interrompit :

— Un instant... Excusez-moi.

Quelques secondes passèrent.

— Madame Pomerleau ? Serait-il possible de nous recevoir plutôt après-demain vers dix heures ? Mon client vient de se rappeler qu'il doit aller à Terrebonne ce soir pour... Ça marche ? Parfait. Au plaisir.

— Ah ! ça tombe mal, pensa Juliette, contrariée, en raccrochant. J'avais le goût d'être ce soir à Saint-Hyacinthe, moi. Je ne comprends pas que Clément ne m'ait pas encore appelée.

Elle composa le numéro de l'*Hôtel Maskouta*. On lui répondit que le photographe était sorti vers le milieu de l'après-midi et n'avait pas reparu.

Juliette se rendit à sa chambre, fit ses bagages en un tournemain, puis revint dans la salle à manger. Elle s'assit, appuya son coude sur la table et se mit à jongler, l'air incertain. Denis traversa la pièce en lui jetant un coup d'œil à la dérobée, puis repassa devant elle une paire de pantoufles à la main, agitant de l'autre ses deux billets de hockey ; sa bonne humeur était revenue.

— Il faut absolument que je retourne aujourd'hui à Saint-Hyacinthe, se dit Juliette, l'œil dans le vague. Si je demandais... Mais non. Qu'est-ce qu'il penserait de moi ? Quoique en lui expliquant...

Elle pianotait sur la table, de plus en plus perplexe. Ses lèvres palpitèrent à deux ou trois reprises. Elle fut sur le point de se lever, puis se ravisa.

— Tant pis, lança-t-elle tout à coup en se dressant d'un bloc. Il pensera de moi ce qu'il voudra. Je n'ai pas le choix.

Elle s'approcha du téléphone, saisit son sac à main posé près de l'appareil, en sortit un petit calepin noir et le consulta. Puis, levant la tête, elle poussa un grand soupir, reprise par son indécision. Cela tournait à la torture. Elle regarda sa montre :

— Il n'est sans doute pas chez lui, murmura-t-elle pour se donner courage.

Et elle composa rapidement le numéro d'Alexandre Portelance.

— Allô ? fit la voix gutturale du vendeur. Madame Pomerleau ? Et il s'arrêta, le souffle coupé, gaga de ravissement.

Suante, écarlate et bredouillante, Juliette réussit à lui expliquer qu'une affaire pressante l'appelait à Saint-Hyacinthe, où elle serait peut-être forcée de rester quelques jours. Mais en même temps, la mise en vente de sa propriété de Longueuil l'obligeait à rester sur place. Alors, dans un mouvement d'audace – ou c'était peut-être de l'effronterie ? – elle lui téléphonait. Tablant sur l'amitié qu'il semblait avoir pour elle, et après de longues hésitations, elle s'adressait à lui à tout hasard – sachant que cela lui serait sans doute impossible, elle le comprenait d'avance – pour lui demander un grand service. C'était de se trouver chez elle le surlendemain vers neuf heures trente – en formulant sa demande, elle avait honte de son sans-gêne et le priait de l'excuser – afin de recevoir en son absence un courtier en immeubles et son client et leur faire visiter la maison.

— Mais cela me fait *le plus grand plaisir*, madame, rugit Portelance dans un transport de joie qui ressemblait à de la fureur. Cessez de vous faire du mauvais sang, sainte culotte de gros drap ! On vient justement de m'annuler deux rendez-vous pour ce jour-là. J'aurais perdu mon temps au bureau à tripoter de la paperasse en regardant par la fenêtre toutes les trente secondes. Après-demain à neuf heures trente je serai chez vous comme un seul homme, tonna-t-il joyeusement. Je prendrai votre courtier et son client chacun par-dessous le bras et nous visiterons votre maison de la cave jusqu'au bout de la cheminée autant de fois qu'ils le voudront, et même le double si ça leur chante. Mais il me faut une clef. Voulez-vous que j'aille la chercher ?

Juliette lui répondit qu'elle s'en voudrait beaucoup de l'obliger à se déplacer deux fois pour une pareille affaire et qu'il suffirait de convenir d'une cachette. D'ailleurs, elle devait quitter la ville sur-le-champ.

Ils choisirent très classiquement le paillasson de la porte avant, et la quinquagénaire, émue par le bon cœur et la jovialité du représentant, se confondait en remerciements lorsque Portelance l'interrompit :

— Mais votre petit-neveu ? Qu'est-ce que vous en faites ?

— Je l'emmène avec moi, répondit la comptable, embarrassée.

— Il va manquer son école ?

— Il est en vacances, monsieur. Jusqu'au 4 janvier.

— Ah bon. Excusez-moi. Je ne me mêle pas de mes affaires... Mais... écoutez... Si ça vous avait accommodée, j'aurais pu... Vous savez, je n'ai jamais eu d'enfants, mais il n'y a rien qui me fait davantage plaisir que...

— Non non non, répondit précipitamment Juliette, je l'emmène avec moi. Ça serait dépasser toutes les bornes que de vous demander en plus de vous en occuper... Et puis, il est tellement sauvage et renfermé, si vous saviez... Il serait malheureux chez vous comme un poisson dans une théière.

— Oh! mais j'ai le tour, moi, avec les enfants, ma chère madame! insista le vendeur qui s'évertuait à faire surgir des montagnes de gratitude chez son interlocutrice. Je l'emmènerais avec moi chez les clients. On dînerait au restaurant. Il aurait sa chambre à lui, sa table de travail, et même sa télévision, tiens.

Mais trop de zèle produit parfois les mêmes effets que pas assez. Devant une serviabilité aussi envahissante, Juliette, soudain méfiante, se referma et annonça d'un petit ton pincé qu'elle devait le quitter. Alexandre Portelance s'arrêta en plein milieu d'une phrase, bafouilla un mélange d'au revoir et d'excuses, puis se flanqua un formidable coup de poing punitif sur la cuisse gauche.

— Grosse enclume! tête de lard! ce n'est pas en lui marchant sur les pieds avec des souliers à crampons que tu vas lui donner le goût de danser, espèce d'épais! Contrôle tes émotions, bon sang! Tu vas la faire fuir au pôle Sud!

— Denis, lança Juliette en se dirigeant vers sa chambre, es-tu prêt? On part.

Elle entendit un claquement de porte dans le hall et reconnut le pas de Rachel. Malgré sa corpulence, elle se précipita dans le corridor :

— Ah! Rachel, s'écria la comptable en ouvrant la porte, je voulais te dire... le contrat est signé... La maison m'appartient!

La violoniste s'arrêta dans l'escalier (son visage fatigué frappa Juliette) :

— Ah oui? bravo! Vous l'avez bien méritée! Bohu va être aux petits oiseaux. Il n'arrête pas de me parler de cette maison. Pour lui, c'est un palais! J'ai hâte de la voir. Il a même choisi la place de son piano. Mais je bavarde comme si j'avais le temps dans mes poches. Je sors d'une répétition et il faut maintenant que je coure à celle de Bohu. Il a trouvé le moyen d'oublier la partie solo de son concerto de violon à l'appartement.

— Tu ne peux pas prendre un café? On ne se voit plus, soupira Juliette.

— Impossible, hélas... Ah! et puis, soufflons un peu, je suis complètement crevée, se ravisa-t-elle en redescendant les marches. On a passé toute l'avant-midi à travailler des pianissimos dans le *Cygne de Tuonela*. J'en avais des crampes jusque dans la nuque.

Elles se rendirent à la cuisine. Rachel se laissa tomber sur une chaise.

— Salut, toi, fit-elle en voyant apparaître Denis, un sac de voyage à la main.

— Bonjour, Rachel, répondit l'enfant à voix basse, le regard posé involontairement sur sa poitrine, et il détourna aussitôt la tête.

— Est-ce que vous saviez que notre dentiste vient de repartir? poursuivit la violoniste en manipulant distraitement une série de feuilles brochées qui traînaient sur la table, tandis que le moulin à café se mettait à rager. Je l'ai rencontré dans l'escalier ce matin; il ressemblait à un haricot jaune. La question m'est sortie de la bouche malgré moi : je lui ai demandé s'il allait chez le médecin. «Non, qu'il m'a répondu, je retourne à mon travail. Encore un mois ou deux et je pourrai enfin me reposer.» «Comment? Vous abandonnez le métier?» lui ai-je dit. «Non, il ne s'agit pas de ça, il ne s'agit pas de ça du tout», et il a filé comme si le plafond allait lui tomber sur la tête.

— Que Dieu lui vienne en aide, fit Juliette avec une ferveur ironique en s'affairant devant le comptoir.

Rachel se pencha au-dessus des feuilles :

— C'est votre contrat avec monsieur Vlaminck? Excusez-moi, se reprit-elle aussitôt, je fourre mon nez partout.

— Lis, lis, ma fille, si le cœur t'en dit. Je n'ai pas de secrets pour toi. Il ne s'agit pas de ce que tu penses, mais d'une entente que j'ai signée aujourd'hui avec monsieur Pagé – le président de *Rebâtir Montréal*, tu sais, qui m'a si gentiment laissée acheter la maison.

La violoniste fronça les sourcils :

— Une entente à quel sujet?

— Oh, c'est tout simple. Si je décidais un jour de me départir de cette maison, je m'engage à la lui offrir en priorité.

— Ah bon. Il y tient vraiment.

Et tandis que Juliette préparait le café en chantonnant, Rachel se mit à lire l'entente. Denis se rendit à la dépense et revint avec un sac de biscuits aux amandes.

— Dites donc, s'écria la violoniste, vous vous êtes fait avoir, vous !

— Ah oui ?

— À la clause 5, vous – ou vos héritiers – vous engagez à lui revendre la maison pour une somme *équivalente* à celle du prix d'achat.

— Eh quoi, c'est normal. Il faut bien tenir compte de l'inflation. Trois cent soixante-dix mille dollars d'aujourd'hui n'en vaudront peut-être plus que trois cent mille dans dix ans. Tout le monde sait ça. Voilà encore une preuve de sa générosité !

— Générosité ? Faites-moi rire ! Vous perdez toute la plus-value ! Une maison que vous achetez trois cent mille dollars aujourd'hui en vaudra peut-être *six cent mille* dans dix ans ! Or, vous vous engagez à la revendre – et je répète – *pour une somme équivalente à sa valeur d'aujourd'hui*. Vous vous êtes fait avoir, madame Pomerleau ! Il se montre gentil, mais sa gentillesse vous coûte cher en diable !

Juliette posa sur la violoniste un regard un peu vexé :

— Ma fille, je n'ai pas acheté cette maison pour spéculer, mais pour l'habiter.

Denis écouta un moment leur discussion en croquant ses biscuits, puis se mit à suivre la trajectoire affolée d'une mouche que la chaleur venait sans doute de tirer de sa léthargie. La mouche se frappa deux ou trois fois contre une vitre, puis atterrit sur le sac de biscuits entrouvert dont elle tâta les dentelures avec ses pattes de devant, se demandant sans doute s'il était prudent de pénétrer dans l'ouverture, qui laissait voir des choses affriolantes.

— Est-ce que les mouches ont des soucis comme nous ? s'interrogeait l'enfant. Est-ce qu'elles ont parfois de la misère à dormir ?

Quelques moments plus tard, Rachel finissait par convaincre sa vieille amie de faire modifier la fameuse clause 5.

— Allez-y, téléphonez-lui tout de suite, à ce philanthrope au cœur sec. Pourquoi empocherait-il tout cet argent à votre place ?

Juliette hésita, puis saisit l'appareil.

— Il vient de quitter le bureau, annonça-t-elle en raccrochant. Ne sera pas là avant demain matin.

— Alors, il faut aller le trouver à la première heure et lui expliquer qu'une des meilleures façons de se montrer gentil avec les gens, c'est de ne pas les escroquer.

— Ça ne m'arrange pas du tout, moi, grommela la comptable. Je dois partir cette après-midi pour Saint-Hyacinthe. Et j'emmène ce petit monsieur avec moi (Rachel prit un air étonné). Eh oui, figure-toi donc, ma chère, fit-elle en posant les mains sur les hanches, que la fausse Adèle a encore fait des siennes ce matin.

L'enfant rougit et quitta aussitôt la cuisine. Juliette raconta l'incident à la violoniste, puis :

— Je l'emmène, et sans trop savoir ce qui nous attend. Il en pâtira peut-être, le pauvre. Mais que veux-tu que j'y fasse ? S'il avait eu un brin de jugeote, cette folle serait sans doute derrière les barreaux.

Rachel se leva :

— Il faut que je parte. Ils vont vouloir me pendre. Je suis désolée de ne pouvoir m'occuper de votre bobichon, madame Pomerleau, mais le temps passe et il n'y a pas encore une pièce qui soit en place. Nous avons dû ajouter trois répétitions. Bonne chance. Tenez-nous au courant.

— Quand je serai grand, se promit Denis en la regardant s'éloigner par la porte de sa chambre, j'aurai une femme aussi gentille qu'elle. Et aussi belle.

Malgré les protestations de l'enfant, Juliette et Denis se rendirent au poste de police, où le détective Labrie consigna sa déclaration, enveloppé dans un nuage de fumée de cigare qui le forçait à se frotter les yeux à tous les dix mots. La comptable ne cacha pas son mécontentement devant l'inertie de la police. Fallait-il attendre que l'histoire tourne en rapt ou en meurtre pour qu'ils prennent l'affaire au sérieux ?

— Les nerfs, les nerfs, madame, coupa le détective. Arrachez-vous pas les cheveux devant moi, la femme de ménage passe seulement dans deux jours. Si vous croyez que c'est si facile d'arrêter des têtes fêlées, arrêtez-en vous-même !

Il grommela quelques questions à l'intention de Denis, griffonna deux ou trois mots dans un calepin et promit qu'avec un peu de chance il aurait bientôt la fausse Adèle devant lui.

— À moins, bien sûr, que sa lubie lui passe, ce qui ne serait pas une catastrophe, après tout. Je peux arrêter un fou en crise, mais s'il se met à aller mieux avant que je l'attrape, que voulez-vous que je fasse ? Je ne suis tout de même pas pour le rendre dingo à distance !

— Toujours en train de se trouver des excuses pour rester dans leurs pantoufles, bougonna Juliette en quittant le poste.

Denis la suivait, morose, se demandant si sa tante avec l'âge n'allait pas virer en dragon comme l'affreuse Elvina.

Juliette se réveilla plusieurs fois cette nuit-là. Et chaque fois, les remarques de Rachel sur la clause 5 lui paraissaient plus pertinentes.

— J'espère que je ne suis pas tombée sur un de ces bons samaritains qui vous scient bras et jambes en invoquant le bon Dieu et s'en vont les vendre au boucher pour se faire un peu d'argent de poche, se dit-elle en allongeant le bras vers la table de nuit pour boire son troisième verre d'eau.

À neuf heures pile, elle arrivait sur la rue des Sœurs-Grises, son contrat en main.

— Voilà monsieur Pagé, s'écria Denis, pointant le doigt vers un homme en complet vert bouteille qui s'éloignait d'un pas vif sur le trottoir.

Juliette donna un léger coup d'accélérateur et vint s'arrêter près de lui.

— Eh bien! madame Pomerleau, s'exclama-t-il, étonné, en s'arrêtant. Qu'est-ce qui se passe? Avez-vous d'autres problèmes?

— J'ai à vous parler, répondit Juliette, intimidée.

— Écoutez, il faut que je me rende tout de suite sur un chantier à la place Royale, puis de là sur la rue de Brésoles. Voulez-vous venir avec moi? Nous pourrons causer en route.

— Est-ce que c'est loin d'ici?

— C'est à deux pas. Mais vous préférez peut-être y aller en auto?

— Du tout. Je suis encore bonne marcheuse malgré ma corpulence. Je vais stationner ici.

— Elle a du chien, ma tante, pensa Denis avec fierté.

Ils firent une centaine de mètres, puis tournèrent à gauche sur d'Youville. Un petit vent frisquet balayait la rue, luttant contre les bouffées de chaleur et les montées de transpiration qui assaillaient Juliette dès qu'elle décidait d'oublier son poids.

— Je vais attendre un peu avant de tomber dans le vif du sujet, décida-t-elle. Vous avez aussi un chantier rue de Brésoles ? Mais vous êtes *réellement* en train de rebâtir Montréal !

— Vous plaisantez ! Il y aurait du travail pour cent ans.

— Vous ne deviez pas beaucoup aimer le maire Drapeau...

— Hmm... est-ce que c'était réellement un maire ? Je le vois plutôt comme une sorte de contracteur spécialisé dans le cubage. Mais fin politicien : un vrai virtuose en relations publiques. Et puis, il faut admettre que son métro est une excellente idée : il est très beau et diablement pratique, sans compter que dans l'état actuel de la ville, on a plutôt envie de circuler sous terre !

— Mon Dieu qu'il a l'air sévère, s'étonna Denis. On dirait qu'il a mal à la tête.

— Si Montréal avait perdu d'un seul coup dans un bombardement tous les édifices qu'on a démolis sous son règne, poursuivit Pagé, on en parlerait encore avec des frissons. Des quartiers complets ont été rasés, et non les moindres ! Montréal a perdu une bonne partie de sa beauté... et de sa mémoire. Mais il ne faut pas tout lui mettre sur le dos, le pauvre homme : nous sommes en Amérique. Depuis soixante ans, l'Amérique vomit son héritage européen. C'est ça le progrès, paraît-il. Nous commençons tout juste à comprendre qu'il est important d'avoir un passé, si nous voulons que l'avenir ait du sens.

Il s'arrêta, renifla d'une façon un peu disgracieuse, puis :

— Excusez-moi. Vous n'êtes certainement pas venue me trouver ce matin pour entendre un sermon. Qu'est-ce que je peux faire pour vous ?

La gorge de Juliette se serra et ses idées se volatilisèrent, laissant un vide affolant. Elle secoua la tête et les idées revinrent :

— Je... c'est que... en relisant hier l'entente que nous venons de signer, j'ai... j'ai buté sur une des clauses... la clause 5, en fait, que je ne suis pas sûre de très bien comprendre.

Et elle lui rapporta, en les prenant à son compte, les objections de Rachel. Une subtile expression de contrariété durcit le visage de l'homme d'affaires. Quand elle eut terminé, il se pressa le bout du nez entre le pouce et l'index, le regard posé sur sa main, puis :

— Vous avez bien lu, madame. Il s'agit bien d'une somme *équivalente* au prix de la transaction. Et si jamais dans dix ans vous décidiez de vous départir de la maison en ma faveur, ce serait comme si on reculait de dix ans ; la transaction que vous venez de conclure avec monsieur Vlaminck se referait *telle quelle* entre vous et moi, compte tenu de l'inflation, bien sûr. Il faut bien comprendre le marché que nous avons passé, madame : en vous cédant la maison par gentillesse, je perdais une bonne affaire, une très bonne affaire. *Rebâtir Montréal* n'est pas un organisme de charité. Nous poursuivons deux buts aussi importants l'un que l'autre : refaire Montréal... et réaliser des profits. Je ne suis pas un petit oiseau qui attend sa nourriture du bon Dieu. Je m'occupe moi-même de mon garde-manger, et je l'aime bien garni ! En d'autres mots, madame, je suis bien prêt à vous rendre service, mais pas à mon détriment. Je n'ai pas l'intention, en vous rachetant la maison, de vous verser les profits que j'aurais pu faire moi-même en la revendant à quelqu'un d'autre ! Vous m'en demandez trop, madame, beaucoup trop.

— Mais alors, répondit Juliette, désolée, c'est comme si le placement que j'ai fait en l'acquérant ne me rapportait pas un sou...

— Eh oui... mais c'était le prix à payer pour mettre la main dessus, ajouta-t-il d'un ton déjà moins ferme, car c'était *cette maison* que vous vouliez absolument.

Ils reprirent leur marche.

— Enfin, je comprends votre point de vue, ajouta-t-il tout à coup. Laissez-moi mijoter ça un peu. On s'en reparlera.

Ils arrivaient à l'intersection des rues d'Youville et de la Commune, qui se touchaient en formant une pointe au bout de laquelle s'étendait la place Royale. Juliette jetait des coups d'œil furtifs à son compagnon qui avançait, pensif, les mains derrière le dos.

— Suivez-moi jusqu'au fond de la place, fit Pagé en prenant Denis par la main, nous aurons plus de recul.

— C'est vous qui faites construire ça ? s'exclama la comptable en se retournant deux ou trois fois.

— Est-ce que c'est un château ? demanda Denis, tout rose d'excitation.

— Non, mon garçon, c'est un vulgaire édifice à bureaux. Je suis en train de reconstruire le siège social de la *Royal Insurance Company*, érigé en 1857 et démoli vers 1947. Ça redonne de la gueule à tout l'ensemble, vous ne trouvez pas ?

Ils contemplèrent l'élégant édifice Renaissance en pierres de taille, surmonté d'une tour d'horloge dont on était en train de terminer le campanile, et qui formait près du fleuve un vaste triangle bordé à droite par la rue de la Commune et à gauche par d'Youville. Des échafaudages masquaient partiellement le côté droit et on avait bloqué toutes les ouvertures par des feuilles de polythène qui claquaient au vent. Alphonse Pagé glissa la main à l'intérieur de son veston et en sortit une photo en noir et blanc qu'il tendit à Juliette :

— Voilà à quoi ressemblait la place Royale en 1870.

— Mais c'est affreux, murmura-t-elle. On a tout détruit. Comme c'est devenu insignifiant... et triste! Est-ce que je me trompe? C'est comme si on avait remblayé toute cette partie de la rive.

— Forcément : il y avait deux rampes d'accès au quai, une juste ici, et l'autre un peu plus loin, là-bas.

Juliette posa sur lui un regard ébahi :

— Et vous avez décidé de remettre la place dans son état original?

Il s'esclaffa :

— Dieu m'en garde! J'y laisserais la peau de mes fesses! Je vais me contenter de terminer d'abord cet édifice, qui fait vraiment bel effet. On verra pour le reste. Tout dépendra de l'aide du gouvernement. J'ai des seuils de rentabilité à atteindre, moi! D'ailleurs, tout ce projet aurait été suicidaire il y a cinq ans. Mais la réfection du Vieux Port a remis à la mode ce coin de Montréal, et cela réagit sur les loyers. Excellente réaction! C'est ce qui me permet de me faire plaisir tout en réalisant des profits.

Denis examinait gravement l'édifice en se mordillant les lèvres, tiraillé par sa timidité et l'envie de poser une question. À la fin, n'y tenant plus :

— Est-ce qu'on peut aller visiter l'intérieur, monsieur?

— Tu ne verras pas grand-chose, mon garçon, à part du béton et des poutres d'acier. Et puis, je ne suis pas sûr que mes assurances me permettent de t'amener.

— Allez-vous reconstituer aussi l'intérieur? demanda Juliette.

— Le rez-de-chaussée, en tout cas, répondit Pagé en s'approchant. Il y avait un hall magnifique. Pour le reste, nous manquons de données. Une bonne partie des plans et des dessins d'architecte est disparue. Et puis, tout cela coûte très cher, hélas. Enfin, l'essentiel y sera, je suppose. Nos descendants n'auront qu'à compléter.

Ils arrivaient à l'entrée principale, à demi obstruée par un amoncellement de terre surmonté d'une pile de madriers. Alphonse Pagé examina la façade avec un air de profonde satisfaction, puis, ébouriffant les cheveux de Denis :

— Si on travaille très fort et sans relâche, lança-t-il joyeusement, quand ce petit monsieur aura une moustache et des bouts de choux qui l'appelleront papa, il y aura plusieurs coins de Montréal qu'on aura le goût de traverser non pas en métro mais à pied. Allons, il faut que je vous quitte. Mon entrepreneur m'attend. Bonne chance dans vos projets, fit-il en tendant la main à Juliette, puis à Denis, qui présenta gauchement la sienne, flatté.

— Merci encore une fois, répondit la comptable sans trop savoir de quoi elle le remerciait et ayant manifestement oublié la clause 5.

Elle le regarda grimper le monticule, étonnée par cet homme et ses curieux projets.

— Est-ce que vous avez d'autres chantiers en marche ? demanda-t-elle.

Il se retourna en souriant :

— Oh, différentes choses, ici et là. Par exemple, je suis en train de refaire le dernier étage de la maison McTavish, rue Saint-Jean-Baptiste, dont on avait supprimé le toit à deux versants. Mais mon plus gros chantier se trouve ici.

Il continua de grimper, enjamba un madrier, puis se retourna de nouveau :

— Dites donc, si votre fameuse clause 5 se lisait à peu près comme ceci : *« pour une somme équivalente à sa valeur d'aujourd'hui, plus un pourcentage de la plus-value de la maison*, heu... *tel qu'estimé par un expert... par un expert choisi par les deux parties »*, est-ce que ça vous irait ?

— Oh ! tout à fait, monsieur.

▲

Vingt minutes plus tard, Juliette et Denis revenaient chez eux pour terminer leurs bagages. L'obèse brûlait de se trouver à l'*Hôtel Maskouta* pour écouter Fisette leur raconter les derniers développements de l'enquête (car développements il y avait eu, elle en était sûre, et le curieux silence du photographe depuis deux jours l'angoissait de plus en plus).

Juliette fouilla dans son sac à main, tendit une enveloppe à son petit-neveu et lui demanda de la glisser sous la porte d'Elvina. Puis, triste et soucieuse, elle déposa les valises dans son auto et fit monter l'enfant.

Pendant qu'elle filait sur la 132 et que le doux ronron de la *Subaru* la calmait peu à peu, Elvina Pomerleau, assise sur le bord de son lit de jeune fille, froissait sauvagement la lettre de sa sœur qui lui annonçait sa décision de vendre la maison. Elle ouvrit la main droite et considéra un moment la feuille, devenue une petite boule grisâtre, puis la jeta sur le plancher et la piétina en lançant d'une voix saccadée :

— Ah! la vipère! la vicieuse! sans m'en parler! sans m'en parler! comme une hypocrite! Ah! je la vois venir! Elle va se trouver un acheteur qui va travailler jour et nuit à me jeter dehors!

Puis elle s'avisa que la lettre pourrait être utile, la défroissa soigneusement sur son couvre-pied et la relut en se rongeant les ongles. Quand elle eut une bonne demi-douzaine de rognures, elle les rassembla entre le pouce et l'index, défit le pommeau de cuivre d'un montant de son lit et les laissa tomber dedans, l'air grave et solennel. Depuis une cinquantaine d'années, elle accumulait ainsi ses rognures et avait déjà rempli les deux montants du pied. C'était une des rares et modestes joies de son existence solitaire que de se figurer de temps à autre la masse qu'elles formeraient si on les rassemblait dans un seau. Le pommeau remis en place, elle fit les cent pas en méditant, les mains derrière le dos, le torse projeté en avant dans une posture farouche. Puis elle décida subitement de se lancer dans le grand ménage des armoires de la cuisine.

Vers trois heures, un fait en apparence anodin attira son attention. Depuis le début de l'après-midi, le téléphone de Juliette s'était mis à sonner avec une régularité qui finit par l'intriguer. Obstination étrange. Elle quitta la cuisine et s'avança dans le corridor, passant près de sa chienne endormie qui poussa un soupir de bien-être; elle se colla l'oreille contre la porte, puis l'entrebâilla légèrement. Le téléphone se fit entendre de nouveau, pour la vingt-cinq ou trentième fois! Qui donc cherchait à l'atteindre avec tant d'acharnement? Un acheteur? Son courtier? À moins qu'il ne s'agisse de cet infect représentant qui empestait le hall de son parfum bon marché à chacune de ses visites, et dont le seul but était de débaucher sa sœur (c'était sans doute chose faite). Peut-être voulait-il aussi acheter l'immeuble? À cette pensée, elle recula, livide, et posa le talon sur une patte de sa chienne, qui poussa un hurlement.

— Excuse-moi, pauvre Noirette!

L'animal se leva à toute vitesse et se réfugia sous la table de la cuisine.

Debout au milieu du corridor, Elvina se grattait doucement les coudes, tandis que des squames blanches neigeaient sur le tapis et le bout de ses pantoufles.

Le téléphone se tut alors un long moment. Puis, vers six heures, il recommença de plus belle. Dans l'appartement désert, envahi par la nuit tombante, les sonneries avaient un accent lugubre. La solitude des lieux, l'inertie impuissante des objets avaient pris un caractère poignant et désolé. Un message énigmatique cherchait à se faire entendre et ne rencontrait que le vide. Elvina demeurait derrière la porte, faisant mille suppositions ; elle finit par se lasser et s'en alla.

Une demi-heure plus tard, attablée devant la télévision, elle attaquait une omelette aux tomates et à l'estragon lorsque, mue tout à coup par un pressentiment, elle se rendit au salon, écarta doucement les rideaux et aperçut une grosse auto noire qui s'arrêtait devant la maison. Le conducteur jeta un long regard sur l'immeuble, puis resta immobile, les mains sur le volant, songeur. Il était coiffé d'un feutre brun, portait la moustache et semblait plutôt jeune. Elvina écarquillait les yeux, le cœur battant, pénétrée de la certitude qu'il y avait un lien entre cet homme et les sonneries. Il sortit de l'auto et se dirigea vers la maison. Elle courut à la porte d'entrée de son appartement et posa l'œil contre le judas. Un pas ferme et sec se fit entendre et l'homme apparut, la mine soucieuse et contrariée, vêtu d'un paletot noir largement ouvert qui laissait voir un complet gris à rayures ; il s'approcha de la porte de Juliette et frappa. Au bout d'un moment, n'obtenant pas de réponse, il se tourna un peu de côté, glissa les mains dans ses poches et se mit à fixer le plancher, perplexe, se mordillant l'intérieur de la bouche. Puis, relevant la tête, il s'avança vers la porte d'Elvina. Elle recula, les mains dressées devant elle comme pour se protéger. L'homme frappa trois fois. Il y eut un court silence. Il toussa bruyamment, puis recommença, un peu plus fort :

— Il y a quelqu'un ?

La voix était rêche, pleine d'assurance, quelque peu désagréable.

— Décidément, c'est pas mon jour de chance, bougonna-t-il.

Il frappa encore deux coups, sans conviction. Un moment passa, puis la vieille fille l'entendit s'éloigner lentement vers la sortie. Elle avait la vague impression que l'arrivée de cet homme augurait mal pour Juliette. La peur de laisser filer une occasion de lui nuire l'emporta sur celle de se trouver face à face avec un inconnu. Elle s'avança et, d'une voix mal assurée :

— Qui est là ?

— Ah bon ! s'exclama joyeusement ce dernier en revenant sur ses pas. Maître Alcide Racette, madame, répondit-il, planté devant la porte. Je désire voir madame Pomerleau pour une affaire pressante. Est-ce que vous savez où elle se trouve ?

Elvina installa la chaîne de sécurité et entrebâilla la porte :

— Pour quelle affaire, monsieur ?

— Pour une affaire personnelle, madame, répondit-il avec un sourire quelque peu insolent.

Il avait environ trente ans, des cheveux noirs plaqués sur les tempes, le visage légèrement empâté, un regard dur et perçant, et il ne semblait pas considérer la courtoisie comme une chose très importante.

Elvina resta interdite, puis, essayant de maîtriser le tremblement qui la gagnait :

— Est-ce qu'il s'agirait de la vente d'un immeuble ?

Ce fut au tour de l'homme de perdre son aplomb, mais cela ne dura qu'une seconde. L'œil méfiant de la vieille femme le fixait par l'entrebâillement, cillant à toute vitesse.

Il sentit qu'elle ne dirait rien s'il ne lâchait pas quelques bribes.

— En effet, madame, il s'agit d'une affaire immobilière.

— Est-ce que vous venez pour acheter cet immeuble-ci ?

Il eut encore le même sourire vaguement insolent et deux rangées de petites dents très blanches apparurent, qui donnaient l'impression de pouvoir broyer les choses les plus coriaces :

— Du tout, madame, du tout. Je ne savais même pas que l'immeuble lui appartenait..

De plus en plus tremblante, Elvina essayait de réfléchir et le sentiment que sa sœur ne prendrait aucun plaisir à converser avec cet homme s'affermissait en elle.

— Madame Pomerleau est partie tout à l'heure à Saint-Hyacinthe, dit-elle enfin.

— Ah bon. Pour longtemps ?

— Je ne sais pas. Pour quelques jours peut-être.

— Où est-ce que je peux l'atteindre ?

— Elle loge à l'hôtel. L'*Hôtel Maskouta*, je crois.

— Merci, madame, fit l'avocat qui griffonnait dans un calepin. Bien aimable à vous. Bonne soirée.

La vieille fille referma doucement la porte et, le souffle suspendu, écouta ses pas décroître. Puis elle se dirigea vers le salon pour observer son départ. Un léger sourire venait d'éclairer sa figure maussade. Elle n'arrivait pas à discerner les raisons de son contentement, mais une petite voix acide susurrait en elle que les renseignements donnés à l'inconnu lui apporteraient un jour beaucoup de joie.

▲

Il était onze heures trente lorsque Juliette arriva à l'*Hôtel Maskouta*. Elle fit sonner à la chambre de Fisette, mais personne ne répondit.

— Je ne l'ai pas vu depuis hier après-midi, affirma la jeune réceptionniste, la bouche embarrassée par une chique de gomme qui lui donnait un accent espagnol. Il est monté à sa chambre vers deux heures. Il a dû ressortir dans la soirée. J'ai quitté le travail à sept heures, hier soir.

L'idée que le photographe avait filé en douce effleura l'esprit de Juliette, mais elle la rejeta aussitôt : qu'aurait-il trouvé à lui dire, une fois revenu à Longueuil ?

— J'ai faim, ma tante, soupira Denis. Quand est-ce qu'on dîne ?

Visiblement contrariée, elle réfléchissait, debout au milieu du hall, en balançant son sac à main. Écrasée devant la télé, les genoux presque à la hauteur des yeux, la réceptionniste regardait avec un flegme de glacier un reportage sur la guerre chimique en Afghanistan :

— Mademoiselle, fit la comptable sans grand espoir, est-ce que vous me permettriez d'aller porter une enveloppe à la chambre de monsieur Fisette ?

— Vous pouvez la laisser ici, il la prendra en passant, suggéra la jeune fille.

— Je... préférerais aller la porter moi-même. Il s'agit d'une petite surprise.

La réceptionniste eut un haussement d'épaules comme pour laisser entendre que cela l'intéressait autant qu'une collision de microbes, puis se leva nonchalamment, s'approcha du tableau des clefs et, à la grande surprise de l'obèse, lui tendit celle de Fisette, l'œil toujours fixé sur le petit écran.

— Tu ne devrais pas monter ces escaliers, ma tante, conseilla Denis lorsqu'ils arrivèrent au premier palier, ça te fatigue beaucoup trop. Pourquoi veux-tu aller à sa chambre, puisqu'il n'est pas là?

Juliette s'arrêta un instant pour reprendre haleine, appuyée au pilastre de l'escalier, tapota gentiment l'épaule de l'enfant, puis poursuivit sa montée.

— Veux-tu que j'aille voir? offrit l'enfant, de plus en plus inquiet des sifflements qui s'échappaient des narines de sa tante.

Le deuxième étage fut conquis, puis enfin le troisième.

— Pas question de prendre une chambre ici, déclara Juliette dès qu'elle fut en état de parler, on ira dans un motel, nous. Ah! mes jambes... on dirait que les mollets vont m'éclater.

Fisette logeait à la chambre 307. Après avoir longuement tripatouillé la serrure, qui semblait avoir été martyrisée par toutes sortes d'objets, depuis l'épingle de sûreté jusqu'au cure-pipe, Juliette réussit enfin à la faire jouer et poussa la porte d'un vigoureux coup d'avant-bras.

— Sueur de coq! s'écria-t-elle, stupéfaite.

Denis réussit à se glisser la tête dans l'embrasure, obstruée par les hanches massives de la comptable, et renifla comme un lapin apeuré.

▲

La veille, vers deux heures de l'après-midi, Clément Fisette gravissait lentement l'escalier qui menait à sa chambre, en proie à d'accablantes réflexions. Devait-il ou non annoncer sa découverte à madame Pomerleau? Et s'il le faisait, comment s'assurer qu'elle n'apprenne jamais sa turpitude? Une évidence s'imposait: la meilleure façon de la cacher, c'était de faire en sorte que Juliette ne rencontre jamais sa nièce. Et donc de lui mentir en annonçant que ses recherches n'avaient rien donné et qu'il les abandonnait. Tant d'efforts pour arriver à un résultat aussi pitoyable! Il se sentait comme un vieux mégot flottant dans un urinoir.

Il entra dans sa chambre et contempla alternativement son lit défait et l'armoire à glace qui lui renvoyait une image décourageante. Soudain une immense fatigue fondit sur lui. Ses genoux se liquéfièrent, sa tête devint comme une boîte de carton vide où les idées, dérisoires, s'agitaient comme des grains de poussière; il fit deux ou trois pas et se laissa tomber sur le lit. Un mal aussi bizarre qu'atroce l'oppressait: l'envie de se vomir par sa propre bouche jusqu'à ce qu'il ne reste plus que le dessin de ses lèvres flottant au milieu de la chambre et que ce dernier se dissolve enfin dans la lumière jaunâtre de la fenêtre, comme le sourire du chat d'Alice.

— Pulsions de suicide, bafouilla-t-il en passant la main sur son visage moite. Ah ! Seigneur ! où est-ce que je m'en vais ?

Il allongea le bras vers la table de nuit, ouvrit un tiroir et s'empara d'un flacon de cognac.

— Dormir... il faut dormir... ensuite ça ira mieux, se dit-il en déchirant d'une main fébrile le sceau du bouchon.

Ce dernier alla rouler sous le lit tandis que, la tête renversée en arrière, il ingurgitait le liquide à grandes goulées. Une violente quinte de toux le plia soudain en deux et la porte de sa chambre fut aspergée d'un nuage de gouttelettes. Il la fixa, hébété, en reprenant peu à peu son souffle, déposa le flacon presque vide sur la table de nuit, puis se coucha et s'endormit sans avoir eu la force d'enlever ses souliers.

— Qu'est-ce que tu penses de la nouvelle poudre à puces, chose ? lui demanda avec un sourire malicieux une vieille femme décharnée qui agitait au-dessus de lui sa tignasse blanche bizarrement ornée de plumes orange.

La question lui parut d'une telle importance qu'il ouvrit les yeux, le cœur battant, essayant de trouver une réponse pertinente, tandis que son rêve s'évaporait. Son regard tomba sur sa montre-bracelet. Elle marquait six heures et quart. La lumière bleuâtre du petit matin commençait à envahir la chambre. Il entendit alors quelqu'un marcher doucement dans le corridor. Le pas s'approchait, inégal, un peu hésitant, et finit par s'arrêter devant sa porte. Un homme marmonna quelques mots, puis frappa deux coups. Fisette sut tout de suite qu'il s'agissait de Livernoche et que ce dernier n'était pas précisément venu lui offrir un pichet de limonade ou un recueil de gravures licencieuses. Un moment passa. Avec d'infinies précautions, le photographe se coula derrière son lit, du côté opposé à la porte. Bien lui en prit, car, presque aussitôt, il entendit comme un soupir d'effort et le plancher du corridor craqua légèrement. Livernoche venait de s'accroupir pour jeter un coup d'œil par le trou de la serrure.

— Chien sale, tu ne m'échapperas pas, maugréa le libraire au bout de quelques instants. Je vais revenir.

Fisette l'entendit s'éloigner vers l'escalier. Au bout d'une minute, il quitta sa cachette. Son sang s'était comme changé en eau.

— La salope, murmura-t-il d'une voix éteinte. Elle lui a tout dit. Il faut que je sacre le camp d'ici.

Il s'approcha de la fenêtre. À l'extérieur, un assemblage de pièces métalliques parvenu au dernier degré de la corrosion faisait office d'escalier de sauvetage. Il essaya de soulever le châssis à guillotine. Mais ce dernier, sans doute gonflé par l'humidité, refusa de bouger.

— Pas question de circuler dans l'hôtel, pensa Fisette en tournant sur lui-même, désemparé. Il s'est peut-être embusqué.

Son regard affolé se promenait partout, cherchant avec désespoir l'issue magique qui communiquait directement avec son appartement de Longueuil, où il se voyait dans un bon bain chaud, un café à portée de la main, plongé dans les péripéties inoffensives d'un roman policier. La gorge sèche et contractée, luttant contre une petite toux sèche qui risquait de signaler sa présence, il s'approcha doucement de la porte et y appuya l'oreille. Le silence le plus complet régnait dans le corridor. Un silence sans visage, promettant le meilleur et le pire.

Son regard tomba sur l'orignale; elle semblait le supplier de partir.

— Tant pis, pensa-t-il, les oreilles bourdonnantes, le dos parcouru de frissons, je n'ai pas le choix. On lui a sans doute dit que je n'ai pas quitté l'hôtel. Il est peut-être descendu à la réception pour vérifier le numéro de ma chambre. Dans trente secondes, il sera trop tard pour m'échapper.

Il se trompait. Avec les intentions qu'il nourrissait à son égard, Livernoche ne tenait aucunement à se faire voir. Il avait téléphoné pour obtenir ses informations et pénétré dans l'établissement par une porte de service. Si le bourdonnement de ses oreilles n'avait été si intense, Fisette l'aurait peut-être entendu circuler lentement à l'étage du dessous, l'œil aux aguets, cherchant à vérifier s'il n'avait pas confondu 307 et 207.

Avec des précautions infinies, le bout des doigts luisant de sueur, Fisette tourna le bouton du verrou de sûreté installé au-dessus de l'ancienne serrure, ouvrit imperceptiblement la porte, risqua le nez, puis un œil, et avança enfin la tête, en proie à une terreur qui le rendait presque myope.

Il ne vit personne. Le corridor, en forme de L, faisait un angle droit près de sa porte. À un bout, il y avait l'escalier, que venait d'emprunter Livernoche. Fisette se demandait si l'autre extrémité se terminait en cul-de-sac, lorsque le pas inégal et pesant du libraire résonna de nouveau, remontant les marches!

Le photographe, éperdu, s'éloigna de sa chambre et aperçut devant lui l'indicateur lumineux d'une sortie de secours. Il tenta d'ouvrir la porte. On l'aurait dite clouée. Livernoche arrivait à l'étage.

— Mon Dieu! qu'est-ce que je vais faire? gémit tout bas Fisette.

Il piétinait, affolé. Soudain, il s'élança vers une autre porte. Elle s'ouvrit. Un garçon et une fille assis flambant nus dans un lit se tournèrent vers lui, stupéfaits, puis se jetèrent pudiquement à plat ventre. Fisette referma doucement la porte derrière lui, un doigt sur les lèvres, en les implorant du regard, tandis que la fille enfonçait sa tête dans un oreiller. Une sorte de rugissement éclata soudain dans le corridor. Livernoche venait d'apercevoir la porte de la 307 entrebâillée. On entendit des pas précipités, puis un coup formidable fit trembler tout l'étage. Après un moment de silence, le libraire s'éloigna et redescendit posément l'escalier.

— Il voulait me tuer, expliqua Fisette avec un sourire confus à la ravissante rousse qui le fixait en tremblant, recroquevillée sous le drap que son partenaire s'était enfin décidé à ramener sur eux.

— Crisse-moi le camp d'ici, on veut rien savoir de tes affaires, réussit enfin à dire le garçon.

Fisette eut une grimace suppliante :

— S'il vous plaît, une toute petite minute encore...

Il contempla le bout de ses souliers, le visage parcouru de tics, puis, glissant la main dans sa poche, sortit son portefeuille, déposa un billet de vingt dollars sur le plancher et quitta la pièce après avoir fait un salut reconnaissant à ses sauveteurs involontaires.

S'éloignant à pas de loup jusqu'à l'angle du corridor, il risqua la tête et aperçut la porte de sa chambre, toujours entrouverte. De l'autre côté de la cloison, le couple chuchotait avec animation. Il n'y avait qu'une issue possible : celle qu'avait empruntée le libraire. Il avança une jambe, puis la ramena aussitôt, l'estomac rapetissé de moitié. À la troisième tentative, il réussit à se mettre en marche et passa devant sa chambre, sans oser y jeter un regard. Il avançait avec des mouvements bizarres et saccadés, comme si de légères décharges électriques parcouraient ses membres. Un toussotement l'arrêta. Le garçon, pieds nus, vêtu d'un simple pantalon, le regardait sans aménité. Fisette reprit sa marche. La peur l'empêchait de réaliser pleinement ce qu'il faisait et lui enlevait toute idée de ce qu'il fallait faire. Son corps, rigide et comme encombrant, devenait alternativement brûlant puis glacé, et il avait l'absurde impression de sentir sur ses cuisses et ses épaules le frottement des murs et des portes. À tous moments, un Livernoche translucide se dressait devant lui, le bras levé, la bouche distendue par un cri terrible. Il arriva au pilastre de l'escalier et s'arrêta, hagard.

Au bout d'un moment, il se mit à descendre, toujours vide d'idées, et arriva au premier étage.

— Pas question de sortir tout de suite, décida-t-il enfin après un pénible effort. Et pas question de retourner à ma chambre.

À sa gauche, dans un enfoncement obscur, une porte entrouverte laissait voir une sorte de réduit encombré d'escabeaux, de vadrouilles et de seaux crasseux rassemblés autour d'une cuve. Après avoir inspecté les alentours, il s'y glissa. Un relent d'eau de Javel et de vomissure lui tira une grimace de dégoût. Il aperçut un placard à droite de la cuve. Enjambant avec des précautions infinies un escabeau et deux vadrouilles appuyés de guingois contre un mur, il voulut l'ouvrir... et faillit pousser un juron : son pied gauche s'était glissé dans un seau apparemment vide, mais où venaient de l'accueillir dix centimètres d'eau graisseuse. Il secoua son soulier, tordit sa chaussette et pénétra dans le placard, à demi rempli d'un amoncellement de guenilles poussiéreuses – sans doute d'anciens draps de lit. Alors, sans réaliser le ridicule pitoyable de son geste, il referma la porte derrière lui, s'assit sur les guenilles et passa l'avant-midi dans les ténèbres, sursautant au moindre bruit, luttant contre l'éternuement et essayant de retrouver son sang-froid. D'un œil désespéré, il fixait un rai de lumière grise qui s'allongeait à ses pieds, venu d'un monde dont il était maintenant exclu.

— Trois jours de sous-sol, et maintenant un placard, soupirait-il. Ça va en rapetissant. Je me dirige vers mon cercueil. Il faut que je sorte. Je vais suffoquer.

Il entendit soudain des pas au-dessus de sa tête et crut reconnaître ceux de Livernoche. Les muscles de son dos se contractèrent affreusement et il eut la sensation que deux crochets d'acier le saisissaient sous les omoplates et tentaient de le soulever. Il bondit sur ses pieds :

— C'est le temps ou jamais. J'ai trente secondes pour filer.

Sa main glacée se posa sur le loquet de la porte, qui s'ouvrit avec un tendre miaulement. Les pas continuaient de résonner.

Il voulut prendre une inspiration, mais l'air refusait de pénétrer dans ses poumons.

▲

Juliette fixa la commode, puis, s'approchant, effleura du bout de l'index l'énorme couteau de boucherie planté dans le meuble et qui avait fait éclater le bois sur plusieurs centimètres.

— Sueur de coq! s'écria-t-elle une seconde fois. Qu'est-ce qui s'est passé ici?

Elle se rendit à l'armoire à glace et l'ouvrit brusquement tandis que Denis reculait vers la sortie.

— Pfiou! fit-elle avec soulagement. Pendant une seconde, j'ai pensé y trouver ce pauvre Clément coupé en petits morceaux... Mais où est-ce qu'il est allé se cacher, l'animal?

— Ma tante, émit Denis d'une voix tremblante, il y a quelqu'un qui monte l'escalier.

— Allons, allons, calme-toi, ronchonna Juliette en pâlissant. Ce n'est pas la fin du monde.

— Mon Dieu, c'est elle, oui, j'avais bien reconnu sa voix, c'est elle enfin, murmura Fisette en accélérant le pas. Il n'osera pas s'attaquer à nous deux en même temps.

Il courut dans le corridor, les yeux embués de larmes :

— Madame Pomerleau! madame Pomerleau! Ah! que je suis content de vous voir! Mais il ne faut pas rester ici! Il va revenir! balbutiait-il en lui serrant convulsivement les mains, échevelé, la chemise sortie du pantalon, se rendant à peine compte de la présence de Denis qui l'observait en silence, bouleversé.

— Mais laissez-moi, bon Dieu! s'emporta soudain Juliette en se dégageant. De qui parlez-vous?

— De Livernoche. Il est sûrement...

— Mais laissez-moi, je vous dis. C'est ridicule, à la fin! Vous allez d'abord me faire le plaisir de raconter ce qui s'est passé.

— Non, madame, pas ici, je...

Il s'arrêta, sidéré, en apercevant le couteau planté dans la commode.

— C'est bien ce que je pensais, il est devenu fou, bredouilla-t-il en entraînant l'obèse vers l'escalier. Il veut m'assassiner... Vite, vite! il faut ficher le camp d'ici au plus sacrant. Chaque minute compte. Tout est de ma faute, tout est de ma faute, répétait-il en soutenant Juliette qui, accrochée à la rampe, descendait aussi vite qu'elle le pouvait.

Ils traversèrent le hall sous le regard blasé de la réceptionniste, sortirent et montèrent dans l'auto de Juliette. L'instant d'après, ils filaient sur la rue Girouard en direction de la 116.

— Bon, bon, bon! je ne comprends rien à votre galimatias, éclata de nouveau la comptable en actionnant les freins.

Elle stationna le long du trottoir, éteignit le moteur et ouvrit la portière :

— Une petite marche va nous faire du bien à tous, décida-t-elle. Respirez à fond, pauvre vous. Un, deux! un, deux! allez, allez! Vous ne possédez plus vos moyens, c'en est une vraie pitié : on dirait un enfant de cinq ans chez le dentiste.

Ils firent quelques pas, puis tournèrent sur la rue de la Bruère. C'était une rue étroite bordée à gauche par un long bâtiment de brique sans étage précédé d'une cour et, à droite, par une haie qui longeait le terrain de l'école secondaire Saint-Joseph. L'endroit était désert. Ils marchèrent quelques instants sans mot dire, puis s'arrêtèrent près du bâtiment.

— Alors, reprit Juliette, répétez-moi tout ça, que j'essaye de m'y retrouver un peu.

Fisette s'arrêta et, d'une voix lugubre :

— J'ai tout gâché. Vous ne reverrez jamais plus votre nièce.

— Et comment? Expliquez-moi.

Alors il craqua. Sous le regard stupéfait de ses compagnons, son visage se mit à ruisseler de larmes, tandis qu'appuyé contre un mur, s'épongeant avec sa manche, la voix hoquetante, il faisait le récit décousu de sa rencontre avec Adèle, n'épargnant aucun détail, se complaisant avec une joie cruelle dans l'aveu de sa bêtise et cherchant désespérément à diminuer le poids de ses remords par les insultes qu'il s'adressait. Juliette l'écouta un moment, la respiration suspendue, puis, d'un geste vif, lui plaqua la main contre la bouche; la tête du photographe heurta le mur, il poussa un gémissement.

— Taisez-vous, imbécile! Il y a un enfant ici, ne le voyez-vous pas? Ce n'est pas le temps de vider vos poubelles. Allons-nous-en d'ici. Et plus un mot sur cette affaire tant que je ne vous l'aurai pas demandé, compris? Je suggère fortement que nous allions prendre un café, le temps de nous remettre un peu de nos émotions. Comment se fait-il, s'étonnait-elle, que je ne lui aie pas planté mon poing dans le visage? C'est un déchet et je n'arrive pas à lui en vouloir. Mon Dieu, ce doit être l'âge. Je n'ai plus la force de défendre mes principes.

Arrivé à l'auto, Denis leva les yeux vers elle. La comptable eut un serrement de cœur à la vue de l'enfant, puis ressentit une vague pitié en portant son regard sur Clément Fisette qui se tenait derrière elle, penaud, regrettant déjà ses aveux et comptant le nombre de minutes qui le séparaient de l'instant où il se retrouverait enfin seul dans un autobus, en route vers Longueuil.

Après s'être abandonné à son geste insensé en constatant la disparition de sa proie, Livernoche sortit de l'espèce d'éblouissement de rage qui s'était emparé de lui au récit qu'Adèle lui avait fait de l'irruption de Fisette chez elle et de sa tentative de séduction (c'était sa prudente version des faits, qu'elle regretta aussitôt, d'ailleurs, en voyant la réaction du libraire).

— Mon Dieu! qu'est-ce qui m'a pris? bafouilla-t-il en tournant sur lui-même au milieu de la pièce, rempli d'un soulagement infini de ne pas avoir trouvé le photographe.

Il quitta l'hôtel en catimini et s'en alla à *La Bonne Affaire*. Mais vers onze heures, poussé par une envie irrésistible, il quitta la librairie, après avoir pris soin cependant de laisser sur le comptoir un petit canif qu'il traînait toujours dans sa poche (la confiance qu'il avait dans son sang-froid en avait pris un sérieux coup!) et alla se poster dans un coin d'ombre près de la rue Saint-Simon, sous l'auvent du vieux marché, d'où on avait vue sur l'*Hôtel Maskouta*. Appuyé contre un mur, il faisait mine de lire le *Courrier de Saint-Hyacinthe* en croquant une pomme. Les bouchées descendaient comme de petits cailloux rugueux dans sa gorge contractée, puis devenaient des roches en arrivant au fond de son estomac.

— Qu'est-ce qui m'arrive? se demanda-t-il lugubrement. Est-ce que je suis en train de devenir fou? Est-ce que la belle petite vie tranquille que j'avais réussi à m'organiser va éclater en morceaux? Ah! si je pouvais me débarrasser une fois pour toutes de cette baleine et de son maquereau! Qu'est-ce que c'est que cette folie subite de revoir sa nièce à tout prix? À cause de l'enfant? Elle s'en est accommodée pendant dix ans, elle pourrait bien s'en accommoder pendant dix autres...

Soudain Denis apparut à la porte de l'hôtel, suivi de sa tante, puis de Clément Fisette. Ils paraissaient fort émus et pris d'une grande hâte de quitter les lieux. En les apercevant, le libraire pâlit, plissa légèrement les yeux et un petit tourbillon se forma dans sa tête :

— Ah non! c'en est trop! Elle a amené l'enfant ici! C'est la catastrophe.

Le tourbillon grossissait, il allait envahir tout son crâne. Livernoche se blottit dans un coin, serra les poings et prit de grandes inspirations en répétant à voix basse :

— Attention, gros bêta! tiens bien le volant! tiens bien le volant!

Et le tourbillon finit par se dissiper.

Après avoir jeté des coups d'œil effarés tout autour, Juliette et ses compagnons s'engouffrèrent dans la *Subaru* qui s'ébranla avec un léger crissement de pneus, filant devant le libraire en direction de la rue des Cascades. Livernoche ne put retenir une grimace de haine à la vue de Denis, assis gravement aux côtés de sa tante. Dès que l'auto fut disparue, il sortit de sa cachette et se dirigea vers des Cascades aussi vite que le lui permettaient la présence des passants et son statut de principal libraire de la ville. Il arriva à temps pour voir l'auto enfiler la rue Saint-Denis vers le nord.

— Partis pour Longueuil, marmonna-t-il. Bon débarras!

Mais il se rendit quand même jusqu'à Saint-Denis et arriva au coin de Girouard.

— Oh oh! fit-il en se reculant.

L'auto de Juliette était stationnée cent mètres à sa gauche.

— En train de comploter? grommela-t-il avec un méchant sourire. Complotez tout votre soûl, mes beaux amis, mais attention à mon coup de dents : je mords comme un rat.

Il se dandina sur place quelques instants, les mains dans les poches, faisant mine d'attendre quelqu'un, mais les regards intrigués de deux adolescents de l'autre côté de la rue lui firent comprendre que son attitude paraissait étrange. Il revint sur ses pas, sans idée précise, partagé entre la colère et l'écœurement, puis reprit la rue des Cascades en direction de sa librairie. Une scène apparut tout à coup dans sa tête avec une telle netteté qu'il dut s'arrêter devant la vitrine d'une mercerie, incapable de marcher.

Il se revoyait à l'âge de neuf ans (sa corpulence avait déjà commencé à lui attirer des moqueries), assis en plein soleil au-dessus de la rivière Ouareau sur une des traverses du pont ferroviaire, enveloppé d'une pénétrante odeur de goudron. Le petit Georges Vidal était assis à côté de lui, balançant les jambes, excité par leur position dangereuse et le bruissement de la rivière en dessous d'eux. Il se tourna vers lui :

— Hey, Fernand! la connais-tu, celle-là?

Et il se mit à fredonner une chanson obscène. Livernoche le fixait en silence, les lèvres serrées, les yeux à demi fermés sous l'éclat rageur du soleil. Sa main droite se souleva lentement et vint s'appuyer contre le dos de son compagnon.

Il revint à lui tout à coup, cligna vivement les yeux, essuya ses mains moites contre son pantalon. Il secoua plusieurs fois la tête et la scène du pont finit par s'envoler de son esprit. Un vieil homme le salua, puis un jeune étudiant affublé d'une drôle de casquette jaune l'arrêta pour lui demander s'il avait des grammaires *Grevisse* d'occasion; le libraire venait à peine de lui répondre que l'étudiant aperçut un camarade de l'autre côté de la rue et s'élança vers ce dernier, passant près de se faire écrabouiller par un taxi. Tout en poursuivant sa route, Livernoche se mit à examiner ses souliers et décida de les soumettre à un cirage de tous les diables, car ils faisaient pitié. Un soulagement délicieux s'installait en lui à mesure qu'il s'éloignait de ses ennemis.

À quelques mètres de sa librairie, une jeune employée de la pharmacie *Ravenelle* l'aborda avec un timide sourire et lui demanda s'il possédait des livres sur l'allaitement maternel. Comme il s'agissait d'une bonne cliente (elle lui achetait deux ou trois romans par semaine, et souvent des livres chers), il dissimula son impatience, la fit pénétrer dans la boutique et finit par trouver ce qu'elle cherchait. La jeune femme partie, il verrouilla aussitôt la librairie, sortit par l'arrière et se dirigea vers son auto stationnée dans la rue Calixa-Lavallée.

Quelques minutes plus tard, il s'engageait sur la 137 en direction de Saint-Denis-sur-le-Richelieu. Après avoir traversé le village de Saint-Thomas-d'Aquin, il ralentit, puis tourna à droite sur le rang du Point-du-jour, un petit chemin asphalté qui filait tout droit à travers champs. Il roula à bonne vitesse pendant une dizaine de minutes, puis pénétra dans une érablière. Un chemin envahi d'herbe se présenta à sa droite. Il s'y aventura avec précaution. À tous moments, des ventres-de-bœuf et de grosses roches surgies du sol faisaient tanguer l'auto. Par trois fois, le réservoir d'essence émit un bruit sourd et menaçant. Le libraire jurait à voix basse et redoublait de précautions. Après avoir franchi ainsi plusieurs centaines de mètres, il éteignit le moteur, descendit de l'auto et inspecta les lieux,

cherchant à s'orienter, puis il avança à travers les broussailles
et la neige avec les mouvements dégoûtés d'un chat obligé de
traverser une flaque d'eau. Il n'eut pas à marcher bien
longtemps. Des craquements se firent entendre tout près.

— C'est toi, Fernand? demanda une voix inquiète.

— Oui, c'est moi.

Adèle apparut entre deux arbres; elle s'avançait en trébuchant, une valise à chaque main. Elle les posa par terre et se
massa un mollet :

— Tu en as mis du temps... J'étais en train de geler comme
une crotte dans ta cabane à sucre, moi. Eh bien, où est-ce qu'on
va maintenant?

Il eut un haussement d'épaules et posa sur elle un regard si
sombre qu'elle n'osa pas répéter sa question.

À *L'Oiseau bleu*, les décisions concernant la poursuite de l'évanescente Adèle se prirent à une vitesse rappelant l'invasion d'une fromagerie par une colonie de mulots soumis à un jeûne de dix jours. Devant le piteux état de Fisette, son manque de fiabilité et l'aversion prononcée qu'il manifestait pour une prolongation de séjour à Saint-Hyacinthe, Juliette décida de prendre en main les opérations. La tournure violente des événements lui commandait d'expédier Denis à Longueuil en compagnie du photographe. Ce dernier, Martinek, Rachel et, s'il le fallait, Alexandre Portelance, se relaieraient pendant quelques jours pour assurer sa surveillance.

— Quelle histoire, soupira-t-elle. Ici un fou qui se promène avec un couteau de boucherie et là-bas une kidnappeuse qui travaille à coups de pâtisseries. Dieu ! que j'ai hâte que tout cela fasse partie de mes souvenirs.

— Et si on avertissait la police ? proposa timidement le photographe, mais sa bassesse de la veille lui fit regretter aussitôt d'avoir parlé.

— On verra, répondit froidement Juliette.

Il termina son café, puis se leva :

— Il faut que je rende mon auto. Je vous reverrai à Longueuil.

— Laissez-la-moi plutôt et prenez la mienne pour retourner. Ainsi, je risquerai moins de me faire repérer par notre amateur de couteaux. Mais auparavant, reprit-elle en saisissant le bras de son compagnon, vous allez me conduire à l'appartement de ma nièce. Je le veux !

Son regard s'était planté dans celui du photographe. Il grimaça d'effroi, avala sa salive et ne répondit rien.

— Je veux simplement le voir de loin, compléta Juliette d'une voix adoucie. Je ne descendrai pas de l'auto.

— Mais elle est partie... partie depuis longtemps, bafouilla l'autre.

— Je le sais. Caprice de vieille femme. C'est comme ça.

Quelques minutes plus tard, ils s'arrêtaient devant le 15 748 de la rue Fontaine. Juliette contempla la conciergerie un moment, puis se tourna vers le photographe.

— C'est au premier, appartement numéro 7, murmura-t-il d'une voix à peine audible. Je ne vois pas de lumière aux fenêtres.

Et il se recroquevilla sur lui-même.

— Quel être visqueux, pensa Juliette avec un frisson. Heureusement que je ne l'ai pas comme ennemi. Il serait capable de vendre mon dernier soupir.

Le sentiment de pitié méprisante qu'elle éprouvait à son égard se transforma tout à coup en colère. Un besoin de vengeance s'empara d'elle. Passant outre à sa promesse, elle descendit de l'auto et se dirigea vers la conciergerie, faisant mine de ne pas entendre les protestations de Fisette qui s'agitait sur son siège. Par précaution, elle avait emporté la clef de l'auto. Le photographe, fulminant, verrouilla les portières tandis que Denis, apeuré, regardait sa tante. Il n'avait pas compris grand-chose à la confession embrouillée du photographe, sinon que ce dernier avait finalement rencontré sa mère et s'était mal comporté avec elle. Le profond mécontentement de Juliette semblait indiquer que ses torts étaient graves. Cette recherche interminable d'une mère dont il n'avait nul besoin lui avait toujours déplu. Maintenant, elle l'effrayait. Voilà que des couteaux sortaient de l'ombre pour s'enfoncer dans des commodes et que deux êtres qu'il adorait allaient se brouiller. La banquette arrière lui sembla soudain immense et froide. Il se pencha vers Clément Fisette pour le questionner. Mais par quel bout commencer ?

Le photographe, abattu, contemplait ses mains jointes.

— Quand tu seras grand, tu comprendras quelle crapule je suis, fit-il tout à coup sans se retourner.

C'est une opinion à peu près semblable qu'avait de lui-même – mais sans se l'avouer – le petit homme maigre à la peau rose qui venait d'ouvrir sa porte à Juliette. En trois ans, il avait perdu son emploi de comptable, s'était chicané avec ses quatre enfants pour une question d'héritage, puis avec son meilleur ami après l'avoir entraîné dans une combine de voitures d'occasion. Finalement, le fisc l'avait coincé, ses économies et celles de sa femme y avaient passé ; il s'était retrouvé concierge dans un édifice quelconque et sa femme, autrefois si snob et si pincée, employée dans une buanderie. Elle avait fini par craquer sous tant d'épreuves et, après une série de démarches harassantes, il venait de la placer dans une clinique psychiatrique. Et tout cela à cause de sa passion incontrôlée de l'argent. Une passion maniaque, qui lui faisait accumuler sottises sur sottises, et l'avait poussé la semaine d'avant à tricher le laitier de soixante-quinze sous.

— Oui, madame? fit-il sans parvenir à réprimer un sursaut devant l'ampleur de la visiteuse, debout devant lui avec son sourire le plus engageant.

— Je m'excuse de vous déranger, monsieur. Mon nom est Juliette Pomerleau. Pourriez-vous me dire où je pourrais atteindre votre locataire du numéro sept? J'ai téléphoné à plusieurs reprises et on ne répond jamais.

— L'appartement s'est vidé hier, madame.

Juliette feignit la surprise la plus profonde :

— Que me dites-vous là? Mais il faut absolument que je lui parle! On devait se rencontrer ce soir. Il s'agit de ma nièce, monsieur, expliqua-t-elle avec un sourire plus engageant que jamais. D'une de mes nièces, en fait, car j'en ai cinq, toutes adorables. Mais celle-là, c'est la plus distraite! Est-ce que vous avez une idée où elle se trouve?

— Pas la moindre. Nos appartements se louent au mois, et ce n'est pas dans nos habitudes de...

— Elle ne vous a pas laissé de message pour moi? Incroyable! Qu'est-ce qui a bien pu se passer? Mon Dieu, je me demande si...

Elle s'arrêta et ils se regardèrent en silence. La chevelure de l'homme, blonde et amincie, faisait comme un halo autour de son crâne, lui donnant l'air d'une sorte de vieux chérubin. Il soupira et son œil glissa malgré lui sur le sac à main dodu de l'obèse, puis il fit un pas en arrière et posa la main sur le cadre de la porte.

— Il faut absolument que je voie cet appartement, se disait Juliette, qui avait remarqué avec déplaisir l'intérêt du concierge pour son sac à main (voilà qu'il le fixait une seconde fois). Sait-on jamais? J'y trouverai peut-être un indice qui m'aidera à comprendre pourquoi cette pauvre fille me fuit comme si j'avais le choléra.

Elle prit un ton câlin :

— Est-ce que je peux aller jeter un petit coup d'œil à l'appartement, monsieur? Il y a sûrement un message pour moi là-haut. Elle aura oublié de vous le remettre.

L'homme eut un sourire sceptique et légèrement agacé :

— Vous croyez? Ça me surprendrait.

Et son regard glissa pour la troisième fois sur le sac à main.

— Écoutez, poursuivit-elle en s'efforçant de cacher son malaise, je vois bien que je vous dérange et j'en suis désolée, croyez-moi. Aussi, vous me permettrez tout à l'heure de vous offrir un petit quelque chose pour votre peine. Oui, oui! j'insiste! C'est de la plus suprême importance que je parle à ma nièce et...

— Je vais aller chercher la clef, coupa le concierge en disparaissant dans son appartement.

Il crut bon d'arrêter au milieu de l'escalier pour permettre à Juliette de reprendre haleine.

— Je le redoute, lui, avec ses petits regards en tapinois, se disait-elle, appuyée sur la rampe.

Ils arrivèrent enfin à l'étage.

— C'est juste ici, à gauche, indiqua le concierge.

Il devait lutter contre une envie presque incoercible de regarder encore une fois le sac à main.

— Alors, c'est votre nièce? reprit-il en avançant dans le corridor, le regard braqué sur le visage de Juliette. Un beau brin de femme... Mais pas très parlante!

Il déverrouilla la porte, fit de la lumière. La comptable, fortement émue, allait d'une pièce à l'autre. L'endroit donnait tous les signes d'un départ en panique. Le frigidaire et la dépense contenaient encore des provisions, les armoires, de la vaisselle et des ustensiles. Un emballage à pizza déchiré reposait près d'une assiette sur la table maculée de sauce tomate. Dans la salle de bains, on avait oublié de vider la pharmacie; deux débarbouillettes finissaient de sécher sur le rebord du lavabo taché de mascara. Un cendrier plein de mégots avait été renversé au milieu du salon, où finissait de noircir une banane oubliée près d'un radiateur. Adèle Joannette semblait s'accommoder mieux que bien d'autres d'un certain degré de malpropreté. Le concierge faisait de petites grimaces, mais son mécontentement devant l'obligation de faire un grand ménage était fortement atténué par la perspective d'une bonne récolte en biens de toutes sortes.

— Qu'est-ce qui a pu se passer dans la tête de cette pauvre fille? se demandait Juliette, immobile au milieu du salon.

Elle leva les yeux sur le concierge debout dans l'embrasure.

— Et qu'est-ce qui se passe dans la tête de ce beau monsieur à face de fouine ? poursuivit-elle avec un léger frisson. Je n'aime pas du tout sa façon de lorgner mon sac à main. Va-t-il me sauter dessus ?

— Eh bien, jusqu'ici, ma chère madame, fit-il en s'avançant avec un étrange sourire, je ne vois pas de messages nulle part.

— Ça y est, il va m'attaquer, pensa Juliette.

Elle serra son sac à main contre sa poitrine et se dirigea droit sur lui, le regard farouche. Il s'arrêta, étonné, et se rangea pour la laisser passer :

— Vous partez déjà ? Et la chambre à coucher ? On ne l'a pas encore vue.

— C'est vrai, j'oubliais, répondit-elle, toute confuse, en revenant sur ses pas.

La chambre à coucher d'Adèle Joannette témoignait avec plus d'éloquence encore de l'affolement qui avait accompagné sa fuite. Les tiroirs de la commode et de la table de nuit béaient. L'un deux gisait sur le plancher. Il contenait deux emballages intacts de bas de nylon. La literie – qui n'était pas fournie par le locateur – avait été littéralement arrachée du lit, dont le matelas reposait de travers sur le sommier. On avait bouchonné le couvre-pied dans un coin. Un exemplaire de *Châtelaine* traînait sur l'appui d'une fenêtre, servant d'assiette à une poignée de croûtons au fromage. Juliette s'approcha de la garde-robe et l'ouvrit. Un fouillis de cintres recouvrait le plancher. Elle se tourna vers le concierge, debout près du lit, les mains derrière le dos, se mordillant l'intérieur des joues :

— J'aperçois un sac en haut, au fond de la tablette. Seriez-vous assez gentil d'aller me le chercher ?

L'homme, qui avait aperçu le sac lui aussi mais souhaitait qu'il échappe à l'attention de la visiteuse, s'avança et, dressé sur la pointe des pieds, réussit à l'attraper et le remit à Juliette. Elle en retira un gros coffret de satin rose sur lequel on lisait en lettres dorées :

THE COMPLETE ELVIS

— Hum... ça doit bien valoir cent dollars, ça, fit-il avec une nuance de regret dans la voix.

Juliette ouvrit le coffret, examina le livret d'accompagnement, compta les disques :

— Plus, beaucoup plus... Il y a vingt disques. Elle ne sera pas très contente en s'apercevant de son oubli.

— Je vais l'emporter chez moi, proposa le concierge. Elle va sûrement téléphoner.

La comptable le regarda droit dans les yeux :

— Si vous n'avez pas d'objection, je vais le lui remettre moi-même. Elle m'a sans doute déjà appelée à l'hôtel.

Ils descendirent en silence. L'homme, de plus en plus morose, la regardait peiner dans l'escalier, l'esprit traversé par des images fugitives de déboulades. Juliette le dérida un peu en lui présentant un billet de dix dollars. Elle sortit, pensive, le coffret sous le bras, et se dirigea lentement vers l'auto où Fisette la fixait avec de grands yeux angoissés ; puis, se ravisant tout à coup, elle retourna à la conciergerie après avoir fait signe à ses compagnons qu'elle n'en avait que pour une minute. Le vieux chérubin apparut de nouveau à sa porte, les épaules courbées, l'air plus avide et insatisfait que jamais. Juliette eut comme un mouvement de répulsion et sourit de toutes ses forces :

— Excusez-moi de vous déranger encore une fois, mon cher monsieur, mais je viens de penser que... À propos, vous êtes monsieur ?...

— Robidoux.

— Écoutez, monsieur Robidoux, j'aurais un petit service à vous demander... ou plutôt deux. Rien de compliqué, rassurez-vous... À bien y penser, vous allez probablement revoir ma nièce avant moi. Est-ce que je peux tout d'abord vous demander de ne pas lui parler de ma visite ?

Robidoux inclina légèrement la tête :

— Entendu, madame.

— Merci. Je ne veux pas entrer dans des détails inutiles : disons qu'il s'agit d'une petite chicane de famille – rien de grave, soyez sans crainte – où, comme il arrive souvent, les torts sont partagés. J'essaye depuis quelques jours de réconcilier mes gens. Mais pour cela, héhé, il faut pouvoir leur parler... et j'essaye de parler à ma nièce. Voilà, c'est tout.

— Je vois, fit l'autre avec un sourire ambigu (il lorgnait maintenant le coffret rose).

— Bon. Deuxième point : si ma nièce se présente chez vous – et mon petit doigt me dit qu'elle va le faire – j'aimerais que vous trouviez un prétexte pour la retenir dix ou quinze minutes, le temps de me joindre au téléphone et que je m'amène ici en vitesse...

— Hum... je n'aime pas beaucoup ce genre d'histoires... De quoi je vais avoir l'air, moi ?

— Je vous offre cent dollars pour votre peine, monsieur Robidoux. Aussitôt que j'arrive, vous vous déguisez en courant d'air et le tour est joué. C'est de l'argent vite fait.

Il la regarda un moment, renifla à deux reprises, puis :

— D'accord.

— Merveilleux. Vous me rendez un fier service. Ne craignez rien, tout va baigner dans l'huile.

— Où est-ce que je vous appelle ?

— À l'hôtel... ou plutôt non, je préférerais... Quel est le motel le plus près d'ici ?

— Hum... c'est l'*Auberge des Seigneurs,* je crois, rue Johnson, dans le nord de la ville.

— Va pour l'*Auberge.* J'y vais tout de suite. Je vous appellerai pour vous donner mon numéro de chambre. Alors, ça va ? Je peux compter sur vous ? Aussitôt que vous apprenez l'arrivée de ma nièce, vous me téléphonez, la nuit comme le jour, et j'arrive en vitesse.

Il fit une petite courbette.

— Comptez sur moi, madame, promit-il, enchanté par cette curieuse diversion qui arrivait en plein milieu d'un match de football télévisé plutôt soporifique.

— Mais que faisiez-vous donc, bon sang ? éclata Fisette quand elle se glissa enfin dans l'auto.

— J'organisais une petite partie de pêche à la ligne, mon cher, répondit joyeusement l'obèse. Une chance sur cent d'attraper un poisson, mais n'importe quoi, n'est-ce pas, plutôt que de rester les bras croisés à regarder passer les nuages.

Et elle lui décrivit son stratagème pour attirer Adèle.

— Ma mère aime Elvis Presley ? s'étonna Denis en prenant le coffret.

Elle reconduisit Fisette à son auto, embrassa son petit-neveu :

— Sois prudent, hein, bobichon ? Défense absolue de circuler seul dans la rue ! Je suis sûre que notre folle n'attend que ça pour te sauter dessus. Je vais téléphoner à Rachel tantôt pour lui demander de tout organiser.

Elle dressa l'index :

— Et puis, interdiction solennelle, mon garçon, de dormir seul chez nous, m'entends-tu ? Vous me promettez de le surveiller, Clément ?

— Je vous le promets, murmura le photographe, contrit. Promesse de crapule, ajouta-t-il intérieurement. Je ne suis qu'une crapule.

— Quelle folie, pensa-t-elle en regardant s'éloigner l'auto, de confier un enfant de dix ans à cette espèce de moineau. Je vais demander à Rachel de s'arranger pour qu'ils se voient le moins possible.

Elle se dirigea vers l'*Aries K*, puis s'arrêta brusquement :

— Tête de lune que je suis ! J'ai oublié de leur dire où je logeais. Je téléphonerai ce soir.

En arrivant à l'*Auberge des Seigneurs*, elle décida par prudence de s'enregistrer sous le nom de Chaput (malgré le déplaisir que lui inspirait le souvenir de son époux) et de troquer très catholiquement Juliette contre Marie.

— Tiens ! comme c'est drôle, remarqua le préposé. Je viens justement de recevoir un message pour une dame Pomerleau de Longueuil qui doit arriver d'une minute à l'autre. Serait-elle avec vous ?

— C'est ma voisine de palier, répondit Juliette le plus naturellement qu'elle put, tandis qu'une bouffée de chaleur lui montait au visage. Elle devait m'accompagner, en effet, mais un empêchement l'a retenue. Donnez-moi le message, je vais le lui remettre.

L'employé, intrigué, la regarda s'éloigner avec son coffret, son sac à main et sa valise, puis haussa les épaules et reprit son journal.

Aussitôt hors de sa vue, elle déplia le billet. Un certain Alcide Racette, avocat, lui demandait la faveur d'une courte entrevue le lendemain matin pour discuter avec elle d'une affaire extrêmement importante ; il lui laissait ses numéros de téléphone pour confirmer le rendez-vous.

— Qu'est-ce que c'est que cette histoire ? se demanda-t-elle. Comment a-t-il su que je viendrais ici ? Je ne le savais pas moi-même il y a vingt minutes ! Le concierge... il l'a appris par le concierge ! Allons, ça promet... Je viens de m'associer à un coquin.

Aussitôt dans sa chambre, elle jeta valise et coffret sur le lit et décrocha le téléphone.

— Alcide Racette ? Un avocat ? fit Robidoux, ébahi. Jamais entendu parler d'un nom de même. Je vous le jure, madame !

— Bon, n'en parlons plus. Je prends votre parole. Mais si

jamais on vous demandait où je loge, vous n'en savez rien,
n'est-ce pas ? J'aime avoir la paix – chez moi ou ailleurs.

— Entendu, madame. J'avais compris.

— Ah oui, j'oubliais, fit Juliette en se troublant quelque peu.
Je me suis inscrite à l'auberge sous mon nom de fille, Marie
Chaput. Comme je suis veuve depuis plusieurs années, je
l'utilise souvent.

— Marie Chaput ? Parfait, madame. Je demanderai Marie
Chaput. Et je vous répète que je n'ai jamais parlé à ce...

— Ça va, je vous crois, monsieur. Au revoir. C'est qu'il a
l'air sincère, l'animal, murmura-t-elle en s'assoyant sur le lit.
Mais, diable, qui a bien pu...

Elle appela chez Martinek ; personne ne répondit. Alors, elle
se déshabilla pour prendre un bain. Hélas, comme souvent, la
baignoire était trop petite. Elle voulut y faire au moins quelques
ablutions ; mais en posant le pied dedans, la tôle rendit un si
curieux son de cloche qu'elle se résigna à se laver à la débarbouillette.

Le message de ce mystérieux Alcide Racette continuait de la
chicoter. Elle avait beau se creuser la tête, seule la connivence du
concierge expliquait que l'avocat ait pu l'atteindre si facilement.

— À moins que... à moins qu'il ait laissé le même message
partout, s'exclama-t-elle soudain.

Un appel à l'*Hôtel Maskouta,* puis un autre au *Motel Saint-
Hyacinthe* confirmèrent son hypothèse.

— Bon. Voilà mon homme lavé de ses péchés... Mais qui
aurait donc pu... Eh ben oui, évidemment, mon écornifleuse de
sœur... J'aurais dû y penser...

Elle téléphona chez maître Racette ; il était absent, mais elle
laissa un message.

— J'ai hâte de lui voir le museau, à celui-là. Gageons qu'il
vient enrichir ma collection de tuiles... Ah ! doux Seigneur Jésus,
je me sens morte, tout à coup.

Elle se rendit à son lit, chancelante. Une sensation de lourdeur
écrasante la saisit brusquement au côté droit. Des souvenirs
lugubres l'envahirent. Son corps se couvrit de sueur et elle se
mit à trembler. La chambre semblait s'être remplie d'une odeur
de mazout brûlé.

— Ah ! mon Dieu, non, pas encore... Ce n'est pas le temps
de flancher...

D'une main fébrile, elle saisit son sac à main sur la table de
nuit, en sortit le baladeur, y inséra une cassette au hasard, coiffa

le casque d'écoute, puis se laissa tomber sur l'oreiller. Le déroulement de l'amorce lui parut interminable. Des accords de piano jaillirent enfin, pleins d'une assurance sereine, puis la voix douce et lumineuse d'un violon se joignit à eux. La troisième sonate venait de commencer. Juliette se sentit enveloppée d'une compassion bienfaisante qui la pénétrait peu à peu, diluant son angoisse, répandant en elle la douce et simple joie d'exister. La musique lui disait des choses mystérieuses et poignantes, chargées d'un fourmillement de messages énigmatiques dont elle devinait l'importance essentielle, adressés à une partie ombreuse d'elle-même, qui s'en nourrissait avec une avidité jalouse, se gardant bien de les exposer à la lumière investigatrice de son esprit. Elle ferma les yeux, vaincue par la fatigue ou par la musique, les deux semblant s'être confondues dans un abandon paisible qui ne cessait de grandir et noyait peu à peu ses malaises.

Le sentiment d'une obligation urgente la réveilla tout à coup. Le baladeur s'était arrêté et le casque avait glissé sur ses joues. Sa montre indiquait une heure du matin. La terrible lourdeur à son côté droit avait un peu diminué.

— Continuons la cure, murmura-t-elle en posant la main sur l'appareil. S'il faut y passer la nuit, je le ferai. Pas question de retourner dans cet affreux marécage.

Elle tourna la cassette, actionna le poussoir, et le troisième mouvement de la sonate commença, celui qui l'avait plongée dans un tel ravissement durant cette nuit de juin humide et pesante, étrange nuit à deux visages, transfigurée par la musique, puis gâtée par l'appel de ce camionneur pompette à la recherche d'une ancienne maîtresse et qui l'avait embarquée sans le savoir dans une aventure insensée.

Et soudain, Juliette éprouva le besoin impérieux de parler à Martinek, malgré l'heure tardive, comme si le son de sa voix allait compléter magiquement l'effet de sa musique. Après avoir tenté de se raisonner quelques minutes, elle décrocha le combiné et téléphona à Longueuil.

— Oui, j'écoute, bafouilla une voix éraillée après la sixième sonnerie.

— Mon pauvre Bohu, c'est moi, fit la comptable, confuse. Je m'excuse de vous téléphoner à une heure pareille, mais... je n'ai pu m'en empêcher.

— Oh! ce n'est rien, madame Pomerleau, je ne dormais pas, mentit l'autre poliment. Est-ce que tout va bien? ajouta-t-il avec une précipitation inquiète.

— Mieux, beaucoup mieux, et grâce à vous, mon ami. Tout à l'heure, en me couchant, j'ai ressenti un malaise terrible et, sur le coup, j'ai cru que mon hépatite me reprenait. J'en ai presque paniqué. Alors, j'ai sorti mon baladeur, j'ai coiffé mon casque et votre fameuse sonate s'est mise tout doucement à me ramener. Je vais écouter une autre cassette en vous quittant. Il n'y a vraiment que votre musique pour... Bohu, fit-elle en s'interrompant tout à coup.

— Oui, madame Pomerleau ?

— Où est Denis ?

— Il dort dans le salon. Clément nous l'a amené vers deux heures. Il n'en menait pas large, notre cher photographe. Gai comme un pendu ! Il nous a annoncé que les choses se corsaient à Saint-Hyacinthe, que sa mission était finie et qu'il ne se sentait pas capable, dans son état, de s'occuper d'un enfant.

— Il est plus sensé que je ne pensais, se dit Juliette.

— J'ai eu beau le questionner, il n'a pas voulu ajouter un mot. Mais Denis nous a parlé, lui. J'ai aussitôt tenté de vous joindre à l'*Hôtel Maskouta*. Où êtes-vous donc ?

— À l'*Auberge des Seigneurs*.

— Madame Pomerleau, que se passe-t-il, grands dieux ? Pour être franc, Rachel et moi, nous sommes très inquiets.

— Bah ! vous vous inquiétez en pure perte, je vous assure, répondit négligemment Juliette.

— Vous croyez ? Mais cette histoire de couteau de boucherie, c'est épouvantable ! Clément aurait pu se faire débiter en morceaux. Que s'est-il donc passé entre lui et votre nièce ?

— Une engueulade.

— Avez-vous contacté la police ?

— Je vais le faire, promit l'autre sans conviction.

— Madame Pomerleau, je vous rejoins demain à Saint-Hyacinthe. L'idée même de vous savoir seule là-bas en compagnie de...

— N'en faites rien, Bohu, je vous en conjure. Je suis en parfaite sécurité ici. Je... travaille par personne interposée.

Et elle lui décrivit son entente avec le concierge.

— Si j'ai besoin d'aide, vous le saurez dans la minute qui suit. En quoi cela nous avancerait-il, dites-moi donc, de nous morfondre à deux dans un motel ?

— Il ne s'agit pas de se.... Enfin, puisque vous croyez... Mais il faut me promettre de téléphoner régulièrement, matin, midi et soir.

— Je vous promets tout, lança la comptable en riant. Mais de grâce, cessez de vous cuire les sangs, sueur de coq! Je n'ai plus cinq ans! Regardez comment je me suis débrouillée jusqu'ici! J'en ai traversé, Seigneur, et des dures!

— C'est vrai, convint Martinek. En tant qu'artiste, je suis peut-être un peu trop anxieux, quoique...

Il chercha la suite de son idée, mais elle lui échappait. Un moment de silence se fit.

— Bohu, reprit doucement Juliette, vous ne pouvez pas savoir combien je suis contente de vous connaître. Et pas seulement parce que votre musique me tient en vie. Je vous aime beaucoup, vous savez.

— Moi aussi, madame, répondit l'autre d'une voix que l'émotion rendait un peu gutturale. Mais, sans vouloir vous contredire, je crois que vous exagérez un peu beaucoup en ce qui concerne ma musique. C'est *vous-même* qui vous guérissez, grâce à votre sensibilité.

— Allons, allons, on aura toujours de la misère à vous convaincre que vous n'êtes pas un sac de papier vide. La vie ne vous a pas encore apporté le succès que vous méritez. Cela vous fait du tort. Vous êtes intoxiqué de modestie, mon cher.

Le musicien se mit à rire :

— Peut-être. Mais Rachel est en train de me faire subir toute une cure! Vous savez... elle m'a annoncé tout à l'heure qu'il se pourrait fort bien que Charles Dutoit assiste à mon concert.

— Mais c'est tout à fait normal! s'écria Juliette avec une exaltation comique. Si c'est un musicien le moindrement sérieux, il se *doit* d'y assister, ça crève les yeux. Et Agnès Grossmann aussi et tous les mélomanes intelligents!

L'intérêt que portait Juliette à la carrière du musicien n'était guère partagé par l'occupant de la chambre voisine, qui manifesta son indifférence par une sorte de beuglement préhistorique.

— Allez, je vous quitte, fit la comptable à voix basse, je parlais trop fort. C'est la révolte ici.

Elle éteignit et se recoucha. Son malaise avait beaucoup diminué. Mais, par prudence, elle remit le casque d'écoute et se fit jouer le trio *Juliette*.

Le sommeil s'empara d'elle presque aussitôt. Mais vers cinq heures, elle ouvrit brusquement les yeux. La lumière d'un lampadaire passant par une fente des rideaux illuminait un coin du coffret rose posé sur la commode. Elle fixa le coffret un long moment; il lui semblait que toute la vie tumultueuse de sa nièce venait d'y refluer et s'était mise à crier au secours.

— Pauvre, pauvre enfant, soupira-t-elle, frissonnante sous sa couverture trop mince.

▲

Il arrive parfois que le hasard prenne l'apparence de la justice. Vers sept heures, Juliette, dont l'appel nocturne avait plongé Martinek dans une longue insomnie qui l'avait amené à sa table de travail où il avait réinstrumenté l'introduction de son concerto de chambre, se fit réveiller à son tour par le téléphone, perdant ainsi les deux heures de sommeil dont elle aurait eu besoin pour affronter la journée de pied ferme.

— Madame Pomerleau, s'il vous plaît, fit une voix d'homme un peu rêche, pleine d'assurance. Bonjour, madame. Je me présente : maître Alcide Racette. J'espère que je ne vous tire pas du lit ? Ah bon. J'en suis désolé, madame, mais il fallait absolument que je vous voie aujourd'hui ; je suis arrivé très tôt à Saint-Hyacinthe pour être sûr de ne pas vous rater et je dois repartir dans une heure. Non, non, il ne s'agit pas de votre sœur... Si vous n'avez pas d'objection, je préférerais qu'on se parle en tête à tête. Est-ce que je peux vous inviter à déjeuner ? Je me trouve présentement au *Géant Timothée*, coin Mondor et Calixa-Lavallée, tout près d'un grand parc. Oui, oui, je comprends, prenez votre temps. À tout à l'heure, madame.

Assise sur le bord du lit, les cheveux en désordre, Juliette fixait le tapis avec stupeur.

— Qu'est-ce que cet énergumène ? se demanda-t-elle au bout d'un instant.

Elle se dressa lentement et se dirigea vers la toilette d'un pas lourd et incertain. Soudain, elle eut un sursaut :

— Adèle ! C'est Adèle qui m'envoie son avocat !

Et malgré un restant de nausée qui lui rendait toute précipitation fort pénible, elle fut prête en dix minutes.

Assis près de Fisette dans l'auto de sa tante qui filait vers Longueuil, Denis se sentit d'abord soulagé de quitter Saint-Hyacinthe. Il allongea les jambes, étira les bras, bâilla longuement et une délicieuse impression de liberté se répandit en lui. Quant à Fisette, les mains crispées au volant, les lèvres serrées, l'œil braqué sur l'asphalte, il avait l'air morne et lugubre d'un ouaouaron. Denis le regarda à la dérobée et comprit qu'il ne lui arracherait pas trois mots de tout le voyage. Mieux valait le laisser en paix. Il se mit à penser à Vinh et à Yoyo dont la présence lui manquait; il brûlait de leur raconter l'épisode du couteau (sans parler de ce qui l'entourait, bien sûr). Puis son esprit se tourna vers *Les Enfants du capitaine Grant*, commencé l'avant-veille et oublié sur son oreiller dans la précipitation du départ.

— J'irai le chercher en arrivant.

Mais il se rappela soudain la défense que sa tante lui avait faite d'aller à l'appartement.

— Clément m'accompagnera, se dit-il. Peut-être qu'il voudra même dormir chez moi.

Et une seconde vague de contentement l'envahit, mais elle ne dura qu'un instant. De son cœur, plein de replis ombreux et compliqués comme ceux d'une feuille d'épinard, sortit une sorte de brume et les images qui s'agitaient en lui se ternirent peu à peu; il se sentit tout à coup plein de remords de laisser sa vieille tante malade se débattre seule contre un bandit et comprit qu'il n'aurait de paix qu'une fois de retour à ses côtés.

Un peu de neige tombait quand ils arrivèrent rue Saint-Alexandre; Denis invita le photographe à passer la nuit chez lui, mais ce dernier refusa net en expliquant qu'il ne se sentait pas bien et souhaitait être seul :

— Rachel et Bohu vont sûrement t'héberger, ajouta-t-il.

— Eh bien, viens avec moi, au moins, que j'aille chercher mon livre, répondit l'autre avec humeur.

Quelques minutes plus tard, Fisette, de plus en plus lugubre, frappait à la porte de Martinek, accompagné de l'enfant. Un beau moment de plaisir attendait ce dernier chez le compositeur.

— Salut, fit le photographe quand Martinek vint ouvrir. J'aurais un petit service à te demander.

Et, prenant son ami par le bras, il l'entraîna au fond du corridor.

Surpris par ces manières inhabituelles, Denis se glissa par la porte entrouverte ; on entendait Rachel chantonner dans la cuisine. En le voyant, le merle des Indes quitta l'étagère où il était perché, atterrit sur l'épaule de l'enfant stupéfait et se mit à siffler de la façon la plus étrange.

— Rachel ! Rachel ! Sifflet vient de se percher sur mon épaule ! Il m'aime ! il m'aime !

La violoniste apparut dans le studio, les mains enfarinées :

— Déjà revenu, bobichon ? Ça n'a pas été un long voyage. Ma foi, tu as raison : il est tombé amoureux de toi ! Ça ne lui arrive pas souvent de sortir ainsi ses grandes manières. Mais qu'est-ce qu'il a à chanter ainsi ?

— Chut, fit Martinek en refermant doucement la porte derrière lui.

Ils écoutèrent l'oiseau qui, le bec dressé en l'air comme un ange sonnant la trompette du Jugement dernier, sifflait à s'arracher le gosier.

Les yeux de Martinek s'embuèrent, sa voix chancela :

— Rachel, entends-tu ? *Si, fa* dièse, *ré, mi, do.* Mes amis, nous vivons un moment extraordinaire ! Cet oiseau est en train de chanter le thème principal du premier mouvement de mon concerto de chambre ! *Cet oiseau possède une mémoire musicale !*

— Ma foi, c'est vrai, s'étonna Rachel. Et il respecte les valeurs des notes.

Comme s'il était satisfait de l'effet obtenu, Sifflet s'arrêta. Martinek tendit le poing. Le merle vint se percher dessus et fixa Denis.

— Ce n'est pas un oiseau, murmura celui-ci, presque effrayé, c'est *quelqu'un* dans un oiseau.

— Mais nous sommes tous *quelqu'un*, corrigea Rachel, les oiseaux y compris.

Le musicien exultait :

— Maintenant, j'en suis sûr : mon concert va être un triomphe. Avec des signes pareils, on ne peut se tromper. Ah ! toi, toi, toi, s'écria-t-il en approchant ses lèvres de l'oiseau qui le becqueta, je me jetterais dans le feu pour toi. Tu assisteras à mon concert, je te le promets.

Rachel s'esclaffa :

— Deviens-tu fou, Bohu ? Comme si nous aurons la tête, ce soir-là, à nous occuper d'un merle...

— *Si, fa* dièse, *ré, mi, do,* reprit Martinek en se dirigeant vers la cuisine, l'oiseau sur l'épaule. Incroyable ! Je n'ai jamais été aussi flatté de ma vie.

Il se tourna vers Denis :

— Dis donc, qu'est-ce qu'il a, notre ami Fisette ? Est-ce qu'il se serait chicané avec ta tante ? Je n'ai rien compris à son histoire.

L'enfant se troubla :

— Je ne sais pas. Peut-être bien que oui. Je n'ai rien compris moi non plus.

— Juliette est en bas ? demanda Rachel.

— Non, elle est restée à Saint-Hyacinthe. Elle m'a renvoyé ici parce qu'elle craignait pour moi.

Et il raconta de son mieux les derniers événements.

— Hum... l'affaire est en train de se poivrer, murmura la violoniste. On ne peut tout de même pas la laisser seule là-bas avec son maniaque au couteau. Pourquoi n'avertit-elle pas la police ? Vouloir jouer à Colombo à son âge ! A-t-on jamais vu !

Elle se planta devant Martinek :

— Écoute, essaye de la joindre à l'hôtel. Moi, je vais aller voir Fisette pour tirer ça au clair.

Et elle sortit.

Comme s'il avait senti que sa présence était devenue inutile, Sifflet s'envola vers l'étagère. Le musicien regarda l'enfant, qui semblait abattu, et lui caressa les cheveux :

— Allons, ne t'inquiète pas, mon vieux, tout va s'arranger. Dis donc, Rachel vient de faire cuire deux superbes tartes à la citrouille. Tu veux y goûter ?

— Non merci, répondit-il d'une voix sourde, je n'ai pas faim.

Malgré sa grande envie, Martinek s'abstint de le questionner davantage et lui parla plutôt des préparatifs du concert.

— Mais j'y pense, bobichon ! dans le deuxième mouvement de mon concerto de chambre, il y a un passage au piano tout à fait facile, et très intéressant ! Est-ce que ça te tenterait de le jouer en concert ? Tu pourrais profiter de tes vacances de Noël pour le travailler à fond.

— Tu penses que je pourrais le jouer?

— J'en suis tout à fait sûr! Sept ou huit heures de travail et tu sauras ta partie sur le bout des doigts.

Tandis que le musicien exécutait le passage devant l'enfant, Rachel revint de chez Fisette, guère plus informée qu'avant et en proie à une vive inquiétude :

— J'ai eu beau le torturer de questions, il n'a rien voulu me dire, sauf qu'il est la dernière des crapules, qu'il ne mérite plus notre amitié et qu'il songe même à déménager parce que notre voisinage va lui être trop pénible. Tout ce que j'ai pu obtenir de lui, c'est qu'il retarde un peu sa décision. Jamais je ne l'ai vu dans un état pareil. C'est à se demander s'il a toute sa tête. Bohu, il s'est passé des choses graves aujourd'hui à Saint-Hyacinthe et il faut absolument en savoir davantage. Je me demande si on ne devrait pas avertir la police. As-tu appelé madame Pomerleau?

— J'allais le faire.

— Laisse, je m'en occupe.

À l'*Hôtel Maskouta*, un vieux monsieur à la voix de contre-basse lui répondit qu'il n'y avait pas de Juliette Pomerleau parmi ses clients (malgré qu'on ait laissé un message à son intention durant l'après-midi). Oui, effectivement, confirma-t-il, étonné, quelqu'un avait fortement abîmé ce jour-là une commode au troisième étage. La maison faisait enquête. D'où tenait-elle son information?

— Je ne peux le dire, répondit la violoniste.

— Ah non? Trop aimable, fit l'homme, et il raccrocha.

— À ta place, suggéra Martinek, j'attendrais un peu avant d'alerter les flics. Madame Pomerleau n'appréciera peut-être pas qu'on s'occupe de ses affaires à son insu.

Rachel resta songeuse un instant, puis :

— Je patienterai jusqu'à demain midi. Mais pas plus tard, tu entends? Cette histoire sent trop mauvais.

L'appel nocturne de Juliette les avait un peu rassurés. Mais ils décidèrent, chacun à part soi, de laisser là les répétitions et de filer à Saint-Hyacinthe si elle restait toute une journée sans donner de nouvelles.

▲

— Décidément, cet enfant file un mauvais coton, se dit Rachel le lendemain matin en observant Denis pendant le déjeuner.

Elle trouva un prétexte pour entraîner Martinek dans la chambre à coucher :

— Écoute, essaye de le faire parler. Lui as-tu vu la mine ? Je suis sûre qu'il nous cache des choses. Je voudrais bien m'en occuper, mais j'ai du travail par-dessus la tête. Ton concertino de chambre me donne des sueurs. Et j'ai cinquante-six courses à faire avant le dîner.

— Ne t'inquiète pas, j'en fais mon affaire. Dis donc, je lui ai proposé hier soir de me remplacer au piano dans le deuxième mouvement du concertino, et ça ne semble pas lui avoir déplu.

— Un enfant au piano ? Tu ne crains pas que ça fasse un peu salle paroissiale ? Il faut mettre toutes les chances de notre côté, Bohu. Je suis en train de te monter une brochette d'invités formidable. Après tout ce travail, il ne faudrait pas que tu rates ta percée.

Martinek lui prit doucement le bout du nez entre le pouce et l'index :

— Rachel-la-coriace, fit-il en souriant. Ne t'inquiète pas pour Denis, il sera très bien. Et il séduira tout le monde, tu verras.

Ils retournèrent à la cuisine. Elle avala un dernier morceau de rôtie, s'approcha de Denis, lui caressa la joue :

— Souris, bobichon. Tu as l'air trop sérieux. Voilà ! Tu es deux fois plus joli. Bon. Je m'enferme pour travailler mon violon. Nous nous retrouvons en fin d'après-midi à la répétition ?

— Je vais peut-être jouer avec vous, si c'est pas trop difficile, annonça l'enfant avec un timide sourire.

— Ah oui ? Dans le concerto, je suppose ? Bonne idée, ça. Je ne suis pas inquiète pour toi : en deux jours, tu auras maîtrisé ta partie.

Elle lui fit un salut et sortit. On l'entendit bientôt exécuter des accords arpégés.

— Une petite répétition ? proposa Martinek.

Ils allaient se mettre au piano lorsqu'on frappa à la porte.

— Monsieur Martinet ? fit un gros homme à demi chauve que l'escalier avait mis en sueur.

Deux autres hommes se tenaient derrière lui, un peu en retrait.

— *Martinek,* corrigea le musicien.

— Ah bon, excusez-moi. Je n'ai jamais réussi à me casser tout à fait l'oreille aux noms étrangers. Je me présente : Alexandre Portelance. Je suis un ami de madame Pomerleau – et voici derrière moi – avancez, avancez, messieurs, je vous en prie, le plancher est solide – monsieur Réal Roch, courtier pour l'*Immobilière du Québec* et son client, monsieur Antoine Déry...

— *Désy*, corrigea ce dernier d'un air pincé en se recroquevillant frileusement dans son paletot de gabardine.

— C'est vrai, c'est vrai, excusez-moi. Sainte culotte de gros drap! au train où ça va, je ne me rappellerai bientôt plus mon propre nom.

Il s'arrêta :

— Qui est-ce qui joue du violon comme ça? On se croirait sur un nuage avec le petit Jésus!

— C'est mon amie, répondit Martinek. Elle est violoniste à l'OSM.

— Un beau talent, un beau talent, déclara Portelance en hochant la tête d'un air pénétré.

Puis il expliqua au musicien avec une luxuriance de détails inouïe que madame Pomerleau – qui avait dû s'absenter l'avant-veille pour une affaire personnelle (comme il le savait sans doute) – lui avait demandé de venir faire visiter la maison à monsieur Roch et à son client, monsieur Désy, qu'il croyait d'ailleurs avoir rencontré un an ou deux auparavant dans un hôtel de La Malbaie lors d'un congrès de philatélistes (le monde est si petit!). Ils en étaient à inspecter le deuxième étage – la visite s'étant déroulée d'une façon extrêmement agréable, si on ne tenait pas compte de ces fameux escaliers qui mettent la patate à rude épreuve quand on a dépassé la cinquantaine – et ils se demandaient si, par un pur effet de sa bonté, on ne pourrait pas lui prendre quelques minutes de son temps pour jeter un tout petit coup d'œil dans son appartement qui – soit dit en passant et d'après ce qu'il pouvait en voir de l'endroit où il se trouvait – lui paraissait très joli.

Denis s'était approché silencieusement. Appuyé contre un mur, il l'observait avec un sourire intrigué. Portelance l'aperçut et s'interrompit :

— Serais-tu le petit-neveu de madame Pomerleau, par hasard?

— Oui.

— Comment? tu n'es pas parti avec ta tante? souffla-t-il, ébahi, tandis que Réal Roch et Antoine Désy levaient l'œil au plafond, excédés.

— Allons, au travail, maintenant, fit Martinek après le départ des visiteurs.

Ils venaient à peine de commencer qu'on frappa de nouveau à la porte. Il s'agissait encore une fois d'Alexandre Portelance et de ses compagnons, mais cette fois-ci Réal Roch avait décidé de prendre l'initiative :

— Excusez-nous de vous déranger une seconde fois, mon cher monsieur. J'ai oublié tout à l'heure de vous demander les coordonnées de madame Pomerleau. Il se pourrait que j'aie à lui parler ce soir.

Debout derrière les deux hommes, Alexandre Portelance fit une mimique au musicien pour lui signifier que l'affaire s'annonçait bien. Martinek les quitta et revint avec un bout de papier qu'il remit à l'agent; puis il salua les visiteurs et s'apprêtait à fermer la porte lorsque Portelance s'avança :

— Vous permettez, une 'tite seconde? Bien le bonjour, messieurs, et au plaisir, lança-t-il à ses compagnons qui se dirigeaient vers l'escalier.

Il se pencha à l'oreille du musicien :

— D'après moi, ils vont faire une offre ce soir.

Il recula d'un pas, sourit, puis, se troublant tout à coup :

— Vous... vous allez peut-être me trouver écornifleux, mais je... d'après ce que m'avait dit avant-hier madame Pomerleau, j'avais cru comprendre qu'elle amenait son petit-neveu avec elle.

— Il est revenu, répondit Martinek.

— Ah bon, il est revenu, je vois, je vois... Et c'est vous qui vous en occupez?

— Comme vous voyez, fit l'autre, légèrement agacé. Est-ce qu'il y a quelque chose qui ne va pas?

— Oh non! du tout! du tout! C'est juste que...

Et il eut un sourire si humble et bon enfant que Martinek sentit son impatience couler à pic et l'invita à entrer.

— Mais je dois partir dans la minute, prit-il soin d'ajouter, car j'ai une course urgente à faire.

Quelques instants plus tard, Martinek lui avait décrit son emploi du temps pour la journée, allant même jusqu'à souhaiter que l'absence de Juliette ne se prolonge pas trop, car il avait une semaine très chargée et cela compliquait singulièrement la garde de l'enfant.

— Ah! mais c'est justement de ça que je voulais vous parler, mon cher monsieur; figurez-vous donc, continua-t-il, poussé au mensonge par son bon cœur, que je n'ai presque rien à faire, moi, cette semaine. Les aspirateurs ne se vendent pas l'diable pendant le temps des Fêtes; je risque quasiment de me faire une entorse aux pouces. Avant-hier, j'avais offert à madame Pomerleau de m'occuper de son petit gars, mais la gêne a dû la retenir; elle a préféré l'emmener pour ne pas m'embarrasser. Et puis le revoilà, finalement!

— Eh oui.

— Écoutez, si vous êtes occupé à ce point-là, je peux le prendre chez moi pour quelques jours. Je vous promets d'y faire attention comme si c'était le dernier petit garçon qui nous restait sur terre.

Il s'approcha du musicien et, baissant la voix :

— Madame Pomerleau m'a parlé l'autre fois de cette espèce de folle qui se prend pour sa mère et qui tourne autour de lui depuis quelque temps. N'ayez crainte, je vais avoir l'œil ouvert.

Martinek le remercia quelque peu froidement, ajoutant qu'il fallait auparavant obtenir la permission de Juliette elle-même. De toute façon, Denis devait se rendre à une répétition à quatre heures.

— À une répétition ? s'étonna le vendeur.

L'autre hocha la tête en souriant.

— Est-ce que je peux vous demander sans indiscrétion de quelle répétition il s'agit ?

— Oh, je me suis laissé convaincre, répondit le musicien avec une négligence affectée, de donner en concert quelques-unes de mes œuvres. Il s'agit d'un événement tout à fait modeste, bien sûr, une sorte de petite fête intime, en quelque sorte. Et Denis a la gentillesse d'y participer.

— Ah bon, ah bon, fit Portelance, fort impressionné, un concert de vos propres œuvres... C'est très très bien, ça... Et Denis joue dedans... De quel instrument joue-t-il, s'il vous plaît ?

— Du piano, répondit Martinek, qui luttait contre une forte envie de rire.

— Ah bon... Il donne déjà des concerts à son âge... Ça promet ! ça promet ! Dites donc, vous m'avez piqué la curiosité, vous... Est-ce que ça serait trop vous demander de me laisser assister à votre répétition ? Entre-temps, vous aurez peut-être parlé à madame Pomerleau et... puis ça me donnerait la chance d'écouter votre musique, ce qui serait un honneur pour moi, mon cher monsieur. Je m'intéresse beaucoup au classique, vous savez. Tiens ! revoilà mon mousse ! lança-t-il à l'adresse de Denis, debout dans l'embrasure et qui l'écoutait depuis un moment avec une expression ravie. N'est-ce pas que t'aurais le goût de passer deux ou trois jours avec moi ? On se régalerait au restaurant, je te louerais des cassettes vidéo, je pourrais t'emmener voir un atelier de réparation d'aspirateurs, et puis on irait faire des tours dans ma *Chrysler Le Baron* : elle a des sièges, tu sais, qu'on peut faire bouger juste en appuyant sur un bouton...

Après avoir convenu de le revoir à la salle Claude-Champagne vers la fin de l'après-midi, Martinek reconduisit le vendeur à la porte, un peu étourdi par sa faconde diluvienne, et alla retrouver Denis, assis devant le piano :

— Eh bien, mon vieux, tu viens de te faire là tout un ami ! Il irait te chercher à la nage au milieu de l'Atlantique, ma foi !

— Et en pleine tempête, ajouta Denis avec un sourire.

Il se mit à déchiffrer sa partie. Perché au sommet d'une armoire, Sifflet se dandinait, attentif et silencieux.

— Mais ça va tout seul ! s'exclama le compositeur, ravi.

Vingt minutes plus tard, le déblayage était fait. Martinek prit l'enfant par les épaules et le fit pivoter :

— Eh bien, mon cher monsieur Denis de la Bobichette, j'ai l'honneur de vous apprendre que vous allez participer à la grande première mondiale du concertino de chambre pour violon, octuor à vents, piano et timbales du compositeur bedonnant atteint d'un début de calvitie – mais en ce moment le plus optimiste des hommes – Bohuslav Martinek lui-même !

— Peut-être que oui, peut-être que non, répondit mentalement Denis. Si dans deux jours ma tante n'est pas revenue, je vais la rejoindre à Saint-Hyacinthe.

Il quitta son tabouret et alla chercher son manteau dans la penderie, tandis que Martinek fouillait dans une partition en sifflotant *La Marseillaise*:

— Pourrais-tu venir me reconduire chez Yoyo, Bohu ? Je te promets de ne pas sortir de la maison.

▲

— J'ai préparé un dîner superbe, mon vieux, annonça Martinek en allant le chercher quelques heures plus tard. J'ai hâte que tu goûtes à mon dessert.

Appuyé contre le comptoir de la cuisine, Denis se rongeait les ongles, essayant d'imaginer les dangers que sa tante devait affronter, tandis qu'il s'apprêtait lui-même à déguster un potage au brocoli garni de croûtons à l'ail.

Deux étages plus bas, quelqu'un songeait également à Juliette. Mais au lieu de se ronger les ongles, on se grattait les coudes avec frénésie, une frénésie alimentée autant par la haine que par le prurit. Debout devant sa fenêtre, Elvina avait vu passer Réal Roch et son frêle client perdu dans un paletot crème qui avait une vague apparence de linceul. Par l'entrebâillement de sa porte, elle avait pu surprendre des bouts de conversation.

Son oreille, à laquelle l'habitude d'écouter à travers murs, portes et planchers avait donné une finesse extraordinaire, pouvait capter des conversations à voix basse malgré le son d'une radio, distinguer un rire jaune d'un rire franc, une claque sur une cuisse d'une claque sur une fesse, un raclement de gorge dû au rhume de celui provoqué par l'embarras, et arrivait même parfois à situer dans une réplique la place d'un clin d'œil ou d'une grimace. Cette virtuosité dans l'espionnage auriculaire avait, hélas, son mauvais côté. Curieusement, lorsqu'elle se trouvait en face d'un interlocuteur, la richesse et la précision des informations sonores et visuelles l'étourdissaient, elle n'arrivait pas à tout saisir, elle se troublait, baissait l'œil, sa tête se remplissait de fumée et, une heure plus tard, elle avait peine à se rappeler une conversation de deux minutes. Cette bizarre infirmité lui jouait parfois de vilains tours. On pouvait la berner assez facilement. Cela faisait d'elle un paradoxe étonnant : une paranoïaque naïve.

Ainsi, l'avant-veille, elle avait décidé de jeter à la poubelle le manteau de renard râpé qui la faisait grelotter chaque hiver depuis huit ans (l'esprit d'économie, la peur du lendemain et la pingrerie formaient chez elle un tout dont il était difficile de distinguer les éléments) et de s'acheter un manteau plus chaud. Elle s'était rendue chez un revendeur de fourrures, rue Prince-Arthur, dont elle avait entendu parler à la radio. Elle n'avait pas mis les pieds dans le coin depuis le jour de Noël 1957, lorsqu'elle était allée visiter avec sa sœur un vieux cousin de sa mère, ancien chauffeur de chaudière, que l'arthrite avait condamné aux aspirines, à la télévision et au parchési. Depuis ce temps, la rue Prince-Arthur, entre le Carré Saint-Louis et la rue Saint-Laurent, avait bien changé ! Autrefois modeste et industrieuse, avec ses maisons d'ouvriers un peu vétustes, ses bandes d'enfants criards aux vêtements délavés, ses autos rongées par la rouille, son asphalte crevassé parsemé de taches d'huile, elle voyait depuis quelques années les promoteurs déloger ses locataires pour installer dans leurs maisons de petits restaurants à la mode et des boutiques chic ; les yuppies l'avaient adoptée, le snobisme la guettait et sa transformation en voie piétonnière aux jolis pavés beiges lui avait donné un petit air estival et européen, d'une élégance un peu apprêtée, qui jurait avec les quartiers avoisinants.

En débouchant dans la rue, Elvina ressentit un choc, comme une dame de l'Armée du Salut en train de demander l'aumône, la cloche à la main, à qui on tâterait une fesse. Elle faillit rebrousser chemin, mais l'espoir d'une aubaine finit par vaincre son appréhension. Elle s'avança parmi les bacs à fleurs et les bancs de béton, le pied mou, l'air un peu effaré, repéra enfin la boutique et poussa la porte, vulnérable comme une petite fille de six ans.

Jean-Denis Beaumont vit au premier coup d'œil le parti qu'il pouvait tirer de cette vieille femme à l'expression méfiante et sotte. S'approchant avec un sourire bonhomme, il revêtit ce qu'il appelait ses «manières de curé», attentif, onctueux, circonspect, multipliant les hochements de tête approbateurs, les airs entendus et les commentaires pénétrés sur la température, la cherté de la vie, la disparition des bonnes manières et, vingt minutes plus tard, il lui vendait pour quatre cent cinquante dollars un superbe manteau en «peluche de vison de Paris», qui avait appartenu, affirmait-il, à Rose Caron, la femme du capitaine Bernier. Les contraires s'attirent souvent, lui avait fait remarquer le subtil fourreur. Le célèbre explorateur du pôle Nord avait épousé une femme tellement frileuse qu'elle avait passé douze hivers consécutifs sans mettre le nez dehors – sauf pour la messe dominicale, bien entendu – et c'est seulement grâce à ce manteau, acheté chez les importateurs Marleau, Blondin & Vavasseur (maison aujourd'hui disparue), que le capitaine était parvenu à donner à son épouse un peu de mobilité hivernale.

— C'est Yvonne, sa fille – à présent une vieille dame – qui me l'a vendu le mois dernier. Sa mère ne l'a porté que trois ans, car elle est morte en 1948 des suites d'une hernie stomacale. Par respect pour sa mémoire, personne ne l'a porté après elle; il fut entreposé dans un sous-sol pendant près de quarante ans. La fraîcheur l'a gardé comme à l'état neuf. Tâtez la profondeur et la richesse du poil, madame, la souplesse de la peau, la solidité de l'assemblage. En France, on a cessé de produire de la peluche de vison de Paris vers 1950, car l'élevage de la bête est extrêmement difficile, m'a-t-on dit. C'est d'ailleurs une espèce en voie de disparition. Évidemment, je devrais vendre une pareille pièce beaucoup plus cher, mais, que voulez-vous? un manteau de quarante ans, c'est un manteau de quarante ans. Si vous le portez cet hiver, madame, vous aurez l'impression d'avoir changé de pays.

Elvina revint chez elle en tenant amoureusement dans ses bras la boîte de carton bleu ciel dans laquelle Beaumont avait déposé le manteau comme s'il s'était agi de la tiare pontificale. Mais lorsqu'elle le rangea, la manche droite se décousit. Le fourreur lui rit au nez quand elle téléphona pour faire part de son malheur et lui conseilla de recoller ladite manche avec de la colle à gibier numéro 36, disponible chez tous les bons taxidermistes. Elle se mit à proférer des menaces ; Beaumont, qui semblait en avoir l'habitude, garda sa bonne humeur et lui suggéra de relire sa facture où figuraient des expressions comme « vente finale », « accepté tel quel » et autres précautions d'usage. Ses coudes se mirent à la démanger furieusement. Livide et marmonnante, elle se précipita vers son encyclopédie et apprit successivement que le vison de Paris n'existait pas (du moins sur notre planète) et que les liens entre la peluche et la peau de gibier étaient des plus ténus.

Il ne lui restait plus qu'à s'adresser à l'Office de protection des consommateurs, ce qu'elle se disposait à faire lorsque Alexandre Portelance, Réal Roch et son frêle client avaient pénétré dans la maison. En toute autre circonstance, voyant que rien ne pourrait empêcher la vente de la conciergerie, Elvina se serait contentée de piquer une colère noire, et puis voilà. Mais le coup du vison de Paris demandait une vengeance immédiate dont la privaient les délais d'application de la loi. Elle résolut donc, en guise de compensation, de se défouler sur sa sœur en faisant l'impossible pour bloquer son projet.

— Il me faut une injonction cette après-midi, se dit-elle en feuilletant fiévreusement les pages d'un petit carnet violet rempli de noms de notaires, d'avocats, d'huissiers et d'arpenteurs.

Vers trois heures, Denis pénétrait dans le vestibule, accompagné de Bohu, lorsqu'il s'arrêta net : Elvina sortait de chez elle, le menton pointu, les lèvres serrées, revêtue de son horrible manteau vert olive, le chapeau-cloche un peu de travers, et passa près d'eux sans leur jeter un regard.

— Hum... fit le musicien en la regardant s'éloigner, j'ai l'impression qu'elle vient de ressortir son scramasaxe...

Ils montèrent en silence.

— As-tu faim ? demanda Martinek en ouvrant la porte.

— Oui, un peu. Mais je peux attendre jusqu'au souper, Bohu, se reprit l'enfant aussitôt.

— Allons, pourquoi attendre ? J'ai de l'excellent camembert, belle frimousse. Veux-tu un sandwich ? Tiens, se dit-il, je vais faire jouer la cassette qu'il m'a donnée en cadeau à Noël. Ça va lui faire plaisir.

L'enfant s'était précipité à la fenêtre du studio. Sifflet vint se percher sur son épaule et battit légèrement des ailes en apercevant la vieille fille qui s'avançait à grandes enjambées sur le trottoir, fendant l'air de ses poings fermés. Elle disparut au coin de la rue Guillaume.

— Qu'est-ce que tu regardais ? demanda Martinek en s'approchant avec la collation.

— Ma tante. Elle s'en va sûrement chez un avocat ou quelque chose du genre.

Il mordit dans le sandwich. Le musicien se frotta la gorge :

— Qu'est-ce qu'elle nous prépare ? soupira-t-il. Je t'avoue que j'ai hâte de m'éloigner de ce porc-épic.

On frappa à la porte. Le musicien alla ouvrir.

— Je ne vous dérange pas trop, monsieur Martinek ? demanda Marcel Prévost fils.

Il avait un sac à la main.

— Du tout, du tout. Entre, Marcel. Je te sers un café ?

— Non merci, je viens d'en prendre un. Je vous rapporte justement votre moulin à café. Ce n'était qu'un fil de dessoudé. Je l'ai réparé en trois minutes.

— Ah bon. Tant mieux ! Combien je te dois ?

— Rien du tout. Ça m'a fait plaisir. C'est la *Sonate au printemps* qui joue, monsieur Martinek ?

— Eh bien oui, la *Sonate au printemps*, de Beethoven. Ma foi, tu connais la musique, toi !

— C'est que je l'aime beaucoup, cette sonate. Qui joue ?

— Arthur Grumiaux et Clara Haskil. Superbe, hein ? C'est un cadeau de Noël de mon ami Denis, que voici justement.

— Salut, Marcel, fit l'enfant, la bouche pleine.

— Dis donc, reprit Martinek, l'œil malicieux, toi qui siffles si bien, je serais curieux de t'entendre jouer le début du premier mouvement.

— Je peux toujours essayer.

— Ah oui ? Eh bien, je t'accompagne au piano. J'ai justement la partition ici, dit-il en s'emparant d'un cahier qui traînait sur une table.

Il arrêta le lecteur et prit place devant le clavier.

— On y va ?

— Un instant, fit Prévost en s'approchant.

Il se passa longuement la langue sur les lèvres, prit une ou deux inspirations, puis hocha la tête.

— Étonnant, s'écria le musicien au bout d'une vingtaine de mesures.

Il croisa les bras :

— Tu pourrais donner des concerts, ma parole. Tu siffles superbement bien. Je ne pensais pas qu'on pouvait siffler aussi bien.

— C'est que je l'aime beaucoup, cette sonate, répondit Prévost, essayant de cacher son plaisir sous une contenance modeste.

— Moi aussi! Mais je serais incapable de faire le centième de ce que tu fais, je te prie de me croire.

— L'autre jour, confia Denis, je l'ai entendu siffler *La Moldau* pendant qu'il rangeait des choses dans la cave. C'était vraiment archi très beau, Bohu.

La pendule sonna.

— Eh bien c'est le temps de partir, mes amis, annonça Martinek en se levant. On va être en retard pour la répétition. Il faut compter trois bons quarts d'heure pour se rendre à la salle Claude-Champagne.

— Vous allez préparer votre concert?

— Oui, mon vieux, et il faut absolument que tu viennes.

— Je viendrai, monsieur Martinek. Comptez sur moi.

— «Monsieur Martinek, monsieur Martinek»! Appelle-moi Bohu, comme tout le monde. Tes «monsieur Martinek» me donnent des points dans le dos.

Denis et le musicien quittèrent le concierge devant la maison. Ils se rendirent à pied jusqu'à l'arrêt d'autobus de la rue Saint-Jean devant le centre commercial Véronneau et se mirent à guetter l'apparition du 75 qui les amènerait au métro. En face d'eux se dressait un modeste édifice dont le rez-de-chaussée abritait un casse-croûte. Assise sur une banquette près de la fenêtre, une jeune femme au teint jaunâtre et aux grands yeux huileux, la tête enveloppée d'un turban vert amande, fixait Denis d'un œil brûlant d'amour. Le grondement d'un autobus s'éleva au loin.

— Bientôt tu seras à moi, mon petit colimaçon, murmura-t-elle et elle croqua dans une branche de céleri sous le regard intrigué de la patronne, assise derrière le comptoir et qui l'observait depuis une demi-heure.

▲

Par miracle, la répétition commença à l'heure prévue. La majorité des musiciens qui participaient au concert Martinek appartenaient à l'Orchestre symphonique de Montréal. Rachel, le timbalier, les deux saxophones, le cor, le basson, la flûte et le piccolo avaient longuement dîné au *Latini*, rue Jeanne-Mance, arrosant leur repas de quelques bonnes bouteilles (au déplaisir de la violoniste qui craignait pour la qualité de leur travail), et se retrouvèrent à la salle de concert un peu avant l'heure. Comme à l'habitude, le clarinettiste Théodore Boissonneault et Maryse Millet, la jeune flûtiste dénichée par madame Turovsky, étaient déjà sur les lieux. L'atmosphère était à la bonne humeur, mais un tantinet solennelle. Chacun était conscient de l'importance de l'événement qu'on préparait. On s'attaqua d'abord au concertino de chambre, reportant à la fin le trio *Juliette*, ce qui permettait de libérer plus tôt une partie des musiciens.

L'appellation «concertino» témoignait de l'excessive modestie de Martinek : l'œuvre, qui demandait beaucoup de virtuosité et d'expression, durait plus de quarante minutes et son abondance thématique frôlait le gaspillage. Le premier mouvement, *allegro con spirito,* était à peu près en place, à part la coda, pleine de changements de mesures perfides. Le deuxième, un *adagio,* marchait très bien. Il ne restait plus qu'à intégrer Denis à l'ensemble. Le troisième, un *scherzo,* était encore bien raboteux. Et on n'avait pas encore touché à l'*allegro* final, le mouvement le plus difficile. C'est Rachel plus que Martinek qui dirigeait les répétitions.

— Que diriez-vous si on commençait par l'*adagio,* proposa-t-elle, pour aider Denis à prendre sa place parmi nous ?

Jules Henripin, le timbalier, retint une grimace et s'approcha de ses instruments. Il avait très à cœur le succès du concert et considérait la substitution de Denis à Martinek dans le deuxième mouvement comme un caprice imprudent. Les musiciens prirent place, adressant des sourires bienveillants à Denis qui se dirigeait vers le piano, tout rouge. Martinek, debout derrière l'enfant, lui tapota l'épaule :

— Ça va bien aller, tu verras, le rassura-t-il à voix basse.

Le mouvement commençait par une courte introduction du violon en solo ; puis les vents venaient graduellement le rejoindre pour le laisser un à un, sauf la flûte, qui dialoguait un court moment avec lui. Le piano entrait alors en accords arpégés à la mesure 54, appuyant la flûte dans un passage très animé. Denis trébucha, se rétablit aussitôt, puis se rendit sans encombre jusqu'à la fin.

— Très bien, très bien, lança Martinek, ravi, tu as tout compris, l'expression est très belle. Mais détache un peu plus les notes au début.

Rachel se tourna vers ses collègues :

— Je crois qu'avec un peu de travail à la maison, l'affaire est dans le sac. Qu'en pensez-vous ?

— Oui, oui, c'est déjà très bien, répondirent les musiciens en faisant des signes d'encouragement à Denis.

Le piano n'intervenait plus ensuite qu'à partir de la mesure 102 dans un long passage d'accords plaqués *pianissimo* qui se transformaient en triolets, puis en sextolets, produisant une espèce d'irisation accentuée par les vents, que venait assombrir tout à coup le martèlement de la timbales, tandis que le violon, reprenant le thème du début, le transformait en une sorte de mélopée lugubre d'un effet saisissant. Denis s'en tira encore mieux qu'au début. Les musiciens s'arrêtèrent et l'applaudirent. Jules Henripin avait retrouvé sa bonne humeur. L'enfant, assis très droit devant le clavier, les bras pendants, le visage écarlate, nageait dans le contentement. Il leva les yeux vers Martinek, toujours debout derrière lui :

— Tu sais, Bohu, elle est très belle, ta musique, dit-il à voix basse.

L'*adagio* se terminait par une sorte de récapitulation, où le piano ne jouait aucun rôle, et s'achevait en douceur avec le violon supporté par les vents.

On décida de passer tout de suite au troisième mouvement et Denis laissa sa place à Martinek. Deux heures plus tard, le *scherzo* n'était toujours pas au point et on n'avait pas encore touché à l'*allegro* final. Rachel laissait transparaître de plus en plus son impatience et, le mot bref, le visage durci et traversé de tics, faisait reprendre inlassablement les passages fautifs. Martinek, assis au piano, souriait béatement, inconscient de la fatigue et de la tension qui croissaient autour de lui. Enivré par le plaisir que lui procurait sa musique, il n'entendait pas les fausses notes, les couacs et les erreurs de mesure, transformant dans sa tête une répétition plutôt laborieuse en une sorte de concert céleste. Accroupi au fond de la scène, Denis bâillait discrètement et commençait à sentir un creux dans l'estomac. Une jeune fille apparut dans les coulisses et s'approcha sans bruit du compositeur :

— On vous appelle au téléphone, monsieur Martinek, lui souffla-t-elle respectueusement à l'oreille.

Il se leva et la suivit, tandis que Rachel faisait répéter pour la dixième fois à Théodore Boissonneault et à Maryse Millet un passage *staccato* en quadruples croches qui semblait convenir davantage au piano. Martinek revint juste au moment où Alexandre Portelance, qui avait eu du mal à se faire admettre dans les lieux, apparaissait au fond de la salle avec un sourire radieux, portant deux gros sacs de papier brun. Il avançait silencieusement dans l'allée lorsque son talon, se posant par inadvertance sur un couvercle de verre à café, glissa. Il perdit l'équilibre et une sorte de mugissement sortit de sa bouche tandis qu'il se cramponnait d'une main à un dossier de fauteuil et qu'un des sacs tombait à terre.

Le silence se fit et les musiciens échangèrent des regards amusés. Le représentant, accroupi, vérifiait le contenu du sac.

— Continuez, continuez, chuchota-t-il, tout rouge, esn se relevant. Ne vous occupez pas de moi.

Et il adressa un grand salut à Martinek. Rachel regarda ce dernier avec l'air de dire :

— Tu ne trouves pas que les choses allaient assez mal comme ça, non ?

— Il est venu chercher Denis, expliqua le musicien.

— On reprend. Quatrième mesure après *F*, un, deux, trois, fit la violoniste en se tournant vers la clarinette et la flûte.

Martinek se rendit au bord de la scène pour accueillir Portelance.

— J'ai apporté des brioches et du café, chuchota le représentant. J'ai pensé que ça vous *sustentirait*, ajouta-t-il avec un serrement de gorge devant l'incorrection ridicule qui venait de lui échapper. Comme je ne savais pas combien vous étiez, j'en ai apporté pour quinze personnes.

Martinek arrondit l'œil, confus :

— Mon Dieu, ce n'était pas nécessaire.

— Allons ! une dernière fois encore, s'écria Rachel, vous l'avez presque ! On reprend à partir de *D*. Attention au changement de mesure. Bohu, on aurait besoin de toi au piano.

— Monsieur Portelance a eu la gentillesse de nous apporter des brioches et du café, annonça le musicien en se relevant.

À ces mots, un joyeux murmure s'éleva parmi les musiciens. On invita Portelance à monter sur la scène. Le timbalier le soulagea d'un sac, Denis de l'autre. Martinek présenta le vendeur à Rachel, qui avait retrouvé soudain sa bonne humeur, et lui fit faire le tour de ses compagnons. Portelance, un peu rouge, serrait les mains en s'inclinant d'un air cérémonieux ; il faisait penser à un vieux notaire de village plongé dans une réception officielle en pays étranger. Mais sa familiarité débonnaire reprit bientôt le dessus. On entendit son gros rire sonore, auquel d'autres répondirent ; il se mit à taquiner Denis sur son grand appétit puis, fouillant dans un sac, lui présenta un berlingot de lait qu'il avait acheté spécialement à son intention.

Rachel toucha Martinek du coude :

— Et alors ? qui t'a téléphoné ? Madame Pomerleau ?

Le compositeur, tout égayé par une plaisanterie de Portelance, fit signe que oui.

— Comment va-t-elle ?

— Je l'ai trouvée plutôt joyeuse. Son courtier vient de lui téléphoner. Elle a de bonnes chances de vendre. Il ne s'agit peut-être que de rabattre trois ou quatre mille dollars.

— Et là-bas ?

— Tout va bien. Enfin, rien ne va mal. Pas de nouvelles, en fait. Elle attend le coup de téléphone d'un concierge qu'elle a mis à l'affût quelque part pour surveiller l'apparition d'Adèle. Ah ! j'oubliais : il y a eu ce fameux message...

Et il lui raconta les efforts frénétiques qu'un certain Alcide Racette avait déployés la veille pour contacter Juliette et la rencontre qui avait eu lieu le matin même.

— Comment savait-il qu'elle se trouvait là-bas ?

Martinek grimaça :

— Devine.

— Elvina ? Incroyable... ce n'est pas une femme, ma foi du bon Dieu, c'est une pieuvre, avec des oreilles au bout de chaque bras. Un de ces jours, je la pousserai dans le fleuve. C'est sa place.

Martinek pouffa de rire à une repartie que le timbalier venait de lancer à Portelance.

— Et son libraire au couteau ?

— Comme elle se tient terrée dans sa chambre, elle ne l'a pas vu, évidemment, et il ne connaît sûrement pas sa cachette.

Rachel pointa discrètement le vendeur de l'index :

— Et ce gros homme drôle ? Qu'est-ce qu'il est venu faire ici ?

— Il veut amener Denis chez lui pour nous libérer.

— Et madame Pomerleau accepte ? s'étonna la violoniste.

— Au début, elle a hésité. Finalement elle a donné son accord pour une journée ou deux, à condition que nous restions en contact avec Denis pour nous assurer que tout va bien. À ta place, je ne m'inquiéterais pas. Il a l'air d'un brave type. C'est sa façon de lui faire la cour, quoi. Et elle ne semble pas trouver ça déplaisant, ajouta-t-il avec un fin sourire.

— Allons, au travail, fit soudain Rachel. Il faut absolument dompter ce *scherzo*.

Martinek la retint par le bras :

— Rachel ?

— Quoi ?

— En plus de veiller sur Denis, madame Pomerleau nous demande d'autres petits services.

— Lesquels ?

— Tout d'abord, faire vérifier les escaliers de sa nouvelle maison. Une marche a cédé l'autre jour, tu te rappelles, alors qu'elle me faisait visiter les lieux. Un peu plus et elle se cassait le cou.

— Et puis ?

— Aller... aller habiter là-bas pendant son absence, si cela ne nous dérange pas trop.

— Et pourquoi ?

— Pour surveiller les lieux.

— Surveiller les lieux ? Mais les lieux sont déjà assez bien surveillés comme ça : la maison loge une dizaine de chambreurs !

Martinek secoua la tête :

— Il n'en reste plus que deux, qui doivent partir d'ici quelques jours, et l'ancien proprio et sa femme veulent prendre une semaine de vacances avant de déménager... Madame Pomerleau redoute un mauvais coup de la part de ce nommé Racette, qui n'a pas l'air d'un buveur d'eau bénite...

— Quel mauvais coup ?

— Ah ça... elle n'a pas été plus claire. Par moments, j'avais quasiment l'impression qu'elle déparlait. La vie de motel ne semble pas lui réussir.

— Il fallait la questionner, cher ami. La prochaine fois, si tu le permets, c'est moi qui lui parlerai. Déménager dans une maison de chambres... Complètement loufoque.

— Elle m'a promis que notre appartement serait installé, cuisine, toilettes et salle de bains, au plus tard à la fin de janvier.

La violoniste haussa les épaules et alla rejoindre les musiciens. Il était près de six heures. On décida de considérer la collation comme un souper et de poursuivre la répétition jusqu'à neuf heures, et peut-être un peu plus tard. Martinek fut touché par tant d'ardeur. Il se mit à serrer les mains à tout le monde en bredouillant des remerciements. Portelance s'offrit d'amener l'enfant chez lui pour la nuit. Comme on ne retouchait pas à l'*adagio*, ils pouvaient partir tout de suite. Martinek et Rachel observaient Denis. Il ne paraissait pas du tout opposé à la proposition du vendeur, qui lui avait glissé quelques mots à l'oreille un instant plus tôt.

— Alors, à demain, Denis ? Tu as été très bien, tu sais, fit la jeune flûtiste en s'approchant de lui (elle avait une jolie bouche de poupée fardée de rose et un gros bouton sur la joue gauche ; l'une attirait, l'autre repoussait ; l'enfant en était comme désorienté).

— Et il sera encore bien mieux mercredi, ajouta le timbalier d'un ton que Denis trouva condescendant.

— Est-ce qu'on va chercher mes affaires à la maison ? demanda ce dernier en prenant place dans la *Chrysler Le Baron*.

— Tu n'aurais pas le goût auparavant d'aller manger un bon gros spaghetti chez *Da Giovanni* ?

Ils se rendirent au restaurant. Après beaucoup d'hésitations, l'enfant opta pour une pizza. Sa timidité avait bien diminué quand il s'attaqua à la troisième pointe et disparut tout à fait lorsque Alexandre Portelance, au moment de commander le dessert (un gâteau Forêt noire plutôt quelconque), lui apprit qu'il s'était acheté trois ans plus tôt la série complète illustrée des *Voyages extraordinaires* de Jules Verne, en omettant d'ajouter que c'était surtout l'aspect décoratif de la reliure qui l'avait attiré et qu'il n'avait pas poussé son incursion dans l'œuvre du célèbre écrivain au-delà de la page quatorze de *Cinq semaines en ballon,* utilisé avec un succès éclatant contre un accès d'insomnie.

Ils passèrent à Longueuil chercher les effets de Denis. Tandis qu'Alexandre Portelance l'attendait sur le seuil, se délectant de la vue des lieux où se déroulait la vie de Juliette Pomerleau, l'enfant cherchait en vain sa robe de chambre et ses pantoufles, qu'il était sûr de ne pas avoir emportées la veille chez Martinek.

— J'ai tout ce qu'il faut chez moi, mon vieux, le rassura le vendeur. Ma nièce Odile, de Lac-au-Saumon, vient de temps à autre passer la fin de semaine avec ses deux garçons, et j'ai une chambre d'enfants complètement grèyée, avec pantoufles, pyjamas, bandes dessinées, fusils à eau et tout.

En quittant la maison, ils arrivèrent face à face avec Clément Fisette qui revenait de son travail, les traits tirés, la mine morose.

Après avoir serré la main au vendeur, qui profita de l'occasion pour faire quelques remarques pertinentes sur les rigueurs de la saison et s'informer avec bienveillance des conditions de travail au *Studio Allaire,* Fisette se tourna vers l'enfant :

— As-tu des nouvelles de ta tante ?

Denis s'assombrit :

— Elle a téléphoné à Bohu cette après-midi pour lui annoncer qu'on déménagerait bientôt.

Et il fixa le sol avec une telle expression de dépit que Portelance sentit le besoin de pousser un profond soupir.

— Eh bien, à la prochaine, fit le photographe en les quittant.

Debout au milieu du hall, il les regarda s'éloigner dans l'allée, puis disparaître derrière la haie.

— Encore quelques mois, pensa-t-il avec tristesse, et on sera devenus quasiment des étrangers.

Il se dirigea vers l'escalier, puis s'arrêta, et un sourire malicieux tira sa bouche de travers. S'approchant à pas de loup de l'appartement d'Elvina, il appuya l'oreille contre le mur, chose qu'il faisait de temps à autre quand la maison était tout à fait calme, par pur plaisir d'espionnage. Un profond silence régnait chez la redoutable célibataire. Il allait repartir lorsqu'un bruit suspect lui parvint... mais de l'appartement de Juliette !

Cela ressemblait à la chute d'un objet sur un tapis. Au bout de quelques secondes, de légers glissements lui succédèrent. La fatigue et la morosité disparurent instantanément du visage de Clément Fisette, qui se mit à frissonner de peur et de plaisir. Personne n'aurait dû se trouver chez la comptable à ce moment-là. Qui donc avait pu s'y introduire ? Et pour quelles raisons ?

Il demeurait immobile, partagé entre l'appréhension d'un mauvais coup et le besoin torturant de savoir ce qui se passait de l'autre côté du mur. Et soudain une idée se présenta à son esprit qui dissipa ses flottements :

— Si je risque un peu ma peau pour Juliette, ça l'aidera peut-être à me pardonner.

Il glissa la main dans sa poche pour vérifier la présence de son canif, sortit sans bruit dehors et contourna la maison du côté opposé à l'appartement de la comptable de façon à parvenir à la porte arrière sans être vu.

Elvina se trouvait dans sa chambre à coucher, accroupie devant son lit où s'étalait une grande quantité de contrats, d'avis légaux, de certificats de localisation et de plans d'arpentage. Elle entendit un craquement dans le jardin. Sa chienne, assoupie dans un coin, dressa la tête avec un petit grognement. Fronçant les sourcils, la vieille fille s'approcha de la fenêtre, écarta doucement les rideaux et scruta la pénombre, l'œil mauvais et plein d'appréhension.

— Ça doit être un chat venu renifler les déchets, murmurat-elle au bout d'un moment.

Et elle retourna à ses paperasses.

Fisette arrivait à la porte arrière, qui donnait sur la cuisine. On y accédait par un perron de trois marches, dont un coin était occupé par une grosse poubelle. La porte vitrée et la fenêtre qui s'ouvrait à sa gauche, toutes deux ornées de rideaux orange et bleu, ne laissaient voir aucun indice d'une présence dans la pièce. Il s'avança à quatre pattes sur le perron et posa la main sur le bouton de la porte. Quelqu'un l'avait déverrouillée! Il ouvrit son canif. Son courage ne l'aurait sans doute pas poussé plus loin lorsque le buste d'une jeune femme à turban apparut tout à coup à la fenêtre. Elle tenait un colis dans ses bras et regardait calmement la cour. Soudain, leurs regards se croisèrent. Il bondit sur ses pieds et poussa la porte. Sa main chercha fébrilement l'interrupteur près du chambranle et la pièce s'illumina. Il se tenait immobile devant l'intruse, le canif à la main, les jambes flageolantes, essayant de voir si elle avait une arme, avec le sentiment pénible d'offrir un spectacle ridicule.

L'inconnue avait déposé à ses pieds un gros sac de voyage en coton bleu marine, plein à craquer, et le fixait avec un sourire indéfinissable, les deux bras le long du corps.

— Ah bon! c'est vous, la fausse Adèle, ricana-t-il.

— Je ne suis pas la fausse, répondit-elle d'une voix douce et feutrée. Je suis la vraie. Je suppose que vous allez me faire arrêter?

— Qu'est-ce qu'il y a dans ce joli sac? demanda-t-il sans daigner répondre à sa question.

— Un peu de ses affaires, pour qu'il ne se sente pas trop perdu quand il viendra vivre chez moi. Si jamais il vient, ajouta-t-elle avec un sourire amer. Vous allez appeler la police, hein? Mes cartes m'ont trompée. Je ne comprends pas. C'est la première fois.

— Ouvrez le sac et videz-le devant moi. Tout de suite.

À mesure qu'il constatait la placidité de la voleuse, son ton devenait plus âpre et insolent. Elle s'exécuta aussitôt. Un monceau de vêtements, de livres, de jouets et de boîtes de conserve s'éleva sur le plancher.

— Beau butin ! De quoi élever un enfant jusqu'à ses dix-huit ans. Comme ça, tu t'es mis en tête que t'étais sa mère ? C'est venu peu à peu ou d'un coup sec ? Après une grosse fièvre, peut-être ? Ou un cap d'acide de trop ? Prends-tu beaucoup de drogue ?

— Je ne me suis rien mis en tête, répondit-elle en se frottant doucement les mains, et je ne prends pas de drogue. C'est très mauvais pour la santé. Je suis sa *vraie* mère. Je l'ai toujours été. J'en ai toutes les preuves dans un tiroir de ma commode. Je peux vous les montrer. Évidemment, vous ne voudrez pas les regarder, ajouta-t-elle avec une grimace de dépit. Je le savais. Les gens sont tous pareils. Allez, téléphonez à la police. Mais je vous préviens. Je ne vivrai pas en prison. J'ai besoin de mon enfant pour vivre. Je l'attends depuis trop longtemps déjà. Vient un temps où on peut à peine respirer. Quand je serai en prison, je me tuerai. J'attendrai le moment. Je suis très patiente. J'attendrai le moment et je me tuerai.

Elle souriait, fixant quelque chose au-delà de lui dans un monde imaginaire qui semblait la remplir d'une joie profonde, et son sourire lui parut tout à coup si pitoyable et si horrible qu'il referma son canif, le glissa dans sa poche et recula, pris d'un insurmontable dégoût pour elle et pour lui-même. Et soudain il se revit au lit avec *l'autre*, il revit ses jambes écartées, son regard indifférent et vaguement ennuyé, il entendit de nouveau ses soupirs appliqués et une violente colère s'empara de lui. Il se rendit à la porte, l'ouvrit toute grande :

— Va-t'en et crisse-nous la paix une fois pour toutes !

Elle inclina la tête, ajusta son turban, sortit d'un pas lent et posé et s'enfonça dans la nuit. Alors il s'élança sur le perron, ivre de rage :

— Et puis, va te faire soigner... *maudite folle* !

Il retourna dans la cuisine et s'affala sur une chaise :

— Bon sang, murmura-t-il, désemparé, pourquoi les femmes me font-elles toujours gaffer ?

Debout en robe de nuit sur son perron, Elvina – qui croyait que l'insulte lui avait été adressée – se tordait le cou, furieuse et stupéfaite, essayant de voir dans la cuisine de sa sœur.

Tandis que Juliette se dirigeait vers *Le Géant Timothée*, sa peur de rencontrer un inconnu qui lui apparaissait comme un espion doublé d'un mufle céda le pas tout à coup à un autre souci : une couture de la robe gris argent qu'elle avait enfilée pour la circonstance venait de céder à la hauteur de sa hanche droite. À chaque mouvement, elle entendait des craquements inquiétants, signe que l'adaptation du tissu à son corps se poursuivait et risquait de se terminer dans la plus grande inconvenance. Il n'était pas question de rebrousser chemin : sa seule autre robe sentait tellement la sueur qu'il aurait fallu déjeuner dans une écurie pour que l'odeur passe inaperçue.

La mauvaise humeur s'installa en elle. Son trac se transforma en hargne contre cet individu qui l'avait très effrontément tirée du lit à sept heures du matin sans daigner lui fournir la moindre explication sur la raison de leur rendez-vous; cela lui fit le plus grand bien.

Elle arriva au coin des rues Mondor et Calixa-Lavallée devant un grand édifice orné d'une étrange corniche de cuivre art déco et qui semblait un ancien hôtel. *L'Auvergne* et *Le Géant Timothée* se voisinaient au rez-de-chaussée.

Elle sortit de son auto, gonflée d'un entrain massacrant, prête à braver n'importe qui et même à causer un petit scandale.

— S'il se montre impoli, je le gifle, décida-t-elle en traversant la rue.

L'éclairage discret du restaurant la calma un peu et davantage encore le regard ironique et froid que lui porta un homme encore jeune, en complet rayé bleu sombre, attablé devant une tasse de café et un journal. La bouche de cet homme était remarquable : ses lèvres, plutôt minces, étaient ourlées avec une régularité étrange, les commissures légèrement relevées, transformant un sourire que l'individu aurait voulu chaleureux en une grimace cruelle et insolente, qui jetait un jour indiscret sur le tréfonds de son âme.

— On dirait une cloche d'aluminium, se dit Racette à la vue de l'obèse et il se leva d'un mouvement souple et vif pour lui serrer la main. Madame Pomerleau? Je m'excuse encore une fois de vous avoir réveillée si tôt.

Il lui présenta une chaise, mais Juliette trouva exagéré et presque insultant l'espace qu'il mit entre cette dernière et la table. La voix rêche et un peu traînante de son interlocuteur lui parut encore plus désagréable qu'au téléphone. Elle s'assit avec un petit grognement et son visage devint franchement maussade. Il prit place devant elle, la fixa une seconde et comprit tout de suite qu'il ne servait à rien d'y aller avec des gants blancs :

— Tant mieux, se dit-il.

Une serveuse s'approcha, cafetière à la main, remplit leurs tasses, prit leurs commandes et s'éloigna. Chose curieuse, l'image d'une cloche d'aluminium était apparue dans sa tête également. Quelques instants plus tard, par la porte battante de la cuisine, on entendit un homme rire aux éclats.

Racette sucra son café, y versa deux godets de crème, fit tourner sa cuillère (cela provoqua un petit cyclone qui fit rejaillir un peu de liquide dans la soucoupe), puis, levant les yeux sur l'obèse, avec ce sourire qui était son plus grand handicap :

— Madame, je veux acheter votre maison du boulevard René-Lévesque.

Juliette le regarda sans mot dire, étonnée.

— Nous avons appris dernièrement, poursuivit Racette, que vous veniez de faire l'acquisition d'une maison située au 2302 René-Lévesque Ouest; cette maison nous intéresse. Nous sommes prêts à vous en donner un bon prix, dans les limites du bon sens, évidemment.

— Je ne veux pas vendre, monsieur, répondit Juliette d'une voix glacée.

L'avocat sourit, prit une gorgée de café, déposa la tasse, puis, allongeant l'index, envoya brusquement son journal sur la banquette :

— Je représente un puissant groupe d'investisseurs étrangers, madame. Je pourrais vous donner des noms, mais cela ne vous dirait sans doute rien. Je vous répète que nous sommes prêts à vous faire une offre généreuse. Vous avez payé la maison trois cent soixante-dix mille dollars : je vous en offre trois cent quatre-vingt. Dix mille dollars pour avoir déjeuné de bon matin une fois avec un avocat, ce n'est pas une si mauvaise affaire.

— Et pourquoi vous intéressez-vous tant à ma maison, monsieur ? demanda doucement la comptable.

— Notre groupe s'est lancé il y a quelques années dans la rénovation de maisons anciennes.

Sa voix sonnait tellement faux que Juliette comprit aussitôt qu'il s'était informé auprès de Vlaminck des motifs de sa transaction et qu'il cherchait à lui faire le coup du petit hameçon dans le gros ver.

— Nous désirons l'acquérir pour un projet de copropriétés de luxe.

Au sourire de Juliette, il comprit aussitôt que sa ruse avait échoué et qu'il ne lui restait plus qu'un moyen de se tirer d'affaire.

— Écoutez, fit-il en essayant de sourire à son tour, nous sommes prêts à discuter avec vous. Nos moyens financiers ne sont pas infinis, mais nous étudierons avec plaisir toute proposition raisonnable.

Les doigts de l'obèse étaient glacés ; des frémissements parcouraient ses bras et ses jambes. Elle n'avait qu'un désir : quitter au plus vite le restaurant. Elle serra sa tasse de café et la chaleur de la porcelaine lui fit du bien.

— Comme vous le savez sans doute, monsieur Racette, répondit-elle sèchement, cette maison appartenait à une de mes tantes, qui m'a prise chez elle alors que j'étais toute petite. Je considère cette femme comme ma mère. Vous comprendrez alors que je tiens beaucoup à sa maison. Je l'ai achetée pour l'habiter et non pour spéculer. Mes héritiers en feront ce qu'ils voudront, mais moi, je la garde, monsieur, et j'espère bien y finir mes jours.

La serveuse s'approcha et déposa devant l'homme une assiette contenant deux œufs au miroir, de longues tranches de bacon et des pommes de terre rissolées et une autre assiette, plus petite, où tiédissaient des rôties gorgées de beurre à côté d'un contenant de confitures aux fraises. Puis elle servit à Juliette un œuf poché assis sur une feuille de salade près d'une lamelle de tomate rose et d'une rôtie toute sèche. Le contraste de leurs assiettes lui causa un choc et accentua sa mauvaise humeur ; elle décida de ne pas émettre un son tant que son vis-à-vis ne lui aurait pas adressé la parole.

Racette fendit ses jaunes d'œufs d'un coup de fourchette, trempa un morceau de pain dedans et mangea avec appétit. Le refus de Juliette ne semblait pas l'avoir tellement affecté. Au bout de quelques instants, il releva la tête, saisit une serviette et essuya une petite coulée de jaune d'œuf sur ses lèvres :

— Ça me crève le cœur, ma chère madame, de vous voir manquer une si belle occasion, mais chacun mène sa vie comme il l'entend, n'est-ce pas ? À tout hasard, je vous donne ma carte, au cas où vous auriez des repentirs.

Le repas s'acheva dans une atmosphère de froide politesse. Alcide Racette insista pour régler l'addition, puis se leva et, tendant la main à son invitée :

— Je vous souhaite une bonne journée, madame. Est-ce que vous me permettez de vous téléphoner dans quelques jours pour vérifier si vous n'avez pas changé d'idée ?

— Comme vous voulez.

— Comptez-vous rester à Saint-Hyacinthe longtemps ?

— Heu... non, non, je vais sans doute partir demain. Je suis venue régler une affaire de famille. Grosse idiote, se gourmandat-elle en montant dans son auto, qu'avais-tu à lui raconter tes histoires ? Il en sait déjà trop sur toi, ce fricoteur aux dents pointues.

Elle se hâta vers l'*Auberge des Seigneurs*, surprise et soulagée de s'être libérée aussi facilement de cet importun. En arrivant à sa chambre, elle téléphona à la réception. Aucun message ne l'attendait. Elle s'assit dans un fauteuil, considéra l'énorme lampe ventrue posée sur la table de nuit et qui lui semblait comme une silencieuse moquerie d'elle-même, puis son regard s'arrêta sur le coffret de satin rose. Elle se leva, l'ouvrit et feuilleta le livret d'accompagnement, cherchant un signe, une trace, un indice qui lui parlerait de sa nièce. Le livret et les disques étaient comme neufs. Et pourtant, certaines petites flétrissures aux pochettes indiquaient que les disques avaient souvent joué. Manifestement, Adèle en prenait le plus grand soin. Elle referma le couvercle, étouffa un bâillement et décida d'aller chercher des journaux. Elle revint avec *Le Devoir, Le Courrier de Saint-Hyacinthe* et une boîte de *Laura Secord* achetée dans un moment d'aveuglement glucidique. Elle déchira d'une main fébrile l'emballage de cellophane et se mit à dévorer les amandes enrobées de chocolat au lait, les croustillants aux arachides, les chocolats fourrés à la crème d'érable, de café, d'orange et d'abricot, envahie de remords et de volupté et songeant avec nostalgie *Aux délices du diabétique*, une confiserie spécialisée qu'un de ses cousins avait longtemps tenue sur la rue Masson et qui lui permettait de succomber de temps à autre à sa gourmandise en maintenant les dégâts au minimum.

Quand la boîte fut à demi vide, elle la repoussa avec une grimace de dégoût et parcourut les journaux. Mais elle n'arrivait pas à fixer son attention. Quelque chose dans le déroulement de sa rencontre avec Alcide Racette la chicotait. La promptitude avec laquelle l'homme d'affaires avait abandonné la discussion lui semblait de plus en plus curieuse. Comme si son refus de vendre ne présentait qu'une importance secondaire. Après s'être donné tant de mal pour la rencontrer, comment pouvait-il changer de cap si vite ? Elle tournait et retournait la question dans sa tête et s'embrouillait de plus en plus. Ses jambes commençaient à s'engourdir. Elle se leva, jeta un coup d'œil à la fenêtre. Il n'y avait que deux autos dans le stationnement. Au fond, près du trottoir, une petite chienne jaune à poil ras, remarquablement laide, reniflait un morceau de carton rouge, sans doute un paquet de cigarettes vide. La chienne releva la tête, se mordilla le flanc avec une rage subite, puis s'éloigna en zigzaguant, le nez au sol, et disparut.

Une sorte d'inertie accablante semblait s'infiltrer dans toutes choses et figer le cours du temps. Elle se remit à ses journaux, fit les cent pas dans la chambre, écrivit une longue lettre à sa sœur, qu'elle déchira. Vers midi, elle se rendit à la salle à manger, dîna d'un bol de bouillon et d'une salade d'épinards, revint à sa chambre, écouta un peu de musique. Ses yeux se fermaient d'eux-mêmes. Elle s'étendit alors sur son lit et sombra dans un sommeil agité, rempli de visions funestes. L'une d'elles la troubla au plus haut point. Elle avançait péniblement au milieu d'épaisses broussailles, tenant dans ses bras le coffret de satin rose pour le remettre à sa nièce qui en avait le plus pressant besoin et l'appelait faiblement, cachée à quelques pas. Elle se frayait un chemin aussi vite qu'elle le pouvait, sans réussir, semblait-il, à s'approcher, haletante, toute en nage, les yeux brûlés par la sueur ; elle venait de s'arrêter pour reprendre haleine lorsqu'on lui assena un coup terrible au côté droit. Elle tomba et aperçut Alcide Racette qui s'enfuyait en ricanant avec le coffret.

— Horreur ! cria-t-elle (en fait, elle voulait dire « Voleur ! ») et ses yeux se remplirent de larmes.

Racette réapparut devant elle et lui tendit le coffret en trépignant curieusement.

— Surprise d'Hérode! lança-t-il d'une voix moqueuse et il disparut de nouveau. La tête sanglante d'Adèle apparut soudain sur le couvercle.

— Attention à la maison, murmura la jeune femme d'une voix mourante.

Juliette se réveilla en sueur et s'assit dans le lit. Il était cinq heures trente. Quelques instants plus tard, elle atteignait Martinek en pleine répétition à la salle Claude-Champagne et lui demandait d'aller habiter, le jour même si c'était possible, sa maison du boulevard René-Lévesque afin d'en assurer la surveillance.

— La surveiller contre qui? s'était étonné le musicien.

Elle lui avait raconté son déjeuner avec Racette, dont le comportement lui inspirait de plus en plus de méfiance.

L'appel terminé, elle communiqua avec la réception.

— Non, madame, lui répondit-on, toujours pas de message.

Alors elle essaya de rejoindre son concierge de la rue Fontaine, mais sans succès. Elle retourna à son fauteuil en soupirant, feuilleta le *Courrier*, puis le lança tout à coup au fond de la pièce :

— Sueur de coq! s'écria-t-elle, furieuse. Il va falloir qu'il se passe quelque chose ici bientôt! Je me sens comme une enterrée vivante!

Trois jours passèrent ainsi. La comptable faisait la navette entre sa chambre et la salle à manger, se nourrissant de salades au saumon, d'œufs pochés et de café au lait écrémé pour expier sa débauche de chocolats.

Une demi-heure à peine après qu'elle eut essayé en vain de rejoindre le concierge, c'est lui qui l'avait appelée pour lui apprendre qu'Adèle n'avait toujours pas donné signe de vie et surtout pour lui prouver qu'il prenait à cœur sa mission.

Il se mit à lui téléphoner ainsi chaque jour très ponctuellement, à onze heures et à vingt heures, lui annonçant immanquablement la même nouvelle décevante. Juliette en vint à souhaiter qu'il espace ses appels et douta de plus en plus du succès de sa manœuvre.

Elle n'avait pas reparlé à Fisette depuis son départ de Saint-Hyacinthe et n'en avait guère envie. Chaque fois qu'elle pensait à lui, l'épisode de la coucherie de la rue Fontaine faisait naître en elle un dégoût profond mêlé d'étonnement. Depuis toutes ces années que son corps ne lui paraissait plus qu'un obstacle au mouvement et une source de souffrances et d'humiliations, elle comprenait de moins en moins que tant d'hommes et de femmes, dont plusieurs n'auraient pu supporter la présence de leur partenaire plus d'une demi-journée, se donnent tout ce mal pour des frottements de peau. Le trouble que faisaient naître en elle les assiduités d'Alexandre Portelance tenait plus de la méfiance et de la vanité que du réveil des sens.

Martinek avait fini par convaincre Rachel de s'installer dans la maison du boulevard René-Lévesque. Deux heures après avoir emménagé, il commença à s'ennuyer de son piano. Juliette, qui donnait consciencieusement de ses nouvelles trois fois par jour, devina tout de suite sa misère et téléphona à son insu à Marcel Prévost, père et fils, pour leur demander de transporter l'instrument à Montréal. La sortie du piano par l'entrée principale causa une véritable commotion à Elvina, qui fut prise de palpitations et ne put manger de la journée. Elle avait l'impression que l'univers se défaisait sous ses yeux. Un tremblement de terre ou la chute de tous les arbres de Longueuil ne l'auraient pas autrement surprise. Elle fit venir un serrurier pour poser deux verrous supplémentaires à chacune de ses portes.

Martinek, que les répétitions avaient plongé dans un accès de frénésie créatrice, reçut son cher *Bösendorfer* les larmes aux yeux, sous le regard un peu narquois de Rachel. Le lendemain matin, à sept heures, il s'assoyait devant le clavier, à la grande colère des deux chambreurs qui pensionnaient encore dans la maison et partirent le surlendemain.

Rachel avait informé Juliette du séjour prolongé de Denis chez Alexandre Portelance.

— Je suis au courant de tout, ma chère. Ils ne cessent de me téléphoner. Le combiné est sur le point de se greffer à ma main droite.

Réal Roch, l'agent d'immeubles, zélé comme une marieuse professionnelle, avait parlé à Juliette une bonne demi-douzaine de fois pour essayer de la convaincre de rabattre neuf ou dix mille dollars du prix de vente initial, car son client, monsieur Désy, bien qu'intéressé, manifestait de la réticence à se porter acquéreur d'un immeuble affligé de l'enclave que l'appartement d'Elvina faisait au rez-de-chaussée, où se trouvaient les appartements du meilleur rapport.

— Ils seront tous comme lui, madame. Ce n'est pas facile, vous savez, de vendre un litre de lait entamé.

Juliette passa un jour de l'An solitaire et cafardeux à manger des croustilles et des bâtonnets au fromage devant la télévision. À huit heures, Denis l'appelait de chez Portelance pour lui présenter ses vœux et s'informer de la date de son retour. Elle ne put que l'exhorter à la patience.

— Alexandre veut te parler, annonça-t-il en la quittant.

— Il l'appelle par son prénom ? s'étonna Juliette. C'est qu'il se sent bien chez lui.

Et une vague jalousie frétilla au fond d'elle-même.

— Bonne et heureuse année, ma chère madame Pomerleau, lança le représentant d'une voix vibrante. Un bon bout de ciel avant la fin de vos jours et quant au reste, le plus tard possible.

— Bonne et heureuse année à vous aussi, monsieur.

— Imaginez-vous donc que ce petit coyote voulait vous téléphoner à six heures ce matin ! J'ai dû quasiment cacher le téléphone dehors ! Vous allez recevoir un bon accueil à votre retour, ma chère madame, je vous en passe un papier !

Sa voix avait pris une inflexion moelleuse, comme pour laisser entendre que le bon accueil ne viendrait pas seulement de l'enfant. Juliette se mit à bredouiller, soudain vide d'idées, et coupa court à la conversation.

Denis la rappela au milieu de l'après-midi, mais de chez Martinek cette fois, où il avait voulu fêter le jour de l'An. On entendait derrière lui la voix de Rachel et celle, claironnante, de Portelance, un peu émoustillé par le sherry.

— Quand vas-tu revenir, ma tante ? murmura l'enfant d'une voix suppliante. Je m'ennuie de toi. Le soir, je n'arrive plus à m'endormir.

— Patience, mon bobichon, répondit Juliette, toute remuée. Ce n'est qu'une question de jours. Tu n'es pas bien chez monsieur Portelance ?

— Oui, je suis bien... mais tu n'es pas là. Et puis je m'inquiète beaucoup pour toi, tu sais.

▲

Le lendemain, Juliette acceptait de ramener le prix de son immeuble à trois cent trente-cinq mille dollars et dans l'après-midi, Réal Roch lui annonçait qu'un accord était finalement intervenu et qu'on était prêt à passer devant le notaire.

— Cela pourrait-il se faire ce soir, madame ? demanda l'agent de sa voix cordiale et métallique.

— Je... euh, non. Malheureusement pas. Je suis retenue ici pour quelques jours.

— Bon, bon, bon... Alors voici ce que nous allons faire, madame, fit l'autre avec une cordialité accrue, presque démesurée. Je vous envoie par messager les copies de la promesse d'achat, que je vous demanderais de signer et de retourner aussitôt. Cela nous permettra d'attendre que vos affaires se règlent à Saint-Hyacinthe. Ça vous convient ? Parfait et au revoir.

Deux heures plus tard, on frappait à la porte de Juliette. Mais plutôt qu'un messager, c'est un facteur qu'elle trouva sur le seuil ; il lui tendit une enveloppe recommandée. Elle contenait une mise en demeure de dame Elvina Pomerleau enjoignant sa sœur Juliette de suspendre sur-le-champ toute démarche relative à la vente de l'édifice sis au 461, Saint-Alexandre à Longueuil pour cause d'atteinte aux droits de servitude et d'usufruit rattachés à la propriété de ladite dame Elvina Pomerleau, faute de quoi des procédures légales seraient immédiatement engagées.

Juliette, assise sur son lit, déposa lentement la lettre sur ses genoux, abasourdie et atterrée. L'image d'Alcide Racette surgit dans son esprit et elle acquit instantanément la certitude qu'il était de connivence avec Elvina. Sa situation lui apparut avec une cruelle netteté. Les procédures légales dans lesquelles sa sœur voulait se ruer retarderaient considérablement et pourraient même empêcher la vente. Or, elle avait besoin du produit de celle-ci pour rembourser au plus vite Marcel Vlaminck en qui elle voyait un créancier hypothécaire de mauvaise foi. Profitant de ses difficultés, ce dernier pourrait invoquer le non-respect par l'acheteuse des conditions de remboursement de son prêt et reprendre possession de l'immeuble du boulevard René-Lévesque. Les mobiles d'Elvina étaient multiples et faciles à deviner : le dépit, engendré par son échec de l'été précédent, le besoin de remplir avec quelque chose (fût-ce avec de l'angoisse et de l'agitation) une vie désespérément vide et solitaire, et puis la malveillance, une malveillance aveugle qui l'habitait depuis toujours. Les avantages que retirait Alcide Racette de la situation étaient fort évidents : en forçant Juliette à rendre sa propriété à Vlaminck, il pouvait espérer la racheter de ce dernier. Sans doute ces deux-là avaient-ils d'ailleurs conclu quelque accord secret.

— Mon Dieu, mon Dieu, murmura-t-elle en portant les mains à son visage, et elle se mit à pleurer.

On frappa de nouveau à sa porte. Elle ouvrit et se trouva cette fois devant un messager. Il s'agissait d'un ex-cégépien de dix-neuf ans qui avait décidé trois jours plus tôt de se lancer dans la vraie vie en louant ses forces bouillonnantes pour 4,75 $ l'heure. Bien des années après cette histoire, il parlerait encore de la stupéfaction qui l'avait saisi en voyant apparaître cette masse de chair recouverte de tissu argenté, surmontée d'un visage écarlate et larmoyant où le désespoir, la colère et la plus farouche détermination formaient un mélange effrayant.

Juliette saisit l'enveloppe qu'on lui tendait, la déchira, apposa une signature foudroyante sur les deux copies de l'offre d'achat, les glissa dans une seconde enveloppe et remit celle-ci au messager ahuri qui se tenait devant elle, la bouche entrouverte :

— Va me porter ça au plus sacrant à monsieur Roch, mon garçon, ordonna-t-elle en le vrillant d'un regard impérial, et ne te perds surtout pas en chemin.

D'avoir signé les formules venait de la fouetter pour le combat, mais elle n'avait pas encore la moindre idée des moyens qui lui permettraient de le gagner. Il était près d'une heure. Elle humecta son visage d'eau froide, puis se rendit à la salle à manger. Une serveuse lui apporta aussitôt un verre d'eau et des craquelins sans sel. Juliette commanda un bouillon de poulet, de la dinde froide et une salade de carottes.

— Et puis, donnez-moi toute l'eau que vous pourrez, Claudine, fit-elle avec un petit sourire souffreteux, l'estomac me criera moins.

— Pauvre elle, se dit l'autre en s'éloignant, on dirait que moins elle mange, plus le fondement lui élargit. Au train où elle va, je vais bientôt être obligée de la faire asseoir sur deux chaises. Elle doit s'empiffrer dans sa chambre.

Juliette se mit à mordiller un craquelin avec rage. Le biscuit devint Alcide Racette, puis Livernoche, puis Fisette, puis Elvina et enfin un grand homme sec et osseux assis vis-à-vis d'elle qui enfournait un énorme spaghetti aux palourdes en émettant de petits grognements de plaisir. Elle s'arrêta tout à coup, saisie par une idée subite : Fisette. Pourquoi n'y avait-elle pas pensé plus tôt ? C'est le fourbe et vicieux Fisette qu'il fallait lancer contre Elvina. Cette vieille mouche avait besoin d'une araignée. Il la haïssait et prendrait un plaisir fou à miner le sol sous ses pieds. Et puis, il avait des choses à se faire pardonner. Cela fouetterait son zèle et son imagination et, pendant qu'Elvina essayerait de se dépêtrer, elle-même pourrait s'occuper en paix de ses affaires à Saint-Hyacinthe. L'idée lui vint que son stratagème n'était pas inspiré par une charité excessive, mais cela fila comme une bouchée de craquelin dans sa gorge.

Claudine, qui lui apportait son bouillon maigre et un pichet d'eau, la vit se lever de table comme si le feu était pris à sa robe. Elle se glissa de peine et de misère dans la cabine téléphonique, posa une poignée de monnaie devant elle et composa le numéro du *Studio Allaire* à Montréal. Comme elle le craignait, Fisette était parti dîner. Mais on lui donna le nom de son restaurant habituel. Quelques minutes plus tard, elle revenait à table en fredonnant. Le photographe, que deux bouteilles de bière avaient plongé dans un état de doux lyrisme, avait accueilli sa demande avec enthousiasme. Et tandis que, l'œil mi-clos, il se recueillait au-dessus de son émincé de bœuf, faisant un tri soigneux parmi les machinations que son esprit s'était mis à produire à une vitesse folle, Juliette, soulagée, avalait son bouillon refroidi, presque réconciliée avec son régime.

— Apporte-moi donc un petit verre de vin blanc, chère, demanda-t-elle à la serveuse qui s'approchait avec sa dinde et ses carottes. Ça va finir de me remettre sur le piton.

Une autre journée passa. Adèle ne donnait toujours pas signe de vie. De crainte de rencontrer Livernoche, Juliette évitait de circuler dans la ville et décida même, par surcroît de prudence, de prendre ses repas dans sa chambre.

Ce jour-là, ce fut Claudine – avec qui elle était en train de se lier d'amitié – qui lui servit son dîner. Le séjour de Juliette au motel commençait à l'intriguer.

— Vous êtes en vacances ou en pénitence ? lui demanda-t-elle d'un air taquin au moment de quitter la chambre.

— Les deux, ma chère, répondit Juliette. Mon cousin est en train de peinturer l'intérieur de ma maison, figure-toi donc, et comme je suis allergique à la peinture, j'ai décidé de m'installer ici. J'en ai encore pour quelques jours, sinon une semaine, car il est un peu traîne-la-patte, le pauvre, et le bras lui amollit vite quand on lui met un pinceau au bout ; mais c'est une façon pour moi de le tirer du chômage quelque temps... et de la taverne.

— Mais vous demeurez à Longueuil, non ? Pourquoi ne pas vous être installée plus près de chez vous ?

— Je... je, répondit Juliette, et les mots lui manquèrent. C'est que... j'ai besoin de tranquillité, vois-tu, reprit-elle en se retournant pour lisser les couvertures de son lit afin de cacher la rougeur qui envahissait son visage, et à mon goût, il n'y a que les petites villes... Écoute, pour te dire le fond de ma pensée, les motels de la région de Montréal me font peur. Toutes ces histoires de meurtres et de traite des blanches... Que veux-tu ? je vieillis... et j'ai peut-être trop lu de journaux à sensations.

— Je vous comprends, madame. Moi non plus, je ne me sens pas toujours faraude là-bas.

— Coupons là, se dit Juliette. Dis donc, connaîtrais-tu par hasard un gamin qui pourrait aller me chercher une provision de Simenon en ville pour m'aider à tuer le temps ? Avec mon embonpoint, soupira-t-elle, le moindre déplacement est un chemin de croix. Voilà pourquoi j'ai décidé de prendre mes repas dans ma chambre.

Claudine sourit avec compassion :

— Je peux y aller. Je termine à trois heures.

Craignant que la serveuse ne dévoile involontairement sa présence à Livernoche, Juliette lui demanda de ne pas aller à *La Bonne Affaire*, où elle trouvait les livres hors de prix et le choix plutôt maigre.

— Oh! je connais monsieur Bernard qui tient une petite librairie sur des Cascades, pas très loin d'ici. Si ça ne vous fait rien d'acheter des livres d'occasion, j'irai là. Il tire de la patte, le pauvre homme, depuis que l'autre est venu s'installer chez nous.

Elle revint à la fin de l'après-midi avec treize Simenon dans un état à peu près passable, sauf un dont une immense tache de confitures aux bleuets rendait inaccessibles les pages 77 à 81. Juliette remercia la serveuse, s'étendit sur son lit et commença la lecture des *Inconnus dans la maison*.

Après avoir terminé le roman, puis avoir traversé successivement *Monsieur Gallet, décédé*, *La Veuve Couderc* et *Le Perroquet d'argent*, le tout entrecoupé des appels téléphoniques coutumiers, elle prit conscience tout à coup de la futilité de sa stratégie, referma *Le Perroquet* et se dirigea vers la fenêtre. C'était un mardi soir. Il était onze heures. Elle écarta légèrement les rideaux. Le stationnement et la rue qui le bordait au fond, recouverts depuis le matin d'une petite neige poudreuse que le vent soulevait en tourbillons, étaient toujours aussi mornes et déserts. Soudain, la chienne jaune, d'une laideur si pitoyable, qu'elle avait vue quelques jours auparavant, apparut près d'une auto et se dirigea en reniflant vers un vieux balai oublié dans un coin. Juliette soupira, laissa retomber les rideaux et se tourna vers la commode où se dressait la pile de Simenon près du coffret de satin rose.

— Non, vraiment, se dit-elle, accablée, je ne me sens pas le cœur à me replonger dans le crime...

Un grincement de freins se fit entendre. Juliette écarta de nouveau le rideau, puis se recula précipitamment. Elle avait cru reconnaître la *Maverick* blanche de Livernoche au fond du stationnement. Une portière claqua. La comptable se tenait immobile au milieu de la chambre, les bras tendus en avant, la respiration suspendue. Quelques secondes passèrent.

— Intoxication aux romans policiers, marmonna-t-elle avec une grimace.

S'approchant de la commode, elle contempla les livres, indécise, puis s'empara du *Fou de Bergerac*. Elle souleva la couverture et vit sur la page de garde, imprimé en grosses lettres bleu foncé, LA BONNE AFFAIRE. Dans le coin supérieur droit on voyait inscrit à la mine de plomb, d'une écriture grossière et très appuyée : 2,25 $. Le prix avait été biffé au stylo et remplacé par un 75¢ un peu tremblé. *Le Fou de Bergerac*, après avoir été revendu par Livernoche, s'était retrouvé chez son malheureux concurrent, suivant une spirale qui l'acheminait vers la poubelle. Les chiffres tracés à la mine s'enfonçaient dans le papier bon marché comme si le libraire, au moment de les écrire, avait été en proie à une violente colère et quelque chose de cette colère semblait encore en irradier. Un frisson de dégoût traversa Juliette, qui referma le livre.

Des coups résonnèrent à la porte. L'image d'un couteau de boucherie voletant autour d'elle comme un oiseau furieux la figea sur place ; elle sentit ses jambes faiblir et chercha du regard un point d'appui.

— Ma tante ! c'est moi Denis. Ouvre-nous, lança une petite voix inquiète.

Il lui fallut plusieurs secondes pour réagir. On frappa de nouveau. Elle se dirigea lentement vers la porte en respirant avec bruit, la déverrouilla, l'ouvrit.

— Ah ! ma tante, murmura Denis avec soulagement. Qu'est-ce que tu faisais ? Dormais-tu ?

Derrière lui, timide et un peu craintif, Alexandre Portelance se dandinait, une valise à la main :

— Bonsoir, madame, fit-il avec un sourire tendu. Excusez-nous de vous déranger. C'est ce p'tit vlimeux qui m'a traîné jusqu'ici. Il se rongeait les sangs pour vous, c'en était effrayant. Si je ne l'avais pas amené, il serait venu tout seul, ma foi !

Ce jour inusité où une commode s'était fait poignarder et un photographe avait passé six heures dans une armoire à balais, Livernoche revint à sa maison de campagne vers minuit. Il grimpa les marches de la galerie d'un pas vacillant de fatigue, déverrouilla la porte et, parvenu à sa chambre à coucher, se laissa tomber sur le lit avec le vague plaisir de constater que son épuisement abolissait presque la brûlure térébrante qui s'était réveillée dans son fondement au milieu de l'après-midi pour monter dans sa colonne vertébrale et s'épanouir dans son cervelet en flammes courtes et cruelles.

Il se réveilla au petit matin, tout courbaturé dans ses vêtements fripés, mais libéré de son mal habituel, et consulta sa montre : elle indiquait six heures et demie. Roulant avec précaution sur le côté (une seule maladresse pouvait raviver ses souffrances), il posa le pied sur le plancher, s'étira avec prudence et descendit au rez-de-chaussée. Un froid cru régnait dans la maison. Il ajusta le thermostat et pénétra dans la cuisine. Appuyé au rebord de l'évier, il se mit à réfléchir. Où pouvaient donc se trouver ses persécuteurs en ce moment ? Est-ce que sa stupide gaffe de la veille les avait chassés à tout jamais de la ville ou avait-elle au contraire déclenché une enquête de police ?

Il tourna tout à coup la tête, attiré par un bruit insolite. Une bourrasque venait de se lever et la branche cassée d'un jeune tilleul frottait contre un carreau avec un grincement désagréable.

Il remplit la bouilloire et la déposa sur la cuisinière. Les mains sur le récipient, il continuait de réfléchir en se mordillant les lèvres, ses traits habituellement énergiques et sévères encore amollis par le sommeil. L'élément chauffant se mit à rougeoyer, répandant sur ses mains une lueur blafarde qui semblait les grossir.

Il se dirigea alors vers un téléphone mural au fond de la pièce et décrocha le combiné. Quelques minutes plus tard, il griffonnait les numéros de téléphone de Juliette et de Clément. Puis il prépara le café, s'en versa une tasse, prit une ou deux gorgées et composa le numéro de Fisette.

Ce dernier soupirait et bâillait dans son lit à intervalles de plus en plus rapprochés, émergeant peu à peu à la surface de la journée avec une sensation de fatigue et d'oppression qui le tenait cloué sous ses couvertures, fragile et tiède refuge dont le réveille-matin s'apprêtait à le chasser. À la sonnerie du téléphone, il bondit sur ses pieds en grommelant et se précipita à la cuisine.

— Allô? Quoi? Non. Il n'y a pas de Robert Fisette ici... Non... Clément... De rien, ajouta-t-il d'un ton sec, et il raccrocha.

Ce n'est que revenu dans sa chambre et en train d'enfiler une chemise qu'il reconnut la voix de Livernoche; ses mains devinrent de glace.

Le libraire, soulagé, venait d'essuyer les siennes sur les pans de son veston :

— Et d'un, fit-il. La baleine, maintenant.

Il s'appuya au mur et laissa sonner une dizaine de fois, se tripotant le nez puis le gland, remarquant à peine la différence de sensation.

La sonnerie résonnait lugubrement dans l'appartement désert de la rue Saint-Alexandre. Elle tira Elvina de son sommeil épuisant, plein de cris, d'engueulades et d'apparitions d'avocats moustachus et vociférants. Son dernier cauchemar, où elle avait dû lutter corps à corps contre des étrangers au visage lisse et sans traits qui essayaient de la vider de son appartement, l'avait exténuée.

Elle s'assit dans son lit, jeta un coup d'œil au réveille-matin et se mit à compter les sonneries. Sa chienne apparut dans la porte et vint poser son museau sur les couvertures en plongeant dans les yeux de sa maîtresse un regard implorant.

— Sept, dit-elle à voix haute et elle gratta machinalement le crâne de l'animal, qui poussa un soupir d'aise. Il a sonné au moins sept fois – et peut-être dix ou quinze, sait-on jamais? Qu'est-ce qu'ils peuvent donc comploter à six heures trente du matin? Ah! ma pauvre fille, s'écria-t-elle en saisissant la tête de la chienne à pleines mains, je suis sûre qu'ils essaient de nous jeter dehors! Mais ils vont se casser les dents! Je te le promets.

Debout devant la cuisinière, Livernoche regardait fondre un gros morceau de beurre dans une poêle.

— Si elle n'est pas chez elle à six heures trente du matin, pensa-t-il, c'est qu'elle est à Saint-Hyacinthe. Or il faut qu'elle s'éloigne. À tout jamais. *Delenda Carthago*. Prenons des forces.

Il se prépara une omelette au rhum, des rôties et des grillades de lard salé, arrosant le tout d'une demi-cafetière. Puis il prit sa douche, s'habilla et, tout absorbé dans ses réflexions, se dirigea vers Saint-Hyacinthe, où il arriva vers huit heures. Il avait le temps de faire une petite tournée d'inspection pour tenter de repérer la *Subaru* de sa persécutrice. Il se rendit successivement à l'*Hôtel Maskouta*, à l'*Auberge des Seigneurs* et aux motels *Le Copain* et *Saint-Hyacinthe*, mais de *Subaru* bleue il n'y avait pas.

— Elle a sans doute changé d'auto pour éviter de se faire repérer, grommela-t-il en démarrant avec brusquerie. C'est que je ne suis pas un détective, moi, bout de baptême !

Il se rendit à *La Bonne Affaire* et arpenta la librairie, les mains derrière le dos, prenant soin de ne pas trop appuyer sur ses fesses.

— Eh bien ! il faut ce qu'il faut, soupira-t-il en passant derrière le comptoir.

Il feuilleta le bottin téléphonique et, dans les moments libres que lui laissaient les clients, fit le tour des établissements hôteliers de la ville à la recherche d'une dame Juliette Pomerleau.

— Peut-être s'est-elle inscrite sous son nom de fille, ajoutait-il, car je crois qu'elle est en instance de divorce. Il s'agit d'une dame dans la cinquantaine et très corpulente, vraiment très corpulente, vous savez.

Vers onze heures, la réceptionniste de l'*Auberge des Seigneurs*, après lui avoir répondu qu'aucune Juliette Pomerleau ne se trouvait chez elle, ajouta sèchement qu'une cliente arrivée la veille semblait correspondre à la description qu'il venait de faire ; mais elle refusa de lui donner son nom et le numéro de sa chambre (peut-être souffrait-elle d'obésité, elle aussi ?) :

— Laissez-moi vos coordonnées et la personne vous rappellera si elle le désire, monsieur.

Il raccrocha et, portant la main à son front couvert de sueur où, depuis la veille, bourgeonnait un furoncle :

— C'est elle, j'en suis sûr... Elle va me coller après jusqu'à la fin des temps, la démone.

Il la voyait assise dans sa chambre, calme, souriante et monumentale, attendant avec patience le moment propice pour lui porter un coup fatal. Et l'évidence que, malgré tous ses efforts, sa vie allait être saccagée, s'imposa à son esprit avec une clarté si terrible qu'il en demeura les bras ballants et la mâchoire pendante, accablé et comme stupide, sans voir ni entendre le petit monsieur sec et propret planté devant le comptoir et qui lui demandait pour la troisième fois s'il possédait un livre sur l'industrie forestière de la Mauricie.

— Euh... excusez-moi, je vais aller voir, bégaya-t-il enfin.

Il s'éloigna d'un pas chancelant sous le regard soupçonneux de son client convaincu d'être en présence d'un alcoolique.

— Malheureusement, nous n'avons rien pour l'instant sur le sujet, répondit-il d'une voix à peine audible en revenant quelques instants plus tard.

— Bien, fit l'autre avec un claquement de dents et il quitta la boutique, l'air outragé.

Livernoche s'assit avec précaution derrière son comptoir. Il ne cessait de s'éponger le front avec la manche de son veston. Le sentiment d'une catastrophe imminente l'avait placé comme sur un plateau désolé, dans une solitude et une liberté absolues. On le forçait à jouer sa vie. Aucune issue ne lui permettait d'éviter ce redoutable face à face.

Une petite voix douce et pénétrante lui susurra que puisqu'il risquait de tout perdre, il se devait de tout risquer. Il essaya de la faire taire et de penser à autre chose (Quel était le produit de ses ventes pour l'avant-midi? Adèle faisait-elle la grasse matinée en ce moment? Depuis quand s'était-elle mise à fumer comme une cheminée? Dans trois jours, il se rendrait au *Colosse du livre* à Montréal acheter un lot de *J'ai lu* à 25¢), mais la voix revenait toujours, perfide et enjôleuse. Elle gagnait du terrain de minute en minute. Et il suait de plus en plus.

En apercevant Denis et Alexandre Portelance, Juliette fut à la fois ébahie, soulagée et mécontente. Elle resta quelques secondes à les regarder sans dire un mot, puis recula et leur fit signe d'entrer.

— Il est un peu tard pour des visites, remarqua-t-elle froidement tandis que son pouls ralentissait peu à peu et qu'une flambée de joie jaillissait en elle, lui amenant des larmes aux yeux (elle s'en trouva suprêmement ridicule).

— J'ai décidé de venir te trouver, déclara Denis, la mine sévère. Je trouve ça stupide que tu restes toute seule ici tandis qu'un fou peut venir t'attaquer n'importe quand. Je n'ai rien dit à Rachel et à Bohu, mais j'ai tout raconté à monsieur Portelance, parce qu'il fallait que quelqu'un le sache.

Il posa les mains sur les hanches :

— Vraiment, ma tante, je ne te trouve pas très raisonnable.

— Je vous jure, madame, que je ne lui ai pas tiré les vers du nez, assura Portelance en refermant la porte. Il m'a tout dit de lui-même.

Il joignit les mains derrière le dos et s'adossa contre un mur :

— D'ailleurs, ce n'est pas mon genre. Ce n'est pas mon genre du tout.

— Mon Dieu, s'exclama Juliette en riant (ce rire fit un plaisir immense à Denis, qui se détendit tout à coup), vous m'en faites toute une scène, vous deux ! L'un me chicane comme si j'étais une petite fille, tandis que l'autre a peur que je lui plante des aiguilles à tricoter dans les yeux. Approchez, approchez, monsieur Portelance, venez vous asseoir un moment, et toi, cesse de me faire des gros yeux et donne-moi un bec.

L'enfant se pressa contre elle et mit ses bras autour de son cou. Après avoir hésité un moment, le vendeur posa pudiquement le bout de ses fesses sur le bord du lit, laissant le fauteuil à son hôtesse, et fit un compte rendu gigantesque des quatre jours que Denis avait passés chez lui. Puis, baissant la voix, d'un air grave et mystérieux :

— Est-ce que je peux me permettre de vous demander s'il s'est produit des... développements ?

Denis braqua les yeux sur sa tante. Juliette secoua lentement la tête avec une moue dégoûtée :

— Mon cher monsieur, je poireaute dans cette chambre comme un agent d'assurances sur une île déserte et je me demande parfois si je n'y perds tout simplement pas mon temps.

Alexandre Portelance toussa une ou deux fois, puis :

— Évidemment, avança-t-il avec circonspection, rien ne nous garantit qu'*elle* tient assez à ce coffret pour venir le récupérer et risquer ainsi de...

— Je n'ai pas le choix des moyens, monsieur, répliqua Juliette. C'est tout ce qui me reste. Auriez-vous des suggestions ?

— Euh... non, reconnut-il, décontenancé. À vue de nez, comme ça, non.

Il se frotta machinalement les mains en fixant le tapis, cherchant quelque chose d'agréable à dire. Un moment passa. Il eut tout à coup l'impression que le silence était en train de dissoudre les liens encore si frêles entre lui et cette grosse femme bourrée de soucis qui lui plaisait tellement.

— Je vous invite au restaurant, lança-t-il soudainement. Un bon *shortcake* aux fraises avec un verre de lait glacé ou une pizza garnie avec une petite bouteille de *Brio*, ça, ça va nous repartir la machine à idées. Allez, allez, je ne veux pas entendre de rechignements, suivez-moi. Il faut se faire plaisir un peu dans la vie, corne de démon ! On aura tout le temps de jeûner une fois six pieds sous terre.

Juliette hésita, invoquant l'heure tardive, sa fatigue, l'imprudence qu'il y avait pour elle de se montrer dans un endroit public, mais se laissa finalement gagner et ils se retrouvèrent dans la salle à manger du motel, presque déserte à cette heure.

La conversation commença plutôt mal. Aussitôt leur commande donnée, la comptable, que la présence de son petit-neveu à Saint-Hyacinthe ennuyait au plus haut point, lui demanda de retourner le soir même à Montréal. Les vacances de Noël venaient de finir et il était sûrement plus sage de s'occuper de ses études que de perdre son temps dans un motel. Denis répondit par un *Non !* farouche, les yeux pleins de larmes.

Craignant une crise, elle décida de reporter la discussion au lendemain. Alexandre Portelance se mit à raconter ses mésaventures de représentant et réussit à la dérider, puis, profitant de son effet, il fit promettre à Juliette de l'appeler sans faute, le jour ou la nuit, si jamais elle avait besoin d'aide ou de conseils (ou tout simplement pour tromper son ennui) et lui laissa trois numéros de téléphone :

— Et puis, tenez, je vous donne également celui de mon beau-frère Léandre. J'ai coutume d'aller jouer au bridge chez lui le mardi soir. Je vous garantis d'être sur place à une heure d'avis *au maximum*. Ma *Chrysler Le Baron* a les tripes solides et quand je décide de lui faire fendre le vent, les mouches n'ont qu'à s'ôter de là, je vous en passe un papier !

Il jubilait devant le sourire reconnaissant et un peu embarrassé de sa compagne :

— Vous me le jurez, n'est-ce pas ? Dès que vous avez besoin d'aide, un signe et j'arrive. J'ai un téléphone cellulaire dans mon auto, le bureau peut me joindre partout.

— Vous avez ma parole, murmura la comptable en détournant le regard.

Il jugea bon alors de la quitter. Dix minutes de plus, et il aurait craint de l'importuner. Il demanda l'addition, reconduisit Juliette et Denis à leur chambre et monta dans son auto :

— Soirée mal partie mais maudientement bien terminée, conclut-il à voix haute en appuyant sur l'accélérateur. Alexandre, tes parts montent ! Je lui souhaite quasiment des ennuis. Ça me donnerait un beau rôle.

— Mon pauvre enfant, fit Juliette en s'allongeant péniblement dans le lit près de son petit-neveu, ça me réconforte en diable de te voir près de moi, mais je te préviens : tu vas t'ennuyer à mourir ici. On ne pourra même pas aller se dégourdir les pattes dans le stationnement, car il faut se faire invisibles comme des microbes. Sois gentil : retourne à Longueuil demain.

— Ne crains rien, ma tante. J'ai apporté quatre livres... et puis on pourra regarder la télévision. Quant à l'école, je peux sauter deux ou trois jours sans problèmes : cette semaine, Solange a décidé de faire une révision en français et en maths.

Il était couché tout au bord du lit, afin de lui laisser le plus d'espace possible et aussi parce qu'il éprouvait une gêne confuse à sentir la chaleur de son corps. Il tourna la tête vers elle et s'amusa un moment à imaginer qu'il était un explorateur étendu dans l'herbe au pied d'une montagne, puis s'endormit.

Juliette le regardait, poussant de temps à autre un soupir et sursautant au moindre bruit. Sa peur de voir apparaître Livernoche venait de la reprendre.

▲

La journée du lendemain s'écoula tout uniment. Denis se réveilla vers huit heures, enchanté de se trouver en vacances. Juliette, que la présence de son petit-neveu poussait à un surcroît de prudence, avait décidé de ne plus quitter la chambre pour quelque raison que ce fût. De plus en plus enchanté, l'enfant déjeuna donc au lit, tandis que sa tante se contentait de deux tasses de café noir pour compenser sa plantureuse collation de la veille.

Vers dix heures, elle fit ses appels quotidiens à Martinek et au concierge Robidoux.

— Toujours rien, répondit ce dernier d'un ton placide.

Elle prit place dans le fauteuil, s'empara d'un vieux numéro de *Décormag* déniché dans le tiroir de la commode et se perdit dans la contemplation d'une salle de bains en marbre rose où un bain à remous aurait pu servir aux ablutions d'un éléphanteau. Son petit-neveu, étendu sur le lit, était plongé dans *Le Château de Pontinès*. Il dévora quatre ou cinq chapitres, puis se tourna sur le dos et s'étira en bâillant. Après avoir longuement examiné le plafond, il se remit à sa lecture, mais une douleur dans les reins le força à se lever. Il se planta devant la fenêtre, écarta légèrement le rideau. Juliette sourit :

— Tu commences à t'ennuyer, hein ?

— Non, ma tante, répondit courageusement l'enfant.

Il contemplait le stationnement :

— Ma tante, on dirait qu'il va neiger.

Juliette se leva, inspecta le ciel, bâilla à son tour, puis revint s'asseoir et se mit à examiner la paume de ses mains. Denis se replongea dans son roman, puis, levant la tête :

— Veux-tu que je te fasse la lecture, ma tante ?

— Je ne comprendrai pas grand-chose, bobichon : tu es rendu au milieu de l'histoire.

— Eh bien, je retournerai au début. C'est tellement bon que ça ne me fait rien de recommencer.

Touchée par les efforts de l'enfant pour s'accorder à une situation bizarre et ennuyeuse, Juliette hocha la tête. Denis ouvrit la première page et se lança, d'une voix d'abord hésitante puis de plus en plus assurée, dans les aventures de Gilles de

Pontinès et de ses serviteurs Morvan et Marco en route, sous le règne du modérément aimé Louis XIII, vers l'antique et solitaire château familial où le jeune comte en disgrâce a reçu l'ordre royal d'aller discipliner son tempérament trop fougueux. Parvenu à l'épisode de l'*Auberge de la Perdrix rouge,* où de Pontinès, au milieu d'un plantureux dîner, s'aperçoit avec furie que le cuisinier de l'établissement est nul autre que son valet Marco, envoyé au-devant de lui trois jours plus tôt pour préparer son arrivée au château, Denis ressentit un petit creux dans l'estomac. Il demanda l'heure. Vingt minutes plus tard, Claudine leur apportait de la soupe aux champignons, une salade verte, un poulet rôti et un gros morceau de renversé aux ananas (destiné à Denis).

— C'est votre petit-fils? demanda la serveuse en essayant de cacher sa surprise à la vue de l'enfant.

— Mon petit-neveu.

— Il est joli comme tout. Tu es venu tenir compagnie à ta tante? C'est gentil, ça. Mais tu n'as pas d'école?

Denis fit signe que non en rougissant.

— Bon cœur, pensa Juliette en refermant la porte, mais le nez trop long.

L'après-midi glissa doucement, partagée entre la lecture à haute voix (que suivait d'une oreille attentive dans la chambre voisine un vieil angineux assis contre le mur mitoyen, chapelet à la main), un peu de bavardage, la contemplation discrète du stationnement et une sieste qui les amena à l'heure du souper, la tête embrumée et l'humeur morose.

Sa dernière bouchée avalée, Denis se mit soudain à bombarder Juliette de questions sur ses parents. Séance éprouvante pour la comptable, qui ne possédait aucune certitude quant à l'identité du père et eut toutes les peines du monde à conserver un minimum de respectabilité à l'image de la mère.

— Je le connais, mon père, déclara soudain l'enfant. C'est le gars de Sherbrooke qui m'a envoyé des billets de hockey l'autre jour. C'est lui, hein ma tante? Pourquoi il m'a donné un rouleau de *Life Savers* quand on est allés le voir? C'est parce qu'il regrettait de ne pas s'être occupé de moi quand j'étais petit?

— Écoute, Denis, cesse tes questions, pour l'amour, la tête va m'éclater. Je ne sais plus quoi te répondre. Tu t'informeras de toutes ces choses à ta mère quand tu la verras, mon pauvre enfant. Je t'ai dit tout ce que je savais.

— Si c'est lui, mon père, pourquoi il ne sait pas où elle se trouve? Ils se sont chicanés? Est-ce qu'elle a d'autres enfants, ma mère?

Juliette se leva et lui appliqua la main sur la bouche :

— Silence! Plus un mot... tu vas me rendre folle, espèce de moulin à paroles. Je te répète que je t'ai dit tout ce que je savais. Absolument tout! (Pardonnez-moi, Doux Jésus, c'est pour son bien.) Si j'ajoute un mot de plus, je vais me mettre à inventer. Je cherche ta mère, justement, pour en savoir plus long.

L'enfant s'arracha de son étreinte et alla se planter devant la fenêtre, les bras croisés, la tête basse, fixant d'un œil morne le stationnement à demi vide. La chienne jaune, qui semblait faire partie des lieux, apparut près d'une vieille *Chevrolet*, aperçut Denis et s'approcha en agitant la queue, puis bifurqua tout à coup, attirée par autre chose.

Juliette eut envie de prendre son petit-neveu dans ses bras, mais elle savait trop bien que ce geste ne ferait qu'aviver sa colère. Elle alluma le téléviseur et prit place dans le fauteuil. Le bulletin de nouvelles commençait. Bernard Derome, imperturbable et correct, mais le regard subtilement accablé, annonçait la dernière bourde du président Reagan; ce dernier apparut, le visage plus ratatiné que jamais sous sa chevelure abondante et juvénile. Derrière la voix impassible de l'interprète, on l'entendit nier avec force avoir jamais déclaré qu'un missile atomique lancé d'un destroyer ou d'un sous-marin pouvait être rappelé avant d'accomplir sa mission de mort. Puis un autre bout de film montra le président qui déclarait précisément ces choses et Bernard Derome, de plus en plus stoïque, passa à une autre nouvelle.

Juliette regarda Denis, toujours devant la fenêtre.

— Qu'est-ce qui lui prend? se demanda-t-elle. Jusqu'ici, il s'intéressait autant à ses père et mère qu'à la queue d'un moineau et le voilà tout à coup avec des fourmis dans la tête à me tourmenter pour que je lui raconte leur vie minute par minute. Bien sûr, tu as gaffé, grosse folle, en le mettant au courant de cette affaire. Mon Dieu, comment sera-t-il dans deux jours si on se trouve encore ici?

Elle continuait d'écouter le téléjournal, jetant un coup d'œil de temps à autre à l'enfant. Il était étendu sur le lit et, les yeux au plafond, laissait alternativement retomber ses jambes d'un air parfaitement dégoûté.

— Le dessert n'était même pas bon, ce soir, lança-t-il soudain. C'était pas du *Jell-O* mais du caoutchouc!

Puis au bout d'un moment, il ajouta :

— Ça sent la poussière ici. Le nez me pique. Il m'a piqué toute la nuit. J'ai *très* mal dormi.

La comptable se leva et but un verre d'eau. Son estomac, de nouveau forcé au carême, réclamait du travail.

— Je n'ai pas apporté assez de livres, déplora Denis en s'assoyant. J'en ai lu presque tout un aujourd'hui. Dans deux jours, je vais me tourner les pouces.

Juliette se planta devant lui et d'un ton sans réplique :

— Mets ton manteau et viens-t'en. On s'en va à Longueuil t'en chercher d'autres. Et une fois sur place, mon ami, ajouta-t-elle intérieurement, je te laisse chez Bohu.

Ils sortirent et se rendirent à l'arrière du motel, où la comptable avait stationné son *Ariès K* sur un terrain exigu et mal éclairé. Denis sautillait et balançait les bras, humant avec délices l'air humide et froid. Il s'approcha de Juliette :

— Je m'excuse pour tout à l'heure, ma tante. Je n'ai pas été gentil.

Juliette déverrouilla la portière :

— Tu avais besoin de te dégourdir un peu, mon garçon. À ton âge, il te faut de l'espace et du vent; tu devais te sentir comme une souris dans une boîte d'allumettes.

— Toi aussi, ma tante, tu dois te sentir comme une souris dans une boîte d'allumettes. Est-ce que tu vas attendre encore longtemps que ma mère vienne chercher son coffret ?

— Encore deux ou trois jours, peut-être. Vite, monte, bobichon. J'ai hâte de quitter cet endroit.

— Pourquoi ? fit l'autre en bondissant dans l'auto. À cause de l'homme au couteau ?

— Non... Enfin... je n'ai jamais aimé l'obscurité, tu le sais bien. Dieu ! que je le trouve encombrant, se dit-elle en démarrant. Il m'épuise. Je me sens la tête comme dans un fourneau. Ça me rappelle les jours qui ont précédé ma maladie...

Elle se pencha, ouvrit son sac à main posé aux pieds de Denis et sentit avec soulagement la forme oblongue de son baladeur. L'enfant la regarda, puis regarda le sac à main, devina tout, mais ne dit rien. Il poussa un soupir et se mit à observer les maisons qui défilaient, se creusant la tête pour trouver une façon de dénicher sa mère et de ramener enfin sa tante à une vie normale.

— Qu'est-ce que tu dirais, fit-elle subitement, d'aller prendre un dessert dans un très bon restaurant pour oublier un peu ton *Jell-O* de ce soir ?

Il la regarda, surpris.

— On pourrait passer par Rougemont et s'arrêter au *Provençal*, poursuivit-elle, de plus en plus séduite par son idée, qui atténuait un peu les remords qu'elle ressentait à balancer aussi cavalièrement son petit-neveu. Tu te rappelles les profiteroles au chocolat qu'on t'a servies l'an dernier? Ça te tente?

Il hocha faiblement la tête.

— Eh bien, allons-y. Le patron est si gentil, je suis sûre qu'il ne se formalisera pas de nous voir arriver seulement pour un dessert. Mais auparavant, orientons-nous un peu.

Elle arrêta son auto le long du boulevard Laframboise et consulta une carte routière.

— Très simple. Nous y sommes dans une demi-heure. Et ça ne nous allonge pas pour la peine.

Elle reprit le boulevard vers le sud et tourna à droite sur la rue Casavant; cette dernière décrivait une grande courbe irrégulière au pourtour de la ville pour rejoindre la 231 qui longeait la rivière Yamaska pendant quelques kilomètres, traversait le village de Saint-Damase et aboutissait à Rougemont.

Denis restait silencieux, l'œil dans le vague.

— Est-ce que le nez te pique un peu moins, mon garçon? demanda Juliette, pince-sans-rire.

L'enfant hocha la tête avec une moue ironique et poursuivit ses réflexions, les sourcils froncés. De temps à autre, Juliette posait sur lui un regard attendri, la gorge serrée.

— Sacrée folle, se dit-elle. Dire que j'use mes forces à courir après une dévergondée qui l'aura peut-être oublié dix minutes après l'avoir vu.

Elle trouva tout à coup la tournure de ses réflexions bien sombre, secoua les épaules et alluma la radio. Un trompettiste susurrait langoureusement *Cerisiers roses et pommiers blancs*, accompagné par un orchestre à cordes vaselineux et des sons de cloche du plus curieux effet. L'auto monta une côte abrupte, s'engagea dans un tournant et déboucha sur un carrefour désert bordé par une forêt de sapins. Un feu rouge clignotait dans la nuit, sinistre, jetant par intermittence des lueurs sanglantes sur deux grands panneaux d'arrêt. L'endroit avait manifestement vu bien de la boucherie. Juliette freina, tourna la tête à gauche, puis à droite, et repartit. Des scènes atroces surgirent dans sa tête. Crissements de pneus, fracas, froissements de tôle, bris de vitre, éventrement sourd de la terre, puis le silence. Un silence solide et plein, épouvantable, interrompu de temps à autre par un faible gémissement.

Une auto la dépassa en trombe et enfila si vite la courbe en avant d'eux que Juliette eut un sursaut. Denis la regarda:

— Fais attention, hein, ma tante ? La route est dangereuse.

La comptable sourit, lui tapota le genou et allait lui poser une question lorsqu'un rock sauvage éclata à la radio.

— *I'll bust the world apart and dive in Hell,*
  And drink all the blood out of Satan's well,

crachait une voix hystérique à demi enterrée sous les miaulements d'une guitare électrique.

— Tu permets ? fit-elle en tournant le bouton.

Elle tomba sur une tribune téléphonique. Un vieil homme racontait d'une voix molle et souffreteuse, qui inspirait aussitôt l'agacement, ses quarante-sept années de vie commune avec son frère, célibataire comme lui et aussi compréhensif qu'un marteau.

— Eh bien, qu'est-ce qui ne va pas ? demanda l'animateur.

Ce qui n'allait pas ? Presque tout. Par exemple, il était frileux et son frère pas. En fait, ce dernier l'était peut-être, malgré ses dénégations, mais l'avarice lui faisait endurer le froid. Chaque hiver amenait la bataille du thermostat. Dès le début de novembre, le curseur de réglage partait dans un va-et-vient qui ne s'arrêtait qu'à la belle saison. Résultat ? Depuis quarante-sept ans, le pauvre homme souffrait de sinusite chronique et l'hiver était devenu pour lui une interminable succession de rhumes et de grippes.

— Vous n'avez jamais songé à installer une chaufferette dans votre chambre ? suggéra patiemment l'animateur.

Oh ! c'était fait depuis longtemps. Mais voilà : son frère lui réclamait un surplus mensuel pour la consommation d'électricité. Cette année, cela s'élevait à 12,50 $! Essayez d'imaginer, si vous le pouvez, un chèque de pension de vieillesse amputé chaque mois de 12,50 $! Et, par contre, l'autre mange comme trois (chaque matin : deux bananes, trois œufs et deux grands bols de soupane) mais s'obstine à répartir également les coûts de nourriture.

— Vous n'avez jamais songé à déménager ? s'étonna l'animateur d'une voix légèrement acide.

Impensable, répondit le vieil homme, ébahi par une proposition aussi bizarre. La maison qu'ils habitent leur a été léguée par leur mère qui avait bien spécifié dans son...

Juliette éteignit la radio et accéléra. L'auto venait de pénétrer dans une zone boisée, légèrement vallonnée, où la végétation tentait de s'accrocher à de gros rocs surgis de l'humus et jetés dans tous les sens, comme si un mastodonte s'était amusé autrefois à mettre le pays en désordre.

La lueur d'une auto apparut au loin. Le véhicule approchait rapidement.

— Mets tes feux de croisement, cochon, tu m'aveugles, grogna Juliette en actionnant les siens. Mais il ne comprend rien, l'abruti... Mais... veux-tu bien me dire... il est fou, sueur de coq !

Elle poussa un cri tandis que Denis s'agrippait à son bras. L'auto, qui filait à un train d'enfer, se dirigeait droit sur eux. Juliette essaya en vain de se libérer de son neveu, puis donna un coup de volant à droite et le temps s'amincit soudain comme une aile de mouche. Un bruit sourd, énorme et compact, produit comme par l'écroulement d'une montagne de ferraille, emplit l'intérieur de l'auto, tandis que Juliette, l'esprit paralysé, fixait d'un œil hagard la surface ondoyante d'une espèce de tunnel de brume qui venait d'avaler le véhicule, secoué par de formidables soubresauts. Une idée terrifiante éclata dans sa tête : elle arrivait au bord de la terre pour s'élancer dans le vide. Et soudain, tout s'arrêta. La vie semblait s'être figée. Cela dura un temps indéfini. Puis elle cligna lentement les yeux (un liquide visqueux l'empêchait de voir clairement) et s'aperçut que les essuie-glace allaient et venaient à toute allure. Elle les contemplait, hébétée, comme devant un problème insoluble, lorsqu'un bruit attira peu à peu son attention. Quelqu'un pleurait au loin. On aurait dit un bébé. Cela lui rappela un vague et lointain souvenir. Une pièce vide, violemment éclairée et, au fond, Denis, tout petit, qui secouait ses poings, les yeux plissés de rage. Oui, Denis. Elle pivota brusquement, regarda l'enfant et se mit à le secouer par les épaules :

— Denis ! m'entends-tu ? Mon Dieu... m'entends-tu ? Dis-moi où tu as mal.

Ce dernier, l'œil entrouvert, continuait de gémir doucement, sans paraître se rendre compte de ce qui l'entourait. Elle le secoua encore un peu, puis se tourna vers la gauche (ses reins lui envoyèrent une flèche de feu qui lui monta jusqu'à la gorge) et réalisa que l'auto se trouvait fortement inclinée et que la seule façon d'en sortir était de soulever la portière du conducteur. Une forte odeur d'essence flottait dans l'air. Mais, curieusement, c'était le va-et-vient frénétique des essuie-glace qui l'ennuyait le plus. Elle prit le temps de les arrêter, déboucla sa ceinture, puis celle de Denis (la flèche de feu la traversa de nouveau, cuisante), regarda un instant la portière et, après un effort immense («Tiens! mes jambes bougent!»), réussit à l'ouvrir et à la rabattre de côté.

Elle venait de hisser à grand-peine par l'ouverture son neveu toujours inconscient lorsqu'une ombre dévala le talus au pied duquel gisait l'auto.

— Minute! minute! je vais vous aider! Êtes-vous blessé, monsieur..., pardon, madame?

— Un peu... je ne sais pas... Dépêchez-vous, prenez l'enfant. Mon Dieu! pourvu que...

L'inconnu saisit Denis par les aisselles, le déposa doucement sur un lit de cailloux, puis grimpa sur l'auto pour aider Juliette à s'extraire du véhicule et s'immobilisa, stupéfait par sa grosseur :

— Aïe! aïe! ça sent l'essence en tabarnac ici! C'est pas le temps de bizouner. Donnez-moi vos mains. Allons-y! un et... deux!

Il dut s'y prendre à plusieurs fois avant de réussir à l'extirper, tandis qu'elle ahanait, couverte d'une sueur glacée, le visage barbouillé de sang, laissant échapper de temps à autre un gémissement causé par cette espèce de brasier qui lui carbonisait les reins. Elle put enfin s'asseoir sur la portière rabattue, qui s'aplatit contre la carrosserie avec un grincement aigu. Sautant en bas de l'auto, l'homme l'aida à mettre pied à terre. Denis, étendu sur le sol, reniflait bruyamment, répétant à voix basse :

— Ma tante... ma tante...

Juliette s'approcha en boitillant, s'agenouilla avec peine devant lui et, pressante, impérieuse :

— Dis-moi où tu as mal. Allons! réponds-moi. Où as-tu mal?

— Je ne sais pas, répondit-il faiblement.

L'inconnu les contemplait, les mains sur les hanches :

— J'ai tout vu. Vous avez été chanceux en Christ! Il fonçait droit sur vous. Ça devait être un gars chaud. Il a pas dû s'apercevoir de rien. Un peu plus et je le recevais dans le portrait, le trou-de-cul. Il devait faire du cent quarante. On aurait dit que tous ses péchés couraient après lui. Regardez, fit-il soudain en pointant le doigt vers un gros bloc de granit qui se dressait dans l'ombre à deux mètres de l'auto. Si vous aviez frappé ça, c'était couic! Congé six pieds sous terre jusqu'à ce que le petit Jésus vienne vous chatouiller les orteils.

— Peux-tu te lever, bobichon? demandait Juliette sans l'écouter.

Elle se tourna vers l'automobiliste :

— Prenez-le dans vos bras, voulez-vous ? Je pense pouvoir grimper à quatre pattes.

Il s'accroupit devant Denis. L'enfant remua la main :

— Non... Ma tante... reste avec moi.

— Allons, doucement, doucement... je vais te suivre aussi vite que ma carcasse le pourra... Sueur de coq ! c'est que j'ai les reins en marmelade, moi.

L'homme déposa Denis sur l'accotement et redescendit le talus. Tendant la main à Juliette, avec un sourire légèrement moqueur :

— Ouais... votre maquillage fait un peu vampire, madame. J'espère que j'ai des mouchoirs de papier. Je vais vous conduire à l'hôpital. J'ai tout mon temps. La soirée est jeune. Mon auto est à deux pas, de l'autre côté du chemin.

Juliette posa sur lui un regard instable :

— Où sommes-nous ?

— Environ à huit kilomètres de Saint-Hyacinthe. L'hôpital Honoré-Mercier est à dix minutes. Faudrait vous faire examiner. Secouée comme vous l'avez été, vous n'avez pas intérêt à aller faire du patin de fantaisie.

La voix de Denis leur parvint, larmoyante :

— Ma tante... J'ai froid, ma tante.

Repoussant la main de son compagnon, Juliette s'agrippa furieusement aux touffes d'herbe séchées et aux roches couvertes de glace pour accélérer sa montée et aperçut avec un soulagement indicible son petit-neveu debout au bord de la route ; il marchait, le pas incertain, claquant des dents, le visage couvert de larmes, mais il marchait, Dieu merci, il marchait.

— Je meurs de froid, ma tante, souffla-t-il en s'avançant vers Juliette.

L'inconnu se dirigea vers une *Pinto* rouge stationnée à une dizaine de mètres :

— Je vais mettre la chaufferette au maximum. Il va tout de suite se sentir mieux. C'est normal, les frissons, après un accident pareil. On a la chair de poule jusque dans les boyaux.

Juliette prit l'enfant par la main et traversa la route en boitillant. Il leva la tête vers elle :

— Tu as le visage plein de sang, ma tante.

Elle porta la main au front :

— C'est rien, bobichon, seulement une coupure. J'ai dû me frapper contre le pare-brise. Le principal, c'est que nous ayons tous nos morceaux.

L'homme les aida à monter.

— Vous êtes gentil, le remercia-t-elle. Comment vous appelez-vous?

— Alexis Robitaille. On m'appelle Robine.

Il s'installa au volant.

— Ah oui, fit-il en allongeant le bras vers la boîte à gants, j'oubliais les mouchoirs. Merde. Marielle a tout pris. J'ai hâte de voir votre vrai visage. Vous me donnez le frisson.

Et il démarra.

C'était un individu au début de la trentaine, les cheveux longs et tombants, un peu ébouriffés vers le bas. Il avait le front légèrement dégarni, une fine moustache, un collier avec barbiche, des lèvres bien dessinées au sourire un tantinet insolent, un nez droit, imposant mais bien proportionné, des yeux vifs, assez beaux, embusqués sous l'arcade sourcilière; il faisait penser à un mousquetaire qui se serait trompé de siècle. Son teint jaune et les petites poches sous les yeux montraient qu'il appartenait à cette catégorie de personnes qui mettent régulièrement leur foie à rude épreuve. L'impression générale qui se dégageait de sa personne était celle d'un homme sympathique, joyeux viveur, généreux et peu fiable.

— Avez-vous eu le temps d'apercevoir l'auto qui a foncé sur nous?

— Oui, madame, j'ai l'œil à ça. Mon père est garagiste. C'était une *Maverick* blanche ou jaune pâle, assez vieille, une dizaine d'années peut-être. On aurait vraiment dit qu'il voulait que vous vous cassiez le cou. D'ailleurs, un peu plus et ça y était! Auriez-vous des ennemis? lança-t-il à la blague.

Elle se mit soudain à pleurer, tandis qu'une évidence s'imposait à son esprit : le conducteur dément qui les avait forcés à quitter la route se nommait Livernoche.

— Oui.

— Ah!

Il lui jeta un regard bref et pénétrant et ne poursuivit pas.

Denis, qui grelottait de plus en plus, se pelotonna contre sa tante. Elle lui entoura les épaules, puis se mit à dodeliner de la tête, gagnée par un sommeil ouateux.

— Faut pas, faut pas, disait en elle une petite voix inquiète, à demi mangée par la torpeur. Choc à la tête. Tu ne te réveilleras pas.

— Eh, madame, lança Robine d'une voix assourdissante, vous êtes en train de figer, là. Faut pas! faut pas! Est-ce que vous pouvez vous étirer jusqu'en arrière ? Il y a une couverture de laine sur la banquette. Mettez-la donc sur votre petit gars. Il claque des dents à faire pitié.

Elle ne put retenir une plainte en ramenant la couverture vers elle, couvrit Denis du mieux qu'elle put et, vaincue par la fatigue, s'abandonna au sommeil. Il lui sembla qu'elle venait tout juste de s'endormir lorsqu'on la secoua violemment par les épaules. Elle ouvrit les yeux, aperçut une vague lueur, puis distingua des portes vitrées et, derrière l'une d'elles, un agent de sécurité, les bras croisés.

— Pfiou ! Vous commenciez à me faire peur, vous ! fit le mousquetaire, penché au-dessus d'elle. Ça fait deux minutes que je vous brasse ! J'allais appeler de l'aide. Gardez l'œil ouvert, madame, lui ordonna-t-il avec un froncement de sourcils.

Il mit pied à terre et contourna l'auto pour l'aider à descendre. Denis l'attendait dehors, enveloppé dans sa couverture, et regardait autour de lui en frissonnant.

— Oh oh oh ! gémit la comptable en allongeant une jambe, j'ai tout le corps brisé, sueur de coq ! Appelez quelqu'un, je n'y arriverai pas.

On accourait vers eux. Ils se retrouvèrent tous deux dans des chaises roulantes.

— Merci pour tout, lança Juliette au mousquetaire tandis qu'on la poussait vers l'urgence.

Elle trouva la force d'immobiliser une roue avec sa main droite et la chaise fit un léger demi-tour :

— Je ne vous reverrai peut-être jamais. Rappelez-moi votre nom, monsieur.

— Alexis Robitaille.

— Où demeurez-vous ?

— Ici, à Saint-Hyacinthe. Si la police veut me voir, je vais être au *Bar Clair de Lune* jusque vers une heure du matin et ensuite chez mon amie, au 45, rue Saint-Amant. Allez-vous retenir l'adresse ?

Il posa sa main sur l'épaule de l'infirmier, qui eut un léger mouvement de retrait :

— Retiens-la pour elle, veux-tu, mon vieux ? Elle a un peu trop de papillons dans la boîte à idées.

L'urgence étant quasi déserte, ils furent tout de suite reçus par un jeune interne vietnamien qui leur posa quelques brèves questions d'une voix saccadée, les ausculta minutieusement, tout en jetant d'abondantes notes sur une feuille, puis leur fit un petit signe de tête amical et les envoya passer des radiographies.

Juliette et Denis s'en tiraient avec quelques coupures et contusions et un léger choc nerveux. Par prudence, on décida de les garder en observation jusqu'au matin. Denis s'endormit aussitôt sur sa civière. Juliette le fixait en tremblant, incapable de fermer l'oeil.

— Ça ne va pas ? demanda une infirmière.

— Ce n'est rien, ma belle. Je suis en train de voir mon accident pour de vrai et ça me secoue un peu le système. Ne pourrais-tu pas me donner une pilule pour me calmer les nerfs ?

Une demi-heure passa. La comptable fixait le plafond en se rongeant les ongles, l'esprit traversé de scènes violentes. Soudain elle s'endormit. Un bruit de voix graves la réveilla. Elle ouvrit l'oeil et aperçut, penché au-dessus de sa tête, un visage bouffi surmonté d'une casquette de policier et des doigts boudinés qui tortillaient la pointe d'une moustache ; des yeux décontenancés la fixaient en cillant.

— C'est tout un bétail, avait-elle cru entendre chuchoter.

Un deuxième agent se tenait en retrait, mince, blond, la casquette légèrement rejetée en arrière, le front lisse comme une boule de billard, avec l'air à la fois ébahi et comblé de celui qui se lance tout feu tout flammes dans la vie.

— Ah bon, constata Juliette d'une voix dépourvue d'amabilité. Vous êtes là, enfin.

— Vous avez eu un accident d'automobile, madame ? demanda le policier moustachu d'un ton insouciant et joyeux.

— Oui. On a voulu me tuer. Moi et mon petit-neveu.

Ce dernier observait la scène, pâle, l'oeil brillant, les lèvres serrées.

— Non, non, restez couchée, restez couchée, madame, on est seulement venus pour une petite jasette.

— Je me lève, rétorqua l'obèse, et les deux policiers durent la soutenir pour empêcher la civière de basculer.

Les jambes flageolantes, regrettant déjà d'être debout, Juliette murmura le nom de son présumé agresseur et raconta l'histoire ahurissante qu'elle vivait.

— Vous l'avez reconnu ? demanda la casquette relevée.

— Comment aurais-je pu le reconnaître ? Il filait à cent quarante à l'heure.

— Et toi, fit l'autre en s'adressant à Denis, as-tu pu le reconnaître ?

L'enfant fit signe que non.

— Pouvez-vous au moins nous décrire l'auto ? poursuivit le jeune policier avec un sérieux extrême.

— Comme ci comme ça... tout s'est passé tellement vite.

— Oui, tout se passe tellement vite, répéta la moustache d'un ton narquois.

— Mais j'ai un témoin, mon cher monsieur, qui peut très bien le faire à ma place. C'est le jeune homme qui a eu l'obligeance de nous tirer de notre ferraille et de nous amener ici. Il vous dira que c'était une *Maverick* blanche ou jaune pâle – moi, je la vois plutôt blanche et...

— Vous, vous la voyez plutôt blanche, répéta le policier.

— ... d'un modèle ancien. Peut-être une dizaine d'années. Son auto, en fait. Je la connais bien.

— Où est-ce qu'on peut le rejoindre, votre témoin ? demandat-il en ajustant sa ceinture.

Et il sortit de la poche de son veston une tablette de chocolat qu'il se mit à croquer tandis que son jeune compagnon griffonnait dans un calepin.

Le petit matin se levait quand Juliette et son neveu arrivèrent en taxi devant l'*Auberge des Seigneurs*. Le sentiment délicieux d'être encore vivants leur faisait échanger des sourires béats, malgré la fatigue et les courbatures, et valut un pourboire étonnant au chauffeur qui venait de leur défiler le récit de tous ses accidents depuis 1954. Aussitôt dans la chambre, ils changèrent de vêtements et se lavèrent ; Juliette mit sa robe déchirée et souillée dans un sac de polythène qu'elle enfouit au fond de sa valise. Ils essayèrent ensuite de dormir, mais s'aperçurent bientôt que l'appétit leur venait plus vite que le sommeil. Alors ils se levèrent et se rendirent à la salle à manger – imprudence qui scandalisa Denis.

Un soulagement profond habitait la comptable. À la certitude que le coup de la veille était dû à Livernoche s'ajoutait maintenant celle que le libraire, effrayé par son geste dément, ne bougerait pas de sitôt, même après avoir appris l'échec de son agression. Cela permettrait à Juliette de manœuvrer en toute liberté pour un temps.

Sa bonne humeur se serait évaporée comme une goutte d'eau sur une poêle brûlante si elle avait su qu'au moment même où elle donnait sa commande à Claudine, Alcide Racette causait à voix basse dans une auto avec un petit homme au sourire mielleux, non loin de la maison qu'elle avait conquise au prix de tant d'efforts. La veille, l'avocat avait appris que Vlaminck et sa femme, leur déménagement à peine commencé, étaient partis en vacances, laissant la surveillance des lieux à Martinek et à Rachel, qui venaient de disparaître au coin de la rue. Quelques minutes auparavant, Racette et son compagnon, discrètement rencognés dans l'auto, avaient vu un menuisier descendre d'une camionnette avec son coffre à outils et pousser la barrière de fonte, les traits fripés, la mine maussade, peu enchanté, semblait-il, par le travail qui l'attendait.

— Bonne chance, fit Racette en se tournant vers son compagnon tout endimanché. Et fais le faraud tant que tu peux.

— C'est ce que j'aime le plus, ricana l'autre.

Il s'avança sur le boulevard René-Lévesque, poussa la barrière à son tour, et sonna à la porte. Un moment passa. Les hurlements d'une scie circulaire lui parvenaient de l'intérieur, interrompus de temps à autre par des coups de marteau. Le menuisier semblait travailler au premier étage. L'homme voulut entrer, mais on avait verrouillé la porte.

— Pourvu que mes deux oiseaux ne me retontissent pas dans les pattes, se dit-il en jetant un regard inquiet vers le boulevard.

Le silence se fit tout à coup dans la maison. Il sonna de nouveau et vit enfin apparaître le menuisier dans l'escalier. L'ouvrier descendait lentement, un peu courbé, les bras ballants, l'esprit ailleurs.

— Oui, monsieur? fit-il d'une voix sourde.

— Bonjour. Je suis Joseph Dubuc, l'homme d'affaires de madame Pomerleau. Comment va le travail? demanda-t-il en s'avançant.

L'autre recula:

— Bien. Je fais rien que de commencer.

— Je peux jeter un coup d'œil?

— Si vous voulez.

Il lui tourna le dos et se mit à gravir l'escalier.

Ils montèrent au premier et s'arrêtèrent au pied de la volée de marches qui menait au deuxième. Trois d'entre elles avaient été arrachées et gisaient près du mur, hérissées de clous tordus.

— L'usure, expliqua l'ouvrier d'un ton respectueux. Les nez de marches étaient trop amincis. Avec une personne normale, ça serait sans doute pas arrivé, en tout cas pas avant un bon bout de temps, mais on m'a dit que c'était une femme assez forte et que...

— En avez-vous pour longtemps? coupa le prétendu Joseph Dubuc en promenant un regard de maître autour de lui.

— Eh bien, je me suis dit que, tant qu'à faire, c'était peut-être bon de changer toutes celles qui étaient un peu maganées, vu qu'un accident pourrait aussi bien arriver à une place qu'à une autre. Faudrait en changer huit. Et un peu plus dans l'escalier du rez-de-chaussée.

— Eh bien, faites ce qu'il faut, mon ami.

Et d'un signe de la main il lui indiqua qu'il pouvait se remettre au travail. Après l'avoir observé un instant, Dubuc redescendit au rez-de-chaussée et se mit à fureter dans les pièces en sifflotant, manifestement enchanté par la tâche qui l'attendait. Il visita la cuisine, le salon, les trois chambres de l'arrière, occupées jusque-là par les Vlaminck, qui en louaient une parfois à un client de passage, puis l'ancienne salle à manger coupée en deux par une cloison. Les pièces, qu'on avait commencé à vider, avaient pris un aspect un peu misérable, avec leurs murs défraîchis et leurs planchers éraflés couverts de menus débris. Une chaise bancale gisait à la renverse dans un coin. Un sommier fatigué était appuyé contre une fenêtre. Un téléviseur couvert d'étiquettes à la louange du soleil de l'Espagne laissait pendre ses entrailles dans une garde-robe, d'où s'échappait une forte odeur de naphtaline. Les sifflotements de Joseph Dubuc, amplifiés par l'écho, avaient quelque chose de sinistre. Il revint dans la cuisine, ouvrit quelques portes d'armoires, puis celle d'un placard et laissa échapper un « Ah ! » de satisfaction.

Il se dirigea vers la sortie. Les hurlements de la scie circulaire emplissaient de nouveau la maison. Pour atteindre le vestibule, on avait le choix d'emprunter un corridor qui longeait l'escalier ou de passer par la salle à manger. Dubuc se dirigea vers cette dernière. Il quittait la pièce lorsqu'un détail attira son attention.

— Tiens tiens tiens, murmura-t-il en s'approchant, comme c'est curieux. Je dirais même que c'est joli. Joli à mort...

Il s'accroupit devant une plinthe et se mit à la caresser. La pièce de chêne, moulurée à l'ancienne, montrait un jeu de veinures étonnant, qui partait de deux nœuds lisses et foncés, situés à une vingtaine de centimètres l'un de l'autre. Les nœuds et les veinures formaient le dessin de deux oiseaux fantastiques, l'un en train de prendre son envol, l'autre essayant de le suivre en courant.

Dubuc contempla la plinthe un moment, puis sortit de la pièce et remonta l'escalier.

— J'aurais un petit service à vous demander, dit-il au menuisier, qui arrêta aussitôt son travail en le voyant apparaître. En fait, ce n'est pas pour moi, c'est pour madame Pomerleau. Un de ses neveux voudrait se faire fabriquer des copies de plinthes anciennes et il aurait besoin d'un échantillon. J'en ai repéré un bout dans une pièce au rez-de-chaussée; on devrait pouvoir la déclouer assez facilement. Pouvez-vous me faire ça tout de suite?

Le menuisier eut une moue contrariée, mais s'approcha de son coffre à outils et se mit à fouiller dedans :

— Difficile d'enlever ces plinthes-là sans les briser, grommela-t-il. C'est retenu par deux grands clous de finition à tous les dix pouces et le bois est tellement sec...

Dubuc lui tendit un billet de vingt dollars :

— Je suis sûr que vous allez me faire un travail impeccable.

— C'était pas nécessaire, balbutia l'homme.

Il glissa vitement l'argent dans sa poche et suivit Dubuc.

— On dirait deux espèces d'oiseaux, s'exclama-t-il en apercevant la plinthe.

— Tiens, c'est vrai, je n'avais pas remarqué... Vous avez une âme d'artiste, vous.

Vingt minutes plus tard, il quittait la maison avec sa plinthe sous le bras et se dirigeait vers l'auto de Racette.

— Taillé et encadré, juste au-dessus de mon foyer, ça va être superbe, pensa-t-il, tandis que le menuisier, songeur, l'observait par la fenêtre en s'épongeant le front avec un vieux mouchoir chiffonné qui sentait un peu le gros gin.

— Qu'est-ce que t'amènes là? fit l'avocat en fronçant les sourcils.

Il saisit la plinthe et poussa un sifflement d'admiration :

— Très beau. On dirait deux oiseaux. Où as-tu pris ça?

Son regard brillant de convoitise ne quittait pas la pièce de bois.

— Dans une pièce du rez-de-chaussée. Je l'ai fait enlever par le menuisier.

Racette fronça les sourcils :

— Ce n'est pas très brillant, ça, mon ami. La propriétaire va être furieuse. Elle va questionner l'ouvrier, tout le monde va se méfier, ça va compliquer ton travail. T'as souvent des idées comme ça? J'aurais le goût de t'envoyer promener.

Il déposa la plinthe près de lui :

— Je la garde. Après tout, c'est comme si la maison m'appartenait déjà, non ?

L'autre restait tout penaud. L'avocat démarra :

— Il faudra procéder vite, hein ? Pas de tataouinage. Ce soir, si possible.

▲

— Mon garçon, décida Juliette au milieu du déjeuner, on va d'abord se rendre au garage Simard se louer une autre auto et leur annoncer, au cas où la police ne l'aurait pas fait, que la première est en train de prendre racine en bas d'un talus. Et ensuite... on fera ce qui te plaira. Veux-tu toujours aller chercher tes livres à Longueuil ?

Denis la regarda, puis, fronçant les sourcils :

— Je veux *retourner* à Longueuil. Et je veux que tu reviennes avec moi. J'ai peur, ma tante. Il va nous tuer, cet homme-là.

— Ce n'est pas mon avis. Le vent vient de tourner, mon cher. Au moment où on se parle, il doit tellement trembler dans ses culottes que les coutures ont dû commencer à lâcher. Mais tu as parfaitement raison de vouloir retourner à Longueuil. C'est le bon sens même. Tes études passent avant tout. Encore deux ou trois jours d'absence et tu risques de gâcher tes examens, mon garçon. Et puis, je dois t'avouer que je ne me sentais pas tellement brillante la nuit passée, couchée dans ma civière, en pensant aux dangers que je t'avais fait courir. Cette histoire a dû me déranger la cervelle. Je vais téléphoner à Bohu pour qu'il te reprenne chez lui. Oui, décidément, tu as raison : ce n'est pas ici la place d'un enfant.

Denis posa les mains sur la table :

— Ce n'est pas la place d'un enfant et ce n'est pas ta place non plus, ma tante. Je te l'ai déjà dit : je ne te trouve pas très raisonnable depuis quelque temps. Tu es bien trop vieille et malade pour jouer à la police. Il faudrait au moins que tu sois un homme.

— Hein ? sursauta Juliette.

— De toute façon, poursuivit l'autre du même souffle, moi, si j'avais ton âge et que je cherchais quelqu'un qui ne veut pas me rencontrer, j'irais tout raconter à la police ou bien j'engagerais un bon détective et je resterais chez moi pendant qu'il cherche à ma place.

Il s'arrêta, un peu intimidé par l'expression suffoquée de sa tante qui le fixait. Soudain, elle pouffa de rire :

— Eh bien, sueur de coq! mon bobichon qui me fait la leçon, maintenant! Et quels propos! À faire tomber les oreilles! Mon principal défaut, comme ça, c'est de ne pas être un homme? Affreux! Affreux! Où es-tu allé chercher ça, macho?

— Je m'excuse, fit l'autre de mauvaise grâce. Ce n'est pas ce que je voulais dire. Au fond, tu es presque aussi bien qu'un homme, ma tante... sauf que tu es trop vieille maintenant pour ce genre de choses. Il fallait bien que quelqu'un te le dise.

— Mon Dieu, mon Dieu, murmura-t-elle tout bas avec un accent de tendresse mélancolique, je suis en train de perdre mon petit garçon. Bientôt, il n'y en aura plus. Cela devait arriver et voilà que c'est presque fait, déjà, déjà... Tu es en train de me faire vieillir pour de vrai, toi, snoreau... Allons, viens-t'en, il faut aller au garage.

Une heure plus tard, Juliette revenait à l'auberge au volant d'une *Chevette* bleu ciel flambant neuve qu'on ne lui avait louée qu'au terme d'une longue et laborieuse discussion, qui avait même nécessité l'intervention téléphonique de la police.

Elle n'était pas sitôt apparue dans le hall que la réceptionniste agita la main dans sa direction :

— Un message pour vous, madame Chaput, lança-t-elle d'une voix fluette.

Juliette prit le billet et ne put retenir une exclamation. Elle saisit la main de Denis et l'entraîna vers sa chambre.

— Oui, madame, annonça le concierge Robidoux, tout excité, elle m'a téléphoné hier soir à dix heures et quart, en plein milieu du téléjournal. J'ai essayé de vous joindre, mais vous n'étiez pas à votre chambre. C'est comme vous l'aviez prévu : elle veut ravoir son coffret.

Sa voix prit une intonation doucereuse et un peu servile :

— J'ai fait exactement ce que vous m'aviez dit. Ça n'a pas été très plaisant. Les gros mots sont sortis. Si elle avait pu, elle m'aurait crevé les yeux.

— Et alors? coupa Juliette en tortillant frénétiquement le cordon du combiné.

— Je lui ai dit, poursuivit le concierge, très soucieux d'étaler son zèle et les ressources de son imagination, que je n'avais pas le temps d'aller poster son colis, que mon auto était en réparation, que je devais finir de peinturer deux appartements d'ici vendredi, car j'avais des locataires qui emménageaient durant la fin de semaine – c'est de la frime, évidemment – et que s'il fallait que je fasse les commissions de tout un chacun, je n'aurais même pas le temps de changer de linge.

— Est-ce qu'elle s'en vient? coupa de nouveau Juliette d'une voix éteinte.

— Alors, elle m'a offert de l'argent, continua Robidoux. Je peux même vous dire qu'il s'agissait de vingt dollars et que c'est monté jusqu'à trente-cinq.

— Mon Dieu, mon Dieu, pensait la comptable en étirant le cordon sous le regard alarmé de Denis, elle doit être en route. Elle est peut-être sur le point de frapper à sa porte.

— Mais j'ai tenu bon. Pour être franc avec vous, je sens que j'aurais pu la faire monter encore pas mal, mais une parole, c'est une parole, et je n'en ai qu'une. Elle m'a lancé encore deux ou trois bordées de bêtises, puis m'a annoncé qu'elle viendrait chez moi à onze heures ce matin. Mais je vous conseille de vous amener tout de suite. On ne sait jamais...

— J'arrive, répondit Juliette. Qu'est-ce que je vais faire de cet enfant? se demanda-t-elle en raccrochant.

Denis se dirigea vers la porte :

— On y va? fit-il en se retournant.

Il la regardait d'un air qui faisait de sa question un ordre.

— Je... je... bien sûr qu'on y va. Où veux-tu que je te mette? Dans le coffre-fort du motel? Mais promets-moi de m'obéir, ajouta-t-elle en le prenant par les épaules. On ne sait pas ce qui nous attend et je ne veux pas avoir à regretter que...

— Je te le promets, répondit-il gravement.

Ils quittaient la chambre lorsque le téléphone sonna.

— Madame Pomerleau? fit Clément Fisette, tout joyeux. Bonne nouvelle! Je crois, oui, je crois que j'ai trouvé une solution à votre problème.

— Ah oui? Écoutez, Clément, est-ce que ça vous dérangerait de me rappeler ce soir? Vous me prenez la main sur le bouton de la porte et...

— Mais je n'en ai que pour deux...

— À ce soir, voulez-vous?

Elle faillit lui annoncer les derniers événements, mais changea d'idée et raccrocha.

Fisette se laissa tomber sur une chaise, dépité. Sa bonne idée ne lui paraissait plus aussi bonne.

— Ciboire qu'elle est bête, grommela-t-il. Fini le temps des belles façons.

Il arpenta la cuisine, les mains dans les poches, la mine basse :

— Et dire que je perds une amie à cause d'une mauvaise botte... Mords-toi les doigts, imbécile, mords-toi-les jusqu'au sang !

L'heure de partir pour son travail approchait.

— Bah ! fit-il, allons la voir quand même, tout est préparé. Sait-on jamais ? Ça me vaudra peut-être mon pardon.

Il prit une enveloppe, quitta l'appartement, descendit l'escalier d'un pas rapide et silencieux et alla frapper à la porte d'Elvina. Le plancher émit de légers craquements, puis une voix revêche et inquiète demanda :

— Qu'est-ce que vous voulez ?

— On m'a chargé de vous remettre un colis, mademoiselle Pomerleau, répondit le photographe en fixant le judas avec un sourire.

La chaîne de sécurité cliqueta, la porte s'entrebâilla, et quatre doigts se tendirent :

— Donnez.

Le photographe recula :

— C'est que... on m'a également chargé de vous fournir des explications au sujet du contenu. Et je préférerais le faire ailleurs qu'ici.

Un moment passa, puis la porte s'ouvrit toute grande et Elvina Pomerleau, soigneusement coiffée, apparut dans une élégante robe bleu poudre, portant des boucles d'oreilles et un collier d'argent. Elle paraissait rajeunie de dix ans.

— De quoi s'agit-il ? fit-elle en posant sur le photographe un regard farouche et haineux qui donnait à ses yeux gris la texture du béton.

— Je ne peux vraiment pas en parler ici, répondit l'autre en joignant les mains derrière le dos.

Et il s'absorba dans la contemplation du bout de ses souliers.

— Alors entrez, dit enfin Elvina.

Fisette pénétra dans l'appartement tandis qu'elle refermait la porte, son œil méfiant braqué sur lui. Noirette s'approcha précautionneusement sur ses longues pattes fines et lui renifla les genoux.

— Couché ! ordonna Elvina d'une voix coupante.

Elle vint se planter devant lui :

— Qu'est-ce que vous avez à me dire ?

Fisette ouvrit l'enveloppe et en sortit une demi-douzaine de photos en noir et blanc :

— On m'a demandé de vous montrer ceci. Non, non, non, ne touchez pas s'il vous plaît, ajouta-t-il en retirant brusquement sa main.

Et il exhiba une à une les photos.

— Je me doutais bien qu'il s'agissait d'une autre de vos cochonneries, siffla la vieille fille, écarlate.

Elle figurait sur chacune; toutes étaient remarquables. L'une d'elles la montrait en train de battre sa chienne avec un bâton; une autre en train d'écouter à une porte; dans une troisième, les mains sur les hanches, la bouche de travers, elle réprimandait Denis en larmes; ailleurs, elle se curait le nez avec une grimace comique; dans les deux dernières, Fisette l'avait surprise debout au milieu du salon, se grattant les coudes avec une expression saisissante de fureur concentrée.

Soudain, elle se jeta dessus et les déchira sauvagement, tandis que la chienne bondissait autour d'elle en aboyant.

Fisette la contemplait d'un air placide. Quand tout fut soigneusement déchiqueté, elle s'adossa au mur, haletante, l'œil égaré.

— Je suis content que vous vous soyez un peu soulagée, remarqua le photographe avec un sourire suave. Cela va nous permettre de discuter plus calmement.

— Allez-vous-en.

— Vous n'avez pas été sans remarquer, bien sûr, que je me suis bien gardé de vous présenter les négatifs et que ce sera un jeu d'enfant pour moi de tirer d'autres copies.

— Allez-vous-en ou j'appelle la police.

— Donnez-moi une ou deux minutes, s'il vous plaît, avant de l'appeler. Je suis sûr que vous êtes extrêmement curieuse de savoir ce que j'ai l'intention de faire avec ces photos.

— Crapule! vaurien! salaud! vous n'avez pas le droit d'espionner les gens comme ça! Vous violez ma vie privée! Je vais vous faire jeter en prison!

— Pour ça, il faudrait déterminer qui est l'auteur des photos. J'ai bien peur que cela soit difficile.

— Sksssss! lança-t-elle en se tournant vers la chienne. Saute sur lui! Saute sur lui, que je te dis!

Mais l'animal ne fit qu'aboyer plus fort en continuant de sautiller à bonne distance du photographe. Ce dernier avait blêmi et s'était reculé vers la porte.

— Vous savez ce que j'ai l'intention de faire? annonça-t-il d'une voix blanche. Si vous tentez quoi que ce soit pour empêcher la vente de la maison, ces photos qui vous déplaisent tellement vont se retrouver un peu partout dans le Vieux Longueuil et en particulier dans des commerces où vous allez régulièrement, comme l'épicerie *Métro*, la pharmacie *Bergeron* ou le dépanneur *Françoise*. Et ce n'est qu'un début. J'aurai peut-être d'autres idées. Et puis n'oubliez pas une chose : un bon photographe manipule toujours ses photos avec des gants de coton...

Elle se rua sur lui. Mais il avait déjà ouvert la porte et grimpait l'escalier quatre à quatre, poursuivi par la chienne, qui s'arrêta au premier palier et continua de japper furieusement.

— Allons, redescends, toi, grande flanc-mou! hurla Elvina au milieu du hall.

Elle claqua la porte, se dirigea vers la cuisine, suivie de la chienne encore toute frémissante, puis pivota sur elle-même et décocha un violent coup de pied dans le poitrail de l'animal, qui poussa un gémissement et s'enfuit. Elle s'écrasa alors sur une chaise et se tourna brusquement vers la fenêtre, dans la crainte soudaine de voir Fisette en train de l'épier avec son appareil-photo. Mais son bourreau n'était pas au poste. Allongeant le bras, elle tira le store, saisit un linge à vaisselle qui traînait sur le comptoir, s'épongea le visage, puis fondit en larmes, les mains pendantes, les jambes écartées, une mèche de cheveux gris déroulée jusqu'au milieu du front. Quelques minutes passèrent.

— Noirette, lança-t-elle tout à coup d'une voix éraillée. Viens, ma belle chienne, viens voir ta maîtresse.

Elle l'appela à plusieurs reprises. L'animal apparut enfin, avançant pas à pas, l'échine basse, son œil craintif posé sur la vieille fille.

— Mon Dieu! comme je suis malheureuse! s'écria cette dernière, et son visage se mit de nouveau à ruisseler de larmes.

La chienne se laissa caresser un moment, toute raidie d'appréhension, puis, posant son museau sur le genou d'Elvina, poussa un long soupir.

Juliette cala son moteur deux fois en voulant démarrer, brûla un feu rouge, puis enfonça le coude dans le flanc de son petit-neveu en manipulant le levier de vitesse. Finalement, elle se ressaisit et décida que cette journée, qui s'annonçait capitale, serait remplie de calme, de bonne humeur et de fermeté. Tandis que Denis, stoïque, se massait les côtes en silence, elle essayait de se figurer le chemin le plus court jusqu'à la rue Fontaine, où elle voyait déjà sa nièce chez le concierge Robidoux en train de réclamer son coffret; devant l'embarras de ce dernier, elle flairait un guet-apens et décampait.

L'auto roulait depuis quelques minutes sur le boulevard Wilfrid-Laurier. Parvenue au croisement du rang Saint-François, la comptable fut sur le point d'obliquer à droite pour franchir tout de suite la rivière et continuer sur l'autre rive, évitant ainsi le centre-ville, mais elle craignit de s'égarer et continua sur le boulevard, qui l'amenait dans un quartier plus familier. Quelques minutes plus tard, elle traversait le pont Barsalou et s'arrêtait sur la rue Bourdages pour demander son chemin à une vieille femme aux joues couvertes de poils blancs.

— Mais c'est juste ici, ma pauvre madame, répondit celle-ci d'un air courroucé en étendant le bras.

Juliette tourna le coin et s'arrêta bientôt devant la conciergerie. Malgré son angoisse, elle adressa un grand sourire à son petit-neveu, qui s'était précipité dehors et lui tendait la main pour l'aider à sortir, puis s'efforça de marcher posément jusqu'à l'immeuble.

— Je veux te prévenir d'une chose, bobichon : tu devras peut-être aller m'attendre dans l'auto durant la conversation que j'aurai avec ta mère.

— Je ferai ce que tu voudras, ma tante, répondit l'enfant à voix basse, les traits tirés par l'appréhension.

Ils pénétrèrent dans le vestibule et montèrent les cinq marches de terrazzo qui menaient au rez-de-chaussée. Juliette s'arrêta pour reprendre haleine, puis fit signe à Denis d'aller sonner à l'appartement numéro un. L'immeuble était plongé dans un profond silence. La porte du concierge s'ouvrit aussitôt et il apparut, fébrile, l'œil brillant, avec son visage rose et fané, qui déplaisait tant à Juliette, et son halo de cheveux blonds :

— Entrez, entrez vite... Non, elle n'est pas encore arrivée... Je l'attends d'une minute à l'autre, ajouta-t-il avec un petit ricanement. Venez vous asseoir dans la cuisine. Je viens justement de faire du café.

Il pointa un grand sac de polythène que Juliette tenait à la main :

— Je suppose que c'est... le coffret ? Bon. Très bien. Alors, il ne reste plus qu'à l'attendre.

Ils entrèrent dans une minuscule cuisine beige encombrée par une table à dessus de formica et quatre chaises recouvertes de vinyle imitation crocodile. Un téléphone rouge corail luisait au milieu de la table. Un percolateur poussait de bruyantes éructations sur le buffet. Le concierge sortit des tasses, versa le café :

— J'ai de l'*Orangina* pour toi, mon gars, si t'en veux.

Denis fit signe que non et s'appuya contre un mur, les mains derrière le dos, le regard vague et fermé. Juliette tira une chaise et réussit à prendre place sans trop de peine dans l'espace compris entre la table et le buffet. Robidoux déposa le lait, le sucre et les cuillères, s'assit à son tour, fit un sourire aimable à Denis, qui détourna les yeux, puis, s'adressant à Juliette :

— Elle devrait être à la veille d'arriver dans une heure au plus tard, dit-il en réalisant aussitôt que sa phrase ne présentait aucun intérêt ni même beaucoup de sens ; mais la conception qu'il se faisait de l'hospitalité impliquait une lutte de tous les instants contre le silence et, à ce point de vue, cette phrase-là en valait une autre.

— Ne reste pas planté là comme un poteau, viens t'asseoir avec nous, lança Juliette à son petit-neveu.

Mais l'expression de l'enfant lui fit regretter aussitôt la rudesse de son ton.

— Allons, viens, mon bobichon, reprit-elle d'une voix adoucie, viens t'asseoir près de moi. Tu vas voir, tout va bien se passer. Voilà, c'est ça, près de moi.

Le concierge regarda l'enfant, puis sa tante, et devina tout à coup une partie de l'histoire. Il poussa un soupir accablé et hocha gravement la tête.

Le percolateur émit une dernière éructation et s'assoupit.

— Depuis une semaine, j'ai un genou qui m'élance chaque matin, confia Robidoux. Je me demande si c'est pas un début d'arthrite.

— M'avez-vous dit qu'elle avait téléphoné hier soir vers dix heures ? demanda la comptable sans paraître avoir entendu sa confidence.

— À dix heures et quart. J'étais en train d'écouter le téléjournal.

Il prit une gorgée de café, roula le liquide dans sa bouche, puis, introduisant délicatement le bout de sa cuillère dans le sucrier, il en retira la valeur d'une pincée et la fit neiger au-dessus de sa tasse.

— Elle avait l'air pas mal nerveuse, ajouta-t-il en brassant doucement le café. J'ai eu toutes les misères du monde à la convaincre de venir ici.

Il prit une autre gorgée, fit une moue de satisfaction, puis, penchant la tête en avant, le regard à ras de sourcils :

— C'est sa mère ? demanda-t-il à voix basse.

Juliette fit un geste évasif, serra les lèvres et détourna les yeux. Robidoux se leva brusquement :

— Ah ! mais j'y pense, mon garçon ! J'ai *La Presse* de samedi. Veux-tu regarder les bandes dessinées ?

Il quitta la cuisine d'un pas rapide et on entendit un froissement de papier dans la pièce voisine. Juliette posa sa main sur celle de l'enfant et lui fit une caresse ; Denis lui répondit par un sourire malheureux. Il allait lui glisser une question à l'oreille lorsque le téléphone sonna.

— Laissez-moi, laissez-moi répondre, s'écria Robidoux en faisant irruption dans la pièce. Allô ? Lui-même, ft-il d'une voix onctueuse.

Et, posant la main sur le récepteur, il souffla :

— C'est elle !

Juliette, de saisissement, ouvrit la bouche et voulut se lever, mais retomba assise sur sa chaise, les jambes en flanelle. Denis, tout pâle, lui prit la main.

— Oui, bien sûr, madame, je comprends tout à fait, poursuivit le concierge, de plus en plus doucereux.

— Imbécile, pesta intérieurement l'obèse, tu vas la mettre sur ses gardes avec ta voix de faux-prêtre.

— Ah! moi aussi, j'ai des journées de fou, comme je vous le disais hier soir. Il faudrait pouvoir mettre un mois dans une semaine, mais personne n'a encore trouvé le secret... Oui, je vais faire tout en mon possible. Un instant, voulez-vous? j'attrape un crayon.

Il revint, griffonna quelque chose, puis :

— Oui, oui, c'est entendu. Si je n'arrive pas à trouver personne, je téléphonerai. Je suis désolé de ne pouvoir aller vous le porter moi-même, mais... De rien, de rien, ça me fait plaisir, madame. Bonjour.

Il raccrocha :

— Elle ne viendra pas. Elle est en discussion quelque part en ville avec un agent d'assurances au sujet de je ne sais trop quel accident. C'est probablement de la frime. Il faut que je lui fasse porter son coffret avant midi à la *Cantine Windsor*, rue Sainte-Anne. Elle a laissé de l'argent là-bas pour le messager.

Juliette se leva :

— Ah! je savais bien qu'elle se doutait de quelque chose! Doux bon Dieu de miséricorde! voulez-vous bien me dire quand je vais pouvoir enfin lui parler entre quatre-z-yeux, à cette démone de cachottière qui me fait suer sang et eau depuis un mois et demi?

Denis lui saisit de nouveau la main et, d'une voix à peine audible :

— Je vais y aller, moi, ma tante. Donne-moi le coffret.

Elle le regarda un moment, puis :

— Il n'en est pas question.

— Je veux y aller, ma tante, insista l'enfant, les lèvres légèrement crispées. Il faut que j'y aille.

— Mais tu ne la verras pas, pauvre toi. Elle va sûrement attendre que tu sois parti avant de s'amener pour...

L'hésitation la gagnait. Elle se gratta le cou, songeuse. Le concierge s'approcha :

— Est-ce qu'elle le connaît? demanda-t-il d'un air grave et mystérieux.

Juliette fit signe que non.

— Alors pourquoi ne pas l'envoyer?

Il lui toucha l'épaule en souriant d'un air finaud (un frisson de dégoût la traversa) :

— Je commence à comprendre des petits bouts de votre histoire, madame... Je ne veux pas me fourrer le nez dans vos affaires, mais, d'un autre côté, je ne vais quand même pas me couper la tête pour m'empêcher de penser, hein ? Et puis, quand il nous vient une bonne idée, pourquoi ne pas en faire profiter les autres ? Écoutez... Il vous suffirait de vous rendre avec lui en auto à deux ou trois coins de rue de la cantine et de l'envoyer à pied porter le coffret; ensuite, vous allez vous stationner tout près et quand votre nièce arrive...

— Bon. Vous avez peut-être raison. Où est-ce qu'elle est, cette cantine ?

Il lui expliqua le chemin, mais voyant que l'énervement l'empêchait de saisir clairement ses indications, il lui dessina le trajet sur une feuille.

— Merci, merci infiniment, fit Juliette.

Elle contourna la table et prit son sac à main posé sur une chaise. Les yeux de l'homme cillèrent tandis qu'elle fouillait dans son portefeuille.

— Tenez, fit-elle en lui tendant un billet de cent dollars, est-ce que cela vous convient ? J'espère ne pas vous avoir trop achalé avec cette histoire.

L'homme se confondit en remerciements. Elle saisit l'épaule de son petit-neveu :

— Eh bien, mon garçon, puisque t'as le goût de jouer à l'espion, lançons-nous dans l'espionnage ! Ah ! je suis contente de le quitter, celui-là, dit-elle en avançant à pas saccadés vers l'auto. Juste à sentir son œil sur moi, j'avais l'impression que mon corps se couvrait de boutons.

Elle démarra et se dirigea vers le centre-ville, regardant de temps à autre le plan dressé par le concierge. Ils franchirent le pont Barsalou, prirent la rue Bourdages et tournèrent à droite sur Girouard. Quelques minutes plus tard, ils longeaient la place Léon-Ringuet, au fond de laquelle s'élevait le Palais de justice devant un grand parc bordé de vieilles maisons de notables. Juliette s'arrêta à l'arrière du Palais au coin des rues Sicotte et Sainte-Anne. La ville à cette hauteur était coupée en deux par la voie ferrée du *Canadian National* qui franchissait un viaduc à quelques dizaines de mètres. La rue Sainte-Anne débutait sous le viaduc au bas d'une pente et montait vers le nord. Juliette donna ses instructions à Denis. Il se rendrait à pied jusqu'à la cantine. Elle attendrait qu'il prenne un peu d'avance, puis partirait à sa suite pour aller stationner à un endroit qui lui permettrait d'avoir une vue discrète sur l'établissement. Si par hasard Denis trouvait Adèle sur place, il devait faire l'impossible pour la retenir (demander un pourboire, un reçu pour le colis, l'obliger à lui donner des preuves de son identité, etc.) afin que Juliette ait le temps de les rejoindre. Si elle n'y était pas, il devait remettre le coffret à la patronne et rejoindre aussitôt sa tante par un chemin détourné. À partir de là, on improviserait.

— Allez, fais ce que je te dis et sois prudent, murmura la comptable en lui caressant la joue (il détourna la tête avec une grimace). Et si jamais tu remarques quelque chose de bizarre ou de louche, reviens me trouver en courant. C'est promis ?

— Promis, répondit l'enfant.

Il sortit de l'auto et s'éloigna à grands pas sur le trottoir recouvert de plaques de glace.

Elle le regarda aller un moment, le souffle court, bourrelée de remords d'envoyer ainsi un enfant dans l'inconnu. Mais le désir de revoir sa nièce avait tout balayé.

Un moment s'écoula. Denis s'engagea sous le viaduc et disparut dans la descente. Elle compta jusqu'à cent, mit le contact et l'auto s'ébranla doucement. Bientôt l'enfant réapparut au loin. Il avait l'air si petit et vulnérable que ses yeux se mouillèrent. Elle ralentit un peu, alluma la radio puis l'éteignit, incapable de supporter une note de musique. Au bout d'un moment, elle aperçut l'enseigne de la cantine. Il s'agissait d'une modeste construction sans étage avec un toit plat en saillie et deux larges fenêtres surmontées d'auvents de toile bleus, qui s'élevait un peu en retrait de la rue derrière une bande asphaltée où on avait installé des tables à pique-nique, utilisées par les clients durant la belle saison. Elle obliqua à gauche et se glissa tant bien que mal entre un camion de livraison et une vieille *Chevrolet* rouge vin qui semblait avoir traversé une tempête d'acide nitrique. Denis venait d'entrer dans l'établissement. Il en ressortit presque aussitôt, sans colis, hésita une seconde devant la porte, puis, tournant les talons, disparut au coin de la rue.

— Évidemment, elle n'est pas là, grommela Juliette, il fallait s'y attendre. Pourvu que ce petit concierge tortueux ne lui ait pas tout raconté, de façon à recevoir de l'argent des deux côtés. Bah ! elle est sans doute de connivence avec les gens de la cantine et je perds mon temps à jouer au détective.

Elle croisa les mains sur son ventre et se mit à siffloter, le regard rivé sur la porte du restaurant. Cinq minutes passèrent.

Le retard de Denis commençait à l'inquiéter. Elle jetait des coups d'œil de plus en plus fréquents dans le rétroviseur. Midi approchait. Trois jeunes filles apparurent face à la cantine au coin de la rue Wilfred-Nelson (en écarquillant les yeux et après beaucoup d'efforts, elle avait réussi à déchiffrer le nom); elles traversèrent la rue Sainte-Anne en causant avec animation et pénétrèrent dans l'établissement. Puis un quinquagénaire en salopette bleue, une boîte de carton à la main, entra à son tour. Il fut suivi de deux autres clients, plus jeunes, apparemment des employés de bureau.

— Sueur de coq! s'écria tout à coup Juliette en agitant les pieds. Veux-tu bien me dire ce qu'il fait, ce traîne-la-patte? Pourvu qu'il ne soit rien arrivé, Seigneur! Jamais je ne me le pardonnerais!

L'homme à la salopette sortit de la cantine, tenant toujours sa boîte, et Juliette se demanda s'il ne s'agissait pas d'un stratagème, la boîte dissimulant le coffret et l'homme servant de commissionnaire à sa nièce cachée quelque part.

Presque aussitôt, elle aperçut Denis dans le rétroviseur. Abaissant la glace, elle lui fit un signe de la main. L'enfant s'élança vers elle, puis s'arrêta pile et se remit à marcher, s'efforçant de prendre un air nonchalant et dégagé.

— Et alors? comment ça s'est passé? demanda Juliette quand il ouvrit la portière.

— Bien.

— Et encore?

— La madame a pris mon paquet et m'a dit qu'elle le remettrait à la personne.

— Est-ce qu'elle avait l'air surprise... ou bizarre? Elle a bien dit: «la personne»?

— Oui. Elle n'avait pas l'air surprise. Elle avait l'air ordinaire.

Il s'arrêta, plissa légèrement les yeux et, plongeant son regard dans celui de Juliette:

— Ma tante, j'ai beaucoup réfléchi et je pense que tu as vraiment besoin d'un très bon détective. Tu vas mourir de fatigue avant de pouvoir l'attraper, ma mère.

Juliette ne put s'empêcher de sourire et lui caressa la joue:

— Pauvre bobichon... tu ne peux savoir combien je regrette de t'avoir mêlé à cette histoire... Il fallait vraiment que je n'aie plus ma tête pour...

— Mais non, ma tante. C'est bien normal de s'occuper de sa mère, même quand on n'est qu'un enfant.

— Allons, fit-elle en lui ébouriffant les cheveux, le voilà qui essaie de me donner bonne conscience maintenant, ce petit bobichon d'amour. Tu as bon cœur, toi. Trop peut-être... méfie-toi, ça te jouera des tours.

Et elle fixa de nouveau la cantine, qu'elle n'avait quittée du regard que par courts intervalles.

Le silence s'établit dans l'auto. Immobile, les mains sur les cuisses, le menton légèrement relevé, Denis observait lui aussi le restaurant. À deux ou trois reprises, Juliette essaya d'engager la conversation, mais il n'avait manifestement pas envie de parler. Une dizaine de minutes passèrent ainsi. L'affluence du midi battait son plein. Les clients entraient et sortaient, joyeux, le verbe haut, impatients de se mettre quelque chose sous la dent ou repus et légèrement mélancoliques devant l'après-midi de travail qui les attendait. L'image de l'homme en salopette avec sa boîte de carton hantait la comptable.

— Je me suis peut-être fait passer un sapin, dit-elle à voix haute.

Denis la dévisagea, étonné. Elle allait lui expliquer ses craintes lorsqu'une exclamation lui échappa. Un enfant d'une douzaine d'années venait de sortir du restaurant, balançant au bout du doigt le sac de polythène vert pâle qui contenait le fameux coffret. Il fit quelques pas sur la rue Sainte-Anne vers le nord, puis disparut au coin de la rue Nelson.

Juliette mit le moteur en marche et se faufila dans la circulation. Ses mains moites glissaient sur le volant.

— Je vais peut-être avoir encore besoin de toi, Denis, annonça-t-elle d'une voix légèrement haletante. Si elle est en auto, je pourrai la suivre. Mais si elle est à pied, il faudra que tu me remplaces.

Elle tourna sur Nelson, puis ralentit afin de laisser le garçon prendre un peu d'avance. Une peur sourde venait de l'envahir à l'approche de ce moment si attendu, qui lui paraissait maintenant redoutable. Des bouffées de chaleur lui montaient au visage et elle avait l'impression que ses yeux séchaient comme des rôties dans un grille-pain. Ses jambes s'étaient comme alourdies et les positions respectives du frein, de l'accélérateur et de la pédale d'embrayage devenaient de plus en plus floues dans son esprit.

— Doux Seigneur Jésus, soupira-t-elle, il a raison : je suis devenue trop vieille pour ce genre de folies...

Denis lui tapota le genou :

— Calme-toi, ma tante, tout va bien aller, j'en suis sûr. Et puis, on est deux...

Ils franchirent ainsi une centaine de mètres. Le commissionnaire d'Adèle Joannette marchait d'un bon pas, mais sans manifester de hâte particulière, comme s'il avait le temps dans ses poches. À en juger par les balancements qu'il imprimait au sac, son humeur semblait particulièrement enjouée; on lui avait sans doute promis un joli pourboire.

Il traversa la rue Moreau, filant toujours sur Nelson, prit à droite par le boulevard Laframboise (ce qui le ramenait sur ses pas) et disparut derrière une grosse maison jaune pâle. Juliette s'arrêta au coin, attendit une minute, puis s'engagea à son tour sur le boulevard. Il trottinait maintenant, sans doute excité par la remise imminente de sa récompense. Juliette le suivit ainsi un moment, puis :

— C'est insensé, s'exclama-t-elle tout à coup. Il va finir par nous remarquer. Je me sens comme un corbillard derrière une mouche.

Elle quitta le boulevard et alla stationner sur la rue Papineau devant un vieux manège militaire.

— Tu le laisses aller? s'étonna Denis.

Elle éteignit le moteur et, perplexe, tiraillant la peau de son double menton, se tourna vers son petit-neveu. Elle se sentait à deux doigts du but et de plus en plus incertaine sur les moyens à prendre pour l'atteindre :

— Écoute, bobichon. Si je ne me trompe, le boulevard Laframboise bute contre la voie ferrée sous laquelle on est passés tout à l'heure. Tu vas suivre notre bonhomme en faisant semblant de te promener ou de chercher quelque chose et je te suivrai moi-même en auto par cette rue là-bas, parallèle au boulevard. À chaque coin de rue, tu n'auras qu'à tourner la tête pour m'apercevoir. Dès que tu verras Adèle, fais-moi signe. Ça va?

— Ça va, répondit l'enfant avec une petite grimace d'appréhension.

Juliette le regarda s'éloigner, les mains dans les poches, la démarche tellement gauche et empruntée qu'elle sourit. Puis elle démarra, tourna sur la rue Bernier qui longeait le boulevard Laframboise à l'est, et alla se poster au coin de rue suivant.

Denis suivait son commissionnaire, qui avait un peu ralenti et tenait maintenant le colis serré contre sa poitrine. Il nota que le garçon avait les cheveux roux et portait un jean aux bords tout effilochés. Obéissant à la recommandation de sa tante, il s'accroupit soudain le long de la chaussée et feignit d'examiner une canette de boisson gazeuse aplatie par un pneu, comme s'il s'agissait d'une trouvaille archéologique. Puis ce fut un mégot, un fragment de brique, un bout de broche tordu ; il parvint ainsi au coin de la rue Morrison et aperçut avec soulagement la *Chevette* de sa tante dans la rue Bernier. En avant, le garçon s'était mis à chanter à tue-tête ; il se retourna soudain, fixa Denis (ce dernier se précipita vers un paquet de cigarettes vide tombé près d'une crotte de chien) et poursuivit sa marche. Denis tripota le paquet un moment malgré l'odeur nauséabonde, puis, relevant la tête, risqua un coup d'œil vers le rouquin. L'enfant continuait de chanter, sans se douter de rien. Denis reprit sa marche, le regard rivé au sol :

— C'est très difficile d'être un bon détective, songeait-il, préoccupé. Si j'étais un Indien, j'aurais peut-être moins de misère.

Juliette avait deviné juste : deux cents mètres plus loin, le boulevard Laframboise se terminait en cul-de-sac sur une petite place dominée par la tête dépouillée d'un immense bouleau et bornée au fond par le remblai du chemin de fer, que semblait traverser un tunnel piétonnier. À droite et à gauche s'élevaient de vieux bâtiments de brique un peu décrépits, apparemment désaffectés. L'un d'eux, assez imposant, était flanqué à un de ses angles d'une tour carrée à toit mansardé devant laquelle se promenait, cigarette aux lèvres, une femme vêtue d'un manteau vert et d'un pantalon beige. Le rouquin lui fit un léger signe de la main et se dirigea vers elle. Denis, le cœur battant à tout rompre, se rendit doucement jusqu'à la rue Delorme, puis, une fois à l'abri des regards, s'élança vers l'auto de sa tante qui l'attendait cent mètres plus loin :

— Elle est là, annonça-t-il en ouvrant la portière, et il sauta dans l'auto.

Juliette démarra :

— Seigneur, est-ce que c'est Dieu possible ? Je vais enfin pouvoir lui... Elle est en auto ?

— Je ne pense pas.

La *Chevette* tourna sur le boulevard Laframboise et fonça vers la place. La comptable poussa une exclamation de dépit : l'endroit était désert. Mais elle aperçut le commissionnaire qui revenait en sifflotant, les mains vides. Elle freina, baissa sa glace :

— Hey! tit-gars! où est-ce qu'elle est passée?

L'enfant s'arrêta pile et la regarda, interloqué.

— Je veux parler de la dame à qui tu viens de remettre un paquet, reprit le comptable en souriant. Pourrais-tu me dire où elle est passée, mon garçon?

Il hésita une seconde, tendit le bras :

— Par là-bas.

Il reprit sa marche, puis partit au galop et disparut derrière une clôture. Juliette donna un coup d'accélérateur et s'arrêta au milieu de la place, où flottait comme une paix campagnarde.

Denis s'élança de l'auto vers le tunnel piétonnier, suivi de sa tante. La jeune femme venait de le traverser et s'éloignait rapidement, son colis à la main.

— Sueur de coq! c'est elle, murmura Juliette.

Elle saisit son petit-neveu par les épaules :

— Écoute, je n'arriverai jamais à la rejoindre à pied. Suis-la le plus discrètement possible tandis que je vais essayer de l'intercepter en auto; pour cela il faut que je revienne sur mon chemin et que je repasse sous le viaduc. Si jamais elle file, attends-moi... attends-moi près du...

— ... près du Palais de justice, termina l'enfant.

Il partit en courant.

— Doucement, doucement, lança l'obèse, horrifiée. Ah! quelle histoire de fou, soupira-t-elle en se hâtant vers son auto.

Elle remonta le boulevard jusqu'à la rue Morrison, tourna à gauche et se rendit jusqu'à la rue Sainte-Anne qu'elle descendit vers le sud, franchit le viaduc et emprunta la rue Sicotte qui longeait le remblai et menait l'extrémité opposée au tunnel piétonnier. À demi folle d'impatience et d'angoisse, elle parvint au bout de la rue, obliqua à droite dans la rue Sainte-Marie, puis dans Girouard, et arriva enfin devant le grand parc qu'elle avait longé une heure plus tôt. Adèle et Denis n'étaient visibles nulle part. Elle se mit à enfiler les rues à l'aventure, des sanglots dans la gorge, changeant de vitesse à contretemps, débrayant au hasard, oubliant ses clignotants. Le moteur s'emballait et rugissait, la boîte de vitesses grinçait en se broyant les entrailles; des passants la pointèrent du doigt. Un feu rouge la força de s'arrêter. À sa droite se dressait un bouquet d'arbres au milieu d'une pelouse. Un immense piaillement s'élevait parmi les branches. Elle pencha un peu la tête et aperçut une masse frétillante de petits oiseaux noirs possédés d'une sorte d'hystérie. Il y avait quelque chose de monstrueux dans cette agitation innombrable. Elle crut y lire un mauvais présage. Un frisson lui courut dans le dos.

— Mais où sont-ils donc passés ? lança-t-elle d'une voix désespérée en redémarrant.

Elle se retrouva tout à coup dans la rue Calixa-Lavallée et aperçut Denis qui traînait les pieds, l'air dépité. Il vit l'auto et courut vers elle. Juliette ouvrit la portière, posa un pied sur le sol :

— Enfin, te voilà, toi ! Et alors ? où est-ce qu'elle est ?

— Je l'ai perdue, avoua l'enfant. Elle vient de prendre un autobus.

— Lequel ?

Il tendit l'index :

— Je l'ai vue entrer dans le terminus là-bas. J'ai attendu un moment au coin de la rue et quand je suis entré à mon tour, elle montait dans un autobus qui est parti presque aussitôt.

La comptable s'extirpa de la *Chevette* avec de petits gémissements et dut s'appuyer sur la portière pour retrouver l'équilibre ; elle était exténuée.

— Parti pour quel endroit ? demanda-t-elle dans un soupir.

— Je ne sais pas. J'ai oublié de regarder.

— Attends-moi ici.

Elle se dirigea vers un édifice recouvert de crépi blanc, dont le rez-de-chaussée s'ornait d'une grande vitrine ; au milieu de celle-ci une enseigne annonçait gravement en lettres noires et rouges :

Restaurant Terminal

Elle poussa la porte, ressortit au bout de quelques secondes et se dépêcha vers l'auto avec un dandinement qui fit pouffer de rire une passante.

— Montréal, lança Juliette, haletante, en se laissant tomber sur son siège, elle vient de prendre l'express pour Montréal. Il faut absolument arriver avant elle au terminus *Voyageur*, rue Berri. C'est notre seule chance de l'attraper.

Elle claqua la portière, tourna la clef d'allumage, donna un coup d'accélérateur et l'auto démarra dans un vrombissement qui réveilla un bébé, cinq maisons plus loin. L'enfant se mit à pleurer, rattrapa sa tétine du bout des lèvres et fixa le plafond d'un air étonné.

— Nous vois-tu en train de passer Montréal au peigne fin ? fit l'obèse en tournant brusquement un coin de rue. Ça nous mènerait à cent ans après la fin du monde.

Elle avait retrouvé son sang-froid. Cela s'exprima par un chapelet de manœuvres casse-cou dont la virtuosité démente ébahit ou indigna soixante-quinze Maskoutains. Cinq d'entre eux alertèrent la police, mais lorsque cette dernière décida de s'ébranler pour une opération punitive, la contrevenante avait quitté depuis longtemps le territoire soumis à leur aimable surveillance.

Denis feignait de dormir, car il n'avait pas envie de parler. Il avait entrevu quelques secondes le visage tendu et fatigué de cette femme qu'on disait sa mère ; il essaya de la faire réapparaître dans son esprit avec son manteau vert lime, son pantalon beige, ses cheveux bruns, coupés à l'épaule et légèrement ébouriffés, et surtout ce regard distrait et un peu effaré qu'elle avait posé sur lui au moment de monter dans l'autobus, car il sentait que c'était dans ce regard que se trouvaient les réponses à toute une série de questions concernant sa vie. Dans quel camp se rangerait-il au moment où on l'aurait cernée ? À deux ou trois reprises, il réussit à faire apparaître le regard dans sa tête et, chaque fois, il ressentit une impression mélangée d'attirance et d'écœurement, sans pouvoir obtenir de réponse plus précise. D'ailleurs l'exercice le fatiguait. Il orienta ses pensées vers des choses agréables (une caresse que Rachel lui avait faite sur la nuque en passant près de lui l'autre jour ; le samedi mémorable où Alexandre Portelance l'avait amené voir *Ma vie de chien* au cinéma *Berri* ; une plaisanterie loufoque de Vinh sur la façon dont les femmes ont des enfants), puis il finit par s'endormir.

Une pression sur son genou gauche le réveilla. Juliette tourna vers lui un visage blafard où la peau, ordinairement rose et pulpeuse comme l'intérieur d'une fraise, avait rétréci et durci, prenant une curieuse apparence de plastique :

— On arrive, mon bobichon, et je vais avoir encore besoin de toi, pauvre enfant.

Denis se frotta les yeux, bâilla, s'étira, puis, après avoir examiné Juliette :

— Te sens-tu bien, ma tante ?

— Ça va, ça va, murmura-t-elle d'une voix lézardée de fatigue. J'ai seulement hâte que cette histoire finisse. Tout à l'heure, quand j'ai dépassé l'autobus qu'a pris ta mère, j'ai pensé défaillir. Je sentais son regard planté dans mon dos comme un pieu. J'ai manqué de faire une fausse manœuvre.

Elle jeta un coup d'œil dans le rétroviseur, donna un léger coup de volant pour laisser passer un camion-remorque qui les noya dans son rugissement, puis :

— Pour être franche, je n'attends rien de bon de notre rencontre... surtout si je la trouve avec son affreux libraire. J'ai envie de demander à Bohu ou à monsieur Portelance de m'accompagner... si jamais on découvre où elle niche !

— Moi, ma tante, je pense qu'il faudrait qu'on soit plusieurs. Il va peut-être vouloir te battre... ou même te tuer. Tu devrais demander à Clément et à Rachel de venir aussi.

Ils roulaient maintenant le long du fleuve dont ils n'étaient séparés à leur droite que par un étroit remblai où vivotaient des arbustes et des buissons. Au loin, sur l'autre rive, se dressaient de vastes constructions grisâtres d'usines et d'entrepôts ; l'une d'elles, avec son fourmillement compliqué de tuyaux et de cheminées, ressemblait à un cargo échoué le long du fleuve, qui n'aurait pu recevoir sa coque géante. Puis la forme ronde et aplatie du stade olympique apparut avec son mât incliné. Entre eux s'étalait l'immense nappe d'eau ; sous le soleil de midi, qui avait commencé à pomper le brouillard chimique flottant sur l'est de Montréal, elle lançait de bizarres lueurs mauves qui lui donnaient une apparence vaguement sournoise. Une pancarte annonça Longueuil, puis une seconde, le pont Jacques-Cartier. Juliette prenait à tous moments de grandes inspirations, s'étirait le cou, tournait la tête à gauche et à droite, comme pour dégager ses voies respiratoires.

— Ça ne va pas, ma tante ?

— Non, pas tellement. C'est à cause de toi, ajouta-t-elle brusquement. Il va falloir que tu la files à partir du terminus *Voyageur* et ça m'inquiète... Si je demandais à Bohu ou à Clément de s'amener tout de suite... Impossible, reprit-elle aussitôt avec un soupir accablé, j'ai à peine cinq minutes d'avance sur l'autobus.

— Tu t'inquiètes pour rien, ma tante, fit Denis d'une voix mal assurée. Je sais comment faire.

Ils traversaient maintenant le pont Jacques-Cartier. Elle lui donna ses instructions, multipliant tellement les conseils de prudence que l'enfant manifesta des signes d'agacement.

— Mon Dieu, implora-t-elle intérieurement, faites qu'elle ne prenne pas le métro afin que je puisse la suivre moi-même. Je ne vous ai pas demandé grand-chose en vingt ans. Accordez-moi au moins cette petite gâterie, pour l'amour.

Il était une heure vingt quand ils arrivèrent en vue du terminus *Voyageur* ; Juliette stationna sur le boulevard Maisonneuve près du restaurant *Beaulac* et entra aussitôt dans l'établissement pour tenter d'atteindre Portelance aux bureaux d'*Electrolux*. Mais il était absent.

Elle revint alors à l'auto, où l'attendait Denis, et, serrant avec force l'enfant dans ses bras (il fronça le nez sous les émanations de la sueur) :

— Allons, bonne chance, bobichon, et sois méfiant comme vingt chats. Je me consolerais de ne jamais revoir ta mère. Mais jamais je ne me consolerais de te perdre.

Denis pénétra dans le terminus, frissonnant, les jambes raides, tout étourdi par le sentiment de son importance, tandis que Juliette prenait place au volant. Il devait courir la retrouver si Adèle se dirigeait vers la sortie. Si, au contraire, elle empruntait l'escalier intérieur qui menait au métro, il devait la suivre jusqu'à sa cachette, puis téléphoner à la secrétaire de Portelance (c'était le seul intermédiaire que Juliette avait réussi à dénicher en si peu de temps) pour lui indiquer où il se trouvait. Juliette devait communiquer à tous les quarts d'heure avec celle-ci (Portelance lui ayant fait de longs éloges de son amie, elle avait accepté volontiers de fournir son aide, prenant la chose comme un jeu). Aussitôt avertie, Juliette le rejoindrait. Au moindre signe de danger, il devait se précipiter dans la première maison pour téléphoner à la police, puis à la secrétaire, et attendre l'arrivée de sa tante.

Un quart d'heure passa. De temps à autre, un autobus fonçait en rugissant sur la rue Berri et disparaissait au coin du terminus. Denis ne revenait pas.

— Eh bien, ça y est, soupira la comptable. Ce que je redoutais est arrivé : elle a pris le métro. Dieu sait où ils sont à présent.

Pour en avoir le cœur net, elle décida néanmoins de jeter un coup d'œil dans la salle d'attente. Un animateur bien connu de *Télé-Métropole*, sorti pour prendre l'air après quatre heures d'enregistrement, l'aperçut qui traversait la rue Saint-Hubert.

— Bouts de mitaine ! s'écria-t-il intérieurement, j'ai souvent vu des corsets à baleines, mais c'est la première fois que je vois une baleine en corset.

Son jeu de mots l'enchanta tellement qu'il décida de le placer dans sa prochaine émission.

Juliette inspecta longuement le terminus, puis se dirigea vers la rangée de téléphones brun chocolat qui servaient de guichets de renseignements.

— L'autobus de Saint-Hyacinthe est arrivé depuis dix minutes, madame, lui répondit une voix d'homme impersonnelle et subtilement dégoûtée.

— Non, madame Pomerleau, fit la secrétaire d'*Electrolux* vingt minutes plus tard, je n'ai toujours pas de nouvelles de votre petit-neveu. Ne vous gênez pas pour me rappeler.

Juliette raccrocha et dut serrer les mâchoires de toutes ses forces pour ne pas éclater en larmes.

— Maudite folle, murmura-t-elle, frémissante de rage, a-t-on idée d'envoyer un enfant jouer à l'espion en plein Montréal ? Si jamais il lui arrive...

Et l'image de sa propre chute du haut du pont Jacques-Cartier fit naître en elle un amer plaisir. Elle s'amusa un instant à imaginer des variantes de sa mort : engloutie dans l'eau glacée du fleuve ; écrabouillée au milieu de la rue Sainte-Catherine ; grandiosement empalée sur un manège de La Ronde. Puis, levant la tête, elle aperçut un jeune homme qui l'observait, intrigué, devant le kiosque à journaux. Alors elle décida d'aller tuer le temps au restaurant *Beaulac*.

Une serveuse lui apporta une infusion de tilleul. Juliette lui demanda un journal, car l'idée d'avoir à passer ne serait-ce que trois minutes devant une tasse sans rien pour occuper son esprit la plongeait dans le désespoir.

À deux heures trente, après un cinquième appel à la secrétaire, dont l'obligeance fondait à vue d'œil, elle était sur le point d'alerter la police. Un numéro du *Journal de Montréal* gisait tout froissé sur sa table, tandis que *Le Devoir* s'étalait en désordre sur une chaise à ses côtés. La jeune serveuse, pleine de compassion pour cette femme énorme à l'air soucieux qui gigotait pesamment en émettant des bruits de soufflet, s'apprêtait à lui apporter un vieux photo-roman malgré les gros yeux du patron qui trouvait sa cliente peu rentable, lorsque cette dernière se leva encore une fois pour aller au téléphone. Une exclamation de joie emplit le restaurant.

— Mademoiselle ! mademoiselle ! lança l'obèse en laissant tomber le combiné qui alla frapper le mur avec un bruit retentissant, passez-moi votre stylo, vite !

Elle griffonna fiévreusement quelques mots sur un morceau de journal en marmonnant des « Cuisse de puce, que ça me

soulage!», tapota la joue de la serveuse en lui glissant cinq
dollars dans le creux de la main et quitta le restaurant à toute
vitesse.

Quinze minutes plus tard, elle s'arrêtait devant un petit
dépanneur du nord-est de la ville au coin des rues Drolet et
Jarry. Elle poussa la porte et s'immobilisa sur le seuil, jetant
partout des regards éperdus; Denis n'était pas au rendez-vous.
Il surgit tout à coup de derrière un tourniquet chargé de romans
Harlequin. Elle s'élança vers lui sans un mot et le serra dans
ses bras sous le regard étonné d'une grande adolescente au
visage luisant de pommade. L'enfant, intimidé, réussit à se
dégager:

— Elle est à deux pas d'ici, souffla-t-il.

— Seule?

Il secoua la tête:

— Quelqu'un lui a ouvert la porte.

— Ç'aurait été trop beau, soupira l'autre. Rien ne sera
jamais simple dans cette histoire. As-tu vu qui c'était?

— Non.

Juliette se tourna vers le comptoir, derrière lequel la jeune
fille, penchée au-dessus d'un journal, déployait des efforts
surhumains pour ne pas avoir l'air d'écouter leurs chuchotements. Une odeur camphrée flottait dans l'air. Les joues de la
vendeuse, couvertes de petits boutons, avaient l'air de cuire
doucement sous la pommade.

— C'est que je n'ai pas tellement le goût de me trouver
toute seule devant ce maniaque, murmura l'obèse comme pour
elle-même. Dans l'humeur où je vais le trouver, il pourrait tout
aussi bien m'ouvrir d'un coup de couteau et me vider dans sa
cuisine, juste pour me donner une leçon.

Denis lui prit la main:

— Appelle la police, ma tante. Il ne faut pas y aller tout
seuls, c'est trop dangereux.

Elle réfléchit, puis, s'adressant à la jeune fille:

— Est-ce qu'il y a un téléphone ici?

— Juste en face de vous, madame, répondit l'autre avec un
sourire quelque peu persifleur.

— Je vais essayer encore une fois de joindre monsieur
Portelance, dit-elle en fouillant dans son sac à main. Je ne veux
pas mêler la police à cette histoire avant d'avoir parlé à ta
mère. Tu t'imagines le genre d'entrée en matière que ça me
ferait? Beau petit Jésus, faites qu'il soit là, implora-t-elle à

voix basse en actionnant le cadran. Toi, va donc jeter un coup d'œil dehors pour voir si cette chère Adèle n'aurait pas eu envie par hasard de se déguiser en courant d'air.

Denis prit de nouveau sa main et, d'une voix un peu rauque :

— Appelle aussi Clément et Bohu et Rachel, ma tante. On sera jamais trop.

Vaincue par la curiosité, l'adolescente avait replié son journal et suivi la scène avec des yeux dont l'éclat rivalisait maintenant avec celui de ses joues.

Alexandre Portelance qui, dans l'exercice de son métier, avait toujours tablé sur son bagout, méprisant le soutien de l'imprimé et de l'audiovisuel, avait décidé par exception ce jour-là de changer de tactique et venait d'arriver au bureau pour prendre une série de brochures vantant la supériorité jupitérienne d'*Electrolux* sur tous ses concurrents. Il allait rencontrer un gérant d'hôtel qui lui avait fait miroiter l'achat d'une vingtaine d'aspirateurs, si leur prix savait s'enrober, bien entendu, d'un certain moelleux. Bien des années plus tard, il considérait toujours sa décision subite de recourir à des brochures comme l'une des plus heureuses de toute sa vie, la comparant à la résolution qu'il avait prise le 15 novembre 1956 de quitter l'armée.

— Eh bien, regardez-moi donc ça ! vous êtes de retour à Montréal ? s'écria-t-il, ravi, tandis que ses oreilles devenaient brûlantes. Avez-vous réussi finalement à mettre la main sur... Ah bon. Ah bon, je vois. Ne bougez pas d'où vous êtes. J'arrive dans cinq minutes.

— Bohu, maintenant, insista Denis en revenant auprès de sa tante. Bohu et Clément et Rachel.

Martinek venait d'arriver à la maison du boulevard René-Lévesque en compagnie du percussionniste Jules Henripin qui lui avait obligeamment fourni son automobile pour déménager des effets personnels restés à Longueuil. Rachel, qui ne se sentait aucune attirance pour les appartements à demi meublés et les nuits passées sur le plancher à regarder le ciel par des fenêtres sans rideaux, avait décidé quelques jours plus tôt de réintégrer son appartement de Côte-des-Neiges en attendant que Martinek termine son installation (ce que les répétitions et l'insouciance du musicien avaient empêché jusque-là). Ce dernier montait pesamment l'escalier, une grosse caisse de partitions dans les bras (Berlioz, Chabrier, Poulenc, Dallapiccola), lorsque Henripin l'appela.

— Madame Pomerleau, annonça-t-il en lui tendant le combiné. Elle n'a pas l'air bien.

— Ça y est, se dit Martinek avec une grimace de dépit, ma répétition vient de tomber.

Il s'empara de l'appareil. Son visage déçu s'anima soudain :

— Oui... bien sûr... pas du tout, je ne faisais absolument rien... c'est ça, à tout de suite. Vous ne bougez pas avant qu'on arrive, hein ?

Il raccrocha, puis annonça à son compagnon étonné que la répétition de cinq heures était annulée.

— Raison majeure, mon vieux. Je t'explique, après un petit coup de téléphone.

Il se mit à fouiller dans le bottin :

— Tu avertis les autres, hein ? Et puis, ça serait chic de ta part, ajouta-t-il en reprenant le combiné, si tu venais me reconduire en vitesse au 8400 de la rue Drolet. Monsieur Fisette, s'il vous plaît.

— Non, répondit Fisette en pâlissant, je ne peux vraiment pas. J'ai du travail par-dessus la tête. Bonne chance.

— Qu'est-ce qui lui arrive ? se demanda la jeune comptable du *Studio Allaire* en fixant le photographe. On dirait que quelqu'un vient de lui souffler de la farine en plein visage.

Elle fut tout heureuse de sa comparaison :

— Hé ! Clément ! lança-t-elle au photographe qui s'éloignait, qu'est-ce qui t'arrive ? Tu es pâle à faire peur. On dirait que quelqu'un t'a soufflé de la farine en plein visage. Je ne sais pas ce qui est arrivé à Clément, fit-elle en se tournant vers monsieur Allaire qui entrait dans la pièce. Il vient de recevoir un appel. Si vous l'aviez vu ! Il a perdu toutes ses couleurs. On dirait que quelqu'un lui a soufflé de la farine en plein visage.

— Bon bon bon, soupira Robert Allaire, le voilà embarqué dans une autre histoire.

— Évidemment, c'était à prévoir, pensait Fisette, debout dans sa chambre noire devant un bain de fixation. Depuis le temps qu'elle court après, il fallait bien qu'elle l'attrape un jour. Pas question pour moi, dans ce cas, de quitter mon appartement de Longueuil. Elle va sûrement vouloir l'amener vivre dans sa nouvelle maison. Belle compagnie que j'aurais là-bas !

Il se tripotait les narines, insensible à l'odeur piquante de l'acide acétique qui imprégnait le bout de ses doigts.

▲

Juliette arpentait la boutique du dépanneur, consultant sa montre à toutes les trente secondes.

— Mon Dieu qu'ils prennent du temps, soupira-t-elle pour la dixième fois. Est-ce qu'ils s'en viennent à pied, cuisse de puce ? Tu ne vois toujours rien, toi ?

Planté devant la vitrine, Denis scrutait la rue :

— Non, ma tante.

Elle s'arrêta devant le comptoir. Adossée contre les tablettes chargées de conserves, la vendeuse l'observait en silence, l'œil à demi baissé, ses lèvres fines et pâles plissées en un sourire imperceptible et suprêmement irritant.

— Tenez, donnez-moi donc un *Mae West*, fit Juliette. Je me sens l'estomac comme un bac d'acide.

Elle posa la monnaie sur le comptoir, déchira le sachet, prit une énorme bouchée et regarda l'adolescente d'un œil torve. Cette dernière saisit un chiffon, frotta le dessus du comptoir, puis disparut dans l'arrière-boutique. Juliette bouchonna l'emballage de la pâtisserie dans le creux de sa main, le jeta à la poubelle et se remit à faire les cent pas.

— Mais qu'est-ce qu'ils font ? murmura-t-elle au bout d'un moment. À vouloir être trop prudents, je gage qu'on va perdre l'oiseau.

Elle s'épongea le cou puis le front avec un mouchoir, dressa le menton en l'air, voulut prendre une grande inspiration, mais s'étouffa.

Denis l'observait ; un mouvement de pitié s'empara de lui soudain et il s'avança pour lui faire une caresse, mais la porte s'ouvrit à toute volée et Rachel apparut, son étui à violon sous le bras, le visage tendu et joyeux :

— Vous l'avez trouvée ? Où est-elle ? Où sont les autres ?

Juliette mit un doigt sur ses lèvres :

— Ferme la porte, ma fille. Je suis contente de te voir. Bohu a donc réussi à te joindre ?

— Je donnais une leçon, répondit-elle en baissant la voix à la vue de la fille pommadée que le bruit avait ramenée en vitesse. J'ai sauté dans un taxi et me voilà. Où est-elle ?

— À deux pas d'ici. J'attends d'avoir tout mon monde pour aller la trouver, car elle n'est pas seule, paraît-il. Notre cher...

Elle s'interrompit, s'épongea le visage :

— Je ne comprends pas que monsieur Portelance ne soit pas encore arrivé.

Elle n'avait pas achevé sa phrase que la porte s'ouvrait de nouveau et que le vendeur apparaissait, radieux, dans l'embrasure, qu'il emplit de sa corpulence :

— Et alors, ma chère madame Pomerleau, le grand moment est enfin arrivé ? Je serais venu plus vite, mais j'ai été pogné dans un maudit embouteillage, rue Saint-Hubert.

Il s'avança, presque aussitôt suivi de Martinek :

— Ah ! bonjour, mademoiselle, fit-il en inclinant la tête devant Rachel, intimidé par sa beauté. Quelle histoire, hein ? C'est toute une histoire !

Il aperçut Denis :

— Tiens ! salut, jeune homme. Alors, tu continues de tromper ta maîtresse d'école ?

— Où est-elle ? demanda Martinek en penchant sa taille un peu voûtée vers Juliette.

— À deux pas. Nous y allons.

— Comment vous sentez-vous ?

— Tout à fait bien. Mais le cœur m'a pompé, je vous en passe un papier. Imaginez : c'est mon petit Denis qui l'a filée en métro, du terminus *Voyageur* jusqu'à sa cachette ! Dépêchons-nous, voulez-vous ? Je me ronge les sangs à l'idée qu'elle se soit douté de quelque chose et qu'elle ait fiché le camp.

Ils quittèrent le dépanneur sous le regard incommensurablement ahuri de la jeune vendeuse qui, figée derrière son comptoir, les écoutait la bouche entrouverte, l'effet de l'étonnement s'étant conjugué à l'action de la pommade pour donner à son visage une rougeur apoplectique.

— Minute, lança tout à coup Alexandre Portelance en touchant l'épaule de Juliette qui avançait sur le trottoir.

Tout le monde s'arrêta. Le vendeur avait pris un air mystérieux et concentré, comme s'il se préparait à refaire l'assassinat de François-Ferdinand d'Autriche :

— Il faudrait peut-être s'entendre sur un petit plan d'attaque, non ? Où demeure-t-elle au juste, votre chère nièce ?

— Au 8426, Drolet, répondit Denis.

— À quel étage ?

— Deuxième.

— Eh bien, je proposerais qu'on se sépare en deux groupes. Le premier irait frapper à la porte d'en avant, l'autre à la porte d'en arrière. Mais faisons vite : je n'ai pas trop aimé la face de fouine qui assistait à notre petite réunion, cachée derrière ses sacs de bonbons.

— Rachel et Bohu, lança Juliette d'une voix pleine de trémolos, rendez-vous à l'arrière. Moi, j'irai sonner en avant avec Denis et monsieur Portelance.

Ils se remirent en marche. Le vendeur toucha de nouveau l'épaule de Juliette (il semblait y prendre plaisir) et pointa l'index vers le musicien et son amie, qui les précédaient d'un pas rapide :

— Il faudra leur laisser une minute ou deux, car ils doivent contourner le pâté de maisons en passant par la ruelle, là-bas.

Denis tira sa tante par la main :

— Reculons-nous, ma tante, on peut nous voir.

Ils revinrent jusqu'au dépanneur. Juliette jeta un coup d'œil par la vitrine :

— Tiens ! personne, murmura-t-elle, étonnée.

Alexandre Portelance contempla gravement une annonce de bas-culottes, puis, se tournant vers ses compagnons :

— En avant ! Advienne que pourra.

Ils s'arrêtèrent devant une maison de brique à deux étages, vieille d'une cinquantaine d'années, contiguë à d'autres maisons semblables et qui s'élevait un peu en retrait de la rue. On accédait aux logements du haut par ces escaliers extérieurs à marches de pin et limons de fer qui doivent sans doute à leurs longues et gracieuses courbes l'appellation d'« escaliers français ». Juliette, l'œil stoïque et la mâchoire durcie, agrippa la rampe et commença lentement son ascension. L'escalier se mit à vibrer et à résonner sourdement, tandis qu'ils s'approchaient peu à peu de la porte derrière laquelle avait disparu Adèle Joannette une heure plus tôt.

— Les coups du destin, pensa Denis qui, malgré son angoisse, s'amusa à serrer la rampe pour que les vibrations pénètrent mieux son bras.

Parvenue au palier, l'obèse, toute en nage, se tourna vers le vendeur pour chercher un peu de réconfort, puis enfonça vigoureusement le bouton de la sonnette.

— Denis, reste derrière monsieur Portelance, ordonna-t-elle à voix basse.

Par la porte à carreaux, on apercevait un vestibule aux murs turquoise et une deuxième porte, dont la vitre était masquée par un rideau fleuri. Le plancher de tuiles grises n'avait pas été nettoyé depuis belle lurette. Une paire de claques était posée sous un radiateur.

— Pointure dix ou dix et demi, murmura Juliette en fixant les claques. Le propriétaire est facile à deviner.

— Sonnez une deuxième fois, lui glissa Portelance à l'oreille.

Elle appuya de nouveau et crut voir le rideau bouger imperceptiblement.

— Il y a quelqu'un, murmura-t-elle entre ses dents (son aisselle gauche la démangeait furieusement). Et on ne veut pas nous répondre.

Elle essaya sans succès d'ouvrir la porte. Une colère subite la saisit devant ce dernier obstacle, alors qu'elle était si proche du but.

— Ce monstre ne me cachera pas ma nièce jusqu'à la fin des temps, se dit-elle.

Malgré sa répugnance à les utiliser, elle décida que l'heure des grands moyens était venue.

— Monsieur Portelance, articula-t-elle d'une voix éclatante, il va falloir défoncer! C'est notre seule chance. Si vous avez du nerf, c'est le temps de le montrer.

Et, se glissant de côté, elle lui laissa le champ libre. Le quinquagénaire serra les mâchoires, prit une inspiration, ferma les yeux et s'élança. Au premier choc, les carreaux tintèrent, mais rien ne bougea. Au deuxième, il fit irruption en trébuchant dans le vestibule, tandis que la porte frappait violemment le mur; un carreau vola en éclats. Juliette se glissa derrière le vendeur qui venait de pousser la deuxième porte.

— Qu'est-ce qui se passe ici? hurla Livernoche en s'avançant dans le corridor.

Une immense vague d'indignation s'éleva en elle à la vue de cet homme massif aux traits grossiers, enlaidis par la colère, qui s'approchait en frappant le plancher du talon, son gros index tendu vers eux comme un pistolet. Pendant quelques secondes, elle éprouva l'étrange sensation d'échapper aux lois de la pesanteur et de flotter légèrement au-dessus du plancher. Elle écarta Portelance et se planta devant le libraire:

— Ma nièce se trouve ici, répondit-elle durement, et je veux la voir. Tout de suite.

Des coups résonnèrent dans le fond du logement. Martinek et Rachel, ayant sans doute entendu le tapage, essayaient de pénétrer à leur tour dans l'appartement. Livernoche se retourna, interdit, puis son regard revint sur Juliette et tomba enfin sur Denis, debout dans le vestibule, et qui le fixait d'un œil apeuré:

— Ah bon, un guet-apens, marmonna-t-il avec une curieuse grimace.

Sa colère était brusquement tombée ; de légers frémissements parcoururent son visage ; l'affolement le gagnait. Portelance élargit les épaules et s'avança, l'air désinvolte. Il ressentait une certaine crainte, mais l'homme ne paraissait pas armé et semblait peu bagarreur : le plaisir inespéré de se retrouver dans une scène de film policier l'emportait donc largement.

— Finies les cachotteries, mon vieux. Amène-nous auprès de sa nièce, et pas de niaisage, veux-tu ?

Des coups sourds continuaient de retentir à l'arrière. Une sorte de sanglot arriva à leurs oreilles.

— Adèle ! s'écria la comptable, frémissante, c'est moi, Juliette ! Sainte Miséricorde, je ne te veux pas de mal ! Où es-tu ?

Elle voulut s'avancer. Livernoche étendit les bras, appliquant fermement la paume de ses mains sur les murs du corridor :

— Vous ne passerez pas, dit-il sourdement. Elle ne veut pas vous voir.

Le reste de la scène se déroula très vite et d'une façon un peu démente. Juliette fit deux pas vers lui et le gifla avec une telle force qu'il faillit tomber à la renverse. Ensuite, prenant son élan, elle le jeta sur le plancher et l'enjamba avec une aisance étonnante, lui écrasant le sternum d'un coup de talon :

— Cette histoire de fou a assez duré, lança-t-elle d'une voix méconnaissable en se dirigeant vers la cuisine. Occupez-vous de lui, Alexandre, il faut l'avoir à l'œil. Et toi, Denis, viens-t'en.

Elle pénétra dans la cuisine au moment précis où Martinek, armé d'un vieux marteau rouillé, s'apprêtait à fracasser un carreau.

— Minute, minute ! j'arrive ! lança-t-elle.

Ce n'est que lorsqu'ils furent entrés que Juliette aperçut une forme humaine blottie dans un coin et secouée de sanglots. Elle fut un long moment sans pouvoir parler ni bouger ; puis ses jambes flageolèrent. Martinek lui présenta une chaise.

— Adèle, murmura-t-elle enfin, c'est moi, ta tante Juliette... Qu'est-ce qui se passe, pour l'amour de Dieu ?

Dans le corridor, on entendit Livernoche se soulever lourdement.

— Non non non non ! par ici, mon bonhomme, ordonna le vendeur sur un ton qui manquait d'assurance. Tu as une petite histoire à nous raconter, toi aussi, et tout le monde meurt d'envie de l'entendre.

— Entrée par effraction et voie de fait, répondit le libraire, maintenu par son compagnon. Je vais appeler la police.

Juliette se tourna vers lui :

— Excellente idée ! Appelez-la, appelez-la tout de suite, mon cher monsieur. J'avais justement l'intention de le faire moi-même. Je suis sûre que nous allons lui apprendre des tas de choses intéressantes.

— Je pense qu'elle arrive ! lança Denis en apparaissant dans la cuisine.

Livernoche poussa un gémissement désespéré tandis que Rachel et Martinek s'élançaient dans le corridor. Juliette se redressa et alla se camper devant le libraire, qui regardait devant lui, hagard ; sur sa joue gauche légèrement enflée apparaissait l'empreinte rougeâtre de quatre doigts.

— La conscience te fait mal, hein, mon cher ? T'as la chienne qu'on étale tes petits secrets malodorants ?

— Ce n'était qu'un voisin, annonça Rachel.

Juliette fit signe à ses compagnons de rester à l'écart et retourna à la cuisine. Quelques minutes passèrent. Debout sur la pointe des pieds, Martinek se tordait le cou pour tenter de suivre la scène. Il fit un pas, puis un autre. Ses compagnons le suivirent et s'arrêtèrent sur le seuil.

Juliette, agenouillée près de sa nièce, la main sur son épaule, murmurait quelque chose à son oreille d'une voix rauque et brisée, entrecoupée de reniflements qui rappelaient vaguement le bruit d'une pompe à vélo. Adèle Joannette eut un sursaut et tourna vers elle son visage défait :

— Mon garçon ? Quel garçon ?

Elle jeta un regard traqué sur le groupe immobile où Denis, caché derrière Martinek, l'observait sans sourciller, puis, revenant à Juliette, elle eut une grimace sardonique :

— Depuis le temps que vous me courez après, vous méritez bien de savoir ce qui lui est arrivé, à mon garçon... si vous n'avez pas deviné... Allez, appelez-la, la police. Je vais vider mon sac. De toute façon, j'allais l'appeler moi-même... Je suis rendue au bout du rouleau, moi, hostie, lança-t-elle dans un sanglot.

Juliette la regardait, éberluée, ne comprenant rien à ses propos. Elle haussa les épaules en signe d'impuissance et se pencha de nouveau vers la jeune femme, qui s'était recroquevillée dans son coin.

— Mais allez-y ! hurla celle-ci en la repoussant violemment. Appelez-la, votre maudite police ! Qu'ils viennent me coffrer et qu'on n'en parle plus !

La comptable avait failli perdre l'équilibre. Martinek se précipita pour l'aider à se redresser. Elle promena son regard alternativement sur Adèle et sur Livernoche qui la regardait avec un sourire désinvolte et pitoyable.

— Il y a quelque chose ici que je ne comprends pas, fulmina-t-elle soudain.

Le libraire souriait toujours. Elle se rassit, arrangea sa robe :

— Qu'est-ce à dire, ma fille ? De quel garçon parles-tu ? En aurais-tu un deuxième ? Et qu'est-ce que cette histoire de police et d'arrestation ? Il est ici, ton garçon, pauvre toi. Tu ne veux pas le voir ? Mon Dieu, se dit-elle, quelle scène affreuse pour un enfant !

Et, en même temps, elle faisait signe à Denis d'approcher. Comme il ne bougeait pas, Rachel le poussa doucement. Alexandre Portelance se tenait derrière Livernoche, l'œil posé sur sa nuque, les jambes écartées, ne comprenant rien à ce qui se passait, mais enivré par son rôle de garde-chiourme.

— Fichez-moi la paix ! lança tout à coup Adèle, sanglotante et furieuse. Si c'est une blague, je la trouve dégueulasse. Je n'en ai plus de garçon. Il est mort il y a longtemps... et par ma faute. Cessez de me torturer et appelez-la, votre hostie de police, qu'on en finisse une fois pour toutes.

— Comment, « il est mort il y a longtemps » ? aboya Juliette en dressant sa masse. Et cet enfant, qu'en fais-tu ? C'est une potiche, peut-être, que j'élève depuis neuf ans ? Ma fille, je pense qu'il est temps d'accorder nos violons. Cette conversation idiote a assez duré. Tu es en train de me mettre les nerfs en boule.

Toujours affalée dans son coin, Adèle Joannette darda sur sa tante un regard féroce :

— J'avais raison de vous fuir. J'aurais dû me finir aux Valium ou me tirer une balle dans la tête. Vous êtes devenue méchante comme un vieux rat... et folle en plus. Je n'en ai plus, de garçon, que je vous répète ! Il est mort par ma faute le 6 avril 1979 au 1759, rue Sainte-Catherine Est, tout seul dans sa chambre à coucher. C'est ça que vous vouliez me faire dire ? Voilà ! c'est fait ! Et je le répéterai devant qui vous voulez. Maintenant, laissez-moi tranquille.

Elle porta les mains à son visage, pencha la tête et demeura silencieuse. Pendant un moment, tout le monde resta figé. Puis les regards se portèrent sur Fernand Livernoche. Le libraire grimaça un sourire, s'avança et, après s'être massé la joue :

— Eh bien, si vous le permettez, dit-il à Juliette (sa voix tremblait), je vais partir afin de ne pas gêner vos retrouvailles. Inutile de...

— Minute, coupa la comptable. Qu'est-ce que cette histoire de bébé mort dans une chambre à coucher?

— Une histoire, justement, répondit l'autre, badin (mais sa voix tremblait de plus en plus et il évitait de regarder Adèle). Une petite plaisanterie, quoi.

— Je ne comprends pas, reprit Juliette, abasourdie. Quelle plaisanterie? Et à l'intention de qui?

— À l'intention de votre chère nièce, bien sûr, que je viens de perdre à tout jamais, grâce à votre ténacité admirable.

L'obèse jeta un regard sur Adèle, toujours immobile et qui ne semblait pas entendre. Profitant de son inattention, Livernoche assena un violent coup d'avant-bras à Portelance, qui fut projeté contre l'évier, et se rua vers la porte arrière, restée entrouverte. Martinek et le vendeur bondirent à sa poursuite.

— Laissez-le! cria Adèle. Laissez-le, je vous dis!

Mais elle se retrouva seule dans la cuisine avec Juliette, tandis qu'une furieuse galopade ébranlait l'escalier qui donnait sur la ruelle. Denis ne s'était pas joint aux poursuivants mais se contentait d'observer la scène sur le palier, appuyé au garde-fou. Adèle Joannette s'adossa contre le mur, la tête droite, les mains entre ses jambes relevées, l'air apathique. Sa tante la contemplait, inquiète, ébahie, ne sachant quelle question poser et n'osant en poser aucune.

Quelques minutes s'écoulèrent. Des pas montèrent lentement l'escalier et Portelance apparut, hors d'haleine, la cravate de travers, suivi de Rachel et de Bohu :

— Il nous a échappé, le calvaire. Il faut appeler la police.

Adèle sembla se réveiller :

— Je veux pas voir de police ici, ordonna-t-elle d'une voix rauque. Tout est de ma faute. Laissez-le tranquille.

— Mais enfin! vas-tu m'expliquer? s'écria Juliette en se levant de nouveau.

Ses jambes fléchirent, l'air lui manqua, les murs tournaient. On la fit rasseoir, Denis alla chercher un verre d'eau, Portelance se mit à l'éventer avec un journal, Rachel lui massait la nuque.

— Laissez-moi, laissez-moi, occupez-vous d'elle, plutôt. Elle en a bien plus besoin que moi.

Adèle s'était allumé une cigarette d'une main tremblante et tirait de grandes bouffées. Denis ne lui accorda pas un seul regard.

Juliette passa les deux journées suivantes en tête à tête avec
sa nièce. En apprenant que sa tante allait partager avec d'autres
personnes sa maison du boulevard René-Lévesque, Adèle
Joannette refusa de s'y installer, même temporairement.

— Y a déjà assez de gens qui m'ont vue comme ça, répétait-
elle en secouant la tête.

L'obèse devina qu'elle cherchait surtout à éviter la présence
de son fils. Lui-même ne manifestait pas grand désir de la voir.
Elle loua donc une chambre pour sa nièce au *Château Versailles*, rue Sherbrooke, en attendant de lui trouver un appartement près de chez elle ou de la faire revenir sur sa décision;
c'est là que, bribe par bribe, dans la fumée de cigarettes et
l'odeur fade de la bière (sa nièce en buvait chaque jour une
solide quantité), elle réussit peu à peu à se faire une idée de ce
qu'avaient été les neufs ans d'Adèle avec son amant-geôlier.

Ce fameux 6 avril 1979 où Juliette avait dû recueillir Denis
s'était avéré également décisif pour la mère. Voyant la honte
et l'effroi qui remplissaient Adèle à l'idée de rencontrer sa
tante pour lui abandonner l'enfant, le libraire avait conçu un
plan ingénieux afin de s'attacher à demeure une maîtresse
volage et capricieuse dont il désespérait de faire définitivement la conquête; il l'avait d'abord convaincue d'écrire une
lettre d'explications à Juliette et de quitter l'appartement un
peu avant son arrivée, laissant le bébé seul, ce qui ne présentait,
bien sûr, aucun danger. Lui-même s'offrait à rester dans les
parages pour exercer une discrète surveillance jusqu'à ce que
madame Pomerleau emporte l'enfant.

Puis, quand ce fut chose faite, il rejoignit Adèle et lui
annonça qu'un malheur épouvantable venait de se produire.
Quelques minutes avant l'arrivée de sa tante, il était allé jeter
un dernier coup d'œil sur le bébé et l'avait trouvé mort, sans

doute étouffé. Il s'était emparé du cadavre, l'avait glissé dans un sac et dissimulé dans une poubelle à plusieurs rues de là. Mais dans sa précipitation il avait oublié sa lettre.

Il fallut quelque temps à la malheureuse pour réaliser sa situation de dépendance vis-à-vis de Livernoche. Quelques jours après les événements, ce dernier lui laissa entendre, mine de rien, qu'elle pouvait être accusée de négligence criminelle pour la mort de son enfant et qu'il n'y avait que deux témoins de l'affaire : elle et lui. Quant à sa tante, qui possédait la lettre, il fallait s'en tenir éloignés à tout prix pour éviter des questions embarrassantes. Livernoche, bien sûr, assurait Adèle de son entière discrétion... si elle-même l'assurait de son amitié. Adèle comprit aussitôt que le libraire se montrerait impitoyable au moindre signe d'insoumission.

Ce chantage avait dévoré neuf ans de sa vie.

Chose étonnante, elle ne semblait pas avoir été aussi malheureuse qu'on aurait pu le croire. L'adoration dominatrice et monstrueuse du libraire pour sa victime n'avait pas que de mauvais côtés. Dans les limites de son ignoble tricherie, Livernoche avait été pour elle un assez bon compagnon, prévenant, serviable, ne manifestant que rarement son caractère violent et autoritaire. Mais certaines allusions laissaient deviner qu'il pouvait se montrer, par ailleurs, dans certains domaines, étrangement cruel et exigeant.

Adèle parla à sa tante avec une sorte d'indifférence accablée de la coupure de journal que le libraire conservait soigneusement dans son portefeuille, glissée dans une enveloppe de plastique, et qu'il lui montrait de temps à autre pour entretenir sa docilité. On y relatait la découverte macabre faite par un éboueur en avril 1979 du cadavre d'un bébé caché au fond d'une poubelle rue Lagauchetière. L'âge de l'enfant correspondait évidemment à celui de Denis.

Le lendemain, Juliette voulut joindre Livernoche à Saint-Hyacinthe. Mais, comme on pouvait s'y attendre, il avait déguerpi. Adèle supplia sa tante de ne pas contacter tout de suite la police, affirmant qu'elle ne se sentait pas la force de se soumettre aux procédures de la justice.

Le courtier en immeubles Réal Roch téléphona à la comptable l'après-midi du 8 janvier ; son client, monsieur Désy, était très impatient de régler la vente de la conciergerie.

— Je ne pourrai pas te voir demain, ma belle, annonça Juliette à sa nièce, car il faut que je m'occupe de mon déménagement.

En cas de besoin, je te laisse mon numéro de téléphone et celui de Bohu. Du reste, tu peux dormir en paix : il n'y a que moi-même et mes amis qui savons où tu te trouves et je les ai avertis de se tenir la langue.

Le lendemain matin, avant de se rendre à Longueuil pour surveiller le travail des déménageurs, elle décida de faire une courte visite à sa nouvelle maison du boulevard René-Lévesque et ce fut l'occasion d'une de ses grandes colères. En traversant la salle à manger, elle constata la disparition de la plinthe aux deux oiseaux, à laquelle se rattachaient tant de souvenirs de son enfance.

— Qui m'a volé ma plinthe ? tonna-t-elle en assenant un coup de poing dans un mur qui fit apparaître un gros bleu en forme de poire sur sa main droite.

Elle réussit à joindre Marcel Vlaminck à Miami. Il lui répondit sèchement que sa femme et lui-même avaient peu de penchants pour le vandalisme. Qu'auraient-ils fait, d'ailleurs, d'un vieux bout de plinthe, avec oiseaux ou pas ?

Alors elle téléphona au menuisier qui avait effectué les réparations de l'escalier.

— C'est moi qui l'ai enlevée. J'ai suivi vos ordres, madame.

— Quels ordres, monsieur ?

— Les ordres que m'a donnés votre homme d'affaires, madame, ou votre agent ou ce que vous voulez. Il est venu me déranger en plein travail pour me demander de l'enlever. Apparemment vous vouliez la prêter à un de vos neveux pour qu'il s'en fasse des copies.

— Et si je vous disais que je n'ai pas d'homme d'affaires et que les deux seuls neveux que je me connaisse s'intéressent autant aux vieilles plinthes qu'à la queue de votre chien, que me répondriez-vous ?

— Je vous répondrais, ma chère madame, que votre plinthe, je m'en fiche autant qu'eux, sinon plus, et que, quant à moi, je la jetterais au feu. J'ai de la planche dans mon atelier pour m'en faire des milles et des milles, si je veux, et de la plus belle encore, et je ne me laisserai pas traiter de voleur par des insignifiantes de votre espèce qui ne sont pas capables de voir à leurs affaires et laissent tout un chacun entrer dans leur maison comme dans un moulin.

La riposte lui cloua le bec ; elle raccrocha et retourna dans la salle à manger.

— Qui a eu le culot de m'enlever mes beaux oiseaux? marmonna-t-elle, en fixant la plaie poussiéreuse qui s'ouvrait dans le mur.

Elle laissa tomber les bras, accablée, et quitta la pièce. Les déménageurs devaient se présenter à son appartement de Longueuil dix minutes plus tard et elle avait rendez-vous chez le notaire avec messieurs Roch et Désy au début de l'après-midi.

À son arrivée sur la rue Saint-Alexandre, un camion-remorque était déjà stationné devant l'immeuble. Elle se hâtait sur le trottoir lorsqu'une voix d'homme la héla. De l'autre côté de la rue, Marcel Prévost fils lui envoyait la main:

— Vous déménagez aujourd'hui, madame Pomerleau?

— Oui, aujourd'hui, Marcel. Il faut bien finir par finir, n'est-ce pas?

— On va s'ennuyer de vous, madame, fit-il avec un accent de tristesse qui la surprit et la toucha. De vous et des autres. Monsieur Martinek va bien?

— Oui, très bien. Écoute, Marcel, je suis un peu pressée, les déménageurs m'attendent; viens à l'appartemement: on pourra jaser un peu.

— Je peux vous donner un coup de main, si vous voulez, s'offrit-il en approchant.

— Je te remercie, cher, ce n'est pas la peine. J'ai toute l'aide qu'il me faut.

Ils entrèrent dans le hall où trois hommes empilaient des cartonnages. Elle déverrouillait sa porte, faisant mine de ne pas remarquer l'impertinence avec laquelle l'un d'eux la dévisageait, lorsque le téléphone sonna.

— Entre, Marcel, dit-elle en poussant la porte. Je suis à toi dans une minute.

— Madame Pomerleau? demanda une voix un peu hésitante et embarrassée au bout du fil. C'est Roger Simoneau.

— Ah tiens! bonjour, monsieur Simoneau, répondit la comptable en faisant signe à Prévost fils de s'asseoir. Vous tombez drôlement à pic! Idiote, pensa-t-elle aussitôt, qu'est-ce que tu allais lui raconter? Comme si Adèle avait besoin dans son état de voir un ancien amant!

— Ah oui? Comment ça?

— Euh... eh bien, figurez-vous... figurez-vous que Denis me parlait justement de vous, hier soir... Il me disait combien... combien il avait aimé sa partie de hockey au Forum l'autre fois. Oui, en fait, il l'a vraiment beaucoup aimée.

— Ça me fait plaisir, madame... Eh bien, je me trouve justement à Montréal aujourd'hui et je vous téléphonais pour savoir... si ça lui tenterait d'aller aux vues avec moi en fin d'après-midi... Il y a un bon film pour enfants au cinéma *Berri*... C'est vrai, reprit-il, qu'on est en pleine semaine et qu'il va à l'école... Mais je vous le ramènerais à huit heures au plus tard... Peut-être qu'il aurait le temps demain matin de se débarrasser de...

Et il s'arrêta.

— Écoutez, fit Juliette après une seconde d'hésitation, embarrassée par cette invitation d'un inconnu, je lui en parle dès qu'il arrive, monsieur Simoneau. Il... il devait sortir avec un de mes amis, mais nous trouverons sans doute moyen d'arranger ça, quitte à ce que l'autre vous accompagne. Je suis sûre que votre invitation va le rendre fou de joie. Excellent moyen, se dit-elle, de lui changer les idées après la scène d'hier. Vous êtes chanceux de m'atteindre, reprit-elle. Nous déménageons à Montréal aujourd'hui même !

Prévost fils se leva de sa chaise :

— Je reviendrai plus tard, chuchota-t-il.

Juliette eut beau lui faire signe de rester, il la salua de la tête, laissa passer deux déménageurs chargés d'un buffet et quitta la pièce. La comptable donna sa nouvelle adresse au camionneur, puis une impulsion subite la saisit :

— Monsieur Simoneau... est-ce que je peux vous poser une question indiscrète ?

Le camionneur garda le silence au bout du fil.

— Monsieur Simoneau... excusez mon effronterie, mais cela me chicote depuis si longtemps que je ne peux plus retenir ma langue... Dites-moi : est-ce que... est-ce que vous êtes le père de Denis ?

Le silence se prolongea encore un peu ; elle entendait la respiration saccadée du camionneur, qui semblait chercher ses idées. Puis une voix sourde, remplie d'un indicible embarras, répondit :

— Je ne sais pas, madame... C'est pas moi qui pourrais vous répondre là-dessus.

Un déménageur vint heureusement fournir un prétexte à Juliette pour raccrocher.

— Moi et mes gros sabots, se morigéna-t-elle à voix basse en suivant l'homme dans la cuisine. Il aurait fallu lui parler en tête à tête, avec cent trois mille précautions. Je gage qu'il ne se montrera pas le nez.

Elle téléphona néanmoins à Martinek et lui raconta sa conversation avec le camionneur.

— Il veut amener Denis au cinéma! J'ai quasiment accepté, mais je le regrette. Après tout, cet homme est un pur inconnu. Dieu sait quelles idées il pourrait avoir derrière la tête. Faites-moi plaisir, Bohu, et accompagnez mon bobichon ce soir, je vous le demande les deux mains jointes.

— Mais avec plaisir, madame Pomerleau, répondit le musicien, un pli de contrariété au front. Justement, je n'avais pas grand-chose à faire, ajouta-t-il en promenant un regard dépité sur le fouillis de son studio.

L'appartement de Juliette se vidait peu à peu. Une vingtaine de boîtes s'empilaient déjà au fond de la remorque. À cause du va-et-vient constant, sa porte demeurait ouverte. Elle remarqua que celle de sa sœur était légèrement entrebâillée. Il lui vint une envie soudaine d'aller la trouver. Elle ne l'avait pas vue depuis deux semaines et risquait de ne jamais la revoir. Qui sait? Son départ imminent amènerait peut-être un raccommodement? Elle prit une grande inspiration et s'avança dans le hall. Mais elle n'avait pas fait trois pas que la porte d'Elvina se refermait avec un claquement sec.

— *Requiem æternam*, murmura l'obèse en tournant les talons.

Elle dîna d'un croûton de pain et d'une boîte de saumon, appuyée au comptoir de la cuisine presque vide, pendant que les déménageurs enlevaient la cuisinière et le lave-vaisselle. Alexandre Portelance, dont la serviabilité semblait posséder l'ampleur de l'océan Pacifique, avait promis de venir la remplacer pendant son rendez-vous chez le notaire. Elle entendit soudain sa grosse voix joviale dans le hall. Il plaisantait avec un déménageur.

— Et alors, ma chère Juliette, fit-il en entrant dans la cuisine (c'était la première fois qu'il prenait la liberté de l'appeler par son prénom), la tortue est en train de changer de carapace? Je veux dire, se reprit-il aussitôt, prenant conscience de la maladresse de son image, je veux dire... ça va, le déménagement?

Juliette s'avança pour lui serrer la main:

— Ça va, ça va, merci. C'est gentil à vous d'être venu. Mais je massacre toute votre après-midi.

— Aucunement, ma chère, j'ai une petite journée aujourd'hui, répondit-il en gardant sa main dans les siennes. Et puis, les aspirateurs peuvent bien attendre un peu, sac à papier. Y a pas que la poussière, dans la vie.

Ils se regardèrent et rougirent. Juliette retira sa main et, se tournant vers le comptoir, avec une gaieté un peu forcée :

— Voulez-vous prendre une bouchée avec moi ? Mais je vous préviens, c'est à la fortune du pot. Il ne me reste plus que des fonds d'armoires.

— Oh, de toute façon, je ne mange jamais beaucoup le midi, mentit-il avec allégresse. Un morceau de pain et deux lichettes de beurre, ça suffit à mon bonheur. Je... que diriez-vous si on se tutoyait, Juliette ?

▲

— Mon Dieu, qu'est-ce qui m'a pris ? murmura-t-elle, tout émotionnée, en quittant son appartement quelques instants plus tard. Se laisser aller à des caresses pareilles à mon âge... Où est-ce que je m'en vais ? Il se passe trop de choses à la fois, mon esprit s'égare, je risque de commettre les pires folies. Bonne Sainte Vierge, cessez de piétiner votre vieux serpent crevé et occupez-vous un peu de moi, sueur de coq !

Elle allait démarrer lorsqu'une auto-patrouille s'arrêta derrière son véhicule. Un policier lui fit signe d'attendre et mit pied sur le trottoir, une grande enveloppe à la main :

— Madame Pomerleau ? Vous êtes bien la tante de Denis Joannette ?

— Oui, oui, c'est moi, fit-elle en pâlissant. Miséricorde ! vous n'allez pas m'annoncer une mauvaise nouvelle, j'espère ?

Le policier lui tendit l'enveloppe :

— Bien au contraire, madame. On a réussi à mettre la main hier soir sur la femme qui tournaillait autour de lui depuis quelque temps. C'est un sérieux cas de chapeau. Saviez-vous qu'elle est entrée chez vous deux fois durant votre absence ?

— Évidemment, c'est moi qui vous en ai avertis, rétorqua Juliette.

— Ah oui ? On vient de retrouver chez elle du linge et des livres qu'elle avait piqués dans la chambre du petit gars. Elle nous a déballé toute son histoire ce matin... et ensuite elle a essayé de se pendre dans sa cellule. Il faudrait venir l'identifier au poste avant qu'on l'expédie à l'hôpital.

— Tout de suite ? C'est que je suis attendue, moi.

— Eh bien, on vous attendra un peu plus. Vous en avez pour dix minutes, maximum.

— Sueur de coq ! qu'est-ce qu'ils lui ont fait ? s'étonna-t-elle en approchant de la cellule.

Assise sur le bord d'un lit, le col de sa robe déchiré, les bras plaqués de bleus, la fausse Adèle regardait droit devant elle d'un air pensif, le teint plus jaunâtre que jamais, ses yeux immenses extraordinairement flétris et pochés, comme si elle n'avait pas dormi depuis des semaines. Son turban disparu (elle avait essayé de l'utiliser pour se pendre) laissait voir des cheveux noirs, lisses et très courts. Inconsciente apparemment qu'on l'observait, elle frottait son talon droit sur le plancher en chantonnant une sorte de berceuse. Juliette fit signe au sergent-détective qu'il s'agissait bien de la personne qu'elle avait rencontrée sur la rue Marmette trois semaines auparavant.

— Un sérieux cas de chapeau, affirma à son tour le sergent-détective d'un air pénétré (l'expression semblait avoir connu un succès bœuf au poste). On a eu droit à tout un spectacle. Ça m'a coûté une chemise et j'ai dû ramasser ma montre-bracelet avec un balai.

La fausse Adèle aperçut tout à coup Juliette :

— Je veux mon garçon, dit-elle doucement.

Elle s'approcha des barreaux et d'un ton alerte, détendu, presque gai :

— Vous savez, madame, que vous vous exposez à de sérieux ennuis en m'empêchant de vivre avec mon garçon. Heureusement que je suis patiente et d'une nature douce, sinon, imaginez ce qui pourrait...

Elle s'arrêta et se mit à fixer Juliette d'un air étonné, comme si elle venait tout juste de remarquer sa grosseur, puis une expression de profond accablement se répandit sur son visage. Elle pencha la tête et retourna s'asseoir en soupirant :

— Évidemment, on ne pouvait pas tout prévoir...

Juliette pénétra dans le bureau du sergent-détective, répondit à quelques questions, apposa sa signature au bas d'une feuille et quitta le poste.

Quand elle se présenta chez le notaire à deux heures moins dix, Antoine Désy s'était déjà levé cinq fois de son fauteuil pour aller boire à la fontaine de la salle d'attente et avait tellement tripoté un petit bouton sur le dessus de sa main droite qu'il avait taché de sang le poignet de sa chemise. Il salua Juliette avec une cordialité minimale tandis que Réal Roch et le notaire optaient pour une jovialité de circonstance à caractère modéré; une demi-heure plus tard, le contrat était signé et parafé, Juliette et Réal Roch partaient, leur chèque en poche, et Antoine Désy entreprenait, comme copropriétaire

avec dame Elvina Pomerleau du 461 rue Saint-Alexandre, la
période la plus tumultueuse de son existence.

Avant de retourner à Longueuil, où le déménagement se
poursuivait sous la direction bienveillante d'Alexandre
Portelance, elle décida de téléphoner à sa nièce pour prendre de
ses nouvelles. Au *Château Versailles*, on lui répondit que cette
dernière avait demandé qu'on ne lui transmette aucun appel
avant six heures. Juliette resta songeuse quelques instants, puis
se hâta vers son auto.

Alexandre Portelance arpentait les pièces vides, cigare au
bec, inspectant recoins et placards pour s'assurer qu'on n'avait
rien oublié.

— Ah! te voilà, ma chère, lança-t-il en enveloppant Juliette
d'un regard affectueux. Dis donc, est-ce qu'il y a quelqu'un à
ta nouvelle maison pour recevoir les déménageurs? Ils viennent
tout juste de partir.

— Mon Dieu, non. Je n'aurais jamais cru que ça irait aussi
rondement, s'étonna-t-elle en promenant son regard dans le
salon, devenu immense.

Portelance rit :

— C'est qu'en me demandant de te remplacer, tu leur as
fourni un fichu de bon contremaître.

— Qu'est-ce que je vais faire? se questionna-t-elle, soucieuse.
J'ai demandé à Denis de venir me rejoindre ici après l'école.
J'aurais dû prévoir...

Il tendit la main :

— Donne-moi ta clef, je vais me rendre là-bas, chère. Non
non non! je ne veux pas de ces airs-là. De toute façon, j'avais
décidé de prendre mon après-midi. Ça me fera comme des
petites vacances. Je n'en ai pas pris depuis trois éternités.

Il glissa la clef dans sa poche et lui posa un bec retentissant sur
la joue au moment précis où Antoine Désy entrait dans la pièce.

— Permettez? susurra ce dernier avec un sourire ambigu. Je
suis venu faire une petite visite dans ma maison.

— À tout à l'heure, lança le vendeur en s'esquivant. Avec
un peu de chance, je vais arriver en même temps qu'eux.

Antoine Désy se mit à fureter dans l'appartement, les mains
derrière le dos, poussant une variété de toussotements qui
étonna Juliette, puis sortit dans le hall, monta jusqu'au
deuxième étage et descendit enfin à la cave, où il resta un long
moment à méditer. Le départ de Martinek l'enchantait au plus
haut point, car cela lui permettait d'augmenter en douce le

loyer sans risquer d'embêtements avec la Régie. Il aurait aimé qu'en fasse autant le dentiste-fantôme du premier, qui monopolisait deux appartements, et résolut de travailler à s'en débarrasser, aussitôt réglés ses problèmes de calculs rénaux. Puis il contempla le mur de béton qu'Elvina avait fait ériger sous son appartement. Une idée lui traversa l'esprit. Il monta au rez-de-chaussée et alla cogner à la porte de la vieille fille. Personne ne répondit. Après avoir frappé quatre ou cinq fois, il se dirigeait vers l'appartement de Juliette lorsqu'un individu costaud et un peu pataud, portant un jean aux genoux pâlis, apparut dans le vestibule. Antoine Désy n'aimait pas trop ce genre d'hommes; il les considérait comme inférieurs aux gens de sa classe et souvent fourbes sous leurs allures bonasses. L'inconnu pénétra dans le hall et s'avança vers lui :

— Pardon, monsieur, madame Pomerleau, c'est bien ici?

— Laquelle?

— Euh... Juliette.

Désy pointa dédaigneusement la porte du menton :

— Ce n'est pas à louer, prévint-il.

— Je sais, je sais. Je viens simplement pour... la voir, répondit l'autre en frappant.

L'inconnu venait de pénétrer dans l'appartement, lorsque Désy entendit un éternuement derrière la porte d'Elvina. Il se retourna avec une expression d'étonnement blessé et l'image d'une volée de fléchettes empoisonnées s'abattant sur lui apparut tout à coup dans son esprit; il recula d'un pas, en proie à une sourde peur. Un pressentiment lui vint que l'avenir lui réservait des tribulations en comparaison desquelles ses calculs rénaux lui paraîtraient comme de véritables divertissements; sa bouche se remplit d'un liquide âcre et acide et son genou droit se mit à s'élancer. Il se rappela soudain que Juliette avait toujours ses clefs. Pivotant sur lui-même, il alla frapper à sa porte, retournant avec soulagement au train-train journalier.

C'est avec non moins de soulagement que Juliette vint lui ouvrir. Depuis qu'il était devant elle, Roger Simoneau, les oreilles rouges, le regard fuyant, n'avait pas dit trois mots, glissant à tous moments les mains dans ses poches pour les retirer aussitôt, et elle avait presque épuisé sa provision de lieux communs.

— J'apprécierais d'avoir vos clefs, madame, lui demanda Désy en se frottant la jambe. Merci infiniment. À propos, ajouta-t-il à voix basse, est-ce que je puis me permettre de vous demander si votre sœur est une personne... paisible et... de bonne entente?

— Elle est ce qu'elle est, mon cher monsieur, avec ses qualités et ses défauts, comme nous tous, et puis... c'est ma sœur, vous comprenez?

— Ah bon, je vois. Merci bien.

Elle se hâta de refermer la porte et revint au salon.

— Vous devez bien vous demander pourquoi je m'intéresse tant à votre petit gars? demanda Simoneau d'un air embarrassé lorsque la comptable réapparut.

— Un peu, oui. Mais j'ai cru deviner que vous vous questionniez sur... ses liens de parenté avec vous.

Il regarda le plancher un moment, cherchant ses mots, puis :

— Y a un peu de ça, oui... Mais je tenais aussi à vous dire... Je suis... normal, vous savez... Je veux dire... vous me comprenez? Enfin, y a que les femmes qui m'intéressent, si ça peut vous rassurer.

Juliette se mit à rire :

— Oh! je n'en ai jamais douté un seul instant, mon cher monsieur. Mais tout de même, pensa-t-elle, ça fait plaisir de te l'entendre dire. J'aimerais bien, par contre, que vous me parliez un peu de vous-même, car après tout, je vous connais à peine. Je vous ai peut-être même accordé un peu vite la permission d'amener Denis en ville. Ah, pendant que j'y pense : mon ami, monsieur Martinek, a accepté de changer son programme et se joindra à vous ce soir. Vous n'y voyez pas d'inconvénients?

— Du tout, répondit Simoneau, légèrement agacé.

— Vous savez, on a failli connaître tout un malheur il y a environ deux semaines à cause d'une malade mentale qui se prenait pour sa mère... et qui cherchait à l'enlever! J'avais les nerfs comme du fil barbelé. Heureusement, la police a mis la main dessus hier soir.

Pour la première fois, Roger Simoneau la regarda droit dans les yeux :

— Eh bien, avec moi, vous pouvez dormir sur vos deux oreilles, madame... Si je suis venu vous demander la permission de l'amener aux vues ce soir, c'est que... d'abord, j'avais affaire à Montréal, à cause de mon père qui va se faire opérer demain matin à l'hôpital Maisonneuve pour *le véhicule* biliaire... Et puis, j'ai... pour être franc avec vous, je n'ai pas été très correct dans le temps avec votre nièce... Elle avait le béguin pour moi, je crois, mais à l'époque, j'étais un jeune flo sans cervelle, je levais pas mal le coude et je prenais la vie pour un carnaval... Je n'avais pas du tout idée de fonder une famille... Alors, je l'ai niaisée, quoi... Elle a fini par se tanner et m'a sacré là... Des fois, on regrette ses bêtises quand il est trop tard pour les réparer.

Juliette fut à deux doigts de lui dire qu'il avait maintenant l'occasion d'en réparer une, mais la prudence la retint et elle se contenta de hocher la tête en souriant.

Le camionneur s'enhardit :

— Et puis – sait-on jamais ? – votre petit-neveu... c'est peut-être mon garçon, après tout... Quoique, pour en être sûr, il faudrait faire des calculs serrés, et – sans vouloir parler en mal de personne – ce n'est pas moi qui peux les faire. En tout cas, la première fois que je l'ai vu avec vous à Sherbrooke, ça m'a fait un quelque chose dans le fond des tripes et j'ai eu comme le goût de le connaître. C'est peut-être un signe ? demanda-t-il avec une trace d'angoisse dans la voix.

Juliette fit un vague geste de la main.

— Chose certaine, conclut-il, après que j'ai décidé de m'occuper de lui un peu – avec votre permission, bien entendu – je me suis senti mieux dans le fond de moi-même par rapport à elle.

— Vous avez une conscience qui vous honore, monsieur Simoneau, répondit Juliette, un tantinet ironique. Ma foi, se dit-elle, un peu plus et il va se mettre à pleurer... Je suis devant une armoire à glace sentimentale !

Elle s'approcha de la fenêtre :

— Tiens, le voilà justement.

Denis avançait dans l'allée, la tête basse, l'esprit ailleurs.

Au cours de la récréation, il avait annoncé à Vinh et à Yoyo son déménagement pour la fin de l'après-midi ou au plus tard le lendemain.

— Mais tu continues de venir à l'école jusqu'en juin ? avait demandé Yoyo.

— Oui, bien sûr. Et peut-être même que je vais continuer l'an prochain.

— Tu crois ? avait répondu Vinh, sceptique.

Ils s'étaient regardés une seconde sans parler, attristés tout à coup de sentir que leur amitié allait bientôt s'effriter.

Juliette vint à sa rencontre dans le hall :

— Il y a quelqu'un pour toi, lui annonça-t-elle tout bas en ouvrant la porte du vestibule.

Il ouvrit des yeux inquiets :

— C'est qui ?

— Monsieur Simoneau, tu sais, le camionneur qu'on était allés voir à Sherbrooke et qui t'a envoyé des billets de hockey.

— Qu'est-ce qu'il me veut ?

Et, sans attendre la réponse, il pénétra dans l'appartement et jeta un regard navré sur les pièces vides.

— Salut, fit le camionneur en lui tendant la main.

— Salut, répondit l'enfant du bout des lèvres.

— Ayoye ! ça s'annonce mal, lança Juliette intérieurement. Le pauvre, il va repartir tout seul avec sa gêne et ses bons sentiments.

Denis se tourna vers elle :

— Comme ça, c'est fini : on s'en va pour de bon ?

— Eh oui, mon pauvre enfant. Je sais que ça te fait de la peine. Mais, comme je te l'ai promis, tu vas terminer ton année à l'école de Normandie, le temps qu'on s'installe dans notre nouvelle maison et que je te déniche une école potable à Montréal.

Il fit la moue :

— Je ne veux pas changer d'école. Je vais perdre tous mes amis.

Et il se réfugia dans sa chambre. Debout devant la fenêtre, il contemplait le buisson de framboisiers d'où étaient sorties tant de bonnes tartes et de gâteaux renversés.

Simoneau fixa le mur en face de lui, puis consulta Juliette du regard, quêtant un conseil. Elle sourit et se contenta de pointer le doigt vers la porte par où Denis était disparu. Il hocha la tête à deux ou trois reprises et alla rejoindre l'enfant. Celui-ci fit mine de ne pas l'avoir entendu.

— Est-ce que tu me reconnais ? demanda le camionneur au bout d'un instant.

— Oui.

— Tu n'es pas content de déménager ?

— Non, fit l'autre en continuant de fixer la cour. Je vais perdre tous mes amis. Et puis, j'haïs Montréal. C'est une ville laide, et qui pue.

Le camionneur s'éclaircit la voix, mit ses mains dans ses poches, les retira, puis s'approcha de la fenêtre :

— Quand j'étais p'tit gars, je demeurais à Montréal sur la rue Christophe-Colomb au coin de Rachel. Un jour – j'avais dix ans – mes parents ont décidé de déménager à Pont-Viau, en plein mois de janvier. Cette année-là, j'ai doublé ma quatrième.

Denis posa sur lui des yeux brillants d'indignation :

— J'ai eu sept erreurs dans ma dictée cette après-midi. Si je redouble ma cinquième, ce sera de sa faute.

Mais en disant ces mots, il eut comme un début de sourire.

Simoneau sentit qu'un moment de grâce était arrivé :

— Est-ce que ça te tenterait d'aller voir *La Grenouille et la Baleine* au cinéma *Berri* ? Il paraît que c'est bon. Avant, on pourrait aller manger du chinois.

— Et mes devoirs ?

— Tu pourrais les faire demain matin en te levant un peu plus tôt ?

Denis réfléchit, fronçant le nez à plusieurs reprises, puis leva la tête vers Simoneau :

— D'accord. Ma tante, lança-t-il en sortant de la chambre, donne-moi ta nouvelle adresse : on s'en va au cinéma à Montréal.

Juliette prit l'enfant à part :

— Vous passerez prendre Bohu : il t'accompagne. Oui, il t'accompagne. C'est comme ça. Et pas de rouspétage, tu m'entends ?

Elle les reconduisit à la porte en leur faisant promettre de ne pas revenir plus tard que huit heures, puis retourna au salon et regarda la vieille *Dodge* de Simoneau s'éloigner dans un ronflement de silencieux crevé.

— Il a l'air d'un bon diable, se dit-elle. Et c'est sans doute son père... Seigneur ! que rien n'est simple dans cette histoire. J'ai hâte que tout retombe en place. Encore quelques semaines de ce régime et il ne restera plus une miette de bon sens dans la tête de ce pauvre enfant.

Le jour tombait ; elle contempla les taches laiteuses laissées sur les murs par les tableaux qu'on avait enlevés et qui semblaient comme leurs fantômes. Alors, pour la première fois depuis des mois, elle eut l'impression que le tourbillon dément qui avait emporté sa vie dans une spirale sans fin ralentissait un peu – et la douleur d'avoir à quitter ces lieux où elle avait vécu heureuse, somme toute, pendant vingt-deux ans la pénétra soudain comme une eau glacée.

Un aboiement assourdi parvint à ses oreilles ; il semblait provenir de l'appartement de sa sœur.

— Quel gâchis, quel gâchis, pensa-t-elle en secouant la tête.

Elle se mit à parcourir l'appartement, caressant au passage une boiserie, l'appui d'une fenêtre, un panneau de porte, prenant plaisir à écouter le gémissement familier d'une lame de parquet, humant une odeur déjà évanescente, promenant partout son œil affamé dans l'espoir futile de transformer chaque détail en image impérissable. Elle s'arrêtait de temps à autre, plongée dans le souvenir d'une scène qui venait de surgir dans son esprit avec un relief troublant : c'était ici, juste devant la porte de la salle de bains, que Denis, la couche pendante, avait fait ses premiers pas ; une meurtrissure dans la corniche de la salle à manger fit apparaître la scène terrible où elle avait tiré sur sa sœur avec un pistolet ; et là-bas, huit ans plus tôt, dans la pénombre du corridor, elle avait failli éconduire un grand homme voûté, à l'élocution hésitante, vêtu d'un habit un peu fripé, qui se cherchait un appartement et se déclarait musicien.

Elle réalisa soudain que ses jambes allaient flancher. Il ne restait plus une chaise, ni même une caisse où elle aurait pu s'asseoir.

— Allons, suffit pour la nostalgie, grogna-t-elle, allons voir un peu ce qui se passe à Montréal.

Elle sortit dans le hall et referma la porte ; le déclic du verrou sonna à ses oreilles avec quelque chose de lugubre et d'irrévocable. La chienne aboya de nouveau, d'une voix claire et distincte cette fois, et un léger glissement de pieds se fit entendre derrière la porte d'Elvina. Juliette s'avança :

— Adieu, ma sœur, lança-t-elle avec un léger trémolo, adieu, puisque tu souhaites sans doute ne plus jamais me revoir (elle se sentait ridicule, comme égarée sur la scène d'un opéra, en train de beugler un air dramatique devant un auditoire tordu de rire). De nous deux, c'est sans doute moi qui mourrai la première, car tu es sûrement la plus coriace. Sache que j'aurai regretté jusqu'à la fin la façon misérable dont notre histoire s'est terminée.

Elle resta un moment devant la porte muette, haussa les épaules, puis sortit. Le vent s'était levé, humide et glacial. Un frisson la secoua et Fernand Livernoche apparut dans son esprit, souriant, l'œil un peu hagard, son couteau à la main ; puis ce fut sa nièce, couchée dans la pénombre, fixant un rai de lumière en tirant de longues bouffées de cigarette. Le tourbillon qui avait semblé ralentir quelques minutes auparavant retrouva soudain toute sa violence.

Elle se glissa dans son auto et, jetant un dernier regard à l'appartement d'Elvina, vit un rideau frémir.

— Cinq heures moins quart... j'ai juste le temps de faire un saut à la maison pour voir si tout va bien et j'irai prendre ensuite des nouvelles de ma chère nièce.

Elle trouva Alexandre Portelance dans la cuisine en train de déballer de la vaisselle. Il l'amena dans la salle à manger et, l'air grave, lui montra le mur privé de sa plinthe.

— Eh oui, fit-elle avec une grimace. Il faut que j'arrive à savoir qui m'a fait cette saloperie.

Le désappointement du vendeur fut grand lorsqu'il apprit qu'elle ne pourrait l'accompagner au restaurant ce soir-là. Elle posa sur lui un regard ému :

— Ça me ferait bien plaisir, crois-moi, mais il faut absolument que j'aille trouver ma nièce. Je n'ai pas réussi à l'atteindre à l'hôtel tout à l'heure. Je ne sais pourquoi, mais j'ai peur qu'elle ait pris la poudre d'escampette.

— Alors demain soir, peut-être ? J'ai besoin de te voir, moi, ajouta-t-il en cachant sa déception sous une emphase bouffonne. Je n'en dors plus, je passe mes nuits à dire mon chapelet.

Elle sourit et posa timidement sa main sur son bras :

— Oui, demain, si tu veux, pourquoi pas ? Mais je te préviens : je vais être obligée sans doute d'amener Denis ; cela risque d'écourter pas mal le repas.

— Qu'il vienne, qu'il vienne, le p'tit vlimeux. Tout plutôt que le chapelet. Mais, à propos, où est-ce qu'il se cache, lui ? L'école est finie depuis longtemps.

Portelance se montra étonné et même un peu inquiet en apprenant que Denis passait la soirée avec un ex-amant de sa mère, possiblement son père, mais, somme toute, un pur inconnu. Il se rasséréna aussitôt en apprenant que Martinek l'accompagnait.

— Allons, se dit Juliette en se dirigeant vers le *Château Versailles*, si ce camionneur n'est pas un bon diable, c'est qu'il n'en reste plus sur terre... Pourvu que je ne l'aie pas vexé en lui imposant Bohu.

Elle trouva sa nièce levée, vêtue d'une jolie robe rose et en train de se maquiller (cela lui faisait le plus grand bien). Adèle accepta volontiers de souper au restaurant avec sa tante. Juliette proposa d'aller au *Caveau*, dont elle appréciait le calme et la bonne vieille cuisine bourgeoise. N'eût été la piqûre qu'elle sentait parfois au creux de l'estomac à la pensée de Livernoche, l'obèse aurait passé un moment plutôt agréable. Sa nièce parlait peu, l'esprit souvent ailleurs, mais paraissait plus calme et faisait des efforts évidents pour se montrer gentille et de bonne compagnie. Juliette parla du libraire une seule fois, pour demander à sa nièce si elle avait une idée où pouvait se trouver le bonhomme. Mais sa question troubla tellement Adèle qu'elle n'osa pas insister. De tout le souper, la jeune femme ne posa pas une seule question sur son fils, et la comptable, d'abord un peu scandalisée, finit par comprendre qu'elle n'avait tout simplement pas la force de penser à lui.

— Laissons agir le temps, se dit-elle. Tout finira bien par s'arranger. Il y a quatre jours, il n'était pour elle qu'un petit tas d'ossements dans un cimetière. Et aujourd'hui, elle a devant elle un grand garçon de dix ans qui la zyeute par en dessous avec des airs d'enquêteur.

Il y avait un problème bien plus urgent à régler. Juliette prit une petite bouchée de gâteau à la noisette, repoussa loin d'elle le morceau tentateur, puis, après une dernière gorgée de café :

— Écoute, ma fille, je suis prête à t'aider aussi longtemps qu'il le faudra. Après tout, je ne me suis pas baraudée dans tout le Québec à ta recherche pour te planter ensuite au premier coin de rue. Mais il va falloir quitter ton hôtel et venir chez moi ; j'ai fait mes comptes hier soir : dans ma situation présente, avec une nouvelle maison à installer et pas d'emploi depuis six mois, je n'ai tout simplement pas les moyens de te garder au *Château Versailles*, ni ailleurs non plus.

À sa grande surprise, Adèle accepta tout de suite et de bon cœur, mais demanda à sa tante de la soustraire le plus possible à la fréquentation de ses amis, du moins pour un temps.

— Oui, oui, bien sûr. Du moins pour un temps, comme tu dis, ajouta-t-elle avec un petit rire. Il va bien falloir un jour que tu rechausses tes patins, ma fille : tu es trop jeune pour finir tes jours dans une chambre. Laisse ça aux vieilles comme moi.

Mais un incident allait survenir qui faillit renverser tous ses projets.

Depuis le jour où Martinek lui avait appris que Juliette Pomerleau avait enfin retrouvé sa nièce, Fisette se sentait comme un poisson dans un aquarium qu'un malin se serait amusé à remplir lentement de billes. Au *Studio Allaire,* il accumulait tellement les maladresses que son patron se mit à le soupçonner de s'adonner à la drogue.

— Si c'est le cas, je serai sans pitié! lança-t-il un matin au déjeuner en agitant une rôtie recouverte de confitures.

— Tu viens de salir la nappe, remarqua sa femme d'une voix égale.

Fisette n'avait pas vu Juliette trois minutes durant les quelques jours qu'elle avait passés à Longueuil avant son déménagement. Toute à sa nièce et à sa nouvelle maison, elle n'arrivait chez elle qu'au milieu de la soirée, avec juste assez de force pour improviser un petit souper en jetant un œil distrait sur les travaux de Denis. À dix heures, elle dormait.

Il l'avait rencontrée deux fois dans le hall. Un insupportable sentiment de honte s'était alors emparé de lui et il avait cru remarquer un certain malaise chez Juliette également. Après avoir bredouillé quelques mots avec un sourire contraint, ils s'étaient quittés. Pourtant, la gratitude qu'elle lui avait témoignée le soir où il lui avait annoncé sa victoire sur Elvina, qui avait décidé, la rage au cœur, de ne pas s'opposer à la vente de la conciergerie, lui laissait espérer que tout n'était pas perdu. Peut-être pourrait-il un jour regagner son amitié. Mais par quels moyens?

Martinek et Rachel, établis à Montréal depuis une semaine, lui téléphonaient de temps à autre, surpris et un peu inquiets par sa morosité et par l'espèce de détachement bougon qu'il leur manifestait.

Il passait ses soirées fin seul devant le téléviseur, les jambes écartées, l'air lugubre, supportant stoïquement l'avalanche des messages publicitaires. Il n'était pas question, bien sûr, d'aller jamais habiter dans la nouvelle maison du boulevard René-Lévesque (de quoi aurait-il l'air à se buter dix fois par jour à cette fameuse Adèle avec ses regards de violée, qui prendrait sans doute un malin plaisir à réduire en miettes ce qui lui restait de réputation ?).

Un soir, en arrivant de son travail, il vit les fenêtres de Juliette déshabillées de leurs rideaux et comprit qu'elle avait quitté les lieux à tout jamais. Dans un mouvement d'héroïsme, il alla frapper à sa porte pour la saluer, au cas où elle se serait encore trouvée sur place en train de rapailler quelques effets, mais ses coups résonnèrent si lugubrement dans l'appartement vidé qu'il tourna les talons et monta chez lui avec une vague envie de pleurer. Beaux voisins qu'il lui restait ! Une vieille fille anthropophage et un dentiste raide et compassé comme si on lui avait coulé du plomb dans les veines et qui, du reste, donnait l'impression de vivre plutôt en Argentine ou en Australie qu'à Longueuil, à moins que ce ne fût dans l'espace intersidéral.

Un sentiment de solitude tellement oppressant s'abattit sur lui qu'il fut incapable de souper. Il tourna quelque temps dans la cuisine, puis appela son amie Mariette, la vieillissante secrétaire de l'agence de voyages *Extraloisirs*.

— Partie pour la soirée, répondit sa mère d'une voix chevrotante, mais pleine encore d'une autorité souveraine.

— Eh ben, je pense que je n'ai pas le choix, soupira-t-il en raccrochant.

Et il s'enferma dans sa chambre noire. Mais vers huit heures, ployant sous le cafard, il décida de téléphoner à la nouvelle maison de Juliette. La sonnerie résonna une dizaine de fois et il allait raccrocher lorsque la voix de Rachel se fit entendre, tout essoufflée. Non, madame Pomerleau n'était pas là, ni sa nièce. Elle n'arriverait que vers la fin de la soirée et peut-être irait-elle coucher à l'appartement de la violoniste, car la maison était sens dessus dessous et Alexandre Portelance était en train d'abattre la cloison qui divisait en deux la salle à manger.

— Eh bien, si vous le permettez, je vais aller faire un tour, annonça joyeusement Fisette. Je suis sûr que mes bras seront les bienvenus.

Il arriva au 2302 du boulevard René-Lévesque en même temps que Denis, Martinek et Roger Simoneau. En apercevant le photographe, l'enfant poussa un cri de joie qui lui alla droit au cœur et, tout excité, se mit à lui raconter *La Grenouille et la*

Baleine. Fisette remarqua avec étonnement des traces de bégaiement dans son élocution. Debout derrière lui dans le vestibule, Simoneau, qui n'avait pas encore ouvert la bouche, l'écoutait avec de petits hochements de tête satisfaits. Puis, un peu embarrassé, il se présenta comme un ami de Juliette Pomerleau.

— Tiens tiens, en voilà un autre qui n'a pas la conscience tranquille, et je m'y connais! pensa le photographe en lui serrant la main.

Ils entrèrent. Rachel, en jean et chemisier rose, les cheveux relevés au-dessus de la nuque par un ruban de même couleur, fit la plus grande impression sur les deux hommes et même sur l'enfant, qui voulut recommencer tout de suite à son intention le récit du film.

— Minute, bobichon, l'interrompit-elle en riant, il faut d'abord que j'aille porter cette égoïne à monsieur Portelance qui est en train de se crever après un madrier.

Des coups de marteau et des bruits d'arrachement parvenaient de la salle à manger, dont on avait fermé la porte. Martinek s'était aussitôt mis à l'ouvrage. Il transportait des caisses de livres à son studio. Ses larges épaules un peu voûtées et son front sphérique et dégarni, sous lequel bougeaient doucement de grands yeux humides au regard un peu absent, lui donnaient l'air d'un débardeur passionné d'histoire de l'art.

— Ces caisses me donnent mal au dos, soupira-t-il en pénétrant dans la salle à manger.

Denis le suivit, accompagné de Fisette et de Simoneau.

— Misère! s'exclama le photographe, mais c'est un chantier, ici!

Alexandre Portelance se retourna, tout en sueur, couvert de poussière de plâtre, un arrache-clou à la main :

— On restaure, mon ami, on restaure! Quand j'aurai fini, cette salle à manger va pouvoir servir à de *véritables* concerts.

L'enfant lui présenta le camionneur et deux minutes plus tard Roger Simoneau apprenait que Juliette avait retrouvé sa nièce. La nouvelle le troubla tellement qu'il en perdit la parole; il écouta poliment ses interlocuteurs quelques instants, puis se retira, prétextant une grande fatigue et promettant à Denis de revenir le voir un de ces jours, ce que l'enfant accueillit sans déplaisir.

— Drôle de moineau, remarqua Fisette après son départ. On dirait quasiment qu'il se sent coupable de respirer.

Denis lui lança un regard désapprobateur, puis alla fouiner dans la maison, tout heureux que l'absence de Juliette lui permette de retarder l'heure de son coucher.

— Il faudrait m'enlever ces piles de boîtes, dit Portelance. Elles me gênent un peu.

Le musicien s'approcha :

— Elles m'appartiennent. Dans celle-ci, vous savez, il y a mes draperies de Berlioz, confia-t-il avec une intonation respectueuse. Mais ce fichu mal de dos m'empêche de travailler.

Rachel se tourna vers le photographe et lui fit une œillade.

— Ça va, ça va, j'ai compris. Mais dans une demi-heure, je veux qu'on me serve une bonne bière froide. Et ce gros sac, c'est à toi aussi, Bohu ?

— Oui, oui. Pose-le près du piano, veux-tu ?

Il allait monter sa cinquième caisse lorsque Juliette apparut dans la porte d'entrée.

— Diable ! lança-t-il intérieurement, je ne l'attendais pas si tôt.

Denis accourut vers elle.

— Où est ton ami ? demanda-t-elle.

— Parti.

— Bonjour, Clément, fit la comptable en s'approchant. Vous êtes venu nous donner un coup de main ?

Le photographe eut un sourire forcé :

— C'est la moindre des choses.

Et il gravit l'escalier. Juliette envoya Denis se coucher dans la chambre de Martinek, puis alla rejoindre Portelance en train de se battre avec un poteau qui refusait d'abandonner sa fonction.

— Va-t'en, ma belle, je t'en prie, haleta-t-il. Il y a une poussière du verrat ici, tu vas salir ton beau linge.

Elle retourna dans le hall et se mit à causer avec Martinek et Rachel. Les répétitions allaient bon train, lui apprit-on et, la veille, on avait parlé du concert dans *Le Devoir*. De temps à autre, elle jetait un coup d'œil au photographe, qui faisait la navette entre les deux étages, silencieux, l'air un peu penaud. Elle l'appela et se retira avec lui dans la cuisine :

— Écoutez, mon cher Clément, je vous vois aller et venir avec votre mine d'enterré vivant et ça me fait mal au cœur. Clarifions un peu les choses : si vous pensez que je vous garde rancune pour... l'incident de l'autre fois, eh bien, vous vous rongez les sangs pour rien. J'ai tout oublié. Je sais ce que vaut ma nièce ; elle ne montera sûrement pas au ciel avec une gerbe de lys blancs dans les bras, et vous n'avez sans doute pas été obligé de lui forcer beaucoup la main pour... Bon. Voilà un point de réglé. Et puis, c'est grâce à vous, n'est-ce pas, que j'ai réussi à la retrouver, non ? Et je n'oublie pas non plus le petit service que vous m'avez rendu auprès de ma chère sœur, même si je sais que le pape aurait procédé autrement. Alors, à partir de maintenant, le torchon est passé, la table est propre ; si j'en avais, je jette mes arrière-pensées à la poubelle, vous pouvez venir chez moi aussi souvent que vous voulez et même, ajouta-t-elle après une seconde d'hésitation, me louer un morceau d'étage, si ça vous chante. Cependant, donnez-moi deux ou trois semaines pour remettre un peu ma nièce sur pied et l'habituer à l'idée qu'elle devra fréquenter le genre humain de temps à autre.

Clément Fisette la regarda un moment sans parler, puis ses yeux se mirent à briller d'une façon inhabituelle ; il les essuya brusquement avec sa manche et :

— Merci, madame Pomerleau, balbutia-t-il d'une voix rauque. J'aimerais bien avoir votre bon cœur. Mais elle ? se reprit-il aussitôt. En me voyant, est-ce qu'elle ne sera pas portée à...

Juliette lui posa la main sur l'épaule :

— Allons, ne me faites pas dire des choses trop crues. Je pense qu'elle accorde à cette histoire beaucoup moins d'importance que vous ne le faites. Maintenant, suffit. Il faut que j'aille préparer les lits. Je tombe de fatigue et bobichon a de l'école demain.

Alexandre Portelance avait bien monté les lits, mais la literie se trouvait perdue quelque part dans l'amoncellement de boîtes qui occupait encore la moitié de la salle à manger. Affalée dans un fauteuil, Juliette louchait de fatigue en regardant ses amis chercher ; son visage affaissé et grisâtre et sa voix soudain pâteuse avaient réveillé chez eux de sinistres souvenirs. Rachel vint la trouver :

— Écoutez, je vous invite à mon appartement de Côte-des-Neiges. Vous dormirez avec Denis dans mon lit, je prendrai le canapé du salon. Et demain, on déjeunera ensemble. Ce sera bien plus agréable qu'ici.

Martinek l'écoutait, déçu, mais n'émit aucun commentaire.

— Ah ! je n'en peux plus, murmura Juliette quelques instants plus tard en s'appuyant sur la *Subaru*.

Elle tendit les clefs à la violoniste :

— Ça te dérangerait de conduire à ma place ? Je ne fais plus la différence entre la rue et le trottoir.

— Vas-tu retomber malade, ma tante ? s'inquiéta Denis.

— Non, mon chou, je suis tout simplement vidée. Il y a des journées comme ça qui nous dévorent jusqu'à la moelle.

En cours de route, elle leur raconta l'incident de la plinthe volée.

— J'y tenais vraiment beaucoup. Il y a toute une partie de mon enfance là-dedans. Mais je n'ai pas dit mon dernier mot.

Elle se coucha dès son arrivée et Denis, qui s'était attardé quelques minutes dans la cuisine à croquer une pomme tout en causant avec Rachel, la trouva en train de ronfler.

Vers le milieu de la nuit, elle fit un cauchemar.

Elle est en train de se savonner dans un bain, la tête enveloppée d'un turban (étrange détail), lorsque la porte s'ouvre brusquement et que Livernoche apparaît, armé d'un couteau, les cheveux hirsutes, le visage convulsé de colère :

— À Marat... Maratte ! hurle-t-il en levant le bras dans un grand geste théâtral.

Une sensation de brûlure terrible se répand dans son dos. La lame pénètre maintenant l'épaule gauche, puis les reins, puis le dos encore une fois. Juliette, paralysée, le fixe avec terreur, incapable d'émettre un son. Le libraire s'arrête et la regarde en ricanant, tandis que le sang gicle dans le bain. L'eau rougit, devient opaque, horrible à voir.

— Disparais, salope ! lance-t-il en plongeant sa main dans le liquide, et il tire le bouchon.

Horrifiée, elle contemple son sang qui file par la bonde.

— Et maintenant, annonce Livernoche d'une voix assourdissante, je termine l'opération par un *étranglement* !

Il se jette sur elle, les doigts distendus, mais au moment où il va atteindre sa gorge, un sifflement assourdissant remplit la salle de bains et, tandis que serviettes, brosses à dents, pots de crème et pains de savon se mettent à tournoyer dans un nuage de poudre de riz, le bain se soulève lentement, comme poussé par des réacteurs, traverse le plafond avec fracas et Juliette se retrouve ruisselante dans son lit sous le regard apeuré de son petit-neveu, à genoux près d'elle en train de la secouer.

▲

Au même moment se déroulaient à la maison du boulevard René-Lévesque des événements bien plus préoccupants.

Vers onze heures, Clément Fisette était retourné chez lui, le dos courbaturé et les jambes mortes, mais rempli d'une bonne humeur enfantine, et Martinek était resté seul. Il enfila sa robe de chambre, s'attabla dans la future cuisine et se mit à esquisser une série de variations pour quintette à vents sur le thème du *Danube bleu*, qui lui trottaient dans la tête depuis quelques jours. Les deux premières variations étaient déjà toutes notées dans son esprit. Perché sur le frigidaire, Sifflet l'observait. De temps à autre, le musicien croquait dans un biscuit au chocolat. Il était entendu entre lui et l'oiseau que les miettes allaient au merle.

L'intention première de Martinek était d'écrire un petit divertissement acidulé, plein de recherches rythmiques et de fantaisie. Mais à la quatrième variation, son inspiration dérapa et il se vit bientôt en train de composer une œuvre à caractère inquiet, qui l'entraînait irrésistiblement vers des profondeurs obscures. La forme du quintette le gêna de plus en plus et il décida de noter la musique sur deux portées seulement, se réservant de repenser plus tard à l'instrumentation. À deux heures vingt, il terminait la douzième et dernière variation, *adagio lamentoso* et, en la rejouant dans sa tête, il sentit son estomac se resserrer douloureusement. Il griffonna sur la première page de la partition : «esquisse pour orchestre de chambre, incluant un cor anglais et deux clarinettes basses» et la repoussa au bout de la table, comme si le fait de l'éloigner pouvait diminuer le sentiment d'oppression qui s'était emparé de lui; il resta assis un moment, la tête penchée en arrière, en proie à un accablement soudain qui lui enlevait jusqu'à la volonté de se lever et d'aller se coucher. Il finit par trouver la force d'allonger le bras et d'éteindre la lampe posée sur la table et resta ainsi dans l'obscurité à fixer sans les voir les branches dépouillées d'un peuplier qui bougeaient doucement devant la fenêtre. Après avoir picoré ses miettes de biscuit, Sifflet était retourné sur le frigidaire et dormait.

Au bout d'un laps de temps qu'il n'aurait su évaluer avec précision, il crut entendre un léger grincement quelque part au rez-de-chaussée. Il se redressa et tendit l'oreille. Les images les plus bizarres traversèrent son esprit. Il se dirigea vers l'escalier, descendit quelques marches, puis s'arrêta. Le silence de la maison n'était troublé que par les bruits intermittents de la rue.

— Ça devait venir de l'extérieur, se dit-il au bout d'un moment.

Mais, chose curieuse, son inquiétude persistait ; il décida
d'aller faire le tour du rez-de-chaussée avant de se mettre au lit.

Il s'imagina en train de circuler de pièce en pièce, cherchant
à tâtons les commutateurs. Craquement du plancher. Il se
retourne. Trop tard. Une ombre devant lui, le bras levé. Choc
foudroyant sur le crâne. Il s'écroule silencieusement dans le
noir, fragile et dérisoire comme une coquille d'œuf.

Martinek remonta doucement l'escalier, pénétra dans la
cuisine et en ressortit avec une casserole de fonte. L'œil aux
aguets, la jambe raide, il redescendit et alluma le lustre du hall.
Un peu de lumière pénétra dans le salon, dont la porte à sa
gauche était demeurée entrebâillée, éclairant vaguement une
empilade de manteaux qui semblèrent s'animer d'imper-
ceptibles ondulations. Il savait que le commutateur de cette
pièce se trouvait à droite en entrant. Il fit trois enjambées,
sentit le bouton sous son doigt et l'actionna.

Dix minutes plus tard, et après mille tremblements, il avait
fait le tour de chaque pièce, inspecté tous les recoins susceptibles de servir de cachette et conclu finalement que sa peur
était sans fondement et qu'il devait l'imputer à l'état ridicule
dans lequel l'avaient mis ses variations. Ses muscles se
détendirent. Il sourit, haussa les épaules en s'aspergeant d'épithètes ironiques et monta se coucher. Bientôt, il dormait.

Dans un placard de la cuisine, appuyé contre de gros fils
rugueux qui, deux mètres plus haut, aboutissaient au tableau de
distribution électrique de la maison, se trouvait le numéro 8,
volume II, 1980, de la revue trimestrielle *Le collectionneur*,
tout poussiéreux et racorni, oublié là depuis des années. La
couverture était illustrée par une reproduction en couleurs
d'une huile sur toile de Joseph Légaré exécutée vers 1845 :
Incendie du quartier Saint-Jean à Québec. Le tableau, dont le
centre rougeâtre était bordé en haut et en bas par des zones
sombres et confuses, montrait avec un détachement implacable
les rangées de maisons de pierre dont les entrailles enflammées
soufflaient d'immenses volutes de fumée rousse vers le ciel,
qu'étoilaient lugubrement des milliers de tisons. Au premier
plan, la foule, abasourdie, rassemblée entre deux avancées de
remparts sur lesquels avaient été jetés pêle-mêle tous les objets
qu'on avait pu soustraire à l'incendie, contemplait la destruction
de la ville, tandis qu'au fond quelques citadins courageux
s'agitaient dans la chaleur suffocante de la rue, cherchant à
s'approcher des maisons encore intactes pour en retirer quelques
possessions.

Le tableau, vaguement éclairé par une fenêtre, semblait frémir d'une vie secrète et fantomatique. Les volutes de fumée ondulaient imperceptiblement dans le ciel, les tisons s'allumaient et s'éteignaient, l'espace d'une seconde ; au bout de la rue principale, un personnage minuscule s'était arrêté près d'une maison, comme frappé de terreur. La scène de Légaré, à demi cachée par un seau à plancher crasseux, avait acquis une sorte de grandeur farouche. Soudain – magie de la peinture ? – l'air sembla s'épaissir autour de la reproduction ! Un filet de fumée mince comme une langue de chat passa devant la foule lilliputienne, qui frémit d'horreur. Puis un tison, parti du ciel de Québec, rougeoya soudain sous le tableau de distribution. Une petite flamme orange se mit à lécher la boîte, mais, n'y trouvant pas son compte, s'attaqua au mur de lattes recouvert d'une peinture grumeleuse et craquelée, qui bouillonna, puis noircit. Le placard s'était rempli d'une fumée grise et âcre qui se répandit peu à peu dans la cuisine. L'œuvre de Légaré semblait se détruire elle-même.

Martinek s'assit tout à coup dans son lit en toussant, tandis que le merle, affolé, voletait autour de lui. C'est le battement de ses ailes, ses cris et ses coups de bec qui l'avaient tiré du sommeil lourd et nauséabond où il était en train de s'enfoncer à tout jamais. Une barre de douleur lui coupait le front en deux. Il fut un moment avant de reprendre ses esprits, puis une peur animale l'envahit soudain ; bondissant sur ses pieds, il se rua vers l'escalier. En dévalant les marches, il constata que l'incendie semblait avoir pris naissance dans la cuisine et qu'il avait tout le temps voulu pour sortir. Il ouvrit la porte, s'avança sur le perron... et songea soudain à Sifflet resté là-haut, puis à ses partitions. Revenant sur ses pas, il appela l'oiseau, sans succès, fut sur le point de remonter l'escalier, mais, se ravisant, pénétra dans le salon et fit de la lumière. L'air épaissi était encore respirable. Il passa dans la salle à manger et aperçut au fond de la cuisine une lueur qui s'agitait, face à la fenêtre.

— Sacripant ! murmura-t-il, le tableau électrique !

Secoué par une toux violente, il s'approcha du placard et resta une seconde devant les flammes crépitantes, partagé entre l'envie de s'enfuir à toutes jambes et celle de bloquer la marche au malheur. Soudain, il plongea le bras gauche dans le feu, la tête rejetée en arrière, les yeux aveuglés de larmes, réussit à déclencher le disjoncteur principal, puis referma la porte, se rappelant que le feu était un grand friand d'oxygène.

Il se rua ensuite dans le salon, la respiration de plus en plus difficile (— Pourvu que Sifflet tienne le coup, pourvu qu'il tienne le coup, bon sang!), buta contre une boîte de carton et faillit s'étaler sur le plancher. La boîte contenait du linge. Il en arracha le couvercle et revint à la course en traînant derrière lui une grande pièce de tissu. Rouvrant la porte du placard, il se jeta sur les flammes et tenta de les étouffer, en proie à une quinte de toux qui lui tirait de la gorge des sons de tuba. Il aperçut alors à ses pieds un seau de plastique rempli de guenilles. Il s'en empara et bondit vers l'évier, mais son pied s'accrocha dans le tissu et, cette fois, il s'étala de tout son long. Une idée subite l'horrifia :

— Mon Dieu! la draperie de Berlioz!

Il se releva et la lança au milieu de la pièce, puis reprit le seau qui avait roulé dans un coin.

Dix minutes plus tard, l'incendie était maîtrisé. Il s'arrêta, titubant, hors d'haleine, et comprit qu'il venait de sauver la maison. Alors, tremblant de tous ses membres, il se rendit à la fenêtre, ouvrit les battants, pencha la tête et se mit à respirer à pleins poumons tandis que des tourbillons de fumée montaient en s'élargissant vers le ciel. Son bras gauche commençait à le faire souffrir. Au bout d'un moment, il s'approcha de la draperie et l'examina, désolé. Malgré la pénombre, il reconnaissait le tissu de velours bleu marine qui avait appartenu au compositeur français vers la fin de sa vie; un grand trou bordé d'une frange carbonisée le défigurait en plein milieu.

Soudain des battements d'ailes frénétiques traversèrent la salle à manger.

— Sifflet! s'écria-t-il. Ah! Dieu merci! tu es vivant!

Le merle affolé apparut dans la cuisine, voleta quelques secondes au-dessus de sa tête, heurtant deux ou trois fois le plafond, puis fila par la fenêtre grande ouverte et disparut.

Le musicien resta longtemps devant la fenêtre à l'appeler, scrutant en vain l'obscurité, mais la brûlure à son bras gauche, de plus en plus intense et profonde, sapait ses dernières forces. Il remonta la manche de son pyjama et contempla ses chairs rouges et enflées. Puis il traversa lentement la maison et alla s'asseoir sur le perron. Il claquait des dents, plongé dans un désarroi total et si fatigué qu'il avait peine à garder les yeux ouverts.

— Mon... mon concert... balbutia-t-il tout à coup en fixant son bras, atterré. Je ne pourrai pas jouer à mon concert...

Quelques minutes plus tard, une auto-patrouille, alertée par un appel, s'arrêtait devant la maison. Les policiers trouvèrent Martinek en train de sangloter sur le perron. Après l'avoir interrogé inutilement, ils jugèrent bon d'appeler une ambulance, car l'homme semblait sous l'effet d'un violent choc nerveux.

Ce jour-là, Juliette, dont l'accablement n'avait pas été sans inquiéter son entourage la veille, se montra admirablement à la hauteur des circonstances. À huit heures, Martinek, la voix défaillante et les idées embrouillées, téléphonait chez Rachel et leur apprenait l'incident de la nuit précédente et son hospitalisation à Saint-Luc pour choc nerveux et brûlures du deuxième degré à la main et au bras gauches. Juliette envoya Denis en taxi à son école de Longueuil, appela Portelance pour lui demander d'aller surveiller la maison, contacta son agent d'assurances et se hâta enfin vers l'hôpital Saint-Luc en compagnie de Rachel.

Martinek les reçut assis dans un fauteuil, le bras gauche bandé jusqu'au coude, la voix éteinte, le regard vide, nullement enivré par son exploit. Il ne parlait que de l'annulation de son concert et de la disparition de Sifflet, dont il se montrait inconsolable.

— Mais raconte-nous un peu comment c'est arrivé, Bohu, demanda Rachel. Où étais-tu ? Chez toi ? Au rez-de-chaussée ?

— Chez moi, chez moi. Tout a commencé par un grincement, un très léger grincement... vers deux heures du matin... j'étais fourbu... trois heures de travail sans interruption, tu comprends... après toute une journée à peinturer et transporter des boîtes... J'ai cru que le bruit venait de l'extérieur ou que mes nerfs me jouaient un tour... Je suis descendu quand même au rez-de-chaussée et j'ai inspecté chaque pièce, mais rien, rien de rien, je te dis, tout était normal. Alors, je suis monté me coucher et dix secondes plus tard, je dormais... Et je dormirais encore, et pour longtemps, si mon beau Sifflet...

Il s'arrêta, incapable de continuer. La violoniste lui fit boire un peu d'eau. Au bout d'un moment, il reprit son récit, mais la fatigue le gagnait à vue d'œil. Il était persuadé qu'il s'agissait d'un incendie criminel et qu'on récidiverait. Il supplia Juliette et Rachel de veiller sur la maison jour et nuit et de ratisser le quartier pour retrouver le merle des Indes, qu'il avait lâchement abandonné au milieu du péril alors qu'il lui devait la vie. Brusquement, ses yeux se remplirent de larmes. Rachel et Juliette tentèrent de le calmer, mais, n'y arrivant pas, demandèrent son médecin. L'infirmière, appelée sur les lieux, leur répondit que c'était impossible, que le docteur Gélinas était occupé à faire la tournée de ses patients, qu'il reviendrait voir monsieur Martinek le lendemain avant-midi, que ce dernier ne souffrait pas de brûlures trop graves et qu'avec un peu de patience et de bonne volonté, tout allait finir par se tasser. Juliette lui saisit le bras :

— Ma fille, savez-vous qui est votre patient ? Un compositeur de génie. Et, de plus, un homme qui m'a sauvé la vie par sa musique, oui, oui, tout à fait, je ne blague pas, les médecins ont été forcés d'en convenir. Et, par-dessus le marché, il vient de sauver ma maison d'un incendie, rien de moins. Pour son malheur, il est trop modeste et se fiche de tout et je comprends que son nom ne vous dise rien. Mais écoutez-moi bien : dans quelques semaines, on doit donner un concert de ses œuvres. C'est la chance de sa vie. Pour ce concert, il a besoin de sa main gauche et je veux qu'on me dise tout de suite s'il va l'avoir. Est-ce qu'il l'aura ? Répondez.

L'infirmière, un peu estomaquée, fronça les sourcils et se mit à expliquer d'une voix mal assurée que personne, bien sûr, ne pouvait prévoir au jour près le cours d'une guérison et que d'ailleurs...

— Vous ne pouvez pas le prévoir ? coupa Juliette. C'est ce que je voulais entendre. Conduisez-moi auprès du docteur. Il en sait sûrement plus que vous, sauf votre respect. Et si vous ne voulez pas, Dieu vous bénisse, je le trouverai bien moi-même.

L'infirmière, excédée, lui fit signe de la suivre. Le docteur Gélinas se trouvait à trois chambres de là en train d'examiner un gérant d'hôtel qui souffrait d'une affection chronique de la peau après avoir reçu quelques années auparavant une louchée de beurre fondu en plein visage. C'était un homme bienveillant et débonnaire, qui consacrait tous ses temps libres à l'histoire du *Titanic*, dont il était devenu un spécialiste ; il eut droit à un numéro époustouflant. La rotondité de Juliette lui plut, ainsi que sa détermination. Il revint dans la chambre de Martinek et tenta de le rassurer en lui affirmant qu'aucun nerf ou tendon n'avait été touché, qu'il s'agissait d'une « belle brûlure » qui guérirait vite et bien, que la musique était une chose merveilleuse et les concerts, une activité irremplaçable, et qu'il pourrait bientôt s'y adonner autant qu'il le voudrait.

— Je vais vous prescrire un nouveau cicatrisant qu'on vient de mettre au point en Australie à partir de sperme de kangourou. On en dit des merveilles. Il paraît que cela permet de sauter des étapes de la guérison...

Il salua tout le monde, coulant un regard attendri sur la gorge de Juliette, et s'en alla, sans qu'on puisse savoir s'il plaisantait ou pas.

Juliette s'assit en face de Martinek et, à force d'entrain, réussit à lui arracher un sourire.

— Allons, je suis sûre que tout va s'arranger. À votre retour, Sifflet va vous chanter un petit air du haut de son armoire et votre concert sera un triomphe. Jouez-vous un peu de votre musique dans la tête. Si elle a réussi à me rapiécer le foie, elle saura bien vous réparer la peau, sueur de coq !

Elle l'embrassa sur les deux joues et se rendit dans le corridor pour laisser à Rachel quelques moments d'entretien avec son ami, puis reconduisit la violoniste à la Place des Arts, où elle avait une répétition.

À son arrivée au 2302 du boulevard René-Lévesque, les enquêteurs du service des incendies et de la police municipale venaient de quitter les lieux en laissant à Portelance une note qui demandait à Juliette de communiquer avec eux. Elle venait à peine de franchir le vestibule que Fisette surgit derrière elle, tout essoufflé.

— C'est moi qui me suis permis de l'appeler, expliqua Portelance. Je sais qu'il a bon nez et c'est justement d'un maudit bon nez qu'on a besoin dans cette affaire, croyez-moi.

Et, l'air important, il les amena dans la cuisine. Ils contemplèrent en silence l'intérieur noirci du placard, les lattes à demi carbonisées, l'amas de guenilles gorgées d'eau et l'enveloppe – fondue sur une longueur d'un mètre – du fil qui avait déclenché l'incendie. Portelance se tourna vers ses compagnons, le sourcil levé, la paupière tombante, le regard doctoral, savourant à l'avance son effet :

— Tentative d'incendie criminel, mes amis. Les inspecteurs ont été obligés de se retenir à deux mains pour ne pas me le dire tout haut tout clair, mais leur visage jacassait malgré eux.

Juliette les regarda l'un après l'autre, puis ses lèvres se mirent à trembler :

— Mon Dieu, bredouilla-t-elle, c'en est trop à la fin... Ils vont finir par m'avoir...

— Allons, allons, ma chère, s'écria Portelance en la prenant par les épaules, tu me vires le système à l'envers quand tu parles comme ça. *Je suis là,* sacrament! Tu n'es pas en train de parler à une souche! Et puis, j'ai peut-être exagéré en parlant d'incendie criminel.

Juliette secoua la tête :

— Bohu a entendu des bruits étranges la nuit dernière au rez-de-chaussée, juste avant l'incendie.

— Livernoche, ricana Fisette, ça sent le Livernoche...

La comptable fixait la fenêtre par où s'était envolé Sifflet et resta un moment sans parler, tandis que le photographe tripotait les fils en fredonnant, la mine tellement réjouie que Portelance en fut agacé. Le vendeur s'approcha de son amie; elle pleurait.

— Non, non, il ne faut pas, Juliette! balbutia-t-il, effrayé. Je vais m'occuper tout de suite de...

— Nous allons vous aider, madame Pomerleau, assura Clément Fisette en s'approchant. Je m'installe ici dès ce soir et, dans deux jours, cette maison sera mieux protégée que le Kremlin et la Maison-Blanche ensemble.

— Un mouchoir, n'importe quoi, commanda-t-elle d'une voix brisée, la tête toujours tournée vers la fenêtre.

Elle s'épongea longuement les yeux, puis :

— Donnez-moi le numéro de téléphone de ces enquêteurs.

Puis, se dirigeant vers la salle à manger :

— Vous pouvez partir, Alexandre, et vous aussi, Clément. Je vous ai déjà trop retenus. De toute façon, j'ai ma petite idée.

Les deux hommes se regardèrent, étonnés, puis le photographe murmura :

— Il faut vraiment que je parte; mon patron va m'empaler. Je lui ai dit que j'allais à la pharmacie chercher de l'aspirine.

Il jeta un dernier coup d'œil dans le placard et enfila son manteau.

— À ce soir, n'est-ce pas, Clément? fit Juliette en interrompant sa conversation au téléphone.

— Oui, à ce soir, madame.

Alexandre Portelance arpentait la pièce, l'air malheureux, consultant sa montre à tout instant. Puis il pénétra à son tour dans la salle à manger. Juliette avait laissé l'enquêteur et discutait maintenant avec un électricien. Elle semblait avoir retrouvé son calme et lui adressa même un sourire du coin des lèvres. Il se pencha à son oreille :

— J'ai un rendez-vous. Je reviendrai cette après-midi.

Et il fit coïncider la fin de sa phrase avec un léger frôlement sur sa cuisse. Juliette le salua de la main, puis détourna la tête, sentant ses joues qui s'empourpraient. Quelques instants plus tard, elle réussissait à convaincre son interlocuteur de venir le jour même changer le tableau de distribution et vérifier le circuit électrique de la maison.

— J'ai ma petite idée, marmonna-t-elle, les dents serrées, en raccrochant.

Elle retourna à la cuisine, prit son sac à main et le vida prestement sur une table, malgré la suie qui recouvrait la surface. Ses mains larges et potelées fouillèrent nerveusement l'amas hétéroclite qui s'était formé et se saisirent enfin d'une carte professionnelle, à demi engagée dans le couvercle d'un vieux poudrier.

— 521-457... Non. Je vais plutôt y aller, décida-t-elle, et tout de suite !

Le bureau de maître Racette était situé au 1852, rue Sherbrooke Est, dans un édifice victorien à façade de pierre grise construit au début du siècle, mais défiguré quelques années plus tôt par un revêtement d'aluminium qui masquait les corniches ouvragées et le tour des lucarnes ; un porche de style pseudo-colonial, composé d'un perron de béton massif et de deux tubes d'acier peints en blanc, longs d'une dizaine de mètres, et supportant une sorte de fronton, faisait de pathétiques efforts pour donner à l'ensemble une allure grandiose. À droite de l'entrée luisait une grande plaque de cuivre :

CLIQUON, RACETTE, BLONDEAU & VAPORI

Juliette gravit pesamment le perron et entra. La réceptionniste leva vers elle des yeux fatigués et rougis :

— Maître Racette ne sera à son bureau que vers deux heures, lui annonça-t-elle dans un souffle.

La comptable la fixa une seconde, puis, mue par une inspiration soudaine :

— Vous avez l'air épuisée, ma fille, remarqua-t-elle avec compassion.

— Migraine, soupira l'autre en rangeant un paquet de feuilles. Tous les dix jours. Ou à peu près.

Le téléphone sonna. La réceptionniste achemina l'appel, puis leva de nouveau la tête vers Juliette, qui n'avait pas bougé et la considérait d'un œil attendri.

— Vous avez tout essayé, évidemment? fit la comptable en s'appuyant sur une jambe, puis sur l'autre.

Une expression étonnée apparut sur le masque affaissé de la jeune femme.

— Tout.

— Même l'acupuncture? Non? Il faut essayer l'acupuncture. Je connais un excellent acupuncteur au coin de Berri et Cherrier. Le docteur Yong. Téléphonez-lui. En deux semaines, il a fait marcher la petite fille d'un de mes neveux...

Elle dressa l'index au-dessus de la réceptionniste de plus en plus étonnée :

— ... percluse d'arthrite *à l'âge de cinq ans*, ma chère, avec des genoux gros comme des pamplemousses et un régime à l'aspirine qui l'aurait menée à la tombe en criant lapin. Aujourd'hui, elle gambade dans la cour d'école. Yong. Le docteur Yong. Prends un crayon et note-le.

— Y-o-n-g? épela la jeune femme, sans grande conviction.

— C'est ça. Coin Berri et Cherrier. Je t'en prie, va le voir, pauvre enfant, tu me tires les larmes des yeux. Écoute, poursuivit-elle sans transition, il faut absolument que je voie maître Racette tout de suite, pour une affaire personnelle et urgente. Sais-tu où il se trouve?

La réceptionniste se frotta machinalement la nuque en grimaçant et secoua la tête.

— Bon, fit Juliette.

Elle se tripota les doigts un instant, puis :

— Pourrais-tu me donner une feuille, une enveloppe et un crayon?

Penchée au-dessus du bureau, elle griffonna :

Désirerais vous voir le plus vite possible relativement à la vente de ma maison du 2302, boulevard René-Lévesque Ouest.
                               Juliette Pomerleau.

Elle plia la feuille, la glissa dans l'enveloppe et cacheta celle-ci.

— Non, non, ne te dérange pas, je vais aller la déposer moi-même sur son bureau. Où est-ce?

Deux lignes sonnèrent simultanément. Penchée au-dessus de son standard, la jeune fille soupira et pointa le doigt vers une porte. Juliette pénétra dans la pièce, y jeta un long regard circulaire, déposa la lettre sur le bureau, sortit (— Pas de plinthe. Cela m'aurait étonnée, d'ailleurs.) et revint se planter devant l'employée, le souffle court, se préparant à faire son grand coup :

— N'oublie surtout pas d'aller voir le docteur Yong : ta vie sera transformée. Une dernière chose, ma belle enfant, et ensuite je te fiche la paix. J'aurais voulu voir ton patron maintenant, car je n'aurai plus une minute à moi jusqu'au milieu de la soirée. Sois gentille et donne-moi son adresse personnelle, veux-tu ? Je te promets d'être discrète.

Juliette s'approcha de son auto, satisfaite, un bout de papier à la main.

— Évidemment, il n'est pas chez lui à cette heure, se dit-elle en démarrant. Et pourtant... s'il y était ? Ça ne coûte rien d'aller voir.

Vingt minutes plus tard, elle stationnait devant un gros duplex cossu de la rue Monkland à Notre-Dame-de-Grâce.

— Il faut lui faucher les jambes en entrant, décida-t-elle en ouvrant la portière. Enlève tes gants blancs, ma vieille, et frappe dur. Tu as deux minutes pour lui faire une peur bleue, sinon ta visite n'aura servi à rien.

Elle examina la façade de pierre percée d'énormes fenêtres rectangulaires qui ressemblaient vaguement à des vitrines, puis sortit de son auto. Ses aisselles dégoulinaient, alimentant deux taches sombres sous ses manches.

Maître Alcide Racette demeurait au rez-de-chaussée. Un perron massif, bordé d'une sorte de parapet de béton à revêtement de pierres plates donnait accès à l'entrée principale. Juliette le gravit, faisant une courte pause à chaque marche pour ne pas se mettre hors d'haleine. Parvenue à la plateforme, elle prit trois ou quatre inspirations, puis sonna. La porte s'ouvrit presque immédiatement, comme si on l'attendait, et maître Racette apparut, sans cravate ni veston, la chemise à demi déboutonnée.

— Eh ben ! bonjour, madame ! s'exclama-t-il en feignant du mieux qu'il put un étonnement joyeux (mais le résultat fut médiocre). Quel bon vent vous amène ?

— J'ai affaire à vous parler, répondit sèchement Juliette. Permettez ?

Et elle s'avança.

— Ah bon. Et comment allez-vous ? poursuivit l'autre en demeurant sur le seuil. Je suis content de vous voir. Mais j'allais justement partir. Je dois rencontrer un client à mon bureau dans dix minutes. Est-ce que nous ne pourrions pas nous voir là-bas, disons, vers trois heures ?

Les deux mains appuyées au chambranle, il semblait vouloir lui bloquer l'entrée. Une vague intuition se fit jour dans l'esprit de la comptable.

— Si vous le permettez, je préférerais qu'on se parle tout de suite – et ici même, insista-t-elle en avançant de nouveau, pressant sur lui de tout son poids.

Il dut reculer, incapable de résister à cette masse.

— Mais qu'est-ce qui vous pr... Mais arrêtez-vous, bon sang ! s'exclama-t-il en essayant de la repousser. C'est de l'intrusion ! Vous allez me ficher le camp d'ici au plus vite, sinon...

Mais il était trop tard. Par une porte grande ouverte, Juliette venait d'apercevoir une longue pièce de bois verni au-dessus d'un foyer ; les veinures du bois y dessinaient deux oiseaux fantastiques, l'un courant, l'autre prenant son envol.

Elle le repoussa d'un violent coup d'avant-bras puis, pénétrant dans le salon, se rendit à la cheminée, arracha la plinthe de son clou et, le visage convulsé de colère, s'approcha de Racette ; debout au milieu de la pièce, les bras croisés, ce dernier la fixait avec un sourire insolent :

— Irruption dans le domicile d'autrui suivie d'un vol, et tout cela en trente secondes ! Vous vous dirigez vers le tribunal à belle vitesse !

— Enlevez-vous de mon chemin, vociféra-t-elle, ou je vous casse ma plinthe sur la tête.

Il continua de la regarder avec le même sourire insolent, mais fit un pas de côté. Elle le heurta de l'épaule, ouvrit la porte principale et, se retournant :

— Rat d'égout ! Je ne fais que reprendre mon bien. Vous pouvez bien parler d'irruption et de vol ! Qui vous a permis d'entrer chez moi et d'arracher ma plinthe ? Ne me prenez pas pour une citrouille, je vois clair dans votre petit jeu. Vous reluquiez mon terrain pour démolir ma maison et construire à la place une autre de ces boîtes de béton qui font la honte de notre ville, mais je n'ai pas voulu vendre. Alors, pour me donner une leçon et faire baisser le prix, vous faites sacrer le feu chez moi, en prenant bien soin auparavant d'emporter ce qui vous intéresse.

Il éclata de rire.

— Riez, riez, si ça peut vous faire du bien, continua Juliette dans un nuage de postillons. Mais j'ai des petites nouvelles pour vous, au cas où vous ne seriez pas au courant : ma maison *n'a pas brûlé*. Ma maison est aussi belle qu'avant, mais mieux protégée désormais contre les gens de votre espèce ! Et soyez sûr, mon cher monsieur, que si je peux trouver un moyen de vous mettre une fois pour toutes hors d'état de nuire, je le prendrai. Le bon Dieu est bien bon de vous avoir fait pousser des dents de rat dans la bouche : c'est un avertissement pour tout le monde de s'écarter de votre chemin.

— Ma chère madame, répondit Racette avec une moue dédaigneuse, je crains que l'âge ou la fatigue – ou les deux – vous fassent un peu déparler aujourd'hui. Vous pouvez bien partir avec mon morceau de bois – je suis trop galant pour vous en empêcher –, mais ne criez pas victoire trop vite : je saurai bien me faire remettre mon bien et vous ôter à jamais l'envie de venir m'importuner.

Il avait repris toute son assurance ; son regard débordait d'une cruauté si calme et implacable que Juliette sentit ses entrailles se recroqueviller.

Elle haussa les épaules et sortit.

— Il faut que je l'écrase tout de suite, se dit-elle en tournant la clef d'allumage, sinon je vais l'avoir après moi comme un nuage de guêpes. Mais comment faire ?

Tout en conduisant, elle jetait des coups d'œil attristés sur sa plinthe. Racette l'avait fait tailler, poncer et vernir, rendant impossible sa réinstallation. Mais les deux oiseaux étaient intacts. C'est ce qui importait. Sous l'effet des trépidations de la voiture, ils semblaient battre des ailes, affolés. Et soudain une idée toute simple lui vint à l'esprit, qui la rasséréna aussitôt. Elle regarda sa montre ; il était onze heures quinze.

— Adèle va s'impatienter, mais tant pis. Il faut que j'aille le trouver tout de suite, avant que l'autre ait le temps de bouger. Eh oui ! c'est la seule chose à faire ! J'aurais dû y penser plus tôt.

Et comme pour la récompenser de sa bonne idée, l'*allégro* de la sonate pour violon de Martinek se mit à chanter dans sa tête avec une telle précision – elle entendait le léger craquement des cordes du piano lorsque les marteaux s'abattaient sur elles et le frottement rugueux de l'archet sous la voix pleine et intense du violon – qu'elle en demeura toute saisie.

Un quart d'heure plus tard, elle se présentait aux bureaux de *Rebâtir Montréal*.

Vers dix heures ce matin-là, au moment d'entrer dans l'ascenseur, une petite fille, mécontente sans doute de venir en ces lieux, avait glissé son ourson de peluche entre la porte et la cabine et la porte s'était coincée, obligeant tout le monde à emprunter l'escalier. Quand la secrétaire d'Alphonse Pagé aperçut Juliette sur le seuil, elle crut tout d'abord que cette dernière venait de faire une attaque. Elle se leva avec un petit mouvement convulsif de la main gauche et une boîte de trombones s'éparpilla sur le tapis dans un bruissement soyeux; puis, s'approchant de l'obèse appuyée contre le chambranle et en train de pomper tout l'air de la pièce :

— Monsieur Pagé! cria-t-elle, affolée, venez tout de suite.

Juliette lui fit signe de garder son calme, puis trouva le moyen d'ajouter en deux syllabes espacées de cinq secondes :

— Ça... va.

Alphonse Pagé apparut, un plan à la main :

— Ah! madame Pomerleau! qu'est-ce qui se passe? Vous vous sentez mal?

— Faites... réparer... l'ascenseur... J'ai... failli rester... dans l'escalier...

Pagé lui présenta une chaise et demanda à la secrétaire d'aller chercher un verre d'eau. La main de Juliette tremblait tellement qu'elle aspergea sa robe :

— J'ai à vous... parler... C'est urgent... Pfiou... Ah! mes amis... c'est comme si j'avais... traîné les étages avec moi... Monsieur Pagé, il faut que je vous parle seule à seul...

— Je suis à vous, madame. Êtes-vous en état de vous lever?

Elle posa sur lui un regard qui manquait légèrement d'aménité, se leva et entra dans son bureau. Alphonse Pagé la suivit; le dandinement lourd et affaissé de la comptable lui amena une petite grimace :

— Pourvu qu'elle ne me claque pas entre les mains, se dit-il. Je dois rencontrer le ministre Ricard dans une demi-heure au *Monument national*.

Il prit place dans son fauteuil :

— Eh bien! qu'est-ce que je peux faire encore pour vous, madame? demanda-t-il avec un grand sourire accompagné d'un coup d'œil à sa montre pour bien indiquer que sa bienveillance était minutée. Oh! pendant que j'y pense : la nouvelle version de notre entente est prête. En partant, demandez les deux copies à ma secrétaire et, si tout est à votre goût, vous n'aurez qu'à signer et à nous en retourner une par la poste.

— Merci, monsieur.

— Et alors? êtes-vous satisfaite de votre maison?

— Très. Mais un grand malheur a failli m'arriver la nuit passée.

Elle joignit brusquement les mains :

— Mon Dieu! j'allais oublier. Ma nièce va se demander ce que je fiche. Me permettriez-vous de faire un appel tout de suite? J'en ai pour une seconde.

— Restez assise, madame, fit Pagé en refoulant un soupir, je vais composer le numéro pour vous.

Il lui présenta le combiné.

— Mademoiselle Joannette vient de partir, madame, répondit la réceptionniste du *Château Versailles*. Non, il y a cinq minutes à peine. Un homme est venu la chercher. Plutôt grand, oui, mais je n'ai pas vraiment remarqué : on est un peu débordés ici en ce moment. Non, personne n'a réglé la note. Je n'y manquerai pas, madame. Au revoir.

— Seigneur du saint ciel, soupira Juliette en remettant le combiné à l'homme d'affaires, pourvu que...

— Et alors, madame? quel est ce malheur qui a failli vous arriver? Je n'ai malheureusement pas beaucoup de temps à vous accorder. Dans vingt minutes au plus tard, je dois être au centre-ville.

— Excusez-moi, bafouilla Juliette. Je suis désolée de vous achaler comme ça, alors que vous avez tant de...

Et, trébuchant sur les mots dans sa hâte d'en finir, elle lui raconta l'incendie de la veille et sa visite chez Alcide Racette. En entendant ce nom, Pagé eut un sourire goguenard :

— Tiens, tiens, je le retrouve encore dans mes pattes, celui-là?

Il écoutait la comptable en se mordillant les lèvres avec d'étranges grimaces. De sa main droite, il saisissait de temps à autre une feuille de mémo près de son appareil téléphonique, la bouchonnait brusquement et l'envoyait rouler sur son bureau avec une pichenotte.

— Je connais très bien cet homme, dit-il quand Juliette eut terminé. Il travaille pour un groupe de spéculateurs suisses établi à Zurich. Je le soupçonne de servir d'homme de paille à d'autres intérêts également. On m'a parlé de lui l'autre jour dans l'affaire de l'incendie du quartier chinois. Je n'aime pas beaucoup ce monsieur. Voilà longtemps qu'il mérite une bonne leçon, mais personne ne s'en est jamais occupé. Ne pensez plus à lui, madame Pomerleau, j'en fais mon affaire. Le cœur me fend de voir un homme jeune et dynamique utiliser aussi mal son énergie. Je vais lui faire quelques suggestions.

— Et moi, dès aujourd'hui, je lui intente une poursuite pour vol et dommages à ma propriété.

— Très bien. Ces individus ont la couenne épaisse; deux corrections valent mieux qu'une. Maintenant, ma chère madame, il faut que je vous mette à la porte, car les ministres n'aiment pas attendre et j'en ai un à rencontrer. Je m'occupe de votre problème dès cette après-midi et je vous promets d'y mettre de la poigne. N'oubliez pas votre contrat.

Juliette le remercia avec effusion et quitta précipitamment le bureau, toutes ses pensées tournées vers Adèle.

— Un homme plutôt grand... Je suis sûre qu'il est venu la chercher, pensa-t-elle en se hâtant dans le corridor. Je ne la reverrai plus jamais de ma vie. Et tout ça par ma faute! Je n'aurais pas dû la quitter d'un pouce.

Elle appela l'ascenseur. Un technicien était venu le réparer quelques minutes plus tôt. Elle pénétra dans la cabine en même temps qu'un grand blond au visage fade et comme étiré, les poches bourrées de flacons de parfum (sa mallette arrondie et mal fermée exhalait une écœurante odeur de lavande); l'individu posa sur elle un long regard étonné. Pendant ce temps, Alphonse Pagé, debout devant son bureau, l'air indécis, se tripotait le menton en regardant sa montre.

— Tant pis, ils attendront, se dit-il enfin. J'ai trop hâte.

Il actionna l'interphone et demanda à sa secrétaire de le mettre en communication avec Alcide Racette :

— Et puis, demandez donc à Paul de m'apporter le dossier sur l'incendie du quartier chinois.

Le téléphone sonna presque aussitôt : l'avocat était au bout du fil.

— Ah! bonjour, maître Racette, fit Pagé de sa voix joviale et sonore, remplie d'une bienveillance qui semblait s'étendre jusqu'au règne minéral. Je ne crois pas que nous nous soyons jamais rencontrés, mais mon nom vous dit sans doute quelque chose. C'est ça, *Rebâtir Montréal.*

Un homme à demi chauve et d'apparence fragile, portant des lunettes à monture dorée, apparut dans le bureau, un épais dossier à la main. Pagé lui fit signe de s'asseoir.

— Oui, depuis sept ans déjà, poursuivit-il. Avec des hauts et des bas, bien sûr. Les affaires ne sont plus ce qu'elles étaient, comme vous le savez. Mais je me débrouille. Écoutez, maître, je sais que vous vous intéressez beaucoup à l'immobilier. J'aurais une proposition intéressante à vous présenter... Non, je préférerais qu'on se rencontre... Aujourd'hui, si c'est possible...

Formidable. Trois heures ? Parfait. Non, non, ne vous déplacez pas, je vous en prie : j'irai à votre bureau. Je me rends tout à l'heure à quelques rues de là ; je n'aurai qu'à faire un saut. C'est ça, au plaisir.

Il raccrocha.

— Alcide Racette ? fit Paul avec un sourire étonné.

— Nul autre, mon cher. Son nom revient de plus en plus souvent, hein ? J'ai de bonnes raisons de croire qu'il a fait mettre le feu la nuit dernière à la belle maison de pierre au coin de René-Lévesque et de Lambert-Closse que j'ai failli acheter. Heureusement, quelqu'un a pu étouffer les flammes. Écoute, mon cher Paul : ça te dérangerait beaucoup de retarder un peu ton dîner ?

Il désigna le dossier que tenait son compagnon :

— J'aimerais que tu m'épluches ça très soigneusement pour me ramasser le plus de renseignements possibles sur notre bonhomme. Tu pourras me trouver à deux heures à...

Il s'arrêta, cherchant à se souvenir.

— ... à la *Marée*, place Jacques-Cartier, compléta sa secrétaire en entrant. Vous allez être en retard, monsieur Pagé. Votre limousine vous attend depuis dix minutes.

L'homme d'affaires sourit comme si elle venait de lui annoncer une grossesse longuement espérée, prit sa serviette et se planta devant Paul :

— Mon ami, fouille-moi ce dossier avec ton regard le plus pointu, hein ? Il faut que je sacre une bonne frousse à ce monsieur pour qu'il se tienne tranquille un bout de temps, au moins en ce qui regarde la maison du boulevard René-Lévesque. Elle me tient à cœur, comprends-tu ? Si tu me déniches quelque chose de croustillant, je te paye le cognac.

— Midi moins dix, monsieur Pagé, insista la secrétaire sur un ton de reproche de plus en plus appuyé.

— Ça va, ça va, je m'en vais.

— Et qu'est-ce que je fais de votre rendez-vous de cette après-midi avec monsieur Shanleypinkerfield ? demanda-t-elle en le suivant à grands pas.

— Demandez à François qu'il s'occupe de lui jusqu'à mon retour.

Ils avançaient dans le corridor.

— Mais François n'arrivera pas avant trois heures et demie.

— Alors demandez à l'entrepreneur qu'il lui fasse visiter tout de suite le chantier. J'irai les rejoindre.

Il actionna le bouton d'appel et lui fit un grand sourire :

— Je suis sûr qu'encore une fois, grâce à vous, tout ira comme sur des roulettes.

Et il disparut dans l'ascenseur. Julie haussa les épaules et retourna à son bureau. Dans le mouvement de flexion qu'elle fit pour s'asseoir, ses jambes devinrent tout à coup molles comme de la réglisse, et un début d'étourdissement la saisit. Elle allongea une main tremblante vers un cendrier, saisit sa cigarette et un épais nuage gris-brun prit la forme exacte de ses poumons. Elle ferma à demi les yeux. Une multitude de très fines titillations lui emplissaient délicieusement la poitrine. Elles montèrent dans sa gorge et vinrent s'épanouir à la base du cerveau. Ses idées redevinrent aussitôt vives et limpides :

— Il est en train d'acheter mon système nerveux à coups de sourires, se dit-elle, secouée par une petite toux sèche. Au train où vont les choses, il va bientôt falloir que je vienne travailler le dimanche.

Par la porte entrouverte, elle voyait Paul en train de compulser son volumineux dossier en sifflotant. Mais ses lèvres, contractées par l'appréhension d'un échec, ne pouvaient émettre que des sons lugubres et tremblotants.

Alphonse Pagé arriva au *Monument national* en retard et réussit presque aussitôt à dérider le ministre qui arpentait le hall depuis dix minutes, les mains dans les poches et l'expression de plus en plus sombre et nuageuse. Il était accompagné d'une dizaine de personnes : le comédien Jean-Louis Roux, directeur de l'*École nationale de théâtre*, établie dans les lieux, Joshua Wolfe, directeur d'*Héritage Montréal*, Dinu Bumbaru, président de *Sauvons Montréal,* ainsi que des fonctionnaires du ministère des Affaires culturelles et du service d'urbanisme. Monsieur Roux prit la tête du groupe et fit visiter les lieux, expliquant l'intérêt qu'il y aurait à rafraîchir toutes ces splendeurs fanées, menacées de destruction. De temps à autre, il lançait un regard entendu à Pagé. Ce dernier, l'œil pétillant, un mystérieux sourire aux lèvres, appuyait de temps à autre ses propos d'une courte remarque et, la main dans la poche de son pantalon, tripotait de plus en plus nerveusement son porte-clefs à mesure que la visite approchait de sa fin.

Ils revinrent dans le hall; des exclamations jaillirent. Une table avait été dressée, où trônaient deux jéroboams de *Veuve Cliquot* entourés de coupes et de hors-d'œuvre; derrière la table se tenait un vieux serveur au visage brunâtre et tout plissé, le crâne recouvert d'une perruque noire comme du jais.

En face, portée par des tréteaux, s'étalait une immense maquette. Le ministre Ricard, étonné, se tourna vers Jean-Louis Roux :

— Est-ce que cette mise en scène est de vous, mon cher ?

— Non, monsieur le ministre, répondit l'autre en riant. Nous la devons plutôt à monsieur Pagé.

— J'ai toujours aimé le théâtre, expliqua Pagé. Et je me suis dit que le *Monument national* était l'endroit idéal pour faire mes premières armes.

— Premières armes ? répondit le ministre, narquois. Je pense au contraire que vous êtes un vieux routier.

Le groupe se pressa autour de la maquette. Elle représentait le côté est de la rue Saint-Laurent, plus le quadrilatère qui la bordait du côté ouest entre la rue Sainte-Catherine et le boulevard René-Lévesque. Mais il s'agissait d'une vision fort embellie des choses. Pagé déclara qu'il fallait sauver non seulement le *Monument national* mais aussi son environnement pittoresque – et fort délabré – qu'un projet d'envergure menaçait d'anéantir.

— Privé des façades dix-neuvième qui l'entourent, messieurs, le *Monument* perd tout son sens. Il aura l'air tombé de la lune. Un vieux cheveu sur la soupe, quoi ! Je vous le dis tout net : je n'ai jamais pratiqué le culte des vestiges. C'est une invention de promoteurs désireux d'avoir les mains libres. Au lieu de respecter l'histoire, ils lui font l'aumône comme à un quêteux pour se faire pardonner la dévastation de quartiers superbes. Connaissez-vous quelque chose de plus triste qu'une maison de pierre du Régime français flanquée de deux gratte-ciel ?

Et il décrivit son projet au groupe silencieux. Il s'agissait de restaurer les huit édifices bordant le côté ouest de la rue Saint-Laurent qui encadraient le vieux théâtre – un promoteur les avait acquis pour les remplacer par des tours à bureau –, puis de reconstruire avec leurs façades originales ceux qu'on avait rasés quelques années auparavant du côté est, où s'étendait maintenant un immense stationnement.

— Mais je ne peux agir seul, bien sûr. J'ai besoin du soutien de la ville, et du vôtre aussi, monsieur le ministre. Soutien législatif – et financier.

Le ministre examinait la maquette, ébahi, admiratif et un peu inquiet :

— Ma foi, monsieur Pagé, on vous a transfusé du sang de pharaon, ou quoi ? Avez-vous une idée des coûts d'un pareil projet ?

— Ils seront élevés. Mais les Polonais affamés ont bien reconstruit le vieux Varsovie après la guerre, non ? Qu'est-ce que ce projet en comparaison ? Et puis, on aime Montréal ou on ne l'aime pas ! Voilà une bonne façon de le prouver. Si on suit mon plan, ce sera une affaire très lucrative, vous verrez ! Et je ne parle pas des avantages sociaux qu'apporte la restauration du tissu urbain.

Il jeta un coup d'œil à la ronde, puis :

— Je suggère tout d'abord que les rez-de-chaussée restent voués au commerce, avec préséance aux commerçants actuels, qui font pour la plupart de bonnes affaires. Il faut préserver l'animation de cette rue, qui fait une grande partie de son charme... et de sa santé commerciale. Quant aux autres étages, j'y vois des bureaux, de petites manufactures. Et, dans ce milieu bigarré, l'École nationale de théâtre, avec ses étudiants, ses décorateurs, son personnel de soutien : la vie, quoi ! Il ne faudra pas avoir peur de planter des arbres et de refaire cette façade insignifiante, qu'on a construite ici il y a douze ans et qui va déparer l'ensemble. Et puis là-bas, fit-il, le doigt tendu, je vois un hôtel de première classe – non, non, ne souriez pas : dans dix ans, je vous prédis que la rue Saint-Laurent sera devenue à la mode jusqu'à Jean-Talon et peut-être au-delà ; c'est déjà commencé, d'ailleurs. Que voulez-vous ? Après avoir saccagé nos vieux quartiers, on sent maintenant le besoin de les remplacer : je perds une main, je m'achète un crochet.

On le bombarda de questions et de taquineries jusqu'à *La Marée*, où il avait invité tout le monde à dîner. Il répondait avec une verve endiablée, soulevant les rires ou faisant naître des silences respectueux par la précision et la pertinence de ses réponses.

C'était un bon compagnon de table, mais peut-être un peu encombrant. Vers la fin du repas, après un long entretien avec le ministre et le directeur du service d'urbanisme, il devint distrait, comme si son projet, maintenant lancé, l'intéressait déjà moins. Il faisait de son mieux pour suivre les conversations, jetant des coups d'œil discrets à sa montre et sortant son calepin de temps à autre pour y griffonner de courtes notes. Puis il se tortilla un peu sur sa chaise, toussota et, se levant avec un sourire embarrassé :

— Messieurs, je suis désolé, mais je dois vous fausser compagnie. Un rendez-vous que je ne peux remettre. Je suis enchanté d'avoir passé avec vous d'aussi agréables moments. Madame la présidente, monsieur le ministre, messieurs...

Il inclina la tête et sortit d'un pas rapide.

— Quel personnage! s'exclama le ministre Ricard, enthousiasmé et quelque peu soulagé. Nous manquons de ce genre d'hommes... J'ai bien l'intention de l'aider... dans les limites du possible, bien sûr... J'espère, mes amis, que vous m'emboîterez le pas?

Alphonse Pagé trouva Paul à l'entrée, une serviette à la main. Il le prit par le bras et sortit :

— Et alors?

Paul tourna vers lui un visage aux traits un peu tirés, mais où se lisait une modeste satisfaction :

— Je crois avoir trouvé quelques-uns de ces petits morceaux croustillants, patron, ou – plus exactement – des promesses de morceaux. Mais il serait très utile auparavant que je téléphone à...

— Écoute, Paul, je ne me présente pas devant la Cour suprême; je veux seulement donner une bonne trouille à cette crapule.

L'autre secoua la tête; le soleil éclatant dévorait sa chevelure blonde et clairsemée.

— N'importe... j'aimerais bien contacter auparavant un certain Alfred Nikoly à Boston; c'est un ancien journaliste qui semble connaître pas mal de choses sur votre homme et pourrait me confirmer des...

— Alors, allons prendre un café *Chez Daviron*, coupa Pagé en s'avançant à grands pas. Tu pourras lui téléphoner de là et me faire ensuite ton rapport, que j'irai déverser tout chaud sur les genoux de notre brûleur de maisons.

Ils montèrent dans la limousine, stationnée à quelques pas, et Paul commença à décrire les activités et antécédents du sieur Racette. La limousine les laissa devant le restaurant, puis se stationna une dizaine de mètres plus loin, où le chauffeur avait repéré un coin ensoleillé propice à la lecture de son photoroman.

Paul, tout à son enquête et la gorge un peu nouée, passa devant son patron en oubliant de s'excuser, pénétra dans le restaurant et se rendit à la cabine téléphonique. Il en ressortit quinze minutes plus tard avec un sourire de victoire mitigé. Alfred Nikoly en savait moins sur Racette que Paul ne l'avait souhaité – ou peut-être avait-il de bonnes raisons de garder sa science pour lui. Mais la piste s'avérait prometteuse et donnait déjà de petites choses tout à fait charmantes. Le journaliste avait cité en particulier un nom bien connu du monde interlope qui avait eu des rapports avec un gestionnaire de la Société canadienne d'hypothèque et de logement, lui même ex-associé et beau-frère d'Alcide Racette. Alphonse Pagé avait de nouveau sorti son calepin et griffonnait fiévreusement (il saisissait à demi-mot et ne faisait jamais répéter). Son sourire bon enfant, de plus en plus radieux, lui donnait l'air d'un vieil oncle en train de déballer des robots à piles devant des neveux trépignant de joie. Paul poursuivait son rapport; son visage se détendait et sa voix devenait moins gutturale, plus aisée. Quand il fut arrivé au fond de sa besace, il s'arrêta, se lissa les cheveux du bout des doigts, puis :

— Si vous voulez, je prends le premier avion pour Boston et...

— Non, pas tout de suite. Tu viens de me fournir assez de savon pour faire monter un sacré paquet de mousse devant notre bonhomme. Son bureau va en être rempli. Il va avoir envie de sauter par la fenêtre. Mes compliments. Excellent travail. On se revoit au bureau en fin d'après-midi.

« Cessez de me regarder ainsi, s'écria Riccardo. Vous ne pouvez savoir jusqu'où peut me pousser la passion que je ressens pour vous. » « De grâce, retenez-vous, répondit Helena. Père doit arriver de la chasse d'un instant à l'autre. »

Le chauffeur allait tourner la page lorsqu'il reconnut le pas vif et sec de son patron. Il déposa son photoroman dans la boîte à gants et voulut sortir pour lui ouvrir la portière, mais Pagé l'avait prévenu et se glissait déjà sur la banquette :

— Ce n'est pas la peine, Adrien, je te le répète encore une fois, bougonna l'homme d'affaires. Je ne suis pas un cardinal de cent huit ans !

Il étendit les jambes, prit une profonde inspiration, comme s'il se préparait à fournir un effort, puis :

— 1852, rue Sherbrooke Est. J'en ai pour un petit quart d'heure.

— C'est-à-dire une heure et quart, corrigea mentalement Adrien. Et moi, je n'ai quasiment plus rien à lire.

Il tourna la tête vers son patron :

— Est-ce que j'aurais le temps de faire un saut chez ma belle-sœur, monsieur Pagé? Elle demeure à trois portes.

— En manque de photoromans? Si tu veux, mon vieux, mais ne me fais pas niaiser, hein? Elle a de la jasette, ta belle-sœur, et toi-même, tu n'es pas tout à fait un sourd-muet. Quel massacre! se dit-il en apercevant un peu plus tard l'édifice qui abritait les bureaux de messieurs Cliquon, Racette, Blondeau et Vapori. Ah! que j'ai hâte d'avoir cette crapule devant les yeux!

Il grimpa le perron en deux bonds, entra et constata avec soulagement que les boiseries d'origine avaient été conservées. Le visage décomposé de la réceptionniste le frappa; il allait demander qu'on l'annonce lorsqu'une porte s'ouvrit; Alcide Racette s'avança vers lui avec un sourire obséquieux, mais l'œil perçant, et l'invita à passer dans son bureau.

Pendant les trois heures qui s'étaient écoulées depuis l'appel d'Alphonse Pagé, il avait longuement réfléchi aux motifs probables de la visite de l'homme d'affaires et il en avait dénombré une bonne dizaine, répartis en deux groupes inégaux : les tuiles et les occasions lucratives, avec prédominance des tuiles. Parmi ces dernières, des embêtements possibles relatifs à la tentative d'incendie avortée chez Juliette Pomerleau avaient particulièrement retenu son attention. Pour chacun des cas, il avait déjà prévu des réponses et des attitudes, mais la façon abrupte dont Alphonse Pagé entama l'entretien faillit le désarçonner.

L'homme d'affaires s'assit dans le fauteuil qu'on lui offrait, puis demanda un verre d'eau (avant une joute coriace, il aimait bien réduire un ennemi au rôle de serviteur). Après avoir bu lentement trois gorgées, il allongea les jambes et regarda Racette avec un bon sourire paternel. Un moment passa.

— Ma foi, il est timbré, se dit l'avocat en détournant les yeux. Qu'est-ce que je peux faire pour vous, mon cher monsieur? demanda-t-il en essayant de rivaliser avec le sourire de son interlocuteur.

— Pas grand-chose. Mais moi, par contre, je peux faire beaucoup pour vous.

— Tuile, conclut aussitôt Racette. Ah oui? Très intéressant. Je vous écoute.

— De quelle promotion êtes-vous, maître Racette? demanda Pagé en posant son verre sur le bureau. Laissez-moi deviner... Vous avez le teint encore frais, ça ne doit pas faire trop longtemps... 1970, 1971, quelque part par là...

— 1973, précisa l'autre avec une politesse glaciale. Vous vous intéressez à ma carrière? J'en suis très touché.

— Je vais vous toucher encore bien plus, vous allez voir. Oui, je m'intéresse à votre carrière. Je suis venu vous aider à la sauver.

— Ah bon. J'ignorais qu'elle fût en danger.

— On m'a dit que la démolition de Montréal vous passionne; elle semble même votre délassement favori. Chacun les siens, pourquoi pas ? Quant à moi, j'en ai d'autres. Si je vous consacre un peu de mon temps cette après-midi, c'est pour vous aider à garder vos activités dans les limites d'une certaine légalité ; c'est parfois très utile en société. J'ai l'impression que, dans le feu de l'action, vous vous oubliez parfois. Est-ce que je me trompe ?

L'avocat, toujours souriant, se leva de son fauteuil :

— Je vous remercie pour tout le soin que vous prenez de moi. Mais on a dû mal vous renseigner, ce qui a stimulé votre charité inutilement. Je ne voudrais pas vous faire perdre votre temps, ni perdre le mien. J'ai une après-midi très chargée.

Alphonse Pagé le regarda en silence. Racette eut l'impression de l'avoir décontenancé. Il se dirigea vers la porte, l'ouvrit :

— À une prochaine fois, peut-être ?

Pagé se rejeta en arrière dans son fauteuil en se frottant doucement une cuisse :

— Il y a eu une tentative d'incendie la nuit dernière chez une dame Pomerleau, sur le boulevard René-Lévesque, poursuivit-il sur le même ton affable. Remarquez que je n'ai encore aucune preuve solide contre vous dans cette affaire, mais je suis certain comme d'avoir deux jambes et deux bras que je pourrais en obtenir assez facilement. Peut-être même demain. Vous savez, maître Racette, je m'intéresse à vos activités depuis quelque temps déjà, pour des raisons que vous comprenez sûrement. J'ai même amassé au cours des ans une petite poignée d'anecdotes sur vous. Certaines sont très piquantes. Vous devriez refermer la porte.

L'avocat retroussa le nez comme un chien qui va mordre :

— Vous commencez à me tomber un peu sur les nerfs, monsieur. Vous devriez partir.

— Pas avant de vous avoir parlé d'un certain Alfred Nikoly, que vous connaissez peut-être, et aussi d'un certain Réal Sabin, gestionnaire à la Société canadienne d'hypothèque et de logement et qui a des intérêts, semble-t-il, dans la *Elliott Development Corporation*, dont les bureaux se trouvent à deux pas du club *Desto-Rito*, rue Crescent, où vous allez parfois.

Alcide Racette eut un sourire qui simulait la stupéfaction avec un naturel étonnant, mais il ne réussit pas à exercer le même contrôle sur la couleur de son visage, qui pâlit un peu.

— Allons, qu'est-ce que c'est que ces folichonneries ? soupira-t-il en regardant Pagé avec compassion.

Mais il referma la porte d'un geste négligent et retourna s'asseoir. C'est alors qu'Alphonse Pagé, faisant des prodiges pour masquer les failles dans ses informations, lui livra quelques petits «échantillons» de ce qu'il savait sur ses activités et lui parla notamment d'Alfred Nikoly, ce journaliste américain qui avait habité Montréal une quinzaine d'années et s'en était épris. Nikoly, domicilié à Boston depuis quelques mois, avait été responsable pendant plusieurs années des affaires internationales à *The Gazette*.

Un soir qu'il se trouvait à la *Binerie*, rue Mont-Royal (il adorait les restaurants populaires, les gares, les terminus, les magasins à rayons, «où, disait-il, battait le vrai cœur de la ville»), son attention avait été éveillée par les plaisanteries ambiguës de deux hommes visiblement éméchés, attablés au comptoir devant une tasse de café. On parlait de «feu d'artifice», de «Chinois qui allaient changer de couleur» et d'une «cigarette spéciale» qui risquait de faire beaucoup de fumée. Les deux hommes se commandèrent un second café, plaisantèrent encore un moment, puis sortirent. Nikoly, de plus en plus intrigué et n'ayant rien à faire ce soir-là, décida de les suivre. Il se retrouva une demi-heure plus tard au club *Desto-Rito*, assis à une table derrière les buveurs et faisant mine de s'intéresser passionnément aux ondulations d'une jeune danseuse nue au regard vide, en train de mâcher de la gomme. Incommodés sans doute par l'effet du café, les compères s'étaient remis à boire. Un homme bedonnant, à la chevelure noire extraordinairement fournie et dont le visage présentait une ressemblance frappante avec celui de Staline, vint bientôt les rejoindre, et une discussion à voix basse commença. Le journaliste, la tête penchée de côté, le regard vissé sur la danseuse, essayait de percer le tapage de la musique; il apprit les prénoms des trois hommes et le nom de famille de l'un d'eux et crut deviner qu'on manigançait un incendie dans le quartier chinois. Mais voyant qu'on le dévisageait de plus en plus souvent à la table voisine, il crut bon de quitter les lieux et retourna chez lui, tout songeur.

Dans la nuit, une immense conflagration rasait une bonne partie du quartier chinois; son origine criminelle ne faisait pas de doute. Nikoly, très piqué par cette histoire, mena sa petite enquête, mettant un ou deux amis dans le secret, et découvrit des choses étonnantes. Une puissante société immobilière établie à Rome fit tout à coup surface : la *Citado-Ruba*. Elle entretenait des contacts avec un avocat montréalais du nom d'Alcide Racette, œuvrant lui aussi dans l'immobilier et qui avait été associé quelque temps plus tôt à un important projet d'édifices à bureaux dans le centre-ville. Mais le départ du journaliste pour Boston l'obligea à laisser les choses en plan. Des filons prometteurs restaient à exploiter. Il songea un instant à passer quelques semaines à Montréal afin de poursuivre son enquête (le nombre d'incendies criminels non élucidés dans cette ville l'avait toujours indigné, et il comptait vendre un bon prix l'exclusivité de son reportage), mais d'autres occupations l'accaparèrent, et il abandonna finalement son projet.

— Nous sommes entrés en contact il y a quelque temps avec ce monsieur, poursuivit Pagé. Je ne vous ai servi que le petit-lait. J'ai aussi de la très bonne crème. Si vous continuez à faire le méchant garçon, vous risquez d'y goûter. Monsieur Nikoly a fait preuve d'un grand esprit de collaboration (c'était faux : le journaliste s'était d'abord montré des plus méfiants ; le nom de Pagé et de *Rebâtir Montréal* l'avaient à peine dégelé et Paul avait dû finalement lui fournir des garanties). Évidemment, continua l'homme d'affaires en se frottant le bout du nez, il y a encore bien des choses que j'ignore sur vous. Mais ce n'est qu'une question de temps. Les moyens ne me manquent pas, et votre cas me captive au plus haut point. Pour l'instant, je vous conseille fortement de laisser tranquille cette dame Pomerleau et sa vieille maison. Aujourd'hui, je vous ai fait la bonté de venir à votre bureau. Je vous ai montré mon côté bon garçon, quoi. Mais j'en ai d'autres. Si jamais je me tanne de vous, je vous souffle de la carte, mon vieux. On ne saura jamais où vous êtes allé atterrir. Vous savez ce que je pense des charognards de votre espèce qui dépècent nos villes pour fournir de la surface aux marchands de béton. Vous allez contre mon dada et, en vieillissant, je supporte de plus en plus mal les contrariétés.

Il se dirigea vers la porte. Alcide Racette resta assis :

— Au plaisir, lança-t-il quand Pagé se retourna pour le saluer. Mais son sourire était devenu une grimace.

Il dépassait un peu midi quand Juliette arriva au *Château Versailles*. En pénétrant dans le hall, elle aperçut Alexandre Portelance qui surgissait d'un corridor et apprit que c'était lui, l'homme «plutôt grand» qui avait quitté l'hôtel en compagnie de sa nièce un peu plus tôt. Ses nerfs lâchèrent :

— Tu n'aurais pas pu laisser ton nom? J'ai pensé, moi, que c'était Livernoche qui venait de lui mettre la patte dessus encore une fois. La cervelle allait me sortir par les oreilles! Où est-elle, à présent? Qu'est-ce qu'elle fait? Où êtes-vous allés?

Bafouillant et confus, le vendeur répondit que, passant dans le coin, il avait cru bon d'aller faire une petite visite à mademoiselle Joannette, histoire de s'assurer que tout allait bien. Il l'avait trouvée fort agitée; elle se reprochait les nombreux tracas qu'elle avait causés à sa tante, lui parla de son intention de se chercher du travail comme serveuse, de sa peur de voir réapparaître Livernoche, de l'impossibilité où elle se trouvait de faire face aux gens et de son étrange nostalgie des années paisibles qu'elle avait connues avec le libraire. Le représentant lui avait proposé de prendre une bouchée quelque part en attendant l'arrivée de Juliette, pensant que cela la calmerait un peu.

— En l'espace de vingt minutes, elle a vidé trois bouteilles de bière et fumé une demi-douzaine de cigarettes. Elle fume à noircir les plafonds, ma chère! Elle doit avoir les poumons comme des sacs d'aspirateur. Aussitôt sa dernière bouteille finie, elle m'a demandé de la ramener à sa chambre et elle s'est couchée. Moi, je suis resté ici, au cas où.

Il s'arrêta, remonta la ceinture de son pantalon, se passa la langue sur les dents :

— J'ai l'impression, Juliette... qu'il faudrait lui faire voir un médecin. Elle tangue pas mal fort de la chaloupe.

Puis, posant timidement la main sur le bras de son amie :

— Je m'excuse pour la frousse que je t'ai donnée. Je ne suis qu'un gros bêta, avec mes souliers de béton.

La comptable sourit :

— Allons, allons, ce serait plutôt à moi de m'excuser. J'ai sauté comme une bouilloire. Mais si tu savais l'avant-midi que je viens de passer...

Et elle lui raconta sa visite chez Racette, puis son entrevue avec Alphonse Pagé. Portelance avait blêmi; les yeux exorbités, la bouche ramassée en une moue d'indignation pétrifiée, il était à la fois comique et touchant :

— Mais... mais il faut crisser tout de suite cette canaille en prison... Donne-moi son adresse : je vais aller lui rendre visite, moi, et il va s'en rappeler.

— Non non non, je t'en prie, n'en fais rien, répondit l'obèse en se dirigeant vers la chambre de sa nièce. Je suis sûre que monsieur Pagé saura s'occuper de lui mieux que nous deux. Écoute, j'aimerais avoir un tête-à-tête avec Adèle. Ce que tu m'as raconté à son sujet m'inquiète. Est-ce que nous nous revoyons ce soir à la maison ?

Le visage de Portelance s'éclaira :

— Oui, bien sûr. Il me reste du travail à faire dans la salle à manger.

— C'est qu'il a l'air de vraiment m'aimer, l'animal, pensa Juliette en s'éloignant dans le corridor. Et, finalement, je ne le déteste pas moi non plus. Mais qu'est-ce qu'il peut bien me trouver, pour l'amour ? se demanda-t-elle en posant un regard attristé sur sa poitrine énorme qui ballottait comme une poche de patates sur l'épaule d'un épicier. Allez donc comprendre les gens...

Elle frappa chez sa nièce :

— De toute façon, tant que je ne me serai pas dépêtrée de tous mes problèmes, je ne veux même pas y penser. C'est comme si je marchais dans un mètre de ouate.

Elle entendit un long soupir, puis une voix molle et assourdie demanda :

— Qui c'est ?

— Juliette, ma belle. Tu dormais ?

Un moment passa, puis la porte s'ouvrit et Adèle apparut, pieds nus, en jean et chemisier, la chevelure en désordre, l'air un peu hagard; elle s'effaça devant sa tante.

— Je m'en viens te chercher, ma pitchounette (mon Dieu ! qu'elle pue la bière). As-tu toujours envie de dîner avec moi ?

Je viens de rencontrer monsieur Portelance. Il m'a laissé
comprendre que ça n'allait pas trop fort ?

— Pas trop, répondit l'autre en détournant les yeux. Donnez-
moi deux minutes, je suis à vous.

Elle remonta le store, puis se retira dans la salle de bains,
laissant la porte entrebâillée. Un bruit de miction se fit entendre.
Juliette fronça les sourcils et se mit à examiner la pièce, plutôt
agréable avec ses murs bleus, son plafond mouluré, son lit art
nouveau et sa grande fenêtre qui donnait sur une petite cour
intérieure. La chasse d'eau coula avec fracas. Puis ce fut le
silence. Juliette contempla les deux grosses valises debout dans
un coin, qui renfermaient apparemment tous les biens de sa
nièce. Sur une table luisait doucement le coffret de satin rose
qui avait servi d'appât. Le silence était si profond qu'elle eut
tout à coup l'impression de se trouver seule.

— Tu vas te sentir mieux chez nous, tu verras, lança la
comptable en essayant de prendre un ton jovial. La vie d'hôtel,
ce n'est pas très gai... Au bout de deux jours, moi, je déprime
comme si j'étais en prison...

Un moment passa.

— Ce n'est pas la vie d'hôtel qui me déprime, répondit enfin
Adèle avec une élocution légèrement embarrassée, comme si
elle était en train de s'appliquer du rouge à lèvres, c'est lui.

— Lui ?

— Fernand. Il ne me laissera pas aller comme ça. Il va revenir.

— Je le lui souhaite bien ! J'ai un petit plan dans ma tête qui
va lui enlever le goût de nous achaler, je t'en passe un papier.

Le silence s'établit de nouveau.

— Ma tante, je ne veux pas que vous mêliez la police à ça,
vous m'entendez ?

La voix avait un curieux ton détaché, où Juliette crut déceler
une sorte de menace voilée.

Adèle apparut dans la pièce, les cheveux retenus en arrière
par un foulard et maquillée avec une application un peu voyante,
qui accentuait les flétrissures légères de son visage :

— Vous m'entendez ? Je ne veux pas.

— Il faudra bien ce qu'il faudra, ma fille, ronchonna Juliette
en haussant les épaules. Il t'a séquestrée pendant près de dix
ans. S'il s'avise en plus de...

— Que la police mette le nez une seule fois dans cette
affaire, et je...

Elle s'arrêta. Sa figure avait pris une expression si pitoyable que Juliette s'avança et lui prit la main :

— Allons, allons, dit-elle sur un ton de gentille réprimande, dans le temps comme dans le temps, veux-tu ? Attendons que la neige tombe avant de la pelleter. J'ai faim, moi. Est-ce qu'on va manger ?

Juliette fit transporter les bagages à son auto, régla la note et se rendit avec sa nièce dans le quartier chinois. Vers deux heures, elles quittaient *Léo Foo* après un repas plantureux qu'Adèle avait avalé avec des sourires de petite fille. Juliette avait eu le temps de téléphoner à son assureur pour fixer un rendez-vous et voir à ce qu'une agence de nettoyage répare dès le lendemain les dégâts causés par l'incendie. Puis elle avait contacté son électricien pour lui rappeler de se trouver à la maison vers trois heures. Adèle la regardait avec un étonnement admiratif vider ses plats, se lever, quitter la salle et revenir, souriante, énergique et volubile.

Elles sortirent dans la rue, accueillies par un soleil vigoureux qui accentuait cruellement la dévastation subie par le quartier chinois. Juliette fit quelques pas, puis se tourna vers sa nièce, les yeux pleins d'eau :

— Adèle, au risque de passer pour une grosse fleur bleue, je te dirai que voilà longtemps que j'attendais le moment d'entrer avec toi dans la maison de cette pauvre Joséphine... Je lui avais promis sur son lit de mort de veiller sur toi, tu sais.

Adèle grimaça une sorte de sourire et baissa les yeux. Elle ne desserra pas les dents de tout le trajet. En apercevant la maison, elle eut un frémissement, puis :

— Est-ce que... mon garçon est là ? demanda-t-elle avec effort.

— Non, à cette heure il est à l'école, évidemment, répondit Juliette, feignant de ne pas remarquer le malaise de sa nièce. Je vais aller le chercher bientôt. Veux-tu venir avec moi ?

Elle ne répondit pas. Deux hommes fumaient sur le perron.

— Eh bien, voilà ce que j'appelle du service, s'écria Juliette à la vue de son assureur.

— Je n'ai pas le choix si je veux continuer de recevoir votre prime, répondit ce dernier avec un grand sourire qui découvrit ses dents jaunies.

— Moi, je suis l'électricien, fit l'autre en louchant vers la poitrine de la comptable.

La présence des deux hommes enleva à l'arrivée d'Adèle la touchante solennité que Juliette aurait souhaitée. La jeune femme suivit sa tante et les hommes dans la cuisine, écouta leur discussion un moment, puis s'éclipsa. Juliette entendit bientôt son pas léger au premier étage. Elle l'imagina, passant d'une pièce à l'autre, songeuse, en tirant des bouffées de cigarette. L'électricien se mit au travail, tandis que Juliette descendait au sous-sol avec l'assureur. En le reconduisant à la porte, elle aperçut Adèle qui s'éloignait dans le corridor, un seau d'eau savonneuse à la main.

— Où vas-tu?

— Nettoyer les chambres à coucher. J'aimerais que tu me montres la mienne.

Cette réponse, et surtout le ton libre et décidé qu'elle avait employé, comme pour marquer qu'une nouvelle étape commençait dans sa vie, lui firent tressauter le cœur de joie. Après le départ de l'agent, elle la rejoignit dans une pièce à l'arrière, qui donnait autrefois sur un grand jardin, dont le tiers était maintenant recouvert d'asphalte et le reste, occupé par une conciergerie de six étages aux balcons tachés de rouille.

— Choisis la chambre que tu veux, dit Juliette. Pourvu que ce soit au rez-de-chaussée, le reste m'est égal.

Adèle la regarda une seconde, impassible :

— Alors je vais prendre celle-ci. C'est la plus retirée. Mon oncle Honoré y a conservé un temps sa collection d'insectes, non? Je l'ai déjà occupée moi-même deux ou trois semaines, quand j'avais quinze ans.

— Alors, reprends-la, elle t'appartient, répondit Juliette, émue.

Adèle se remit à frotter. La comptable fut sur le point de lui dire qu'une équipe venait le lendemain nettoyer la maison de fond en comble, mais préféra se taire, tant elle avait plaisir à voir sa nièce au travail. Au bout d'un moment, elle se dirigea vers la porte, puis, posant la main sur le bouton :

— Tu ne viens pas avec moi à Longueuil?

Adèle s'arrêta un instant, cillant des yeux dans la fumée de cigarette, secoua lentement la tête et replongea son torchon dans le seau.

Deux jours plus tard, la maison était nettoyée, le circuit électrique remis en état et l'aménagement du rez-de-chaussée allait bon train. Adèle s'était lancée dans l'ouvrage avec une ardeur étonnante. Elle avait tapissé sa chambre, verni le plancher, accroché de beaux rideaux de tulle à sa fenêtre et s'était acheté un lit, un canapé et un téléviseur d'occasion. Juliette lui avait fourni une commode, une table de nuit et un petit secrétaire :

— Il y a mieux, bien sûr. Quand tu travailleras, tu pourras t'acheter de plus beaux meubles.

La comptable téléphona à l'ancien propriétaire de Livernoche à Trois-Rivières et lui demanda s'il possédait toujours le vieux vaisselier qu'elle avait vu dans sa cave.

— Hum! vous tombez à pic. J'allais m'en défaire.

— N'en faites rien, je vous l'achète.

Amédée Dubé accepta de le lui céder et de l'envoyer à Montréal contre une somme de trois cents dollars.

Le meuble arriva au bout de quelques jours et Juliette, profondément émue, le fit placer dans la salle à manger à l'endroit précis où elle l'avait toujours vu.

Adèle aidait sa tante dans la préparation des repas et l'accompagnait pour des courses, mais refusait de sortir seule. Elle semblait plus calme, parlait peu, se retirait souvent dans sa chambre pour fumer en regardant la télévision (sa tante ne supportait pas la cigarette) et s'y réfugiait immanquablement à l'apparition d'un visiteur. Rachel l'avait à peine entrevue depuis son arrivée. Elle ne semblait pas faire grand cas de son fils, lui souriait parfois d'un air un peu triste, le servait à table avec des gestes machinaux, l'esprit ailleurs, répondant en deux mots à ses rares questions, n'évitant ni ne recherchant sa compagnie.

Après avoir observé sa mère durant les premiers jours avec une curiosité pleine d'embarras, Denis semblait avoir pris son parti de la froideur de leurs relations. Mais certaines manifestations de tendresse subites et inaccoutumées qu'il avait parfois pour Juliette en présence d'Adèle laissaient peut-être deviner un secret dépit devant l'indifférence de sa mère. Juliette observait discrètement l'attitude de cette dernière vis-à-vis de son fils, et cela l'attristait et la tourmentait. L'instinct maternel de sa nièce lui faisait penser à un organe tellement meurtri et tuméfié qu'il ne pouvait plus exercer d'autre fonction que celle de souffrir.

Juliette songeait de plus en plus à retourner chez *Virilex*; son départ remontait à plus de six mois maintenant, et ses économies fondaient. Elle avait téléphoné un matin à son ex-employeur, monsieur De Carufel. Il s'était réjoui bruyamment de la savoir de nouveau en santé («Tabaslac! à un moment donné, j'ai pensé que vous étiez morte, moi!») et l'avait assurée qu'elle pouvait reprendre son travail n'importe quand, à condition, bien sûr, de l'avertir deux semaines à l'avance et d'accepter le salaire qu'elle recevait au moment de son départ.

— Je n'aurai qu'à sacrer dehors la petite engourdie qui essaye de vous remplacer et, fling flong! le tour sera joué, ma chère madame.

Mais différentes raisons lui faisaient retarder son retour au travail. Elle hésitait à laisser Adèle seule à la maison, craignant une apparition inopinée de Livernoche. Et puis, il y avait Alcide Racette... Pagé avait beau l'assurer que l'avocat se tiendrait désormais tranquille, elle n'arrivait pas à croire que sa maison ne courait plus de danger.

Enfin, l'état de Bohuslav Martinek commençait à l'inquiéter. Après deux jours à l'hôpital, il était venu poursuivre sa convalescence à la maison et une histoire qui aurait dû connaître une fin banale s'était mise à mal tourner. Le compositeur avait sombré dans une dépression molle et spongieuse qui avait pris l'apparence du détachement philosophique. L'infection s'était déclarée dans son avant-bras et retardait la guérison. On avait dû reporter le concert. Le bûcheur infatigable qui se cachait sous des airs indolents connaissait pour la première fois la maladie et l'inaction; ne sachant comment y faire face, il avait décidé en quelque sorte d'arrêter de vivre, sans larmes ni cris, en restant tout simplement dans son lit à regarder le plafond ou dans son fauteuil à se gaver d'inepties à la télévision. Le tapage causé par les travaux à son appartement, où on terminait l'installation de la cuisine et de la salle de bains, n'arrivait même pas à lui tirer une grimace d'impatience.

Juliette se sentait une dette énorme envers lui et ne voulait pas le laisser seul. Et Rachel ne savait plus par quel bout le prendre. Il considérait ses blessures, disait-elle, et le report du concert qui en avait résulté comme une sorte de trahison de la vie, un signe du destin confirmant l'inutilité de ses efforts pour atteindre au succès. Martinek niait tout, secouant la tête avec un sourire amusé et répétant qu'il se sentait tout simplement «un peu fatigué»; ses amis s'étonnaient qu'une si petite cause pût avoir de pareils effets. Chaque matin, avant de partir, la violoniste lui apportait ses carnets, pour qu'il y note des idées; il ne les ouvrait pas et semblait avoir oublié jusqu'à l'existence de son piano. Il avait demandé un baladeur et des cassettes, mais n'écoutait jamais de musique.

— Réaction typique des grands brûlés, avait répondu le docteur Gélinas à Rachel.

— Grand brûlé? Quel grand brûlé, docteur?

L'autre avait souri, levé l'index et, d'un air mystérieux et quelque peu fat :

— Vous oubliez la peau de l'âme, mademoiselle. Votre ami se voit privé de l'usage d'une partie de son corps à laquelle il tient énormément et dont il tirait une de ses principales valorisations; les mains, pour un pianiste, ce sont... ce sont les ailes pour un oiseau, oui, voilà. Et puis, les hommes sont des êtres si bizarres... On pense les contrôler en les bourrant de consignes et de médicaments, mais ils réussissent toujours à nous échapper, d'une façon ou d'une autre. Le meilleur médicament que je puisse lui conseiller dans les circonstances, c'est... lui-même.

— Espèce d'égaré, s'était dit Rachel. Avant de s'occuper de la peau des autres et de leur âme, il devrait mettre un peu d'ordre dans sa cervelle.

Et elle se promit, si l'état de Bohu ne s'améliorait pas dans les jours suivants, de changer de médecin.

Mais, chose bizarre, ce fut Marcel Prévost fils qui, sans le savoir, ramena le compositeur à la santé. Un matin qu'il passait non loin de chez Juliette, il s'arrêta pour la saluer. La comptable lui parla de l'incendie dont elle venait d'être victime et de l'héroïsme qu'avait déployé Martinek à cette occasion, avec les conséquences que l'on sait.

— Est-ce qu'il va pouvoir rejouer du piano? s'enquit aussitôt le jeune homme.

— Oh! sa main gauche est maintenant presque guérie...

Elle posa l'index sur sa tempe :

— C'est ici, curieusement, que le feu a fait le plus de ravages. Je ne sais pas ce qui s'est passé, mais cette histoire l'a aplati. On a dû reporter le concert à Dieu sait quand. Il ne vit plus; il existe à peine. Il n'a même pas la force d'être malheureux. Il flotte dans une bulle, les bras croisés, et trouve l'univers joli.

— Est-ce que je peux aller le voir une minute? demanda Prévost fils à voix basse.

— Bien sûr, ça va lui faire plaisir; il est juste au-dessus de vous, dans la première pièce à gauche de l'escalier.

Il se leva:

— Je devrais être à Longueuil en train d'aider mon père à creuser une cave, mais il peut bien m'attendre un peu. Monsieur Martinek est un homme tellement important.

— Ne partez pas si vite! fit Juliette en riant. Venez au moins jeter un coup d'œil à mon appartement.

Marcel Prévost secoua gravement la tête devant les beautés de la maison. Le plafond mouluré de l'immense salon, la porte d'arche à colonnes de marbre qui le séparait de la salle à manger et le mascaron de la cheminée l'impressionnèrent vivement. Mais en même temps, il avait l'esprit ailleurs et devait faire un effort constant pour éviter de regarder sa montre-bracelet. Juliette devina sa hâte de voir Martinek et le poussa amicalement vers l'escalier:

— Allez faire votre bonne œuvre, mon garçon. Vous lui sifflerez un de vos petits airs. Il a toujours aimé vous entendre. Vous savez qu'il estime beaucoup votre talent. Il nous parle souvent de vous. Il paraît que vous vous êtes inscrit à une société de siffleurs ou quelque chose du genre?

— Je... j'ai reçu une formule d'adhésion le mois dernier, répondit l'autre avec un sourire embarrassé. J'irai peut-être à un de leurs concours.

— Vous devriez, vous devriez.

Il lui serra la main, grimpa l'escalier et frappa à la porte de Martinek. Le musicien somnolait, les paupières entrouvertes, fixant le lavabo, qui lui apparaissait tantôt comme un nuage, tantôt comme un lapin recroquevillé sur lui-même. Un journal s'étalait en désordre sur les draps; on distinguait le début d'une manchette: **NOUVEL ESSAI NUCLÉAIRE EN SIB**...

— Entrez. Ah! bonjour! fit-il en ouvrant de grands yeux.

Il se redressa:

— Voilà une belle surprise... C'est gentil d'être venu... Ne regardez pas mes cheveux, je ne me suis pas peigné depuis une semaine...

— Mon Dieu, il n'a presque plus de voix, pensa l'autre en s'approchant.

Il lui serra la main ; le sentiment qu'il voyait le compositeur pour la dernière fois l'empêcha de parler un instant.

— Qu'est-ce qui vous arrive, monsieur Martinek ? demanda-t-il enfin (rien ne lui venait à l'esprit que cette question inutile). Paraîtrait que vous vous êtes brûlé en éteignant un feu dans la maison ?

— Oh ! ce n'est rien de grave, répondit le musicien avec un entrain forcé. Je suis presque guéri. Regardez : mes doigts bougent presque normalement à présent.

Et il lui raconta son exploit, mais en y mettant une telle modestie que le récit prenait l'ampleur héroïque d'une course au dépanneur du coin.

— Le vrai malheur, soupira-t-il, c'est que j'ai perdu mon merle des Indes dans cette histoire. Et par ma propre faute encore. S'il n'avait pas été là pour me réveiller, je ne serais qu'un petit tas de cendres aujourd'hui, Marcel. Et qu'est-ce que j'ai fait pour lui témoigner ma reconnaissance ? J'ai pris mes jambes à mon cou en le laissant derrière moi dans la fumée. Alors, quand tout a été terminé, il est apparu soudain dans la cuisine et a filé par la fenêtre, et on ne l'a plus jamais revu. Voilà comment j'ai été puni pour mon ingratitude et ma lâcheté. Mais vous ? s'interrompit-il brusquement. Travaillez-vous toujours dans le même immeuble ? Comment va votre père ?

Prévost fils répondit qu'à part ses crises de sciatique, son père allait fort bien et que la conciergerie de soixante appartements dont ils assuraient l'entretien leur donnait toujours autant de fil à retordre, notamment à cause des locataires, qui étaient davantage portés à massacrer les murs à coups de poing ou à éteindre leurs mégots sur les tapis qu'à payer leur loyer à temps.

Une lueur de plaisir s'alluma dans l'œil du musicien :

— Dites-moi, Marcel... en vous voyant là, devant moi, l'envie me prend tout à coup... soyez gentil et sifflez-moi quelque chose, n'importe quoi... Voilà une éternité que je ne vous ai entendu.

Le visage de Prévost fils devint grave ; il alla refermer la porte, puis, revenant auprès de Martinek :

— Attendez-vous de la visite ? Un médecin ? Une infirmière ?

Le musicien secoua la tête, amusé par tant de précautions :

— Personne, mon vieux. Vous pouvez y aller. Sentez-vous à l'aise. La rue est tellement bruyante que personne n'entendra rien.

— C'est que... j'ai une surprise pour vous, monsieur Martinek, annonça le concierge en rougissant.

Il ferma à demi les yeux, se mouilla les lèvres du bout de la langue, prit une inspiration, puis, se ravisant, fouilla dans la poche de son pantalon et en sortit un petit pot de verre brun foncé ; il dévissa le couvercle et s'enduisit les lèvres d'une substance luisante et onctueuse, d'un blanc crémeux :

— Ma graisse d'oie, expliqua-t-il en remettant le pot dans sa poche sous le regard étonné du musicien. Ça donne de la lèvre.

Il prit de nouveau son inspiration, avala sa salive, puis :

— J'ai un peu la chienne, monsieur Martinek. Ça fait trop longtemps que j'ai sifflé devant quelqu'un. Vous excuserez les fausses notes, hein ?

Croisant les bras, il arrondit les lèvres et une longue note grave, d'un velouté et d'une limpidité admirables, résonna dans la chambre. Cela rappelait un peu le son d'une clarinette. Prévost fils resserra les lèvres imperceptiblement et une note un peu plus haute s'en échappa, suivie d'un moelleux *glissando* de doubles croches et Martinek, étonné, reconnut le thème du premier mouvement de sa sonate pour violon et piano.

— Quelle oreille... et quelle technique ! se dit-il au bout d'un moment. Jusqu'où va-t-il pouvoir se rendre ? C'est à la veille de se corser en diable... Il va sûrement simplifier.

Son étonnement se transforma en admiration, puis en émerveillement. Les mesures succédaient aux mesures, sans une erreur, dans la même beauté sonore. On aurait dit qu'il avait la partie de violon sous les yeux. Le rythme s'accéléra. Des doubles, puis des triples croches apparurent ; les intervalles périlleux se multiplièrent. Les narines pincées, les yeux fermés, Prévost fils avançait victorieusement dans la partition, avalé par la musique, trébuchant à peine et se reprenant aussitôt.

La porte s'ouvrit doucement. Rachel apparut et resta bouche bée devant le spectacle. Puis Adèle avança la tête et demeura immobile, un sourire incrédule aux lèvres. D'un geste impatient, Martinek leur fit signe de s'en aller. Assis tout droit dans son lit, il tortillait un coin de drap, épongeant ses yeux pleins de larmes avec son pansement. Les deux femmes s'éloignèrent en poussant des exclamations étouffées.

Prévost fils termina sur un *do* triomphal, ouvrit les yeux et se massa les joues, le front couvert de sueur. Martinek s'était appuyé à la tête de son lit et le regardait en souriant, incapable de parler.

— Pas mal, hein? fit le jeune homme avec une expression d'assurance inhabituelle. Je me suis trompé à cinq ou six endroits, mais c'est que je ne l'avais pas sifflée depuis deux jours. Je l'avais plus en lèvres la semaine passée.

Martinek continuait de le regarder.

— Mon ami, vous êtes un grand artiste, murmura-t-il enfin. Un très grand, je vous assure. Le conservatoire ne les fabrique pas tous! C'est un privilège, oui, je le répète, un *privilège* pour moi que de vous entendre. Vous avez fait d'énormes progrès depuis la dernière fois! Mais dites-moi : comment avez-vous réussi à mémoriser ce morceau? Il n'y manquait pas une note!

Prévost fils se troubla :

— Je... Il y a un mois, j'ai emprunté les cassettes de madame Pomerleau et je me suis tiré des copies. J'espère que vous ne m'en voulez pas. J'aurais dû vous demander la permission.

— Allons, allons, coupa le musicien, péremptoire, c'est plutôt moi qui devrais m'excuser de ne pas m'être aperçu plus tôt... Je vais vous composer quelque chose, décida-t-il soudain dans un élan d'exaltation, quelque chose de très beau qui saura mettre en valeur votre talent.

Il présenta sa main valide au jeune homme tout ému :

— Merci, merci mille fois. Vous ne pouvez savoir comme vous tombez à pic. Tenez, prenez cette boîte de chocolats, je vous la donne, j'en ai reçu quatre. Ce sera un acompte, ajouta-t-il avec un rire nerveux.

Ils causèrent encore un moment.

— Il faut que j'aille rejoindre mon père, dit tout à coup Prévost fils en remarquant les traits tirés de Martinek. À la revoyure. Soignez-vous bien.

Le musicien lui adressa un regard suppliant :

— Vous allez revenir, n'est-ce pas?

— Appelez-moi quand vous voudrez. Le meilleur temps pour me rejoindre, c'est tôt le matin ou à l'heure du souper.

Martinek fit une courte sieste, puis appela Rachel et ils eurent une longue conversation sur le talent extraordinaire de Prévost fils. Vers la fin de l'après-midi, le compositeur avait écrit les soixante-huit premières mesures d'un *scherzo* pour siffleur et piano et songeait même à l'encadrer de deux autres mouvements pour en faire une sonate. Il se plaignait de sa blessure, qui ralentissait son travail et nuisait à l'expression spontanée de ses idées.

Le lendemain, Rachel alla trouver Juliette :

— Il est guéri. Et ce n'est pas dû au médecin, ni à lui, ni à moi... mais à un concierge !

La comptable, assise dans un fauteuil en train de réparer un pantalon de Denis, pouffa de rire devant son air dépité.

— Console-toi, ma chère : le concierge n'y est pour rien. Encore une fois, c'est la musique ! *Sa* musique ! Sueur de coq ! c'est à donner le goût de la mettre en vente dans les pharmacies. Avec les revenus que cela vous donnerait, vous pourriez organiser dix mille concerts !

Elle voulut se lever pour glisser un mot à l'oreille de la violoniste, mais son poids la retint et elle lui fit signe de se pencher :

— J'en connais une, souffla-t-elle, qui trouverait peut-être profit à écouter mes petites cassettes.

Elle jeta un regard vers la chambre de sa nièce :

— Ça ne file pas du tout aujourd'hui. Voilà trois heures qu'elle s'est encabanée. Ce matin, après le déjeuner, elle a cru apercevoir Livernoche par la fenêtre du salon. J'étais dans la cuisine quand elle a poussé un cri. Sur le coup, j'ai cru, ma foi, qu'on venait de l'attaquer ! J'ai failli me déboîter le corps en courant au salon. Elle était appuyée au rebord de la fenêtre, blanche comme un banc de neige. Je l'ai fait asseoir dans ce fauteuil. Quand elle a réussi à me parler, je me suis précipitée dehors et, effectivement, j'ai aperçu au loin un homme en manteau brun qui lui ressemblait vaguement, mais ce n'était pas lui ! Alors, je suis revenue auprès d'elle et je lui ai versé un doigt de cognac. Elle m'a assuré qu'elle l'avait bel et bien reconnu, qu'il s'était même retourné pour lui faire signe. Comme je ne me forçais pas trop pour me donner l'air de la croire, elle m'a suppliée d'appeler à sa librairie de Saint-Hyacinthe. Eh bien, figure-toi donc que le service téléphonique a été suspendu !

— Ah non ! s'emporta Rachel, ça suffit comme ça ! Il faut que cette histoire cesse ! De grâce, madame Pomerleau, avertissez la police. Ils s'occuperont de cette crapule et nous, on pourra enfin passer à autre chose. Vous n'allez tout de même pas consacrer le restant de vos jours à vous occuper de cette fille.

Juliette fronça les sourcils et réfléchit.

— Tu as raison. Je vais téléphoner cette après-midi. Mais j'ai l'impression, soupira-t-elle, que le véritable problème, ce n'est pas ce libraire, mais plutôt qu'elle n'arrive pas à s'en débarrasser l'esprit. Elle a eu une remarque très étrange en parlant de lui, ce matin... «Dans le fond, ma tante, qu'elle m'a dit, j'ai bien plus peur de moi que de lui.» Ça m'a donné un frisson.

Rachel posa la main sur l'épaule de sa vieille amie :

— Madame Pomerleau, je vous le répète : il faut mettre l'affaire entre les mains de la police au plus coupant. Et faire soigner votre nièce. Elle en a grand besoin. Sinon, je vous préviens, nous ne sommes pas au bout de nos peines.

Et, haussant les épaules, elle alla jeter un coup d'œil à la fenêtre.

Martinek se rendit le surlendemain au cabinet de consultation du docteur Gélinas. Après l'avoir longuement examiné en chantonnant le thème de Lara du *Docteur Jivago* (Martinek fixait le mur, agacé par cette musiquette), le dermatologue annonça à son patient que les antibiotiques et le nouveau médicament australien avaient fait leur travail : l'infection était complètement disparue et la cicatrisation, fort avancée ; on pouvait supprimer les pansements et commencer les exercices d'assouplissement. Dans deux ou trois semaines, le musicien retrouverait l'usage complet de sa main gauche. Cette nouvelle qui, deux jours plus tôt, ne lui aurait tiré qu'un sourire poli, amplifia d'une façon extraordinaire l'état de joyeuse fébrilité où l'avait plongé la visite de Prévost fils.

— Ah ! enfin ! je vais pouvoir me remettre au piano. Demain, mon finale sera terminé.

Sans prendre la peine de lui demander de quel finale il s'agissait, le docteur Gélinas retourna à son bureau, écrivit quelque chose dans un dossier puis, relevant la tête :

— Vous pouvez remettre votre chemise, monsieur Martinek, dit-il d'un ton léger. Je vous jette dehors. Vous n'êtes plus assez malade pour que je m'occupe de vous. Soyez assidu à vos exercices et bonne chance. À moins d'une complication improbable, je ne pense pas vous revoir avant un mois.

Le musicien se rhabilla, tandis que le dermatologue se remettait à siffloter le thème abhorré.

— Merci, docteur. Au revoir.

Il se dirigea vers la porte.

— Au fait, monsieur Martinek... est-ce que vous composez parfois de la musique de film ?

— Non, répondit l'autre un peu sèchement. On ne m'en a jamais demandé.

— Dommage, répondit le docteur avec un grand sourire.

Et il allongea la main vers le téléphone.

▲

— Alors, c'est bien vrai ? demanda Juliette. Vous êtes guéri ?

— Presque. En tout cas, on m'a permis de me remettre au piano.

La comptable se tourna vers Rachel :

— Va me chercher un bordeaux à la cave, chère. Les bonnes raisons de boire sont rares dans la vie. En voilà une.

Adèle apparut dans la porte du salon.

— Viens fêter avec nous, ma fille, lui dit Juliette. Notre cher Bohu vient de remonter à la surface pour de bon. Allons, allons, ne fais pas de manières, nous sommes entre amis, ajouta-t-elle en la prenant par la main.

La violoniste revint avec une bouteille et des verres ; tandis que Juliette versait le vin, Adèle, un peu interdite, contemplait Martinek qui, la manche relevée, exhibait son bras gauche où une grande tache d'un rose saumon luisant s'étendait jusqu'au bout des doigts, encore un peu enflés, n'épargnant que le pouce et l'index.

Une heure et deux bouteilles plus tard, la comptable s'emparait du téléphone et enjoignait à Fisette de venir les retrouver subito presto. Quand le photographe sonna à la porte, ce fut Adèle, un peu émoustillée par le vin, qui lui ouvrit. Ils se regardèrent quelques secondes en silence, puis Fisette, écarlate, recula en balbutiant :

— Je... excusez-moi... je reviendrai une autre fois...

— Non, non, restez, murmura-t-elle avec un sourire étrange. Vous savez... tu sais, reprit-elle, ça n'a pas tellement d'importance... et puis, dans le fond, tu m'as rendu service.

— Est-ce que c'est Clément ? demanda la voix de Juliette dans le salon.

— Tu dis ça pour être gentille, répondit l'autre à voix basse. Mais je le sais que je suis un salaud.

Adèle sourit de nouveau, haussa les épaules et s'éloigna dans le corridor.

— Eh bien ! qu'est-ce que vous faites là, planté comme un prunier sur le pas de la porte ? fit la comptable en s'avançant. Allons, ajouta-t-elle tout bas en lui empoignant le bras, cessez de faire cette tête de noyé. À quoi ça rime, ces remords éternels ? Vous aurez beau vous ronger les ongles jusqu'à l'épaule, ça ne changera pas une seconde de votre passé... Pauvre naïf ! si vous saviez... elle s'en fiche pas mal plus que vous !

Et le poussant vers le salon :

— Allons, venez boire à la santé de Bohu ! Notre héros fête son retour au piano !

Un peu remis de son embarras, Fisette réussit à sourire. En pénétrant dans la pièce, il salua Rachel et s'arrêta devant Martinek, assis au piano et un peu éméché ; ce dernier exhiba sa dextérité nouvellement retrouvée en jouant l'*Ô Canada* en mineur sur un rythme de java.

De temps à autre, le photographe lorgnait furtivement Adèle qui, retirée dans un coin, buvait à petites gorgées, le regard tourné vers la fenêtre, et ne semblait pas faire grand cas de lui. Rachel lui tendit un verre de vin. Il le vida en deux traits et alla le remplir. L'alcool dissipa peu à peu son malaise. S'approchant de Juliette, il se mit à lui décrire l'avalanche de tracasseries que la redoutable Elvina faisait subir au nouveau propriétaire de la rue Saint-Alexandre, qui avait eu la malheureuse idée d'emménager en face de chez elle dans l'ancien appartement de Juliette. Adèle en profita pour s'éclipser.

— Figurez-vous qu'elle lui demande d'installer un système d'alarme dans tout l'édifice, car des maraudeurs se promènent la nuit dans les corridors, paraît-il. Évidemment, le bonhomme se fait tirer l'oreille : avant de dépenser trois ou quatre mille dollars pour des inconnus qu'elle est seule à voir et qui ne laissent de traces nulle part, on y pense à deux fois, hein ? Alors, avant-hier durant la nuit, quelqu'un a recouvert de décapant la porte de monsieur Désy et tout le vernis a levé. Pas la peine de s'adresser à *Interpol* pour connaître la coupable, n'est-ce pas ? Et puis ce matin, je ne sais trop pourquoi, la maison puait tellement l'ammoniaque que les yeux m'en pleuraient. Sans compter que la semaine dernière, j'ai dû aller souper au restaurant deux soirs de suite, car mademoiselle faisait faire des travaux d'électricité chez elle et on avait coupé le courant. En somme, la chicane est dans la cabane ; je ne resterai pas là trente ans, je vous en passe un papier.

— Alors, venez-vous-en ici, je vous l'offre à nouveau, fit l'obèse en le prenant à part. Je pourrais vous louer le deuxième. Vous seriez beaucoup plus grandement... pour le même prix ! Il suffirait d'une petite cuisine. Il y a déjà une toilette et une salle de bains.

Clément Fisette jeta un regard autour de lui et s'aperçut de l'absence d'Adèle :

— Vous pensez vraiment que...

— Je vous répète que ça n'a pas l'importance que vous lui accordez. Oubliez ma première réaction. J'ai réfléchi depuis. Évidemment, je n'irais pas jusqu'à vous féliciter, mais pourquoi vous gruger les tripes, Seigneur, quand vous êtes le seul à souffrir ? Et puis, vous ne la verrez pas : elle ne voit personne. Et d'ailleurs, il faudra peut-être que je la fasse hospitaliser. J'ai l'impression que ce maudit libraire lui a complètement détraqué le ciboulot.

Elle lui saisit le bras :

— Allons, venez, je vais vous faire visiter. Vous allez voir comme c'est spacieux. Rachel, mon amour, serais-tu assez gentille d'aller voir si Denis s'en vient de l'école ? J'espère que le métro n'est pas tombé en panne comme vendredi passé. Un jour, je vais laisser ma vie dans cet escalier, dit-elle, à bout de souffle, en parvenant au deuxième.

Elle reprit haleine et ils se mirent à visiter l'étage.

— Voyez : six pièces juste à vous. Et de la lumière des quatre côtés. Vous pourriez installer votre chambre noire dans celle-ci et votre chambre à coucher dans celle-là, à l'arrière, loin des bruits de la rue.

Clément allait d'une pièce à l'autre, l'œil brillant, alléché par l'aubaine. Il pénétra dans la chambre à coucher, regarda par la fenêtre et sursauta.

— Qu'y a-t-il ? demanda l'autre en s'approchant.

— Cet homme, là-bas, qui s'éloigne sur le trottoir... voyez-vous ? Il va disparaître.

— J'ai laissé mes lunettes en bas, grommela Juliette. Les yeux tout nus, je ne distingue pas une locomotive d'un pommier. Alors, quoi ? Vous venez d'apercevoir Livernoche ? Est-ce que c'est ça ? Répondez.

Fisette haussa les épaules :

— Je n'en suis pas sûr. On l'a déjà vu rôder par ici ?

— Adèle prétend l'avoir aperçu au début de l'après-midi. Elle a failli en avoir un arrêt du cœur, la pauvre, et moi aussi.

— Alors, il faudra être aux aguets.

Les yeux plissés, elle scrutait la rue :

— Être aux aguets... je ne fais que ça depuis deux mois...

Elle se planta devant lui :

— Alors, vous prenez ou pas ?

— Je prends.

— Parfait. Voilà une bonne décision. Vous pourriez vous installer dans dix jours, mettons. Le mois sera un peu entamé, je vous le donne. Je suis prête à n'importe quoi pour vous sauver de ma sœur et de son ammoniaque. Tenez, vous pourriez même, si ça vous chante, commencer à transporter tout de suite vos affaires ici. Ce n'est pas la place qui manque.

— Excellente idée. J'aurai l'impression de l'avoir un peu quittée.

— Allons, fit-elle en redescendant l'escalier, une main agrippée à la rampe, l'autre à l'épaule de Fisette, moi qui croyais que le retour d'Adèle signifiait la fin de mes problèmes... Quelle niaiseuse je suis!

Et l'idée lui passa par la tête que la musique de Martinek, en la ramenant à la santé, lui avait joué un bien mauvais tour. Quant à Clément Fisette, réconforté par les paroles d'Adèle et de la comptable, il commençait déjà à se réconcilier avec lui-même, et quelque chose d'obscur s'était mis à germer, à son insu, dans un recoin de son cerveau. Il retourna au salon, écouta Martinek qui, toujours au piano, improvisait sur la *Complainte du phoque en Alaska*, puis s'éclipsa.

En apprenant la guérison de Martinek, Denis laissa tomber son sac d'écolier dans le vestibule, grimpa l'escalier quatre à quatre et trouva le musicien au lit en train de cuver son vin.

— Salut, Bohu. On vient de m'annoncer la bonne nouvelle. Est-ce que je pourrais voir ton bras gauche ? demanda-t-il sans remarquer la fatigue de son ami.

La cicatrice rose saumon l'impressionna vivement et il posa plusieurs questions au compositeur sur la mobilité de sa main, l'obligeant à pianoter sur la couverture.

Rachel apparut dans la porte :

— Allons, tu ferais mieux de retourner en bas. Ne vois-tu pas qu'il tombe de sommeil ?

Le regard huileux, Martinek lui tapota l'épaule et se tourna de côté. Denis descendit au rez-de-chaussée et courut à la cuisine se préparer une tartine au beurre d'érable, mais, apercevant sa mère, il fit volte-face et décida d'aller jouer dehors.

— Tu devrais faire tes devoirs tout de suite, suggéra Juliette en le voyant se diriger vers le vestibule. On ne soupe que dans une heure.

— Ça ne me tente pas.

— Ça ne lui tente pas, imagine-toi donc, se moqua la comptable en s'adressant à sa nièce.

Adèle, appuyée contre le frigidaire, fit une vague grimace, alluma une cigarette et souffla une bouffée au-dessus de sa tête, l'œil dans le vague. Juliette faillit lui suggérer d'aller fumer dans sa chambre, mais, devant sa mine maussade, elle se contenta de lui demander de sa voix la plus gentille :

— À quoi penses-tu ?

N'obtenant pas de réponse, elle soupira discrètement et alla jeter un coup d'œil dehors. Denis était assis sur le perron, le dos arrondi, les épaules affaissées, la tête dans les mains, comme en attente de la fin du monde. Juliette le contempla un instant, puis revint dans la cuisine où sa nièce rêvassait, la tête perdue dans la fumée :

— Je me demande si j'ai fait un si bon coup en les réunissant, ces deux-là, marmonna-t-elle entre ses dents.

Denis saisit un bout de branche qui traînait à ses pieds, le dépouilla lentement de son écorce, puis le lança dans la neige avec une grimace de dépit. La tristesse rageuse qui venait de le submerger s'accumulait en lui depuis quelques jours. Il commençait à en avoir assez de sa mère, de sa fumée, de sa bière et de ses regards vides. Il avait rêvé tant de fois au moment de leur rencontre, envahi par une joie anxieuse, presque insupportable, et voilà qu'il n'éprouvait plus à son égard qu'agacement et colère.

— C'était bien mieux quand j'étais tout seul avec ma tante, dit-il à voix haute, et cette constatation lui donna comme un coup à l'estomac.

Tout de suite après, il en ressentit un second.

En levant la tête, il aperçut au bout de l'allée, appuyé à la barrière de fonte, un garçon d'une dizaine d'années qui le regardait. L'enfant était vêtu d'un esquimau vert à capuche orange sur laquelle il avait glissé un casque de plastique aux lignes futuristes orné de trois clignotants qui, dans l'obscurité grandissante, lui donnait un aspect étrange et farouche.

— Est-ce que tu demeures ici? demanda le garçon au bout d'un moment.

— Oui, répondit Denis.

Puis il sentit le besoin d'ajouter :

— On a acheté la maison.

L'autre hocha lentement la tête, comme pour marquer son approbation, puis :

— Moi, je reste sur la rue Greene, là-bas. Mais je viens souvent par ici. J'ai un ami qui reste sur Lambert-Closse, tu sais, dans la grande maison avec une porte verte. Son père vient d'acheter une télévision avec un écran de 80 centimètres.

Il sautilla sur place un moment, contemplant avec satisfaction les reflets de ses clignotants sur la neige, tandis que Denis l'observait, intimidé.

— Je me suis déguisé en Sjédro, poursuivit l'autre. Connais-tu Sjédro, le cosmonaute de la *Galaxie 14*?

— Ma tante m'a acheté tout le jeu des *Combattants de la Galaxie*, répondit Denis en prenant un peu d'assurance.

— Ah oui? T'es chanceux! Où est-ce qu'il est?

— Dans ma chambre.

— Tout le jeu ? tous les personnages ? reprit l'enfant sur un ton d'envie marqué d'incrédulité.

Denis fit signe que oui. Sjédro le fixait avec des yeux remplis de désir.

— Veux-tu venir les voir ? proposa Denis.

Il avait à peine fini sa phrase que l'autre avait ouvert et refermé la grille et s'avançait vers lui à grandes enjambées. Denis se leva :

— Viens, on va passer par en arrière.

Sa mauvaise humeur avait disparu. Les présentations se firent pendant qu'ils longeaient la maison. Sjédro s'appelait en fait Jocelyn Lasanté. Ses parents tenaient un dépanneur et habitaient à l'étage au-dessus.

— J'ai une grande salle de jeu derrière le magasin, annonça-t-il avec fierté.

Il s'arrêta brusquement :

— Qu'est-ce que tu aimes le plus dans la vie, toi ?

Et avant qu'il puisse répondre :

— Moi, c'est de passer à toute vitesse en auto dans de la boue.

Puis il ajouta :

— Mon père, il fait des rallyes. On a une *Toyota* quatre-quatre avec injection électronique et arbre à cames en tête.

Ils arrivèrent dans la petite cour asphaltée sur laquelle donnait la cuisine. C'est alors qu'un bruit d'écroulement retentit dans la remise grisâtre et à demi affaissée qui s'élevait à gauche. Denis s'arrêta, saisi.

— Bah ! c'est juste un chat, lança Jocelyn d'un ton quelque peu condescendant (en fait, il avait très hâte de voir les combattants de la *Galaxie14*). C'est plein de chats errants, ici.

— Ma tante va faire démolir cette vieille cochonnerie de cabane au printemps et elle va faire enlever tout l'asphalte ; on va planter un beau jardin avec des tas de tulipes, et même des framboisiers.

— C'est bien mieux un jardin que de l'asphalte, approuva Jocelyn Lasanté en précédant Denis sur le perron.

Il s'arrêta devant la porte, intimidé tout à coup, et s'effaça devant son compagnon.

— Mais qu'est-ce que tu t'es fichu sur la tête, toi ? s'écria Juliette en apercevant le cosmonaute, qui devint écarlate.

Adèle et Rachel, occupées à nettoyer des armoires, se retournèrent et pouffèrent de rire.

— En tout cas, il est très joli, ton casque, ajouta-t-elle aussitôt pour atténuer l'effet de sa sortie. Je n'en ai jamais vu de pareil.

— Il s'est déguisé en Sjédro, expliqua Denis, agacé. Je vais lui montrer mes jouets.

— Comment t'appelles-tu ? demanda la comptable, pendant que les enfants se déshabillaient.

Jocelyn se présenta, ajoutant que son père tenait un dépanneur sur la rue Greene et qu'ils possédaient deux épagneuls âgés respectivement de trois et quatre ans.

Denis lui fit signe de le suivre.

— Elle est donc grosse, la madame, chuchota Jocelyn, horrifié, dès que la porte se fut refermée derrière eux. C'est-tu ta grand-mère ?

Denis posa sur lui un regard presque offensé :

— C'est ma tante. Elle souffre d'une maladie. C'est pas de sa faute, tu sais. Elle est très gentille. C'est avec elle que je vis.

Le cosmonaute promena son regard dans la pièce :

— T'as un foyer ! Elle va être belle, ta chambre, quand tout sera installé. Il est là, ton jeu ? fit-il en pointant un placard.

Denis s'avança, ouvrit la porte et laissa admirer pendant quelques instants la série de jouets qu'il venait de ranger soigneusement sur des tablettes, certains se trouvant encore dans leur emballage d'origine.

— Wow ! tu as l'aéroglisseur *G. I. Joe* ? s'exclama l'autre. T'es chanceux en maudit ! Moi, j'ai le chasseur-faucon *Fisher-Price* (il prononçait *Ficheure-Pwaïce*), et puis j'ai aussi le transformeur *Métamorphix*, tu sais, le robot qui peut se transformer en araignée, puis en fusée spatiale ? Où est-ce qu'ils sont, tes combattants de la *Galaxie 14* ?

Denis grimpa jusqu'à la dernière tablette, tira une grande boîte de carton, la fit basculer sur sa poitrine et se mit à redescendre péniblement.

— Attends, je vais t'aider, tu vas te casser la gueule.

Jocelyn saisit la boîte et alla la déposer sur le lit. Son compagnon se laissa tomber sur le plancher, souleva précautionneusement le couvercle et pendant un moment, les deux garçons contemplèrent en silence l'imposante maquette de plastique grise, jaune et bleue avec ses figurines étranges et ses véhicules armés aux formes compliquées ; Jocelyn, éperdu d'envie et d'admiration, se tourna vers Denis, qui essayait de cacher son orgueil sous un air détaché :

— Est-ce que je peux prendre ce personnage-ci ? demanda-t-il, le doigt tendu.

— Tu peux prendre tous les personnages que tu veux, consentit l'autre avec un sourire plein d'aménité. Mais fais attention à Skorpinok : sa tête n'est pas solide.

Ce fut à ce moment précis que se nouèrent les liens d'amitié qui devaient les unir si longtemps.

Jocelyn s'assit alors sur le tapis et retira ses chaussettes :

— J'ai chaud. Et quand je les porte trop longtemps, ça me fait puer des pieds.

Puis il se mit à manipuler respectueusement les figurines, tandis que Denis s'occupait à monter l'aéroport spatial sur le lit.

— Je vais demander à mon père qu'il m'achète le jeu à Noël, murmura Sjédro les-orteils-à-l'air. Je vais ramasser mon argent pour l'aider à le payer. C'est ton père qui te l'a acheté, le jeu ?

— Non, répéta Denis, c'est ma tante.

— Qu'est-ce qu'il fait, ton père ?

— Il est mort il y a longtemps.

— C'est de valeur, fit l'autre avec compassion. Est-ce que tu as une mère ?

— C'est la femme en jean qui lavait l'armoire au fond de la cuisine.

Jocelyn le fixa un instant, les yeux plissés, en train manifestement de réfléchir, puis :

— Est-ce qu'elle te fait des cadeaux, ta mère ?

— Des fois, répondit Denis, qui se troubla légèrement.

— Est-ce que c'est elle qui a installé ta chambre ?

— Non, répondit-il héroïquement, c'est ma tante, avec des amis. Ma mère... elle ne file pas très bien de ce temps-ci.

Et en disant ces mots, il demeura tout saisi, comme s'il venait de prendre conscience de la chose.

Son compagnon s'empara d'une fusée *Ogiplax* et fit délicatement tourner l'une après l'autre les trois tourelles armées de canons à rayons laser.

— Ma mère est malade, déclara Denis de but en blanc. Je vais dire à ma tante de l'envoyer chez un médecin. Un bon.

Et soudain, l'indifférence mêlée d'agacement qu'il ressentait pour elle depuis son arrivée se mua en une sorte de fiévreuse compassion.

— Ma mère est malade aussi, déclara Jocelyn. Quand elle se couche trop tard, le lendemain elle a mal à la tête toute la journée.

Et puis, elle ne peut pas manger de gras, sinon elle devient tout étourdie.

Rachel ouvrit la porte et annonça que le souper était servi; Jocelyn enfila son esquimau et promit de revenir le lendemain après la classe et d'amener Denis au magasin pour lui montrer sa salle de jeu.

Martinek, ragaillardi par sa sieste, apparut dans la cuisine, la chemise fripée. Pour célébrer sa guérison, Juliette l'avait invité à souper avec Rachel et, bien que la cuisine fût à demi installée, elle avait soigné le repas : bisque de homard, poulet farci (elle ne toucha pas à la peau grasse et croustillante, qu'elle adorait), riz créole, salade de concombre, mousse à l'abricot (elle ne toucha pas non plus au dessert). Le compositeur parla de la sonate qu'il terminait pour Prévost fils et en siffla même un long passage.

— On dirait un discours, remarqua Denis. Tu ne siffles pas aussi bien que lui, Bohu.

— Je vous ai joué le début du premier mouvement. C'est une sorte d'hommage à la musique, un peu comme le lied de Schubert, *An die Musik*. Vous savez, mes amis, la musique, la vraie, celle qui parle au cœur de l'homme et qui ne craint pas de lui dire ses vérités, même les plus cruelles, est une chose d'une importance inouïe, que bien des gens sous-estiment, hélas. Elle nous aide pourtant à refaire nos forces... et notre bonté. Si jamais elle venait à disparaître, nous serions foutus. Regardez Chostakovitch : c'est par lui que la Russie crie au monde sa souffrance et son angoisse. Sans Chostakovitch, moi, je prétends que l'âme de la Russie se dessécherait et finirait par mourir.

Il fut interrompu dans son envolée philosophique par un coup de sonnette. Rachel alla ouvrir. Une exclamation lui échappa, si vive que tout le monde se précipita vers le vestibule.

— Allons, une nouvelle tuile, je suppose ? grommela la comptable en se frappant la hanche contre un chambranle.

C'était Fisette qui venait d'arriver avec une camionnette chargée de meubles... et conduite par le dentiste Ménard ! Martinek alla à leur rencontre.

— Eh bien ! vous ne perdez pas de temps, vous ! lança Juliette à l'adresse du photographe, qui venait de sauter du véhicule.

Le dentiste, toujours aussi compassé et obséquieux, s'avança vers le perron, où il serra gravement les mains, avec un bon

mot pour chacun. Ses cheveux tout grisonnants, ses joues un
peu affaissées, son teint sali donnaient l'impression que des
épreuves secrètes continuaient de le miner, accélérant le cours
des années. Juliette lui fit visiter la maison, qu'il admira beaucoup, et invita tout le monde à prendre le thé au salon. Craignant
pour ses nerfs fragiles, le dentiste demanda si on pouvait lui
servir une tisane, à la camomille de préférence. À peine assis
dans son fauteuil, il annonça qu'il voulait quitter lui aussi son
appartement de Longueuil, où il était revenu la veille. En effet,
trois heures à peine après son retour, Elvina avait failli le
brouiller avec le nouveau propriétaire pour une question de
supposés dégâts causés par la pluie à cause d'une fenêtre mal
fermée. Puis il s'informa des derniers événements. L'acte
héroïque de Martinek valut à ce dernier une longue guirlande
de félicitations. Malgré le départ d'Adèle, qui s'était retirée
dans sa chambre, Juliette se montra plutôt discrète sur l'issue
de ses recherches, mais son courage et sa détermination lui
valurent à elle aussi toute une série de compliments fleuris. Puis,
comme si tous ces éloges l'avaient épuisé, le dentiste se recroquevilla sur lui-même et écouta poliment la conversation, le
sourire aux lèvres, étouffant de temps à autre un discret bâillement. Finalement, il prit congé et quitta la pièce d'un pas
traînant, priant Juliette de ne pas le raccompagner.

Après son départ, on se mit à échafauder des hypothèses sur
la cause de ses malheurs, sans parvenir à aucune conclusion
certaine, puis Fisette demanda qu'on l'aide à transporter ses
effets au deuxième étage. Tout le monde se retrouva ensuite au
rez-de-chaussée – Adèle y compris – pour terminer l'installation
de la chambre de Juliette et celle du salon.

— Je ferai peinturer la maison au printemps, décida la
comptable. Pour l'instant, je reprends mon souffle.

Fisette, maintenant presque à l'aise en présence de son
ancienne victime, s'absenta quelques minutes et réapparut avec
une bouteille d'armagnac. Il fut aussitôt suivi d'Alexandre
Portelance. Une heure plus tard, un bon tiers du précieux
liquide se retrouvait dans l'estomac du représentant, qui avait
décidé de fabriquer une bibliothèque pour la chambre de Denis
à l'aide de retailles de contreplaqué ; il obtint des résultats
surprenants. Mais cela le mena si tard que Juliette, voyant sa
fatigue et l'euphorie quelque peu inquiétante où l'avait plongé
l'armagnac, lui offrit de coucher à la maison. Il se retrouva,
non pas dans la chambre de la femme qu'il désirait, mais sur le

canapé du salon, étendu sur des coussins trop mous. Il s'endormit néanmoins avec un sourire béat, l'invitation embarrassée
de Juliette lui faisant présager une multitude de choses piquantes
et délicieuses.

Au moment de la quitter, le dentiste Ménard s'était tourné vers Juliette :

— Je ne saurais vous dire, ma chère madame, combien l'humeur belliqueuse de votre pauvre sœur m'inspire de craintes, lui avait-il confié en essayant d'atténuer par un sourire ce qu'il trouvait de trop corrosif dans ses propos. Et je dois vous avouer également que j'ai bien du mal à me séparer de vous tous, au moment précis où je reviens pour de bon.

— Pour de bon ? Vos voyages sont donc finis ? Il faudra me raconter tout ça un jour, comme vous me l'aviez promis. Mais je suis désolée, mon cher dentiste, fit-elle en lui tapotant le bras, je n'ai plus un centimètre carré à louer ; j'aurais bien aimé reconstituer ici ma petite colonie de la rue Saint-Alexandre, mais, pour cela, il faudrait que j'agrandisse par l'arrière, ce qui est impensable. Et puis, même si je le faisais, est-ce que je réussirais à vous accommoder ? Vous prenez pas mal de place, vous !

— Ce temps est fini. Je me contenterais d'un petit trois-pièces.

— Écoutez, je crois qu'il y a un appartement à louer dans la maison voisine. Pourquoi n'iriez-vous pas y jeter un coup d'œil ? C'est un édifice un peu délabré, mais qui ne manque pas de cachet. Qui sait ? avec vos économies, vous pourriez peut-être l'acheter, et nous serions voisins pour de bon.

— Chère madame, soupira Ménard avec un sourire désenchanté, mes économies sont parties en fumée il y a longtemps ! Il me faudra des années pour regarnir mon sac d'écus. Mais je vous remercie du renseignement. J'irai m'informer.

Il n'eut pas l'occasion de le faire. Deux jours plus tard, des ouvriers venaient placarder portes et fenêtres. Juliette téléphona au service des permis et finit par apprendre que la maison allait être démolie incessamment. Elle alerta aussitôt Alphonse Pagé.

— Je sais, madame, je sais. Nous avons eu un moment de distraction. Je le regrette pour vous. *Bell Canada* vient d'acheter le terrain pour y bâtir un central téléphonique dans son style habituel. Nous allons essayer d'obtenir une injonction, car la maison remonte à 1858 et le poète William Chapman l'a habitée pendant plusieurs années. Et même si elle n'avait été habitée que par Jos Bleau et ses deux oiseaux, c'est une belle construction, encore en bon état. Je viens tout juste de parler à Dinu Bumbaru de *Sauvons Montréal* ; nous allons faire l'impossible pour limer un peu les dents à ces requins. Mais vous ne savez pas tout, ma pauvre madame. Phyllis Lambert vient de m'apprendre que la compagnie *Perryhill* a l'intention de faire construire un édifice à bureaux de quarante-deux étages juste derrière chez vous ; une demande de modification de zonage a été présentée à la ville il y a deux jours.

— Quarante-deux étages ! s'exclama Juliette, horrifiée. Et mon jardin, où va-t-il prendre sa lumière ? Je ne pourrai y faire pousser que des champignons, sueur de coq !

— Je vais travailler de toutes mes forces pour vos fleurs, madame, mais vous savez mieux que moi combien ce quartier a été massacré ; il est devenu difficile à défendre. Et puis, il y a de gros pharaons dans cette histoire et je risque de me faire couper les bretelles. Mais enfin, j'ai déjà vu pire et je ne m'en suis pas trop mal tiré. Il faudrait alerter les gens du quartier. Pouvez-vous m'aider ?

— J'arrive à peine dans le coin, mais je suis prête à l'impossible, monsieur.

— Je vous rappelle demain. Au revoir.

Elle raccrocha et se rendit à la cuisine. Adèle, debout devant l'évier, les épaules affaissées, lavait des feuilles de salade. Juliette prit de l'huile, du vinaigre et des fines herbes dans la dépense et déposa le tout sur le comptoir près de sa nièce :

— Tu serais gentille d'aller à l'épicerie m'acheter un bon morceau de gruyère.

L'autre ne répondit pas, perdue dans ses pensées. Juliette dut lui toucher l'épaule pour la tirer de sa rêverie.

— Oui, oui, tout de suite, répondit-elle avec précipitation, l'œil un peu hagard.

Elle enfila son manteau et sortit. L'humeur de Juliette s'assombrissait de plus en plus. La masse des quarante-deux étages qu'on voulait lui infliger, l'air morne de sa nièce et les coups de marteaux qui parvenaient de l'édifice voisin se transformèrent en une sorte de colle épaisse et noire qui cherchait à figer sa pensée dans une stupeur désespérée. Elle secoua les épaules, tourna la tête à gauche et à droite, puis, se frottant vivement les mains :

— Allons, allons, il est temps que j'entreprenne cette fille avant qu'elle se jette dans le fleuve. Dès son retour, on va se parler entre quatre-z-yeux, et je téléphone ensuite à un médecin.

Un événement se produisit alors qui l'égaya un peu. Elle venait de commencer sa vinaigrette lorsque, au-dessus de sa tête, le piano se mit à jouer l'air d'*Ah! vous dirai-je maman*. Les notes sautillaient, claires, joyeuses, insouciantes, un peu folichonnes, mais enveloppées dans une douce buée de nostalgie. L'air se fit entendre une deuxième puis une troisième fois, joué à la main droite, et soudain, une série d'accords dans le grave se mirent à le ponctuer, hésitants, un peu lourdauds, puis devenant *staccato*, prirent peu à peu de l'assurance et de la vivacité et se transformèrent en arpèges. Il y eut un moment de silence, suivi d'un long raclement de gorge, et la première des célèbres variations de Mozart jaillit tout à coup, étincelante et rieuse, à peine écornée ici et là par un léger trébuchement, puis s'arrêta tout à coup au milieu d'une montée. Il y eut de nouveau un silence. Un bruit de pas précipités fit alors trembler le plafond, suivi d'une dégringolade dans l'escalier.

— Madame Pomerleau! madame Pomerleau! lança Martinek d'une voix stridente qu'elle ne lui avait jamais entendue, ma main gauche est presque revenue!

Il apparut dans l'embrasure, les cheveux hirsutes, un bout de ceinture battant sa cuisse :

— Madame Pomerleau, reprit-il tout bas.

Et il se mit à pleurer.

— Allons, allons. Vous voyez bien? J'étais sûre que ça s'arrangerait, fit la comptable tout émue en le serrant dans ses bras sous le regard ébahi d'Adèle qui venait d'entrer, un sac à la main.

Elle lui tapota le dos, puis, se tournant vers sa nièce :

— Mets donc de l'eau à chauffer, veux-tu? C'est le temps d'un bon café.

Adèle les observa un instant, puis un sourire, le premier vrai sourire franc qu'on lui voyait depuis son arrivée chez Juliette apparut sur ses lèvres, et pendant une seconde le visage d'une jeune fille sémillante et enjouée surgit du masque morose et un peu flétri qui l'avait remplacé :

— Eh bien, je suis contente pour vous, monsieur Martinek, lança-t-elle. Vous allez pouvoir nous refaire de la musique.

— Le concert... à la fin de mars au plus tard! lança le musicien en se dégageant des bras de Juliette.

Il lui présenta son avant-bras :

— Regardez ma peau. Encore un petit peu trop rose, mais elle prend de la gueule, pas vrai? Ce matin, en me levant, j'ai décidé que le jour J était venu et j'ai fait des exercices d'assouplissement dans l'eau tiède pendant plus d'une heure... ensuite je me suis lancé au piano. Bon Dieu, que je suis content!

Ils s'attablèrent pour le café, mais Martinek n'avait pas bu trois gorgées qu'il remontait s'installer au piano. Juliette l'appela trois fois pour le dîner, mais il n'entendait rien, absorbé dans le polissage des variations. Pendant une bonne demi-heure, il buta sur la Variation IV, dont il n'arrivait pas à mater le début. Il s'arrêtait, poussait un soupir en agitant sa main gauche et recommençait.

— Il faut absolument que je maîtrise la pièce avant le retour de Rachel, se répétait-il tout bas.

Vers cinq heures, les tendons de sa main élançaient un peu, et il avait le dos plein de courbatures, mais les variations étaient presque en place. Il continuait toujours, faisant fi de la douleur, reprenant obstinément un passage en triolets qui refusait de lui obéir. Denis entra et alla s'asseoir discrètement dans un coin. Presque aussitôt, Adèle apparut et lui fit signe de venir le trouver. Elle avait un sourire bizarre.

— Quelqu'un te demande au téléphone, lui dit-elle tout bas.

— Je gage que c'est Jocelyn, pensa l'enfant, tout joyeux, en descendant l'escalier au pas de course.

La veille, au moment de partir, son ami lui avait coupé le souffle en lui défilant à toute vitesse une série de comptines grivoises, qu'il ignorait presque toutes. Au moment du coucher, sa tante avait eu droit à la plus présentable :

> Salut, tit-cul!
> Je t'ai déjà vu
> Dans une revue
> De femmes tout nues.

Aussi, eut-il toutes les peines du monde à cacher sa déception en entendant au bout du fil la voix de Roger Simoneau. Le camionneur lui annonça qu'il passait la fin de semaine à Montréal. Il venait de s'acheter des billets pour le *Salon de la science et de la technologie* qui se tenait au vélodrome. Est-ce que Denis aimerait l'accompagner ?

— Euh... je sais pas... je suis jamais allé à des salons comme ça.

— Eh bien, c'est le temps ou jamais de te déniaiser, mon vieux. Je pourrais passer te prendre dans une heure, disons. On irait d'abord souper au restaurant... si ta tante accepte, bien entendu. Est-ce que ta tante va bien ?

— Hm hm...

— Et... ta mère, elle va bien aussi ?

L'enfant devina alors que l'invitation du camionneur, tout aimable qu'elle fût, n'était peut-être pas aussi désintéressée qu'elle le semblait à première vue.

— Elle va bien aussi, répondit-il laconiquement.

— Est-ce que c'est elle qui m'a répondu tout à l'heure ?

— Oui.

— Est-ce que tu penses qu'elle... Écoute, fit-il en se ravisant, ça te tente, oui ou non, de venir avec moi ?

— Ça me tente, répondit l'autre sans enthousiasme.

— Eh bien, demande à madame Pomerleau – ou à ta mère – si tu peux y aller ; je vais rester au bout du fil.

— Ma tante est d'accord, annonça Denis au bout d'un moment.

— Parfait. À tout à l'heure, répondit Simoneau d'une voix étrangement fébrile.

— Il aurait dû inviter ma mère, ç'aurait été plus simple, pensa Denis en remontant chez Martinek.

À six heures, on sonna. L'enfant laissa passer quelques secondes, puis, mû par une secrète intuition, sortit doucement de chez Martinek et descendit quelques marches sans bruit. L'escalier, qui dessinait une large courbe, ne donnait pas directement sur le vestibule, de sorte que, parvenu à peu près au milieu, en se penchant un peu de côté, on avait une vue de biais sur la porte d'entrée avec la quasi-certitude d'échapper aux regards de ceux qui se trouvaient en bas. Il se blottit près de la rampe, l'œil entre deux barreaux, et aperçut sa mère et Roger Simoneau, immobiles l'un en face de l'autre, le camionneur souriant d'un air embarrassé (et un peu niais, trouva l'enfant) à son ex-maîtresse, que Denis ne voyait que de côté. Simoneau avait dû lui demander quelque chose comme «Est-ce que tu me reconnais ?» car, au moment où l'apprenti espion s'installait à son poste d'observation, Adèle répondit d'une voix sourde :

— Bien sûr. T'as pas tellement changé.

Simoneau bafouilla :

— Toi non plus.

Il leva alors les yeux et l'axe de son regard atteignit Denis, qui remonta précipitamment. Mais le camionneur ne semblait pas l'avoir vu. Il sourit, se gratta une épaule, puis :

— Est-ce que ton garçon t'a mis au courant... de notre sortie ?

Elle hocha affirmativement la tête :

— Je l'ai entendu tout à l'heure. Est-ce que je peux savoir... pourquoi tu te donnes tout ce mal pour lui ? demanda-t-elle avec une trace de dureté dans la voix.

L'autre rit silencieusement.

— Je ne sais pas... j'ai toujours aimé les enfants... Celui-ci m'est tombé dans l'œil, faut croire, même s'il n'est pas très parlant.

Il posa sur elle un regard attendri et pathétique :

— Je ne me suis pas montré très correct avec toi à l'époque, Adèle, et des fois, quand j'y pense, ça ne me rend pas gai du tout. Tu sais, je suis loin d'avoir oublié les dix mois qu'on a vécu ensemble. J'en garde même de bons souvenirs. C'est peut-être pour ça que j'ai du plaisir à voir ton gars et que...

Adèle Joannette eut un haussement d'épaules :

— Vois-le tant que tu veux, pauvre toi. De toute façon – si ça peut te soulager –, je serais bien surprise que tu sois son père : je fauchais pas mal large à l'époque, comme tu te rappelles. J'ai bien changé : mes années de folies sont passées depuis belle lurette. Je me suis cassé les dents assez de fois pour finir par apprendre. Tout ce temps-là est mort pour moi. Alors, si c'est pour essayer de me faire plaisir que tu t'occupes de mon garçon, aussi bien te dire tout de suite...

— Non, non, répondit vivement l'autre, c'est pour me faire plaisir *à moi*... et à lui. J'ai rien derrière la tête, je t'assure. Je veux seulement...

Elle lui tendit la main :

— Alors, tant mieux. À la prochaine, peut-être.

Et elle s'éloigna dans le corridor. Il la regarda aller un moment, décontenancé, puis s'avança près de l'escalier :

— Madame Pomerleau ? appela-t-il. C'est Roger Simoneau.

Un malaxeur grondait dans la cuisine. Il jeta un regard autour de lui, hésita une seconde, puis enfila le corridor à son tour.

▲

Simoneau ne fit aucune allusion au cours de la soirée à sa conversation avec Adèle – et Denis se garda bien d'en faire lui aussi. La réaction de son ancienne amie avait attristé le camionneur, mais, en même temps, l'avait soulagé. Il décida d'amener l'enfant au nouveau restaurant *Bill Wong* qui s'était installé dans les locaux de l'ancien *Sambo* dont un pseudo-minaret, d'un goût douteux, gisait à demi démantibulé le long du trottoir, au grand étonnement de l'enfant. Simoneau commanda un repas de mandarin à douze plats, qu'il arrosa de bière et son compagnon, de *Seven Up*. Ils remarquèrent une vieille dame en train de remplir secrètement son sac à main des reliefs de son repas ; cela leur fournit matière à un bon quart d'heure de plaisanteries à voix basse. Soudain Denis, posant sur le camionneur un regard limpide et redoutable :

— Ma mère, est-ce qu'elle a été ta blonde pendant longtemps ?

— Pourquoi tu me poses cette question ? demanda l'autre, déconcerté.

L'enfant contempla son assiette avec un sourire indéfinissable et garda le silence.

— Eh bien... pendant presque un an, répondit enfin Simoneau, un peu à contrecœur.

— Est-ce que tu l'aimes encore ?

— Euh... bien sûr.

Il courait après ses idées :

— On est des amis, quoi, mais pas plus que ça.

Denis le fixa un instant et piqua sa fourchette dans un morceau de poulet frit :

— Est-ce qu'elle a été la blonde de beaucoup d'autres hommes, tu penses ?

— Est-ce que je sais, moi ? Dis donc, tit-gars, travailles-tu pour la police ou quoi ? Ça fait dix ans que je l'ai pas vue, ta mère, alors faut pas me demander combien de paires de souliers elle a chaussées depuis qu'elle marche, hein ? Écoute, reprit-il d'une voix adoucie en voyant la mine renfrognée de son compagnon, tu dois être assez grand maintenant pour t'en être aperçu... Dans la vie, c'est normal de changer parfois de blonde ou de chum... Ça marche un temps et puis après, ça marche plus... et on se remet à chercher la bonne personne... Moi, je la cherche toujours... J'ai rencontré des femmes *intéressantes*, c'est sûr (comme ta mère, par exemple), mais pas une encore avec qui ç'a cliqué pour de bon... Des fois, c'était à cause de moi, d'autres fois, à cause de l'autre... C'est rare en jériboire, tu sais, de passer toute sa vie avec la première personne qu'on rencontre... Ça marchait peut-être comme ça dans l'ancien temps, quand les gens se promenaient à chevaux et que tout le monde portait une perruque, mais les temps ont changé en sacrament, je t'en passe un papier! Tu verras, t'auras plusse qu'une blonde, toi aussi, quand tu seras en âge de sortir avec les femmes. En tout cas, je te le souhaite, ajouta-t-il avec un petit gloussement.

Denis allait poser une autre question mais, se ravisant, but une gorgée de *Seven Up*, puis :

— Tu sais, Roger, c'est vraiment un des meilleurs repas que j'ai mangés de toute ma vie, dit-il avec un grand sourire.

▲

Vers dix heures et demie, ne les voyant pas arriver, Juliette fut prise d'inquiétude et se mit à jeter des coups d'œil à la fenêtre du salon. Finalement, elle enfila son manteau, sortit et fit les cent pas devant la maison, un peu oppressée, l'oreille tendue vers les bruits de la rue. De temps à autre, elle se penchait au-dessus de la barrière pour guetter leur apparition. La nuit était froide et claire, sans aucun vent; les étoiles brillaient avec une telle netteté qu'on se serait cru à la campagne. Le crissement de la neige durcie sous ses pas lui faisait penser au bruit de milliers de petites dents en train de broyer des os.

Au bout d'un moment, Adèle vint la rejoindre et prit place silencieusement sur une marche du perron. Cela surprit un peu Juliette : depuis son arrivée, sa nièce évitait le plus possible les tête-à-tête.

— Est-ce que Rachel et Bohu sont couchés? demanda la comptable.

— Rachel vient de monter pour lire, mais monsieur Martinek est couché depuis une heure environ.

Puis elle ajouta :

— Il nous a dit qu'il voulait se mettre en forme pour sa prochaine répétition.

Juliette observait la lune, qui venait de monter au-dessus des toits, coupée en son milieu par un mince nuage noir, vaguement sinistre. Une auto passa en trombe, des rires éclatèrent et quelqu'un hurla à pleins poumons :

— *Ghost Busters!*

— Comment te sens-tu chez moi, Adèle ? demanda la comptable après avoir reformulé deux ou trois fois la question dans sa tête. Te replaces-tu un peu ?

Mais presque aussitôt, les voix de Denis et de Roger Simoneau se firent entendre de l'autre côté de la haie, à une vingtaine de mètres à leur droite. Malgré les bruits de la rue, la voix de l'enfant portait étonnamment loin.

— Une fourmi qui tombe dans le renvoi d'un lavabo, est-ce qu'elle est foutue, Roger ? Est-ce qu'elle se noie ?

On entendit un murmure indistinct, puis la voix de l'enfant reprit :

— Mais s'il y a un petit morceau de bois qui flotte dans le siphon, elle n'est pas foutue, hein ? Pas pour un petit bout de temps ?

Ils apparurent devant la barrière.

— Qu'est-ce que tu fais dehors, ma tante ? s'exclama Denis.

— Je t'attendais. Et alors ? Vous avez passé une bonne soirée ?

— Oh oui ! on est allés manger dans un restaurant chinois, le plus grand restaurant chinois de Montréal. Ils nous ont servi douze sortes de choses !

L'enfant s'arrêta tout à coup, interdit, en apercevant sa mère assise dans la pénombre. Ils se fixèrent un moment sans parler.

— Salut, Adèle, fit Simoneau.

Elle leur fit un vague signe de la main, puis se remit à contempler le ciel.

— Miséricorde ! s'écria Juliette. Onze heures moins vingt ! Il est temps de te coucher, bobichon. Vite, ton pyjama ! Et n'oublie pas de te brosser les dents.

Denis tendit la main à Simoneau, grimpa les marches (Adèle lui caressa fugitivement le mollet) et disparut dans la maison.

Le camionneur échangea quelques paroles avec Adèle et Juliette en s'efforçant de cacher le malaise que lui inspirait son ancienne maîtresse, dont il voyait vaguement les yeux luire dans l'ombre, puis s'en alla à son tour.

La comptable laissa échapper un grand bâillement et un frisson lui secoua les épaules. Elle allait entrer, lorsque la voix de sa nièce, fine et glaciale, la figea sur place :

— J'ai reçu une lettre de lui tout à l'heure.

Juliette se retourna brusquement :

— De qui ?

— De lui. De Fernand. Voulez-vous la lire ? C'est très court.

Elle lui tendit une enveloppe froissée. Juliette entra dans le salon, suivie de sa nièce. D'une main tremblante, elle retira une feuille pliée en deux, où se lisait, écrit à la main en grosses lettres massives : *Je ne t'oublie pas. Je ne peux pas t'oublier. Nous nous reverrons.*

— C'est lui qui te l'a remise ?

— Non. Je l'ai trouvée sur l'appui de ma fenêtre tout à l'heure. Je l'avais laissée un peu entrouverte avant le souper.

— Eh bien ! on va voir ce qu'on va voir, s'écria la comptable, furieuse et effrayée.

Elle s'enferma dans la cuisine et téléphona à la police. Adèle l'observa un instant, impassible, puis se dirigea vers le vestibule et s'appuya au chambranle de la porte. Elle fixait la rue en se mordillant les lèvres.

Le lendemain 28 janvier – qui était un samedi – Rachel se réveilla presque à l'aube (elle devait se trouver à huit heures précises à l'église de Saint-Eustache, où l'orchestre procédait à l'enregistrement du *Concerto pour orchestre* de Bartok). Elle secoua doucement Martinek. Le musicien lui avait demandé de le réveiller, car il voulait commencer sa journée très tôt lui aussi. En effet, son extraordinaire lenteur naturelle le portait à d'interminables préliminaires avant qu'il ne trouve le courage de s'asseoir au piano ou devant sa table de travail. Il ouvrit les yeux :

— Merci, murmura-t-il en souriant.

Il se leva aussitôt et s'étira.

— Eh bien, se dit Rachel avec contentement, c'est donc bien vrai qu'il est complètement guéri... Depuis qu'on a réussi à trouver une autre date pour son concert, c'est comme si toute l'électricité de Montréal lui passait par le corps.

Cependant, Martinek en était encore à se choisir une chemise, que Rachel s'était habillée, maquillée, avait déjeuné et se disposait à partir.

— Ne passe pas toute la journée au piano, hein ? lui recommanda-t-elle en l'embrassant. Te vois-tu avec une tendinite deux jours avant le concert ?

Il se prépara des rôties et sirota deux cafés en écoutant en sourdine le quintette à cordes de Schubert qui le plongeait immanquablement dans une mélancolie béatifique. Le quintette terminé, il réalisa qu'il était encore trop tôt pour s'installer au piano : tout le monde dormait dans la maison. Comme la journée s'annonçait fraîche et lumineuse, il décida de faire une petite promenade dans le quartier ; cela lui servirait de mise en train.

Il enfila son manteau et se retrouva sur le perron juste au moment où une bouffée de houblon fermenté, partie quelques minutes plus tôt de la brasserie *Molson*, enveloppait la maison. Sans qu'il sût trop pourquoi, la bouffée le mit d'excellente humeur.

— C'est aujourd'hui, décida-t-il, que je récupère complètement ma main gauche.

Il avança dans l'allée en sifflotant l'admirable *adagio* du quintette, poussa la grille et se dirigea vers l'ouest. Il reniflait de temps à autre pour tenter de retrouver l'odeur du houblon, mais le vent l'avait déjà poussée au loin. Il se rendit jusqu'à la rue Greene, tourna à droite et décida de jeter un coup d'œil à la vitrine d'un antiquaire, au nord de la rue Sainte-Catherine, qui exposait parfois des jouets. Son fusil à eau le plus ancien venait de là.

Soudain, il aperçut à une cinquantaine de mètres une femme en manteau bleu qui s'éloignait d'un pas vif et nerveux, la tête penchée vers le sol. Il s'arrêta, interdit :

— Adèle? Si tôt le matin?

Sa myopie le faisait hésiter. La femme disparut au coin de la rue Sainte-Catherine. Il courut derrière elle. Parvenu au coin, il se coula le long d'un mur, tendit la tête et l'aperçut sur le bord du trottoir, arrêtée par le passage d'un camion d'éboueur; il s'agissait bien d'Adèle. Lorsque le camion fut passé, elle traversa la rue à pas pressés en direction de l'est, jetant des coups d'œil à gauche et à droite. Elle semblait fébrile et mécontente. Il ne se souvenait pas de l'avoir vue dans cette robe bleue, qui lui faisait plus ou moins bien. Où diable allait-elle si tôt? Il faillit l'appeler, mais quelque chose le retint, et il revint sur ses pas. Son entrain était tombé, remplacé par une vague inquiétude.

Il décida de retourner chez lui se préparer du café, puis de réécouter le quintette, qui le remettrait d'équerre. En traversant le vestibule, il entendit un léger bruit dans le salon. Passant la tête par la porte entrouverte, il aperçut Denis en pyjama, étendu sur le canapé, un livre ouvert devant lui, en train de croquer un biscuit au chocolat; il y en avait une assiette pleine sur le tapis à portée de sa main. L'enfant leva les yeux :

— Ah! salut, Bohu. Déjà levé? T'es de bonne heure sur tes pattes, ce matin.

— Toi aussi, comme je peux voir.

Le visage de l'enfant se ferma imperceptiblement :

— Je ne m'endormais plus.

— Gageons que c'est sa mère qui l'a réveillé en se levant, pensa le musicien. Dis donc, j'ai fait deux nouvelles acquisitions hier pour ma collection de fusils à eau. Tu veux jeter un coup d'œil?

Denis referma aussitôt son livre.

— Crois-tu que Sifflet va revenir un jour, Bohu? fit-il au milieu de l'escalier.

Le musicien eut un haussement d'épaules et soupira.

— Hier matin, en partant pour l'école, reprit l'enfant, je suis presque sûr de l'avoir vu sur la corniche de la maison d'à côté. J'ai couru chercher une échelle dans la remise, mais quand je suis revenu, il s'était envolé. Moi, je pense que lorsqu'il jugera que t'es assez puni, il va se montrer.

En pénétrant dans le studio, il fit gémir une lame du parquet et ce bruit réveilla Juliette, dont la chambre se trouvait juste au-dessous. Elle ouvrit les yeux, sans savoir ce qui avait troublé son sommeil, et aperçut, sous le store légèrement remonté, la belle journée venteuse qui s'annonçait, gonflée d'une lumière qui cherchait, aurait-on cru, à rendre toute chose transparente. Elle se leva et sa première pensée fut pour Alexandre Portelance. Elle eut hâte soudain d'entendre sa grosse voix joviale; le trouble que lui inspirait sa cour naïve diminuait de jour en jour, remplacé par une joie craintive et fébrile qui la ramenait loin en arrière et faisait lever en elle comme une sorte de brume rosée, pleine de nostalgie. Elle enfila sa robe de chambre et se rendit à la cuisine. En passant devant la chambre de sa nièce, elle eut un pressentiment bizarre à la vue de sa porte fermée. Elle revint sur ses pas et frappa. Après deux ou trois fois, elle tourna le bouton. La chambre était vide. Un cendrier de tôle débordant de mégots répandait une odeur sèche et fade, un peu écœurante. Elle s'en empara et referma la porte.

— Bizarre... elle qui a l'habitude de traîner au lit jusqu'à neuf heures et parfois plus tard.

Elle mit de l'eau à bouillir, puis, soudain prise d'une obscure inquiétude, se rendit à la chambre de son petit-neveu, qu'elle trouva également vide. Il n'y avait personne au salon, ni dans la salle à manger, ni ailleurs.

— Denis! es-tu en haut? lança-t-elle au pied de l'escalier, de plus en plus alarmée.

Le musicien, qui se tartinait une rôtie de beurre d'arachide, regarda l'enfant, attablé devant lui, en train d'examiner une mitraillette à eau importée d'Italie.

— Madame Pomerleau t'appelle. Vas-y vite. Ça semble pressé.

— Ah! tu es là, toi, fit Juliette, soulagée, en le voyant apparaître en haut de l'escalier. Est-ce qu'Adèle est avec vous?

— Elle est sortie de bonne heure ce matin.

— Ah bon. Où est-elle allée?

— Sais pas.

L'obèse retourna à la cuisine:

— Bizarres, ces promenades à l'heure des camelots, maugréa-t-elle en dressant le couvert. Gageons que le plafond va encore me tomber sur la tête.

Denis vint déjeuner, puis retourna lire sur le canapé; de temps à autre, il observait la cheminée. La tête de lutin sculptée au-dessus du foyer le fixait avec un sourire sardonique; il crut même la voir grimacer et plisser les yeux imperceptiblement. Deux nuits de suite, cette semaine-là, le lutin était venu le visiter dans ses rêves, armé d'un pistolet souillé de sang, et depuis, l'enfant n'osait plus pénétrer dans le salon, le soir, quand il n'y avait pas de lumière.

— Et si c'était une sorte de sculpture magique qui nous envoie des ondes de malheur? se demanda-t-il soudain.

Il referma son livre, téléphona à Jocelyn et partit chez lui. À neuf heures moins cinq, Fisette descendit l'escalier en trombe (il travaillait un samedi sur trois) et quitta la maison.

Une demi-heure plus tard, Martinek, la main un peu fatiguée par ses gammes chromatiques, se leva de son tabouret et promena dans la pièce un regard mécontent. Sa bibliothèque, à demi installée, et les caisses de livres et de partitions sur lesquelles on se butait partout lui tombaient soudainement sur les nerfs (en fait, il s'agissait d'une petite ruse de sa main gauche encore fragile pour se ménager un moment de répit). Le musicien aperçut tout à coup le manuscrit de sa sonate pour siffleur et piano posé sur l'emballage de la mitraillette à eau et son visage s'illumina:

— Mais je n'ai qu'à téléphoner à Marcel! Il va m'installer ça en deux sauts de lapin! Et j'en profiterai pour lui présenter la sonate!

Vers dix heures, Prévost fils arriva, tout ému par l'honneur que lui faisait Martinek de le laisser manipuler ses effets personnels.

Il termina le montage de la bibliothèque à une vitesse

stupéfiante et s'apprêtait à ranger les livres lorsque le musicien l'arrêta :

— Ce n'est pas la peine, mon vieux, il faut tout reclasser. Nous nous occuperons de cela, Rachel et moi. Est-ce que tu veux voir la sonate que je t'ai écrite ?

— C'est vrai ? s'étonna l'autre. Vous l'avez vraiment écrite pour moi ?

— Ça commence à peu près comme ceci, fit le musicien, les joues roses, en s'assoyant au piano. Je vais d'abord jouer ta partie, puis ensuite l'accompagnement.

Prévost fils s'assit à côté de Martinek et s'efforça de porter attention à la musique, mais il paraissait nerveux et distrait et se passait à tous moments la main dans le visage. Soudain, n'y tenant plus, il se leva, l'air malheureux :

— Monsieur Martinek, excusez-moi, mais je... est-ce que je peux revenir une autre fois ? C'est que je suis en train d'aider mon père à creuser une cave et on est rendus en dessous des fondations... J'ai une peur bleue que la terre se mette à débouler – et la maison avec.

— Mais il fallait le dire, mon ami ! s'écria le compositeur, alarmé. Va vite rejoindre ton pauvre père avant qu'il ne se fasse enterrer vivant !

Il le prit par les épaules :

— Pourquoi ne m'en as-tu pas parlé au téléphone ? Ma bibliothèque pouvait attendre... et ma sonate aussi ! Je ne suis vraiment pas content, tu sais.

— J'en ai tout au plus pour deux jours, monsieur Martinek, bafouilla l'autre. Si vous voulez, je pourrais revenir mardi ou mercredi.

— Oui, oui, ça me va. Allez ! file !

Il le reconduisit à l'escalier, mais s'arrêta :.

— Mon Dieu ! j'allais oublier ! Combien je te dois ?

— Rien du tout.

— Comment, rien du tout ? Tu n'es pas mon esclave, à ce que je sache.

Il glissa la main dans sa poche, sortit son portefeuille et lui tendit un billet de vingt dollars.

— Non, non, je ne veux absolument rien, protesta l'autre avec vigueur.

Une discussion s'engagea, qui dura deux bonnes minutes.

— Laissez-moi siffler votre sonate en public si jamais je participe à un concours, supplia Prévost, ça me vaudra bien des salaires.

— Hum, fit l'autre, ébranlé (la proposition du concierge le séduisait, car il était un peu à court depuis quelque temps), c'est très gentil de ta part, mais je crains fort que ce soit de la charité déguisée. Tu peux bien siffler ma sonate au pôle Nord, si le cœur t'en dit : je l'ai composée pour toi.

Mais il n'en remit pas moins le billet dans son portefeuille :

— Enfin, on s'en reparlera... À bientôt... et mes salutations à ton père.

Il le regarda descendre l'escalier à toute vitesse :

— Dommage, pensa-t-il, qu'on n'ait pas le temps de préparer cette sonate pour le concert. Je suis sûr qu'elle aurait du succès.

En arrivant au rez-de-chaussée, Prévost fils aperçut Juliette par la porte du salon et la salua. Elle lui fit un vague geste de la main et disparut. Cette froideur inhabituelle le surprit.

— Pourvu qu'elle n'ait pas eu d'autres malheurs, se dit-il en s'avançant dans l'allée.

Il n'avait pas fait cinq pas qu'Adèle apparut sur le trottoir et poussa la grille.

— Sacrament de jériboire ! elle n'a pas l'air dans son assiette, celle-là non plus !

La jeune femme le croisa sans le regarder et pénétra dans la maison. Il lui jeta un coup d'œil à la dérobée :

— Qui ça peut bien être ? J'ai jamais vu des yeux pochés de même. Dommage, car elle serait pas laide.

— Sueur de coq ! s'écria Juliette en voyant arriver sa nièce, d'où sors-tu, Adèle ? J'étais en train de mourir d'inquiétude, moi !

— Ben quoi, répondit l'autre, le regard fuyant (ce même regard qu'elle avait transmis à son fils), j'étais allée faire une promenade. J'ai besoin de prendre l'air moi aussi, des fois. Y a pas de quoi monter sur vos grands chevaux.

Puis, haussant les épaules, elle s'enferma dans sa chambre.

La journée fut longue. Martinek travaillait son piano, interrompant de temps à autre ses exercices pour jouer quelques mesures d'un prélude de Chostakovitch (toujours les mêmes). Sur l'heure du midi, Denis avait téléphoné à sa tante pour lui demander la permission de dîner chez Jocelyn. Adèle, taciturne et nerveuse, n'était réapparue que pour aller prendre sa douche, puis se préparer un sandwich au jambon qu'elle avait emporté dans sa chambre avec une bouteille de bière.

Juliette l'entendait de temps à autre faire les cent pas, tandis que sa radio jouait en sourdine de la musique rock.

— Qu'est-ce qu'elle mijote ? soupirait la comptable en allant d'une fenêtre à l'autre, scrutant les alentours comme pour prévenir une attaque. Ah ! Joséphine, pourquoi je t'ai fait cette promesse ? Délie-moi, je t'en prie, ou envoie-moi un archange pour me donner un coup de main, sinon la tête va m'éclater !

Vers trois heures, un besoin irrépressible de se confier à quelqu'un s'empara d'elle. Surmontant sa gêne, elle composa le numéro d'Alexandre Portelance. Un répondeur lui apprit que le vendeur serait absent jusqu'à la fin de l'après-midi.

Elle décida alors de réagir contre l'abattement qui l'envahissait et de se lancer sur-le-champ dans la confection d'une douzaine de tartes aux pommes. Elle sortait sa deuxième fournée lorsque Adèle apparut sans bruit dans la cuisine, s'assit à table et se mit à l'observer.

— Ça sent bon, remarqua-t-elle au bout d'un moment d'une voix étouffée.

Juliette se retourna :

— Veux-tu y goûter, ma fille ? Elle a pleuré, celle-là, se dit-elle en voyant ses yeux bouffis.

L'autre fit signe que oui. Prenant le couteau que sa tante lui tendait, elle se tailla une large pointe. Des jets de vapeur parfumée s'échappèrent par l'incision et la croûte s'affaissa légèrement. Elle retourna s'asseoir et mangea à petites bouchées, soufflant sur chaque morceau. Au premier étage, Martinek interrompit ses gammes, fit une légère pause et se lança dans son prélude, qu'il joua en entier cette fois-ci. La musique, vive et sarcastique, semblait ricaner ; Juliette regarda ses mains potelées, tout enfarinées, puis son tablier de coton, que bombait son ventre énorme, et ne put réprimer un sourire de se voir ainsi en train de préparer des masses de pâtisseries, alors qu'elle avait peine à monter un escalier de trois marches.

Adèle vida soigneusement son assiette, la rinça à l'évier, puis, regardant Juliette, prit une courte inspiration et le bas de son visage trembla :

— Ma tante... il faut que je quitte Montréal.

Juliette s'était immobilisée, les mains crispées sur son rouleau à pâtisserie ; pendant une seconde, sa nièce crut qu'elle éclaterait en sanglots :

— Qu'est-ce qui se passe, Adèle ? articula-t-elle enfin d'une voix éraillée.

Au-dessus de leur tête, Martinek trébucha sur un accord, s'arrêta, puis reprit le morceau à partir du début.

— Je... je l'ai rencontré ce matin, dit-elle avec effort. Il m'avait donné rendez-vous dans un restaurant rue Sainte-Catherine. Je n'avais pas le choix de ne pas y aller.

— Mon Dieu, murmura l'obèse, consternée, en joignant les mains.

— Après toutes ces années si... dures passées auprès de lui, j'avais cru m'être libérée... mais c'est plus difficile que je pensais... Vous ne pourriez pas comprendre, ma tante... Je ne suis pas sûre de comprendre moi-même.

— Essaie de m'expliquer tout de même un peu, supplia doucement Juliette.

Adèle la fixa avec un sourire où la tendresse luttait contre une sorte d'ironie cynique :

— Vous êtes trop bonne, ma tante, dit-elle enfin, vous ne pouvez même pas imaginer... Avec des gens de notre sorte...

— Quelle sorte ? quelle sorte ? s'écria la comptable, furieuse. Quand donc cesseras-tu de te prendre pour une pincée de crasse, sueur de coq ! Des fois, quand tu me regardes, j'ai l'impression que tu voudrais que je t'écrapoutisse comme une punaise ! Tu as le droit d'être heureuse, toi aussi, et tu as tout ce qu'il faut pour y arriver : du cœur – oui, oui, du cœur ! bien plus que tu ne crois – de l'intelligence, une bonne santé... et puis des gens pour t'aider ! Non ? Qu'est-ce que tu penses que je suis, alors ? Un coton de blé d'Inde ? Je ne t'ai pas courue à travers tout le Québec pour te regarder ensuite dépérir dans un coin comme Job sur son tas de fumier en attendant que tu files sans crier gare pour rejoindre ce gros salaud et mener une vie pire que tout ce que tu as connu jusqu'ici ! Envoie-le promener, ce dégueulasse ! Qu'est-ce que tu lui trouves ? Attends-tu que je mette la police après ? Lâche un peu la bière, trouve-toi du travail, commence à t'occuper de ton garçon et tiens le coup un mois ou deux : tu verras, tout va se mettre à changer, petit à petit. Un jour, tu n'arriveras même plus à comprendre comment tu étais.

Elle s'approcha de sa nièce et posa les mains sur ses épaules (un fin nuage de farine descendit le long de son chemisier jusque sur son jean) :

— Adèle, si je te parle aussi franchement, c'est que je veux t'éviter le précipice. Car c'est là que tu t'en vas, ma fille, tu le sais. Allons, explique-moi. Tu l'aimes comme malgré toi, c'est ça ? Tu n'arrives pas à t'en passer ?

— L'aimer?

Adèle se dégagea en riant et se dirigea vers sa chambre, puis se retourna et, debout dans l'embrasure, la voix pleine d'un dégoût indicible :

— Si c'est ça l'amour, ma tante, qu'on m'ouvre le crâne au plus vite pour m'enlever le morceau qui me fait aimer...

Elle avala sa salive, s'appuya d'une main au chambranle et une grimace angoissée tordit son visage :

— Il faut que je parte, ma tante. Il faut que je parte au plus sacrant, pour être sûre de ne plus jamais le rencontrer, vous m'entendez?

— Eh bien, donne-moi... donne-moi un jour ou deux et je vais essayer de te trouver une cachette... Mais ce n'est pas une petite affaire, ma fille. Je ne peux pas te serrer comme une bobine de fil dans un tiroir.

Adèle fit un vague signe de tête et quitta la pièce. Juliette se remit à ses tartes, songeuse. Vers quatre heures, Denis revint à la maison. L'arôme des pommes cuites et de la cannelle l'attira promptement dans la cuisine. Sa tante essayait de le convaincre de ne pas se couper un troisième morceau lorsqu'on sonna à la porte.

— Va répondre, bobichon, il faut que je sorte ma dernière fournée, la croûte est sur le point de brûler.

— C'est monsieur Ménard, annonça gravement l'enfant. Il demande si tu peux lui accorder quelques minutes.

— Bien sûr! Dis-lui de s'amener. Qu'est-ce que c'est que toutes ces manières? Je vais lui offrir un morceau de tarte. Ça t'en fera un de moins dans la bedaine, espèce de goinfre.

Le dentiste apparut, vêtu d'un paletot et d'un pantalon noirs, le teint jaunâtre, les traits tirés, plus triste et compassé que jamais :

— Excusez mon intrusion, madame, je vois que je vous surprends en plein labeur et que...

— Assoyez-vous, monsieur Ménard, que je vous serve un morceau de tarte. Elles sortent tout juste du four; vous allez les prendre à leur apogée. Denis, veux-tu remplir la bouilloire? Je vais préparer du thé. Vous en prendrez bien une tasse? Sors les tasses, Denis. Dites donc, fit-elle après l'avoir examiné, ça n'a toujours pas l'air d'aller, vous. Depuis un mois, on dirait que vous passez vos nuits sur la corde à linge.

— Les séquelles d'une triste aventure, soupira le dentiste. Et ce n'est pas votre sœur qui m'aide à récupérer.

— Ah bon. Encore sur le sentier de la guerre, celle-là ?

— La guerre constitue sa seule occupation, je pense.

— Quelle est sa dernière trouvaille pour embêter le monde ?

— Oh, je ne veux pas vous ennuyer avec mes petites misères... Enfin, puisque vous y tenez... Elle prétend qu'il subsiste encore de ces fameux poux d'oiseau dans l'immeuble. Alors hier, elle a exigé de ce pauvre monsieur Désy qu'il fasse venir un exterminateur et l'immeuble a de nouveau été infesté de gaz toxiques... J'ai dû coucher à l'hôtel, où je n'ai pas fermé l'œil de la nuit, car ma chambre était surchauffée. Mais changeons de sujet : tout cela ne présente aucun intérêt. Je me demandais, ma chère madame Pomerleau... comme l'immeuble voisin est détruit... si vous aviez pu penser à un moyen de me faire une petite place dans votre maison... Excusez mon insistance... Je vous assure que mes besoins d'espace ont bien diminué... Et puis, à vrai dire, j'éprouve depuis quelque temps un grand désir de paix et – comment pourrais-je dire ? – de fraternité amicale, si je peux m'exprimer ainsi... En fait, pour ne rien vous cacher, je m'ennuie un peu de vous tous, conclut-il avec un sourire d'une tristesse désarmante.

Juliette déposa devant lui une pointe de tarte qu'il mangea avec une avidité étonnante.

— Eh bien ! dites donc, vous y allez, vous ! s'esclaffa la comptable. Soufflez un peu dessus, pour l'amour, vous allez vous brûler. On croirait voir mon cher Denis en personne, ma foi. Mais qu'est-ce qu'elles vous font à tous, mes tartes, pour l'amour ?

Denis grimaça en haussant les épaules et se rendit au fond de la cuisine où il s'adossa à un mur, appuyé sur une jambe. Le dentiste sourit et, la bouche pleine :

— Excusez-moi, je perds la tête. C'est qu'il y a si longtemps que je n'ai pas mangé une bonne tarte maison toute chaude... C'est absolument délicieux. Vous êtes un cordon bleu de première grandeur !

Et, secoué par un rire qui lui donnait des airs de précieuse, il se mit à souffler sur son morceau. Denis l'observa un moment, l'œil ironique, puis quitta silencieusement la pièce.

— Mon cher monsieur Ménard, fit Juliette en mettant ses pâtisseries à refroidir sur une grille, votre demande me touche beaucoup et je suis d'autant plus désolée de ne pouvoir y répondre, mais j'ai beau me creuser la tête, je ne vois vraiment pas où je pourrais vous loger... à moins d'agrandir. Et d'agrandir, il n'est pas question : je n'ai pas d'argent... ni de terrain. Et même si j'en avais, je n'ai plus la force de me lancer dans de pareilles entreprises. Les soucis me courent après comme les dettes après un ivrogne.

Elle se rendit successivement aux deux portes qui donnaient sur la cuisine pour s'assurer que personne ne les entendait, puis revint s'asseoir auprès du dentiste avec un grand soupir.

— Vous me demandez une place dans ma maison, poursuivit-elle en se penchant vers son oreille autant que le lui permettait son embonpoint. Eh bien, figurez-vous qu'il faut que j'en cherche une pour ma nièce, qui veut quitter Montréal afin d'échapper à son ancien... bourreau. Il tourne autour d'elle depuis qu'elle loge ici. Vous ne connaissez pas cette histoire, vous. Vous étiez absent Dieu sait où quand tout cela s'est passé. Je vous la raconterai un jour, quand j'aurai le cœur un peu plus gai.

Le dentiste fixait la comptable, sa fourchette chargée d'un gros morceau de pomme moelleux suspendue entre sa bouche et l'assiette :

— Et, en supposant que votre nièce parte pour de bon, est-ce... qu'il ne serait pas possible de songer à me...

— Absolument pas, docteur. Elle n'occupe qu'une chambre ici, cela ne vous suffirait pas. Et puis, sans vouloir vous offenser, j'aime mes locataires, mais chacun chez soi, n'est-ce pas ? C'est le secret de la bonne entente.

Le dentiste hocha la tête d'un air pénétré, puis se pencha vers son assiette, tandis que Juliette tambourinait sur la table en suivant les évolutions d'une grosse mouche bleutée, apparemment attirée elle aussi par l'odeur succulente des tartes.

Il repoussa son assiette :

— Écoutez, vous me dites que votre nièce se cherche une cachette... Peut-être puis-je vous aider, laissa-t-il tomber avec une expression de mystère et de jubilation. Là où je la cacherai, son... bourreau, comme vous dites, aura bien du mal à la trouver ! Mais il faut me garantir sa discrétion. J'ai entière confiance en vous. Cependant, je ne connais pas votre nièce.

La bouche entrouverte, les sourcils froncés, Juliette l'écoutait, tandis qu'une intense activité de décodage s'effectuait dans sa tête, mais en vain.

— Qu'est-ce que vous me racontez là ? fit-elle enfin. Parlez-vous sérieusement ?

Le dentiste se renversa en arrière et posa les mains sur ses genoux dans une attitude de suffisance souriante tout à fait inhabituelle et qui augmenta l'étonnement de la comptable.

— Est-ce qu'il craque? pensa-t-elle. Ma foi, oui, il craque.

— Voilà longtemps que vous voulez connaître mon secret, non? Eh bien, si vous pouvez m'assurer que votre nièce tiendra sa langue, je vous le livre à l'instant.

— Je... soyez sans crainte, répondit Juliette avec un léger remords mais emportée par la curiosité.

Penché vers elle, le dentiste lui parlait à voix basse. À mesure qu'il avançait dans son récit, son visage s'assombrissait et l'air vaniteux qui avait tant frappé Juliette s'émiettait peu à peu en petites grimaces désabusées.

— Incroyable! vous plaisantez! Comment avez-vous pu? s'exclama-t-elle à deux ou trois reprises.

Prenant appui des deux mains sur la table, elle se leva et se mit à faire les cent pas dans la cuisine en secouant la tête, incrédule, tandis que Ménard poursuivait son récit. L'arrivée d'Adèle le fit brusquement taire. Il regarda Juliette, interdit.

— C'est elle, dit la comptable après une courte hésitation.

Adèle les dévisageait, la lèvre supérieure légèrement relevée dans une expression de hargne un peu vulgaire:

— Je vous dérange? On jasait sur moi?

— Justement, ma fille. On s'occupe de tes problèmes. Je te présente Adrien Ménard, un de mes anciens locataires. Il pourrait te donner un coup de main. Alors, quand pourrions-nous entreprendre notre voyage, mon cher? demanda-t-elle au dentiste.

Vers sept heures, Alexandre Portelance, après avoir réparé tant bien que mal le tiroir d'une commode dont le fond, en se détachant, créait chaque matin une petite avalanche de chaussettes jusque sous le lit, se laissa tomber dans un fauteuil devant la télévision et essaya courageusement de s'intéresser à une émission sur les jardins communautaires. Mais après avoir passé quelques minutes à écouter de braves gens causer de carottes et de topinambours, il eut la désagréable impression que son sang tournait en béchamel. Il se releva et promena son regard dans la pièce. L'ennui suintait des murs à donner le goût de les démolir.

— Je vais aller faire un tour chez Juliette, se dit-il.

Et pour être sûr que rien ne viendrait contrecarrer son projet, il décida de ne pas s'annoncer.

Au moment où il arrivait devant la maison de son amie, elle poussait la grille du jardin, tout endimanchée, suivie du docteur Ménard et d'Adèle Joannette. Il grimaça et alla stationner derrière la *Subaru*.

— Vous partez ? fit-il en baissant la glace.

Une expression fugitive de contrariété apparut sur le visage de Juliette :

— Ah ! bonjour, Alexandre. Vous me prenez au vol. Oui, nous allons faire un petit voyage.

Le vendeur eut l'air si désappointé qu'elle se tourna vers le dentiste, hésitante :

— Est-ce que vous me permettriez... Monsieur Portelance est un ami de toute confiance qui n'ira jamais, je vous assure...

Le dentiste cilla des yeux à plusieurs reprises, fixant le trottoir avec une moue embarrassée, tandis qu'Adèle, adossée contre la grille et l'air parfaitement ennuyée, essayait d'enlever avec son talon une saleté sur la pointe de son soulier droit.

— Écoutez, reprit Portelance en souriant avec toute la cordialité dont il était capable, je vois que vous êtes occupée; je reviendrai une autre fois. À moins de recevoir un bloc de béton sur la tête, je ne risque pas d'oublier l'adresse!

Le dentiste l'observa une seconde, consulta Juliette du regard et, dans un élan subit d'abnégation et de fraternité, tendit la main à Portelance, toujours assis dans son auto :

— Je n'ai pas le bonheur de vous connaître, mon cher monsieur. Je me présente : Adrien Ménard, dentiste de profession et utopiste par inclination. Si une petite promenade à Val-David dans l'auto de cette chère madame Pomerleau peut vous agréer, nous serions heureux de profiter de votre compagnie. Vous aurez l'occasion de voir des choses qui piqueront peut-être votre curiosité.

— Vous allez à Val-David? C'est un joli coin, ça. Je n'y ai pas mis les pieds depuis les années 50. Dans le temps, j'avais un oncle là-bas qui exploitait une carrière.

Le dentiste eut un sourire mystérieux :

— Justement, c'est une ancienne carrière que nous allons visiter.

Tout le monde prit place dans la *Subaru*. Malgré leurs efforts réitérés, Juliette et Portelance ne réussirent pas à tirer de Ménard un mot de plus sur le but de leur voyage. Pelotonné dans son coin, les mains sur les genoux, il se contentait de secouer tristement la tête en répétant :

— Vous verrez, vous verrez. Je ne veux pas gâcher votre surprise.

— Dites donc, fit le vendeur en se penchant vers Juliette, qu'avez-vous donc fait de mon ami Denis?

— Rachel et Bohu le gardent pour la soirée. Il s'intéresse au petit comme s'il était son père, pensa-t-elle en souriant. J'ai rencontré un bon diable. Je verrai bien avec le temps s'il ne tournera pas comme feu mon mari. On a la bouche en cœur quand on fait les yeux doux, mais les dents sont toujours là pour mordre.

Cependant, l'intérêt du vendeur pour Denis l'avait tellement enchantée qu'elle déploya envers lui une gentillesse qui le jeta dans le ravissement. Leurs rires et leurs taquineries contrastaient avec les visages mornes et fermés d'Adèle et du dentiste, silencieux et songeurs dans leur coin. Mais quand l'auto, parvenue presque à destination, quitta la 15 pour s'engager sur la route qui mène au cœur du village de Val-David, le dentiste s'anima tout à coup et se mit à guider Juliette d'une voix fébrile et saccadée. Cette dernière prit bientôt un chemin bordé de frênes qu'elle suivit une dizaine de minutes, puis bifurqua à deux ou trois reprises sur des chemins de plus en plus étroits et cahoteux. Un rire nerveux s'empara de la comptable :

— Eh bien, si je n'étais pas accompagnée, monsieur Ménard, je commencerais à craindre le meurtre en plein bois.

— C'est ici, indiqua le dentiste en pointant l'index vers un petit chalet à pignon, sans étage, recouvert de déclin d'aluminium vert pâle et qui se dressait dans une clairière que la forêt était en train de regagner.

L'insignifiance de la construction était remarquable. Juliette éteignit le moteur. Un silence embarrassé régna dans l'auto.

— Je ne viendrai certainement pas m'enterrer ici, murmura Adèle avec un air de profond dédain.

Le dentiste mit pied à terre.

— Vous parlez trop vite, répondit-il (Juliette le regarda, étonnée). Attendez de voir. Bien sûr, il n'est pas question de vivre ici en troupe. Mais si vous voulez rester seule et en parfaite sécurité pendant deux ou trois semaines, j'ai quelque chose à vous offrir que vous ne trouverez nulle part ailleurs, je vous assure.

Les passagers quittèrent l'auto et s'avancèrent vers la maisonnette, intrigués. Le dentiste sortit un trousseau de clefs, ouvrit la porte, secoua la neige de ses pieds et entra. Ils le suivirent l'un après l'autre dans un salon sommairement meublé, plongé dans la pénombre. Adrien Ménard fit de la lumière, puis regarda ses compagnons avec un sourire malicieux. Près de sa tête, une affiche en couleurs montrait une terre bleutée roulant dans l'espace et, sous l'illustration, en gros caractères rouges :

COMBIEN DE TEMPS TIENDRA-T-ELLE LE COUP ?

— Un beau chalet, crut bon de dire Portelance. Tiens ! j'ai un canapé chez moi qui ressemble à celui-là comme un petit frère.

Adèle s'était assise sur le bras du canapé et contemplait les lieux d'un air dégoûté. Juliette tourna un moment dans la pièce, passa dans une autre, qui contenait un lit et une commode, puis revint vers le dentiste, perplexe :

— Écoutez, docteur, votre gentillesse me touche beaucoup, mais vous n'y pensez pas ? Vivre toute seule, jour après jour, dans cet endroit complètement isolé... Il y a de quoi avaler sa langue... On se croirait dans une clinique psychiatrique... Et si jamais un rôdeur s'amenait un bon matin pour... Non, je crois que ce n'est pas possible.

— Vous n'avez pas encore vu la cave, répondit l'autre sans sourciller.

— Ça y est, se dit-elle, maintenant j'en suis sûre : il est craqué, complètement craqué. Dieu d'Israël, sauvez vos serviteurs !

Le dentiste passa dans la minuscule chambre à coucher, ouvrit une porte en face du lit et actionna un commutateur.

— Venez, venez, fit-il en se retournant.

— Mais où prenez-vous votre électricité ? demanda Juliette. Sauf erreur, je n'ai vu aucune ligne de distribution le long de la route, non ?

— Venez, se contenta de répéter le dentiste.

Ils descendirent en silence et se retrouvèrent dans un sous-sol au plafond bas, encombré de boîtes de carton et de matériaux de construction, mais d'une propreté impeccable. Adèle éclata de rire. Alexandre Portelance, décontenancé, regardait le dentiste. Un mouvement de colère s'empara de Juliette :

— Écoutez, monsieur Ménard, dit-elle en mettant les poings sur les hanches (les coutures de sa robe craquèrent à la hauteur du corsage), avez-vous perdu la tête ? Vous croyez sérieusement que...

— Minute, chère madame, vous n'avez encore rien vu, coupa-t-il avec un air d'autorité inattendu. Retenez vos commentaires un moment, je vous prie.

Il se dirigea vers une petite chaudière électrique rectangulaire fixée à un mur contre une plaque d'amiante, saisit une clef anglaise, dévissa un des boulons qui retenait la plaque et fit glisser cette dernière de côté. Une porte d'acier apparut, à la surprise générale. Le dentiste lança un regard moqueur à Juliette :

— Toujours aussi critique ?

Il déverrouilla la porte. Un escalier de métal en colimaçon s'enfonçait dans l'obscurité. Glissant la main dans une poche de son veston, il en sortit une torche électrique et l'alluma. La paroi circulaire d'un puits de béton apparut. Ce dernier semblait d'une grande profondeur.

— Mais qu'est-ce que c'est que ça ? qu'est-ce que c'est que ça ? répétait Portelance, rempli d'un ébahissement inquiet.

Adèle s'était avancée ; son indifférence dédaigneuse avait fait place à de l'étonnement. Elle fut sur le point de parler, mais se ravisa et se contenta d'observer le puits par-dessus l'épaule du vendeur. Juliette, découragée, montra l'étroit escalier :

— Et il faut que je descende *ça*?

— Il le faut, répondit le dentiste, et il s'y engagea le premier.

Juliette lui emboîta le pas, mais ses hanches frottaient contre les rampes métalliques et gênaient ses mouvements. L'escalier vibrait et grinçait.

— Allons, ralentissez un peu, monsieur Ménard, je ne suis pas une hirondelle. C'est à peine si on voit où mettre les pieds.

Sa voix avait pris une ampleur lugubre. Le frottement des pieds sur les marches remplissait le puits d'un grondement qui allait croissant à mesure qu'ils s'enfonçaient dans la terre. Personne n'avait le goût de parler.

Ils descendirent ainsi une quinzaine de mètres, s'arrêtant à plusieurs reprises afin que Juliette puisse se reposer, puis mirent le pied sur un plancher de béton rugueux.

— Sueur de coq! haleta l'obèse en se massant les cuisses et les reins, les escaliers de l'enfer doivent ressembler à celui-ci! Comment vais-je faire pour remonter, monsieur Ménard? Vous auriez dû me laisser en haut.

La lampe de poche du dentiste dispensait une lueur blafarde qui éclairait son visage par en dessous, allongeant son menton et accentuant ses pommettes.

— N'ayez crainte : ce que vous allez voir, ma chère madame, va vous donner la force de remonter.

Il semblait en proie à une sombre exaltation. Adèle le regarda et fut prise d'un frisson. On entendit de nouveau un cliquetis de clefs, puis un glissement huilé. Une vive lumière inonda le fond du puits.

Ils pénétrèrent dans une grande salle rectangulaire. Un lit de camp à demi monté se dressait contre un mur à leur gauche près d'une cuisinière à gaz propane. Trois bouteilles de gaz étaient couchées sur le sol non loin d'une porte. En face d'eux, un énorme empilement de caisses masquait aux trois quarts une deuxième porte. De nombreuses autres caisses encombraient la place, quelques-unes entrouvertes. Certaines contenaient des boîtes de conserve. Un réfrigérateur trônait au milieu de ce désordre, exhibant ses tablettes vides. L'ensemble donnait l'impression d'une installation interrompue ou abandonnée. Les visiteurs gardaient le silence. Juliette promena son regard dans la salle puis, se tournant vers le dentiste :

— Alors, allez-vous enfin nous expliquer à quoi sert ce capharnaüm?

— D'abri antinucléaire, madame. C'est un abri inachevé. Et sans doute inachevable. Mais fort habitable, comme vous pouvez le constater.

— Un abri anti... Êtes-vous sérieux? Alors, quoi? se moqua-t-elle. La panique des années 50 s'est emparée de vous?

— Mais, mon cher ami, s'exclama Portelance, cela a dû vous coûter les yeux de la tête... et les sourcils en plus!

— À qui le dites-vous! soupira l'autre avec une grimace amère. Et pourtant, nous avons presque tout construit de nos propres mains, mon frère et moi.

Il secoua la tête et s'avança vers Adèle, debout au milieu de la place, en train d'examiner les lieux avec un étonnement maussade:

— Si vous le voulez bien, mademoiselle, nous allons faire une rapide visite. Cela vous donnera une idée.

La salle où ils se trouvaient s'appelait, pour utiliser l'expression du dentiste, «la section vivres et logement». Ses grandes dimensions permettaient d'y abriter facilement une dizaine de personnes. Elle était contiguë à trois autres salles, un peu plus grandes, qui stupéfièrent les visiteurs. La première était une bibliothèque. On avait peine à y circuler tant les rayonnages, hauts de quatre mètres, étaient rapprochés. Juliette dut se contenter de rester dans l'espace exigu qui s'ouvrait devant la porte et de promener son regard incrédule sur la masse des livres, tandis que ses compagnons parcouraient les allées en poussant des exclamations. La section des livres coréens fit un effet extraordinaire sur Alexandre Portelance, qui regarda le dentiste avec un respect vaguement craintif.

La deuxième salle contenait plusieurs milliers de disques rangés dans des casiers métalliques. Le dentiste montra avec fierté sa collection de disques laser:

— Inusables, mon ami! de petits coffrets d'éternité!

Adrien Ménard y avait également installé une photothèque impressionnante. Mais la plus grande partie de l'espace était consacrée à une sorte de musée des arts et des techniques, qui tentait de retracer l'évolution de l'humanité de la préhistoire à nos jours. Une reproduction en marbre du *Moïse* de Michel-Ange se dressait à côté d'une table d'opération ultra-moderne devant de longues rangées de vitrines dont l'éclairage intérieur n'était pas complété.

— Ça alors ! s'exclama Adèle, à vous voir, on vous croirait jamais aussi parti ! Vous avez dû en mettre du fric, là-dedans !

Juliette se planta devant le dentiste, perplexe :

— Mais pourquoi ? pourquoi ? Je ne comprends pas.

— Vous ne comprenez pas ? fit-il avec un triste sourire.

Il s'appuya contre une caisse de bois où brillaient des assiettes de faïence à demi enfouies dans des granules de polystyrène :

— Vous êtes devant le projet de ma vie, madame. Je suis un peu étonné que les lieux ne parlent pas d'eux-mêmes. Pour moi, tout est si clair ! Voyez-vous, mes amis... avec toutes ces bombes que l'on n'arrête pas de fabriquer, je suis obsédé comme plusieurs par la crainte que notre pauvre planète ne devienne un jour une boule radioactive déserte et inutile... Des millions d'années d'évolution pour aboutir au néant... Quelle affreuse perspective pour un humaniste ! Voilà pourquoi, après des années d'hésitations, j'ai résolu de constituer, dans la mesure de mes modestes moyens, une sorte de petit condensé de l'aventure humaine. Si jamais la Dernière Guerre mondiale se déclenchait et que l'Holocauste s'accomplissait, peut-être qu'un jour des êtres vivants apparaîtraient de nouveau sur la terre – nés ici ou ailleurs et sans doute fort différents de nous. Alors j'ai pensé qu'il serait peut-être bon que tout ce long et patient travail accompli par l'humanité au cours des millénaires pour tenter de conquérir le bonheur ne soit pas tout à fait perdu – comme il est arrivé à tant d'autres civilisations avant nous – et puisse servir à nos successeurs... et ainsi la folie de la guerre n'aurait pas tout gâché.

— On voit tout de suite que vous êtes *phisolophe*, prononça Alexandre Portelance, extrêmement impressionné, tandis que Juliette fixait le dentiste avec une expression de commisération étonnée.

— Philosophe peut-être, soupira Ménard, mais ingénieur sûrement pas, comme vous allez le voir.

Il se dirigea vers une grande porte métallique donnant sur la troisième et dernière salle. Il l'avait à peine entrouverte qu'un bruit d'écoulement parvint à leurs oreilles, amplifié par l'écho. Le dentiste adressa à Juliette un sourire douloureux :

— Ceci, c'est ma salle *Talon d'Achille*.

— Mon Dieu, murmura la comptable en s'arrêtant sur le seuil.

Adèle se glissa à ses côtés :

— Qu'est-ce qui est arrivé?

Cette salle, qui faisait le double des deux autres, devait abriter la concrétisation du rêve le plus ambitieux de Ménard : une immense sculpture dédiée à la Paix, qu'il avait eu l'intention de commander au grand Klaus Rinsky. Voulant éliminer toute colonne, il avait construit, au prix des plus grandes difficultés, une voûte semi-circulaire. Mais quelque chose avait cloché dans le cours des opérations.

Pour construire son abri-musée antinucléaire, le dentiste avait fait l'acquisition d'une carrière désaffectée et avait établi son chantier au fond de celle-ci. Les travaux terminés, il n'avait eu qu'à combler la carrière pour rendre son abri invisible et virtuellement indestructible, car plus de quinze mètres de terre le séparaient de la surface. Indestructible, croyait-il... Mais dix mois après le remblayage, qui couronnait cinq ans de travaux accomplis avec une poignée d'hommes dans des conditions héroïques, une fissure apparut au centre de la voûte et se mit à progresser lentement vers le mur ouest. Elle s'aggrava brusquement au cours de l'hiver; une infiltration s'y ajouta, suivie d'un début d'effondrement. Adrien Ménard se retrouvait seul pour affronter ces difficultés, son frère aîné, qui l'avait puissamment secondé tout au long des travaux, étant décédé au début de l'automne précédent. Le dentiste éleva un contrefort pour bloquer l'effondrement, installa des conduits pour dévier l'infiltration vers un égout, colmata la fissure, mais rien n'y fit. Celle-ci poursuivait imperturbablement sa progression et le rêve du dentiste de faire franchir les millénaires à ses immenses collections était sur le point d'éclater en miettes. Il fit de fiévreuses recherches, consulta des ingénieurs. Seules des injections de résine époxy auraient pu guérir sa voûte, mais cela coûtait une petite fortune. Or ses énormes travaux l'avaient appauvri et usé. Il ne pouvait s'endetter davantage et les forces lui auraient manqué pour continuer son projet, même s'il en avait eu les moyens. Pendant ce temps, sa voûte s'affaiblissait et le jour approchait où elle deviendrait irréparable. Il avait suspendu l'installation de son musée pour sombrer dans une longue dépression, dont il commençait à peine à sortir.

— Voilà mon histoire, conclut-il en avançant dans l'immense salle. Quand on vise trop haut, nos rêves finissent par nous retomber sur la tête.

Sa voix étouffée, réverbérée par la voûte, avait pris une ampleur solennelle et mystérieuse et, dans la pénombre humide et froide qui les enveloppait, ses auditeurs attristés l'écoutaient en frissonnant. Ils revinrent dans le musée et le dentiste referma la lourde porte derrière lui.

— Mais on peut vous aider, mon cher monsieur, s'écria Portelance dans un élan d'enthousiasme et de compassion. Il y a sûrement moyen d'arranger ça pour pas trop cher, jériboire! Tu pourrais, Juliette, en parler à ton bonhomme, là, de *Rebâtir Montréal*. Jamais je croirai qu'il ne peut pas donner un coup de main à notre ami.

— Il ne nous reste que deux ou trois mois pour agir, prévint le dentiste.

— Je lui en parlerai, je lui en parlerai, promit Juliette, embarrassée.

Le dentiste eut un haussement d'épaules, puis s'avança vers Adèle, encore tout éberluée :

— Eh bien, madame, si cela peut vous accommoder, je vous offre mes ruines avec plaisir. Vous pourrez y passer tout le temps que vous voudrez.

— Ça me plaît. Ça me plaît beaucoup. Si je n'ai pas la paix ici, je ne l'aurai jamais nulle part. Est-ce que vous allez venir souvent? lui demanda-t-elle tout de go.

Il eut un sourire désabusé :

— Oh, moi, vous savez, il me sort un peu par les oreilles, mon abri-musée, depuis le temps que je m'échine dessus. Si c'est de solitude que vous avez besoin, vous en aurez tout votre soûl.

À cause de ses blessures, Martinek avait dû reporter son concert au vendredi 31 mars. Denis en fut grandement soulagé; il consacrait tous ses temps libres à travailler sa partie de piano, qu'il ne possédait pas à son goût.

On vit bientôt apparaître dans le comportement du musicien des changements d'abord subtils, mais qui allèrent en s'accentuant à mesure que le grand jour approchait. Habituellement doux et débonnaire, il se mit à faire preuve d'irritabilité, souvent pour des vétilles. Son sommeil se gâta. Il devint méticuleux et pointilleux à l'extrême pour tout ce qui regardait l'organisation de l'événement.

— Est-ce que j'aurais enfin réussi à le rendre ambitieux? se demandait Rachel, stupéfaite.

Elle avait déployé de grands efforts pour s'assurer la présence de Charles Dutoit au concert. C'est là que résidaient les meilleures chances pour Martinek d'accéder un jour à la notoriété qu'il méritait depuis si longtemps, mais dont il commençait tout juste, semblait-il, à se préoccuper. Elle avait choisi la date en tenant compte des séjours de Dutoit à Montréal, toujours brefs et très chargés; Henripin lui avait promis de faire l'impossible pour que «le patron» assiste au concert, ne serait-ce qu'une petite demi-heure (la violoniste était confiante qu'une fois dans la salle, il resterait jusqu'à la fin).

Quelques semaines auparavant, Dutoit avait parcouru rapidement une ou deux partitions de Martinek que Rachel et Henripin lui avaient présentées à son bureau un matin, mais il était tellement assailli d'appels téléphoniques que le déclic ne s'était pas fait; il s'était contenté de promettre aux musiciens de jeter un coup d'œil plus approfondi «dans les meilleurs délais» sur ces œuvres «apparemment fort intéressantes». Comme tout le monde savait que la meilleure façon de s'attirer un refus irrité et définitif était d'insister, la violoniste et son collègue avaient laissé passer un peu de temps. Tout ce que Rachel avait osé faire, quelques jours plus tôt, ç'avait été de lui offrir, à la fin d'une répétition où le musicien suisse s'était montré particulièrement jovial, un enregistrement sur cassette du concertino de chambre de Martinek. Dutoit avait pris la cassette avec un grand sourire et l'avait fourrée dans la poche de son veston. Dieu sait où était maintenant le veston! À Zurich? À Paris? Ou dans le fond d'une malle à l'aéroport de Tokyo?

Six jours avant le concert, Martinek se mit à souffrir d'éruptions cutanées aux aisselles et son caractère changea d'une façon étonnante. Un matin qu'il se plaignait à Juliette de ses démangeaisons, cette dernière lui conseilla à tout hasard de diminuer le café. Le visage du musicien se crispa et il rougit fortement :

— Diminuer, diminuer, grommela-t-il, c'est facile à dire, mais encore faut-il...

Il lui tourna le dos et quitta la pièce en bougonnant. L'obèse le regardait s'éloigner, ahurie, comme si elle avait aperçu un chien en train de se brosser les dents ou de presser un pantalon. Fisette, attablé dans la cuisine, sirotait son café avec un sourire suave.

— Ah! qu'il vienne, ce maudit concert, soupira-t-elle, et qu'on l'enterre sous les fleurs, lui et ses sautes d'humeur!

— Que voulez-vous, madame Pomerleau! Il traverse sa crise d'adolescence... professionnelle, si je puis dire. Il y a deux mois, c'était encore un grand bébé qui s'amusait à jeter des notes sur du papier réglé pour tuer le temps. Et soudain, l'envie le prend que tout le monde écoute sa musique. Ça fait du remue-ménage dans la carcasse!

Vers le milieu de l'après-midi, ce fut à Roger Simoneau de subir les effets de ces sautes d'humeur. Martinek venait de passer deux heures à parcourir les parties de vents de son concertino de chambre pour y apporter d'ultimes changements et, les bras chargés de partitions, se dirigeait vers le vestibule. On l'attendait à la salle Claude-Champagne où devait avoir lieu l'avant-dernière répétition; il aperçut alors à travers le rideau de dentelle de la porte d'entrée la bonne grosse bouille de Simoneau qui s'apprêtait à sonner. Chose étrange, la vue du camionneur lui tomba suprêmement sur les nerfs. Il ressentit quasiment comme une injure personnelle que ce dernier, en plein milieu de l'après-midi, au lieu de conduire des chargements de tomates ou d'ordinateurs, s'amène pour accabler de ses bons sentiments une pauvre femme à demi folle qui ne souhaitait qu'une chose : qu'on lui fiche la paix.

— À moins qu'il ne soit venu pour Denis, pensa-t-il.

Et son agacement se changea en colère. Il ouvrit la porte :

— Oui, monsieur ? fit-il sèchement, ayant peine à tenir en équilibre la pile de partitions.

— Je... excusez-moi, répondit Roger Simoneau en se raidissant devant la mine renfrognée de Martinek. Je me demandais si par hasard Adèle...

— Elle est partie.

— Ah bon. Pour longtemps ?

— Pour longtemps.

Le camionneur, un peu décontenancé, s'appuya sur une jambe, puis sur l'autre et avança la main afin de porter secours à Martinek, qui semblait sur le point d'échapper son fardeau ; mais le musicien recula.

— Et je pars aussi, ajouta-t-il d'une voix coulante comme une feuille d'ardoise.

— Ah bon, répéta l'autre, de plus en plus décontenancé.

Martinek s'avança sur le perron et réussit à fermer la porte. Simoneau s'effaça et le regarda descendre les marches, l'air fort malheureux.

— Et si vous voulez un conseil, reprit le musicien en se retournant tout à coup, furibond, le plus grand plaisir que vous pourriez lui faire serait de lui ficher la paix quelques années, le temps qu'elle se remette un peu.

Et il s'éloigna d'un pas chancelant.

▲

La veille du concert, sur les conseils de Rachel qu'il commençait à excéder, le compositeur se rendit à la piscine, histoire de se ramollir un peu les nerfs. Après avoir fait trois longueurs de peine et de misère, il resta un moment debout dans l'eau à observer les autres nageurs, les yeux picotés par le chlore, attendant que se manifestent les effets bienfaisants de la natation. Il crut déceler soudain une expression de commisération amusée dans le regard d'une jeune fille en face de lui. Mécontent, il sortit de l'eau et retourna au vestiaire, puis décida d'aller au sauna.

Ce fut là, assis tout seul sur un banc qui lui cuisait les fesses, à demi suffoqué par des nuages de vapeur opaque chargés d'une odeur de cèdre et de sueur rance, qu'il acquit tout à coup la certitude que le concert du lendemain serait une réussite déterminante. Quelque chose de très ancien et de très douloureux se dénoua soudain en lui et une immense envie de pleurer le saisit, qu'il dut contenir en serrant fortement les mâchoires, car deux adolescents venaient d'entrer en se bousculant. Il revint à la maison, souriant et l'âme en paix, et monta chez lui. Quelqu'un avait fait son lit et rangé le studio, dans un désordre indescriptible depuis une dizaine de jours. Ce ne pouvait être Rachel, partie tôt le matin et qui ne devait rentrer qu'au milieu de la soirée. Intrigué, il descendit au rez-de-chaussée.

— Je suis dans la cuisine, fit Juliette.

Il la trouva attablée devant un journal, l'air soucieux.

— Oui, c'est moi. J'ai pensé qu'un peu d'ordre et d'époussetage vous allégerait l'esprit.

— Il ne fallait pas, madame, répondit-il avec une trace d'aigreur dans la voix. Depuis quelque temps, j'ai l'impression qu'on me traite comme un malade.

— Allons, allons, répondit-elle en riant, ne faites pas tant de manières, grand homme au cœur de bronze. Il n'y a rien d'humiliant à se laisser aimer un peu.

Son visage changea :

— De toute façon, en faisant le ménage chez vous, cela m'aidait à oublier un peu mes soucis.

Elle montra du doigt une lettre adressée à sa nièce.

— Livernoche, soupira-t-elle. J'ai reconnu son écriture. C'est arrivé en début d'après-midi. Je ne sais trop quoi faire avec cette lettre. L'ouvrir ? La détruire ? Il vaut peut-être mieux qu'Adèle ne la lise jamais.

— Et la police ?

— Vous savez bien que la police ne peut rien pour nous.

— Il faut faire quelque chose, madame Pomerleau. Elle ne peut tout de même pas rester toute sa vie dans un abri antinucléaire.

Juliette le regarda une seconde, puis :

— Ouvrez-la.

Il déchira l'enveloppe et en retira une feuille de papier pliée en quatre. Celle-ci ne portait qu'une série de chiffres, de toute évidence un numéro de téléphone. Ils contemplèrent la feuille en silence.

— 670-2272, murmura Martinek après l'avoir tournée en tous sens et l'avoir humée (le papier semblait imprégné d'une faible odeur d'essence). C'est un numéro de la Rive-Sud, ça, non?

Il se rendit à l'appareil mural près du frigidaire et décrocha le combiné.

— Ça ne répond pas, annonça-t-il au bout d'un moment.

Juliette fronça les sourcils :

— Il a dû convenir avec elle d'une heure lorsqu'ils se sont rencontrés l'autre fois. Voilà ce qui m'inquiète le plus. Elle le craint, elle le déteste, elle le fuit, mais je sens malgré tout une connivence entre eux; il continue de l'attirer. C'est horrible.

Martinek s'assit devant elle, tambourina sur la table un moment, puis, avec un sourire tristement ironique :

— N'aurait-elle pas besoin d'un médecin plutôt que d'un abri de béton?

Alexandre Portelance se montra beaucoup plus radical quand elle lui parla de la lettre en fin d'après-midi, tandis qu'il la conduisait chez une couturière pour des ajustements à une robe en prévision du concert : sa nièce avait besoin d'un médecin *et* d'un abri de béton. Il fallait l'interner pour des soins prolongés ou l'histoire allait mal tourner.

— Elle a des boulons qui se promènent dans la tête depuis des années, ta pauvre Adèle. Son gros Barbe-Bleue a réussi à la rendre aussi folle que lui : il ne peut se passer de la torturer, ni elle de souffrir. Beau couple! Moi, Juliette, si j'étais toi, j'irais la trouver au plus vite et j'essaierais de la convaincre de consulter un *spychiatre*. Sinon, tu vas te retrouver un de ces bons matins en première page d'*Allô Police*.

Juliette trouvait que son ami dramatisait à outrance. Adèle, bien sûr, était perturbée (qui ne le serait pas?) mais tout à fait lucide, et il suffirait de donner une bonne frousse au libraire pour régler les trois quarts du problème.

— Donner la frousse à un fou? rétorqua le vendeur. Ce serait comme essayer de faire fuir un lion en criant.

Ils arrivaient chez la couturière et laissèrent là la discussion, mais la reprirent de plus belle sur le chemin du retour et jusqu'à la maison. En pénétrant dans la salle à manger, Juliette réalisa tout à coup que Denis pouvait se trouver quelque part et entendre leurs paroles. Elle fit signe à son ami de suspendre son flux d'éloquence, se rendit à la cuisine, puis de là dans la chambre de son petit-neveu; elle le trouva avec un casque d'écoute sur la tête – casque qu'il venait de glisser en toute hâte au bruit de ses pas.

Assis dans son lit, il avait eu le temps de surprendre un bout de discussion ; une réplique particulièrement fougueuse de Portelance sur l'état mental d'Adèle l'avait fort impressionné. L'absence de sa mère, pour laquelle on ne lui avait fourni que de vagues explications, l'intriguait. Le sentiment protecteur qu'il commençait à ressentir à son égard, et qui ne cessait de grandir malgré l'indifférence à peu près totale qu'elle lui manifestait, en fut comme exacerbé et tourna à l'angoisse. Il décida d'aller trouver Juliette après le départ du vendeur pour connaître le fin fond de l'histoire. Et si elle refusait de parler, eh bien, il se rendrait chez Fisette, qui savait sans doute bien des choses ou s'arrangerait pour les savoir. Il avait compris depuis longtemps que la duplicité du photographe et son goût maladif pour le fouinage en faisaient un complice précieux, malgré son peu de fiabilité.

Ce jour-là marqua une date importante dans la vie d'Alexandre Portelance. Un de ses rêves les plus chers se réalisa : il passa sa première nuit avec Juliette. Cela débuta par un prélude interminable de caresses pudiques et d'échanges sentimentaux qui les mena jusqu'aux petites heures du matin, mais lorsque Denis les retrouva au déjeuner, l'air de connivence solennelle et les yeux fripés des deux amoureux lui indiquèrent que sa tante venait de fermer la longue parenthèse de son veuvage. Il n'en fut pas fâché. La bonhomie du vendeur l'avait conquis dès le premier jour. Mais l'événement entraînait une conséquence désagréable : Portelance passerait sans doute une partie de la matinée à la maison, ce qui retarderait le tête-à-tête qu'il recherchait avec sa tante. Il fallait voir Fisette tout de suite.

— Tu ne déjeunes pas ? demanda Juliette en le voyant quitter la cuisine.

— Pas faim, répondit-il. Plus tard, peut-être. J'ai pas d'école aujourd'hui, tu te rappelles ? Journée pédagogique.

Il sortit de l'appartement et rencontra le photographe dans l'escalier.

— Clément, j'ai à te parler, annonça-t-il.

— Ah bon... alors, vas-y, mon vieux, fit l'autre, amusé par son air de gravité.

— Pas ici.

Ils montèrent à l'appartement de Fisette. Arrivé dans la cuisine, Denis se planta devant son compagnon, les bras croisés. L'émotion contenue qui se lisait sur son visage frappa ce dernier.

— Quelque chose qui ne va pas ? demanda-t-il.

L'enfant hocha la tête.

— C'est au sujet de ma mère, fit-il après avoir avalé sa salive. Je veux savoir où elle se trouve. On l'a cachée quelque part. Est-ce que tu sais où ?

— Non.

— Je pense qu'elle ne file pas bien, mais pas bien du tout, poursuivit l'enfant d'une voix étranglée. Je veux aller la trouver. Et je veux que tu m'aides.

— Est-ce que ce ne serait pas plus simple d'en parler à ta tante ?

L'enfant détourna les yeux :

— Je ne peux pas.

— Tu ne peux pas ? s'étonna l'autre.

— Elle n'est pas seule. Depuis hier soir, monsieur Portelance est à la maison.

Les commissures de Fisette se relevèrent imperceptiblement et il se frotta doucement le bout des doigts.

— Depuis hier soir ? murmura-t-il.

Il éclata de rire :

— Eh bien, ça y est ! Est-ce que ça y est ? Bravo, Alexandre ! Depuis le temps que la soupe mijotait, je commençais à craindre qu'elle prenne au fond du chaudron !

Il fit un pas vers l'enfant :

— Mais pourquoi veux-tu absolument à parler à ta tante seul à seule ? Tu te méfies d'Alexandre ? C'est un bon diable, pourtant.

Denis secoua la tête :

— Je ne veux pas parler de cela devant *lui*. Je ne le connais pas encore assez. Après tout, c'est au sujet de ma mère. C'est très grave, tu sais.

— Qu'est-ce qui est grave ?

— Ben... toute l'histoire, quoi, répondit l'enfant, agacé par l'incompréhension du photographe.

Fisette le fixa un instant, puis :

— Je vais t'aider, mon vieux, promit-il avec un sourire amical. Je peux même t'aider tout de suite. Mon patron va tempêter après mon retard, mais c'est excellent pour sa basse pression. Qu'est-ce que tu dirais si je m'arrangeais pour attirer Alexandre dehors ? En dix minutes, peux-tu faire jaser ta tante ? Sinon, il faudra patienter jusqu'à ce soir... et ce soir, reprit-il, c'est le concert !

— Attire-le dehors, décida l'enfant.

— Alors, reste ici quelques minutes, je vais aller faire un tour chez toi. Il y a une maison à vendre tout près d'ici. Je leur dirai qu'elle m'intéresse et je demanderai à notre cher gros séducteur de venir y jeter un coup d'œil pour me donner son avis. Bavard comme il est, tu auras tout le temps voulu.

Frissonnant et tout guilleret à la perspective de pouvoir concilier encore une fois fourberie et bons services, il lui lança un clin d'œil et le quitta.

Denis s'assit et poussa un soupir. Après avoir promené quelques instants son regard autour de lui, il sortit de l'appartement et s'avança vers l'escalier. Un vague murmure montait jusqu'à lui, mais il ne parvenait pas à reconnaître les voix. Il revint dans la cuisine et aperçut un numéro de *Croc* sur le comptoir. Il allait s'en emparer lorsqu'un claquement de porte retentit.

— Sacré Clément, s'extasia-t-il tout haut.

Il s'élança dans l'escalier et fit irruption dans le hall – pour se retrouver devant sa mère qui reprenait haleine, cigarette au bec, debout au milieu de la place entre deux valises.

— Tiens, salut, toi, fit-elle avec un sourire indéfini.

Il la regarda un moment, éberlué, ravi (quelque chose fondait en lui, il ne savait quoi), puis se jeta dans ses bras. Il gardait son visage enfoui dans ses vêtements, honteux déjà de son geste, cherchant désespérément une phrase qui lui permettrait de se tirer de cette situation ridicule.

— Voyons, voyons, qu'est-ce qui se passe, 'tit-boutte ? murmurait Adèle, étonnée, en lui caressant les cheveux. Aide-moi plutôt à traîner ces maudites valises. Le dos est à la veille de me fendre en deux.

Après le départ de Fisette et de Portelance (qui avait un rendez-vous d'affaires), Adèle vint s'asseoir dans la cuisine où sa tante lui préparait du café.

— Oh! vous savez, je commençais à en avoir assez. J'étais en train de virer en momie, moi, dans tout ce béton. À la fin, juste à penser que j'avais quinze mètres de terre au-dessus de moi, j'en perdais le sommeil. Sans compter qu'avec ce régime de conserves, on finit par avoir dans la bouche comme un goût de moulée. Pfiou! je me sens comme une petite sœur cloîtrée qui remet les pieds dans la rue après trente ans de cellule. À tout prendre, ma tante, j'aime autant les soucis du monde.

De sa chambre, Denis suivait la conversation, la respiration suspendue.

— As-tu oublié qu'avant de partir, les soucis te couraient après? répondit Juliette à voix basse, sans oser la regarder.

— Je sais, répondit l'autre, et elle se rembrunit.

Le silence se fit. Juliette déposa une tasse de café devant sa nièce – le liquide tremblotait drôlement – puis se dirigea vers la chambre de Denis et ouvrit la porte :

— Il doit être monté chez Bohu, pensa-t-elle, soulagée.

Elle revint dans la cuisine, tandis que son petit-neveu, enchanté de sa ruse (Clément aurait été fier de lui), quittait sa cachette derrière le lit et s'allongeait silencieusement dessus. Adèle prit une gorgée, repoussa la tasse et observa un moment Juliette, assise en face d'elle et qui se mordillait les lèvres.

— Je veux partir pour les États-Unis, ma tante. Oui, pour de bon, reprit-elle en réponse au regard interrogatif de la comptable. Le plus loin sera le mieux. Je pense au Nouveau-Mexique ou au Colorado.

Elle eut un sourire sarcastique :

— Je veux refaire ma vie, quoi... comme une ancienne putain. Avec un peu de précautions, jamais il ne pourra me retrouver là-bas.

Denis avait eu une petite grimace. Il examina la fenêtre pour voir s'il ne pourrait pas l'ouvrir sans bruit et filer dehors, car il ne se sentait plus aucune envie d'espionner la conversation.

Juliette avança la tête au-dessus de la table. Elle avait le visage écarlate et les yeux pleins d'eau :

— Écoute... je te comprends de vouloir tourner la page... mais pourquoi aller si loin ? Est-ce que ce ne serait pas plus simple... et plus juste aussi... de le mettre hors d'état de nuire ? Il suffirait de s'adresser à un avocat et...

Adèle secoua la tête :

— Il n'y a rien à faire, ma tante... J'étais sa complice. Il s'était arrangé pour que je le devienne. Et même si... non, je ne me sens pas la force de rebrasser tout ça devant un juge. Et puis, de toute façon, voilà longtemps que j'ai le goût d'aller vivre là-bas. Depuis le jour...

— Il t'a envoyé une lettre hier, coupa Juliette.

L'autre la regarda, interdite, et une expression de frayeur apparut dans ses yeux.

— Je l'ai détruite sans même la lire, mentit la comptable.

Adèle lui saisit la main :

— Pouvez-vous me prêter un peu d'argent pour mon voyage, ma tante ?

Juliette plissa les lèvres ; la pensée de ce départ qui la débarrasserait d'un poids accablant venait de faire monter en elle un immense soulagement, mais cela ne dura qu'une seconde, car elle eut honte de sa réaction et la refoula avec mépris jusque dans les tréfonds de son âme.

— Si c'est ce que tu veux, fit-elle au bout d'un moment, tu auras tout l'argent qu'il te faut, le problème n'est pas là. Le problème, ma fille, c'est...

Elle s'arrêta, regardant sa nièce, dans l'espoir que la phrase commencée se poursuivrait sur ses lèvres. Mais Adèle gardait le silence, le visage avide et anxieux, faisant tourner sa tasse par petites saccades.

— Le problème, c'est ton garçon, Adèle, reprit enfin Juliette à voix basse. As-tu pensé à lui ? Je ne suis pas éternelle. Tu oublies qu'il y a cinq mois, j'ai failli mourir. Aucun médecin n'arrive à comprendre comment j'ai survécu. Mon mal peut me reprendre n'importe quand et Dieu sait si je pourrai le vaincre une deuxième fois. Qu'est-ce qu'il va arriver de ton garçon ?

Mais elle regretta aussitôt d'avoir abordé le sujet. Adèle eut une moue ennuyée, puis sourit :

— Écoutez, ma tante... Je l'aime bien, Denis, malgré ce que vous pensez peut-être... À force de vivre avec lui, j'ai fini par m'y attacher...

Elle releva la tête :

— Rien ne m'empêcherait de le prendre avec moi, une fois établie là-bas. Pourquoi pas ? Mais c'est vous qui vous ennuieriez, ajouta-t-elle en riant devant l'expression effrayée de la comptable.

Adèle accepta de réfléchir quelques jours avant de prendre une décision finale et, toute joyeuse, se rendit à sa chambre pour défaire ses bagages, tandis que Juliette se lançait dans la préparation d'un feuilleté au saumon. Denis profita des bruits de casseroles et de robinet pour ouvrir doucement la fenêtre et filer dehors. L'instant d'après, il pénétrait dans le vestibule en catimini, enfilait ses bottes et son esquimau et ressortait. Il erra quelque temps autour de la maison, donnant des coups de pied dans la neige, en proie au plus grand cafard de toute sa vie. La tête de son ami Jocelyn apparut au-dessus de la haie ; l'enfant l'observa en silence quelques instants :

— Hey, Joannette, t'as donc l'air bête ! Viens-tu de te faire chicaner ?

Denis se retourna sans marquer la moindre surprise devant cette apparition inattendue et répondit gravement :

— Je suis en train de penser à des choses très importantes, Jocelyn. J'ai pas le goût de jouer avec toi. Tu peux revenir cette après-midi, si tu veux, après ma répétition.

Jocelyn essaya de connaître le sujet de ses réflexions, mais en vain. Il obtint toutefois de pouvoir revenir une heure plus tard après avoir convaincu Denis qu'il avait là tout le temps voulu pour faire le tour de son sujet, si grave fût-il.

Vers midi, Alexandre Portelance arrêta son automobile devant la maison. Il poussa la barrière et aperçut les deux enfants qui discutaient ; l'expression de Denis lui causa un tel serrement au cœur qu'il s'approcha pour savoir ce qui se passait.

— Ma mère ? elle va bien, répondit Denis d'un air ennuyé en détournant le regard. Elle doit être en train d'aider ma tante à préparer le dîner.

— Hum ! il faudra le tenir à l'œil, celui-là, se dit le vendeur en actionnant la sonnette (il attendait avec impatience le moment où son amie lui donnerait une clef). Je n'aime pas du tout son visage. Pauvre 'tit gars... Je pense, ma foi du bon Dieu, que pas de mère vaut mieux que mère timbrée.

Ce fut Adèle qui ouvrit :

— Ah bon, vous revoilà, vous, fit-elle avec un grand sourire. Ma tante vient de me montrer sa nouvelle robe. Je vais au concert avec vous autres, ce soir.

Ce n'est pas l'intérêt pour la musique de Martinek – cette dernière l'indifférait presque autant que l'homme lui-même – mais la peur de rester seule à la maison qui avait poussé Adèle à surmonter son aversion pour les foules et à se rendre au concert. Il y avait aussi, bien sûr, le désir de se rendre agréable à sa tante, dont elle attendait une faveur, et qui semblait considérer ce concert comme un des grands événements de sa vie.

Dès cinq heures, Juliette était maquillée et coiffée, les ongles peints en rose (cela ne lui était pas arrivé depuis son voyage de noces), et Alexandre Portelance, accroupi devant elle, vérifiait pour la cinquième fois si sa robe tombait bien. Il allait profiter de sa position pour lui caresser furtivement la cheville lorsque Rachel et Martinek entrèrent en coup de vent.

— La répétition a été extraordinaire! s'exclama le compositeur. Il faut s'attendre à...

En apercevant Portelance qui venait de se relever aussi prestement que le lui permettait sa corpulence, il s'arrêta pile, embarrassé, tandis que le vendeur, rougissant, toussait dans son poing fermé.

— ... il faut s'attendre à un triomphe... si le public vient!

— Allons, fit Rachel, les communiqués de presse sont partis il y a trois jours, Géraldine a contacté personnellement Claude Gingras, Gilles Potvin, Carol Bergeron, Eric McLean, Yuli Turovsky et Agnès Grossmann. Nous avons fait, Jules et moi, deux cent dix-huit appels téléphoniques en cinq jours. Tout ce qu'il y a d'important à Montréal est au courant. Le bouche à oreille va fonctionner, tu verras. La plupart des musiciens de l'orchestre seront là, avec leurs parents et amis, je suppose. Mais ce qu'il nous faut par-dessus tout, ajouta-t-elle en serrant les poings, c'est Charles Dutoit. Même s'il n'y avait que lui dans la salle, je serais comblée.

Elle s'approcha de Juliette :

— Comme vous êtes belle ! Vous devriez *toujours* vous maquiller ! On vous donne à peine quarante ans !

— Allons, je t'en prie, ne te moque pas de moi, répondit l'autre en riant. Je ne suis qu'un vieux navire de guerre rouillé. J'ai mis un peu de peinture aux endroits les plus maganés, voilà tout.

Alexandre Portelance s'esclaffa :

— L'entendez-vous ? Je n'arrête pas de lui dire qu'elle est encore une très belle femme ; ça ne lui entre pas dans la caboche. C'est à croire qu'elle avait décidé de fermer boutique.

Puis, se tournant vers le compositeur avec un sourire aimable :

— Figurez-vous donc, monsieur Martinek, qu'hier après-midi j'ai entendu un bout d'opéra à la radio, *Maurice Godounov* ou quelque chose comme ça, je pense. C'est sérieux en s'il vous plaît, mais de toute beauté, ah oui ! de *toute* beauté !

— C'est un opéra magnifique, convint Martinek en posant sur le vendeur un regard amical. Un des plus beaux opéras de toute l'histoire de la musique.

Il prit la violoniste par la main :

— Tu viens ? Je n'ai pas encore essayé mon smoking et je voudrais être sur place au plus tard à six heures trente pour travailler encore un peu le dernier mouvement de ma sonate.

La comptable leur fit signe d'approcher :

— Vous ne connaissez pas la grande nouvelle, dit-elle à voix basse. *Elle* est revenue. *Elle* sera au concert. Et figurez-vous donc qu'elle veut maintenant aller vivre aux États-Unis...

— Eh bien, qu'elle y aille et qu'elle y reste ! se dit Rachel en montant l'escalier derrière Martinek. Cette pauvre Juliette mérite bien quelques années de paix avant de mourir.

En essayant d'attacher son nœud papillon, Martinek le mit hors d'usage. Fisette, qui arrivait de son travail, dut se précipiter chez *Ogilvy* pour lui en acheter un autre, tandis que Juliette, qui avait invité Rachel et Bohu à casser la croûte, préparait à la hâte une omelette au fromage, à laquelle ils touchèrent à peine. La gentillesse et la bonne humeur d'Adèle, soigneusement coiffée et vêtue d'une magnifique robe-fourreau de satin bleu, étonnèrent tout le monde, et Rachel regretta un peu les pensées qu'elle avait eues dans l'escalier. De temps à autre, Denis posait sur sa mère un regard plein d'admiration et de tristesse.

Fisette venait à peine d'arriver avec un nouveau nœud papillon qu'il devait repartir à la recherche d'un bas-culotte pour Juliette, qui venait de se faire une échelle. Portelance, lui, filait vers une cordonnerie pour acheter une boîte de cirage. La robe de satin bleu d'Adèle avait fortement impressionné le photographe. Il lui avait adressé un sourire flatteur ; elle avait répondu par un mouvement de paupière qui frisait le clin d'œil.

— Il faut que je renoue avec elle, se promit-il en quittant la pièce.

À sept heures moins le quart, tous les problèmes vestimentaires étaient réglés. Fisette, en complet tabac et cravate pistache, s'attablait dans la cuisine de Juliette devant un quatre-étages jambon-poulet tandis que cette dernière se glissait dans l'auto d'Alexandre Portelance qui s'était offert à conduire tout le monde à la salle Claude-Champagne (Martinek, un peu pâle mais très calme, était parti en taxi depuis longtemps). Malgré l'invitation que lui avait faite le photographe de l'amener au concert dans sa *Pinto*, Adèle avait préféré suivre ses compagnons.

— N'arrive pas en retard : le concert est à huit heures, lui avait-elle recommandé en quittant la pièce et de nouveau elle avait eu cet imperceptible battement de paupière, si fugitif que Fisette se demandait s'il ne l'avait pas imaginé.

Quand Juliette pénétra dans la salle, Martinek, les mains toutes moites, continuait de travailler ce passage du *presto* final en doubles et quadruples croches qui lui inspirait de l'inquiétude.

— Ça s'en vient, ça s'en vient, lança-t-il en l'apercevant.

Quelqu'un le toucha à l'épaule ; il releva la tête : des spectateurs venaient d'apparaître au fond de la salle. Il se retira dans les coulisses. La plupart des musiciens étaient déjà arrivés et causaient ici et là à voix basse. D'autres travaillaient un passage difficile seuls dans leur coin. Rachel s'approcha de Martinek, lui pressa doucement la main, puis se dirigea vers un grand homme maigre, au visage coupé en deux par une énorme gauloise, qui s'affairait à tester un magnétophone. Martinek voulut les rejoindre, mais son pied gauche s'accrocha dans un fil électrique. Il piqua du nez et fit une sorte de génuflexion foudroyante en poussant un cri étouffé.

— Mon Dieu ! T'es-tu fait mal ? s'écria Rachel en accourant.

Il se releva en secouant la tête, furieux, tâtant son postérieur :

— Ma fourche... la fourche de mon pantalon est déchirée ! Rachel, qu'est-ce que je vais faire ?

Le tissu avait cédé sur plusieurs centimètres. La violoniste, accroupie derrière le compositeur, essayait de maîtriser son fou rire.

— Qu'est-ce que je vais faire, Rachel? répétait l'autre, désespéré. Je n'ai pas le temps d'aller me changer et personne ici ne peut réparer ce... On annule, décida-t-il subitement. Je n'irai certainement pas me ridiculiser devant tout le monde.

Rachel bondit sur ses pieds, furieuse :

— Perds-tu la tête? Tu ne vas tout de même pas gâcher ta carrière pour une couture, non? Mon cher, s'il le faut, tu donneras ton concert en sous-vêtement, mais tu vas le donner, je t'en passe un papier!

Juliette, assise à la première rangée, conversait avec sa nièce et Alexandre Portelance. Elle entendit le cri de Martinek, puis les éclats de voix de Rachel à travers le léger brouhaha de la salle, qui se remplissait peu à peu. Alarmée, elle envoya le vendeur aux nouvelles. Puis, se penchant vers sa nièce :

— Dis donc, ma fille, j'ai de la misère à me retourner dans mon fauteuil. Combien sommes-nous, à présent?

— Oh, à peu près deux cents, et ça continue d'entrer. Tiens, voilà Clément.

Elle lui fit signe de la main. Le photographe lui répondit par un curieux sourire en diagonale et se dirigea vers eux.

— Il me faut une salle pleine, complètement pleine, murmurait Juliette en s'éventant avec son programme. Allons, qu'est-ce qui peut bien retenir Alexandre? J'ai hâte d'avoir des nouvelles. Pourvu qu'il ne soit rien arrivé de grave...

Denis avait quitté le coin d'ombre où il s'était réfugié et s'employait avec Rachel à réconforter Martinek, essayant de le convaincre que la déchirure de son pantalon ne paraissait pas du tout (ce qui était faux).

— Qu'est-ce qui se passe, mes amis? demanda Portelance en s'approchant.

Quatre ou cinq musiciens observaient la scène à l'écart, un sourire amusé aux lèvres.

— C'est ça tout le problème? Mais allons! il faut appeler le bon vieil Alexandre dans ces cas-là! s'écria joyeusement le vendeur.

Il fouilla dans la poche de son veston :

— Mon cher Bohu, j'ai tout ce qu'il faut ici pour faire de toi un homme heureux. Viens avec moi aux toilettes, ordonna-t-il en exhibant un rouleau de ruban adhésif.

Il prit le musicien sous le bras :

— Je m'en sers parfois pour réparer des tuyaux d'aspirateur, histoire de dépanner un client. Très bon produit. Les fesses pourraient t'exploser sans que le ruban lâche!

Martinek leva sur lui un regard débordant de reconnaissance et réussit à sourire.

— Quelle histoire! soupira Rachel en les voyant s'éloigner. C'est qu'il aurait vraiment tout envoyé promener pour son maudit pantalon!

Elle sourit à Denis, toujours à ses côtés :

— Et toi, bobichon, comment ça va? Prêt pour ton *adagio*?

— J'ai peur, Rachel, murmura l'enfant. Si je manque mon coup, ils vont penser que c'est sa musique qui n'est pas belle.

— Tu vas t'en tirer comme un pro, mon garçon, j'en suis sûre.

Portelance réapparut avec Martinek, qu'il tenait enlacé par les épaules :

— Mes amis, le problème est réglé. En avant, la musique!

Le musicien s'approcha de Rachel et, relevant son veston :

— Ça va? fit-il d'une voix défaillante.

— Mais oui, ça va. Change d'air, Bohu. On dirait qu'on vient de t'empaler.

— Il faudrait rouler le piano plus au centre de la scène, observa quelqu'un.

— Huit heures dix? s'exclama Henripin. Mais il est temps de commencer!

Le brouhaha de la salle obligeait maintenant à élever la voix. Rachel écarta légèrement les rideaux :

— Parfait, murmura-t-elle. Salle presque pleine. Il ne manque plus qu'*une* personne.

Elle se tourna vers le percussionniste, qui examinait à son tour l'assistance :

— Il t'a bien dit qu'il arriverait vers huit heures trente?

— Aussitôt après la réunion, répondit l'autre. Tiens! j'aperçois Gingras... et Turovsky! Parfait, parfait!

— McLean est en avant à gauche, dit-elle, deux rangées derrière madame Pomerleau.

Elle s'avança vers Martinek :

— Eh bien, monsieur le compositeur-au-pantalon-fendu, la marchandise est livrée. Il faudra jouer de votre mieux, maintenant. Moi, en tout cas, c'est ce que je vais faire. Allons, fit-elle en lui serrant les mains, reviens sur terre! T'es-tu piqué à la morphine?

— Je meurs de trac, Rachel, murmura-t-il avec un sourire pitoyable.

— Eh bien, meurs, mon vieux. Ça va t'aider à devenir célèbre.

Le concert débuta par la sonate pour piano «1962». C'était une œuvre du début de la maturité, qui témoignait de l'influence du Groupe des Six (Martinek l'avait composée à Paris) et, en particulier, de celle de Poulenc. Mais quelque chose d'à la fois grave et emporté, et parfois même de tragique, l'emploi fréquent de rythmes 5/8 et 7/8 et une sorte de chatoiement polytonal très particulier lui conféraient une profonde originalité. Martinek n'avait pas joué dix mesures qu'on entendit comme un soupir d'aise dans la salle : sa sonate passait la rampe. Alors son trac disparut, le temps s'abolit et il ne fut plus qu'un élan d'énergie incandescente au service d'une partition de trente-sept pages qu'il cherchait à projeter le plus loin possible dans l'âme de ses auditeurs. Malheureusement, au début du *presto* final, il trébucha lamentablement à deux reprises. Puis une troisième fois cinq mesures plus loin. Alors, il s'arrêta brusquement de jouer, fit une courte pause et reprit le mouvement à partir du début avec une fougue si magistrale que Rachel, qui l'observait des coulisses, regarda Henripin avec un sourire incrédule.

— Ma foi, s'il l'avait voulu, il aurait pu devenir un grand pianiste, l'animal, murmura ce dernier.

Martinek salua sous des applaudissements nourris (curieusement, sa première pensée fut pour le ruban adhésif qui maintenait en place le fond de son pantalon).

— Bravo! lança Juliette sous le regard moqueur de sa nièce.

Quelques auditeurs l'imitèrent. La sérénade pour instruments à vent fut assez bien reçue, mais deux ou trois couacs et un peu de flottement dans l'*allegro* final affaiblirent son effet. Ce fut le trio *Juliette* pour piano, clarinette et violon qui souleva un véritable enthousiasme. On bissa l'*adagio*, chose inusitée. La salle devenait de plus en plus fiévreuse. À la fin du troisième et dernier mouvement, il y eut une petite ovation. Juliette s'épongea le front, puis les yeux. Martinek saluait et saluait de nouveau avec un visage de somnambule. Pendant ce temps, Rachel, mécontente, fouillait la salle du regard. Elle avait convenu d'un signal avec Henripin : une feuille blanche collée sur une porte au fond de la salle devait annoncer l'arrivée de Charles Dutoit. La feuille n'apparaissait toujours pas. C'était maintenant l'entracte. On jouerait ensuite le concertino de chambre et tout serait fini.

Malgré ses jambes engourdies et une douleur entre les omoplates, Juliette se trémoussait de joie. Elle se tourna vers Alexandre Portelance, enivrée :

— Enfin ! il était temps ! Son jour de gloire est arrivé, comme dit la chanson !

Ce dernier lui répondit par un sourire éclatant et chercha dans sa tête de quelle chanson il pouvait bien s'agir. Adèle, qui semblait prendre un intérêt tout à fait modéré au concert, se mit à siffler *La Marseillaise* entre ses dents, puis, quittant sa place, se dirigea vers les toilettes. Cette soirée allait se montrer aussi déterminante pour elle que pour Martinek.

Dans les coulisses, les musiciens s'étaient rassemblés autour du compositeur et le félicitaient à qui mieux mieux. Une tasse de café à la main, il les écoutait avec un sourire timide et confus. Pressé contre lui, Denis, dont le tour approchait, essayait de maîtriser ses frissons.

— *Do*, *do*, *do*, *si*, *mi* bémol, *la*, *do* dièse, répétait-il inlassablement dans sa tête en essayant d'imaginer le mouvement de ses mains sur le clavier.

Après avoir embrassé son ami, Rachel était allée s'asseoir à l'écart près du magnétophone et buvait son café, soucieuse, écoutant d'une oreille distraite les propos du preneur de son, qui semblait faire des frais pour elle.

La flûtiste s'approcha et annonça qu'on avait entendu Claude Gingras dire à un voisin :

— D'où tombe-t-il, ce Martinek ? Évidemment, ce n'est pas un jeune lion de l'avant-garde. Mais si on oublie quelques longueurs, sa musique est tout à fait remarquable, je dirais même : originale – et par les temps qui courent, c'est presque un miracle...

Les remarques élogieuses du critique de *La Presse* ne lui tirèrent même pas le début d'un sourire. Soudain, elle alla trouver le percussionniste, qui revenait en coulisse après avoir vérifié la position de ses timbales :

— Jules, ça n'a pas de sens! On va s'être démenés pendant trois mois pour la moitié du quart de rien! Va le chercher, je t'en supplie, et ramène-nous-le par la peau du cou!

Henripin la regarda en silence, alluma la cigarette qu'il tenait entre ses doigts, tira une bouffée, puis :

— Je vais essayer de le joindre. Mais tu le connais autant que moi : on ne trimbale pas ce bon vieux Charles comme une valise.

Deux minutes plus tard, il revenait en toute hâte, les revers de son veston parsemés de cendre :

— Il est en route! Il sera ici dans dix minutes au plus tard.

L'entracte se prolongeait. Peu à peu, les spectateurs revenaient à leurs sièges. Rachel avait annoncé à Martinek l'arrivée imminente de Dutoit; ils étaient plongés dans une vive discussion lorsque la flûtiste, désolée, apparut devant eux :

— Eric McLean vient de quitter la salle.

Henripin haussa les épaules :

— L'heure de tombée, grommela-t-il. Gingras doit être à la veille d'en faire autant.

Les musiciens arpentaient les coulisses d'un pas nerveux, consultant leur montre, jetant à tous moments des coups d'œil du côté de la salle, où la rumeur augmentait de minute en minute. Un saxophoniste ouvrit sa partition, prit son instrument et se mit à travailler un trait difficile. Sur un signe de Rachel, la clarinette et le basson prirent place devant leur lutrin. Ils furent bientôt suivis de la flûte. Un moment passa. À dix heures moins vingt, quelqu'un au fond de la salle commença à battre des mains en cadence, et la moitié du parterre le suivit. Charles Dutoit n'arrivait toujours pas.

— Il faut y aller, Rachel, fit Martinek en tapotant l'épaule de son amie. J'aime mieux jouer sans lui que devant une salle vide.

— Eh bien, allons-y alors, répondit-elle, dépitée.

De bruyants applaudissements mêlés à des bravos accueillirent le reste des musiciens. En s'assoyant à sa place, le hautbois, particulièrement nerveux, échappa sa partition, qui s'étala par terre en éventail, et cela en fit rire quelques-uns. Jules Henripin, aidé de Théodore Dubois, déplaçait le piano, qu'il trouvait un peu trop en retrait, lorsqu'une *Toyota Cressida* brun sable gravit le raidillon qui menait à l'entrée principale de la salle de concert. Charles Dutoit en sortit, fit un vague signe de main au chauffeur de taxi et pénétra dans le hall.

Il sortait d'une séance de travail de trois heures avec des architectes, des fonctionnaires, des représentants d'organismes parapublics et privés durant laquelle on avait essayé avec un succès plutôt mitigé d'aplanir quelques-uns des obstacles qui retardaient la construction de la salle de concert de l'Orchestre symphonique de Montréal, et il n'était pas dans sa meilleure forme. Son soulier gauche, tout neuf, lui meurtrissait le petit orteil depuis le début de la journée et dix bonnes heures de sommeil ne lui auraient pas fait de tort. La longueur de l'escalier tournant qu'il devait gravir pour se rendre à la salle lui parut accablante; elle symbolisa à ses yeux l'inanité de la décision qu'il avait prise vingt minutes plus tôt d'assister malgré son épuisement à un concert où l'on jouait les œuvres d'un obscur musicien qui avait toutes les chances de le demeurer pour l'éternité. Il souleva péniblement ses jambes d'une marche à l'autre, essayant de les soulager un peu en s'agrippant à la rampe, puis il se rendit compte que cette façon de monter était le propre d'un vieillard et non d'un homme dans la force de l'âge. Il lâcha la rampe et accéléra le pas, les lèvres plissées, respirant par saccades, et parvint au premier étage. Il n'avait pas fait trois pas qu'un jeune placier l'aperçut; l'étudiant eut un sourire éberlué, puis s'élança vers une porte pour avoir l'honneur de la lui ouvrir. Cette obséquiosité, qu'il subissait avec résignation depuis des années, l'agaça un peu, mais il s'efforça de n'en rien laisser paraître et gratifia le jeune homme d'un sourire rapide et mécanique. Le murmure assourdi et les toussotements nerveux qui précèdent immanquablement le début d'un concert s'éteignaient dans la salle tandis que Rachel finissait d'accorder son violon. Elle se trouvait au premier plan un peu à gauche, avec Martinek assis au piano; l'octuor à vents occupait le milieu de la scène et la timbales avait été placée au fond.

Charles Dutoit avisa un fauteuil vide sur le bord d'une allée à l'avant-dernière rangée, s'y glissa sans bruit, allongea un peu les jambes et jeta un long regard haineux à son soulier gauche. Puis, levant la tête, il eut une moue étonnée devant la bizarrerie des effectifs instrumentaux.

Martinek adressa un léger sourire à la violoniste, puis se lança dans une longue montée d'accords saccadés qui oscillaient entre le *fa* majeur et le *do* dièse mineur. Il fut suivi de la clarinette, puis du hautbois et enfin des deux flûtes. La musique avait un caractère à la fois dramatique et dansant et Dutoit comprit aussitôt qu'il assistait à un événement musical important. Quinze mesures plus loin, quand le violon présenta ce thème vibrant et emporté, tout en quintes et en syncopes, que tant de mélomanes connaissent maintenant, il avait complètement oublié sa fatigue et la douleur de son pied gauche et constatait avec satisfaction la présence de deux microphones au-dessus de la scène : le concert était enregistré ; il pourrait donc entendre la première partie. Le torse légèrement incliné vers l'avant, les mains posées sur le dossier du fauteuil d'en face, il s'émerveillait de l'étrange beauté de cette musique et de l'habileté de l'instrumentation. Le compositeur avait pour ainsi dire « soufflé » celle-ci pour donner l'illusion d'un ensemble au moins deux fois plus gros. Le mouvement se tenait d'un seul bloc, emporté par un élan qui s'amplifiait un peu plus à la fin de chacune des trois sections plus calmes que Martinek avait ménagées, où se développait un autre thème à caractère lyrique, plein d'une force contenue. Le *scherzo* assez court qui suivit le premier mouvement avait une allure tragique et presque sauvage ; la partie de timbales y jouait un rôle important. Ce mouvement plutôt spectaculaire réussissait à ne pas verser dans la facilité et témoignait avec éloquence de la maîtrise instrumentale de Martinek et de la sûreté de son goût. Dutoit se demanda avec inquiétude comment le musicien réussirait à maintenir l'intérêt après une musique aussi intense. Le *scherzo* sembla tourner court et se transforma en *adagio*. Le thème principal du premier mouvement revint, mais transformé ; il devint bientôt presque méconnaissable. Une atmosphère de sereine mélancolie se répandit peu à peu dans la salle.

— Pas mal, pas mal du tout, pensa le chef d'orchestre en retirant distraitement le soulier de son pied gauche.

Une scène grandiose apparut dans sa tête. Il voyait un feu de forêt. Des flammes tourbillonnantes dévoraient des arbres gigantesques dans une pluie de tisons et de branches calcinées, mais tout se déroulait au ralenti. C'était un spectacle de destruction à la fois poignant et magnifique. Les arbres brûlaient et rougeoyaient, droits et imperturbables au milieu d'une mer de flammes vertes et orangées, leur tête à demi perdue dans des nuages de fumée qui tournoyaient lentement. La scène s'élargit peu à peu et un paysage serein et désolé, peuplé de milliers de chicots noircis, apparut devant lui sous un ciel tout à coup libéré de fumée, d'une douce et profonde pureté, où se lisait comme une promesse lointaine de permanence et de paix.

— Ça ressemble un peu, oui, c'est ça, ça ressemble un peu au dernier mouvement de la *Neuvième* de Mahler, mais le vocabulaire est tout autre, évidemment.

Un enfant, un peu pâle et l'air très grave, avait remplacé Martinek au piano. Ce dernier, assis à ses côtés, tournait les pages de sa partie, lui adressant de temps à autre un sourire satisfait. Dutoit contemplait avec étonnement le quinquagénaire un peu bedonnant et voûté, qui faisait vaguement penser à un rond-de-cuir, duquel avait surgi cette étonnante musique.

Le mouvement final lui parut un peu moins convaincant. C'était un *allégro* plein de fantaisie, obscurci de temps à autre par de courts moments de tristesse, que le violon envoyait promener d'une chiquenaude pour se déchaîner avec frénésie. De toute évidence, il s'agissait de la partie techniquement la plus difficile du concertino; les musiciens étaient loin de la maîtriser; l'impression d'une certaine faiblesse que dégageait parfois la musique venait peut-être de là. L'œuvre se terminait par un curieux dialogue entre le piano et le violon, accompagnés par les timbales, mais l'impression de mystère et d'attente ainsi créée se volatilisait brusquement dans l'élan de joie vertigineuse de la coda.

La salle se leva d'un seul mouvement. Pendant quelques minutes, les applaudissements et les bravos résonnèrent avec tant de force qu'on avait peine à échanger des commentaires entre voisins. Inconscient des regards posés sur lui, Charles Dutoit applaudissait à tout rompre. Sa fatigue était réapparue subitement à la dernière mesure; il avait comme l'impression de perdre peu à peu son sang, mais une grande fierté l'habitait de s'être fait violence pour assister à la création d'une œuvre importante et peut-être majeure (quelques jours plus tard, une lecture attentive de la partition confirmerait son sentiment).

Les musiciens s'étaient levés à leur tour et, tournés vers Martinek, l'applaudissaient. La tête inclinée, ce dernier demeurait debout près du piano, clignotant des yeux avec un sourire déconcerté, presque penaud, la main droite curieusement ramenée en arrière comme pour retenir le fond de son pantalon. Il quitta subitement la scène, tandis que les applaudissements redoublaient.

— Vraiment, il ne paye pas de mine, le pauvre, pensa Dutoit. Le type parfait du fonctionnaire avec scoliose et problèmes de constipation. Mais Dvořák ne payait pas de mine non plus.

Martinek dut revenir quatre fois sur la scène. Finalement, un vrai sourire franc apparut sur son visage. Il salua le public de la main gauche, la main droite toujours inexplicablement ramenée en arrière, puis montra d'un grand geste les musiciens et, s'avançant vers Rachel, la serra dans ses bras. Des spectateurs commencèrent à quitter leur place. Le moment un peu douloureux approchait où les applaudissements se raréfient et où le public, un peu fatigué de s'être maintenu pendant une heure ou deux à des hauteurs vertigineuses et rarement fréquentées, retourne avec un plaisir un peu honteux à ses préoccupations quotidiennes.

Dutoit n'avait pas remarqué la feuille blanche qu'une jeune femme, assise dans la dernière rangée, était allée discrètement fixer à une des portes de la salle. Mais Rachel et Henripin l'avaient aperçue. La salle commençait à peine à se vider que le percussionniste, se frayant vigoureusement un chemin à travers la foule, se présentait devant le chef d'orchestre pour l'entraîner vers les coulisses.

— Mon cher ami, s'écria Dutoit en le voyant, vous avez bien fait de me tirer un peu par le bras pour que j'assiste à ce concert. Je viens d'entendre une œuvre magnifique et j'ai hâte de féliciter son auteur !

Le sourire inquiet de Henripin se transforma en une expression de ravissement si naïve que le chef d'orchestre en fut touché. Le percussionniste lui ouvrit un passage dans la masse des auditeurs (Dutoit dut serrer quelques mains) qui se dirigeaient lentement vers la sortie dans un brouhaha survolté.

— Il vous attend, il vous attend, fit Henripin en se retournant. Il se meurt d'angoisse en sirotant son verre de vin et donnerait sans doute sa chemise pour se retrouver quelque part en Patagonie.

— Eh bien, allons tout de suite rassurer ce pauvre homme, répondit l'autre avec un bon sourire.

Il était à la fois ravi et curieux d'aller parler au musicien d'apparence si modeste à l'origine de cette œuvre étonnante, qui réussissait l'exploit d'innover sans rejeter la tradition. Par-delà Debussy et Prokofiev, le concertino allait en effet rejoindre les romantiques et même Haydn et Mozart. Cependant, malgré sa joie et sa fierté de participer à un événement sans doute mémorable, il résistait de plus en plus mal à la fatigue qui l'assaillait depuis le milieu de l'après-midi et le besoin de dormir commençait à devenir obsédant.

Dans la foule maintenant un peu clairsemée qui ondulait devant la scène, il aperçut une femme énorme, au visage bouleversé, à demi soutenue par un quinquagénaire corpulent qui essayait de la calmer :

— Allons, elle nous attend sûrement dans le hall, lui disait-il.

— Me faire ça à moi ! Un soir pareil !

En passant près de lui, elle faillit lui écraser un pied, puis, se retournant, le reconnut :

— Oh ! pardon, pardon, monsieur !

Il inclina la tête en souriant, poursuivit son chemin et se retrouva avec son compagnon devant un petit escalier. Henripin s'effaça :

— Après vous, patron.

Dutoit prit une légère inspiration et gravit les marches d'un pas alerte. Un petit rassemblement s'était fait derrière la scène ; il s'avança, saluant de la main quelques musiciens de son orchestre qui s'approchèrent en l'apercevant. Henripin se pencha à son oreille :

— Il se nomme Martinek, Bohuslav Martinek. Un homme plutôt timide et un peu naïf, je dirais.

L'arrivée de Dutoit avait suspendu les conversations. Le groupe s'ouvrit lentement. Le chef d'orchestre retint un sourire : il avait tout à coup le sentiment de jouer dans un film historique, Alexandre 1er se présentant devant Napoléon ou Louis XV donnant audience à Mozart.

— Bonsoir, mes amis. Toutes mes félicitations ! Vous avez rudement bien travaillé, comme d'habitude. Et particulièrement vous, mademoiselle Gauthier, qui avez été superbe. Et ce petit garçon aussi, qui a joué avec beaucoup de sensibilité. Vous avez *tous* été superbes. Monsieur Martinek, fit-il d'une voix forte et chaleureuse en tendant la main au musicien confondu, je suis honoré de faire votre connaissance, oui, vraiment honoré, et je ne cherche aucunement à vous flatter, croyez-moi. Mes musiciens savent tous que je n'abuse pas des compliments. C'est une chose étonnante que ce concertino... étonnante et très belle. Quand l'avez-vous écrite ?

— Il y a environ trois ans, répondit Martinek d'une voix presque inaudible.

— Trois ans, dites-vous ? Je pourrai me vanter d'avoir eu le privilège d'assister à la première – c'est une première, n'est-ce pas ? – d'une œuvre... bouleversante, et dont on entendra parler, je vous le prédis... Non non non, ne faites pas le modeste...

Il s'arrêta et, d'un air un tantinet solennel :

— Je suis... ébloui, voilà le mot.

— Merci, souffla Martinek avec une grimace de supplicié au milieu des applaudissements.

— Tu vois ? Je te l'avais bien dit, non ? s'écria Rachel, transportée, en le serrant dans ses bras.

— Il y a longtemps que vous habitez Montréal ?

— Quinze ans, monsieur.

— C'est à Paris ou à New York qu'il vous faudrait vivre, monsieur Martinek : les possibilités du milieu montréalais sont immenses, bien sûr, mais elles n'arriveront jamais à... Je n'ai malheureusement pu assister à la première partie du concert, reprit le chef d'orchestre en donnant à sa voix une intonation de confidence que certains perçurent comme l'expression du désir d'avoir un tête-à-tête avec le compositeur. Vous avez beaucoup d'autres œuvres comme celle-là ?

Le groupe commença à se défaire. On adressa des salutations discrètes à Martinek, à Dutoit et à Rachel, et bientôt ils se retrouvèrent quatre, Henripin, après une courte hésitation, ayant cru comprendre que sa présence n'était pas inopportune. La conversation dura quelques minutes. Martinek se dégelait peu à peu, il parlait de ses œuvres récentes, du soutien inestimable de Rachel, de son séjour à Paris où il avait étudié un an avec la grande Nadia Boulanger puis avec Henri Dutilleux. Rachel se dirigea vers le fond des coulisses et revint avec une serviette de cuir dont elle sortit des partitions. Dutoit l'arrêta d'un geste :

— Non, de grâce, ma pauvre enfant, une autre fois, je vous prie ! Monsieur Martinek mérite un lecteur plus reposé ! Il faut que je regarde ces choses très attentivement et avec tous mes moyens, ce qui n'est pas le cas en ce moment, ajouta-t-il en riant.

Il se tourna vers Martinek :

— Quatre symphonies, dites-vous ? Vous avez composé *quatre symphonies*, comme ça, sans la moindre assurance de les voir jouer, comme Schubert... Incroyable. On ne pense pas que de telles choses puissent encore exister, et pourtant, oui, la vie ne change pas, c'est toujours la même histoire, au fond, la lumière lutte contre les ténèbres et réussit rarement à les percer. Écoutez, fit-il en prenant familièrement Martinek par le bras (le musicien rougit de plaisir), vous allez me faire un choix – généreux, mais pas trop abondant tout de même, hein ? – de vos œuvres préférées. J'aimerais un ensemble bien diversifié :

musique d'orchestre, musique de chambre, un concerto, des compositions pour piano aussi – un ou deux exemples de chaque catégorie, pas plus pour l'instant. Envoyez tout cela à mon bureau. Dès que j'aurai un peu de temps libre, je me plongerai dedans. Croyez-moi, je n'agis pas ainsi avec tout le monde. *Mais je ne vous promets rien*, se hâta-t-il d'ajouter. Le monde de la musique est une jungle, comme tous les autres mondes, vous le savez aussi bien que moi, et ce n'est pas une mince affaire que d'imposer de nouveaux noms. Cependant, ce que j'ai entendu ce soir m'a donné la certitude de votre talent – un talent immense et qui mérite d'être connu. Peut-être pourrai-je vous être utile. Allez, bon courage et continuez d'écrire, termina-t-il en lui serrant vigoureusement la main. Moi, pour l'instant, je vais essayer de me rendre jusqu'à mon lit.

Il serra la main de Rachel, puis, s'adressant à Henripin :

— Mon cher Jules, seriez-vous assez aimable de m'appeler un taxi ?

— Mon auto est à la porte, monsieur Dutoit, je vais vous ramener chez vous.

Ils s'éloignèrent. Quand leurs voix ne furent plus qu'un murmure, Rachel s'avança devant le compositeur et ses traits s'affaissèrent :

— Eh bien, c'est fait, Bohu, soupira-t-elle avec un sourire épuisé. Je suis tellement contente ! Et toi ?

Martinek la regardait, indécis :

— C'était pas mal du tout, oui... Il n'y a que le mouvement final du concertino qu'on aurait pu... mais c'est le plus grand jour de ma vie, ajouta-t-il aussitôt en écarquillant curieusement les yeux, et c'est à toi que je le dois, ma petite épinette bleue !

Il la serra dans ses bras, mais elle se libéra aussitôt :

— Il faut partir, Bohu, on va fermer la salle.

Ils ramassèrent leurs effets et se dirigèrent vers la sortie, tandis que deux jeunes hommes en jean, cigarette au bec, faisaient un grand tapage sur la scène en transportant des lutrins.

La violoniste pénétra dans le hall et s'arrêta soudain, jetant des regards stupéfaits de tous côtés :

— Mais où sont passés les autres ? Juliette, Denis, Clément, monsieur Portelance ? Ils nous ont laissés fin seuls comme deux astronautes dans l'espace !

— Monsieur Dutoit les aura sans doute intimidés...

Elle grimaça :

— Sans doute. Dommage. Quels nigauds !

Ils sortirent dehors et un frisson la saisit; elle se pressa contre Martinek :

— Mais tout de même, avoue que c'est un peu étrange, Bohu. Est-ce qu'on n'avait pas convenu de se retrouver au *Piémontais* après le concert? J'ai le goût de fêter, moi, même si j'ai une répétition demain à neuf heures. Pas toi? Tandis que là... la fête se réduit à se chercher un taxi...

Ils firent quelques pas sur la pente glacée qui menait à la rue Vincent d'Indy, puis la violoniste s'arrêta de nouveau :

— Bohu, je suis sûre qu'il est arrivé quelque chose. Je vais téléphoner chez Juliette.

Ils arrivaient au bas de la côte lorsque l'auto de Clément Fisette apparut. Le photographe freina, baissa la glace :

— Adèle vient de disparaître, annonça-t-il avec un sourire dépité. Et madame Pomerleau a reçu le ciel sur la tête.

Après avoir quitté sa place à l'entracte pour se rendre aux toilettes, Adèle n'était pas revenue. Juliette avait d'abord pensé qu'elle avait été retardée par l'affluence et n'avait pas osé regagner sa place aux premières rangées à la reprise du concert, préférant demeurer au fond de la salle. Mais la conviction se forma bientôt en elle que sa nièce avait plutôt fiché le camp. Pour quelle raison? Sans doute l'ennui. Juliette espérait la retrouver dans sa chambre à la fin de la soirée, mais quelque chose lui disait qu'un nouveau malheur venait de se produire.

Comme elle s'y attendait, la maison était vide à son arrivée. Denis posa à peine deux ou trois questions sur l'absence de sa mère, mais l'expression de son visage et le mutisme où il sombra en disaient long sur son trouble. Deux jours passèrent. Adèle ne donnait aucun signe de vie. Détail alarmant : tous ses effets personnels étaient restés à la maison. Son départ n'était donc pas prémédité... et peut-être était-il involontaire.

▲

Juliette dormait ses nuits par quarts d'heure, se réveillant au moindre bruit pour aller jeter un coup d'œil à la fenêtre. Alexandre Portelance voyait les gémissements de plaisir qu'il avait eu tant de peine à faire naître chez sa bonne amie remplacés par des soupirs d'angoisse et il pestait en son for intérieur contre «cette fille de rien qui avait plus de jugeote dans les fesses que dans la tête» et dont la disparition venait de pulvériser sa lune de miel. Pour tous, l'ombre de Livernoche planait sur cette affaire. Il était impossible de savoir dans quelle mesure ce dernier avait utilisé la force pour entraîner son ex-maîtresse, mais l'incident du couteau à l'*Hôtel Maskouta* hantait les esprits. Le troisième jour, Juliette décida de signaler la disparition à la police. Un détective-enquêteur se présenta chez elle dans l'après-midi. Elle lui fournit le numéro de téléphone que le libraire avait griffonné sur un bout de papier à l'intention d'Adèle et lui suggéra de se rendre à la salle de concert. Peut-être y trouverait-on des indices, là ou dans les alentours?

— Pensez-vous? fit-il avec un sourire narquois.

Il s'en alla après avoir déclaré que la plupart des disparitions s'avéraient des fugues, qu'Adèle était une adulte et qu'il ne fallait pas s'inquiéter outre mesure. Juliette décida alors de se rendre elle-même à la salle de concert. Craignant de revenir tard, elle demanda à Rachel et à Bohu de descendre chez elle vers cinq heures pour accueillir Denis à son retour de l'école et partager avec lui le souper qu'elle avait mis sur le feu.

En arrivant à la maison vers six heures, elle trouva le compositeur et la violoniste assis dans la cuisine, la mine soucieuse.

— Il n'a pas voulu manger, annonça Rachel. On a eu de la misère à lui faire avaler un verre de jus de tomate. Il est allé se promener dehors. Ma chère Juliette, notre pauvre Denis file encore une fois un bien mauvais coton.

— Cette femme répand le malheur autour d'elle, soupira Martinek. Si je ne me retenais pas, j'ajouterais : que le diable l'emporte au fond de l'enfer!

Juliette reboutonna son manteau :

— De quel côté est-il parti? Vous auriez dû le retenir. Ah! sueur de coq! la tête va m'éclater, à la fin!

Elle refusa qu'on l'accompagne et sortit en toute hâte. Debout sur le seuil, Martinek l'observait :

— Pour une personne de son poids, elle a quand même le pied léger, tu ne trouves pas?

— Les soucis la taraudent, alors elle s'agite et se débat. Mais un de ces bons matins, elle tombera raide morte, tu verras.

Alexandre Portelance, qui arrivait de son travail, la vit sur le trottoir; son air inquiet le frappa. D'un léger coup d'accélérateur, il se rangea près d'elle.

— Ah! tiens, te voilà, toi, fit Juliette sans lui laisser le temps d'ouvrir la bouche. Tu serais gentil d'aller préparer du café. Je reviens tout de suite.

Et elle poursuivit son chemin. Après avoir inspecté les alentours, elle songea que Denis était peut-être allé oublier sa peine chez son ami Jocelyn. Les pieds endoloris, elle se rendit, coin Greene et Prospect, jusqu'à une petite boutique aux murs lilas surmontée d'une enseigne qui annonçait en grosses lettres, également lilas :

Lionel Lasanté, dépanneur licencié

Assis sur le perron, Jocelyn finissait de réparer un bâton de hockey avec du ruban adhésif réquisitionné à l'entreprise paternelle ; il n'avait pas vu Denis depuis la veille.

— Allons, où peut-il bien s'être fourré ? grommela Juliette en s'éloignant avec un dandinement de plus en plus accentué.

L'inquiétude la gagnait.

— Pauvre toi ! vas-tu te ronger les sangs jusqu'à ton dernier soupir ? Eh ! que je l'attrape, ce petit vlimeux ! il va savoir ce que je pense, moi, de ses soupers d'air pur.

Elle revint sur le boulevard René-Lévesque et s'arrêta, perplexe, au coin de la rue, tournant la tête à droite et à gauche :

— Il est peut-être retourné à la maison, se dit-elle en s'ébranlant de nouveau.

Rachel sortit sur le seuil :

— Non. Pas de Denis.

— Serait-il par hasard caché dans la cour ? se demanda l'obèse.

Elle longea la maison, jetant des regards jusque sous la haie, et s'approcha de la vieille remise en planches de pin, autrefois recouverte d'un blanc lumineux, mais toute grise à présent et rongée par la pourriture ; elle ne se décidait pas à l'abattre, car c'était sa tante qui l'avait fait construire et l'endroit avait servi de cadre à bien des conciliabules d'enfants. La porte bâillait.

— Denis ? fit-elle en s'approchant et elle l'ouvrit toute grande. Mais qu'est-ce que tu fais là, toi ? Voilà vingt minutes que je te cherche !

Assis dans un coin, les genoux relevés et la tête sur ses bras repliés, l'enfant ne répondit pas.

— Qu'est-ce qui se passe, bobichon ? reprit-elle d'une voix soudain pleine de tendresse en se penchant vers lui. Je m'inquiétais, moi... J'ai patrouillé tout le quartier, je me suis même rendue jusque chez ton ami Jocelyn. Mais, réponds-moi, voyons.

Denis dressa brusquement la tête, la regarda droit dans les yeux, puis éclata en sanglots :

— Je veux ma mère, lança-t-il entre deux hoquets. Elle est *toujours* disparue ! Tu ne sais même pas comment la protéger !

— Allons, allons, murmura Juliette, étonnée et tout émue, en lui caressant les cheveux.

— Je suis sûr que c'est son espèce de maudit libraire qui l'a encore enfermée dans une chambre, poursuivit-il. Qu'est-ce que vous attendez pour avertir la police ? Je vais l'appeler, moi, si vous ne le faites pas !

— Je l'ai appelée, Denis, répondit doucement Juliette. Un détective est venu tout à l'heure.

L'enfant pencha la tête et se remit à pleurer de plus belle. S'appuyant de la main sur un tas de madriers, Juliette s'accroupit et continua ses caresses ; cet attachement inattendu qui se manifestait avec tant de violence l'inquiétait un peu. Était-ce une passade ? Ou alors est-ce que la « voix du sang » – si la chose existait – venait de parler ? Peut-être des liens secrets s'étaient-ils développés à son insu entre Adèle et son fils ?

— J'ai besoin de ma mère, moi, lança Denis, furieux. J'en ai jamais eu, de mère ! Et de père non plus ! Presque tous les enfants de ma classe en ont, eux. Mais moi ? Rien du tout !

Il sanglotait maintenant avec une sorte d'application qui fit naître un début de sourire sur les lèvres de sa tante. Sa peine, apparemment, n'était pas abyssale. Mais elle l'avait quand même trouvé sanglotant dans le fond d'une vieille remise. Et elle sentit vaguement que, plus qu'à sa mère disparue, ces larmes un tantinet théâtrales s'adressaient à elle-même, prise depuis tant de mois dans une chasse policière, puis dans le sauvetage d'une maison et maintenant dans une histoire d'amour qui risquait de diminuer encore un peu plus l'attention déjà restreinte qu'elle lui accordait. Ce souper aux larmes dans le froid, la poussière et les toiles d'araignées était peut-être un avertissement bon à méditer.

Une crampe venait de s'attaquer à ses deux mollets en même temps ; elle grimaça, puis arrondit les lèvres et expulsa une grosse bouffée d'air.

— Mais, bobichon, murmura-t-elle d'une voix oppressée, est-ce que je ne remplace pas un peu tes parents ?

Le visage enfoui dans ses mains, l'enfant haussa les épaules et se contenta de renifler. Juliette se redressa avec un long gémissement, secoua une jambe, puis l'autre et, prenant la main de son petit-neveu :

— Viens, mon écureuil doré. Je vais te préparer un bon petit souper juste pour toi. Tu n'es tout de même pas pour aller te coucher la bedaine vide, non ?

Par la fenêtre de la cuisine, Martinek, Rachel et Alexandre Portelance les virent traverser la cour. En les apercevant, Denis retira vitement sa main, grimpa le perron, traversa la cuisine les yeux baissés et se retira dans sa chambre. Juliette lança un regard entendu à ses compagnons et se lança dans la préparation de pâte à gaufres. Pendant un moment, on n'entendit que le battement d'une cuillère de bois dans un bol et les craquements de la chaise de Martinek qui se balançait sur deux pattes dans un coin.

— Hmmm... belle journée pour réparer des pirogues, hein? sentit le besoin de lancer Portelance, afin d'alléger un peu l'atmosphère.

Debout devant la cuisinière, il attendait que le café finisse de couler.

Quand ce fut fait, il versa dans la cafetière fumante une tasse de crème, trois cuillerées à soupe de chocolat fondu, deux doigts de cognac, un décilitre de jus d'orange, une cuillerée à café de beurre assaisonné de muscade et de gingembre et dix gouttes de marasquin:

— J'ai hâte que vous me donniez des nouvelles de ce petit café-là! Je tiens la recette de ma cousine Gervaise, une secrétaire d'ambassade drôle comme un mur d'hôpital mais cordon-bleu, mes amis, à faire pousser un estomac à un poteau de téléphone! Et maintenant, la touche finale!

Attrapant le moulin à poivre, il l'actionna vigoureusement au-dessus du mélange, souleva lentement la cafetière et se tourna, triomphant. Son visage se figea aussitôt dans une expression d'ébahissement qui se lisait déjà depuis plusieurs secondes sur celui de ses compagnons. Debout dans la porte de la salle à manger, Adèle les regardait avec un sourire insolent, l'épaule gauche appuyée contre le chambranle. On aurait dit qu'elle venait d'être apportée par une tornade.

Adèle mit deux jours avant d'avouer que Livernoche avait joué un rôle dans sa disparition. Malgré tous les efforts de Juliette, ses aveux s'arrêtèrent là. Son comportement avait changé; il rappelait celui du début de son séjour chez sa tante. Taciturne et inquiète, elle vaquait comme d'habitude à de petits travaux, mais l'esprit si loin de ce qu'elle faisait et montrant une telle expression de tristesse dégoûtée qu'un matin, Juliette, excédée, lui déclara qu'elle préférait la savoir dans sa chambre en train de fumer devant la télévision que de la rencontrer à tout bout de champ avec cet air d'esclave mal nourrie. Seule la vue de son fils lui tirait parfois un sourire fugitif et semblait la rasséréner un peu. Imbu tout à coup d'un sens héroïque du devoir, ce dernier réussissait de temps à autre à vaincre sa timidité et allait la retrouver dans sa chambre enfumée pour jaser quelques minutes. La conversation d'Adèle se résumait la plupart du temps à des monosyllabes, mais elle prit un plaisir grandissant à la présence de son garçon et Juliette la surprit deux ou trois fois en train de lui faire une caresse.

Un vendredi soir, elle quitta la maison sans un mot, au grand désarroi de sa tante, et revint une heure plus tard un gros sac à la main; elle se rendit dans le salon, où Denis travaillait son piano, et jeta le sac à ses pieds; il contenait un jeu complet des *Maîtres de l'Univers*:

— Tiens, prends: ce sera ton cadeau d'anniversaire, de Noël et du jour de l'An, lui dit-elle avec un sourire ambigu.

Le jeu valait plus de 300 $. Où s'était-elle procuré l'argent? Et que sous-entendait sa phrase? Se disposait-elle à quitter de nouveau la maison? Ou cherchait-elle, par une sorte de pudeur, à cacher sous des plaisanteries son affection naissante pour Denis?

Ce dernier, qui semblait fait de la même pâte que sa mère, ne manifesta son ravissement que par un sourire éclair et un «merci» presque inaudible. S'accroupissant sur le tapis, il se mit à disposer les figurines et les maquettes afin de pouvoir les admirer : Musclor, Skeletor, le Triclope, Grisour, Moduloque, Orko, Sangsue, Clanek et bien d'autres n'attendaient que son signal pour reprendre leurs aventures dans la Zone de la Peur, le Château des Ombres ou les Montagnes Mystiques, avec leurs foudroyeurs à faisceaux, leurs traqueurs-échassiers et leurs poings de fer virevoltants. Adèle l'observa un moment, puis alla se chercher une bière à la cuisine et s'enferma dans sa chambre le reste de la soirée.

— C'est la mère qui se réveille en elle, déclara péremptoirement Alexandre Portelance le lendemain. Cela dit, je continue de croire qu'elle a besoin qu'on lui mette un peu d'ordre dans les idées. Deux ou trois bons électrochocs en feraient peut-être une belle petite femme toute neuve, mais il faut arrêter de jacasser et passer à l'action, tabarnouche ! Je vous le dis : elle a de l'étoffe. Mais pour l'instant, c'est plutôt chiffonné !

Juliette et son ami n'étaient pas au bout de leurs surprises. Quelques jours plus tard, vers la fin de l'après-midi, Denis terminait ses devoirs dans la salle à manger lorsque Adèle l'invita pour une promenade à pied dans le quartier. L'enfant, ravi et intimidé, accepta aussitôt. Le lendemain, elle réitéra son invitation. Ils prirent ainsi l'habitude, trois ou quatre fois par semaine, de quitter la maison ensemble vers la fin de l'après-midi pour revenir juste avant le souper. Juliette cachait mal son inquiétude et son mécontentement. Non seulement craignait-elle une mauvaise rencontre, mais, sans trop se l'avouer, elle redoutait l'influence de sa nièce sur l'enfant.

— Eh, que veux-tu? confia-t-elle un soir à Portelance. Elle peut l'emmener au Brésil, ce petit moineau, si ça lui chante, et je n'aurai pas un saudit mot à dire. Après tout, n'est-ce pas, c'est elle qui l'a enfanté.

Elle eut une grimace sarcastique :

— Moi, je n'ai fait que l'élever.

En déjeunant avec Adèle un matin, Juliette lui exprima sa crainte qu'ils rencontrent Livernoche dans leurs promenades. La jeune femme haussa les épaules :

— Vous vous énervez pour rien. Il s'est installé en Abitibi.

Elle ne put en savoir plus long. Elle observait la mère et l'enfant avec une attention qui n'était pas exempte de jalousie, mais ne put déceler aucun signe de connivence entre eux. En fait, à part ces promenades et les rares visites que Denis faisait à sa mère, ils se parlaient fort peu et ne se manifestaient guère plus de familiarité qu'auparavant.

Vers le même temps, deux hommes apprenaient à quelques heures d'intervalle et d'une façon plutôt inusitée que, loin d'être en désordre, les idées d'Adèle convergeaient au contraire d'une façon très systématique vers un but secret qui ne semblait annoncer rien de bon.

Ce fut d'abord Clément Fisette. En apprenant le projet de départ d'Adèle Joannette, le photographe avait compris la nécessité d'agir vite s'il voulait profiter encore une fois de ses faveurs. Son désir était d'autant plus vif qu'elle n'avait jamais manifesté d'animosité particulière à son égard pour la façon cavalière dont il s'était comporté avec elle à Saint-Hyacinthe ; et puis le photographe était de plus en plus sevré de contacts féminins : Mariette, sa camarade de lit occasionnelle, ressentait depuis quelque temps un goût de plus en plus prononcé pour la continence, tout absorbée qu'elle était par l'emphysème de sa vieille mère qui s'était remis à progresser et menaçait d'en faire une orpheline de 42 ans.

Un soir qu'il revenait à pied de son travail, Clément aperçut Adèle sur le boulevard René-Lévesque en train d'examiner la haie devant la maison de Juliette. Cela lui parut curieux ; il ne l'avait jamais vue manifester le moindre intérêt pour le jardin ni pour les plantes en général, d'autant plus que la saison ne se prêtait guère aux observations horticoles. En l'apercevant, elle lui fit un petit signe de la main et alla à sa rencontre.

— Salut, lui dit-elle avec un sourire en coin, et elle eut cet imperceptible mouvement de paupière qui le troublait tellement. En forme ?

Et cet «En forme ?» dans sa bouche aux lèvres pulpeuses, prononcé avec cette intonation traînante et alanguie semblait – est-ce que sa fringale l'illusionnait ?– rempli de sous-entendus lascifs. Son cœur se mit à battre et il répondit avec un sourire un peu niais :

— Dangereusement en forme. Et toi ?

— Ça va, fit-elle en détournant le regard une seconde.

— Qu'est-ce que tu fais ?

Elle souffla par le nez comme pour laisser entendre que son sort et celui de la terre entière pesaient moins qu'une crotte de mouche dans le creux de sa main, puis murmura :

— Bah... je tue le temps, quoi...

— As-tu soupé ?

— Pas vraiment. Ma tante a préparé des côtelettes d'agneau. Je déteste l'agneau.

— Tiens, moi aussi. Qu'est-ce que tu dirais de souper au restaurant ? On pourrait ensuite aller voir un film. Il y a *Jean de Florette* au *Parisien*.

— Voir un film ?

Elle sourit de nouveau mais, cette fois, d'une façon franchement provocante :

— On pourrait faire quelque chose de bien plus agréable... si tu es en forme, bien entendu...

Il arrondit les yeux, en croyant à peine ses oreilles. Elle éclata de rire.

— Je ne demande pas mieux, moi, répondit Fisette, un peu haletant, et il lui toucha la main.

Elle lui caressa le bout des doigts en le regardant droit dans les yeux, mais il eut l'impression qu'elle fixait quelque chose de lointain à travers sa tête ; sa gorge se contracta.

— Qu'est-ce que tu aurais envie de manger ? lui demanda-t-il d'une voix mal assurée.

— J'aime bien la cuisine italienne... la cuisine chinoise aussi... N'importe quoi, en fait, tant que ce n'est pas de l'agneau, ajouta-t-elle en riant.

Ils se mirent en marche.

— On pourrait aller... à *L'Amalfitana*. C'est juste en face de Radio-Canada.

— Va pour *L'Amalfitana*.

L'auto de Fisette se trouvait à deux pas, dans la rue Lambert-Closse. Il la fit monter, prit place au volant et, le cœur dans la gorge, le bas-ventre rempli de chatouillements ineffables et crispants, il allait tourner la clef d'allumage lorsqu'elle posa la main sur son bras et, le regardant avec un sourire mutin :

— Quant au... reste... c'est à une toute petite condition...

Il fronça légèrement les sourcils et attendit la suite.

— Laquelle ? demanda-t-il enfin.

— Surtout, ne pars pas en peur, dit-elle en levant la main dans un geste de mise en garde, et laisse-moi d'abord t'expliquer. Je te le dis tout de suite : j'ai toute ma tête et le moral est meilleur que jamais.

Elle attendit un instant, lui sourit de nouveau, puis :

— J'aimerais que tu me trouves un revolver, fit-elle doucement. Bon ! le voilà qui panique. Écoute-moi un peu avant de tirer la sonnette d'alarme. Je n'ai pas envie de me flamber la cervelle ni de tuer personne. Pour une fois que je suis à la veille de connaître un peu de bon temps... Ce revolver, j'en ai besoin pour des raisons de sécurité, tout simplement. Je vais bientôt partir, cher. Je veux aller m'établir loin d'ici, quelque part dans le sud des États-Unis. Sans blague. J'ai toujours aimé ce coin-là, comprends-tu? Et je me sentirais plus sûre avec une arme, voilà tout. Mais ça m'embête un peu de magasiner ce genre de choses. Peux-tu m'en trouver une? Évidemment, je vais te rembourser... aussitôt que j'aurai un peu d'argent. Comme tu vois, il n'y a pas de quoi s'énerver le poil des jambes, hein?

— Je... je vais m'arranger. Il y a un armurier près de l'endroit où je travaille.

Elle lui caressa un genou:

— Tu es un vrai petit cœur. Je te revaudrai ça.

Ils se rendirent au restaurant, puis dans un hôtel de la rue Sherbrooke, où ils restèrent environ deux heures. Fisette en sortit à la fois repu et inquiet. Son excitation passée, il regrettait sa promesse. Le petit revolver se balançait dans sa tête en émettant des cliquetis sinistres. Il regarda Adèle qui marchait à ses côtés en chantonnant, l'esprit ailleurs, et il eut de nouveau envie d'elle.

— Que dirais-tu d'aller prendre un verre? proposa-t-il en lui enserrant la taille. Il y a une belle brasserie à deux pas d'ici, rue Sainte-Catherine.

— Hum... neuf heures... Désolée, mon cher, il faut que je te quitte. J'ai un rendez-vous.

Il offrit d'aller la reconduire. Elle refusa en souriant, lui caressa la joue, s'éloigna, puis, revenant sur ses pas:

— J'oubliais: pas un mot à personne au sujet du revolver, hein? Promis? À bientôt. J'ai bien aimé ma soirée.

— T'en vas te faire planter par un autre, salope? grommela le photographe en la regardant traverser la rue.

L'idée lui vint de la suivre, mais la fatigue et le dégoût l'accablèrent soudain. Il remonta dans son auto, retourna chez lui et passa le reste de la soirée affalé dans un bain chaud, l'œil entrouvert, la cervelle comme fondue.

▲

Depuis qu'Adèle lui avait téléphoné l'avant-veille pour lui donner rendez-vous dans une brasserie, Roger Simoneau s'était remis à fumer, une habitude dont il avait réussi à se débarrasser deux mois auparavant. Il avait passé une partie de la soirée, rue Cartier, à se promener cigarette au bec dans la chambre que lui prêtait sa sœur lors de ses fréquents séjours à Montréal, jetant un coup d'œil distrait sur l'écran d'un petit téléviseur où se déroulait un épisode de *Dallas*. À mesure que l'air de la chambre s'épaississait, l'émission semblait devenir de plus en plus lointaine et insignifiante et bientôt il l'oublia complètement.

À neuf heures, il eut un sursaut, écrasa sa cigarette dans le fond d'une soucoupe et s'éclaircit la gorge, les entrailles graissées par une vague nausée.

— Cochonnerie de cochonnerie, marmonna-t-il en crachant dans une corbeille à papier.

Il enfila son manteau et quitta la chambre.

— Tu sors, Roger? demanda Clémence du fond de la cuisine.

— M'en vas aux vues, répondit-il d'un ton maussade.

— Peux-tu passer chez *Perrette* en revenant et m'apporter deux litres de lait? Il ne m'en reste plus une goutte, les enfants vont chicaner demain matin.

Il répondit par un vague grognement, sortit, et les deux litres de lait s'évaporèrent aussitôt de son esprit. Il se dirigea vers la rue Papineau. Adèle lui avait donné rendez-vous à la brasserie *La Fête* vers neuf heures trente. Il marchait à grandes enjambées, impatient et inquiet de rencontrer son ancienne maîtresse, dont l'invitation inattendue l'avait estomaqué.

— Son petit gars lui a peut-être parlé de moi, pensa-t-il, et ça lui aura donné le goût de... Mais va donc savoir ce qui se passe dans cette tête-là... C'est comme essayer de voir à travers un madrier.

Il aperçut son reflet dans une vitrine, se trouva vieux, la mine triste, les traits avachis, puis se revit dans la cabine de son camion, les mains sur le volant, filant tout seul à longueur de journée sur les autoroutes. L'image de sa sempiternelle cabine se mêla à celle de son appartement crasseux à Sherbrooke, puis les deux se fondirent à leur tour dans celle de la chambre que lui prêtait sa sœur, avec son lit de camp trop étroit, sa commode aux tiroirs écornés, sa machine à coudre et ses rideaux décolorés; une haine violente s'éleva soudain en lui contre tous ces espaces miteux dans lesquels sa vie était confinée.

— La mer, c'est des vacances au bord de la mer qu'il me faut, avec une belle petite femme bien chaude.

Et, pour se réconforter, il repassa dans sa tête la longue série de filles avec lesquelles il avait noué au cours des ans des aventures éclair, mais leurs visages finissaient toujours par se changer en celui d'Adèle, et il se demanda avec angoisse ce qui avait bien pu se passer en lui durant la nuit d'orage où il avait eu ce stupide accident pour que son souvenir prenne un tel empire sur lui. Mais voilà : depuis cette fameuse nuit, le coucheur insensible et oublieux qu'il s'était toujours enorgueilli d'être se transformait en un pauvre amoureux plein de remords dès que l'image de cette femme, avec qui il avait pourtant eu une liaison des plus médiocres, apparaissait dans son esprit.

En pénétrant dans la brasserie, il l'aperçut tout de suite au fond de la salle, seule à une table, près d'une colonne. Elle le salua de la tête, sourit, se souleva un peu de son siège et prit une gorgée de bière tandis qu'il se dirigeait vers elle.

— Ça va ? fit-elle en lui tendant la main.

La main était moite, le sourire anxieux. Il en ressentit une sorte de soulagement.

— Ça va, répondit-il en s'assoyant.

Il appela le serveur.

— Je t'en commande une tout de suite ?

Les lèvres entrouvertes, l'œil plongé dans son verre incliné, elle fit signe que oui, prit une longue gorgée, déposa le verre et se mit à fouiller nerveusement dans son sac à main. Elle finit par trouver un paquet de cigarettes, l'ouvrit d'un coup de pouce. Il l'observait, le menton dans la paume de sa main, la bouche à demi cachée par ses doigts repliés.

— Merci, fit-il en acceptant une cigarette.

Elle voulut retirer le carton d'allumettes glissé dans son paquet, mais il lui présentait déjà son briquet allumé. Ils soufflèrent une grosse bouffée presque en même temps.

— Sais-tu, Adèle, dit-il au bout d'un instant, essayant de cacher son trouble sous un sourire malicieux, je te regarde, là : tu es aussi jolie qu'avant...

Elle eut une moue incrédule et pointa de l'index les flétrissures de ses yeux et les plis qui partaient de ses commissures :

— Tu trouves ? Ta vue a dû baisser.

Il se mit à rire et ne trouva rien à répondre. Le serveur arriva avec son plateau, déposa les verres et les bouteilles sur la table, le regard lointain et dégoûté, comme si on l'avait forcé à servir du sang humain. Simoneau le paya. Adèle venait de vider son premier verre et entama le second.

Il sourit :

— Tu aimes toujours la bière ?

— Trop, répondit-elle, après avoir essuyé ses lèvres avec le dos de sa main. Mais c'est ce qui m'a aidée un peu à tenir le coup. J'ai passé de dures années, tu sais.

— Je devine.

— Ah oui ? C'est fini maintenant. La voie est libre. Je recommence à neuf.

Et elle lui adressa un grand sourire, le premier qui semblait venir du fond d'elle-même. Cela donna à Simoneau le courage de glisser la phrase qu'il avait tant de fois répétée dans sa tête, cherchant l'intonation juste :

— Tu sais, Adèle, dit-il avec un léger tremblement dans la voix, j'ai souvent pensé à toi depuis qu'on s'est quittés.

— Moi aussi, répondit-elle en détournant les yeux.

Elle tira une bouffée de cigarette, le regard au-dessus de sa tête, avec une expression étrange, vaguement douloureuse :

— C'était le bon temps, comme disent les vieux... Les folies ne nous coûtaient rien. On passait la nuit debout, le lendemain on abattait notre journée de travail en sifflant et le soir venu, on recommençait ! Aujourd'hui, je ne serais plus capable, oh non ! Il y a des matins où je me sens comme un torchon qui vient d'essuyer sa cent millième assiette !

Il avança la main vers la sienne avec une expression timide et malicieuse :

— Si j'ai bonne mémoire, on les passait pas toutes debout, nos nuits...

Elle lui adressa un bref sourire et prit une longue gorgée, perdue de nouveau dans ses pensées. Puis, posant le verre d'un geste délibéré, elle le fixa droit dans les yeux :

— Tu dois bien te demander pourquoi je t'ai fait venir ici ? fit-elle d'un air espiègle et douceâtre (Simoneau fronça légèrement les sourcils). Il serait temps que je m'explique. Mais toi, se ravisa-t-elle soudain comme pour réparer une indélicatesse, parle-moi d'abord un peu de toi, tout de même... Qu'est-ce qui t'est arrivé, durant toutes ces années ? T'es-tu marié ? As-tu des enfants ? Où travailles-tu ?

Son intérêt subit sonnait si faux qu'il eut un serrement de cœur; une sourde irritation commença à se développer en lui, mais il ne se sentait pas la force de l'exprimer. Il lui répondit qu'il était toujours célibataire et qu'il n'avait pas d'enfants.

— Pas d'enfants connus, en tout cas, ajouta-t-il avec un rire embarrassé (elle ne sourcilla pas).

Il faisait toujours du camionnage, un métier qu'il aimait, du reste, à cause de la liberté que cela lui procurait. Il avait eu plusieurs maîtresses, pour la plupart des filles sans intérêt – ou qui l'avaient trouvé, lui, sans intérêt. Depuis quelques années, il menait une vie plus rangée, buvait moins ; deux mois plus tôt, il était même parvenu à cesser de fumer. Sa rechute ne remontait qu'à deux jours.

— C'est un peu à cause de toi, ajouta-t-il naïvement, et il rougit.

— Eh bien, moi, je n'ai jamais réussi à m'arrêter, répondit-elle, faisant mine de ne pas avoir entendu son aveu. Je fume mes trois paquets par jour depuis des années... Les nerfs, que veux-tu ! Et puis, c'est une sorte de délassement. Pendant longtemps, je n'en ai pas eu beaucoup d'autres... Mais c'est fini, maintenant : je refais ma vie. C'est de ça que je voulais te parler, Roger.

Il lui saisit la main ; elle lui serra rapidement les doigts, puis reprit sa cigarette et tira une longue bouffée.

— Eh bien, vas-y, dit-il d'une voix un peu rauque. Vide ton sac.

Elle dressa le menton, un peu théâtrale :

— L'autre jour, je repensais aux dix mois qu'on a vécu ensemble... mes seuls vrais bons moments de varlope, dans le fond. Moi non plus je n'ai rien oublié de ce temps-là, Roger. C'est ce qui m'a donné le courage de te téléphoner.

— La varlope s'est pourtant terminée d'une façon un peu raboteuse, remarqua-t-il avec ironie.

— Je ne me rappelle que du bon temps, moi...

La fausseté de son attitude et cette main inerte et froide qui se laissait toucher mais ne touchait pas l'agaçaient de plus en plus.

— Dis donc, Adèle, fit-il en posant sur elle un regard inquisiteur et froid, puisqu'on est en train de brasser de vieux souvenirs... Ton petit gars... c'est qui, son père ? Tu m'avais bien dit, l'autre jour, qu'il était pas de moi ? Alors, qui c'est ?

Elle demeura interdite quelques secondes, puis réalisa subitement tout le parti qu'elle pouvait tirer de ce sujet imprévu.

— Tu veux vraiment que je te dise la vérité ?

Il hocha la tête.

— Eh bien, c'est probablement toi. Je ne peux pas en être entièrement sûre, évidemment. Si tu te rappelles bien, j'en brassais un coup à l'époque, fit-elle avec un sourire amer. Mais quand je calcule les dates, il n'y a pas tellement d'autre homme que toi dans le paysage, mon vieux. L'autre type que je voyais à ce moment-là aurait eu bien de la misère à devenir popa, même en travaillant dix heures par jour.

— Mais alors, pourquoi...

— Pourquoi je t'ai dit le contraire ? C'est que je ne voulais pas te causer de soucis, voilà tout. Dans le fond, qu'est-ce que ça peut bien te faire, dis-moi ? Ma tante s'en est toujours bien occupée, de mon garçon. Elle le considère comme le sien. Et puis, sois sans crainte : aussitôt que je pourrai, je vais le prendre avec moi.

Elle fit une pause :

— C'est un peu de ça que je voulais te parler, Roger.

Il la regardait gravement, les lèvres serrées, sa main droite crispée sur son verre à peine entamé, et elle constata avec plaisir que sa vulnérabilité ne cessait d'augmenter.

— Oui, je sais, soupira-t-elle, j'ai mené toute une vie de bâton de chaise et il y a des soirs où je ne me sens pas très fière, je te l'avoue. Mais ce n'est sûrement pas toi qui pourrais me faire des sermons sur la vertu, hein ? ajouta-t-elle en souriant.

Son visage se rembrunit :

— De toute façon, j'ai payé pour mes folies et chèrement, je te prie de me croire.

Le regard de Simoneau s'emplit de compassion :

— C'est vrai ? Mais qu'est-ce qui s'est passé, bon sang ? Ta tante a quasiment reviré le monde à l'envers pour te retrouver ! Tu te sauvais d'elle ? Ou le bonhomme avec qui tu vivais ne voulait pas te...

— Je n'ai pas le goût de parler de ça maintenant, répondit-elle sèchement. Une autre fois, veux-tu ?

— Il va y avoir une autre fois ? se dit le camionneur, et il retint avec peine un sourire de contentement.

Un silence embarrassé tomba. Adèle inclinait lentement son verre d'un côté et de l'autre, amenant le liquide jusqu'à l'extrême bord ; un peu de mousse se mit à couler le long de la paroi.

— C'est un homme affreux, dit-elle tout à coup d'une voix étouffée. Je n'en ai jamais connu comme ça... et Dieu sait pourtant...

Elle leva vers lui un visage bouleversé :

— Il m'a enlevé presque dix ans de ma vie, Roger, comprends-tu ? C'est comme si je sortais de prison. Et il court après le reste. Je le déteste, tu ne peux pas savoir combien. Et pourtant – tu ne me croiras pas, mais je te dis la vérité, la vérité du fond du cœur – quand je me trouve devant lui, c'est comme si la tête me gelait et je n'arrive plus à réagir. C'est épouvantable, mais... Des fois, quand je le vois, il y a comme une envie qui me prend de... retourner avec lui, oui!... de refaire la même hostie de vieille vie de marde... et il le sait! Je le vois qui tourne autour de moi, sans se presser. Il attend, comme il dit, «que je me sois assez punie»... Punie de quoi, veux-tu bien me dire? Ah! je frissonne seulement que d'y penser!

Elle se pencha au-dessus de la table :

— Mais là, j'ai un plan pour lui échapper à tout jamais et refaire ma vie. Pour ça, il faut que je quitte le pays, et vite! Vois-tu, Roger, il s'est amusé à m'accorder une récréation parce qu'il est sûr de me voir revenir... comme une chienne bien dressée. Mais la chienne, elle, a décidé de prendre le bord! C'est de ça que je voulais te parler. Je n'ai pas d'argent. On s'entendait bien, toi et moi, à l'époque, malgré nos petites chicanes. J'ai pensé que tu pourrais peut-être me prêter mille cinq cent ou deux mille piastres. Je te les remettrai dans six mois au plus tard.

— Où veux-tu aller?

— Aux États-Unis. Dans le sud. Tu gardes ça pour toi, hein? Je vais me dénicher un de ces trous... Bien malin s'il arrive à me retrouver.

— Tu n'as jamais pensé t'adresser à la police? demanda Simoneau, étonné.

Elle le fixa un instant, le visage durci :

— Tu n'as rien compris, Roger, murmura-t-elle sourdement. La police ne peut rien pour moi, à part identifier mon cadavre. Tout se passe entre lui et moi, vois-tu. Personne ne peut s'interposer. J'ai besoin de cet argent. Peux-tu me le prêter?

Elle lui prit la main :

— Je te le demande, Roger, pour les bons moments qu'on a passés ensemble, les seuls, au fond, qui ne me font pas remonter un goût de vomissure dans la bouche... Je me souviens de tout, tu sais... Ton petit appartement de la rue Saint-Mathieu, ta robe de chambre de ratine mauve, le grand Rémi au restaurant *Select*, les *bloody mary* qu'on s'envoyait au *Faisan bleu*...

Il pencha la tête, le souffle court, les narines pincées et, serrant fortement ses doigts :

— Est-ce que tu te rappelles comment j'aimais te prendre, le matin, avant d'aller travailler – la prise du grand bonjour, comme on l'appelait – et la façon que tu avais de me réveiller la nuit quand...

— Je me souviens de tout, Roger, fit-elle en hochant la tête avec un petit sourire douloureux. Et parfois ça me fait mal, je te jure.

Puis, le regard humble et suppliant :

— Est-ce que tu peux me prêter l'argent, Roger ? Je te le remets dans six mois, parole d'honneur.

Il la fixa un moment. Sa compassion luttait contre un désir éperdu et rusé :

— Je vais te l'avancer... mais à condition qu'on se revoie... ici ou aux États-Unis.

Une expression d'indicible lassitude apparut dans les yeux d'Adèle et son corps s'affaissa légèrement :

— Écoute, Roger, je ne suis plus capable de m'embarquer avec personne à présent... C'est à peine si je parviens à vivre toute seule avec moi-même. De tous les hommes que j'ai connus, tu es le seul ami qui me reste. Mais de moi, mon pauvre vieux, il ne reste plus grand-chose. J'ai le visage encore assez présentable, mais en dedans, il n'y a plus que des rides, Roger, des rides, de la peur, de la fatigue... et le goût d'être en paix quelque part au soleil, très loin d'ici, et toute seule. Si tu me laisses tomber, je coule à pic.

Il l'écoutait, les yeux pleins d'eau. Il prit une grande gorgée de bière pour tenter de se décontracter la gorge, puis :

— Sois sans crainte, tu auras tout l'argent qu'il te faut... et tu me payeras quand tu pourras. Je te demande juste une chose : une fois rendue là-bas, écris-moi un mot, que je sache où tu te trouves. Et si jamais un jour l'envie te prenait que j'aille faire un tour...

— Je t'écrirai, c'est promis. J'ai décidé de m'établir à Houston, ajouta-t-elle, pénétrée du plaisir honteux de mentir.

Trois jours après la rencontre d'Adèle et de Roger Simoneau, et malgré qu'on fût en avril, les grands froids revinrent, plus féroces que jamais. Une immense tempête de neige fondit sur le sud-ouest du Québec, et Montréal fut paralysée pendant plus de douze heures. Un bris d'eau se produisit dans l'immeuble avoisinant la maison de Juliette, où le dentiste Ménard aurait tant voulu s'installer et qui demeurait toujours inoccupé; le lendemain, un énorme ventre-de-bœuf était apparu au milieu de la façade, sans doute causé par l'expansion de la glace. Le mur paraissait si mal en point que Juliette crut bon d'alerter le service d'inspection des logements et défendit à Denis d'aller jouer de ce côté-là.

Depuis quelques jours, Adèle semblait plus calme et plus heureuse. Un matin, après avoir consulté les petites annonces, elle déclara à sa tante qu'elle irait postuler un emploi de commis à l'Ordre des infirmières du Québec, dont les bureaux se trouvaient à quelques rues.

— Il est temps, je pense, que je voie à mes propres besoins. Vous êtes bien gentille de ne m'avoir encore jamais demandé de pension.

— Elle a donc changé ses projets, se dit Juliette, surprise et ravie. Elle reste avec nous.

Saisissant la main de sa nièce :

— Voilà une bonne décision, ma fille. Le travail ne fait pas que garnir le portefeuille : il renforce la colonne vertébrale, comme on dit. J'ai décidé moi-même de retourner chez *Virilex*. La comptabilité commence à me manquer. Et puis, un peu d'argent ne fera pas de tort, je t'avoue...

Et pendant que sa nièce allait offrir ses services à l'Ordre des infirmières, elle téléphona à son ancien employeur, monsieur De Carufel.

— Vous voulez revenir lundi prochain ? Hum... venez me voir demain matin, on jasera de tout ça... Non, non, aucun problème ! Votre remplaçante n'a jamais réussi à vous remplacer. S'il y a une chose facile à faire par les temps qui courent, c'est bien de congédier quelqu'un ! Et puis le bon Dieu continue de m'aimer : je n'ai pas de syndicat sur le dos, mon entreprise m'appartient et mes employés sont mes employés, pas mes patrons !

Deux jours plus tard, elle avait repris son travail chez *Virilex* et le surlendemain, Alexandre Portelance, radieux et gazouillant, sous-louait son appartement de Laval-des-Rapides et venait s'installer chez son amie, apportant, parmi ses effets, quatorze caisses de *National Geographic Magazine* et une bergère bancale recouverte de velours rose, qu'il avait trouvée un jour entre deux poubelles et où ses fesses avaient créé des zones pâles d'une infinie douceur.

— Si tu pouvais lui trouver une petite place dans ton salon, demanda-t-il à Juliette avec un sourire suppliant, ça me ferait bien plaisir. Il n'y a que dans ce vieux débris que j'arrive à me détendre le soir après souper. Je te pique des sommes là-dedans qui valent trois nuits complètes. Sans lui, tu sais, je n'aurais pas l'air aujourd'hui dix ans plus jeune que mon âge et tu me trouverais peut-être, ma belle, bien moins d'agréments dans certaines occasions !

En apercevant la bergère dans le salon à son retour de l'école, Denis siffla de contentement ; il lui trouva des ressemblances à la fois avec une fusée et un bateau ; quelques minutes plus tard, il s'y installait pour apprendre ses leçons.

Les dimensions du fauteuil permettaient à Juliette de s'y asseoir confortablement. Elle prit l'habitude, à son retour du travail, de s'y reposer un petit quart d'heure et il semblait vraiment que le fauteuil exerçait sur elle une action bienfaisante et réparatrice, car au bout d'un moment les courbatures qui lui taraudaient les reins et les jambes se dissipaient peu à peu et sa respiration se libérait. Tout se jouait sans doute dans son esprit et le soulagement qu'elle ressentait tenait probablement au fait qu'elle occupait le fauteuil favori d'un homme pour lequel son affection ne cessait de grandir.

Peu à peu, la pause qu'elle s'accordait dans la bergère s'allongea, et ce fut bientôt Adèle qui s'occupa du souper. Juliette lui en savait gré. Les premiers temps de son retour chez *Virilex*, elle arrivait à la maison exténuée. En reprenant ses fonctions, elle avait trouvé la comptabilité dans un fouillis et un délabrement qui l'avaient forcée à se lancer dans une campagne féroce contre l'incurie. Mais, à son grand soulagement, Ronald Rouleau, qui se croyait scandaleusement sous-payé, avait eu la bonne idée de quitter son emploi pour se lancer dans les assurances. À neuf heures trente elle était au lit, et les samedi et dimanche avant-midi, Alexandre Portelance faisait régner dans la maison un silence de catacombe afin qu'elle puisse faire la grasse matinée tout son soûl.

Adèle – dont l'Ordre des infirmières n'avait pas retenu la candidature – avait pris la relève avec une facilité et un entrain qui avaient agréablement surpris Juliette. Mais ce qui la surprenait plus que tout, c'était l'indifférence qui semblait s'être emparée de sa nièce pour Livernoche, comme si le libraire s'était envolé tout à coup dans l'espace intersidéral. Elle continuait de feuilleter les petites annonces ; deux ou trois fois par semaine, elle quittait la maison pour aller présenter une demande d'emploi.

Le dimanche 7 mai, Alexandre Portelance emmena Juliette au cinéma au début de l'après-midi.

— Ça te tente de venir avec nous ? offrit la comptable à sa nièce.

L'autre secoua la tête...

— Merci. J'ai des choses à faire.

Vers quatre heures, Juliette, aussitôt revenue, s'affairait à préparer un gâteau pour Denis, dont c'était l'anniversaire le lendemain, lorsque Adèle apparut dans la cuisine ; elle l'observa un instant, l'œil malicieux, puis :

— Vous devriez jeter un coup d'œil dans la dépense, ma tante, deuxième tablette du bas.

Un superbe gâteau à la framboise était caché dans une boîte de carton.

— Je viens tout juste de le finir. Voulez-vous voir son cadeau ?

— Mon rêve est en train de se réaliser, confia ce soir-là Juliette à son amant venu lui porter une tisane dans la chambre à coucher. J'ai sauvé la maison de ma tante, j'ai rassemblé presque tous mes amis autour de moi, ma nièce est retrouvée et je la vois qui se raplombe un peu plus chaque jour, tandis que mon bobichon chantonne et sifflote du matin au soir. Et, pour finir, le bon Dieu m'a même fait un cadeau que je n'aurais jamais osé lui demander, ajouta-t-elle en caressant le bras velu du vendeur, qui rougit de plaisir. Il n'y a que monsieur Ménard qui m'inquiète ; je le vois dépérir à petit feu, le pauvre homme, empoisonné par ses lubies, et je ne peux rien pour lui.

Alexandre Portelance lui pinça la joue, puis, reculant d'un pas, toussota deux ou trois fois d'un air emprunté en tripotant ses bretelles :

— Peut-être que si on passait devant l'autel, histoire de rendre nos petits becs un peu plus officiels, ça mettrait le bon Dieu de si belle humeur qu'il ferait un effort pour aider ton dentiste ?

Les moments qui suivirent devaient s'entourer d'un halo doré dans le souvenir de Juliette et il y eut sûrement un ange au ciel qui saisit alors ses pinceaux, se pencha au-dessus de la chambre et tira de la scène une enluminure un tantinet gaillarde.

— Ah! c'est trop, c'est trop, défaillait la comptable. Je me sens tellement heureuse que j'ai quasiment peur d'en être punie...

Un samedi matin, vers onze heures, au milieu du mois de mai, Juliette se réveilla en sursaut, comme si quelqu'un venait de la tirer par le bras. Elle resta quelques instants couchée sur le dos, haletante, à écouter le vent qui enveloppait rudement la maison, puis se leva et promena son regard autour de la pièce, cherchant la cause du sentiment d'étrangeté qui la pénétrait de plus en plus.

Elle consulta sa montre et fut surprise de ne pas entendre au-dessus de sa tête le son étouffé du piano, car c'était l'heure où Denis prenait habituellement sa leçon chez Martinek. Puis elle se rappela que le compositeur avait reçu la veille un appel téléphonique de la secrétaire de Charles Dutoit; le chef d'orchestre désirait le rencontrer le lendemain avant-midi.

— Il doit être parti avec Rachel, se dit-elle à voix basse.

Son cœur continuait de battre à grands coups et des bouffées de chaleur lui montaient au visage. La certitude s'installait en elle qu'un événement grave venait de se produire.

— Alexandre! lança-t-elle d'une voix défaillante.

Mais elle se rappela également que ce dernier devait partir très tôt pour la quincaillerie, car – Juliette en ayant manifesté une fois le désir – il avait décidé d'installer un lavabo dans leur chambre à coucher.

— Si Bohu et Rachel sont partis, il a dû amener Denis avec lui.

Son angoisse ne cessait d'augmenter. Qu'est-ce qui avait bien pu la réveiller si brusquement? Un cri? Le claquement d'une porte? Le frottement d'un objet sur le plancher?

Elle sortit de la chambre et se dirigea vers la cuisine; Alexandre avait dressé son couvert et la cafetière de porcelaine attendait sur le comptoir, déjà remplie de sa mouture. Son regard se dirigea vers la chambre d'Adèle. La porte en était fermée; elle l'était presque toujours. Sa nièce devait faire la grasse matinée elle aussi; c'était son habitude la fin de semaine. Mais cette porte de chêne massive et luisante avec son bouton de verre à facettes lui faisait une impression bizarre et effrayante, comme si elle cachait un malheur.

— Mon Dieu, qu'est-ce qui s'est passé, pour l'amour ?

Elle dut s'appuyer sur la table, les jambes flageolantes ; les fleurs du linoléum se mirent à tourner doucement, allongeant leurs pétales. Elle secoua la tête, traversa la cuisine et ouvrit la porte.

La chambre était vide et parfaitement rangée. Cela l'étonna un peu, car sa nièce avait peu d'ordre. Elle s'avança et aperçut une lettre sur le lit. De son écriture naïve et appliquée, Adèle avait écrit sur l'enveloppe : « Pour ma tante ».

— Eh bien, ça y est ! s'écria-t-elle, furieuse, en ouvrant l'enveloppe. Elle vient de sacrer le camp !

Mais en même temps, une idée se formait confusément dans sa tête qui ressemblait un peu à : « Merci, mon Dieu ! ce n'est que ça ! Enfin, j'aurai la paix ! »

Le coup qui l'atteignit en fut d'autant plus terrible.

> *Ma tante,*
> *Je sais que je vais vous faire beaucoup de peine, mais je n'ai vraiment pas le choix. Je m'en vais. C'est le temps ou jamais de refaire ma vie. Encore une semaine ou deux et il aurait peut-être été trop tard. Je l'aurais peut-être rencontré de nouveau,* lui, *et je ne peux pas prévoir ma réaction. J'emmène Denis avec moi. C'est lui qui me l'a demandé il y a trois jours. C'est bien plus votre enfant que le mien, je le sais. Je sais aussi qu'en vous l'enlevant, je vous brise le cœur, mais j'ai besoin de lui. J'ai besoin d'être sa mère, moi aussi. Me croyez-vous ? Je vous écrirez un jour. Ne vous inquiétez pas pour nous. Merci pour tout ce que vous avez fait pour moi. Je ne l'oublierai jamais. Ne craignez rien, je vous remettrai tout ce que je vous dois. Excusez-moi pour tout.*
>
> *Adèle*

Juliette resta immobile un instant, les bras ballants, puis la lettre glissa sur le plancher et s'arrêta sous une table. Elle la fixait d'un œil hagard, tandis que ses doigts remuaient doucement. Elle se précipita alors vers la chambre de son petit-neveu. Tout était en ordre également. Aucun message ne l'attendait. Seuls un tiroir vide qui bâillait et la penderie un peu dégarnie indiquaient son départ. Il ne semblait avoir emporté ni livres ni jouets. Elle s'adossa contre un mur et se mit à pleurer sans bruit. Plusieurs minutes s'écoulèrent. Soudain son visage se convulsa; elle se redressa d'un mouvement brusque et puissant et retourna dans la chambre de sa nièce.

— Je ne veux plus rien de cette maudite dévergondée dans ma maison, hurla-t-elle en ouvrant violemment la fenêtre à guillotine qui donnait sur la cour arrière.

Le vent s'engouffra dans la pièce, faisant onduler les rideaux, tandis que la lettre d'Adèle disparaissait sous la porte de la garde-robe. Elle saisit un à un les tiroirs de la commode et jeta leur contenu par la fenêtre.

Alexandre Portelance venait de stationner en face de la maison. Penché devant la portière, il sortait une grosse boîte de carton lorsqu'il leva la tête et aperçut un jupon brodé dans le ciel; après avoir tournoyé un instant, le jupon s'accrocha au sommet d'un peuplier derrière la maison et se mit à battre au vent, petit drapeau pitoyable et vaguement licencieux. Le vendeur éclata de rire, puis, prenant une grande inspiration, souleva la boîte, le regard toujours levé. Une volée de feuilles de papier s'éparpilla tout à coup au-dessus de la cheminée, puis un bas-culotte vint les rejoindre, piqua vers le sol et disparut.

— Mais ça vient de chez nous, ça! s'écria le représentant.

Il déposa la boîte sur la banquette et traversa la rue en courant. Juliette refermait la fenêtre quand il fit irruption dans la chambre.

— Pour l'amour du saint ciel, qu'est-ce qui se passe, Juliette? As-tu perdu la tête?

Elle se retourna vers lui, haletante, le fixa d'un œil égaré, puis balbutia :

— Adèle vient d'enlever le petit.

La réalité devint alors floue dans son esprit et elle ne garda qu'un souvenir confus des deux ou trois heures qui suivirent.

Quand Martinek et Rachel arrivèrent à la maison au début de l'après-midi, ils faillirent se buter à Clément Fisette ; accroupi dans le vestibule, ce dernier essayait de soulever une boîte de carton d'où s'échappaient des tintements métalliques :

— Denis vient de sacrer le camp avec sa mère aux États-Unis, leur annonça-t-il en levant vers eux un visage lugubre. Madame Pomerleau a dû prendre le lit. On pense appeler le docteur.

Ils le fixèrent un moment sans parler, puis Rachel massa lentement ses paupières fermées avec le bout de ses doigts :

— Eh bien, il ne manquait plus que ça... Elle a vraiment décidé de la tuer, la garce...

Elle ouvrit les yeux et hocha la tête d'un air dégoûté.

— Est-ce qu'Alexandre est avec elle ?

— Il n'y a que lui qui peut l'approcher. Tout à l'heure, elle braillait comme un troupeau de phoques.

— On ne pourra jamais arracher cet enfant à sa mère, murmura la violoniste, à moins qu'elle le maltraite tellement que...

— Difficile de le savoir à trois mille kilomètres, fit Martinek, sarcastique.

— Tu annuleras ton rendez-vous, ordonna Rachel au musicien. Je pense que les circonstances ne se prêtent pas tellement à une visite ce soir.

Fisette, qui s'était relevé, l'interrogea du regard. La violoniste serra les lèvres et s'en alla. Martinek eut une moue navrée :

— Monsieur Dutoit devait venir ce soir examiner des partitions, annonça-t-il à voix basse.

Une porte claqua et des pas précipités s'approchèrent.

— Je pense... qu'il faut appeler le docteur, bégaya Alexandre Portelance en apparaissant dans le corridor.

Et il dut s'appuyer contre un mur.

▲

Charles Dutoit se présenta chez Martinek au milieu de l'après-midi du surlendemain, retardant son départ pour Londres d'une journée, au grand désespoir de sa secrétaire. C'est Juliette qui, en apprenant l'annulation du rendez-vous, avait ordonné à Martinek de lui téléphoner pour en fixer un autre. L'enthousiasme de Dutoit effrayait presque le compositeur. Le chef d'orchestre avait retrouvé dans un tiroir l'enregistrement du concertino de chambre que Rachel lui avait remis plus de deux mois auparavant. Il l'avait fait jouer, puis avait écouté l'enregistrement de la première partie du concert, et son admiration pour Martinek s'était accrue. Il avait ensuite pris connaissance des partitions que lui avait envoyées ce dernier. La *Première symphonie*, les *Variations sur le thème du Danube bleu* et un concerto pour piano écrit trois ans plus tôt l'avaient vivement impressionné par leur richesse thématique et leur maîtrise orchestrale.

— Je vous assure, avait-il téléphoné au compositeur, que c'est de la *très* grande musique, et particulièrement votre *Première symphonie*, qui se compare fort bien aux meilleures pièces du répertoire contemporain. Je considère comme un privilège d'avoir été mis en contact avec vos œuvres. Je ne comprends pas que Harry Halbreich, après son émouvante critique de votre septuor, vous ait ensuite oublié, comme si vous aviez disparu dans le néant. Il faut que je lui en parle. Halbreich est un homme d'une telle intégrité, avec une sensibilité si fine... Non, je ne comprends pas. Vous me cachez sûrement des choses, monsieur Martinek, ajouta-t-il en riant, mais prenez garde, je finirai par les découvrir.

Charles Dutoit passa dix heures chez le musicien, buvant tisane sur tisane sous le regard d'un Martinek que le ravissement avait plongé comme dans un état de choc. Rachel guidait discrètement le chef dans son exploration. Vers une heure du matin, après avoir lu l'*adagio* d'un quatuor à cordes, Dutoit, fort ému, se leva et, s'avançant vers Martinek, lui serra les mains :

— Il faut vous faire connaître, monsieur... Ce sont nous, les grands perdants. Pouvez-vous m'indiquer le téléphone, s'il vous plaît ?

Il prit le combiné, puis, se tournant vers ses deux compagnons :

— Je ne peux espérer convaincre la compagnie *London* d'enregistrer une de vos œuvres pour orchestre dans un avenir rapproché. Vous connaissez la situation de la musique contemporaine. Ils refuseront d'investir autant pour un inconnu. Mais je vais envoyer la partition de votre concerto de piano à Martha Argerich. Je serais bien surpris qu'il ne lui plaise pas. Elle pourrait peut-être le jouer au Festival d'Aix-en-Provence l'an prochain. Et Lortie ou Hamelin pourraient également le jouer au Festival de Lanaudière à Joliette. Et puis, je vais demander à Gisèle Valombray chez *Erato* d'écouter l'enregistrement de votre concertino de chambre. Valombray est une femme intelligente et audacieuse, douée de beaucoup de flair. Je suis sûr que votre œuvre va l'emballer.

— Vous pensez? fit le compositeur, incrédule.

— Quel air vous faites! s'esclaffa Dutoit. N'oubliez jamais que c'est *vous* le bienfaiteur musical de l'humanité, et non pas moi. Moi, je ne suis qu'une sorte de commis-voyageur; j'essaie de vendre de mon mieux la marchandise que d'autres fabriquent.

Il consulta un calepin et composa un numéro.

Martinek et Rachel quittèrent la pièce, par discrétion. Ils descendirent au rez-de-chaussée et aperçurent Alexandre Portelance devant une fenêtre du salon, les mains dans les poches, contemplant la rue d'un air lugubre. L'homme faisait peine à voir. Ils n'osaient approcher, craignant d'exacerber sa douleur en essayant de le consoler.

— Elle est en train de se laisser mourir, confia le vendeur d'une voix brisée en se retournant. Oui! de se laisser mourir. Savez-vous ce qu'elle m'a dit tout à l'heure? « J'ai essayé de sauver ma nièce et la voilà, pour me remercier, qui m'enlève ma seule raison de vivre. » Sa seule raison de vivre! Comme si j'étais un compteur à gaz ou un lampadaire! Heureusement que je ne suis pas chatouilleux... Regardez bien, ajouta-t-il en levant un index tremblant, si son foie ne recommence pas à lui jouer des tours. Il faut mettre la main sur ce petit gars, c'est moi qui vous le dis, sinon, sinon...

Il appuya le front contre la fenêtre, incapable de continuer.

Deux semaines passèrent. Malgré les craintes de Portelance, ce n'est pas tant le foie de Juliette qui donnait des signes de défaillance que tout son corps; une tristesse insurmontable semblait la miner. Les chairs de son visage s'étaient affaissées, sa peau était devenue flasque et jaunâtre, elle négligeait sa maison et ne manifestait plus guère d'intérêt pour les autres. Alexandre Portelance était tombé amoureux d'une quinquagénaire débordante de vitalité; il se retrouvait avec une vieille femme apathique et ennuyante. Seul signe encourageant : elle continuait de travailler chez *Virilex*, mais son efficacité avait diminué, au point qu'une après-midi monsieur De Carufel lui avait demandé, avec des précautions oratoires fort inhabituelles, si elle n'avait pas d'ennuis de santé.

— Ou alors, vous avez peut-être des soucis d'argent, des problèmes de famille ? Qui n'en a pas ? De toute façon, si jamais pour une raison ou pour une autre vous avez besoin de prendre congé, ne vous gênez pas pour me faire signe, hein ?

Derrière la sollicitude de l'homme d'affaires, Juliette devinait un mécontentement inquiet qui se préparait à pondre un aimable avis de congédiement. Mais elle continua de se lever à sept heures trente chaque matin pour se rendre à son travail (Alexandre Portelance allait la conduire et la chercher), passant le reste du temps à somnoler dans son lit ou à rêvasser dans la bergère-éléphant que son ami venait de faire recouvrir à neuf.

Ce dernier s'était mis secrètement sur les traces d'Adèle Joannette pour se rendre compte bientôt de l'extrême difficulté de l'entreprise.

Juliette avait décidé de suivre à nouveau la cure musicale qui lui avait été si bénéfique lors de son hépatite virale, mais les fameuses cassettes semblaient avoir perdu leur mystérieux pouvoir. Cela vexa un peu Martinek.

— C'est d'une injection de Callas qu'elle a besoin, décida-t-il un soir. Je ne connais rien de comparable pour redonner le courage de vivre. Voyez la beauté à laquelle cette femme pouvait atteindre à la fin de sa carrière malgré ses problèmes vocaux !

Juliette écouta avec plaisir des enregistrements de *Médée*, de *Tosca*, de *Carmen*, de *La Forza del destino* et termina avec l'admirable récital que la cantatrice avait donné à Paris en mai 1963 ; mais à part le fait qu'on la surprit parfois à chantonner *D'amour l'ardente flamme* de Berlioz, que Callas rendait d'une façon si bouleversante, le « traitement » ne sembla produire aucun effet.

Les chaleurs de l'été allaient commencer. À l'approche de sa fête, la comptable espéra secrètement une carte de souhaits de son petit-neveu, mais la carte n'arriva jamais. Elle ne parlait presque plus de ce dernier et de sa nièce, gardant au fond d'elle-même le chagrin qui la rongeait et manifestant une vive contrariété dès qu'on faisait la moindre allusion à leur sujet. Aucune maladie ne s'était déclarée, mais ses forces déclinaient lentement, malgré les prodigieux efforts d'Alexandre Portelance pour lui redonner le goût de vivre.

Le 26 juin, vers la fin de l'après-midi, un gros camion jaune serin, dont la seule partie à peu près intacte semblait être la plaque d'immatriculation, s'arrêta dans un grand bruit de ferraille devant le 2302, René-Lévesque ; le vendeur en sortit, accompagné de deux hommes en salopette. Il leur fit signe de l'attendre et se dirigea vers la maison.

— Juliette, ma chérie, annonça-t-il d'une voix joyeuse en pénétrant dans le salon, j'ai une surprise pour toi. Je pense qu'elle va te faire plaisir. Mais il faudra me promettre de garder ton calme, hein ? Ne t'inquiète pas, tout est prévu, j'ai pris mes mesures trois fois plutôt qu'une, ça va se loger comme le bout du petit doigt dans le creux de l'oreille.

Juliette, en train de lire dans la bergère, leva la tête :

— Je te trouve bien excité, toi, fit-elle, méfiante.

— Avec raison ! avec raison ! gloussa Portelance et il se précipita dehors.

Elle voulut jeter un coup d'œil par la fenêtre, puis décida de suivre le déroulement des opérations d'où elle était. La porte d'entrée claqua, puis un homme, hors d'haleine, déclara :

— Il va falloir l'enlever, ça passera pas.

Alexandre Portelance s'avança de nouveau :

— On repose la porte tout de suite après, promit-il avec un clin d'œil. Je leur ai dit de bien faire attention aux murs et aux boiseries.

Un moment plus tard, des ahans de galériens coupés d'interjections et de jurons résonnèrent dans le corridor. Quelque chose d'extrêmement lourd se déplaçait lentement dans un bruit de pas saccadés, à croire qu'on transportait le flambeau de la statue de la Liberté. Juliette se souleva du fauteuil et traversa le salon.

— Mon Dieu! où as-tu déniché ça? s'écria-t-elle, stupéfaite.

Les trois hommes, épuisés, déposèrent avec précaution une baignoire de fonte émaillée rose dans laquelle un hippopotame aurait pu faire ses ablutions. Ruisselant de sueur, Alexandre Portelance vint se planter devant son amie :

— Es-tu contente? Tu vas pouvoir enfin prendre ton bain à l'aise.

Les deux hommes en salopette, qui lorgnaient Juliette depuis un moment, échangèrent un regard narquois, puis détournèrent la tête.

— On va la déposer sur le côté dans la salle de bains. Demain, je déplacerai le mur du fond d'environ un mètre – il n'en faut pas plus – et dans une semaine au plus tard, tout sera installé, frais peinturé et aussi beau qu'avant. Viens voir, l'émail est comme neuf.

Juliette glissa la main sur le rebord poussiéreux.

— Vous êtes chanceuse en démon d'être tombée sur une baignoire de même, madame, déclara l'un des hommes. En quinze ans de métier, j'en ai jamais vu d'aussi grosse. Ça devait appartenir à un millionnaire.

Juliette posa sur lui un regard étonné :

— Vous êtes vendeur de baignoires d'occasion?

— Oui, madame.

— C'est votre spécialité?

— Oui, madame. Mais c'est rarement pour les installer dans des maisons. Les gens n'en veulent plus, de vieilles baignoires. Ils préfèrent les modernes. En fait, notre vraie spécialité, continua-t-il d'un air important, c'est plutôt les grottes religieuses pour les parterres. On creuse un grand trou, on plante la baignoire dedans, les robinets en bas, on la renterre à moitié, puis notre client peut y installer une statue de la bonne sainte Anne, de saint Joseph ou du Sacré-Cœur, avec des fleurs, de la rocaille, des petits projecteurs. Ça donne de l'allure à un jardin en maudit...

Une demi-heure plus tard et après plusieurs jurons et meurtrissures aux doigts, la baignoire-piscine était parvenue à destination, tandis que l'ancienne se retrouvait dans le camion.

Après le départ des hommes, Juliette s'avança vers son ami, les yeux pleins de larmes, et se pressa contre lui :

— Maintenant, je suis sûre que tu m'aimes comme je suis... Le bon Dieu a été bien bon de me permettre de te rencontrer.

— Ça va peut-être la ramener un peu à la vie, pensait le vendeur en répondant à ses baisers. Si tu me promets de te reprendre en main, lui dit-il en souriant, je vais te construire un beau sauna dans la cave. Il paraît qu'en Syrie scandinave, les femmes se débarrassent de leur cellulite avec ça dans le temps de le dire.

▲

Hélas, ses espoirs ne se réalisèrent pas. Trois jours plus tard, Juliette obtenait de son patron (qui la lui accorda avec un soulagement à peine dissimulé), l'autorisation de travailler à mi-temps, ce qui permettait à monsieur De Carufel d'engager une jeune diplômée en administration pour deux pommes et un radis.

Une après-midi que Juliette, debout devant une fenêtre du salon, contemplait la rue d'un air morose, elle aperçut Alcide Racette. L'homme d'affaires s'arrêta devant sa maison, qu'il détailla d'un œil torve, puis, apercevant son adversaire, il eut un petit sourire acide et poursuivit son chemin. Alarmée, Juliette envoya aussitôt Martinek jeter un coup d'œil dehors.

— Il est en train de jaser avec deux hommes devant la maison abandonnée.

Quelques minutes plus tard, un bulldozer s'amenait devant le vieil édifice et l'attaquait par l'angle nord-est. Furieuse, la comptable tenta de joindre Alphonse Pagé; il participait à un congrès d'architecture à Venise. Au service des zonages et permis, on lui répondit que la vétusté de l'édifice obligeait à sa démolition. Vers midi, il n'était plus qu'un tas de décombres et dix jours plus tard, une excavation béante s'ouvrait près de la maison de Juliette, annonçant un immeuble de plusieurs étages.

— Que voulez-vous ? ils nous ont eus dans un moment de distraction, soupira Alphonse Pagé en la rappelant. *Héritage Montréal* a exercé des pressions sur l'hôtel de ville, mais l'affaire était déjà trop engagée. Et puis Racette avait une revanche à prendre. Il l'a prise. Encore une fois, le fric a raison du patrimoine, comme pour l'*Hôtel Queen's*. Allons, je vous laisse, mon conseiller fiscal menace de s'en aller.

Les semaines passaient. Un mercredi matin, vers onze heures, monsieur De Carufel, un peu embarrassé, prit Juliette à part dans une petite pièce poussiéreuse et surchauffée qui servait d'archives et, après avoir soigneusement refermé la porte :

— Ma pauvre madame Pomerleau, je ne vous reconnais plus : trois erreurs graves dans la même semaine, vous qui n'en faisiez pas deux par cinq ans ! Il va falloir que vous vous remettiez sur le piton, ou alors... Vous avez beau vous dire en santé... Juste à votre visage, on voit bien que vous avez un caillou dans le moulin à viande ! Vous faites peut-être un *burn-out*, comme mon beau-frère Sam ? Écoutez, vous savez combien je vous aime : que diriez-vous si...

— Je m'en vais, coupa Juliette d'une voix étranglée. Remplacez-moi. Vous avez raison. Je n'ai plus la tête aux chiffres.

L'homme d'affaires posa les mains sur ses épaules et, le regard profond, la voix moelleuse et grave (c'était celle qu'il utilisait de temps à autre lorsqu'il se lançait à la chasse aux femmes dans les discothèques) :

— Madame Pomerleau, vous savez fort bien que je n'ai jamais eu de comptable de votre calibre et que je n'en aurai jamais. Je vous en supplie, allez vous faire soigner et donnez-moi vite des bonnes nouvelles. J'ai hâte de vous retrouver comme avant. Ma fabrique de petites culottes a besoin de vous. S'il vous faut de l'argent, je vous en avancerai. Une fois n'est pas coutume...

À partir de ce jour, Juliette ne quitta pratiquement plus la maison. Elle se mit à maigrir et sombra dans une apathie qui inquiétait ses amis au plus haut point. Leurs efforts conjugués l'amenèrent chez le docteur Bellerose, mais ce dernier ne put rien déceler, ni dans son foie ni ailleurs, et lui suggéra de se faire hospitaliser pour des examens plus approfondis.

— Jamais dans cent ans, répondit-elle. Je connais la cause de mon mal et tous les médecins du monde n'y pourront rien.

— Vous la connaissez ?

— Oui et, sauf votre respect, cela ne regarde que moi.

Le docteur leva lentement les bras :

— Alors, pourquoi êtes-vous venue me voir ?

Juliette pointa le doigt vers la salle d'attente où se trouvaient Rachel et Alexandre Portelance :

— Pour les soulager, *eux*, avant qu'ils ne tombent malades.

— Eh bien, madame, rétorqua l'autre avec un sourire pincé, je ne voudrais pas les priver de votre présence plus longtemps.

Le jupon d'Adèle battait misérablement au vent depuis des semaines, s'échiffant un peu plus chaque jour au sommet du peuplier. Chaque fois qu'Alexandre Portelance l'apercevait, l'envie le prenait de grimper à l'arbre pour l'arracher et le jeter au feu, car Adèle était devenue sa bête noire. La santé de Juliette continuait de décliner lentement. Désespéré, le vendeur avait songé un moment à partir pour les États-Unis afin de retracer la fuyarde; il avait fallu les efforts conjugués de Rachel, de Martinek et de Clément Fisette pendant toute une soirée pour convaincre le pauvre homme qu'en agissant ainsi il ne ferait que perdre son temps et son argent. Alors, malgré la mésaventure de Juliette avec l'illustre Peter Jeunot, il s'adressa à l'insu de son amie à une agence de détectives. Mais les renseignements qu'il pouvait fournir sur la cachette d'Adèle étaient si minces qu'on ne lui laissa guère d'espoir.

— Si au moins elle envoyait une lettre, une carte postale, trois lignes sur un bout de papier pour qu'on ait des nouvelles du p'tit gars! se désolait le vendeur en tirant sur les revers de son veston comme pour les arracher. Je me demande si elle a déjà fait l'addition, cette maudite garce, de tous les malheurs qu'elle a causés depuis qu'elle traîne ses tripes sur la planète. Ah! je vous le dis! Si jamais elle me tombe sous la patte, je lui coupe les oreilles et le nez et je les lui fais avaler, corne de démon!

Depuis quelque temps, Juliette ne quittait pratiquement plus son lit, mangeait à peine, bougonnait sans arrêt et supportait de moins en moins la présence des autres. Même sa baignoire-piscine, où elle s'était d'abord prélassée avec tant de plaisir, l'indifférait à présent, comme d'ailleurs presque tout. On songeait à la faire hospitaliser.

Pour lutter contre l'insomnie qui l'assaillait maintenant chaque nuit, elle s'adonnait à une consommation inquiétante de somnifères. Seule la musique arrivait à l'égayer un peu. Martinek composa pour elle une fantaisie pour piano à quatre mains qu'il exécuta un soir devant elle avec Valérie Doyon, une amie du pianiste Louis Lortie qu'il avait connue à la suite du concert; l'œuvre plut beaucoup à la malade. Une ou deux fois par jour, couchée dans son lit, elle coiffait son casque d'écoute et se faisait jouer du Martinek (la sonate pour violon et piano et le trio *Juliette* revenaient fréquemment) ou de la musique de chambre de Mozart. Un sourire flottait alors de temps à autre sur ses lèvres et parfois même on l'aurait crue, à la voir ainsi étendue, les yeux fermés, le visage paisible, en train de s'abandonner au plaisir d'une sieste avant de se relancer au travail.

Par une symétrie impudente du destin, qui s'amusait à équilibrer le malheur des uns par le bonheur des autres, à mesure que Juliette s'enfonçait dans le néant, toutes sortes de bonnes choses arrivaient à ses amis. Le 28 août, Alexandre Portelance obtint la promotion qu'il souhaitait depuis si longtemps et fut nommé directeur des ventes pour la région de Montréal. Trois jours plus tard, Rachel passait dans la section des premiers violons et le surlendemain, Martinek recevait par la poste un contrat de la compagnie *Erato* pour l'enregistrement de son concertino de chambre et de sa sonate pour violon et piano. On lui garantissait une édition en triple format : microsillon, cassette et disque laser. Le compositeur téléphona aussitôt à Charles Dutoit à New York.

— Tiens ! votre sonate aussi ? Ce sera donc un disque solo. Formidable ! j'ai gagné mon pari. Valombray s'est éprise de votre musique. Quand cela lui arrive – ce qui est rare – elle fait les choses en grand. Il faudra soigner le lancement. Je vais lui passer un coup de fil afin qu'on mette le paquet. Pour quelques années encore, il sera plus facile de lancer un disque de Mozart que de Martinek !

— Oh ! pour des *milliers* d'années, balbutia le compositeur.

— C'est très bien d'être modeste, répliqua Dutoit, malicieux, mais il faut également savoir vendre sa salade, mon cher Bohu. Ne comptez pas trop sur le voisin. Je serai de retour à Montréal le 14 septembre. J'aurai peut-être à ce moment une petite surprise pour vous. À bientôt.

Et, à la date indiquée, Charles Dutoit faisait venir Martinek à son bureau pour lui annoncer que l'orchestre symphonique jouerait sa troisième symphonie en première mondiale au cours de la prochaine saison.

— Et je dois vous dire que notre directeur général, monsieur Mehta, est aussi enthousiaste que moi, poursuivit-il. Nous n'avons pas encore fixé de date précise, mais cela devrait se faire au début de l'hiver. Ne restez pas planté debout comme ça devant moi, lança-t-il tout à coup, légèrement agacé, assoyez-vous, je vous prie. Tenez, avancez ce fauteuil. Évidemment, il faudra une préparation minutieuse et choisir un programme d'accompagnement que l'orchestre possède sur le bout de ses doigts, de façon à pouvoir consacrer la plus grande partie des répétitions à votre symphonie, qui ne m'apparaît pas particulièrement facile. Mais très *orchestrale*, rassurez-vous, se hâta-t-il d'ajouter en voyant l'inquiétude sur le visage du compositeur. Cela dit, j'aurai quelques suggestions à vous présenter pour certains passages – oh! il ne s'agirait que de légères retouches – notamment vers la fin du deuxième mouvement, mesure 87 et suivantes, lorsque la section des cuivres... Mais nous verrons cela plus tard. Voyez-vous, mon cher ami, il faut prendre toute cette histoire très naturellement. Votre musique mérite autant d'être entendue qu'une belle femme d'être admirée, c'est une question de bon sens. Il aura fallu votre incroyable négligence pour que cela se produise si tard.

— Eh bien! ta carrière est lancée, mon amour, s'écria Rachel, enivrée, quand Martinek lui téléphona au sortir de l'entretien. T'en rends-tu compte?

— Je voudrais me trouver près de toi, balbutia le musicien, pour te remercier comme j'en ai le goût.

Rachel eut un petit rire :

— Accumule tes transports, beau garçon, je m'en occuperai ce soir. Oh, pendant que j'y pense, j'ai une suggestion à te faire.

— Laquelle?

— Pourquoi ne me composerais-tu pas un autre concerto? Mais une grosse machine, cette fois-ci, pour leur en mettre plein les yeux.

Martinek promit d'y penser, mais ne s'engagea pas davantage.

Juliette réagit à peine lorsqu'il lui annonça l'heureuse nouvelle une demi-heure plus tard.

— C'est bien, c'est bien, murmura-t-elle en posant sur lui un regard éteint. Cela va vous faire connaître, c'est bien.

Et elle se replongea dans la lecture de son magazine.

Une après-midi de la fin du mois de septembre, Juliette, épuisée, somnolait dans sa bergère après une vive discussion avec Alexandre Portelance. Pour la première fois depuis qu'ils se connaissaient, ce dernier venait de piquer une véritable colère noire avec postillons, éclats de voix, coups de talons sur le plancher et utilisation de plus en plus risquée d'épithètes à saveur forte. Il avait essayé encore une fois – et sans succès – de convaincre son amie de se faire hospitaliser à Notre-Dame pour subir les examens que réclamait son état. La veille, cédant à ses assauts téléphoniques, le docteur Bellerose avait enfin accepté de venir examiner sa patiente, qui refusait obstinément de mettre le nez dehors.

— Si je m'écoutais, déclara le médecin en enfilant son manteau, la consultation faite, je placerais tout de suite une demande d'hospitalisation au département de psychiatrie. Mais avant cela, il faut les tests, évidemment.

Il promena son regard sur Martinek, Rachel, Portelance et Fisette, assis côte à côte sur le canapé, la mine lugubre :

— J'ai l'impression d'être devant mon plus beau cas de psychosomatisme en vingt ans.

— *Spychosamotisme* ? répéta Portelance, horrifié.

— Dépression, si vous voulez. Mais une dépression qui nuit au fonctionnement de tout l'organisme et risque de se jeter n'importe quand sur un point faible. Je vous fais une prédiction : nous allons bientôt voir apparaître une autre hépatite virale... sans virus !

— Je ne comprends pas, murmura Fisette.

— Mais personne ne comprend, mon pauvre ami, et cela n'a rien d'extraordinaire. La médecine est exercée par des hommes et des femmes qui, dix fois par jour, se disent : «Je ne comprends pas»... Tout ce que je peux vous affirmer sans risquer de me tromper, c'est que le meilleur remède à son mal serait sans doute le retour du petit gars. Mais, en attendant, j'aimerais bien la soumettre à des examens afin d'en avoir le cœur net.

Alexandre s'était alors mis à «conditionner» Juliette, comme il l'aurait fait d'un client. Peu après le départ du médecin, il avait parlé du «temps qui se réchauffait», de «l'air dehors qui sentait comme sucré». Le lendemain, il avait répété quelques fois ses observations poético-météorologiques, puis, passant à la phase deux, il s'était mis à louer l'extrême confort de la *Saab* qu'il venait d'acheter – promotion oblige –, analysant avec minutie devant Juliette la remarquable conception des sièges, l'efficacité des amortisseurs, l'étonnante insonorisation de la cabine et l'utilisation ingénieuse de l'espace intérieur. La comptable l'écoutait en hochant la tête, avec l'air poli et vaguement ennuyé d'un amateur de bingo d'intelligence moyenne en train de se faire causer politicologie ou mécanique ondulatoire.

Passant alors à la phase trois, Portelance vanta avec feu la qualité des soins prodigués à l'hôpital Notre-Dame, citant le cas d'un de ses collègues qui, après s'être fait réduire la main gauche en bouillie par une tondeuse à gazon, avait pu, deux mois plus tard, reprendre ses cours d'orgue électronique. S'était ensuivie la longue discussion où Portelance avait éclaté – en pure perte, hélas.

— Je suis en train de gâcher la vie de ce pauvre homme, pensa Juliette, assise dans la bergère. Ce soir, je vais essayer de le convaincre d'aller refaire sa vie avec une autre.

Elle ferma les yeux, puis les rouvrit aussitôt, tirée de sa torpeur par un rayon de soleil qui venait de transformer sa paupière close en une sorte de petit vitrail jaune parsemé de taches noires. Elle contempla par la fenêtre la haie de chèvre-feuilles qui palpitait au vent, animée par une secrète allégresse. Plus loin, de l'autre côté du boulevard, les vieilles façades de pierre grise aux fenêtres à demi pourries, si tristes encore tout à l'heure, s'étaient mystérieusement rajeunies et nettoyées dans la lumière triomphante de ce début d'automne et rayonnaient paisiblement. Un grand coup retentit alors en elle. S'arc-boutant à la bergère, elle se leva et s'approcha de la fenêtre qui l'enveloppa d'une douce chaleur. Elle ne vit d'abord que la haie et, à sa droite, près de l'allée, les troncs maintenant massifs des deux peupliers que sa tante avait plantés en achetant la maison. Et soudain elle aperçut Denis sur le trottoir, un Denis grandi et amaigri, immobile devant la barrière de fonte, une petite valise à la main, et qui semblait hésiter, le regard tourné à l'intérieur de lui-même, comme s'il essayait de résoudre pour la centième fois un problème insoluble. Sans trop savoir ce qui s'était passé, elle se retrouva l'instant d'après en face de lui, le visage en larmes, sa robe de nuit à demi ouverte et agitée par le vent. Elle le souleva dans ses bras et revint en trébuchant vers la maison où le bouton de la porte restée grande ouverte avait fait une marque dans le mur du vestibule. Hors d'haleine, elle dut déposer l'enfant sur les marches du perron.

— Je n'ai pas été capable, ma tante, murmura-t-il, bouleversé, je n'arrivais pas à l'aider... Et puis, ajouta-t-il aussitôt en se pressant contre elle, j'aime mieux être avec toi.

Il ne put continuer, étouffé sous les caresses et les baisers qu'elle lui prodiguait sans remarquer son état de saleté surprenant.

— Je suis content d'être revenu, tu sais, ma tante, dit-il un peu plus tard en lui caressant les cheveux, tandis qu'accroupie à ses pieds, elle lui enlevait ses bas et son pantalon pour l'envoyer à la salle de bains, où la baignoire d'Alexandre Portelance amena dans le visage de l'enfant un sourire ébahi.

La violence de l'émotion qui l'avait secouée obligea Juliette à s'étendre un moment, tandis qu'il se décrassait dans le bain. Mais une heure plus tard, elle était de nouveau sur pied et téléphonait au *Studio Allaire* pour annoncer la bonne nouvelle à Clément Fisette (Rachel et Bohu demeuraient introuvables) :

— Si vous pouviez quitter votre travail un peu plus tôt, mon très cher, j'aimerais que vous passiez à la *Petite Belgique* y prendre des pâtisseries, des fromages, des plats chauds, tout ce qu'il faut pour faire une fête à tout casser. Moi, je m'occuperai du vin et des fruits.

La semaine suivante fut remplie d'un ébahissement continu pour l'entourage de Juliette, qui assistait, les bras ballants, au retour fulgurant de ses forces et de son appétit de vivre ; par moments, cette exubérance la rendait un peu encombrante.

On s'en ressentit même jusqu'à Québec. Quelques jours plus tôt, en effet, Juliette avait lu dans le journal qu'un certain professeur Bukovicki effectuait depuis plusieurs années des recherches sur l'obésité à l'Université Laval. Elle lui téléphona. Le savant eut beau lui expliquer que, dans l'état actuel de la science, il ne pouvait pas grand-chose pour elle, l'obèse réussit à force de supplications et de gentillesse à lui arracher un rendez-vous pour subir à tout le moins un examen sommaire.

— Je ne mourrai pas dans ma graisse, prenez ma parole ! lança-t-elle un soir à ses amis. Mon pauvre Alexandre, tu es bien bon de m'aimer comme je suis, mais, crois-moi, cher, tu m'aimeras deux fois plus quand j'aurai diminué de moitié.

— Qu'est-ce que je vous avais dit ? s'exclama le docteur Bellerose, venu ausculter sa patiente. Le psychosomatisme, c'est ça ! J'ai vu bien des retournements dans ma carrière, mais comme celui-là, jamais ! Faites-moi plaisir, madame, et laissez-vous examiner au scanner.

Un mois plus tard, Juliette reprenait son travail chez *Virilex*. Le 22 novembre, quand Martinek lui fit cadeau d'une avant-copie sur disque laser de l'enregistrement de son concertino de chambre et de sa sonate (tous deux interprétés par Pierre Amoyal), elle organisa une réception époustouflante où furent invités, notamment, les musiciens de l'Orchestre symphonique de Montréal. Charles Dutoit, retenu à Paris, ne put malheureusement y assister.

▲

Malgré tous ses efforts, Juliette – ni personne d'autre – ne réussit jamais à tirer Denis du silence obstiné qu'il garda sur son séjour aux États-Unis. Dès qu'on y faisait allusion, son visage se fermait et il quittait la pièce. À force de patience et d'habileté, sa tante finit par apprendre qu'ils avaient d'abord vécu à Denver au Colorado, puis à Tucson en Arizona, que sa mère avait travaillé comme serveuse dans un hôtel et qu'ils ne fréquentaient presque personne. Ses révélations s'arrêtèrent là. Bien des années plus tard, quand il fut devenu homme, il se confia dans un moment d'abandon à sa maîtresse sur cette période de sa vie, mais cela le mit dans un tel état qu'il évita par la suite d'y revenir.

▲

Le jupon brodé s'agita longtemps au sommet du peuplier, à demi caché par le feuillage, de plus en plus effiloché et misérable. Puis un jour, une bourrasque l'emporta et ce n'est que l'été suivant que Denis, grimpé dans l'arbre, en retrouva un lambeau tortillé autour d'une branche. Le lambeau portait une rose brodée, presque intacte, d'un travail magnifique. Il le glissa dans sa poche et alla le cacher dans un coffret métallique dont il était seul à posséder la clef.

Deux ans jour pour jour après le retour de Denis à Montréal, Clément Fisette tomba sur un entrefilet dans *La Presse* où on relatait un incident macabre : une certaine Adèle Joannette, domiciliée à Sante Fe, originaire du Québec et sans permis de travail, venait d'être citée comme témoin important du meurtre d'un nommé Fernand Livernoche, son concubin. L'homme, atteint de plusieurs balles à la poitrine, était décédé peu après son arrivée à l'hôpital Whitmore.

FIN

Longueuil, le 8 février 1989

LITTÉRATURE D'AMÉRIQUE

Retrouvez les textes les plus percutants de la littérature québécoise, ceux qui renouvellent les formes littéraires et qui manifestent une maîtrise incontestée du genre...

imprimerie gagné ltée

IMPRIMÉ AU CANADA